新日本古典文学大系 11

新古今和歌集

田中裕
赤瀬信吾 校注

岩波書店刊行

目次

索　引

凡例

一　本文は、伝冷泉為相筆本(国立歴史民俗博物館蔵)を底本とした。

二　本文の校訂は、底本の明らかな誤写、誤脱と認められるものに限った。その場合、校訂に用いた諸本および底本のもとの形を脚注に記した。校訂に用いた諸本の略称は左の通り。

寿本　京都女子大学蔵谷山茂博士旧蔵寿本　　前田本　尊経閣文庫蔵伝二条為親筆本
烏丸本　天理図書館蔵烏丸本　　小宮本　小宮富郎氏蔵小宮堅次郎氏旧蔵本
穂久邇本　穂久邇文庫蔵伝二条為氏筆本　　鷹司本　宮内庁書陵部蔵鷹司城南館旧蔵本

三　本文の翻刻は左の方針に拠った。

1　字体は、仮名・漢字ともに通行の字体に改めた。

2　仮名遣いは底本のままとし、歴史的仮名遣いと異なる場合には、歴史的仮名遣いを(　)にいれて右側に傍記した。

3　底本の仮名には清濁の区別がないが、校注者の見解によって、適宜、濁点を施した。

4　仮名には、適宜、漢字を当てて読解の便をはかったが、その場合、もとの仮名を振り仮名の形で残した。

5　反復記号「ゝ」「ゞ」「〱」は、原則として底本のままとした。ただし、品詞を異にする場合と、漢字を当てたために送り仮名扱いとした場合は、仮名に改め、反復記号を振り仮名の位置に残した。

6　難読漢字その他には、（　）にいれて読みを記した。

7　仮名序や詞書には、適宜、句読点を施した。また、真名序および詞書の漢文体の箇所には訓点を施した。なお、真名序に見える闕字および部分的に朱で加えられているヲコト点は省略した。

8　真名序は、原文を先に、訓み下し文を後に掲げた。訓み下し文は読みやすさを旨として、適宜、段落を設けた。

9　底本に記されている傍記のうち、本文と同筆と認められる三か所（一三六〇・一三六一・一四〇四）はそれぞれ脚注に示したが、他は必ずしも示さなかった。

四　本文の歌番号は、『新編国歌大観』に従った。底本では、九七六番歌が九七三番歌の次に位置するがそのままとした。なお、底本は、本文中に十七首のいわゆる切出し歌（精選過程で除棄された歌）を含んでいる。それらは、『新編国歌大観』では「後出歌」として集の末尾に歌番号を付けて一括掲出されているので、その歌番号を（　）付きで示した。切出し歌には、歌・詞書・作者名の右肩に ┐ 印（墨）が付され、注文が加えられている場合もある。それらも底本のままとした。

五　底本では、隠岐での除棄歌を歌尾に ＼ 印（朱）で示しているが、これも底本のままにした。

六　底本には、隠岐本識語（いわゆる跋）はないが、伝二条為氏筆本（穂久邇文庫蔵。笠間影印叢刊）によって巻末に掲げた。

七　脚注は、大意、本歌、出典（出典となった可能性のある諸資料）、語釈（○）、参考事項（▽）の順に掲げ、また歌の配列に関する注も加える。人名・地名の解説は、概ね巻末の人名索引・地名索引に譲る。

八　付録の凡例は、それぞれに付した。

九　脚注は仮名序、巻一・二・三・四・五・六、及び巻十一・十二・十三・十四・十五・十六・十七・十八、隠岐本識語を田中裕が、真名序、巻七・八・九・十、及び巻十九・二十を赤瀬信吾が、それぞれ分担執筆した。

十　人名索引は、佐藤明浩が、地名索引は田中裕が、それぞれ分担執筆した。

新古今和歌集

解　題

『新古今和歌集』は後鳥羽院の下命による勅撰第八集である。正治二年(一二〇〇)から翌建仁元年にかけて催された三度の百首歌を経て歌壇支配を確立した院は、同元年七月、天暦の『後撰集』の先例に則って二条殿の弘御所北面に和歌所を興し、左大臣九条良経、内大臣久我通親、慈円、釈阿(俊成)以下十一人(のち三人追加)を寄人に、源家長を開闔(次官。事務取扱)にあて、次いで十一月三日、「上古以後和歌可㆓撰進㆒」の院宣を下して寄人の中から源通具、藤原有家、同定家、同家隆、同雅経、および寂蓮の六人を撰者に任じた。これが撰修の開始で、以後満一年半、撰者たちは各自選歌に携わり、建仁三年(一二〇三)四月には終えて提出した(寂蓮は半途で没し、撰者から除外される)。いわゆる撰者名注記の多くはこの時の各自の選歌を示すものとされている。次はこの選歌について院自身精選に当った時期で、一年余にわたっているが、その間御点歌は三度清書し直され、院は歌のすべてを暗記してしまったという。次いで元久元年(一二〇四)七月二十二日に部類の下命があり、御点歌は和歌所に差し戻されて撰者を中心に七か月余の間、部類分けや配列の作業が行われたが翌二年三月六日に完了し、粗目録を添えて奏覧された。そして二十六日も終るぎりぎりの丑刻から弘御所で竟宴が催される。竟宴は『孝経』や『群書治要』などの講書の後に開かれた祝宴で、『日本紀』の旧例はあるが勅撰集では新規である。真名序が読み上げられ、春歌の巻初の四、五首が詠じられた後、院以下の賀歌が披講されたが万事倉卒で、良経の仮名序も間に合わず、集も中書本を用いた。しかし後日に成った同序の日付はこの日になっており、竟宴が集の成立を公式に披露する目的であったことをうかがわせる。集の名ははじめ「続古今」とする内示があったが定家らの異見もあり、「新古今」に決定したという。竟宴の翌々日から切継《きりつぎ》(料紙を切り取って歌を削除し、あるいは継いで歌を書き入れる改修作業)が行われ、いわゆる切継期に入るが、本文から知られる切継の最後は承元四年(一二一〇)九月の切出《きりだ》し(歌は底本二〇番の次)で、凡そこの頃一段落したのであろう。その間、承元三年六月に定家が書写し、七月に勅定によって改訂している本(底本奥書)をはじめ、折々に御手もとの本が写され、転写もされたらしいが、やがて開闔の家長が切継の完了した本を清書し、和歌所の証本としたのが建保四年(一二一六)十二月二十六日で、竟宴から数えて十二年が経過している。これより四年余後の承久三年(一二二一)七月、討幕の軍に失敗した院は隠岐に遷され、そこで再度改修に着手して在島十八年の終り頃完成したのがいわゆる「隠岐本」である。

切継期との大きな相違は切出しのみ、切入《きりい》れのなかったことで、その数は諸本によって出入りがあるが約三八〇首に上っている。完成の形態は御自撰の識語からうかがえば、原の『新古今集』の本文に合点を付けて精選の結果を示し、新旧対照させるものであったかと思われる。既に和歌所はなく、院の地位も一変し、これを勅撰なみに扱うことはできないが、しかし『新古今集』が撰者たちの選歌を素案として発展させられた、いわゆる「親撰」の実をもつことは既述の通りであるから、院が一歌人に帰って存分にその文学的意志を貫いている隠岐本を本集の到達点と見ることにも十分な理由がある筈である。

本集が『万葉集』以来の秀歌を勅撰集の入集歌を除いて綜集しようとした企図は、三代集期を除けば、勅撰集としては新規であるが、『古来風体抄』にも見える時代の歴史主義に棹さすものであり、また本集の命名や竟宴の年を『古今集』の成立した延喜五年(九〇五)の乙丑に合わせたことなども『風体抄』の古今集本体説を継ぐ時代の文学観を反映している。しかし同時に延喜・天暦の治を襲って天業を恢弘しようとする院の素志の顕現であることも疑われず、その志は政事では敗れたが文事において達成されたのである。

後世「八代集」と称して勅撰集を本集で区切る見方は今川了俊の諸著が早く、さすがに『新古今集』を尊重した冷泉家の見解を示す一証として興味深いが、一方二条派は、近世初期の用語を借りれば「家の三代集(『千載』『新勅撰』『続後撰』)」を尊重する立場なので「十代集」の名の見える(烏丸光栄『和歌教訓十五個条』)のも尤もであろう。しかし早く二条良基の『近来風体抄』はいよいよとなれば『新古今集』という見識を示し、本歌取の規準としては八代集を立てている。北村季吟が『八代集抄』を撰述したのはこの見解に基づいているし、東常縁が最初の新古今注を書いたのも偶然ではなかったと思われる。

（田中　裕）

新古今和歌集序

夫和歌者、群徳之祖、百福之宗也。玄象天成、五際六情之義未レ著、素鵞地静、三十一字之詠甫興。爾来源流寔繁、長短雖レ異、或抒二下情一而達レ聞、或宣二上徳一而致レ化、或属二遊宴一而書レ懐、或採二艶色一而寄レ言。誠是理世撫民之鴻徽、賞心楽事之亀鑑者也。是以聖代明時、集而録レ之。各窮二精微一、何以漏脱。然猶崑嶺之玉、採レ之有レ余。鄧林之材、伐レ之無レ尽。物既如レ此、歌亦宜レ然。

新古今和歌集には、漢文で記した真名（まな）序と、和文の仮名序とがあり、前者は藤原親経が元久二年（一二〇五）二月二十一日に奏覧し、後者は藤原良経が同年三月末日ころ執筆した。いずれも、撰集下命者の後鳥羽院になり代わった立場から記している。いちいち指摘しないが、両者は緊密に対応する。真名序は、対句の多い四六駢儷体（べんれいたい）によっている。真名序を巻末に収める伝本もあるが、底本は、巻頭に真名序、ついで仮名序をおく。

和歌の伝来とその機能、効用

一 和歌は種々の徳の始祖、多くの幸福の根元である。○夫　文章を起こす語。発句。○祖　名義抄「祖　ハジメ」。○宗　名義抄「宗　モト」。

二 天ができ、詩の内容となる五際六情の区別がまだはっきりしない神代、出雲国の素鵞の地は静まっていて、そこで素戔嗚尊（すさのおのみこと）の詠んだ三十一字から和歌が初めておこった。○玄象　日・月・星辰といった天象。天地賦・成公綏「玄象成レ文、列宿有レ章」（初学記一）。○天成　日本書紀・神代上「天先成而地後定」。○五際　君臣・父子・兄弟・夫婦・朋友。五種の人間関係。○六情　喜・怒・哀・楽・愛・悪。人間の六種の感情。詩経・大序疏「春秋緯演孔図云、詩含二五際六情一」。○素鵞地　神代上「遂到二出雲之清地一焉〈清地此云二素鵝一〉」。○静　名義抄「定　シヅム」。○三十一字之詠　素戔嗚尊の「や雲たつ出雲八重垣妻ごめに八重垣つくるその八重垣を」（古今・仮名序古注）。○甫　名義抄「甫　ハジム、オホカリ」。▽古今・真名序「神世七代。時質人淳。情欲無レ分。和歌未レ作。逮三于素盞烏尊到二出雲国一。始有二三十一字之詠一」。

三 それ以来、和歌はたいへん盛んになり、長歌・短歌など形は異なっても、あるいは民の心を詠んで叡聞に達し、あるいは天皇の徳を詠んで民を教

新古今和歌集序

一夫《そ》れ和歌は、群徳の祖、百福の宗なり。二玄象天成り、五際六情《りくじやう》の義未《いま》だ著《あらは》れず、素《そ》鵞《が》の地静かに、三十一字の詠甫《はじ》めて興《おこ》る。三爾来《しかしてより》源流寔《まこと》に繁く、長短異なりと雖《いへど》も、或《ある》は下情を抒《の》べて聞に達し、或は上徳を宣《の》べて化を致し、或は遊宴に属《つらな》りて懐《おもひ》を書《しる》し、或は艶色を採りて言を寄す。四誠に是《これ》理世撫民の鴻徽《こうき》、賞心楽事の亀鑑なる者なり。

五是《ここ》を以て聖代の明時、集めて之を録す。各《おのおの》精微を窮《きは》む、何を以てか漏脱せむ。六然《しか》れども猶《なほ》崑嶺《こんれい》の玉、之《これ》を採れども余り有り。鄧林《とうりん》の材、之を伐《き》れども尽くること無し。物既に此《かく》の如《ごと》し、歌も亦宜《またよろ》しく然るべし。

化し、あるいは遊宴に列席して感懐を書き表わし、あるいは男女の情愛や四季の美景といった美しいものを取りあげて、ことばに表現したりしてきた。○爾来　名義抄「爾来　シカシテヨリ、ソレヨリ」。○源流寔繁　文選・序「自レ茲以降。源流寔繁」。○長短雖異　古今・真名序「長歌短歌旋頭混本之類。雑体非レ一。源流漸繁」。古今・雑体「短歌」参照。○下情・上徳　文選一・両都賦序・班固「或以抒二下情一。而通二諷諭一。或以宣二上徳一。而尽二忠孝一」。○属　名義抄「属　ツドフ、ツラナル」。○艶色「艶」は姿・形の美しさ。女性にも多く用いる。文選三十三・招魂注「艶　好貌也」。○寄言「ことづて」の意もある。▽古今・真名序「古天子。毎二良辰美景一。詔二侍臣一。預二宴莚一者。献二和歌一」。

四まことに和歌は、世を治め民をいつくしむ帝王の偉大な徳業のしるし、ものごとを賞美する心と愉快なことがらとの模範である。○理世撫民　和漢朗詠集「閑居」・白居易「理世安楽之音」。書経「撫レ民以レ寛」。○鴻徽　請二封禅一表・謝荘「鴻徽洽二于海表一」。○賞心楽事　文選三十・擬二魏太子鄴中集一詩序・謝霊運「天下良辰美景。賞心楽事」。

勅撰の制と和歌の発展

五このようなわけで、聖帝の治下にある明らけき御代には、和歌を集め記録された。そうした勅撰集は、それぞれ精密をきわめているから、どうして秀歌がもれ落ちることがあろうか。○聖代明時　建仁三年(一二〇三)十一月、後鳥羽院東大寺総供養願文・藤原親経「何況聖代明時致二修補一之例。古今雖レ多。前帝後王逢二供養一之人。蹤跡猶少」(東大寺続要録七)。○精微　文選・序「論則析レ理精微」。○何以　反語。名義抄「何以　ナニヲモテカ」。

六しかし、それでもやはり崑崙山の美玉は、いくら採取しても余りがあるし、鄧林の材木は、いく

仍、誥二参議右衛門督源朝臣通具、大蔵卿藤原朝臣有家、左近衛権中将藤原朝臣定家、前上総介藤原朝臣家隆、左近衛権少将藤原雅経等一、不レ択二貴賤高下一、令レ摭二錦句玉章一。神明之詞、仏陀之作、為レ表二希夷一、雑而同隷。始二於曩昔一、迄二于当時一、彼此総編、各俾二呈進一。毎レ至二玄圃花芳之朝、璵砌風涼之夕一、斟二難波津之遺流一、尋二浅香山之芳躅一、或吟或詠、抜二犀象之牙角一、無レ党無レ偏、採二翡翠之羽毛一。裁成而得二二千首一、類聚而為二二十巻一。名曰二新古今和歌集一矣。時令節物之篇、属二四序一而星羅、衆作雑詠之什、並二群品一而雲布。綜緝之致、蓋云備矣。

ら伐採しても尽きることがない。物でも、こうなのだから、和歌もまた同じく無尽であるはずだ。○崑嶺之玉　中国の伝説上の霊山、崑崙(ころん)山の美玉。多量に産するという。秀歌の譬喩。○鄧林　中国の伝説で、神獣夸父(ふと)の杖が化して生じたという広大な森林。○物既如此、歌亦宜然　文選・序「物既有レ之。文亦宜レ然」。○既　名義抄「既　スデニ、コト〴〵ク」。▽文選十三・鸚鵡賦・禰正平「想二崑山之高嶽一。思二鄧林之扶疏一」。

本集の発企—撰者、選歌の範囲、親撰、歌数等

七 撰集の命を受けた五人の撰者を挙げる。○誥　寿・烏丸本など「詔」。正字通「唐称レ制不レ称レ誥。宋始以レ誥命二庶官一」。文選・序「詔誥教令之流」。○参議右衛門督源朝臣通具　→人名索引。以下同じ。○左近衛権少将藤原雅経　左近衛権少将は正五位下相当。朝廷・仙洞では五位の表記に「朝臣」を付けない(袋草紙・上)。ほかの四名は四位以上。

八 作者の身分の上下をとわず、秀麗な和歌を収集させた。○摭　名義抄「摭　ヒロフ、トル」。

九 神仏の詠も、奥ぶかい真理を明らかにするために、普通の歌に交えて集めた。○神明之詞・仏陀之作　→一八五五・一九一七など。○希夷　視覚や聴覚では捉えられない、不思議で奥ぶかい真理。老子「視レ之不レ見、名曰レ希。聴レ之不レ聞、名曰レ夷」。○雑而　文選・序「故与二夫篇什一、雑而(九条本古訓「マジヘテ」)集レ之」。○隷　選び集めて配属する。

一〇 昔から現代に至るまでのあれこれの詠を編集させて、各撰者に奏進させた。○始於　文選三・東京賦・張平子「始二於宮隣一」。○迄于　文選・序「迄(上野本古訓「イタルマデニ」)二于聖代一」。○当時　今。当代。○俾　名義抄「俾　セシム、シム」。

一一 仙洞御所に花がかぐわしく咲く朝から、玉を敷きつめたみぎりに風が涼しく吹く夕まで、難波

仍《よ》[七]りて、参議右衛門督源朝臣通具、大蔵卿藤原朝臣有家、左近衛権中将藤原朝臣定家、前上総介藤原朝臣家隆、左近衛権少将藤原雅経等《ら》に詔《みことのり》して、[八]貴賤高下を択《えら》ばず、錦句玉章を摭《ひろ》はしむ。[九]神明《しんめい》の詞、仏陀の作、希夷を表《あらは》さむが為に、雑《まじ》へて同じく隷《あつ》む。[一〇]曩昔《なうせき》より始めて、当時に迄《いた》るまで、彼此《かれこれ》総《す》べ編みて、各呈進せしむ。[一一]玄圃《げんぽ》花芳《かうば》しき朝《あした》、瑑砌《さうぜい》風涼しき夕《ゆふべ》に至る毎《ごと》に、難波津《なにはづ》の遺流を斟《く》み、浅香山《あさかやま》の芳躅《はうたく》を尋ね、或は吟じ或は詠じて、犀象《さいざう》の牙角を抜き、党無く偏無くして、翡《ひ》翠《すい》の羽毛を採れり。[一二]裁成して二千首を得、類聚《るいじゅ》して二十巻と為《な》す。名づけて新古今和歌集と曰《い》ふ。[一三]時令節物の篇、四序に属《つ》けて星のごとく羅《つら》なり、衆作雑詠の什《じふ》、群品《ぐんぴん》を並べて雲のごとく布《し》けり。綜緝《そうしふ》の致《むね》、蓋《けだ》し云《ここ》に備《そなは》れり。

津・安積山の歌の伝統をつたえる美しい作品を調べ、吟じたり詠じたりして、犀角象牙にもたとえるべき優れた作品を抜き出し、偏頗することなく、かわせみの羽毛のような美しい作品を採録した。院の御所(仙洞)の譬喩。○玄圃　崑崙山上にあるという仙人の居所。院の御所(仙洞)の譬喩。本朝文粋十三・朱雀院被㆑修㆓御八講㆒願文・大江維時「玄圃仙遊之際。玉体永明」。○瑑砌　院の御所の譬喩。玉篇「瑑　石、次㆑玉」。○花芳之朝・風涼之夕　春秋の景色をあらわす対句。○斟　名義抄「斟　クム、ハカル」。○難波津　古今・仮名序「難波津の歌」(なにはづに咲くやこの花冬ごもり今は春べと咲くやこの花)をさす。○遺流　末裔。○浅香山　古今・仮名序「浅香山のことば」(あさか山かげさへ見ゆる山の井の浅くは人を思ふものかは)をさす。難波津の歌とともに、「この二歌は、歌の父母のやうにてぞ、手習ふ人のはじめにもしける」(同序)。○芳躅　古人の立派な行跡。久安五年(一一四九)三月、依㆓延勝寺供養㆒大赦詔「緩㆑刑宥㆑過者。賢哲之芳躅也」。○或吟或詠　詩経・関雎序疏「動㆑声曰㆑吟、長言曰㆑詠」。○無党無偏　書経・洪範「無党無偏、王道平平」。○翡翠　「翡」は、かわせみの雄で赤く、「翠」は雌で青い(文選一・西都賦注)。翡・翠で犀・象の対。いずれも秀歌の譬喩。文選三・東京賦・張平子「賤㆓犀象㆒。…翡翠不㆑裂」。

一二 ほどよく成就して二千首を得、部類して二十巻とし、新古今和歌集と命名した。○裁成　本朝文粋九・夏日於㆓左監門宗次将文亭㆒聴㆑講㆑令詩序・大江以言「夫法令之興。其義遠矣。五祇含而裁成。万霊稟而鎔範」。○類聚　四季・恋・雑などに部類。

一三 時節の景物をよんだ歌は、四季の部に入れられ星のように連なり、大勢の人の、さまざまなもののごとをよんだ歌は、群がり雲のように広がっている。編集の意図は、ここに完備していると思う。

伏惟、来レ自二代都一、而践二天子之位一、謝二於漢宮一、而追二汾陽之蹤一。今上陛下之厳親也、雖レ無レ隟二帝道之諮詢一、日域朝廷之本主也、争不レ賞二我国之習俗一。

方今荃宰合レ体、華夷詠レ仁。風化之楽二万春一、春日野之草悉靡、月宴之契二千秋一、秋津洲之塵惟静。誠膺二無為有截之時一、可レ頤二染毫操牋之志一。故撰二斯一集一、永欲レ伝二百王一。

彼上古之万葉集者、蓋是和歌之源也。編次之起、因准之儀、星序惟邈、煙鬱難レ披。延喜有二古今集一、四人含二綸命一而成レ之。天暦有二後撰集一、五人奉二絲言一而成レ之。其後有二拾遺、後拾遺、金葉、詞華、千載等集一。雖レ出二於聖王数代之勅一、

○篇・什　いずれも詩歌の意。詩経で、雅頌十篇を一什とした。→注九。○四序　春夏秋冬の順序。○星羅・雲布　文選一・西都賦・班固「列卒周匝。星羅雲布(九条本古訓「星ノゴトクニツラナリ雲ノゴトクニシケリ」)」。○綜緝　文選・序「其讃論之綜二緝(九条本古訓「スベアツメテ」)辞采一」。後拾遺・目録序「綜緝之効、其在レ茲乎」。○致蓋云備矣　文選・序「作者之致(九条本古訓「ムネ」)、蓋云備矣(九条本古訓「ココニソ(ナハ)レリ」)」。

本集の下命者としての院

一四 謹んで考え思うと、わたくしは王族のひとりにすぎなかったが、はからずも即位し、そののち宮廷を去って、上皇となった。○伏惟　下から上に対していう謙辞。○代都　寿・烏丸本など「代邸」。漢の文帝が、諸王のひとりで「代王」といった時の居所(史記・文帝本紀)。○漢宮　漢の天子の宮殿。○汾陽　中国の地名。藐姑射(はこや)之山、汾水之陽で、尭が仙人を見て天下のことを忘れたという(荘子・逍遥遊)。本朝続文粋七・鳥羽院尊号御辞表「彼唐尭之遊二汾陽一也。未レ聞二称謂之旧典一」。▽後鳥羽院を中国の聖天子になぞらえ、即位や譲位を漢の文王、仙洞に移り住んだことを尭の故事にたとえた。院は高倉天皇の第四皇子。

一五 今上陛下の父親である。帝王の政治について相談を受けるのにいとまがないといっても、日本国の主として、どうして、わが国の風習である和歌を賞せずにいられようか。○今上陛下　土御門天皇をさす。○隟　名義抄「隟　ヒマ」。○諮詢　文治三年(一一八七)三月、後白河院求言院宣「早雖レ遁二帝位一、猶諮二詢朝政一」(玉葉四十八)。○日域　古今・真名序「化二我日域之俗一」。初撰本古来風体抄・上「ニチヰキ(ノ)ジヨク」。○本主　平家物語七・願書「八幡大菩薩は日域朝廷の本主」。○争

伏《一四》して惟《おも》んみるに、代都より来《きた》りて、天子の位を践《ふ》み、漢宮を謝して、汾陽《ふんやう》の蹤《あと》を追ふ。今上《一五》陛下の厳親なり、帝道の諮詢《しじゆん》に隟《ひま》無しと雖《いへど》も、日域《じちゐき》朝廷の本主なり、争《いか》でか我が国の習俗を賞せざらむ。

方今《一六》荃宰《せんさい》体を合はせ、華夷仁を詠ず。風化の万春を楽しみ、春日野《かすがの》の草悉《ことごと》く靡《なび》き、月宴の千秋を契り、秋津洲《あきつしま》の塵惟《こ》れ静かなり。誠《一七》に無為有截《ぶゐいうせち》の時に膺《あた》り、染毫操牋《せんがうさうせん》の志を頤《やしな》ふべし。故に斯《ここ》に一集を撰び、永く百王に伝へむと欲《す》。

彼《一八》の上古《しやうこ》の万葉集は、蓋し是《これ》和歌の源なり。編次の起り、因准の儀、星序惟《こ》れ邈《はる》かにして、煙鬱披《ひら》き難し。延喜《一九》に古今集有り、四人綸命を含みて之《これ》を成しき。天暦に後撰集有り、五人綸言《しげん》を奉じて之を成しき。

其《二〇》《そ》の後、拾遺、後拾遺、金葉、詞華、千載等の集有り。聖王数代の勅

名義抄「争 イカゾ、ナンゾ」。〇我国之習俗　後拾遺・目録序「和歌者我国習俗。世治則興」。

本集編纂の環境(院の徳治)と抱負

一六 現在、君臣は一致団結し、都でも地方でも仁政を謳歌している。徳化が万代の春までも続くことを楽しんで、春日野の草がなびくように民草はことごとく従い、観月の宴に千代の秋までの栄えを約束して、日本国は乱れもなく静かである。〇方今　名義抄「方今 マサニイマ」。〇荃宰合体　君臣合体。文選三十六・宣徳皇后令注「荃、君也。宰、臣也」。〇華夷　「華夷トカキテハ、ミヤコ・ヰナカトヨムナリ」(秘府本万葉集抄・上)。天慶九年(九四六)五月、村上天皇詔書「太上天皇。功冠二百王一。道光二四表一。華夷染レ化。動植霑レ仁」(類聚符宣抄四)。〇秋津洲　古今・真名序「仁流二秋津洲之外一」。〇惟　名義抄「惟 コレ、コ、ニ」。

一七 まことに泰平の今こそ、筆を染め紙をとって、文筆への志を養うのがよい。そこで本集を撰んで、永く代々の帝王の御代までも伝えようとする。〇膺　名義抄「膺 ウク、アタル」。〇無為有截　仁平元年(一一五一)四月、近衛天皇宣命「国富俗豊にして、無為有截の御代と護幸賜へ」(本朝世紀三十九)。和漢朗詠集「帝王」・白居易「幸逢二尭舜無為化一」。詩経・商頌・長発「海外有レ截」(伝「截、整斉也」)。〇頤　名義抄「頤 ヤシナフ」。〇染毫操牋　烏丸本など「染毫採牋」。文選十三・秋興賦序・潘安仁「於レ是染レ翰操レ紙(九条本古訓「フンデヲ(ソ)メ、(カミ)ヲトリテ」)」(注「翰、筆毫也」)。〇欲　名義抄「欲 ホス、トス」。〇百王　和漢朗詠集「帝王」・白居易「百王理乱懸二心中一」。

撰者は延喜・天暦の旧制にならう

一八 上古の万葉集は、和歌の源であるが、編纂の

殊恨為二撰者一身之最一。因レ茲訪二延喜天暦二朝之遺美一、定二法河歩虚五輩之英豪一、排二神仙之居一、展二刊脩之席一而已。

斯集之為レ体也、先抽二万葉集之中一、更拾二七代集之外一。深索而微長無レ遺、広求而片善必挙。但雖レ張二網於山野一、微禽自逃、雖レ連二筌於江湖一、小鮮兪漏。誠当二視聴之不レ達、定有二篇章之猶遺一。今只随二採得一、且所二勒終一也。

抑於二古今一者、不レ載二当代之御製一。自二後撰一而初加二其時之天章一。各考二一部一、不レ満二十篇一。而今所レ入之自詠、已余二三十首一。六義若相兼、一両雖レ可レ足、

由来や、なにを先例旧規として編んだのかなど、天の星のように遥か遠い時代のことで、煙のように漠然としていて不明な点を判然とはしがたい。○万葉集　当時は勅撰集と見なされていた。古今・真名序「昔平城天子。詔二侍臣一。令レ撰二万葉集一。」。後拾遺・目録序「平城天子。修二万葉集一。花山法皇。撰二拾遺抄一。編次之道。永々而存」。↓注三二。○因准　「因循」とは別。○星序　未詳。○煙鬱　未詳。○邈　名義抄「邈　トホシ、ハルカナリ」。文選十二・海賦・木華「呵歘掩鬱。矆睒無レ度」。

一九　古今集は四人、後撰集は五人の撰者が勅命を受けて選んだことをいう。○綸命・綍言　礼記・緇衣「王言如レ絲。其出如レ綸」。▽↓仮名序八。

二〇　その後、拾遺・後拾遺・金葉・詞花・千載の諸集がある。数代にわたり、聖王の詔勅によって成ったものだが、特に残念なのは、一人の撰者の撰になったことだ。○最　名義抄「最　アツム」。▽単独撰者の危険性を暗に指摘。↓仮名序八。

二一　そこで、延喜・天暦のすぐれた先例を調べて、公卿のうち神仙にも比すべき五人の優秀な人物を選定して、仙洞御所に編集の場所を設けた。○遺美　文選一・両都賦序「先臣之旧式。国家之遺美。不レ可レ闕也」。○法河　春秋漢含孶「三公象二五嶽一。九卿法二河海一」(初学記十二)。○歩虚　道教の仙人が空中を歩行すること。白氏文集・送二毛仙翁一詩「賦レ詩叙二明徳一。永続二歩虚篇一」。○五輩之英豪　源通具以下の五名の撰者をさす。○神仙之居　仙洞御所をさす。↓注一一。○刊脩　続日本紀・天平宝字元年五月「奉レ勅刊二脩律令一」。

古歌に対する選歌方針

二二　本集の内容は、まず万葉集から作品を抜き出し、さらに七勅撰集に入集しなかった歌を拾い集めた。

に出づと雖も、殊に恨むらくは撰者一身の最《さい》と為す。二二 茲《これ》に因りて延喜天暦二朝の遺美を訪《とぶら》ひて、法河歩虚《はふかほきよ》五輩の英豪を定め、神仙の居を排《ひら》きて、刊脩の席《むしろ》を展《の》ぶるのみ。

二三 斯《こ》の集の体たるや、先《まづ》万葉集の中を抽《ぬ》き、更に七代集の外を拾ふ。深く索《もと》めて微長も遺すこと無く、広く求めて片善も必ず挙げたり。二四 但し網を山野に張ると雖も、微禽自《おのづか》らに逃れ、筌《うへ》を江湖《かうこ》に連《つら》ぬと雖も、小鮮偸《ひそ》かに漏る。誠に視聴《してい》の達《いた》らざるに当りて、定めて篇章の猶も遺《のこ》れること有らむ。今は只《ただ》採得せるに随ひて、且《しばら》く勒《しる》し終る所なり。

二五 抑《そもそも》古今においては、当代の御製を載せず。二六 後撰より初めて其の時の天章を加へたり。各一部を考ふるに、十篇に満たず。二七 而《しか》るに今入る所の自詠は、已《すで》に三十首に余れり。二八 六義《りくぎ》若《も》し相兼ねば、一両にて足

○為体　色葉字類抄「為体　テイタラク」。○抽　新撰和歌集・序「故抽下始レ自二弘仁一。至中于延長上」。▽万葉集と七代集とは扱いが別。→仮名序五。
二三　深くさぐって、少しでも長所のある作品も残すことなく、また広く求めて、部分的にもよい点のある作品も必ず掲げた。○片善　本朝文粋七・申下請重弁中定斉名所レ難学生時棟詩上状・大江匡衡「夫明王不レ嫌二片善一。不レ弃二小芸一」。
二四　しかし、山野に網を張っても、小鳥はおのずと逃れるし、川や湖にうけを連ねても、小魚はこっそり漏れるものだから、見聞の及ばないままに、きっとまだ取り残された作品もあるであろう。今はただ採録できた作品によって、かりに編纂し終えることにする。○微禽　小鳥(文選十三・鷦鷯賦・張茂先)。○筌　流れにしかけて魚を捕える、竹で編んだ筒。名義抄「筌　ウヘ」。○小鮮　老子「治二大国一若レ烹二小鮮一」(玉函秘抄・注「小魚也」)。○偸　名義抄「偸　ヒソカニ」。○視聴　色葉字類抄「視聴　シテイ」。○篇章　文学作品。文選・序「雖レ伝二之簡牘一。而事異二篇章一」。○猶遺　底本、「遺」を欠く。諸本により補う。○且　名義抄「且　シバラク」。○勒　名義抄「勒　シルス」。

入集の自詠について

二五　そもそも、古今集には、その御代の天皇の御製を載せていない。▽実際、古今集には、醍醐天皇の詠も、宇多上皇の詠も載せていない。
二六　後撰集の時から、その時代の天皇の御製を加えるようになったが、それぞれ調べてみると、十首未満だ。○天章　帝王の翰墨。御製。○不満　底本「不漏」。諸本により校訂。▽↓仮名序一〇。
二七　ところが今回、本集に入れた自詠は、三十首以上である。▽底本では三十五首(うち二首は切出歌)。

依レ無二風骨之絶妙一、還有二露詞之多加一。偏以二耽レ道之思一、不レ顧二多情之眼一。

凡厥取捨者、嘉尚之余、特運二冲襟一。伏羲基二皇徳一而四十万年、異域自雖レ観二聖造之書史一焉、神武開二帝功一而八十二代、当朝未レ聴二叡策之撰集一矣。定知、天下之都人士女、謳二歌斯道之遇一レ逢矣。

不四独記三仙洞無何之郷、有二嘲風弄月之興一、亦欲レ呈三皇家元久之歳、有二温レ故知レ新之心一。修撰之趣、不レ在レ玆乎。聖暦乙丑王春三月云レ爾。

二六 わたくしの歌が、もし六義を兼備して規範となるようなものであったなら、一、二首で十分だろうが、内容や表現のすぐれた作品を欠くために、かえってつまらない作品が多く加わったということもあろう。○六義　古今・真名序「和歌有二六義一」。○風骨　詩文の内容と表現(文心雕竜・風骨篇)。本朝文粋八・延喜以後詩序・紀長谷雄「綴韻之間。甚得二風骨一」。○絶妙　詩文がきわめて巧妙で優れていること。○露詞　新撰朗詠集「文詞」・紀貫之「花色鳥声。鮮二浮藻於詞露一」(新撰和歌集・序にも)。▽まず謙遜して、次の釈明に移る。

二九 これは、ひとえに歌道に耽溺する気持が強くて、情趣を解する人の見識をかえりみなかった結果である。○耽道　文選十四・幽通賦・班固「矧耽二躬於道真一」。○多情　情愛がふかく、もののあわれを感じやすい。白氏文集・和二友人洛中春感一詩「若学二多情一尋二往事一。人間何処不レ傷レ人」。

親撰の画期性

三〇 およそ、作品の取捨選択に際しては、作品を賞するあまり、特に心をめぐらした。○嘉尚　尊んでほめたたえる。○運　名義抄「運　メグラス」。日本書紀私記「運〈定也〉」。○冲襟　宸襟。聖襟。日本書紀・神武紀「運二神策於沖衿一」。

三一 伏羲が帝王の徳の基礎を築いてから四十万年になり、外国では、たまには帝王の編んだ書物を見ることができる。○基皇徳　文選一・東都賦・班固「斯乃伏羲氏之所以基(上野本古訓「モトヰセル」)二皇徳一也」。○四十万年　典拠未詳(神皇正統記)。○異域　中国から日本をさした語。○聖造之書史　梁の昭明太子撰の文選、唐の玄宗の御注孝経など。

三二 しかし、神武天皇が帝業を始めて八十二代になるが、わが国では、いまだに帝王自身の画策し

るべしと雖も、風骨の絶妙無きに依りて、還りて露詞の多く加はれること有らむ。二九偏《ひとへ》に道に耽るの思ひを以て、多情の眼《まなこ》を顧みず。三〇凡《およ》そ厥《そ》の取捨せるは、嘉尚の余り、特に冲襟を運《めぐ》らせり。三一伏羲《ふくぎ》皇徳を基《もとゐ》して四十万年、異域自《おのづか》らに聖造の書史を観《み》ると雖も、三二神武帝功を開きて八十二代、当朝未だ叡策の撰集を聴かず。三三定めて知りぬ、天下の都人士女、斯道《しだう》の逢ふに遇《あ》へるを謳歌せむことを。三四独《ひと》り仙洞無何の郷、嘲風弄月《ろうげつ》の興有るを記《しる》すのみならず、三五亦《また》皇家元久の歳《とし》、故《ふる》きを温《たづ》ねて新しきを知るの心有るを呈《あらは》さむと欲《す》。修撰《しゆせん》の趣《おもむき》、茲《ここ》に在らざらむや。三六聖暦乙丑王春《きのとうしわうしゆん》三月と爾《しか》云ふ。

た撰集があったとは聞かない。○神武　神武天皇も鸕鷀草葺不合尊の第四子。→注一四。○開帝功　文選一・東都賦「斯乃軒轅氏之所以開㆓帝功㆒也」。○八十二代　後鳥羽院。▽拾遺集の花山院親撰説を認めない。→注一八。→注五「聖代明時」。
三三 都の男女は、歌道が繁栄するこの時に遭遇したことを喜びたたえるにちがいない。○定知　新撰朗詠集「餞別」・慶滋保胤「定知悵㆓然三峡五湖之春浪㆒」。○都人士女　文選一・西都賦・班固。

本集の成立と結語

三四 本集は、仙洞御所で風にうそぶき、月をもてはやした感興を記録するだけではない。○無何之郷　無為自然の仙郷(荘子・逍遥遊「無何有之郷」)。○嘲風弄月　戯れに作った詩文をそしる言葉。
三五 その名も皇国の基元が久しく続くという、元久という年号の年に、古い歴史を尋ね求めて、新しい道を知ろうとする心もあることを示そうとするのであり、本集編撰の意図は、こうした点にある。○元久　土御門天皇の元号。藤原親経が毛詩正義の「文王建㆑元久矣」に基づいて上申した。○温故知新　論語・為政篇の成句。文選三・東京賦・張平子「其以㆓温㆑故知㆒㆑新(九条本古訓「フルキヲタヅネテアタラシキヲ(シル)ヲ」)。研㆓覈是非㆒」。○不在茲乎　論語・子罕篇「文王既没。文不㆑在㆑茲乎」。強調の慣用的表現。▽白氏文集・序㆑洛詩「不㆕独記㆔東都履道里。有㆓閑居泰適之叟㆒。亦欲㆑知㆔皇唐太和歳。有㆓理世安楽之音㆒」。
三六 元久二年春三月に記した。○聖暦乙丑　元久二年(一二〇五)。「聖暦」には、聖天子の治める泰平な世の意がある。○王春　孔子が天下一統の理想をこめて用いた表現。春秋公羊伝・隠公元年「春者何。歳之始也。王者孰謂。謂㆓文王㆒也」。○云爾　名義抄「云爾　イフコトシカリ、シカイフ」。

（新古今和歌集仮名序）

一 やまとうたは、昔《むかし》あめつち開《ひら》けはじめて、人のしわざいまだ定《さだ》まらざりし時、葦原中国《（あしはらのなかつくに）》の言《こと》の葉《は》として、稲田姫素鵞《（すが）》の里《さと》よりぞつたはれりける。しかありしよりこのかた、その道《みち》さかりに興《おこ》り、その流《なが》れいまに絶《た》ゆることなくして、色《いろ》にふけり、心《こゝろ》をのぶるなかだちとし、世をおさ《（を）》め、民《たみ》をやはらぐる道《みち》とせり。

二 かゝりければ、代《よ》ゝのみかどもこれを捨《す》てたまはず、えらびを《（お）》かれたる集ども、家ゝのもてあそびものとして、詞《ことば》の花のこれる木《こ》のもとかたく、思《おも》ひの露《つゆ》もれたる草《くさ》がくれもあるべからず。しかはあれども、伊勢《いせ》の海《うみ》きよき渚《なぎさ》の玉《たま》は、ひろふとも尽《つ》くることなく、泉《いづみ》の杣《そま》しげき

一 **和歌の伝来とその機能、効用**

○やまとうた　和歌。「からうた」の対（古今・仮名序）。○人のしわざ…　古今・仮名序「歌の文字も定まらず、素直にして事の心わきがたかり」の意。歌体も定まらず、物のあわれも解しないこと。○葦原中国　天上と根の国の中間にある国（日本書記・神代上）で、日本国。○言の葉　古今・仮名序に見え、言語表現の意。○稲田姫　神代上「奇稲田姫（くしいなだひめ）」。○素鵞の里　神代上「遂到二出雲之清地一焉〈清地此云二素鵝一〉」。スサノオノミコトはこの地に宮を建てて「や雲たつ出雲八重垣」の歌を詠み、奇稲田姫と結婚した。○色にふけり　男女の情愛、四季の美景に傾倒する。○心をのぶる「のぶる」は「ふけり」の対語で、暢の義。心を解放する。○世をおさめ…　治世の手段。古今集の両序に見える六義（りくぎ）のうちの「そへうた」（風）、「ただことうた」（雅）を治者の側からいう。

二 **勅撰の制と和歌の発展**

○家ゝのもてあそびもの　広く愛誦され流布することで、歌による君臣和合のさま。○詞の花「詞華」の訓。優れた修辞。「木のもと」はその縁語。○思ひの露　優れた趣向。「草がくれ」はその縁語。長元八年（一〇三五）賀陽院水閣歌合「詞華擅レ艶…思露添レ光」。○伊勢の海　催馬楽・伊勢の海「いせの海の清き渚に…玉や拾はむや」。○泉の杣　大和国の歌枕（八雲御抄五）。泉川の上流。「杣」→三九八。万葉集十一「宮木ひく泉の杣にたつ民のやむ時もなく恋ひわたるかも」。○宮木　宮殿を造営するための材木。「渚の玉」と同じく、優れた歌の譬え。▽「詞の花」以下は、代々の勅撰集に秀歌は網羅されているものの、歌は常に生々発展して秀歌の尽きるはずのないこと。

宮木は、ひくとも絶《た》ゆべからず。ものみなかくのごとし。うたの道《みち》まなおなじかるべし。

三 これによりて、右衛門督源朝臣通具、大蔵卿藤原朝臣有家、左近中将藤原朝臣定家、前上総介藤原朝臣家隆、左近少将藤原朝臣雅経らにおほせて、むかしいま時《とき》をわかたず、たかきいやしき人をきらはず、目《め》に見えぬ神仏《かみほとけ》の言《こと》の葉も、うばたまの夢《ゆめ》につたへたる事まで、ひろくもとめ、あまねく集《あつ》めしむ。

四 を（お）の〳〵えらびたてまつれるところ、夏引《なつびき》の糸《いと》のひとすぢならず、夕《ゆふべ》の雲《くも》のおもひ定《さだ》めがたきゆへ（ゑ）に、緑《みどり》の洞《ほら》、花かうばしきあした、玉《たま》の砌《みぎり》、風すゞしきゆふべ、難波津《なにはづ》の流《なが》れをくみて、すみ濁《にご》れるをさだめ、安《あ》積《さか》山の跡《あと》をたづねて、ふかき浅《あさ》きをわかてり。

三 **本集の発企―下命者、撰者、選歌の範囲**
○右衛門督源朝臣通具　↓人名索引。以下同じ。○むかしいま…　時代は限定しない。これは新方針。○たかきいやしき…　作者は官位の高下を問わない。これは勅撰集の慣例。○目に見えぬ神仏の言の葉　託宣歌。↓一八五五・一九一七など。古今・仮名序「目に見えぬ鬼神」。○うばたまの夢につたへたる事　夢想歌。↓七九八・八一四など。「うばたまの」は夢の枕詞。↓一二五七。

四 **選歌の方法―撰者と親撰**
○夏引の糸の　「ひとすぢならず」の序。↓一二四〇。○夕の雲の　「おもひ定めがたき」の序。古今・恋一「夕暮の(はイ)雲のはたてに物ぞ思ふ天つ空なる人を恋ふとて」により、上句を「一筋ならず、とかくなむ物を思ふ」(奥義抄・下)のように解したか。○緑の洞　院の御所。「碧洞」の訓。本朝文粋十「得レ入二碧洞之中一」(「応二太上法皇製一」・大江朝綱)。内裏を「紫の庭」(八雲御抄三)という類の修辞。○玉の砌　「玉砌」は玉で作った石畳とか階段で、同じく院の御所をさす。○風すゞしき　初秋。「涼風至」(礼記・月令「孟秋之月」条)。○難波津　古今・仮名序「難波津の歌(なには津に咲くやこの花冬ごもり今は春べと咲くやこの花)」をさす。「流れをくみ」「すみ濁れる」は「津」の縁語。○安積山　同じ序で右の歌と並べて「歌の父母のやう」といわれた「安積山のことば」で、万葉集十六「あさか山かげさへ見ゆる山の井の浅き心をわが思はなくに」。古今六帖二は下句「浅くは人を思ふものかは」とする。「たづね」「ふかき浅き」は「山」の縁語。▽この段は、撰者の選歌が各人各様で標準を見出しにくいので、院が歌の伝統的なありように則って裁定した、即ち親撰を加えたことをいう。

五 万葉集にいれる歌は、これをのぞかず、古今よりこのかた七代の集にいれる歌をば、これを載《の》する事なし。たゞし、詞《ことば》の苑《その》にあそび、筆《ふで》の海《うみ》をくみても、空《そら》とぶ鳥《とり》のあみをもれ、水《みづ》にすむ魚《うを》のつりをのがれたるたぐひは、昔《むかし》もなきにあらざれば、今《いま》も又しらざるところなり。すべてあつめたる歌二千《ふたち》ぢ《ゝ》二十《はた》巻《まき》、なづけて新古今和歌集といふ。

六 春霞《はるがすみ》立田《たつた》の山に初花《はつはな》をしのぶより、夏は妻恋《つまご》ひする神なびの郭公、秋は風にちる葛城《かづらき》の紅葉《もみぢ》、冬《ふゆ》は白《しろ》たへの富士《ふじ》の高嶺《たかね》に雪《ゆき》つもる年《とし》の暮《くれ》まで、みなお《(を)》りにふれたる情《なさけ》なるべし。しかのみならず、高《たか》き屋《や》にとを《(ほ)》きをのぞみて、民《たみ》の時《とき》をしり、末《すゑ》の露《つゆ》もとの雫《しづく》によそへて、人の世《よ》をさとり、たまぼこの道《みち》のべに別《わか》れをしたひ、あまざかる鄙《ひな》の長路《ながぢ》に都《みやこ》をおもひ、高間《たかま》の山の雲居《くもゐ》のよそなる人をこひ、長柄《ながら》の橋《はし》の浪《なみ》にく

五 **古歌に対する選歌方針。歌数、巻数、名称**

○万葉集　当時は勅撰集とみなす(後拾遺・序。奥義抄・序。古来風体抄・上。八雲御抄二)。○七代の集　古今集以下千載集まで。○詞の苑　「詞苑」の訓。本朝文粋九「接二詞苑清華之召一」(「陪二左相府宇治別業一即事」・大江以言)は文壇の義であるが、ここは作品をさし、「あそび」と続けて広く諸家集を縦覧すること。○筆の海　「筆海」の訓。「空とぶ鳥」は「苑」の縁語。○筆の海　「筆海」の訓。「くみ」と続けて普く諸家集を渉猟すること。「水にすむ魚」は「海」の縁語。○あみをもれ　鳥が網の目から逃げる。次の「つり(釣)をのがれ」と同じく、秀歌を見落すことの譬え。▽この段は、上古は資料の制約上、万葉集の歌の再録をいとわず、七代集期はそれぞれの勅撰集を重んじ、その拾遺を旨として重複しない。しかし思わぬ脱漏もあろうという。

六 **入集歌の種々相と部立の次第**

○春霞立田の山　→春上・八五。○妻恋ひする　→夏・一九四。○風にちる葛城の　→秋下・五四一。○白たへの富士　→冬・六七五。○情　物のあわれを知る心の表出。○高き屋に　→賀・七〇七。○末の露　→哀傷・七五七。○たまぼこの道　→離別・八五七。○あまざかる鄙　→羇旅・八九九。○高間の山の　→恋一・九九〇。○長柄の橋の　→雑中・一五九四。○心中にうごき毛詩・大序「情動二於中一、而形二於言一(ことばにあらはる)」。○住吉の神は　→神祇・一八五五。○伝教大師は　→釈教・一九二〇。○思ひをのべ　「のべ」は述、陳の義。○しらぬ昔の人の…　古人の心、遠国の消息を居ながらに知るのは歌の徳であるという。

ちぬる名をお《(を)》しみても、心中《こゝろうち》にうごき、言外《ことほか》にあらはれずといふことなし。いはむや、住吉《すみよし》の神は片《かた》そぎの言《こと》の葉をのこし、伝教大師はわがたつ杣《そま》の思《おも》ひをのべたまへり。かくのごとき、しらぬ昔《むかし》の人の心《こゝろ》をもあらはし、ゆきて見ぬ境《さかひ》の外《ほか》のことをもしるは、たゞこの道《みち》ならし。

七 そも〳〵、むかしは五《いつ》たび譲《ゆづ》りし跡《あと》をたづねて、天《あま》つ日《ひ》嗣《つぎ》の位《くらゐ》にそなはり、いまは八《や》隅《すみ》知《し》る名をのがれて、藐《は》姑《こ》射《や》の山に住処《すみか》をしめたりといへども、天皇《すべらぎ》は子《こ》たる道《みち》をまもり、星《ほし》の位《くらゐ》はまつりごとをたすけし契《ちぎ》りをわすれずして、天《あめ》の下《した》しげき事《こと》わざ、雲《くも》の上《うへ》のいにしへにもかはらざりければ、よろづの民《たみ》、春日野《かすがの》の草《くさ》のなびかぬかたなく、よもの海《うみ》、秋津島《あきつしま》の月しづかにすみて、和歌《わか》の浦《うら》の跡《あと》をたづね、敷島《しきしま》の道《みち》をもてあそびつゝ、この集をえらびて、永《なが》き世《よ》につたへんとなり。

七 本集の編纂体制の特色 (一)下命者、院の資格

○五たび譲りし跡 真名序には漢書・文帝紀の故事を引くが、ここは継体天皇の先例(文帝紀の潤色といわれている)と見てよい。「西向譲者三(ゆづりたまふ)、南向譲者再」(継体紀)。○天つ日嗣 皇位(ことみたび)(古事記・上)。○八隅知る 帝王の異名(八雲御抄三)。もとは神人の住処をいう(荘子・逍遥遊)。○藐姑射の山 仙洞の異名(同)。○天皇 土御門天皇をさす。○子たる道 孝。次の「星の位は」以下と一対の句で、具体的には父の遺臣と政道の踏襲をいう。「孟荘子之孝也…其不レ改二父之臣与一父之政一、是難レ能(よくしがたき)也」(論語・子張)。○星の位 大臣の異名(八雲御抄三)。○たすけし契りをわすれず 譲位の後も引続き輔佐してくれたこと。新帝は前代の大臣等を引続き任命するという上古の慣行に因んだ修辞。○しげき事わざ 繁多な仕事。院政。○雲の上 内裏。○よろづの民 「万民」の訓。○春日野の草の 「なびく」の序。「春日野」→一〇。○よもの海 「四海」の訓。国内。○秋津島 日本国の異称(奥義抄・中)。○月しづかにすみ 王化の及ぶ譬え。○和歌の浦 紀伊国の歌枕。歌壇等の譬えで、「跡をたづね」は和歌所の復興をいうか。○敷島の道 千載・序に見え、歌道。「もてあそび」と続けて作歌すること。「敷島」は大和国ないし日本国の異称(能因歌枕)。▽この段は、院が今や治天の君として、その泰平の世の声を後代に伝えようとすることをいう。

八 同 (二)撰者は延喜・天暦の旧制に倣う

○事へだたり… 選歌事情も昔のこととなって分からないこと。○延喜のひじりの御代 醍醐天皇の御代。千載・序に見える。○四人 紀友則、紀貫之、凡河内躬恒、壬生忠岑。○天暦のかしこき

八 かの万葉集はうたの源《みなもと》なり。時うつり事《こと》へだた《ゝ》りて、今《いま》の人しることかたし。延喜のひじりの御代《みよ》には、四人に勅して古今集をえらばしめ、天暦のかしこきみかどは、五人におほせて後撰集をあつめしめたまへり。そのの《ゝ》ち、拾遺、後拾遺、金葉、詞華、千載等の集は、みな一人これをうけたまはれるゆへ《(ゑ)》に、聞《き》き《ゝ》もらし見を《(お)》よばざるところもあるべし。よりて、古今、後撰のあとを改《あらた》めず、五人のともがらを定《さだ》めて、しるしたてまつらしむるなり。

九 そのうへ、みづから定《さだ》め、てづから磨《みが》けることは、とを《(ほ)》くもろこしの文《ふみ》の道《みち》をたづぬれば、浜千鳥《はまちどり》あとありといへども、わが国《くに》やまと言《こと》の葉《は》始《ゝじ》まりてのち、呉竹《くれたけ》のよゝに、かゝるためしなんなかりける。

一〇 このうち、みづからの歌を載《の》せたること、古《ふる》きたぐひはあれど、十

みかど　村上天皇。「天暦のかしこきおほむ時」(千載・序)。○五人　大中臣能宣、清原元輔、源順、紀時文、坂上望城。○みな一人　拾遺・藤原公任、後拾遺・藤原通俊、金葉・源俊頼、詞花・藤原顕輔、千載・釈阿(藤原俊成)。▽この段は撰者五人の任命が精選の配慮に基づくことをいう。

九　同　㈢親撰の画期性

○そのうへ、みづから…　親撰を加えたこと。↓四。○浜千鳥　「あと」の枕詞風の用法。一応「あと」は先例の意であるが、浜千鳥の「あと」は文字、草子をさす言葉なので、ここも「文の道」の縁語で、詩文の先例即ち梁の昭明太子撰の文選、唐の玄宗の御注孝経など(八代集抄)をさす。○やまと言の葉　和歌。「もろこしのうた」の対(源氏物語・桐壺)。○呉竹の　世の枕詞。↓五七六。○かゝるためし…　拾遺集の花山法皇撰説(後拾遺・序、古来風体抄・上や八雲御抄二の異説など)を認めない。

一〇　入集の自歌について

○古きたぐひ　村上天皇は後撰集に二首。白河天皇は後拾遺集に七首。金葉集に五首。崇徳天皇は詞花集に四首。後白河天皇は千載集に七首。○三十首にあまれり　底本では三十五首(うち二首は切出歌)。○目たつべき色　人の注目する優れた詞・姿の美しさ。下の「ふし(節)」はこれに対し、趣向をさす。○いづれとわきがたければ　どん栗の背比べで取捨に迷うこと。○森のくち葉　森は「詞の林」の類の修辞で、その中に交る拙い自作の意。○汀の藻くづ　水際に打寄せられた藻塩草即ち詠草の中の屑の意で、同様の謙辞。○道にふける思ひ　歌道に注ぐ数奇の志。○後の嘲りを…　後代の非難にまで配慮が及ばなかったということになろう、の意。▽この段は、自歌が異例に多い

首にはすぎざるべし。しかるを、今《いま》かれこれえらべるところ、三十首にあまれり。これみな、人の目《め》たつべき色《いろ》もなく、心《こゝろ》とゞむべきふしもありがたきゆへ(ゑ)に、かへりて、いづれとわきがたければ、森《もり》のくち葉かず積《つも》り、汀《みぎは》の藻《も》くづかき捨《す》てずなりぬることは、道《みち》にふける思《おも》ひふかくして、後《のち》の嘲《あざけ》りをかへりみざるなるべし。

二 時《とき》に元久二年三月廿六日なんしるしをはりぬる。

三 目《め》をいやしみ、耳《みゝ》をたふとぶるあまり、石上《いそのかみ》ふるき跡《あと》を恥《は》づといへども、流《なが》れをくみて、源《みなもと》をたづぬるゆへ(ゑ)に、富緒河《とみのをがは》のたえせぬ道《みち》を興《おこ》しつれば、露霜《つゆしも》はあらたまるとも、松《まつ》ふく風の散《ち》りうせず、春秋《はるあき》はめぐるとも、空《そら》ゆく月の曇《くもり》なくして、この時にあへらんものは、これをよろこび、この道《みち》をあふがんものは、今《いま》をしのばざらめかも。

ことの釈明。↓隠岐本識語二。

二　**本集の成立**

○元久二年三月…　一二〇五年。竟宴の日付。

三　**結語**

○目をいやしみ…　今の世を卑しみ、古を尊ぶこと。文選三・東京賦「貴レ耳而賤レ目者也」。万葉集に遡って選歌したことの釈明。○石上　「ふるき」の枕詞。↓八八。「ふるき跡」は勅撰集の先例の意で、本集が万葉集に遡って選歌したことを異例と認めて「恥づ」という。○流れをくみて…　現状に留まらず、進んでその由来を考え、根本を知ろうという志からの意。摩訶止観一之上「挹レ流尋レ源、聞レ香討レ根(ねをたづぬ)」。○富緒河　古今・真名序「富緒川之篇」、即ち拾遺・哀傷「いかるがや富緒川の絶えばこそわが大君のみ名を忘れめ」を踏まえる。「難波津の歌(↓四)」と並んで人代での歌の始源とされる。○たえせぬ道を…　上古以来一貫する歌道のすがたを再興したのでの意。○露霜はあらたまる　白露は孟秋、霜は季秋に始めて降る(礼記・月令)。即ち初秋から晩秋へと時節の移ること。○松ふく風の…　例えば「色変へぬ松ふく風の音はして散るははなはその紅葉なりけり」(千載・秋下)のように、紅葉を吹く風とはちがい、「松ふく風」は音はして、葉を散らすことがない意か。本集の永続する名声を祈念していう。古今・仮名序「松の葉の散りうせず」。○空ゆく月の…　大空を渡る月が変らぬ光を放つのに本集を譬える。○この時にあへらんもの　当代に生きる人びと。○この道をあふがんもの　後代の人。○今を…　当代を慕わずにいられようか。古今・仮名序「今をこひざらめかも」。▽この段は、異例な撰修事業のもつ意義を後代にかけて自賛する。

新古今和歌集巻第一

春歌上

春《はる》たつ心《こゝろ》をよみ侍りける　　摂政太政大臣

1 み吉野《よしの》は山もかすみて白雪《しらゆき》のふりにし里《さと》に春はきにけり

春《はる》のはじめの歌《うた》　　太上天皇

2 ほの〴〵と春《はる》こそ空《そら》にきにけらし天《あま》の香具《かぐ》山かすみたなびく

1 吉野は山も霞んで、昨日まで白雪の降っていたこの古里に春は来たことだ。本歌「春立つといふばかりにやみ吉野の山も霞みてけさは見ゆらむ」(拾遺・春・壬生忠岑)。秋篠月清集「治承題百首」。後京極殿御自歌合。○み吉野　大和国の歌枕。○山もかすみて　吉野は雪が深くて立春も「春霞たてるやいづこみ吉野のよしの山に雪はふりつつ」(古今・春上・読人しらず)と歌われている。その趣意を改めたのが本歌。その「み吉野の山も霞みて」をそのまま承ける一方、下の「里」に対する「山も」でもある。この山と里を総括するのが初句で、そのため本歌の「の」を「は」に改める。○ふりにし里　「降る」と「古る」と掛詞。吉野は古代の離宮の地なので、古京の意で古里とよぶ。雪はやんだが、白皚々のイメージは働く。▽寂れた古京の山野に訪れた明るい春の気配を歌う。以下九首「立春」の歌。

2 ほのぼのとまさしく春は空に来たな。あのように夜明けの天の香具山に霞がたなびいている。本歌「久方のあまの香具山このゆふべ霞たなびく春立つらしも」(万葉集十・柿本人麿歌集)。後鳥羽院御集「元久二年(一二〇五)三月、日吉三十首御会」。○ほの〴〵と　夜の明けるさまや、霞がたなびき、霧がこめるさま等の象徴辞。ここは霞を主として夜明けを兼ねる。○空に　明けゆく空であり、また大空に聳え立つような「天の」の語感(この語は香具山が天から降下したという伝承による)も働かせて「空に」と特定する。○けらし　「けり」の意(八雲御抄四)。○天の香具山　大和国の歌枕。

百首歌たてまつりし時、春《はる》の歌《うた》　　式子内親王

3 山ふかみ春ともしらぬ松の戸《と》にたえ〴〵かゝる雪の玉水《たまみづ》

五十首歌たてまつりし時　　宮内卿

4 かきくらしなを(ほ)ふる里《さと》の雪《ゆき》のうちに跡《あと》こそ見えね春はきにけり

入道前関白太政大臣、右大臣に侍(はべり)ける時、百首歌よませ侍けるに、立春の心を　　皇太后宮大夫俊成

5 けふといへばもろこしまでもゆく春を都《みやこ》にのみと思《おも》ひけるかな

題しらず　　俊恵法師

6 春といへばかすみにけりなきのふまで浪間《なみま》に見えし淡路《あはぢ》島《しま》山

3　山が深いので春が来たとも知らず待ちわびる松の戸に、間遠に滴りおちる雪解けの雫よ。正治二年(一二〇〇)院初度百首。○松の戸　松の枝折戸(しおりど)で庵のさま。「松」と「待つ」と掛詞。▽雪解けの雫に見入りつつ春の訪れを知った喜びを反芻しているが、「松」の青と「雪」の白との対照、「玉水」の語感も効果を添える。

4　あたりを暗くして今日も降りつづく古京の雪中に、足跡は見えないが春は来たことだ。建仁元年(一二〇一)二月、老若五十首歌合。○なをふる里　旧年と変らず「降る」意に「古里」を掛ける。古里は吉野の古京か。○跡こそ見えね　「春無レ跡至、争(いかでか)尋得」(新撰朗詠集「立春」・藤原篤茂)ともいうが、ここは降る雪に消されて春の足跡は認めにくい意。「跡」は人跡に擬したもの。▽参考「雪深き岩のかけ道跡たゆる吉野の里も春は来にけり」(千載・春上・待賢門院堀河)。

5　今日という日は遥か西の唐土まで渡ってゆく春であるのに、つい都にだけ来たと思ったことだな。本歌「遥かなるもろこしまでもゆくものは秋の寝覚の心なりけり」(千載・秋下・大弐三位)。長秋詠藻「右大臣家百首」、治承二年(一一七八)七月詠進。○入道前関白太政大臣　藤原兼実。○ゆく春　五行説では春を東に配し、春は東から西へ進むとされた。▽都に春を迎えた喜びは、広大無辺の春に思い及ぶ時一層おおらかなものになるのであろう。

6　立春というので霞んでしまったな。昨日まで波間に見え隠れしていた淡路島が。林葉集「左大将実定家にて同じ(立春の)心を」。○淡路島山　山の多い淡路国を海上から望んだ表現。歌枕。▽参考「わたつうみのかざしに挿せる白妙の波もてゆへる淡路島山」(古今・雑上・読人しらず)。

7　岩間《いはま》とぢし氷《こほり》もけさはとけそめて苔《こけ》のしたみづ道《みち》もとむらん

西行法師

8　風まぜに雪はふりつゝしかすがに霞たなびき春はきにけり

よみ人しらず

9　時《とき》はいまは春になりぬとみ雪《ゆき》ふるとを(ほ)き山べに霞《かすみ》たなびく

堀河院御時百首歌たてまつりけるに、残《のこ》りの雪《ゆき》の心《こゝろ》をよみ侍りける

権中納言国信

10　春日野《かすがの》のしたもえわたる草《くさ》の上《うへ》につれなくみゆる春のあは雪

7　岩間を閉ざしていた氷も今朝は解けそめ、今まで苔の下に滲み滞っていた水は水路を辿っていることであろう。西行法師家集。御裳濯河歌合。○とけそめて　「東風解レ凍」(礼記・月令「孟春之月」条)。○苔のしたみづ　細谷川のさま。「幽咽(いうえつたる)泉流、氷下難(こほりのしたになやむ)」(新撰朗詠集「管絃」・白居易)に類する着想で、解氷の水ではない。▽参考「春知れと谷の細水もりぞゆく岩間の氷ひま絶えにけり」(西行法師家集)。

8　風交りに雪は降ってくるが、それでも霞がたなびいて春は来たことだ。原歌は万葉集十「風まじり…春さりにけり」。神田本万葉集の訓は初・末句とも本文に同じ。○しかすがに　和歌童蒙抄一「さすがに」。▽風花(かざはな)の舞う野の遠望。

9　時節はもう春になったとばかり、雪の降っている遠い山のあたりに霞がたなびいている。原歌は万葉集八の同じ歌で、作者は中臣朝臣武良自(むらじ)。古今六帖一には読人しらずとして入っている。○み雪ふる　「み」は美称。万葉集では諸注多く「冬には雪が降る」など枕詞風に扱っているが、本集では白い遠山を望んで雪の降るさまを想像した表現と解したい。

以上二首は再び「雪」を点出して配列に逆行すると見えるが、次の残雪中の二首に移る繫ぎ。

10　春日野の、春を待ちこがれて一面に萌え出た草の上に、さも冷然と置いている春の淡雪よ。長治二年(一一〇五)頃、堀河百首。○堀河院　第七十三代天皇。○残りの雪　春消え残っている雪。また降る雪をもいう。○春日野　大和国の歌枕。○したもえ　表面に現われずに燃える。転じて心中で思い焦がれること。ここは雪の下に萌える意と転義を兼ねる。○あは雪　淡雪。消えやすい雪で、「春の雪をいふ」(能因歌枕)。▽草と雪とを男女に擬える。

題しらず　　　　　　　　　　　　　山辺赤人

11 あすからは若菜《わかな》つまむとしめし野《の》に昨日《きのふ》もけふも雪はふりつゝ

天暦御時屏風歌　　　　　　　　　　壬生忠見

12 春日野《かすがの》の草《くさ》はみどりになりにけり若菜《わかな》つまむとたれかしめけん

崇徳院に百首歌たてまつりける時、春《はる》の歌《うた》　　　前参議教長

13 若菜《わかな》つむ袖《そで》とぞ見ゆる春日野《かすがの》のとぶひの野べの雪のむらぎえ

延喜御時の屏風に　　　　　　　　　紀貫之

14 ゆきて見ぬ人もしのべと春《はる》の野のかたみにつめる若菜《わかな》なりけり

この一首「若草」。

11 明日からは若菜を摘もうと、しめを結っておいた野に、昨日も今日も雪は降り続いて。原歌は万葉集八、初句「あすよりは」。類聚古集の訓は本文に同じ。○若菜　「ゑぐ、菫、なづな等をいふ。早蕨をもいふ」(能因歌枕)。早春に若菜を摘む民俗が平安時代に入って正月の子日の宮廷行事「供若菜」となり、また別に中国伝来の行事として人日(正月七日)に七種菜の調進も行われた。いずれも邪気を除くとして若菜の羹(あつもの)を食べる。○しめ　縄を張るなどして占有の標示をすること。以下一五まで「若菜」。

12 春日野の草は緑になったことだ。若菜を摘もうとしめを結ったのは誰だろう。忠見集。○天暦　村上天皇の年号。天皇をもさす。▽屏風の図柄、彩色をふまえてさらに画かれないもの、この場合摘む人の上に思いを寄せる趣向が屏風歌の面白さである。

13 若菜を摘む人々の白妙の袖かとばかり見えることだ。春日野の飛火の野辺の雪のむら消えは。本歌「春日野の若菜摘みにや白妙の袖ふりはへて人のゆくらむ」(古今・春上・紀貫之)。久安六年(一一五〇)、久安百首。○崇徳院　第七十五代天皇。○とぶひの野べ　大和国の歌枕。春日野の内。○むらぎえ　消えた跡が斑に残っていること。▽参考「春日野の飛火の野守いでて見よいまいくかありて若菜つみてむ」(古今・春上・読人しらず)。

14 子日の遊びに出かけなかった人もこれを見て偲ぶようにと、春の野の形見に筐(かたみ)に摘み入れた若菜なのだな。貫之集「延喜六年(九〇六)月次(つきなみ)の屏風八帖が料の歌」の内「子日遊ぶ家」。和漢朗詠集「若菜」。○延喜　醍醐天皇の年号。天皇をもさす。○かたみ　しのび種と筐(小籠)の両義を掛ける。

述懐百首歌よみ侍《(はべり)》けるに、若菜《わかな》　皇太后宮大夫俊成

15 沢《さは》におふる若菜《わかな》ならねどいたづらに年《とし》をつむにも袖《そで》はぬれけり

日吉《(ひえ)》社によみてたてまつりける子日《(ねのび)》の歌

16 さゞ浪《なみ》や志賀《しが》の浜松《はまゝつ》ふりにけりたが世《よ》にひける子《ね》の日《(び)》なるらん

百首たてまつりし時　藤原家隆朝臣

17 谷河《たにがは》のうちいづる浪《なみ》もこゑたてつ鶯さそへ春《はる》の山風《かぜ》

和歌所にて、関路ノ鶯といふことを　太上天皇

18 鶯のなけどもいまだふる雪《ゆき》に杉《すぎ》の葉しろき逢坂《あふさか》の山

15 沢に生えている若菜を摘むではないが、なすこともなく齢を積み重ねてもやはり袖はぬれることだ。本歌「春の野の若菜ならねど君がため年の数をもつまむとぞ思ふ」(拾遺・賀・伊勢)。長秋詠藻・述懐百首、保延六(一一四〇)、七年頃。○述懐《(しゅっかい)》　愁訴で、多くは身の不遇を嘆く。○沢　水草の生えた浅い水。池・川の辺をもいう。○つむ　「摘む」と「積む」と掛詞。○袖はぬれけり　若菜を摘めば沢水で、いたずらに年を積めば涙でぬれるのである。

16 志賀の浜辺の松は年老いたことだ。いつの御代に引いた子日の小松が根づいたものであろう。文治六年(一一九〇)三月、五社百首「子日」、日吉社奉納分。○日吉社　近江国滋賀郡、比叡山東麓に鎮座。○さゞ浪や　志賀の枕詞。○志賀　近江国の歌枕。天智天皇の近江大津宮の所在地。○たが世　大津宮での子日の遊びに思いを馳せたもの。○子の日　正月初子の日で、若菜と併せて小松引きの行事がある。松の長寿にあやかるもので持ち帰って植える。「子」と「根」と掛詞。

小松引きと若菜とは並べて配列するのが常例。

17 谷川の割れた氷の隙々からほとばしる波も声を立てている。さあ、この波の初花の香を送って鶯を誘い出し、その声を聞かせてくれ。春の山風よ。本歌㈠「谷(山イ)風に解くる氷のひまごとにうち出づる波や春の初花」(古今・春上・源当純)、㈡「花の香を風のたよりにたぐへてぞ鶯誘ふしるべにはやる」(同・紀友則)。正治二年(一二〇〇)院初度百首。○鶯さそへ　冬の間は谷の奥の古巣に眠っているものとされた。

以下二首は「早春の山」。

18 もう春になったと鶯が鳴いているのになおも降る雪に埋れて、杉の青葉も真白な逢坂山よ。本歌「梅が枝にきゐる鶯春かけてなけどもいまだ

堀河院に百首歌たてまつりける時、残《のこ》りの雪《ゆき》の心《こゝろ》をよみ侍《はべり》ける

藤原仲実朝臣

19 春きては花とも見よと片岡《かたをか》の松のうは葉にあは雪ぞふる

題しらず

中納言家持

20 巻向《まきもく》の檜原《ひばら》のいまだくもらねば小松《こまつ》が原《はら》にあは雪ぞふる

よみ人しらず

21 いまさらに雪《ゆき》ふらめやもかげろふのもゆる春日《はるひ》となりにしものを

凡河内躬恒

22 いづれをか花とはわかむふるさとの春日《かすが》の原《はら》にまだきえぬ雪

雪はふりつつ」(古今・春上・読人しらず)。後鳥羽院御集「建仁二年(一二〇二)二月十日、影供歌合」。○和歌所　建仁元年七月仙洞御所(当時二条殿)に設置。○逢坂の山　関とともに近江国の歌枕。▽参考「ふる雪に杉の青葉も埋れてしるしも見えず三輪のやまもと」(金葉・冬・皇后宮摂津)。

19 春になった今は花と見てくれとばかり、片岡の松の上葉に淡雪が降りかかっている。本歌「春立てば花とや見らむ白雪のかかれる枝に鶯のなく」(古今・春上・素性)。長治二年(一一〇五)頃、堀河百首、四句「松のうれ葉に」。○堀河院　第七十三代天皇。○片岡　山の片側が突出して小丘になっている所。○うは葉　草木の上方の葉。↓三〇六。以下二三まで「残雪」。

20 巻向の檜原はまだ雲がかからないのに、小松の生えたこの原には淡雪が降っている。もとは万葉集十・柿本人麿歌集の歌であるが、家持集・冬歌に拠るか。ただし四句「こまつがさきに」。○巻向の檜原　大和国の歌枕。○小松「小」は愛称。○くもらねば「ねば」は逆態接続。▽原歌の冬歌を春歌として扱ったのは既に「あは雪」を春雪と解していたからである。↓二〇。遠景はなお晴れ、近景は残雪の降るさま。

21 今になって雪の降ることがあるものか。陽炎の燃える春の日になったものを。原歌は万葉集十、四句「もゆる春べと」。人麿集。○ふらめやも　降るべきであろうかの意。○かげろふ　春先など地上の熱した空気がちらちら立ち上る現象。

22 どれを花だと見分けようか。古京の春日の原に春の日というのに消え残っている白雪よ。躬恒集「御屏風」。○花　春日野は梅の名所。○春日の原　春日野。「春の日」の意を兼ねる。▽参考「雪ふれば木毎に花ぞさきにけるいづれを梅とわきて折らまし」(古今・冬・紀友則)。

家百首歌合に、余寒の心を

摂政太政大臣

23 空《そら》はなを《(ほ)》かすみもやらず風さえて雪げにくもる春の夜《よ》の月

和歌所にて、春山《ノ》月といふ心をよめる

越前

24 山《やま》ふかみなを《(ほ)》かげさむし春の月空《そら》かきくもり雪はふりつゝ

詩を作《つく》らせて歌にあはせ侍《(はべり)》しに、水郷《ノ》春望と
いふことを

左衛門督通光

25 三《み》島江《しまえ》や霜《しもゝ》もまだひぬ蘆《あし》の葉につのぐむほどの春風ぞ吹《(ふく)》

藤原秀能

26 夕月夜《ゆふづくよ》しほみちくらし難波江《なにはえ》の蘆《あし》の若《わか》葉にこゆる白浪《しらなみ》

23 空は春というのにまだ霞みきらずに風は寒く、雪げの雲がかかってそのため朧な春の夜の月よ。建久四年(一一九三)、六百番歌合。後京極殿御自歌合。○家百首歌合　作者藤原良経(当時左大将)の邸で催された百首歌を結番して成った歌合の意。○余寒　立春後の寒さ。「なほさえて」は余寒を表わす常套句。○雪げにくもる　雪催いに曇る意。「雪げの雲」という句もあり、「雪降らむとて黄雲の立つなり」(奥義抄・上)という。▽霞のためでなく、雪げの雲で朧だというのである。

以下二首は「余寒」、または「余寒の月」。

24 山が深いので今もなお光は寒い、春の月よ。空は一面に曇り、雪は降りつづいて。建仁二年(一二〇二)正月十三日、和歌所御会(後鳥羽院御集による)。○なをかげさむし　「なほさむし」も余寒の常套句。

25 三島江よ。夜の間に置いた霜もまだ乾かない枯蘆の葉の上に、どうやら芽立ちをうながす程に春風が吹いている。本歌「三島江につのぐみわたる蘆の根のひとよのほどに春めきにけり」(後拾遺・春上・曾禰好忠)。元久二年(一二〇五)六月、元久詩歌合。○水郷春望(すいきようのしゆんばう)　水辺の里の春の眺めの意。○三島江　摂津国の歌枕。蘆・薦の名所。江は浦が陸地に入り込んだ所で、芥川の川口付近。○つのぐむ　角を出す意。蘆・薦・荻などが新芽を出すこと。▽本歌と比較する時、細部の具象化に努める本集の特色がよく分かる。

以下二七まで三首「水郷春望」。

26 夕月がかかり、潮が満ちてくるようだ。難波江の蘆の若葉の上に波頭を見せる白波よ。本歌「花ならで折らまほしきは難波江の蘆の若葉にふれる白雪」(後拾遺・春上・藤原範永)。元久詩歌合・同題、四句「蘆の若葉を」。○夕月夜　「夕月」(八雲御抄三)。日没時、もう中天にかかっている

春歌とて　　　　　　　　　　　　西行法師

27 ふりつみし高嶺《たかね》のみ雪《ゆき》とけにけり清滝《きよたき》河の水の白浪《しらなみ》

　　　　　　　　　　　　　　　　源　重　之

28 梅《むめ》が枝《え》にものうきほどにちる雪《ゆき》を花ともいはじ春の名《な》たてに

　　　　　　　　　　　　　　　　山　辺　赤　人

29 あづさ弓《ゆみ》はる山ちかくいゑ（へ）ゐしてたえずきゝつる鶯の声《こゑ》

　　　　　　　　　　　　　　　　読人しらず

30 梅《むめ》が枝《え》になきてうつろふ鶯《うぐひす》の羽根《はね》しろたへにあは雪《ゆき》ぞふる

月初めの上弦の月。○難波江　摂津国の歌枕。○蘆の名所。▽参考「蘆洲月色随ㇾ潮満」（和漢朗詠集「白」）。夕月の微光、静かな波、それに水面を僅かに出る新芽の青と白波との新古今的な色彩の配合。

27 降り積っていた高嶺の深雪が解けたのだ。清滝川にみなぎる白波よ。西行法師家集。御裳濯河歌合。○高嶺　上流の栈敷ヶ岳、愛宕山等であろう。○清滝河　山城国の歌枕。栂尾・高雄等を経、保津川（大井川の上流）に合流する。○水の白浪　山川の石間をゆく波をいう慣用句。

28 梅の枝に大儀そうに少しばかり散りかかる雪を花とはいうまい。春の名折れなので。本歌「梅が枝にふりおける雪を春近み目のうちつけに花かとぞ見る」（後撰・冬・読人しらず）。重之集。○ものうき　「春立てど花もにほはぬ山里はもの憂かるねに鶯ぞなく」（古今・春上・在原棟梁）と同義。○ちる　花の縁語。○名たてに　「名たてなり」の中止形。▽これは、本歌はもとより、「残雪」歌群冒頭の一九の趣向にも対立するのが注目されるが、主題は同じ「残雪」といってよい。それがここに改めて配列されたのは三〇との繋ぎであろう。

29 春山の近くに住んで、いつも聞いた鶯の声よ。もとは万葉集十・作者未詳、四句「つぎて聞くらむ」であるが、赤人集に拠るか。ただし四句「たえず聞くらし」。○あづさ弓　「張る」に掛けて「春」の枕詞。▽参考「野辺ちかく家居しせれば鶯の鳴くなる声はあさなあさな聞く」（古今・春上・読人しらず）。

以下三首「鶯」であるが、この一首は孤立的。

30 梅の枝で鳴きながら枝移りしている鶯の羽も真白に、美しい淡雪が降っている。原歌は万葉集十。古今六帖一。

百首歌たてまつりし時　　惟明親王

31 鶯の涙《なみだ》のつらゝうちとけて古巣《ふるす》ながらや春をしるらん

題しらず　　志貴皇子

32 岩《いは》そゝくたるみのうへの早蕨《さわらび》のもえいづる春になりにけるかな

百首歌たてまつりし時　　前大僧正慈円

33 あまのはら富士《ふじ》のけぶりの春の色の霞《かすみ》になびくあけぼのゝ空《そら》

崇徳院に百首歌たてまつりける時　　藤原清輔朝臣

34 あさ霞《がすみ》ふかく見ゆるやけぶりたつ室《むろ》の八《や》島《しま》のわたりなるらん

31 冬中張りつめていた鶯の涙の氷もいまは解け、そのことで古巣に籠ったまま、春の来たのを感知していることであろうか。本歌「雪のうちに春は来にけり鶯の氷れる涙いまやとくらむ」(古今・春上・二条后)。正治二年(一二〇〇)院初度百首、二句「涙のこほり」。○古巣　谷の奥にある住み古した巣。鶯は早春ここを出て晩春に帰り、越冬するとされていた。

32 岩上に飛び散る滝のほとりの初蕨が萌え出る春になったことよ。原歌は万葉集八、五句「なりにけるかも」。古今六帖一、和漢朗詠集「早春」には「たるひ」。袖中抄三は本文に同じ。○たるみ　垂る水。地名説もある。「古巣」から「早蕨」へ。共に谷間の早春。

33 大空に立昇る富士の煙が春の色合の霞となってたなびいている曙の空よ。正治二年院後度百首「霞」。○あまのはら　富士の枕詞であるが、ここでは広大な天空のイメージが重要。○富士のけぶり　富士に煙の取合わせは約束で、富士の壮大さ、神秘性を高める景物とされていた。○春の色　漢語「春色」の訓。霞は普通、緑・浅緑色とされるが、慈円は「霞の袖のくれなゐ」(拾玉集)とも歌う。○霞に　霞の中に、とも解されるが、所詮霞と煙が一色に溶融した状態をいう。▽参考「けふこそは春は来にけれ富士のねの煙と見るや霞なるらむ」(嘉応二年五月、実国家歌合・藤原実国)。助詞の「の」で語を畳み上げてゆく手法は、イメージや情調の重層をねらった新古今風の適例。三の「もえ」を「煙」で承け以下三六まで「霞」。

34 朝霞の色濃く見えるところが、いつも煙の立っている室の八島のあたりであろうか。久安六年(一一五〇)、久安百首。○崇徳院　第七十五代天皇。○室の八島　下野国(栃木県)の歌枕。「煙」は野中の清水から立昇る蒸気というのが通説(八雲

35 晩霞といふことをよめる　後徳大寺左大臣

なごの海《うみ》の霞《かすみ》のまよりながむれば入《い》る日をあらふ沖《おき》つ白浪《しらなみ》

36 をのこども詩を作《つく》りて歌にあはせ侍《はべり》しに、水郷春望といふことを　太上天皇

見わたせば山もとかすむ水無瀬河《みなせがは》ゆふべは秋《あき》となに思《おも》ひけん

37 摂政太政大臣家百首歌合に、春の曙《あけぼの》といふ心をよみ侍《はべり》ける　藤原家隆朝臣

かすみたつ末《すゑ》の松山ほの〲と浪《なみ》にはなるゝ横《よこ》雲の空《そら》

御抄五など)。▽参考「煙かと室の八島を見しほどにやがても空の霞みぬるかな」(千載・春上・源俊頼)。

35 なごの海の霞の隙を通して見入れば、今しも入日を洗う沖の白波よ。林下集「按察使公通卿十首題」。〇なごの海　摂津国の歌枕か。〇あらふ　入日の前に波の踊躍するさま。▽参考「秋の海にうつれる月を立ちかへり波は洗へど色も変らず」(後撰・秋中・清原深養父)。

36 見渡せば山の麓は霞み、その中を流れゆく水無瀬川。夕は秋に極まるなどとどうして今まで思っていたのであろう。元久二年(一二〇五)六月、元久詩歌合。〇見わたせば　離宮からの眺望。〇山もと　水無瀬山の麓。→五四三。水無瀬山は水無瀬川左岸の山地。淀川左岸の山々とする説もある。〇水無瀬河　摂津国の歌枕。水無瀬で淀川に注ぐ。〇ゆふべは秋　「なつかしく物のとゝのほることは春の夕暮こそ殊に侍りけれ」(源氏物語・若菜下)ともいうが、「秋は夕暮」(枕草子・春は曙の条)などを通念とする。→三四〇。▽参考「水無瀬山木の葉あらはになるままに尾上の鐘の声ぞ近づく」(最勝四天王院障子和歌・後鳥羽院)。

37 霞のたなびく末の松山。そこをあたかも山を越えた波であるかのように、ほのぼのと横雲が離れてゆく明け方の空よ。本歌「君をおきてあだし心をわがもたば末の松山波も越えなむ」(古今・東歌・陸奥歌)。建久四年(一一九三)、六百番歌合。〇摂政太政大臣　藤原良経。〇末の松山　陸奥国の歌枕。〇ほの〲と　夜の明けるさまと横雲の離れるさまを兼ねる。→二。〇浪にはなるゝ　霞むのを波が越えたと見立てて「峰にはなるる」というべきを「浪に」という。詠歌一体「主々あること」(制詞)に入る。〇横雲　明け方の横にたなびく雲。▽霞・波・雲が重畳する華麗な趣向。

守覚法親王、五十首歌よませ侍《(はべり)》けるに　　藤原定家朝臣

38 春の夜《よ》の夢のうき橋《はし》とだえして峰《みね》にわかるゝ横《よこ》雲の空《そら》

如月《きさらぎ》まで梅《むめ》の花《はな》さき侍らざりける年《とし》、よみ侍ける　　中務

39 しるらめや霞《かすみ》の空《そら》をながめつゝ花もにほはぬ春をなげくと

守覚法親王家五十首歌に　　藤原定家朝臣

40 おほぞらは梅《むめ》のにほひに霞《かす》みつゝくもりもはてぬ春の夜《よ》の月

題しらず　　宇治前関白太政大臣

41 お《(を)》られけりくれなゐにほふ梅《むめ》の花《はな》けさしろたへに雪はふれれど

以下二首は「春曙」。

38 春の夜の夢のとぎれた折しも、峰に吹きあてられた横雲が左右にとぎれ分かれてゆく曙の空よ。本歌「風ふけば峰にわかるる白雲のたえてつれなき君が心か」(古今・恋二・壬生忠岑)。建久九年(一一九八)頃、御室五十首。○守覚法親王　後白河天皇第二皇子。仁和寺御室。○夢のうき橋「ただ夢なり」(八雲御抄四)ともいうが、源氏物語の最後の巻名であり、あたかも「とだえ」たかのように余情を残したその結末にまで連想の及ぶ艶麗な辞句。「橋」と「とだえ」は縁語。▽上句の夢の名残が下句の現実であるかのような構成の巧緻。また「わかるる横雲」には文選十九・高唐賦にいう「朝雲」、それは楚王が夢に見た巫山の神女の形見であったが、その面影もあるか。

39 お前は知っているであろうか。霞む空に見入りながら花もまだ匂ってこない春を嘆いていると。本歌「春立てど花もにほはぬ山里はもの憂かるねに鶯ぞなく」(古今・春上・在原棟梁)。公任集には「二月まで梅の咲かざりける年、前の梅に結びつけたる」とあり、梅に語りかけた歌。前田家本中務集にも見えるが公任作とすべきか。

以下五四まで「梅」。

40 大空は梅の匂のために霞んでいて、まことに「曇りもはてぬ春の夜の」朧月で、これに優る眺めはないことだ。本歌「照りもせず曇りもはてぬ春の夜の朧月夜にしくものぞなき」(句題和歌。↓五五)。御室五十首。▽本歌で歌われた朧月夜の景情を梅の匂のためと趣向して、視覚的表象に嗅覚的なそれを加え、「しくもの」のなさを一層細やかに理由づける。

41 うまく折ることができたよ。紅の色も鮮やかな梅の花を。今朝真白に雪はふっているが。本説「有レ色易レ分(いろあってはわかちやすし)、残雪底」(和漢朗詠集「紅

42
垣根《かきね》の梅《むめ》をよみ侍りける　　藤原敦家朝臣

あるじをば誰《たれ》ともわかず春はたゞ垣根《かきね》の梅《むめ》をたづねてぞみる

43
梅花遠薫《クル》といへる心をよみ侍《(はべり)》ける　　源俊頼朝臣

心あらばとはましものを梅《むめ》が香《ゝ》にたが里よりかにほひ来《き》つらん

44
百首歌たてまつりし時　　藤原定家朝臣

梅《むめ》の花にほひをうつす袖のうへに軒《のき》もる月のかげぞあらそふ

45
藤原家隆朝臣

梅《むめ》が香《ゝ》に昔《むかし》をとへば春の月こたへぬかげぞ袖にうつれる

梅」・兼明親王)。新撰朗詠集「紅梅」、五句「雪はふれども」。今鏡四・梅の匂によれば藤原頼通が右大臣藤原頼宗に贈った歌。入道右大臣集(頼宗)にも。

42 家の主は誰であろうと気にかけず、春は垣根の梅だけを探し求めて見ることである。本説「至(いたること)無二定家一、尋レ花而不レ問レ主」(新撰朗詠集「春興」・紀斉名)。

43 もしも心があるなら梅の香に聞いてみたいものだ。いったいお前は誰のいる里から匂ってきたのであろうかと。散木奇歌集。○たが里　底本「たが袖」。家集や本集の諸本により校訂。梅の香からゆかしい人の袖の移り香を連想し、その住む里に思いを馳せて「遠薫」の題意を表わす。

44 梅の花がしきりに匂を移している袖の上に、軒端からさし入る月の光がまたわれ劣らじと映っていることだ。正治二年(一二〇〇)院初度百首。○かげぞあらそふ　「うかひ舟村雨すぐる篝火に雲間の星のかげぞあらそふ」(嘉禄元年、権大納言家三十首・藤原定家)と同意。▽参考「月やあらぬ春や昔の春ならぬわが身一つはもとの身にして」(古今・恋五・在原業平)とその詞書。伊勢物語四段にも。月が袖に映るには袖の露が前提となるし、それも「争ふ」といえばしとどに置く露で、ここでは参考歌をふまえた激しい懐旧の涙である。古注は単に梅や月に興じた歌とみているが、しかし梅と月を拮抗させた鋭い構成、緊迫した調べは何か劇的な事情を想像させる力があり、やはり参考歌の世界を再構成したとみたい。

45 梅の香を聞いて懐旧の思いにたえず、折から春の月に昔のことを尋ねるが答えず、ただその光ばかりが袖に映っている。正治二年院初度百首。▽前歌の参考歌を月への問いかけに趣向し直したもので、辞句の上では本歌取といえないまでも関係は前歌以上に緊密である。

千五百番の歌合に　　　　右衛門督通具

46 梅《むめ》の花たが袖ふれしにほひぞと春や昔《むかし》の月にとはばや

皇太后宮大夫俊成女

47 梅《むめ》の花あかぬ色香も昔《むかし》にておなじかたみの春の夜《よ》の月

梅花にそへて大弐三位につかはしける　　　　権中納言定頼

48 見ぬ人によそへて見つる梅《むめ》の花ちりなん後《のち》のなぐさめぞなき

返し　　　　大弐三位

49 春ごとに心をしむる花の枝《え》にたがなを《(ほ)》ざりの袖かふれつる

46 梅の花、それはいったい誰が袖を触れて移した匂なのかと、昔ながらの春の月に聞いてみたいものだ。本歌「色よりも香こそあはれと思ほゆれ誰が袖ふれし宿の梅ぞも」(古今・春上・読人しらず)。建仁二年(一二〇二)頃、千五百番歌合・春一。〇春や昔　四の参考歌の「春や昔の春ならぬ」は反語で、昔のままの春の意。それを三字で表わす。

47 梅の花、その飽きることのない色香も昔のままであり、同様に昔の形見として照らしている春の夜の月よ。本歌「よそにのみあはれとぞ見し梅の花あかぬ色香は折りてなりけり」(古今・春上・素性)。千五百番歌合・春二。

懐旧の情を誘うものとして梅と月が関連的、対照的にあることは以上四首に共通し、ともに「月やあらぬ」の歌の世界に繋がる。

48 ついぞお逢いしないあなたの身代りに眺めていた梅の花です。いずれ散ってしまうその後は慰めになるものとてありません。定頼集。大弐三位集(端白切)には二句「よそへてぞみる」。〇大弐三位　紫式部の女。▽久しく逢わぬ女を恨む。参考「わが宿の花見がてらに来る人はちりなん後ぞ恋しかるべき」(古今・春上・凡河内躬恒)。

49 春ごとに私が心の色を深くしみ込ませているこの美しい花の枝に誰が気まぐれな袖をふれて、そのしみ込ませた移り香であなたを嘆かせるのでしょう。本歌「色よりも香こそあはれと思ほゆれ誰が袖ふれし宿の梅ぞも」(古今・春上・読人しらず)。定頼集「返し」。前記端白切には三句「花の色に」。▽身代りではなく、私自身が深く心を通わせている花だが、色より香を賞でるあなたには分からない。その香にしても気まぐれに訪れたどなたかの袖の移り香でしょうといって軽くはぐらかす一方、浮気な相手を揶揄したもの。参考「花の枝にいとど心をしむるかな人の咎めむ香をばつ

二月雪ノ落ツレ衣ニといふことをよみ侍《はべり》ける　　康資王母

50 梅《むめ》ちらす風もこえてや吹《ふ》きつらんかほ《を》れる雪の袖《そで》にみだるゝ

題しらず　　西行法師

51 とめこかし梅《むめ》さかりなるわが宿《やど》をうときも人はおり《を》にこそよれ

百首歌たてまつりしに、春歌　　式子内親王

52 ながめつるけふは昔《むかし》になりぬとも軒端《のきば》の梅《むめ》はわれをわするな

土御門内大臣の家に、梅香留ルレ袖ニといふ事をよみ侍けるに　　藤原有家朝臣

53 散《ち》りぬればにほひばかりを梅《むめ》の花ありとや袖に春風のふく

つめど」(源氏物語・梅枝)。

50 梅の花を散らす風も頭上を越えて吹いたのであろうか。まるで挿頭花のように香のある美しい雪がこんなに袖に降りみだれている。本説「折二梅花一挿レ頭、二月之雪落レ衣」(和漢朗詠集「子日」・尊敬)。この詩句を歌題にとったもの。康資王母集。○二月雪　梅の落花。二月はその時節で、雪のように降るのでいう。

51 尋ねてきてくれよ。梅の花盛りであるわが宿を。疎遠にしているのも時節によりけりだ。西行法師家集「梅」。聞書集「対梅待客」。御裳濯河歌合。▽参考「遥見二人家一花便入《はなあればすなはちいる》、不レ論二貴賤与二親疎一」(和漢朗詠集「花」・白居易)。「梅」歌群の中でも四八から落花が予想され、五〇から落花。その中で五一が「さかり」の歌なのは疑問。

52 じっと見入っている今日は昔になってしまうとしても、軒端の梅は私を忘れずにまた来年は咲いておくれ。正治二年(一二〇〇)院初度百首。○昔　四四の参考歌「春や昔」の昔が、その詞書によれば「去年」をさすのと同じ。▽散り際の梅を惜しむ歌で、自分の死後を思いやっての愁訴ではない。参考「散りぬとて花は匂はぬ春もあらじ軒端の梅よわれを忘るな」(唯心房集)。

53 散ってしまったので今は移り香が残っているにすぎないものを、まだ梅の花が咲き残っていると思ってか、袖に春風が吹くよ。本歌「折りつれば袖こそ匂へ梅の花ありとやここに鶯のなく」(古今・春上・読人しらず)。建仁元年(一二〇一)三月十六日、土御門内大臣家影供歌合。○土御門内大臣　源通親。○袖に　本歌では手折ったその袖が匂うのであるが、これは「梅の花立ち寄るばかりありしより人の咎むる香にぞしみぬる」(古今・春上・読人しらず)の趣で、「袖」も軽く(一一三「ゆきかふ袖」など)考えないと本歌に着きすぎる。

題しらず　　　　　　　　　　　八条院高倉

54 ひとりのみながめて散《ち》りぬ梅《むめ》の花しるばかりなる人はとひこず

文集嘉陵ノ春夜ノ詩ニ、不レ明《(てり)》モセ不レ暗《(くもり)》モセ朧ゝタル月といへることを、よみ侍りける　　　　　　　　　　　大江千里

55 てりもせずくもりもはてぬ春《はる》の夜《よ》のおぼろ月夜《よ》にしく物ぞなき

祐子内親王藤壺《ふぢつぼ》に住《す》み侍《(はべり)》けるに、女房・上人《うへ》など、さるべきかぎり物語《ものがた》りして、春秋のあはれ、いづれにか心《こゝろ》ひくなど、あらそひ侍けるに、人〳〵おほく秋に心をよせ侍ければ　　　　　　　　　　　菅原孝標女

56 あさみどり花もひとつに霞《かす》みつゝおぼろに見ゆる春の夜《よ》の月

54 ただ独り眺めただけで梅の花は散ってしまった。色をも香をも真実分かるほどの人は訪ねて来ないで。本歌「君ならで誰にか見せむ梅の花色をも香をも知る人ぞ知る」(古今・春上・紀友則)。▽作者が期待していたのは自分と同じ程深く梅を愛している人と一緒に眺める喜びであるが、そのことのないまま花の終った嘆き。

55 強く輝くのでもなく、またすっかり陰るのでもない春の夜のおぼろ月に肩を並べる景色はないことだ。詞書に見える詩句による。寛平六年(八九四)四月二十五日に献じた句題和歌・風月部。○文集嘉陵春夜詩　白氏文集十四「嘉陵夜有懐二首」をさす。嘉陵は四川省の駅名。○不明不暗朧ゝ月　その第二首の第一句。千載佳句「春夜」にも。以下五七まで「朧月夜」。

56 萌黄色に花も霞と一つに溶け合って、そのためおぼろに見える春の夜の月よ。更級日記。長久三年(一〇四二)十月初ごろの作。○祐子内親王　後朱雀天皇皇女。○藤壺　後宮五舎のうち飛香舎(ひぎようしや)の別名。更級日記の本文傍注には「高倉殿歟」とあり、関白藤原頼通邸の誤り。○上人　殿上人。同日記では源資通に答えた歌。○さるべきかぎり　情趣を解する人皆集まって。○あらそひ　春秋の優劣を品評するのは万葉以来の雅遊。○あさみどり　霞の色。春月の明りで夜も浅緑色に見えるのである。○春の夜の月　それゆえ私は春に心を寄せますの意。▽参考「あさみどり野辺の霞はつつめどもこぼれて匂ふ花桜かな」(拾遺・春・読人しらず)。

57 難波潟では霞むはずのない波も霞んでいることだ。波に映るのも映るはずのない曇った朧月なので。正治二年(一二〇〇)院後度百首「霞」。○難波潟　摂津国の歌枕。○うつるもくもる　この矛

百首歌たてまつりし時　　源具親

57 難波《なには》潟《がた》かすまぬ浪《なみ》も霞《かす》みけりうつるもくもるおぼろ月夜《よ》に

摂政太政大臣家百首歌合に　　寂蓮法師

58 いまはとてたのむの雁《かり》もうちわびぬおぼろ月夜《よ》のあけぼのゝ空《そら》

刑部卿頼輔、歌合し侍《(はべり)》けるに、よみてつかはしける　　皇太后宮大夫俊成

59 きく人ぞ涙《なみだ》はおつる帰《かへ》る雁《かり》なきてゆくなるあけぼのゝ空《そら》

題しらず　　よみ人しらず

60 ふるさとに帰《かへ》るかりがねさよふけて雲路《ぢ》にまよふ声きこゆなり

盾した語結合に新工夫があるのを認めて詠歌一体は「主々あること」(制詞)とする。▽語結合の矛盾と「くもるおぼろ月」が映るので「浪も霞」んで見えるという理が一首の趣向。

58 もう発つ時分というので田の面にいる雁もさすがにつらくて鳴いている。朧月が有明となって残る曙の空よ。本歌「春くればたのむの雁もいまはとて帰る雲路に思ひたつなり」(千載・春上・源俊頼)。建久四年(一一九三)、六百番歌合「春曙」。○摂政太政大臣家百首歌合　→三。○いまは　雁の帰るのは二月。→六二。また早朝飛び立つ。○たのむの雁　「みよし野のたのむの雁もひたふるに君が方にぞよると鳴くなる」(伊勢物語十段)より出た成語で、「たのむ」は「たのも」の転訛。雁はガンカモ科のマガン・ヒシクイなど。○おぼろ月夜　朧月のかかる夜。その「夜のあけ」と「あけぼの」と掛詞。▽参考「春霞立つを見すてて行く雁は花なき里に住みやならへる」(古今・春上・伊勢)を裏返したように美景を惜しむ雁。

これは前の「朧月夜」群と次の五九から六二に至る「帰雁」群とを繋ぐ歌で、巧緻な配置を示す。

59 聞く人の方が涙を落すことだ。帰雁が鳴いて飛んでゆく曙の空よ。本歌「鳴きわたる雁の涙や落ちつらむ物思ふ宿の萩の上の露」(古今・秋上・読人しらず)。長秋詠藻「帰雁」。○刑部卿頼輔　飛鳥井(あすかい)家の祖、雅経の祖父。○歌合し　嘉応元年(一一六九)の催。○きく人ぞ　「も」と言うところを、本歌を踏まえて「ぞ」と強める。○なる　姿は見えないが声の聞えることを表わす助動詞。

60 古里に帰る雁がこの夜ふけ、雲中の道に迷って鳴く声が聞えるよ。○ふるさと　北方の常世の国。○かりがね　雁の声。転じて雁。▽参考「帰る雁雲路にまどふ声すなり霞吹きとけこの芽はる風」(後撰・春中・読人しらず)。

帰雁を　　摂政太政大臣

61 わするなよたのむの沢《さは》をたつ雁《かり》も稲葉《いな》の風の秋の夕暮《ゆふぐれ》

百首歌たてまつりし時

62 帰《かへ》る雁《かり》いまはの心ありあけに月と花との名こそお《(を)》しけれ

守覚法親王の五十首歌に　　藤原定家朝臣

63 霜《しも》まよふ空《そら》にしほれしかりがねの帰《かへ》るつばさに春雨ぞふる

閑中春雨といふことを　　大僧正行慶

64 つく〴〵と春のながめのさびしきはしのぶにつたふ軒《のき》の玉水

61 必ず思い出してくれ。いま田の面の沢を飛び立つ雁も、やがて稲葉に風のそよぐ秋の夕暮を。秋篠月清集「二夜百首」、建久元年(一一九〇)十二月。後京極殿御自歌合。○たのむの沢　荒れた春田の浅い水たまり。「たのむ」→五八。○秋の夕暮「雁　八月柳の末に風ふく時、常世の国より来て、二月に帰るといへり」(八雲御抄三)。▽参考「昨日こそ早苗とりしかいつのまに稲葉そよぎて秋風のふく」(古今・秋上・読人しらず)。

62 帰雁がもう旅立つ時分と心にきめているらしい有明で、今は月と花との名の方が惜しまれてならない。正治二年(一二〇〇)院初度百首。○心ありあけ　「心あり」と「ありあけ」と掛詞。「ありあけ」は月の残る夜明けで、中旬以後、ことに二十日以後をいう(袖中抄十九)。○名こそおしけれ　帰雁を恨むのではなく、帰雁を翻意させられないのを月花の名折れとして惜しむと逆説的に歌う。▽参考→五八参考歌。

63 霜が乱れ降る越路の空でぬれよわっていた雁の、その帰途の翼に今春雨が降っている。建久九年頃、御室五十首。○守覚法親王　→三八。○霜まよふ　「まよふ」はもつれ乱れる。「塞鴻声急、欲レ霜(しもにならんとする)天」(新撰朗詠集「雁」・白居易)の趣。○しほれ　和歌初学抄「なへしぼむなり」。▽同じ寂しさでも秋雁の厳しさと帰雁の静けさとの対照。参考「陶門跡絶春朝雨、燕寝色衰秋夜霜」(和漢朗詠集「閑居」・大江以言)。

この歌を繋ぎとして、次歌六四から六七まで「春雨」。

64 小止みなく降る春雨を春の物としてつくねんと眺め入っている私を寂しがらせるものは、ひそかにノキシノブを伝わる雨だれである。○ながめ　「長雨」と「ながめ」の両意を兼ねるのは常套。○しのぶ　ウラボシ科のノキシノブの古名。「忍ぶ」の意を掛ける。▽参考「つくづくとながめてぞ

65 寛平御時后《きさい》の宮の歌合歌　伊勢

水の面《おも》にあやを《(お)》りみだる春雨や山のみどりをなべて染《そ》むらん

百首歌たてまつりし時　摂政太政大臣

66 ときはなる山の岩根《いはね》にむす苔《こけ》の染《そ》めぬみどりに春雨ぞふる

清輔朝臣のもとにて、雨中《ノ》苗代といふことをよめる　勝命法師

67 雨ふれば小《を》田《(だ)》のますらをいとまあれや苗代《なはしろ》水を空《そら》にまかせて

延喜御時屏風に　凡河内躬恒

68 春雨《さめ》のふりそめしより青柳《あをやぎ》の糸《いと》のみどりぞ色まさりける

ふる春雨のをやまぬ空の軒の玉水」(堀河百首「春雨」・肥後)。

65 水面に美しい模様を縦横に織る春雨が、また山の緑を一面に染め出すのであろうか。寛平五年(八九三)九月以前、寛平御時后宮歌合。新撰朗詠集「雨」。○寛平　宇多天皇の年号。天皇をもさす。○后の宮　天皇の生母、先帝光孝の女御であった班子女王。○をりみだる　機《はた》で織糸が激しく交叉するさま。▽春雨が機織と染色を司るという着想。

66 名も常磐の、永久に変ることのない山の岩盤に生えている常緑の苔、その自分が染めたのでない緑の上に春雨が降って、ひとしお色鮮やかにしていることだ。正治二年(一二〇〇)院初度百首。○ときはなる山　山城国の歌枕の「常磐の山」に掛ける。→三七〇。▽参考「わがせこが衣はるさめ降るごとに野辺の緑ぞ色まさりける」(古今・春上・紀貫之)。

67 雨が降ると農夫は暇になるな。苗代水を引くのを空まかせにして。○清輔朝臣の　底本「の」を脱す。清輔は六条家の歌人。○小田のますらを　農夫。「小」は美称。「ますらを」は歌語として「賤しき者をいふ。田夫と書くなり」(堀河百首肝要抄)。○あれや　詠嘆。○苗代水　「苗代」は二月、山の桜の咲く頃、種籾《たねもみ》を播いて苗を育てる田で、そこに引く水。○まかせ　田に水を引く意と委任する意とを掛ける。

68 春雨が降って染めはじめてから新柳の枝の緑はいよいよ色濃くなったことだ。躬恒集、四句「糸のはなこそ」。○延喜　醍醐天皇の年号。天皇をもさす。○ふりそめ　「初め」と「染め」と掛詞。○青柳　新緑の柳をいう古語。上代「青」は青・緑・藍色の総称。染め・青・糸・緑・色は縁語。

この歌を繋ぎとして次歌六九から七五までが「柳」。

題しらず　　大宰大弐高遠

69 うちなびき春はきにけり青柳《あをやぎ》のかげふむ道《みち》に人のやすらふ

輔仁親王

70 み吉野《よしの》の大河《おほかは》のへの古柳《ふるやなぎ》かげこそ見えね春めきにけり

百首歌の中に　　崇徳院御歌

71 あらしふく岸《きし》の柳《やなぎ》のいなむしろおりしく浪《なみ》にまかせてぞ見《み》る

建仁元年三月歌合に、霞隔ツ二遠樹ヲ一といふことを　　権中納言公経

72 高瀬《たかせ》さす六田《むつた》の淀《よど》の柳原《やなぎはら》みどりもふかく霞《かす》む春かな

69 春は来たな。青柳の木陰をふんで通う道の、その木の下に人がたたずんでいることだ。大弐高遠集「右大臣道長の卿の御娘、内に参り給ふとて屏風調ぜしに…柳ある所」、二句「春たちにけり」。○うちなびき　春の枕詞であるが、青柳の靡くイメージを伴う。「青柳」と縁語。○やすらふ　足をとめて新緑の柳を賞でる態。朱雀大路の景か。▽参考「橘のかげふむ道のやちまたに物をぞ思ふ妹にあはずして」(万葉集二・三方沙弥)。

70 吉野の大川のほとりの古柳はまだ木陰とまではゆかないが、青みわたって春めいてきたことだ。本歌「み吉野の大川のへの藤波のなみに思はばわが恋ひめやは」(古今・恋四・読人しらず)。○大河　吉野川。○古柳　新柳の対。冬枯れの柳。

71 嵐が吹きつける岸の柳の水に浸った枝を、頻りに寄せては返す波が弄ぶままに眺めていることだ。本歌「いなむしろ川ぞひ柳みづゆけば靡き起き伏しその根はうせず」(日本書紀・顕宗天皇即位前紀。俊頼髄脳の訓による)。久安六年(一一五〇)、久安百首。○あらし　山から吹きおろす風。○いなむしろ　稲の藁で編んだ筵で、川の枕詞であるが、当時は「稲の穂の出でととのほりて、田に波寄りたるなむ筵を敷き並べたるに似たるといふなり。また河のつらに生ひたる柳の枝の水に浸りて流るるが、またいなむしろに似たるなり」(俊頼髄脳)が通説。○おりしく浪　嵐のために、機を織るに似て頻りに寄せ返す波。→六五。「むしろ」「織る」は縁語。

72 浅瀬を棹さして舟がゆく六田の淀のあたりの柳原、そのため緑の色もことに深く霞んでみえる春よ。建仁元年(一二〇一)三月二十九日、新宮撰歌合。○六田の淀　大和国の歌枕。吉野川の渡し。○みどりもふかく　緑色の霞に同じ色に芽ぶきわたる遠景の柳原が映って、ことに色濃く見えるさ

73 百首歌よみ侍《はべり》ける時、春歌とてよめる　　殷富門院大輔

春風の霞《かすみ》ふきとく絶《た》えまよりみだれてなびく青柳《あをやぎ》の糸《いと》

74 千五百番歌合に、春歌　　藤原雅経

白雲《しらくも》の絶《た》えまになびく青柳《あをやぎ》の葛城《かづらき》山に春風ぞふく

75 藤原有家朝臣

青柳《あをやぎ》の糸《いと》に玉《たま》ぬく白露《つゆ》のしらずいくよの春かへぬらん

76 宮内卿

うすくこき野辺のみどりの若草《わかくさ》に跡《あと》まで見ゆる雪のむらぎえ

ま。「みどり」↓亖。

73 春風が霞の衣を吹きほどくそのほころびから、乱れて靡く青柳の糸よ。本歌「浅緑みだれてなびく青柳の色にぞ春の風もみえける」(後拾遺・春上・藤原元真)。〇ふきとく　吹き解く。「解く」「絶え」「よ(縒)り」「みだれ」「なびく」は「糸」の縁語。▽参考「春の着る霞の衣ぬきを薄み山風にこそ乱るべらなれ」(古今・春上・在原行平)。

74 白雲の絶え間で靡いている青柳をかずらにした葛城山にいま春風がふいている。建仁二年頃、千五百番歌合・春二。〇青柳の　万葉集十一に「春楊葛山《はるやなぎかづらきやまに》たつ雲のたちてもゐても妹をしぞ思ふ」(柿本人麿歌集)があり、嘉暦伝承本をはじめ西本願寺本の一訓も上の二字をアヲヤギノと訓み、人麿集一本も同様である。その場合葛城山の枕詞と解してよいが、ここではさらにその視覚的イメージを増幅して山上の景観として仮構している。〇葛城山　大和国の歌枕。

75 青柳の糸に玉を通したような美しい白露ではないが、もう幾代ののどかな春を経たことか、私はしらない。本歌(一)「浅緑糸よりかけて白露を玉にもぬける春の柳か」(古今・春上・遍昭)、(二)「青柳の緑の糸をくり返しいくらばかりの春をへぬらむ」(拾遺・賀・清原元輔)。千五百番歌合・春二。〇青柳の　上句は「しらず」の序。〇へぬらん　「へ(経)」を「へ(綜)」に掛けて「糸」の縁語。「青柳」の「白露」から「若草」の「雪」に転ずる。

76 あるいは薄くあるいは濃い野辺の緑の若草の上に雪の斑に消えた痕跡までが見えることだ。千五百番歌合・春二。〇雪のむらぎえ　↓三。▽残雪の「跡」ばかりか、消えた遅速も若草の色に反映している面白さ。
以下七六まで「若草」。

題しらず　　　曾禰好忠

77 荒小《あらを》田《(だ)》のこぞの古跡《ふるあと》のふるよもぎ今《いま》は春べとひこばへ《(え)》にけり

壬生忠見

78 やかずとも草《くさ》はもえなん春日《かすが》野をたゞ春の日にまかせたらなん

西行法師

79 吉野《よしの》山さくらが枝《えだ》に雪《ゆき》ちりて花を《(お)》そげなる年《とし》にもあるかな

白河院、鳥羽におはしましける時、人〻、山家《ニ》待《ッ》レ花《ヲ》といへる心をよみ侍《(はべり)》けるに

藤原隆時朝臣

80 桜花さかばまづ見んとおもふまに日数《かず》へにけり春の山里《ざと》

77 荒田の、去年生い茂っていた辺の蓬が、もう春だとばかり根株から芽を出してきたことだ。好忠集「三百六十首和歌・二月中」。○荒小田　荒田。秋の刈り上げから春の田打ちまでの間、刈株のままになっている田。○ふるよもぎ　古草・古柳の類で冬枯れの蓬。○ひこばへ　孫生え。蓬は多年生草本で冬に地上部は枯れ、春に根株から芽を出す。▽参考「難波津にさくやこの花冬ごもり今は春べとさくやこの花」(古今・仮名序・王仁)。「古跡」「ふるよもぎ」「ひこばえ」等の語は歌に先例を見ない。

78 焼かないでも草は萌えるであろう。春日野は文字通り春の日なのだから、ただ春の日に委せておいてほしいものだ。忠見集「御屛風に、春日野所々焼く」。和漢朗詠集「草」、ただし作者は忠岑。また重之集にも。共に誤りか。○やかずやく・もえ・火(日)は縁語。○もえ「萌え」と「燃え」と掛詞。○春の日「日」と「火」と掛詞。▽参考「春日野はけふはな焼きそ若草のつまもこもれりわれもこもれり」(古今・春上・読人しらず)。

79 吉野山よ。桜の枝に雪がちりかかって、どうやら花の遅れそうな年だな。西行法師家集「花」。○吉野山　大和国の歌枕。○雪ちりて「ちる」は花の縁語。→六。▽発想も用語も生新。以下「花(桜)」の歌となり、春歌下にわたっているが、まず三首は「待花」。

80 桜が咲いたら真っ先に見ようと思っているうちに長居してしまったな。春の山里で。○白河院　第七十二代天皇。○鳥羽　鳥羽殿。白河上皇が京の南郊鳥羽に建てた離宮。○日数へにけり　あまり早々と来過ぎたこと。

81 私の心は春の山辺にさまよい出て、長い春の一日を今日もまた費してしまった。延喜十三年(九一三)三月十三日、亭子院歌合「春二月」、作者

亭子院歌合歌　紀貫之

81 わが心《こゝろ》春の山べにあくがれてなが〳〵し日を今日《けふ》もくらしつ

摂政太政大臣家百首歌合に、野遊の心《こゝろ》を　藤原家隆朝臣

82 思《おも》ふどちそことも知《し》らずゆきくれぬ花の宿《やど》かせ野べの鶯

百首歌たてまつりしに　式子内親王

83 いま桜《さくら》さきぬと見えてうすぐもり春に霞《かす》める世《よ》のけしきかな

題しらず　よみ人しらず

84 ふして思《おも》ひおきてながむる春雨に花の下《した》ひもいかにとくらん

は凡河内躬恒である。躬恒集にも。〇亭子院　宇多法皇。

82 気の合った者同志、所かまわず歩くうちに日が暮れてしまった。お前の美しい花の宿を貸してもらおうか。野辺の鶯よ。本歌「思ふどち春の山辺にうち群れてそこともいはぬ(しらぬイ)旅寝してしか」(古今・春下・素性)。建久四年(一一九三)、六百番歌合、二句「そことも いはず」。〇摂政太政大臣　藤原良経。〇花の宿かせ　花の下陰で旅寝することを戯れていう。「台頭有レ酒、鶯呼レ客」(和漢朗詠集「鶯」・白居易)の趣で、鶯を茶店の女に見立てたのであろう。詠歌一体は制詞とする。▽この歌合の判で俊成は、本歌を「取り過ぐせるにや侍らん」と難じつつも第四句を「あまりさへ艶」と賞賛する。

初花を尋ねての野遊と解して前歌を継ぐとともに「初花」群の冒頭に置く。

83 いましも桜が咲いたとみえてうっすらと曇り、もう世は春もたけなわとなって霞みわたっている気配です。正治二年(一二〇〇)院初度百首。〇春に　「に」はなっての意。→三三。〇けしき　景色、気配。ここは後者。▽深窓で見る花曇りから、おしなべて霞む春の気配を察知した感慨。

84 臥しては思い、起きてはまた物思いしつつ見入っているこの春雨に促されて、花の下紐はどのように解けることであろう。古今六帖一。〇春雨　「養得(やしなひえては)自為二花父母一」(和漢朗詠集「雨」・紀長谷雄)のように開花を促すものとされるが、ここは春雨を男、花を女に譬える。〇下ひも　下裳や下袴の紐。人に恋いられると下紐が解けるという古来の俗信と、花のほころびるのを「紐解く」というのとを重ね合わす。▽上句は春雨時の物思わしい気分を写す。参考「起きもせず寝もせで夜を明かしては春の物とてながめ暮しつ」(古

中納言家持

85 ゆかむ人こん人しのべ春がすみ立田《たつた》の山の初《はつ》さくら花《(ばな)》

花歌とてよみ侍《(はべり)》ける

西行法師

86 吉野《よしの》山こぞのしほ《(を)》りの道《みち》かへてまだ見ぬかたの花をたづねん

和歌所にて歌つかうまつりしに、春の歌とてよめる

寂蓮法師

87 葛城《かづらき》や高間《たかま》の桜さきにけり立田《たつた》のおくにかゝる白雲

題しらず

よみ人しらず

88 いその神ふるき宮《(みや)》こをきてみれば昔《むかし》かざしし花さきにけり

今・恋三・在原業平）。

85 往く人来る人、皆思いを寄せるがよい。春霞のたつ立田山の桜の初花に。家持集・早春部。○しのべ　霞に隠れた花を思いやる。○立田の山　大和国の歌枕。竜田本宮の西方の山地で、大和・河内・難波を結ぶ竜田道が通っていた。「春がすみ立つ」と掛詞。

86 吉野山よ。去年枝折りして入った道を変えて、今年はまだ見たことのない方面の花を尋ねよう。西行法師家集。聞書集。御裳濯河歌合。○しほり　山路で帰りの目印に枝を折りかけておくこと。▽奥も知れぬ花の吉野山。去年も見知らぬ道を分け入ったが、「今年もまた」と心ははずむ、と解して第四句を「また」と読みたいが、一応通説による。

87 葛城の高間の山の桜が咲いたな。立田の奥にかかっている花の白雲よ。本歌(一)「桜花咲きにけらしなあしひきの山のかひより見ゆる白雲」(古今・春上・紀貫之)、(二)「よそにのみ見てややみなむ葛城の高間の山の峰の白雲」(和漢朗詠集「雲」・読人しらず。→九九〇)。建仁二年(一二〇二)三月二十二日、三体和歌御会「春夏、此二は太く大きによむべし」の内。○和歌所　→一八。○高間　大和国の歌枕。葛城山中の最高峰で金剛山の古名。立田山の南方に当る。

88 奈良の古京を訪れると、昔大宮人がかざしに挿していた桜が咲いていることだ。和漢朗詠集「古京」。中務集・清正集には屏風歌として載る。○いその神ふるき宮こ　石上郷の布留は奈良の京の一部とされていたが、「布留」を「古る」に掛けて奈良の古京をさす。○かざし　草木の花を折取って冠や髪(女)に挿すこと。▽参考「石上ふるき都の郭公声ばかりこそ昔なりけれ」(古今・夏・素性)、「ももしきの大宮人はいとまあれや桜かざしてけ

89 春にのみ年《とし》はあらなん荒小田《あらを(だ)》をかへす〴〵も花をみるべく　　源公忠朝臣

八重桜《やへざくら》をお《(を)》りて、人のつかはして侍《(はべり)》ければ　　道命法師

90 白雲の立田《たつた》の山の八重桜《や(へざくら)》いづれを花とわきてお《(を)》りけん

百首歌たてまつりし時　　藤原定家朝臣

91 白雲《しらくも》の春はかさねて立田山《たつた》をぐらの峰《みね》に花にほふらし

題しらず　　藤原家衡朝臣

92 吉野山《よしの》花やさかりににほふらんふる里《さと》さえぬ峰の白雪

ふも暮しつ」(和漢朗詠集「春興」・山辺赤人。↓一〇四)。

89 ずっと春のままで一年はあってほしいものだ。荒田を打返すではないが、くり返しくり返し花を見ることができるように。公忠集。○荒小田　↓七。「田かへす」は「たがやす」の古形で、田を打ち起すこと。配列から見れば、これは二月山に桜の咲く頃の苗代の田打ちであるが、歌意は晩春桜ちる頃の植田の田打ちとみるのがふさわしい。○かへす〴〵　「田をかへす」に掛ける。

90 白雲の立っている立田の山のこの八重桜。いったいどれが花だと見分けて折取ったのであろう。本歌「雪ふれば木毎に花ぞさきにけるいづれを梅とわきて折らまし」(古今・冬・紀友則)。道命阿闍梨集、二・三句「八重立つ山の桜花」。○八重桜　八重といえば里桜、山桜は一重であるが、これは八重山桜をさす少ない例。「八重立つ雲」の連想によるのであろう。▽参考「吉野山八重立つ峰の白雲に重ねて見ゆる花桜かな」(後拾遺・春上・藤原清家)。花桜は八重桜。

91 白雲が春は二重に立っている立田山よ。あれはきっと小桜の峰に花が咲きほこっているのであろう。本歌「白雲の竜田の山の滝の上の小桜の嶺にさきをせる桜の花は…」(万葉集九・高橋虫麿歌集)。正治二年(一二〇〇)院初度百首。○かさねて立　「白雲の立田の山」とよばれていることを踏まえていう。○をぐらの峰　大和国の歌枕。立田山の一部。

配列はこの辺から「盛花」に入る。

92 吉野山では花が今を盛りと咲きほこっているのであろうか。この古京は寒くもなくて、峰に白雪の積っているのを見ると。本歌「み吉野の山の白雪つもるらし古里寒くなりまさるなり」(古今・冬・坂上是則)。○ふる里　本歌では詞書によれば奈良の京であるが、ここは麓の吉野の古京

和歌所歌合に、羇旅《ノ》花といふことを　藤原雅経

93 岩根《いはね》ふみかさなる山をわけすてて花もいくへの跡《あと》の白《しら》雲

五十首歌たてまつりし時

94 たづねきて花にくらせる木《こ》の間《ま》より待《ま》つとしもなき山のはの月

故郷《ノ》花といへる心を　前大僧正慈円

95 散《ち》り散《ち》らず人もたづねぬふるさとの露《つゆ》けき花に春風ぞふく

千五百番歌合に　右衛門督通具

96 いその神布留野《ふるの》の桜《さくら》たれうへ《(ゑ)》て春はわすれぬ形見《かたみ》なるらん

(→一)。○さえぬ　烏丸・正保板本「さらぬ」。▽本歌の「寒く」を逆に「さえぬ」と改めて、白雪を花に見立てた興。参考「み吉野の山辺にさける桜花雪かとのみぞあやまたれける」(古今・春上・紀友則)。

93 岩盤を踏み、重畳たる山を分け入り分け捨てて顧みると、花もまた幾重の白雲となって後に続いていることだ。本歌「岩根ふみ重なる山はなけれども逢はぬ日数を恋ひやわたらむ」(拾遺・恋五・坂上郎女。伊勢物語七十四段にも)。建仁元年(一二〇一)三月二十九日、新宮撰歌合「羇中見花」。○花もいくへの　「かさなる山」の桜がそのまま「幾重の雲」と見えるという趣向である。

94 探しあてて一日中花に興じたその木の間から、思いがけない山の端の月を見ることだ。建仁元年二月、老若五十首歌合。○待つとしもなきことさら待とうと思ったわけではない。▽参考「またも来む花に暮せる古里の木の間の月に風かをるなり」(建久五年、南海漁父百首・藤原良経)。

95 散ろうと散るまいと訪う人もない古里の夕露にぬれた花に、春風ばかりが訪れている。本歌「散り散らず聞かまほしきを古里の花見て帰る人も逢はなむ」(拾遺・春・伊勢)。建仁元年十二月、仙洞句題五十首。○散り散らず　配列からすれば本歌のように現実の落花が問われているのではなく、八代集抄の「散りても散らでも」の意。▽感傷的な歌で「露」には涙も含意されていよう。

96 この布留野の桜は誰が植えて、春には必ず古を思い起す形見となっているのであろう。本歌「石上布留の山辺の桜花植ゑけむ時を知る人ぞなき」(後撰・春中・遍昭)。建仁二年頃、千五百番歌合・春三。○いその神布留　→八八。布留野も大和国の歌枕。○わすれぬ　旧都の懐古で、八八の参考歌の郭公と同様、桜がさけば咲く花の匂うような古京が思い出されるというのである。

97 花ぞ見る道《みち》の芝草《しばくさ》ふみわけて吉野《よしの》の宮の春のあけぼの

正三位季能

98 朝《あさ》日かげにほへる山の桜《さくら》花つれなくきえぬ雪かとぞ見る

藤原有家朝臣

97 私はつくづくと花を眺める。山路の深い雑草を踏みわけて辿りついた古の吉野の宮の春の曙よ。本歌「たちかはり古き都となりぬれば道の芝草長く生ひにけり」(万葉集六・田辺福麿歌集)。千五百番歌合・春二。○花ぞ見る　花ばかりは昔に変らぬという感慨をこめてである。○芝草　荒地に生える雑草。○吉野の宮　大和国の歌枕。↓一。▽参考「み吉野の山の白雪ふみわけて入りにし人のおとづれもせぬ」(古今・冬・壬生忠岑)。

98 朝日が照り映えている山上の桜花よ。それは朝日にも平然として消えることのない白雪かとばかり見えることだ。本歌「朝日かげにほへる山に照る月のあかずや君を山越しにおきて」(万葉集四・田部忌寸櫟子)。千五百番歌合・春三。古今六帖六、四句「うつくしつまを」)。○朝日かげにほへる　本歌とちがい、「山の桜花」にかかると見てよい。▽参考「み吉野の山辺に咲ける桜花雪かとのみぞあやまたれける」(古今・春上・紀友則)。

「盛花」群のうち九一・九二は遠山の花。九三・九四は羇旅の花。九五・九六・九七は故郷の花であるが、巻末に至って山花となるのは春歌下の巻頭歌「山に桜さきたるところを」を迎えて両巻を緊密に結ぶための配慮である。

新古今和歌集巻第二

春歌　下

釈阿、和歌所にて九十賀し侍りしおり(を)、屛風に、山に桜《さくら》さきたるところを

太上天皇

99 桜《さくら》さくとを山鳥《(ほ)どり》のしだりお(を)のなが〳〵し日もあかぬ色かな

千五百番歌合に、春歌

皇太后宮大夫俊成

100 いくとせの春に心をつくしきぬあはれと思《おも》へみ吉野《よしの》ゝ花

99 桜の咲いている遠山。山鳥のしだり尾ではないが、長い春の一日眺めていても飽きることのないその色よ。本歌「あしひきの山鳥の尾のしだりをのながながし夜を独りかもねむ」(拾遺・恋三・柿本人麿。和漢朗詠集「秋夜」)。後鳥羽院御集「釈阿九十賀屛風御歌・花」、建仁三年(一二〇三)十一月。〇釈阿　藤原俊成の法名。〇和歌所　→一八。〇山に桜　この図柄は屛風歌として採択された藤原有家の歌に基づいて描かれたもので(殿記)、詞書は正確でない。〇とを山鳥　成語。→一四一五。山鳥はキジに似た鳥であるが、その雌雄は夜は別れ昼は一緒にいるとされていた(→一三七二)ので、この語は遠山の桜の陰で遊ぶ二羽の山鳥のイメージを浮かばせる。〇しだりお　山鳥は美しい長い垂れ尾をもつ。→四八七。〇なが〳〵し日　本歌の「夜」を「日」に替え、秋の夜長を春の永日に改める。〇色　雪や白雲に紛うその色。▽院の自賛の歌で、のびやかな調が陶然とした心を伝える。

上巻に続いて以下一〇五まで「盛りの花」。

100 もう幾年春に心を傾けてきたことか。いとおしんでくれ。吉野の花よ。本歌「もろともにあはれと思へ山桜花よりほかに知る人もなし」(金葉・雑上・行尊)。建仁二年頃、千五百番歌合・春二。〇心をつくし　咲くのを待ち焦れ、散るのを惜しみ、始終心を傾けてくたくたになること。

百首歌に　式子内親王

101 はかなくて過《す》ぎにしかたをかぞふれば花にもの思《おも》ふ春ぞへにける

内大臣に侍《(はべり)》ける時、望二山花一といへる心《こゝろ》をよみ侍ける　京極前関白太政大臣

102 白雲のたなびく山の山《やま》桜いづれを花とゆきてお《(を)》らまし

祐子内親王家にて、人々、花歌よみ侍けるに　権大納言長家

103 花《はな》の色にあまぎる霞《かすみ》たちまよひ空《そら》さへにほふ山桜かな

題しらず　赤人

104 もゝしきの大宮人はいとまあれや桜《さくら》かざして今日《けふ》もくらしつ

101 夢を見ている気持で過ぎ去った昔を思い返せば、花ゆえに物思いをする春をくり返してきたという、そのことだけだ。式子内親王集「前小斎院御百首」。▽参考「はかなくてすぎにし方を思ふにも今もさこそは朝顔の露」(山家集・雑)、「つれなくて過ぐる月日を数へつつ物うらめしき暮の春かな」(源氏物語・竹河)。
以上三首は「盛花」に対しての感慨。

102 白雲のたなびく山の山桜よ。行って折るとしてもどれを花だと見分けて折ろうかしら。本歌「雪ふれば木毎に花ぞ咲きにけるいづれを梅と分きて折らまし」(古今・冬・紀友則)。師実集「康平四年(一〇六一)三月四日、宇治にて望山花」。▽これと九〇とは同じ趣向であるが、後者が「初花」として配列されたのは開花期の遅い八重桜のためか。

103 天を一面に曇らせて立つ霞は桜色に入り乱れ、空まで美しく色映えている山桜よ。永承五年(一〇五〇)六月五日、祐子内親王家歌合の後宴和歌「桜」。○祐子内親王　後朱雀天皇皇女。○花の色に　霞は普通は浅緑色(→三三)なのに対していう。○あまぎる　「空の霧るなり」(奥義抄・上)。○たちまよひ　立つ霞が乱れ動くさま。風に揺れる全山の桜が霞に映るからであろう。○空さへにほふ　天霧る霞であるからこういう。詠歌一体は「主々あること」(制詞)に入れる。▽濃絵(だみえ)のような絢爛とした効果をねらう。

104 宮人達は暇があるのだな。桜を挿花として今日ものどかに一日過されたことだ。和漢朗詠集「春興」。赤人集。原歌の万葉集十・作者未詳の歌では「梅をかざしてここにつどへり」。○かざし　→八八。

105
花にあかぬ歎《なげ》きはいつもせしかども今日《けふ》のこよひにゝる時はなし
在原業平朝臣

106
いもやすく寝《ね》られざりけり春の夜は花のちるのみ夢に見えつゝ
凡河内躬恒

107
山桜《ざくら》ちりてみ雪《ゆき》にまがひなばいづれか花と春にとはなん
伊勢

108
わが宿《やど》のものなりながら桜花《ばな》ちるをばえこそとゞめざりけれ
貫之

105　花を眺め足りないと嘆息するのはいつものことであったが、今日今宵のようなことは一度もない。伊勢物語二十九段「春宮の女御の御方(二条后か)の花の賀に召しあづけられたりけるに」。

106　安らかに寝てもいられないことだ。春の夜は花の散ることばかりくり返し夢に現われて。躬恒集「同じ院(亭子院＝宇多法皇)の歌合の左方にてよめる」。ただし延喜十三年(九一三)三月十三日、亭子院歌合では作者は藤原興風(二十巻本)、または作者未詳(十巻本)。▽参考「宿りして春の山辺に寝たる夜は夢のうちにも花ぞちりける」(古今・春下・紀貫之)。
これは「盛花」と「落花」との繋ぎ。

107　山桜が散って雪に交り合ってしまったら、どれが花かと春に問いただしてほしい。延喜二十一年(九二一)三月、京極御息所(褒子)歌合。これは御息所が宇多法皇と共に春日社に参詣の折、大和守藤原忠房の献じた歌どもをもとに催された歌合。即ちもとの歌に左右の作者がそれぞれ返しを試みて合わせた返歌合(へんかあわせ)。もとの歌は「み雪ふる春日の山の桜花えこそ見分かねこきまぜにして」。〇春に　春を花の管理者と見て春に審判を仰ごうと興じたのであるが、また春を春日の神に掛けてもいよう。
以下一一三まで「落花」の歌。うち一一〇まで「花に未だ飽かず」の趣。

108　わが家のものでありながらこの桜花、散るのをとても止めることができないよ。貫之集「延喜十五年(九一五)の春、斎院の御屏風の和歌、うちの仰によりて奉る」の内、「人の家に桜の花を見たる」。古今六帖六。▽右の屏風の図柄に基づき、桜に見入っている人物の気持で詠んでいる。

寛平御時后《きさい》の宮の歌合に　　よみ人しらず

109 かすみたつ春の山べに桜花《さくらばな》あかずちるとや鶯のなく

題しらず　　赤人

110 春雨はいたくなふりそ桜花まだ見ぬ人にちらまくもお(を)し

承元四年九月止レ之　　中納言家持

(1979) ふるさとに花はちりつゝみ吉野《よしの》の山の桜《さくら》はまださかずけり

貫之

111 花の香《か》に衣《ころも》はふかくなりにけり木《こ》の下《した》かげの風のまに〳〵

109 霞のたなびく春の山辺で、桜の花がまだ見飽きないのに散るというのか、鶯が鳴いているよ。寛平五年(八九三)九月以前、寛平御時后宮歌合。○寛平　宇多天皇の年号。天皇をもさす。○后の宮　先帝光孝の女御で、天皇の生母班子女王。▽参考「花の散ることやわびしき春霞立田の山の鶯のこゑ」(古今・春下・藤原後蔭)。

110 春雨はひどく降らないでくれ。桜花の散ることは、まだ見ない人のために惜しいので。赤人集「花を詠ず」。原歌は万葉集十・作者未詳、下句「いまだ見なくにちらまく惜しも」。

(1979) 麓の吉野の里に花はしきりに散りながら、山上の桜はまだ咲かないことだ。家持集・早春部。○承元四年九月止之　切出歌であることの標示。承元四年は一二一〇年。日付の明らかな切出歌としては最後の歌。

111 花の香で衣は深く染みてしまったことだ。木の下陰を吹く風につれて。○花の香　里桜の変種、ことに八重桜の中には芳香をもつ品種が少なくなく、早朝はことに匂が立つ。○ふかくなり　風がしきりに通って香を運んでくるからである。▽参考「桜ちる木の下風はさむからで空に知られぬ雪ぞふりける」(拾遺・春・紀貫之)。
これは「花に未だ飽かず」と次の「花の匂」二首の繋ぎ。

千五百番歌合に　　　　皇太后宮大夫俊成女

112 風かよふねざめの袖の花の香《か》にかほ《(を)》る枕《まくら》の春の夜《よ》の夢

守覚法親王、五十首歌よませ侍《(はべり)》ける時　　　　藤原家隆朝臣

113 このほどは知《し》るも知《し》らぬも玉《たま》ぼこのゆきかふ袖は花の香《か》ぞする

摂政太政大臣家に五首歌よみ侍けるに　　　　皇太后宮大夫俊成

114 またや見ん交野《かたの》のみ野の桜がり花の雪ちる春のあけぼの

花歌よみ侍けるに　　　　祝部成仲

115 散《ち》り散《ち》らずおぼつかなきは春霞《がすみ》たなびく山の桜なりけり

112 夜明けの風が通う気配に目を覚ますと、片敷きの袖は花の香に香り、同様に花の香に香る枕がある。ああ今しがたこの枕の上で見失った春の夜の夢よ。本説「夢断、燕姫暁枕薫」(和漢朗詠集「蘭」・橘直幹)。建仁二年(一二〇二)頃、千五百番歌合・春二。○風かよふ　閨に通って目覚めさせるとともに花の香を送る風である。○袖の花の香「の」で結んでゆく新古今的表現(→三三)であるが、「袖ガ花の香に」と「袖ノ花の香に」の二文の結合とも見られる。▽花の香に甘美な春夜の夢の余韻を感じとった歌で、現実と夢を一続きに捉える趣向は三八と似る。参考「折しもあれ花橘のかをるかな昔を見つる夢の枕に」(千載・夏・藤原公衡)、「袖の上に垣根の梅はおとづれて枕に消ゆるうたたねの夢」(正治二年院初度百首・式子内親王)。

113 この頃は知る知らぬを問わず、道を行き交う人の袖はみな花の香がすることだ。本歌(一)「これやこの行くも帰るも別れつつ知るも知らぬも逢坂の関」(後撰・雑一・蟬丸)、(二)「雨ふれば笠取山のもみぢ葉はゆきかふ人の袖さへぞ照る」(古今・秋下・壬生忠岑)。建久九年(一一九八)頃、御室五十首。○守覚法親王　→三八。○玉ぼこの　道の枕詞。転じて道の意。
以上二首は原作品によれば梅歌か。

114 いつかまた見ることがあろうか。交野の御野での桜がりで花が雪のように散ってくるこの春の曙の景色を。建久六年二月、左大将家五首。○摂政太政大臣　藤原良経。○交野　河内国の歌枕。皇室の狩場(御野)があり、花の名所。○桜がり　「桜を尋ね求むるなり。何をも求むるをば狩るといふ」(奥義抄・中)。鷹狩は冬のもので「御野」「狩」「雪」は縁語。○花の雪ちる　詠歌一体は制詞とする。▽語句を「の」で結んでゆく手法の一典型。
以下一一八まで「山里の落花」。

山里《ざと》にまかりてよみ侍《(はべり)》ける　　　能因法師

116 山里《やまざと》の春の夕暮《ゆふぐれ》きてみればいりあひの鐘《かね》に花ぞちりける

題しらず　　　恵慶法師

117 桜《さくら》ちる春の山べはうかりけり世《よ》をのがれにと来《こ》しかひもなく

花見侍ける人にさそはれてよみ侍ける　　　康資王母

118 山桜《ざくら》花のした風ふきにけり木《こ》のもとごとの雪のむらぎえ

題しらず　　　源重之

119 春雨《はるさめ》のそほふる空《そら》のをやみせず落《お》つる涙に花ぞちりける

115 散ったか散らないのか分からず、気をもませるのは春霞のたなびく山の桜だったのだな。本歌「散り散らず聞かまほしきを古里の花見て帰る人もあはなむ」(拾遺・春・伊勢)。成仲集。○なりけり　今改めてそのことが分かったという気持。▽「春霞たなびく山の桜花見れどもあかぬ君にもあるかな」(古今・恋四・紀友則)のような月並みの賞翫に異を立てた興。

116 山里の春の夕暮を来て見ると、折から入相の鐘が鳴る中を花が散っていることだ。能因法師集。○いりあひの鐘に　六時(ろくじ)のうち日没時(酉の刻)につく鐘。「に」は添えての意。▽参考「山寺の入相の鐘の声ごとに今日も暮れぬと聞くぞ悲しき」(拾遺・哀傷・読人しらず)。無常心の見える歌の気分が直接厭世観を詠んだ次の歌を起す。

117 桜の散る春の山辺は厭わしいことだ。世間を遁れようと山に入ったそのかいもなくて。恵慶法師集。▽落花を惜しむその煩悩からはぬけきれない遁世者の嘆きである。参考「世を捨てて山に入る人山にてもなほ憂き時はいづち行くらむ」(古今・雑下・凡河内躬恒)。

118 山桜が咲くその花の下陰を風が吹いたのだ。どの木のもとにも斑に雪が消えている。康資王母集。○雪のむらぎえ　↓三。落花がそこここに白く散り溜っていることの見立て。

119 春雨がしとしとと降る空の晴れ間もない、そのようにとめどなく落ちる涙の中を花が散ることだ。本歌「春雨のふるは涙か桜花ちるを惜しまぬ人しなければ」(古今・春下・大伴黒主)。重之集、二・四句「そほふるあしの…おのが涙に」。▽第一・二句は「をやみせず」の序であるが、本歌に基づく意味のある序。

これは「落花」に景物として「春雨」を、次の二首は「帰雁」を取合わせる。

120 かりがねの帰《かへ》る羽《は》風やさそふらん過《す》ぎゆく峰の花ものこらぬ

百首歌めしし時、春歌　　源　具　親

121 時しもあれたのむの雁《かり》の別《わか》れさへ花ちるころのみ吉野《よしの》の里《さと》

見《ル》二山《ノ》花《ヲ》一といへる心を　　大　納　言　経　信

122 山ふかみ杉《すぎ》のむらだち見《み》えぬまでおの《(を)》への風に花のちるかな

堀河院御時百首歌たてまつりけるに、花歌　　大　納　言　師　頼

123 木《こ》のしたの苔《こけ》のみどりも見《み》えぬまで八重《やへ》ちりしける山桜かな

120 羽を連ねて帰る雁の撃ち合う羽風が誘うのであろうか、通過してゆく峰の花は残らず散ったことだ。重之集「春の暮れつ方」、三・五句「かよふらむ…花ものこらず」。○さそふ　風が花を散らすのをいう常套語を「羽風」に転用した興。▽参考「吹く風の誘ふものとは知りながら散りぬる花のしひて恋しき」(後撰・春下・読人しらず)。

121 時もあろうに頼みにしていた田の面の雁との別れまで落花の時節にあう吉野の里よ。本歌「みよし野のたのむの雁もひたふるに君が方にぞ寄ると鳴くなる」(伊勢物語十段)。正治二年(一二〇〇)院後度百首「花」。○たのむの雁　「君が方に寄る」というのでいつまでも居るものと思っていた田んぼの雁。本歌によって「田の面」と「頼む」を掛けるのは常套。○み吉野の里　伊勢物語に「入間の郡みよし野の里」と明記され、八雲御抄五も武蔵国の歌枕とするそれを、大和国の「み吉野のよし野」に重ね合わせて、雁と落花を取合わせたのが趣向。

122 山が深いので杉の木立も見えぬまでに山上を吹き渡る風に花が散ることだ。経信集。○山ふかみ　おびただしい落花に桜の木の多さ、従ってまた山の深さを知ったのである。○おのへ　尾の上。「尾」は谷の対語で、峰つづき。以下一二四まで「山花を見る」。

123 木の下陰の苔の緑も見えぬまでに、八重に散り敷いている山桜よ。長治二年(一一〇五)頃、堀河百首。○堀河院　第七十三代天皇。○八重　山桜は普通一重(→九〇)であるが、それが幾重にも散り重なっているさまを興じたもの。また「このした」と「こけ」、「みどり」と「みえぬ」、「やへ」と「やま」等の押韻の遊びもある。

花十首歌よみ侍《(はべり)》けるに　左京大夫顕輔

124 ふもとまでお《(を)》のへの桜ちりこずはたなびく雲と見《み》てやすぎまし

花落《チテ》 客稀《ナリ》 といふことを　刑部卿範兼

125 花《はな》ちれば訪《と》ふ人まれになりはてて《ゝ》いとひし風のを《(お)》とのみぞする

題しらず　西行法師

126 ながむとて花にもいたく馴《な》れぬれば散《ち》る別《わか》れこそかなしかりけれ

越前

127 山里《ざと》の庭《には》よりほかの道《みち》もがな花ちりぬやと人もこそ訪《と》へ

124 麓まで山上の桜が散ってこなければ、おそらくたなびく雲だと見て過ぎることであろう。本歌「紅の薄花桜にほはずはみな白雲と見てやすぎまし」（詞花・春・康資王母）。

125 花が散ると訪れる人はすっかり少なくなってしまい、これまで花のために忌まわしく思っていた風の音ばかりが聞えることだ。▽風の音に凄涼の思いもあるが、しかし今は変らず訪れてくる風に親しみも感じはじめているのである。参考「花ちると厭ひしものを夏衣たつや遅きと風を待つかな」（拾遺・夏・盛明親王）。以下一三七まで「花落客稀」。

126 じっと見つめては物思いするというふうにして花ともすっかり逢瀬を重ねてしまったので、今更ながら散りゆく別れが悲しくてならない。西行法師家集。山家集。○花にも　人についてはよくいうことであるが、花にもの意。▽参考「見てもまたまたも見まくのほしければ馴るるを人は厭ふべらなり」（古今・恋五・読人しらず）。この参考歌の心がよく踏まえられている。

この一首、「客稀」ではないが、人に擬した歌。

127 この山里の、庭を通らずにすむ道がないものか。花は散ったかと人が訪ねて来て、落花を踏むといけないから。○庭　門から戸口までの空間をいう。○人　遅れ馳せに訪れる、心ある人。▽寂しい山里の人恋しさと落花を惜しむ心の深さとが趣向されている。参考「待つ人の今もきたらばいかがせむ踏まま く惜しき庭の雪かな」（詞花・冬・和泉式部）。

五十首歌たてまつりし中に、湖上花を　宮内卿

128 花さそふ比良《ひら》の山風ふきにけりこぎゆく舟《ふね》の跡《あと》みゆるまで

関路花を

129 逢坂《あふさか》やこずゑの花《はな》をふくからにあらしぞかすむ関《せき》の杉《すぎ》村

百首歌たてまつりし、春歌　二条院讃岐

130 山たかみ峰のあらしにちる花の月にあまぎるあけがたの空《そら》

百首歌めしける時、春歌　崇徳院御歌

131 山《やま》たかみ岩根《いはね》の桜ちるときは天《あま》の羽衣《はごろも》なづるとぞみる

128 花を誘って散らす比良の山風が吹いたのだな。漕ぎゆく舟の航跡がくっきりと見えるまでに。本歌「世の中を何に譬へむ朝ぼらけこぎゆく舟の跡の白波」(拾遺・哀傷・沙弥満誓)。建仁元年(一二〇一)十二月、仙洞句題五十首。○比良の山風　「比良山」は近江国の歌枕。陰暦二月にその山上より湖面に吹きおろす寒風。比良八講。▽忽ち消え失せるはかない譬えの航跡がまぎれず残るほどに湖上に花の散り敷いた大観。参考「桜さく比良の山風ふくままに花になりゆく志賀の浦波」(千載・春下・藤原良経)。

次歌とともに名所に寄せた「山下の落花」。

129 逢坂山を見れば、木末の花を吹くと同時に山風は霞となって立ちわたるよ。関の杉群を覆い隠して。仙洞句題五十首。○逢坂　↓一八。○こずゑの花　木の先端の花。高い杉群を覆うことを言うための趣向。○あらしぞかすむ　一三のように山上から吹きおろすのではなく、杉群に立交る桜を水平に吹くのである。霞むはずのない嵐が霞むという気持。詠歌一体は制詞とする。○関の杉村　この関路の知られた景物。▽花の嵐の白と杉群の青の対照も趣向であるが、嵐につれて空間を埋め尽す豪華な落花の趣を情調に頼らず知巧的に構成しようとする手法に、前歌と同様特色がある。

130 山が高いので山頂を吹く風に散り乱れる花が有明の月の下、天を一面に曇らせている夜明け方の空よ。正治二年(一二〇〇)院初度百首。○月にあまぎる　「あまぎる」↓一〇三。月はありながら落花にかすんでいる趣の艶麗なイメージで、詠歌一体は制詞とする。

以下一三まで「嶺の落花」。

131 山が高いので頂の岩盤の傍の桜が散る時は、天人の羽衣が岩を撫でているかとばかりに見える。本歌「君が代は天の羽衣まれにきて撫づと

春日社歌合とて、人々、歌よみ侍(はべり)けるに　　刑部卿頼輔

132 ちりまがふ花《はな》のよそめは吉野《よしの》山あらしにさは(わ)ぐ峰《みね》の白雲

最勝四天王院の障子に、吉野《よしの》山かきたる所　　太上天皇

133 み吉野《よしの》の高嶺《たかね》の桜ちりにけりあらしも白《しろ》き春のあけぼの

千五百番歌合に　　藤原定家朝臣

134 さくら色の庭の春《はる》風あともなし訪《と》はばぞ人の雪とだにみん

ひとゝせ忍《しの》びて大内の花見にまかりて侍(はべり)しに、庭《には》にちりて侍し花《はな》を硯《すゞり》のふたにいれて、摂政

も尽きぬ巌ならなむ」(拾遺・賀・読人しらず)。久安六年(一一五〇)、久安百首。○天の羽衣なづる　天人が三年に一度下りて来て三銖(しゅ)の重さの羽衣で四十里四方の岩を撫で、やがて磨滅する時間を一劫とよぶという仏説、また三銖は一分(ぶ)の半分で、ごく軽い意(和歌色葉・下)。▽落花を羽衣の翻る色、形に見立てる。

132 散り乱れる花を遠く隔てて眺めると吉野山よ、まるで嵐に騒ぐ山頂の白雲のようだ。頼輔集「おつるはな」。○春日社歌合　俊成主催の歌合らしいが未詳。○ちりまがふ　散り乱れて一々が見分けられない状態。

133 吉野の高嶺の桜が散ったのだな。吹きおろす山風も真白に見える春の曙よ。承元元年(一二〇七)十一月、最勝四天王院障子和歌。○最勝四天王院　後鳥羽院が白河に建てた御堂。承元元年十一月落成。▽参考「ちりまがふ花を雪かと見るからに風さへ白し春の曙」(千五百番歌合・春二・顕昭)。

134 桜色に吹いていた庭の春風はあとかたもない。が、もしあなたが今来るならせめて美しい雪と見ることはできよう。本歌「けふ来ずは明日は雪とぞ降りなまし消えずはありとも花と見ましや」(古今・春上・在原業平)。建仁二年(一二〇二)頃、千五百番歌合・春四。○さくら色　紅染の最も淡いもの。○あと　「訪ふ」「人」の縁語。▽本歌と違い、既に庭に降った雪。また本歌が花を惜しんで花の雪(落花)を賞美しようともしないのに対し、これは散る花を惜しむ心(上句)に併せて、花の雪をも賞翫しようとする(下句)。むしろそこに重心を置く点に趣向がある。本歌を踏まえて意味もイメージも多彩を加える。

以下一三六まで「庭の落花」。

のもとにつかはし侍し　太上天皇

135 今日《けふ》だにも庭をさかりとうつる花きえずはありとも雪かともみよ

返し　摂政太政大臣

136 さそはれぬ人のためとや残《のこ》りけん明日《あす》よりさきの花の白雪

家の八重桜《やへざくら》をお《(を)》らせて、惟明親王のもとにつかはしける　式子内親王

137 八重《やへ》にほふ軒端《のきば》の桜《さくら》うつろひぬ風よりさきに訪《と》ふ人もがな

返し　惟明親王

138 つらきかなうつろふまでに八重桜《やへざくら》訪《と》へともいはで過《す》ぐる心は

135 (本歌と違い)明日といわず今日さえ散っている。しかも雪ではなく庭に移った盛りの花である。だから消えることはないにしても、この花弁を花ではなく、真実はかなく美しい雪と見て賞美してほしい。本歌㈠は前歌に同じ、㈡「けさ見れば夜半の嵐に散りはてて庭こそ花の盛りなりけれ」(金葉・春・藤原実能)。秋篠月清集。源家長日記。○ひととせ　建仁三年(一二〇三)二月二十五日(明月記)。○大内の花　内裏の左近桜。○摂政藤原良経。▽その場の落花の状況に応じて本歌㈠を第四句の外はすべて裏返しにした即興。

136 (確かに美しい雪と拝見しましたが)これは誘っていただけなかった私の為にと残ってくれたのでしょうか。「明日」より前の今日急いで降ったこの花の白雪は。本歌は前歌と同じ業平の歌。秋篠月清集。源家長日記。○けん　本歌では雪は「明日」のものなので、「明日」を基準として「今日」を「明日よりさき」と言い、回想の形で表わす。▽上皇の恩情を雪の好意に取り成して、逆に恨んでみせたのはもとより諧謔で、贈答歌に常套の技法である。

137 八重の色も美しい軒端の桜も衰えました。散らす風より一足先に訪ねて下さる方があればと思います。本歌「宮人にゆきて語らむ山桜風よりさきに来ても見るべく」(源氏物語・若紫)。○惟明親王　高倉天皇の第三皇子。後鳥羽院の兄。▽これまでの無沙汰を恨み、せめて今と促した態。

138 情ないことです。色衰えるまでこの八重桜を訪えともいわず過された御心は。○訪へ「十重」と掛詞にして「八重」に対す。▽贈答歌の約束に従って、「なぜ今頃になって」と逆に恨み返してみせた興。

この贈答歌は「庭の残花」で、配列上疑問。

五十首歌たてまつりし時　藤原家隆朝臣

139 さくら花夢かうつゝか白雲のたえてつねなき峰《みね》の春風

題しらず　皇太后宮大夫俊成女

140 恨《うら》みずやうき世《よ》を花のいとひつゝさそふ風あらばと思《おも》ひけるをば

141 はかなさをほかにもいはじ桜花さきては散《ち》りぬあはれ世《よ》の中　後徳大寺左大臣

入道前関白太政大臣家に、百首歌よませ侍《はべり》ける時　俊恵法師

142 ながむべき残《のこ》りの春をかぞふれば花とゝもにも散《ち》る涙かな

139 桜花、それを見たのは夢か現であったか分からないが、桜と見えた白雲は切れて、今はあとかたもない峰に無常迅速の春風が吹いている。本歌㈠「世の中は夢か現か現とも夢とも知らずありてなければ」(古今・雑下・読人しらず)、㈡「風ふけば峰にわかるる白雲のたえてつれなき君が心か」(古今・恋二・壬生忠岑)。建仁元年(一二〇一)二月、老若五十首歌合。○白雲のたえて　上を受けて「しらず」と「白雲」と掛詞。遠山の桜の散りはてた譬え。○つねなき　本歌㈡の「つれなき」を本歌㈠の「ありてなければ」の意に改めたもので、移り変りの早いこと。上下句にかかり、忽ち切れた白雲と吹き定まらない「峰の春風」の両方についていう。▽忽ち散り失せた花を嘆き、風を恨む。

これは散り果てた歌で、以下「花の跡」の歌。そのうち一四三までは「落花ののちの述懐」。

140 私は恨まずにいられない。うき世を花が厭い続けて、誘う風があれば散ろうと思っていたその心強さを。本歌「わびぬれば身を浮草のねをたえてさそふ水あらばいなむとぞ思ふ」(古今・雑下・小野小町)。通具俊成卿女五十番歌合。○恨みずや　「恨む」は当時上二段活用。「や」は反語。

141 世のはかなさを外のものによそえることなどすまい。桜の花が咲いて、もう散ってしまった。ああ、さながら世の中だ。林下集。○ほか　夢幻泡影などの譬えをさす。▽参考「春の花咲きては散りぬ秋の月満ちてはわれぬあな憂世の中」(殷富門院大輔集)。

142 しみじみと花に見入ることのできる残春の日数を指折り数えると、散る花とともに落ちる涙よ。林葉集「右大臣家百首中、花五首」。○入道前関白太政大臣　藤原兼実。○残りの春　漢語「残春」の訓。春の末。▽「花とともに散る」とあるが、「残春」なのでここに配列したのであろう。

花歌とてよめる

殷富門院大輔

143 花もまた別《わか》れん春はおもひいでよ咲《さ》き散《ち》るたびの心づくしを

千五百番歌合に

左近中将良平

144 散《ち》る花のわすれがたみの峰《みね》の雲そをだにのこせ春の山風

落花といふことを

藤原雅経

145 花《はな》さそふなごりを雲にふきとめてしばしはにほへ春の山風《かぜ》

題しらず

後白河院御歌

146 お《(を)》しめども散《ち》りはてぬれば桜花いまは梢《こずゑ》をながむばかりぞ

143 花よ。お前も散りゆく春には思い浮べてくれ。咲くにつけ散るにつけての私の心尽しのほどを。殷富門院大輔集。〇花もまた　私はお前のことを忘れないが、お前もまたの意。〇おもひいで　心底にあるものを意識にのぼすこと。

144 散った花の忘れ形見と思う山頂の雲。せめてそれだけでも吹き残してくれ。春の山風よ。本歌「あかでこそ思はむ仲は離れなめそをだにのちのわすれがたみに」(古今・恋四・読人しらず)。建仁二年(一二〇二)頃、千五百番歌合・春四。〇散る花のわすれがたみ　峰の雲を花に見立てる通念に、雲を火葬の煙即ち死者の形見とする通念(→八〇三)を重ね合わせる。

以下一四七まで「春の山風」。もっとも一四六はその配列になじまず疑問。(一九八〇)も同じ。

145 お前が誘って散らした名残の花びらを雲に吹き留め、もう暫くは花の雲として美しく色映えさせておいてくれ。春の山風よ。正治二年(一二〇〇)九月、仙洞十人歌合。〇なごり　参考歌にいう「風の名残」で大空に漂う花びら。▽参考「桜花ちりぬる風の名残には水なき空に波ぞ立ちける」(古今・春下・紀貫之)。

146 あれほど惜しんだが散りはててしまったので桜の花よ。今は木末をじっと見入るだけしかないな。

(1980) さてこの悶々の情をどうすればよいのか。世に長らえて物思いしている—長雨も降り—柴の戸のあたりに花も色衰えた春の暮れ方となって。本歌「花の色はうつりにけりな徒らにわが身世にふるながめせしまに」(古今・春下・小野小町)。後鳥羽院御集「建仁元年三月、内宮御百首」。〇太神宮　皇大神宮。〇世にふるながめ「降る」

太神宮に百首歌たてまつり侍《はべり》し中に　　太上天皇

(1980) いかにせん世《よ》にふるながめ柴《しば》の戸《と》にうつろふ花の春の暮《く》れがた

残春の心《こゝろ》を　　摂政太政大臣

147 吉野《よしの》山花《はな》のふるさと跡《あと》たえてむなしき枝《えだ》に春風ぞふく

題しらず　　大納言経信

148 ふるさとの花《はな》のさかりはすぎぬれど面影《おもかげ》さらぬ春の空《そら》かな

百首歌中に　　式子内親王

149 花は散《ち》りその色となくながむればむなしき空《そら》に春雨ぞふる

と「経る」、「長雨」と「ながめ」は掛詞。○柴の戸　雑木の枝折戸で庵のさま。「ながめし」と「しば」と掛ける。▽切出歌。

147 吉野山、この花も散り過ぎた古里には人の訪れも絶え、花なき枝には春風ばかりが吹いている。建久四年(一一九三)、六百番歌合。後京極殿御自歌合。○残春　↓一四三。○花のふるさと　花の散ったあとの寂れた里の意を吉野の古里(↓一)に掛ける。○むなしき枝に　漢語「空枝」の訓。詠歌一体は制詞とする。▽参考「山人の昔の跡を来て見れば空しき床を払ふ谷風」(千載・雑上・藤原清輔)、「ちる花のふるさととこそなりにけれわが住む宿の春の暮れ方」(建久元年九月十三夜、花月百首・慈円)。

148 古里の花の盛りは過ぎてしまったが、その幻の浮んで消えない春の空よ。経信集「未忘春意」。○ふるさと　吉野、志賀などか。○面影　夢は覚めれば消えるが、面影は消えぬという(千五百番歌合・千百八十八番判)。幻影。白昼夢。▽参考「里遠み恋ひわびにけりまそ鏡面影さらず夢に見えこそ」(万葉集十一・作者未詳)。

次歌も「春の空」。

149 花は散りはて、今は特に何を追うともなく見入っていると、空漠とした空に春雨ばかりが降っている。本歌「暮れがたき夏の日ぐらしながむればそのこととなく物ぞ悲しき」(伊勢物語四十五段)。正治二年(一二〇〇)院初度百首、初句「花は散りて」。○色　仏語の「色(しき)」に倣って広く「もの」の意と見たい。形・色彩を含む。○むなしき空　漢語「虚空」の訓。▽今更木末の花を追うのではないが、春を惜しめばこれまでの慣わしで自然目は空にゆくのである。参考「あけたてば空しき空をながむれどそれぞとしるき雲だにもなし」(和泉式部続集)。

小野宮の太政大臣《おほきおほいまうちぎみ》、月輪寺花見侍《(はべり)》ける日よめる

清原元輔

150 誰《た》がたにか明日《あす》はのこさん山桜《ざくら》こぼれてにほへ今日《けふ》のかたみに

曲水宴をよめる

中納言家持

151 唐《から》人の舟《ふね》をうかべてあそぶてふ今日《けふ》ぞわがせこ花かづらせよ

紀貫之、曲水宴し侍ける時、月入《リテ》花灘暗《シ》といふことをよみ侍ける

坂上是則

152 花ながす瀬《せ》をもみるべき三日《みか》月のわれて入《い》りぬる山のをちかた

150 君をおいて誰のために明日まで残すことがあろう。山桜よ。霞の間から散って美しく映えるがよい。今日の花見の思い出となるばかりに。本歌「浅緑野べの霞はつつめどもこぼれてにほふ花桜かな」(拾遺・春・読人しらず)。元輔集。続詞花集・春下。○小野宮の太政大臣 藤原実頼。○月輪寺 左大臣実頼は康保四年(九六七)二月二十八日、月林寺の花見をしたが(日本紀略)、その折か。月林寺が正しい。洛北、一乗寺の地にあった名刹。○たに ために。「た」は上代語で「ため」に同じ。和歌初学抄に「たに ためなり」とある。元輔集・続詞花集は「ため」。本集も烏丸本「ため」、小宮本「ために」。○こぼれてにほへ 本歌は霞の間から咲きこぼれること。この歌も同様であろうが、配列に従って散る意に解しておく。もっとも「落花」としてもこの位置は無理。

151 唐人が舟を浮べて遊ぶという今日である。皆花鬘をつけて楽しく遊ぼう。原歌は万葉集十九・天平勝宝二年(七五〇)三月三日の大伴家持の歌で、初・五句「から人も…花かづらせな」。新撰朗詠集「三月三日」。○曲水宴(ごくすいのえん) 中国伝来の行事で三月上巳(のち三日)に水辺に出、流れに酒杯を浮かべて詩歌を作る宴。もとは水で穢れを払う民俗で、舟遊びもしたのであろう。○せこ 広く男を呼ぶ語。ここは男どうしの場合。○花かづら 季節の花を緒に通して髪飾りとしたもの。
次歌も「曲水宴」。

152 花を流す美しい瀬を見るつもりでいたその今日の月が、片割れの姿で早くも沈んでしまった、あの山の彼方よ。本歌「宵のまに出でて入りぬる三日月のわれて物思ふ頃にもあるかな」(古今・雑体・誹諧歌・読人しらず)。三月三日紀師匠(貫之)曲水宴和歌。○紀貫之 古今集撰者。○月入花灘暗 月が沈み、花を浮べた急流は闇になっ

153 雲林院の桜《さくら》見にまかりけるに、みな散《ち》りはてて、わづかに片枝《かたえだ》にのこりて侍《(はべり)》ければ

良暹法師

たづねつる花《はな》もわが身もおとろへて後《のち》の春ともえこそ契《ちぎ》らね

千五百番歌合に

寂蓮法師

154 おもひたつ鳥《とり》は古巣《ふるす》もたのむらんなれぬる花のあとの夕暮《ゆふぐれ》

155 散《ち》りにけりあはれ恨《うら》みのたれなれば花のあととふ春の山風

権中納言公経

156 春ふかく尋《たづ》ねいるさの山のはにほの見し雲の色ぞのこれる

た意。○三日月　今日の三日月に、曲水宴にちなんで「杯（さかづき）」を掛ける。

153 訪れた花も自分もともに衰えて、来年の春はと再会の約束などできそうもない。続詞花集・春下。○雲林院　京の北郊紫野の名刹で、元慶寺別院。花の名所。

以下一五七まで「花の跡を尋ぬ」の趣。

154 旅立ちを心に決めている鶯は谷の古巣をあてにしてもいよう。が、私は馴れ親しんだ花が散ったあとの夕暮をどうしよう。建仁二年（一二〇二）頃、千五百番歌合・春四。○古巣　→三一。▽参考「花は根に鳥は古巣に帰るなり春の泊りを知る人ぞなき」（千載・春下・崇徳院）。

155 もう散ってしまった。ああこの恨みが誰にあるというので花の跡を尋ねているのか、春の山風は。千五百番歌合・春四。○あととふ　跡を訪う。亡きあとを弔う意もある。▽参考「花散らす風の宿りは誰か知るわれに教へよ行きて恨みむ」（古今・春下・素性）。また「木づたへばおのが羽風に散る花を誰におほせてここら鳴くらむ」（古今・春下・素性）の類想で、「山風よ。恨みはお前自身に向けるべきではないか」というのである。

156 春の暮、奥深く花を尋ねて入った入佐の山は花はなく、山の端に昔ほのかに見た花の雲の色が残っているばかりだ。本歌「梓弓いるさの山に迷ふかなほの見し月のかげや見ゆると」（源氏物語・花宴）。千五百番歌合・春四。○ふかく　「春ふかく」と「ふかく尋ね」とを掛ける。○いるさの山　但馬国の歌枕。「たづねいる」と掛詞。○山のは　山の稜線。尾根。○ほの見し雲の色　花盛りの頃わずかに見た遠山の花の、白雲と紛う色。▽山深く入り、眼前に見る尾根の白雲から昔の遠山の花の色を思い起した趣向。

157
　　百首歌たてまつりし時　　　　　　　　　　　　　　摂政太政大臣
初瀬山《はつせ》うつろふ花に春くれてまがひし雲ぞ峰《みね》にのこれる

158
　　　　　　　　　　　　　　　　　　　　　　　　藤原家隆朝臣
吉野河岸《よしのがはきし》の山ぶきさきにけり峰《みね》の桜《さくら》は散《ち》りはてぬらん

159
　　　　　　　　　　　　　　　　　　　　　　　　皇太后宮大夫俊成
駒《こま》とめてなを《(ほ)》水かはんやまぶきの花の露《つゆ》そふ井手《で》の玉河

160
　　堀河院御時、百首歌たてまつりける時　　　　　　　権中納言国信
岩根《いはね》こす清滝河《きよたき》のはやければ浪《なみ(を)》おりかくる岸《きし》の山ぶき

157　初瀬山を見ると、花が衰えるとともに春も暮れ、昔は花と見分けのつかなかった雲ばかりが山頂に残っていることだ。正治二年(一二〇〇)院初度百首。○初瀬山　大和国の歌枕。「長谷寺なり。雲居に高くよむ」(和歌初学抄)。
　以上で巻頭から続いた「花」群は完結。

158　吉野川は岸の山吹が咲いたよ。山頂の桜はもう散り尽したことであろう。本歌「吉野川岸の山ぶき吹く風に底のかげさへうつろひにけり」(古今・春下・紀貫之)。正治二年院初度百首、四句「峰の桜や」。▽上下句を対照させた単純な構成のうちに暮春の季節感を的確に写す。参考「吉野川岸の山ぶきさきぬれば底にぞ深き色は見えける」(千載・春下・藤原範綱)。
　これは「花」から「山吹」への繫ぎの歌。

159　駒を留めて引続き水を飲ませよう。山吹の花影の上に花の露まで落ち添うている井手の玉川を見ようために。本歌「ささのくま檜隈川に駒とめてしばし水かへ影をだに見む」(古今・神遊びの歌)。文治六年(一一九〇)三月、五社百首「款冬」、春日社奉納分。○なを　本歌の「しばし」の対。○花の露そふ　本歌の「影をだに」を改めた。露と玉は縁語。詠歌一体は制詞とする。○井手の玉河　山城国の歌枕。
　以下一六二まで「山吹」。

160　岩盤を越えてゆく清滝川の流れが早いので、波が折り取るようにうちかかる岸の山吹よ。長治二年(一一〇五)頃、堀河百首「款冬」。○堀河院　第七十三代天皇。○清滝河　山城国の歌枕。↓二七。○おりかくる　「折り」で、七二の「おりしく」とは別。

161 題しらず　厚見王

かはづなく神南備河《かみなびがは》にかげみえて今《いま》かさくらん山ぶきの花

162 延喜十三年、亭子院歌合歌　藤原興風

あしびきの山ぶきの花ちりにけり井手《で》のかはづは今《いま》やなくらん

163 飛香舎にて藤花宴侍《(はべり)》けるに　延喜御歌

かくてこそ見まくほしけれ万代《よろづよ》をかけてにほへる藤浪《ふぢなみ》の花

164 天暦四年三月十四日、藤壺《ふぢつぼ》にわたらせ給《たま》ひて、花お《(を)》しませ給《たま》ひけるに　天暦御歌

円居《まとゐ》して見れどもあかぬ藤浪《ふぢなみ》のたゝまくお《(を)》しき今日《けふ》にもあるかな

161　蛙のなく神南備川に影を映して今頃は咲いているであろうか。山吹の花は。万葉集八。和歌体十種「器量体」は四句「今やさくらむ」。本集も穂久邇・小宮本は同じで、底本にも「や」の傍書がある。〇かはづ　「かへる」の歌語。「かへるとは隠題などのほかは詠まず」(八雲御抄三)。万葉集ではカジカ。〇神南備河　八雲御抄五は万葉集のこの歌について大和国の歌枕とする。

162　山吹の花は散ったな。井手の蛙は今頃鳴いているであろうか。本歌「かはづなく井手の山吹ちりにけり花の盛りに逢はましものを」(古今・春下・読人しらず)。延喜十三年(九一三)三月十三日、亭子院歌合・季春(二十巻本)。〇亭子院　宇多法皇。〇井手　山城国の歌枕。↓一五九。

163　このような姿のままで眺めていたいものだ。万代をとりこんで長々と色美しく咲いている藤の花よ。〇飛香舎(ひぎやうしや)　内裏の後宮五舎の一。庭に藤があり、和風に藤壺とよぶ。↓五六。〇万代をかけて　祝言の詞。〇藤浪　藤の花の波うつ姿についていう。単に藤をも。「かけて」「浪」は縁語。以下一六六まで「藤」。

164　車座になっていくら見ても見飽きない藤波の、その波が立つではないが、今日という今日は席を立って帰るのが惜しいことだな。本歌「思ふどちまとゐせる夜は唐錦たたまく惜しきものにぞありける」(古今・雑上・読人しらず)。村上御集。〇天暦四年　九五〇年。〇円居　「まろ(丸)にゐるなり」(八雲御抄四)。

清慎公家屏風に　　貫之

165 暮《く》れぬとはおもふものから藤浪《ふぢなみ》のさける宿《やど》には春ぞひさしき

藤《ふぢ》の松《まつ》にかゝれるをよめる

166 みどりなる松にかゝれる藤《ふぢ》なれどを《(お)》のがころとぞ花はさきける

春《はる》の暮《くれ》つかた、実方朝臣のもとにつかはしける　藤原道信朝臣

167 散《ち》りのこる花もやあるとうちむれてみ山隠《がく》れをたづねてしかな

修行し侍《(はべり)》けるころ、春の暮《くれ》によみける　大僧正行尊

168 木《こ》のもとのすみかも今《いま》はあれぬべし春しくれなばたれか訪《と》ひこん

165 もう春は暮れたと思うのに藤の花が咲いている家には春はいつまでも留っていることだ。貫之集「天慶二年(九三九)四月、右大将殿御屏風の歌二十首、藤の花」、三句「藤の花」。○清慎公藤原実頼。▽藤花の図に寄せて藤原氏を寿いだ歌。

166 いつも変らぬ緑の松に這いかかっている藤であるが、自分の季節になったとばかり花は紫色に咲いているよ。貫之集「延喜十五年(九一五)の春、斎院の御屏風の和歌」。▽松に身を寄せる藤が自己主張しているのに気づいたおかしさ。

167 散り残っている花もありはすまいかと皆で連れ立って、奥山の隅々を探してまわりたいものです。本歌「吹く風と谷の水としなかりせば深山がくれの花を見ましや」(古今・春下・紀貫之)。道信集。小大君集にも。○実方朝臣　左大臣藤原師尹の孫。伝説に富む歌人。○うちむれて　本歌の「風」や「谷の水」等に委さず、我等が大挙しての意。▽実方の返歌は「まだ散らぬ花もやあると尋ねみむあなかましばし風に知らすな」で、後拾遺・誹諧歌に入る。共に諧謔である。

以下一六九まで三首は「春の暮つ方」で、「三月尽」へとつづく。

168 木の下の住居ももうきっと荒れるであろう。春が暮れてしまえば誰が訪ねて来ようか。本歌「木のもとをすみかとすればおのづから花見る人になりぬべきかな」(詞花・雑上・花山院)。○木のもとのすみか　いわゆる樹下石上の粗末な庵。

169 暮れゆく春の帰る湊はどこにあるか知らないけれども、夕霞の底に流れ落ちる宇治の柴積舟の行方こそ。本歌(一)「年毎にもみぢ葉流す立田川湊や秋の泊りなるらむ」(古今・秋下・紀貫之)、(二)「花は根に鳥は古巣に帰るなり春の泊りを知る人ぞなき」(千載・春下・崇徳院)。建仁元年(一二〇一)二月、老若五十首歌合。○みなと　「川の海に流

五十首歌たてまつりし時　　寂蓮法師

169 くれてゆく春のみなとはしらねども霞《かすみ》におつる宇治《うぢ》の柴舟《しばぶね》

山家三月尽をよみ侍《(はべり)》ける　　藤原伊綱

170 来《こ》ぬまでも花ゆへ《(ゑ)》人のまたれつる春もくれぬるみ山辺の里《さと》

題しらず　　皇太后宮大夫俊成女

171 いその神布留《ふる》のわさ田《だ》をうちかへし恨《うら》みかねたる春の暮《くれ》かな

寛平御時后《きさい》の宮の歌合歌　　よみ人しらず

172 待《ま》てといふに留《とま》らぬものと知《し》りながらしひてぞお《(を)》しき春の別《わか》れは

れ入るをいへり」(能因歌枕)。湊・舟は縁語。○霞におつる　川面をこめる霞のために、川を下るのではなく霞の底に落下すると見たのである。「おつる」は舟とともに、暮れゆく春の速さをも感じさせる。詠歌一体は制詞とする。○宇治　「宇治の里」「宇治川」は山城国の歌枕。▽本歌の秋の紅葉と同様、霞を春のしるしと見て、舟の流れ落ちるその底に春の湊もあると推測したのである。参考「暮れてゆく春の名残をながむれば霞の奥に有明の月」(式子内親王集・前小斎院御百首)。

170 たとえ来ないにしても、花が咲いているのでつい人を待つ気になった、その春も暮れてしまった山辺の里よ。宝物集三。玄玉集・時節歌上。ただし作者は藤原仲綱。○山家　山中、山下の住居。○三月尽(さんがつじん・やよいのはて・やよいつくる)　三月末日。○花ゆへ　花を見に訪ねてくるかと思うこと。▽参考「こぬまでも待たましものをなかなかに頼むかたなきこの夕卦かな」(後拾遺・恋二・読人しらず)。

以下巻末まで「三月尽」。

171 石上の布留の早稲田をうち返すではないが、くり返しくり返し恨んでも恨み尽くせない春の暮よ。本歌「うちかへし君ぞ恋しきやまとなる布留のわさ田の思ひ出でつつ」(後撰・恋一・読人しらず)。○いその神布留　→八八。上二句は「うちかへし」の序、当季の叙景を兼ねる。○わさ田　わせ田。早く実る品種の早稲を作る植田。○うちかへし　植田の田打ち。八九の苗代の田打とは別。

172 待てといっても留まらぬものと知りながらも、あえて惜しまれることだ。春との別れは。○寛平　寛平五年(八九三)九月以前、寛平御時后宮歌合。○寛平　宇多天皇の年号。天皇をもさす。○后の宮　天皇の生母班子女王。▽参考「待てといふに散らでし留まるものならば何を桜に思ひまさまし」(古今・春下・読人しらず)、「留レ春春不レ住(はるとどまらず)

山家ノ暮春といへる心《こゝろ》を

宮内卿

173 柴《しば》の戸《と》をさすや日かげのなごりなく春くれかゝる山のはの雲

百首歌たてまつりし時

摂政太政大臣

174 あすよりは志賀《しが》の花園《ぞの》まれにだにたれかは訪《と》はん春のふるさと

ず)、春帰人寂漠」(和漢朗詠集「三月尽」・白居易)。

173 柴の戸を鎖すと今まで射していた光はあとかたもなく、同時に春もすっかり暮れようとする、あの山の端の雲よ。建仁元年(一二〇一)三月十六日、土御門内大臣家影供歌合。内大臣は源通親。○暮春　春の末。季春と同じく三月の異称にも。○柴の戸を　底本「しはのとに」。諸本、原歌合で校訂。ここは戸を「鎖す」と日が「射す」と掛けるべきところ。「柴の戸」→(一九〇)＝一四六の次。○さすや　「や」は詠嘆。○山のはの雲　最後の日のあり所を見せている山の端の夕焼雲。▽三月尽の日暮れはまた春の暮でもあるが、両意を重ねたのが第三・四句。それで「なごりなくくれかゝる」の主語として「日かげ」に「春」を添加した形。参考「入日さす山の端さへぞ恨めしき暮れずは春のかへらましやは」(千載・春下・源雅通)。

174 明日からは志賀の花園を稀にも誰が訪れようか。春の古里となる古里よ。正治二年(一二〇〇)院初度百首。○あす　立夏である。○志賀の花園　近江の旧都の地が、花の名所長等山(→一四六九)の東麓(粟津原など)に想定されていたための称か。○まれにだに　「花のありしほどは稀にも人の訪ひし心を含めたり」(美濃の家づと)。○春のふるさと　春が去って寂れた土地で、ここは古里の志賀に掛けていう。「花もみな散りぬる宿はゆく春のふるさととこそなりぬべらなれ」(拾遺・春・紀貫之)。無名抄が達磨歌的表現の好例とした用語。▽「春」の巻頭と巻軸をともに摂政太政大臣の古京の歌で飾ったのは偶然ではない。

新古今和歌集巻第三

夏歌

題しらず　　　　　　　　　　　　　　持統天皇御歌

175 春すぎて夏《なつ》きにけらししろたへの衣《ころも》ほすてふ天《あま》の香具《かぐ》山

176 お(を)しめどもとまらぬ春《はる》もあるものをいはぬにきたる夏衣かな　　　　素性法師

175 春が過ぎて夏が来たのだな。夏が来ると真白な衣を干すと聞く天の香具山に今それが見える。原歌は万葉集一、四句「ころもさらせり(ほしたり)」。古来風体抄、二・四句「なつぞきぬらし…ころもかわかす」。○けらし　「けり」の意。→三。○てふ　「といふ」に同じ。この訓の本集以前の出所未詳。▽万葉集の第四句は実景を写すのに止まるが、ここでは実景に伝承が重なり、現在と過去が結び合う。そこにむしろ強く時代の共感をよぶものがあった。夏山の青と白衣の取合わせも新古今集にふさわしい。▽参考「雲はるる雪のひかりや白妙の衣ほすてふ天の香具山」(千五百番歌合・冬三・藤原良経)。

以下一七九まで「更衣」の歌。後撰集以後「夏歌」は更衣で始まる。

176 いくら惜しんでも留らずに帰る春もあるのに、言いもしない夏が来て夏衣を着ることだ。素性集。○きたる　「来」と「着」と掛詞。▽参考「惆悵、春帰留不レ得」(和漢朗詠集「三月尽」・白居易)。

177 散りはてて花の下陰のない新樹の下に気楽に立っていられる夏が早くも来て、楽に裁てる夏衣を着ることだ。本歌「今日のみと春を思はぬ時だにもたつことやすき花のかげかは」(古今・春下・凡河内躬恒)。拾玉集「詠百首和歌」。○更衣(こう・ころもがえ)　年に二回、四月(夏)と十月(冬)朔日、衣裳をはじめ調度類の交替をする。催馬楽「更衣」のように冬のそれを謡ったのもあるが、歌題では夏に限る。○花のかげ　花の反射光をもいうが、ここは本歌と同じく下陰と解してよい。○たつことやすき　本歌では立去る、立つ、両様の解があるが、ここは立つで、樹下にたたずむこと。それに「夏立つ」の意を掛け、さらに「裁つ」を掛ける。「木のもとに立つこと易き」は今は散る心配がないからで、「裁つこと易き」は単(ひとえ)だからである。

177　更衣をよみ侍《(はべり)》ける　前大僧正慈円

散《ち》りはてて花のかげなき木《こ》のもとにたつことやすき夏衣《なつごろも》かな

178　春をおくりて昨日《きのふ》のごとしといふことを　源　道　済

夏衣《なつごろも》きていくかになりぬらん残《のこ》れる花は今日《けふ》もちりつゝ

179　夏のはじめの歌《うた》とてよみ侍ける　皇太后宮大夫俊成女

お《(を)》りふしもうつればかへつ世《よ》のなかの人の心の花ぞめの袖《そで》

180　卯花如《シ》レ月《ノ》といへる心をよませ給《(たまひ)》ける　白　河　院　御　歌

卯《う》の花のむら〳〵さける垣根《かきね》をば雲まの月のかげかとぞみる

178　夏衣を着てから幾日経ったのだろう。咲き残っている花は今日も散り続いて。道済集「宰相中将殿にて春に遅れたる事、昨日といふことを」(誤写か)。▽残花の散っている限りは春の追憶も続いて、夏の気分になりきれないのである。

179　恋ばかりか季節も変れば、人はさっさと取替えてしまう。まるで男心の花が変るように桜色に染めた春の衣を夏衣に。本歌「色見えでうつろふものは世のなかの人の心の花にぞありける」(古今・恋五・小野小町)。○花ぞめの袖　本歌の「花」を桜に取りなし、桜色に染めた春衣の意。または春の着用である桜襲(表白、裏薄色)をもいう。▽参考「世の中の人の心は花染のうつろひやすき色にぞありける」(古今・恋五・読人しらず)。この花染は青花、即ち露草の花の絞汁で染めたものであるが、詞句の類似はあり、本歌としてもよい。

180　卯の花が幾つも群がり咲いている垣根を、雲間から漏れ落ちる月の光かと思ったことだ。○卯の花　ウツギ。落葉低木で陰暦四月には純白の小花が円錐状に咲く。農家の園地の仕切りの生垣には、多く卯の花が用いられた。▽参考「むらむらに咲ける垣根の卯の花は木の間の月の心地こそすれ」(千載・夏・藤原顕輔)。次歌とともに「卯の花」。

181　卯の花が咲いた時は真白な波で結った垣根かと錯覚してしまうことだ。本歌「わたつ海のかざしにさせる白妙の波もてゆへる淡路島山」(古今・雑上・読人しらず)。重家集「卯花」。▽参考「卯の花の咲ける垣根はみちのくのまがきの島の波かとぞ見る」(拾遺・夏・読人しらず)。

182　忘れることがあろうか。葵を草枕として結んで旅寝した野辺の、露のおいたあの曙の景色を。式子内親王集「前小斎院御百首」。○斎院(さいいん・いつきのみや)　賀茂社の斎王。未婚の皇女、女王が任じた。

題しらず

181 卯《う》の花のさきぬる時《とき》はしろたへの浪《なみ》もてゆへる垣根《かきね》とぞみる　大宰大弐重家

斎院に侍《(はべり)》ける時、神館《(かん)だち》にて

182 わすれめや葵《あふひ》を草《くさ》にひき結《むす》びかりねの野べの露《つゆ》のあけぼの　式子内親王

葵《あふひ》をよめる

183 いかなればその神《かみ》山の葵草《あふひぐさ》としはふれども二《ふた》葉なるらん　小侍従

最勝四天王院の障子に、安積《あさか》の沼《ぬま》かきたる所　藤原雅経朝臣

184 野《の》べはいまだ安積《あさか》の沼《ぬま》にかる草《くさ》のかつ見るまゝにしげるころかな

作者は平治元年(一一五九)十月から十年間在任。〇神館　斎館。神職が参籠して潔斎する殿舎。ここは賀茂の祭(四月中の酉)の当夜、斎院が一泊する上社の神館。〇葵　フタバアオイ。多年生草本で一茎にハート形の葉が二枚互生する。賀茂社で祭事に用いる。〇かりねの野べ　神館での旅寝の譬喩的表現。八代集抄に、神館は祭の時、社の北のみあれ野に仮設されたとあるが未詳。▽参考「祭の使にて神館の宿所より斎院の女房に遣はしける／ちはやぶるいつきの宮の旅寝には葵ぞ草の枕なりける」(千載・雑上・藤原実方)。

次歌とともに「葵」。

183 どういうわけでその昔といわれる賀茂山のふたば葵—古い生い立ちを思わせる—は、何年経っても二葉のままなのだろうか。小侍従集「葵」。続詞花集・夏。玄玉集・草樹歌上。〇その神山「その神」は賀茂の神をさす詞(源氏物語・賢木)で、ここは上社の神域にある山々をさす。その昔の意の「そのかみ」と掛詞。〇二葉　発芽した最初の葉で双子葉植物では二枚。▽いぶかる態にして「若雷(わかいかづち)」ともよばれる祭神(別雷神)の永遠の若さを祝う。

184 野辺ではまだ草の丈は低いが、安積の沼で刈る草のかつみは見ている間にもずんずん茂ってゆく頃になったよ。本歌「みちのくの安積の沼の花かつみかつ見る人に恋ひやわたらむ」(古今・恋四・読人しらず)。承元元年(一二〇七)十一月、最勝四天王院障子和歌。〇最勝四天王院　→一三。〇安積の沼　陸奥国の歌枕。草が「浅い」意と掛詞。〇かる草の　刈取って筵に織る草の、の意で「かつみ」の枕詞的用法。刈るのは五月雨頃。〇かつ見　「陸奥国にはこもをかつみといへるなめり」(俊頼髄脳)。マコモをいう。「かつ見る」と掛詞。

以下一八八まで「夏草」の歌。

崇徳院に百首歌たてまつりける時、夏歌　　　待賢門院安芸

185 桜麻《さくらあさ》のをふの下草《したくさ》しげれたゞあかで別《わか》れし花の名なれば

題しらず　　　曾禰好忠

186 花ちりし庭の木《こ》の葉もしげりあひて天《あま》てる月のかげぞまれなる

187 かりに来《く》と恨《うら》みし人のたえにしを草葉《くさ》につけてしのぶころかな

藤原元真

188 夏草《なつくさ》はしげりにけりなたまぼこの道行《みちゆ》き人も結《むす》ぶばかりに

185 桜麻のおふの下草よ。ずんずん茂れ。お前が生いると駒も人も賞翫しないなどとはとんでもない。お前の生えている所は名残を惜しんで別れた花の名をもつ桜麻だから、めではやそうものを。本歌「桜麻のをふの下草生ひ(老いイ)ぬれば駒もすさめず刈る人もなし」(古今・雑上・読人しらず。ただし上句は左注本文による)。久安六年(一一五〇)、久安百首。○崇徳院　第七十五代天皇。○桜麻のをふ　桜麻は八雲御抄三に「麻の名なり」とあり、「をふ」は麻(苧)の生えている所。▽本歌の本文として「生ひ」をとっている。桜麻のゆかりで下草までいとおしいのである。

186 花の散った庭の木々の葉も茂り合い、大空に照る月の光がほとんど漏れてこなくなったことだ。好忠集。
これは「新樹」の歌で、この位置は不適当。

187 たまに、それも草を刈るためにやって来るといって恨んだ相手が、その後すっかり音沙汰もなくなったのを草葉の茂るにつけて思い出すこの頃です。好忠集「三百六十首和歌・四月はじめ」。○かりに来　かりそめの意と「刈り」と掛詞。○しのぶ　「偲ぶ」を「草葉」の縁で草のシノブに掛ける。▽女として詠んだ歌。

188 夏草はすっかり茂ったな。道ゆく人も道しるべとして結ぶほどにも。元真集「同じ年(天徳三年＝九五九)二月三日内裏の御歌合、方々のをよめる」。○たまぼこの　道の枕詞。○結ぶ　草を結ぶのは旅の草枕、男女が契りを結ぶための呪術等の場合があるが、ここは枝折り(→八六)と同様、道しるべに葉先を玉結びにすること。▽参考「夏草を結ぶしるしのなかりせばいかで行かまし山里の道」(禖子内親王家歌合「夏草」・大和)。

189 夏草はしげりにけれど郭公《ほとゝぎす》などわが宿《やど》に一声もせぬ

延喜御歌

190 なく声《こゑ》をえやはしのばぬ郭公《ほとゝぎす》初卯《はつう》の花のかげにかくれて

柿本人麿

賀茂にまうでゝ侍りけるに、人の、ほとゝぎす鳴《な》かなんと申《(まうし)》けるあけぼの、片岡《かたをか》の梢《こずゑ(を)》おかしく見え侍《(はべり)》ければ

紫式部

191 ほとゝぎす声まつほどは片岡《かたをか》のもりのしづくに立《た》ちやぬれまし

189 夏草はすっかり茂ったが郭公よ。お前はどうして我が家に来て一声も鳴かないのか。仁和(光孝天皇)御集に「同じ人にたまはせたる」として載る。○郭公　相手の女性に譬える。

「夏草」を「郭公」へと繋ぎ、以下二一九まで三十二首は「郭公」の歌。そのうち一九一まで「郭公を待つ」。

190 鳴き声をどうしても漏らせないでいる郭公よ。咲き初めた卯の花の陰に隠れたままで。○えやはしのばぬ　「やは」は反語。疑問にとって、忍び音を漏らしていると解するのが自然ではあるが、配列上採らない。郭公は四、五月のものとされ、四月の声を「卯月のしのびね」という。▽卯の花は咲き出したのに、しのびねを漏らそうとしない郭公を嘆く歌。

191 郭公の声を待つ間はずっと、あの片岡の森の木末から滴る朝露に立ちぬれていようかしら。本歌「あしひきの山の雫に妹待つとわれ立ちぬれぬ山の雫に」(万葉集二・大津皇子。古今六帖一・おほともの王子)。紫式部集、詞書はほぼ同じ。○賀茂　山城国の一ノ宮。ここは上賀茂社。○鳴かなん　鳴いてほしい。○あけぼの　参籠の翌朝。○片岡　本殿の前にある摂社。「片岡のもり」もそこで、歌枕。○梢おかしく　露を帯びた新樹の木末の曙光に映える美しさであろう。○見え侍ければ　底本「は」なし。校訂して補う。○声まつほどは　郭公は待って聞くものとされるが、同じ待つならその間ずっとの気持。

賀茂《かも》にこもりたりけるあか月、郭公のなきければ

弁乳母

192 ほとゝぎすみ山いづなる初声《はつこゑ》をいづれの宿《やど》のたれかきくらん

題しらず

よみ人しらず

193 五月《さ》山卯《う》の花月夜《(づく)よ》ほとゝぎすきけどもあかず又なかんかも

194 を《(お)》のが妻《つま》こひつゝなくや五月《さ》やみ神南《なび》備山のやま郭公

中納言家持

195 郭公《ほとゝぎす》一声なきていぬる夜《よ》はいかでか人のいをやすく寝《ぬ》る

192 郭公が奥山から出てきたあの第一声をどこの家の誰が今聞いていることであろう。本歌「ほのかにぞ鳴きわたるなる郭公み山をいづるけさの初声」(拾遺・夏・坂上望城)。弁乳母集「四月に郭公のなきければ」、三句「しのび音は」。〇賀茂　底本「かみ」。諸本で校訂。〇こもり　参籠する。〇いづなる　ほのかに鳴き渡る声を聞いて深山を出ると推量したもの。▽独り聞くのが惜しまれるようなときめき。

以下一九七まで「初めて郭公を聞く」。

193 五月の山辺、卯の花月夜になく郭公よ。いくら聞いても聞き飽きぬ。もう一度鳴いてくれるかな。原歌は万葉集十。ただし旧訓は「つきよ」であるが、赤人集「つくよ」に倣って訓んでおく。〇五月山　成語で、郭公・照射(ともし)とともに詠み慣わす。〇卯の花月夜　原義は卯の花の咲くよい月夜であるが、当時は「卯の花の白きが月に似たるなり」(八雲御抄三)と解されている。

194 自分の妻を恋い慕って鳴くのか。五月闇の中、神南備山の山郭公よ。〇五月やみ　五月雨の降る頃の漆黒の闇。〇神南備山　平安時代郭公が詠まれたのは、「神南備のいはせの森の郭公ならしの岡にいつか来鳴かむ」(家持集)のように「いはせの森」のある神南備であるが、大和、摂津国(能因歌枕)、山城国(和歌初学抄)等の説がある。↓二六五。〇やま郭公　郭公は夏、山より出てまた山へ帰るので山郭公というが、多くの場合、山にいる郭公。▽ここには初め「旅寝して妻恋ひすらし郭公神南備山にさよふけて鳴く」という歌があったが、既に後撰集に採られていると分かり削除すべきところ、仮名序に引用されているのでそれもならず、急遽主題を変えずに院が作った代替歌(明月記・承元元年三月十九日条)。五月闇におぼつかなく鳴く声を聞いて推量した態。

大中臣能宣朝臣
196 郭公《ほとゝぎす》なきつゝ出《い》づるあしびきの山となでしこ咲《さ》きにけらしも

大納言経信
197 二《ふた》声となきつときかば郭公《ほとゝぎす》衣《ころも》かたしきうたゝねはせん

待《チテ》レ客《ヲ》聞《ク》二郭公《ヲ》一といへる心を

白河院御歌
198 郭公まだうちとけぬ忍《しの》び音《ね》はこぬ人をまつわれのみぞきく

題しらず

花園左大臣
199 聞《き》きてしもなを(ほ)ぞねられぬ郭公《ほとゝぎす》まちし夜《よ》ごろの心ならひに

195 郭公がただ一声鳴いて飛び去った夜は、どうして落着いて寝たりなどできようか。家持集・夏歌。

196 山郭公が鳴きつつ山を出てくる頃となり、大和撫子も咲いたな。能宣集「六月同じ御前の前栽掘るに、嵯峨野にて撫子を人々よみしに」として二句「なきつつかへる」。六月なら「かへる(山に帰る)」であるが、新古今集の配列からすれば「いづる」がふさわしい。〇あしびきの　山の枕詞で、「出づる」の縁語でもある。〇山となでしこ　ナデシコ。夏秋に淡紅の花を開く。より濃艶な唐撫子(石竹)の対。「山」と「大和撫子」を掛詞とし、上句をこの語にかかる序の態にして当季の景を写す。配列もそこに主題をおく。

197 確かに二声鳴いたと聞いたのなら郭公よ。この独寝の床でうたたねもしように。経信集。〇二声と　「と」は指定。〇衣かたしき　相手と袖を交わさないで、自分の袖のみを敷いて独寝すること。郭公を恋しい相手でもあるように待ちわびる態。▽二声でもうち解けては寝られまいに、一声では眼もつぶれないというのである。

198 郭公のまだ人馴れない忍び音は、来ぬ人を待って夜をふかす私だけが聞くことだ。〇忍び音　→一九〇。▽人を待てばこその僥倖で、女になって詠む。参考「山がつと人はいへども郭公まづ初声はわれのみぞきく」(拾遺・夏・坂上是則)。次歌とともに「待ちて郭公を聞く」。

199 確かに聞いていながらそれでも寝られない、郭公よ。幾夜も待ちわびたのが癖になって。〇心ならひ　心の習慣。▽参考「聞きてしもなほぞ待たるる郭公鳴く一声にあかぬ心は」(高陽院七番歌合・祐子内親王家紀伊)。

200 卯の花の咲く垣根ではないけれども、郭公はまさしく「月の桂」の陰にいて、あんなに鳴い

神館《かんだち》にて郭公をきゝて

前中納言匡房

200 卯《う》の花の垣根《かきね》ならねどほとゝぎす月の桂《かつら》のかげになくなり

入道前関白、右大臣に侍《はべり》ける時、百首歌よませ侍ける郭公の歌

皇太后宮大夫俊成

201 昔《むかし》おもふ草《くさ》のいほりの夜《よる》の雨になみだなそへそ山郭公

202 雨そゝくはなたち花に風すぎて山郭公雲になくなり

題しらず

相模

203 きかでたゞ寝《ね》なましものを郭公中〳〵《なかなか》なりやよはの一声

ているよ。本歌「卯の花の咲ける垣根の月清みいねず聞けとや鳴く郭公」(後撰・夏・読人しらず)。江帥集「神館にて月のあかきに郭公を聞きてよめる」。○神館　→一八三。○をきゝて　底本「をゝきて」。諸本で校訂。○月の桂　「兼名苑云、月中有ㇾ河、河水之上有二桂樹一、高五百丈云々」(和歌童蒙抄七)。これは社殿に掛け渡した「葵桂」(葵を結び合わせたものを桂の枝に幾つも付けて長く垂らす)を月が照らすのを「月の桂」と洒落たもの。○なくなり　鳴く声を聞いての感動。▽本歌では卯の花垣に月の照るのを郭公は喜ぶといい、「卯の花月夜」(→一九三)という言葉もあるが、この神館ではまさしく月中にいて鳴くというのである。

以下三首は「草木に寄する郭公」。

201 しきりに昔のことを思い返している草庵の雨の降る夜更け、この上鳴いて私に涙の雨まで降らせないでくれ、山郭公よ。本説「蘭省花時錦帳下、廬山雨夜草庵中」(和漢朗詠集「山家」・白居易)。本歌「五月雨にものおもひをれば郭公夜深くなきていづち行くらむ」(古今・夏・紀友則)。長秋詠藻「右大臣家百首」、治承二年(一一七八)七月詠進。○入道前関白　藤原兼実。▽本説に密着した歌で「草の庵」「夜の雨」はもとより、「山郭公」も廬山の縁。ただ雨を五月雨として郭公を点出した所が創意。白居易になって詠んだと見てもよい。参考「五月雨に思ひこそやれ古の草の庵の夜はの寂しさ」(千載・夏・輔仁親王)。

202 雨の散りかかる橘の花に風が吹いて懐しく匂う折節、山郭公が遥かな雲中で鳴くよ。同じく右大臣家百首「郭公」。○雨そゝく　催馬楽「東屋」の「あづま屋のまやのあまりのその雨(あま)そそき…」の連想があり、軒近い橘で、これに対し山郭公は遠景。○はなたち花　「たちばな」は食用柑橘類の古名で「こみかん」の類。白花、香気を放つ。

204 たが里《さと》もとひもやくると郭公《ほとゝぎす》心のかぎり待《ま》ちぞわびにし

紫式部

寛治八年前太政大臣高陽院《かやのゐん》歌合に、郭公を

周防内侍

205 夜《よ》をかさね待《ま》ちかね山の郭公くもゐのよそに一声《こゑ》ぞきく

海辺《ノ》郭公といふことをよみ侍《はべり》ける

按察使公通

206 二《ふた》声ときかずはいでじ郭公《ほとゝぎす》いく夜《よ》明石《あかし》のとまりなりとも

百首歌たてまつりし時、夏歌の中に

民部卿範光

207 郭公《ほとゝぎす》なを《(ほ)》一声はおもひいでよ老曾《おいそ》の森《もり》のよはのむかしを

▽参考「五月雨の空なつかしく匂ふかな花橘に風や吹くらむ」(後拾遺・夏・相模)。

203 分かっていたら聞かずにすぐ寝たであろうに、郭公よ。却って寝られなくなったことだ。夜中の一声は。相模集「郭公の声をまさしく聞きて」。

以下二〇五まで「久しく郭公を待つ」。

204 誰が住む里にも分け隔てなく訪ねてくるかと郭公よ。もう一心にお前を待ちわびていたことだ。紫式部集によれば贈答歌の返しで郭公は男に擬したものらしい。▽参考「郭公汝が鳴く里のあまたあればなほうとまれぬ思ふものから」(古今・夏・読人しらず)。

205 幾晩も待ちかねていた待兼山の郭公を、空の彼方にやっと一声聞いたことだ。寛治八年(一〇九四)八月十九日、高陽院七番歌合、四句「雲のよそにて」。○前太政大臣　藤原師実。○高陽院　中御門(なかみかど)の南、堀川の東にあった師実の邸。○待ちかね山　摂津国の歌枕。山名に「待ちかね」を掛ける。○くもゐ　雲居。空または雲。

206 確かに二声を聞かなければ船出はすまい。郭公よ。幾夜この明石の浦で夜を明かす停泊になろうとも。○明石　明石潟、明石の浦は播磨国の歌枕。地名に「明かし」を掛ける。

以下二〇八まで「更に郭公を待つ」。

207 郭公よ。もう一声については思い出してくれ。老曾の森の夜中、一声鳴いて故人を喜ばせたというあのゆかしい昔を。本歌「あづま路の思ひいでにせむ郭公老曾の森の夜はの一声」(後拾遺・夏・大江公資)。正治二年(一二〇〇)院初度百首。○老曾の森　近江国の歌枕。○よはのむかし　大江公資が相模守で上洛の途中詠んだという本歌の故事をさす。▽「なほ一声」は、やはり一声だけはの意にも解されるが、原百首や新古今集の配列からすれば、一声は聞いたのである。

時鳥をよめる　　　　　　　　　八条院高倉

208 一声はおもひぞあへぬ郭公《ほとゝぎす》たそかれ時の雲のまよひに

千五百番歌合に　　　　　　　　摂政太政大臣

209 有明《ありあけ》のつれなくみえし月はいでぬ山郭公《ほとゝぎす》まつ夜《よ》ながらに

後徳大寺左大臣家に十首歌よみ侍《はべり》けるに、よみてつかはしける　　　　　　　　皇太后宮大夫俊成

210 わが心いかにせよとて郭公《ほとゝぎす》雲まの月のかげになくらん

郭公の心をよみ侍ける　　　　　　　　前太政大臣

211 郭公《ほとゝぎす》なきているさの山のはは月ゆへ《ゑ》よりも恨《うら》めしきかな

208 今の一声では確かにお前だと思いきれない、郭公よ。夕暮の雲にまぎれてはっきりと見えなかったのだし。〇あへぬ　奥義抄・上「たへずなり」。〇たそかれ　「誰そ彼」と見とがめるような薄暮。「彼は誰(かはたれ)」は暁の薄明をいう。▽もう一声聞いて確認したいと要求する歌。

209 ぐずぐずして無情に見えた有明の月はやっと出た。山郭公はまだ待つ夜のままで。本歌「有明のつれなく見えし別れよりあかつきばかり憂きものはなし」(古今・恋三・壬生忠岑)。建仁二年(一二〇二)頃、千五百番歌合・夏一。〇有明　ここは有明(→一六二)の頃の遅い月の出をいう。▽本歌の暁に対して夜中、別れの恨みに対して待つ恨みである。

以下二二三まで「月前郭公」。

210 いったい私の心をどうせよといって、郭公は雲間を漏れる月の光の中を鳴き過ぎてゆくのであろう。長秋詠藻「郭公」。〇後徳大寺左大臣藤原実定。俊成の甥。〇いかにせよ　哀切かつ深い美感に深く心を動かされたさま。▽わずかな光の中に姿と声を捉えたのである。参考「な(が)心いかにせよとか郭公雲居遥かに名乗してゆく」(天喜五年五月、六条斎院歌合・左衛門)。

211 郭公が鳴いて入った入佐の山の尾根は、月が入るそのためよりも一層恨めしく思われることだ。〇いるさの山　但馬国の歌枕。「入る」に掛ける。▽参考「里わかぬかげをば見れど行く月のいるさの山を誰か尋ぬる」(源氏物語・末摘花)。

212 有明の月の方は待つほどもなく出てきたが、まだ山深く籠って一向に気配も見せない郭公よ。〇またぬに　遅く出て待たせるものとされる有明の月についていう。▽参考「いま来むと言ひ

212 有明《ありあけ》の月はまたぬにいでぬれどなを《(ほ)》山ふかき郭公《ほとゝぎす》かな　権中納言親宗

被ㇾ出了　顕昭法師

(1981) ほとゝぎす昔《むかし》をかけてしのべとや老《お》いのねざめに一声《ひとこゑ》ぞする

杜間ノ郭公といふことを　藤原保季朝臣

213 すぎにけり信太《しのだ》のもりの郭公《ほとゝぎす》たえぬしづくを袖にのこして

題しらず　藤原家隆朝臣

214 いかにせんこぬ夜《よ》あまたの郭公《ほとゝぎす》またじとおもへば村雨《むらさめ》の空《そら》

しばかりに長月の有明の月を待ち出でつるかな」(古今・恋四・素性)。

(1981) 郭公よ。遠い昔のことまで思い起せというのか、老いの寝覚めの折節一声聞かせてくれることだ。○昔をかけて　昔をとりこんでの意。○老いのねざめ　老人の慣いとして夜中めざめることで、物思いがちの時である。▽参考「郭公鳴く声きけば別れにし古里さへぞ恋しかりける」(古今・夏・読人しらず)。切出歌。

配列は孤立的であるが、次歌「たえぬしづく」の縁で涙がちのこの歌をここに置いたか。

213 やっと鳴き過ぎて行ったな。信太の森の郭公よ。楠の千枝からひまなく落ちる滴を袖一面に残して。建仁二年(一二〇二)頃、千五百番歌合・夏一、初句「すぎぬなり」。○信太のもり　和泉国の歌枕。「木一本なり。ちえとよむ」(和歌初学抄)で、楠の千枝で知られる。○たえぬしづく　千枝より落ちる雫に涙を兼ね、長い待機と深い感動とを表わす。▽参考「五月来ば信太の森の郭公木づたふ千枝の数ごとに鳴け」(堀河百首・源俊頼)。

これは「下露に郭公を待つ」で、次の二一四・二一五は「雨中に郭公を待つ」。

214 さてどうしよう。来鳴かぬ夜が幾晩も続いた郭公である。今宵はもう待つまいと思う折節、村雨の降り出したこの空。本歌「頼めつつ来ぬ夜あまたになりぬれば待たじと思ふぞ待つにまされる」(拾遺・恋三・柿本人麿)。壬二集「夏の歌とて」。○村雨　季節を問わず俄雨をいう。この歌によって郭公には村雨を取合わせることになったという(宝治二年院歌合・三十三番藤原為家判)。▽「待たじと思へば」、待つ以上に思いのつのる折節、郭公の鳴きそうな空模様となり、いよいよ思い乱れるのである。参考「心をぞ尽しはてつる郭公ほのめく宵の村雨の空」(千載・夏・藤原長方)。

百首歌たてまつりしに　　　　式子内親王

215 声《こゑ》はして雲路《くもぢ》にむせぶほとゝぎす涙やそゝくよゐ《(ひ)》の村雨《むらさめ》

千五百番歌合に　　　　権中納言公経

216 郭公《ほとゝぎす》なを《(ほ)》うとまれぬ心かなながなく里《さと》のよその夕暮《ゆふぐれ》

題しらず　　　　西行法師

217 きかずともこゝをせにせん郭公《ほとゝぎす》山田の原《はら》の杉《すぎ》のむらだち

218 郭公ふかき峰《みね》よりいでにけり外《と》山のすそに声のおちくる

215 声はしながら、雲中でのどを詰まらせ、とぎれがちの郭公よ。その涙がそそぐのか、今宵の村雨は。本歌「声はして涙は見えぬ郭公わが衣手のひつをからなむ」(古今・夏・読人しらず)。正治二年(一二〇〇)院初度百首。○むせぶ　「鳴咽なり。とどこほりゆかぬなり」(和歌初学抄)。▽「むせぶ」声から涙を想像し、村雨をそれに擬して本歌に異を立てた趣向。参考「咽ㇾ霧(きりにむせぶ)山鶯啼尚少」(和漢朗詠集「鶯」・元稹)。

216 郭公よ。それでもやはりおろそかには思えない気持だな。夕暮が来たが、お前の鳴くのはあまたある中のよその里だとしても。本歌「郭公汝が鳴く里のあまたあればなほうとまれぬ思ふものから」(古今・夏・読人しらず。伊勢物語四十三段)。建仁二年(一二〇三)頃、千五百番歌合・夏一。○うとまれぬ　本歌の完了「ぬ」を打消に変える。○よその夕暮　↓二四三。夕暮は男を待つ時で、郭公をいとしい、多情な男に擬している。▽本歌を裏返した趣向。

これは「里の郭公」。

217 たとえ聞けなくてもよい、ここを郭公、お前の待ち場所と定めよう。この山田の原の杉の群立ちよ。西行法師家集。残集「郭公」。御裳濯河歌合。○きかずとも　無名抄「郭公などは山野を尋ね歩きて聞く心を詠む」。○せ　場所。○山田の原　伊勢国の歌枕。山田の古名。「外宮の御在所なり」(八雲御抄五)。▽郭公を尋ね尋ねてやって来て、森厳な神域のたたずまいに感銘した趣。右歌合の俊成判に「山田の原といへる(心)姿、凡俗及びがたきに似たり」と評する。

これは「原の郭公」。

218 郭公が深山の頂きから出てきたのだ。この外山の麓に上空から声が落ちてくるよ。西行法師家集「郭公」。御裳濯河歌合。○外山　深山(みやま)

219 山家ノ暁ノ郭公といへる心を

後徳大寺左大臣

を笹《ざゝ》ふくしづのまろやのかりの戸《と》をあけがたになく郭公かな

五首歌人〳〵によませ侍《(はべり)》ける時、夏歌とてよみ侍ける

摂政太政大臣

220 うちしめりあやめぞかほ《(を)》る郭公《ほとゝぎす》なくや五月《さ》の雨の夕暮《ゆふぐれ》

述懐によせて百首歌よみ侍ける時

皇太后宮大夫俊成

221 けふは又あやめのねさへかけそへて乱《みだ》れぞまさる袖の白玉

五月五日、薬玉《くすだま》つかはして侍ける人に

大納言経信

222 あかなくに散《ち》りにし花のいろ〳〵は残《のこ》りにけりな君が袂《たもと》に

の対。山の里近い側。▽深山から「郭公深き山辺に住むかひは木末につづく声を聞くかな」(山家集)のように枝移りして外山に出、やがて一気に飛立った経過に思いを馳せた感慨が上句にある。

これは「麓の郭公」。

219 笹葺きの山がつの小屋の仮りの戸を開けるではないが、夜明け方に鳴く郭公よ。林下集、二句「しづがしのやの」。○しづ　ここは山里に住む人。山がつ。○まろや　シノ・カヤ・蘆などで葺いた小屋。○かりの戸　間にあわせの戸の意。「をざさ」の縁語の「刈り」と「仮り」を掛ける。○あけがた　「戸を開ける」と「明け方」と掛詞。▽上句は「明け方」の序であるとともに「山家」の描写を兼ねる。

これは「暁の郭公」。

220 しっとりと空気はしめり、あやめの香がよく立つことだ。郭公の鳴く五月の、雨のふる夕暮よ。本歌「郭公なくや五月のあやめ草あやめも知らぬ恋もするかな」(古今・恋一・読人しらず)。秋篠月清集。後京極殿御自歌合。○うちしめり　薫物によい状態で、その連想がある。▽本歌の序を叙景と実感で蘇らせており、「や」の詠嘆も深い。「あやめぞかをる」「雨のゆふぐれ」を詠歌一体は制詞とする。

「夕の郭公」で、「郭公」と「菖蒲」との繋ぎ。

221 節句の今日はいつも声をしのばせている袖にあやめの根まで掛け添えるので、いよいよ激しく乱れ散る袖の白玉であることだ。長秋詠藻・述懐百首「菖蒲」、保延六(一一四〇)、七年頃。○述懐↓一五。○あやめのね　五月五日には袖にも枕にも菖蒲を掛け結んだ。「根」と「音(ね)」を掛ける。○白玉　根より滴る雫と涙を兼ねる。青い葉の色との対照。

以下二二四まで「菖蒲」。

局並《つぼねなら》びにすみ侍《(はべり)》けるころ、五月六日もろともにながめ明《あ》かして、朝《あした》にながき根《ね》をつゝみて、紫式部につかはしける　上東門院小少将

223 なべて世《よ》のうきになかるゝあやめ草《ぐさ》今日《けふ》までかゝるねはいかゞ見《み》る

返し　紫式部

224 なにごと《ゝ》とあやめはわかで今日《けふ》もなを《(ほ)》袂《たもと》にあまるねこそ絶《た》えせね

山畦《ノ》早苗といへる心を　大納言経信

225 早苗《さなへ》とる山田のかけひもりにけり引《ひ》くしめなわ《(は)》に露《つゆ》ぞこぼるゝ

222 まだ見飽きないうちに散ってしまったあの春の色とりどりの花は残っていたのだったな。あなたの袂に。経信集。○薬玉　種々の香を入れた網の玉に菖蒲・蓬を添えた造花を結び、五色の糸を垂らしたもの。柱に掛けたり、腰につけ(糸を袖から肩に廻して結ぶ)て邪気を払う。○つかはし　寄越すこと。▽腰の薬玉を贈主が袖に拾いためた花に見立て、懐かしさ美しさを讃えた挨拶。

223 宮仕というもののつらさに泣いている私(沼地で靡いている菖蒲ではないが)が、一夜泣き明かして六日の今日まで、このように声に出して泣いている(袖に掛かる菖蒲の根ではないが)のをどう御覧になりますか。紫式部集「土御門殿にて三十講の五巻、五月五日にあたれりしに」とある一群の贈答歌のうち、六日「あからうなれば入りぬ。長きねを包みて」。○局並び　隣合わせの局。遣戸で仕切られ、出入りができる。○うきになかるゝ　「憂き」と泥地の意の「うき」、「泣かるる」と「流るる」と掛詞。○あやめ草　当時「菖(昌)蒲」の字をあてる。サトイモ科のショウブの古名。根茎は白く、初夏淡黄緑色の花を開く。○かゝるね　「かくある」の意と「掛かる」、「根」と「音(ね)」と掛詞。

224 私もなぜだかわけも分からぬまま、今日もやはり(袂に余るこの菖蒲の根が長く続いているそれではないが)、袂で覆いきれないほど声に出して泣き続けています。紫式部集。○あやめ　「菖蒲」と「文目」と掛詞。文目は織物・木目等の模様。転じて物事の条理。

225 早苗をとる山田の苗代の樋の水が漏れているのだな。田の面に張った注連縄に露がこぼれ伝わってゆく。経信集。○山畦　山田。○早苗とる　苗代で育った苗を植田に移植する(田植え)ために採ること。○かけひ　田に渡して水を引く樋。

釈阿、九十賀たまはせ侍《(はべり)》し時、屏風に五月雨　　摂政太政大臣

226 小《を》山《だ》田に引《ひ》くしめなわのうちは《(は)》へて朽《く》ちやしぬらん五月雨《さみだれ》の比《(ころ)》

題しらず　　伊勢大輔

227 いかばかり田子《たご》の裳裾《もすそ》もそほつらん雲《くも》まも見えぬころの五月雨《さみだれ》

大納言経信

228 三島江《みしまえ》の入江《いりえ》のまこも雨ふればいとゞしほれて刈《か》る人もなし

前中納言匡房

229 まこも刈《か》る淀《よど》の沢《さは》水ふかけれどそこまで月のかげはすみけり

○しめなわ　早苗をとる時、水口(みなくち)祭をし、注連を張る。▽参考「並み立てる田子の裳裾はそほちつつ水口祭る早苗をぞとる」(堀河百首・源師頼)、「うちはへてとれども尽きず引く注連の外まで余る早苗なるらむ」(道助法親王五十首・藤原家衡)。これは「早苗」。

226 山田の苗代に引き渡してある注連縄がすっかりくさってしまうのではなかろうか。五月雨の頃となって。秋篠月清集、建仁三年(一二〇三)十一月。○釈阿　藤原俊成の法名。○九十賀たまはせ　同月二十三日和歌所で行われた後鳥羽院主催の賀。○うちはへて　ひき続き、ひたすらにの意。また「はふ」は「延ふ」で縄の縁語。「早苗」から「五月雨」へ移る繋ぎの歌。

227 どんなに早少女の衣の裾もぬれることであろう。雲の晴れ間も見えぬ連日の五月雨に。伊勢大輔集「歌合、さみだれ」。○田子の裳裾も　わが身さえ五月雨時は、絶えず物思いをして袖がぬれることからいう。田子は農民。八雲御抄三「植うる女なり」とも注する。裳裾は単に衣の裾の意。以下(二三九)まで十二首「五月雨」。

228 三島江の入江のマコモはいつも水に漬っているが、五月雨が降るといよいよぬれ弱って、刈る人影も見えない。経信集「五月雨」。○三島江　摂津国の歌枕。→二五。○まこも　菰。イネ科の多年生草本。池沼に叢生し、五月雨の頃刈取って筵などを編む。○しほれ　→六三。▽参考「三島江の入江のこもを刈りにこそ我をば君は思ひたりけれ」(万葉集十一・作者未詳)。

229 マコモを刈っている淀の辺の沢水はこの五月雨に深くなっているが、底まで月の光は澄み透っていることだ。本歌「まこも刈る淀の沢水雨ふれば常よりことにまさる我が恋」(古今・恋二・紀貫之)。長治二年(一一〇五)頃、堀河百首「月」。○淀

230 雨中木繁《シ》といふ心《こゝろ》を　藤原基俊

玉柏《たまがしは》しげりにけりな五月雨《さみだれ》に葉守《もり》の神のしめはふるまで

231 百首歌よませ侍《(はべり)》けるに　入道前関白太政大臣

五月雨《さみだれ》はおふの河原《かはら》のまこも草《ぐさ》からでや浪《なみ》のしたにくちなん

232 五月雨《さみだれ》の心を　藤原定家朝臣

たまぼこの道行《みちゆ》き人のことつても絶《た》えてほどふる五月雨《さみだれ》の空

233 荒木田氏良

五月雨《さみだれ》の雲の絶《た》えまをながめつゝ窓《まど》より西《にし》に月をまつかな

の沢水　淀は山城国の歌枕。宇治、木津両川の落合う所。沢は水草の生えている浅い水。

230 玉柏の木はこの五月雨に茂ったな。葉守の神を祭る注連縄を張るまでに。基俊集。葉守の神　○玉柏　玉は美称。ブナ科の落葉喬木。葉は祭祀具として用いる。○葉守の神　樹神。木、特に柏に宿って葉を守る神で、葉の茂る頃、ゆう(木綿)を付け注連を張って祭る。▽参考「玉柏庭も葉広になりにけりこやゆふしでて神祭る頃」(金葉・夏・源経信)。

231 五月雨には増す水かさに、おうの河原のマコモは刈ることもなく、波の下に朽ちてしまうことであろうか。○おふの河原　和歌初学抄・万葉集所名に「まこもかるを(おイ)ふのかはら」とあるのは、万葉集十一「真鷹刈る大野川原のみごもりに恋ひこし妹が紐解く我は」に相当するが、八雲御抄五には正しく「おほの(河原)　万(葉)、まこもかる」とあって石見国と注する。

232 道ゆく人が持ってきてくれる言伝も既に絶えてから久しい、この五月雨の降り続く空よ。本歌「恋ひ死なば恋ひも死ねとや玉桙の道ゆき人に言伝もなき」(拾遺・恋五・柿本人麿。万葉集十一)。拾遺愚草「文治五年(一一八九)春、奉和無動寺法印早率露胆百首」。無動寺法印は慈円。○たまぼこの　道の枕詞。○ほどふる　「経る」と「降る」と掛詞。▽本歌の恋を夏に替え、言伝のない理由を五月雨に転じたもので、五月雨の頃のつれづれが滲み出ている。

233 五月雨の小止みになった雲の絶え間を見入りながら、窓から見る西の空に月の出を待つことよ。▽西に傾いた月がやっと雲間から顔を出すのを待つことを、普通なら東の空に見るはずの月の出に見立てて興じたもの。参考「入りぬとや都の人は眺むらむ窓より西にめぐる月影」(正治二年

百首歌たてまつりし時　　前大納言忠良

234 あふちさくそともの木《(こ)》かげ露《つゆ(お)》をちて五月雨《さみだれ》はるゝ風わたるなり

五十首歌たてまつりし時　　藤原定家朝臣

235 五月雨《さみだれ》の月はつれなきみ山よりひとりもいづる郭公《ほとゝぎす》かな

太神宮にたてまつりし夏の歌の中に　　太上天皇

236 郭公《ほとゝぎす》雲井のよそにすぎぬなり晴《は》れぬおもひの五月雨《さみだれ》の比《(ころ)》

建仁元年三月歌合に、雨後郭公といへる心を　　二条院讃岐

237 五月雨の雲まの月の晴《は》れゆくをしばしまちける郭公《ほとゝぎす》かな

院初度百首・藤原家隆)、「銜レ嶺暁月出二窓中一《(まどのうちよりいづ)》」(和漢朗詠集「山家」・橘直幹)。

234 棟の花が咲いている後庭のその木陰に雨の雫は滴り落ち、五月雨の晴れ間を薫風が吹きわたってゆくよ。建仁元年(一二〇一)二月、老若五十首歌合。〇百首歌　五十首歌の誤り。〇あふち　センダンの古名。センダン科の落葉喬木で、陰暦四、五月頃、多数の花穂に淡紫色の小花が付く。〇そとも　「うしろの庭をいふ。家のほかをも」(能因歌枕)。▽絵画的構成。新古今的叙景歌の一典型。

235 五月雨が降って月は待てど一向に出そうもない奥山から、これは独り出て来て鳴く郭公よ。老若五十首歌合。▽月も郭公も人を待たせるものであるが、郭公は五月雨を喜び、月には仇という、その逆対応の興趣。

236 郭公が立ちこめる雲の彼方を鳴き過ぎたな。心も晴れず物思いにくれているこの日頃の五月雨よ。後鳥羽院御集「承元二年(一二〇八)二月、内宮三十首」。〇太神宮　底本「大神宮」。皇大神宮。〇晴れぬ　五月雨の縁語。▽参考「郭公雲路にまどふ声すなりをやみだにせよ五月雨の空」(金葉・夏・源経信)。

237 五月雨の雲中に閉ざされていた月が今にも現われてくるのをじっと待ち構えていた郭公だな。建仁元年(一二〇一)三月二十九日、新宮撰歌合。〇雲まの月　ここは雲の絶え間から漏れる月ではない。→二一〇。▽月が雲から出たとたんに鳴いた郭公に感情を移入して興じるとともに、月と郭公の両方を待ち得た喜びも表わしている。

題しらず　　赤染衛門

(1982) 五月雨《さみだれ》の空《そら》だにすめる月かげに涙《なみだ》の雨は晴《は》るゝまもなし

被レ入ニ雑上ニ了

題しらず　　皇太后宮大夫俊成

238 たれかまたはなたちばなに思《おも》ひ出《い》でんわれも昔《むかし》の人となりなば

239 行《ゆ》く末《すゑ》をたれしのべとて夕《ゆふ》風にちぎりかを《(お)》かん宿《やど》のたち花

右衛門督通具

百首歌たてまつりし時、夏歌　　式子内親王

240 かへりこぬ昔《むかし》をいまと思《おも》ひねの夢の枕ににほふたちばな

(1982) ▽本文の注記の通り、雑歌上・一四九一に部類替えされている。

238 ほかに誰が花橘の香で私を思い出してくれるだろうか。今そうしている私自身「昔の人」になってしまったその時は。本歌「五月待つ花橘の香をかげば昔の人の袖の香ぞする」(古今・夏・読人しらず。伊勢物語六十段)。長秋詠藻「花橘を人々よみけるに」。▽参考「昔をば花橘のなかりせば何につけてか思ひ出でまし」(後拾遺・夏・藤原高遠)。以下二四七まで十一首「花橘(盧橘)」。

239 私の死後を誰に偲んでもらおうとて、その時はお前を吹くようにと夕風に約束しておくのだろうか、無用なことだな。庭の橘よ。建仁二年(一二〇二)頃、千五百番歌合・夏二。▽偲んでくれる人もいまいにというのである。これも花橘に故人を思い起すという想念をふまえて新たに「風」を出し、かつ「橘」に問いかけて屈折した感情を見せる。参考「五月雨の空なつかしく匂ふかな花橘に風や吹くらむ」(後拾遺・夏・相模)。

240 もう二度と帰ってこない昔を今に返すすべはないかと思いつつ寝て夢を見た、その枕辺に橘が匂っているよ。本歌「古のしづのをだまき繰返し昔を今になすよしもがな」(伊勢物語三十二段)。正治二年(一二〇〇)院初度百首。○にほふたちばな　この知覚は夢が醒めたことを意味する。そして花橘の香は昔を呼び返すという前出の想念をふまえて、かろうじて夢に昔を見たことも示唆している。

241 橘の花が散る荒れた軒端のノキシノブは遠い昔まで偲ぶかのように、しきりに露をこぼし

241 たちばなの花ちる軒《のき》のしのぶ草昔《むかし》をかけて露《つゆ》ぞこぼるゝ

前大納言忠良

五十首歌たてまつりし時

前大僧正慈円

242 五月《さ》闇《やみ》みじかきよはのうたゝねにはなたち花の袖にすゞしき

題しらず

読人しらず

243 たづぬべき人は軒端《のきば》のふるさとにそれかとかほ《(を)》る庭《には》のたちばな

244 郭公《ほとゝぎす》はなたちばなの香《か》をとめてなくは昔《むかし》の人やこひしき

ている。正治二年院初度百首。〇しのぶ草　↓六四。古屋を示唆するのは常套。「昔」「露」は縁語。▽橘の花は匂で、しのぶ草はその名から、それぞれ懐旧の情を喚び起すのであるが、その花も散りかかり、しのぶ草も露をこぼして、ひとしお堪えがたい。露には作者の涙も寓されている。参考「人目なく荒れたる宿は橘の花こそ軒のつまとなりけれ」(源氏物語・花散里)、「常よりもまたぬれ添ひし袂かな昔をかけて落ちし涙に」(新撰朗詠集「懐旧」・赤染衛門)。

242　五月闇の短夜の束の間のうたたねから覚めると、闇にもしるく花橘が袖に涼しく匂ってくることだ。本歌「五月待つ花橘の香をかげば昔の人の袖の香ぞする」(古今・夏・読人しらず)。建仁元年(一二〇一)二月、老若五十首歌合。〇五月闇　↓一九四。〇みじかきよはのうたゝね　重ねてこういうのは眠りの短さを惜しむ気持で、それは束の間の夢を示唆しよう。〇袖　こう特定するのは「はなたち花」と併せて、見た夢が本歌の「昔の人」のそれであることを示唆している。〇すゞしき　目覚めての知覚。花橘の香の感覚的表現であるが、涼風に吹き送られてくることを意味する。▽参考「五月闇花橘のありかをば風のつてにぞ空に知りける」(金葉・夏・藤原俊忠)。

243　訪ねようとする人は既に立退いた、軒端も古びた古里にその人の袖の香かとばかり匂っている庭の橘よ。本歌は前に同じ。〇軒端のふるさと　「退き」と「軒」、「古里」と「古る」と掛詞。

244　郭公よ。花橘の香を求めて鳴いているのは、昔の人が恋しいからであろうか。本歌は二四三に同じ。和漢朗詠集「花橘」。古今六帖六は三句「枝にゐて」。いずれも読人しらずとする。〇郭公　「万(葉)、いにしへ恋ふる鳥とよめり…橘はやどりなり」(八雲御抄三「郭公」)。

被レ出了

(1983) 郭公《ほとゝぎす》はなたち花の香《か》ばかりになくや昔《むかし》のなごりなるらん

増基法師

245 たちばなのにほふあたりのうたゝねは夢も昔《むかし》の袖の香《か》ぞする

皇太后宮大夫俊成女

246 ことしより花さきそむるたちばなのいかで昔《むかし》の香にゝほふらん

藤原家隆朝臣

守覚法親王、五十首歌よませ侍《(はべり)》ける時

247 夕暮《ゆふぐれ》はいづれの雲のなごりとてはなたち花に風のふくらん

藤原定家朝臣

(1983) 郭公が花橘の香ばかりを尋ねてこうも鳴くのは、それが昔の人の袖の香を残し留めているからであろう。本歌は二四二に同じ。増基法師集「橘の木に郭公の鳴き侍るに」、下句「なくは昔や恋しかるらむ」。〇香ばかりに　かくばかりにの意の「かばかりに」と掛詞。▽前歌と同趣向。切出歌。

245 橘の花が匂うあたりでうたたねをすると、夢まで昔の人の袖の香がするよ。本歌は二四二に同じ。通具俊成卿女五十番歌合。

246 今年から花が咲き初めたこの橘がどうして昔の人の袖の香に匂うのであろう。本歌「ことしより春知りそむる桜花散るといふことは習はざらなむ」(古今・春上・紀貫之)。壬二集「閑居百首」、文治三年(一一八七)十一月。〇昔の香　前歌の「昔の袖の香」をさらに縮めた形。また「昔」は「ことし」に対照させている。▽前歌と同じ本歌がここでも基本的な想念としてあり、それをふまえて幼く興じてみせたもの。

247 夕暮には、いったいどの雲を吹いた名残というので花橘に風が吹いて、空なつかしく匂うのであろう(どの雲かよく分からないが、まさしく亡き人の煙の雲を吹いたからにちがいない)。本歌(一)「見し人の煙を雲とながむれば夕の空もむつましきかな」(源氏物語・夕顔)、(二)「五月雨の空なつかしく匂ふかな花橘に風やふくらむ」(後拾遺・夏。新撰朗詠集「花橘」。作者はともに相模)。建久九年(一一九八)頃、御室五十首。〇守覚法親王　↓三八。▽本歌(一)の「空もむつまし」と(二)「空なつかしく」とを重ねて、両歌の趣向を結び合わせたもの。参考「橘のかをる夕の浮雲や昔ながめし煙なるらむ」(壬二集「盧橘」)。

以上で「花橘」は終る。

堀河院御時后《きさい》の宮にて、閏五月郭公といふ心を、をのこどもつかうまつりけるに

権中納言国信

248 郭公《ほとゝぎす》さ月みな月《(づき)》わきかねてやすらふ声ぞ空《そら》にきこゆる

題しらず

白河院御歌

249 庭の面《おも》は月もらぬまでなりにけり梢《こずゑ》に夏のかげしげりつゝ

恵慶法師

250 わが宿《やど》のそともにたてる楢《なら》の葉のしげみにすゞむ夏はきにけり

248 郭公が閏五月なので鳴くべき五月か、山に帰るべき六月か判断しかね、思いわずらっている声が中空に聞える。「康和四年(一一〇二)閏五月十日、中宮御方和歌会」(長秋記)。○堀河院　第七十三代天皇。○后の宮　堀河中宮篤子、後三条天皇第四皇女。○みな月　「郭公をば六月には詠むべからず。古今集歌、さ月はて声みなつきの郭公今はかぎりの音をや鳴くらむ」(隆源口伝)。この歌古今集には見えず。○やすらふ　和歌初学抄に「徘徊なり。思案なり」とあり、ここは後者。

以下六月に入るのであろう。

249 庭の面はもう月の光も漏らぬまでになったことだ。木末には夏の葉陰が深くなって。○夏のかげ　枝葉の作る陰翳。▽参考「庭の面は月もらぬまでなりにけり木末に夏の日数つもりて」(江帥集「庭の木(樹)葉を結ぶ。院の位におはします時、三条内裏にてよめる」)の訛伝か。応徳元年(一〇八四)四月十九日内裏御会の詠で、同題の御歌は金葉・夏に見える。一八六と類想。

次歌とともに「新樹」。

250 わが家の後庭に立っている楢の葉の茂みの下陰で涼む夏がやってきたよ。恵慶法師集「好忠といふ人のよめる歌の返し」の内。続詞花集・夏。○そとも　→三四。○楢　ブナ科の落葉喬木。

251 鵜飼舟をあわれと思わずにはいられない。宇治川の夕闇の空を焦がして。建久四年(一一九三)、六百番歌合、二句「あはれとぞ見る」。本集諸本も。○摂政太政大臣　藤原良経。○鵜河　鵜飼。夏の景物で、夜舟に篝火をたき、鵜を使って主に鮎をとる。○ものゝふの八十　「宇治河」の序。上代文武百官には多くの氏姓「八十氏」があったので「宇治」に掛けたのであるが、当時「もののふ」は主に武士を意味するので殺生を事とするそのイメージがここでは生かされている。○宇治河　→一六九。

摂政太政大臣家百首歌合に、鵜河をよみ侍《(はべり)》ける

前大僧正慈円

251 鵜飼舟《うかひぶね》あはれとぞ思《おも》ふもの丶ふの八十宇治河《やそうぢがは》の夕《ゆふ》やみの空《そら》

寂蓮法師

252 鵜飼《うかひ》舟高瀬《たかせ》さしこすほどなれや結《むす》ぼほれゆくかゞり火《び》のかげ

千五百番歌合に

皇太后宮大夫俊成

253 大《おほ》井河《がは》かゞりさしゆく鵜飼《うかひ》舟いくせに夏の夜《よ》をあかすらん

藤原定家朝臣

254 ひさかたの中なる河の鵜飼《うかひ》舟いかにちぎりて闇《やみ》を待《ま》つらん

○夕やみ　月の後半、月の出の遅い頃の宵闇。▽「あはれ」は下句の叙景のほか、人が静かに宵を迎える頃活動を始め、殺生を業とする鵜飼の無慚、悲哀も内容をなす。

以下二五四まで「鵜川」。

252 鵜飼舟が浅瀬を棹をさしてゆらりと越えるところであろうか。もつれ流れる篝火の光よ。六百番歌合。○高瀬　淵に対する瀬。浅いので流れが速く、波立っている。○かゞり火　かがり(篝)は鉄製の籠。その中で焚く照明の火。

253 大井川を篝火をたきつつ行く鵜飼舟よ。幾つ瀬を越して短い夏の夜を明かすのであろう。○大井河　山城国の歌枕。鵜飼の名所。建仁二年(一二〇二)頃、千五百番歌合・夏三。○かゞりさしゆく　篝火をたくことを「さす」という。○いくせに　鵜を飼いつつ川を下るのが普通。▽下句は短夜のあわただしい労働のあわれさを歌う。参考「大井川幾瀬のぼれば鵜飼舟嵐の山の明けわたるらむ」(六百番歌合・藤原家隆)。

254 月中に生えている桂という名の桂川の鵜飼舟よ。どうした前世の因縁でその名にも似合わず闇を待つのであろう。本歌「久方の中に生ひたる里なれば光をのみぞ頼むべらなる」(古今・雑下・伊勢)。千五百番歌合・夏三。○ひさかた　月の枕詞、転じて月の意。○中なる河　本歌によって桂川を意味する。前出の大井川の下流。→二〇〇「月の桂」。○闇　暗夜と仏説の「長夜の闇」(煩悩の境界)を掛けて、深い罪業に思いを寄せる。▽桂の名をもつ川でありながら本歌の心に逆行する鵜飼舟を咎めたもので、光と闇を対照させた巧みな本歌取。

255 漁火の、あの昔のにぎやかな光を今もほのかに眼に浮ばせて、蘆屋の里に飛ぶ蛍よ。本歌「晴るる夜の星か川辺の蛍かもわが住むかたの海

255 百首歌たてまつりし時　　摂政太政大臣
いさり火《び》の昔《むかし》のひかりほのみえて蘆屋《あしや》のさとにとぶ蛍かな

256 窓《まど》ちかき竹の葉すさぶ風のを(お)とにいとゞみじかきうたゝねの夢　　式子内親王

鳥羽にて竹風夜涼《シ》といへることを、人ゝつかうまつりし時　　春宮大夫公継
257 窓《まど》ちかきいさゝむら竹《たけ》風ふけば秋におどろく夏の夜《よ》の夢

五十首歌たてまつりし時　　前大僧正慈円
258 むすぶ手《て》に影《かげ》みだれゆく山の井のあかでも月のかたぶきにける

人のたく火か」(伊勢物語八十七段。↓一五九二)。正治二年(一三〇〇)院初度百首。○昔のひかり　右の伊勢物語に「海人のいさり火多く見ゆるに」とある。○ほのみえて　イメージとしての「昔の光」なので、ほのかにという。○蘆屋のさと　摂津国の歌枕。▽伊勢物語では漁火を蛍火かとも疑ったのであるが、これは蛍火に漁火の面影を見たのである。

この一首「鵜川」に付けて「漁火」。

256 窓の傍の竹の葉をなぶる風の音に目がさめ、いよいよ短い仮寝の夢よ。本説「風生レ竹(たけになる)夜、窓間臥」(和漢朗詠集「夏夜」・白居易)。○すさぶ　慰み興ずる意で五三八とは別。「すさむ」に同じ。八雲御抄四にも「許容なり、ただの詞には不許容をすさむといふ」とあり、相反する二義のあることを指摘する。○いとゞみじかき　短いうたたね、しかも中途でめざめたこと。▽参考「みじか夜の窓の呉竹うちなびきほのかに通ふうたたねの秋」(式子内親王集)。

次歌とともに「夏の風」。

257 窓の傍のわずかな竹むらに風が吹くと、もう秋だと目が覚める、夏の夜のはかない夢よ。本説は前歌に同じ。本歌「秋来ぬと目にはさやかに見えねども風の音にぞおどろかれぬる」(古今・秋上・藤原敏行)。建仁元年(一二〇一)四月三十日当座御会(後鳥羽院御集による)。○鳥羽　鳥羽殿(↓一〇)。○いさゝむら竹　万葉語。和歌童蒙抄七「いささかに少き心なり」。

258 両手ですくえば映っている月影が乱れ散る山の井の水の面白さ。が、その興も尽きないうちに早くも短夜の月は山へ傾いたことだ。本歌(一)「むすぶ手の雫に濁る山の井のあかでも人に別れぬるかな」(古今・離別・紀貫之)、(二)「あさか山かげさへ見ゆる山の井の浅くは人を思ふものかは」(古今・仮名序。古今六帖二)。建仁元年(一二〇一)二月、

最勝四天王院の障子に、清見《きよみ》が関かきたるところ

259 清見潟《きよみがた》月はつれなき天の戸《あまのと》をまでもしらむ浪のうへかな

権大納言通光

家百首歌合に

260 かさねてもすゞしかりけり夏衣《なつごろも》うすき袂《たもと》にやどる月かげ

摂政太政大臣

摂政太政大臣家にて詩歌をあはせけるに、水辺冷《シ》レ自《リ》レ秋といふことを

261 すゞしさは秋やかへりて初瀬河《はつせがは》ふる河《かは》のへの杉《すぎ》のしたかげ

有家朝臣

老若五十首歌合。○むすぶ手　夏を表わす。○影みだれゆく　本歌(二)の第二句を裏返す。○あかでも　水の意の「閼伽」と「飽か」と掛詞。▽両本歌の詞を取るが、上句も序ではなく上下一貫して山陰で月を興じ、かつ傾く月を惜しむ歌。

以下二六〇まで「夏の月」。

259 清見潟よ。月は平然と照らしている大空であるが、その入るのも待たず、早くも白んできた波の上だな。承元元年(一二〇七)十一月、最勝四天王院障子和歌。障子絵は海上に月のかかっている図柄。○最勝四天王院　→一三三。○清見が関　清見潟とともに駿河国の歌枕。○天の戸　日月・四季の出入する天の門で、これを押開けて夜は明ける。ここは関の戸の連想もある。また大空の意。○までもしらむ　短夜の明けやすさ。二十日頃のさま。▽まだ夜だとばかり残るほの白い有明の月と白む海上のせめぎあう美景。参考「有明のつれなく見えし別れより暁ばかり憂きものはなし」(古今・恋三・壬生忠岑)。

260 これは重ね着しても涼しいことだ。夏衣のその薄絹の袂の上に映っている月光よ。建久四年(一一九三)、六百番歌合「夏衣」。○うすき袂　薄物即ち羅、紗などの袖。○やどる月かげ　月光、月の姿のいずれでもよいが、「重ねて」といえば前者がふさわしい。→一五二〇。▽清泉に月を映すような美的感興。参考「秋の夜は衣さむしろ重ねても月の光にしくものぞなき」(経信集。→四八九)。

261 この涼しさは秋が逆に終ったかと思われるようだ。初瀬川という古川のほとりの杉の下陰よ。本歌「初瀬川古川のへに二もとある杉年を経てまたもあひ見む二もとある杉」(古今・雑体・旋頭歌・読人しらず)。建仁三年(一二〇三)八月一日、摂政家詩歌合。○摂政太政大臣　藤原良経。○詩歌をあはせ　詩歌合。詩句に歌を番える特殊歌合。○

題しらず　　西行法師

262 道《みち》のべに清水《しみづ》ながるゝ柳《やなぎ》かげしばしとてこそ立《た》ちとまりつれ

263 よられつる野《の》もせの草のかげろひてすゞしくくもる夕立の空

崇徳院に百首歌たてまつりける時　　藤原清輔朝臣

264 を《(お)》のづからすゞしくもあるか夏衣日も夕暮《ゆふぐれ》の雨のなごりに

千五百番歌合に　　権中納言公経

265 露《つゆ》すがる庭の玉笹《たまざゝ》うちなびきひとむらすぎぬ夕立《ゆふだち》の雲

初瀬河ふる河　初瀬川は大和国の歌枕。「ふる河」はその支流の布留川(→八八)とする説もあるが、当時は古い由緒のある川と解されていたか。「はつ」が掛詞で、「恥づ」「果つ」両説があるが、後者が穏当か。▽この涼しさは秋が来たのではなく終ったようだと詠んで題意を表わす。
次歌とともに「夏川」。

262 道のほとりに清水が流れている、その傍の柳の木陰よ。ほんのちょっとと思って立ち止まったのであるが。西行法師家集、初句「道のべの」。○こそ　下に逆接の意を伴う。心地よさについ長居してしまったという気持。

263 今までねじれ細くなっていた野一面の草は陰り、涼しく曇ってきた夕立の来る空よ。西行法師家集。○野もせ　「野に満ちたりといふ心なり。多くひまなきなり」(奥義抄・中)。○すゞしくくもる　詠歌一体は制詞とする。▽烈しい日ざしが急変する夏の野の生新な描写。
以下二六八まで六首「夕立」。

264 何とはなく涼しくなったな。今まで解き放っていた夏衣の紐を結ぶではないが、この日暮れの夕立の名残で。久安六年(一一五〇)、久安百首、四句「日も夕立の」。○崇徳院　第七十五代天皇。○夏衣　「紐(日も)」、「結ふ(夕)」は縁語。「日も夕」と「紐結ふ」は掛詞。▽参考「唐衣日も夕暮になる時はかへすがへすぞ人は恋しき」(古今・恋一・読人しらず)。

265 雨の雫がとり着いている庭の笹は風に靡き、夕立を降らした雲が一むら過ぎて行った。建仁二年(一二〇二)頃、千五百番歌合・夏三。○玉笹　玉は美称であるが、露のすがる清らかなイメージを助ける。▽事象の微かな動きや推移を写そうとする玉葉・風雅集的指向の見える歌。

雲隔ツ二遠望ヲ一といへる心をよみ侍《(はべり)》ける　源俊頼朝臣

266 とをちには夕立《ゆふだち》すらしひさかたの天《あま》の香具《かぐ》山くもがくれゆく

夏ノ月をよめる　従三位頼政

267 庭《には》の面《おも》はまだかは《(わ)》かぬに夕立《ゆふだち》の空《そら》さりげなくすめる月かな

百首歌の中に　式子内親王

268 夕立《ゆふだち》の雲もとまらぬ夏の日のかたぶく山にひぐらしの声《こゑ》

千五百番歌合に　前大納言忠良

269 夕《ゆふ》づく日《ひ》さすやいほりの柴《しば》の戸《と》にさびしくもあるかひぐらしの声《こゑ》

266 遥かな十市の里では夕立がしているようだ。天の香具山が雲中に隠れてゆく。散木奇歌集「右兵衛督伊通家にて雲隔遠望といへる事を」。〇とをち　十市の里は大和国の歌枕。和歌初学抄に「あふことのなど」とあって、「遠い」に掛けるが、ここも題の「遠望」に寄せる。昔の十市郡一帯の地で天の香具山も同地。

267 庭の面はまだ乾かないのに夕立の降った空にさも何事もなかったように澄む夕月よ。頼政集。▽庭と空を対照し、雨後の一刻の変化を捉える。

268 夕立を降らした雲もすでに過ぎ去った大空に輝く夏の日がようやく傾く晩夏の山に鳴きはじめた日ぐらしの声。〇雲もとまらぬ　「も」は日の傾く頃、雲もまた空にとまらぬ意。上二句は「夏の日」にかかる。〇夏の日のかたぶく　日の入りと夏の終りを掛ける。〇ひぐらし　「茅蜩、和名比久良之、小青蟬也」(和名抄十九)。晩夏から初秋にかけて夕暮カナカナと鳴く。▽暮れにくい夏の夕方の慌しい事象の推移を捉える。参考「ひぐらしの鳴きつるなへに日は暮れぬと思ふは山の陰にぞありける」(古今・秋上・読人しらず)は山陰で、これは山の遠望。

269 夕日が射しこみ、折から鎖そうとする庵の柴の戸に、寂しいことだな。ひぐらしの声が響いて。本歌「ひぐらしの声ばかりする柴の戸は入り日のさすにまかせてぞ見る」(金葉・雑上・藤原顕季)。建仁二年(一二〇二)頃、千五百番歌合・夏三。〇夕づく日さすや　→一七三。〇柴の戸　雑木の枝折戸。

以下二七一まで「蟬」。

270 秋も近い気配の見えるけしきの森で鳴くひぐらしの涙である露が森の下葉をもみじさせるのであろうか。本説「嫋嫋兮秋風、山蟬鳴兮宮樹

百首歌たてまつりし時　　　　摂政太政大臣

270 秋ちかきけしきの森《もり》になく蟬《せみ》の涙の露《つゆ》や下葉《(したば)》そむらん

二条院讃岐

271 なく蟬《せみ》の声《こゑ》もすゞしき夕暮《ゆふぐれ》に秋をかけたるもりの下露

蛍《ほたる》の飛《と》びのぼるを見てよみ侍《(はべり)》ける　　　　壬生忠見

272 いづちとか夜《よる》は蛍ののぼるらん行《ゆ》くかたしらぬ草の枕に

五十首歌たてまつりし時　　　　摂政太政大臣

273 蛍《ほたる》とぶ野沢にしげる蘆《あし》のねのよな〳〵下《した》にかよふ秋風

紅」(和漢朗詠集「蟬」・白居易)。正治二年(一二〇〇)院初度百首。○けしきの森　大隅国の歌枕。気配の意の「けしき」に掛ける。○蟬　「秋近くなりて鳴くはひぐらしなり」(八雲御抄三「蟬」)。○涙　秋になれば死ぬ定めを悲しむ蟬の涙。▽露が草木を染めるという通念に立ち、その露を蟬の涙に見立てたもの。参考「鳴きわたる雁の涙や落ちつらむ物思ふ宿の萩の上の露」(古今・秋上・読人しらず)、「秋の来るけしきの森の下かぜに立ち添ふものはあはれなりけり」(千載・秋上・待賢門院堀河)。

271 鳴く蟬の声も涼しく聞える夕暮に、さらに秋まで取りこんで冷やかに置く森の下露よ。正治二年院初度百首。○下露　下陰におく露。○蟬　これも「ひぐらし」であろう。露は「春もよめど夏秋のものなり」(八雲御抄三)。▽下露にはすでに秋の気配がある。

272 どこへ行こうとして夜になって蛍は高く飛び上がるのであろう。これというあてもない旅寝をしていて。忠見集「御前の前栽より蛍の飛び立つを」、四句「行くへもしらじ」。○草の枕　草を結んだ枕で旅寝の意。夜、草むらに宿る蛍を見て「草の枕」と着想したもの。

これは「蛍」。

273 蛍が飛ぶ野中の沢に茂っている蘆の根のよではないが、夜ごとに人知れず通ってくる秋風よ。建仁元年(一二〇一)二月、老若五十首歌合。○沢　↓一五。○蘆のねのよ　蘆の根茎の節。節から髭根を出す。「根」「よ」「下」は縁語。「よ」と「夜」は掛詞。○下にかよふ　根茎が地下に延びていることと秘かに通ってくる意とを掛ける。▽野沢に立った秋の気配を歌う。参考「蒹葭水暗蛍知レ夜、楊柳風高雁送レ秋」(和漢朗詠集「蛍」・許渾)。葭はアシ。蒹も水辺の草。

「蛍」から「風秋に似たり」に移る繫ぎ。

274 刑部卿頼輔歌合し侍《(はべり)》けるに、納涼《(だふりやう)》をよめる　俊恵法師

ひさぎ生《お》ふるかた山かげにしのびつゝふきけるものを秋の夕風《ゆふかぜ》

275 瞿麦《なでしこ》露滋《シ》といふことを　高倉院御歌

白露《しらつゆ》の玉《たま》もてゆへるませのうちに光《ひかり》さへそふ常《とこ》夏の花

276 夕顔《ゆふがほ》をよめる　前太政大臣

白露のなさけを《(お)》きけることの葉やほの〴〵見えし夕顔《ゆふがほ》の花

277 百首歌よみ侍ける中に　式子内親王

たそかれの軒端《のきば》のおぎ《(を)》にともすればほに出《い》でぬ秋ぞ下《した》にことゝふ

274 楸の生えている片山の陰にこうして人知れず吹いているというのに。秋の夕風よ。林葉集「また範兼卿家会」とあるが、詞書が正しく、嘉応元年(一一六九)歌合、五句「秋の初風」。○刑部卿頼輔　↓二五九。○ひさぎ　楸。水辺や山陰の木として詠まれる。キササゲ。アカメガシワともいう。○かた山　山の、里近い片側。○ふきけるものを　涼を追って来て初めて気がついた詠嘆。▽参考「楸生ふる山片陰の石井筒ふみならしても澄む心かな」(散木奇歌集「泉辺納涼」)。

これは「風秋に似たり」。

275 白露の玉で編んだませの内にあって、その光まで射し添うている常夏の花よ。本歌「心あてにそれかとぞ見る白露の光添へたる夕顔の花」(源氏物語・夕顔)。○ませ　前栽に結った垣。○常夏　「なでしこ」の異名。↓一九六。主に夏秋のもの。「とこなつ」を「常撫づ」に掛け、いとしい女に譬えるのは常套。

以下二七八まで「晩夏の草」。

276 光源氏が情愛をこめて返した歌は、夕暮にほのかに見えた夕顔の花に対してであったよ。本歌「よりてこそそれかとも見めたそかれにほのぼの見つる花の夕顔」(源氏物語・夕顔)。○白露「おく」「葉」「夕顔の花」は縁語。▽前歌の本歌「心あてに」は夕顔君が光源氏に贈った歌で、その返しが「よりてこそ」の歌。いま贈歌の「白露」をとって光源氏にあて、返歌の「ほのぼの見つる花の夕顔」を夕顔君にあて、この巻の状景を詠んだのであろうが、ここでは白露がしっとりと葉に置き、傍に白く夕顔が咲く叙景として配列する。

277 夕暮の軒端の荻にどうかすると、あらわに秋と名乗れない風が秘かに訪ねてくることだ。式子内親王集「建久五年(一一九四)五月、百首」。○おぎ　薄に似てより長大。夏秋にかけて花穂を出す。

278 夏の歌とてよみ侍《(はべり)》ける　前大僧正慈円

雲まよふ夕《ゆふ》べに秋をこめながら風もほに出《い》でぬお《(を)》ぎの上《うへ》かな

279 太神宮にたてまつりし夏歌中に　太上天皇

山里《ざと》の峰《みね》のあま雲《ぐも》とだえして夕《ゆふ》べすゞしきまきの下露《したつゆ》

280 文治六年女御入内屛風に　入道前関白太政大臣

岩井《いは》くむあたりのを笹《ざゝ》たまこえてかつ〴〵むすぶ秋の夕露《ゆふつゆ》

281 千五百番歌合に　宮内卿

片枝《かたえ》さすお《(を)》ふの浦《うら》なし初《はつ》秋になりもならずも風ぞ身にしむ

○ほに出でぬ　表に現われない意。荻がまだ穂を出さない意と掛ける。秋の訪れをまず知らせるのが荻に吹く風の音とされるが、音もなく荻に訪れる風なので「ほに出でぬ秋」という。▽荻を女に見立てる。

278 雲が入り乱れる夕暮の空にはすでに秋の気配が見えながら、風はまだ穂を出さない荻と同様、音もなくその上を吹いていることだ。拾玉集「詠百首和歌」。

279 山里近い山の頂きにかかる雨雲はとぎれて雨の上がった夕暮、真木から滴り落ちる名残の雫がいかにも涼しく感じられる。後鳥羽院御集「承元二年(一二〇八)二月、外宮三十首御会」。○太神宮　豊受大神宮。○まき　杉・檜など良材となる木の美称。イヌマキ科の槙ではない。○下露　ここは下陰(→二七二)や下葉(→三八六)に置く露ではない。以下三首「晩夏の涼」。

280 岩井を汲むとその辺りの笹の葉に雫の玉はころがり、早くも結んだ秋の夕露と見える。文治六年(一一九〇)正月女御入内御屛風和歌・六月。図柄は「山井辺に人々納涼したる所。人家あり」(拾遺愚草による)。○女御　後鳥羽天皇女御藤原任子。兼実女。○岩井　まわりを岩で囲った湧水。▽参考「風吹けば蓮の浮葉にたまこえて涼しくなりぬ日ぐらしの声」(金葉・夏・源俊頼)。

281 片枝を伸ばしているおうの浦の梨の片陰は、初秋になったともならぬとも分からないが、風はまさしく身にしみることだ。本歌「をふの浦に片枝さし覆ひなる梨のなりもならずも寝て語らはむ」(古今・東歌・伊勢歌)。建仁二年(一二〇二)頃、千五百番歌合・夏三。○おふの浦　志摩国の歌枕。○なりもならずも　その片陰は涼しく、すでに初秋の気配であるが、他の片側は依然夏なので、思い惑うさま。

百首歌たてまつりし時　　　前大僧正慈円

282 夏衣《ごろも》かたへすゞしくなりぬなり夜《よ》やふけぬらん行《ゆ》きあひの空《そら》

延喜御時、月次屏風に　　　壬生忠峯

283 夏《なつ》はつる扇《あふぎ》と秋のしら露《つゆ》といづれかまづはを(お)かんとすらん

貫之

284 みそぎする河の瀬《せ》みればからころも日もゆふぐれに浪ぞたちける

282 夏衣の片側が涼しくなったようだ。夜が更け、その刻になったのであろうか。夏と秋とが出会う今日の空よ。本歌「夏と秋と行きかふ空の通ひ路はかたへ涼しき風や吹くらむ」(古今・夏・凡河内躬恒)。拾玉集「詠百首和歌」。本歌を題として詠む。千五百番歌合・夏三。○行きあひ　道で出会うように、来る秋と帰る夏とがすれ違うこと。▽参考「露深き庭のともしび数消えぬ夜やふけぬらむ星合の空」(六百番歌合・藤原家隆)。

以下三首「夏はつる」。

283 夏が終り、その扇を捨て置くのと秋の白露が草葉に置くのと、どちらが先に置き勝つことであろう。忠岑集「延喜御時の月並の御屏風に」の内「夏はつるに」、五句「おきまさるらむ」。和漢朗詠集「晩夏」・読人しらず。○延喜　醍醐天皇の年号。天皇をもさす。▽夏と秋の間髪をいれぬ交替を興じたもの。

284 なごしの祓をする川の瀬を見ると、日も暮れ、禊もすみ、一面に波が立っていることだ。本歌「からころも日も夕暮になる時はかへすがへすぞ人は恋しき」(古今・恋一・読人しらず)。貫之集「延喜六年(九〇六)月並の屏風八帖が料の歌」の内「みなづきのはらへ」。○みそぎ　六月晦日の禊。夏越(なごし)の祓。川の瀬に出ていぐしを立て、大幣や撫物(人形)等を流す。宮中では御贖(みあがもの)の荒妙(あらたえ)和妙(にぎたえ)の御衣を最後に川に運んで紐を解き放つ儀式がある。○からころも　唐衣。衣の美称で、御贖の衣をさす。また紐、裁つ等の枕詞。○日もゆふぐれ　「紐結ふ」と掛詞。御衣の紐を結ぶことは、御禊の終ったこと。○浪ぞたち　川風が吹きはじめたからで、やがて秋も立つかという気持があろう。「立ち」と「裁ち」と掛詞。▽参考「川風の涼しくもあるかうち寄する波とともにや秋は立つらむ」(古今・秋上・紀貫之)。

新古今和歌集巻第四

秋歌上

題しらず　　中納言家持

285 神南備《なび》の御室《みむろ》の山のくずかづらうら吹《ふ》きかへす秋はきにけり

百首歌に、初《はつ》秋の心《こゝろ》を　　崇徳院御歌

286 いつしかとお《(を)》ぎの葉むけのかたよりにそゝや秋とぞ風もきこゆる

285 神南備の御室の山に生い茂る葛、その葉裏を白々と風が吹き翻す秋は来たことだ。家持集・秋歌。○神南備の御室の山　成語。神南備も御室も神のいます所で、大和国では飛鳥の神岳(かみおか)や竜田大社のある竜田のそれが有名で、歌枕となる。○くずかづら　葛。マメ科の蔓性多年生草本。山野に叢生し、葉は大型の三出複葉、裏は青白い。▽立秋をまず告げるのは風とされ、主語は風であるが、葛を中心に置いた視覚的な表現が新古今当時の嗜好に合ったか。葉裏の白は秋の色でもある。参考「秋風の吹き裏がへす葛の葉のうらみてもなほ恨めしきかな」(古今・恋五・平貞文)。以下三〇〇まで十七首「立秋」。また主に「初風」。

286 早くも荻の葉の向きは一方に靡き、それぞれ秋が来たよと風も告げるように聞える。久安六年(一一五〇)、久安百首。○いつしかと　早くとせつくさまであるが、早くもの意にも用いる。○葉むけ　万葉語の「穂むけ」に基づく造語。○そゝや　「物を聞き驚く詞なり」(顕昭・詞花集注)ともいうが、ここは「傍らなる人に物を告ぐるにそそやといへる」(名語記)の意でよい。そよそよと吹く風の擬声辞でもある。▽参考「秋の田の穂むけのよする片寄りに君に寄りななこちたかりとも」(万葉集二・但馬皇女)、「荻の葉にそそや秋風吹きぬなりこぼれやしぬる露の白玉」(詞花・秋・大江嘉言)。

287 寝ていたこの夜のうちに秋は来たのだな。夜明けの風が昨日のとはまるで違っている。本歌「秋立ちていくかもあらねどこの寝ぬる朝けの風は袂涼しも」(拾遺・秋・安貴王。万葉集八では

287 このねぬる夜《よ》のまに秋はきにけらし朝《あさ》けの風の昨日《きのふ》にもにぬ

藤原季通朝臣

文治六年女御入内屛風に

後徳大寺左大臣

288 いつもきくふもとの里《さと》とおもへども昨日《きのふ》にかはる山おろしの風

百首歌よみ侍りける中に

藤原家隆朝臣

289 昨日《きのふ》だにとはんとおもひし津《つ》の国《くに》の生田《いく》の森《もり》に秋はきにけり

最勝四天王院の障子に、高砂《たかさご》かきたるところ

藤原秀能

290 ふく風の色こそ見えね高砂《たかさご》のおの《(を)》への松に秋はきにけり

「いくかもあらねば」)。久安六年(一一五〇)、久安百首。〇けらし「けり」の意。▽これは音ではなく感触で秋を知る歌。参考「今日あけて昨日に似ぬは見る人の心に春ぞ立ちぬべらなる」(貫之集)。

288 いつも聞く麓の里とは思うが、昨日とは変って聞える山おろしの風よ。文治六年(一一九〇)正月女御入内御屛風和歌・七月。図柄は「山里舛人家に秋風吹きたる所、荻あり」(秋篠月清集による)。〇女御 →二八〇。〇山おろし 山から吹く秋冬の風。▽参考「いつも聞く風とは聞けど荻の葉のそよぐ音にぞ秋は来にける」(古今六帖六・紀貫之)。

289 暑い夏のうちの昨日でさえ訪ねようと思った摂津の生田の森に、いよいよ秋は来たことだ。本歌「君住まばとはましものを津の国の生田の森の秋の初風」(詞花・秋・清胤)。三奏本金葉にも)。壬二集「堀河百首題、後度百首和歌」の内「立秋」。〇生田の森 摂津国の歌枕。「とふ」「いく」は縁語。▽「昨日だに」で、本歌に歌われた生田の森のもつ清涼のイメージが一段と強調され、また秋の訪れを告げるのが初風であることを本歌は示唆する。

290 吹く風の色は見えないがその音を聞けば、高砂の尾上の松に秋は来たことだ。本説「松高、風有二一声秋一」(和漢朗詠集「納涼」・源英明)。承元元年(一二〇七)十一月、最勝四天王院障子和歌。〇最勝四天王院の障子 →二三。図柄は高砂の秋景で、尾上の松に鹿。〇高砂 奥義抄・中は播磨国の歌枕説と「山の一の名」説をあげるが、松に寄せた場合は歌枕とみてよい。ここは歌枕。〇おのへ 山や丘の上であるが「高砂の尾上」は歌枕。▽上二句は極り文句(→七九七)であるが、本説の「声」を示唆する効用があり、下句には季節にかかわらないはずの常緑の松が秋を知らせるという趣向もある。

291 伏見山の松の木陰から見渡すと明けゆく田の面にいま秋風が吹いている。正治二年(一二〇〇)

百首歌たてまつりし時　　　　皇太后宮大夫俊成

291 伏見《ふしみ》山松のかげより見わたせばあくる田のもに秋風ぞふく

守覚法親王、五十首歌よませ侍りける時　　　　家　隆　朝　臣

292 あけぬるか衣手さむしすがはらや伏見《ふしみ》の里《さと》の秋のはつ風

千五百番歌合に　　　　摂政太政大臣

293 深草《ふかくさ》の露《つゆ》のよすがを契《（ちぎり）》にて里《さと》をばかれず秋はきにけり

右衛門督通具

294 あはれまたいかにしのばん袖の露《つゆ》野はらの風に秋はきにけり

院初度百首。○伏見山　山城国の歌枕。和歌初学抄「寝るにそふ」とあり、「あくる」とは縁語。▽小暗い木陰から山下にひろがる伏見の小田(→四三七)や鳥羽田(→五〇三)を望んだ叙景。参考「山城の鳥羽田の面を見渡せばほのかにけさぞ秋風は吹く」(詞花・秋・曾禰好忠)。

292 一夜は明けたのか、袖が寒い。ああ菅原の伏見の里に吹く立秋の朝風よ。建久九年(一一九八)頃、御室五十首。○守覚法親王　→三六。○衣手　袖または衣全体。ここは前者。○すがはらや伏見の里　菅原にある伏見の里の意で、大和国の歌枕。「伏見」は地名と臥して目覚めた意を兼ねる。「あくる」の縁語。▽参考「秋立ちていくかもあらねどこの寝ぬる朝けの風は袂涼しも」(拾遺・秋・安貴王)、「いざここにわが世はへなむ菅原や伏見の里の荒れまくも惜し」(古今・雑下・読人しらず)。寒い立秋の風は荒廃した里の気分の反映か。

293 深い草に露が置くというわずかな繫がりを宿縁として、この荒れた深草の里を見捨てずに秋風が訪れ、秋は来たことだ。建仁二年(一二〇二)頃、千五百番歌合・秋一。○深草　山城国の歌枕。高く茂った草の意を掛ける。○露　八雲御抄三「春もよめど夏秋のものなり」。「わずかな」の意の「つゆの」を掛ける。○契　秋風は露を尋ねるもの(→二九五)という習性をさす。▽参考「今ぞ知る苦しきものと人待たむ里をばかれずとふべかりけり」(古今・雑下・在原業平。伊勢物語四十八段)。

以下「初風」に「露」を結ぶ。

294 ああ、この上どう堪えればよいのであろう。袖にこぼれる涙の露を。秋はただでさえ涙の露のこぼれがちなものを、あの野風とともに秋は来たことだ。千五百番歌合・秋一。○袖の露　秋のあわれさに堪えず袖に落ちる涙。○野はらの風　露を尋ねてこぼそうと野をわたる風。

295 しきたへの枕の上《うへ》にすぎぬなり露《つゆ》をたづぬる秋のはつ風　　源具親

296 みづくきの岡《をか》の葛《くず》葉もいろづきてけさうらがなし秋のはつ風　　顕昭法師

297 秋はたゞ心よりを《(お)》く夕露《ゆふつゆ》を袖のほかとも思《おも》ひけるかな　　越前

五十首歌たてまつりし時、秋歌　　藤原雅経

298 昨日《きのふ》までよそにしのびししたお《(を)》ぎの末《すゑ》葉の露《つゆ》に秋風ぞ吹《(ふく)》

295 枕の上を吹き過ぎたようだ。露を探して吹く秋の初風が。本歌「しきたへの枕の下に海はあれど人をみるめは生ひずぞありける」(古今・恋二・紀友則)。建仁二年(一二〇二)頃、千五百番歌合・秋一。○しきたへの　枕にかかる枕詞。敷栲は下に敷く布。寝具。○露をたづぬる　秋風の習性としていう。▽枕辺を初風が吹きすぎたけはいに、あれは露を尋ねてやって来たらしいが、枕の下の涙の海には気づかなかったようだ、というので、感傷の中に諧謔を交える。

296 みづくきの岡の葛の葉も色づき、今朝は物悲しい。秋の初風が吹いて葉裏を翻す時。本歌「かりがねの寒く鳴くよりみづくきの岡の葛葉は色づきにけり」(万葉集十・作者未詳)。千五百番歌合・秋一。○みづくきの岡　近江国の歌枕か。○うらがなし　「うら」は心の意であるが、八雲御抄四は「衣、葛葉などに寄せてよむはそへたるなり」といい、「裏」に掛けて接頭語の扱い。▽参考「浅茅原玉まく葛のうら風のうら悲しかる秋は来にけり」(後拾遺・秋上・恵慶)。

この一首は「露」に結ばず、配列に疑問があるが、「みづくき」を露に寄せたか。

297 秋は全く自分の心のせいで袖に夕露が置くものを、これまで袖とはかかわりなく、草葉に置くとばかり思っていたよ。本歌「われならぬ草葉も物は思ひけり袖より外における白露」(後撰・雑四・藤原忠国)。正治二年(一二〇〇)院後度百首「ゆふべ」。○夕露　夕暮のあわれさにこぼれる涙を夕露に見立てる。▽本歌を裏返した趣向。

この一首は「初風」でなく、配列に疑問がある。

298 夏の昨日まで人目につかず秘かに通っていた下陰の荻の、その上葉の露に今日はあらわに秋風が吹いて、散らしていることだ。建仁元年二月、老若五十首歌合。○したおぎ　木などの下陰

太神宮にたてまつりし秋歌の中に　　太上天皇

(1984) 朝露《あさつゆ》のをかのかやはら山風《かぜ》にみだれてものは秋ぞかなしき

題しらず　　西行法師

299 を《(お)》しなべてものを思《おも》はぬ人にさへ心をつくる秋のはつ風

300 あはれいかに草葉のつゆのこぼるらん秋風たちぬ宮城野《みやぎの》の原《はら》

崇徳院に百首歌たてまつりける時　　皇太后宮大夫俊成

301 みしぶつきうへ《(ゑ)》し山田にひたはへて又袖ぬらす秋はきにけり

の荻。「よそに忍びし」の縁語。〇末葉の露　末葉は上葉で、まず風の訪れる所としていう。▽参考「昨日より荻の下葉に通ひ来て今朝あらはる秋の初風」(千五百番歌合・秋一・惟明親王)。

(1984) 朝露の置く岡の萱原は山から吹きおろす風に乱れているが、そのように心乱れて秋は物悲しくてならない。後鳥羽院御集「承元二年(一二〇八)二月、外宮三十首御会」。〇をか　「置く」と掛詞。〇太神宮　豊受大神宮。▽上句は「みだれて」の序で情景の描写も兼ねる。この歌は必ずしも初風の歌ではない。切出歌。

299 一般に物思いなど知らぬ人にまで、物のあわれを覚えさせる秋の初風よ。西行法師家集。宮河歌合。▽直接「露」と結ばないがその気分はある。

300 ああ、どんなに草葉の露がこぼれていることであろう。秋風が吹きはじめた。今ごろ宮城野の原は。西行法師家集「秋風」。御裳濯河歌合。〇宮城野の原　露の繁き所と歌われた陸奥国の歌枕。▽右の歌合の俊成の判にも「宮城野の原、思ひやれる心」とあり、秋風の立つ日、遥かに思いを馳せた歌。参考「みさぶらひ御笠と申せ宮城野の木の下露は雨にまされり」(古今・東歌・陸奥歌)。

301 水垢を袖につけて植えた山田に今度は引板を引っ張ってまたもや露で袖をぬらす秋になったことだ。本歌「衣手に水しぶつくまで植ゑし田を引きたわれはへ守れる苦し」(万葉集八・或者贈尼歌)。久安六年(一一五〇)、久安百首。〇崇徳院　第七十五代天皇。〇ひた　鳥獣を追うため、張り渡した縄に引っ張れば鳴るように細工した板切れを吊したもの。鳴子。〇袖ぬらす　本歌の労働の苦しさの涙に併せて、引板の番をして夜露にぬれること。

以下二首「山家の早秋」。

中納言、中将に侍りける時、家に山家ノ早秋と
いへる心をよませ侍りけるに
法性寺入道前関白太政大臣

302
朝霧《あさぎり》や立田《たつた》の山のさとならで秋きにけりとたれかしらまし

題しらず
中務卿具平親王

303
夕暮《ゆふぐれ》はお《(を)》ぎふく風のを《(お)》とまさるいまはたいかに寝覚《ねざ》めせられん

304
夕《ゆふ》さればお《(を)》ぎの葉むけをふく風《かぜ》にことぞともなく涙おちけり
後徳大寺左大臣

崇徳院に百首歌たてまつりける時
皇太后宮大夫俊成

305
お《(を)》ぎの葉も契《(ちぎり)》ありてや秋風のを《(お)》とづれそむるつまとなりけん

302 朝霧の立ちこめる立田の山里でなければ、秋が来たと誰が知ろうか。○中納言　藤原忠通。権中納言で中将を兼ねていたのは天永二年(一一一一)正月二十三日(十五歳)から永久三年(一一一五)正月二十八日(十九歳)まで。○朝霧　霧は季節を限らない。○立田の山　大和国の歌枕。竜田大社(生駒郡三郷町)の西南にある。大社の祭神である級長戸辺(しなとべ)命、級長津彦命は吹き払った朝霧の化した風神という(日本書紀・神代上)。「朝霧や」はその伝承も踏まえた修辞。○さとならで…　立田山は平城京の西南にあったため。五行思想では西方を秋に配し、秋は西から来るとされていた。

303 夕暮は荻を吹く風の音が一段と高く聞える。こうなってはさて夜中にどんなに目を覚させられることであろう。
以下三一二まで「早秋の風」。うち三〇六まで四首は「荻」に結ぶ。

304 夕暮になると一向きの荻の葉を吹く風を見聞きして、何ということなく涙が落ちることだ。○葉むけ　靡き癖がついて葉が一方に向いていること。→二八六。▽参考「人はいさことぞともなきながめにぞ我は露けき秋も知らるる」(後撰・秋中・読人しらず)。

305 荻の葉も何かの前世の因縁で秋風がまず訪れる相手となったのであろうか。久安六年(一一五〇)、久安百首。○崇徳院　第七十五代天皇。▽秋風と荻の葉を相愛の男女に見立てる。参考「荻の葉のそよぐ音こそ秋風の人に知らるるはじめなりけれ」(拾遺・秋・紀貫之)。

306 秋が来たと松を吹く風も知らせるのだな。もとより荻の上葉と決ったことではないが。本説「松高、風有二一声秋一」(和漢朗詠集「納涼」・源英明)。○上葉　草木の上方の葉。風・露・雪などを

題しらず　　　七条院権大夫

306 秋きぬと松ふく風もしらせけりかならずお(を)ぎの上葉《うは》ならねど

題を探《さぐ》りて、これかれ歌よみけるに、信太《しのだ》のもりの秋風をよめる　　　藤原経衡

307 日をへつゝを(お)とこそまされ和泉《いづみ》なる信太《しのだ》の森《もり》の千枝《ちえ》の秋風

百首歌に　　　式子内親王

308 うたゝねの朝《あさ》けの袖《そで》にかはるなりならす扇《あふぎ》の秋のはつ風

題しらず　　　相模

309 手《て》もたゆくならす扇《あふぎ》のを(お)きどころ忘《わす》るばかりに秋風ぞふく

最も迎えやすい所としていう。▽秋をまず知らせるのは荻の上葉をふく風という通念(→三〇五)を踏まえ、一方、松は常緑で季節にかかわらないという通念を破られた驚き。参考「時雨には色も変らぬ高砂の尾上の松に秋風ぞふく」(千五百番歌合・秋四・藤原有家)。

307 日が経つにつれて音がいよいよ高くなることだ。和泉国の信太の森の楠の、数も知れぬ枝々を吹く秋風は。本歌「和泉なる信太の森のくすの葉のちへ(えイ)に分れて物をこそ思へ」(古今六帖二・読人しらず)。経衡集。○題を探り　籤(じく)など引いて題を分け取ること。○信太の森　和歌初学抄「木一本なり、ちえとよむ」。→二三。▽本歌の「くす」、「ちへ」はもと葛、千重と理解されていたのが楠、千枝に転じた。和歌初学抄説も本集の歌も後者に基づいている。「早秋の風」を「千枝」に結ぶ。

308 うたた寝したこの夜明け、袖に吹き変っているようだ。いつも手元で鳴らして使いならしている扇の風が秋の初風に。正治二年(一二〇〇)院初度百首、二句「朝けの風に」。○ならす「馴らす」と「鳴らす」と掛詞。○扇の「の」は主格。扇は蝙蝠(かわほり)のこと。骨の片側に紙・絹を張り、絵など描く。夏の用具。▽参考「大方の秋来るからに身に近くならす扇の風ぞ変れる」(後拾遺・秋上・藤原為頼)。→二九三参考歌も。

原百首では「立秋」の歌であるが、ここでは次歌とともに「早秋の風」に「扇」を結んだ扱い。

309 手もだるくなるまで使い馴らした扇の置き場所をいまは気にもとめない程に、秋風が吹くことだ。相模集によれば走湯(伊豆山)権現社の下に埋ませた百首の内「早秋」。▽参考「手もたゆく扇の風もぬるければ関の清水にみなれてぞゆく」(好忠集)。

310 秋風はふきむすべどもしら露《つゆ》のみだれてを《(お)》かぬ草の葉ぞなき　大弐三位

311 朝《あさ》ぼらけおぎ《(を)》の上葉《うは》の露《つゆ》みればやゝはださむし秋のはつ風　曾禰好忠

312 ふきむすぶ風はむかしの秋ながらありしにもにぬ袖の露《つゆ》かな　小野小町

延喜御時、月次屛風に　紀貫之

313 大空《おほぞら》をわれもながめて彦星《ひこぼし》のつまゝつ夜《よ》さへひとりかもねん

310 秋風は吹いて露を結んでいるが、その白露がばらばらに置いていない草葉とてないことだ。大弐三位集「つゆ」。○むすべ　「みだれ」の対。▽同じ風が吹き結び、かつ吹き乱す面白さ。以下三首「早秋の風」を「露」に結ぶ。

311 夜あけ方、荻の上葉に置く露を見ていると、少し肌寒く感じられる。秋の初風が吹いて。好忠集「三百六十首和歌・七月(上)」。続詞花集・秋上。○やゝ　奥義抄・上「微なり」。三五の場合とは別。

312 吹いて草葉に露を結ぶ風は昔のままの秋の風情であるが、その時とはすっかり変った袖に結ぶ涙の露よ。小町集、四句「ありしにもあらぬ」。▽詞書はないが今のわが身の衰え、あるいは境遇の変化を嘆くか。

313 大空を私も同じ様に物思いしつつ眺めて、それでいて彦星が妻との逢瀬を待つこの夜さえ寂しく独り寝ることであろうか。貫之集「延喜の末よりこなた、延長七年よりあなた、内々の仰せにて奉れる御屛風の歌二十七首」の内。○延喜　醍醐天皇の年号。天皇をもさす。○われも　底本「も」は薄れて見えず。諸本により補う。○彦星　牽牛星の和名。○つま　配偶者。ここは織女星。▽参考「大空は恋しき人のかたみかは物思ふごとに眺めらるらむ」(古今・恋四・酒井人真)。
以下三七まで十六首「七夕」。うち三二七まで「七夕の天」。

題しらず　　　　　　　　　　　　　　赤　人

314
このゆふべふりつる雨は彦星《ひこぼし》のとわたる舟《ふね》の櫂《かい》のしづくか

宇治前関白太政大臣の家に、七夕《しっせき》の心をよみ侍りけるに

宇治前関白太政大臣

入二金葉集一之由、雅経朝臣申レ之

(1985)
契《ちぎり》けんほどはしらねどたなばたのたえせぬ今日《けふ》のあまの河風《かはかぜ》

権大納言長家

315
年《とし》をへてすむべき宿《やど》の池水《いけみづ》は星《ほし》あひのかげも面《おも》なれやせん

314　この夕方、降った雨は彦星が天の川の河門(かわと)をわたる舟の櫂の雫であろうか。原歌は万葉集十・作者未詳「このゆふべ降りくる雨は彦星のはや漕ぐ舟の櫂の散るかも」。赤人集、一・四句「ふりくる雨は…とく漕ぐ舟の」。○と　河門。川の狭くなった所で、渡しがある。

(1985)　両星が契りを結んだそもそものことは何も知らないが、以来連綿と逢いつづけてきた、その今日の天の川に吹く川風よ。○宇治前関白太政大臣　藤原頼通。○入金葉集　同集三奏本・秋に入集。○ほど　時日、事情、両星の胸の内など。▽天の川を仰いでこのロマンスに寄せた憧憬と昂奮。参考「契りけむ心ぞつらきたなばたの年にひとたび逢ふは逢ふかは」(古今・秋上・藤原興風)。切出歌。

315　行末長くお住まいになる、また澄みわたるであろうこの御邸の池水は、年に一度の両星の姿にも顔なじみになることでしょうか。○すむ「住む」と「澄む」と掛詞。○池水　たなばた祭で角盥(つのだらい)などに水を張って星影を映すのにちなんだ発想。○面なれ　池水の水の面の意を響かせて、池水の縁語。▽前歌と同じ歌会での歌で、池水に託して頼通邸の永遠をことほぐ。

花山院御時、七夕《しっせき》の歌つかうまつりけるに　藤原長能

316 袖ひちてわが手《て》にむすぶ水の面《おも》にあまつ星《ほし》あひの空《そら》をみるかな

七月七日、たなばた祭《まつり》する所《ところ》にてよみける　祭主輔親

317 雲間より星《ほし》あひの空《そら》を見わたせばしづ心なきあまの河浪《なみ》

七夕歌とてよみ侍りける　大宰大弐高遠

318 たなばたのあまの羽《は》衣うちかさねぬる夜《よ》すゞしき秋風ぞふく

小弁

319 たなばたの衣のつまは心してふきなかへしそ秋のはつ風

316 袖もぬれてこの手にすくい上げる水の面に両星の相逢う空が映っているよ。本歌「袖ひちてむすびし水のこほれるを春立つけふの風や解くらむ」(古今・春上・紀貫之)。長能集、五句「かげをみるかな」。〇花山院　第六十五代天皇。〇わが手　たなばた祭にはたらいの水に星影を映して見るが、ここは掌中の水に映したもの。▽立秋の頃の七夕で水をむすぶことを、本歌の立春のそれに擬らえて興じたもの。

317 雲の絶え間を通して両星の逢う空を見渡すと、しきりに立ち騒いでいる天の川の川波よ。輔親集。〇たなばた祭　古来の織女(たなばた)伝説や行事と中国の乞巧奠(きこうでん)の習合したもの。庭に筵を敷いて机を並べ、その上に灯台を点じ箏を置き、香をたき供物をして両星にたむける。〇しづ心なき　雲間に明滅する天の川の慌しさに、逢瀬を案ずる作者の心を移入し、また両星の騒ぐ胸のうちを思いやったもの。

318 両星が天の羽衣の袖を互いに交わして寝る今夜、涼しい秋風が吹くことよ。大弐高遠集。〇あまの羽衣　天人の着衣で、両星のもそれに擬している。▽参考「明けゆけば露や置くらむたなばたの天の羽衣おししぼるまで」(躬恒集)。以下三三まで「七夕の風」。

319 織女星の衣の褄は気をつけて吹き返さないでくれ。秋の初風よ。本歌「わがせこが衣のすそを吹き返しうらめづらしき秋の初風」(古今・秋上・読人しらず)。〇つま　褄。衣の裾の左右の端。〇かへし　裏を見せる。逢瀬に「妻を返す」という語を忌んで本歌を裏返しにした興。

320 たなばたのとわたる舟のかぢの葉にいく秋かきつ露の玉づさ

皇太后宮大夫俊成

百首歌のなかに

321 ながむれば衣手すゞしひさかたのあまの河原《かはら》の秋の夕暮《ゆふぐれ》

式子内親王

家に百首歌よみ侍りける時

322 いかばかり身にしみぬらんたなばたのつま待つよゐ(ひ)のあまの河風

入道前関白太政大臣

七夕《(しつせき)》の心を

323 星《ほし》あひのゆふべすゞしきあまの河《がは》もみぢの橋《はし》をわたる秋風

権中納言公経

320 彦星が河門(とかわ)をわたる舟の梶ではないが、梶の葉にもう幾秋書いてたむけたことであろう、露で筆を染めた懸想文を。本歌「天の川とわたる舟の梶の葉に思ふことをも書きつくるかな」(後拾遺・秋上・上総乳母)。文治六年(一一九〇)三月、五社百首「七夕」、住吉社奉納分。○と →三二四。○かぢ　舟の梶(かじ)即ち櫂(かい)と「梶の木」を掛ける。梶の木はクワ科の落葉喬木。葉は先の尖った広卵形であるが、若木には「梶の葉紋」のように五裂するものがある。たなばた祭には草の露を硯の水とし、梶の葉に詩歌を書いてたむける風習がある。○露の玉づさ　「露の玉」と「玉づさ」を掛ける。露は草の露とともに作者の織女星を慕う涙でもあろう。

321 じっと見つめていると私の衣も涼しくなってくる。ああ川風の吹き通う天の川原の秋の夕暮よ。式子内親王集「前小斎院御百首」。○衣手 →二九三。○ひさかたの　「あま」の枕詞。▽天の川原の、身にしみるばかりの秋の気配。「風」が詠まれず、配列に疑問がある。

322 どんなに身にしみていることであろう。織女星が夫を待つ今宵の天の川の川風は。○つま　配偶者。待つのは女とするのが普通であるからここは彦星で三一三の逆と見ておく。

323 両星が相逢うこの夕暮、涼しくなった天の川では、今を盛りと紅葉するあの「もみぢの橋」を秋風も吹き渡っていることであろう。本歌「天の川紅葉を橋にわたせばやたなばたつめの秋をしも待つ」(古今・秋上・読人しらず)。○すゞしき　作者の感情移入。○もみぢの橋　彦星の渡るという橋。八雲御抄三「まことにあるにはあらず、譬なり」。錦繡のような美しいイメージが眼目。次歌とともに「七夕の橋」。

324 たなばたのあふせ絶《た》えせぬあまの河《がは》いかなる秋かわたりそめけん

待賢門院堀河

325 わくらばにあまの河浪《なみ》よるながらあくる空《そら》にはまかせずもがな

女御徽子女王

326 いとゞしく思ひけぬべしたなばたの別《わか》れの袖にを(お)けるしら露《つゆ》

大中臣能宣朝臣

中納言兼輔家屛風に

貫之

327 たなばたはいまや別《わか》るゝあまのがは河霧《ぎり》たちて千鳥《ちどり》なくなり

324 両星が毎年逢う機会をもちつづけてきた天の川よ。いったいどうしたことのあった秋、彦星ははじめてここを渡ったのであろう。久安六年(一一五〇)、久安百首。○あふせ 「瀬」「河」「わたり」は縁語。

325 天の川の川波が寄るではないが、めったにないことに両星の相寄る今夜は夜のままで、明けゆく空の勝手にはさせないでほしいものだ。斎宮女御集「七月七日」。○わくらばに 和歌初学抄「たまさかなり」。○よる 波の寄るに両星の寄る、併せて「夜」を掛ける。

以下三首「七夕の別」。

326 彦星の思いはいよいよ消え入るばかりに違いない。織女星のきぬぎぬの別れの袖に置く白露を見れば。能宣集「同じ(七月七日)夜また文字を探りて取るに露といふ文字を取れる」。「探りて」→三〇七。○いとゞしく 別れの悲しさに消え入るばかりの上に、消えやすい露を見ることをいう。○けぬ 「おける」の対語で、ともに露の縁語。○しら露 暁の露と涙の露を兼ねる。▽参考「露応二別涙一(わかれのなんだなるべし)、珠空落(むなしくおつ)」(和漢朗詠集「七夕」・菅原道真)。

327 両星はいま別れるところであろうか。天の川には川霧が立ちこめて千鳥が鳴いているよ。貫之集。○中納言兼輔 左大臣藤原冬嗣の曾孫。醍醐朝の歌人。○千鳥 多くは冬の景物。→六四一。▽参考「千鳥なく佐保の川霧たちぬらし山の木の葉も色変りゆく」(拾遺・秋・壬生忠岑)。

328 鹿は萩の花をしがらむというが、あれは河水に鹿がしがらみをかけたのだな。浮いて流れずに水を堰きとめている秋萩の花よ。長治二年(一一〇五)頃、堀河百首「萩」。○堀河院 第七十三代天皇。○しがらみ 川中に杭を打ち、柴などをからませて流れを堰くもの。能因歌枕に「鹿のしが

堀河院御時百首歌中に、萩《はぎ》をよみ侍《(はべり)》ける　　前中納言匡房

328 河水に鹿のしがらみかけてけりうきてながれぬ秋萩《はぎ》の花

題しらず　　従三位頼政

329 かり衣われとはすらじ露《つゆ》ふかき野はらの萩《はぎ》の花にまかせて

権僧正永縁

330 秋萩《はぎ》をお《(を)》らではすぎじつき草の花ずり衣露《つゆ》にぬるとも

守覚法親王、五十首歌よませ侍りけるに　　顕昭法師

331 萩《はぎ》が花真《ま》袖にかけて高円《たかまと》のお《(を)》のへの宮にひれふるやたれ

らむ秋萩とは、妻恋ふる鹿の角してしがらむなり」とあり、顕昭・古今集注四は、萩の枝を鹿の「ふみ乱すがかのしがらみに似たる」という。○秋萩　萩に同じ。▽参考「秋萩をしがらみふせて鳴く鹿の目には見えずて音のさやけさ」(古今・秋上・読人しらず)。

329 以下三三四まで七首「萩」。うちこれは「水」に結ぶ。
狩衣は自分で摺ったりはすまい。露がびっしりと置く野原の萩の花が通りすがりに摺りつけてくれるにまかせて。本歌「わがきぬを摺れるにはあらず高まとの野辺を行きしかば萩の摺れるぞ」(万葉集十・作者未詳)。頼政集「草花の心を、歌林苑歌合」、三句「露しげき」。○かり衣　狩衣《(かりぎぬ)》。公家の軽装。鎌倉時代武家の礼装となる。○すらじ　「する」は草木の花や葉の汁を摺りつけて染色すること。

330 以下三三四まで五首「萩」を「露」に結ぶ。
美しい秋萩を折らずには通るまい。たとえ月草の花で摺ったこの衣が露にぬれて色あせようとも。本歌「月草に衣はすらむ朝露にぬれての後はうつろひぬとも」(古今・秋上・読人しらず)。○つき草　露草の古名。路傍に多い一年生草本。夏秋に碧色の花を開く。「花色」(淡い藍色)の染料であるがぬれると色があせる。八雲御抄三「うつろふものにいへり」。

331 萩の花を袖に散らしかけつつ高円の尾上の宮でひれを振って別れを惜しんでいるのは誰であろう。本歌「宮人の袖つき衣秋萩ににほひよろしき高円の宮」(万葉集二十・大伴家持)。建久九年(一一九八)頃、御室五十首。○守覚法親王　↓三八。○高円のおのへの宮　高円山(↓三八三)にあった聖武天皇の離宮。○ひれ　領巾。上代、女性が肩にかけて左右に長く垂らした布。呪力をもち、別れを惜しんで振るのもそのためであるが、平安時代は

題しらず　　　　　　　　　　　　　祐子内親王家紀伊

332 を《(お)》く露《つゆ》もしづ心なく秋風にみだれてさける真野の《まのゝ》萩《はぎ》はら

333 秋萩《はぎ》のさきちる野辺の夕露《ゆふつゆ》にぬれつゝきませ夜《よ》はふけぬとも　　　　人　麿

334 さを鹿《しか》のあさたつ野辺の秋萩《はぎ》にたまとみるまでをけ《(お)》るしら露《つゆ》　　　　中納言家持

335 秋の野をわけゆく露《つゆ》にうつりつゝわが衣手は花の香《か》ぞする　　　　凡河内躬恒

神事や礼装用。▽この一首「露」に結ばず配列疑問。

332 花に置く露も落着かないさまに、秋風に吹き乱されて咲いている真野の萩原よ。祐子内親王家紀伊集「左京権大夫百首」の内「萩」。左京権大夫は源俊頼。のち堀河百首に入る。〇真野の萩はら　八雲御抄五は大和国の歌枕とする。

333 秋萩の咲いては散る野辺の夕露にぬれつつおいで下さい。たとえ夜はふけてしまっても。原歌は万葉集十・作者未詳で、露に寄せた「秋の相聞」の扱い。人麿集にも。

334 雄鹿が朝立っている野辺の秋萩の上に玉かと見まがうまでに置いている白露よ。原歌は万葉集八。和漢朗詠集「露」。▽雄鹿と秋萩を男女に見立て、露はきぬぎぬの別れの涙。

335 秋の野を分けてゆけば、ふりかかる露のためにしきりに匂いは移って、私の衣は花の香がするよ。本歌「秋の野の花の色々とりすゑてわが衣手にうつしてしかな」(拾遺・雑秋・読人しらず)。躬恒集。右の本歌も躬恒集に見える。〇露　花の香を包んだ露。〇衣手　袖または衣全体。ここは後者で「露わけ衣」(↓一三七五)に同じ。
これは「秋花」を「露」に結ぶ。

336 誰を待つのか、待乳山の女郎花は。きっと秋にはと約束した人があるのでしょう。小町集。〇待乳の山　和歌初学抄は大和国の歌枕とし、「まつことにそふ」という。紀伊・大和国の国境。〇をみなへし　オミナエシ科の多年生草本。高さ一《メートル》余。秋のはじめ黄色の小花を傘状につける。秋の七草の一つ。八雲御抄三「女に寄せてよむ」。

336 たれをかも待乳《まつち》の山のをみなへし秋とちぎれる人ぞあるらし

小野小町

337 をみなへし野辺のふるさと思《おも》ひいでて宿《やど》りし虫の声やこひしき

藤原元真

千五百番歌合に

338 夕《ゆふ》されば玉ちる野辺《のべ》のをみなへし枕《まくら》さだめぬ秋風ぞふく

左近中将良平

蘭をよめる

339 ふぢばかまぬしはたれともしら露《つゆ》のこぼれてにほふ野辺の秋風

公猷法師

以下三首「女郎花」。

337 女郎花よ。お前は野辺の古里を思い出し、昔自分のもとで鳴いていた虫の声が恋しくはないかな。元真集「天徳三年九月十八日に、庚申に中宮の女房歌合せむといふによめる、女郎花」。○野辺のふるさと　もと野辺に咲いていたので、自分の生い育った土地の意で、野辺を古里と歌う。○虫　通ってきた男に見立てる。▽前栽に移植されて物思わしげに見える女郎花に語りかけた歌。

338 夕方になると涙の露の玉を散らしかける野辺の女郎花よ。枕の向きを定めようにも定めかねるまでに秋風が吹くので。本歌「夕さればわが身のみこそ悲しけれいづれの方に枕さだめむ」(後撰・恋三・兼茂朝臣女)。建仁二年(一二〇二)頃、千五百番歌合・秋一。○枕さだめぬ　恋しい人の夢を見るというその方向に枕を据えようとして据えかねていること。▽風に揺られる女郎花を「枕さだめぬ」と趣向し、人恋しさに泣く女に見立てる。参考「宵々に枕さだめむ方もなしいかに寝し夜か夢に見えけむ」(古今・恋一・読人しらず)。

339 藤袴よ。誰が脱ぎかけたものか知らないが、白露がこぼれるにつれてかぐわしく匂ってくる。野辺の秋風に。本歌「ぬし知らぬ香こそ匂へれ秋の野に誰がぬぎかけし藤袴ぞも」(古今・秋上・素性)。○蘭　「フヂバカマ」(類聚名義抄)。底本は薗か、諸本で校訂。○ふぢばかま　キク科の多年生草本で高さ一メートル余。秋に薄い小豆色の小花を傘状につける。八雲御抄三「以レ香為レ曲」。○しら露　「知らず」に掛ける。○こぼれてにほふ　露の抱えた香がこぼれる時に匂うこと。→一五〇。▽本歌に従って藤袴を袴に、その芳香を薫物に、また脱ぎかけたという見立てには男女共寝の連想がある。

この一首「藤袴」。

崇徳院に百首歌たてまつりける時　　清輔朝臣

340 うす霧《ぎり》のまがきの花の朝《あさ》じめり秋はゆふべとたれかいひけん

入道前関白、右大臣に侍りける時、百首歌よませ侍りけるに　　皇太后宮大夫俊成

341 いとかくや袖はしほれし野辺にいでて昔《むかし》も秋の花はみしかど

筑紫《つくし》に侍りける時、秋野をみてよみ侍りける　　大納言経信

342 花見にと人やりならぬ野辺《のべ》にきて心のかぎりつくしつるかな

題しらず　　曾禰好忠

343 を《お》きて見んと思《おも》ひしほどにかれにけり露《つゆ》よりけなるあさがほの花

340 薄霧が立ちまようまがきの花の、朝のしっとりとしたあでやかさ。秋は夕に限るなどと誰が言ったのであろう。久安六年(一一五〇)、久安百首。○崇徳院　第七十五代天皇。○まがき　竹木で粗く編んだ垣。○秋はゆふべ　枕草子・春は曙の条「秋は夕暮」など。→三六。▽「秋は朝」という新しい感覚の主張。

以下三首「秋花」。

341 こんなにまで袖がくたくたにぬれたことがあったろうか。昔も野辺に出て秋の花を賞でたことはあったが。長秋詠藻「右大臣家百首・草花」、治承二年(一一七八)七月詠進。○入道前関白　藤原兼実。○昔　作者は当時六十五歳で、既に出家している。

342 花を見ようと自分で思い立って野辺に来て、それでいて秋野のあわれさについ、筑紫ではないが、心を尽くす―くたくたになるまで悲しみに浸ってしまった。経信集。○筑紫に侍りける時　父源道方が大宰権帥であった長元二年(一〇二九)正月から六年十二月の間、経信十四―十八歳。筑紫は大宰府のある筑前を中心に、広くは九州の異称。○人やりならぬ　派遣されての旅に対す。○つくし　「筑紫」と掛詞。「心づくし」を「筑紫」に掛けるのも常套。→一九〇五・一九九九。

343 起きて露を置いたままで見ようと思っていた間に枯れてしまったことだ。置く露よりも一段とはかない朝顔の花よ。好忠集「三百六十首和歌・七月(上)」。○をきて　「起きて」と「置きて」と掛詞。○けなる　奥義抄・上「けに　勝(まさる)なり」。○あさがほ　はかない譬えの花で、説はあるが今いう朝顔であろう。「寝起きの顔」の意もあり、「起き」「見ん」は縁語。▽「槿花一日、自為レ栄(おのづからえいをなす)」(和漢朗詠集「槿」・白居易)といわれる「あさがほ」のはかなさを露よりもと強調したのが趣向。

344 山がつの垣《かき》ほにさけるあさがほはしのゝめならで逢《あ》ふよしもなし

貫　之

345 うらがるゝ浅茅《あさぢ》が原《はら》のかるかやの乱《みだ》れてものを思《おも》ふころかな

坂上是則

346 さを鹿《しか》のいる野《のゝ》のすゝきはつお《(を)》花いつしかいもが手枕《たまくら》にせん

人　麿

347 小倉《をぐら》山ふもとの野辺《ゝべ》の花すゝきほのかに見ゆる秋の夕暮《ぐれ》

読人しらず

以下二首「朝顔」。

344 山家の垣根に咲いている朝顔ははかなくて、夜明けでなければ見ることもできないよ。古今六帖二・読人しらず、五句「見るよしもなし」。○山がつ　山賤。山里に住む人。○あさがほ　これも花の名に寝起きの顔の意を響かせる。○しのゝめ　夜明け。原義は篠の目で、篠竹で編んだ筵(上代の住居で窓の代りとした)の荒い目、隙間という。この原義の「目」と「顔」「逢ふ」は縁語。▽「あな恋し今も見てしか山がつのかきほに咲ける大和撫子」(古今・恋四・読人しらず)と同類の歌で、朝顔を女に見立てている。

345 葉先の枯れた浅茅が原のツバナが乱れるように、ちぢに物思いするこの頃だな。是則集。○浅茅が原　背の低いチガヤの原。チガヤはイネ科の多年生草本で花穂をツバナという。○かるかや　八雲御抄三「ただかやともいふ」。カヤはチガヤなどイネ科の草本の総称。ここは秋のツバナで「乱れ」の譬喩。▽上句は「乱れ」にかかる序であるが情景の描写を兼ねる。

この一首「かるかや」。

346 雄鹿が入ってゆく入野の薄の初尾花ではないが、早くあの子の手を枕にして共寝したいものだ。原歌は万葉集十・作者未詳で、花に寄せた「秋の相聞」の歌。人麿集。○さを鹿の　「入る」と続け、地名の「いる野」に掛ける。○いる野　八雲御抄五、和歌初学抄は万葉の地名としながらも特定しない。○はつお花　出たばかりのススキの花穂。初々しい花妻に譬える。

以下三五〇まで五首「薄」。

347 小暗い小倉山、その麓の野辺を埋める美しい薄の穂がほのかに見える秋の夕暮よ。古今六帖六。和漢朗詠集「秋晩」。いずれも読人しらず。○小倉山　山城国の歌枕。「小暗」に掛け、「ほの

348 ほのかにも風はふかなん花すゝきむすぼほれつゝ露《つゆ》にぬるとも　女御徽子女王

百首歌に

349 花すゝき又露《つゆ》ふかしほに出《い》でてながめじとおもふ秋のさかりを　式子内親王

摂政太政大臣、百首歌よませ侍《はべり》けるに

350 野辺ごとにを《お》とづれわたる秋風《あき》をあだにもなびく花すゝき哉《かな》　八条院六条

和歌所歌合に、朝草花といふことを

351 あけぬとて野辺より山にいる鹿のあとふきをく《お》る萩の下風　左衛門督通光

348 ごくかすかにでも風は吹いてほしい。たとえ美しい薄の穂がそのため靡きもつれて、こぼれ散る露に袖がぬれようとも。斎宮女御集によれば父宮の喪で里にある時、村上天皇に奉った贈答歌群の一つで、二句「風はってなむ(風は告げじなイ)」とある。村上御集にも。▽家集によれば花薄は嘆きに沈むわが身の譬喩で、自分の悲嘆のさまを風に託して天皇に伝えたいという歌意であるが、本集では風に揺れる尾花の姿態をめでた歌と解される。

349 美しく薄は穂を出し、その上露も深く置いている。わびしさに「ほに出でて」―あらわには眺めまいと思う秋の盛りなのに。本歌㈠「今よりは植ゑてだに見じ花薄ほに出づる秋はわびしかりけり」(古今・秋上・平貞文)、㈡「しのぶれば苦しかりけりしの薄秋の盛りになりやしなまし」(拾遺・恋二・勝観)。正治二年(一二〇〇)院初度百首。○ほに出でて　「穂に出る」と、表面に現われる意とを掛ける。▽人の気も知らないで「穂に出る」ばかりか、涙の露を誘うかのように露まで置いている花薄に恨みかけた盛秋の深い感傷。

350 どの野辺にもあまねく訪れる秋風であるのに、浮気っぽく靡く花薄よ。建久六年(一一九五)二月、左大将良経主催の女房八人百首。○摂政太政大臣　藤原良経。▽秋風と花薄をそれぞれ多情な男女に見立てる。

351 明けたというので麓から山に帰ってゆく鹿の後を慕って吹き送る萩の下風よ。建永元年(一二〇六)七月二十五日、卿相侍臣歌合。○野辺　野は山麓の緩やかな傾斜面。○萩の下風　八雲御抄三「鹿の妻は萩なり。鹿鳴く草といへり。花嬬(はなづま)ともいふ」。下風は下を吹く風。「下の思い」、即ちひそかな慕情に寄せていうか。▽萩を妻と見

題しらず　　　　　　　　前大僧正慈円

352 身にとまる思《おも》ひをおぎ《(を)》の上葉《うはゞ》にてこの比《(ごろ)》かなし夕暮《ぐれ》の空

崇徳院御時、百首歌めしけるに、荻を　　　　大蔵卿行宗

353 身のほどを思《おも》ひつゞくる夕暮《ゆふぐれ》のおぎ《(を)》の上葉《うはゞ》に風わたるなり

秋歌よみ侍りけるに　　　　源重之女

354 秋はたゞものをこそ思《おも》へ露《つゆ》かゝるおぎ《(を)》の上《うへ》ふく風につけても

堀河院に百首歌たてまつりける時　　　　藤原基俊

355 秋風のやゝはださむく吹《ふ》くなへにおぎ《(を)》の上葉《うは》のを《(お)》とぞかなしき

て、きぬぎぬの別れの趣。
ここに「萩」は配列上疑問。三四と類似。

352 秋の訪れとともに身の内に留まって離れないこの物思いはまさしく荻の上葉を吹く風の音を聞くようで、この頃は悲しくてならない。夕暮の空に向う時。拾玉集「左将軍女房八人に百首詠ませて披講の夜、五首会ありけるを安成に代りて」、建久六年二月。左将軍(大将)は良経。安成は藤原氏、文章博士。当時三十七歳。▽参考「秋はなほ夕まぐれこそただならね荻の上風萩の下露」(和漢朗詠集「秋興」・藤原義孝)。
以下三五六まで五首「荻」。

353 拙いわが身の宿世をそれからそれへと思い続けている夕暮、折から荻の上葉に風が吹きわたるよ。行宗集、三・五句「ゆふされの…風そよぐなり」。続詞花集・秋下、三句「夕暮に」。○崇徳院　第七十五代天皇。○百首歌　保延七年(一一四一)十二月以前、崇徳院初度百首。○夕暮　荻を吹く風の音がことに淋しい時としていう。

354 秋はもう物思いばかりしていることだ。私の袖にも露のかかる、このような荻の上葉を吹く風を見聞くにつけても。重之女集。○露かゝる　涙の露の袖にかかることを、上葉を吹く風が露を吹きかけることに寄せていう。「かゝる」はこのようなの意と掛ける。▽秋の夕の感傷。

355 秋風が次第に肌寒く吹くにつれて、荻の上葉を吹くあの風の音が悲しみを添えるよ。長治二年(一一〇五)頃、堀河百首「荻」。○堀河院　第七十三代天皇。○やゝ　奥義抄・上「やうやうなり」。○なへに　同上「なへ　からになどいふ心なり」。↓三九。

百首歌たてまつりし時　　　摂政太政大臣

356 お《(を)》ぎの葉にふけばあらしの秋なるを待《ま》ちけるよはのさを鹿の声

357 を《(お)》しなべて思《おも》ひしことのかず〳〵になを《(ほ)》色まさる秋の夕暮《ゆふぐれ》

題しらず

358 くれかゝるむなしき空《そら》の秋をみておぼえずたまる袖の露《つゆ》かな

家に百首歌合し侍《(はべり)》けるに

359 ものおもはでかゝる露《つゆ》やは袖にを《(お)》くながめてけりな秋の夕暮《ゆふぐれ》

356 軒端の荻の葉に吹く音を聞けば風も一段と荒々しい山風の秋とはなったが、それを待ちうけていたとみえる夜半の雄鹿の声よ。正治二年(一二〇〇)院初度百首。○あらし　八雲御抄三「山より吹く心なり」。○待ちける　妻を呼ぶ鹿の声を聞いてそれと気がついたという擬人的表現。▽軒端の荻に吹く風が山風に変る夜中、忽ち山中の鹿の声が送られて来て一入すさまじい思いがする。参考「世の中をあきはてぬとやさを鹿の今はあらしの山に鳴くらむ」(金葉・秋・藤原顕仲)。

357 総じてこれまで経験した数々の物思いのどれよりも、一段とあわれさの身にしむ秋の夕暮のけしきよ。正治二年院初度百首。○色　けしき。「物色自堪レ傷二客意一(もののいろはおのづからかくのこころをいたましむるにたへたり)、宜将二愁字一作二秋心一」(和漢朗詠集「秋興」・小野篁)。

以下三六六まで十首「秋夕」。

358 暮れはじめた虚空にひろがる秋のけはいを仰いで、何故ともなしに落ちたまる袖の夕露よ。秋篠月清集「南海漁父百首」、建久五年(一一九四)八月。後京極殿御自歌合。○むなしき空　「虚空」の訓。○露　実はわが感傷の涙である。

359 物思いもしないでこのような露が袖に置くはずがあろうか。やはり物思いにふけっていたのだな、秋の夕暮よ。建久四年、六百番歌合「秋夕」。後京極殿御自歌合。○露　秋の縁語で涙をさす。→二九三。

360 深山の路を行けば、ああいつから秋のけはいになったのであろう。これまで見たことのない雲のかかる夕暮の空よ。元久二年(一二〇五)六月、元久詩歌合。○いつより　深山は外山よりも秋の訪れが早く、山路に入ってはじめて秋色に接して驚くのである。○秋の色　漢語「秋色」の訓。燃えるような夕焼雲もその一つ。▽参考「横レ嶺晩雲紅

をのこども詩を作《つく》りて歌にあはせ侍《はべり》しに、山路ノ秋行といふことを

前大僧正慈円

360 み山路《ち》やいつより秋の色ならん見ざりし雲の夕暮《ゆふぐれ》のそら

題しらず

寂蓮法師

361 さびしさはその色としもなかりけり真《ま》木たつ山の秋の夕暮《ゆふぐれ》

西行法師

362 こゝろなき身にも哀《あはれ》はしられけりしぎたつ沢《さは》の秋の夕暮《ゆふぐれ》

西行法師すゝめて百首歌よませ侍りけるに

藤原定家朝臣

363 見わたせば花も紅葉もなかりけり浦のとまやの秋の夕暮《ゆふぐれ》

惨憺《くれなゐにして》《さんたんたり》)、落レ湍秋水白潺湲」(新撰朗詠集「雲」・藤原伊周)。

361 この寂しさは特にどこからというわけでもないことだ。真木の生い立つ山の秋の夕暮よ。寂蓮法師集「左大臣家十題百首」、建久二年閏十二月四日。左大臣は藤原実房。○その色 →一四九。○真木 杉、檜など。→二九。▽一色に黒ずむ真木の山の秋の暮。参考「恋しさはその色としもなきものをなど身にしみて思ふなるらむ」(永万二年、中宮亮重家朝臣家歌合・恋・右京大夫)。

362 あわれなど解すべくもないわが身にも今それはよく分かることだ。鴫の飛び立つ沢辺の秋の夕暮よ。山家集「秋ものへまかりける道にて」。西行法師家集「鴫」。御裳濯河歌合。○こゝろなき身 岩木のようなわが身。出家に限らない。○しぎ シギの類は多いが、普通は秋渡来するシギ科のタシギ。水田、沼沢に集まり、飛び立つ時シャーッ、シャーッと鋭く鳴く。▽参考「心なきわが身なれども津の国の難波の春にたへずもあるかな」(千載・春下・藤原季通)。

363 見渡すと花も、紅葉もここにはない。海辺の苫屋の並ぶ秋の夕暮よ。拾遺愚草「文治二年(一一八六)、二見浦百首」。○百首歌 西行が大神宮へ奉納のために勧進した百首。○花も紅葉も 一種の成語(→六〇三)で観念的な表現であるが、それだけに純化されたイメージをもつ。○とまや 苫で屋根や壁を囲った家。苫はカヤの類で編んだ筵。▽「なかりけり」と否定しても一度喚起された花・紅葉のイメージは消えず、その残像的効果が寂れた一首の世界の華やぎとなっている。参考「遥々と物の滞りなき海づらなるに、なかなか春秋の花紅葉の盛りなるよりはただそこはかとなう茂れる陰どもなまめかしきに」(源氏物語・明石)。

以上三首は「三夕の和歌」といわれる。

五十首歌たてまつりし時　藤原雅経

364 たへてやは思《おも》ひありともいかゞせんむぐらの宿《やど》の秋の夕暮《ゆふぐれ》

秋の歌《うた》とてよみ侍《(はべり)》ける　宮内卿

365 思《おも》ふことさしてそれとはなきものを秋のゆふべを心にぞとふ

鴨長明

366 秋風のいたりいたらぬ袖はあらじたゞわれからの露《つゆ》の夕暮《ゆふぐれ》

西行法師

367 おぼつかな秋はいかなるゆへ《(ゑ)》のあればすゞろにものの悲《かな》しかるらん

364 この寂しさに堪えることができようか。たとえ愛情があったとてどうしようもないことだ。葎の宿の秋の夕暮よ。本歌「思ひあらば葎の宿に寝もしなむひしきものには袖をしつゝも」(伊勢物語三段)。建仁元年(一二〇一)二月、老若五十首歌合。○むぐら　八雲御抄三「やへ(むぐら)　荒廃の所の物なり。むぐらの門も閑居なり」。▽本歌に答えて女の詠んだ歌の態。

365 物思いは特にこれといってないのに秋の夕のこの寂しさは何故かとわが心に問いただすことだ。▽理由のないこの悲しみを怪しんで、改めて自問するのである。

366 秋風の吹きくる袖、来ない袖という差別はあるまい。すべて自分の心のせいで、こうも袖に露の置く夕暮よ。本歌「春の色の至り至らぬ里はあらじ咲ける咲かざる花の見ゆらむ」(古今・春下・読人しらず)。○われから　秋風が露を結ばせるのではなく自分の心が涙の露を結ばせる意。▽露は秋風が結ぶという観念をふまえての発想。

367 どうもよく分からない。秋はどういうわけがあってこうむやみに物悲しいのであろう。山家集「秋歌中に」。西行法師家集。

以下三首「秋思」。

368 秋風は秋風であるが、昔とはまるで違った秋風を聞きながら、いよいよ繰返し昔をしのんで物思いをすることだ。本歌「古のしづのをだま き繰返し昔を今になすよしもがな」(伊勢物語三十二段)。式子内親王集「前小斎院御百首」、三句「月かげに」。○いとゞ　「糸」に掛けて「しづのをだまき」の縁語。○しづのをだまき　奥義抄・下「苧をうみて巻きたるへそ(巻子)といふ物」。ここは繰返す意にあて、また「しづ」と「眺めをしつ」と掛詞。

369 ひぐらしの鳴く夕暮は本当にやるせないことだ。いつもはてしなく物思いをしてはいるが。

368 それながら昔《むかし》にもあらぬ秋風にいとゞながめをしづのをだまき

式子内親王

題しらず

369 ひぐらしのなく夕暮《ゆふぐれ》ぞうかりけるいつもつきせぬ思《(おもひ)》なれども

藤原長能

370 秋くれば常磐《ときは》の山の松風もうつるばかりに身にぞしみける

和泉式部

371 秋風のよそにふきくるを《(お)》とは山なにの草木かのどけかるべき

曾禰好忠

本歌「来めやとは思ふものからひぐらしの鳴く夕暮はたち待たれつつ」(古今・恋五・読人しらず)。長能集「八月ばかりの夕暮に」。続詞花集・秋下。○ひぐらし →三六八・三七〇。▽家集では贈答歌の中にあって恋歌。参考「相思《あひおもうて》夕上二松台一立、蛬思蝉声満レ耳秋」(和漢朗詠集「秋晩」・白居易)。

370 秋が来ると、紅葉しないはずの常磐の山の常緑の松を吹く風も、紅葉するのかと思う程身に染みることだ。和泉式部集、三句「山風も」。○常磐の山 山城国の歌枕。○うつる 色変りすること。「しみ」は「染み」に掛けて、その縁語。▽参考「紅葉せぬ常磐の山は吹く風の音にや秋を聞きわたるらむ」(古今・秋下・紀淑望)、「吹きくれば身にもしみける秋風を色なきものと思ひけるかな」(古今六帖一・読人しらず)。

以下三七四まで五首「秋風」。

371 秋風の遠く彼方に吹くのが聞える音羽山よ。あのひびきを聞くさえどんな草木も心静かにしてはいられないであろう。本歌「秋風の吹きにし日よりおとは山峰の木末も色づきにけり」(古今・秋下・紀貫之)。好忠集「三百六十首和歌・七月をはり」、二句「よもにふきくる」。本集では鷹司本も。○をとは山 山城国の歌枕。和歌初学抄「音することにそふ」。

372 暁、草葉に置く露は、袖の涙の露もそうであるが、とめどなくこぼれ、怨むような暗い夜来の風の音がなおも聞えてくる。本説「風従二昨夜一声弥怨、露及二明朝一涙不レ禁」(和漢朗詠集「七夕」・大江朝綱)。相模集「文月の暁に風のあはれなるを、昨日の夜よりといふことを思ひ出でて」。▽本説を詠んだ句題和歌であるが、ここでは「七夕」とは無関係に扱われている。

373 高円の野をゆけば路傍の篠原は葉末が鳴り、あれ、木枯が今日吹きはじめたよ。保安二年

相　模

372 暁のつゆは涙《なみだ》もとゞまらでうらむる風の声ぞのこれる

法性寺入道前関白太政大臣家の歌合に、野風　藤　原　基　俊

373 高円《たかまと》の野路《のぢ》のしのはら末《すゑ》さはぎそ（わ）ゝやこがらしけふ吹《ふ》きぬなり

千五百番歌合に　右衛門督通具

374 深草《ふかくさ》のさとの月かげさびしさもすみこしまゝの野べ《ゝ》の秋風

五十首歌たてまつりし時、杜間月といふことを　皇太后宮大夫俊成女

375 大荒木《おほあらき》のもりの木（こ）のまをもりかねて人だのめなる秋の夜《よ》の月

(一一三二)九月十二日、関白内大臣忠通歌合、四句「そそや秋風」。○法性寺入道前関白太政大臣　藤原忠通。○高円の野　高円山(→三八三)の麓。大和国の歌枕。○そゝや　驚くさま。→二六六。○こがらし　八雲御抄三「秋冬風、木枯なり」。○吹きぬなり　音を聞いての感動。▽参考「荻の葉にそそや秋風吹きぬなりこぼれやしぬる露の白玉」(詞花・秋・大江嘉言)。

374 深草の里の月の光よ。その身にしみる寂しさも、それが澄みつづけていた、そしてまた私がここに住みつづけていた昔のままであるが、同様に昔のままに吹く野辺の秋風よ。本歌「年を経て住みこし里を出でていなばいとど深草野とやなりなむ」(古今・雑下・在原業平。伊勢物語一二三段)。建仁二年(一二〇二)頃、千五百番歌合・秋三。○さびしさも　何もかも、そして「さびしさも」である。○すみこしまゝの　下の「野べの秋風」にもかかる。「澄む」と「住む」は掛詞。▽本歌を詠んで出ていった男が再び深草に戻ってきた折の感慨と見立ててよい。参考「住む人もなき山里の秋の夜は月の光もさびしかりけり」(後拾遺・秋上・藤原範永)、「夕されば野辺の秋風身にしみて鶉なくなり深草の里」(千載・秋上・藤原俊成)。

375 大荒木のもりという、その粗い漏りやすい森の木の間を漏れることもできず、いたずらにあてにさせるばかりの秋の夜の月よ。本歌「ことならば闇にぞあらまし秋の夜のなぞ月影の人だのめなる」(拾遺・恋二・柿本人麿)。建仁元年十二月、仙洞句題五十首。○杜間月　「間」は底本薄れており、諸本で補う。○大荒木のもり　説はあるが八雲御抄五は山城国の歌枕とする。「大粗きの漏り」と興じ、「森」と「漏りかね」も同音の技巧。○人だのめ　光がよくさすかと人に期待させること。▽参考「大荒木の森の下なるかげ草はいつしかとの

守覚法親王、五十首歌よませ侍《(はべり)》けるに　藤原家隆朝臣

376 ありあけの月まつ宿《やど》の袖のうへに人だのめなるよゐ《(ひ)》の稲妻《いなづま》

摂政太政大臣家百首歌合に　藤原有家朝臣

377 風わたるあさぢが末《すゑ》のつゆにだに宿《やど》りもはてぬよゐ《(ひ)》の稲妻《いなづま》

水無瀬《みなせ》にて十首歌たてまつりし時　左衛門督通光

378 武蔵《むさし》野やゆけども秋のはてぞなきいかなる風か末《すゑ》にふくらん

百首歌たてまつりし時、月歌　前大僧正慈円

379 いつまでか涙《なみだ》くもらで月は見し秋まちえても秋ぞこひしき

み光をぞ待つ」(躬恒集)。

以下巻末まで「秋月」。うち以下二首「月を待つ」。

376 有明の月の出を待って端近くいる私の袖の上に、いたずらにそれかと思わせて光る宵の稲妻よ。建久九年(一一九八)頃、御室五十首。○守覚法親王　→三八。○宿の　底本「やどは」とし、右に「の」と傍書。諸本で校訂。○人だのめ　月の出かと思わせること。○稲妻　いなびかり。能因歌枕は七月に配する。

377 風が吹きわたる浅茅の上葉に結ぶ露にさえ、それがこぼれるまでも光を留めえない宵の稲妻よ。建久四年、六百番歌合「稲妻」、一句「あさぢがうへの」。○摂政太政大臣　藤原良経。○あさぢ　→三四五。○稲妻　維摩経・方便品にも「是身如レ電、念々不住」とある。▽風に散る露よりさらにはかない稲妻。

以下二首「秋月」でなく配列不順。ただし前歌の「稲妻」を承けて「風」に結ぶ。

378 武蔵野よ。行けども行けども草葉は色づいて秋のけしきは尽きるとも見えない。いったいどのような風が野末には吹いていることであろう。建保二年(一二一四)八月十五日、秋十首撰歌合か(明日香井集による)。○水無瀬　水無瀬離宮。○武蔵野　武蔵国の歌枕。草深く末遥かなイメージがあった。▽武蔵野の秋色の深さに、吹き通った風の烈しさを思い、野末ではさぞかしとそのすさまじさを思いやったもの。参考「秋風の吹きと吹きぬる武蔵野はなべて草葉の色変りけり」(古今・恋五・読人しらず)。

この歌も「風」で、前歌と「はて」「末」を共有する。

379 いったいいつ頃まで涙に曇らないで月を見たことであろう。この頃はせっかく待った秋に逢いながらも「秋」が恋しくてならない。正治二年(一二〇〇)院後度百首。○涙　秋思と身の憂さを嘆く

380 ながめわびぬ秋よりほかの宿《やど》もがな野にも山にも月やすむらん

式子内親王

題しらず

381 月かげの初《はつ》秋風とふけゆけば心づくしにものをこそ思《おも》へ

円融院御歌

382 あしびきの山のあなたにすむ人は待《ま》たでや秋の月をみるらん

三条院御歌

雲間ノ微月といふ事を

383 しきしまや高円山《たかまと》の雲《くも》まより光さしそふゆみはりの月

堀河院御歌

涙であろう。○秋ぞ　曇ることのない、月のさやかな真の秋が、の意。▽「逢不逢恋」の気分に似る。参考「身の憂さの秋は忘るるものならば涙くもらで月は見てまし」(千載・秋上・藤原頼輔)。

以下三八四まで五首「月前に志を言う」。

380 もう月を見て物思いをすることに堪えられない。どこか秋でない住みかがないものか。しかし野にも山にも月は澄んで、遁れるすべはないのであろう。本歌「いづこにか世をば厭はむ心こそ野にも山にもまどふべらなれ」(古今・雑下・素性)。正治二年(一二〇〇)院初度百首。○すむ　「澄む」「住む」を掛ける。「住む」と宿は縁語。▽参考「いかにして物思ふ人のすみかには秋よりほかの里を求めむ」(相模集)。

381 夜もふけ、月の光が初秋の風とともに勢いを増してゆくと、心も消えるばかり物思いすることだ。本歌「木の間よりもりくる月のかげ見れば心づくしの秋は来にけり」(古今・秋上・読人しらず)。円融院御集「一品宮に聞えさせ給ふ」、二句「初秋風に」。一品宮は同母姉資子内親王。

382 月の出る山の向う側に住んでいる人は、待つことなく秋の月を見ることであろうか。後葉集・秋上。続詞花集・秋上。▽参考「おそく出づる月にもあるかなあしひきの山のあなたも惜しむべらなり」(古今・雑上・読人しらず)。

383 磯城島、そこにたかだかと聳える高円山の雲間から、ほのかに峰に光をあてている弓張月よ。言葉和歌集・雑上。○微月　かすかな光を放つ月。○しきしま　普通「やまと」の枕詞として用いられるが、ここは「やまと」の別名。「高い」の名をもつ高円山に一層けだかさを添えるための修辞。○高円山　春日山の南に続く。円(まど、古くは清音)から的(まと)を導き、「的」「さ(射)し」「弓」

と縁語で繋ぐ。○ゆみはりの月　八雲御抄三「非二三日月一、半月也。是、故人説也」。
　これは「月前言志」ではなく配列疑問。二首の天皇詠に並べて置いたか。

題しらず

384 人よりも心のかぎりながめつる月はたれともわかじものゆへ(ゑ)

堀河右大臣

385 あやなくも曇《くも》らぬよゐ(ひ)をいとふかな信夫《しのぶ》のさとの秋の夜《よ》の月

橘為仲朝臣

386 風ふけばたまちる萩《はぎ》のした露《つゆ》にはかなくやどる野辺の月かな

法性寺入道前関白太政大臣

387 こよひたれすゞふく風を身にしめて吉野《よしの》ゝ嶽《たけ》の月をみるらん

従三位頼政

384 私は誰よりも真底心をこめて見入ったことだ。月は誰彼の区別などしないものなのに。入道右大臣集「月」。○ものゆへ　逆態接続。▽参考「月見ればちぢに物こそ悲しけれわが身一つの秋にはあらねど」(古今・秋上・大江千里)。

385 あろうことか、隈なく照る宵を避けているのだな。忍ぶの名をもつこの信夫の里の秋の夜の月よ。○あやなく　道理に合わぬ。即ち明月を賞するという月の本意に反する意。○信夫のさと　陸奥国の歌枕。▽月下にひっそりと寝しずまる信夫の里(福島市内)を眺めた折の即興か。作者は陸奥守となって下向した。
　これは「里の秋月」。

386 風が吹くたびに玉と散る萩の下葉の露の上に束の間光を映す野辺の月よ。田多民治集「月」。続詞花集・秋上。○した露　散りやすい上葉の露はすでになく、残り少なくなってゆく下葉の露。▽はかなくもろい美しさ。
　これは「野の秋月」。

387 今宵、誰がすず群をわたる秋風を身にしみ通らせて御嶽の月を眺めていることであろう。頼政集「おなじ心(月)を」。○すゞ　スズダケ(篠竹)でササの一種。○吉野の嶽　吉野山。ここは山中の金峰山寺(蔵王堂)を中心に、その南につづく御嶽(→一九三)をも含めていうか。修験道の霊場である。
　以下二首「月前の遠情」。

法性寺入道前関白太政大臣家に、月歌あまたよみ侍《はべり》けるに　　大宰大弐重家

388 月みれば思《おも》ひぞあへぬ山たかみいづれの年《とし》の雪にかあるらん

和歌所歌合に、湖辺月といふことを　　藤原家隆朝臣

389 にほのうみや月の光のうつろへば浪《なみ》の花にも秋はみえけり

百首歌たてまつりし時　　前大僧正慈円

390 ふけゆかばけぶりもあらじ塩釜《しほがま》のうらみなはてそ秋の夜《よ》の月

題しらず　　皇太后宮大夫俊成女

391 ことはり《わ》の秋にはあへぬなみだかな月の桂《かつら》もかはる光《ひかり》に

388 月を見ていると、とてもその光とは思われない。山が高いのでいつの年の雪が残っているのかと思う。本説「天山不レ弁（わきまへず）何年雪（いづれのとしのゆき）」（和漢朗詠集「月」・統理平）。重家集。玄玉集・天地歌下。○法性寺入道前関白太政大臣　藤原忠通。▽本説を詠んだ句題和歌の態で、冷厳な月光を仰いで太古の根雪の光かと疑ったのである。

389 鳰の海よ。そこに月の光が映ると、「秋なかりけり」と歌われた波の花にも秋の色はやはり見えることだ。本歌「草も木も色変れどもわたつ海の波の花にぞ秋なかりける」（古今・秋下・文屋康秀）。壬二集。建永元年（一二〇六）七月十三日、院当座歌合（明日香井集による）。○和歌所　→六。○にほのうみ　近江国の歌枕、琵琶湖の別名。○浪の花　白い波頭を花に見立てたもの。▽本歌を修正する新しい発見。

以下二首「浦の秋月」。

390 夜がふけてゆけば藻塩の煙もなくなろう。この塩釜の浦で恨み通しにしないで待つがよい、秋の夜の月よ。正治二年（一二〇〇）院後度百首「月」。○けぶりもあらじ　藻塩焼く（→一〇六五）浦人も寝しずまるからである。○塩釜のうら　陸奥国の歌枕。松島湾内にあり、「わがみかど六十余国の中に塩釜といふ所に似たる所なかりけり」（伊勢物語八十一段）といわれた美景。「浦」と「恨み」と掛詞。▽塩釜の浦には藻塩の煙が第一の景物であるが、月にとっては迷惑と見た趣向。

391 まことにもっともな、秋になると堪えきれずに流れるこの涙よ。月中の桂も紅葉して一きわ照りまさるので。本歌「久方の月の桂も秋はなほ紅葉すればや照りまさるらむ」（古今・秋上・壬生忠岑）。○あへぬ　奥義抄・上「あへず　たへずなり」。○月の桂　→二〇〇。▽秋に感傷する理由を月色に見出し改めて納得したもの。

家隆朝臣

392 ながめつゝ思《おも》ふもさびしひさかたの月の都《みやこ》のあけがたの空《そら》

五十首歌たてまつりし時、月前草花

摂政太政大臣

393 ふるさとのもとあらの小萩《こはぎ》さきしより夜《(よ)》な〳〵庭の月ぞうつろふ

建仁元年三月歌合に、山家秋月といふことをよみ侍《(はべり)》し

394 時しもあれふるさと人《(ひと)》はを《(お)》ともせでみ山《やま》の月に秋風ぞふく

八月十五夜和歌所歌合に、深山月といふことを

395 ふかゝらぬ外山《とやま》の庵《いほ》のねざめだにさぞな木《(こ)》のまの月はさびしき

以下二首「月中の秋色」。

392 じっと月を見つめながら思いを馳せていると本当に寂しいことだ。あの月の都の明け方の空のけしきはと。壬二集「月歌とて」。〇月の都　月天子のいる月宮。仏典にも瑠璃・白銀で覆われていることが見え、唐玄宗が八月十五夜ここに遊んだという伝説もある。▽下界で眺めるさえ寂しい有明の空。月の都ではさぞかしというもので、歓楽極まって哀情多しの美的感情が見てとれる。

393 古里の本あらの小萩が咲いてからというもの、毎夜庭に訪れる月の光ばかりがいとおしむように映っている。本歌「宮城野の本あらの小萩露を重み風をまつごと君をこそ待て」(古今・恋四・読人しらず)。建仁元年(一二〇一)十二月、仙洞句題五十首。〇もとあら　和歌初学抄「本のすけるなり」。荒れた庭の、生えぎわの整わない萩。〇小萩「小」は愛称。▽本歌によって月が露に映るとする注もあるが、それでは特に「咲きしより」と限定した意味がない。廃園の萩の花に月の映る優しさ。

以下二首「故郷の秋月」。

394 こういう時に都の人は訪れて来ず、深山の月に秋風の吹く音ばかりが聞える。建仁元年三月二十九日、新宮撰歌合。〇時しもあれ　まさしく寂しさに堪えがたい時である。〇ふるさと人　もと居た都の人をさす。→九〇九・一八七三。▽下句はそれが一層寂しさを催すというのである。

395 こんなに深くない外山の庵の寝覚に眺めてさえ、どんなにか木の間の月は寂しいことであろうに。建仁元年八月十五夜撰歌合「深山暁月」。〇ふかゝらぬ　深山にいての発語。〇外山　里近い山。〇月「暁月」で有明の月。▽外山にいて深山の月を推量したとする解はとらない。深山の月の堪えがたい寂しさを表わす特異な手法。

以下二首「木間の秋月」。

月ノ前ノ風　　寂蓮法師

396 月はなを《(ほ)》もらぬ木《こ》のまも住吉《すみよし》の松をつくして秋風ぞふく

鴨長明

397 ながむればちゞにものおもふ月に又わが身ひとつの峰の松風

山ノ月といふことをよみ侍《(はべり)》ける　　藤原秀能

398 あしびきの山路《ぢ》のこけの露《つゆ》の上《うへ》にねざめ夜ぶかき月をみるかな

八月十五夜和歌所歌合に、海辺ノ秋ノ月といふことを　　宮内卿

399 心ある雄島《をじま》の海人《あま》のたもとかな月やどれとはぬれぬものから

396 月の光はまだ漏れてこない木の間をも音を澄ませて、この住吉の松のことごとくを秋風が吹きわたるよ。本歌「木の間よりもりくる月のかげ見れば心づくしの秋は来にけり」(古今・秋上・読人しらず)。建仁元年(三〇一)八月十五夜撰歌合「月前松風」。○なをもらぬ　「月前松風」なので、月は出たが低くてまだ射しこまない意。○住吉　摂津国の歌枕。松の名所。掛詞「澄み」は月の縁語で、松風の音をいう。▽本歌の「もりくる」を「もらぬ」に、「心づくし」を「松をつくして」に変え、月影ではなく秋風に秋を識るとした技巧。

397 眺めていると人並みにさまざま物思いのされる月に加えて、さらに自分一人が聞くあの物悲しい、山頂をわたる松風よ。本歌「月見ればちぢに物こそ悲しけれわが身一つの秋にはあらねど」(古今・秋上・大江千里)。前歌と同歌合・同題。▽万人の共感する秋月も、「わが身一つ」が感ずる季節のない松風も併せもつという趣向。

以下二首「峰の月」。

398 山路の苔を筵とした旅寝、いつしか一面に置いた露の上に寝覚めて深夜の月を見ていることだ。如願法師集。○あしびきの　山の枕詞。○ねざめ　露の冷やかさのためでもある。▽深夜の月に、露の一斉にきらめく苔の筵のイメージが鮮烈である。

399 ああ、雄島の海人の情趣を知る袂よ。海人は月が映るようにとことさら潮に濡れているわけではないのに。本歌「松島や雄島の磯にあさりせし海人の袖こそかくはぬれしか」(後拾遺・恋四・源重之)。建仁元年八月十五夜撰歌合。○雄島　陸奥国の歌枕。和歌初学抄「まつしま」の条に「をじまなどつづく」とある。○たもと　「そで」との区別は明らかでなく、当時は「同じ事」(顕昭・古今集注四)とされている。▽心なき海人の袂に月の

宜秋門院丹後

400 わすれじな難波《なには》の秋のよはの空《そら》ことうらにすむ月はみるとも

鴨長明

401 松島《しま》やしほくむ海人《あま》の秋のそで月はもの思《おも》ふならひのみかは

題しらず

七条院大納言

402 ことゝはん野島《のじま》が崎《さき》の海人《あま》衣なみと月とにいかゞしほるゝ

和歌所の歌合に、海辺月を

藤原家隆朝臣

403 秋の夜《よ》の月や雄島《をじま》のあまのはらあけがたちかき沖《おき》のつり舟

映る美しさに堪えかね、袂を有情化して賛嘆したもの。

以下四〇三まで五首「海辺の秋月」。三九九の「浦の月」とは陳思の有無に区別がある。

400 決して忘れまいよ。この難波の浦の秋の夜中の空のけしきを。たとえこの後異浦に澄む月を見ることがあろうとも。前歌と同歌合・同題。○ことうら よその浦。○すむ 「澄む」と「住む」と掛詞。

401 ここ松島の藻塩をくむ海人のぬれた秋の袖よ。月は物思う人の習いの、涙にぬれた袖に映るとばかりは限らないことだ。前歌と同歌合・同題。○しほくむ 製塩のため海水をくむこと。→一〇六五。○秋のそで 三二四「秋のたもと」と同じ美的修辞。○かは 反語。▽物思わぬ海人の袖に月の映るあわれさを嘆賞したもの。参考「あひにあひて物思ふ頃のわが袖に宿る月さへぬるる顔なる」(古今・恋五・伊勢)。

402 尋ねたい。野島が崎の海人の衣は波と月とのためにどんなにくたくたにぬれているかと。○野島が崎 八雲御抄五は近江国とし、一説淡路ともいう。○なみと月とに 波にぬれ、また月を眺めて物思いの涙にぬれて。▽月を眺めてしおれるわが身から推して、海人はさぞかしと思いやったもの。参考「あはれなる野島が崎の庵かな露おく袖に波もかけけり」(千載・羇旅・藤原俊成)。

403 秋の夜の月を惜しんでいる雄島の海人であろうか。大空も明け方に近い沖に浮ぶ釣舟よ。建永元年(一二〇六)七月二十五日、卿相侍臣歌合。○雄島 陸奥国の歌枕。「惜し」と掛詞。「月やをしまの」は詠歌一体に制詞とする。○あま 「海人」と「天」と掛詞。▽有明の月の残る暁の沖合の漁火を見て、海人は月を眺めあかして、なおも帰りかねているのかと推量する。

題しらず

前大僧正慈円

404 うき身にはながむるかひもなかりけり心にくもる秋の夜《よ》の月

大江千里

405 いづくにかこよひの月のくもるべき小倉《をぐら》の山も名《な》をやかふらん

源道済

406 心《こゝろ》こそあくがれにけれ秋の夜《よ》の夜ぶかき月をひとりみしより

上東門院小少将

407 かはらじな知《し》るも知《し》らぬも秋の夜《よ》の月まつほどの心ばかりは

404 物思いの絶えないこの身には眺めることなど無駄なのだな。わが心ゆえにいつも曇って晴れることのない秋の夜の月よ。拾玉集「花月百首」、建久元年(一一九〇)九月十三夜披講。○心にくもる　雲ではなく、晴れぬ心ゆえに涙で曇る意。以下二首「秋月」に「曇」を結ぶ。

405 どこであろうと今宵の月の曇るはずがあろうか。小倉の山も小暗というその名を変えることであろう。句題和歌には見えず、深養父集に見え、古今六帖一にも深養父作とする、初・四句「いづこにか…小倉の山は」。元輔集にも「八月十五夜」として載る。○小倉の山　山城国の歌枕。和歌初学抄「大井河方なり。くらきにそふ」。▽参考「大井川浮べる舟の篝火に小倉の山も名のみなりけり」(後撰・雑三・在原業平)。

406 わが身はここにありながら心はずっとさまよい出てしまったな。秋の深夜の月をただ一人眺めていたうちに。道済集「晩秋十詠」の内「深山月」。○あくがれ　魂の遊離すること。▽夜明け近くなって、ふと我に帰っての感慨。以下三首「秋月」に「心」を結ぶ。

407 変ることはあるまいよ。知る人も知らない人もみな、秋の夜の月を待つ間のこの心ばかりは。▽気苦労の多い女房生活の中でふと口をついて出た詠嘆か。参考「宿ごとに変らぬものは山の端の月待つほどの心なりけり」(後拾遺・雑一・加賀左衛門)。

408 たのめたる人はなけれど秋の夜《よ》は月見てぬべき心ちこそせね

和泉式部

月を見てつかはしける

藤原範永朝臣

409 見る人の袖をぞしぼる秋の夜は月にいかなるかげかそふらん

返し

相模

410 身にそへるかげとこそみれ秋の月袖にうつらぬお(を)りしなければ

永承四年内裏歌合に

大納言経信

411 月かげのすみわたるかな天《あま》のはら雲ふきはらふよはのあらしに

408 来ると約束してくれた人がいるのではないが、秋の夜は月を見ていて寝る気にはとてもなれないことだ。和泉式部集。続詞花集・秋上。○月見て　月を見れば心はあくがれ、休まらなくなるからである。「月見で」と濁れば分かりやすいが、簡単になりすぎる。▽「月の顔見るは忌むこと」(竹取物語)ともいうが、待ち人のためではなく月を見るために起きていることの問わず語りの弁解。参考「思ふことありとはなしに久方の月夜となればねられざりけり」(拾遺・雑上・紀貫之)。

409 眺める私がこうして袖を絞る秋の夜は、いったい月にどういう「かげ」がつき添っているのであろう。範永集「月を眺めて相模がもとへいひける」。○かげ　光、陰翳または面影などの意であるが、ここは秋の月がこうも涙を誘うのは、何か特別な光がつき添っているのか、いやあなたの面影が映っているからだというのである。

次の歌と併せて贈答歌。「秋月」に「袖」「かげ」を結ぶ。

410 あなたは月に私の面影が添うとおっしゃるが、私は逆にわが身につき添っている「かげ」と秋の月を見ています。それが私の袖に映らない折とてないのですから。範永集「かへし、相模」。○かげ　ここでは袖に映る月の光、姿をさす。○袖にうつらぬ…　「秋の月」が「袖」に映るのは自分の袖も涙にぬれていることを語っているが、もとよりそれは世の常の秋思の涙で、贈歌が意味ありげに訴える涙、思慕の涙に対立させる。▽贈歌の理を見事に裏返し、同時に相手の恋の心をはぐらかす。機智の競技でもある贈答歌の巧みな一例。

411 月光が澄みわたっているな。大空一面の雲を吹き払う夜中の嵐のために。永承四年(一〇四九)十一月九日内裏歌合「月」。初度・正保板本金葉・秋。以下四一四まで四首「秋月」に「雲」を結ぶ。

題しらず　　左衛門督通光

412 立田山《たつた》よはにあらしの松ふけば雲にはうとき峰《みね》の月かげ

崇徳院に百首歌たてまつりけるに　　左京大夫顕輔

413 秋風にたなびく雲の絶え間《たま》よりもれいづる月のかげのさやけさ

題しらず　　道因法師

414 山のはに雲のよこぎるよゐ(ひ)の間《ま》はいでても月ぞなを(ほ)待《ま》たれける

殷富門院大輔

415 ながめつゝ思《おも》ふにぬるゝ袂《たもと》かないく夜《よ》かはみん秋の夜《よ》の月

412　立田山よ。夜中に嵐が松を吹けば雲は吹き払われ、白雲にとってはうとましい月が山頂に白く照っている。本歌「風吹けば沖つ白波立田山よはにや君がひとり越ゆらむ」(古今・雑下・読人しらず。伊勢物語二十三段)。本説「山遠雲埋二行客跡一、松寒風破二旅人夢一」(和漢朗詠集「雲」)。○立田山　「白雲の立田の山」という。→九〇。○うとき　うとましい意。肝心の白雲が吹き払われ、代りに出た月は旅人の身にはありがたいが、雲にはねたましかろうと推量し興じた表現。○峰の月かげ　山頂の松の木の間の月である。▽本歌を踏まえて夜中ひとり越えゆく山中の景情と見てよい。

413　秋風に吹かれてたなびく雲の絶え間から漏れ出てくる月の光の清く明るいことよ。久安六年(一一五〇)、久安百首、二句「ただよふ雲の」。○崇徳院　第七十五代天皇。○たなびく　霞や雲・煙が長く層状に続くさま。▽参考「秋の夜の月にかさなる雲はれて光さやかに見るよしもがな」(後撰・秋中・読人しらず)。

414　尾根のあたりに雲が横切る宵のうちは、せっかく待った月が出ても月の出にならず、さらにまた待たれることだ。治承三十六人歌合「月」、初・五句「山のはを…なほ待たれぬる」。○よゐの間　月待ちを宵の男女の逢瀬に擬して、待ち心を強調したもの。○いでても　雲間の光で、出ていることは分かる。

415　月に見入りながら思えば袂もぬれることだ。あと幾夜この秋の月を見ることができるであろうかと。▽嘆老の歌。

以下三首「月を見る傷心」。

416　宵のうちにかまわず寝てしまえるほどの月であるなら、山の端に近づいた今、物思いすることはあるまいに。式子内親王集「前小斎院御百首」。▽出るから入るまで終夜眺めずにはいられ

式子内親王

416 よゐ《(ひ)》の間《ま》にさてもねぬべき月ならば山のはちかきものは思《おも》はじ

417 ふくるまでながむればこそかなしけれ思《おも》ひもいれじ秋の夜《よ》の月

五十首歌たてまつりし時　　摂政太政大臣

418 雲はみなはらひはてたる秋風を松にのこして月をみるかな

家に月五十首歌よませ侍《はべり》ける時

419 月だにもなぐさめがたき秋の夜《よ》の心もしらぬ松の風かな

ない月への苦しい慕情を嘆く。

417 夜がふけるまで眺めたりするからこうも悲しいのだ。もう深くはこだわるまい。秋の夜の月に。▽参考「月をあはれといふは忌むなりといふ人のありければ／独寝のわびしきままに起きゐつつ月をあはれと忌みぞかねつる」(後撰・恋二・読人しらず)。

418 雲は皆吹き払い終った秋風を松の枝に留めておいて月を見ることだな。建仁元年(一二〇一)二月、老若五十首歌合。○松にのこして　松風のなお聞えること。「秋風楽」を奏でさせるためにわざと残したといった口吻。▽秋風を始終意のままに使役して明月を観る態で、長者の威風がある。

以下二首「秋月」を「松」に結んで「松間の月」。

419 月を見るだけでも悲しく堪えがたい秋の夜の私の心も知らぬげに、松に吹きすさぶ風よ。本歌「わが心なぐさめかねつ更級や姨捨山に照る月を見て」(古今・雑上・読人しらず)。秋篠月清集「花月百首」、建久元年(一一九〇)九月十三夜披講。後京極殿御自歌合。○なぐさめ　心を安らかにする。

420 冷える狭筵、待つ宵の秋風が、すでに飽きられたことを知らせるかのように夜のふけるままに吹きつのる時、月光を敷いて独り臥している宇治の橋姫よ。本歌「さむしろに衣かたしき今宵もやわれを待つらむ宇治の橋姫」(古今・恋四・読人しらず)。拾遺愚草「花月百首」の内。○さむしろ　幅の狭い粗末な筵。または単に筵。「寒し」と掛詞。○秋の　「飽き」と掛詞。○風ふけ　「夜ふけ」の類推による造語。無名抄は達磨歌的表現の好例とする。○月をかたしく　片敷の袖に月光のふりそそぐ譬喩。「かたしく」は独寝すること。↓一九七。○宇治の橋姫　奥義抄・下は「橋姫の物語」という古物語を紹介し、右の本歌はその主人公が前妻に呼

定家朝臣

420 さむしろや待《ま》つ夜《よ》の秋の風ふけて月をかたしく宇治《うぢ》の橋姫《はしひめ》

題しらず

右大将忠経

421 秋の夜《よ》のながきかひこそなかりけれ待《ま》つにふけぬる有明《ありあけ》の月

五十首歌たてまつりし時、野径ノ月

摂政太政大臣

422 行《ゆ》く末《すゑ》はそらもひとつの武蔵野《むさしの》に草《くさ》のはらよりいづる月かげ

雨後ノ月

宮内卿

423 月をなを待《(ほ)ま》つらんものか村雨《むらさめ》のはれゆく雲の末《すゑ》のさと人

びかけた歌という。また橋姫は橋を守る神かとも記す。定家は本歌の方が物語に先立つといって問題にしない(顕注密勘十四)。▽時節を秋の夜にとり、これに新たに風と月を配して本歌を艶冶に脚色した本歌取の斬新な手法。

前二首の「松」を「待つ」に転じて、以下二首「秋月」に「待つ」を結ぶ。

421 秋の夜長が一向にそのかいもないことだ。出るのを待つうちにもう夜もふけてしまった有明の月よ。○有明の月 →六三。▽夜明けまでいくらも月を眺められない嘆き。

422 分けゆく末は空も一つづきに見える武蔵野の中、その草の原から昇る月輪よ。建仁元年(一二〇一)十二月、仙洞句題五十首。○そらもひとつ 野末が空に接しているさまで、海原のような武蔵野の特色を捉える。○武蔵野 →三六。○草のはらより 山よりではない驚きと、月が昇って空と野を二つに分けたとする趣向。▽趣向の面白さとともに琳派的に優雅、華麗な構成が注目される。参考「都にて山の端に見し月なれど波より出でて波にこそ入れ」(土左日記)。

以下二首「秋月」に「末」を結んで「月前の遠望」。

423 月を今も待っていることであろうか。村雨が晴れるにつれて晴れてゆく雲がまだかかっている彼方の里人は。前歌と同じく仙洞句題五十首。○村雨 激しい俄か雨。季節を問わない。▽こちらでは雲がはれて明月を仰いでいるのである。

424 秋の夜は上葉の露に映る月光をも露もろともに吹きつけて、袖の上を越えてゆく荻の上風よ。通具俊成卿女五十番歌合。○上風 上葉を吹く風。▽この表現をそのまま実況とみるのも一興であるが、露に映る月が風に散るのを見て感にたえず、落ちる袖の涙に月の映るのを「吹きこしたるやうにいひなせるなり」(美濃の家づと)とみる

題しらず　　　　　　　　　　右衛門督通具

424 秋の夜《よ》は宿《やど》かる月もつゆながら袖にふきこすお《(を)》ぎの上《うは》風

源　家　長

425 秋の月しのに宿《やど》かるかげたけてを笹《ざゝ》がはらに露《つゆ》ふけにけり

元久元年八月十五夜、和歌所にて、田家見《ニル》レ月《ヲ》といふ事を　　　　前太政大臣

426 風わたる山田の庵《いほ》をもる月やほなみにむすぶ氷《こほり》なるらん

和歌所歌合に、田家《ノ》月を　　　　前大僧正慈円

427 雁《かり》のくる伏《ふし》見《み》の小《を》田《だ》に夢さめてねぬよの庵《いほ》に月をみるかな

のがより巧緻で優艶でもあろう。

以下二首「秋月」に「露」を結ぶ。

425 秋の月の、一面に映っているその光もようやく輝きを増し、この笹原に夜はふけ露も深くなったことだ。○しのに　俊頼髄脳「しげくひまなし」。細く小さい竹の意の篠(しの)と同音なので「を笹」の縁語となる。○宿かる　笹の葉の露に光を映すこと。○かげたけて　逆に入り方の月であれば光が薄れる意になる。○ふけ　深くなること。「露ふけ」は新造語。

426 風の吹きわたる山田、その庵の隙間からさしこんで共に庵を守ってくれる月光が、外の穂波の上に張りつめたあの凜々たる氷でもあるのだろうか。○元久元年　一二〇四年。○和歌所　当時は五辻殿。○田家見月　正しくは「田家月」(拾遺愚草による)。○庵　引板(ひた)を張り、鳥や猪・鹿等を追う田守りのいる小屋。○もる「漏る」と「守る」と掛詞。○ほなみ　稲穂が風で波のように靡き寄るさまをいう。○むすぶ氷　冷やかな月光の譬え。「秦甸之一千余里、凜凜氷鋪」(和漢朗詠集「十五夜」)の趣がある。氷は波の縁語。○なるらん　庵の中にいての推量。▽内の心やさしい月光と外の冷厳なそれとが同じものであるいぶかしさ。面白さ。

以下三首「秋月」に「庵」を結んで「田家の月」。

427 雁の来る伏見の田中の庵で夢は破られ、寝られぬままに月を眺めていることよ。建仁元年(一二〇一)八月十五夜撰歌合「田家見月」。詞書の歌題は誤って前歌と入換る。○和歌所　当時は二条殿。○雁　マガン、ヒシクイの類。秋渡来して水田、川沼に群棲し、飛翔中よく響く声で鳴く。○伏見の小田「伏見の田居」とも詠まれ、山城国の歌枕。「小」は接頭語。「伏見」と「臥し」と掛詞。また「臥し」「夢」「寝ぬ」は縁語。

皇太后宮大夫俊成女

428 稲葉《いな》ふく風にまかせてすむ庵《いほ》は月ぞまことにもりあかしける

題しらず

429 あくがれてねぬ夜《よ》の塵《ちり》のつもるまで月にはらはぬ床《とこ》のさむしろ

大中臣定雅

430 秋の田のかりねの床《とこ》のいなむしろ月やどれともしける露《つゆ》かな

崇徳院御時、百首歌めしけるに

左京大夫顕輔

431 秋《あき》の田に庵《いほ》さすしづの苫《とま》をあらみ月とゝもにやもりあかすらん

428 稲葉をわたる風に引板(ひた)をあずけて泊っている庵では、主の代りに月が、古人も詠んだ通り夜通し漏れ入り、田守を勤めていることだ。前歌と同歌合の番い(左)の歌で勝となる。○風にまかせて　引板(→三〇二)を吹き鳴らすままにして。○すむ　「住む」と同音の「澄む」に掛けて月の縁語となる。○まことに　「秋の夜は山田の庵に稲妻の光のみこそもりあかしけれ」(後拾遺・秋下・伊勢大輔)を踏まえる。○もり　「漏り」と「守り」と掛詞。▽参考「宿近き山田の引板に手もかけで吹く秋風にまかせてぞ見る」(後拾遺・秋下・源頼家)。

429 夜通し心は月へとさまよって寝られぬ夜々の塵が積るそれ程まで、月故に払ったことのない床の筵よ。本歌「敷妙の枕の塵や積るらむ月のさかりはいこそ寝られね」(後拾遺・雑一・源頼家)。○あくがれ　魂が身から遊離すること。○はらはぬ…　共寝の床の塵は男が払い、女は勝手に取替えないという習俗があった(大和物語一四〇段など)。▽夜も寝ないので男と共寝することもなく、床の塵は積ったままなのを顧みて嘆きながらも、月への激しい恋慕を歌う。参考「うち払ふ塵のみ積るさ筵も嘆く数にはしかじとぞ思ふ」(蜻蛉日記)。

以下二首「秋月」に「床」を結ぶ。

430 秋の田を守って仮寝をする床の稲筵の上に、月よ宿れとでもいうように一面に置く露よ。玄玉集・天地歌下。○かりね　仮寝。「仮り」から同音の「刈り」を導き、「秋の田」「稲筵」の縁語となる。また「寝」「床」「筵」「敷く」も縁語。○いなむしろ　稲藁で編んだ粗末な筵。▽床の上に露の置くのを見て、仮寝する自分をおいて月を映し、寝せるつもりかと興じたもの。

431 秋の田に庵を結ぶ農夫は苫が粗いので、隙間からさしこむ月と一緒に夜通し番をすること

百首歌たてまつりし秋歌に　　　式子内親王

432 秋の色はまがきにうとくなりゆけど手枕《たまくら》なるゝねやの月かげ

秋の歌《うた》のなかに　　　太上天皇

433 秋《あき》の露《つゆ》やたもとにいたく結《むす》ぶらんながき夜《よ》あかず宿《やど》る月かな

千五百番歌合に　　　左衛門督通光

434 さらにまた暮《くれ》をたのめとあけにけり月はつれなき秋の夜《よ》の空

経房卿家歌合に、暁月の心をよめる　　　二条院讃岐

435 おほかたに秋のねざめの露《つゆ》けくはまたたが袖に有明《ありあけ》の月

であろうか。本歌「秋の田のかりほの庵の苫をあらみわが衣手は露にぬれつつ」(後撰・秋中・天智天皇)。久安六年(一一五〇)、久安百首。○崇徳院　第七十五代天皇。○さす　仮設する。○しづ　賤男。ここは農夫。○苫　スゲ・カヤ等で編んだこも。屋根や囲(かこ)に用いる。

これは「秋月」に「苫」を結ぶ。

432 秋のけはいは籬のあたりに次第に寂しくなってゆくが、反対に夜ごと手枕にはなじみとなってきた閨にさし入る月光よ。正治二年(一二〇〇)院初度百首、四句「枕になるる」。○秋の色　漢語「秋色」の訓。秋の景色、けはい。○うとく　淡々しく。下の「なるる」の対語。○手枕　多くは相手の手を枕にして共寝すること(→三二六)であるが、ここは自分のひじ枕で独寝すること。▽垣根の秋の花の衰えるのに比例して月光は色を増し、親しい閨の友となるが、それは孤閨をいよいよあわれ深くする。

これは「秋月」に「手枕」を結ぶ。

433 秋の露が袂にびっしりと置くのであろうか。この長い夜を飽きもせずに袂に映りつづけている月光よ。本歌「鈴虫の声の限りをつくしても長き夜あかずふる涙かな」(源氏物語・桐壺)。宸筆「詠三十首和歌」、元久元年(一二〇四)五月、春日社奉納(明日香井集による)。○結ぶらん　涙の露を秋の露が置くのかと、あわれに思い返したもの。▽物思いして端近く居明かしている態。

以下最後まで「秋月」に「袂」または「袖」を結ぶ。

434 秋の夜が惜しければこの上はまた夕暮を待つがよいとばかり明けたことだ。月は明けたのも知らぬ顔に残っている空よ。本歌「有明のつれなく見えし別れより暁ばかり憂きものはなし」(古今・恋三・壬生忠岑)。建仁二年(一二〇二)頃、千五百番歌合・夏一。ただし流布板本にはない。○月は

五十首歌たてまつりし時　　藤原雅経

436 はらひかねさこそは露《つゆ》のしげからめ宿《やど》るか月の袖のせばきに

つれなき　秋の長夜でさえ惜しまれるのは月故であるから、月も自分と一緒に夜の明けたのを恨んでくれるはずなのに、平然としているのを無情として恨む。▽参考「一夜まで夜がるることはなけれども暮をたのむるあかつきもがな」(有房集)。

これは「袂」「袖」の語と結ばず、配列疑問。

435 一般に秋の夜の寝覚めは涙がちなものという、もしそうなら、私のほか誰の袖にこの有明の月は映っているのであろう。そんなはずはないが。

建久六年(一一九五)正月二十日、民部卿家歌合。○経房卿　藤原氏。権大納言、民部卿。当時権中納言。俊成の甥。○有明　「袖にあり」と「有明」を掛ける。▽涙の袖に有明の月が映るのに感動しての反語で、この経験は自分のほかにはあるまいというのである。参考「遥かなるもろこしまでも行くものは秋の寝覚の心なりけり」(千載・秋下・大弐三位)。

436 払っても払いきれず、こんなにも露がびっしり置いているにしても、よくもまあ月が宿るものだ。この狭い袖の上に。

建仁元年(一二〇一)二月、老若五十首歌合。○露　秋思の涙。○しげからめ　上の「こそ」と照応して「しげからめど」の意。○宿るか　「か」は詠嘆。○袖のせばき　狭い袖を卑官に結びつけ、述懐歌とする解はとらない。▽月は露に宿るものだとしても、おしなべて山野に置くものなのに、よくもこの狭い袖にといとおしむ気持で、そう思えば、また袖はぬれまさるのである。参考「ぬき乱る人こそあるらし白玉の間なくも散るか袖の狭きに」(古今・雑上・在原業平。伊勢物語八十七段)。

新古今和歌集巻第五

秋歌下

和歌所にて、をのこども歌よみ侍りしに、ゆふべの鹿《しか》といふことを

藤原家隆朝臣

437 下紅葉《したもみぢ》かつちる山の夕時雨《ゆふしぐれ》ぬれてやひとり鹿のなくらん

百首歌たてまつりし時

入道左大臣

438 山おろしに鹿の音《ね》たかく聞《きこ》ゆなりおの《(を)》への月にさよやふけぬる

437 下葉の紅葉が散るかと見れば、時雨のそそぐ夕暮の山。その時雨にぬれて、妻恋う鹿は鳴いているのであろうか。本歌「しぐれつつかつ散る山のもみぢ葉をいかに吹くよの嵐なるらむ」(金葉・冬・藤原顕季)。壬二集「仙洞和歌所にて私に歌合侍りしに、夕鹿を」。元久二年(一二〇五)「部類も終り方」(源家長日記)の歌合。○かつちる 時雨が巡ってくるたびに続いて散る。○ぬれてやひとり 詠歌一体は制詞とする。▽同年三月二日、後鳥羽院の思召で巻頭に置かれた(明月記)。哀婉な景物を取集めながら暢達した歌。

以下四五三まで十七首「鹿」。うち四四四まで「山の鹿」で、多く「嵐」に結ぶ。

438 山から吹きおろす風に鹿の音が高く聞えるよ。もう峰に月は上り、夜もふけたのであろうか。正治二年(一二〇〇)院初度百首。▽山おろしに送られるので山上の声が近く明瞭に聞きとれ、またそのことで夜もふけたかと推測する。参考「秋の夜は同じ尾の上に鳴く鹿のふけゆくままに近くなるかな」(千載・秋下・輔仁親王)。

439 寂蓮法師

野分《わき》せし小野《をの》の《ゝ》草《くさ》ぶしあれはてゝみ山にふかきさを鹿《しか》の声

題しらず

440 俊恵法師

あらしふく真葛《まくず》が原《はら》になく鹿《しか》はうらみてのみやつまを恋《こ》ふらん

441 前中納言匡房

つま恋《こ》ふる鹿のたちどをたづぬればさ山がすそに秋風ぞふく

(1986) 恵慶法師

高砂《たかさご》のお(を)のへにたてる鹿《しか》の音《ね》にことのほかにもぬるゝ袖かな

439 野分の過ぎた野の、草の臥処(ふしど)は荒れはて、今は山の奥深くに聞える雄鹿の声よ。正治二年(一二〇〇)院初度百首。○野分　二百十日、二十日の暴風。○草ぶし　鹿が草を折り伏せて臥すこと、転じてその臥処で、野にあるとされる。↓三二四・四五〇。▽今宵は山の奥で寝るのかと推察する。恨むように鳴くのである。参考「さを鹿の小野の草ぶしいちしろくわが問はざるに人の知るらく」(万葉集十・作者未詳)。

440 嵐の吹く真葛が原で鳴いている鹿は、葛ばかりか自分もうらみに恨んでつれない妻を恋うているのであろう。仁安二年(一一六七)八月、平経盛朝臣家歌合「鹿」。○真葛が原　葛の生えている原。地名ではない。○うらみ　葛は風に翻って葉裏を見せるので、「裏見」に「恨み」を掛けるのは常套の修辞。▽参考「秋風の吹き裏返す葛の葉のうらみてもなほ恨めしきかな」(古今・恋五・平貞文)。山辺の鹿として前後に繋がるのであろう。

441 妻を慕って鳴く鹿の立ちどを探していると、端山の裾に秋風ばかりが吹いている。江帥集「鹿」。○たちど　立っている所。○さ山　端山に同じ。野・里に近い山。○秋風ぞふく　参考歌の第二・三句の意味を抒情的に言い表わす。▽参考「あやしくも鹿のたちどの見えぬかな小倉の山にわれや来ぬらむ」(拾遺・夏・平兼盛)。

(1986) 高砂の尾上に立っている鹿の音を聞けば、また格別袖がぬれることだ。三奏本金葉・秋に入集。隆源口伝。○高砂のおのへ　↓二九〇。▽「鹿をば高砂によむといふ」(能因歌枕)とされた名所の鹿なので特に感銘が深いのである。参考「秋萩の花さきにけり高砂の尾上の鹿は今やなくらむ」(古今・秋上・藤原敏行)。切出歌。

百首歌たてまつりし時、秋の歌　　惟明親王

442 み山べの松のこずゑをわたるなりあらしに宿《やど》すさを鹿《しか》の声

晩《ニ》聞《ク》レ鹿《ヲ》といふことをよみ侍《(はべり)》し　　土御門内大臣

443 われならぬ人もあはれやまさるらん鹿なく山の秋の夕暮《ぐれ》

百首歌よみ侍りけるに　　摂政太政大臣

444 たぐへくる松のあらしやたゆむらんお《(を)》のへに帰《かへ》るさを鹿《しか》の声《こゑ》

千五百番歌合に　　前大僧正慈円

445 なく鹿《しか》の声《こゑ》にめざめてしのぶかな見はてぬ夢の秋の思《(おもひ)》を

442 奥山の松の木末を伝わってゆくのだな。嵐に託して送られてくる雄鹿の声よ。正治二年(一三〇〇)院初度百首。○み山べ　「み」はここでは接頭語ではなく、「深い」意。▽里にいて、山風に送られて来る遥かな声を聞いての想像。

443 私でなくても聞けば物思いがつのることであろう。鹿の鳴く山の秋の夕暮よ。○われならぬ　最も普遍的な感情であることを確信した言い方。○まさる　ただでさえあわれ深い秋の夕暮だからである。▽参考「われならぬ人もさぞ見む長月の有明の月にしかじあはれは」(和泉式部集)。

444 一緒になって吹きおろしてくる松の嵐が弱まったのであろうか。今は峰の方に遠ざかって聞える雄鹿の声よ。秋篠月清集「十題百首」、建久二年(一一九一)閏十二月。○松のあらし　山中の松の木末をわたる山風。想像である。▽吹く風の強弱に従って送られてくる鹿の声が遠く近くなる。その微妙な推移を巧緻に捉えた歌。参考「山高みおろす嵐やよわるらむかすかになりぬさを鹿の声」(仁安二年八月、平経盛朝臣家歌合・藤原季経)。

445 鳴く鹿の声に目がさめて思い返していることだ。見残した夢の中の秋の物悲しい気持を。本歌「山里は秋こそことにわびしけれ鹿のなくねに目を覚しつつ」(古今・秋上・壬生忠岑)。建仁二年(一二〇二)頃、千五百番歌合・秋二。○秋の思　漢語「秋思」の訓。▽鹿の物悲しい声にもてはやされてひとしお目覚めの後のわびしい思いが「夢の秋の思」を追慕させるのである。
以下四四九まで五首「夜の鹿」。

家に歌合し侍りけるに、鹿をよめる　　権中納言俊忠

446 よもすがらつまどふ鹿のなくなへに小萩《こはぎ》が原《はら》の露《つゆ》ぞこぼるゝ

題しらず　　源　道　済

447 寝覚《ねざ》めしてひさしくなりぬ秋の夜はあけやしぬらん鹿ぞなくなる

西　行　法　師

448 小《を》山田《だ》の庵《いほ》ちかくなく鹿《しか》の音《ね》におどろかされておどろかすかな

白河院、鳥羽におはしましけるに、田家ノ秋ノ興

といへることを、人〻よみ侍りけるに　　中宮大夫師忠

449 山ざとの稲《いな》葉の風にねざめして夜《よ》ぶかく鹿の声《こゑ》をきくかな

446 夜通し妻問いする鹿が鳴くのにつれて、いとしい萩原の露がこぼれることだ。俊忠集「八条の家にて歌合に、鹿」。○つまどふ　訪ねて求婚する。○なへに　→三五。○小萩が原　「小」は愛称。萩は鹿の妻といわれる(→三五一)がここはそれではなく、傍で情にほだされているのである。○露　萩の涙に見立てる。

447 夜中めざめてからもう大分経っている。秋の長夜は明けたのであろうか。鹿が鳴いているよ。道済集「秋のねざめ」。▽寝覚めのわびしさの中に鹿の声を聞いてほっと蘇ったような心地。

448 山田の番小屋の近くで鳴く鹿の声に目をさまされ、今度はこちらが驚かしているよ。西行法師家集「田家鹿」。山家集「田庵鹿」。○庵ちかく　近づくまで寝入っていたのである。○おどろかす　引板(ひた→三〇二)を引いて驚かすこと。▽言葉あそびに似た爽やかな諧謔。参考「ひたふるに山田の中に家居してすだく雄鹿をおどろかすかな」(堀河百首・永縁)。

449 山里の稲葉を吹く風の音に目をさましてこの夜なか、山中で鳴く鹿の声を聞いていることだ。○白河院　第七十二代天皇。○鳥羽　鳥羽殿。→八〇。○山ざと　山のほとりの集落。▽里や山の秋のあわれさを取集めて聞く田家の興。

450 独り寝はひとしお寂しいことであろうか。雄鹿が朝寝する野の葛の葉裏を翻して吹く秋風よ。顕綱集「鹿」。○郁芳門院の前栽合　嘉保二年(一〇九五)八月二十八日の催が知られているが、この時の歌ではない。家集にはこの時の詠歌の後に並べられているので見誤ったか。郁芳門院は白河天皇の第一皇女媞子内親王。底本「郁」は難読。諸本で校訂。○くずのうら風　葉裏を見せる「裏見」に「恨み」を掛け(→四四〇)、風が恨み顔に吹くと見て、

郁芳門院の前栽合《せんざいあはせ》によみ侍りける　　藤原顕綱朝臣

450 ひとり寝《ね》やいとゞさびしきさを鹿《しか》の朝《あさ》ふす小野《をの》のくずのうら風

題しらず　　俊恵法師

451 立田山《たつた》こずゑまばらになるまゝに深《ふか》くも鹿《しか》のそよぐなるかな

祐子内親王家歌合ののち、鹿《しか》の歌《うた》よみ侍りけるに　　権大納言長家

452 すぎてゆく秋の形見《かたみ》にさを鹿《しか》のを《(お)》のがなく音《ね》もお《(を)》しくやあるらん

摂政太政大臣家の百首歌合に　　前大僧正慈円

453 わきてなど庵《いほ》もる袖のしほるらん稲《いな》葉にかぎる秋の風かは

その気持を鹿に移し「いとゞさびしき」と想像する。参考「さを鹿の朝ふす小野の草若み隠ろへかねて人に知らるな」(万葉集十・作者未詳)。

この一首「朝の鹿」。

451 立田山は落葉して木末がまばらになるにつれて、山の奥で鹿が落葉を鳴らしているらしい音が聞えるよ。林葉集「歌林苑歌合に、落葉」。○立田山　→九一。紅葉の名所で、そのイメージが働く。○まばらに　山があらわになると鹿は山奥にのがれ、またよく響くので「深く」、「そよぐ」を導く。○そよぐ　風に葉の鳴ること。ここは鹿の踏む落葉が鳴ること。▽木末はもはや「そよぐ」ことなく、今は「鹿のそよぐ」と表現した機知、および落葉を響きで表わした趣向が眼目。簡素な姿をして巧緻な歌。参考「紅葉声乾鹿在レ林」(和漢朗詠集「鹿」・温庭筠)。

次歌とともに「晩秋の鹿」。

452 過ぎ去ってゆく秋の形見として雄鹿は自分の鳴く声まで惜しまれるのであろうか。鳴かなくなったことだ。永承五年(一〇五〇)六月五日、祐子内親王家歌合の後宴和歌。○祐子内親王　後朱雀天皇皇女。○をのがなく音も　秋ばかりでなくの意。この発想は「紅葉せぬ常磐の山に住む鹿はおのれなきてや秋を知るらむ」(拾遺・秋・大中臣能宣)を裏返した観がある。

453 とりわけなぜ庵で番をしている私の袖がぬれるのであろう。秋風は寂しいといっても稲葉にだけ吹くはずもないのに。建久四年(一一九三)、六百番歌合「秋田」。慈鎮和尚自歌合。○摂政太政大臣　藤原良経。○かは　反語。強い否定。▽稲葉の露にぬれ、涙にぬれる寂しく辛労の多い田守の嘆き。参考「穂にも出でぬ山田をもると藤衣稲葉の露にぬれぬ日ぞなき」(古今・秋下・読人しらず)。

以下四五五まで三首「秋田」。

題しらず　　よみ人しらず

454 秋田もるかり庵《いほ》つくりわがをれば衣手さむし露《つゆ》ぞを《(お)》きける

前中納言匡房

455 秋くれば朝《あさ》けの風の手をさむみ山田のひたをまかせてぞきく

善滋為政朝臣

456 ほとゝぎすなく五月雨《さみだれ》にうへ《(ゑ)》し田をかりがね寒《さむ》み秋ぞくれぬる

中納言家持

457 いまよりは秋風さむくなりぬべしいかでかひとり長《なが》き夜《よ》をねん

454 秋田を見張る仮屋を作って泊っていると袖が寒い。そのはず、露が置いているよ。原歌は万葉集十「秋田刈るかり庵をつくりわれをれば衣手さむし露おきにける」。○衣手　袖または衣全体をさす。ここは前者。鳴子を引く袖である。

455 秋が来ると明け方の風が手に寒く吹くので、山田の鳴子を風任せにして、ただじっと聞いていることだ。江帥集「鳥羽殿にて山家秋の心を」。○山田　山間の田。○ひた　鳥獣を撃退するために縄につるしたおどしの板。鳴子。○まかせ　風が動かすままにする。▽おおらかな、諧謔味のある歌。

456 郭公がしきりにせついて鳴く五月雨時に植えた田を刈り終り、雁の声も寒く、秋もようやく暮れたことである。○ほとゝぎすなく　袖中抄十一「郭公は勧農の鳥とて「過時不熟」と鳴くといへり。時過ぎば実のらじといふ義なり。それが「ほととぎす」(と)鳴くとは聞ゆるといへり」。○かりがね　雁の声。転じて雁をもいうが、ここは前者。雁は八月、常世の国から来るとされていた。↓六一。「刈り」と掛詞。以下三首「夜寒」。

457 これからは秋風も寒くなってくることだ。どうして独寝で夜長を過すことができようか。原歌は万葉集三。天平十一年(七三九)六月、「悲傷亡妾作歌」、三句「ふきなむを」。家持集・秋歌、三句「なりなむを」。

458
秋されば雁の羽《は》風に霜《しも》ふりてさむきよな〳〵時雨《しぐれ》さへふる
人麿

459
さを鹿《しか》のつまどふ山の岡《をか》べなるわさ田はからじ霜《しも》はを《(お)》くとも

460
刈《か》りてほす山田の稲《いね》は袖ひちてうへ《(ゑ)》し早苗《さなへ》とみえずもあるかな
貫之

461
草葉にはたまとみえつゝわび人の袖の涙の秋のしら露《つゆ》
菅贈太政大臣

458 秋になると雁の羽ばたきの風で霜が降って寒い夜を毎夜、時雨まで降ることだ。○羽風に 「蘆辺ゆく鴨の羽がひに霜ふりて寒き夕は大和しぞ思ふ」(万葉集一・志貴皇子)の「羽がひ(羽の重なり)に」を誤ったか。ただし烏丸・穂久邇・鷹司本は「つばさに」。○時雨 晩秋・初冬の景物。▽「羽風に霜ふり」は疑問であるが、本集の時代には「月に鳴く雁の羽風のさゆる夜に霜を重ねてうつ衣かな」(新勅撰集・秋下・藤原秀能)がある。

459 雄鹿が妻問いする山の岡のあたりの早稲田は刈らないでおこう。たとえ霜が置いても。原歌は万葉集十・作者未詳、神田本の訓に同じ。人麿集。○つまどふ →四四六。○山の岡べ 山の片側が張出して小丘になっている辺のことらしく、「片岡」(→一二九)に同じか。○わさ田 わせ(早稲)の田。早稲は早熟の稲で、刈るのは八月上旬頃。次歌とともに「暮秋の山田」。

460 刈取って干している山田の稲は、袖がぬれて植えたあの五月の早苗とはとても見えないことだ。貫之集「天慶四年(九四一)三月」の屏風歌の内「稲刈り干せる」、二・五句「山田の稲の…見えもするかな」。▽家集では「神無月時雨」の歌の次に配されているが、本集では暮秋の扱い。

461 草葉に置けば玉と見えながら、侘び人であるわが袖に置けば涙であるこの秋の白露よ。○わび人 嘆くことがあって世にそむき暮す人。▽鋭い美感のうちに傷心をたたえる。
以下十一首「露」。うち四六八まで「草」に結ぶ。

462 わがやどのお《(を)》ばなが末《すゑ》にしら露《つゆ》のを《(お)》きし日よりぞ秋風もふく

中納言家持

463 秋といへば契《(ちぎり)》を《(お)》きてやむすぶらん浅茅《あさぢ》が原《はら》のけさのしら露《つゆ》

恵慶法師

464 秋さればを《(お)》くしら露《つゆ》にわがやどの浅茅《あさぢ》が上《うは》葉色づきにけり

人麿

465 おぼつかな野にも山にもしら露《つゆ》のなにごとをかは思《おも》ひを《(お)》くらん

天暦御歌

462 わが庭の尾花の先に白露が置いたその日から秋風も吹きはじめたことだ。家持集・秋歌。○おばな　ススキの穂。

463 秋になったというので、かねての約束で結ぶのであろうか。浅茅が原の今朝の白露は。恵慶法師集「ある所の御屛風の歌、初秋」。○秋といへば　「むすぶらん」にかかる。○契をき　かねて約束する。「置き」は露の縁語。○むすぶ　主語は露であるが、契の縁語。○浅茅が原　背の低いチガヤの生えた平地。→三四五。

464 秋になると置く白露のために、庭の浅茅の上葉は紅く色づいたことだ。原歌は万葉集十・作者未詳、四句「浅茅がうら葉」。人麿集。○やど　ここは庭の意。能因歌枕「荒れたるやどをば、よもぎふといふ」と同じ。

465 気がかりだな。野にも山にも白露が、何を心にかけてか、ああも置くのであろう。村上御集。○おぼつかな　事情が分からないので不安な気持。○思ひをく　心にかける。執着を残す意を露が「置く」に掛ける。▽大仰に白露の心を怪しんだ作意は分かりにくいが、露を涙と見立てて深い嘆きを思いやってのことであろう。

後冷泉院、みこの宮と申しける時、尋《ヌ》二野《ノ》花《ヲ》一といへる心を

堀河右大臣

466 露《つゆ》しげみ野辺をわけつゝから衣ぬれてぞかへる花のしづくに

閑庭露しげしといふことを

基俊

467 庭の面《おも》にしげる蓬《よもぎ》にことよせて心のまゝにを《(お)》ける露《つゆ》かな

白河院にて、野草露繁《シ》といへる心を

贈左大臣長実

468 秋の野の草《くさ》葉を《(お)》しなみを《(お)》く露《つゆ》にぬれてや人のたづねゆくらん

百首歌たてまつりし時

寂蓮法師

469 ものおもふ袖より露《つゆ》やならひけん秋風ふけばたへぬ物とは

466 露がびっしり置いているので、野を分けながら衣はすっかりぬれて帰ることだ。美しい花の雫で。○後冷泉院 第七十代天皇。○みこの宮 春宮の異名(八雲御抄三)。後冷泉院即ち親仁親王は長暦元年(一〇三七)八月、立太子。寛徳二年(一〇四五)正月、践祚で、その間のこと。○から衣 から(韓・唐)は美称。「花の雫」によせて花やかに言ったもの。「から(乾)」と「ぬれ」という語戯もあるか。

467 庭上に茂っている蓬にかこつけて、我劣らじと存分に置いている露よ。基俊集。○閑庭 訪う人のない庭で、荒れるのにまかせている。○蓬 →七七。蓬は荒れた庭に生えるので(→五一七)、上二句で「閑庭」の意を表わす。○ことよせ 露は草に置くものというのを理由に、の意。○心のまゝに 「しげる」に対応する。▽参考「わが宿の軒のしのぶにことよせてやがても茂る忘れ草かな」(後拾遺・恋三・読人しらず)。

468 秋の野の草葉をおし伏せてびっしりと置いている露にぬれて、あの人は訪ねてゆくのであろうか。○白河院 白河院(→八〇)の御所。白河にあった御所のうち、いわゆる白河院(白河殿)か。▽屛風歌の趣がある。

469 物思いしている私の袖から露は習ったのであろうか。秋風が吹けば―飽きられればこらえきれずに、こぼれ落ちるものであるとは。正治二年(一二〇〇)院初度百首。→三四三。○秋風 「秋」に「飽き」を掛けるのは常套。▽袖の涙から逆に露を、恋から秋を類推したのが趣向。
以下三首「露」に「袖」を結ぶ。

秋の歌のなかに　太上天皇

470 露《つゆ》は袖にもの思《おも》ふ比《ころ》はさぞなを(お)くかならず秋の習《なら》ひならねど

471 野原《はら》より露《つゆ》のゆかりをたづねきてわが衣手に秋風ぞふく

題しらず　西行法師

472 きり〴〵す夜寒《よさむ》に秋のなるまゝによは(わ)るか声のとを(ほ)ざかりゆく

守覚法親王五十首歌中に　家隆朝臣

473 むしの音《ね》もながき夜《よ》あかぬふるさとになを(ほ)思《おも》ひそふ松風ぞふく

470 露は袖に、物思うことの多い時分はこのようにも置くのだな。それはきまって秋のものとは限らないのであるが。宸筆「詠三十首和歌」、元久元年(一二〇四)五月、春日社奉納(明日香井集による)。○かならず秋の習ひならねど　露は「春も詠めど夏秋の物なり」(八雲御抄三)。▽露が秋に置くと限らないことは知っているが、秋の悲しさにこうして物思いにくれている今の、涙の露の深さよ。やはり露は秋のものなのか。物思いの涙を露と見ての詠嘆。

471 野原から、露というわずかばかりの縁故を尋ねてやって来て、涙の露の置いたわが袖に秋風が吹いていることだ。後鳥羽院御集「元久元年(一二〇四)十二月、賀茂上社三十首御会」。○露の「少し」の意と「露」とを掛ける。○衣手「袖をば衣手といふ」(能因歌枕)。

472 こおろぎよ。秋も夜寒になるにつれて弱るのか、その声の夜ごとに遠のいてゆくことだ。西行法師家集「虫」。御裳濯河歌合。○きり〴〵す　今のコオロギの古名。○とをざかり　音の微かになるさまの感覚的表現。▽参考「秋深くなりゆくままに虫の音の聞けば夜毎に弱るなるかな」(堀河百首「虫」・隆源)。

以下三首「秋虫」。

473 虫の音も秋の夜長を鳴き通している古里に、さらにもまた物思いを加える松風の音が聞えてくる。本歌「鈴虫の声の限りを尽しても長き夜あかずふる涙かな」(源氏物語・桐壺)。建久九年(一一九八)頃、御室五十首。○守覚法親王　→三六。○ふるさと　昔住んでいた所であろう。

474 人の通った跡もなく生い茂る庭の浅茅に心もふさぎ、くぐもり声で露の底から聞えてくる人待ち顔の松虫の声よ。正治二年(一二〇〇)院初度百

百首歌中に　　　　式子内親王

474 あともなき庭の浅茅《あさぢ》にむすぼほれ露《つゆ》のそこなる松むしの声《こゑ》

題しらず　　　　藤原輔尹朝臣

475 秋風は身にしむばかり吹《ふ》きにけりいまや打《う》つらんいもがさ衣

前大僧正慈円

476 衣うつを《(お)》とは枕《まくら》にすがはらやふしみの夢をいく夜《よ》のこしつ

千五百番歌合に、秋歌　　　　権中納言公経

477 衣《ころも》うつね山の庵《いほ》のしば〳〵もしらぬ夢路《ぢ》にむすぶ手枕《たまくら》

首。○むすぼほれ　心に屈託することと微かな声の情態を兼ねる。○露のそこ　漢語「露底」の訓。「むすぼほれ」と露は縁語。詠歌一体は「露のそこなる」を制詞とする。○松むし　鈴虫の古名。リンリンと鳴く。人を待つ意を兼ねるのは常套。▽「今宵こそ鳴きはじむなれ下草にむすぼほれたる虫の声ごゑ」(天喜四年七月、六条斎院歌合「夜虫鳴初」・讃岐)。

475 秋風は身にしむばかり吹き出した。今頃は打っているであろう、妻のその衣よ。輔尹集。○打つ　擣衣。織り上げたり、解き洗いした衣を幅を出し、柔らげ、艶を出すために砧(きぬた)で打つ。晩秋の景物で「夫は旅に出でて、妻は旧室に残りて衣打つ心あるべし」(和歌無底抄)がこの歌題の本意(定義)とされた。○さ衣　衣に同じ。▽参考「擣自二金颼一(うつこときんしよりして)秋晩冷」(新撰朗詠集「擣衣」・都在中)。金颼は秋風。

以下四八五まで十一首「擣衣」。

476 衣を打つ音は枕元でする菅原の伏見の里で、旅寝の夢を幾夜破られ、見残したことか。○すがはらやふしみ　→二九三。荒廃したイメージをもつ。「枕にす」と「すがはら」と掛詞。「ふしみ」も地名と臥して見る意を掛ける。○のこしつ　「夢を残す」は作者の愛用した歌語で、漢語「残夢」の訓か。衣・枕・臥す・夢・夜は縁語。

477 衣を打つ音の聞える旅寝の山の柴の庵の柴ではないが、しばしば夢を破られ、また新しい夢路を求めて手枕をすることだ。建仁二年(一二〇二)頃、千五百番歌合・秋三。○ね山　「寝たる山なり」(顕昭・散木集注)。○しば〳〵　幾度も。「柴」と掛けて庵の縁語とする。○むすぶ　枕をすること。夢の縁語でもある。○手枕　→三四六。ここは独寝の場合。▽参考「郭公おのがね山の椎柴にかへりうてばや訪れもせぬ」(散木奇歌集)。

478 和歌所歌合に、月のもとに衣うつといふことを

里《さと》はあれて月やあらぬと恨《うら》みてもたれ浅茅生《あさぢふ》に衣うつらん

摂政太政大臣

479 まどろまでながめよとてのすさびかな麻《あさ》のさ衣月にうつ声《こゑ》

宮内卿

480 千五百番歌合に

秋とだにわすれんと思《おも》ふ月かげをさもあやにくにうつ衣かな

定家朝臣

481 擣衣をよみ侍《（はべり）》ける

ふるさとに衣うつとはゆく雁《かり》や旅《たび》の空《そら》にもなきてつぐらん

大納言経信

478 里は荒れ、月ばかりは昔のままだが私一人とり残されてと恨んで、どういう人が浅茅生であのように衣を打つのであろう。本歌「月やあらぬ春や昔の春ならぬわが身一つはもとの身にして」(古今・恋五・在原業平)。建仁元年(一二〇一)八月十五夜撰歌合。○里はあれ　旅にある夫の帰って来ない(→四七五)ことを示唆する。○月やあらぬ　この句に本歌の歌意を凝縮する。○も　詠嘆。○浅茅生　浅茅の生い茂った所。→四六三。廃園をいう慣用語。○衣うつ　擣衣。→四七五。▽恨むがごとき砧の音に、打つ人の心中、場所を思いやる。

479 「まんじりともせずに月を眺めるがよい」と告げるすさびなのだな。麻の衣を月下に打つ音よ。建仁元年八月十五夜撰歌合。○すさび　興にまかせてするわざ。○麻のさ衣　麻衣。里人の常の着用。▽「すさび」は作者自身の折節の感興を心なき里人の上に移し入れたもの。

480 せめて秋であることを忘れようと思う物悲しい月であるのに、ほんに折あしく衣を打つことよ。建仁二年頃、千五百番歌合・秋三。○秋とだに　秋は最も感傷的な季節という通念をふまえる。○あやにくに　恨むようなその音が物悲しさを倍加させるからである。▽参考「月見ればちぢに物こそ悲しけれわが身一つの秋にはあらねど」(古今・秋上・大江千里)。

481 古里で私が衣を打っているということを、あの飛びゆく雁は同じ旅の空にいる夫に鳴いて告げるであろうか。経信集。○旅の空　夫が旅にいるという設定は「擣衣」の本意。→四七五。○なきてつぐ　雁の音信のこと。匈奴に囚われた前漢の蘇武が北海から手紙を雁の脚に結んで漢王に送った故事(漢書・蘇武伝に基づく)による。

482 雁が鳴き、吹く風も寒い季節となったので、帰らないあなたを待ちわびつつ衣を打たない

中納言兼輔家の屛風歌　　　　　　　　貫　之

482 雁なきてふく風さむみから衣君まちがてにうたぬ夜《よ》ぞなき

擣衣の心を　　　　　　　　　藤　原　雅　経

483 み吉野《よしの》の山の秋風さよふけてふるさと寒《さむ》く衣うつなり

式　子　内　親　王

484 ちたびうつ砧《きぬた》のを《（お）》とに夢さめてものおもふ袖の露《つゆ》ぞくだくる

百首歌たてまつりし時

485 ふけにけり山のはちかく月さえてとをちの里《さと》に衣うつ声

夜とてないことだ。貫之集「京極の権中納言の屛風の料の歌二十首」の内。古今六帖五、下句「君まちがてらうたぬ日ぞなき」。○中納言兼輔　↓三七。○から衣　衣の美称。同時に「き(着)」の枕詞として「君」に掛ける。○まちがて　「がて」は「かぬるなり」(奥義抄・上)。▽参考「わがせこは待てど来まさずかりがねもとよみて寒し…」(万葉集十・作者未詳)。

483 吉野の山を吹く秋風の音はすでに夜ふけと知られる折節、古里では寒々と衣を打っていることだ。本歌「み吉野の山の白雪つもるらし古里寒くなりまさるなり」(古今・冬・坂上是則)。明日香井集「詠百首和歌・建仁二年(一二〇二)八月二十五日・秋」。○ふるさと　本歌では奈良の京、ここは吉野の里(↓一)ととるのがふさわしい。○寒く　砧の音の聴覚的印象を主にしていう。▽本歌の白雪を秋風、砧に替え、すべて聴覚的世界の中で推量し知覚したところが眼目で、新古今風といえる。

484 千声万声打ちつづける砧の音に夢がさめるとちぢに乱れる物思いに、袖にこぼれる涙の露ばかりは結びかねて砕け散ることだ。○ちたびうつ　「八月九月正長夜、千声万声無二了時一(やむときなし)」(和漢朗詠集「擣衣」・白居易)による。○砧　擣衣の道具。厚板に載せたり、軸に巻きつけた布を槌で打つ。↓四七五。○露ぞくだくる　夜露の結ぶ時分に涙の露ばかりが結びかねる意。「くだく」「うつ」は縁語。▽「くだくる」は悽愴な「ものおもひ」だからであるが、それは激しい、恨むような砧の音と共に夢の内容にもよっている。参考「あは雪のたまればかてに砕けつつわが物思ひのしげきころかな」(古今・恋一・読人しらず)。

485 夜もふけたことだ。西の山の端近く月は寒光を放ち、遠くの十市の里では砧の音がしている。正治二年(一二〇〇)院初度百首。○とをちの里

九月十五夜、月くまなく侍《(はべり)》けるをながめ明《あ》かして、よみ侍ける　　　道信朝臣

486 秋はつるさよふけがたの月みれば袖ものこらず露《つゆ》ぞを《(お)》きける

百首歌たてまつりし時　　　藤原定家朝臣

487 ひとりぬる山鳥《どり》のお《(を)》のしだりお《(を)》に霜《しも》を《(お)》きまよふ床《とこ》の月かげ

摂政太政大臣、大将に侍ける時、月歌五十首よませ侍けるに　　　寂蓮法師

488 ひとめ見し野辺のけしきはうらがれてつゆのよすがに宿《やど》る月かな

遠い里の意。兼ねて大和国の歌枕(→二六六)として味わう方が詩趣は深い。

486 秋の終りの、夜もふけた頃の月を眺めていると、袖も例外でなく一面に露が置いていることだ。道信集「おなじ所にて、月」、四句「袖ものこさず」。○露　袖に置くのは涙の露。

以下四九〇まで五首「暮秋の月」。

487 独り寝ている山鳥の長く垂れた尾羽に霜が置いたかと見まちがうばかりの、寝床にさし入る月の光よ。本歌「あしひきの山鳥の尾のしだり尾のながながし夜を独りかも寝む」(拾遺・恋三・柿本人麿)。建仁二年(一二〇二)頃、千五百番歌合・秋四。○百首歌　前年詠進され、この歌合の基となった百首。○ひとりぬる　山鳥は夜は雌雄別れて寝るという。→三七三。○しだりお　雄は赤褐・黄土・黒色の段模様の美しく長い尾羽をもつ。○霜をきまよふ「床に月影のうつれるが霜のおきたるやうに見えまがひて、さえたるをいふ」(美濃の家づと)。白々と冷やかに射す月光の譬喩。▽凄艶な閨のイメージと緊張した一首の調べ。参考「燕子楼中霜月夜、秋来只為二一人一長」(和漢朗詠集「秋夜」・白居易)。

488 かつては訪れる人もあった秋野の草木は枯れて人影もなく、夜露にわずかな縁故を求めて宿っている月よ。建久元年(一一九〇)九月十三夜、花月百首。○摂政太政大臣　藤原良経。当時左大将。○けしき　様子。○うらがれ　草葉や低木などの枝の先の枯れること。また単に枯れる意。人目の離(か)れることも掛ける。○つゆ　僅かの意と「露」を掛ける。▽参考「山里は冬ぞさびしさまさりけるひとめも草もかれぬと思へば」(古今・冬・源宗于)。

月の歌《うた》とてよみ侍《(はべり)》ける　　大納言経信

489 秋の夜は衣さむしろかさねても月の光にしく物ぞなき

九月つごもりがたに　　華山院御歌

490 秋《あき》の夜《よ》ははや長月になりにけりことは《(わ)》りなりや寝覚《ねざ》めせらるゝ

五十首歌たてまつりし時　　寂蓮法師

491 むらさめの露《つゆ》もまだひぬ真木《まき》の葉に霧《きり》たちのぼる秋の夕暮《ぐれ》

秋歌とて　　太上天皇

492 さびしさはみ山《やま》の秋の朝《あさ》ぐもり霧《きり》にしほるゝ真木《まき》の下露《したつゆ》

489 秋の夜は単(ひとえ)の衣では寒く、衣も筵もそれぞれ重ねているが、そうとしても、月の光を敷くのにまさるものはないことだ。経信集「九月十三夜に、望月」。○さむしろ　筵。→四二〇。「寒(さむ)」に掛ける。○かさね　筵を敷いて臥し、衣と筵を重ねるのは普通。ここは防寒のため特に衣と筵をそれぞれ重ねる意。○しく　筵を敷くことと月光を敷くことを対照させ、さらに「敷く」に「及く」を掛けた洒落(しゃれ)。▽冴え返る月光への賛嘆。三六〇・四二〇にこの歌は影響している。参考「照りもせず曇りもはてぬ春の夜の朧月夜にしくものぞなき」(句題和歌。→五五)。

490 秋の夜ははやくも夜長月になったことだ。道理だな。つい夜中に目がさめてしまう。○つごもり　月末ごろ。○長月　陰暦九月。奥義抄・上に「夜やうやう長きゆゑによながづきといふを誤れり」とあり、後の蔵玉集には「ねざめ月」の異名も見える。▽九月も末になって夜長月といわれることが実感されるという意。夜の最も長い冬至は十一月の「中」に当るので「はや」というこの実感は自然である。

491 むら雨が残した雫もまだ乾かない真木の葉に、谷間から霧が湧き上がってくる秋の夕暮よ。建仁元年(一二〇一)二月、老若五十首歌合。○むらさめ　俄か雨。○真木　杉・檜など。→二七九。○霧たちのぼる　詠歌一体は制詞とする。▽深山の雨後の夕景色。生動する一首の構成。以下四九五まで五首「秋霧」。

492 さびしいものは深山の秋の朝曇りの空、立ちこめる霧にぬれてぐったりしている真木の下葉から滴り落ちる露。▽これは深山の朝景色。

河霧といふことを

左衛門督通光

493 あけぼのや河瀬《せ》のなみの高瀬《たかせ》舟くだすか人の袖の秋霧《ぎり》

堀河院御時、百首歌たてまつりけるに、霧《きり》をよめる

権大納言公実

494 ふもとをば宇治《うぢ》の河霧《ぎり》たちこめて雲井に見ゆる朝日山かな

題しらず

曾禰好忠

495 山里《ざと》に霧《きり》のまがきのへだてずはをちかた人の袖もみてまし

清原深養父

496 なく雁《かり》の音《ね》をのみぞきく小倉《をぐら》山霧《きり》たちはるゝ時しなければ

493 この曙、浅瀬の波が高く騒ぐあたり、高瀬舟をくだすのか、舟人の袖のたえだえに見える秋霧よ。本歌「明けぬるか川瀬の霧のたえまよりをち方人の袖の見ゆるは」（後拾遺・秋上・経信母）。○高瀬舟　高（浅）瀬を越しやすく造られた底の平らな河舟。「なみの高き」と掛ける。○袖の秋霧　本歌の第二句以下を凝縮した句。▽本歌が読者の想像に委ねている部分をイメージとして限定して見せた第二・三・四句と一首の緊迫した調べが眼目で、新古今風の一特色。

494 麓は宇治川の川霧が立ちこめているので、大空に浮んで見える朝日に映える朝日山よ。本歌「川霧の麓をこめて立ちぬれば空にぞ秋の山は見えける」（拾遺・秋・清原深養父）。長治二年（一一〇五）頃、堀河百首。続詞花集・秋下。○堀河院　第七十三代天皇。○宇治　山城国の歌枕。○朝日山　宇治の名所。「朝日」の映えるイメージも働いている。▽袋草子・上に作者がこの本歌取を自賛したことが見える。

495 山里で霧の籬が隔てとならなければ、向うの人の袖はきっと見えように。本歌(一)「明けぬるか川瀬の霧のたえまよりをち方人の袖の見ゆるは」（後拾遺・秋上・経信母）、(二)「山がつの籬をこめて立つ霧も心そらなる人はとどめず」（源氏物語・夕霧）。好忠集、初句「山里の」。○霧のまがき　本歌(二)のすぐあとに「霧の籬は立ち止まるべうもあらず」と記すのは、霧の立ちこめた籬の意であるが、ここは立ち隠す霧を籬に見立てたもの。「まがき」は竹木で粗く編んだ垣。

496 鳴く雁の声ばかりを上空に聞いて姿の見えないほの暗い小倉山よ。霧の晴れ上がる折とてないので。古今六帖六・読人しらず、二・五句「音をのみぞ鳴く…をりしなければ」。○雁　マガン・ヒシクイなどの類で、秋渡来して水辺に群棲し、

497 垣《かき》ほなるおぎ《(を)》の葉そよぎ秋風のふくなるなへに雁ぞなくなる

人　麿

498 秋風に山とびこゆるかりがねのいやとを《(ほ)》ざかり雲隠《がく》れつゝ

凡　河　内　躬　恒

499 初雁《はつかり》の羽《は》風すゞしくなるなへにたれか旅寝《たびね》の衣かへさぬ

読　人　し　ら　ず

500 かりがねは風にきお《(ほ)》ひてすぐれどもわが待《ま》つ人のことつてもなし

主に飛ぶ時グァングァンとよく響く声で鳴く。○小倉山　↓四五。「を暗」を掛ける。

この一首「秋霧」から「雁」への繋ぎ。

497 垣根の傍の荻の葉がそよいで秋風が吹いているらしい、その音につれて雁が鳴くよ。原歌は万葉集十・作者未詳歌であるが、古今六帖六・人丸の「葦辺なる荻の葉そよぎ秋風の吹きくるなへに雁鳴きわたる」が注目される。人麿集は二・三句「荻の葉さやぎ吹く風の」。○なへに　↓三五。○雁ぞ　初雁を待ちつけた気持。

以下五〇六まで十首「雁」。

498 秋風の中、山を飛び越える雁の列がいよいよ遠ざかり雲に隠れてゆく。原歌は万葉集十「詠雁」・作者未詳の同じ歌であるが、古今六帖六・人丸、人麿集のそれが注目される。○かりがね　雁の音の意から転じて雁に同じ。

499 初雁の羽風が涼しく感じられるにつれて、古里が思い出され、誰一人旅寝の衣を裏返して夢を見ようとしない者はないであろう。躬恒集にはなく好忠集に「くるあきの…なるときは」の形で見える。○初雁　初めて渡って来た雁で陰暦八月上旬頃。→六二。「九月もなほ初雁とはいふべし」(八雲御抄三)。○羽風　羽ばたきで起る風。○衣かへさぬ　夜着を裏返しに着ると恋しい人を夢に見るという俗信。▽常世の国から飛来するという雁から古里を思い出す。参考「いとせめて恋しき時はむばたまの夜の衣をかへしてぞ着る」(古今・恋二・小野小町)。

500 雁は風と先を争って飛び去ってゆくが、私の待っているあの方の音信を持ってもこない。寛平五年(八九三)九月以前、寛平御時后宮歌合、初・三・五句「かりのねは…渡れども…ことつてぞなき」。新撰万葉集・秋歌、二句「風にきそひて」。○ことつて　音信。蘇武の故事による。→四八一。▽

西行法師

501 横《よこ》雲の風にわかるゝしのゝめに山とびこゆる初雁《はつかり》の声

502 白雲をつばさにかけてゆく雁《かり》の門《かど》田の面《おも》の友《とも》したふなる

五十首歌たてまつりし時、月ノ前ニ聞クレ雁ヲといふことを

前大僧正慈円

503 大江《おほえ》山かたぶく月の影《かげ》さえて鳥羽《とば》田の面《おも》におつるかりがね

題しらず

朝恵法師

504 むら雲や雁の羽風《はかぜ》にはれぬらん声きく空《そら》にすめる月かげ

参考「秋風に初雁がねぞ聞ゆなる誰がたまづさをかけて来つらむ」(古今・秋上・紀友則)。

501 横雲が風に吹き分けられてゆく夜明けに、山の端を飛び越えやって来る初雁の声よ。西行法師家集「暁、初雁をききて」。山家集「朝聞雁」。○横雲　たなびく雲。多くは夜明け、峰にかかるのをいう。○しのゝめ　→三四。○山　とぎれた横雲の間に現われた山の端。▽参考「奥山の峰とび越ゆる初雁のはつかにだにも見でややみなん」(→一〇二八)。

502 白雲を翼にまとって飛んでゆく雁が門田の面で鳴いている友を慕って呼ぶ声が聞えるよ。宮河歌合。山家集「雁声遠近」、五句「友したふなり」。西行法師家集「遠近に雁を聞くといふことを」、三・五句「とぶ雁の…友したふなり」。○門田　家の前にある田。山田などの対で、良田。

503 大江山、その峰に傾く月が寒光を放つ折節、鳥羽田の面に下りてくる雁の、その声々よ。建仁元年(一二〇一)十二月、仙洞句題五十首。○大江山　山城・丹波両国の境であるが、丹波の国の歌枕とする。京より西、丹波に通ずる大枝(おおえ)付近の山地。○鳥羽田　八雲御抄五に「鳥羽田の(里)」(里の条)、「鳥羽田」(田の条)が見え、共に山城国の歌枕。ここは後者。○おつるかりがね　一列の雁が下りてくる意。漢語「落雁」の訓か。「かたぶく月の影」と「おつるかりがね」とが対照されている。雁の声が空から落ちる(→二八)のではないが、題によれば声に力点があろう。▽西山から桂川を越えて京の南郊にわたる大観。

504 さきほどのむら雲は雁の羽風に吹き払われたのであろうか。その声の聞える空に澄みわたる月よ。○むら雲　月を隠していた一叢の雲。○雁の羽風　→四九九。

505 皇太后宮大夫俊成女

ふきまよふ雲井をわたる初雁《はつかり》のつばさにならすよもの秋風

詩に合《あ》はせし歌の中に、山路ノ秋行

家隆朝臣

506 秋風の袖にふきまく峰の雲をつばさにかけて雁もなくなり

五十首歌たてまつりし時、菊籬ノ月といへる心《こゝろ》を

宮内卿

507 霜をまつまがきの菊《きく》のよゐ《(ひ)》の間《ま》にを《(お)》きまよふ色は山のはの月

505 秋風の乱れ吹く大空をわたる初雁が翼で打ち鳴らしている、その四方から吹きかかる秋風よ。〇雲井 →二〇五。〇ならす 八代集抄「馴るる心なり」とあるが、「翼に鳴らす」でよい。激しい風音の中で羽ばたく表現。〇よもの秋風 上の「ふきまよふ」に照応し、方向の定まらない秋風。▽烈風の中、粛々と飛ぶ一列の雁に思いを馳せ、その行路難をいとおしむ。

506 秋風が激しく吹いて袖にからみつける峰の雲を自分も翼にまとって、雁が鳴いているよ。元久二年(一二〇五)六月、元久詩歌合。▽悲愴な雁の声を聞いて、山路を行くわが身の行路難を雁に移して思いやったもの。

507 霜の来るのを待っている籬の白菊が、宵の間に、もう霜が置いたかと見まちがうばかり見せている色は山の端に出た月が映るのである。建仁元年(一二〇一)十二月、仙洞句題五十首。〇霜をまつ 霜に逢って色変りしようと待ちうけている残菊。「菊のうつろふはまづ赤くなり、後に紫になるなり。のちまた紫の色も朽ちぬれば三度うつろふとなり」(拾遺愚草抄出聞書)。「まつ」「よひの間」は縁語で、宵の間に男を待つ女に見立てる気持がある。〇まがき →四九五。〇をきまよふ →四八七。〇月 十六夜過ぎの明るい月。▽参考「心あてに折らばや折らむ初霜のおきまどはせる白菊の花」(古今・秋下・凡河内躬恒)、「さえわたる光を霜にまがへてや月にうつろふ白菊の花」(千載・秋下・藤原家隆)。「ま」音を重ねたのも技巧で、快い。以下三首「菊」。

鳥羽院御時、内裏より菊《きく》をめしけるに、たてまつるとて結《むす》びつけ侍《(はべり)》ける

花園左大臣室

508 九重《こゝのへ》にうつろひぬとも菊《きく》の花もとのまがきを思《おも》ひわするな

題しらず

権中納言定頼

509 いまよりは又さく花《はな》もなきものをいたくなをきそ《(お)》菊《きく》のうへの露《つゆ》

枯《か》れゆく野《の》べのきり〴〵すを

中務卿具平親王

510 秋風にしほる《(を)》ゝ野べの花よりもむしの音《ね》いたくかれにけるかな

題しらず

大江嘉言

511 ねざめする袖さへさむく秋の夜《よ》のあらしふくなり松虫《むし》の声《こゑ》

508 宮中に移され、霜を経て美しく色変りするとしても菊の花よ。もとのこの籬を忘れないでほしい。本歌「朝まだき八重さく菊の九重に見ゆるは霜のおけばなりけり」(後拾遺・秋下「翫宮庭菊」・藤原長房)。続詞花集・秋下。〇鳥羽院　第七十四代天皇。〇九重　本歌(袋草子・上に自賛歌という)と同様、内裏の意に菊が霜を重ねた意も兼ねる。〇うつろひ　「移る」「色変りする(→五〇七)」の両義を兼ねる。▽作歌事情は今鏡八・ふし柴に詳しい。本歌取を評価して入集したのであろう。

509 今からはほかに咲く花もないのだから、ひどく置いてくれるな。菊の上の露よ。本説「不ニ是花中偏愛ㇾ菊、此花開後更無ㇾ花《さらにはなのなければなり》」一(和漢朗詠集「菊」・元稹)。定頼集。▽露が霜となり、やがて枯れるのを惜しむ。

510 秋風に吹かれて弱り枯れる野の花よりも虫の声の方がひどくか(嗄)れてしまったことだ。〇しほるゝ　「なへしぼむなり」(和歌初学抄)。▽「かれ」を両義にとって興じたもの。次歌とともに「暮秋の虫」。

511 夜中にめざめると袖さえ寒く、秋の夜嵐の吹く音がするよ。それに交じって人待ち顔に鳴く松虫の傷ましさ。嘉言集。〇袖　独寝の手枕の袖であろう。〇松虫　今の鈴虫の古名。→四七四。

512 幾年を経て、あわれさも、置く露も深いこの深草の里を訪れるのは鶉ばかりだな。本歌㈠「年をへて住み来し里を出でていなばいとど深草野とやなりなむ」、㈡返し「野とならば鶉となりて鳴きをらむかりにだにやは君は来ざらむ」(伊勢物語一二三段。古今・雑下にも)。正治二年(一二〇〇)院初度百首。詞書は誤り。〇秋をへて　「秋」は歳月の意で、本歌「年をへて」と同義であるが、「露」「うづら」の縁語でもある。〇深草　深い意と地名

512 千五百番歌合に　　　　前大僧正慈円

秋をへてあはれも露《つゆ》も深草《ふかくさ》のさと訪ふものはうづらなりけり

513 　　　　左衛門督通光

入日《いり》さす麓《ふもと》の（を）おばならちなびきたが秋風にうづら鳴《な》くらん

514 題しらず　　　　皇太后宮大夫俊成女

あだにちる露《つゆ》の枕《まくら》にふしわびてうづらなくなりとこの山風

515 千五百番歌合に

とふ人もあらしふきそふ秋はきて木《こ》の葉にうづむ宿《やど》の道芝《みちしば》

(→二九三)を掛ける。○うづら　鶉。「秋の物なり」(八雲御抄三)。草原に住み、胸は淡黄、背は赤褐色で斑が多い。グヮッ、クルルと鳴き、あわれ深い秋の景物とされる。▽女の心で歌う。

以下三首「鶉」。

513 入日のさしこんでいる麓のすすきの穂が靡く折節、いったい誰に飽かれたのを憂しといって秋風の中、鶉は鳴いているのであろう。本歌は前歌に同じ。建仁二年(一二〇二)頃、千五百番歌合・秋四。○秋風　「秋」を「飽き」に掛けるのは常套。○うづら　「憂し」と掛ける。▽叙景歌的表現の中に「たが」が挿まれることにより一転本歌取の歌となって、鶉に捨てられた女の面影が重なる。参考「夕日さす裾野のすすき片寄りに招くや秋を送るなるらむ」(後拾遺・秋下・源頼綱)。

514 置く露がいたずらに散る枕では寝つかれないで、鶉がないているよ。床に吹きおろす鳥籠の山風に。○あだにちる　露がわけもなく散る意に、いくら泣いても思う相手は来ず、甲斐がない意を兼ねる。○露　涙の露を兼ね、「なく」の縁語。○とこの山　近江国の歌枕。「床にそふ」(和歌初学抄)とあり、ここも「床」に掛け、かつ枕の縁語。▽表は秋歌であるが、やはり独寝の床に伏して涙にくれる恋歌の情景を重ねている。

515 もう訪う人もあるまいと思う、激しい山風を伴う秋となり、すっかり落葉に埋もれている宿の道芝よ。本歌「うち払ふ袖も露けき常夏に嵐吹きそふ秋も来にけり」(源氏物語・帚木)。建仁二年頃、千五百番歌合・秋四。○あらし　「嵐」と「あらじ」と掛詞。○秋はきて　人は来ないでの意がある。○宿の道芝　わが家に通ずる道端の雑草。▽右歌合の定家の判に「秋のあはれを尽して恋の心に通へり」とある。
この一首「暮秋の道」。

516
色かはる露《つゆ》をば袖にを《(お)》きまよひうら枯《が》れてゆく野辺の秋かな

秋歌とて　太上天皇

517
秋《あき》ふけぬなけや霜夜《しもよ》のきり〴〵すやゝかげ寒《さむ》しよもぎふの月

百首歌たてまつりし時　摂政太政大臣

518
きり〴〵すなくや霜夜《しもよ》のさむしろに衣かたしき独《ひと》りかもねん

千五百番歌合に　春宮権大夫公継

519
ねざめする長月の夜《よ》のとこさむみけさふく風に霜《しも》やを《(お)》くらん

516 白露とは色変りの鮮やかな露を、かつての花の露かと見まちがうばかり袖に置いて、自分は葉末から枯れてゆく野辺の秋よ。これも同じく千五百番歌合・秋三。ただし流布本には見えない。〇色かはる露　紅涙。激しい悲しみの涙の色を紅とするのは通念。〇をきまよひ　→四八七・五〇七。〇うら枯れ　→四八八。▽暮秋の物悲しさにこぼれる紅涙を秋の盛りの花の露に擬する。

この一首「暮秋の野」。

517 秋もふけた。秋を惜しんで鳴くがいい、霜の降る夜のこおろぎよ。次第に光も冷やかになってきた、蓬生を照らす月も。本歌「鳴けやなけ蓬が杣のきりぎりす過ぎゆく秋はげにぞ悲しき」(後拾遺・秋上・曾禰好忠)。建仁元年(一二〇一)十二月、仙洞句題五十首「月前虫」。〇きり〴〵す　今のコオロギの古名。〇やゝ　「漸也。やうやうなり」(和歌初学抄)。〇よもぎふ　「荒れたるやどをば、よもぎふといふ」(能因歌枕)。虫の居場所でもある。▽参考「壁底吟幽《ぎんかすかにして》月色寒」(和漢朗詠集「虫」・源順)。

この一首「暮秋の庭」。

518 こおろぎの鳴く、この霜の降る夜の寒い筵の上で、衣を片敷いて独り寝るのであろうか。本歌「さ筵に衣片敷きこよひもや恋しき人にあはでのみ寝む」(伊勢物語六十三段)。正治二年(一二〇〇)院初度百首。〇さむしろ　→四三〇。「さ筵」と「寒し」と掛詞。〇かたしき　自分の衣だけを敷いて寝る。→一九七。

次歌とともに「暮秋の床」。

519 寝覚めがちの九月の夜長の床は寒く、この夜明けの風で霜が置いているのではなかろうか。建仁二年頃、千五百番歌合・秋四。〇長月　→四九〇。初二句は長夜を明かしかねたことを歌う。〇けさ　日が変る寅の一刻(午前三時)を過ぎて夜明け

和歌所にて六首歌つかうまつりし時、秋歌　　前大僧正慈円

520 秋ふかき淡路《あはぢ》の島のありあけにかたぶく月をおくる浦風

暮秋《ノ》の心を

521 長月《ながつき》もいくありあけになりぬらん浅茅《あさぢ》の月のいとゞさびゆく

摂政太政大臣、大将に侍りける時、百首歌よませ侍りけるに　　寂蓮法師

522 かさゝぎの雲のかけはし秋くれて夜半《（よは）》には霜やさえわたるらん

桜《さくら》のもみぢはじめたるを見て　　中務卿具平親王

523 いつのまにもみぢしぬらん山桜きのふか花のちるをお《（を）》しみし

に近い頃であろう。▽定家は判詞で「華省の秋、思ひやられていとをかしく」といい、潘安仁「秋興賦」の「宵耿介而不寐兮、独展転於華省」(文選十三)を連想している。華省は役所。

520 秋も深い淡路島の夜明けに、西へ傾く月を送るかのように吹きわたる浦風よ。建仁二年三月二十二日、三体和歌御会「秋冬、此二はからび細くよむべし」の内。○六首歌　四季、恋、旅各一首。○淡路の島　↓六三。○浦風　明石の浦あたりか。▽海を隔てた大観で、「からび細く」にふさわしい景情を取り集め、上三句の頭に押韻する。以下三首「暮秋の天」。うち次歌とともに「有明の月」。

521 九月ももう幾度有明の月を眺めたことであろう。浅茅を照らす月の光もいよいよさびを加えてゆく。拾玉集「詠百首和歌」。慈鎮和尚自歌合。ともに四句「浅茅の霜の」。○いくありあけ　九月も晦日に近い頃で、秋の末でもある。○さび「さぶ」は寂しさに「古び」「けだかさ」を含む情態。

522 鵲が大空に架けるという雲のかけ橋も暮秋となり、この夜中、霜は一面に寒々と置いていることであろう。本歌「鵲の渡せる橋におく霜の白きを見れば夜ぞふけにける」(家持集。↓六三〇)。寂蓮法師集「左大臣家十題百首」、建久二年(一一九一)閏十二月四日。○摂政太政大臣　藤原良経。○かさゝぎの雲のかけはし　鵲が大空に架けたたなびく雲の橋の意で、本歌と同じく天の川のこと。七夕の場合ではない。「かささぎ」は中国の文献で知られた鳥。「はし」に「わたる」は縁語。▽本歌を少し作り替えたもの。

523 いつの間に紅葉したのであろう山桜は。昨日花の散るのを惜しんだばかりかと思うのに。以下五四六まで二十四首「紅葉」。うち五三〇までは

紅葉透《ク》レ霧《ニ》といふことを　　高倉院御歌

524 薄霧《うすぎり》のたちまふ山のもみぢ葉《ば》はさやかならねどそれと見《み》えけり

秋の歌《うた》とてよめる　　八条院高倉

525 神南備《なび》のみむろの梢《こずゑ》いかならんなべての山もしぐれする比《(ころ)》

最勝四天王院の障子に、鈴鹿河《すゞかがは》かきたるところ　　太上天皇

526 鈴鹿河《すゞか》ふかき木《(こ)》の葉に日かずへて山田の原《はら》の時雨をぞきく

入道前関白太政大臣家に百首歌よみ侍《(はべり)》けるに、紅葉　　皇太后宮大夫俊成

「山の紅葉」で、霧・時雨・嵐に結び、かつ初紅葉から散る紅葉へ進む。

524 薄霧が立ち舞う山の紅葉は鮮明には見えないが、紅葉とは分かることだ。○たちまふ　立ち昇る霧のゆるやかに揺れ動くさま。▽参考「春霞たちまふ山と見えつるはこのもかのもの桜なりけり」(人麿集)。

525 いち早く色づくといわれる神なびのみむろの山の木末はどんなであろう。どの山もみな時雨の降る頃となって。本歌「かみな月時雨もいまだ降らなくにかねてうつろふ神なびの森」(古今・秋下・読人しらず)。○神南備のみむろ　→二八五。○しぐれ　木々を紅葉させるものとされる。

526 鈴鹿川に深く散り積る紅葉を見ると、いつしかここに旅の日数を費したことが知られるが、それにつけて山田の原の常磐木がさすがに気づかわれ、その時雨の音が耳についてならない。本歌「今よりは紅葉のもとに宿りせじ惜しむに旅の日数へぬべし」(拾遺・秋・恵慶)。承元元年(一二〇七)十一月、最勝四天王院障子和歌「鈴鹿山」。障子の図様は鈴鹿川に紅葉の散り乱れるところ。○最勝四天王院　→一三三。○鈴鹿河　伊勢国の歌枕。歌は山の南麓の頓宮辺の風景として構想されたか。伊勢への道筋。○ふかき　川の深さと共に積った落葉の深さでもある。○山田の原　→二一七。外宮が鎮座する。松杉の名所。▽日々の時雨のもたらした「ふかき木の葉」を見て、山田の原もいかならんと思うと、遠い時雨の音が幻聴のように聞えてくる。ここに「川」の歌は配列上疑問で、歌題の「鈴鹿山」に引かれたか。

527 あれは時雨のせいでなく、自発的に紅葉しているのであろう。立田山では松とて全く同じに時雨にぬれているのであるから。長秋詠藻「右

527 心とやもみぢはすらん立田《たつた》山松はしぐれにぬれぬものかは

大井河にまかりて、もみぢ見侍りけるに　藤原輔尹朝臣

528 思《おも》ふことなくてぞ見ましもみぢ葉《ば》を嵐《あらし》の山のふもとならずは

題しらず　曾禰好忠

529 入《いり》日さす佐保《さほ》の山べのはゝそ原《はら》くもらぬ雨と木《こ》の葉ふりつゝ

百首歌たてまつりし時　宮内卿

530 立田《たつた》山あらしや峰によは《(わ)》るらんわたらぬ水も錦《にしき》たえけり

大臣家百首」、治承二年(一一七八)七月詠進。○入道前関白太政大臣　藤原兼実。○立田山　↓会。○ものかは　反語。強い否定。▽紅葉を常磐の松とくらべて、時雨は木々を染めるものという通念に異議を立てたもの。

528 何の気がかりもなく見ることだろうか、この紅葉を。もし嵐という名の嵐の山の麓でないならば。輔尹集。○大井河　↓三三。嵐の山の麓辺での呼び名。○思ふこと　散ることの心配。○嵐の山　山城国の歌枕。嵐は荒い山風。▽参考「思ふことなくてや(ぞイ)見まし与謝の海のあまの橋立都なりせば」(千載・羇旅・赤染衛門)。

529 入日が明るくさしている佐保山の麓の柞原よ。まるで曇らないのに降る雨かと錯覚する程、しきりに紅葉が散ることだ。好忠集「三百六十首和歌・九月をはり」。○佐保の山　大和国の歌枕。○はゝそ　柞。ナラ・クヌギの類の総称。○木の葉ふりつゝ　雨と「ふり」は縁語。配列からすれば風を示唆するか。▽参考「秋霧は今朝はな立ちそ佐保山の柞の紅葉よそにても見む」(古今・秋下・読人しらず)。

530 立田山は、峰に吹く嵐が弱まったのであろうか。人の渡らない流れも途中で錦が切れているよ。本歌(一)「立田川もみぢ乱れて流るめり渡らば錦中や絶えなむ」(古今・秋下・読人しらず)、(二)「嵐ふくみむろの山のもみぢ葉は立田の川の錦なりけり」(後拾遺・秋下・能因)。正治二年(一二〇〇)院後度百首「紅葉」、三句「かよふらむ」。底本は詞書を脱す。諸本で補う。○立田山　↓会。○よはるらん　嵐の弱まっている間は紅葉が散り止んでいたという趣向。原百首の伝本に「かよふらむ」とあるのはよくない。○わたらぬ水も　詠歌一体は制詞とする。▽本歌(一)の「渡らば」、(二)の「嵐ふく」の逆をゆく趣向の興。

左大将に侍《(はべり)》ける時、家に百首歌合し侍りけるに、はゝそをよみ侍りける

摂政太政大臣

531 はゝそ原《はら》しづくも色やかはるらん森《もり》のした草秋ふけにけり

定家朝臣

532 時わかぬ浪《なみ》さへ色にいづみ河《がは》はゝそのもりに嵐ふくらし

障子の絵《ゑ》に、あれたる宿《やど》にもみぢ散りたる所をよめる

俊頼朝臣

533 ふるさとは散《ち》るもみぢ葉にうづもれて軒《のき》のしのぶに秋風ぞふく

531 柞原では滴る雫までも紅葉の色に染っていることであろうか。ここ大荒木の森の下草も秋のけしきが深まったことだ。本歌「おほあらきの森の下草しげりあひて深くも夏のなりにけるかな」(拾遺・夏・壬生忠岑)。建久四年(一一九三)、六百番歌合。○はゝそ原　山城国の歌枕(八雲御抄五)。↓一五八九。○森のした草　本歌のそれをさす。↓三五五。▽大荒木の森の下草まで色づくのを見て、同じ山城国の紅葉の名所に思いを馳せる。
次歌とともに「森の紅葉」。

532 四季変ることのない波までも秋の色を見せている泉川よ。きっと川辺の柞の森に嵐が吹いているのであろう。本歌「草も木も色変れどもわたつうみの波の花にぞ秋なかりける」(古今・秋下・文屋康秀)。これも六百番歌合・同題。○いづみ河　山城国の歌枕で「柞の森のもとなり」(八雲御抄五)とあり、「柞の森」も同じ所の歌枕。「いづみ」と「出づ」と掛詞。▽本歌の下句を承けて歌意を逆転させた趣向。

533 昔住んでいた家は散る紅葉に埋もれ、軒のしのぶ草に昔をしのべとばかりひとり秋風が訪れている。散木奇歌集。続詞花集・秋下。○しのぶ　↓六四。▽下句は障子の図様に作者の加えた趣向か。定家は「これは幽玄に、面影かすかに寂しきさまなり」(流布本近代秀歌)と評する。
以下三首「居所の紅葉」。

534 桐の落葉も積って踏み分けにくいまでになってしまった。必ずしも誰かを待つというので

百首歌たてまつりし秋歌　　　　式子内親王

534 桐《きり》の葉も踏《ふ》みわけがたくなりにけりかならず人を待《ま》つとなけれど

題しらず　　　　曾禰好忠

535 人はこず風に木《こ》の葉《は》はちりはてゝよな〳〵虫《むし》は声《こゑ》よは《(わ)》るなり

守覚法親王五十首歌によみ侍《(はべり)》ける　　　　春宮大夫公継

536 もみぢ葉《ば》の色《いろ》にまかせてときは木も風にうつろふ秋の山かな

千五百番歌合に　　　　家隆朝臣

537 つゆ時雨もる山陰《かげ》のしたもみぢぬるともお《(を)》らん秋のかたみに

はないが。本歌「わが宿は道もなきまで荒れにけりつれなき人を待つとせしまに」(古今・恋五・遍昭)。本説「秋庭不レ掃(あきのにははははらはず)携二藤杖一、閑踏二梧桐黄葉一行」(和漢朗詠集「落葉」・白居易)。正治二年(一二〇〇)院初度百首。〇かならず… 秋の深い感傷で、おのずからつのる人恋しい気持。恋歌ではない。▽人の訪れる可能性のいよいよ少なくなった閑庭の身にしみる寂しさ。

535 訪う人はなく、風に木の葉は散り尽し、夜ごとに虫の音は弱り細ってゆくよ。好忠集「三百六十首和歌・九月上」、三・五句「さそはれぬ…声よわりゆく」。

536 紅葉の色の通りに、常磐木も風のために色変りする秋の山よ。本歌「秋来れど色も変らぬ常磐山よその紅葉を風ぞかしける」(古今・賀・坂上是則)。建久九年(一一九八)頃、御室五十首。〇守覚法親王 →三八。▽風が運ぶ紅葉を浴びて、常磐木も同じ色に変るというので、本歌の心を大きくは変えないが、風の激しさを強調し、そのため詞を「変らぬ」から「うつろふ」に逆転させた興。
以下三首「暮秋の山の紅葉」。五三〇「山の紅葉」を承ける。

537 露や時雨がたえず漏れ滴る守山の山陰の下紅葉よ。ぬれてもよいから折取ろう、ゆく秋の形見として。本歌(一)「白露も時雨もいたくもる山は下葉残らず色づきにけり」(古今・秋下・紀貫之)、(二)「ぬれつつぞしひて折りつる年の内に春はいくかもあらじと思へば」(古今・春下・在原業平)。建仁二年(一二〇二)頃、千五百番歌合・秋四。〇もる山 近江国の歌枕。「守る」に「漏る」を掛ける。〇したもみぢ 下葉は上葉より露・時雨がかかりにくくて紅葉も遅く、「秋のかたみ」と歌う。〇ぬるともおらん 深い美感。詠歌一体は制詞とする。

題しらず　　　　西行法師

538 松にはふまさのはかづらちりにけり外山《と》の秋は風すさぶらん

法性寺入道前関白太政大臣家歌合に　　　　前参議親隆

539 うづらなく交野《かた》にたてる櫨《はじ》もみぢ散りぬばかりに秋風ぞふく

百首歌たてまつりし時　　　　二条院讃岐

540 散《ち》りかゝるもみぢの色はふかけれどわたればにごる山河《がは》の水

題しらず　　　　柿本人麿

541 飛鳥《あすか》河もみぢ葉《ば》ながるかづらきの山の秋風ふきぞしくらし

538 松にまつわるまさのはかずらは散ってしまったな。この外山では秋もふけて風が吹き荒れるのであろう。本歌「深山には霰ふるらし外山なるまさきのかづら色づきにけり」(古今・神遊びの歌)。玄玉集・草樹下。御裳濯河歌合。西行法師家集、二・三句「まさきのかづらちりぬなり」。○まさのはかづら　「まさのは」(八雲御抄三「蘰」)。右歌合の判に「まさのはや少しいかにぞ聞ゆ」という。「まさきのかづら」に同じか。これはテイカカズラの古名。常緑の蔓植物であるが、初冬、晩霜にあうと初夏も赤く色づく。○風すさぶらん　本歌の「色づく」を通り越しているので烈風を想定したもの。「すさぶ」は荒れる意。→三五六。▽旅中嘱目の景。

539 鶉の鳴く交野に立っている櫨の林の紅葉よ。それが今にも散ってしまいそうに秋風が吹くことだ。保安二年(一一二一)九月十二日、関白内大臣忠通歌合「野風」。○法性寺入道前関白太政大臣藤原忠通。○うづら　→五三。秋の小鷹狩で獲る。○交野　河内国の歌枕。→一二四。○櫨　ハゼノキの異称。ウルシ科の落葉喬木で真紅に紅葉する。この一首「暮秋の野の紅葉」。

540 散りかかる奥山の紅葉の色は深いが、渡ればたちまち濁る浅い山河の流れよ。正治二年(一二〇〇)院初度百首。○わたればにごる　詠歌一体は制詞とする。▽山間の秋景であるが、「散り(塵)かかる」と「にごる」、「ふかし」と「にごる(浅い)」の対照の興を主としている。参考「年をへて花の鏡となる水は散りかかるをやくもるといふらむ」(古今・春上・伊勢)。

以下五四三まで四首「暮秋の山水の紅葉」。

541 飛鳥川は紅葉が流れている。きっと葛城山の秋風がひまなく吹いているのであろう。もとは万葉集十・作者未詳、下句「山の木の葉は今し散

542
飛鳥河《あすかがは》せゞに浪《なみ》よるくれなゐやかづらき山のこがらしの風

権中納言長方

長月《なが》のころ、水無瀬《みなせ》に日ごろ侍《(はべり)》けるに、嵐《あらし》の山のもみぢ、涙《なみだ》にたぐふよし、申しつかはして侍ける人の返《(かへり)》ごとに

権中納言公経

543
もみぢ葉《ば》をさこそ嵐《あらし》のはらふらめこの山本も雨とふるなり

家に百首歌合し侍りける時

摂政太政大臣

544
立田姫《たつたひめ》いまはのころの秋風《あき》に時雨をいそぐ人の袖かな

るらし」。直接には和漢朗詠集「落葉」・人丸。○かづらき　大和国の歌枕。→一四。○ふきぞしく「しきりに吹く風を、ふきしく」(僻案抄)。

542　飛鳥川のあの瀬この瀬に波となってうち寄せる紅は、葛城山を吹く木枯の名残であろうか。
本歌は五四一。長方集「紅葉」。○くれなゐ　紅葉をさす。○こがらしの風　これは秋の強風。→三一三。▽参考「もみぢ葉の流れてとまる湊には紅深き波や立つらむ」(古今・秋下・素性)。

543　さすがに嵐の山では紅葉をそんなにも嵐が吹き払うことでしょうが、水がないといわれるこの水無瀬の山麓も雨のように降って、激しく涙を誘うことです。○水無瀬　摂津国島上郡。山崎の西隣。○嵐の山　→五三八。上句の「嵐」を導く。○涙にたぐふ　涙と一緒になって散る。○さこそ「涙にたぐふ」と言ったのをさす。○山本　水無瀬山の麓。→三六。○雨　涙の意を兼ねる。▽詠歌一体に「水無瀬川、水あれども水なしと詠むべきなり」とあるが、ここもこの地名に「雨」を配した語戯で「嵐の山」の「嵐」に対照させる。

544　秋の山を染めた立田姫の別れ際に吹く秋風のために紅葉は散り尽くし、今はもう時雨の支度をしているよ。建久四年(一一九三)、六百番歌合「暮秋」。○立田姫「秋の神をいふ。秋の山を染むる神なり」(能因歌枕)。五行思想では秋は西に配されるので、平城京の西南に当る立田山にちなむ呼び名。○秋風　木の葉を散らすものとして一首の眼目。○時雨　暮秋・初冬の景物。ここは女神との別れを惜しむ涙に譬える。時雨は木々を染めるものなので(→五三五)、別れを惜しむ紅涙(→五一六)に袖が染まるのを時雨のせいにして、「時雨をいそぐ」といった。「いそぐ」の主格は「人の袖」。
以下、巻末まで「九月尽」。

千五百番歌合に　　　　権中納言兼宗

545
ゆく秋の形見《かたみ》なるべきもみぢ葉《ばゝ》はあすは時雨《しぐれ》とふりやまがはん

紅葉見にまかりて、よみ侍《(はべり)》ける　　　　前大納言公任

546
うちむれて散《ち》るもみぢ葉《ば》を尋《たづ》ぬれば山路《ぢ》よりこそ秋はゆきけれ

津《つ》の国《くにゝ》に侍けるころ、道済が許《(もと)》につかはしける　　　　能因法師

547
夏草のかりそめにとてこしやども難波《なには》の浦に秋ぞくれぬる

暮《くれ》の秋、思《おも》ふ事侍けるころ

548
かくしつゝ暮《く》れぬる秋と老《お》いぬれどしかすがになを《(ほ)》物ぞかなしき

545　暮れてゆく秋の形見であるはずの美しい紅葉は明日となれば散って、降る時雨とまちがうことであろう。本歌「唐錦枝にひとむら残れるは秋の形見をたたぬなりけり」(拾遺・冬・遍昭)。建仁二年(一二〇二)頃、千五百番歌合・秋四、三句「もみぢ葉も」。本集の諸本も同じ。○ふりやまがはん　視覚的映像を主として音も加わる。

546　皆と連れだって散る紅葉を探してゆくと、実はこの山路を通って秋は過ぎ去ったのが分かる。公任集「秋はつる日、山路ゆく」。○うちむれて　群行すること。▽紅葉の落ち尽したのを見て、ここが秋の通り路であることを知ったという趣向。参考「花ちれる水のまにまにとめ来れば山には春もなくなりにけり」(古今・春下・清原深養父)。

547　夏刈りにかかる頃、ほんの束の間と思って来た宿であるが、何やかやとあって、この難波の浦で秋は暮れてしまった。本集穂久邇本も。能因法師集、三句「こしかども」。○津の国　摂津国の正しい呼び名。○道済　みちなり。中古三十六歌仙の内。○夏草のかりそめ　蘆の夏刈りの刈初め。「夏刈りとは蘆をば秋刈るを、とく生ひぬれば夏も刈るをいふなり」(奥義抄・中)。「仮初め」を掛ける。○難波の浦　和歌初学抄は摂津国と注した上、「なにはのことなどそふ」と記す。何やかやの意を寄せて使う歌枕。▽家集の詞書によれば、道済と落合う約束であったのに来なかったので贈った歌。返しは「心にも叶はぬものは身なりけり知らでも君に契りけるかな」。

548　いつも物悲しい思いを尽して暮秋とともに老いてしまったが、さすがに暮秋となるとやはり物悲しくてならない。能因法師集、三句「老いぬれば」。○かくしつゝ　「物ぞかなしき」をさす。○暮れぬる秋　ここは九月尽。○しかすがに　「しかすがとは、さすがにといふ事なり」(能因歌

五十首歌よませ侍《(はべり)》けるに

守覚法親王

549 身にかへていざさは秋をお《(を)》しみみんさらでももろき露《つゆ》の命《いのち》を

閏九月尽の心を

前太政大臣

550 なべて世《よ》のお《(を)》しさにそへてお《(を)》しむかな秋より後《(のち)》の秋のかぎりを

枕)。▽暮秋を最も物悲しい時とする。

549 わが身と引替えに、さあそれでは秋を惜しんで引留めてみよう。たとえ引替えなくてももろい露のような命なのだから。建久九年(一一九八)頃、御室五十首。▽参考「命にも替へやしなまし暮れてゆく今宵ばかりの秋のけしきを」(堀河百首・河内)。

550 いつもの年の秋の名残惜しさに加えて、さらにもまた惜しむことだ。秋が過ぎてまたやって来た秋の最後の今日を。○閏九月尽 九月が二度ある年の後の九月尽。下句でこの意を表わす。

新古今和歌集巻第六

冬歌

千五百番歌合に、初冬の心をよめる　皇太后宮大夫俊成

551 をき《(お)》あかす秋のわかれの袖《そで》のつゆ霜こそむすべ冬やきぬらん

天暦御時、神無《な》月《(づき)》といふことをかみにをき《(お)》て、歌《うた》つかうまつりけるに　藤原高光

552 神無《な》月《(づき)》風に紅葉《もみぢ》のちるときはそこはかとなく物ぞかなしき

551 秋との別れを惜しんで、まんじりともせず迎えた朝の、一夜置きつづけた袖の露はもう霜となっている。冬が来たのであろうか。建仁二年(一二〇二)頃、千五百番歌合・冬一。○をきあかす「起き明かす」に「置き明かす」を掛ける。○つゆ夜露と惜別の涙の露の意を兼ねる。○霜こそむすべ「露結んで霜とはなるなり。非二別物一。天気によって変るなり」(八雲御抄三)。また「霜は冬しも置き初めねど、歌はさのみぞ侍るかし」(千五百番歌合・八百三十番定家判)ともいう。

「立冬」の歌。

552 十月となり、風に紅葉が散る時は何とはなしに悲しくてならない。高光集「十月九日、冷泉院の釣殿にて神無月といふことをかみに置きて歌よませ給ふに」。後葉集・冬。○天暦　村上天皇の年号。天皇をもさす。○神無月　陰暦十月の異名。「天の下の諸の神、出雲国に行きてこの国に神無き故に、神なし月といふを誤れり」(奥義抄・上)。「なし」を「な」と誤ったという説。○かみにをきて　「神無月」の語を初句に置いての意。冬のはじめの季節感を詠む試みである。○紅葉　華やかな秋の形見としていう。▽物みなの衰えゆく悲しみを紅葉に託して歌う。

以下五七一まで(五六九・五七〇を除く)十八首「散る紅葉(落葉)」。

553 題しらず　源重之

名取河《なとりがは》やなせの浪ぞさは《(わ)》ぐなる紅葉《もみぢ》やいとゞよりて堰《せ》くらん

後冷泉院御時、上《うへ》のをのこども大井河にまかりて、紅葉浮《ブ》レ水《ニ》といへる心をよみ侍《(はべり)》けるに　藤原資宗朝臣

554 いかだしよ待《ま》てことと《ゝ》はん水上《みなかみ》はいかばかり吹《ふ》く山のあらしぞ

大納言経信

555 ちりかゝる紅葉《もみぢ》ながれぬ大井河《がは》いづれ井堰《せき》の水のしがらみ

553 名取川の簗瀬の波が音を立てているよ。紅葉が一段と流れ寄って水を堰きとめているのであろう。重之集「百首の歌。重之帯刀にて侍りし時、春宮に歌召しければ」。春宮は後の冷泉天皇。○名取河　陸奥国の歌枕。○やなせ　簗を設けた浅瀬。簗は杭を打ち並べ、竹木をからませて堰き止めた水を一箇所に流し、そこに簗簀《(やなす)》を張って魚を捕る仕掛け。春夏はのぼり簗、秋冬はくだり簗とよぶ。

以下四首「散る紅葉」に「川」を結ぶ。

554 筏師よ。待て、尋ねたい。この水上ではどんなに激しく山の嵐が吹いているのか。和歌一字抄「落葉浮水」。○後冷泉院　第七十代天皇。在位一〇四五―六八年。○上のをのこ　殿上人。○大井河　山城国の歌枕。○いかだし　上流の杣山(→一三九八)で伐り出した材木を筏に組んで運ぶ人。▽紅(落)葉の語を用いずに題意を表わす。

555 水面に散りかかる紅葉が流れずに浮んでいる大井川よ。どれが井堰の、水をせく柵なのであろう。この紅葉であろうか。本歌「山川に風のかけたるしがらみは流れもあへぬ紅葉なりけり」(古今・秋下・春道列樹)。経信集「紅葉浮水」。○大井河　山城国の歌枕。○井堰　水を引くために川中に「柵(→三八)」や石組を設けて水を塞きとめたもの。大井川の景物で、大堰川とも書く。▽水面に散り止まる紅葉を本歌によって柵と見、本来の井堰の柵を揶揄して興じる。

556 高瀬舟を棹さすと見えるばかりに紅葉が流れて下る大井川よ。家経集「大井河、落葉満流」。○落葉満水と　諸本により「と」を補う。○しぶく　綺語抄に「しぶき 渋義歟」とあるが、その用例に疑問があり、類聚名義抄に「撒 サヲサス シフク」「帆 シブカス」とあるのに従って棹さす意と

大井河にまかりて、落葉満ツレ水ニといへる心を
よみ侍《(はべり)》ける　　　藤原家経朝臣

556 高瀬《たかせ》舟しぶくばかりにもみぢ葉《ば》の流《なが》れてくだる大井河かな

深山ノ落葉といへる心を　　　俊頼朝臣

557 日暮《く》るればあふ人もなしまさき散《ち》る峰の嵐《あらし》のを《(お)》とばかりして

題しらず　　　清輔朝臣

558 を《(お)》のづからを《(お)》とする物は庭のおもに木《こ》の葉ふきまく谷の夕風《ゆふ》

みる。主語は「もみぢ葉」。○流れてくだる　勢いよく流れる語感がある。▽川面を埋めて流れくだる紅葉が、中に取りこめた舟をまるで棹さすかと見えるさま。参考「花さそふ比良山おろし荒ければ桜にしぶく志賀の浦舟」(夫木抄四・後鳥羽院)。

557 日が暮れるともう行き逢う人もない。ただまさきのかずらを散らす山頂の嵐の音が聞えるだけで。本歌㈠「日も暮れぬ人も帰りぬ山里は峰の嵐の音ばかりして」(後拾遺・雑五・源頼実)、㈡「深山には霰ふるらし外山なるまさきのかづら色づきにけり」(古今・神遊びの歌)。散木奇歌集「深山落葉」、初・四句「日暮るれど…峰は嵐の」。○まさき　「まさきのかづら」に同じ。↓五三八。▽本歌㈡の「色づき」を「散る」と改めることで「外山なるまさきのかづら」を「深山」のものとし、併せて本歌㈠の「山里」も「深山」に転じた。
　この一首「落葉」を「山」に結ぶ。

558 誰が訪れたのでもなく音を立てているのは、庭上に吹いて落葉を巻き上げている谷の夕風であることだ。清輔集「山家落葉」。○谷の夕風　谷から吹き上げる夕風。鄭太尉の故事(後漢書・鄭弘伝)によって北風を意味するか。▽参考「朝南暮北《(ゆふべにはきた)》、鄭太尉之渓風被ニ人知一」(和漢朗詠集「丞相」・菅原文時)。
　この一首、次歌との繫ぎ。

559 木の葉の散る家でひとり寝ている私の袖は同じ紅葉の色に染っているものを、その存在にも気がつかないで吹き過ぎてゆく山風よ。元久元年(一二〇四)十一月十日、春日社歌合。○かたしく　↓一九七。○袖の色　紅涙(↓五一六)でぬれた袖。時節のあわれさと独寝の寂しさでぬれるのである。▽風は紅葉を散らすものという通念に基づく趣向。紅葉を求めてやって来ながら通り過ぎてゆく風を、独り寝の身にあきたりなく思っている。

春日社歌合に、落葉といふ事をよみてたてまつりし
前大僧正慈円

559 木の葉ちる宿《やど》にかたしく袖の色をありともしらでゆく嵐かな

右衛門督通具

560 木《こ》の葉《は》ちる時雨《しぐれ》やまがふわが袖にもろき涙の色《いろ》とみるまで

藤原雅経

561 うつりゆく雲に嵐の声《こゑ》すなりちるかまさ木のかづらきの山

七条院大納言

562 初《はつ》時雨しのぶの山のもみぢ葉《ば》を嵐《あらし》ふけとは染《そ》めずや有《（あり）》けん

次歌とともに「落葉」を「居所」に結ぶ。

560 紅葉が散る時の時雨が私の袖にかかって紛れて見えるのであろうか。袖の上にもろくもこぼれる涙の色かと見るまでに。春日社歌合・同題。○木の葉ちる時雨　散る紅葉の色の映える時雨。○わが袖に　上下にかかって時雨と涙のそそぐ場所。○もろき涙　時節に感傷しての涙。紅涙(→五六)である。▽定家執筆の判に「袖にまがへる時雨、心ことに妖艶なり」という。参考「…涙の色の紅はわれらがなかの時雨にて秋の紅葉と人々はおのが散り散り別れなば…」(古今・雑体・伊勢)。

561 どんどん流れてゆく雲中に嵐の音がこもって聞えるよ。いま散るのであろうか、まさきのかずらが葛城山で。本歌㈠「もみぢ葉の散りゆく方を尋ぬれば秋も嵐の声のみぞする」(千載・秋下・崇徳院)、㈡「日暮るればあふ人もなしまさき散る峰の嵐の音ばかりして」(源俊頼。→五七)。春日社歌合・同題。○うつりゆく　嵐が運び去る意。○まさ木のかづら　→三六。山の名に掛けて下に続く。○かづらきの山　大和国の歌枕。▽嵐の音でまさきのかずらの散るのを察知したもの。山麓での詠嘆。同歌合の判に下句を引いて「歌のたけ及び難く聞ゆ」という。

以下五六七まで六首、再び「落葉」を「山」に結ぶ。

562 初時雨よ。お前は名もしのぶの山の紅葉を、まさか嵐が吹き散らせと思って染めはしなかったろうに。春日社歌合・同題。○初時雨　時雨は晩秋、初冬の景物。○しのぶの山　陸奥国の歌枕。初時雨が人知れずおずおずと染めるさまに掛ける。▽時雨は木の葉を染めるもの、風は紅葉を散らすものという通念をふまえて、早い嵐に散る紅葉を時雨のために傷み、作者の嵐への恨みをも託す。参考「いかにせむしのぶの山の下紅葉しぐるるままに色のまさるを」(千載・恋一・常陸)。

563 しぐれつゝ袖もほしあへずあしびきの山の木《こ》の葉に嵐ふく比《ころ》

信濃

564 山里《ざと》の風すさまじき夕暮《ゆふぐれ》に木《こ》の葉みだれて物ぞかなしき

藤原秀能

565 冬のきて山もあらはに木《こ》の葉《は》ふりのこる松さへ峰にさびしき

祝部成茂

五十首歌たてまつりし時

宮内卿

566 唐錦《からにしき》秋のかたみやたつた山ちりあへぬ枝《えだ》に嵐ふくなり

563 しきりに時雨が降りかかって袖を干す暇もないことだ。山の紅葉に嵐の吹くこの頃は。春日社歌合・同題。○しぐれつゝ 実際の時雨と落葉を惜しんでそそぐ涙とを兼ねる。

564 山里の、風が冷たく荒らかに吹くこの夕暮、木の葉は散り乱れて何とはなしに悲しくてならない。春日社歌合・同題。○みだれて 「かなしき」の縁語。▽参考→五五三・五五七。

565 冬が来て山肌のあらわれるまで木の葉は散り、変らず残っている松まで峰に荒涼として立っている。春日社歌合・同題。▽「勁松彰二於歳寒一」(文選十・西征賦)などの通念に逆らうことも趣向か。同歌合の判は第二句を「殊によろし」といい、後鳥羽院も感賞の御教書を賜ったという(源家長日記)が、後世、本集の歌屑の評もあったという(徒然草十四段)。それについて本居宣長は「もしくはてにをはの整はざる故にてもありぬべし」といい、「上にぞ・の・や・何等の辞なくて、「しき」と留れるは八代集の中にはこの一首のみなり」(詞の玉緒二)と記す。参考「四方山の木々の紅葉は散りはてて冬はあらはになりにけるかな」(重之女集)。

566 唐錦、この美しい秋の形見を裁とうというのか、立田山ではまだ散りきらずに残っている枝に嵐の音がするよ。本歌「唐錦枝に一むら残れるは秋のかたみをたたぬなりけり」(拾遺・冬・遍昭)。建仁元年(一二〇一)二月、老若五十首歌合。○唐錦 中国渡来の高価な錦。紅葉の譬喩で、下の「裁つ」の縁語。○たつた山 大和国の歌枕。↓五八〇。裁断する意の「裁つ」に掛ける。▽本歌を裏返した趣向。

567 時雨が降るかと耳をすませば木の葉の降る音であるのに、その音にもまた私の袂はぬれることだ。禅林瘀葉集「紅葉」。治承三十六人歌合

頼輔卿家歌合に、落葉の心を　藤原資隆朝臣

567 時雨かときけば木《こ》の葉のふる物をそれにもぬるゝわが袂《たもと》かな

題しらず　法眼慶算

568 時しもあれ冬は葉守《はもり》の神無《な》月《(づき)》まばらになりぬもりの柏木《かしは》

569 いつのまに空《そら》のけしきのかはるらんはげしき今朝《けさ》の木枯《こがらし》の風　津守国基

570 月をまつたかねの雲ははれにけり心あるべき初《はつ》しぐれかな　西行法師

「落葉の心を」、三句「ちるものを」。〇頼輔卿家歌合　→五五九。〇それにも　時雨にはぬれるが、木の葉の降る音にもの意。〇ぬるゝ　感傷の涙である。「時雨」「ふる」の縁語。▽時雨と落葉の音は紛れやすいという通念をふまえ、さらに「ぬるゝ」ことも同じという趣向であるが、実感はある。参考「木の葉散る宿は聞きわくことぞなき時雨する夜も時雨せぬ夜も」(後拾遺・冬・源頼実)。

この一首「落葉」を再び「居所」に結ぶ。

568 折もあろうに冬は葉守の神も御不在の神無月となり、木枯から守りきれず、まばらになってしまった。森の柏の木は。〇葉守の神　→三三〇。〇神無月　陰暦十月の異称。→五五三。〇柏木　八雲御抄三「柏」に「葉もりの神、在$_{二}$此木$_{一}$」。

この一首「落葉」を「森」に結ぶ。

569 いつのまに空模様が変ったのであろう。激しく吹く今朝の木枯よ。国基集「初冬」、五句「山おろしの風」。続詞花集・冬「冬のはじめによみける」。〇今朝　冬になった今朝。〇木枯　→三三七。▽昨日とはうって変った陰鬱な初冬の空を眺めての嘆き。

以下二首「落葉」ではなく、配列疑問。

570 月を待っているその高嶺の雲ははれたよ。私の気持を察してやんでくれた初時雨だな。御裳濯河歌合。西行法師家集・冬「時雨」、四句「心ありける」。玄玉集・天地歌下、二句「たかねの雲も」。〇心あるべき　物の情を解していそうな。〇初しぐれ　家集によれば冬の初時雨であるから十月上旬で、月はまだ明るい中に昇ってくる。▽時雨を降らせる雲がはれたのを見て、時雨の去ったことを知った喜び。右歌合で俊成は「たかねの雲といへる、姿心ことにをかし」と評する。

571 神無《な》月《(づき)》木〻の木《こ》の葉はちりはてゝ庭にぞ風のを《(お)》とはきこゆる

前大僧正覚忠

572 柴《しば》の戸《と》に入《いり》日のかげはさしながらいかにしぐるゝ山辺なるらん

清輔朝臣

山家時雨といへる心を

573 雲はれてのちもしぐるゝ柴《しば》の戸《と》や山風はらふ松のした露

藤原隆信朝臣

寛平御時后《きさい》の宮の歌合に

574 神無月しぐれふるらし佐保《さほ》山のまさきのかづら色まさりゆく

よみ人しらず

571 十月となって木々の葉は散り尽し、今は庭上に風の音は聞えている。本歌「神無月ねざめに聞けば山里の嵐の声は木の葉なりけり」(後拾遺・冬・能因)。○神無月　陰暦十月の異称。○庭にぞ　木末の木の葉はすべて庭に散り積っているからである。○風のをと　本歌によって木の葉の騒ぐ音を意味する。参考「今朝見ればよはの嵐にちりはてて庭こそ花の盛りなりけれ」(金葉・春・藤原実能)。

五七二と首尾照応している。

572 柴の枝折戸に夕日の光はさし込み、西はすでに晴れているのに、どうしていまなおこの山辺はしぐれるのであろう。清輔集「山居時雨」。○柴の戸　雑木を折り曲げて造った粗末な庵の戸。○さしながら　「さながらなり」(奥義抄・上)。そのまま変ることなくの意。「射しながら」と掛詞。▽西から慌しく晴れてくる時雨の通り過ぎるのを待つ間の気持。

以下五九〇まで十九首「時雨」。

573 雲がはれてからも時雨の降りかかる柴の枝折戸、あれは山風が吹き払う松の下露なのであろう。隆信集「北野の歌合に」。○雲　時雨を降らす雲。○した露　木から滴り落ちる露。▽静かな庵の、時ならぬ時雨をいぶかしんで思い当ったさま。「しぐるゝ」を音に限定する必要はない。

574 十月となり時雨が降っているのであろう。佐保山のまさきのかずらが日々美しく色づいてゆくよ。本歌「深山には霰ふるらし外山なるまさきのかづら色づきにけり」(古今・神遊びの歌)。○寛平五年(八九三)九月以前、寛平御時后宮歌合。○寛平　宇多天皇の年号。天皇をもさす。○后の宮　天皇の生母班子女王。○しぐれ　能因歌枕に「十月の雨をばしぐれといふ」とあり、別に「秋は」として列挙した景物の中にも「しぐれ」を加える。即

題しらず　　　　中務卿具平親王

575 こがらしのをと《(お)》に時雨をきゝわかで紅葉《もみぢ》にぬるゝ袂《たもと》と《ゝ》ぞ見る

中納言兼輔

576 時雨《しぐれ》ふるをと《(お)》はすれども呉竹《くれたけ》のなどよとと《ゝ》もに色《いろ》もかはらぬ

十月ばかり、常磐《ときは》の杜《もり》をすぐとて　　　　能因法師

577 時雨《しぐれ》の雨そめかねてけり山城《しろ》のときはのもりの真木《まき》の下葉《(したば)》は

題しらず　　　　清原元輔

578 冬をあさみまたぐ時雨《しぐれ》と思《(おもひ)》しをたえざりけりな老の涙も

ち初冬を主として晩秋も詠む。〇佐保山　大和国の歌枕。〇まさきのかづら　↓五三八。

575　木枯の音に紛れて時雨を聞き分けることができず、あろうことか紅葉のせいでぬれている袖と思ったことだ。新撰朗詠集「落葉」。〇こがらし　↓三七三。▽木枯は紅葉も時雨をも袖に吹きつけているが、時雨には気がつかないので袖のぬれている理由を紅葉に求めたというのである。そして紅葉の散った悲しさに我しらず落ちた涙かと思って一度は納得していたのであろう。

576　時雨のふる音はするけれども呉竹は、どうしていつまでも色も変らないのであろう。兼輔集「こないしのかみの御屛風に」、延喜十三年(九一三)十月の尚侍藤原満子の四十賀のための屛風をさす。和漢朗詠集「竹」・読人しらず。〇呉竹　ハチク、マダケの異称という。河竹(メダケ)の対。〇よとともに　命ある限りの意。「世」と「節(よ)」と掛詞。▽祝意がこめられている。

577　間なくふる時雨も染めることができずにいることだ。ときわという名をもつ山城の常磐の森の真木の下葉ばかりは。本歌「時雨のあめ間なくし降れば真木の葉も争ひかねて色づきにけり」(万葉集十・作者未詳。↓五八二)。能因法師集。〇ときはのもり　山城国の歌枕。〇真木　杉、檜等の総称。〇下葉　下枝の葉。▽常磐の名から真木の葉を連想し、本歌を裏返して興じたもの。

578　冬になってまだ日が浅いので、せっかちな時雨と思っていたが、絶えまもなく降りつづくことだな、そして私の老いの涙も。元輔集「帰り侍りてまたの日、かの大将の家にして時雨し侍りしに」。〇またぐ　古今・雑体・誹諧歌の「いつしかとまたぐ心をはぎにあげて」と同じか。あせりはやる意。穂久邇・鷹司本も「またぐ」。しかし諸本は多く「まだき」、家集も。▽冬の到来を告げる時

鳥羽殿にて、旅宿ノ時雨といふことを　　後白河院御歌

579 まばらなる柴《しば》の庵《いほり》にたびねして時雨にぬるゝさ夜《よ》衣かな

時雨を　　前大僧正慈円

580 やよしぐれ物思《(おもふ)》袖のなかりせば木《こ》の葉の後《(のち)》になにをそめまし

冬の歌の中に　　太上天皇

581 深《ふか》みどり争《あらそ》ひかねていかならんまなく時雨のふるの神杉《すぎ》

題しらず　　人麿

582 時雨《しぐれ》の雨まなくしふれば真《ま》木の葉も争《あらそ》ひかねて色づきにけり

雨は老人をひとしお感傷的にするのである。

579 すき間の多い柴の庵に旅寝をして、時雨のために夜着がぬれることだ。○鳥羽殿　→八〇。○柴の庵　雑木で葺いた粗末な庵。○さ夜衣「夜の衣」に同じで、俊頼髄脳に「夜、着たる衣」という。▽屋根の隙を漏れる時雨にぬれる意を主として、時雨の寂しさに涙する意も併せている。

580 これ時雨よ。もし物思いする私の袖がないとすれば、木の葉のあとには何を染めるのかしら。拾玉集・南海漁父北山樵客百番歌合、建久五年(一一九四)八月。○やよしぐれ　詠歌一体は制詞とする。○物思袖　時雨のあわれさに感じて涙する袖で、涙は紅涙。従って袖も時雨によって染められたといってよい。▽時雨は染めるものという通念を踏まえた諧謔であるが、こうまで物を思わせる時雨への恨みがにじむ。参考「ちぢの色にいそぎし秋は暮れにけりいまは時雨になにをそめまし」(大和物語三段)。

581 あの深緑色も、すべての物を紅葉させようとする時雨と争いきれなくて、今頃はどうしていることか。絶えまなく時雨の降りそそぐ布留の社の神杉よ。本歌は次の五八二。後鳥羽院御集「元久二年(一二〇五)三月、日吉三十首御会」。○深みどり　濃い青緑色。○ふる　大和国の布留(→八八)にある「布留のやしろ」。歌枕で「降る」に掛ける。

582 時雨が絶えまなく降るので常緑の真木の葉も争いきれず、とうとう色づいたことだ。原歌は万葉集十・作者未詳。人麿集。○真木　→五七。

583 この世の中であいも変らず過していることだ。時雨のそそぐ雲間の月が出たいと思う、それではないが、涙にくれながら「はてさてこのままでは。出離したい」と思うものの。和泉式部集、五句「いでやと思へば」。○ふる　「経る」に「しぐ

和泉式部

583 世中《(よのなか)》にを《(ほ)》もふるかなしぐれつゝ雲間の月のいでやと思《おも》へど

百首歌たてまつりしに

二条院讃岐

584 お《(を)》りこそあれながめにかゝる浮雲《うき》の袖もひとつにうちしぐれつゝ

題しらず

西行法師

585 あきしのや外山《と》の里《さと》やしぐるらん生駒《いこま》のたけに雲のかゝれる

道因法師

586 はれ曇《くも》り時雨はさだめなき物をふりはてぬるはわが身なりけり

れ」の縁語である「降る」を掛ける。○しぐれ　時雨することと涙にくれる意を兼ねる。○雲間　雲は「時雨」「降る」の縁語。煩悩の雲でもある。○いでや　「いやもう」といった発語に「出でや」を掛ける。「出で」は月が出る意と出離の意を併せている。

584　折もあろうに、じっと眺める空にかかっている浮雲が、袖をもこめてしきりに時雨を降らせているよ。正治二年(一二〇〇)院初度百首「恋」。○ながめ　物思いして見つめる意。「長雨」に掛けて、縁語の「浮雲」「しぐれ」を導く。○浮雲　時雨を降らせる一時の雲。▽浮雲が時雨を降らせると、物思いする身はこらえきれずに忽ち袖にも涙の時雨を降らせる。原作品では恋歌。

585　秋篠の山裾の里が今しぐれているのであろう。生駒山に雲がかかっているよ。西行法師家集。宮河歌合。玄玉集・天地歌下、二句「外山の奥や」。○あきしのや　「秋篠の里」は大和国の歌枕。「や」は場所を指示して詠嘆を添える。○生駒のたけ　「いこま山」に同じ。八雲御抄五は大和国の歌枕とした上、「河内国に通ず。両国の名所か」とも記す。伊勢物語二十三段「君があたり見つつを居らむ生駒山雲な隠しそ雨はふるとも」の歌を念頭に置く。秋篠の西方。▽「大和の方より見し景気なるべし」(八代集抄)。

586　晴れたり曇ったり時雨の降るのは変りやすいものだのに、ひたすら古びて老い果ててしまったのはわが身だったな。本歌「神無月降りみふらずみさだめなき時雨ぞ冬のはじめなりける」(後撰・冬・読人しらず)。治承三十六人歌合、初句「はれくもる」。○ふり　「降り」と「古り」と掛詞。○なりけり　今はじめてそのことを了解したという気持。▽参考「今はとてわが身時雨にふりぬれば言の葉さへにうつろひにけり」(古今・恋五・小野小町)。

千五百番歌合に、冬歌　　源　具　親

587 いまは又ちらでもまがふ時雨かなひとりふりゆく庭の松風

題しらず　　俊　恵　法　師

588 み吉野《よしの》の山かきくもり雪ふればふもとの里《さと》はうちしぐれつゝ

百首歌たてまつりし時　　入　道　左　大　臣

589 真木《まき》の屋《や》に時雨のを《(お)》とのかはるかな紅葉《もみぢ》や深《ふか》くちりつもるらん

千五百番歌合に、冬ノ歌　　二　条　院　讃　岐

590 世にふるはくるしき物を真《ま》木の屋《や》にやすくもすぐる初《はつ》時雨かな

587 初冬の今は今で木の葉が散るのでなくても時雨の音かと聞きまちがうことだな。降るではないが、孤独に古りゆく庭の松に吹く風よ。建仁二年(一二〇二)頃、千五百番歌合・冬一。〇まがふ　時雨の音は木の葉の降る音に似るという通念(→五六七)を踏まえる。〇ふりゆく　「古り」に「降り」を掛け時雨の縁語。▽今度は松風が時雨にまがうという。参考「風の音にわきぞかねまし松が根の枕にもらぬ時雨なりせば」(千載・羇旅・藤原実房)。

588 吉野の山が一面に曇り雪がふると、麓の里ではしきりに時雨がそそいでいる。治承三十六人歌合「雪」、二句「空かきくもり」。玄玉集・天地歌下。▽山と里、雪と時雨の対照。無名抄によれば作者の自讃歌という。参考「けさの嵐寒くもあるかなあしひきの山かきくもり雪ぞ降るらし」(後撰・冬・読人しらず)。

589 真木の屋に降る時雨の音が変ったな。紅葉が深く散り積っているからであろう。正治二年(一二〇〇)院初度百首。〇真木の屋　杉の板などで葺いた庵。〇かはるかな　時雨は山巡りするというが、時を置いて訪れた時雨の音が変ったのに気づき、紅葉の積ったことを察した繊細な感覚。

590 世を渡るのは苦しいものであるのにこの真木の屋にまるで何事もなく通りすぎる初時雨だな。建仁二年頃、千五百番歌合・冬二。〇ふる　「経る」に「降る」を掛け、時雨の縁語。〇真木の屋　→五八九。〇やすくもすぐる　さらさらと音を立てて通りすぎるさま。「やすく」は「くるしき」の対。「すぐる」は「ふる」と同義。▽初時雨を迎えての新鮮な感動。秀歌として中世の人々の心を捉えたのは、発想のよい意味での通俗性と人生観的な味わいであろう。参考「世にふれば憂きこそまされみ吉野の岩のかけ道踏みならしてむ」(古今・雑下・読人しらず)。

題しらず　　源信明朝臣

591 ほの〴〵とありあけの月の月かげに紅葉《もみぢ》ふきおろす山おろしの風

中務卿具平親王

592 もみぢ葉をなにお(を)しみけん木のまよりもりくる月は今宵《こよひ》こそみれ

宜秋門院丹後

593 ふきはらふ嵐《あらし》ののちの高嶺《たかね》より木《こ》の葉くもらで月やいづらん

春日歌合に、暁月といふことを　　右衛門督通具

594 霜こほる袖にもかげはのこりけり露《つゆ》よりなれしありあけの月

591 ほのかに明けゆく空に残る有明の月の光の下、紅葉を吹きおろす激しい山おろしよ。信明集「こと御屏風の絵に紅葉散りたるを見る人々」。和漢朗詠集「風」・読人しらず。○ほの〴〵と　「あけ」にかかると共に「ありあけの月」の微光でもある。▽散り残る紅葉が乱れ散る大観。「月」「おろす」の繰返しは、強意のための意図的な技巧か。参考「恋しくは見てもしのばむもみぢ葉を吹きな散らしそ山おろしの風」(古今・秋下・読人しらず)。

以下六二一まで(六〇三を除く)二十首「冬の月」。うち五九三まで「落葉」を結ぶ。

592 紅葉の散るのをどうしてあんなに惜しんだのであろう。「木の間よりもりくる月」は散った今宵文字通りに見ることができるのだ。本歌「木の間よりもりくる月の影みれば心づくしの秋は来にけり」(古今・秋上・読人しらず)。○今宵こそ　本歌の初秋に対比して強調したもの。

593 吹き払う激しい山風の過ぎたあとの高嶺から、今宵は木の葉が散り乱れて空を暗くすることなく、さえざえと月は出ることであろう。正治二年(一二〇〇)院初度百首。▽参考「桜花散りかひくもれ老いらくの来むといふなる道まがふがに」(古今・賀・在原業平)。

594 霜の凍りついた夜着の袖にもなおその光は映っていることだ。秋、露の置いていた頃から映り馴れてきた有明の月よ。元久元年(一二〇四)十一月十日、春日社歌合。○霜　八雲御抄三「露結んで霜とはなるなり。非二別物一」。涙の露の化したもの。○のこり　「ありあけの月」の縁語。○ありあけの月　→八三。▽暁月のあわれさに落す涙の露、またそれへ映る月は、いつしか離れ難い仲とさえなったようであるが、それが秋を経て露が霜に変る冬に至ったという感慨。

この一首「冬の月」に「霜」を結ぶ。

和歌所にて六首の歌たてまつりしに、冬ノ歌　　藤原家隆朝臣

595 ながめつゝいくたび袖にくもるらん時雨にふくる有あけの月

題しらず　　源　泰光

596 定《さだ》めなくしぐるゝ空《そら》のむら雲にいくたびおなじ月をまつらん

千五百番歌合に　　源　具親

597 いまよりは木の葉がくれもなけれども時雨《しぐれ》に残《のこ》るむら雲の月

題《だい》しらず

598 はれ曇《くも》るかげを都《みやこ》にさきだててしぐるとつぐる山の端《は》の月

595 物思いしつつ見入っていると、涙にぬれた袖の上に幾度曇った影を映すことであろう。時雨とともにふけてゆく有明の月は。建仁二年(一二〇二)三月二十二日、三体和歌御会「秋冬、此二はからび細くよむべし」の内。○六首の歌　四季、恋、旅各一首。○袖にくもる　時雨が来れば月は曇って、袖の影も曇り、去れば晴れる。○有あけの月　深夜の下弦の月。▽わが涙は時雨の夜のあわれさのためであるが、月も時雨のために曇る。その曇った月を袖の涙に映して眺める時、あわれさは倍加する。時雨にふけゆく夜の、いよいよ深まる感傷で、巧緻を極めた歌。

以下六〇〇まで六首「冬の月」に「時雨」を結ぶ。

596 降ったりやんだりの時雨空のむら雲のために、幾度同じ月の月の出を待つことであろう。○定めなく　→五八六。○おなじ月　一夜のうちの同じ月。▽四一四と類似の趣向。

597 これからは木の葉に月の隠れるわずらいなどないけれども、時雨のために残っているむら雲に、月の隠れるわずらいが。建仁二年頃、千五百番歌合・冬一。○むら雲の月　「木の葉がくれ」の月の対。▽右歌合の定家の判に「末の句や少しささへて(耳障りに)聞え侍らん」と評する。

598 晴れたり曇ったりの光を一足先に都へ送って、今こちらは時雨中と注進する山の端の月よ。千五百番歌合・冬一。○はれ曇るかげ　時雨は山を巡るので、月が曇れば来、晴れれば去ったと分かる。○山の端　都から眺められる山の稜線。▽参考「面影に花の姿をさきだてて幾重越えきぬ峰の白雲」(続詞花集・春下・藤原俊成)。

599 あちらは晴、こちらは曇りと里を照し分けている月の光よ。時雨を運ぶ夜なかのむら雲のために。建仁元年二月、老若五十首歌合。○たえぐに　点々とあるさま。「たえだえに咲ける垣

五十首歌たてまつりし時　　　寂蓮法師

599 たえだえに里《さと》わく月の光《ひかり》かなしぐれをおくる夜はのむら雲《くも》

雨後《ノ》冬月《ノ》といへる心を　　　良暹法師

600 いまはとてねなまし物をしぐれつる空《そら》とも見えずすめる月かな

題しらず　　　曾禰好忠

601 露霜《つゆしも》のよはにおきゐて冬の夜《よ》の月みるほどに袖はこほりぬ

前大僧正慈円

602 もみぢ葉《ば》はを《(お)》のが染《そ》めたる色ぞかしよそげにを《(お)》ける今朝《けさ》の霜かな

根の卯の花や音無川のせぜの白波」(月詣集「卯花所所」・中原有安)。山巡りする時雨の雲の動きで片側は暗く、片側は晴れ、明暗は交替もするのである。▽趣向は前歌に類似しながら一層技巧的。

600 今夜はもうこれまでと寝てしまったであろうに、今までしぐれていた空とも見えず澄んでいる月だな。和歌一字抄「雨後月明」、二句「ぬべかりけりや」。○いまはとて　夜もふけ時雨の降る寂しさに堪えきれない気持。名月でもないから雨のために月待ちを諦めたというのではあるまい。○すめる月かな　思いがけずさえた冬の月を見出した詠嘆。▽一時してはれる時雨の生態を捉えている。参考「やすらはで寝なましものをさ夜ふけてかたぶくまでの月を見しかな」(後拾遺・恋二・赤染衛門)。

601 露や霜が夜なかに置くように夜なかに起きて冬の夜の月を眺めているうちに涙の露の置く袖は凍ってしまった。好忠集「三百六十首和歌・十一月中」、初・四句「露霜と…月みしほどに」。○露霜　能因歌枕に「秋の霜をいふ」とあり、顕注密勘四で定家は「露霜とてただ両種をいひつづけたり」と注しているが、ここは後者。「露霜の」は「置く」の枕詞、「起く」に掛けて下を導く。併せて情景の描写でもある。

「冬の月」に「霜」を結ぶ。

602 この紅葉した葉はお前の染めた色だよ。それだのにそ知らぬ顔で置いている今朝の霜だな。建久四年(一一九三)、六百番歌合「秋霜」。慈鎮和尚自歌合。▽赤と白と相反する色の対照を諧謔的に歌ったもので、右歌合の判で俊成も「風体興ありて聞ゆ」と評する。もとは秋霜であるが本集は冬の霜として扱う。参考「一夜林霜葉尽紅(はことごとくにくれなゐなり)」(和漢朗詠集「霜」・温庭筠)。

「冬の月」ではなくこの一首配列疑問。

603 小倉《をぐら》山ふもとの里《さと》に木《こ》の葉ちればこずゑにはるゝ月をみるかな

西行法師

五十首歌たてまつりし時

604 秋の色をはらひはてゝやひさかたの月の桂《かつら》にこがらしの風

雅経

題しらず

605 風さむみ木の葉はれゆくよな〳〵に残《のこ》るくまなき庭の月かげ

式子内親王

606 わが門《かど》のかり田のねやにふす鴫《しぎ》の床《とこ》あらはなる冬の夜《よ》の月

殷富門院大輔

603 ほの暗いという名の小倉山よ。麓の里に木の葉が散ると、今度は峰の木末に何の障るものもない明るい冬の月を見ることだ。西行法師家集「冬月」。宮河歌合。○小倉山　山城国の歌枕。和歌初学抄に「くらきにそふ」とある。→四〇五。▽麓と木末、「木の葉ちる」と「はるゝ月」との対照、それに「はるゝ月」になって「小倉山」の名は無になったという興。

以下三首「冬の月」に「落葉」を結ぶ。

604 地上の秋の色を払い尽したというので、今は月中の桂に木枯が吹きすさんでいるのであろう。本歌「久方の月の桂も秋はなほ紅葉すればや照りまさるらむ」(古今・秋上・壬生忠岑)。建仁元年(一二〇一)二月、老若五十首歌合。○秋の色　漢語「秋色」の訓。ここは紅葉をいう。○ひさかたの　月の枕詞。○月の桂　→二〇〇。○こがらしの風　→三七三。▽下句は寒月の色のすさまじさを見て本歌を裏返し、大空をわたる木枯が月中にも吹いて落葉させるかと想像したもの。

605 風の寒さに木の葉の散りゆく夜ごと夜ごと、次第に残る隈なく行きわたってゆく庭の月光よ。○はれゆく　次第に消散してゆくこと。「はれ」は月の縁語。

606 門前の刈株となっている田の閨で臥している鴫の、その寝床が隈なく照らし出されている冬の夜の月よ。建仁二年頃、千五百番歌合・冬一。歌合では作者は隆信朝臣となっているが、定家の判に「殷富門院大輔、先年所詠也。作者定忘却歟」とあり、本集では訂正されている。○わが門の門田(→五〇三)をさす。○鴫　→三六二。▽門・刈田・閨・寝床・月光と順次に焦点を絞ってゆく手法の典型で、凄艶の美をねらう。

株田を落葉に準じて配列するか。不審。

607 冬枯《がれ》のもりの朽葉《くち》の霜のうへにおちたる月のかげのさむけさ

清輔朝臣

千五百番歌合に

608 さえわびてさむる枕《まくら》にかげみれば霜ふかき夜《よ》の有あけの月

皇太后宮大夫俊成女

609 霜むすぶ袖のかたしきうちとけて寝《ね》ぬ夜《よ》の月のかげぞさむけき

右衛門督通具

五十首歌たてまつりし時

610 かげとめし露《つゆ》のやどりを思い《(おもひ)》でて霜にあととふ浅茅生《あさぢふ》の月

雅経

607 冬枯の森の朽葉に置く霜の上に、投げかけられた月の光の寒々としていることよ。本歌「木の間よりおちたる月のかげ見れば心づくしの秋は来にけり」(清輔本古今・秋上・読人しらず)。○おちたる月　右清輔本の本文について定家は「月落とは山に入る月なり。落ちくるとはいふべくもあらず。月に限らず落ちくるといふ言葉好み詠むべからず」(僻案抄)という。▽森・朽葉・霜・月光と焦点を絞ってゆく手法の先例で、最後に尖鋭な像を結ぶ。

以下六二一まで五首「冬の月」に「霜」を結ぶ。

608 寒さに堪えきれずに目がさめた、その枕の上の光を見れば、それは深く置いた霜に映る深夜の下弦の月である。千五百番歌合・冬二。○霜ふかき　「ふかき」は夜にもかかる。

609 霜の置いた袖を片敷く独り寝。そのわびしさにうち解けて寝ることもできない夜の月の光は、まことに寒く感じられることだ。千五百番歌合・冬一。○霜　わびしさにこぼれる涙の凍った霜でもある。○かたしき　→四三〇。ここで切れる句法。○うちとけて　安らかにの意で「寝ぬ」にかかるが、「とけ」は「むすぶ」の縁語。▽普通に詠吟して上句で休止すると句意が通せず、その点を右歌合の判で定家は難じている。六三五の類歌。

610 秋の頃、その光を映し留めた露というはかない宿を思い出し、その昔の跡を訪ねてやってきて、霜に映っている浅茅生の月よ。本歌「浅茅生の露のやどりに君をおきて四方の嵐ぞしづ心なき」(源氏物語・賢木)。建仁元年(一二〇一)二月、老若五十首歌合。○霜　露の凍ったものとしていう。→五九四。○浅茅生　荒れはてた態(→四七八)で、露や霜の置く場所。▽霜を照らす月を昔の跡を懐かしむかとあわれんだもの。月は霜が露の後身であると知っているのであろうか。

橋上霜《ノノ》といへることをよみ侍《(はべり)》ける　法印幸清

611 かたしきの袖をや霜にかさぬらん月によがるゝ宇治《うぢ》の橋姫《はしひめ》

題しらず　源重之

612 夏刈《なつか》りのおぎ《(を)》の古枝《ふるえ》は枯《か》れにけりむれゐし鳥は空《そら》にやあるらん

道信朝臣

613 さよふけて声さへさむき蘆鶴《あしたづ》はいくへの霜かを《(お)》きまさるらん

冬の歌《うた》のなかに　太上天皇

614 冬の夜《よ》のながきをおくる袖ぬれぬ暁がたのよもの嵐《あらし》に

611 独り寝の袖を霜の上に重ねていることであろうか。さえわたる寒月に憚って男の通いの絶えた宇治の橋姫は。本歌「さむしろに衣かたしき今宵もやわれを待つらむ宇治の橋姫」(古今・恋四・読人しらず)。○かたしき →四三〇。○霜に 題意を汲んで本歌の「さむしろに」を艶に言い替えたもので、霜は寒光にさえる狭筵。○よがる 「夜離る」で「床離れ」ともいう。○宇治の橋姫 →四三〇。

612 夏刈りの荻の古葉は霜に枯れてしまったな。そこに群れていた鳥は今は見えないが、空に上がっているのであろうか。重之集「百首の歌。重之帯刀にて侍りし時、春宮に歌召しければ」。ただし「古枝ももえにけり…鳥も」。○夏刈り 普通は蘆についていう。→五四七。○おぎの古枝 刈り残された枯葉。能因歌枕に「萩の古枝」を「霜に枯れたる古葉をいふ」とあり、それに倣った造語か。荻は「庭野などに詠む。水辺にもあるべし」(八雲御抄三)。→二七七。▽家集では夏歌で歌意も変る。参考「夏刈りの玉江の蘆をふみしだきむれゐる鳥の立つ空ぞなき」(後拾遺・夏・源重之)。以下二首「冬の鳥」を扱っているが配列疑問。

613 夜がふけて鳴く声まで冷え冷えと聞える鶴は、その身の上に幾重の霜が置きに置いていることであろう。道信集「冬夜、鶴の鳴くを聞きて」。続詞花集・冬。○蘆鶴 鶴の異名(俊頼髄脳)。▽霜夜には声を呑むという鶴が鳴くのを聞いて「いくへの霜」を思いやったもの。参考「霜妨二鶴唳一(かくれいをさまたげて)、寒無レ露」(和漢朗詠集「氷」・高岳相如)。

614 冬の夜長をまんじりともせず過している私の袖はついに堪えきれず涙でぬれてしまった。暁方吹きめぐる嵐の音で。本歌「冬の夜の長きをおくるほどにしも暁がたの鶴の一声」(元真集)。後鳥羽院御集「元久二年(一二〇五)三月、日吉三十首御会」。○よもの嵐 源氏物語・須磨「独り目をさ

百首歌たてまつりし時　　摂政太政大臣

615 さゝの葉はみ山もさやにうちそよぎこほれる霜を吹《(ふく)》嵐かな

崇徳院御時、百首歌たてまつりけるに　　清輔朝臣

616 君こずはひとりやねなんさゝの葉のみ山もそよにさやぐ霜夜《よ》を

題しらず　　皇太后宮大夫俊成女

617 霜がれはそこともみえぬ草の原《はら》たれにとはまし秋のなごりを

百首歌中に　　前大僧正慈円

618 霜《しも》さゆる山田のくろのむら薄《すゝき》かる人なしみ残《のこ》るころかな

ましで枕をそばたてて四方の嵐を聞き給ふに…涙落つとも覚えぬに枕浮くばかりになりにけり」。この一首も「嵐」で次歌に繫がるのみ。

615 笹の葉は一山をさやかに響かせてそよそよと鳴り、葉上の凍った霜を吹き払う山風よ。本歌「ささの葉はみ山もさやに乱れどもわれは妹思ふ別れきぬれば」（万葉集二・柿本人麿）。正治二年（一二〇〇）院初度百首。〇さやに　八雲御抄四に「さや　さやかになり」とある。▽上句は聴覚的、下句は視覚的イメージ。

以下二首「霜」に「嵐」を結ぶ。

616 あなたが来なければ唯ひとり寝ることであろう。笹の葉が一山そよそよと鳴るばかりに騒ぐ寂しいこの霜夜を。本歌は㈠前歌の本歌、㈡「さかしらに夏は人まね笹の葉のさやぐ霜夜をわがひとりぬる」（古今・雑体・誹諧歌・読人しらず）。久安六年（一一五〇）、久安百首。〇崇徳院　第七十五代天皇。〇み山もそよに　本歌㈠について元暦校本や本集九〇〇にこの訓がある。

617 この一面の霜枯では、それがどこにあるとも分からない草の原である。誰に尋ねようかしら、美しかった秋の名残のありかを。本歌「尋ぬべき草の原さへ霜枯れてたれに問はまし道芝の露」（狭衣物語二）。〇そこ　「秋のなごり」がそこに、の意。〇たれにとはまし　人影も見えないことを示唆する。〇秋のなごり　紅葉の朽葉や秋草の枯株など。▽飛鳥井の女君に譬えた本歌の「道芝の露」を「秋のなごり」に置き替え、一段と艶を加える。

以下三首「霜枯」。

618 霜が冷え冷えと置く山田のあぜのむら薄が、刈る人もないので枯れ残っている頃となったな。拾玉集「詠百首和歌」。慈鎮和尚自歌合。ともに四句「かる人なしに」。烏丸・小宮・鷹司本も。〇

題しらず　　　　　　　　　　　　　好忠

619 草《くさ》のうへにこゝら玉ゐし白露をした葉の霜とむすぶ冬かな

中納言家持

620 かさゝぎのわたせる橋《はし》にを《(お)》く霜《しも》の白《しろ》きを見れば夜《よ》ぞふけにける

上《うへ》のをのこども菊合《きくあはせ》し侍《(はべり)》けるついでに　　　　延喜御歌

621 しぐれつゝ枯《か》れゆく野辺の花なれば霜のまがきにゝほふ色《いろ》かな

延喜十四年、尚侍《(ないしのかみ)》藤原満子に菊宴たまはせける時

中納言兼輔

622 菊の花たお《(を)》りては見じ初《はつ》霜のを《(お)》きながらこそ色まさりけれ

むら薄　薄は叢生する。○かる人なしみ　「なしみ」は「なみ」の誤用。万葉の古訓に基づくか(万葉集六〇・三三四等)。拾玉集には他にも用例がある。○残る　早春あぜを焼くまで枯薄として残る。

619 秋の頃、草の上葉にびっしりと玉を連ねていた白露を下葉の霜に替えて置いている冬だな。好忠集「三百六十首和歌・十月はて」、二・五句「そこら玉ゐし…むすぶ頃かな」。○玉ゐし　「玉ゐる」は成語。玉を並べていること。○した葉　下方の葉。萩や菊などにいう。

620 鵲が架けたという大空の橋に霜が置いて白々とさえているのを見ると、夜もすっかりふけたことだ。家持集・冬歌。○かさゝぎのわたせる橋　「かささぎの橋」に同じ。奥義抄・中は「天の河に鵲といふ鳥の羽をちがへて並び連りて橋となることのあるなり」と注し、八雲御抄五は「天河なり」とする。多くは七夕の場合であるが、夏冬にも天の川の意で詠む。源流はこの歌か。▽天の川の白々と見えるのを霜が置くと譬えたもの。

この一首、配列疑問。

621 菊は、時雨とともに枯れてゆく野辺にあっての唯一の花なので、今宮中に移され、霜の置く籬に美しく色映えていることだ。○上のをのこ　殿上人。○菊合　物合《(ものあわせ)》の一種で、左右が菊を合わせて優劣を競う。しばしば歌合を伴ったが、これは延喜十三年(九一三)十月十三日、内裏歌合の折に賜わった御製か。○まがき　→三四〇。○にほふ　菊は霜にあうと美しく色変りする。→五〇七。

以下三首「霜」に「菊」を結ぶ。

622 菊の花は手折って見ることはすまい。初霜の置いているそのままをそこに置いて見るのが一番美しいのだ。兼輔集、ただし詞書・本文に異同が多く、この詞書にも問題がある。○延喜　醍

同《おな》じ御時、大井河に行幸侍《(はべり)》ける日　坂上是則

623 かげさへにいまはと菊のうつろふは浪の底にも霜やを《(お)》くらん

題しらず　和泉式部

624 野辺見ればお《(を)》花《(ばな)》がもとの思《おも》ひ草《(ぐさ)》かれゆく冬になりぞしにける

625 津《つ》の国《くに》の難波《なには》の春は夢なれや蘆《あし》のかれ葉に風わたる也《(なり)》　西行法師

崇徳院に十首歌たてまつりける時　大納言成通

626 冬ふかくなりにけらしな難波江《なにはえ》のあお《(を)》葉まじらぬ蘆《あし》の村立《(むらだち)》

醐天皇の年号。〇尚侍　内侍司《(ないしのつかさ)》の長。のち後宮に加わる。〇藤原満子　高藤の女。〇をき「たをり」の対。併せて霜の「置き」と掛詞。〇色まさり　色変りして一層美しくなる。

623 映っている影までも今は限りとばかり菊が色変りして見えるのは波の底にも霜が置くからであろうか。是則集。〇同じ御時　延喜の御代。〇うつろふ　色変りする。

624 野辺を見ると、尾花がもとの思ひ草が枯れゆく冬についになったことだ。和泉式部集によれば「観ㇾ身岸額離ㇾ根草…」(和漢朗詠集「無常」・羅維)の訓み仮名を歌頭に置いた四十三首のうち「…きしの…」の「の」字を置いた歌。〇お花　薄の花穂。〇思ひ草　八雲御抄三に「露草なり。通具卿説なり」というが、特定の草ではなかったらしい。▽参考「道の辺のを花がもとの思ひ草今さら何のものか思はむ」(万葉集十・作者未詳)。

以下六二八まで五首「冬草」。

625 津の国の難波江の春景色は夢だったのだな。蘆の枯葉に遠く風がわたってゆくこの音よ。本歌「心あらむ人に見せばや津の国の難波わたりの春の景色を」(後拾遺・春上・能因)。西行法師家集・雑。御裳濯河歌合。〇津の国　→五四七。〇難波の春　難波江(→二六)の春で、ことに霞む景色が賞美された。〇蘆　「津の国の難波の蘆の目もはるに」(古今・恋二・紀貫之)と詠まれた名物。▽右歌合の判で俊成は「幽玄の体なり」と評す。回想の中で夢見る光景、それを破る枯蘆のそよぎ等に深い情感を感じ取ったのであろう。

626 冬が深くなったのだな。この難波江の、青葉の一つも見えない蘆の群立ちよ。成通集「あし」。〇崇徳院　第七十五代天皇。〇十首歌　天承元年(一一三一)九月九日の十五首歌のこと。〇けらし　「けり」の意。→二。〇村立　叢生するさま。

題しらず　　　　西行法師

627 さびしさにたへたる人の又もあれな庵《いほり》ならべん冬の山里《ざと》

東《あづま》に侍《(はべり)》ける時、都《みやこ》の人につかはしける　　　　康資王母

628 あづまぢの道《みち》の冬草《くさ》しげりあひてあとだに見えぬ忘水《(わすれみづ)》かな

冬《ノ》歌とてよみ侍ける　　　　守覚法親王

629 昔《むかし》おもふさよの寝覚《ねざ》めの床《とこ》さえて涙もこほる袖の上かな

百首歌たてまつりし時

630 立《た》ちぬるゝ山の雫《しづく》もを《(お)》とたえて真《ま》木の下《した》葉《(ば)》にたるひしにけり

627 この寂しさに耐えている人が外にいればよいな。一緒に庵を並べよう。草は枯れ、人影も見えない冬の山里よ。本歌「山里は冬ぞさびしさまさりける人目も草もかれぬと思へば」(古今・冬・源宗于)。西行法師家集「山家の冬の心を」。山家集。○さびしさ　本歌に歌われているこの寂しさ。▽この寂しさには孤独感と共に一種の解放感もあったはずで、そういう人の同気相求むといった感慨。「冬草」群の中にこの歌の配列されたのは本歌に基づくもので、編者の理解のほどを示す。

628 東海道の道のほとりの冬の枯草は茂りあい、川筋さえ埋もれている忘水よ。康資王母集「宮の下野、かき絶えてふみもおこせねば」。相手の四条宮下野集には「筑前の君、常陸より」の詞書で「霜枯れののちの冬草しをれふし…」として載る。○東に　作者は康平(一〇五八―六五)頃、常陸に下っていた。○あづまぢ　都から常陸に通じる道。○しげりあひ　奇異な表現で、下野集の本文が分かりやすい。○あと　川筋に筆跡、「ふみ」の意を掛けた技巧。○忘水　「ちと有る水なり」(八雲御抄三「水」)で、野中に川などの点々と見えるもの。我身に譬える。▽ただでさえ忘れられているわが身が東路の果てに来て、音信の絶えたのを怨む。

629 昔のことがしきりに思い出される夜中に、寝ざめれば床は冷え、落ちる涙も袖の上に凍ることよ。正治二年(一二〇〇)院初度百首。

以下六四〇まで(六三六・六三七を除く)十首「氷」。

630 いつも立ちながら濡れている山の木々の雫も今は音なく、見れば真木の下枝の葉につららが下がっていることだ。本歌「あしひきの山の雫に妹まつとわれ立ちぬれぬ山の雫に」(万葉集二・大津皇子)。正治二年院初度百首。○真木　杉・檜の類。▽本歌の恋歌を冬歌に替える。

題しらず　　　　　　　　　皇太后宮大夫俊成

631 かつこほりかつはくだくる山河《がは》の岩間《いはま》にむせぶ暁の声

　　　　　　　　　　　　　　摂政太政大臣

632 きえかへり岩間《いはま》にまよふ水のあは《(わ)》のしばし宿《やど》かるうす氷かな

633 枕《まくら》にも袖にも涙《なみだ》つらゝゐてむすばぬ夢をとふ嵐かな

五十首歌たてまつりし時

634 みなかみやたえ〲こほる岩間《いはま》より清滝《きよたき》河にのこる白浪

631 凍る一方で砕け、砕ける一方で凍る山川の流れが岩間で咽ぶように鳴る、この暁方の音よ。文治六年(一一九〇)三月、五社百首「氷」、日吉社奉納分。○むせぶ暁の声　「むせぶ」はのどが詰って声の聞きとれないこと。→三五。暁は夜明け前の最も冷える時間。▽激流と結氷とが相剋して流れもやらず、くっくっと音を立てているさま。参考「隴水凍咽、流不レ得」(和漢朗詠集「管絃」・白居易)。

632 消え失せたり岩間にさまよったりしている水の泡が、束の間取りついている薄氷よ。秋篠月清集「南海漁父百首」、建久五年(一一九四)八月。後京極殿御自歌合。○きえかへり　「かへり」は強調。○うす氷　すでに流れの表面は薄く凍っている。▽仏説にも無常の譬とされる泡のめまぐるしく、はかない動きは、それが同様にはかない薄氷に宿かることで極まる。繊細かつ巧緻な歌。

633 枕にも袖にも落ちる涙は氷となって、夢を結ぶこともできずにいる折節、ごうごうと閨に訪れる山風よ。秋篠月清集「南海漁父百首」。後京極殿御自歌合。○涙　冬の夜のあわれさに落ちる涙。○つらゝゐて　「つららゐる」は成語。結氷すること。今いう「つらら」は「たるひ」。→六三〇。○むすば　「結ぶ」は「つらら」「夢」の縁語。

634 水上はあちこちに凍らないところがあるのだろうか。その凍った岩間を通って清滝川でわずかに打ち揚げている白波よ。建仁元年(一二〇一)二月、老若五十首歌合。○みなかみや　「や」は疑問で、第二句で切れながら、さらに「こほる岩間」と続く。○たえ〲　→五九九。ここは点々と凍っている意。○岩間より　清滝川(→二七)は名だたる渓流で、岩・岩間と詠むことが多い。▽下流に残る白波を見て、水上の氷結の状態を推量する。参考「さえそめてまだ閉ぢはてぬ池水の凍れるほどに残る波かな」(壬二集・正治元年冬「池水半氷」)。

百首歌たてまつりし時

635 かたしきの袖の氷もむすぼほれとけて寝《ね》ぬ夜《よ》の夢ぞみじかき

最勝四天王院の障子に、宇治河《うぢがは》かきたるところ　太上天皇

636 橋姫《はしひめ》のかたしき衣さむしろにまつ夜《よ》むなしき宇治《うぢ》のあけぼの

前大僧正慈円

637 あじろ木にいざよふ浪のを《（お）》とふけてひとりや寝《ね》ぬる宇治《うぢ》の橋姫《はしひめ》

百首歌中に　式子内親王

638 見るまゝに冬はきにけり鴨《かも》のゐる入江《いりえ》のみぎはうすごほりつゝ

635 独り寝の袖には涙の氷も堅く結び、そのためうち解けて寝ることもできず、長い冬の夜も夢ばかりは短いことだ。本歌「とけて寝ぬねざめさびしき冬の夜にむすぼほれつる夢の短かさ」(源氏物語・槿)。正治二年(一二〇〇)院初度百首。○かたしき　→四二〇。○むすぼほれ　氷が結ぶ意に心が屈託する意を掛け、夢とも縁語。また「とけ」とは対語。▽ほとんど本歌と変らないが、わずかに感傷の詞を捨てたところに工夫が見える。

636 橋姫が独寝の衣も冷える寒い筵の上で一夜待った甲斐もついになかった宇治川の曙よ。本歌「さむしろに衣かたしき今宵もやわれを待つらむ宇治の橋姫」(古今・恋四・読人しらず)。承元元年(一二〇七)十一月、最勝四天王院障子和歌。○最勝四天王院　→一三。○橋姫　→四二〇。○さむしろ　→四二〇。「さ筵」に「寒し」を掛け、「衣さむし」で冬歌の扱いになる。○宇治のあけぼの　宇治川は山城国の歌枕。「あけぼの」は暁の後、夜明けの直前。名所の曙で殊に花やかなイメージがある。

以下二首「冬川」で、「氷」に準じてここに挿むか。

637 網代木に塞かれて漂う波の音が夜ふけを知らせる折節、独りさびしく寝ているであろうか、宇治の橋姫は。本歌「もののふの八十うぢ河のあじろ木にいさよふ浪の行方しらずも」(万葉集三・柿本人麿)。同じ障子和歌・同題。○あじろ木　十月頃、氷魚(ひお)即ち鮎の稚魚を捕るための仕掛けである網代の杭。これを川中にV字形に打ち並べ、それに竹木をからませて水を塞き、先端の簗簀(やなす)に魚を追込む。宇治川の景物。○をとふけて　夜がふけて音が一段とさえるさま。○ひとり　待つ男が来ない意。○宇治の橋姫　前歌の本歌の世界がここでも主題である。▽参考「あじろ木にいざよふ波のおとはして月影こほる宇治の川風」(建仁元年八月十五夜撰歌合・源家長)。

摂政太政大臣家歌合に、湖上ノ冬ノ月　　藤原家隆朝臣

639 志賀《しが》の浦《うら》やとを《(ほ)》ざかりゆく浪間よりこほりていづる有あけの月

守覚法親王、五十首よませ侍《(はべり)》けるに　　皇太后宮大夫俊成

640 ひとり見る池《いけ》の氷にすむ月のやがて袖《そで》にもうつりぬるかな

題しらず　　赤人

641 うばたまの夜《よ》のふけゆけばひさぎおふる清《きよ》き河原《かはら》に千鳥《ちどり》なく也《(なり)》

佐保《さほ》の河原《かはら》に千鳥《ちどり》のなきけるをよみ侍ける　　伊勢大輔

642 ゆくさきはさ夜《よ》ふけぬれど千鳥《ちどり》なく佐保《さほ》の河原《かはら》はすぎうかりけり

638 こうして日々見ているうちに冬は来たことだ。鴨の浮ぶ入江のみぎわは薄く氷りはじめて。正治二年(一二〇〇)院初度百首。○鴨　ガンカモ科の水鳥で、渡来するマガモや日本で繁殖するカルガモ等。

639 志賀の浦よ。夜がふけるにつれて次第に水際から沖へと去ってゆく波の間から、凍りついて上ってくる有明の月である。本歌「さ夜ふくるままにみぎはや凍るらむとほざかりゆく志賀の浦波」(後拾遺・冬・快覚)。壬二集。拾遺愚草によれば「正治元年冬、左大臣家十首歌合」。正治二年三百六十番歌合。○摂政太政大臣　藤原良経。○志賀の浦　近江国の歌枕。琵琶湖の西南部。○とをざかりゆく　水際の氷が張り広がるにつれて、波頭は逆に湖心へ退くさま。○有あけの月　夜に入って上る下弦の月。▽参考「とほざかる音はせねども月清み氷と見ゆる志賀の浦波」(千載・秋上・藤原重家)。

640 独り見つめている池の氷の上の澄みきった月が、そのまま袖の上にも映ったことだ。本歌「水の上に思ひしものを冬の夜の氷は袖のものにぞありける」(拾遺・冬・読人しらず)。建久九年(一一九八)頃、御室五十首。○守覚法親王　→二六八。○ひとり見る　物思いのさま。○すむ　「住む」と「澄む」と掛詞。○うつり　冬の月のあわれさに袖が涙でぬれ、かつ凍りさえしていることをいう。

641 夜が次第にふけてゆくと、楸の生えているいつもの清らかな河原で千鳥が鳴いているよ。原歌は万葉集六、初・五句「ぬばたまの…千鳥しばなく」。「なくなり」と訓む古訓は未詳。○うばたまの　夜の枕詞。○ひさぎ　→二七四。○千鳥　川にいるイカルチドリ、コチドリ等。

以下六五一まで十一首「千鳥」。

みちのくにゝまかりける時、よみ侍《はべり》ける　　能因法師

643 ゆふされば潮《しほ》風越《こ》してみちのくの野田《のだ》の玉河ちどりなくなり

題しらず　　重之

644 白浪にはねうちかはし浜千鳥《はまちどり》かなしき声はよるの一声《ひとこゑ》

645 夕《ゆふ》なぎに門《と》わたる千鳥《ちどり》なみまより見ゆる小《こ》島の雲にきえぬる

後徳大寺左大臣

堀河院に百首歌たてまつりけるに　　祐子内親王家紀伊

646 浦風にふきあげの浜《はま》のはま千鳥《ちどり》浪たちくらし夜はになくなり

642 道はこれから夜ふけになってしまったが、千鳥のなく佐保川の河原はす通りできることではない。伊勢大輔集「かやゐどの(→六八七)にて殿上人歌合ありしに、千鳥」、初句「道とほみ」。〇佐保の河原　大和国の歌枕で、千鳥の名所。

643 夕方になると潮風が離れた海から吹いてきて、陸奥の野田の玉川に千鳥が鳴いているよ。能因法師集「想像奥州十首・のだの玉川」。続詞花集・冬。〇みちのくに　「みちのく」に同じ。能因は二度陸奥に下り、後に右十首のほか「東国風俗五首」など詠んでいる。〇野田の玉河　歌枕。

644 白波の上をこもごも羽ばたきながら沖へゆく浜千鳥よ。せつなくいとしい声は夜鳴くその一声である。本歌「白雲にはねうちかはし飛ぶ雁の数さへ見ゆる秋の夜の月」(古今・秋上・読人しらず)。重之集「むまのすけにて播磨へ下るに、明石の浦にて夜暗きに千鳥なきて沖のかたに出でぬ」、四句「かなしきものは」。〇一声　千鳥は飛ぶ時、ピリリッと低く鳴く。普通群れて飛ぶ声を「一声」というのは珍しく、友なし千鳥とすれば、初二句は白波と羽を打ちかわす意となろう。

645 夕なぎ時、海峡を渡ってゆく千鳥が波間を通して見える小島の上の雲に入ってしまった。本歌「なみまより見ゆる小島の浜ひさぎ久しくなりぬ君にあはずして」(万葉集十一・作者未詳)。〇なみまより見ゆる　波間に隠見するさま。→六。

646 浦風に砂が吹き上げられるという吹上の浜の浜千鳥よ。その激しい浦風に波が起って来たのであろう、この夜なかに鳴いているよ。長治二年(一一〇五)頃、堀河百首「千鳥」。〇堀河院　第七十三代天皇。〇ふきあげの浜　紀伊国の歌枕。

647 月はかくも澄んでいる。が誰がここに月を尋ねて来ようか。紀伊国の吹上の浜には千鳥ば

五十首歌たてまつりし時　　　摂政太政大臣

647 月ぞすむたれかはこゝにきのくにや吹上《ふきあげ》の千鳥《ちどり》ひとりなく也《(なり)》

千五百番歌合に　　　正三位季能

648 さ夜千鳥《よちどり》声こそちかくなるみ潟《がた》かたぶく月に潮《しほ》やみつらん

最勝四天王院の障子に、鳴海《なるみ》の浦《うら》かきたる所　　　藤原秀能

649 風ふけばよそになるみのかた思《おも》ひおもはぬ浪になく千鳥《ちどり》かな

同《おな》じ所　　　権大納言通光

650 浦人の日もゆふぐれになるみ潟《がた》かへる袖より千鳥《ちどり》なくなり

かりが鳴いていることだ。建仁元年(一二〇一)二月、老若五十首歌合。○きのくにや　「来」と「紀」を掛詞とし、併せて「紀の国や吹上」と続く。○ひとり　人に対していう。

648 夜の千鳥、その声が次第に近づいて来る鳴海潟は、西へ傾く月とともに潮が満ちてくるのであろう。建仁二年頃、千五百番歌合・冬三。○ちかくなるみ潟　「ちかくなる」と「鳴海(なるみ)」と掛詞。鳴海潟は尾張国の歌枕。能因歌枕「潟とは海に潮のさす所をいふ」。○かたぶく月　「月の出で潮」(→一五六)の対で、月の入り方の満潮。冬は二十日すぎの頃で下弦の月。▽沖の干潟にいた千鳥が満ち潮に居場所を失って岸に近づく、その声から事態を推察したもの。

649 風が吹くと遠く吹き流された身は片思いに鳴海潟を恋いつつ、思いもよらぬ外海の波の上で鳴いている、その千鳥よ。承元元年(一二〇七)十一月、最勝四天王院障子和歌。○最勝四天王院　↓一三。○鳴海の浦　尾張国の歌枕。○なるみのかた思ひ　「よそになる身」に「鳴海」、「片思ひ」に「潟思ひ」を掛ける。「片思ひ」は片恋。こちらばかりが相手を慕うこと。○おもはぬ　上の「思ひ」に付け合わせた語戯。▽歌題に応じて千鳥と鳴海浦との関係を恋歌的に趣向したもの。

650 海人が夕暮になって鳴海潟を帰ってゆく、その夕風に翻る袖の陰から千鳥が鳴き立つよ。同じ障子和歌・同題。○日もゆふぐれ　「紐結ふ」を掛け(→二八四)、下の袖の縁語とする。また紐を結うのは帰りの身仕舞をする意を兼ねる。○なるみ潟　「ゆふぐれになる」に「鳴海潟(尾張国の歌枕)」を掛ける。○かへる　「帰る」と袖が「返る」と掛詞。▽優美な装飾的構図。参考「唐衣すそ野の庵の旅枕袖より鴫のたつ心地する」(六百番歌合・藤原定家)。

文治六年女御入内屛風に　　　正三位季経

651 風さゆるとしまが磯《いそ》のむら千鳥《ちどり》たちゐは浪の心なりけり

五十首歌たてまつりし時　　　雅経

652 はかなしやさてもいく夜《よ》かゆく水に数《かず》かきわぶる鴛鴦《をし》のひとり寝《ね》

堀河院に百首歌たてまつりけるに　　　河内

653 水鳥の鴨《かも》のうき寝《ね》のうきながら浪のまくらにいく夜《よ》ねぬらん

題《だい》しらず　　　湯原王

654 吉野《よしの》なるなつみの河のかはよどに鴨《かも》ぞなくなる山陰《かげ》にして

651 風の寒いとしまが磯の群千鳥は、飛び立つのも磯にいるのもすべて波の心のままであることだ。本歌「風はやみとしまが崎を漕ぎゆけば夕波千鳥たちゐ鳴くなり」(正保板本金葉・冬・源顕仲)。文治六年(一一九〇)正月女御入内御屛風和歌・十月「千鳥」。○女御　↓二六〇。○としまが磯　八雲御抄五に摂津国とする。○浪の心なりけり　六四六・六四八に歌われている通り。

652　むなしいことだな。さてさてもう幾夜か、流れる水をむなしく掻いて屈託している鴛鴦の独り寝よ。本歌「ゆく水に数かくよりもはかなきは思はぬ人を思ふなりけり」(古今・恋一・読人しらず)。建仁元年(一二〇一)二月、老若五十首歌合。○ゆく水に数かき　本歌の、流水に数字を書く意に、流水をしきりに掻く意を掛ける。寂しさと寒さのためである。○鴛鴦　ガンカモ科の水鳥。日本で繁殖し、雄の冬羽は美しい。

以下三首「水鳥」。

653 鴨のうき寝というが、鴨は浮いて落着かないまま、漂う波を枕にしてもう幾夜寝たことであろう。長治二年(一一〇五)頃、堀河百首「水鳥」、五句「いく夜へぬらん」。前田・烏丸・小宮・穂久邇本も。○堀河院　第七十三代天皇。○水鳥の　鴨や浮寝の枕詞。○うき寝　水に浮いたまま寝ることで、「憂き寝」を掛け、同様に両意をもつ「うきながら」を導く。▽鴨に人の世の過し難さ、あるいは恋の苦しみを託す。参考「敷妙の枕にだにもわれをなせ鴨のうき寝は苦しかりけり」(古今六帖三・読人しらず)。

654 吉野にあるなつみの川の川の淀みで、鴨が鳴いているよ。山陰に当って。原歌は万葉集三の同じ歌。古今六帖三。○なつみの河　大和国の歌枕。○かはよど　川の水の淀んでいる所。▽山陰で鳴く声を聞いて川淀のあたりと推測する。

655 ねやのうへに片枝《かたえ》さしおほひそともなる葉びろ柏《がしは》に霰ふる也《(なり)》

能因法師

656 さゞなみや志賀《しが》の唐崎《からさき》風さえて比良《ひら》のたかねに霰《あられ》ふる也《(なり)》

法性寺入道前関白太政大臣

657 やたの野にあさぢ色《いろ》づく有乳山《あらち》みねのあは雪さむくぞあるらし

人麿

雪朝《(ゆきのあした)》、基俊許《(もと)》へ申《(まうし)》つかはしける

瞻西聖人

658 つねよりも篠屋《しのや》の軒《のき》ぞうづもるゝけふは宮《(みや)》こに初《はつ》雪やふる

655 閨の上に片枝を伸しひろげて後庭に立っている、柏の大きな葉を霰がたたく音がするよ。本歌「をふの浦に片枝さしおほひなる梨のなりもならずも寝て語らはむ」(古今・東歌・伊勢歌)。○片枝　木の片側の枝。○そとも　↓三四。○葉びろ柏　ブナ科の落葉高木で、カシワなど。↓三〇。葉は大きい。またその葉の伸び広がったさま。

以下二首「霰」。

656 さざ波の寄せる志賀の唐崎は風が寒く、うしろの比良の高嶺には霰が降っているようだ。○さゞなみや　志賀の枕詞。ここは景色の描写も兼ねている。○志賀の唐崎　近江国の歌枕。○比良のたかね　近江国の歌枕。志賀の内。

657 やたの野には浅茅が色づいている。有乳山の峰にふる淡雪はきっと冷たいことであろう。原歌は万葉集十・冬雑歌「やたの野の…みねのあわ雪さむくふるらし」。古今六帖二は初句「やたののの」。○やたの野　有乳山と共に越前国の歌枕。○あさぢ　背の低いチガヤ。○あは雪　淡雪。↓一〇。万葉集では「沫(あわ)雪」で、いずれも消えやすい雪。八雲御抄三に「あわ雪」として「冬のはじめつ方、春の雪なり。但し万(葉)八に十二月にあは雪ふるといへり。いづれも不レ可レ違」とある。

以下六四まで二十八首「雪」。

658 いつもより激しい大雪で、この篠屋の軒が埋もれています。今日は都には初雪が降っていましょうか。基俊集。○基俊　藤原基俊は俊成の歌の師。なお「基俊」の下に「の」(烏丸本)、又は「が」(穂久邇・鷹司本)を添えてよむ。「が」は「の」に較べ親しみ狎れた気持を含む。○篠屋　篠(笹やメダケの類)で葺いた家。山家。「篠」と「しのに」降る意を掛ける。↓四三五。○ふる　「降る」に「古る」を掛け、「初雪や古る」という矛盾を楽しむ。▽参考「都にてめづらしと見る初雪は吉野の山に

返し　基俊

659 ふる雪にまことに篠屋《しのや》いかならんけふは都《みやこ》に跡《あと》だにもなし

冬《ノ》歌あまたよみ侍《(はべり)》けるに　権中納言長方

660 初雪《はつ》のふるの神杉《すぎ》うづもれてしめゆふ野辺は冬ごもりせり

思《おも》ふこと侍けるころ、初雪《はつ》ふり侍ける日　紫式部

661 ふればかく憂《う》さのみまさる世をしらで荒《あ》れたる庭につもる初雪《はつ》

百首歌に　式子内親王

662 さむしろのよはの衣手さえ〳〵て初雪《はつ》しろし岡《をか》の辺《べ》の松

ふりやしぬらむ」(拾遺・冬・源景明)。また篠屋と都、「うづもる」と初雪の対照の興。また作者の住む雲居寺は東山の西麓にあり、都とは賀茂川を挿んだだけの距離なので、「初雪」も誇張・諧謔といってよい。

659 この降る雪にお言葉通り、篠屋はどんなかと想像されます。今日は都大路にも人の通った形跡さえありません。基俊集。▽ありのままの鄭重な応答。

660 初雪が降る布留の社の神杉はすっかり雪に埋もれ、しめを張った野は冬ごもりしているよ。長方集「ゆき」の内。○ふる　「降る」と「布留(→六八)」と掛詞。○しめゆふ野辺　注連を張って社地であることを標示した野。○冬ごもり　落葉や雪に埋もれ、草木が活動を停止しているさま。

661 この世に降れば、こうして生きながらえている私のように、つらさ、悲しさが増すばかりとも知らないで、荒れた庭にずんずん積ってゆく初雪よ。本歌「世にふれば憂さこそまされみ吉野の岩のかけ道ふみならしてむ」(古今・雑下・読人しらず)。紫式部集「初雪ふりたる夕暮に人の／恋ひわびてありふるほどの初雪は消えぬるかとぞ疑はれける」とある歌の返歌。○ふれば　「降れば」に「経れば」即ち世にながらえている意を掛ける。○憂さ　身すぎ、世すぎのつらさ。○つもる　「まさる」に照応。▽初雪を憐れむと共にその無垢、ういういしさに対する嘆賞もあろう。沈痛な境涯を見せる。

662 寒い筵の上に重ねている夜着の袖が冷えに冷えたと思ったが、初雪が真白に置いているよ。岡辺の松を埋めて。正治二年(一二〇〇)院初度百首。○さむしろ　→四三〇。「寒し」を掛ける。○よはの衣手　「よるのころも」(→五七九)の袖。○初雪しろし　夜明けの目にまず映った鮮やかな印象。▽参

入道前関白、右大臣に侍《（はべり）》ける時、家歌合に、

雪をよめる　寂蓮法師

663 ふりそむるけさだに人のまたれつるみ山の里《さと》の雪の夕暮《ぐれ》

雪の朝《あした》、後徳大寺左大臣許《（もと）》につかはしける　皇太后宮大夫俊成

664 けふはもし君もや訪《と》ふとながむれどまだ跡《あと》もなき庭の雪哉《（かな）》

返し　後徳大寺左大臣

665 いまぞきく心は跡《あと》もなかりけり雪かきわけて思《おも》ひやれども

題しらず　前大納言公任

666 白山にとしふる雪やつもるらんよはにかたしく袂《たもと》さゆなり

考「衣手に余吾の浦風さえさえてこだかみ山に雪ふりにけり」(金葉・冬・源頼綱)。

663 降り初めの今朝でさえ、寂しさに人の待たれた、この山里の雪の夕暮よ。治承三年(一一七九)十月十八日右大臣家歌合「雪」。○入道前関白　藤原兼実。○雪の夕暮　すでに雪は深い。夕暮は男の来るのを女が待つ時分でもあり、殊に人の恋しい時であるが、雪の山里ではその期待もできず、ひとしおの寂しさ。この句は作者の創始といい(先達物語)、詠歌一体は制詞とする。

664 今朝はもしかしてあなたが訪ねて下さるかと見つめていますが、まだ足跡もつかない庭の雪ですよ。林下集「雪降りしあしたに三位俊成卿のもとより申し送りたりし」。長秋詠藻は「極月の十日あまり…」として「けさは…ながむれば」。○後徳大寺左大臣　藤原実定。俊成の甥。なお「左大臣」の下に「の」(前田本を除く諸本)を添えてよむ。

665 今はじめて承りました。心は足跡がつかないものだったのです。この深雪をかき分けてあなたに思いを馳せておりますが。林下集、長秋詠藻ともに「かへし」として載る。○跡もなかりけり　前歌の句を取りながら「心は」と限定して、今はじめてそのことを知ったと詠嘆したもの。▽とり澄ました観はあるが、平凡な贈歌の返しとしては上乗であろう。

666 越の白山に幾年も消えずにいる雪が積み重なるのであろう。夜なかに独り寝の袖が冷えることだ。本歌「年ふれば越の白山老いにけり多くの冬の雪つもりつつ」(拾遺・冬・壬生忠見)。公任集「ある女に」、三句「まさるらむ」。○白山　越前国の歌枕。和歌初学抄「雪深し。越の白山とも」。○ふる　「経る」と「降る」と掛詞。○かたしく　↓四三〇。▽公任集によれば、一向に心を開かない女

夜深聞《クク》レ雪《ヲ》といふことを　刑部卿範兼

667 あけやらぬ寝覚《ねざ》めの床《とこ》にきこゆなりまがきの竹の雪のしたおれ《(を)》

上《うへ》のをのこども、暁望《ニム》二山雪《ヲ》一といへる心をつかうまつりけるに　高倉院御歌

668 をとは《(お)》山さやかに見ゆる白雪をあけぬとつぐる鳥《とり》の声《こゑ》かな

紅葉の散《ち》れりける上《うへ》に初雪《はつゆき》のふりかゝりて侍《(はべり)》けるを見て、上東門院に侍ける女房につかはしける　藤原家経朝臣

669 山里《ざと》は道《みち》もやみえずなりぬらん紅葉《もみぢ》とともに雪のふりぬる

を怨じたものか。参考「み吉野の山の白雪つもるらしふる里寒くなりまさるなり」(古今・冬・坂上是則)。

667 一向に明けようとしない寝ざめの枕元に聞えてくるよ。籬の竹の雪にしない折れる音が。〇夜深　夜明けまでに間がある時分。〇まがき　竹木で粗く編んだ垣。〇したおれ　下枝が折れること。ここは折れて垂れ下がる意。▽参考「呉竹の折れふす音のなかりせば夜深き雪をいかで知らまし」(続詞花集・冬・坂上明兼。千載にも)。

668 音羽山がそのためにくっきりと見える暁方の白雪であるのに勘違いしてか、夜が明けたと告げる鶏の声よ。玄玉集・天地歌下、二句「さやかに見する」。本集の諸本も。〇上のをのこ　殿上人。〇暁　夜明け前の薄明りの時分。やがて「あけぼの」を経て「夜明け」(日出)となる。〇をとは山　→三七一。〇さやかに見ゆる　暁闇の僅かな光を集めて白雪が山を輝かせているさま。「見ゆる」にも見せるの意がないわけではない。

669 そちらの山里は深雪で道も見えなくなっていることでしょう。こちらでは紅葉の美しい落葉の上に時雨ではないが、初雪が降ったことです。家経集。〇上東門院に侍ける女房　家集の詞書には「白河院に侍ふ女」とあり、寛徳二年(一〇四五)閏五月、上東門院が白河院に移った(扶桑略記)以後のことになる。上東門院は藤原彰子、一条天皇中宮。〇山里　京の東郊白河にあった白河院(白河殿)をさす。栄花物語・根合にも「山里も寂しからず、よろづの人参り仕り」とある。〇紅葉とともに　「初時雨紅葉とともにふる里の吉野の山の…」(古今・雑体・凡河内躬恒)による。▽六六八と同様、都と東山とを誇張的に対照させた興。

野亭雪をよみ侍《はべり》ける　　藤原国房

670 さびしさをいかにせよとて岡《をか》べなる楢《なら》の葉しだり雪のふるらん

百首歌たてまつりし時　　定家朝臣

671 駒《こま》とめて袖うちはらふかげもなしさののわたりの雪の夕暮《ゆふぐれ》

摂政太政大臣、大納言に侍ける時、山家雪といふことをよませ侍けるに

672 まつ人のふもとの道《みち》はたえぬらん軒《のき》ばの杉《すぎ》に雪を《お》もるなり

670 この寂しさをこの上どうせよといって岡のほとりの楢の葉は垂れ下がり、雪が降るのであろう。和歌一字抄「山家雪」。○野亭　野中にある休憩のための小家。○楢　ブナ科の落葉高木。コナラなど。「ははそ」とも。「楢の葉柏、納涼の比、景物なり」(八雲御抄三)。▽夏の頃、緑陰を作った楢の黄葉に雪の降る景。

671 駒をとめて袖に積る雪をふり払う物陰もない。このさのの渡しの雪の夕暮よ。本歌「苦しくも降りくる雨かみわの崎さのの渡りに家もあらなくに」(万葉集三・長忌寸奥麿。新勅撰集・羇旅・読人しらず)。正治二年(一二〇〇)院初度百首。○かげ　木陰、野亭など。○さののわたり　八雲御抄五は大和国の歌枕とし、「家なしと万葉にもいへり」と記す。夫木抄二十六も大和(「三輪の崎」条)で、川の渡し場を想定している。○雪の夕暮　→六六三。▽歌枕のほかは一語も本歌を取らないが、雨を雪に替え、「家なし」というこの歌枕の眼目に新しい描写を与え、寂しさに優美な情感をこめる。参考「ささのくま檜隈川に駒とめてしばし水かへかげをだに見む」(古今・神遊びの歌)、「うちはらふ袖も露けき常夏に嵐ふきそふ秋も来にけり」(源氏物語・帚木)。

672 私が待つ人の通ってくる麓の道は埋もれてしまったであろうか。軒端の杉に積る雪は重くなったようだ。拾遺愚草「文治五年(一一八九)十二月、後京極摂政大納言の時、十首歌」。○摂政太政大臣　藤原良経。文治五年七月十日任権大納言。○軒ばの杉　山居のさま。▽参考「山里は雪ふりつみて道もなし今日来む人をあはれとは見む」(拾遺・冬・平兼盛)、「降る雪に杉のあを葉も埋もれてしるしも見えず三輪の山もと」(金葉・冬・皇后宮摂津)。

673 同《おな》じ家にて、所名《（ところのな）》を探《さぐ》りて冬歌よませ侍《（はべり）》けるに、伏見ノ里ノ雪を

有家朝臣

夢かよふ道《みち》さへたえぬ呉《くれ》竹のふしみの里《さと》の雪のしたをれ

家に百首歌よませ侍けるに

入道前関白太政大臣

674 ふる雪にたく藻《も》の煙《けぶり》かきたえてさびしくもあるか塩釜《しほがま》の浦《うら》

題しらず

赤人

675 田子《たご》の浦にうちいでて見れば白《しろ》たへの富士《ふじ》の高嶺《たかね》に雪はふりつゝ

延喜御時、歌たてまつれとおほせられければ

貫之

676 雪のみやふりぬとおもふ山里《ざと》にわれもおほくの年《とし》ぞつもれる

673 夢の行き来する道まで絶えてしまった。一夜臥した伏見の里の、雪に竹の折れ下がる音で。○同じ家にて　良経邸の歌会(秋篠月清集)。○探りて　探題。籤などで題を選びとること。○伏見里　山城国の歌枕。○夢かよふ道　「夢のかよひぢ」は夢の中の道であるが、ここは夢が通う道。それが絶えるとは夢の覚めること。○道さへ　人の往来する道はもとよりの意。○呉竹の　竹の節に掛けて伏見の枕詞。「呉竹」→五七六。○ふしみ　「伏見」に「臥し」を掛け、夢の縁語。○雪のしたをれ　→六六七。▽下折れの音に夢も破れたというのである。

674 降る雪のために藻塩を焼く煙はすっかり絶え、さびしいことだな。塩釜の浦は。本歌「君まさで煙たえにし塩釜のうらさびしくも見えわたるかな」(古今・哀傷・紀貫之)。○たく藻　藻塩を焼く、即ち製塩のために藻を用いて濃縮した海水を塩釜に入れ、薪を焚いて煮詰めること。○かきたえ　強調の接頭語「かき」を「掻き」集める意に掛けて、藻の縁語。○塩釜の浦　陸奥国の歌枕。

675 田子の浦に出て眺めると真白な富士の高嶺に雪はふりしきっている。原歌は万葉集三、三・五句「ましろにぞ(しろたへの)…ゆきはふりける」であるが、類聚古集の訓や和歌初学抄の本文は本集に同じ。○田子の浦　駿河国の歌枕。○白たへの　富士の枕詞。同時に純白のイメージとして働く。○富士の高嶺　駿河国の歌枕。▽「白たへの富士の高嶺」を仰げば「雪のふりつつ」あることが自然に感じられ、美しく想像できたことが当時の共感をよんだのである。

676 雪ばかりが降ったと思おうか。この山里で私にも長い年月が積り、齢古りて埋れてしまったことだ。貫之集「延喜御時、内裏御屏風の歌」の内「山里に住む人の雪のふれるを見る」。ただし二

守覚法親王、五十首歌よませ侍《はべり》けるに

皇太后宮大夫俊成

677 雪ふれば峰《みね》のまさかきうづもれて月にみがける天《あま》の香《か》具《ぐ》山

題しらず

小侍従

678 かき曇《くも》りあまぎる雪のふるさとをつもらぬさきに訪《と》ふ人もがな

前大僧正慈円

679 庭の雪にわが跡《あと》つけていでつるを訪《と》はれにけりと人やみるらん

680 ながむればわが山のはに雪しろし宮《みや》この人よ哀《あはれ》とも見よ

句「ふりぬとはおもふ」。前田本を除く諸本も。古今六帖二、三・五句「山里は…年ぞへにける」。○延喜 醍醐天皇の年号。天皇をもさす。○ふりぬ 「降り」と「古り」と掛詞。○つもれる 「雪」「ふり」の縁語。▽屏風絵の中の人物になって詠む。

677 雪が降ると峰の榊は埋もれ、月の光で磨いたように見える天の香具山よ。建久九年(一一九八)頃、御室五十首。○守覚法親王 →三六。○まさかき 記紀ともに天の岩戸開きの条に「天の香山(かぐやま)の五百つ真賢木を根こじにこじ」、それに八尺の勾玉、八尺の鏡、和幣(にぎて)を付けたことが見え、八雲御抄三「榊」にもこれを引いて「仍てあまの香具山に此まさかきはあり」と注する。その榊が雪に埋もれているのは一層荘重、神秘である。○月にみがける 雪の全山が月光で輝くさま。「みがく」は右の榊に付けた勾玉・鏡の連想があるか。○天の香具山 →二。

678 空一面を曇らせて激しく雪が降るこの古里を、積らぬうちに訪れる人があればよいのに。小侍従集「雪」。○あまぎる →一〇三。○ふるさと 今は忘れられた里。雪が積ればいよいよ訪う人はないのである。「古る」と「降る」と掛詞。

679 庭の雪に私が足跡をつけて出かけたのを誰か訪ねて来た人でもいると人は見るであろうか。拾玉集「堀河院題百首・雪」。慈鎮和尚自歌合。○いでつる 誰かを訪ねた意。▽わが足跡の残る閑庭を眺めた即興的発想。訪う、訪われるに山居の寂しさ、人恋しさが滲み出ている。

680 物思いしつつ見入ればわが住む比叡の山の端に雪が白い。都の人よ。この雪をしみじみ目にとめてくれよ。正治二年(一二〇〇)院後度百首「雪」。○わが山 「ひえの山なり」(八雲御抄三)。慣用語。○山のは 山の稜線。峰。山の端を白くしているのは初雪か。○哀 都で仰ぐ比叡山の雪は美しく、

681
冬草《くさ》のかれにし人のいまさらに雪ふみわけて見えん物かは　曾禰好忠

雪朝《ゆきのあした》、大原にてよみ侍《はべり》ける　寂然法師

682
たづねきて道《みち》わけわぶる人もあらじいくへもつもれ庭の白雪

百首歌の中に　太上天皇

683
このごろは花も紅葉も枝《えだ》になししばしなきえそ松の白雪《しらゆき》

千五百番歌合に　右衛門督通具

684
草も木もふりまがへたる雪もよに春まつむめの花の香《か》ぞする

哀を同情の意に限定してはよくない。▽山居の身に雪は単に観賞的であったとは思えないが、これを観賞しているであろう懐かしい都の人々を思い出し、同時に自分をも思い出してほしいと願う。

681　冬草の枯れるではないが、私から離れていった人が今さらこの雪を踏み分けて顔を見せるはずがあろうか。本歌「わが待たぬ年は来ぬれど冬草のかれにし人は訪れもせず」(古今・冬・凡河内躬恒)。好忠集「三百六十首和歌・十一月中」。○冬草の　「枯れ」の枕詞であるが、同音で「離れ」に掛けて第二句を導く。▽参考「忘れては夢かとぞ思ふ思ひきや雪ふみわけて君を見むとは」(古今・雑下・在原業平。伊勢物語八十三段)。

682　探し求めてやって来て、道の雪を踏み分けかねて苦しむといった人もあるまい。幾重にもずんずん積れ、庭の白雪よ。唯心房集。治承三十六人歌合、三句「人はあらじ」。○大原　作者の遁世の地。京都市左京区。高野川の上流。

683　この時節は花も紅葉も枝に見えない。せめてしばらく消えずにいてくれ、松に積む白雪よ。本歌「降る雪はきえでもしばしとまらなむ花も紅葉も枝になきころ」(後撰・冬・読人しらず)。正治二年(一二〇〇)院後度百首「雪」。→三六三。○花も紅葉も　春秋を飾る花やかな色どり。○松の白雪　寂しいが冬の最も美しい花。▽参考「松の葉にかかれる雪のそれをこそ冬の花とはいふべかりけれ」(後撰・冬・読人しらず)。

684　草も木も一様に白くして激しく雪の降る中に、春を待つ梅の花の香ばかりがはっきりと匂うことよ。建仁二年(一二〇二)頃、千五百番歌合・冬三。○ふりまがへ　降って区別がつかないようにする。○雪もよに　激しく雪の降る中にの意。▽参考「花の色は雪にまじりて見えずとも香をだに匂へ人の知るべく」(古今・冬・小野篁)。

百首歌めしける時　　崇徳院御歌

685 みかりする交野《かた》の御野《みの》にふる霰《あられ》あなかま〻《ゝ》だき鳥もこそたて

内大臣に侍《(はべり)》ける時、家歌合に　　法性寺入道前関白太政大臣

686 みかりすと鳥立《ゝだ》ちの原《はら》をあさりつゝ交野《かたの》の《ゝ》野辺にけふも暮《くら》しつ

京極関白前太政大臣高陽院《(かやのゐん)》歌合に　　前中納言匡房

687 みかり野はかつふる雪にうづもれて鳥立《とだ》ちも見《み》えず草がくれつゝ

鷹狩の心をよみ侍ける　　左近中将公衡

688 かりくらし交野《かたの》の《ゝ》ましばお《(を)》りしきて淀《よど》の河瀬《せ》の月をみるかな

685 御鷹狩をする交野の禁野に降る霰よ。静かにせよ、まだ支度もしないうちに鳥が立つと困るではないか。久安六年(一一五〇)、久安百首。○みかり　野の行(御)幸。尊貴の鷹狩。○交野の御野　→一二四。御野は禁野。尊貴の鷹場で、御狩の前は長期間にわたって一般の出入が禁じられた。○まだき　まず「鳥立ち」(→六八六)を探し、次に犬で鳥を追い立て、飛び立つところを鷹を放つ、そうした手筈の整う前の意。

以下六八八まで四首「鷹狩」。

686 御鷹狩をするとて鳥立ちのある原に獲物を求め、交野の野辺に今日も暮したことだ。元永元年(一一一八)十月十三日、内大臣家歌合「鷹狩」、二句「鳥立ちの柴を」。○鳥立ち　「狩場に池、草むらなど諸鳥の集まるやうに仕置きて、さてその立つ折に鷹を合はするその所」(雅言集覧)。▽参考「みかりすと楢の真柴をふみしだき交野の里にけふも暮しつ」(堀河百首・源師頼)。

687 御鷹狩する野は降りに降る雪に埋もれ、鳥の飛び立つのも見えない。じっと草中に潜んで。寛治八年(一〇九四)八月十九日、高陽院七番歌合「雪」。○京極関白前太政大臣　藤原師実。太政大臣は底本「大政大臣」。○高陽院　中御門《(なかみかど)》の南、堀川の東にあった師実の邸。○鳥立ち　ここは鳥の飛び立つ意。

688 一日狩をして日は暮れ、交野の雑木を折敷いて休みながら淀川の瀬に映る月を見ることよ。文治三年(一一八七)、殷富門院大輔百首。○交野　ここは歌枕の「天の河原」の辺と見てもよい。○ましば　真柴。真は美称で雑木。鳥の潜む所で「鳥立ち」(→六八六)の偽装にも用い、鷹場の景物。○おりしき　折取って茵《(しとね)》代りに敷くこと。▽参考「かりくらしたなばたつめに宿からむ天の河原にわれは来にけり」(古今・羇旅・在原業平。伊勢物語

うづみ火をよみ侍《(はべり)》ける　　権僧正永縁

689 中〳〵《(なかなか)》にきえはきえなで埋火《うづみ》のいきてかひなき世にもある哉《(かな)》

百首歌たてまつりしに　　式子内親王

690 ひかずふる雪げにまさる炭竈《すみがま》のけぶりもさむし大原の里《さと》

歳暮に、人につかはしける　　西行法師

691 を《(お)》のづからいはぬを慕《した》ふ人やあるとやすらふほどに年《とし》の暮《く》れぬる

年《とし》の暮《くれ》によみ侍ける　　上西門院兵衛

692 かへりては身にそふ物としりながら暮《く》れゆく年《とし》をなに慕《した》ふらん

八十二段)。

689 なまじ消えもしないで、といって灰に埋れた埋火が生きていても何の意味もない、そのように生きていてもどうということのないこの世にながらえていることよ。〇うづみ火　灰にいけた火。〇中〳〵に　「きえなで」にかかる。〇きえは　消えることとはの意で「きえなで」の強調。「きえ」は炭火の消えることと、わが身の死ぬことを掛ける。〇いきて　埋火のいけてあることと、自分の生きてあることを掛ける。

この一首「埋火」。

690 来る日も来る日も雪模様のためにいよいよにぎわう炭竈の煙も却って寒々と見える。大原の里は。正治二年(一二〇〇)院初度百首。ただし四句「けぶりもさびし」。烏丸本を除き、本集の諸本も。〇ふる　「経る」と「降る」と掛詞。〇雪げ　→三三。〇大原の里　山城国の歌枕。→六六二。▽参考「さびしさは冬こそまされ大原ややく炭竈のけぶりのみして」(堀河百首・藤原顕仲)。

この一首「炭竈」。

691 言葉はかけないが、ひょっとして付いてくる人もあろうかとぐずぐずしている中に年も暮れてしまった。山家集。西行法師家集、一・五句「いはぬをもとふ…年ぞ暮れぬる」。〇歳暮　としのくれ。十二月晦。〇をのづから　「慕ふ」にかかる。「慕ふ」は心ひかれて後を追うこと。〇やすらふ　→二四八。旅立ちを延していること。

以下巻末まで十六首「歳暮」。

692 過ぎゆく年は逆にあと戻りしてわが身に留る―一つ齢を加える―ものだとは知りながら、暮れゆく年のあとをなぜ人は追うのであろう。〇かへりて　「年立ちかへる」で、年が一巡して戻ってくる意と「却って」の意と掛ける。〇慕ふ　「かへる」の縁語。▽参考「数ふればわが身に積る年月

693 へだてゆく世《よ》ゝのおもかげかきくらし雪とふりぬる年《とし》の暮《くれ》かな
皇太后宮大夫俊成女

694 あたらしき年《とし》やわが身をとめくらん隙《ひま》ゆく駒《こま》に道《みち》をまかせて
大納言隆季

俊成卿家十首歌よみ侍《(はべり)》けるに、年《とし》の暮《くれ》の心を
俊恵法師

695 なげきつゝことしも暮《く》れぬ露《つゆ》の命《いのち》いけるばかりを思《(おもひ)》いでにして

百首歌たてまつりし時
小侍従

696 思《おも》ひやれやそぢの年《とし》の暮《くれ》なればいかばかりかは物はかなしき

を送り迎ふとなにいそぐらむ」(拾遺・冬・平兼盛。和漢朗詠集「仏名」)。

693 年の暮、それが私から引離してゆく年々の思い出の姿は茫々として、あたかもあたりを暗くして降るこの雪のように古く昔になってしまう。通具俊成卿女五十番歌合。○へだてゆく　「年の暮」が「世ゝのおもかげ」を自分から隔ててゆく意。○おもかげ　幻。見えながら実在しない物の形で、ここは思い出に浮ぶ昔の姿、印象をさす。○かきくらし　「おもかげ」をかきくらす意と「かきくらしふる」意と掛ける。○ふり　「降り」と「古り」と掛詞。▽順次遠ざかり、薄れてゆく年々の思い出の姿を次第にかき消えてゆく雪中の眺望に擬したもの。参考「年の内に積れる罪はかきくらし降る白雪とともに消えなむ」(拾遺・冬・紀貫之)。

694 新年が間もなく私を尋ね求めてやって来るだろう。ひまゆく駒が走り去るあとに付き随って。月詣集・十二月「歳暮の心を」、三句以下「めぐるらんひまなく駒の道にまかせて」。○隙ゆく駒　八雲御抄三「ひまゆくは物のひまを馬の過ぐるが早き譬なり」。時間の経過の譬えで、荘子・知北遊篇による。○道をまかせて　奥義抄・中「老馬知道といふ事のあるなり」。韓非子・説林上による。▽下句は二つの駒の故事を合わせたもの。矢のような光陰とともに新年が訪れ、また一つ齢をとる嘆きである。参考「夕闇は道も見えねど古里はもとこし駒にまかせてぞくる」(後撰・恋五・読人しらず)。

695 嘆きながら今年も暮れてしまった。露のような命が生きながらえている、それだけを慰めとして。林葉集。月詣集・十二月。○思いで　楽しい記憶。生きがい。

696 察していただきたい。八十歳の年の暮ですからどんなに物悲しく思っているかを。建仁二

題しらず　　　　　　　　西行法師

697 昔《むかし》おもふ庭にうき木をつみを《(お)》きて見し世《よ》にもにぬ年《とし》の暮《くれ》かな

　　　　　　　　　　　　摂政太政大臣

698 いその神布留《ふる》野のをざさ《ゝ》霜《しも》をへてひとよばかりにのこる年《とし》かな

　　　　　　　　　　　　前大僧正慈円

699 年《とし》のあけてうき世《よ》の夢のさむべくは暮《く》るともけふは厭《いと》はざらまし

　　　　　　　　　　　　権律師隆聖

700 朝《あさ》ごとの閼伽《あか》井の水に年《とし》くれてわが世《よ》のほどのくまれぬるかな

年(一二〇二)頃、千五百番歌合・冬三。▽同歌合の判で蓮経(季経)は上句を詠んで期待していると、下句は「恋ざめ」だと評している。「やそぢの年」は釈迦入滅の齢。作者も評者もそれを念頭におく。

697 昔のことが思い出されるこの古里の庭に流木を積み置くにつけ、在俗の時とはまるで違うわびしい年の暮だな。西行法師家集「歳暮」。聞書集「古郷歳暮」。宮河歌合。○昔おもふ　古里だからである。○庭　家の周囲の空地。仕事場。○うき木　水に浮ぶ木片。流れ木。年木(としぎ)の代用か。年木は年末に山に入って切る正月用の燃料で、占い・まじないにも用いた。戸口に立てることが多い。

698 石上の布留野の小笹が幾夜の厳しい霜を経て、ただ一節枯れ残っている、そのように今年もたった一夜残すばかりになったな。秋篠月清集「治承題百首・歳暮」。後京極殿御自歌合。○いその神布留野　大和国の歌枕。石上にある布留の野。「布留の社」(石上神宮)のある地。「布留」に「経る」を掛けて「へ」の縁語。○をざさ　小笹(篠)。篠は神楽の採物(とりもの)の一つで神聖な植物。○ひとよ　篠の「よ(節)」と「夜」を掛ける。

699 年が明けるときっと浮世の夢が覚めるというなら、今日で年が暮れようとかまうことはあるまいよ。本歌「花しあらば何かは春の惜しからむ暮るともけふは嘆かざらまし」(後撰・春下・読人しらず)。拾玉集・治承題百首「歳暮」、下句「暮るともやみをなげかざらまし」。▽夜が明けると一夜の夢が覚めるのに擬して、年が明けると一年の夢が、といったもので、辛労の多かった一年を顧みての述懐。

700 毎朝、閼伽井の水を汲むうちに年は暮れ、私の残生の幾らもないことが推察されたよ。○閼伽井　閼伽即ち仏に奉る水を汲む井戸。水を汲

百首歌たてまつりし時　　　　入道左大臣

701 いそがれぬ年《とし》の暮《くれ》こそあはれなれ昔《むかし》はよそにきゝし春かは

年《とし》の暮《くれ》に、身の老《お》いぬることを歎《なげ》きてよみ侍《(はべり)》ける　　　　和泉式部

702 数《かぞ》ふれば年《とし》の残《ゝこ》りもなかりけり老《お》いぬるばかりかなしきはなし

入道前関白、百首歌よませ侍ける時、年《とし》の暮《くれ》の心をよみてつかはしける　　　　後徳大寺左大臣

703 いしばしるはつせの河《かは》の浪枕《なみまくら》はやくも年《とし》の暮《く》れにけるかな

むのは法華経・提婆達多品の「採果汲水」にちなむ行。○くまれ　閼伽井の水を「汲む」に掛けて推量する意。▽一日一日を確かめるように水を汲んで歳暮に至り、また一つ齢をとる、その齢の重い感触がこういう感想を懐かせるのであろう。

701 春の支度をする気もない年の暮はまことに感慨無量だ。昔は春を迎えるといえばこんなに人事(ひとごと)のように聞き流していたであろうか。正治二年(一二〇〇)院初度百首。

702 日数を数えると今年の残りももうなくなってしまった。老いたことほど悲しいものはない。和泉式部集。○老いぬるばかり　かく一年否一日が強く意識されるのは老いたればこそ、というのである。▽「年の残り」を余生の意味に解しては下句が平凡なものになる。「なし」の重出は無技巧の技巧か。参考「数ふればとまらぬものをとしといひて今年はいたく老いぞしにける」(古今・雑上・読人しらず)。

703 岩上を勢いよく流れる泊瀬川の旅泊ではないが、早くも「疾し」といわれる年は暮れてしまったよ。治承二年(一一七八)六月二十九日、右大臣家百首。○入道前関白　藤原兼実。○はつせの河　大和国の歌枕。○浪枕　水辺や船中で寝ること、即ち旅泊で「泊瀬」の縁語。○年　「疾し」に掛けて「はやく」の縁語。「疾し」→七〇三参考歌。▽時の流れを河流に譬え、人生を旅泊に見立てたもの。参考「いしばしりたぎち流るる泊瀬河たゆることなくまたも来て見む」(万葉集六・紀鹿人)、「…こもりくの泊瀬の河に船浮けてわがゆく河の…」(万葉集一・作者未詳)。

土御門内大臣家にて、海辺歳暮といへる心を
よめる　　　　　　　　　　　　　有家朝臣

704 ゆく年《とし》を雄島《じま》のあまのぬれ衣かさねて袖に浪《なみ》やかくらん

　　　　　　　　　　　　　　　　寂蓮法師

705 老《お》いの浪《なみ》こえける身こそあはれなれことしも今は末《すゑ》の松山

千五百番歌合に　　　　　　　　皇太后宮大夫俊成

706 けふごとにけふや限《かぎ》りとお《(を)》しめども又も今年《ことし》にあひにけるかな

704 ゆく年を惜しんでいる雄島の海人の、いつも波でぬれている衣は、今また重ねてその袖に惜別の涙の波をかけていることであろう。正治二年(一二〇〇)十二月二十六日、土御門内大臣家影供歌合。○土御門内大臣　源通親。○雄島　陸奥国の歌枕。→三九。「惜しむ」と掛詞。○かさねて　衣・袖の縁語。▽参考「松島や雄島の磯にあさりせしあまの袖こそかくはぬれしか」(後拾遺・恋四・源重之)。

705 老いの波が越えて年老いたわが身はまことに悲しい。今年ももう、その波の越えるとかいう末の松山ではないが、年の末となって。本歌「君をおきてあだし心をわがもたば末の松山波も越えなむ」(古今・東歌・陸奥歌)。土御門内大臣家影供歌合・同題。○老いの浪　老いの数の意の「なみ」に「浪」を掛けるのは常套。○末の松山　陸奥国の歌枕。→三七。▽本歌の詞を取って恋歌を述懐に替える。年末となり、老いの身にまた一つ齢を加えることを嘆く。

706 毎年今日になるたびに今日に逢うのも今日が限りかと惜しむのであるが、またまた今年の今日に逢ったことよ。建仁二年(一二〇二)頃、千五百番歌合・冬三。▽命ながらえてまた今年の歳暮を迎えた感慨。同歌合の蓮経の判に「まことにあはれに侍るものかな」と評す。参考「惜しめども春のかぎりの今日の日の夕暮にさへなりにけるかな」(伊勢物語九十一段。後撰・春下・読人しらず)。

新古今和歌集巻第七

賀歌

みつきもの許《ゆる》されて国富《くにと》めるを御覧《らん》じて　　仁徳天皇御歌

707 たかき屋《や》にのぼりて見れば煙《けぶり》たつ民《たみ》の竈《かまど》はにぎはひにけり

題しらず　　よみ人しらず

708 初《はつ》春の初子《はつね》のけふのたまばはき手《て》にとるからにゆらぐ玉の緒《を》

707 高殿に登って眺めるとあちらこちらに炊煙が立ち昇っている。民たちの生活は豊かになったのだな。和漢朗詠集「刺史」・読人しらず。〇みつきもの　貢物。永久百首の冬題に「貢調」と見える。▽延喜六年(九〇六)日本紀竟宴和歌で、藤原時平が大鷦鷯(おおさざき)天皇(仁徳天皇)を題に詠んだ、「高殿に登りて見れば天の下よもに煙りて今ぞ富みぬる」の訛伝で、平安末期には仁徳天皇御製とされた(古来風体抄・上ほか)。仁徳天皇四年春、天皇が高台(たかどの)に登り烟気(けぶり)が立たないのを見て課役をとどめ、七年夏四月、烟気の多いのを見て、后に「朕、既に富めり」と述べた故事(日本書紀)による。「都遷りの初めに高御座(たかみくら)に登らせ給ひて、民の住みかを御覧じ詠ませ給へる歌なり」(俊頼髄脳)。また、四方拝にも通ずるか。

賀歌は、七〇七―七四六の一般的な賀歌と、七四七―七五六の大嘗会和歌とからなる。巻頭に国家の豊饒をことほぐ聖王の御製、続く七〇八に皇后の年中行事に関わる歌をすえ、巻末の大嘗会和歌群に対置する。

708 初春の初子の日の今日、飾られている玉箒。ちょっと手に取っただけで、その玉の緒は、ゆらゆらと美しい音をたてて、命を延ばすかのよう。万葉集二十・大伴家持。古今六帖一。〇たまばはき　玉を飾り付けた箒で、初子の日に辛鋤(からすき)とともに飾り、後で群臣に下賜された。玉箒は皇后が蚕を飼って蚕の床を掃き、辛鋤は天皇が農耕に用いる。「蓍(めど)と申す木して、子の日の小松を引き具して箒に作りて、田舎の人の家に、正月の初子の日、蚕かふ屋を掃くとぞ申すなる」(俊頼髄脳)。〇玉の緒　「ゆらぐ玉の緒 延命なり」(八雲御抄四)。→八二五。▽年老いた志賀寺上人が京極御息所(藤原時平女)を恋して歌ったという伝承があった(俊頼髄脳、古来風体抄・上など)。

七〇八・七〇九は共に子の日の歌で長寿延命が主題。

子日《ねのび》をよめる　　藤原清正

709 子《ね》の日《び》してしめつる野《の》べの姫小松《ひめこまつ》ひかでや千代《ちよ》のかげを待《ま》たまし

題しらず　　貫之

710 君が代《よ》の年《とし》のかずをばしろたへの浜《はま》の真砂《まさご》とたれかしきけん

亭子院の六十御賀屏風に、若菜《わかな》つめるところをよみ侍《はべり》ける

711 若菜《わかな》おふる野《の》べといふ野《の》べを君がため万代《よろづよ》しめてつまんとぞ思《おもふ》

延喜御時屏風歌

712 ゆふだすき千年《ちとせ》をかけてあしびきの山藍《あゐ》の色《いろ》はかはらざりけり

709 子の日の祝いをしようとして、しめを結うておいた野辺に生えている姫小松。根曳きしないで、千年も茂り栄える常磐の木蔭となるのを待とうか。清正集、初句「子日しに」。○子日　→一六。○しめ　→二。○姫小松　→一六五三。○千代のかげ　松の縁で「千代」といい「蔭」といった。→七三七。

710 限りなく続くわが君の御代の数を、美しい白浜の無数の真砂として、いったい誰が敷いたのだろう。貫之集「延喜(延長とも)二年、左大臣(藤原時平)の北の方の御屏風の歌、白浜」、五句「誰かいひけん」。○しろたへの　枕詞だが、「白」のイメージ。○浜の真砂　無数・無限の意をこめ長寿を賀す。「わたつ海の浜の真砂を数へつつ君が千年のあり数にせむ」(古今・賀・読人しらず)。

711 若菜の生えている野辺という野辺をすべて、わが君のために、万代にわたってしめを結うて、その若菜を摘もうと思うことです。貫之集「延長四年九月、法皇の御六十賀、京極御息所のつかうまつり給ふ時の御屏風の歌、若菜」。○亭子院　宇多法皇。○君がため　「春の野の若菜ならねど君がため年の数をもつまんとぞ思ふ」(拾遺・賀・伊勢)。

712 神事に奉仕する人々が木綿襷《ゆうだすき》を懸けて着る山藍摺りの小忌《おみ》の衣の色は、千年にわたって変らずにあることだ。貫之集「同年(天慶二年)閏七月、右衛門督殿(源清蔭)屏風の料、十一月臨時祭」、四句「山井の色は」。○延喜　醍醐天皇の年号。天皇をもさす。○ゆふだすき　神事・祭礼に奉仕する人のかける、木綿で作った襷。「かけて」を起こす有意の序。→一三〇・一八七〇。○あしびきの　「山藍」の枕詞。○山藍　トウダイグサ科の常緑草本。葉茎からとる藍色の染料で染めた衣は青摺りともいい、節会などに着る小忌衣として用いた。「やまゐ」とも(→一七九八)。

祐子内親王家にて、桜《さくら》を　　　　土御門右大臣

713 君が代《よ》にあふべき春のおほければちるとも桜あくまでぞみん

七条の后《きさい》の宮の五十賀屛風に　　　　伊勢

714 住《すみ》の江の浜《はま》の真砂《まさご》をふむ鶴《たづ》はひさしき跡《あと》をとむるなりけり

延喜御時屛風歌　　　　貫之

715 年《とし》ごとにおい(ひ)そふ竹のよゝをへてかはらぬ色《いろ》をたれとかはみん

題しらず　　　　躬恒

716 千年《ちとせ》ふるお(を)のへの松は秋風の声こそかはれ色《いろ》はかはらず

713 わが姫君(祐子内親王)の御生涯のうちには、これから幾たびも春がめぐって来るに違いありませんから、たとえ散ってしまおうとも、桜は飽きるほども見ることができるでしょう。永承五年(一〇五〇)六月五日、祐子内親王家歌合の後宴和歌「桜」、三句「おほかれば」。○祐子内親王　後朱雀天皇皇女。○君が代にあふ　敬愛する君と時を同じくして生きるのを光栄と喜ぶ意。○あくまで「山桜あくまで色を見つるかな花散るべくも風吹かぬ代に」(古今・仮名序古注)。

714 住の江の浜の真砂を踏んでいる鶴は、久しく消えない足跡をとどめるのですね。伊勢集。○七条の后の宮　宇多天皇の中宮温子。ただしこは醍醐天皇の皇后穏子と誤った。○住の江　摂津国の歌枕。○浜の真砂　→七二〇。○鶴　「たづ」は「つる」の歌語。慶賀の歌には「つる」という語も多く、伊勢集に「つる」とする伝本もある。▽千年を経るという鶴が無数の砂を踏んで歩くのは、長く尽きることのない跡をとどめるにほかならず、それがまさしくわが君の長寿を示すと賀した。

715 毎年毎年生えては増えてゆく竹の節が、何代たっても変らない緑色をして栄えているのを、わが君以外の一体だれのことと見まいらせようか。貫之集「延長四年九月、法皇の御六十賀、京極御息所のつかうまつり給ふ時の御屛風の歌、竹」、四句「たえせぬ色を」。○よゝ　竹の縁語「節々」と「代々」とを掛ける。○たれとかはみん　「なみ立てる松の緑の枝わかず折りつつ千代を誰とかは見む」(後撰・慶賀・藤原師輔)。

716 千年を経るという、山の峰に生えている松は、秋になると枝を鳴らす風の音がいつもと変るけれども、常磐の緑の色は変ることがない。躬恒集「秋」、三・四句は「秋ごとに声こそかはれ」とも、「秋ごとに声こそまされ」とも、「秋風に声こそま

717 山河《(がは)》の菊のした水《みづ》いかなればながれて人の老《(おい)》をせくらん　興風

延喜御時屏風歌　貫之

718 いのりつゝなを《(ほ)》長月の菊《きく》の花いづれの秋かうへ《(ゑ)》てみざらん

文治六年女御入内屏風に　皇太后宮大夫俊成

719 山人のおる《(を)》袖にほふ菊《きく》の露《つゆ》うちはらふにも千代《ちよ》はへぬべし

貞信公家屏風に　清原元輔

720 神無《な》月《(づき)》もみぢもしらぬときは木によろづ代《よ》かゝれ峰の白雲

された」とも。○秋風の声こそ　→三九〇。

717 菊の下を流れる山川の水は、一体どういうわけで、流れて、しかも人の老いをせき止めるのだろう。興風集。○せく　「ながれて」の対。菊水が、流れていながら、逆に老いをせき止めるということに、何故と疑問をだして興じた。▽南陽酈《(れき)》県の甘谷には、菊の露が川の水となって流れ、それを飲む人は不老長寿を保つという故事(芸文類聚所引風俗通。抱朴子。和歌童蒙抄七)を詠んだ。参考「谷水洗レ花。汲二下流一而得二上寿一者三十余家」(和漢朗詠集「九日付菊」・紀長谷雄)。

718 君が代のなお一層長く続くことを祈りながら長月に咲く菊の花を植えてめでない、そんな秋があるでしょうか。貫之集「同年(天慶二年)閏七月、右衛門督殿屏風の料、九月菊」。○長月「なほ長かれ」「長月」と続く。○いづれの秋か…みざらん　「万世にかはらぬ花の色なればいづれの秋か君が見ざらん」(拾遺・賀・藤原実頼)。

719 仙人が手折ると、その袖にかおる菊の露よ。それをうち払う一瞬の間にも、千年はたってしまうのであろう。本歌「ぬれてほす山路の菊の露のまにいつか千年をわれは経にけむ」(古今・秋下・素性)。文治六年(一一九〇)正月女御入内御屏風和歌・九月・菊。長秋詠藻。○女御　→三六〇。○山人「仙　九の霞。山人ともいふ。…山路の菊〈是寄レ仙〉」(八雲御抄三)。○うちはらふにも　仙界の一瞬が人間界の千代に相当するのを、本歌の「ぬれてほす」間よりもさらに短い「うちはらふ(間)にも」で強調。「も」が効果的。▽屏風絵は「九月。山中、菊盛りに開けたり、仙人ありてこれを見る」(長秋詠藻)という図柄。

720 冬の十月が来ても紅葉することさえない常磐木に、万代にわたってかかれ、峰の白雲よ。元輔集。○かゝれ　白雲が「懸かれ」と、万代に

題しらず　　　　　　　　　　　　　　伊　勢

721 山風はふけどふかねど白浪のよする岩根《いはね》はひさしかりけり

後一条院うまれさせ給《たま》へりける九月、月《つき》くまなかりける夜、大二条関白、中将に侍《(はべり)》ける、若《わか》き人〻さそひいでて、池《いけ》の舟《ふね》にのせて中島《なかじま》の松《まつ》かげさしまはすほど、お《(を)》かしくみえ侍ければ　　　　　　　　　　紫　式　部

722 くもりなく千年《ちとせ》にすめる水のおもに宿《やど》れる月のかげものどけし

永承四年内裏歌合に、池水といふ心を　　　　　伊　勢　大　輔

723 池水の世《よ》〻にひさしくすみぬれば底の玉藻《も》〻光みえけり

「かくあれ」との掛詞。▽藤原実頼の賀かとも。

721 山風は吹いても吹かなくても、そうしたこととは関わりなく、白波が絶え間なく無数にうち寄せる岩根は、いつまでも変らないことです。伊勢集、五句「久しかりける」。〇白浪 「知らず」を響かせる。波は、しきりに立つものであるところから、「おちたぎつやそうぢ川の早き瀬に岩こす波は千代の数かも」(千載・賀・源俊頼)などと詠んだ。〇岩根 根のように大地にずっしりと安定した不動の岩。永久不変を表わす。↓六六。

722 千年にもわたって澄んでいる池水の面に、曇りなく映っている月の光もやわらかく心静かなことです。紫式部集。〇大二条関白 藤原教通。道長男。このとき中将。〇若き人〻 若い女房たち。〇中島の松かげさしまはすほど 庭園の池の中に造った島の松蔭を、棹をさして舟をこぎ回す有様が。〇のどけし 静謐の世を賀する。「水の面に宿れる月ののどけきはなみゐて人の寝ぬ夜なればか」(拾遺・雑秋・源順)。▽寛弘五年(一〇〇八)九月十五日、満月の夜、道長一門の繁栄を意味する男御子《みこ》(=後一条天皇)の誕生を祝って、道長の邸土御門殿《つちみかどどの》で産養《うぶやしない》の五夜の祝宴が催され、その翌晩にも詞書のようなことがあった。

723 池の水が代々にわたって久しく澄んでいますので、水底の玉藻も、その光が見えることです。永承四年(一〇四九)十一月九日内裏歌合「池水」。〇玉藻 美しい藻。「心して玉藻は刈れど袖ごとに光みえぬは海士にざりける」(伊勢集)と、玉藻の「玉」の縁から、光を発するものとされた。澄んだ池水を聖代、玉藻を世に隠れている賢人の暗喩と見る説もある。〇光 「澄み」「玉」の縁語。

724 わが君の御代が千年を数えるまで久しく続くのは隠れもないこと。それは曇りのない空の日の光から、大嘗会御禊の今日はやくも知られる。

堀河院の大嘗会御禊《(ごけい)》、日ごろ雨《あめ》ふりて、その日になりて空《そら》はれて侍《(はべり)》ければ、紀伊典侍に申《(まうし)》ける

六条右大臣

724 君《きみ》が代《よ》の千年《ちとせ》の数《かず》もかくれなくくもらぬ空《そら》の光にぞ見る

天喜四年皇后宮の歌合に、祝の心をよみ侍ける

前大納言隆国

725 住《すみ》の江におい《(ひ)》そふ松のえだごとに君《きみ》が千年《ちとせ》の数《かず》ぞこもれる

寛治八年関白前太政大臣高陽院《(かやのゐん)》歌合に、祝《いはひ》の心を

康資王母

726 よろづ代《よ》を松の尾《を》山のかげしげみ君をぞ祈《いの》るときはかきはに

○御禊　大嘗会の一か月前に、天皇が賀茂川に行幸してみそぎをする。堀河天皇の大嘗会御禊は寛治元年(一〇八七)十月二十二日。○日ごろ　何日もの間。○君が代の千年の数　「蘆たづの齢しあらば君が代の千年の数も数へとりてん」(紫式部集・藤原道長)。○かくれなく　「曇り」の対。「かぎりなく」(烏丸・穂久邇本など)。○空の光　皇祖神である天照大神を暗示するか。→七三七。

725　住の江の松は年久しいものだが、生えては増えるその一枝一枝ごとに、わが君が千年の齢を保たれる数がこもっている。天喜四年(一〇五六)四月三十日皇后宮春秋歌合「祝」、作者は伊勢大輔。栄花物語・根合によって隆国としたか。○皇后宮　後冷泉院の后、四条宮寛子。○住の江　摂津国の歌枕。住の江の松は長寿。→七三九・一八五六。

726　万代の繁栄を待ち望んで、松尾山の木蔭が常磐に茂っているので、同じくわが君が幾久しくお栄えになられることを祈ります。寛治八年八月十九日、高陽院七番歌合「祝」、四句「祈りぞしつる」、作者は祐子内親王家紀伊。○関白前太政大臣　藤原師実。○松の尾山　山城国の歌枕。松尾大社がある。「松」と「待つ」との掛詞。「ちはやぶる松の尾山のかげみれば今日ぞ千年の初めなりける」(後拾遺・神祇・源兼澄。梁塵秘抄二二)。○ときはかきは　常磐堅磐。永久不変の意。「山階の山の岩根に松を植ゑてときはかきはに祈りつるかな」(拾遺・賀・平兼盛)。▽梁塵秘抄二所収、五句「常磐堅磐と」。

727　二本並んで生えている小塩山の小松原の小松が、千代にわたって茂り栄える木蔭となるのを、今から待っていてほしいものです。大弐三位集。○卯杖　正月初卯の日に、諸衛府・大舎人寮から天皇・中宮・東宮などに献上した、邪鬼を払う杖。桃や椿などを五尺三寸に切り五色の糸を巻く。

727 後冷泉院お《(を)》さなくおはしましける時、卯杖《(うづゑ)》の
松を人の子《こ》に賜《たま》はせけるに、よみ侍《(はべり)》ける

大弐三位

あひを《(お)》ひのをしほの山の小《こ》松原《ばら》いまより千代《ちよ》のかげをまたなん

728 永保四年内裏子日《(ねのび)》に

大納言経信

子《ね》の日《(び)》するみかきのうちの小《こ》松原《ばら》千代《ちよ》をばほかの物とやはみる

729 権中納言通俊

子《ね》の日《(び)》する野辺の小《こ》松をうつしうへ《(ゑ)》て年《とし》のを長《なが》く君ぞひくべき

卯槌(うづち)もあったが、共に平安末期には行なわれなくなった。○あひをひ　一本の株から二つの幹が生え成長すること。幼い帝王と幼児(人の子)とが一緒に成長することをたとえた。後者は藤原氏の子弟であろう。○をしほの山　山城国の歌枕。山麓の大原野神社は、大和の春日大社を勧請した藤原氏の氏神。参考「大原や小塩の山の小松原はや木高かれ千代のかげ見ん」(後撰・慶賀・紀貫之)。

728 内裏の御垣の内の小松原で子の日の遊びをする。千代の栄えを、この内裏以外のものと見ることがあるだろうか。続詞花集・春上。三奏本金葉・春。経信集「中宮子日に」。○永保四年内裏子日　永保四年(一〇八四)正月二十四日に六条内裏で、白河天皇の中宮賢子が主宰した子の日の遊びと推定される。○みかきのうち　皇居。内裏。○ほかの物とやはみる　「竹をしも多く植ゑたる宿なれば千年をほかのものとやはみる」(貫之集)。

729 子の日の遊びをする野辺の小松を内裏に移し植えて、今からはわが君こそが幾歳月にもわたり、この千年の松をお曳きになることであろう。○うつしうへて　「千年ふる尾の上の小松移し植ゑて万代までの友とこそ見め」(千載・賀「対レ松争レ齢」・藤原基房)。○年のを　「ただ年といふことなり。緒は詞字なり」(奥義抄・下)。ここでは松の根との連想から、年月を紐にたとえた表現。

730 わが君の御代は久しく続くに違いない。五十鈴川の流れは絶えることなく、そのように皇統も永続して。承暦二年(一〇七八)四月二十八日、内裏歌合「祝」(江帥集)。○度会や五十鈴の河　伊勢国の歌枕。度会は同国度会郡。五十鈴の川は伊勢神宮内宮の境内の御手洗(みたらし)の川で、川上に天照大神が鎮座するとされ、皇統の永続性、御代の長久の象徴。▽参考「承暦二年内裏歌合に詠み侍りける／君が代はつきじとぞ思ふ神風や御裳濯(みもすそ)

承暦二年内裏の歌合に、祝の心を　　前中納言匡房

730 君が代《よ》はひさしかるべし度会《わたらひ》や五十鈴《いすゞ》の河《かは》のながれたえせで

題しらず　　読人しらず

731 ときはなる松にかゝれる苔《こけ》なれば年のをながきしるべとぞ思《(おもふ)》

二条院御時、花《ニ》有《リ》二喜《ビノ》色一といふ心を人々つかうまつりけるに　　刑部卿範兼

732 君《きみ》が代《よ》にあへるはたれもうれしきを花は色《いろ》にもいでにけるかな

おなじ御時、南殿《(なでん)》の花のさかりに、歌《うた》よめとおほせられければ　　参河内侍

733 身にかへて花もおしま《(を)》じ君が代《よ》にみるべき春のかぎりなければ

川の澄まむ限りは」(後拾遺・賀・源経信)。

731 常磐の松にかかっている長寿の苔なのですから、これはあなたが長寿を保たれる縁となるものと存じます。古今六帖六、三句「苔みれば」。○松にかゝれる苔　松蘿。サルオガセ。樹木の幹や枝から垂れ下がって生える淡黄緑色の地衣類。「さがりごけ」ともいう。松も苔も長寿を表わす。○年のを　→七二九。下の「緒」「長き」は「苔」の縁語。▽参考「松にかかれる苔を見る／千代をふる松にかかれる苔みれば年のを長く成りにけるかな」(歌仙家集本躬恒集)。

732 わが君の御代に出会えたのは誰でも嬉しいのだが、桜の花はその喜びを満面にあらわして美しく咲いていることだ。○二条院御時　保元四年(一一五九)三月、二条天皇の内裏で初めて催された歌会の歌である。○喜色　嬉しそうな顔色、様子。

733 身命と引き替えに花の命を延ばすなどと、花を惜しむこともすまい。この後、わが君の御代に花を見るであろう春は、限りなくあるに違いないのだから。○南殿　大内裏の正殿である紫宸殿。南の階の左に、左近の桜(南殿の桜)があった。▽「身にかへてあやなく花を惜しむかな生けらば後の春もこそあれ」(拾遺・春・藤原長能)、「身にかへて惜しむにとまる花ならば今日やわが世の限りならまし」(詞花・春・源俊頼)といった発想を逆手にとり、君が代は長久なのだからと強調した。

734 わが君の治められる天の下、春雨の恵みによって芽ぐんだ草木が、芽をふくらませながら、目にも遥かに限りなく広がっている。そのようにわが君の御代は、末々までも長久に続くであろう。本歌(一)「紫の色こき時はめもはるに野なる草木ぞわかれざりける」(古今・雑上・在原業平)、(二)「大入道殿御賀の御屏風の歌、なには／難波江に茂れる蘆のめもはるに多くの代をば君にとぞ思ふ」(兼盛

734 百首歌たてまつりし時　　　　　　　　式子内親王

天《あめ》の下《した》めぐむ草《くさ》木のめもはるにかぎりもしらぬ御代《みよ》のすゑ〴〵

735 京極殿にて初《はじ》めて人々歌つかうまつりしに、松有リ二春ノ色一といふ事をよみ侍《(はべり)》し　　　　　　　　摂政太政大臣

を《(お)》しなべて木《こ》の芽《め》も春のあさみどり松にぞ千代《ちよ》の色はこもれる

736 百首歌たてまつりし時

敷島《しき》ややまとしまねも神代《よ》より君がためとやかためを《(お)》きけん

集)。正治二年(一二〇〇)院初度百首「祝」。〇天の下めぐむ草木　「天」に「雨」を、「芽ぐむ」に「恵む」を掛ける。雨は天子の恩沢、草木は国民の譬喩。〇めもはるに　木の芽がふくらむ意の「芽も張る」と掛け、「はる」に春を響かせる。↓七三五。

735 木々の芽も一様にふくらみ見はるかすすべては春の浅緑色となった。中でもひときわ緑濃い松にこそ、わが君の御代が千年も変ることのない常磐の色がこもっている。秋篠月清集・祝部「京極殿初度御会」、建仁三年(一二〇三)正月十五日。〇京極殿　もと道長の邸宅。藤原兼子(卿二位)の家だったが、後鳥羽院が改造して用いた。〇をしなべて　「おしなべて梢青葉になりぬれば松の緑もわかれざりけり」(金葉・夏・白河院)。〇木の芽も春　「春」と「張る」と掛詞。「目も遥」も掛けるか。↓七三四。参考「霞たち木の芽も春の雪ふれば花なき里も花ぞ散りける」(古今・春上・紀貫之)。▽参考「常磐なる松の緑も春くれば今ひとしほの色まさりけり」(古今・春上・源宗于)。

736 この日本の国も、神代の昔から神々がわが君のために揺るぎなく固めておかれたのだろうか。正治二年院初度百首「祝」。〇敷島や　「やまと」の枕詞。〇やまとしまね　「やまとしまねとは日本の名なり」(和歌童蒙抄八)。参考「いざ子ども狂(はた)わざなせそ天地(あめつち)のかため し国ぞ大和島根は」(万葉集二十・藤原仲麻呂)、「千年とも御代をばわかじ敷島や大和島根し動きなければ」(散木奇歌集・祝部)。▽神代に思いをよせて静謐の世を賀する。同音の反復や連鎖が顕著。

737 濡れては乾き、濡れては乾きする榊(さかき)の葉の上に置く露や霜、そこに天に照る日の光が宿って、もう幾代を経たのであろうか。建仁二年頃、千五百番歌合・祝。〇ぬれてほす　「ぬれてほす山路の菊の露のまにいつか千年をわれはへにけ

千五百番歌合に

737 ぬれてほすたまぐしの葉《は》の露霜《つゆしも》にあまてる光《ひかり》いく代《よ》へぬらん

祝《いはひ》の心をよみ侍《(はべり)》ける

皇太后宮大夫俊成

738 君《きみ》が代《よ》は千代《ちよ》ともさゝじ天《あま》の戸《と》やいづる月日のかぎりなければ

千五百番歌合に

定家朝臣

739 わが道《みち》をまもらば君《きみ》をまもるらんよはひはゆづれ住吉《すみよし》の松

八月十五夜、和歌所歌合に、月多《ハ》秋友《ノ》といふことをよみ侍《(はべり)》し

寂蓮法師

740 高砂《たかさご》の松もむかしになりぬべしなを《(ほ)》ゆくすゑは秋の夜《よ》の月

む」(古今・秋下・素性)。○たまぐし 「玉串とは榊を云ふなり。大神宮の風俗なり」(奥義抄・下)。→一八〇三。○露霜 露と霜。→六〇一。年月の意もあり(→新古今・仮名序)、下の「いく代」と響きあう。○あまてる光 伊勢神宮に祭られる皇祖神天照大神を「あまてる神」「てる日のみこ」(八雲御抄三)といい、光はその象徴。→七三四。

738 わが君の御代は千代とも万代とも数を指して、限定しては言うまい。天の戸を出て天下を照らす月日は限りなく続き、御代も無窮なのだから。文治六年(一一九〇)三月、五社百首「祝」、太神宮(伊勢)奉納分。○さゝじ 「指す」に天の戸の縁語「鎖(さ)す」を響かせる。参考「万代とさしてもいはじ桜花かざさむ春し限りなければ」(金葉・賀・源師俊)。○天の戸 →三九。神話の「天の岩戸」をも連想させる(→一五四七)。○いづる 「天の戸」の縁語。

739 住吉明神が、わたしの奉ずる和歌の道をお守り下さるのならば、わが君を守護されることでしょう。それなら、あなたの長寿をわが君にお譲り下さい、住吉の松よ。建仁二年(一二〇二)頃、千五百番歌合・祝、四句「よはひをゆづれ」。○わが道 和歌の道。「適遇㆓和歌之中興㆒、以楽㆓吾道之再昌㆒」(古今・真名序)。住吉明神は和歌の神。○君 歌道興隆に努めている後鳥羽院。○よはひはゆづれ 「天くだる神のしるしに君にみな齢は譲れ住吉の松」(栄花物語・松のしづえ)。○住吉 摂津国の歌枕。「ひさしき事には 瑞垣、松ノ葉、…スミヨシ」(和歌初学抄)。→七三五。「高砂、住の江の松も、相生の様に覚え」(古今・仮名序)。

740 千年を経るという高砂の松も、ついには枯れて昔のものとなってしまうであろう。わが君にとって、それよりもさらに将来の友となるのは永遠に輝き続ける秋の夜の月だ。本歌「誰をかも知る人にせむ高砂の松も昔の友ならなくに」(古

741 和歌所の開闔《(かいかふ)》になりて初《はじ》めてまい《(ゐ)》りし日、奏《そう》し侍《(はべり)》し

源家長

もしほぐさかくともつきじ君《きみ》が代《よ》のかずによみをく《(お)》和歌《わか》の浦浪

742 建久七年、入道前関白太政大臣、宇治にて人ゝに歌よませ侍《(はべり)》けるに

前大納言隆房

うれしさやかたしく袖につゝむらんけふまちえたる宇治《うぢ》の橋姫《はしひめ》

743 嘉応元年、入道前関白太政大臣、宇治にて、河水《(かすい)》久《シク》澄《ム》といふ事を人ゝによませ侍けるに

清輔朝臣

としへたる宇治《うぢ》の橋守《はしもり》こととはん幾代《いくよ》になりぬ水のみなかみ

今・雑上・藤原興風)。建仁元年(一二〇一)八月十五夜撰歌合。〇高砂の松　播磨国の歌枕。→二九〇。▽老いを嘆いた本歌のことばを転じて、松よりも恒常的な月を友とすべきだと、わが君の長寿を月の永久性になぞらえて賀した。

741 藻塩草を掻(か)き集めても尽きることがないように、和歌所でいくら詠草を書いて集めても尽きることはないでしょう。わが君の御代の千代万代の数に匹敵するようにと人々の詠んでおく和歌は、くり返したつ和歌の浦波のように限りなく多いのですから。〇和歌所の開闔　和歌所の事務官。次官に相当。家長の開闔任命は建仁元年八月五日。〇もしほぐさ　製塩に用いた海藻で、それを掻き集める意から同音の「書き」「書く」に冠し、筆跡のたとえにいう(八雲御抄三)。〇和歌の浦　紀伊国の歌枕。和歌の神として衣通姫を祭る玉津島神社がある。和歌所の譬喩。

742 嬉しさを片敷いている袖に包んでいることでしょうか、待つ甲斐あって今日のよき日にめぐりあえた宇治の橋姫は。本歌「さむしろに衣かたしき今宵もやわれを待つらむ宇治の橋姫」(古今・恋四・読人しらず)。建久七年(一一九六)三月五日、宇治御堂詩歌会。〇入道前関白太政大臣　藤原兼実。〇かたしく　→四三〇。〇つゝむらん　「うれしきを何につつまむ唐衣たもとゆたかにたてと言はましを」(古今・雑上・読人しらず。新撰朗詠集「慶賀」)、「うれしさを昔は袖につつみけり今宵は身にもあまりぬるかな」(和漢朗詠集「慶賀」・読人しらず)などによった表現。「あまるらむ」(伝橋本公夏筆本など)。〇宇治の橋姫　→四三〇。

743 年老いた宇治の橋守よ、尋ねよう、この宇治川が水源から流れ始めてから幾代になったのだろうかと。本歌「ちはやぶる宇治の橋守なれをしぞあはれとは思ふ年のへぬれば」(古今・雑上・読

744
日吉禰宜《(ねぎ)》成仲、七十賀し侍《(はべり)》けるに、つかはしける

なゝそぢにみつの浜松《はまゝつ》おいぬれど千代《ちよ》のの《ゝ》こりは猶《(なほ)》ぞはるけき

745
百首歌よみ侍けるに　　後徳大寺左大臣

やを《(ほ)》かゆく浜《はま》のまさごを君が代《よ》のかずにとらなん沖《おき》つ島守《もり》

746
いゑ《(へ)》に歌合《うたあはせ》し侍けるに、春《はる》の祝《いはひ》の心をよみ侍ける　　摂政太政大臣

春日《かすが》山宮《(みや)》このみなみしかぞ思《おも》ふ北《きた》のふぢなみ春にあへとは

人しらず。清輔本古今は二句「宇治の橋姫」。嘉応元年(一一六九)十一月、宇治別業和歌。清輔集・祝、五句「水の白浪」。○河水久澄　水が澄むとは清世、治まれる代を表わす。○宇治の橋守　宇治橋の守護神。「神を姫、守などいふこと常のことなり」(奥義抄・下)。「宇治の橋姫」(鷹司本など)。○こととはん　→五五四・一五五一。○みなかみ　宇治川は「氏」を暗示。その水源から幾代と問うことで、宇治に別荘を営む摂関家の歴史の長久を賀した。▽同じ折の俊成の代作「ちはやぶる宇治の橋守こととはん幾代すむべき水のながれぞ」(長秋詠藻)。

744　御津の浜辺の松(あなた=成仲)は七十に満ちるまで老いたけれども、松が保つという千代の齢の残りは、なお遥かに続いているよ。清輔集・祝。治承三十六人歌合。○七十賀　祝部成仲の七十賀は仁安三年(一一六八)。○みつの浜松　成仲の日吉神社に関わりの深い、近江国の歌枕。↓一九〇四。七十に「満つ」と掛詞。

745　八百日もかかって行く長い長い浜、その浜にあるおびただしい真砂で、わが君の御代の数取りをして下さい、沖の島守よ。本歌「やほかゆく浜の真砂とわが恋といづれまされり沖つ島守」(拾遺・恋四・読人しらず)。○やをかゆく　「やほかとは八百日行く浜と詠めるなり。島守とは島を守る神なり」(奥義抄・中)。○かずにとらなん　いくら数えたかを記憶するために石や棒を取るのを「数に取る」という。数しれぬ浜の真砂(→七二〇)を、君が代や君が齢の数に取るというのは、賀歌の常套的な表現。参考「大淀の浜の真砂を君が代の数にとれとや波も寄すらん」(散木奇歌集・祝部)。

746　京の都の南にある春日山で、わたしはこう思う、天子の恩沢を受けて北の藤波が春の栄えに遇ってほしいと。本歌「わが庵は都のたつみしかぞ住む世をうぢ山と人はいふなり」(古今・雑下・

天暦御時大嘗会主基(すき)、備中国中山　　よみ人しらず

747 ときはなる吉備《きび》の中山を(お)しなべて千年《ちとせ》を松のふかき色《いろ》かな

長和五年大嘗会悠紀方風俗歌(ゆきかたふぞくうた)、近江国朝日郷(あさひのさと)　　祭主輔親

748 あかねさす朝日《あさひ》の郷《さと》のひかげ草(くさ)とよのあかりのかざしなるべし

永承元年大嘗会悠紀方屛風、近江国守山《もる》をよめる　　式部大輔資業

749 すべらぎをときはかきはに守《も》る山の山人ならし山かづらせり

喜撰)。正治二年(一三〇〇)閏二月、良経家十題二十番撰歌合(秋篠月清集)。○春日山　大和国の歌枕。藤原氏の氏神を祭る春日大社がある。○宮このみなみ　天子は南面し、臣下は北面する。天皇の恩恵を表わす。○しか　副詞「然(かし)」に春日大社の神獣「鹿」を響かせる。○北のふぢなみ　摂関家が属する藤原氏北家を象徴。→一八五四。参考「春日山北の藤波さきしより栄ゆべしとはかねて知りにき」(詞花・雑上「藤花年久」・源師頼)。

藤原氏を表わす「藤波」から天皇家を表す「松」へ。

747 常磐の吉備の中山は一面に、わが君の千年の栄えを待つ松の深い緑におおわれていることだ。○天暦御時大嘗会　村上天皇の大嘗会は天慶九年(九四六)。○吉備の中山　備中国の歌枕。「まがねふく吉備の中山おびにせる細谷川の音のさやけさ」(古今・神遊びの歌。仁明天皇大嘗会主基方歌)で有名だが、「鶯の鳴くにつけてやまがねふく吉備の山人春を知るらむ」(金葉・春・藤原顕季)のように常磐の山とも詠まれた。○松　「待つ」と掛ける。▽辰日音声(→七五三)の歌。

以下、巻末まで大嘗会和歌を時代順に配列。大嘗会は天皇即位の際に新穀を神々に献ずる大祭で、卜定される東方の祭場やその関係を悠紀、西方のを主基といい、平安時代以後、悠紀は近江国、主基は備中国・丹波国に固定された。それぞれの国の地名を詠みこんだ、風俗歌(国々の風俗を写した風俗舞に合わせて歌う歌)と屛風歌とがある。

748 朝日の郷のひかげのかずらは、豊明節会(とよのあかりのせちえ)で人々のかざしとされて光をそえるに違いない。○長和五年大嘗会　後一条天皇大嘗会。一〇一六年。○あかねさす　「日」の枕詞。○朝日の郷　「曇りなき豊の明りにあふみなる朝日の郷は光さしそふ」(金葉・賀・藤原敦光。保安四年崇徳天皇大嘗会悠紀方歌)。○ひかげ草　ヒカゲノカ

750　寛治二年大嘗会屏風に、鷹尾《たかのを》の山をよめる　　前中納言匡房

とやかへる鷹尾《たかのを》山のたまつばき霜《しも》をばふとも色《いろ》はかはらじ

751　久寿二年大嘗会悠紀屏風に、近江国《あふみのくに》鏡《かゞみ》山をよめる　　宮内卿永範

くもりなき鏡《かゞみ》の山の月をみてあきらけき代《よ》をそらにしる哉《(かな)》

752　平治元年大嘗会主基方、辰日参入音声《(たつのひまゐりおんじやう)》、生野をよめる　　刑部卿範兼

大江《おほえ》山こえて生野《いくの》の《ゝ》末《すゑ》とを《(ほ)》み道《みち》ある世にもあひにけるかな

ズラ。常緑で蔓(つる)が長く、鬘(かずら)にした。「朝日」「とよのあかり」の縁語。「神うくる豊の明りに木綿園(ゆふその)の日陰かづらぞ生えまさりける」(千載・神祇・藤原永範。久寿二年後白河天皇大嘗会悠紀方神楽歌)。○とよのあかり　大嘗会の賜宴。

749　天皇を永久にしっかりとお守りするという名をもつ守山の仙人であるらしい、山かずらをつけているよ。○永承元年大嘗会　後冷泉天皇大嘗会。一〇四六年。○すべらぎ　「帝 すべらぎ、おほきみ」(和歌初学抄)。○ときはかきは　→七三六。○守る山　見守る意の「もる」と掛詞。参考「すべらぎをやほよろづ代の神もみなときはにまもる山の名ぞこれ」(千載・神祇・藤原永範。嘉応元年高倉天皇大嘗会悠紀方神遊歌)。○山かづら　ヒカゲノカズラ、またマサキノカズラ(→五三八)とも。「まきもくのあなしの山の山人と人も見るがに山かづらせよ」(古今・神遊びの歌)が有名で、「あけぼのにたつ雲をいふ」(綺語抄所引古歌枕)という説があり、七四八「あかねさす朝日」と関わるか。

750　羽毛が白斑に抜けかわる鷹、その鷹尾山の玉椿は、鷹の尾羽のような白いまだらとなる霜に幾たび遇っても、常磐の色はいつまでも変らないであろう。江帥集「鷹尾山に常磐の木まことに多かり」」。○寛治二年大嘗会　堀河天皇大嘗会。正確には寛治元年(一〇八七)。○とやかへる　鷹が、夏の末から冬にかけて、羽の抜けかわるまで鳥屋(とや=鳥小屋)にもどること。○鷹尾山　近江国の地名。○たまつばき　八千歳を春秋とするという霊木「大椿」の伝説(荘子・逍遥遊)にもとづいて、「椿寿八千春」(白氏文集七「斉物二首」)、「君が代は白玉椿八千代ともなにか数へむ限りなければ」(後拾遺・賀・藤原資業)と詠まれた。ここでは屏風絵の常磐木を椿に見立てた。○霜　「万物秋霜能壊レ色」(和漢朗詠集「霜」・白居易)。「年月」の意も

753 仁安元年大嘗会悠紀歌たてまつりけるに、稲《（いね）》春歌《つきうた》

皇太后宮大夫俊成

近江《あふみ》のや坂田《さかた》の稲《いね》をかけつみて道《みち》ある御代《みよ》のはじめにぞつく

754 寿永元年大嘗会主基方稲春歌、丹波国長田村をよめる

権中納言兼光

神世よりけふのためとや八束穂《つかほ》に長田《ながた》の稲《いね》のしなひそめけん

755 建久九年大嘗会悠紀歌、青羽山

式部大輔光範

たちよればすゞしかりけり水鳥のあお《（を）》ばの山の松の夕《ゆふ》風

ある（白氏文集二「和思帰楽」）。→七三七。

751 曇りのない鏡山に照る月を見て、わが君の御代が明徳の聖代であるということが、明るく澄んだ空の様子から推し量られることだ。続詞花集・賀「一院（後白河天皇）大嘗会御屛風に、鏡の山のもとに月見たる人ある所に」。○久寿二年 一一五五年。○鏡の山 静謐の世を鏡にたとえる。参考「曇りなき君が御代には鏡山のどけき月の影ぞ見えける」（江帥集「鏡山秋月明」。天仁元年鳥羽天皇大嘗会悠紀方屛風歌）、「四海安危照二掌内一、百王理乱懸二心中一」（和漢朗詠集「帝王」・白居易「百練鏡」）。○そらにしる 空を見て知る意に、暗に知る・推し量って知る意を掛ける。→一〇九六。

752 大江山を越えていく生野の行末までは遠いので、遥かに道が続いている。そのように前途洋々とした政道の正しいわが君の御代に遇ったことだ。○平治元年大嘗会 二条天皇大嘗会。一一五九年。○辰日参入音声 大嘗会の辰日の節会で、舞人が所定の位置につく所作にあわせて奏せられる楽のための和歌。風俗歌のひとつ。○大江山・生野 丹波国の歌枕。「越えて行く」と掛詞。○道ある世 →一〇三五。七五二「あきらけき代」（明世）に同じ。▽参考「大江山いくのの道の遠ければふみもまだみず天の橋立」（金葉・雑上・小式部内侍）。

753 近江の坂田の稲を稲木（いなぎ）にたくさん積み重ねて掛けて、政道正しいわが君の御代の最初の行事に稲舂をする。長秋詠藻。月詣集・賀。○仁安元年大嘗会 六条天皇大嘗会。一一六六年。○稲舂歌 大嘗会で、神前に供える稲を舂く時に歌う。風俗歌のひとつ。○近江のや 「近江のや鏡の山をたてたればかねてぞ見ゆる君が千年は」（古今・神遊びの歌・大伴黒主。醍醐天皇大嘗会悠紀方歌）。▽参考「年えたる玉田の稲をかけ積みて千代の例につきぞ始むる」（栄花物語・玉の村菊。

おなじ大嘗会主基屛風に、六月、松井

権中納言資実

756 ときはなる松井の水をむすぶ手《て》のしづくごとにぞ千代《ちよ》はみえける

長和五年後一条天皇大嘗会主基方稲春歌)。

754 神代の昔から、今日の大嘗会のためにと、長田の稲穂は豊かに実って、八束にも長く重くしない始めたのであろうか。〇寿永元年大嘗会 安徳天皇大嘗会。一一八二年。〇八束穂 「稲のよく実入りて八握(やにぎ)りあるをいふなり」(信西・日本紀鈔・下)。「八束穂の稲といふは、大いなる稲の八穂(やほ)有るなり。〈日本紀にいはく、稲の始めなり〉」(八雲御抄三)。〇しなひ 「莫莫、茂也」(広雅・釈訓)。▽参考「即以二其稲種一、始殖二于天狭田及長田一、其秋垂穎、八握莫莫然(やつかほにしなひて)、甚快也」(日本書紀・神代上)。神話に託して賀する。七五四・七五五は歌順が異なる伝本もある。ここは底本通り示した。

755 立ち寄ると、その名のとおり涼しいことだ。水鳥の青い羽を思わせる青羽山の松に夕風が吹くよ。〇建久九年大嘗会 土御門天皇(今上)大嘗会。一一九八年。底本「建久元年」、前田本等により校訂。〇すゞしかりけり 夏に涼しさの恵みがあるのは王化の及ぶ様。「立ちよれば涼しかりける夏衣秋や泉の底にすむらん」(堀河百首・夏「泉」・肥後)、「涼しやとくさむらごとに立ちよれば暑さぞまさる常夏の花」(和漢朗詠集「納涼」・読人しらず)。〇水鳥のあおばの山 若狭国(和歌童蒙抄三)や陸奥国(和歌初学抄)とする説があったが、ここは近江国の地名。「水」は「涼し」の縁語。

756 常磐の緑の松という名をもつ松井の水をすくい上げる手からしたたるしずく、その一滴一滴に、わが君の千代が見えることだ。〇松井 備中国の地名。〇しづく 七五七と共通。▽参考「むすぶ手のしづくににごる山の井のあかでも人に別れぬるかな」(古今・離別・紀貫之。拾遺・雑恋)、「松かげの岩井の水をむすびあげて夏なき年と思ひけるかな」(拾遺・夏・恵慶。和漢朗詠集「納涼」)。

新古今和歌集巻第八

哀　傷　歌

題しらず　　　　　　　　　　僧　正　遍　昭

757 末《すゑ》の露《つゆ》もとのしづくや世《よ》の中のを(お)くれ先立《さきだ》つためしなるらん

　　　　　　　　　　　　　　　小　野　小　町

758 あはれなりわが身のはてやあさみどりつゐ(ひ)には野辺の霞《かすみ》と思《おも》へば

757 草木の葉末に宿る露と、根もとにかかる雫(しずく)とは、遅速の差はあっても、いずれも最後には落ちてはかなく消えるもの。それは、人に後れたり、先に死んでいったりする、この世の中の無常の例ででもあろうか。遍昭集「世のはかなさの思ひ知られ侍りしかば」。和漢朗詠集「無常」。○露　「はかなきことには　露、朝顔、夢、うたかた」(和歌初学抄)。▽対句が華麗。新古今集撰集の際、古今集に入集していないことを、撰者たちが不思議がったという(京極中納言相語)。
　哀傷歌は人の死に対する悲しみを詠んだ歌。巻頭に、無常を主題とする高僧の歌をすえる。七五七の「おくれ先立つ」という語は、中務卿具平親王の歌にも見え(→一八四九)、それを介して巻末の八五五の親王の詠と対をなす。両首は「露」が共通。中務卿具平親王は千載・哀傷の巻頭歌作者。七五七の遍昭と七五八の小町とは同じく六歌仙で贈答歌もある。

758 あわれにもはかないことですね。わが身の最後も、荼毘(だび)の煙、ついには春の野辺にたなびく浅緑色の霞となってしまうのかと思うと。小町集、初句「はかなしや」(右傍に「哀れなり」)、二句「わが身のはてよ」、四句「野辺にたなびく」(右傍に「つひには野辺の」)。○あさみどり　「霞」にかかる。→五六。「浅緑糸よりかけて白露を玉にもぬける春の柳か」(古今・春上・遍昭)。○野辺の霞　火葬の煙の譬喩。「ウセニシ人ヲバ登霞トイフ」(顕昭・古今集注十六)、「御門のうせ給ふを、昇霞とてかすみのぼると申せば」(顕注密勘十六)。
　巻末八五六と「あはれ」「身」が共通で、対になる。以下、七六七まで春の哀傷だが、この巻の中心は、七五五以下の秋の露。主に語句の類似で配列。

759 知らぬまに桜の散る春の末になってしまった。雨のやむ間もないほどの嘆きに沈んでいたうちに。三条右大臣集。兼輔集。ともに四句「あや

醍醐の御門《みかど》かくれ給《たま》ひてのち、弥生《やよひ》のつごもりに、三条右大臣につかはしける

中納言兼輔

759 桜《さくら》ちる春の末《すゑ》にはなりにけり雨間《あまゝ》もしらぬながめせしまに

正暦二年諒闇《りやうあん》の春、桜《さくら》の枝《えだ》につけて、道信朝臣につかはしける

実方朝臣

760 墨染《すみぞめ》のころもうき世《よ》の花ざかりおり《(を)》忘《わす》れてもおり《(を)》てけるかな

返し

道信朝臣

761 あかざりし花をや春もこひつらんありし昔を思ひいでつゝ

め も知らぬ」。○醍醐の御門　第六十代天皇。延長八年(九三〇)九月二十九日、四十六歳で没。○三条右大臣　藤原定方。醍醐天皇女御仁善子(よしこ)および兼輔室は、定方の女。○雨間　上代風の表現。○ながめ　春の「長雨」と「眺め」との掛詞。長い間泣き悲しんでいたことを暗示。→六四。「花の色はうつりにけりないたづらにわが身世にふるながめせしまに」(古今・春下・小野小町)。▽三条右大臣集・兼輔集ともに作者は藤原定方。兼輔の返歌は「春ふかく散りかふ花を数にても取りあへぬものは涙なりけり」。

760 だれもが墨染の喪服を着て諒闇の悲しみに沈んでいる世の中も、春となり、時節もいまや花盛りです。わたしは、今まで悲しみのために桜の花を折るのを忘れていたのでしたが、それでも、諒闇という折であることさえも忘れて、この花を手折ってしまったことです。実方集。道信集。○諒闇　天皇が父母の喪に服する期間。正暦二年(九九一)二月十二日、円融院が三十三歳で没。○ころも　「衣」に「頃も」を掛ける。「墨染の衣〈服のきぬ〉」(和歌初学抄)。喪服。○おり　時節の「折(をり)」と動詞「折り」との掛詞。▽七六〇・七六一は、実方集・道信集ともに、実方から道信に送ったのか、その逆か、伝本によって二通りの伝承がある。本集では栄花物語・見果てぬ夢に依拠したか。

761 いくら見ても見あきることのなかった花を、あなたやわたしがしのぶように、春も恋しく思っているのでしょうか。華やかに咲き匂っていた、あの昔を思い出して。実方集。道信集。○あかざりし花　華やかであった円融院の御代の譬喩。円融院を花にたとえたとする説もある(八代集抄)。○ありし昔　「折りに来(こ)と思ひやすらむ花桜ありしみゆきの春を恋ひつつ」(→一四五二)。一四五一・一四五二は、円隔院と藤原朝光との贈答。

762 弥生《やよひ》のころ、人にを《(お)》くれて歎《なげ》きける人のもとへつかはしける　成尋法師

花ざくらまださかりにて散《ち》りにけん歎《なげ》きのもとを思《(おもひ)》こそやれ

763 人の、桜《さくら》をうへ《(ゑ)》を《(お)》きて、その年《とし》の四月になくなりにける、又の年《とし》はじめて花さきたるを見て　大江嘉言

花見んとうへ《(ゑ)》けん人もなき宿《やど》のさくらはこぞの春ぞさかまし

764 年頃《としごろ》すみ侍《(はべり)》ける女の身まかりにける四十九日はてて、なを《(ほ)》山里《ざと》に籠《こも》りゐてよみ侍ける　左京大夫顕輔

たれもみな花の宮《(みや)》こに散《ち》りはててひとりしぐるゝ秋の山里《ざと》

762 美しい桜の花は、まだ盛りのうちに散ってしまったのでしょう。亡くなられたあのかたは、まだお美しい盛りでしたのに、お嘆きのほどお察し申し上げます。続詞花集・哀傷。○花ざくら　桜の花。八重桜、桜の一品種とも。→一四三。「空蟬の世にもにたるか花ざくら咲くと見しまにかつ散りにけり」(古今・春下・読人しらず)。○歎きのもと　「歎き」に「花ざくら」の縁語「木」を掛ける。木のもとには「根」があり、同音の「音に泣く」人のことを思う、と詠む。

763 花が咲くのを見ようと植えたひとも亡くなってしまった家では、その桜が今年はじめて美しく咲いたのだけれども、それはあのひとの思い出のなかに悲しみを広げるばかりで、この花が去年の春に咲いたらよかったのに。○又の年　翌年。▽亡くなった人の植えた草木の花が咲いたのを見て、その人をしのぶのは、哀傷歌の一パターン。

764 誰もが皆、はなやかな都に散りぢりに帰ってしまって、わたしひとりが、時雨のふる秋の山里で、悲しみに泣きぬれています。顕輔集「…時雨のせし日、中将の上のもとへ」、二句「花の都へ」。○年頃すみ侍ける女　長年ともに暮らしてきた女。妻。→七三三。○たれもみな　「ひとり」と対。一緒に籠っていた人々。○花の宮こ　「秋の山里」と対。○散り　「花」の縁語。▽顕輔集詞書の「中将の上」は、顕輔の正妻か。未詳。

765 美しい桜の花を見ていると、ただでさえ家路を忘れてしまうものだが、この春はいっそう家路を急ごうという気になれない。わたしの帰りを待っていたひとは、もういないのだから。林下集、五句「人もなければ」。○公守朝臣母　作者藤原実定の妻。○法金剛院　京都の西、双ヶ岡にある。▽参考「花見ると家路に遅く帰るかな待ち時過ぐと妹《(もい)》やいふらむ」(後拾遺・春上・平兼盛)。

公守朝臣母、身まかりてのちの春、法金剛院の花を見て

後徳大寺左大臣

765 花見てはいとゞいゑ路《(へ)ち》ぞいそがれぬ待《ま》つらんと思《(おもふ)》人しなければ

定家朝臣、母の思《おも》ひに侍《(はべり)》ける春の暮《くれ》につかはしける

摂政太政大臣

766 春霞かすみし空《そら》のなごりさへけふをかぎりの別《わか》れなりけり

前大納言光頼、春《はる》身まかりにけるを、桂《かつら》なる所《ところ》にてとかくして帰《かへ》り侍けるに

前左兵衛督惟方

767 たちのぼる煙《けぶり》をだにも見るべきに霞《かすみ》にまがふ春のあけぼの

766 春霞に霞んでいた空は、亡くなられたお母上の荼毘の煙の名残でしたが、その名残の霞とさえも、春の暮れる今日を最後に、お別れしなければなりませんね。秋篠月清集・無常。拾遺愚草。○母の思ひに侍ける春の暮　母の喪に服していました春の終り。定家の母美福門院加賀は建久四年(一一九三)二月十三日没。秋篠月清集の詞書によれば、この歌は三月尽日に贈られたというから、中陰四十九日も終る頃であろう。▽行く春のあわれを表に出し、春霞によって友人の母の死を暗示にとどめた、弔問の歌。

767 せめて立ちのぼる荼毘の煙をだけでも見ようと思うのに、それも霞にまぎれて見分けることができない、そんな春のあけぼのであることだ。粟田口別当入道集「六日の暁、宰相(藤原成頼。作者惟方や光頼の兄弟)のもとへ人をつかはして、はるかに西山をながめやりて」。○光頼　作者惟方の兄弟。洛西の桂の里に住んだ。承安三年(一一七三)正月五日、五十歳で没。○とかくして　葬送のことをあれこれ営んで。○霞にまがふ　↓一五九六。

768 亡くなられたあのかたの形見と思って見ると、ますます嘆きが深くなってしまう、そんな深見草ですね。どうして、なまじこのように美しい色で咲いているのでしょう。美しければそれだけ嘆きが深まるばかりなのに。重家集。○六条摂政　藤原基実。永万二年(一一六六)七月二十六日、二十四歳で没。○ふかみ草　「牡丹　ふかみぐさ」(和歌初学抄)。動詞「深む」を掛ける。▽重家集によれば、藤原基実の北の方(盛子、平清盛女)から、歌を添えて、形見の牡丹の花を贈られた折の返歌。

769 このあやめを見ていったい誰をしのべと思って、あの子は植えておいて、そのくせ自分は蓬の根もとの露となって、はかなく消えてしまったのでしょうか。続詞花集・哀傷、四句「蓬のもと

768 六条摂政かくれ侍りてのち、植《う》へ《(ゑ)》を《(お)》きて侍りける牡丹のさきて侍《(はべり)》けるをお《(を)》りて、女房のもとよりつかはして侍ければ

大宰大弐重家

形見《かたみ》とて見れば歎《なげ》きのふかみ草《(ぐさ)》なに中〳〵《(なかなか)》のにほひなるらん

769 お《(を)》さなき子《こ》の失《う》せにけるが植《う》へ《(ゑ)》を《(お)》きたりける昌蒲を見て、よみ侍りける

高陽院木綿四手

あやめ草《ぐさ》たれしのべとかうへ《(ゑ)》を《(お)》きて蓬《よもぎ》がもとの露《つゆ》ときえけん

770 歎《なげ》くこと侍りけるころ、五月五日、人のもとへ申《(まうし)》つかはしける

上西門院兵衛

けふくれどあやめもしらぬ袂《たもと》かな昔《むかし》をこふるねのみかゝりて

の」。○昌蒲　菖蒲。底本では「蒲」は「葙」。○蓬がもと　墓所を暗示。端午の節句の菖蒲には蓬を添えるので、「あやめ草」と「蓬」とは縁語。○露はかない命の象徴。○きえ　「露」の縁語。

770 五月五日の今日はやって来たけれども、あやめ草ならぬ、文目もわからないほど濡れそぼつわたしの袂です。あのかたが元気でいらした昔を恋しく思って、あやめの根ならぬ、泣く音ばかりが袖にかかって。続詞花集・哀傷「故一品宮(禧子内親王)かくれさせ給ひての頃、五月五日、人のもとへつかはしける」。○あやめもしらぬ　「菖蒲」と綾織物の色目、模様の意の「文目」とを掛ける。五月五日には菖蒲(あやめ)を連想すべきなのに、わたしの袂は文目もわからないほど濡れている。「あやめもしらぬ」(ものの道理をわきまえない)袂ですねと詠んで、その理由を下句で述べた。「文目」は「袂」の縁語。○ね　泣き声の「音」と菖蒲の「根」との掛詞。「根」「かかり」は「あやめ」の縁語。▽参考「墨染の袂にかかるねを見ればあやめも知らぬ涙なりけり」(千載・哀傷・藤原俊忠)、「ほととぎす鳴くやさつきのあやめ草あやめも知らぬ恋もするかな」(古今・恋一・読人しらず)。

771 今日は五月五日、あやめの節句ですが、そのあやめ草の根を引き違えたように、うって変ったわたしの墨染の袂には、あやめの根ならぬ、御門がお元気でいらした昔を恋しく思って泣く音がかかっていることです。今鏡六・弓の音。○近衛院　第七十六代天皇。久寿二年(一一五五)七月二十三日、十七歳で没。作者九条院は近衛天皇の皇后。○世をそむきてのち　出家して後。○皇嘉門院　近衛天皇の准母。作者には義姉にあたる。○ひきたがへたる袂　法服、尼衣。五月五日には長寿を願って菖蒲の根を引くところから、「ひく」は「あやめ草」の縁語。○ね　「音」と「根」との掛詞。▽

近衛院かくれ給《たま》ひにければ、世《よ》をそむきてのち、五月五日、皇嘉門院にたてまつられける　九条院

771 あやめ草ひきたがへたる袂《たもと》には昔《むかし》をこふるねぞかゝりける

返し　皇嘉門院

772 さもこそはおなじ袂《たもと》の色《いろ》ならめかはらぬねをもかけてける哉《(かな)》

住《す》み侍りける女なくなりにけるころ、藤原為頼朝臣妻、身まかりにけるにつかはしける　小野宮右大臣

773 よそなれどおなじ心ぞかよふべきたれも思ひのひとつならねば

参考「五月五日、服なりける人のもとにつかはしける／けふまでもあやめ知られぬ袂には引きたがへたるねをやかくらん」(後拾遺・雑三・小弁)。

772 いかにもおっしゃるように、あなたの袂は、わたしと同じく墨染の袂の色なのでしょう。わたしも、あなたと変らず、五月五日の今日、あやめ草の根ではなく、御門をしのんで泣く音を袂にかけたことでした。今鏡六・弓の音。▽今鏡によれば、この時、皇嘉門院はまだ出家していないのだが、「おなじ袂の色」と優しくこたえた。

773 わたしはあなたの身内ではありませんが、妻を亡くした同じ境遇にありますから、同じ嘆きの心が通い合うに違いありませんね。妻の死といっても、あなたとわたし以外の方にとっては、人それぞれに悲しみの思いは一様ではないのですから。為頼集。○住み侍りける女　妻。為頼集の詞書では「北の方」。→七六四。○よそなれど　他人だけれど。参考「思ひやる子恋(こひ)の森の雫にはよそなる人の袖もぬれけり」(拾遺・哀傷・清原元輔)。○ひとつ　一体感を表わす。→五六・四三・五六四。

774 ただひとりのものではなく、あなたとわたしとがともに、つれあいを亡くして嘆いている、この思いは、亡くなった妻も同じで、彼女も、死出の旅の空で悲しく思っていることでしょうか。為頼集。○なき人も　わたしは勿論、亡くなった妻もと詠んで、慰めに対する感謝の意をこめた。「なき人」を、お互いの妻たちとする説もある。

775 秋萩の上に、すぐにも消えてしまいそうに置いていると思って見ていた露でしたが、その露でさえも、まだ残っていたのですね。それなのにどうして、あの子は死んでしまったのでしょう。露よりもはかなく消えてしまったあの子を、いったい何にたとえたらよいのでしょうか。和泉式部集「宮(上東門院)より、露置きたる唐衣まゐらせ

返し　　　　　　　　　藤原為頼朝臣

774 ひとりにもあらぬ思《(おもひ)》はなき人もたびの空《そら》にやかなしかるらん

小式部内侍、露《つゆ》を《(お)》きたる萩《はぎ》を《(お)》りたる唐衣《からぎぬ》をきて侍りけるを、身まかりてのち、上東門院よりたづねさせ給《たま》ひける、たてまつるとて　　　　和泉式部

775 を《(お)》くと見し露《つゆ》もありけりはかなくて消《き》えにし人をなににたとへん

御返し　　　　　　　　　上東門院

776 おもひきやはかなくを《(お)》きし袖のうへの露《つゆ》をかたみにかけん物とは

よ、経の表紙にせむと召したるに、結び付けたる」。〇小式部内侍　和泉式部の女。万寿二年(一〇二五)十一月没。〇上東門院　藤原彰子。一条天皇中宮。和泉式部と小式部内侍の母娘がともに仕えた。〇たづねさせ給ひける　「まだあなたのお手許にありますか」と、お求めになった時に。「尋ねさせ給ひけるに」(前田・小宮本ほか)。〇をく　下の「消え」と対。「置(お)く」「消え」は露の縁語。〇露　詞書の唐衣の文様。〇消えにし人をなににたとへん　「秋風になびく草葉の露よりも消えにし人を何にたとへん」(拾遺・哀傷・村上天皇)。

776 思ってもみませんでしたね。はかなく置いた、唐衣の袖の上の露をあのひとの形見として、あなたとお互いに、袖の上に涙をかけることになるだなんて。宸翰本系和泉式部集。〇露　涙を暗示。〇かたみに　互いにの意の「かたみに」と「形見」の掛詞。〇かけん　「露」の縁語。上東門院が唐衣を求めたのは、小式部の追善供養の目的で写されたお経の表紙にするためであったが(→七七五)、表紙をつけることを「かく」(かける)ともいう。

777 いまでは荒れはてた浅茅が原となってしまった中宮御所の庭。ここの主でいらしたあのかた(中宮様)は、はかなく亡くなってしまわれたのでしたが、この浅茅が原にはかなく消える草の上の露を、まさかあのかたの形見として見るとは、思いもかけないことでございました。周防内侍集、二句「はかなく置きし」。〇白河院　第七十二代天皇。〇中宮　白河院の中宮賢子。応徳元年(一〇八四)九月二十二日、二十八歳で没。〇御方　中宮の御所。〇露とり侍ける　七夕の夜の乞巧奠(きこうでん)で、梶の葉に歌を書きつけるために、硯の水として露を集める。〇浅茅原　→三四五。荒れはてた場所。〇きえし　寿・烏丸本など諸本は「置きし」だが、底本のまま。〇露　涙を暗示。〇かたみと　「かたみ

777 白河院御時、中宮おはしまさでのち、その御方は草のみ茂《しげ》りて侍りけるに、七月七日、わらはべの露《つゆ》とり侍《(はべり)》けるを見て

周防内侍

浅茅《あさぢ》原《はら》はかなくきえし草のうへの露《つゆ》をかたみと思《(おもひ)》かけきや

778 一品資子内親王にあひて、昔《むかし》のことども申《(まうし)》出《い》だしてよみ侍ける

女御徽子女王

袖にさへ秋のゆふべはしられけりきえし浅茅《あさぢ》が露《つゆ》をかけつゝ

779 例《れい》ならぬことを《(お)》もくなりて、御髪《ぐし》おろし給《たま》ひける日、上東門院、中宮と申《(まうし)》ける時、つかはしける

一条院御歌

秋風の露《つゆ》のやどりに君をおきて塵《ちり》をいでぬることぞかなしき

に」(鷹司・穂久邇本ほか)。〇かけ 「露」の縁語。

778 わたくしたちの袖の上にさえも、秋の夕べの訪れはそれと知られることですね。浅茅の露のようにはかなく消えてしまわれた御門をおしのびしては、とめどなく袖に涙の露をかけては…。西本願寺本斎宮女御集。〇昔のことども 村上天皇の生前の思い出。徽子女王は村上天皇の女御、資子内親王は村上天皇の皇女。村上天皇は康保四年(九六七)五月二十五日没。〇露 秋の夕べの景物で、涙の譬喩。袖に季節はない(この場合、喪服の墨染の袖であろう)のだが、袖にかかる涙の「露」によって、秋の夕べと知られるのである。

779 秋風のなかですぐにも消えてしまう露が宿っているような、はかない仮の世に、あなたを残して、わたしひとりが塵の世を離れてしまうなんて、とても悲しい。〇例ならぬこと 病。不例。〇御髪おろし給ひける日 一条院は寛弘八年(一〇一一)六月十九日に出家、同月二十二日に没。〇上東門院 藤原彰子。一条天皇中宮。〇露のやどり はかない仮の世。参考「浅茅生の露のやどりに君をおきて四方の嵐ぞしづ心なき」(源氏物語・賢木)。〇おき 「露」の縁語。〇塵をいでぬる 出家。俗世を離れたこと。▽一条院が彰子に贈った辞世。「露の身の仮の宿りに君をおきて家をいでぬることぞ悲しき」(栄花物語・岩蔭)、「露の身の草の宿りに君をおきて塵をいでぬることをこそ思へ」(御堂関白記)など、様々な形で伝承された。

780 お子様を亡くされたとうかがいましたが、その別れのあとに残る悲しみの涙にぬれたお袖も乾かないのに、さらに置くのでしょうか、秋の夕露が。大弐三位集、五句「秋の白露」。〇別れけん 過去のことに関する伝聞を表わす「けむ」を用いて、死別という事実を朧化した。連体形。〇秋の夕露 秋になって悲しみを新たにしているであ

秋のころ、お《(を)》さなき子《こ》にを《(お)》くれたる人に　大弐三位

780 別《わか》れけんなごりの袖もかは《(わ)》かぬにを《(お)》きやそふらん秋の夕露《ゆふつゆ》

返し　読人しらず

781 を《(お)》きそふる露《つゆ》とゝもには消《き》えもせで涙《なみだ》にのみも浮《う》き沈《しづ》むかな

廉義公の母なくなりてのち、女郎花《をみなへし》を見て　清慎公

782 をみなへし見《み》るに心はなぐさまでいとゞ昔《むかし》の秋ぞこひしき

弾正尹為尊《(だんじやうのゐんためたか)》親王にを《(お)》くれて歎《なげ》き侍《(はべり)》けるころ　和泉式部

783 ねざめする身をふきとお《(ほ)》す風のを《(お)》とを昔《むかし》は袖のよそにきゝけん

ろう相手の涙を推し量った。露は秋の景物。

781　悲しみの涙に置きくわわる秋の露。その露のようにはかなく消えることもできずに、わたしはただ、あふれる涙に浮いたり沈んだりして、あの子を亡くした悲しみに明け暮れています。大弐三位集。▽参考「誰により世を海山に行きめぐり絶えぬ涙に浮き沈む身ぞ」(源氏物語・澪標)。

782　美しい女郎花を見るにつけても、心は慰まず、亡き妻とともに過ごした昔の秋が、いっそう恋しくしのばれるばかりだ。和漢朗詠集「女郎花」。○廉義公の母　作者清慎公の妻。○をみなへし「女にたとへて詠むべし」(能因歌枕)。女郎花の可憐な花に、妻の生前の姿が重なって、昔が切なく呼び起こされるというのである。▽伊勢集や古今六帖五「昔を恋ふ」にも見える歌。作者は、前者では伊勢、後者では読人しらず。

783　独り寝の今、夜中にふと目覚めてしまうこの身を吹き通す寂しい風の音を、あのかたと一緒だった昔には、わたしの袖とは関わりのないものと聞いていたのであろう。続詞花集・恋下、四句「昔は耳の」。和泉式部続集、四句同上。○弾正尹為尊親王　作者和泉式部を愛したが、長保四年(一〇〇二)六月十三日、二十六歳で病没。▽続詞花集によれば、為尊親王の弟で、やはり和泉式部を愛した帥宮敦道親王の死後の歌。また和泉式部続集によれば、「つれづれの尽きせぬまま」詠まれたうちの、「夜中の寝覚め」を題とする一首。本集の詞書の由来は未詳。参考「手枕の隙間の風も寒かりき身はならはしのものにぞ有りける」(拾遺・恋四・読人しらず。小町集)。

784　傍らに立つと、袖をぬらす萩の上葉の露。その露にぬれて悲しげに鳴く虫の声が聞える秋、わたしも、妻とともに暮した昔を、つゆばかりも忘れず、袖をぬらし声をあげて泣いているのです。

従一位源師子かくれ侍りて、宇治より新少将がもとにつかはしける

知足院入道前関白太政大臣

784 袖ぬらす萩のうはばのつゆばかり昔《むかし》わすれぬ虫《むし》の音《ね》ぞする

法輪寺に詣《まう》で侍《(はべる)》とて、嵯峨野《さがの》に大納言忠家が墓《はか》の侍《(はべり)》けるほどに、まかりてよみ侍ける

権中納言俊忠

785 さらでだに露《つゆ》けき嵯峨《さが》の野べにきて昔《むかし》のあとにしほれぬるかな

公時卿母、身まかりて歎《なげ》き侍けるころ、大納言実国もとに申《(まうし)》つかはしける

後徳大寺左大臣

786 かなしさは秋の嵯峨《さが》野のきり〴〵すなを古里《(ほ)ふるさと》に音《ね》をやなくらん

○源師子　作者藤原忠実の妻。久安四年(一一四八)十二月十四日、七十九歳で没。○新少将　鳥羽天皇の中宮で、久安元年八月に没した待賢門院に仕えた女房。源師子と新少将との関係は未詳だが、忠実と師子との娘に、鳥羽天皇の皇后となった高陽院泰子がある。○つゆばかり　「露」と、「少しも」の意の副詞「つゆばかり」とを掛ける。○虫の音　妻の死を悲しむみずからの泣き声を暗示。

785 ただでさえ露にぬれているのが常のならいである嵯峨の野辺にやって来て、今はもういない父の墓を見、わたしの袖はぬれしおれてしまったことだ。俊忠集。○法輪寺　京都の西、嵯峨の嵐山の麓にある真言宗の古寺。○忠家　作者俊忠の父。○露　悲しみの涙を暗示。○嵯峨　性質、常のならいの意の「性(さが)」と掛ける。嵯峨は山城国の歌枕で、もの寂しい秋の景を多く詠む。

786 悲しいのは秋のならいであるのに、嵯峨野のきりぎりすは、やはりなじみの土地で悲しい声をたてて鳴いているのでしょうか。実国集。○公時卿母　実国の妻。承安三年(一一七三)没。○実国のもと　実国は作者実定のまたいとこ。「実国のもと」と、「の」か「が」がほしいところだが、底本のままにした。○嵯峨野　「性(さが)」を掛ける。参考「を鹿なくこの山里のさがなれば悲しかりけり秋の夕暮」(後葉集・雑一・藤原基俊)。○きりぎりす　妻を亡くして悲嘆にくれる実国を暗示。

787 今となっては、それでは、憂(う)き世のならいとして母を葬ったこの嵯峨の野辺を、露が消えはてるように亡くなってしまった母の跡としてしのびましょう。○母　作者俊成女は実は俊成の孫。その母は八条院三条といい、俊成の女(むすめ)で、正治二年(一二〇〇)二月二十日、五十三歳で病没。○おさめ侍ける夜　埋葬いたしました夜。○嵯峨　「性(さが)」を掛ける。露がふかく置いたり、は

787 母の身まかりにけるを嵯峨野《さがの》辺《(へん)》にお《(を)》さめ侍《(はべり)》ける夜、よみける

皇太后宮大夫俊成女

今はさはうき世《よ》の嵯峨《さが》の野べをこそ露《つゆ》きえはてし跡《あとゝ》としのばめ

788 母身まかりにける秋、野分《のわき》しける日、もと住《す》み侍りける所《ところ》にまかりて

定家朝臣

たまゆらの露《つゆ》も涙もとゞまらずなき人こふる宿《やど》の秋風

789 父《ちゝ》秀宗身まかりての秋、寄《スル》レ風《ニ》懐旧といふことをよみ侍ける

藤原秀能

露《つゆ》をだにいまは形見《かたみ》のふぢごろもあだにも袖をふく嵐《あらし》かな

かなく消えたりするのがならいの嵯峨の野辺。

788 ほんのしばらくの間さえ、露の玉も涙の玉も少しもとどまることなく、乱れこぼれる。亡き母を恋しく慕うこの宿に、秋風が吹きつけて露を散らし、涙はとめどなくあふれて。長秋草。拾遺愚草・無常。〇母 →七六。〇野分 台風。〇もと住み侍りける所 五条にあった父俊成の家。〇たまゆら 「しばし也」(和歌初学抄)。「玉」は「露」「涙」の縁語。「露の風にさわぐさま、涙のこぼるるさま、ともに玉のゆらくに似たれば、其のよしをもかねて詠み給へるにや」(美濃の家づと)。〇露も 「少しも」の意の副詞「つゆも」と掛ける。▽長秋草などによれば、七月九日、俊成の家から帰る際の歌。俊成は「秋になり風の涼しくかはるにも涙の露ぞしのに散りける」と返歌した。参考「暁の露は涙もとどまらでうらむる風の声ぞのこれる」(→三七二)、「故郷有レ母秋風涙、旅館無レ人暮雨魂」(新撰朗詠集「行旅」・源為憲)。

789 せめて涙の露だけでも、今となっては、亡き父の形見としようと思っているわたしの藤衣。なのに、無情にも、その袖を吹いて涙の露を散らしてしまうあらしであることよ。如願法師集・哀傷。建永元年(一二〇六)七月二十八日、院当座歌合か。〇いまは 袖の露(涙)は、いつもなら厭うものだが、今はそれだけでも父の形見と思う。〇ふぢごろも ここでは喪服。「藤衣とは服をいふ。麗しく藤の皮にて織れる布なり」(顕注密勘十六)。

790 よろずにつけもの悲しい秋。秋の深まったこのごろの寝覚めに、どのように思い出していらっしゃるでしょうか。春の夜の夢かとばかりに、お父様がはかなくお亡くなりになったことを。殷富門院大輔集。〇久我内大臣 源雅通。土御門内大臣(通親)の父。承安五年(一一七五)春二月二十七日、五十八歳で没。作者殷富門院大輔と親しかった。

久我内大臣、春ごろうせて侍《はべり》ける年《とし》の秋、土御門内大臣、中将に侍ける時、つかはしける　殷富門院大輔

790 秋ふかき寝覚《ねざ》めにいかゞ思《おも》ひいづるはかなく見えし春の夜《よ》の夢

返し　土御門内大臣

791 見し夢をわするゝ時はなけれども秋の寝覚《ねざ》めはげにぞかなしき

忍《しの》びてもの申《まうし》ける女、身まかりてのち、そのいゑ《へ》にとまりてよみ侍ける　大納言実家

792 なれし秋のふけし夜床《よどこ》はそれながら心のそこの夢ぞかなしき

▽秋の寝覚めと春の夜の夢とを対にし、「寝覚め」「夜」「夢」と縁語で飾った、弔問の歌。

791 春に見た悲しい夢(父の死)を忘れる時とてございませんが、秋の寝覚めは、おっしゃるように本当に悲しいことです。殷富門院大輔集、初句「いつとても」。○げにぞかなしき「鳴けや鳴けよもぎがそまのきりぎりす過ぎ行く秋はげにぞ悲しき」(後拾遺・秋上・曾禰好忠)。

792 秋の夜ふけ、あのひとと睦まじく慣れ親しんだ床は、昔そのままに変りないけれども、わたしの心の底では、はかない夢のようにあのひとの面影が浮かんでは消えるばかりで、それがたまらなく悲しい。実家集。○忍びてもの申ける女ひそかに愛していた女。○それながら「花の色も宿も昔のそれながら変れるものは露にぞありける」(拾遺・哀傷・清原元輔)。▽実家集によれば、女の死後ほどへて、その家に行ってみると、もう召使も誰も住んでいない有様だったので、昔をしのんで悲しみ、そこに泊って詠んだ歌。

793 歌人として不朽の名声だけを残し置いて、実方中将は、その身は陸奥の枯野に朽ちてしまわれた。わたしは今、枯野の霜枯れの薄を中将の形見として見るばかりだ。山家集。西行法師家集。ともに五句「かたみにぞみる」。○陸奥国へまかりける　西行の最初の陸奥旅行の折の詠か。○塚　現在、宮城県名取市愛島塩手(めでしま しおて)に中将墓と伝えるものがある。○実方朝臣　長徳元年(九九五)陸奥守に任じられ、同四年、不遇のうちに任地で客死し、都人の涙をあつめた。後世、小町髑髏(どくろ)説話の登場人物(親房・古今集序注)。○ほの〴〵見えわたりて　一面にぼうっと続いて目に映って。▽見ぬ世の古人を哀傷。参考「遺文三十軸、軸軸金玉声。竜門原上土、埋レ骨不レ埋レ名」(和漢朗詠集「文詞付遺文」・白居易)。

陸奥国《みちのくに》へまかれりける野中に、目《め》にたつさまなる塚《つか》の侍《(はべり)》けるを、問《と》はせ侍ければ、これなん中将の塚《つか》と申すと答《こた》へければ、中将とはいづれの人ぞと問《と》ひ侍ければ、実方朝臣の事となん申《(まうし)》けるに、冬の事にて、霜枯《しもが》れの薄《すゝき》ほの〴〵見えわたりて、おりふしものがなしうお《(を)》ぼえ侍ければ

西行法師

793 くちもせぬその名ばかりをとゞめを《(お)》きて枯《かれ》野の薄《すゝき》かたみとぞみる

同行《(どうぎやう)》なりける人、うち続《つゞ》きはかなくなりにければ、思《おも》ひ出《い》でてよめる

前大僧正慈円

794 ふるさとをこふる涙やひとりゆくともなき山の道芝《みちしば》の露《つゆ》

794 故郷を恋しく思う涙なのかと思って見たら、友もなくひとり行く山道のほとりに生えている雑草に、はかなく置いた露であった。慈鎮和尚自歌合。○同行　仏道修行の仲間。○道芝の露↓一七八八。▽「ひとりゆくともなき山」を死出の山、この歌全体は、亡くなった同行の死後の様子を思いやって詠んだとする説もある(八代集抄)。

795 母を亡くして、憂く辛いこの世には今はもうとどまるまいと思って、法輪寺にこもり嵐の音を聞いているのだが、これが、嵐山の山風になれてゆく初めなのであろうか。長秋詠藻。○母作者俊成の母は保延五年(一一三九)没。○思ひ　服喪。○法輪　「法輪寺」(穂久邇本)。↓七八五。嵐山の麓にある。「法輪」は通称。○あらし　「嵐」(嵐山を暗示)と「有らじ」との掛詞。「嵐」と下の「山風」とは文字的に響き合う。参考「とふ人も今はあらしの山風に人まつ虫の声ぞ悲しき」(拾遺・秋・読人しらず)。▽出家を思いつめる程の悲嘆を詠む。

796 わたしが、まれに訪れる夜半でさえも悲しく聞える松風の音を、あのひとは、絶えず苔の下で聞いているのだろうか。長秋草「又の年(建久五年)二月十三日、忌日に法性寺に泊りたる夜、松の嵐はげしきを聞きて」、初句「かりそめの」。○定家朝臣母　作者俊成の妻。↓七六六。○秋ごろ入集の際の改変か、未詳。撰者名注記には定家の名も見える。○夜はも　「も」の効果。○苔の下墓の下。参考「鳥部山思ひやるこそ悲しけれひとりや苔の下に朽ちなん」(千載・哀傷・藤原成範)。

797 悲しみに沈んでいると、色のない風なんてない。御門のおかくれになった悲しみが身にしみるこの秋、悲しい色をたたえた風が、身を染めるような今年の秋のわたしの心の慣いで、そのことがわかった。○堀河院　第七十三代天皇。嘉承二年(一一〇七)七月十九日没。作者源雅実の妾であっ

母の思《おも》ひに侍《(はべり)》ける秋、法輪にこもりて、あらしのいたく吹《ふ》きければ

皇太后宮大夫俊成

795 うき世《よ》にはいまはあらしの山風《かぜ》にこれやなれゆくはじめなるらん

定家朝臣母、身まかりてのち、秋ごろ墓所ちかき堂にとまりてよみ侍ける

796 まれにくる夜《(よ)》はもかなしき松風をたえずや苔《こけ》の下《した》にきくらん

堀河院かくれ給《(たまひ)》てのち、神無《な》月《(づき)》、風のを《(お)》とあはれにきこえければ

久我太政大臣

797 ものおもへば色《いろ》なき風もなかりけり身にしむ秋の心ならひに

た藤原師仲女は、堀河院の乳母で典侍でもあった。○色　もとより風に色はないが(→二九〇)、神無月は紅葉の時期(→五三二)、風に散る紅葉から袖に置く紅涙を連想させる。○しむ　「色」の縁語「染(し)む」を掛ける。○心ならひに　→一八四五。▽参考「吹きくれば身にもしみける秋風を色なきものと思ひけるかな」(古今六帖一「秋の風」・読人しらず)。

798 有明の月のようにはかなく、わたしがこの現世に別れて幾度秋がめぐってきたかを数えてみると、もう八年にもなった。続詞花集・哀傷。袋草紙・上。○藤原定通　永久三年(一一一五)八月二十四日、就眠中に急死(弁官補任)。享年は三十一歳か。○人の夢に殿上になん侍とて　ある人の夢の中で、死んだ定通が「清涼殿の殿上の間に伺候しています」と言って。○ふるさと　亡者の立場から、現世の、ことに都の殿上を故郷と表現。○八年　具体的な数だけでなく、多くの歳月という感情をこめる。参考「数ふれば八年へにけりあはれわが沈みしことは昨日と思ふに」(千載・神祇・藤原実定)。○ありあけの月　有明の月とともに都から旅立つ(→九三六)。▽亡者の歌。

799 命があるものだから、わたしは今年の秋も月を見ることができた。けれども、月を見るようには、永別した友に再びあう世(夜)はないものだなあ。続詞花集・哀傷。能因法師集。○源為善　長久三年(一〇四二)十月一日没。○又の年　翌年。○月　不変の代表「月」に、人の生死の無常を対比する。○世　「月」の縁語「夜」を掛ける。

800 もし今日来なかったならば、この最後の一葉は、見ずに終ってしまっただろうか。山里の紅葉も、人の命も、ともに明日をも知れぬこの無常の世で。続詞花集・雑下、二句「見ずやあらまし」。公任集。○宣方朝臣　源宣方。作者公任とは文雅の友。長徳四年(九九八)八月没。この年、天

798 藤原定通身まかりてのち、月あかき夜、人の夢《ゆめ》に殿上になん侍《(はべる)》とて、よみ侍《(はべり)》ける歌

ふるさとを別《わか》れし秋をかぞふれば八年《やとせ》になりぬありあけの月

799 源為善朝臣身まかりにける又の年《とし》、月を見て　能因法師

命《いのち》あればことしの秋も月はみつ別《わか》れし人にあふ世《よ》なきかな

800 世中《(よのなか)》はかなく、人ゝおほくなくなり侍けるころ、中将宣方朝臣身まかりて、十月許《(ばかり)》、白河の家にまかれりけるに、紅葉のひと葉《は》のこれるを見侍て　前大納言公任

けふこずは見《み》でやゝまゝし山里《ざと》の紅葉《もみぢ》も人もつねならぬ世《よ》に

然疸が流行して多くの人が亡くなった。○白河　京都の北部の、鴨川の東、東山との間の地。宣方の家があった。▽亡き友の形見か、一葉だけ散り残った紅葉を、主のいなくなった山荘で見て、自身の命も明日を知れぬことにあらためて気付き、無常の感を新たにした。参考「今日こずは明日は雪とぞ降りなまし消えずはありとも花と見ましや」(古今・春上・在原業平。伊勢物語十七段)。

801 夕暮、今はいないあのひとのことを思い出す折に、折ってはたく柴の煙にむせびながら、むせび泣くのもうれしい。それが、忘れがたいあのひとのことを思い出させる、忘れ形見かと思うと。源家長日記。○十月許　元久元年(一二〇四)十月十九日ころ、後鳥羽院の寵愛した女房尾張が亡くなった。以下八〇三まで尾張追悼の小歌群。○水無瀬　後鳥羽院の水無瀬離宮。八〇〇と同じく、山里で故人をしのぶ。○ぬれて時雨の　源家長日記に、院の歌として「なにとまた忘れて過ぐる袖の上にぬれて時雨のおどろかすらん」(どうして、あのひとを失った悲しみを忘れて日々を過ごしているわたしの袖の上をぬらして、時雨は降りそそぎ、悲しい追憶を再び呼びさますのだろうか)とある。○次の年の神無月　尾張の一周忌のころ。源家長日記によれば元久二年十月二十八日。○おり　時の意の「折(りを)」と動詞「折る」との掛詞。○夕煙　柴をたく煙が荼毘の煙を思い出させるので、「むせぶもうれし」と詠む。夕暮は男女があう時間だから、亡き恋人の思い出が、鮮やかにも切なく訪れる。○忘がたみ　「忘れ難し」を掛ける。

802 亡くなられたあのかたを思い出される折に、折ってたかれる柴の夕煙にむせび泣いていらっしゃるとうかがいますにつけ、あのかたへの御門のたぐいない愛情が察せられることでございます。○たぐひしられぬ　「たぐひもしらぬ」(穂久

十月許《(ばかり)》、水無瀬《みなせ》に侍《(はべり)》しころ、前大僧正慈円のもとへ、ぬれて時雨《しぐれ》のなど申《(まうし)》つかはして、次《つぎ》の年《とし》の神無月《(かみなづき)》に、無常の歌あまた詠《よ》みてつかはし侍し中に

太上天皇

801 思《おも》ひいづるおり《(を)》たく柴《しば》の夕煙《ゆふけぶり》むせぶもうれし忘《(わすれ)》がたみに

返し

前大僧正慈円

802 思《おも》ひいづるおり《(を)》たく柴《しば》ときくからにたぐひしられぬ夕煙《ゆふけぶり》かな

雨中ノ無常といふことを

太上天皇

803 なき人のかたみの雲やしほるらんゆふべの雨に色《いろ》はみえねど

邇本)。「類」と「たく火」とを掛けるか。

803 亡きあのひとを荼毘に付した時、空に立ち昇る煙となった名残の雲。あのひとの形見ともいうべき雲が、うなだれて沈んでいるのだろうか。夕暮の雨で、それとははっきりとは見えないけれども。後鳥羽院御集。建永元年(一二〇六)七月二十八日、院当座歌合(明日香井集による)。〇なき人　尾張の死後二年が過ぎている。〇しほる　ぬれて弱り勢いがない様。しおれる雲の様子を見て、亡きひとのことを案じる。底本、「ほ」の右傍に異本本文注記「く」。「しぐる」(鳥丸本ほか)。▽「旦為二朝雲一、暮為二行雨一」という朝雲暮雨の故事(文選十九・高唐賦・宋玉)や、それを踏まえた「見し人の煙を雲とながむれば夕の空もむつましきかな」(源氏物語・夕顔)などを念頭に置いた詠。

804 もう十月、時雨の降るころとなりましたが、あなたがたの涙にぬれた衣は、どのようでありましょうか。この秋、皇太后様がおかくれになってから、悲しみのあまり茫然として過ごしていらっしゃったことでしょうね、あなたがた皇太后様の宮にお仕えになっていらっしゃる方々は。相模集。〇枇杷皇太后宮　三条天皇の中宮妍子。万寿四年(一〇二七)九月十四日、三十四歳で没。〇かの家　「かの宮」(鳥丸・穂久邇本)。〇たれともなくてさしをかせける　誰宛とも名ざさないで、使いの者に置かせた歌。〇しぐるゝころも　「頃も」と「衣」とを掛ける。時雨は涙を暗示。〇そらに　悲しみで心もうわの空になって。〇秋の宮人　「后あきのみや」(和歌初学抄)。皇后・皇太后の宮を「長秋宮」、略して「秋宮」、訓読して「秋の宮」。そこに仕える女房たちをさす。季節の「秋」を掛ける。

805 手慰みのとりとめもない筆の跡と思って見ていたのでしたが、そのようなものが、あのひとの悲しい永遠の忘れ形見となってしまいました。

804
枇杷皇太后宮かくれてのち、十月許《(ばかり)》、かの
家の人〻の中に、たれともなくてさしを《(お)》かせ
ける
相模
神無《な》月《(づき)》しぐるゝころもいかなれやそらにすぎにし秋の宮人《(みやびと)》

805
右大将通房身まかりてのち、手《て》習《なら》ひすさびて
侍《(はべり)》ける扇《あふぎ》を見出《い》だして、よみ侍ける
土御門右大臣女
手《て》すさびのはかなき跡《あとゝ》と見しかども長《(ながき)》かたみになりにけるかな

806
斎宮女御のもとにて、先帝のかゝせ給《たま》へりけ
る草子《さうし》を見侍《(はべり)》て
馬内侍
たづねても跡《あと》はかくても水茎《みづくき》のゆくゑ《(へ)》もしらぬ昔なりけり

栄花物語・蜘蛛の振舞、初句「手すさびに」。〇通房　長久五年(一〇四四)四月二十七日、二十歳で没。作者源師房女は、通房の妻。〇手習ひすさびて侍ける扇　それに習字をして慰んでいました扇。

806　亡くなられた御門のお書きになった草子を見ますと、お筆の跡はこのように今もはっきり残っていて拝見できますものを、御門がお元気でいらしたあの昔は、水のように、行方も知れず消えてしまったことですね。斎宮女御集。〇斎宮女御　村上天皇の女御徽子女王。〇先帝　村上天皇。康保四年(九六七)五月二十五日、四十二歳で没。〇水茎の　「(かくても)見つ」と、筆跡の意の「水茎」とを掛ける。「筆　みづぐき」(和歌初学抄)。水を暗示して「ゆくへもしらぬ」と続けた。▽斎宮女御集では、馬内侍が徽子女王に贈った三首のうち、最初の歌。

807　御門がお元気でいらしたあの昔は、もうもどることはないので、そのご筆跡を拝見しますと、泣きに泣かれて、流れるわたしの涙の跡は、袖の浦(裏)に寄っています。斎宮女御集。〇なきにながるゝ　「亡きに流るる」と「泣きに泣かるる」とを掛ける。〇水茎　「流るる水茎」は伝わり残っている筆跡。水は涙を暗示。〇跡　筆跡と涙の「跡」との掛詞。〇袖のうら　袖を地名のようにとりなし、「浦」に「裏」を掛ける。袖の浦は出羽国の歌枕。「流るる」「水」「浦」「寄り」は、互いに縁語。▽斎宮女御集によれば、徽子女王の返歌三首のうちの第一首目。ただし、八〇六と内容的に呼応するのは、むしろ二首目の「水茎のはかなき跡も消えなくにゆくへ知らぬは昔なりけり」であることを、契沖が指摘している。

808　父を失って、悲しみの涙をほすことさえできない墨染の喪服の闇で、心も行きくれて、月の明るい夜だというのに、道を迷った。道信集、

返し　女御徽子女王

807 いにしへのなきにながるゝ水茎《くき》の跡《あと》こそ袖のうらによりけれ

恒徳公かくれてのち、女のもとに、月明《あか》き夜しのびてまかりてよみ侍《はべり》ける　道信朝臣

808 ほしもあへぬ衣《ころも》の闇《やみ》にくらされて月ともいはずまどひぬるかな

入道摂政のために万灯会《まんどうゑ》をこなはれ侍けるに　東三条院

809 水底《みなそこ》にちゞの光《ひかり》はうつれども昔《むかし》のかげはみえずぞ有《あり》ける

公忠朝臣身まかりにけるころ、よみ侍ける　源信明朝臣

810 ものをのみ思《おも》ひねざめのまくらには涙《なみだ》かゝらぬ暁ぞなき

二句「衣の色に」。〇恒徳公　作者道信の父藤原為光。正暦三年(九九二)六月十六日、五十一歳で没。〇衣の闇　墨染の喪服を暗示。「闇」は「月」の対。〇くらされて　「いにしへを恋ふる涙にくらされておぼろに見ゆる秋の夜の月」(詞花・雑下・藤原公任)。〇まどひ　「まよひ」(烏丸本)。

809 池の水底に数知れない灯明の光は映っているけれども、お元気でいらした昔のお父さまの姿は、もう見えることはない。〇入道摂政　藤原兼家。作者の父。永祚二年(九九〇)七月二日、六十二歳で没。〇万灯会　数多くの灯明を点じて死者を供養する法事。「ちゞの光」が多数の灯明の光。〇かげ　「光」の縁語。〇みえずぞ有ける　「隠れにし月はめぐりて出でくれど影にも人は見えずぞありける」(大和物語九十七段)。

810 悲しい物思いにばかり沈んで眠りにつくので、寝覚めの枕に涙のこぼれない暁はない。このように悲しさをおぼえない暁なんてない。信明集。〇公忠朝臣　作者信明の父。天暦二年(九四八)十月二十九日、六十歳で没。〇思ひねざめ　「思ひ寝」と「寝覚め」と掛詞。〇かゝらぬ　涙が「掛からぬ」と、「このようでない」の意とを掛ける。

811 今はもう、うつつに御門にお逢いすることもできません。悲しさに泣きながら寝入って見る夢以外に、いったいいつお目にかかることができるというのでしょうか。栄花物語・日蔭の蔓、初句「あふことを」。〇一条院　→七九。作者藤原彰子は一条天皇中宮。〇あふことも　「も」が切実。〇今はなきね　「今は無き」と「泣き寝」と掛詞。

812 御門がおかくれになられたことで、上東門院様は、この世を憂いとお思いになられて、すでにご出家なさっている上に、さらに洛中の御殿をお出になったと伝え聞きます。それなのにどうして、わたしは生家に帰ってきたのでしょう。栄

一条院かくれ給《たま》ひにければ、その御事をのみ恋《こ》ひ歎《なげ》き給《(たまひ)》て、夢《ゆめ》にほの見《み》え給《たま》ひければ

上東門院

811 あふことも今《いま》はなきねの夢ならでいつかは君を又はみるべき

後朱雀院かくれ給て、上東門院、白河にこもり給にけるをきゝて

女御藤原生子 大二条関白女

812 うしとては出《い》でにしいゑ《(へ)》を出《い》でぬなりなど古里《ふるさと》にわが帰《(かへり)》けん

題しらず

和泉式部

(1987) たれなりとを《(お)》くれ先立《さきだ》つほどあらばかたみにしのべ水茎《くき》のあと

花物語・根合、五句「われ帰りけん」。○後朱雀院 第六十九代天皇。寛徳二年(一〇四五)正月十八日、三十七歳で没。作者は後朱雀天皇女御。○上東門院 ↓八二一。後朱雀院の母后で、作者の伯母にも当る。○白河 ↓八〇〇。○出でにしいゑを出でぬなり 上東門院が、すでに出家しているうえに、さらに、今まで住んでいた洛中の京極殿を出て、山里の白河殿に移ったこと。○古里 作者の父藤原教通の邸。作者の生家。▽作者が、後朱雀院の死に際して、父への遠慮から出家もできなかった様子は、栄花物語・根合に詳しい。本懐を遂げて出家したのは、天喜元年(一〇五三)三月のこと。

(1987) 誰であっても、わたしの死後生き残られるようなかたがあったならば、わたしが先に死んでしまったならば、どうかわたしの形見として、お互いにしのんで下さい、この筆の跡を。○をくれ先立つ ↓七五七・一八四九。○かたみに 「形見に」と、「互いに」の意の「かたみに」とを掛ける。↓一八三三。○水茎のあと ↓八〇六。▽切出歌。

813 はかないというにつけても、いよいよ涙ばかりがこぼれかかる。あの子を亡くしてしまうまで、わたしはこのような無常の世を、それでも頼りになるものだなどと思っていたのだなあ。道済集「時々ものいひし女の、子産みて、その子亡くなりぬと聞きて」。○かゝるこの世 涙がこぼれ「掛かる」と、「このような」の意の「かかる」とを掛け、また「この」と「子の」とを掛ける。

814 故郷である現世に帰って行く人がいたらいいのに。そしたら、告げてもらいましょう、わたしは、見知らぬ死出の山路で、たったひとりで迷っていますと。○後一条院中宮 藤原威子。藤壺中宮と呼ばれた。長元九年(一〇三六)九月六日、三十八歳で没。作者は彼女の亡霊なのである。○古里 亡者の立場から、現世を古里と表現した。↓

813 お《(を)》さなかりける子《こ》の身まかりにけるに　源道済

はかなしといふにもいとゞ涙《なみだ》のみかゝるこの世《よ》を頼《たの》みけるかな

後一条院中宮かくれ給《(たまひ)》てのち、人の夢《ゆめ》に

814 古里《ふるさと》に行《ゆ》く人もがなつげやらんしらぬ山路《ち》にひとりまどふと

醍醐の御門《みかど》かくれ給てのころ、人のもとにつかはしける　盛明親王

(1988) 世中《(よのなか)》のはかなきことを見《み》るころはねなくに夢の心ちこそすれ

小野宮右大臣身まかりぬときゝてよめる　権大納言長家

815 たまのをの長《(ながき)》ためしにひく人もきゆれば露《つゆ》にことならぬかな

七九八。○しらぬ山路　「わが恋は知らぬ山路にあらなくに迷ふ心ぞわびしかりける」(古今・恋二・紀貫之)。○まどふと　「まよふと」(烏丸・鷹司本)。▽袋草紙・上・亡者歌には、大宰大弐藤原高遠が、死後、供養のためにお籠りをしていた僧の夢に現われて詠んだ歌と伝える。本集の出典は未詳。

(1988) 御門がおかくれになられて、この世の中がはかなく無常であることを見知らされるこの頃は、まるで、眠らないのに悲しい夢を見ているような気持がする。○醍醐の御門　→七五九。醍醐天皇は作者盛明親王の父。○ねなくに夢の「現にもはかなき事のあやしきは寝なくに夢の見ゆるなりけり」(後撰・恋一・読人しらず)。▽切出歌だが、底本では唯一切出歌の記号がない。

815 人々が長寿の例に引くあのお方も、お亡くなりになってみれば、消えやすい露とすこしも変らない。なんとはかないことだなあ。栄花物語・根合、五句「なにかことなる」。○小野宮右大臣　藤原実資。当時の政界の長老であったが、寛徳三年(一〇四六)正月十八日、九十歳の高齢で没した。○たまのを　玉の緒。寿命。→七〇八・一〇三四。「玉」は下の「露」の縁語。「長き」「ひく」は「緒」の縁語。

816 せめてあの世で聞くだけでも聞いて下さい、わたしが、亡くしたあなたへの恋しさに堪えかね悲しんでいるということを、打つ鐘の音によって。わたしには、あなたのことを忘れられる片時さえもないのです。和泉式部集「常にもたりし手箱、愛宕(おたぎ)に誦経にせさすとて書きつくる」。○小式部内侍　作者和泉式部の女。→七五五。○誦経にせさすとて　お経を唱えてもらった布施物にさせるというので。○鐘のをと　僧が誦経しながら鳴らす鐘の音。○うち　接頭語「うち」に、上の「鐘」の縁語「打ち」を響かせる。▽愛宕寺で小式部の追善供養をした際、手箱に書きつけた歌。

小式部内侍身まかりてのち、常《つね》にもちて侍《(はべり)》ける手箱《てばこ》を誦経《(ずきやう)》にせさすとて、よみ侍ける

和泉式部

816 恋《こ》ひわぶときゝにだにきけ鐘《かね》のを《(お)》とにうち忘《わす》らるゝ時のまぞなき

上東門院小少将身まかりてのち、常《つね》にうちとけて書《か》きかはしける文《ふみ》の、ものゝ中に侍けるを見出《い》でゝ、加賀少納言がもとへつかはしける

紫式部

817 たれか世《よ》にながらへて見んかきとめし跡《あと》はきえせぬ形見《かたみ》なれども

返し

加賀少納言

818 なき人をしのぶることもいつまでぞけふの哀《(あはれ)》はあすのわが身を

817 今は亡きあのかたが書き留められた筆の跡は、いつまでも消えることのない忘れ形見ではあるものの、わたしもはかない人の身、いったい誰がこの世の中に生きながらえ、それを見続けることができるのでしょうか。紫式部集。○上東門院小少将　作者紫式部と同じく上東門院彰子に仕えた女房。長和二(一〇一三)、三年ころ没。○文　手紙。○ものの中に　何かの中に。○加賀少納言　上東門院小少将の近縁者かともされるが、未詳。▽無常の理をしみじみと詠嘆しながら、故人をしのび、故人の遺品を贈る際に添えた歌。→八五六。

818 おっしゃるように、わたしたちが、亡くなったあのかたのことを思い慕うのも、いつまででしょうか。今日はこのように、あのかたのことを悲しんでいますが、それも明日には、わたしの身の上のことになるのかもしれないのですから。紫式部集。○なき人　上東門院小少将をさす。

819 せめて亡くなられたあのかたの住まいの跡だけでも見て、あのかたをしのぼうと思って来て見ると、その房の影も形もなく荒れ果てて、昔の面影もない里となってしまったことだ。○僧正明尊　第二十九代天台座主や園城寺長吏をつとめた高僧。志賀僧正と呼ばれた。康平六年(一〇六三)六月二十六日、九十三歳で没。作者慶暹の師か。○房　明尊の住んだ僧坊。近江国志賀にあったか。○石蔵　京都市左京区岩倉。○とりわたして　移築して。○ことざま　変り果てた様子。

820 親しくしていた方が亡くなり、荼毘の煙となってしまった夕べからというもの、塩釜の浦という名所は、その名が、煙を思わせるものですから、とても身近なものに感じられてなりません。紫式部集。○見し人　「見る」は夫婦の関係になることを朧化した表現でもあり、作者紫式部の夫であった藤原宣孝をさすのかもしれないが、未詳。

僧正明尊かくれてのち、久《ひさ》しくなりて、房などもも石蔵《いはくら》にとりわたして、草《くさ》おひ茂《しげ》りて、とざまになりにけるを見《み》て

律師慶暹

819 なき人の跡《あと》をだにとて来《き》てみればあらぬ里《さと》にもなりにけるかな

世《よ》のはかなきことを歎《なげ》くころ、陸奥国《みちのくに》に名あるところ〴〵書《か》きたる絵《ゑ》を見侍りて

紫式部

820 見し人の煙《けぶり》になりしゆふべより名ぞむつましき塩釜《しほがま》の浦《うら》

後朱雀院かくれ給《たま》ひて、源三位がもとにつかはしける

弁乳母

821 あはれ君《きみ》いかなる野辺の煙《けぶり》にてむなしき空《そら》の雲と成《(なり)》けん／

宣孝は長保三年(一〇〇一)四月二十五日没。○むつましき　「常よりもむつましきかな郭公死出の山路の友と思へば」(千載・哀傷・鳥羽院)。○塩釜の浦　陸奥国の歌枕。地名にひかれて、藻塩を焼く煙が多く詠まれる。→三九〇・六七四。「景色のさびしい所と聞いていますけれども」、その名の故に親しみを感じる、という意味を含むか。

821　ああ、御門は、いったいどのような野辺の煙となられ、虚空の雲となってしまわれたのでしょう。弁乳母集。栄花物語・根合、三・五句「霞にて…雲となるらん」。○後朱雀院　→八二三。作者弁乳母は後朱雀天皇の皇后の乳母。○源三位　後朱雀天皇の乳母。○野辺の煙　荼毘の煙。○むなしき空　漢語「虚空」の訓読語。→八三〇・一八四六。

822　お察し下さい、あなた。御門の御大葬の折の煙にまぎれて立ち昇り消えてしまうこともできずに、今年の遅い春霞と同じように、立ち遅れて生きながらえているわたくしの悲しみを。弁乳母集。栄花物語・根合、上句「思ひやれ同じ煙にまじりなで」。○君　贈歌八二一の「君」を受けるが、ここでは弁乳母への呼びかけ。意味を変化させる。○立ちをくれたる春の霞　後朱雀天皇におくれて生き残っている自身の譬喩であるとともに、春霞が立つか立たぬかの早春に、御門が没したことを傷んだ。後朱雀天皇は正月十八日没(→八二三)。

823　ああ、彼が、もしあの時、今日は死んでいる運命だと知っていたならば、難波の蘆を引き合いに出して、すぐにも帰ってくると、はかない約束などしなかったであろうに。能因法師集。○大江嘉言　寛弘六年(一〇〇九)対馬守に任じられたが、翌年任地で没。○難波堀江の蘆のうら葉に　「対馬になりてまかり下りけるに、津の国のほどより、能因法師のもとにつかはしける／命あらばいま帰りこん津の国の難波堀江の蘆のうら葉に」(後拾

返し　　　　　　　　　　　　　　　　源　三　位

822 おもへ君《きみ》もえし煙《けぶり》にまがひなで立《た》ちをくれ（お）たる春の霞《かすみ》を

大江嘉言、対馬《つしま》になりて下《くだ》るとて、難波《なには》堀江《ほりえ》の蘆《あし》のうら葉《ば》にとよみて下《くだ》り侍《（はべり）》にけるほどに、国にてなくなりにけりとき丶て　　　　　　　　　　　　　　　　能　因　法　師

823 あはれ人けふの命《いのち》をしらませば難波《なには》の蘆《あし》にちぎらざらまし

題しらず　　　　　　　　　　　　　　　　大江匡衡朝臣

824 夜《よ》もすがら昔《むかし》のことを見《み》つるかなかたるやうつ丶ありし世《よ》や夢

遺・別・大江嘉言)。「末葉(ばうら)」に「浦廻(わうら)」を掛け、命があったならすぐにも帰ってこよう、この難波堀江の浦に、そこに生える蘆の末葉のもとに、と詠んだ。〇難波の蘆　蘆は難波の名物。能因に有名な「心あらむ人に見せばや津の国の難波わたりの春の景色を」(後拾遺・春上)がある。

824 一晩じゅう昔のことを夢に見ていた。夢のなかで、わたしは、亡くなられたあのかたとお話をしていた。あれが現実だったのだろうか、それとも、あのかたがお元気でいらした昔のほうが夢？　続詞花集・雑中「一条院かくれさせ給ひて、ほどへて、夢に見たてまつりて詠み侍りける」。▽作者は、一条天皇の侍読(天皇に漢籍を進講する職)で、天皇の没(→七七九)後、一年ほどで没した。

825 昔、お父さまがお顔を映していらしたます鏡。亡くなられたお父さまの面影が残っているかしらと思ってのぞくと、亡き人の面影など残るはずもなく、見るにつけて、ただ悲しい思いがつのるばかりのます鏡。〇俊頼朝臣　作者新少将の父。大治四年(一一二九)没。〇常に見ける鏡　俊頼が愛用していた鏡。金属の鏡であるから鋳直して仏像を造らせ、追善供養にした。〇ます鏡　真澄の鏡。澄みきった鏡。思いが「増す」を掛ける。→一六九二。「うつる」「かげ」は、その縁語。

826 あのひとの書きとどめておいた言葉だけが、今では、いつまでも残るあのひとの筆の跡の忘れ形見となった。それを書いたひとは、水のように行方も知れず消えてしまったというのに。続詞花集・哀傷「身まかりにける女の消息どものけるを見てよめる」、初句「かきつめし」。〇通ひける女　作者が、そのもとへ通っていた女。妻。愛人。〇経の料紙になさん　女の書きとどめておいた手紙を、漉(す)き返させて、追善供養の写経の用紙にするのであろう。〇水茎　→八〇六。水を

825 俊頼朝臣身まかりてのち、常《つね》に見ける鏡を仏に造《つく》らせ侍《(はべる)》とてよめる

新少将

うつりけん昔《むかし》のかげやのこるとて見るに思《おも》ひのます鏡《かゞみ》かな

826 通《かよ》ひける女のはかなくなり侍《(はべり)》にけるころ、書《か》きを《(お)》きたる文《ふみ》ども、経の料紙《れうし》になさんとて取《と》り出《い》でて見侍けるに

按察使公通

かきとむることの葉のみぞ水茎《くき》のながれてとまる形見《かたみ》なりける

827 禎子内親王かくれ侍《(はべり)》てのち、悰子内親王かはりゐ侍《(はべり)》ぬとき〻て、まかりて見ければ、なに事もかはらぬやうに侍けるも、いとゞ昔《むかし》おもひ出《い》でられて、女房に申《(まうし)》侍ける

中院右大臣

有栖《ありす》河《がは》おなじながれはかはらねど見しや昔《むかし》のかげぞわすれぬ

暗示し、その縁で「流れて」と続ける。また、「水茎」の「茎」は、「ことの葉」の「葉」の縁語。〇ながれてとまる 「もみぢ葉の流れてとまるみなとには紅深き波やたつらむ」(古今・秋下・素性)。

827 有栖川の同じ流れは昔と変っていないけれども、あのかたはもういない。かつて、その流れに映った、あのかたのお姿が忘れられません。続詞花集・哀傷「有栖川おなじ流れと思へども昔の影の見えばこそあらめ」。今鏡七・有栖河にも同上。〇禎子内親王 康和元年(一〇九九)第二十五代斎院に卜定されたが、久寿三年(一一五六)正月五日、七十六歳で没。「斎院」→一八二。〇のち 後。底本、「の」のみ。寿本など諸本により校訂して「ち」を補入。〇悰子内親王 保安四年(一一二三)八月、第二十七代斎院に卜定された。詞書に事実誤認があるようだ。〇かはりゐ 代わって住む。〇有栖河 山城国の歌枕。斎院の象徴に詠まれ、いつも水が澄んでいる川とされた。〇おなじながれはかはらねど 故禎子内親王から悰子内親王へと、御所には前斎院が続いて住み、たたずまいに変りがない意を暗示した。二人の内親王は同じ皇統を引く。〇かげ「河」「ながれ」の縁語。

828 あなたが、限りない、夢のような悲しみにくれていらっしゃるうちは、かえって弔問をさしひかえようと存じ、奥様の亡くなられたことを、わたくしは、この間、ひとりひそかにお嘆き申し上げていました。秋篠月清集・哀傷。〇権中納言道家母 摂政太政大臣(藤原良経)の妻。正治二年(一二〇〇)七月十三日、三十四歳で没。〇思 喪中。→七六六・七九五。〇おどろかさじ 弔問することによって相手の心を乱すまい。「おどろかす」は、声をかけて目を覚まさせる意から、「夢」の縁語。

829 はかない夢のようだったあのひとの死。その夢を見ながら、夢のうちにそのまままぎれて

権中納言道家母、かくれ侍《はべり》にける秋、摂政太政大臣のもとにつかはしける

皇太后宮大夫俊成

828 かぎりなき思《おもひ》のほどの夢のうちはおどろかさじと歎《なげ》きこしかな

返し

摂政太政大臣

829 見し夢にやがてまぎれぬわが身こそとはるゝけふもまづ悲《かな》しけれ

母の思《おも》ひに侍《はべり》けるころ、又なくなりにける人のあたりより問《と》ひて侍ければ、つかはしける

清輔朝臣

830 世中《よのなか》は見しもきゝしもはかなくてむなしき空《そら》の煙《けぶり》なりけり

消えてしまうことのできなかったわたし。そんなわが身が、あなたからご弔問いただいた今日も、まず悲しく思われてなりません。本歌「見てもまた逢ふ夜まれなる夢のうちにやがてまぎるるわが身ともがな」(源氏物語・若紫)。秋篠月清集。○けふも　今まで毎日悲しかった。そして今日も。▽光源氏が藤壺に贈った恋歌を本歌に取りながら、哀傷に転じた。悲恋を予感しながら、それでも愛の夢に「やがてまぎるる」ことを願望する本歌に対し、いとしい人の死という悲しい夢に「やがてまぎれぬ」わが身を嘆いて、切ない思いを表現した。

830 この世の中は、自身見たことにつけ、またよそから聞いたことにつけ、はかないもので、誰もが最後には虚空の煙となってしまうものなのですね。清輔集。○思ひ　喪。○又なくなりにける人　ほかの亡くなってしまった人。清輔集によれば、仁平元年(一一五一)九月二十二日に没した、花園左大臣源有仁の妻。○あたり　身寄りの人。○見しもきゝしも　「おくれゐて涙さへこそとどまらね見しも聞きしも残りなき世に」(堀河集)。○むなしき空　→八三二。○煙　荼毘の煙。

831 いったいいつ嘆き、いつ悲しむことだと思って、後世がすみやかにも訪れることを知らないまま、人々は日々を住み暮しているのであろうか。西行法師家集、五句「人の過ぐらん」。○後の世　後世(ごせ)、来世。参考「野にたてる枝なき木にも劣りけり後の世知らぬ人の心は」(山家集)。○すむ　底本、「む」の右傍に異本本文注記「く」、別筆か。諸本「過ぐ」だが、底本のままにした。

832 誰もが皆、いかにもわかっているふりをしながら、本当はわかっていないのだなあ。人は必ず死ぬという世の定めがあるとは。拾玉集「楚忽第一百首・無常」、文治四年(一一八八)十二月。慈鎮和尚自歌合「述懐」、五句「別れありとは」。

無常の心《こゝろ》を　　　　西　行　法　師

831 いつ歎《なげ》きいつ思《おも》ふべきことなれば後《のち》の世《よ》しらで人のすむらん

前大僧正慈円

832 みな人の知《し》りがほにして知《し》らぬかなかならず死《し》ぬる習《なら》ひありとは

833 きのふ見《み》し人はいかにとおどろけどなを《(ほ)》長《(ながき)》夜《よ》の夢にぞ有《(あり)》ける

834 よもぎふにいつかを《(お)》くべき露《つゆ》の身はけふの夕暮《ゆふぐれ》あすのあけぼの

833 昨日あったばかりの人が、どうしてこのようにはかなく死んでしまったのかと、他人のことには、はっと驚くけれども、自分自身はそれでもやはり、無明長夜(むみょうちょうや)の夢のなかにいて迷い続けているのだ。拾玉集・南海漁父北山樵客百番歌合、建久五年(一一九四)八月。慈鎮和尚自歌合「無常」。○人は　他人のことについては「おどろけど」、自分自身は「なほ長き夜の夢にぞ有ける」。○おどろけど　「夢」の対で縁語。「おどろけば」(穂久邇本傍記ほか)。○長夜の夢　長い夢を見ているような、凡夫の迷いの世界。「未レ得二真覚一恒処二夢中一。故仏説為二生死長夜一」(唯識論七)。

834 はかなく消える露のようなこの身は、蓬に露が置くように、蓬の生い茂る荒れた地に、いつ横たえるのであろう。今日の夕暮であろうか、明日のあけぼのであろうか。拾玉集「文治三年(一一八七)十一月、厭離百首・雑」。慈鎮和尚自歌合「無常」。○よもぎふ　「荒れたる処をば、蓬生といふ」(能因歌枕)。ここでは具体的には墓所の意。○露　「よもぎふ」「おく」の縁語。○夕暮・あけぼの　対で、ともに露の置く時。▽今日明日をも知れぬ無常迅速の理を、対句表現に託して表白。

835 わたしにもいつ死が訪れることだろう。見知った人のことを、元気でいて下さったらよかったのにと、思い偲ぼうとして気がつくと、そうした人の数はますますふえてゆくのだった。本歌「世の中にあらましかばと思ふ人なきが多くもなりにけるかな」(拾遺・哀傷・藤原為頼)。拾玉集「詠百首和歌・雑」、初句「われもいづら」。慈鎮和尚自歌合「無常」。○すれば　「すれど」(寿・前田本)。○添ひゆく　数がふえてゆく。→八五〇。

836 高野山まで尋ねていらっしゃって、どんなにか悲しい思いでながめられたことでしょう。お兄さまが亡くなられて、跡さえもとどめていな

835 われもいつぞあらましかばと見し人をしのぶとすればいとゞ添《そ》ひゆく

前参議教長、高野に籠《こも》りゐて侍《（はべり）》けるが、病《やまひ》かぎりになり侍《（はべり）》ぬときゝて、頼輔卿まかりけるほどに身まかりぬときゝて、つかはしける　寂蓮法師

836 たづね来《き》ていかにあはれとながむらんあとなき山の峰の白《しら》雲

人にを《（お）》くれて歎《なげ》きける人につかはしける　西行法師

837 なきあとの面影《おもかげ》をのみ身にそへてさこそは人のこひしかるらめ

歎《なげ》くこと侍ける人、問《と》はずとうらみ侍ければ

838 哀《（あはれ）》とも心《こゝろ》に思《おも》ふほどばかりいはれぬべくは問《と》ひこそはせめ

い山の峰にかかる白雲を。頼輔集。寂蓮法師集。○前参議教長　治承四年(一一八〇)ころ没か。底本、この詞書の冒頭より八四三詞書の第一行目まで、別筆の補写。○高野　高野山。○病かぎり　病気が重く、危篤の状態。○頼輔　教長の弟。○ながむらん　「おもふらむ」(烏丸本)。○白雲　荼毘の煙を暗示。▽参考「散りまがふ花のよそめは吉野山嵐にさわぐ峰の白雲」(→一三三)。吉野山で散り乱れる桜を見て、「嵐にさわぐ峰の白雲」という名吟を残されたあなただが、兄君の亡くなられた高野山の「跡なき山の峰の白雲」を、「いかにあはれと」見入っていることだろうか、という解釈もできる。文雅の交わりのうちに哀悼の意をこめる。

837　亡くなられた後に残った、あのかたの面影ばかりを胸にいだいて、さぞかしあのかたのことを恋しく思っていらっしゃるのでしょうね。お嘆きのほど察します。西行法師家集。聞書集。

838　ああお気の毒に、悲しいことですと、心で思っている程度ぐらいも言葉に言い表わすことができれば、弔問もいたしましたでしょう。わたくしの悲しみは言葉で言い表わせないほど大きかったので、なにも申しませんでした。山家集。西行法師家集、五句「いひこそはせめ」。山家心中集。▽すぐに弔問しなかったことについての弁解の歌。恨んだ人は、山家集や山家心中集の詞書によれば、作者西行の縁者らしい。

839　つくづく考えてみると悲しい。いったいいつまで、他人の死をわたしには関わりのないこととして聞いていられるだろうか。いずれわたし自身のことになるのに。○つくぐと　「つくづくと思へば悲し暁の寝覚めも夢を見るにぞありける」(千載・雑中・殷富門院大輔)。→一七四。

840　わが子に先立たれてその墓を見るくらい悲しいことはない。命のはかなさのしるしである

無常の心《こゝろ》を　　入道左大臣

839 つく〴〵と思《おも》へばかなしいつまでか人のあはれをよそに聞《き》くべき

左近中将通宗が墓所にまかりて、よみ侍《(はべり)》ける　　土御門内大臣

840 を《(お)》くれゐて見《み》るぞかなしきはかなさをうき身の跡《あと》と《ゝ》なに頼《たの》みけむ

覚快法親王かくれ侍《(はべり)》て、周忌のはてに墓所にまかりて、よみ侍ける　　前大僧正慈円

841 そこはかと思《(おもひ)》つゞけて来てみれば今年《ことし》のけふも袖はぬれけり

母のために粟田《あはた》口《ぐち》の家にて仏供養《くやう》し侍ける時、はらからみなまうで来《き》あひて、古《ふる》き面影《おもかげ》などさらにしのび侍けるお《(を)》りふしし《ゝ》も、雨《あめ》かきく

この墓を、どうしてわが憂き身の死後の跡だと決め込んで、そうなるものとばかり当て込んでいたんだろう。〇通宗　源通宗。作者通親の長男。建久九年(一一九八)五月六日、三十一歳で没。〇はかなさを　「墓」を響かせる。詞書に「墓所」。

841　あれやこれやと、とりとめもなく思い続けながら、先師の墓所にやって来て見ると、一周忌も終わる今年の今日も、去年の今日と同じように、袖は悲しみの涙でぬれることだ。慈鎮和尚自歌合。〇覚快法親王　作者慈円の師。法名円性。第五十六代天台座主。養和元年(一一八一)十一月六日、四十八歳で没。〇周忌のはて　一周忌の法事の終わりの日。〇そこはかと　「墓」と掛ける。「そこはかと知りて行かねど先に立つ涙ぞ道のしるべなりける」(更級日記)。「そこはかとなく」とありたいところだが、同じような意か。

842　今日ここに集まったわたしたちは誰も、亡き母を恋しく思う涙が、雨のように流れるのをせき止めることはできなかった。仏供養のさなかのすごい雨。空も、どうして、そ知らぬふりをしていられるだろうか。きっと同情して降りだしたのにちがいない。〇仏供養し侍ける時　仏に供物を捧げ読経・礼拝して死者の冥福を祈りました時。底本、この「侍ける」まで別筆の補写。〇はらから　ここでは、同腹の兄弟姉妹。〇古き面影　母の生前の面影。〇雨かきくらし降り侍ければ　辺り一面が暗くなって雨が降ってきましたので。〇かの堂　仏供養をした堂。〇せきかねぬ　「せきぞかねぬる」「せきぞかねつる」と同じで、「ぬ」は完了の助動詞。▽空を擬人化。また、「涙」「雨」「せき」「空」と縁語を多用しながら詠嘆した。

843　親しく見知った人は、もう多くが世を去っていなくなり、その名を卒都婆に書き付けるたびに、わたしの袖は涙にあふれ、渚で藻塩草をか

らし降《ふ》り侍《(はべり)》ければ、帰《かへ》るとて、かの堂の障子
に書《か》きつけ侍ける　　　　右大将忠経

842 たれもみな涙の雨《あめ》にせきかねぬ空《そら》もいかゞはつれなかるべき

なくなりたる人の数《かず》を卒都婆《そとば》に書《か》きて、歌よ
み侍けるに　　　　法橋行遍

843 見し人は世《よ》にもなぎさの藻《も》塩《しほ》草かきを《(お)》くたびに袖ぞしほるゝ

子の身まかりにける次《つぎ》の年《とし》の夏、かの家にま
かりたりけるに、花橘《はなたちばな》のかほ《(を)》りければよめる　　　　祝部成仲

844 あらざらんのちしのべとや袖の香《か》を花橘《はなたちばな》にとゞめを《(お)》きけん

き集める海人の袖でもあるかのように、ぬれてしおれる。○卒都婆　ここでは、死者の供養のために墓地にたてる、細長い木の板か。○世にも　「きわめて」の意の副詞「よにも」を掛ける。○なぎさ　「無き」を掛ける。「藻塩草」の縁語。○藻塩草　「書…もしほ草は跡なり」(八雲御抄三)。→七四一。ここでは卒都婆に書き付けた文字の譬喩。○かきをく　「書き」に「藻塩草」の縁語「掻(か)き」を掛ける。○しほるゝ　製塩にたずさわる海人の袖はしおれるとされたところから、「なぎさ」「藻塩草」の縁語。▽修辞の多い点は八四二に同じ。

844 死んでしまった後もしのぶようにと思って、あの子は、自分の袖にたきしめたかおりを、花橘に残しておいたのだろうか。それが、わたしには忘れることのできない悲しい思い出のよすがとなるだろうと思って。○かの家　亡くなった子は、父親である作者の家ではなく、母親の家ででも育てられたか。○花橘　「さつき待つ花橘の香をかげば昔の人の袖の香ぞする」(古今・夏・読人しらず)。→二三八-二四七。普通は、花橘に故人を思い起こすのだが、故人が花橘に袖の香を残したと、逆転。○とゞめをき　→三九〇(行遍)。

845 お元気であった時には、ほんのしばらくの間も逢わないでいることはなかったのに、亡くなられたとお聞きした今は、ああ、と嘆くばかりで口を閉じてしまい、悲しみのあまり、ほかにはなにも言えない。続詞花集・哀傷「能因身まかりけるに、女のもとへ、いひつかはしける」、初句「ありし世は」。○能因法師　作者兼房とは文雅の友。→七九九・八三三。○しばしも見では　恋情にも似た親密感。「秋の夜の月かも君は雲隠れしばしも見ねばここら恋しき」(拾遺・恋三・柿本人麿)。

846 お見舞いください。妻を失ってさびしくひとり寝をしている喪服の袖に、涙がこんなにも

能因法師身まかりてのち、よみ侍《はべり》ける　　藤原兼房朝臣

845 ありし世《よ》にしばしも見ではなかりしを哀《あはれ》とばかりいひてやみぬる

妻なくなりて又の年《とし》の秋ごろ、周防内侍がもとへつかはしける　　権中納言通俊

846 とへかしなかたしく藤《ふぢ》の衣手《ころもで》になみだのかゝる秋の寝覚《ねざ》めを

堀河院かくれ給《たまひ》てのち、よめる　　権中納言国信

847 君なくてよるかたもなき青柳《あをやぎ》のいとゞうき世《よ》ぞ思《おもひ》みだるゝ

通《かよ》ひける女、山里《ざと》にてはかなくなりにければ、つれ〴〵と籠《こも》りゐて侍けるが、あからさまに

かかる悲しい秋の寝覚めを。○又の年　翌年。○周防内侍　作者通俊と親しい歌友。○とへかしな　→一三四〇。「とへかしな世の墨染は変れどもわれのみ深き色やいかにと」(新勅撰集・雑三・藤原兼実)。○藤の衣手　藤衣(喪服)の衣手(袖)。○かゝる　涙が「かかる」と、「このような」の意の「かかる」との掛詞。▽弔問を求めた歌。男女間の贈答は恋歌風に仕立てるのがマナーだったはずで、「問へかしな」などと恋歌の表現を用いるが、片敷くのが「藤の衣手」という点に哀傷の意はつくされている。秋は悲しい季節だから、文雅の友なら弔問の歌を贈るのもマナー。→七六〇・七九〇。

847　御門がおかくれになって、寄るべもないこのわたしは、縒(よ)りようもない青柳の糸のように、ますます憂くつらい世を、どのように過ごそうかと、心が乱れるばかりだ。源中納言懐旧百首「柳」、五句「思ひ知らるる」。○堀河院　→七九七。作者国信は堀河院の母后賢子の弟、つまり母方の叔父で、院の有力な近臣。○よる　「寄る」に、「(青柳の)糸」の縁語「縒る」を掛ける。「縒る」は、糸の何本かを合わせて一本にすること。○青柳の　「いとゞ」を起こす有意の序。→一三五〇・一三五一。○いとゞ　「糸」を掛ける。○みだるゝ　「糸」の縁語。▽源中納言懐旧百首は、堀河院追悼の百首歌で、院にゆかりの深い堀河百首の歌題を襲用。

848　いったいいつの間にわたしは、この身をすっかり山賤(やまがつ)になしはてて、自分の家のある都を、旅先の地と思うようになってしまっているのであろうか。後葉集・哀傷。続詞花集・雑下。顕輔集。○通ひける女　→八二六。○あからさまにちょっと。○鶏鳴きぬ　もう夜明けを告げる鶏が鳴いた。○山がつ　「賤男　やまがつ、しづのを」(和歌初学抄)。→三四。▽やや自嘲を含んだ驚きかとも見えるが、「都を旅と思ふ」のは、山里で死

京へまかりて、あか月帰《かへ》るに、鶏鳴《とりな》きぬ、と人ゝいそがし侍《（はべり）》ければ

左京大夫顕輔

848 いつのまに身を山がつになしはてて宮《（みや）》こを旅《たび》と思ふなるらん

奈良《なら》の御門《みかど》をおさめ《（を）》たてまつりけるを見《み》て

人麿

849 ひさかたのあめにしほるゝ君ゆへ《（ゑ）》に月日もしらで恋《こ》ひわたるらん

題しらず

小野小町

850 あるはなくなきは数《かず》そふ世中《（よのなか）》にあはれいづれの日まで歎《なげ》かん

業平朝臣

851 白玉かなにぞと人のとひし時つゆとこたへて消《け》なまし物を

んだ女を恋しく思う惑乱のあまりにであろう。

849 御門がおかくれになり、天上で雨雲にぬれ、涙の雨にしおれていらっしゃるので、わたくしどもは、悲しみにくれて、月や日の照ることも月日のたつことも知らず、亡き御門をお慕いし続けている。原歌は万葉集二の「久堅の天に知らる君故に日月も知らず恋ひ渡るかも」。人麿集にも小異がある。○奈良の御門　未詳。当時、聖武天皇や平城天皇などとする説があった(顕昭・古今集注五。古来風体抄・上)。「かの御時(ならの御時)に、正三位、柿本人麿なむ、歌のひじりなりける」(古今・仮名序)。原歌は高市皇子の葬儀の際の挽歌。○おさめ　埋葬し。○ひさかたの「あめ」の枕詞。○あめにしほるゝ「天」と「雨」(涙を暗示)との掛詞。主語を、御門を失った臣民とみる説もある。原歌では、天上を領知した、つまり亡くなった意で、高市皇子が主語。○月日「あめ」「わたる」の縁語。○らん「かな」(烏丸本)。▽悲しみのあまりの惑乱を詠む点で、八四八に共通。

850 お元気でいらしたかたは亡くなり、故人となられたかたは数が増していく、この無常な世の中で、ああ、わたしもいったいいつの日まで生きながらえて、嘆き続けるのでしょうか。小町集「見し人の亡くなりしころ」。▽小大君(こおおいぎみ)集、為頼集、栄花物語・見果てぬ夢、続詞花集・雑下などでは、小大君の詠とし、下句を異にする。

851 いとしいひとが「あれは白玉？いったいなあに？」と尋ねた時、「あれが、はかない露さ」と答えて、露が消えるように、わたしも消えてしまえばよかったのに。伊勢物語六段。○白玉「白虎通云、海出二明珠一〈日本紀私記云、真珠、之郎太麻(しらたま)〉」(和名抄十二)。和漢朗詠集「露」参照。○つゆ「つゆ知らず」と掛けるか。○消なまし物を　天福本伊勢物語は「消えなましものを」だが、

更衣の服にてまい《(ゐ)》れりけるを見給《たま》ひて　延喜御歌

852 年《とし》ふればかくもありけり墨染《すみぞめ》のこは思《おも》ふてふそれかあらぬか

思《おも》ひにて人のいゑ《(へ)》に宿《やど》れりけるを、その家に忘草《わすれぐさ》の多《おほ》く侍りければ、あるじにつかはしける　中納言兼輔

853 なき人をしのびかねては忘草おほかる宿《やど》にやどりをぞする

病《やまひ》にしづみて、久《ひさ》しく籠《こも》りゐて侍《(はべり)》けるが、たま〳〵よろしくなりて、内《うち》にまい《(ゐ)》りて、右大弁公忠、蔵人に侍けるに、会《あ》ひて、又あさてばかりまい《(ゐ)》るべきよし申《(まうし)》て、まかり出《い》でにけ

大島本・塗籠本など新古今集と同じく「けなましものを」。▽芥川の段。

852 歳月がたつと、こういうこともあるものですね。あなたは、このように濃い墨染の喪服を着ていますが、濃い墨染の喪服は、近親の人が亡くなられた際、深い悲しみの思いを示すために着るものといいます。そうしたかたが亡くなられたのですか、どうなのかしら。○更衣の服にて　更衣が喪服を着て。「更衣」は後宮の女官。女御の下に位置する。具体的に誰かは未詳。○墨染　喪服。→七六〇。○こ　「濃し」の語幹「濃」と代名詞「こ」とを掛ける。「墨染の濃きも薄きも見る時はかさねてものぞ悲しかりける」(後撰・哀傷・京極御息所)のように、死者との関係によって喪服の濃淡に違いがあった。代名詞「こ」と「子」との掛詞と見る説もある。○それかあらぬか　もとは白居易の「是耶非耶」に学んだ表現であったという。自分にはわからないが、そうだろうか、そうではないのだろうかと、尋ねたり、不審がったりする表現。

853 亡くしたあのひとを慕うのにたえかね、忘れられないあのひとのことを忘れることができたらと思って、忘草がたくさん生えているこの宿に、わたしは泊まる。兼輔集、二句「忘れかねては」。○思ひにて　喪中で。○忘草　萱草《(かんぞう)》。ユリ科の宿根草。「恋忘草」(→一四二〇)・「人忘草」とも。恋の苦しみなどのもの思いを忘れさせてくれる草とされた。○しのび　「忘れ」と対。

854 「後日またお会いしましょう」と、あなたにお約束したことが、悔やまれてなりません。「今日限りもうお会いできません」と申し上げればよかったのに。大和物語一〇一段。○内　宮中。○公忠　→八二〇。○まかり出でにけるまゝに　退出するやいなや。○限り　臨終。○季縄　「季綱」(烏丸・穂久邇・鷹司本)。鈴鹿本大和物語に「するゑ

るまゝに、病を《やまひ(お)》もくなりて限《かぎ》りに侍《(はべり)》ければ、
公忠朝臣につかはしける　　　　　藤原季縄

854 くやしくぞのちにあはんと契《(ちぎり)》けるけふをかぎりといはまし物を

母の女御かくれ侍りて、七月七日よみ侍ける　　中務卿具平親王

855 墨染《すみぞめ》の袖《そで》は空《そら》にもかさなくにしぼりもあへず露《つゆ》ぞこぼるゝ

うせにける人の文《ふみ》の、ものの中なるを見出《い》でて、そのゆかりなる人のもとにつかはしける　　紫式部

856 くれぬまの身をば思《おも》はで人の世《よ》のあはれを知《し》るぞかつははかなき

つな」。▽一寸先のことはわからない無常の世の痛恨の嘆き。結果的には辞世の歌。

855 わたしの喪服の袖は、七夕の空の二星に貸したわけでもないのに、亡くなった母があまりに恋しいものだから、とめどなく涙はあふれ、しぼりきれないほどに露がこぼれることです。○母の女御　村上天皇女御の荘子女王。麗景殿女御と呼ばれた。寛弘五年(一〇〇八)七月十六日、七十九歳で没。○七月七日　七夕の日であることが重要。○墨染の袖　喪服の袖。→七六〇。○露ぞこぼるゝ　新古今集に多く見られる表現。→三四一ほか。「露」は作者自身の涙を暗示。▽「七夕にぬぎて貸しつる唐衣いとど涙に袖やぬるらん」(拾遺・秋・紀貫之)、「七夕に衣もぬぎて貸すべきにゆゆしとや見む墨染の袖」(詞花・秋・花山院)など、七夕の夜、牽牛・織女の二星に衣を貸すという発想で詠んだ歌は多い。二星に貸せば、後朝の別れを悲しんで二星のこぼす涙に衣がぬれるのも当然だが、貸さないにもかかわらず、ひどくぬれているのは、亡き母を思い慕う涙のせいなのですよと詠んだ。

856 今日が暮れてしまうまでのわずかな時間、それだけが自分に残された命であるのかもしれないのに、明日をも知らぬわが身のことは忘れて、他人の死から、人の世がどれほどはかないものかを知るとは、これもまた、はかないこと。紫式部集、五句「かつは悲しき」。八一七と同じ折の歌。○うせにける人の…　→八一七。「うせにける人」は上東門院小少将、「ゆかりなる人」(縁故の人)は加賀少納言。固有名詞を出さないのは、哀傷歌の結びにふさわしい普遍性を与える目的からか。○人の世のあはれ　→八二八。▽参考「明日しらぬわが身と思へど暮れぬまの今日は人こそ悲しかりけれ」(古今・哀傷・紀貫之)。八五六から連想される歌の作者は貫之。その詠を離別歌巻頭八五七に置く。

新古今和歌集巻第九

離別歌

陸奥国《みちのくに》に下《くだ》り侍《(はべり)》ける人に、装束《さうぞく(お)》をくるとて、よみ侍ける　紀貫之

857
たまぼこのみちの山風寒《さむ》からばかたみがてらに着《き》なんとぞ思《おも》ふ

題しらず　伊勢

858
わすれなん世にも越路《こしぢ》の帰山《かへる》いつはた人にあはむとすらん

857　陸奥への道すがら、山風が寒かったなら、この衣を着てほしいと思います。この衣を見てわたしを思い出してください。貫之集「同じ人(陸奥国守平よりすけ)の馬の餞に、橘すけなはが装束送るとて加へたる」。○たまぼこの　「道」の枕詞。○みち　「道」と「陸奥」とを掛ける。→八六一。○かたみがてらに　形見を兼ねて。形見とは、別れた人を思い出すよすがとなる物。「わぎも子が形見がてらと紅の八しほに染めておこせたる衣の裾もとほりてぬれぬ」(万葉集十九・大伴家持)。「見ぬ人の形見がてらは…」(後撰・春中・伊勢)。
離別歌は、漢詩の餞別の影響で王朝には多く詠まれたが、平安末期に衰退し、本集でも、対となる羇旅歌よりも割合が小さくなった。王朝歌人のやや古風な歌を主体に、ほぼ時代順に配列するが厳密ではない。八五七は巻軸八九五と主題的に対応。

858　あなたのことは忘れてしまいましょう。あなたが越の国の、世にも有名な帰山や五幡から帰ってくるのはいつ？　いつまた、あなたにお会いできるというのでしょう。伊勢集。○わすれなん　→九六八。「なん」は希望の助詞とも解しうる(→八五七)。「忘れよう」「忘れてほしい」というのは、もちろん忘れ(られ)たくないから。○世にも　「決して(帰って来ないでしょう)」の意の副詞と掛詞か。○越路　北陸道。人も通わぬ遠く雪深い北国とされた。○帰山　越前国の歌枕。「帰る」と掛詞。○いつはた　「いつまた」の意の「いつ」「はた」と、越前国の歌枕「五幡」との掛詞。「行きめぐりたれも都に帰山いつはたと聞くほどのはるけさ」(紫式部集。八五九の返歌)。▽旅立つ人自身の詠とも。

859　わたしは北国に赴きますが、宮中で互いにお便りをかわしたのと変らず、これからも書き絶やすことなく、北へ飛んで行く雁の翼にお便り

859 あさからず契《ちぎ》りける人の、行《ゆ》き別《わか》れ侍《(はべり)》けるに　紫式部

北《きた》へゆく雁のつばさにことつてよ雲のうは書《が》きかき《〱》絶《た》えずして

860 田舎《ゐなか》へまかりける人に、旅衣《たびごろも》つかはすとて　大中臣能宣朝臣

秋霧《ぎり》のたつ旅衣《たびごろも(お)》をきて見よつゆばかりなる形見《かたみ》なりとも

861 陸奥国《みちのくに》に下《くだ》り侍ける人に　貫之

見てだにもあかぬ心をたまぼこのみちのおくまで人のゆくらん

862 逢坂《あふさか》の関《せき》のちかきわたりに住《す》み侍けるに、と を《(ほ)》き所にまかりける人に餞《(はなむけ)》し侍るとて　中納言兼輔

逢坂《あふさか》の関にわが宿《やど》なかりせばわかるゝ人はたのまざらまし

をことづけてください。紫式部集「姉なりし人亡くなり、また、人のおとと失ひたるが、かたみに行きあひて、亡きが代はりに思ひかはさんと言ひけり。文の上に「姉君」と書き、「中の君」と書き、通はしけるが、おのがじし遠き所へ行き別るるに、よそながら別れ惜しみて」。○よ　→八六〇。三句切。○雲のうは書き　上書は、手紙の上包みなどの表に書く文字だが、ここは手紙。蘇武の故事から雁は便りを運ぶとされ(→四八一)、その雁が、雲の上を絶えず羽で掻《(か)》いて飛ぶ意を掛けた。「雲の上」は雁の縁語で、宮中・禁中をも示す。

860 秋霧のたつころ旅立つひとよ、この旅衣を置いて見て、わたしを思い出してください。ささやかな記念の品であっても。能宣集「八月ばかり、田舎なる人に衣《(ぬき)》つかはす」。○秋霧　秋の景物。「秋霧のたち別れぬる君により晴れぬ思ひにまどひぬるかな」(金葉・別・藤原基俊)、「春霞かすみていにし雁がねは今ぞ鳴くなる秋霧のうへに」(古今・秋上・読人しらず。→八五九)。○たつ　「立つ」に衣の縁語「裁つ」を掛ける。○をきて　「置《(お)》き」は露の縁語。「着て」と掛詞か。○つゆ　「わずか」の意の「つゆ」に、秋霧の縁語「露」を掛ける。露は別離の涙を暗示。

861 こうしてお会いしていてすら飽きたりることはないのに、どうして、文字どおり道の奥の、陸奥国までもあなたは行かれるのでしょうか。貫之集「陸奥国守藤原有時が馬の餞、宰相中将(藤原師輔か)のし給ふに、よめる」、二・五句「あかぬ心に…人のゆくかな」。○あかぬ心を　やや古風な表現。「時しもあれ秋やは人の別るべきあるを見るだにあかぬ心を」(忠岑集)。底本、「ぬ」は「ね」とも見える。○たまぼこの　「道」の枕詞。→八五七。○みちのおく　「道の奥」と「陸奥」との掛詞。八六一・八六二は、歌の中心が地名による掛詞。

寂昭上人入唐《(につたう)》し侍りけるに、装束を《(お)》くりける
に、立《た》ちけるを知《し》らで、を《(お)》ひてつかはしける　読人しらず

863 着《き》ならせと思《(おもひ)》しものを旅衣《たびごろも》たつ日をしらずなりにける哉《(かな)》

返し　寂昭法師

864 これやさは雲のはたてにを《(お)》ると聞《き》くたつことしらぬ天《あま》の羽《は》衣

題しらず　源重之

865 衣河《(ころもがは)》見なれし人のわかれにはたもとまでこそ浪はたちけれ

陸《み》奥国《ちのくに》の介《すけ》にてまかりける時、範永朝臣のもとにつかはしける　高階経重朝臣

862 もし逢坂の関にわたしの家がなかったなら、別れて行くあなたは再会を期待したりもなさらないでしょう。けれどもここは逢坂の関、その名のとおり、またお逢いできるものと願っています。兼輔集、四句「別れてのちは」。詞書は、友人を送った歌、女性を送った歌など、兼輔集諸本で異なる。〇逢坂の関　近江国の歌枕。山城との国境の古関。「かつ越えて別れも行くか逢坂は人だのめなる名にこそありけれ」(古今・離別・紀貫之)。

863 旅立たれる前に、この旅衣を着て身にならしていただきたいと思っていましたのに、出発なさる日を知らず、お贈りするのがこんなに遅くなってしまいました。〇入唐　寂昭の入宋は長保五年(一〇〇三)八月。〇着ならせ　「着」に「来」を掛け、「此の方へ来なれ給へとて、旅衣をも送りしに、暇乞ひにもおはせぬことよとの心なるべし」(八代集抄)とする説もある。〇たつ　旅に出発する意の「立つ」に、衣の縁語「裁つ」を掛ける。

864 あなたは、わたしが旅に「立つこと」を知らなかったといって、衣を届けてくださった。それではこれが、雲の果てで天人の機(はた)で織ると聞く、「裁つこと」を知らないという天の羽衣なのでしょうか。有難く頂きます。〇雲のはたて　「はたて」は、果て、極限の意で(→九五九・一〇六)、「機」と掛詞だが、「蜘蛛の手を、くものはたてとはいふなり。きぬ布など織るやうなれば、よそへていふなり」(奥義抄・下)という説もあった。「さsがにの蜘蛛のはたての動くかな風を命に思ふなるべし」(重之集。→八六五・重之)。藤原定家は「雲」説(僻案抄)。「たつた姫雲のはたてにかけて織る秋の錦はぬきもさだめず」(光台院五十首「夕紅葉」・藤原定家)。「この雲、暮に西山に見ゆるなり」(藤原俊成・古今問答・中)。〇たつことしらぬ　「立つ」と「裁つ」との掛詞。「仙人の衣は裁縫せず

866 行《ゆ》く末《すゑ》に阿武隈《あぶくま》河のなかりせばいかにかせましけふの別《わか》れを

返し　　藤原範永朝臣

867 君に又阿武隈《あぶくま》河をまつべきに残《のこ》りすくなきわれぞかなしき

大宰帥隆家下《くだ》りけるに、扇賜《あふぎたま》ふとて　　枇杷皇太后宮

868 すゞしさはいきの松原《ばら》まさるともそふる扇《あふぎ》の風なわすれそ

亭子院、宮滝《みやたき》御覧《らん》じにおはしましける御供《とも》に、素性法師めし具《ぐ》せられてまい(ゐ)れりけるを、住吉の郡《こほり》にていとま賜《たま》はせて、大和《やまと》につかはし

といふ事あり」(顕注密勘十七)。秘蔵抄・上。○天の羽衣　「これやこのあまの羽衣むべしこそ君がみけしとたてまつりけれ」(伊勢物語十六段)。

865 なれ親しんだあなたとのお別れには、衣川の水にひたりなれたかのように、わたしの衣の袂にまで涙の波がたつよ。続詞花集・別。新撰朗詠集「餞別」、三・五句「別るれば…浪は寄せけれ」。重之集「うらみ」、三句以下「別るれば袂までにぞ浪は寄せける」。○衣河　陸奥国の歌枕。○見なれし　「見馴れし」と「水馴れし」との掛詞。↓一九八。「なれ」は「衣」の縁語。「形見に添へたまふべきみなれ衣も、しほなれたれば」(源氏物語・蓬生)。↓八〇三「着ならせ」。○たもと　「衣」の縁語。○浪「川」の縁語で、涙の譬喩。○たち　「立ち」に、衣・袂の縁語「裁ち」を響かせる。

866 もしわたしの旅の行く末に、「逢う」という名の阿武隈川がなかったとしたら、どうしようもなかったことでしょう、今日のこの別れのつらさを。続詞花集・別。範永集。○阿武隈河　陸奥国の歌枕(→八六五「衣川」)。「逢ふ」を掛ける。▽参考「陸奥国へまかりける人に別れ惜しみて詠める/行く末に阿武隈川のなかりせば今日の別れをいきてせましや」(散木奇歌集・別離)。

867 あなたが行くという阿武隈川、その名のとおりあなたに再会できる日を待たねばなりませんが、余命少ないわたしは、それもおぼつかないので悲しい。続詞花集・別。範永集。○残りすくなき　→八七八・八八八。「人はいさわが身は末になりぬればまた逢坂をいかが待つべき」(金葉・別・藤原実綱)。地方官の任期は四年なのだが…。「阿武隈川」、八六八「扇」、ともに「逢ふ」と掛詞。

868 涼しさは、これからあなたが行くという生の松原の松風のほうがまさっていても、またお会いできることを願って、あなたについて行かせ

けるに、よみ侍《(はべり)》ける

一条右大臣恒佐

869 神無《な》月《(づき)》まれのみゆきにさそはれてけふ別《わか》れなばいつかあひみん

題しらず

大江千里

870 別《わか》れての後《ゝち》もあひみんと思《おも》へどもこれをいづれの時とかはしる

成尋法師入唐《(につたう)》し侍りけるに、母のよみ侍ける

871 もろこしも天《あめ》の下《した》にぞありと聞《き》く照《て》る日の本《もと》をわすれざらなん

修行《(すぎやう)》に出《い》で立《た》つとて、人のもとにつかはしける

道命法師

872 別《わか》れ路《ぢ》はこれやかぎりの旅《たび》ならんさらにいくべき心地《ち》こそせね

る、この扇の風をお忘れにならないで。続詞花集・別。栄花物語・玉の村菊。今鏡四・藤波。〇大宰帥《だざいのそち(そつ)》　大宰府の長官。〇隆家　藤原隆家の大宰府赴任は長和四年(一〇一五)四月。〇扇賜ふ　女装束に添えて贈られた(小右記)。〇いきの松原　筑紫国の歌枕。「いき」に「行き」、「松」に「待つ」(→八六七)を響かせる。生きて帰りを待つ意。「行く末に生の松原なかりせばなにに命をかけて待たまし」(散木奇歌集・別離)。〇そふる扇　「逢ふ」を響かせる。「そへてやる扇の風し心あらばわが思ふ人の手をな離れそ」(後撰・離別・読人しらず)。

869 深雪はまれな十月、めったにない御幸に誘われてともに旅をしましたが、今日お別れしたならば、今度はいつお会いできることでしょうか。〇亭子院　宇多法皇の吉野宮滝御幸は昌泰元年(八九八)十月。〇住吉の郡　摂津国。住吉神社の松は有名(→一八五六)。→八六八「生の松原」。〇大和に素性は、奈良から「良因朝臣」とかりに名乗って御幸に随行していたが、宮滝御幸の後、大和国石上の良因院へ帰った。〇恒佐　勘物か。→八三。〇みゆき　「御幸」と「深雪」と掛詞。実際に深雪が降ったわけではない。〇さそはれて　「さそはれで」と濁るとする説もあるが(八代集抄)、従えない。

870 お別れした後もまたお会いしたいと思いますが、いつになることやら、心もとない限りです。句題和歌・離別「後時相見是何時」、四句「それをいづれの」。▽参考「別れての後は知らぬをいかならむ時にかまたは逢はんとすらむ」(句題和歌・離別「不レ知何日又相逢」)。「あひみん」が八六九と共通し、贈答のように配列されている。

871 唐も、わが国と同じく雨の恵みを受ける天の下にあると聞きます。そこに渡っても、わが子よ、日の照らす日本のことを忘れないでいて下さい。成尋阿闍梨母集、四句「この日の本は」。〇

873 老《お》いたる親《おや》の、七月七日筑紫《つくし》へ下《くだ》りけるに、はるかに離《はな》れぬることを思《おも》ひて、八日あか月、を《(お)》ひて舟《ふね》に乗《の》る所《ところ》につかはしける

加賀左衛門

あまの河《がは》そらにきえにし舟出《ふなで》にはわれぞまさりて今朝《けさ》はかなしき

874 実方朝臣陸奥国《みちのくに》へ下《くだ》り侍《(はべり)》けるに、餞《(はなむけ)》すとてよみ侍ける

中納言隆家

別《わか》れ路《ぢ》はいつも歎《なげ》きの絶《た》えせぬにいとゞかなしき秋の夕暮《ゆふぐれ》

返し

実方朝臣

875 とゞまらんことは心にかなへどもいかにかせまし秋のさそふを

入唐　成尋は延久三年(一〇七一)二月に京を出て、翌年三月、六十二歳で入宋。○天の下　「天」に「雨」を響かせ、「照る日」と対。→一七五。○日の本「天の下」の縁語。「もろこし」と対。

872 あなたにお別れを申すのも今回かぎり、これがわたしには最後の旅となるのでしょうか。というのは、このうえ長く生きられそうな気持がしないので、いっこうに行こうという気持にはなれません。道命阿闍梨集。○これやかぎりの旅ならん　→一三〇九。「旅」に「度」を掛ける。「七夕にかす衣手のぬるるかなこれや限りの旅と思ふに」(殷富門院大輔集)。→八七三。○いく　「生く」と「行く」と掛詞。「死ぬばかり今日だに嘆く別れ路に明日はいくべき心地こそせね」(新勅撰集・羇旅・道因)。

▽八七一への返歌のような配列。

873 年に一度だけ逢う牽牛と織女とが別れ、牽牛の姿が天の川の空に消えてしまった舟出の、織女の悲しみより、同じ七月八日の今朝、舟出なさるお父さまを見送るわたしのほうが、もっと悲しゅうございます。○あか月　朝まだ星の見える時分。男女が別れる刻限でもある。○きえにし　諸本「聞こえし」だが、底本のまま。○われぞまさりて　「あひ見ずてひとひも君にならはねばたなばたよりも我ぞまされる」(拾遺・雑秋・紀貫之)。

▽七夕の翌朝がポイント。

874 別れとはいつも嘆きの絶えないものですが、いっそう悲しゅうございます、この秋の夕暮、あなたとお別れするのは。実方集「陸奥国へ下るに…」、二・四句「いつも嘆きは…いとどわびしき」。○実方朝臣　長徳元年(九九五)九月二十七日、陸奥へ赴任。逸話の多い歌人。→七九三。○かなしき　→八七三。「わびしき」(鷹司・穂久邇・小宮本)。

875 都にとどまることは願うところですけれども、さあどうしたものでしょう、暮れてゆく秋が

876
七月許《(ばかり)》、美作《みまさか》へ下《くだ》るとて、都《みやこ》の人につかはしける
前中納言匡房
宮《(みや)》こをば秋とともにぞ立《た》ちそめし淀《よど》の河霧《ぎり》いく夜《よ》へだてつ

877
御子《みこ》の宮と申《(まうし)》ける時、大宰大弐実政、学士にて侍《(はべり)》ける、甲斐守にて下《くだ》り侍けるに、餞《(はなむけ)》賜《たま》はすとて
後三条院御歌
思《(おもひ)》いでばおなじ空《そら》とは月をみよほどは雲井にめぐりあふまで

878
陸奥国守《みちのくにのかみ》基頼《もとより》の朝臣、久《ひさ》しく逢《あ》ひみぬよし申《(まうし)》て、いつ上《のぼ》るべしともいはず侍ければ
基俊
帰《かへ》りこんほど思《おも》ふにも武隈《たけくま》のまつわが身こそいたく老《お》いぬれ

「いっしょに行こう」と、わたしを旅にさそうのを。○実方集、二句「ほど(右傍に「事」)はこころに」。○いかにかせまし　どうしようもない。→八六六。「穂にはいでぬいかにかせまし花薄身を秋風にすてや果ててん」(後撰・秋上・小野道風。→七九三)。○秋のさそふ　時は九月の末。ゆく秋がわたしを旅に誘うと、擬人的に表現した。

八七五「秋の誘ふ」から八七六「秋とともにぞ立ち」へ。

876　秋が立つのと同時に都を出発したが、同じころ立ちはじめた淀の川霧は、都のあなたとわたしとの間を、もう幾晩たちへだてたことだろう。江帥集「七月に美作へ下るとて」。○七月許　匡房が美作守に任ぜられたのは延久六年(一〇七四)正月。同年七月をさすか。○都の人　妻か。○立ちそめ　秋が「立ち初め」、川霧が「立ち初め」、わたしも出発したという掛詞。○淀　山城国の歌枕。淀川を舟で下って西国に赴く。○いく夜　烏丸本「いくへ」。▽参考「都をば霞とともに立ちしかど秋風ぞ吹く白河の関」(後拾遺・羇旅・能因)。七夕を連想させて(→三二七・八七三)、恋歌風に仕立てた。

877　わたしを思い出したなら、月を見て、同じ空の下で同じ月を見ていると思って下さい。たとえ互いが遥か遠くに隔たっていても、月が再び空にめぐってくるように、二人が宮中で再会する時まで。本歌「忘るなよほどは雲井になりぬとも空ゆく月のめぐりあふまで」(伊勢物語十一段。拾遺・雑上・橘忠幹)。○御子の宮　後三条天皇が皇太子であった時、実政は東宮学士(皇太子の侍講役)で、天皇から深く信任された。○甲斐守　実政が任ぜられたのは康平七年(一〇六四)三月。○雲井　「空」「月」の縁語。本歌の「ほどは雲井に」を踏まえて「遥かに遠い所」を意味し、また「宮中」の意と掛ける。○めぐりあふ　「月」の縁語。▽「州民縦作二甘棠詠一、莫レ忘多年風月遊」(新撰朗詠集「刺

879 修行《(すぎやう)》に出《い》で侍《(はべり)》けるによめる　　大僧正行尊
思《おも》へどもさだめなき世《よ》のはかなさにいつを待《ま》てともえこそ頼《たの》めね

880 にはかに宮《(みや)》こを離《はな》れて、とを《(ほ)》くまかりにけるに、女につかはしける　　読人しらず
契《(ちぎり)》を《(お)》くとこそさらになかりしかかねて思《(おもひ)》し別《わか》れならねば

881 別《わか》れの心をよめる　　俊恵法師
かりそめの別《わか》れとけふを思《おも》へどもいさやまことの旅《たび》にもあるらん

882 登蓮法師
帰《かへ》りこんほどをや人に契《ちぎ》らまししのばれぬべきわが身なりせば

史」・後三条院「学士実政赴任」)は同じ折の漢詩。八七七・八七八は「ほど」が共通。帰りを待ちわびる歌。

878 いつ帰洛するともおっしゃいませんでしたが、帰っていらっしゃるまでの期間を思うにつけ、あなたの任地の武隈の松ではありませんが、お帰りを待つわたしはとても老いてしまったのですよ。

基俊集。○基頼　作者基俊の異母兄。○帰りこんほど　「帰りこむほどをばいつと言ひおかじ定めなき身は人だのめなり」(千載・離別・行尊「修行に出でたち侍りける時…」。→八七九・行尊)。○武隈のまつ　陸奥国の歌枕「武隈の松」に「待つ」を掛ける。武隈の松は常緑不変のものとして詠まれるが、武隈の松は、枯れたり植えなおしたりといった、無常なものとされる。○こそ　→八七九・八八〇。▽先行歌「六年(むとせ)にぞ君はきまさむ住吉のまつべき身こそいたく老いぬれ」(詞花・別・津守国基)。

879 帰りを待っていてほしいとは思うけれども、定めなきこの世は無常なもの、はかなく不帰の客となるかもしれないので、いつの日を待っていてと約束して、あてにさせることもできません。

行尊大僧正集「五月つごもりころに、熊野へ参り侍りしに、はつかしといふ所にて、千手丸が送りて侍りしに」。○さだめなき世　→一八三・行尊。▽「また来むとたれにもえこそ言ひ置かね心にかなふ命ならねば」(詞花・別・玄範)、「ながらへてあるべき身とし思はねば忘るなとだにえこそ契らね」(千載・離別・源心)などと類想。

880 今度はいつ逢おうという約束など、一度もしなかったね。こんなに急にお別れすることになるなんて、これまで思いもしなかったから。▽不意に旅立つ男の、愛する女への惜別。

881 今日お別れするのはほんの一時的なこと、かならず再会できると思いますけれども、さあ、もしかしたら本当のお別れになって、もう会えな

883
守覚法親王、五十首歌よませ侍りける時　　藤原隆信朝臣

たれとしも知《し》らぬ別《わか》れのかなしきは松浦《まつら》の沖《おき》をいづる舟《ふな》人

884
登蓮法師、筑紫《つくし》へまかりけるに　　俊恵法師

はる〴〵と君がわくべき白浪《しらなみ》をあやしやとまる袖にかけつる

885
陸奥国《みちのくに》へまかりける人、餞《(はなむけ)》し侍《(はべり)》けるに　　西行法師

君いなば月まつとてもながめやらんあづまのかたの夕暮《ゆふぐれ》の空

886
とをき《(ほ)》所に修行《(すぎやう)》せんとて出《い》で立《た》ち侍けるに、人〻別《わか》れおしみ《(を)》て、よみ侍ける

たのめを《(お)》かん君も心《こゝろ》やなぐさむと帰《かへ》らん事はいつとなくとも

いかもね。林葉集。〇かりそめの別れ　「かりそめの別れと思へど白河のせきとどめぬは涙なりけり」(後拾遺・別・藤原定頼)、「かりそめの別れと思へど武隈のまつにほど経むことぞくやしき」(新勅撰集・羇旅・藤原清正)と、見送る者から詠まれる場合が多い(→八八九)。八八一・八八二を贈答に見立てた配列。〇いさや　さあ(どうでしょうか)。相手に問いかえす語。→一四五八。鷹司本「いまや」。〇まことの旅　「かりそめの別れ」の対。永遠の別れ。

以下、八八八まで僧侶の離別歌をならべる。

882　あなたに慕われるような者でしたら、帰って来る時をいつとお約束しましょうが、あなたにとってわたしは、そんな存在ではないかもね。治承三十六人歌合「人の国へまかりけるに、あひ知れりける人、餞して歌よみけるに」。〇帰りこんほど　→八七八・八八八。〇しのばれぬべき　「今朝のまに来て見る人もありなまし忍ばれぬべき命なりせば」(和泉式部続集)。▽自分を忘れてほしくないということを、逆説的に詠んだ。

883　誰と見知った人ではなくても、遠い別れを思って胸が切なくなるのは、松浦の沖を出て行く舟に乗った人を見る時。建久九年(一一九八)頃、御室五十首「眺望」。〇守覚法親王　→三八。〇知らぬ別れ　「成尋法師もろこしに渡り侍りて後、かの母のもとへいひつかはしける／いかばかり空をあふぎて嘆くらんいく雲井とも知らぬ別れを」(後拾遺・別)。〇松浦　肥前国の歌枕。恋人の乗った船を、領巾(れひ)をふって見送った松浦さよ姫の伝説で有名。▽もとは眺望の題詠だが、渡宋する僧の離別の情景を描いた歌として、ここに配列。

884　はるばる遠くあなたの分けて行かれるはずの白波なのに、あら不思議、あとにとどまるわたしの袖にかかった、と思ったら、それは、別れを悲しんで流したわたしの涙の白波。林葉集「登

887 さりともとなを《(ほ)》逢《あ》ふことをたのむかな死出《しで》の山路《ち》をこえぬ別《わか》れは

とを《(ほ)》き所へまかりける時、師光餞《(はなむけ)》し侍《(はべり)》ける

によめる

道因法師

888 帰《かへ》りこんほどを契《ちぎ》らむと思《おも》へども老《お》いぬる身こそさだめがたけれ

題しらず

皇太后宮大夫俊成

889 かりそめの旅《たび》の別《わか》れとしのぶれど老《お》いは涙もえこそとゞめね

祝部成仲

890 別《わか》れにし人はまたもや三輪《みわ》の山すぎにしかたを今になさばや

蓮法師、筑紫の方へまかり侍りけるに、歌林苑、人々餞し侍りしによめる」。○登蓮　作者の歌友。→八八一・八八二。○白浪　筑紫への海路を示し、涙を暗示。「あやし」を導くか(→一八六四・一九六三)。

885　あなたが旅立ってしまったら、月の出を待つといってでも、あなたのいらっしゃる東の方角の夕暮の空をながめ、あなたをしのぼうと思います。西行法師家集「年来あひ知りたる人の陸奥国へまかるとて、遠き国の別れと申すことを詠み侍りしに」。山家集。○月まつとても　「あしひきの山よりいづる月まつと人にはいひて君をこそまて」(拾遺・恋三・柿本人麿)。別れた人を月にしのぶ。→九三八。

886　いつ帰りますとお約束して、あなたにあてにさせておきましょうね。そうすればあなたもお気持が休まるかと思うので。たとえ帰って来るのはいつと、本当はわからなくても。西行法師家集「遠く修行しけるに、人々まうできて餞しけるに、よみ侍りける」、五句「いつとなけれど」。○たのめをかん　→一二三。○君も　「君もといへるに、我もの意あるべし」(美濃の家づと)。

887　いくらお別れといっても、またお会いできるものと期待してしまいますね、死出の山路を越えるのではない、ただの旅立ちに際しては。西行法師家集「遠く修行し侍りけるに、菩提院の前斎宮にて、人々別れの歌つかうまつりけるに」。山家集。○ことを　寿本「ことも」。○死出の山　死んだら、冥土に行くために越えなければならないとされていた山。▽菩提院前斎宮は上西門院統子内親王。陸奥への初度の旅に際しての詠か。

888　帰って来る時をいつと約束したく思うけれど、年老いたこの身は、いつどのようになることやら、再会の日も決めがたい。○師光　源師光。作者の歌友。○帰りこんほど　→八七八・八八二。

891 わするなよ宿《やど》る袂《たもと》はかはるともかたみにしぼるよはの月かげ　定家朝臣

都《みやこ》のほかへまかりける人によみてを《（お）》くりける　惟明親王

892 なごり思《おも》ふ袂《たもと》にかねてしられけり別《わか》るゝ旅《たび》のゆくすゑの露《つゆ》

筑紫《つくし》へまかりける女に、月いだしたる扇《あふぎ》をつかはすとて　読人しらず

893 宮こ《（みや）》をば心をそらにいでぬとも月みんたびに思《（おもひ）》を《（お）》こせよ

とを《（ほ）》き国《くに》へまかりける人につかはしける　大蔵卿行宗

894 別《わか》れ路《ぢ》は雲井のよそになりぬともそなたの風のたよりすぐすな

889 ほんのいっときの旅の別れと思ってがまんしているのだけれど、年老いたこの身は、涙をさえもとどめ得ない。文治六年(一一九〇)五社百首「別」、日吉社奉納分。○かりそめの旅の別れ　↓八八一。○涙も　老いたわたしには、いつか必ず永別の日がやって来るのをとどめられない。今日は、かりそめの旅の別れだというのに、涙をさえもとどめられない。「旅行く人をえとどめぬに、涙をもえとどめぬなり」(美濃の家づと)とも。○えことゞめね　↓八七九。「とどめ」は「別れ」の縁語。

890 別れてしまった人と、またもお逢いできるでしょうか。過ぎてしまった昔を、今になしたいこと。○三輪の山　大和国の歌枕。「見」を掛ける。「逢ふことを今は限りと三輪の山杉の過ぎにしかたぞ恋しき」(後拾遺・恋三・皇太后宮陸奥)、「いま人の心を三輪の山にてぞ過ぎにしかたは思ひ知らるる」(金葉・恋下・前斎宮甲斐)。○すぎにしかた　「三輪の山」の縁語「杉」を掛ける。

891 忘れないでいて。涙や月の宿る袂はたとえ変っても。別れの涙にぬれて、しぼりあう袂に宿る今夜の月の光を。それだけが、ふたりの愛の忘れ形見だから。本歌「忘るなよほどは雲井になりぬとも空ゆく月のめぐりあふまで」(伊勢物語十一段。拾遺・雑上・橘忠幹)。拾遺愚草「文治二年(一一八六)、二見浦百首・別」。○わするなよ　「忘るなよをばすて山の月みても都をいづる有明の空」(千載・離別・藤原頼実)。↓一三七九。○かたみに　「互いに」の意の副詞と「形見に」との掛詞。「契りきなかたみに袖をしぼりつつ末の松山波こさじとは」(後拾遺・恋四・清原元輔)。▽男女の別れの夜の情景。

892 名残を惜しんで、涙にあふれたわたしの袂には、もう今からわかってしまうの、あなたの別れて行かれる旅さきの露のしげさが。○なごり　「波残り」から涙への連想がはたらく語。○か

人の国《くに》へまかりける人に、狩衣《かり(ぎぬ)》つかはすと
てよめる

藤原顕綱朝臣

895 色《いろ》ふかくそめたる旅《たび》のかり衣《(ごろも)》かへらんまでの形見《かたみ》ともみよ

ねて「別れ路の草葉をわけむ旅衣たつよりかねてぬるる袖かな」(詞花・別・有禅)。〇ゆくすゑの露　露は、旅愁の涙を暗示。「草枕むすびそめつるゆふべより思ひこそやれ行末の露」(正治二年院初度百首・惟明親王「羇旅」)。

893 あなたは都を上の空で出て行かれましたが、空に出た月でも、再会を願ってお贈りした扇に描かれている月でも、月をご覧になるたびに、わたしを思い出してくださいね。〇扇　→八六八。〇そらに　上の空に。「月」の縁語。ここでは、都を出るのが悲しく不安で落着かないさま。「春霞たつ暁を見るからに心ぞそらになりぬべらなる」(拾遺・別・読人しらず)、「別れゆく道の雲井になりゆけばとまる心もそらにこそなれ」(後撰・離別・読人しらず)。〇とも　→八六八・八九一・八六四・八九五。

八九三「扇」から八九四「風のたより」へ。八九三「そら」から八九四「雲井」へ。以下、八九五まで歌末が命令形。

894 別れて行かれる旅さきは遠い雲の彼方になってしまっても、どうかそちらから風の便りを送ることを忘れないで下さい。行宗集「別」、一・二・三句「雲のはるかになりぬらん」。〇風のたより　手紙。→八五九・九九八・一四七三。「風」は「雲」の縁語。

895 わたしの真心をこめた贈り物、色も深く染めた旅の狩衣を、色あせるまで、そしてあなたがお帰りになるまで、わたしの形見と思って下さい。顕綱集「類(親類)の、大弐の北の方になりていたるに、装束やるとて」、下句「かへらんまでは形見にもみよ」。〇人の国　他国。地方。〇色ふかく　色が濃く美しいことに、「心の色(真心の度合い)深く」の意をこめた。別離の紅涙も暗示か。〇かへらん　色あせるの「かへる」と「帰る」との掛詞。→九六八。「恋ひそめし心の色のなになれば思ひかへすにかへらざるらん」(千載・恋四・小侍従)。

新古今和歌集巻第十

羇旅歌

和銅三年三月、藤原《ふぢはら》の宮より奈良《なら》の宮にうつり給《たま》ひける時
元明天皇御歌

896 飛《と》ぶ鳥《とり》の明日香《あすか》の里《さと》をおきていなば君があたりは見《み》えずかもあらん

天平十二年十月、伊勢国に行幸《みゆき》し給《たま》ひける時
聖武天皇御歌

897 いもにこひわかの松原《ばら》みわたせば潮干《しほひ》の潟《かた》にたづなきわたる

896 明日香の里をあとにして行ってしまったなら、いとしいあなたの住まわれるあたりは、見えなくなるのではないでしょうか。原歌は万葉集一の同じ歌で、詞書「和銅三年庚戌春二月、従二藤原宮一遷二于寧楽宮一時、御輿停二長屋原一、廻二望古郷一作歌〈一書云、太上天皇(元明)御製〉」。古今六帖二。○和銅三年三月　七一〇年。藤原京より平城京(奈良の宮)に遷都。「三月」は、続日本紀五により訂したか。○飛ぶ鳥の　「明日香」の枕詞。○明日香の里　大和国の歌枕。○おきて　「置きて」と「起きて」との掛詞。「君に今朝あしたの霜のおきていなば恋しきごとに消えやわたらむ」(古今・仮名序)。○君があたり　「惜二慕文武陵一、令レ哀二慟之一給御歌也。君ガアタリトハ文武山陵ト聞エタリ」(詞林采葉抄十)。文武天皇は元明天皇の御子。王朝和歌では、恋人の住むあたり。→一三六九。

羇旅歌は行旅と遊覧の歌だが、全体に悲愁感が濃い。おおまかな時代順の配列で、以下九〇三まで万葉歌。上代風な表現の歌をならべる。巻頭に遷都・行幸という天皇の旅の歌を配し、巻軸九八九の後鳥羽院詠に対置。八九六「飛ぶ鳥」から八九七「たづ」へ。

897 あのひとに焦がれ、逢えたならと心待ちにしながら、わかの松原を見わたすと、潮の干いた潟に鶴が鳴きながら渡ってゆくよ。泣きながら旅をゆくわたしのように。原歌は万葉集六、二句「吾乃(わがの)松原」。神田本万葉集など本文に同じ。○天平十二年　七四〇年。藤原広嗣の反乱で伊勢国へ行幸。○いも　→八九六「君」。○わかの松原　伊勢国。「松」に「待つ」を掛ける。○潮干の潟　「伊勢島や潮干の潟にあさりてもいふかひなきはわが身なりけり」(源氏物語・須磨)。→一三三三。○なきわたる　「草枕われのみならず雁がねも旅の空になきわたるなる」(拾遺・別・大中臣能宣)。「わかの浦に潮みちくれば潟をなみ蘆辺をさしてたづ

唐《もろこし》にてよみ侍《(はべり)》ける　　山上憶良

898 いざ子《こ》どもはや日の本《もと》へ大伴《おほとも》の御津《みつ》のはま松まちこひぬらん

題しらず　　人麿

899 あまざかるひなの長路《ながぢ》をこぎくれば明石《あかし》の門《と》より山としま見《み》ゆ

900 さゝの葉はみ山もそよにみだるなりわれは妹《いも》おもふ別《わか》れきぬれば

帥《(そち)》の任はてて、筑紫《つくし》よりのぼり侍けるに　　大納言旅人

901 こゝにありて筑紫《つくし》やいづこ白雲のたなびく山の西《にし》にあるらし

なきわたる」(万葉集六・山辺赤人。和漢朗詠集「鶴」)。

898 さあみんな、早く日本へ帰ろうぜ。大伴の御津の浜松も、さぞ待ちわびていることだろうて。原歌は万葉集一の同じ歌で、詞書「山上臣憶良在二大唐一時、憶二本郷一作歌」。○子ども「幼きに限らず」(八雲御抄三)、目下の者を親しんで呼ぶ。○大伴の御津　摂津国(秘府本万葉集抄・上)。遣唐使船の港であった。○はま松　松から下に「待ち」を導く。→八九七。▽憶良の勅撰集初出歌。

899 遠い田舎からの長い長い旅路を船でこぎ上ってくると、明石海峡から、ああ大和の山々が見える。原歌は万葉集三、三句「恋ひくれば」。神田本万葉集・類聚古集・人麿集など本文に同じ。○あまざかる　「ひな」の枕詞。「天離と書けり。雲井遥かに同じ空にもあらず」(和歌童蒙抄四)。「田舎ハ行末ハルカナレバ、空ノヒキク見ユレバ、アマサガルトイフ」(仙覚・万葉集註釈一)。○ひな　田舎。「遠き国」(顕注密勘十八)。「天ざかるひなに五とせ住まひつつ都のてぶり忘らえにけり」(万葉集五・山上憶良。→八九八)。○明石の門　播磨国。○山としま見ゆ　「大和ノ方ノ山ノ見ユルヲ、近ヅキニタリト悦ブ心ナリ。惣ジテハ日本国ヲ大和島トハヨムコトナレド、別シテ大和国ヲヨムモタガハズ」(袖中抄十四)。→八九八。▽古今・羇旅の四首目にも、人麿の歌とされて有名な「ほのぼのと明石の浦の朝霧に島がくれゆく舟をしぞ思ふ」。

900 ささの葉は、奥ぶかい山もそよそよと鳴るほど風に乱れ、音をたてる。心みだれて、あのひとを恋しく思う。あのひととはもう別れてきたので。原歌は万葉集二、二・三句「み山も清(さや)に乱れども」。人麿集、三句「みだるめり」。古今六帖四。○み山も　深山も、わたしの心も。○そよに　→六二五・六二六。○みだるなり　底本「な」の右傍

題しらず

よみ人しらず

902 朝霧《あさぎり》にぬれにし衣ほさずしてひとりや君が山路《ぢ》こゆらん

東《あづま》の方《かた》にまかりけるに、浅間《あさま》のたけに煙《けぶり》のたつを見てよめる

業平朝臣

903 信濃《しなの》なる浅間《あさま》のたけに立《(たつ)》けぶりをちこち人《(びと)》の見《み》やはとがめぬ

駿河国《するがのくに》宇《う》津《つ》の山にあへる人につけて、京につかはしける

904 駿河《するが》なる宇《う》津《つ》の山辺のうつゝにも夢にも人にあはぬなりけり

に異本本文傍記「めイ」。鷹司本「みだるめり」。

901 ここにいて、これまで暮らしてきた筑紫はどこだろうと思うが、わからない。白雲のたなびく山の西にあるらしい。原歌は万葉集四、五句「かたにしあるらし」。神田本万葉集・類聚古集など本文に同じ。○帥　旅人は三年間ほど(七三七?—七三〇)、大宰帥(→八六八)をつとめた。○白雲　「知らず」の意を含む。→九二五。▽万葉集では上京後の歌だが、ここでは帰路途上。旅人の勅撰集初出歌。

902 朝霧にぬれた衣をかわかしもせず、たったひとりであのひとは、旅の山道を越えているのでしょうか。原歌は万葉集九、四句「ひとりかきみが」。神田本万葉集・類聚古集など本文に同じ。古今六帖一、二句「ぬれにし袖の」。○朝霧　「朝霧とは、早朝(つとめて)たつをいふ」(能因歌枕)。旅は早朝に出発する。→三〇三「朝霧や立田の山のさとならで」、一四二三。○ぬれにし衣　旅愁の涙を暗示。▽「風吹けば沖つ白波たつた山夜半にや君がひとりこゆらむ」(伊勢物語二十三段。建仁二年定家書写本では四句「ひとりやきみが」。古今・雑下・読人しらず)を意識させ、九〇三・業平に続く。九〇三が旅にある夫を思いやる妻の歌であるのに対して、九〇三は旅する人自身の歌。

903 信濃の国にある浅間山にたつ煙を、遠近の人々がどうしてとがめないことがあるだろう。伊勢物語八段。○浅間のたけに立けぶり　「浅間の山は信濃国にあり。常に煙立つ所なり」(顕昭・散木集注)。「こがるることには　すくも火、埋み火、富士の山、浅間の山、紅葉、舟」(和歌初学抄)。噴煙を恋の思いに譬える。恋は忍ぶべきもので、他人に知られてはならない。「浅間」から「あさまし」を連想。「これやさはもゆる思ひを信濃なるわがみ浅間の夕暮の空」(明日香井集)。

伊勢物語の東下りは旅の古典。古今・羇旅にも

延喜御時、屛風歌
被レ出レ之　躬恒

(1989) 浪《なみ》のうへにほのに見《み》えつゝゆく舟《ふね》は浦《うら》ふく風のしるべなりけり

905 草まくらゆふ風さむくなりにけり衣うつなる宿《やど》やからまし　貫之

題しらず

906 白雲のたなびきわたるあしびきの山のかけはしけふやこえなん　壬生忠峯

907 あづまぢの佐夜《さや》の中《なか》山さやかにも見えぬ雲居《ゐ》に世《よ》をやつくさん

二首連続。以下、九一六まで三代集の時代の歌。

904 駿河の国にある宇津の山辺まで来たら、現実にも、夢の中でも、けっしてあなたにお目にかかれないことですね。伊勢物語九段。▽誰かの夢を見ると、自分を慕って夢に現れたとする慣習に基づいて、都の恋人の薄情さをうらんだ歌。

(1989) 波の上にうっすら見えながら行く舟は、浦を吹く風にまかせ、あてどない旅を続けることですね。西本願寺本躬恒集「屛風の歌・ゆくふね」、下句「浦ふく風ぞしるべなりける」。〇延喜御時　醍醐天皇の御代。〇ほのに見えつゝ　→三五五「山桜霞のまよりほのかにも見てし人こそ恋しかりけれ」(古今・恋一・紀貫之。→九一五・貫之)。「舟」の縁語「帆」を響かせる。〇風のしるべなりけり　風が道案内。「白波のあとなき方に行く舟も風ぞたよりのしるべなりける」(古今・恋一・藤原勝臣)。▽切出歌。

905 草を旅寝の枕にゆう暮れかた、夕風が冷たくなった。衣を擣(う)つ砧(きぬた)の音がきこえるあの里で宿を借りようかしら。貫之集「同じ年(天慶三年)、宰相中将(藤原師輔か)屛風の歌・旅人の、きぬうつ声を聞きたる」、三句「なりぬるを」。〇草まくら　「草枕は山野旅宿のみにあらず」(八雲御抄三)。〇ゆふ　「夕」と「結ふ」とを掛ける。〇うつ　九〇四「宇津の山辺」が響くか。

906 白雲がたなびきわたる高くけわしい山の、あのかけ橋を今日は越えるのだろうか。貫之集、古今六帖三、ともに下句「山のたなはし我もわたらん」。〇わたる　「かけはし」の縁語。〇あしびきの　「山」の枕詞。「たなびき」「あしびき」と同音を連ねる。〇かけはし　「あやうきことには　かけはし」(和歌初学抄)。「険し」と掛詞か。

907 東国への旅路の途中にある佐夜の中山よ。ここを越えると、雲に隔てられて何もはっきり

伊勢より人につかはしける　　　女御徽子女王

908 人をなを《(ほ)》うらみつべしや宮《(みや)》こ鳥ありやとだにも問《と》ふをきかねば

題しらず　　　菅原輔昭

909 まだしらぬふるさと人はけふまでにこんと頼《たの》めしわれを待《ま》つらん

よみ人しらず

910 しながどり猪《ゐ》名《な》野をゆけば有馬《ありま》山ゆふぎりたちぬ宿《やど》はなくして

911 神風の伊勢《いせ》のはまお《(を)》ぎお《(を)》りふせて旅寝《たびね》やすらんあらき浜《はま》べに

と見えない、都から遥かはなれた旅の空の下で、わたしは一生を終えるのだろうか。忠岑集「こころざし侍る女に」。○佐夜の中山　遠江国の歌枕。東海道の難所とされ、ここを越えると都から隔絶した感があった。「佐夜」から「さやか」を引き出す。「甲斐がねをさやにも見しがけけれなくよこほりふせるさやの中山」(古今・東歌・甲斐歌)。○さやかにも見えぬ雲居　「甲斐の守に侍りける時、京へまかりのぼりける人につかはしける／都人いかがと問はば山高みはれぬ雲居にわぶと答へよ」(古今・雑下・小野貞樹)。

908 あなたをやはりお恨み申したほうがいいのかしら。昔の人が都鳥に尋ねたように、「お元気ですか」という程度のお便りすら、都のあなたから頂いてはいないのだもの。斎宮女御集。○伊勢　作者は、貞元二年(九七七)九月、斎宮となった娘の規子内親王につき添って、伊勢に下った。○人　都の人。斎宮女御集によれば愛宮(藤原師輔女。源高明室)。作者の親類である。○宮こ鳥「名にしおはばいざこと問はむ都鳥わが思ふ人はありやなしやと」(伊勢物語九段。古今・羇旅・在原業平)。都の人を暗示。「隅田川ならでも、ただ京近き川にもあり」(八雲御抄三)。▽九〇七との配列の背後に、小野貞樹詠「都人いかがと問はば」(→九〇七)。貞樹の歌は、塗籠本(伝民部卿局筆本)伊勢物語九段では業平「名にしおはば」の次。

909 帰れないことをまだ知らない故郷のあのひとは、今日までに帰って来るよと約束したわたしを待ちわびていることだろう。金玉集・雑。○ふるさと人　ここでは妻か。→三九四・一八七三。▽金玉集の詞書では、東国から上洛した「ちはる」が公事のため帰郷できず、便りを出すのに代詠した歌。

910 猪名野を旅してゆくと、有馬山にもう夕霧がたった。今夜の宿はないっていうのに。原歌

亭子院、御髪《みぐし》おろして、山〻寺〻修行《すぎやう》し給《たま》ひけるころ、御供《とも》に侍りて、和泉国日根《ひね》といふ所にて、人〻歌《うた》よみ侍《はべり》けるによめる

橘　良　利

912 ふるさとの旅寝《たびね》の夢にみえつるは恨《うら》みやすらんまたと問はねば

信濃《しなの》の御坂《みさか》のかたかきたる絵《ゑ》に、園原《そのはら》といふ所に旅人《たびびと》やどりて立《た》ちあかしたる所を

藤原輔尹朝臣

913 立《た》ちながらこよひはあけぬ園原《そのはら》やふせ屋《や》といふもかひなかりけり

題しらず

御　形　宣　旨

914 宮《みや》こにて越路《こしぢ》の空《そら》をながめつゝ雲井といひしほどにきにけり

は万葉集七、二句「ゐなのをくれば」。類聚古集など本文に同じ。〇しながどり　「猪名」の枕詞。「もろもろの髄脳にあれど、なほ不審事なり」(顕昭・後拾遺抄注)。〇猪名野・有馬山　ともに摂津国の歌枕。猪名野には「昆陽池(こやのいけ)」あり。有間山近し」(八雲御抄五)。▽万葉歌と、元永本や筋切本など、新古今集の当時には公認されていなかった古今集の旅心(羇旅歌)に、五句「明けぬこの夜は」として収められていること(奥村恒哉説)から、ここに配置されたか。

911　あのかたは伊勢の蘆を折りふせ、ひとりさびしく旅寝をしていらっしゃるのかしら、荒れた浜辺に。原歌は万葉集四の同じ歌。古今六帖四「旅」。人麿集。〇神風の　「伊勢」の枕詞。「神風や」(寿・穂久邇本など)。〇はまおぎ　蘆を「伊勢には浜荻といふ」(八雲御抄三)。〇おりふせて　底本、「ふせ」の右傍に異本本文傍記「しきイ」。▽原歌の詞書によれば、碁檀越(ごのだんおち)が伊勢国に行った時に、留守をまもる妻の作った歌。小式部内侍本伊勢物語七十一段に、「女、旅人をいかが思ひけん／神風や伊勢のはまをぎをりふせてこ(「た」の誤写か)ひねやすらむあらき浜べに」と見える歌なので、ここに配置され、次の九一三とは伊勢物語・大和物語という対。内容的にも対。

912　故郷のあのひとが、日根での旅寝の夢にみえたのは、わたしを恨んでいるのだろうか。旅に出てから一度として便りをしないものだから。大和物語二段。〇亭子院　宇多法皇。昌泰二年(八九九)十月出家、翌年、高野山・金峰山など諸所に御幸。作者良利は、上皇の近臣で、同時に出家し、修行のお供をした。〇日根　高野山詣での途中で宿泊したか。底本「ひの」。諸本により校訂。〇旅寝　「日根」を詠み込む。「ひねといふことを歌によめ、と仰せごとありければ」(大和物語二段)。

入唐《(につたう)》し侍《(はべり)》ける時、いつほどにか帰《ゝへ》るべきと、
人の問《と》ひければ　　法橋奝然

915
旅《たび》衣たちゆく浪路《なみぢ》とを《(ほ)》ければいさしら雲のほどもしられず

敷津《しきつ》の浦《うら》にまかりて遊《あそ》びけるに、舟《ふね》に泊《とま》りて
よみ侍ける　　実方朝臣

916
舟《ふね》ながらこよひばかりは旅寝《たびね》せんしき津《つ》の浪に夢はさむとも

いそのへちの方《かた》に修行《(すぎやう)》し侍けるに、ひとり具《ぐ》
したりける同行《(どうぎやう)》を尋《たづ》ね失《うしな》ひて、もとの岩屋《いはや》の
方《かた》へ帰《かへ》るとて、あま人《びと》の見えけるに、修行者
見えばこれを取《と》らせよとて、よみ侍ける　　大僧正行尊

917
わがごとくわれをたづねばあま小《を》舟人もなぎさの跡《あとゝ》とこたへよ

物名(もの《のな》)。

913　立ったままで今夜は明けてしまった。ここは園原の伏屋という所だけれど、その名前だけの甲斐もなかったね。輔尹集「…いも寝であかす」。○御坂　信濃国の歌枕。「白雲の上より見ゆるあしびきの山の高嶺や御坂なるらん」(後拾遺・羇旅・能因)。○園原・ふせ屋　信濃国の歌枕。御坂の近く。「園」といい「原」といい、「その原」といっても、平らな所で、まして「伏せや」という地名なのだから、ゆっくり寝ることができると思ったら、とほほ…。「ふせ」は、上の「立ち」と対。▽→九九七。

九一三・九一四は、地名を掛詞にして意外性をねらう。

914　都で、越路の空を見つめては、はるかな雲の彼方といってたあたりに、やって来ちゃった。「来じ」(来ないよ、行かないよ)っていう名の越路なのに。続詞花集・旅。玄玄集、四句「雲ゐにききし」。○越路　→八五八。「来じ」と掛詞。○雲井　→二〇五。▽九一〇・九一二は枕詞、九一三は物名、九一三・九一四は地名の掛詞と、やや古風な表現。九一八まで続く。

915　旅衣を仕立てて、わたしが出立してゆく海路は遠いので、さあ、どれほどの白雲を隔てているのか、そして帰るのがいつになるのかは、まるでわからないのです。○入唐　奝然は永観元年(九八三)八月入宋した。→八六三。○旅衣たちゆく「旅衣」「裁(た)つ」は縁語で、そこから旅に「立つ」を引き出す。「立つ」は「浪」「雲」の縁語。○いさ「知らず」と続く語。→一四五八。○しら雲「知らず」の意を響かせ、下の「しられず」につなぐ。

916　舟に乗ったまま、今夜くらいは旅寝をしよう。しきりにたつ敷津の波の音に夢はさめても。実方集「敷津といふ所にて、舟にて日の暮れにければ」。○敷津の浦　摂津国の歌枕。夜具を「敷く」意から、「旅寝」と呼応させる。○しき津の浪「しきなみ　しきりに立」「頻波(しきなみ)」の意を重ねる。

918 湖《みづうみ》の舟《ふね》にて、夕立《ゆふだち》のしぬべきよしを申《(まうし)》ける
を聞《き》きて、よみ侍りける　　紫式部

かきくもり夕《ゆふ》だつ浪のあらければうきたる舟ぞしづ心なき

919 天王寺にまい《(ゐ)》りけるに、難波《なには》の浦《うら》に泊《とま》りて、
よみ侍りける　　肥後

さ夜《よ》ふけて蘆《あし》のすゑこす浦風にあはれうちそふ浪のを《(お)》とかな

920 旅歌とてよみ侍《(はべり)》ける　　大納言経信

旅寝《たびね》して暁がたの鹿の音《ね》にいな葉を《(お)》しなみ秋風ぞふく

つ波なり」(和歌初学抄)。

917 同行の者が、今のわたしのようにわたしの行くえを尋ねたなら、海人小舟よ、渚にはもういないよ、わたしは行ってしまったあとだと答えてくれ。行尊大僧正集「…道にあま舟のありしに、書きて押し侍りし」。○いそのへち　「いそのへぢ」とも。海岸伝いの修行の道。ここでは特に、紀州田辺から熊野へ、さらに伊勢まで続く、磯伝いの参詣路をさすか(今按名蹟考)。○同行　↓九四。○岩屋　大峰の笙の窟(しようのいわや)が有名(金葉・雑上・行尊)。↓一九三。○あま小舟　漁師の乗る小さな舟。○なぎさ　「渚」と人も「無き」と掛詞。▽参考「わたの原やそ島かけてこぎ出でぬと人にはつげよあまの釣舟」(古今・羇旅・小野篁)。

以下九三〇まで後拾遺、金葉の時代の歌。

918 一面に曇って、今にも夕立がきそうに波が荒くなったので、浮いている舟(「憂き」たる舟)だけに、心もとなく落着かない。紫式部集「夕立しぬべしとて、空の曇りてひらめくに」。○うきたる舟　「浮き」に「憂き」を掛ける。↓一七五。「心からうきたる舟にのりそめてひと日も波にぬれぬ日ぞなき」(後撰・恋三・小野小町)。○しづ心　↓三七。▽長徳二年(九九六)夏、越前守として任国に赴く父藤原為時に伴って、琵琶湖を縦断した折の詠とされる。湖岸には、紫式部が源氏物語を執筆したと、後世伝えられた石山寺がある。

919 夜はふけて、難波の蘆の葉末を吹きこえては音をたてる浦風に、旅のあわれをそえる波の音がまじって聞えてくる。続詞花集・旅。肥後集。いずれの詞書にも天王寺参詣の記事なし。○天王寺　四天王寺。平安・中世を通じて参詣者が多かった。○蘆　難波の景物。↓六二五。○うちそふ　浦風の音に打ち添うものは波の音。↓一五九九。

以下九三四まで交互に、男女の旅寝を詠む。

921 わぎもこが旅寝《たびね》の衣うすきほどよきて吹《ふ》かなんよはの山風

恵慶法師

後冷泉院御時、上《うへ》のをのこども旅《たび》の歌《うた》よみ侍《(はべり)》けるに

左近中将隆綱

922 蘆《あし》の葉をかりふくしづの山里《ざと》に衣かたしき旅寝《たびね》をぞする

頼《たの》み侍ける人にを《(お)》くれてのち、初瀬《はつせ》に詣《まう》でて、夜泊《よるとま》りたりける所に、草《くさ》を結《むす》びて、枕《まくら》にせよとて、人のたびて侍ければ、よみ侍ける

赤染衛門

923 ありし世《よ》の旅《たび》は旅《たび》ともあらざりきひとり露《つゆ》けき草枕かな

920 山里の宿にひとり旅寝をしていると、暁がた、妻をこう鹿の声とともに、稲葉を押しなびかせて吹きわたる秋風の音がきこえ、夢を破る。経信集。○鹿の音・いな葉　目を覚ます音。→四八・四九。○をしなみ　「おしなびかす」(袖中抄十三)。上代風の表現。→四六八。経信集の一本に四句「稲葉の末に」。→九一九「蘆のするゑ」。

921 旅寝をするあのひとの衣は薄いのだから、避けて吹いておくれ、夜半の山風よ。恵慶法師集「夜の嵐」。○わぎもこ　「女をいふ」(和歌童蒙抄四)。上代風の表現。九二〇の妻をこう「鹿」に対。○よきて　「よぎて」とも(寂恵本古今集声点)。「よぎてとは、のぞきてといふ心なり」(僻案抄)。▽参考「わぎもこが衣のすそを吹き返しうらめづらしき秋の初風」(躬恒集。古今・秋上・読人しらず、初句「わがせこが」。→一三〇五)。古今・秋上では次歌に「稲葉そよぎて秋風の吹く」。→九二〇。

922 蘆の葉を刈って仮葺(かりぶき)にした、粗末な山里の小屋で、ひとりで旅寝をする。○後冷泉院　第七十代天皇。○かりふく　「刈り葺く」と「仮葺く」とを掛ける。「秋の野にをばなかりふき宿れりし宇治の都の仮庵しぞ思ふ」(新勅撰集・羇旅・額田王。原歌は万葉集一)。○しづ　粗末なさま。

923 あのかたが元気でいらしたころいっしょに旅をしたけれど、それは本当の旅ではなかった。そのかたを亡くした今、ひとり寝の草枕には涙の露がいっぱいに置くの。赤染衛門集「…もろともに詣でたりし旅のありさま思ひ出でられて」。○頼み侍ける人　夫。大江匡衡。○初瀬　長谷寺。大和国の歌枕。山深い地だが、観音信仰が盛んで女性の参詣者も多かった。○ありし世　「ありし世や夢」(→八三四・匡衡)。→一九七三・赤染衛門。○露　本当の露と涙の露。「草枕」の「草」の縁語。▽旅の愁いと、夫を失った悲しみとの、二重の悲哀。

堀河院の百首歌に　　　権中納言国信

924 山路《ち》にてそを《(ほ)》ちにけりな白露《しらつゆ》のあか月をき《(お)》の木々《(きぎ)》のしづくに

大納言師頼

925 草枕たびねの人は心せよありあけの月もかたぶきにけり

水辺ノ旅宿といへる心《こゝろ》をよめる　　　源師賢朝臣

926 磯《いそ》なれぬ心ぞたへぬ旅寝《たびね》する蘆《あし》のまろ屋《や》にかゝる白浪

田上《たなかみ》にてよみ侍《(はべり)》ける　　　大納言経信

927 旅寝《たびね》する蘆《あし》のまろ屋《や》のさむければつま木こりつむ舟いそぐ也《(なり)》

924 暁に起きて山路をゆくと、すっかりぬれてしまった。白露が暁においた木々のしずくで。長治二年(一一〇五)頃、堀河百首「暁」。○堀河院　第七十三代天皇。○そをち　「ソボツトハ、ヌル、ヲヨメリ」(顕昭・古今集注十二)。「そぼち」とも、「そほぢ」(伏見宮家本古今集声点など)とも。↓三七。○あか月をき　暁に「起き」と、白露(涙を暗示)が「置き」とを掛ける。「ゆきなれぬ道のしげさに夏草の暁おきは露けかりけり」(重之集「夏」)。

九二四・九二五は堀河百首「暁」から連続して入る。

925 なれない旅寝をしている人は気をつけなさい。有明の月も西に傾いてしまって、暁ももう間近ですよ。堀河百首・同題。○ありあけの月もかたぶきにけり　夏の短夜を連想させるか。「来たりとも寝るまもあらじ夏の夜の有明月もかたぶきにけり」(詞花・恋下・曾禰好忠)。▽参考「遊子猶行二於残月一」(和漢朗詠集「暁」・賈嵩)、「一片西傾之月、赴二征路一而独行之子」(同・謝観)。

926 なれない磯辺の旅寝の心細さ、寂しさは、たえがたい。泊まっている蘆の仮小屋にかかるばかりに白波はうち寄せて。伝寂蓮筆私撰集切(中山家蔵手鑑)。和歌一字抄、初句「磯なるる」。○蘆のまろ屋　蘆でふいた粗末な仮小屋。「師賢朝臣の梅津に人々まかりて、田家秋風といへることをよめる／夕されば門田の稲葉おとづれて蘆のまろ屋に秋風ぞふく」(金葉・秋・源経信)。↓九二七。○白浪　袖にかかる涙を暗示。↓九四六。

927 蘆のまろ屋は寒いので、つま木を伐り集めて積んだ舟が、田上川を急ぐのが見える。わたしは、そんな蘆のまろ屋でなれない旅寝をしているのである。経信集。○田上　近江国の歌枕。作者経信の山荘があった。田上川は、秋から冬にかけ網代で氷魚《(ひお)》をとるので有名。○つま木　薪に用いる粗朶《(そだ)》。下級の暖房燃料。○舟いそぐ

題しらず

928 み山路《やまぢ》にけさやいでつる旅《たび》人の笠《かさ》しろたへに雪つもりつゝ

旅宿ノ雪といへる心をよみ侍(はべり)ける　　修理大夫顕季

929 松が根《ね》にお(を)花かりしき夜《よ》もすがらかたしく袖に雪はふりつゝ

陸奥国《みちのくに》に《ゝ》侍りけるころ、八月十五夜に京を思《おも》ひ出《い》でて《ゝ》、大宮の女房のもとにつかはしける　　橘為仲朝臣

930 見し人もとふの浦風を(お)とせぬにつれなくすめる秋の夜《よ》の月

也　経信集に「舟いそぐめり」とする伝本もあり、「めり」ならば推量だが、ここは眼前の眺望。

928 深山の道に今朝出たばかりかしら。旅人のかぶる笠にはまっ白に雪が降りつもっている。続詞花集・冬。経信集「雪中旅人」。○み山路に　経信集の一本や和歌一字抄に「み山路を」。○雪つもりつゝ　「雪はふりつつ」(烏丸本。経信集の一本など)。その方が九二九と、より緊密に続く。

929 松の根もとに尾花を刈りしいて一夜のかり寝をする。一晩中、ひとり寝の袖の上には、雪がしきりに降りつもる。続詞花集・冬。六条修理大夫集。○松が根　松の根。旅の枕にする。→九四八。上代風の表現。▽同じ作者の「松が根に衣かたしき夜もすがらながむる月を妹(いも)見るらむか」(金葉・秋「月前旅宿」)を連想させ、九三〇に続く。

930 「問う」という名の十布(うと)の浦なのに、都でいっしょに月を見た人も、風のたよりさえくれないことだね。八月十五夜なのに、わたしは遠国にいて、ひとりながめているんだよ、つれなく澄んだ秋の夜の月を。橘為仲集「…大宮女房の御なかに、十首がうち」。○陸奥国に　為仲は、承保三年(一〇七六)九月から承暦四年(一〇八〇)ころまで陸奥守として赴任。遠国への赴任は配流にも等しい。○大宮の女房　太皇太后宮寛子(後冷泉天皇皇后寛子、四条宮)に仕えた女房。○見し人　妻や恋人をさす。○とふの浦風　十布(利生とも)の浦は陸奥国の歌枕。「問ふ」を掛ける。「浦風」で都からの「風のたより」を暗示。→九八〇。○つれなく　都のことや、都の恋人のことや、その人から便りがないことを知っているであろうに、そ知らぬ顔で、昔と変りなく澄んでいる明月を「つれなく」と表現した。▽八月十五夜には宮中で観月の宴が開かれ、終夜、詩歌が作られ管絃の遊びが催された。それをしのんで、恋歌風に望郷の思いを詠む。

関戸《せきど》の院といふ所《ところ》にて、羇中ニ見ルレ月ヲといふ心《こゝろ》を

大江嘉言

931 草枕ほどぞへにける宮《(みや)》こいでていく夜《よ》か旅《たび》の月にねぬらん

守覚法親王家に、五十首歌よませ侍《(はべり)》ける、旅ノ歌

皇太后宮大夫俊成

932 夏《なつ》かりの蘆《あし》のかり寝《ね》もあはれなり玉江《たまえ》の月のあけがたの空

933 たちかへり又もきて見ん松島や雄《を》島《じま》のとまや浪にあらすな

藤原定家朝臣

934 こととへよ思《(おもひ)》おきつの浜千鳥《はまちどり》なく〳〵いでしあとの月かげ

以下九四三まで月と旅。

931 旅に出てもう幾晩、月の下で旅寝をしたのだろう。都を出てもう幾晩、月の下で旅寝をしたのだろう。嘉言集「をきの井といふ所に、旅のうちに月を見るといふ心を」。〇関戸の院　山城・摂津国境の山崎関の、付属施設。西国へ下る人々が休憩し、別れを惜しんだ。嘉言は拾遺集初出。配列疑問。隠岐本で除棄されたのは、そのためか。九三〇「十布の浦」は菅菰(すがも)の産地として有名で、九三二「玉江」の蘆に続く。

932 夏かりの蘆を刈り敷いて旅寝をするのも、すてきでしょ。玉江の空には、うっすらと残月がかかって、夏の短夜はもう明けがた。本歌「夏かりの玉江の蘆をふみしだきむれゐる鳥のたつ空ぞなき」(後拾遺・夏・源重之)。建久九年(一一九八)頃、御室五十首「旅」、二句「蘆のかり屋も」。〇守覚法親王　仁和寺御室。↓三八。〇夏かり　↓五四七。〇玉江　越前国の歌枕とも、摂津国の歌枕とも(八雲御抄五)。本歌の「玉江」を、俊頼髄脳や和歌童蒙抄などは越前国とし、その通説も捨てがたいが、「夏かりの蘆のかり寝もあはれなり」は、摂津の蘆の景が春(↓二五・二六)、秋(↓一五九六)、冬(↓六二五・六二六)と詠まれめでられるのに対して、「夏も」と趣向を新しくしたとも見なしうる。「三島江の玉江の蘆をしめしよりおのがとぞ思ふいまだからねど」(拾遺・雑恋・柿本人麿)、「三島江の玉江のまこも夏かりにしげく行きかふ遠近の舟」(相模集「夏」)。

以下九三五まで御室五十首「旅」の詠。

933 波のように立ち帰って、またも来て見ようと思う。その時まで待っていてくれるだろうか。この松島の雄島の苫屋を波で荒れさせないでほしい。本歌「松島や雄島の磯にあさりせし海人の袖こそかくはぬれしか」(後拾遺・恋四・源重之)。御室五十首・同題。〇たちかへり　「立ち」も「帰り」も「波」の縁語。「たちかへり」見る(↓一四七三・一八八一)、

935
藤原家隆朝臣
野辺の露《つゆ》浦わの浪《なみ》をかこちてもゆくゑ《(へ)》もしらぬ袖の月かげ

旅《たび》の歌《うた》とてよめる
摂政太政大臣

936
もろともにいでし空《そら》こそわすられね宮《(みや)》この山のありあけの月

題しらず
西行法師

937
宮《(みや)》こにて月をあはれとおもひしは数《かず》にもあらぬすさびなりけり

938
月見ばと契《(ちぎり)》を《(お)》きてしふるさとの人もやこよひ袖ぬらすらん

「たちかへり」来る(→一四〇)と詠まれる。○松島・雄島　陸奥国の歌枕。雄島は松島のうち。「松島」に「待つ」を掛ける。○浪　涙を暗示。○とまや　→三六三。海人の住まい。▽参考「松島の海人の苫屋もいかならむ須磨の浦人しほたるるころ」(源氏物語・須磨)、「年へつる苫屋も荒れてうき波のかへるかたにや身をたぐへまし」(同・明石)。

歌の表面には出ないが、松島・雄島は月の名所で(→三九九・四〇一・四〇三)、配列の意図はそこにもある。

934　たずねておくれ、忘れられない興津の浜の浜千鳥に。その千鳥のように泣きながら、別れて出て行った跡の月の光を。本歌「君を思ひ興津の浜に鳴く鶴(たづ)のたづね来ればぞありとだに聞く」(古今・雑上・藤原忠房)。御室五十首・同題、初句「ことゝへば」。○思おきつの浜千鳥　「思い置き」(露・涙を連想させる表現。→四六五)から「興津の浜」へ続ける。「興津の浜」は、駿河国(十六夜日記)や摂津国とする説もあったが、和泉国の歌枕(本歌詞書)。○あと　「千鳥」の縁語。

935　野辺の露や浦の波のせいだと、旅路の露や波をとがめても、本当は、あてどもない旅の悲しみの涙で袖に宿る月の光よ。御室五十首・同題。○浦わ　湾曲した海岸線。万葉語「浦廻(うらみ)」の誤読から生まれた。「廻　そのめぐりの心なり。うらわ(万)」(八雲御抄三)。▽九三四・九三五ともにイメージ・表現を中心に構成。意味不明瞭。

936　有明の月が山の端を出るのといっしょに、都を後にしたが、その時の空の景色こそが忘れられないものとなった。秋篠月清集「南海漁父百首・覊旅」、建久五年(一一九四)八月。▽旅の途中、都の方角の山にかかる有明の月を見て、望郷の思いをいだく。参考「都にてながめし月のもろともに旅の空にも出でにけるかな」(詞花・雑下・道命)。道命詠を背景に九三七へ。以下九四三まで望郷の月。

五十首の歌たてまつりし時　　家隆朝臣

939 あけば又こゆべき山の峰《みね》なれや空《そら》ゆく月のすゑの白雲

藤原雅経

940 ふるさとのけふの面影《おもかげ》さそひこと月にぞちぎる佐夜《さよ》の中《なか》山

和歌所月十首歌合のついでに、月前旅といへる心を人〻つかうまつりしに　　摂政太政大臣

941 わすれじと契《ちぎ》りていでし面影《おもかげ》は見ゆらん物をふるさとの月

旅歌とてよみ侍りける　　前大僧正慈円

942 あづま路《ぢ》のよはのながめをかたらなん宮(みや)この山にかゝる月かげ

937 都で月を見て、あわれと思っていたのは、ただの気まぐれ、旅の月にくらべると、哀切のうちに入るものではなかった。山家集「旅宿月」、四句「数よりほかの」。西行法師家集「旅にまかるとて」。○すさび　→四九。

938 月を見たら、お互いに思い出そうと約束しておいた故郷のあのひとも、今夜の月にわたしをしのんで、袖を涙にぬらしているだろうか。旅にあるわたしと同じように。西行法師家集「月」。御裳濯河歌合。○人もや　「も」が効果的。「人もやこよひといへることば、飾らずといへども、あはれ殊に深し」(御裳濯河歌合・藤原俊成判詞)。

939 夜が明けたなら、また越えなければならない山の峰なのか、空の月が行きつく末の、あの白雲がたなびく峰のあたりは。建仁元年(一二〇一)二月、老若五十首歌合。○空ゆく月　「忘るなよ程は雲居になりぬとも空ゆく月のめぐりあふまで」(伊勢物語十一段)。○白雲　雲は月を隔て(→三七三)、都から遠ざける。「白雲」に「知らず」の意を響かせる。「めぐりあはん限りだになき別れかな空ゆく月の果てを知らねば」(狭衣物語四)。

940 故郷のひとの今日の面影をさそって来て下さいと、月にちぎることです。旅の途中、この佐夜の中山で月を見て。老若五十首歌合。○けふの面影　いとしい人の面影は月に浮かぶが(→三七〇ほか)、別れて都を出た時の面影までしか知らないので、恋しさのあまり、「今日の面影」を月に慕う。○佐夜の中山　→九〇七。月が詠まれる場合、「小夜(よさ)」の縁で「さよの中山」。

九四〇・九四一は「ふるさと」「月」「面影」「契る」が共通。

941 お互いに忘れないでいようと約束をして都を出た。故郷のひとの面影は、月を見るたびに思い出される。そのひとも、今夜の月にわたしの面影を見ているだろうに、心が慰まないのはなぜ

海浜《ニ》重《ヌ》レ夜《ヲ》といへる心をよみ侍《(はべり)》し　越前

943 いく夜《よ》かは月を哀《(あはれ)》とながめきて浪《なみ》にお《(を)》りしく伊勢《いせ》のはまお《(を)》ぎ

百首歌たてまつりし時　宜秋門院丹後

944 しらざりし八十瀬《やそせ》の浪をわけすぎてかたしく物は伊勢《いせ》のはまお《(を)》ぎ

題しらず　前中納言匡房

945 風さむみ伊勢《いせ》のはまお《(を)》ぎわけゆけば衣かりがね浪になくなり

権中納言定頼

946 磯《いそ》なれで心もとけぬこもまくらあらくなかけそ水の白《しら》浪

…。建仁元年(一二〇一)八月十五夜、当座御会(明月記)。〇見ゆらん物を 「見ているであろうに、それなのにどうして」と、恨む気分を残す。→一二三四。

942 東国への旅の夜半、思いに沈んでわたしが都の方をながめていることを、あのひとに伝えておくれ、都の方角の山の端にかかる月影よ。建久四年(一一九三)、六百番歌合「旅恋」、二句「よはのねざめを」。〇宮この山にかゝる月かげ　東路からは都は西にあるので、西の山に傾く月をこう表現した。→九四二「ふるさとの月」。

943 いったい幾晩、月をしみじみと眺めながら、荒波のうち寄せる浜辺で涙ながらに伊勢の浜荻を折り敷いて、旅寝を続けるのだろう。本歌「神風の伊勢のはま荻折りふせ(しきイ)て旅寝やすらんあらき浜べに」(→九二一)。〇浪　涙を暗示。〇おりしく　「波の立ちて帰るを、をるとはいふなり。しくとは、波のしきりに立つを、しき波とはいふと見えたり。又、立つ波のしづまるを、しくといふ心もあるべきか」(顕昭・散木集注)。ここでは蘆を「折り敷く」のだが、「波」の縁語でもある。〇はまおぎ　蘆。→九二一。

944 見たこともなかった多くの瀬々の波をわけ鈴鹿川をすぎて、今ひとり寝のしとねにするのは、伊勢の浜荻。正治二年(一二〇〇)院初度百首「覊旅」。〇宜秋門院丹後　底本、ここから覊旅巻末まで別筆。〇八十瀬　万葉集十二「鈴鹿河八十瀬」をはじめ、伊勢国の歌枕である鈴鹿川に関して詠まれる例が多い。「鈴鹿川八十瀬の波にぬれぬれず伊勢まで誰か思ひおこせむ」(源氏物語・賢木)。

945 伊勢の浜荻をわけながら旅を行くと、風が寒いので衣を借りたいけれど、なかなか借りられないと、雁が涙ながらに波の上で鳴くのが聞える。本歌「夜を寒み衣かりがねなくなへに荻の下葉もうつろひにけり」(古今・秋上・読人しらず、左

百首歌たてまつりしに　式子内親王

947 ゆく末《すゑ》はいまいく夜《よ》とかいはしろの岡《をか》のかや根《ね》にまくらむすばん

948 松が根《ね》の雄島《をじま》が磯《いそ》のさ夜《よ》まくらいたくなぬれそ海人《あま》の袖かは

千五百番歌合に　皇太后宮大夫俊成女

949 かくしてもあかせばいく夜《よ》すぎぬらん山路《ぢ》の苔の露《つゆ》のむしろに

旅《たび》にてよみ侍《(はべり)》ける　権僧正永縁

950 白雲のかゝる旅寝《たびね》もならはぬにふかき山路に日はくれにけり

注「柿本人麿」)。江帥集「夜ふけて雁を聞く」。続詞花集・秋上「旅中聞雁」。ともに初・五句「夜を寒み…聞こゆなるかな」。○衣かりがね　「借りかね」と「雁がね」と掛詞。「妹背山峰の嵐や寒からん衣かりがね空になくなり」(金葉・秋・藤原公実)。○浪　涙を暗示。「雁がね」の涙と、旅人の涙と。

946 磯辺の旅寝にはなれていないから、こも枕をしても心安らかに眠れない。荒々しく枕もとにまでかからないでおくれ、白波よ、旅の涙よ。定頼集「竹生島に詣でたりけるに」、下句「いたくなかけそ岸の白波」。○磯なれで　→九二六。○心もとけぬ　「岩代の野中にたてる結び松心もとけず昔思へば」(拾遺・恋四・柿本人麿。原歌は万葉集二)。○こもまくら　薦(こも)で作った枕。旅寝に使うことが多い。→九四七・九四八「枕」。

947 これからまだ幾晩といえないほど、旅の行末は遠い。岩代の岡のかやの根もとに、草枕を結びましょう。本歌「君が代もわが代も知れや磐代の岡の草根をいざ結びてな」(万葉集一・中皇命)。五代集歌枕など四句「岡のかや根を」。正治二年院初度百首「羇旅」。○いく夜　本歌の「代」を「夜」にとりなす。○いはしろの岡　紀伊国の歌枕。→一九一〇。「言はじ」と掛詞。松の名所。→九四八「松が根」。

948 松島の雄島が磯で松の根もとを枕に、ひとり旅寝をする。そんなにひどくぬれないで、海人の袖ではないのだから。本歌「松島や雄島の磯にあさりせし海人の袖こそかくはぬれしか」(後拾遺・恋四・源重之)。正治二年院初度百首・同題。○松が根　→九三九。○雄島　→九三三。松島から「松」を詠む。○さ夜まくら　ひとり寝のわびしさを示す。○ぬれそ　波と涙とで袖がぬれる。

949 九四八本歌「かくは」を背景に九四九「かくしても」へ。このようにしても明かせば夜は明けるものの、もう幾晩が過ぎたのでしょうね。露でいっぱ

暮望《ニム》二行客《ヲ》一といへる心を

大納言経信

951 夕《ゆふ》日さす浅茅《あさち》が原《はら》の旅《たび》人はあはれいづくに宿《やど》をとるらん

摂政太政大臣家歌合に、羇中《ノ》晩嵐《ノ》といふことをよめる

定家朝臣

952 いづくにかこよひは宿《やど》をかり衣ひもゆふぐれの峰《みね》のあらしに

旅《たび》の歌とてよめる

家隆朝臣

953 旅《たび》人の袖ふきかへす秋風に夕日《ゆふひ》さびしき山のかけはし

954 ふるさとに聞《き》きしあらしの声もにずわすれね人を佐夜《さや》の中山

いの山路の苔をしとねに、なれない旅寝を続けて。建仁二年(一二〇二)頃、千五百番歌合・雑一、初句「かくてしも」。○かくしてもあかせば　「雲も闇(やね)月はともし火かくしても明かせば明くる佐夜の中山」(正治二年院初度百首「羇旅」・藤原良経)の影響か。○苔の露のむしろ　「苔の莚(むしろ)」は、旅人・修行者・隠者などの、奥山での粗末な敷物や草庵を示す歌語でもある(→九五〇)。「露」は涙を暗示。烏丸本「露のさむしろ」。

950 こんな旅寝にはなれていないのに、白雲のかかる深い深い山路で、もうとっぷりと日は暮れてしまった。長治二年(一一〇五)頃、堀河百首「山」。続詞花集・旅「題しらず」。○かゝる　白雲が高い嶺に「懸かる」と、「かくある」を縮めた「かかる」との掛詞。→九四九「かくしても」。○ふかき山路　→九四九「山路」。→九五二「浅茅が原」。

951 夕日がさす浅茅が原をゆく旅人は、ああいったいどこに宿をとるのであろう。経信卿家集「暮路行客」、下句「あはれいづこに宿りかるらん」。経信集「晩望行客」、下句「あはれいづこを宿にかるらむ」。続詞花集・雑上「暮望旅客」、下句「あはれいづこを宿にかるらん」。○暮望行客　底本、「望」は補入。「行客(かうかく)」は旅人。「山遠雲埋二行客一跡。松寒風破二旅人夢一」(和漢朗詠集「雲」・紀斉名か。九五二と関わる)。○浅茅が原　→三四五。荒れ野。○とるらん　底本、「と」の右傍に異本本文傍記「かイ」。諸本「かるらん」だが、底本のまま。

952 いったいどこに今宵は宿を借りよう。もう夕暮、峰の山風も吹きすさむころとなったというのに。拾遺愚草「正治元年(一一九九)冬、左大臣家十首歌合」、初句「いづこにか」。○摂政太政大臣　藤原良経。○晩嵐　日暮れ時の嵐。「旅思正茫茫。相逢此道傍。晩嵐林葉闇(くらし)。秋露草花香」(白氏文集二十「逢二張十八員外籍一」)。○かり衣　→三三九。

955 白雲《しら》のいくへの峰《みね》をこえぬらむなれぬ嵐に袖をまかせて
雅経

956 けふは又しらぬ野原《のはら》にゆきくれぬいづれの山か月はいづらむ
源家長

和歌所の歌合に、羇中ノ暮といふことを
皇太后宮大夫俊成女

957 ふるさとも秋《あき》はゆふべをかたみにて風《かぜ》のみを(お)くる小野《をのゝ》の篠原《しのはら》
雅経朝臣

958 いたづらにたつや浅間《あさま》の夕《ゆふ》けぶり里《さとゝ》とひかぬるをちこちの山

「借り」と「狩衣」との掛詞。○ひもゆふぐれ　「日も夕暮」に、「かり衣」の縁語「紐結ふ」を掛ける。↓二六四・二八四・六五〇。夕暮、山風が冷たくなったので旅人が狩衣のひもをゆう。

953 わたって行く旅人の袖を秋風がひるがえし、夕日がさびしい山のかけはし。拾遺愚草「建久七年(一一九六)九月、韻歌百二十八首和歌・秋」。○袖ふきかへす　「たをやめの袖吹きかへす明日香風みやこを遠みいたづらにふく」(万葉集一・志貴皇子)。○かけはし　→九〇六。▽参考「黄埃散漫風蕭索、雲桟縈紆登㆓剣閣㆒、峨嵋山下少㆓人行㆒、旌旗無㆑光日色薄」(白氏文集十二・長恨歌)。

九五三「かけはし」、九五四「佐夜の中山」。→九〇六・九〇七。

954 佐夜の中山では、嵐の音さえもが故郷で聞いたのとは似ていない。都のあのひとのことは、もう忘れてしまおう。元久元年(一二〇四)十一月、北野宮歌合「羇旅」、四句「忘れぬ人を」。○わすれね　「忘れぬ」(寿・前田・穂久邇本)。○佐夜の中山　→九〇七。「さっぱりと」の意の「さやかに」を響かせる。「あらし吹くこぐれの雪をうち払ひけふこえぬるやさやの中山」(堀河百首「山」・源師頼)。

以下九五六まで北野宮歌合「羇旅」の詠。

955 旅に出て何日がすぎたか知らない。白雲が幾重にもかかる峰を、いくつも越えたのだろうか。聞きなれない山風が袖を吹くのにまかせながら。北野宮歌合・同題、二句「いくへの山を」。○白雲　「知らず」の意を含む。「かぞへこし日数もいまは白雲のいくへの山をけふもこゆらん」(元久二年正月、詠千日影供百首「旅」・藤原雅経)。

九五五「白雲」「なれぬ」から九五六「しらぬ」へ。

956 今日は、また見知らぬ野原を行くうちに日が暮れてしまった。いったいどの山に月は出るのだろう。北野宮歌合・同題。○けふは又　穂久邇本「けふもまた」。○いづれ　小宮本「いづく」。

959　宣秋門院丹後
都《みやこ》をば天《あま》つ空《そら》ともきかざりきなにながむらん雲のはたてを

960　藤原秀能
草《くさ》まくらゆふべの空《そら》を人とはばなきてもつげよ初雁《はつかり》のこゑ

旅の心を　有家朝臣

961
ふしわびぬ篠《しの》のを笹《ざ》のかりまくらはかなの露やひと夜ばかりに

石清水歌合に、旅宿嵐といふ心を

962
岩がねのとこに嵐をかたしきてひとりやねなん佐夜《さよ》の中山

957　故郷も、もう秋の夕暮。「秋は夕べ」、そんな感慨を故郷の思い出のよすがにして、夕風ばかりを吹き送ってくるよ、小野の篠原に。建永元年(一二〇六)七月二十五日、卿相侍臣歌合「羇中暮」。○ふるさとも　故郷も旅先のことも。○秋はゆふべ　→三六・三四〇。○にて　「とて」(寿・前田・烏丸本)。○風のみ　「風」は秋。「風の便り」というが、ここは古今「いふ人なしに」から、便りはなく風だけ。「風」と「篠原」とは密接。→三七三。○小野の篠原　山城国の歌枕ともいうが(八雲御抄五)、普通名詞でよい(顕注密勘十一)。「浅茅生の小野の篠原しのぶとも人知るらめやいふ人なしに」(古今・恋一・読人しらず)。「虫の音もわが身ひとつの秋風に露わけわぶる小野の篠原」(建保三年(一二一五)六月、院四十五番歌合「行路秋」・俊成卿女)。

九五七・九五八は卿相侍臣歌合で番い。九六〇まで同歌合。

958　浅間山の煙がむなしく立ちのぼる夕暮、遠近の山が重なり合い、今夜どこに宿を借りたらよいのか、人里を探しあぐねている。本歌「信濃なる浅間の嶽にたつ煙をちこち人の見やはとがめぬ」(→九〇三)。卿相侍臣歌合・同題。○いたづらに　夕暮は旅の宿を借る時分なので、立ち昇る炊煙を人里の目印として探すのだが、浅間山の噴煙では目印とならないので「いたづらに」と詠んだ。

959　都が天空にあるとは聞かなかった。なのにどうして、旅の愁いに沈みながら、ながめるのだろうか、都を慕って、都の方角の雲のはてを。本歌「夕暮は雲のはたてにものぞ思ふ天つ空なる人を恋ふとて」(古今・恋一・読人しらず)。卿相侍臣歌合・同題。○雲のはたて　→八六四・一二〇六。

960　夕暮の空の下、涙ながらに草枕をゆうわたしの姿を、あのひとが尋ねたら、鳴いてでも告げておくれ、初雁の声よ。卿相侍臣歌合・同題。○ゆふべ　草枕を「結ふ」と「夕べ」と掛詞。○空

旅《ノ》歌とて　　藤原業清

963 たれとなき宿《やど》の夕を契《(ちぎり)》にてかはるあるじをいく夜とふらむ

羇中夕《ノ》といふ心を　　鴨長明

964 まくらとていづれの草に契《ちぎ》るらんゆくをかぎりの野辺の夕暮

あづまの方《かた》にまかりける道《みち》にてよみ侍《(はべり)》ける　　民部卿成範

965 道のべの草の青葉《あを》に駒とめてなを《(ほ)》故郷をかへりみるかな

長《なが》月の比《(ころ)》、初瀬《はつせ》に詣《まう》でける道《みち》にてよみ侍ける　　禅性法師

966 初瀬《はつせ》山《やま》ゆふこえくれて宿とへば三輪《みわ》の檜原《ひばら》に秋かぜぞ吹《(ふく)》

「雁」の縁語。○初雁のこゑ　蘇武の雁信の故事（→四八一・五〇〇）。「わぎもこがかけて待つらん玉づさをかきつらねたる初雁の声」（後拾遺・秋上・藤原長能）。「あまつ空雲のはたての秋風にさそはれわたる初雁の声」（続後撰集・秋中・藤原家良）。九六〇「初雁」「草枕」から九六一「篠の小笹のかり枕」へ。

961 わびしくて眠れなかった。篠竹を刈って旅寝の枕にすると、とめどなく涙はあふれ、はかない露は枕いっぱいに置くよ。たった一夜の仮の枕なのに。○篠のを笹　篠竹。細く小さい竹。「夕されば篠のをざさを吹く風のまだきに秋のけしきなるかな」（後葉集・夏・藤原実能）。「しげく」の意の「しの（に）」を掛ける。→四二五・一五六三。○かり　「篠の小笹」の縁語「刈り」と掛詞。○露　「篠の小笹」の縁語。涙を暗示。○ひと夜　「夜」と、「篠」の縁語「よ（節）」と掛ける。→六九八。

962 岩がねの床で、わびしい山風の音を聞きながら、ひとり旅寝をするのだろうか、佐夜の中山で。建仁元年（一二〇一）十二月、石清水社歌合「旅宿嵐」。○岩がね　「イハガネトハ、イハノ根ト云フナリ」（袖中抄十）。「いはがねとは、石金と書けり。もの二つなり」（和歌童蒙抄三）という説もあった。石と金という固いもののイメージに、九六二「ふしわびぬ」が響く。「石金のこごしき山に入りそめて山なつかしみ出でかてぬかも」（万葉集七。袖中抄十に五句「イネガテニカモ」）。○嵐をかたしきて　この歌のポイントだが、典拠など未詳。→九五四。

963 主が誰とわからない宿でも、夕暮になると必ず宿る。そうして、日ごとに変る宿の主のもとを、もう幾晩訪れたことだろうか。○たれとなき　遊女を詠んだ歌に使われる表現。四句「かはるあるじ」に呼応する。

967 旅《ノ》歌とてよめる　　藤原秀能

さらぬだに秋の旅寝《たびね》はかなしきに松にふくなりとこの山風

968 摂政太政大臣の家の歌合に、秋旅《ノ》といふ事を　　藤原定家朝臣

わすれなむまつとなつげそ中〳〵《(なかなか)》にいなばの山の峰《みね》の秋風《あきかぜ》

969 百首歌たてまつりし時、旅《ノ》歌　　家隆朝臣

ちぎらねどひと夜はすぎぬ清見《きよみ》潟《がた》浪にわかるゝあかつきの雲《くも》

970 千五百番歌合に

ふるさとにたのめし人も末《すゑ》の松まつらむ袖に浪やこすらむ

964 枕に引き結ぶといっても、どの草と契りを結べばよいの？　ゆける限り行って宿ろうと思っていたら、限りなく野は広がり、もう夕暮。本歌「枕とて草ひき結ぶこともせじ秋の夜とだにたのまれなくに」(伊勢物語八十三段)。阿波国文庫旧蔵本など三句「ことも多し」。建仁三年(一二〇三)七月、八幡若宮撰歌合「羇中暮」。○草　武蔵野の草か。「紫のひともとゆゑに武蔵野の草はみながらあはれとぞ見る」(古今・雑上・読人しらず)。

九六四「野辺」から九六五「道のべ」へ。「草」が共通。

965 道のほとりの草の青葉をはませようと馬をとめて、(それを歩みをとめる口実にして)いつまでもわたしは故郷の都をふり返って見ている。○あづまの方　作者の成範は、平治の乱後、下野国に配流。その折の詠として平治物語にも収められ有名。○まかりける　流罪を朧化した。○駒とめてなを　→一五九。「ささのくま檜隈川に駒とめてしばし水かへ影をだに見む」(古今・神遊びの歌)。

966 夕暮、初瀬山を越えようとしているうちに日は暮れて、宿をたずねると、三輪の檜原に秋風が吹くばかり。○初瀬山・三輪の檜原　大和国の歌枕。三輪から巻向(まきもく)→二一〇・初瀬にかけて檜原が広がる。○ゆふこえくれて　「まつち山ゆふこえ行きていほさきの墨田河原にひとりかもねむ」(新勅撰集・羇旅・弁基。原歌は万葉集三)。○宿とへば　「わが庵は三輪の山もと恋しくはとぶらひきませ杉たてるかど」(古今・雑下・読人しらず)。古歌には「訪ひきませ」と詠まれる三輪なのに、宿をたずねると、宿らしいものはなくて…。

967 ただでさえ秋の旅寝は悲しいのに、鳥籠(とこ)の山の山風の、松にふく音が聞える。わたしの帰りを待つあのひとのひとり寝の床に、わびしく吹きおろす風の音を思わせるかのように。如願法師集「八幡若宮御歌合に」。○さらぬだに　底本、

971 歌合し侍《はべり》ける時、旅の心をよめる　入道前関白太政大臣

日をへつゝ都しのぶの浦さびて浪よりほかのおとづれもなし

972 堀河院御時百首歌奉りけるに、旅《ノ》歌　藤原顕仲朝臣

さすらふる我身にしあれば象潟《きさかた》やあまのとま屋にあまたたび《ゝ》寝《ね》ぬ

973 入道前関白家百首歌に、旅の心《こゝろ》を　皇太后宮大夫俊成

難波人《なにはびと》あし火たく屋に宿かりてすゞろに袖のしほたるゝかな

「ぬ」の右傍に異本本文傍記「でイ」。○松　「待つ」と掛詞。○とこの山　近江国の歌枕。「鳥籠」と「床」と掛詞。「床」は「寝」の縁語。→五二四。

968 忘れてしまおう。あのひとがわたしの帰りを待っていると、なまじ告げないでおくれ。松(待つ)で有名な因幡の山の峰の秋風だからといって。本歌「立ち別れ因幡の山の峰におふる松としきかばいまかへりこむ」(古今・離別・在原行平)。正治二年(一二〇〇)閏二月、良経家十題二十番撰歌合「秋旅」(拾遺愚草)。○摂政太政大臣　藤原良経。○なむ　希望の助詞とも解しうる。→八五八。○まつ　「待つ」と「松」と掛詞。→九六七。○いなばの山　因幡国の歌枕。「去なば」を響かせる。「別れて去なばとそへたり。いなばは行きなばといふ心なり」(顕注密勘八)。○秋風　「風の便り」を暗示。だが実は「あき風」である点(→一三二三)が妙味。

969 契りを結ぶことはなかったけれども、一夜は過ぎた。清見潟を見わたすと、後朝を惜しむかのように、しののめの雲が波に別れて昇ってゆく。正治二年(一二〇〇)院初度百首「羇旅」。○ちぎらねど　五句「あかつきの雲」から見て、朝雲暮雨の故事(文選十九・高唐賦・宋玉。→八〇三)を踏まえる。○清見潟　駿河国の歌枕。波と月の名所。この歌に「浪」「(あか)つき」を詠む。→二五九。▽同じ作者の「霞たつ末の松山ほのぼのと波にはなるる横雲の空」(→三七「春の曙」)が連想され、九七〇へ。

970 都で帰りを待っている彼女も、旅にあるわたしと同じように、袖にいっぱいの涙をためて嘆いているだろうか、それとももう、末の松を波が越すように心変りしているのだろうか。本歌㈠「君をおきてあだし心をわが持たば末の松山波も越えなむ」(古今・東歌・陸奥歌)、㈡「波越ゆるころとも知らず末の松待つらむとのみ思ひけるかな」(源氏物語・浮舟)。建仁二年(一二〇二)頃、千五百番

述懐百首歌よみ侍《はべり》ける中に、旅ノ歌

976 世中《よのなか》はうきふししげし篠《しの》原や旅にしあれば妹《いも》夢にみゆ

題しらず　　　　　　　　　　　　僧正雅縁

974 又こえむ人もとまらばあはれしれわが折《をり》しける峰の椎柴

　　　　　　　　　　　　　　　　前右大将頼朝

975 道すがら富士の煙《けぶり》もわかざりき晴《は》るゝまもなき空のけしきに

千五百番歌合に　　　　　　　　　宜秋門院丹後

977 おぼつかな都にすまぬみやこ鳥こととふ人にいかゞこたへし

歌合・雑二。○末の松　陸奥国の歌枕「末の松山」。↓三七。○袖に浪やこすらむ　袖の波は涙を示すが、「末の松」を波が越すのは、本歌にいうように相手の心変りの現われ。故郷のひとの嘆きや心変りを臆測する旅人の不安な心情を、意義の曖昧さと「や」の疑問とで表現。では、どちらが「頼めし」？

971 日がたつにつれ、都をしのぶ信夫の浦は荒涼として心さびしく、都からのたよりも絶え、波の音のほかには、訪れるものもない。治承三年(一一七九)十月十八日右大臣家歌合。○都しのぶの浦さびて　陸奥国の歌枕「信夫の浦」(→一〇九六)と、「都(を)しのぶ」「心荒(うらさ)びて」とを掛ける。

972 わたしはさすらいの身だからさ、象潟の海人の苫屋になん度も旅寝をしたぜ。長治二年(一一〇五)頃、堀河百首「旅」。○さすらふる　「さすらふる身はいづこともなかりけり浜名の橋のわたりへぞ行く」(続詞花集・旅・能因)。○我身にしあれば　「又もこむ時ぞと思へど頼まれぬわが身にしあれば惜しき春かな」(後撰・春下・紀貫之。和漢朗詠集「三月尽」)。○象潟　出羽国の歌枕。「世の中はかくても経けり象潟の海人の苫屋をわが宿にして」(後拾遺・羇旅・能因)。○あまたたび寝ぬ「数多度」から「旅寝」へと掛けて続ける。「夜を寒みおく初霜をはらひつつ草の枕にあまたたび寝ぬ」(古今・羇旅・凡河内躬恒)。▽佳句を点綴。

973 難波の浦人が蘆火をたく小屋に旅の宿を借りて、思わずわたしは、袖を涙でしとどにぬらしてしまう。衣を乾かすための蘆火だというのに。本歌「難波人蘆火たく屋はすすたれどおのが妻こそとこめづらなれ」(拾遺・恋四・柿本人麿。原歌は万葉集十一)。長秋詠藻「右大臣家百首・旅」、治承二年(一一七八)七月詠進。○入道前関白　藤原兼実。○あし火　蘆は難波の名物。難波の海人は、潮にぬれた衣を乾かすために蘆を刈って焚(た)く。↓

天王寺に詣《まう》で侍《(はべり)》けるに、俄《(にはか)》に雨ふりければ、
江口に宿《やど》を借《か》りけるに、貸《か》し侍らざりければ、
よみ侍ける　　西行法師

978 世中《(よのなか)》をいとふまでこそかたからめかりの宿《やど》りをお《(を)》しむ君かな

返し　　遊女妙

979 世《よ》をいとふ人としきけばかりの宿に心とむなと思ふばかりぞ

和歌所にてお《(を)》のこども、旅《ノ》歌つかうまつりしに　　定家朝臣

980 袖にふけさぞな旅寝《ね》の夢も見じ思ふ方《(かた)》よりかよふ浦《うら》風

一五九三。○しほたるゝ　「鳴乎塩垂止云」(皇太神宮儀式帳)。「旧里をこふる袂もかわかぬにまたしほたるる海人もありけり」(拾遺・雑恋・恵慶。拾遺抄・別)。▽「すすたれるとは炲煤(すす)の垂るるなり」(顕昭・散木集注)。本歌の「すすたる」を、「すずろに」と「(しほ)たる」とに分けて響かせた。

九七三・九七六・九七四・九七五という配列は底本のまま。

976 世の中はつらいことが多い、まるで、篠に節(よ)や節(ふし)が多いように。篠原でひとり寝。そんな旅をしているので、あのひとが夢に見え、恋しくてつらい。長秋詠藻・述懐百首「旅恋」、保延六(一一四〇)、七年頃。○世　「篠」の縁語「よ」(節と節との間)を響かせる。○うきふししげし　「ふし」に、「篠」の縁語「節」を響かせる。「しげし」も「篠」の縁語。○篠原　加賀国の歌枕ともいう(八雲御抄五)。▽下句は万葉の古風を思わせる。

974 わたしの後にこの峰をまた越えようとする人も、もしここで泊ったならば、旅のあわれをわかって欲しい、わたしが折り敷いた峰の椎柴を見て。○椎柴　野宿のしとねにする。「岩ねふみ嶺の椎柴折りしきて雲に宿かる夕暮の空」(千載・羇旅・寂蓮)。椎柴は、冬の景物として風・霰・雪などと共に詠まれ、また「椎柴の袖」は喪服。

975 旅の道中、これが富士山の噴煙だと見分けもつかなかった。空は晴れる間もなく曇っていたので。○晴るゝまもなき　涙を暗示。→一四九一。

977 おぼつかないこと。都に住んでいない都鳥は、「いざ…」と尋ねた業平に、どう答えたのかしら。本歌「名にしおはばいざこと問はむ都鳥わが思ふ人はありやなしやと」(伊勢物語九段。古今・羇旅・在原業平)。正治二年(一二〇〇)院初度百首「鳥」。○千五百番歌合に　切継の際の誤りか。諸本同じ。○おぼつかな　→三六七。○都にすまぬ　「京には見えぬ鳥なれば」(伊勢物語九段)。

981 旅寝《ね》する夢路はゆるせ宇津《うつ》の山関とはきかず守《も》る人もなし　藤原家隆朝臣

詩を歌に合《あ》はせ侍《はべり》しに、山路ノ秋行といへることを

982 都にもいまや衣をうつの山夕霜はらふつたのした道《みち》　定家朝臣

983 袖にしも月かゝれとは契《ちぎり》を《お》かず涙はしるや宇津《うつ》の山ごえ　鴨長明

984 立田山秋ゆく人の袖を見よ木《き》ゝ《ぎ》の梢はしぐれざりけり　前大僧正慈円

978 この世を厭(と)い捨てることまでは難しいかもしれませんが、旅の宿を貸すのくらいできそうなもの。なのに、それさえもの惜しみなさるの、あなたは。西行法師家集、四句「仮の宿をも」。山家集。○天王寺　→九一九。○江口　摂津国の港町。交通の要衝で、遊女が多くいた。○かりの宿りを　「仮の宿をも」(前田・烏丸本ほか)。「仮」と「借り」と掛詞。一時的な宿の意で、現世の譬喩。(法華経三・化城喩品七)。→一〇四三。

979 世を厭って出家なさったかたとうかがったので、俗世そのままのわたしの宿など、心をおとどめなさいますなと思うばかりですよ。西行法師家集。山家集、初句「家を出づる」。▽遊女だから現世に執着するのだろうが、そのうえ一夜の宿すら惜しむなんて、という皮肉まじりの西行の歌に、そう言うあなたは出家の身なのですからと応酬。西行説話の中でも有名。

980 恋しい都の方角から吹きかよう浦風よ、わたしの袖に吹いておくれ。きっと旅寝の夢をみることもないだろうから。本歌「須磨には、いとど心づくしの秋風に、海は少し遠けれど、行平の中納言の関吹き越ゆるといひけむ浦波、夜々はげにいと近う聞こえて、またなくあはれなるものは、かかる所(配所)の秋なりけり。…恋ひわびてなく音にまがふ浦波は思ふかたより風や吹くらむ」(源氏物語・須磨)。建仁二年(一二〇二)三月二十二日、三体和歌御会「恋旅、此二は、ことに艶によむべし」。○風　夢を破るもの。→九一九・九二〇ほか。▽参考「旅人は袂すずしくなりにけり関吹き越ゆる須磨の浦風」(続古今集・羇旅・在原行平)。→一五九九。

981 「うつつにも夢にも人にあはぬ」という宇津の山だけど、せめて旅寝の夢路をとおって、都のあのひとに逢うことは許してほしいな。宇津の山が関所とは聞かないし、関守もいないのだから。

百首歌奉りしに、旅ノ歌

985 さとりゆくまことの道《みち》に入《(いり)》ぬれば恋しかるべきふるさともなし

泊瀬《(はつせ)》に詣《まう》でゝ帰《かへ》さに、飛鳥川のほとりに宿《やど》りて侍《(はべり)》ける夜、よみ侍ける

素覚法師

986 故郷に帰《かへ》らむことはあすか川わたらぬさきに淵瀬たがふな

あづまの方《かた》にまかりけるに、よみ侍ける

西行法師

987 年たけて又こゆべしと思《(おもひ)》きや命なりけり佐夜《さや》の中山

本歌「駿河なる宇津の山辺の現にも夢にも人にあはぬなりけり」(→九〇四)。三体和歌御会「旅」。○旅寝する夢路　「旅寝する夢路はたえぬ須磨の関かよふ千鳥の暁の声」(拾遺愚草・文治三年(一一八七)、殷富門院大輔百首「冬」)。○宇津の山　駿河国の歌枕。関はない。▽「人知れぬわが通ひ路の関守はよひよひごとにうちも寝ななん」(伊勢物語五段。古今・恋三・在原業平)も念頭に置くか。

982 都のあのひとも今は衣をうつころか。わたしは宇津の山の蔦(たつ)の下道を、衣を手でうち夕霜をはらいながら越える。元久二年(一二〇五)六月、元久詩歌合「山路秋行」。○山路秋行　→三六〇。○うつの山　「擣(う)つ」を掛ける。→九〇四・九〇五。擣衣は孤閨の怨嗟の声。○夕霜はらふ　手で衣を打って霜を払う動作が、擣衣を連想させる。初句の「も」に注意。「霜」は凍った旅愁の涙。「色争霜葉辞レ林色」(新撰朗詠集「擣衣」・都在中)、「客路霜乾秋韻遠」(同・菅原在良)。○つたのした道　「わが入らむとする道は、いと暗う細きに、つたかへでは茂り、物心ぼそく」(伊勢物語九段)。

九八二「夕霜」から九八三「袖にしも」。九八四まで同歌合。

983 このように袖にまでもかかれとは月に約束しておいたのではなかった。涙は知っていたのだろうか、宇津の山越えの旅が、これほどつらいものだと。元久詩歌合・同題。○かゝれ　「かくあれ」と「懸かれ」とを掛ける。○涙はしるや　袖に月が宿る理由を涙は知るか、とする説もある。

984 立田山の秋を行く旅人の袖を見よ。旅のつらさから紅涙にそまって、それにくらべると周囲の木々の梢は、時雨もなかったかのように、紅がうすれて見えるではないか。元久詩歌合・同題。○立田山　大和国の歌枕。→六五。もちろん紅葉の名所。「からころも立田の山のもみぢ葉はもの思ふ人の袂なりけり」(後撰・秋下・読人しらず。友則

旅歌とて

988 思《おも》ひを《(お)》く人の心にしたはれて露わくる袖のかへりぬるかな

熊《くま》野にまい《(ゐ)》り侍《(はべり)》しに、旅の心《こゝろ》を　　太上天皇

989 見るまゝに山風あらくしぐるめり都もいまや夜寒《さむ》なるらむ

集、五句「涙なりけり」)。→五八〇。底本、「山」の右肩に「八」。書き損じか。○しぐれ　時雨が紅葉の色を深くするとされた。→五七四。

以下九八八まで僧侶の詠。

985 わたしは悟りへと至る真実の道に入ったので、恋しいはずの故郷もない。正治二年(一二〇〇)院初度百首「羇旅」。○まことの道　仏道。「道」は「ゆく」の縁語。「おのづからまことの道に入りし身の帰る心のなきばかりこそ」(拾玉集「述懐」)。

986 故郷に帰るのはもう明日のことだろうか。飛鳥川よ、わたしが渡る前に淵瀬を変えないでおくれ。○飛鳥川　大和国の歌枕。「世中は何かつねなる飛鳥川きのふの淵ぞ今日は瀬になる」(古今・雑下・読人しらず)の古歌によって、世の中の転変の激しさ、無常なことの象徴とされた。→一六五七。「明日か」と「飛鳥」とを掛ける。→八九六? ○故郷に　寿・烏丸本など「故郷へ」。

987 年老いて、また越えるだろうと思っただろうか。これも命があってのこと、佐夜の中山を再び越えるのも。西行法師家集「東の方へ、あひ知りたる人のもとへまかりけるに、佐夜の中山見しことの昔に成りたりける思ひ出でられて」。○あづまの方　西行六十九歳の文治二年(一一八六)、東大寺大仏再建勧進の旅か。○命なりけり　「春ごとに花の盛りはありなめどあひ見む事は命なりけり」(古今・春下・読人しらず)。「命の長くてぞ、あひ見るべきといふ心なり」(顕昭・古今集注二)。

988 思いを残してきたあのかたの情けの故に、故郷のことが慕われて、帰りたい帰りたいと思いながら旅するうちに、野の露をわける袖は色あせてしまったよ。○思ひをく　「置く」は「露」の縁語。○人の心にしたはれて　「帰れども人の情けにしたはれて心は身にもそはずなりぬる」(山家集)。「人の」と「心に」とを分けて、人のことがわ

一 或人以㆓此両冊㆒伝㆑予　両神之擁衛　随喜而令㆑摂㆓納之㆒了

永正九年壬申八月廿日

三井桑門権律師静秀

二 一日令㆑書㆓補欠行㆒者也

たしの心には慕わしくて、と解する説もある。烏丸本「しのばれて」。○露　涙を暗示。○かへりぬる　「かへる」(色褪せる)と「帰る」との掛詞。→八九五。「いたづらにしをるる袖を朝露にかへる袂と思はましかば」(千載・恋二・俊恵)。

989　見る見るうちに山風は荒く吹き時雨てくるようだ。都も今ごろはさぞや夜寒であるのだろう。○熊野にまいり侍し　紀伊国の熊野三山(本宮・新宮・那智)に参詣した、いわゆる熊野御幸(ごこう)。○いまや　烏丸・穂久邇本など「いまは」。○夜寒なるらむ　→一〇六三。▽巻頭八九六・八九七に対置して、巻軸に現在の帝王の御幸の歌を配する。

一 ある人、この両冊を以て予に伝ふ。両神の擁衛(おうえい)、随喜して之を摂納せしめ了(をは)んぬ。永正九年(一五一二)壬申(みづのえさる)八月廿(二十)日、三井桑門権律師静秀(じゃうしう)。○両神　住吉明神と玉津島明神とをさすか。住吉・玉津島・柿本人丸を和歌三神という。○擁衛　神仏の加護。和漢通用集「擁護　おうご〈加護也〉」。○随喜　心から有難く思う。○摂納　手もとにおさめる。○三井桑門　近江国三井寺(園城寺。天台宗寺門派)の僧侶。○律師　僧正・僧都につぐ僧侶の位階。権律師はその副官。○静秀　未詳。許可胎金血脈(逢善寺蔵)に、良尊—静秀—天海と見えるが、別人か。

二 一日、欠行を書き補はせしむるものなり。▽これも静秀の識語。静秀が入手した時、底本にはすでに欠脱が生じていた。巻第八哀傷歌の八三六詞書—八四三詞書と、巻第十羇旅歌の九四四作者名—九八九との二箇所にである。補写するにあたって静秀の用いた、もとの本については未詳だが、羇旅歌の九七三・九七六・九七四・九七五・九七七という配列は独自で、他の伝本には見られない。補写された部分には、撰者名注記も隠岐選抄歌符号もない。→解説。

新古今和歌集巻第十一

恋歌一

題しらず　　　　読人しらず

990 よそにのみ見てややみなん葛城《かづらき》やたかまの山の峰《みね》の白雲

991 を《(お)》とにのみありときゝこしみ吉野《よしの》の滝はけふこそ袖におちけれ

990 遠くにあって金輪際手の届かないものと見るしかないのであろうか。葛城の、名も高間の山の峰にかかる美しい白雲は。深窓秘抄・恋。和漢朗詠集「雲」、三句「かづらきの」。○葛城　大和国の歌枕。↓七四。○たかまの山　同じ歌枕。和歌初学抄に「高きにそふ」とある。葛城山脈の主峰金剛山の古称。○白雲　女の譬喩。▽第三・四句は「よそに」の意を強調するもので、言い寄るすべのない苦しさを歌う。俊頼髄脳は「けたかく遠(面)白き歌」と評する。参考「よそにのみ見てや渡らも難波潟雲居に見ゆる島ならなくに」(万葉集二十・丈部山代)。

作者は以下読人しらず、人麿につづいて一〇三六までは三代集期、あとは八代集にわたる。主題は九九五まで「初恋」で、まず「山に寄す」。

991 これまで噂にばかりその存在を聞いていた吉野の滝は今日は私の袖に落ちているのだな。本歌「み吉野の滝の白玉しらねども語りし継げば昔思ほゆ」(古今六帖五・読人しらず)。伊勢集、二句「ありとききつる」。○み吉野の滝　大和国の歌枕。▽初めて激しい恋の涙を経験したというのである。

「滝に寄す」。

992 山田の番小屋に置く蚊遣火が物陰でくすぶっているように、人知れず燃えつづけていることだ、私の恋の思いは。原歌は万葉集十一・作者未詳「あしひきの山田もるをの置く蚊火の下こがれのみわが恋ひをらく」。人麿集は本文に同じ。○か火　本歌について蚊遣火、鹿火即ち鹿などを追うために焚く火の両説があるが、下句の序としては前者が適当。夏、煙で蚊を追い放うために戸口などで焚く火。○恋ふらくは　「恋ふることは」の意。▽参考「夏なれば宿にふすぶる蚊遣火のい

992 あしびきの山田もる庵《いほ》にを《(お)》くか火《(ひ)》の下《した》こがれつゝわが恋《こ》ふらくは

人麿

993 いその神ふるのわさ田のほにはいでず心のうちに恋《こ》ひやわたらん

女につかはしける　　在原業平朝臣

994 春日《かすが》野のわかむらさきのすり衣しのぶの乱《みだ》れかぎりしられず

中将更衣につかはしける　　延喜御歌

995 むらさきの色に心《こゝろ》はあらねどもふかくぞ人を思《おも》ひそめつる

つまでわが身下もえをせむ」(古今・恋一・読人しらず)。

以下二首「田に寄す」。

993 石上の布留の早稲田がまだ穂を出さないように、私も顔色に出さず心中ひそかに恋いつづけてゆくのであろうか。原歌は万葉集九・抜気大首、三句「ほにいでず」、五句「恋ふるこのごろ」。人麿集。○いその神ふる　大和国の歌枕。→八八・兲。○わさ田　早稲(わ)を育てる田。→四五九。○ほ　表に顕われたところの意で穂、顔色、山の秀など。ここは穂、顔色の両義を兼ね、上二句が「ほにはいでず」の序となる。

994 春日野の若紫で摺った摺衣のような美しいお姿、私の心はこの信夫もぢ摺りの乱れ模様のように人目を忍ぶ物思いで乱れに乱れています。伊勢物語一段。本歌「みちのくのしのぶもぢ摺り誰ゆゑに乱れそめにし我ならなくに」(同物語一段)。○春日野　大和国の歌枕。→一〇。女の居所。○わかむらさき　萌え出たばかりの紫草。紫草はムラサキ科の多年生草本で根を紫色の染料とした。○しのぶ　本歌にいう陸奥国信夫郡産の染物の「信夫もぢ摺り」と人目を忍ぶ意と掛ける。「しのぶもぢ摺り」は「陸奥国の信夫郡にもぢずりとて髪を乱したるやうに摺りたる」(顕注密勘十四)という。▽男が着ていた信夫摺りの狩衣に若紫の摺衣を対照してそれを女にあて、本歌の「誰ゆゑに」を変えて相手を顕わす。

以下二首「紫草に寄す」。

995 私の心は紫根染の色というのではないが、本当に深くあなたを思い染めた—恋し初めたことだ。○中将更衣　藤原伊衡の女。更衣は女御の次位。○むらさきの色　深紫(こきむらさき)。紫草の根の皮を煎じ、灰汁で発色させた黒に近い紫色。○思ひそめ　「染め」と「初め」と掛詞。

題しらず

996 みかの原《はら》わきてながるゝ泉河《いづみがは》いつみきとてか恋《こひ》しかるらん　中納言兼輔

平定文家歌合に

997 園原《そのはら》やふせ屋《や》におふる帚木《はゝきゞ》のありとは見えてあはぬ君《きみ》かな　坂上是則

人の文《ふみ》つかはして侍《(はべり)》ける返事《(かへりごと)》にそへて、女につかはしける　藤原高光

998 年《とし》をへて思《おも》ふ心のしるしにぞ空《そら》もたよりの風はふきける

九条右大臣のむすめに初《はじ》めてつかはしける　西宮前左大臣

999 年月《とし》はわが身にそへてすぎぬれど思ふ心《こゝろ》のゆかずもあるかな

996 甕の名に負うみかの原を湧いて流れている泉川の、その「いつみ」ではないが、いつ見たというのでこんなにも恋しいのであろう。確かに見たとも思われないのに。古今六帖三・読人しらず。兼輔は誤り。〇みかの原　山城国の歌枕。元明天皇の甕原離宮、聖武天皇の恭仁京の地。〇わきて　甕、泉の縁語で「湧きて」。「分きて」と掛けるには及ばない。〇泉河　山城国の歌枕。甕原辺の木津川の古名。「いつみき」に掛ける。▽上句の湧き立つ心を思わせるイメージ、下句の清澄な調べ。「わづかに見る恋」。

997 園原の布施屋に生えている帚木があると見えて近づけば消え失せるように、目には見えていて、逢ってくれないあなたよ。左兵衛佐定文歌合「不会恋」、四句「ありとてゆけど」。古今六帖五。〇平定文(さだふん)家歌合　延喜五年(九〇五)披講か。定文は貞文とも。→九一三詞書。〇園原　袖中抄十九「美濃・信濃両国界」。〇ふせ屋　旅人のための公設の無料宿泊所。〇帚木　伝説上の木。右袖中抄に「箒を立てたるやうにて立てり」とある。「見て逢はざる恋」。

998 幾年もあなたを慕っていた私の思いがついに顕われて、あてのない大空にも好便の風が吹いたのだな。高光集「西の宮に文奉りたりける返事に、中に加へたりける」。〇空　何の手がかりもなかったことの譬え。〇たよりの風　詞書によれば人の返事に便乗して女に贈った歌なので、「たより」に好便と返事の両意をこめる。以下一〇〇四まで「初めて言ふ恋」。

999 年月はわが身とともに過ぎてしまったが、あなたを慕う心はそのまま胸の中に沈んで、まだ思いを晴らすこともできずにいることだ。西宮左大臣集「九条殿三君にきこえ給ふ」。〇九条右大臣のむすめ　藤原師輔の三女。惟賢、俊賢の母。

返し　　大納言俊賢母

1000 もろともにあはれといはずは人しれぬ問《と》はず語《がた》りをわれのみやせん

天暦御時歌合に　　中納言朝忠

1001 人づてに知《し》らせてしかな隠《かく》れ沼《ぬ》のみごもりにのみ恋《こ》ひやわたらん

はじめて女につかはしける　　大宰大弐高遠

1002 みごもりの沼《ぬま》の岩垣《いはがき》つゝめどもいかなるひまにぬるゝ袂《たもと》ぞ

いかなるおり(を)にかありけん、女に　　謙徳公

1003 から衣袖に人めはつゝめどもこぼるゝものは涙なりけり

○ゆかず　「すぎ」と対照的。身と心を対照させるのも常套の手法。▽参考「年月はたちもとまらずすぐれども思ふ心はゆかずもあるかな」(古今六帖五・読人しらず)。長年胸に秘めた思いをはじめて打明けた感慨。

1000 このようにあなたもいとしいとおっしゃって下さらなければ、独り言の問わず語りを私だけがいつまでもするところでした。西宮左大臣集に「返し」として載る。○問はず語り　訊かれもしないのに語り出すこと。ここは恋の告白。男の「心のゆかず」に対する応答で、より切実な苦しみを表わす。○われのみ　「もろともに」の対。▽忍ぶ恋の苦しさを初めて訴えた喜びを慎ましく歌う。

1001 人づてにでも知らせたいものだ。まるで隠れ沼の水ごもりそのままに恋いつづけてゆくのであろうか。天徳四年(九六〇)三月三十日、内裏歌合。朝忠集。○天暦　村上天皇の年号。天皇をもさす。○隠れ沼　草木に覆われた沼。○みごもり　水中に隠れていること。▽忍恋に堪えきれず、といって直接に訴えることもできない嘆き。参考「青山の岩垣沼のみごもりに恋ひやわたらむ逢ふよしをなみ」(万葉集十一・作者未詳)。

1002 水中に隠れた沼の岩垣が秘かに水を囲っているように人目につつみ隠している涙であるのに、どういう隙間から漏れ出てこうも袂が濡れるのであろう。大弐高遠集。○みごもりの　岩垣にかかる。「みごもり」「沼」は「ぬる」の縁語。○つゝめ　上二句は「つつむ」の序。「岩垣」「ひま」はその縁語。

1003 唐衣の袖で人目からは隠しているが、それでもこぼれ落ちるものは涙だったのだな。一条摂政御集。○から衣　衣の美称で袖の枕詞的用法。○こぼるゝ　「つつむ」の対で縁語。

1004
左大将朝光五節ノ舞姫たてまつりけるかしづき
を見て、つかはしける

前大納言公任

天《あま》つ空《そら》とよのあかりに見し人のなを《(ほ)》面影《おもかげ》のしひてこひしき

1005
つれなく侍《(はべり)》ける女に、師走《しはす》のつごもりにつか
はしける

謙徳公

あらたまの年《とし》にまかせて見るよりはわれこそ越《こ》えめ逢坂《あふさか》の関

1006
堀河関白文《ふみ》などつかはして、里《さと》はいづくぞと
問《と》ひ侍ければ

本院侍従

わが宿《やど》はそこともなにか教《をし》ふべきいはでこそ見め尋《たづ》ねけりやと

1004 禁中の豊明の節会で見たあなたが―今もその面影がたまらなく恋しく思われる。公任集。その詞書には「かしづき」がない。玄玄集。続詞花集・恋上。〇左大将朝光　藤原兼通の四男(公卿補任)。貞元二年(九七七)十二月から永延三年(九八九)六月まで左大将。〇五節　十一月、中の卯の日の新嘗祭の前後四日間の行事。最終日の豊明節会で大歌所が五節の歌曲を奏し、童女の舞姫が舞うのが「五節の舞」。舞姫は公卿から二人、殿上人・受領から二(大嘗会は三)人出す。朝光は公卿方。〇かしづき　傅。舞姫の世話役の女房。通例八人。〇つかはし　「届ける」の丁寧語。〇天つ空　雲居と同義で禁中の意か。または栄花物語・歌合の「天照らす豊の明りと思へども」と同様の「とよのあかり」の枕詞的修辞か。〇とよのあかり　豊明節会。新嘗祭の翌日、当時紫宸殿で催された酒宴。〇面影　幻。目に浮ぶ姿。

1005 新年が越えてくるのをじっと見ているよりは今宵私が越えよう、逢坂の関を。一条摂政御集、四句「われこそ越さめ」。〇つかはし　底本「か」は判読できず、諸本により校訂。〇あらたまの　年の枕詞。〇年にまかせて　春は東より逢坂の関を越えて都に入るとされていた。〇逢坂の関　近江国の歌枕。逢瀬の隔てに譬え、「越ゆ」は従って関係をもつ意。▽明年といわず今宵と挑むのである。参考「あら玉の年は今日明日越えぬべし逢坂山をわれやおくれむ」(後撰・恋六・藤原時雨《ときふる》)。

以下三首「尋ぬる恋」。

1006 わが家はどこそことなど教えたりいたしましょうか。黙って拝見しております。尋ねて下さったかどうかと。本院侍従集には「色に出でて今ぞ知らする人知れず思ひかけつる深き心をなど宣ひて、御里はいづこぞと宣ひければ女、細殿にて物などいふに」とある。〇堀河関白　藤原兼通。

返し

1007 わが思《おも》ひ空《そら》の煙《けぶり》となりぬれば雲井ながらもなを《(ほ)》尋《たづ》ねてん

忠義公

題しらず

1008 しるしなき煙《けぶり》を雲にまがへつゝ夜《(よ)》をへて富士《ふじ》の山ともえなん

貫之

1009 煙《けぶり》たつ思《おも》ひならねど人しれずわびては富士《ふじ》のねをのみぞなく

深養父

女につかはしける

1010 風ふけば室《むろ》の八島《やしま》のゆふ煙《けぶり》心のそらにたちにけるかな

藤原惟成

1007 私の思いの火は空の煙となって立ち昇っているから、遥かな雲居であろうとぜひ尋ねて行こう。本院侍従集、四句「雲居なりとも」。○思ひ　「火」に掛けるのは常套。火・煙・雲居は縁語。○雲井　内裏。右家集の詞書によれば侍従は作者の妹の村上天皇中宮安子に仕えていた。

1008 一向に目をとめてもらえない思いの煙を空の雲に紛れさせながらも、毎夜富士の山のように燃えていようよ。貫之集。○雲にまがへ　昼は噴煙が雲に紛れて見えないように、甲斐のないこと。○夜をへて　諸注のように「世」ととるのが普通であるが、底本のままに解しておく。▽参考「ちはやぶる神も思ひのあればこそ年へて富士の山ももゆらめ」(拾遺・神楽歌・柿本人麿)。

以下三首「煙に寄せて侘ぶる恋」。

1009 富士の嶺から煙が立っているようなはでな思いの火ではないが、人知れずみじめな気持で音(ね)を立てて泣いてばかりいる、その点は富士の嶺(ね)そのままです。深養父集。○富士のね　活火山なので「思ひ(火)」の縁語。また「嶺」と「音」と同音の掛詞。▽参考「恋をのみ常にするがの山なれば富士のねにのみ泣かぬ日はなし」(後撰・恋一・読人しらず)。

1010 風が吹けば室の八島の夕煙が立つように、夕暮になると心の空に思いの煙が立ち昇ることだ。惟成弁集(伝坊門局筆切)。○風ふけば　いつもは低くくすぶっていることを示唆する。○室の八島　下野国の歌枕。↓三四。○ゆふ煙　「ゆふべ」は日没前。女が男を待つ時分で、恋の暮る頃というのが歌での約束。○心のそら　底本「心のそこ」。諸本により校訂。「心の」が加わって一首がそのまま恋の譬喩に転ずる。▽参考「下野や室の八島にたつ煙思ひありとも今こそは知れ」(古今六帖三・読人しらず)。

文《ふみ》つかはしける女に、おなじつかさのかみなる人通《かよ》ふと聞《き》きて、つかはしける

藤原義孝

1011 白雲の峰《みね》にしもなどかよふらんおなじ三笠《みかさ》の山のふもとを

題しらず

和泉式部

1012 けふもまたかくや伊吹《いぶき》のさしも草《ぐさ》さらばわれのみ燃《も》えやわたらん

源重之

1013 筑波山《つくばやま》は山しげ山しげゝれど思《おも》ひ入《い》るにはさはらざりけり

又通《かよ》ふ人ありける女のもとにつかはしける

大中臣能宣朝臣

1014 われならぬ人に心を筑波山《つくばやま》したにかよはん道《みち》だにやなき

1011 白雲が峰にばかりどうしてかかるのであろう。こちらも同じ三笠山の麓なのに。〇おなじつかさのかみ　作者の上官右近衛府の大将。藤原兼家。〇白雲　女をさす。→九九〇。〇峰　山頂。「おなじつかさのかみ」をさす。〇かよふ　詞書とは違い、女が心を通わせる意。〇三笠の山　八雲御抄三「近衛大将」に「みかさ山、中少将同レ之」とある。〇ふもと　下官の譬えで自身をさす。義孝は天禄二年(九七一)右近少将となり三年後に没。

以下五首「山に寄せて侘ぶる恋」。

1012 今日もまたこのようにつれなくおっしゃるのですか。とすればさしも草ではないが、私ひとり燃えつづけることになるのでしょうか。本歌「かくとだにえやは伊吹のさしも草さしも知らじな燃ゆる思ひを」(後拾遺・恋一・藤原実方)。和泉式部集。〇伊吹　和歌初学抄は近江国とし、「さしも草よむ」。ものをいふにそふ」と注する。ここも伊吹に「いふ」を掛け、同音で「さらば」と続ける。〇さしも草　八雲御抄三「蓬」に「さしも草といふ。或非レ蓬、似レ蓬草ともいへり」という。伊吹山名産のモグサで、「燃え」の縁語。

1013 筑波山は端山、茂山と重なっている―人目が随分うるさい―が、決心して分け入る―慕い寄る―時は障碍にならないな。本歌「筑波山は山しげ山茂きをぞや誰が子も通ふな下に通へわがつまは下に」(風俗歌「筑波山」)。重之集・百首。〇筑波山　和歌初学抄に常陸国として「しげきことによむ」とある。〇は山　里近い浅い山。〇しげ山　端山の対。〇しげゝれ　木の繁茂していることを人目の多い譬えとする。〇思ひ入る　恋い慕う意味もあり、一首が恋の譬喩となる。▽参考「筑波山は山しげ山しげけれど降りつむ雪はさはらざりけり」(好忠集)。

1015　はじめて女につかはしける　　　大江匡衡朝臣

人しれず思《おも》ふ心はあしびきの山した水のわきやかへらん

1016　女を物越《ものごし》しにほのかに見てつかはしける　　　清原元輔

にほふらんかすみのうちの桜花思《おも》ひやりてもお《（を）》しき春かな

1017　年《とし》をへていひわたり侍《（はべり）》ける女の、さすがにけぢかくはあらざりけるに、春《はる》の末《すゑ》つ方《かた》いひつかはしける　　　能宣朝臣

いくかへりさきちる花をながめつゝもの思《おも》ひくらす春にあふらん

1014 私以外の男に心をつくるあなたに、そのつくば山ではないが、ひそかに通う道―てだてさえもないのでしょうか。本歌は前に同じ。能宣集。○心を筑　思いを寄せる。「付く」と「筑」を掛ける。○したにかよはん　本歌による。本歌の終りの二句は、人目につかないように、こっそりと通うがよい。私の相手の男はこっそり通っているの意。▽本歌に忠実な作意。

1015 人知れずお慕いする気持は山下水がそうであるように、ひそかにたぎるばかりになっています。本歌「あしひきの山下水の木隠れてたぎつ心をせきぞかねつる」(古今・恋一・読人しらず)。○山した水　山の繁みの陰を流れる水。

1016 美しく色映えているであろう霞の中の桜よ。思いを馳せるにつけ過ぎゆく春が惜しまれることだ。元輔集「中務が女中納言、清水に詣でて人に物いひけるを聞きて」、二・三・五句「霞のをちの花桜…をしまるるかな」。○物越しに　車の簾などを隔てて。○桜花　女に擬する。上句は女を「ほのかに見」たおぼつかない感じ。○おしき春かな　家集では嫉妬の感情であるが、ここでは慕うだけで、なすことなく過ごすのを惜しむという間接的な表現。▽参考「山桜霞のまよりほのかにも見てし人こそ恋しかりけれ」(古今・恋一・紀貫之)。以下一〇三〇まで(一〇一八を除く)「春に寄せて侘ぶる恋」。

1017 もう幾年、咲いては散る花に見入りながら物思いして春を暮す、という風に春とつき合ってきたことであろう。能宣集、三句「すぐしつつ」。○さすがにけぢかくはあらざり　そのくせ契ることのなかった。○いくかへり　第五句にかかる。○もの思ひ　とげられない恋のためにひとしお切ない春愁。

題しらず　躬恒

1018 奥《おく》山の峰《みね》とびこゆる初雁《はつかり》のはつかにだにも見でややみなん

亭子院御歌

1019 大空《おほぞら》をわたる春日のかげなれやよそにのみしてのどけかるらん

正月、雨降《あめふ》り風吹《ふ》きける日、女につかはしける　謙徳公

1020 春風のふくにもまさる涙《なみだ》かなわが水上《みなかみ》も氷とくらし

たび〳〵返事《(かへり)ごと》せぬ女に

1021 水の上《うへ》にうきたる鳥《とり》の跡《あと》もなくおぼつかなさを思《おも》ふ比《(ころ)》かな

1018 奥山の頂を飛び越えてゆく初雁ではないが、はつかにでも見ることなく終るのであろうか。躬恒集。○初雁　秋はじめて渡来する雁。同音で「はつかに」を導く。○はつかに　ほんの一目。▽上句の序はういういしいイメージとしても働く。
　この一首季違いで配列疑問。

1019 そなたは大空を渡る春の日輪なので、いつまでも遠くにあってのどかにしているのであろうか。寛平御集。大和物語四十八段に「先帝御時、刑部の君とて侍らひ給ひける更衣の、里に罷り出で給ひて久しく参り給はざりけるに遣はしける」、四句「よそにのみ見て」。○春日　日長の春の太陽。▽内裏に早く帰るよう促した歌。

1020 春風が吹くにつけても一段と流れる涙よ。どうやら私の涙川は春雨ばかりか、この春風に水上も氷が解けて水かさが増していると見える。一条摂政御集では女の歌になっている。○春風の「東風解レ凍」。→七。○まさる　詞書の「雨降り」を踏まえていう。○水上　涙川(→一一三〇)の連想。▽参考「涙川おつる水上はやければ堰きぞかねつる袖のしがらみ」(拾遺・恋四・紀貫之)。

1021 水の上に浮かんでいる鳥の足跡が見えないように、一向に便りもくれないので不安な気持でいるこの頃だ。一条摂政御集、二・三・五句「うきたる鴨の跡もなき…嘆く頃かな」。○鳥の跡　八雲御抄三「書」に「鳥の跡」と注する。鳥の足あとで、中国の蒼頡(そうけつ)の故事により筆跡、文(ふみ)の異名。▽上二句は「鳥の跡」を導く序であるとともに「おぼつかな」い気分の具象でもある。参考「波の上に跡やは見ゆる水鳥の浮きてへぬらむ年は数かは」(後撰・恋四・読人しらず)。
　この一首「水の上」の縁で、ここに置くか。

1022 片岡の雪間に根を下している若草がうっすらと萌え出ているように、わずかに目にとめた

題しらず　曾禰好忠

1022 片岡《かたをか》の雪まにねざす若草《わか》のほのかに見てし人ぞこひしき

返事せぬ女のもとにつかはさんとて、人のよませ侍《(はべり)》ければ、二月許《(ばかり)》によみ侍ける　和泉式部

1023 跡《あと》をだに草のはつかに見てしかな結《むす》ぶばかりのほどならずとも

題しらず　興風

1024 霜《しも》の上《うへ》に跡《あと》ふみつくる浜千鳥《はまちどり》ゆくゑ(へ)もなしとねをのみぞなく

中納言家持

1025 秋萩《はぎ》の枝《えだ》もとをゝにを(お)く露《つゆ》のけさきえぬとも色にいでめや

人が恋しくてならない。本歌「春日野の雪まを分けて生ひ出でくる草のはつかに見えし君はも」(古今・恋一・壬生忠岑)。好忠集「三百六十首和歌・正月中」、二・四句「雪まにきざす…はつかに見えし」。○片岡　山の斜面が突出して小丘になっている所。里人が柴を採ったり、都人の散策に適する。○雪ま　雪のとぎれた隙。降雪にも積雪にもいうが、ここは後者。

以下二首、「若草」に寄せて「見る恋」。

1023 せめてお便りだけでも、一目見たいものだ。やがて丈高くなって葉先を結ぶ―契りを結ぶとまではゆかないにしても。本歌は前に同じ。和泉式部続集。○人のよませ　男のための代作。○二月許　このため二月、上の申の日の春日祭で詠んだ本歌を取る。○跡　筆跡・便り。○結ぶ　葉先を玉結びにする風習(→一八八)と契りを結ぶ意を掛ける。

1024 霜の上に足跡を付けて走り廻っている浜千鳥は、霜に方角を見失ったといって―しきりに便りをやるのに返事をもらえない私は途方にくれて―泣いてばかりいることだ。寛平五年(八九三)九月以前、寛平御時后宮歌合・冬、五句「なきのみぞ経る」。○ふみつくる　「踏み付く」と「文付く」を掛ける。○浜千鳥　浜辺にいる千鳥。能因歌枕「筆をば水くき、浜千鳥の跡とも」。▽原歌合では冬歌、本集はそれを恋の譬喩として扱う。

この一首、一〇二二に続くべきもの。配列疑問。

1025 秋萩の枝もたわむばかりに置く露が今朝消えてしまうように、今死のうとも顔色に出したりしようか。原歌は万葉集八・大伴像見(かたみ)、下句「けなばけぬとも色にいでめやも」。家持集・秋歌、二・四句「下葉たわわに…けさはけぬとも」。○色　露で草葉の色づくことに顔色を掛ける。▽上句は序であるが、激情の譬喩になっている。

1026
秋《あき》風にみだれてものは思《おも》へども萩《はぎ》のした葉の色《いろ》はかはらず

藤原高光

1027
しのぶ草《ぐさ》のもみぢしたるにつけて、女のもとにつかはしける

花園左大臣

わが恋《こひ》もいまは色《いろ》にやいでなまし軒《のき》のしのぶももみぢしにけり

1028
和歌所歌合に、久《シク》忍《ブ》恋といふことを

摂政太政大臣

いその神ふるの神杉《すぎ》ふりぬれど色《いろ》にはいでず露《つゆ》も時雨も

1029
北野宮歌合に、忍《ブ》恋の心を

太上天皇

わが恋《こひ》はまきのした葉にもる時雨《しぐれ》ぬるとも袖の色《いろ》にいでめや

以下三首「草に寄せて忍ぶ恋」。

1026 萩が秋風に吹き乱れるように思い乱れてお慕いしていますが、その下葉の色の変らないように顔色に出すことはありません。高光集「一条のおとどのもとなる人に」。○した葉　草木の下方の葉。上葉よりも露が置きにくく色も変りにくいとされ、また人目を忍ぶ意もあろう。▽参考「白露も時雨もいたくもる山は下葉残らず色づきにけり」(古今・秋下・紀貫之)。

1027 私の恋も今は顔色に出ることだろうか。忍ぶという名の軒のしのぶ草も紅葉してしまったよ。言葉和歌集・恋上「しのぶのあかき葉につけてつかはしける」。○しのぶ草　ノキシノブの古名。↓六四。

1028 石上の布留の社の神杉は年経たけれども、さすがに紅葉しないでいる。露にも時雨にも。本歌「石上ふるの神杉神なるや恋をもわれはさらにするかも」(万葉集十一・柿本人麿歌集。古来風体抄・上の訓は「神なれや」)。○和歌所歌合　年時未詳。○いその神ふる　大和国の歌枕。布留は石上の内。「ふるの神杉」は石上神社の杉群。↓五八一。地名の「ふる」から「古り」を導く。▽常緑の神杉を讃えた一首がそのまま題意の譬喩となっている。

以下三首「木に寄せて忍ぶ恋」。

1029 私の恋は槙の下葉に伝わる時雨。いくら濡れても紅葉しないように、いくら涙で濡れても袖が染って人目につったりしようか。本歌「しぐれの雨染めかねてけり山城の常磐の森のまきのした葉は」(↓五七七)。元久元年(一二〇四)十一月、北野宮歌合。○まきのした葉　↓五七七。○ぬるとも袖の詠歌一体は制詞とする。○色　紅涙の色。

1030 私の恋は松を時雨が染めようとしてできないように顔色には出さずにいて、真葛が原に風が吹き騒いで葉裏を見せるように胸中は激しく騒

1030 百首歌たてまつりし時よめる　　前大僧正慈円

わが恋《こひ》は松を時雨《しぐれ》のそめかねて真《ま》葛《くず》が原《はら》に風さは《(わ)》ぐなり

1031 家に歌合し侍《(はべり)》けるに、夏《ノ》恋の心を　　摂政太政大臣

うつせみのなく音《ね》やよそにもりの露《つゆ》ほしあへぬ袖を人の問《と》ふまで

1032 寂蓮法師

思《おも》ひあれば袖に蛍《ほたる》をつゝみてもいはばや物を問《と》ふ人はなし

1033 水無瀬にてをのこども、久《シキ》恋といふことをよみ侍《(はべり)》しに　　太上天皇

思《(おもひ)》つゝ経《へ》にける年《とし》のかひやなきたゞあらましの夕暮《ゆふぐれ》の空

ぎ、恨みつづけていることだ。正治二年(一二〇〇)院初度百首。○真葛が原　地名ではない。葛が風に葉裏を見せる、即ち「裏見」から「恨み」を起す(↓一〇四〇)のは常套の修辞。

1031 蟬の鳴くねのように私の泣く声が外に漏れるのであろうか。その羽に置く森の露ではないが、涙でぬれて乾かす暇もない袖をいぶかしんで人が問うまでになったことだ。本歌「うつせみの羽に置く露の木隠れて忍びしのびにぬるる袖かな」(伊勢集。源氏物語・空蟬にも)。正治二年(一二〇〇)閏二月、良経家十題二十番撰歌合(秋篠月清集・明月記)。○うつせみ　八雲御抄三「ただ蟬の物名なり」。○もり　「漏り」に「森」を掛け、「うつせみ」の縁語とする。○露　涙の意を兼ね「なく」の縁語。▽参考「忍ぶれど色に出でにけりわが恋は物や思ふと人の問ふまで」(拾遺・恋一・平兼盛)。

以下二首「虫に寄せて忍ぶ恋」。

1032 身に余る思いの火が燃えているので袖に蛍を包んで知らせるとしても、さらに又つぶつぶと訴えたい、「物や思ふ」と尋ねてくれる人はいないので。本歌(一)「つつめども隠れぬものは夏虫の身よりあまれる思ひなりけり」(後撰・夏・読人しらず。大和物語四十段)、(二)「雨ふれば軒の玉水つぶつぶといはばや物を心ゆくまで」(千五百番歌合・千三百十番判に引く郢曲。実方集に類歌がある)。前歌と同歌合・同題。○思ひ　「火」を掛ける。○問ふ人　前歌の参考歌を踏まえる。▽式部卿の宮を思慕する童が蛍を袖に包んでさし上げる時に思いを託したという本歌(一)に(二)を加えたのが趣向。

1033 慕いつづけて過ぎた幾年月もついに酬いられることがないのであろうか。今日もさまざま想定するばかりで逢うあてのない夕暮の空よ。本歌「思ひつつ経にける年をしるべにて馴れぬるものは心なりけり」(後撰・恋六・読人しらず)。建仁

百首歌の中に忍《ブ》恋を

式子内親王

1034 玉《たま》の緒《を》よ絶《た》えなばたえねながらへばしのぶることのよは《(わ)》りもぞする

1035 忘《わす》れてはうち歎《なげ》かるゝゆふべかなわれのみ知《し》りてすぐる月日を

1036 わが恋《こひ》は知《し》る人もなし堰《せ》く床《とこ》の涙もらすなつげのを枕

百首歌よみ侍《(はべり)》ける時、忍《ブ》恋

入道前関白太政大臣

1037 しのぶるに心のひまはなけれどもなを《(ほ)》もる物は涙《なみだ》なりけり

二年(一二〇二)六月、水無瀬釣殿当座六首歌合。○水無瀬　水無瀬離宮。→三六。○をのこども　院と定家二人の歌合。○たゞあらましの　本歌の下句による。逢えばこうしようと想定するばかりの。詠歌一体は制詞とする。○夕暮　男を待つ時分。従って恋しさの最も募る頃。→一〇一〇。▽参考「人知れぬ心やかねて馴れぬらむあらましごとの面影ぞ立つ」(長秋詠藻)。

以下三首「久しく忍ぶ恋」。

1034 わが玉の緒よ。切れるものなら切れるがよい。この上長らえていると、こらえている力が弱まるといけないから。○玉の緒　玉を連ねた長い緒で、命をいう。「絶え」「ながら(へ)」「よわり」は緒の縁語。○ながらへ　生き長らえる意と緒の長く延びる意を掛ける。▽忍ぶ心の苦しさと強さをその極限で歌う。参考「玉の緒の絶えて短き命もて年月長き恋もするかな」(後撰・恋二・紀貫之)、「おくれゐて何にかはせむ玉の緒のもろともにこそ絶えば絶えなめ」(伊勢大輔集)。

1035 つい忘れてはため息のもれる夕暮よ。私だけが知ることとしてこの幾年月堪え忍んできた嘆きであるものを。本歌「人知れぬ思ひのみこそわびしけれわが嘆きをばわれのみぞ知る」(古今・恋二・紀貫之)。○忘れては　下句を承ける。倒置。○ゆふべ　夕暮。→一〇三三。○われのみ知りて　詠歌一体は制詞とする。▽本歌の域を越え、嘆きが漏れるに至って、いよいよわが「思ひ」の切なさを「わび」、かついとおしんだもの。

1036 私の恋はまだ誰も知らない。堰きとめている床にあふれる涙をどうか外に漏らさないでくれ。黄楊(つげ)の枕よ。本歌「枕よりまた知る人もなき恋を涙せきあへずもらしつるかな」(古今・恋三・平貞文)。正治二年(一二〇〇)院初度百首。○堰く　水をふさぎ止める。「涙」「もらす」は縁語。○つげ

冷泉院みこの宮と申《まうし》ける時、さぶらひける女房を見交《かは》していひわたり侍《はべり》けるころ、手習《てなら》ひしける所《ところ》にまかりて、物《もの》に書《か》きつけ侍ける

謙徳公

1038 つらけれど恨《うら》みんとはた思《おも》ほえずなを《ほ》ゆくさきを頼《たの》む心に

返し

読人しらず

1039 雨もこそは頼《たの》まばもらめ頼《たの》まずは思《おも》はぬ人と見てをやみなん

題しらず

貫之

1040 風ふけばとはに浪《なみ》こす磯《いそ》なれやわが衣手のかはく《わ》時なき

ツゲ科の喬木。→一五九〇。「もらす」の縁で「告げ」を掛けるか。○を枕　を(小)は愛称。▽本歌の「せきあへず」を「せく」に改め、もし告げ「もらす」ものがあるなら、今は枕しかないという激しい訴え。

以下二首「忍ぶ恋」。

1037 恋を秘めるについて心に油断はないのであるが、それでも漏れるのは涙であったな。治承二年(一一七八)、右大臣家百首か。→一二〇三。○ひま隙間。「もる」と縁語。▽心に涙を対置し、我ながら涙が心のままにならないことを知った嘆き。

1038 つれないあなただが、それでもやはり恨む気にはなれない。まだ将来に頼みをかけているので。一条摂政御集。○冷泉院　第六十三代の天皇。○みこの宮　東宮。冷泉院は天暦四年(九五〇)七月立太子、康保四年(九六七)五月践祚。○見交し知り合った意。○頼む　希望をつないでいる。

以下二首「頼む恋」。

1039 雨はうっかり頼みにしていると漏れるかもしれません。それが気がかりですが、「ゆくさき」の頼みは大丈夫ですか。しかし頼みをかけて下さらなければ気のない方と見てこれきりにいたします。一条摂政御集に「かたはらに女」とあり、女が前歌の傍に書きつけた返歌。○雨もこそは御集も本集の諸本も「雨こそは」。折から雨が降っていたのであろう。○もらめ　雨が漏る意に浮名の立つ意を掛ける。○やみ　雨の縁語。▽宮の女房として浮名を恐れるといいながら、男をしたたかに締めつける。

1040 風が吹くといつも波の越える磯でであるのか、私の衣の袖の乾く時とてないことだ。貫之集、二句「たえず波こす」。伊勢物語一〇八段、三句「岩なれや」。○磯　波うち際の岩石。○衣手　→三九三。

以下二首「波に寄せて言ひ出す恋」。

1041 須磨《すま》の海人《あま》の浪《なみ》かけ衣よそにのみ聞《き》くはわが身になりにけるかな
道信朝臣

薬玉《くすだま》を女につかはすとて、おとこ《を》に代《かは》りて
三条院女蔵人左近

1042 沼《ぬま》ごとに袖ぞぬれぬるあやめ草《ぐさ》心ににたるねをもとむとて

五月五日、馬内侍につかはしける
前大納言公任

1043 郭公《ほとゝぎす》いつかと待《ま》ちしあやめ草《ぐさ》けふはいかなるねにか鳴《な》くべき

返し
馬内侍

1044 さみだれは空《そら》おぼれする郭公《ほとゝぎす》ときに鳴《な》くねは人もとがめず

1041 須磨の海人の、いつも波にぬれている衣のことを全く人ごとと聞いていたのは、わが身の上になってしまったな。道信集「ある人のもとに聞ゆる」、下句「見しはわが身になりぬべきかな」。○須磨　「すまの浦」は摂津国の歌枕。○わが身に　涙で絶えず袖をぬらしていること。

1042 どの沼でも袖がぬれました。このあやめ草よ。あなたを慕う私の心に似た深くて長い根を見つけようとして。小大君集。○薬玉　五月五日の祝儀物。→二二一。これに菖蒲を結びつける。○女　小大君集に「きよはら殿の女御」。○沼ごとに　幾つも沼を尋ね廻った意。○袖ぞぬれぬる　袖をぬらして採取する辛労に、恋しさの涙で袖のぬれる意を掛ける。○あやめ草　菖蒲。→二二二。○心ににたる　愛情の深さ、慕いつづける心の長さ。

以下二首「菖蒲に寄せて言ひ出す恋」。

1043 郭公の鳴くべき五月は来て、いつ鳴こうか、五日にはと待ちわびていた菖蒲をかける日となり、今日はその菖蒲の根ではないが、いったいどんな音で鳴けばよいのであろう。本歌「郭公鳴くやさつきのあやめ草あやめも知らぬ恋もするかな」(古今・恋一・読人しらず)。公任集。馬内侍集、下句「けふもいかなるねをか鳴くらむ」。○馬内侍　源時明の養女という。晩年定子皇后に仕えた。○いつか　「何時か」と「五日」を掛ける。○ね　「根」に「音(ね)」を掛ける。▽わが身を郭公に擬し、節日を機会に言い寄ったもの。

1044 五月雨にはわざととぼけて郭公がよく鳴きますが、旬(しゅん)に鳴く声など耳を立てる人もありません。公任集。馬内侍集、初・二句「さみだれの空くもりする」。○さみだれ　郭公の最もよく鳴く折。→二二四。空・郭公は縁語。▽厳しい拒否の歌。参考「わが身こそあらぬさまなれそれながら空おぼれする君は君なり」(源氏物語・若菜下)。

1045
兵衛佐に侍《はべり》ける時、五月ばかりに、よそながらもの申《まうし》そめてつかはしける　法成寺入道前摂政太政大臣

郭公《ほとゝぎす》声をばきけど花の枝《え》にまだふみなれぬ物をこそ思《おも》へ

返し　馬内侍

1046
郭公《ほとゝぎす》しのぶるものを柏木《かしは》のもりても声のきこえける哉《かな》

郭公《ほとゝぎす》の鳴《な》きつるは聞《き》きつやと申《まうし》ける人に

1047
心《こゝろ》のみ空《そら》になりつゝ郭公《ほとゝぎす》人だのめなるねこそ鳴《な》かるれ

題しらず　伊勢

1048
み熊野《くまの》の浦よりをちにこぐ舟のわれをばよそにへだてつるかな

以下四首「郭公に寄せて言ひ出す恋」。

1045 郭公よ。あなたのお声は聞いたが、まだ卯の花の枝に踏み馴れていない—文を書くのに馴れていらっしゃらない、それで御返事もいただけないのではないかとそればかりが心配です。馬内侍集。○兵衛佐　兵衛府の次官。道長は永観二年(九八四)二月から寛和二年(九八六)七月まで右兵衛権佐。○五月ばかりに　馬内侍集には「うづき(四月)に物をいひそめ給て」とある。ういういしい郭公が歌われているので四月が穏当。→一九〇。○よそながら　人を介して言葉を交わしたのであろう。○花の枝　橘や卯花の枝。○ふみなれぬ　「踏み」と「文」と掛詞。「文なれぬ」は詞書の「よそながらもの申」に対応する。

1046 郭公は忍び音で鳴いておりましたのに、あいにく柏木の森で鳴きましたので漏れてあなたのお耳に入ったのでした。お恥ずかしいことです。馬内侍集「返し、柏木の若き葉にさして」。○しのぶる　四月の郭公を「卯月のしのびね」という。○柏木のもり　柏(→六五五)の木で、左右兵衛の異名(八雲御抄三)。ここは相手の兵衛佐をさす。「花の枝」といったのを「柏木の森」と言い換えて相手に掛ける。「森」と「漏り」も掛詞。

1047 もう気もそぞろで、郭公の人に気をもたせるその鳴き声を聞くどころか私の方が声に出して泣いたことです。馬内侍集は「語らふ人のあはぬ頃、郭公の…」とあって、二句「空になりつる」。○心のみ空に　空は郭公の縁語。空に在ったのは心ばかりで(気もそぞろで)、空の郭公の声は聞いていない意。▽「郭公の…聞きつや」などと、徒らに気をもたせるばかりの不実な男に対する激しい愁訴。

1048 熊野の浦から遠く漕ぎ離れてゆく舟のように、私をあかの他人としてお見限りになりました

1049 難波《なには》潟《がた》みじかき蘆《あし》のふしのまも逢《あ》はでこの世《よ》をすぐしてよとや

1050 みかりするかりはの小野《をの》のなら柴《しば》のなれはまさらで恋《こひ》ぞまされる

人麿

1051 有度《うど》浜《はま》のうとくのみやは世《よ》をばへん浪《なみ》のよる〳〵あひ見てしかな

読人しらず

1052 あづま路《ぢ》の道《みち》のはてなる常陸《ひたち》帯《おび》のかことばかりも逢《あ》はんとぞ思《(おもふ)》

ね。伊勢集。古今六帖三。○題しらず　底本になく、諸本で補う。○み熊野の浦　紀伊国の歌枕。
以下五首「疎き恋」。

1049 難波潟の短い、蘆の節と節との間―ほんのしばしの間もあなたに逢わずにこの世を過ごせよとおっしゃるのですか。伊勢集。○難波潟　摂津国の歌枕。蘆の名所。↓六三五。○世　節(よ)と同音で「ふし」の縁語。

1050 狩をなさるかりはの小野の楢柴ではないが、いよいよ深く馴れることもできず、恋しさばかり募ることだ。原歌は万葉集十二・作者未詳の同じ歌。人麿集にも。○みかり　天皇や貴人の狩猟。○かりはの小野　原歌は「雁羽之小野」。八雲御抄五に「万(葉)。名所歟。又只狩する所歟」とあるが、ここは未詳の地名と解される。○なら柴　楢(→三五〇)の小枝。「楢」と「馴れ」と掛詞。○恋狩に使う鷹の止り木の「木居(こゐ)」に掛ける。

1051 有度浜ではないが、いつまでも疎々しくては生きていられようか。波の寄るではないが、夜ごとに逢いたいものだ。古今六帖三、二句「うとくてのみや」。○有度浜　駿河国の歌枕。「浪」は縁語。同音で「うとく」を導く。○よる〳〵「寄る」と「夜」と掛詞。○あひ見　相見。逢う意。

1052 東海道の終着である常陸国の常陸帯のかごではないが、かことばかり―ほんの一寸でも逢いたいものだ。古今六帖五、五句「あひみてしかな」。○常陸帯　常陸国鹿島明神の祭日に行われた縁結びの占いで、帯に女が思う男の名を書き、神意を問うという(俊頼髄脳。奥義抄・下)。○かことばかり　八雲御抄四に「只ちとなり」。「少し」の意と帯の「かこ」即ち尾錠(びじよう)とを掛ける。

1053 濁った江の澄むことはとてもむつかしいであろうが、何とかしてうっすらと影を映して見

1053 濁《にご》り江《え》のすまんとこそかたからめいかでほのかに影《かげ》を見《み》せまし

1054 時雨《しぐれ》ふる冬の木《こ》の葉のかは《(わ)》かずぞもの思《おも》ふ人の袖はありける

1055 ありとのみを《(お)》とに聞《き》きつゝを《(お)》とは河わたらば袖にかげも見《み》えなん

1056 水くきの岡《をか》の木《(こ)》の葉をふきかへしたれかは君を恋《こ》ひんと思《(おもひ)》し

せたいものだ。あなたと住むことはむつかしいとしても、ちょっとでよい逢いたいものだが。伊勢集、五句「影をだに見む」。その詞書には「ひと」とあって男の贈った歌。○江　能因歌枕「浦にさし入りたる所なり」。○すまん　「澄む」と「住む」と掛詞。「住む」は結婚する意。○影　「澄む」の縁語。

以下一〇五五まで(一〇五四を除く)「見んとする恋」。

1054 時雨が降る冬の木の葉は乾くことがない、ちょうどそのように恋に沈む人の袖はあるのだな。伊勢集、五句「袖はなりける」。○木の葉　落葉も含めてよい。

これは「侘ぶる恋」か。配列疑問。

1055 そこにいるというだけを噂に聞いて、その名も音羽川を渡って行ったその時は、波にぬれた私の袖に恋しい姿が映ってほしいものだ。師輔集。家集では師輔の「音羽川音にのみこそ聞きわたれすむなる人のかげをだに見で」に対する女の返歌で、二・四・五句「おとに聞きつる…わたらば底に影や見えなむ」。○をとは河　山城国の歌枕。噂に聞く意に掛けて用いられる語。▽下句は、ただ噂を慕って逢いにゆく、逢ってほしいというので、家集とは別様に解したい。参考「よそにのみ聞かましものを音羽川渡るとなしにみ馴れそめけむ」(古今・恋五・藤原兼輔)。

1056 水くきの岡の木の葉を吹き返すように、一旦お手紙を返却しておいてまた再びあなたを恋しようとは誰が思ったことでしょう。古今六帖四。ただし「三日月の(みづくきのイ)岡の葛葉を…誰かも君を」。○水くきの岡　近江国の歌枕。→三九六。また「みづくき」は筆・文。→一〇三四。「木の葉」も「言の葉」に掛けるか。▽参考「頼めこし言の葉いまは返してむわが身ふるれば置き所なし」(古今・恋四・藤原因香)。

以下二首「書に寄する恋」。

1057 わが袖に跡《あと》ふみつけよ浜千鳥《はまちどり》あふことかたし見てもしのばん

女のもとより帰《かへ》り侍《(はべり)》けるに、ほどもなく雪《ゆき》の
いみじう降《ふ》り侍ければ　中納言兼輔

1058 冬の夜《よ》の涙《なみだ》にこほるわが袖の心とけずも見ゆる君《きみ》かな

題しらず　藤原元真

1059 霜《しも》氷心もとけぬ冬の池《いけ》に夜《よ》ふけてぞなく鴛鴦《をし》の一声

1060 涙河《なみだがは》身もうくばかりながるれど消《き》えぬは人の思《(おもひ)》なりけり

1057 私の涙にぬれた袖の上でお便りを拝見したいと思います。逢うことはむつかしい。が、せめてそれを見てお慕いしていましょう。〇わが袖に　涙にぬれた袖を磯に見立てる。〇跡ふみつけよ浜千鳥　御文を下さいの意。→一〇三四。▽参考「浜千鳥わが袖の上に見えし跡は涙にのみもまづ消えしかな」(宇津保物語・国譲上)。

1058 冬の夜、流す涙で凍るわが袖の解けないように、うち解けた様子も見えないあなたですね。兼輔集。〇冬の夜　女の許より空しく帰ったその夜。〇わが袖の　上句は「とけずも」にかかる序であるが、状況の描写を兼ねている。

以下二首は「氷に寄する恋」。

1059 霜は凍てつき池心も固く氷に閉じた、そして私の心も屈託してうち解けて寝ることもできないでいる折からの冬の池に、夜もふけたというのに鳴く鴛鴦の一声よ。元真集「ただの恋」。古今六帖三は作者紀淑望。〇霜氷　上句の描写は鴛鴦の声による推測。〇心　池心即ち池の面の意を掛ける。▽共寝する鴛鴦さえ寒さに寝られないで鳴く声が独寝の身に殊にしみるのである。参考「夜を寒み寝ざめて聞けば鴛鴦ぞなく払ひもあへず霜や置くらむ」(後撰・冬・読人しらず。拾遺にも)。

1060 恋しさに泣く涙の川はわが身も浮くばかりに流れているが、それにも消えないのは胸の思いの火なのだな。元真集、二句「身のうくばかり」。〇ながる　「泣かる」と掛詞。〇思　「火」に掛ける。▽参考「浅みこそ袖はひつらめ涙川身さへ流ると聞かば頼まむ」(古今・恋三・在原業平)。

「川に寄する恋」。

1061 どうしよう。久米路の橋が宙ぶらりんで架け渡すことができなかったように、私も思いをとげることのない身となってしまうのであろうか。本歌「葛城や久米路の橋にあらばこそ思ふ心を中

1061 女につかはしける　実方朝臣

いかにせん久米路《くめぢ》の橋《はし》の中空《なかぞら》に渡《わた》しもはてぬ身とやなりなん

女の杉《すぎ》の実《み》をつゝみてを《(お)》こせて侍《(はべり)》ければ

1062 たれぞこのみわの檜原《ひばら》もしらなくに心の杉《すぎ》のわれをたづぬる

題しらず　小弁

1063 わが恋《こひ》はいはぬばかりぞ難波《なには》なる蘆《あし》のしの屋《や》の下《した》にこそたけ

伊勢

1064 わが恋《こひ》は荒磯《ありそ》の海《うみ》の風をいたみしきりに寄《よ》する浪《なみ》のまもなし

空にせめ」(後撰・恋三・読人しらず)。実方集。○久米路の橋　畝傍山に近い久米路に架けた岩橋。役小角《(えんのおづぬ)》が葛城、吉野山間の架橋を企てて葛城の一言主神《(ひとことぬしのかみ)》に委嘱したが、神は容貌の醜いのを恥じて夜しか働かなかったので怒り、破局を迎えた伝説(俊頼髄脳。奥義抄・中)による。○中空　中天と中途はんぱの意を兼ねる。

1062 「橋に寄する恋」。
どなたです。この実の生っている「三輪の山もと」はおろか、三輪の檜原がどこにあるかも知らないのに、そのきまじめで実意のある私を尋ねてお誘い下さるのは。おからかいではないでしょうね。本歌「わが庵は三輪の山もと恋しくはとぶらひ来ませ杉立てる門」(古今・雑下・読人しらず)。実方集、二句「みわの山もと」。○杉の実をつゝみて　本歌に寄せて「とぶらひ来ませ」という意志表示。○みわの檜原　大和国の歌枕。「このみわ」に「この実」を掛ける。○心の杉　変らぬ実意の意。「心の松」の類。▽第二・三句はまだ女を尋ねた経験などないことをいう。参考「杉立てる宿をぞ人は尋ねける心の松はかひなかりけり」(拾遺・恋四・読人しらず)。

1063 「檜原に寄する恋」。
私の恋は口に出して言わないだけのこと。難波の蘆のしの屋の内で焚く火のようにひそかに燃え焦がれています。○蘆のしの屋　六六の篠屋とは別。「しのに」即ち繁く隙なく蘆で葺いた小屋。○たけ　「すくも」(蘆やカヤの枯れたもの)を焚くのであろう。▽参考「津の国のなにはたたまくをしみこそすくも焚く火の下に焦るれ」(後撰・恋三・紀内親王)。

1064 「蘆屋に寄する恋」。
私の恋は、荒磯の海の風が激しいので、しきりに寄せる波がやすむ暇もない、そのようで

人につかはしける　　藤原清正

1065 須磨《すま》の浦《うら》に海人《あま》のこりつむ藻塩《もしほ》木のからくも下《した》にもえわたる哉《（かな）》

題しらず　　源景明

1066 あるかひもなぎさに寄《よ》する白浪のまなくもの思《おも》ふわが身なりけり

貫之

1067 あしびきの山下《したゝ》たぎつ岩浪《いはなみ》の心くだけて人ぞ恋《こひ》しき

1068 あしびきの山下《やました》しげき夏草のふかくも君を思《おも》ふ比《（ころ）》かな

す。伊勢集。○荒磯の海　単に岩の多い海であるが、八雲御抄五に越中国の歌枕とし、「凡そ北陸海をいふともいへり」という。それが当時の理解か。▽参考「わが恋はよむとも尽きじ荒磯海の浜のまさごはよみ尽すとも」(古今・仮名序)。
以下二首「海辺に寄する恋」。

1065 須磨の浦で海人が伐り出して積む藻塩木が激しく見えない陰で燃えている、そのように幾度も懲りながら苦しくも心中で焦がれつづけているよ。清正集、五句「恋ひわたるかな」。○須磨の浦　摂津国の歌枕。○こり　「伐り」と「懲り」と掛詞。○藻塩木　藻塩草(海藻)にかけて濃縮した塩水を釜で煮つめるための薪。○からく　「ひどく」「苦しく」の両意で働く。また「辛く」で塩の縁語でもある。▽一首全体が恋の象徴となる。

1066 生きる甲斐もないことだが、貝もない渚にうち寄せる白波が休む暇もないように、絶えず恋いつづけているわが身なのだな。○かひもなぎさ　「甲斐」と「貝」、また「なき」と「渚」と掛詞。また貝・渚・白波は縁語。▽上句は「まなく」を導く序。同時に美しい貝もない荒涼とした渚にいたずらにうち寄せる波が、甲斐もない恋のイメージとなる。
以下二首「波に寄する恋」。

1067 山の麓を湧き返り流れて岩にあたって砕ける波のように、心もちぢに乱れてあの人が恋しくてならない。貫之集「三条右大臣、屏風の歌」の内。▽上句は「くだけて」を導く序。

1068 山の麓に生い茂る夏草が深いように、深くあなたを慕っているこの頃です。貫之集「延喜十年(九一〇)十月十四日、女八宮、陽成院の一のみこの四十賀仕る時」の屏風歌。○ふかく　草の丈の高いこと。上句は「ふかく」を導く序。
以下二首「夏草に寄する恋」。

1069
をしかふす夏野の草《くさ》の道《みち》をなみしげき恋路《こひぢ》にまどふ比《(ころ)》かな

坂上是則

1070
蚊遣《かや》火《り(び)》のさ夜《よ》ふけがたの下《した》こがれくるしやわが身人しれずのみ

曾禰好忠

1071
由良《ゆら》の門《と》をわたる舟《ふな》人かぢをたえゆくゑ《(へ)》もしらぬ恋の道《みち》かも

鳥羽院御時、上《うへ》のをのこども、風に寄《よ》する恋《こひ》といふ心をよみ侍《(はべり)》けるに

権中納言師時

1072
追風《おひ》に八重《やへ》の潮路《しほぢ》をゆく舟《ふね》のほのかにだにも逢《あ》ひ見《み》てしかな

1069 雄鹿が臥している夏野の草が道もないまでに茂って人を迷わせるように、私も絶え間ない思いの恋路をさまよっているこの頃よ。是則集、三・四句「道見えずしげき恋にも」。▽上句は「しげき恋路にまどふ」を導く序。

1070 蚊遣火が夜のふける頃、ひそかにくゆっているように苦しいことだ、私もこの夜ふけ人知れず焦れるばかりで。本歌「夏くれば宿にふすぶる蚊遣火のいつまでわが身下こがれせむ」(元永本古今・恋一・読人しらず)。好忠集「三百六十首和歌・六月はじめ」。○下こがれ　見えない所で焼けていること。→九九三。▽上句は下句の譬喩。

「蚊遣火に寄する恋」。

1071 由良の門を渡る舟人が櫂をなくして、あてもなく漂っているように、途方にくれて辿っているこの恋路よ。好忠集・五十首・恋十の内、五句「恋の道かな」。○由良の門　契沖は作者が丹後掾に任じたことから丹後国とするが、八雲御抄五は紀伊国とする。「と」は門で、陸地に挟まれ水路の狭くなった所。海峡、湾口、川口等で、港や渡しがあった。→三一四。○かぢ　櫓(ろ)・櫂(かい)。今の舵(かじ)ではない。

以下四首「舟に寄する恋」。

1072 追風をうけて波の幾重にも続く海上を遠ざかってゆく舟の帆がほのかに見えるように、ほのかにでも逢いたいものだ。○鳥羽院　第七十四代天皇。○上のをのこ　殿上人。○ほのかに「帆」に掛ける。▽上句は「ほのかに」を導く序。

1073 櫂をなくして由良の港に寄ろうとする舟がよるべもなく漂っていることだ。沖つ潮風よ、しるべしてくれ。本歌は前出の一〇七一。正治二年(一二〇〇)院初度百首。○由良のみなと「由良の門」に同じ。「みなと」は水門、港。○しらぬ　連体形止め。○沖つ潮風　沖から岸へ吹き寄せる風。▽

1073 百首歌たてまつりし時　摂政太政大臣

かぢをたえ由良《ゆら》のみなとによる舟のたよりもしらぬ沖《おき》つ潮《しほ》風

1074 題しらず　式子内親王

しるべせよ跡《あと》なき浪《なみ》にこぐ舟のゆくゑ(へ)もしらぬ八重《やへ》の潮《しほ》風

1075 紀《き》の国《くに》や由良《ゆら》のみなとに拾《ひろ》ふてふたまさかにだにあひ見《み》てしかな　権中納言長方

1076 法性寺入道前関白太政大臣家歌合に　権中納言師俊

つれもなき人の心のうきにはふ蘆《あし》のしたねのねをこそは泣《な》け

参考「白波の跡なき方にゆく舟も風ぞたよりのしるべなりける」(古今・恋一・藤原勝臣)。一首が言い寄るすべのない恋の象徴となる。

1074 案内してやってくれ。航跡も残らない波の上を漕ぎゆく舟が行方も分からずにいる。八重の潮路を吹く潮風よ。本歌は前の参考歌。これも院初度百首。▽本歌を激しい訴えに詠み替え、一首を恋の象徴とする。

1075 紀の国の由良の水門で拾うと聞く玉ではないが、たまにでもいい逢いたいものだ。本歌「妹がため玉を拾ふと紀の国の由良のみさきにこの日くらしつ」(万葉集七・藤原卿)。長方集、一一・五句「由良のみさきに…あふよしもがな」。○由良のみなと →一〇七三。○たま 真珠。同音で「たまさか」に掛けて下句を導き、上句は序。「玉に寄する恋」。

1076 一向に手応えのない相手の心がつらくて、沼地にはう蘆の下根ではないが、心の中では音(ね)に立てて泣いていることだ。本歌「蘆根はふうきは上こそつれなけれ下はえならず思ふ心を」(拾遺・恋四・読人しらず)。○法性寺入道前関白太政大臣 藤原忠通。○したね 根茎。○うき 「憂き」と「埿(うき)」と掛詞。「した」に心中の意を掛け、「根」に同音の「音」を掛ける。▽第三・四句は第五句の序。「蘆に寄する恋」。

1077 難波人はどこの江で朽ちはてる―私はどういう因縁ですたれ者になってしまうのであろうか。波に翻弄されている澪標(みおつくし)ではないが、逢うことができないために身を削りつづけて。本歌「わびぬれば今はた同じ難波なる身をつくしても逢はむとぞ思ふ」(後撰・恋五・元良親王)。建仁元年(一二〇一)八月三日影供歌合「久恋」。○え 「江」と「縁」と掛詞。○なみ 「無み」と「波」と掛詞。○

和歌所歌合に、忍《ブ》恋をよめる　　　　摂政太政大臣

1077 難波《なには》人《(びと)》いかなるえにか朽《く》ちはてん逢《あ》ふことなみに身をつくしつゝ

隠《ス》レ名《ヲ》恋といへる心を　　　　皇太后宮大夫俊成

1078 海人《あま》の刈《か》るみるめを浪《なみ》にまがへつゝ名草《なぐさ》の浜《はま》をたづねわびぬる

題しらず　　　　相模

1079 逢《あ》ふまでのみるめ刈《か》るべきかたぞなきまだ浪《なみ》なれぬ磯《いそ》のあま人《(びと)》

業平朝臣

1080 みるめ刈《か》るかたやいづくぞさほ《(を)》さしてわれに教《をし》へよ海人《あま》の釣《つり》舟

身をつくし　同音で「澪標」に掛けるのは常套。澪標は水路の標識で、能因歌枕「水の深き所に立てたる木」。難波津の景物。▽難波人・江・朽ち・波・澪標と縁語を連ねて難波人を歌うと見せながら、「逢ふこと」の一句で恋歌に転ずる。「澪標に寄する恋」。

1078 海人が刈るべき海松を波間に見失っては名草の浜をさまよい、探し悩んでいるように、逢う機会を失い、その名を尋ねて逢おうとするが、聞き出しえない苦しさよ。長秋詠藻。○隠名恋　相手が名を告げないので訪うすべもなく焦れる恋。○みるめ　「め」は海藻で、「みる(海松)」に同じ。ミル科の藻で食用にする。「見る目」即ち逢う機会、逢うことの意を掛けるのは常套。○浪　「無み」と掛詞。○名草の浜　紀伊国の歌枕。題の「名」を詠みこむ。▽海松を詠んで恋の象徴とする。以下三首「海松に寄する恋」。

1079 逢うまでにまず一目見るすべも私は知らない―海松を刈る潟がどこにあるかも知らない。まだ波に馴れない磯の海人は―まだ恋に馴れない私は。本歌は一〇八〇。相模集、初句「うらまでの」。○みるめ　「海松」と「見る目」を掛ける。この場合「見る」は、単に一目見る意。○かたぞなき　手段がない。「方」と「潟」と掛詞。▽みるめ・刈る・かた・波・磯・あま人と縁語を連ねて海人のしわざを恋に重ね合わせた遊戯。

1080 海松を刈る潟はどこか、舟を漕いで案内してくれ。海人の釣舟よ―逢うことのできる場所はどこか、はっきりと教えてくれ、童よ。伊勢物語七十段「昔男、狩の使より帰り来けるに大淀のわたりに宿りて、斎(いつき)の宮の童に言ひかけける」。○みるめ　「海松」と逢うことの意の「見る目」と掛ける。○かた　「潟」と「方」と掛詞。○さほさし　「棹さし」とはっきり指示する意を兼ねる。

新古今和歌集巻第十二

恋歌二

五十首歌たてまつりしに、寄《スル》レ雲《ニ》恋

皇太后宮大夫俊成女

1081 したもえに思《おも》ひきえなん煙《けぶり》だに跡《あと》なき雲のはてぞかなしき

摂政太政大臣家百首歌合に

藤原定家朝臣

1082 なびかじな海人《あま》の藻《も》塩火《しほび》たきそめて煙《けぶり》は空《そら》にくゆりわぶとも

1081 人知れず恋い焦がれて死んでしまうであろう、その火葬の煙さえ雲にまぎれ、やがて跡かたもなく消えてゆく行末を思えば、本当に悲しいことだ。本歌㈠「消えはてて煙は空にかすむとも雲のけしきをわれと知らじな」、㈡返し「かすめよな思ひ消えなむ煙にも立ち遅れてはくゆらざらまし」(狭衣物語四)。建仁元年(一二〇一)十二月、仙洞句題五十首。〇したもえ →一〇〇。〇思ひきえ 正気を失うこと。ここは恋い死にする意。「思ひ」に「火」を掛け、「きえ」「煙」は縁語。〇雲のはて 時間的にも視覚的にも。火葬の煙を雲に見立てるのは常套。→二四七。▽元久二年(一二〇五)三月二日、後鳥羽院の思召で巻頭に置かれた。

以下一一〇二まで二十二首「忍ぶ恋」。うち次歌とともに「煙」に寄せる。

1082 海人が藻塩火を焚き初めて、まだ煙は空にのぼりかねているが、風はなく、あちらへ靡くことはあるまいな—初恋に人知れず焦がれているが、すべもなく、相手に知らせることはできまいな。建久四年(一一九三)、六百番歌合「初恋」。〇摂政太政大臣 藤原良経。〇藻塩火 藻塩木(→一〇六五)を燃やす火。〇くゆりわぶ 火は燃え立たず、煙ばかりが低迷するさま。▽一首は藻塩火を詠んで初恋に鬱屈しているさまの隠喩となる。参考「須磨の海人の塩焼く煙風をいたみ思はぬ方にたなびきにけり」(古今・恋四・読人しらず)、「おぼろけにけつとも消えむ思ひかは煙の下にくゆりわぶとも」(狭衣物語三)。

1083 日夜恋い焦がれている私は、須磨の海人が藻塩をしたたらせて袖を濡らし、干すひまもないように絶えず涙で袖を濡らしているが、しまいにその袖がどうなるか知りたいものだ。本歌「わくらばに問ふ人あらば須磨の浦に藻塩たれつつわぶと答へよ」(古今・雑下・在原行平)。正治二年(三

百首歌たてまつりし時　　摂政太政大臣

1083 恋《こひ》をのみすまの浦《うら》人藻《も》塩《しほ》たれほしあへぬ袖のはてをしらばや

恋歌とてよめる　　二条院讃岐

1084 みるめこそ入《い》りぬる磯《いそ》の草ならめ袖さへ浪《なみ》の下《した》にくちぬる

年《とし》を経《へ》たる恋《こひ》といへる心をよみ侍《(はべり)》ける　　俊頼朝臣

1085 君恋《こ》ふとなるみの浦《うら》の浜《はま》ひさぎしほれてのみも年《とし》を経《ふ》るかな

忍《ブ》恋の心《こゝろ》を　　前太政大臣

1086 しるらめや木《(こ)》の葉ふりしく谷《たに》水の岩間《いはま》にもらす下《した》の心を

〇〇)院初度百首。〇すま　動詞「す」と摂津国の歌枕の「須磨の浦」を掛ける。〇藻塩たれ　製塩のため藻塩草にかける海水がしたたることと、涙で濡れる意の「しほたる」を掛ける。▽やがて袖もわが身も朽ちるのではあるまいかという嘆き。一〇四二と類想であるが絶望感が強調されている。

以下二首「藻(海辺の草)」に寄せる。

1084 海松布《みるめ》は満潮になると波の下に隠れてしまう岩上の草であろうが―見る目が少なくて恋い焦がれる、それは世の常でもあろうが、私の場合袖まで波の下に―落ちる涙に浸されて朽ちてしまったよ。本歌「潮満てば入りぬる磯の草なれや見らく少なく恋ふらくの多き」(万葉集七・作者未詳)。〇みるめ　→一〇七八。〇袖さへ浪の　詠歌一体は制詞とする。▽下句は見る目が全くないことを示唆し、本歌を越えた絶望を歌う。

1085 いつしかあなたを慕うようになった私は、鳴海の浦の浜ひさぎが波にぐっしょり濡れているように、日夜涙に濡れて年月を送っていることです。康和二年(一一〇〇)四月、宰相中将国信卿家歌合。散木奇歌集。〇なるみ　「成る身」と尾張国の歌枕の「鳴海の浦」を掛ける。〇浜ひさぎ　浜辺のヒサギ(→二七四)。「久し」の枕詞に用いるので題意に通わせ、また「しほれ」の縁語。

「海辺の木」に寄せる。

1086 人は知っているであろうか。木の葉が一面に散り敷く谷川の水が岩間でひそかに音を立てている、その上からは見えない水の心を。本歌「石間ゆく下には通ふ谷水も木の葉をしげみ上ぞつれなき」(伊勢大輔集)。▽心中でむせび泣く自分をあの人は知るまいと、谷水に託して歌う。参考「水草生ひてありとも見えぬ沼水の下の心を知る人ぞなき」(古今六帖三・読人しらず)。

以下二首「山辺の木の葉」に寄せる。

左大将に侍《はべり》ける時、家に百首歌合し侍けるに、
忍《ブ》恋の心を　　　　摂政太政大臣

1087 もらすなよ雲ゐる峰《みね》の初《はつ》時雨木《こ》の葉は下《した》に色《いろ》かはるとも

恋歌あまたよみ侍けるに　　　　後徳大寺左大臣

1088 かくとだに思《おも》ふ心を岩瀬《いはせ》山下《した》ゆく水の草がくれつゝ

殷富門院大輔

1089 もらさばや思《おも》ふ心をさてのみはえぞ山城《しろ》の井手《で》のしがらみ

忍《ブ》恋の心を　　　　近衛院御歌

1090 恋《こひ》しともいはば心《こゝろ》のゆくべきにくるしや人目《め》つゝむ思《おも》ひは

1087 決してもらさないでくれ。雲のかかっている峰に降る初時雨よ。お前のために木の葉は雲の下でひそかに色づいているとしても。本歌「白露も時雨もいたくもる山は下葉のこらず色づきにけり」(古今・秋下・紀貫之)。建久四年(一一九三)、六百番歌合。○雲ゐる峰の　深く秘めた心を表わす。詠歌一体は制詞とする。○初時雨　「初」に初恋の寓意がある。▽下句は袖が紅涙(→五二六)でひそかに染まることを表わし、上句はその涙即ち時雨に呼びかけた態。一首はあくまで自然詠を装う。

1088 せめてこうとだけでも慕う気持を言わせてほしい。岩瀬山の麓をゆく流れが叢に隠れているように、人目を忍びつづけていて。本歌「岩瀬山谷の下水うち忍び人の見ぬまはながれてぞ経る」(後撰・恋一・読人しらず)。○岩瀬山　大和国の歌枕。「言はせ」に掛ける。○下ゆく水　山や草木の下陰を流れる水。▽忍ぶ苦しさに堪えきれぬ叫び。参考「くみて知る人もあらなむ夏山の木の下水は草がくれつつ」(後拾遺・恋一・藤原長能)。「山辺の草」に寄せる。

1089 漏らしてしまいたい。慕う心をこのように忍んでばかりはとてもいられない、薄い山城の井手のしがらみではないが。本歌「玉藻刈るゐでのしがらみ薄きかも恋のよどめるわが心かも」(万葉集十一・作者未詳)。○えぞ山城　「えぞやまず」に「山城」を掛ける。○井手　水を堰き止めた所。井堰であるが、ここは山城国の歌枕のそれをさす。○しがらみ　井堰にかけた柵(→三二八)。水を止めるものであるが、本歌を踏まえ、薄くて水を漏らすので「もらす」ことの譬えとする。「柵」に寄せる。

1090 恋しと一言口に出していえば心は晴れるものを、苦しいことだ。人目を忍ぶ恋は。後葉集・恋一。○恋しとも　「も」は詠嘆。○ゆく　水

見れどあはぬ恋《こひ》といふ心をよみ侍《(はべり)》ける　　花園左大臣

1091 人しれぬ恋《こひ》にわが身はしづめども見《み》る目《め》にうくは涙なりけり

題しらず　　神祇伯顕仲

1092 もの思《おも》ふといはぬばかりはしのぶともいかゞはすべき袖のしづくを

忍《ブ》恋の心を　　清輔朝臣

1093 人しれずくるしき物は信夫《しのぶ》山したはふ葛《くず》のうらみなりけり

和歌所歌合に、忍《ブ》恋の心を　　雅経

1094 きえねたゞ信夫《しのぶ》の山の峰《みね》の雲かゝる心のあともなきまで

の「ゆく」を踏まえた修辞。〇つゝむ　「堤」に掛けて水の縁語。
「柵」の連想で「堤」に寄せる。

1091 ひそかな片恋にわが身は沈んでいるが、あの人を見るわが目に浮くものは涙なのだな。月詣集・恋中。〇しづめ　「うく」の対語。▽「見る目」に「海松(みる)」、「涙」に「波」を掛け、いずれも縁語。

以下二首「涙」に寄せる。

1092 恋い慕っているとロに出さないところまでは堪えているが、そうとしても袖に涙がかかって現われるのをどうしようぞ。永久四年(一一一六)十二月、永久百首「忍恋」、三句「忍ぶれど」。続詞花集は本文に同じ。〇いはぬばかり　「ばかり」は限度を示す。

1093 誰に語ることもできず苦しいものは、忍ぶという名の信夫山の下陰で這い廻っている葛の葉の裏見ならぬ、この恨みなのだな。本歌「忍ぶれば苦しきものを人しれず思ふてふこと誰に語らむ」(古今・恋一・読人しらず)。清輔集。〇くるしき　「繰る」に掛け、葛の縁語。〇信夫山　題の「忍ぶ」に寄せた陸奥国の歌枕。〇した　山の下陰と胸中の意を掛ける。〇うらみ　葛が風に翻って葉裏を見せる意の「裏見」と「恨み」を掛けるのは常套。

以下三首「信夫山」に寄せる。

1094 さっさと消え失せるがよい。信夫山の峰にかかる雲ではないが、かかる心―忍び通そうという心など跡かたもないまでに。明日香井集「建仁二年(一二〇二)二月十日、影供歌合」。〇信夫の山　前歌に同じ。〇峰の雲　信夫山に雲がかかるのは忍ぶ姿さえ見せまいとする譬喩で、忍ぶ心のいよいよ切なるさま。〇かゝる　上下の語に続く。

千五百番歌合に　　左衛門督通光

1095 かぎりあれば信夫《しのぶ》の山のふもとにも落《おち》葉がうへの露《つゆ》ぞ色《いろ》づく

二条院讃岐

1096 うちはへてくるしきものは人目《め》のみしのぶの浦の海人《あま》の栲縄《たくなは》

和歌所歌合に、依《リテ》レ忍《ブニ》増《ス》恋といふことを　　春宮権大夫公継

1097 しのばじよ石間《いしま》づたひの谷河《たにがは》も瀬《せ》を堰《せ》くにこそ水まさりけれ

題しらず　　信濃

1098 人もまだふみゝぬ山の岩《いは》がくれながるゝ水を袖に堰《せ》くかな

1095 物には限度があって、冬となり信夫山の麓でも峰から散った落葉の上に置く露がついに色づいているよ。○千五百番歌合　同歌合の諸本に見えない。○かぎりあれば　いつまでも忍びきれない意を季節に託していう。○ふもとにも　山中はもとよりの意。○露ぞ色づく　「涙の色の変らぬ程は忍ぶれども紅になりてはえ忍びあへぬ意」(美濃の家づと)。紅涙(→五二六)の譬喩。▽叙景歌を恋の象徴とする。参考「恋ひわびぬ心の奥の信夫山露も時雨も色に見せじと」(文治三年皇后宮大輔百首・藤原定家)。

1096 長く引いて繰る苦しい労働は信夫の浦の海人が使う栲縄であるように、ひたすら人目を忍ぶ私の恋も長く続いて苦しいものだ。本歌「伊勢の海の海人の栲縄うちはへてくるしとのみや思ひわたらむ」(清輔本古今・恋一・読人しらず)。建仁二年(一二〇二)頃、千五百番歌合・恋一。○くるしき「繰る」と掛詞。○しのぶの浦　陸奥国の歌枕。○栲縄　栲は楮(こうぞ)で、その皮の繊維でなった縄。延縄(はえなわ)釣りに用いる。「はへ」「くる」は縁語。▽「人目のみ」の句が挿まれて一首が恋歌となる。「信夫浦」に寄せる。

1097 今は人目を忍ぶまい。石間を伝う谷川もその浅い流れを堰き止めるから却って深くなるのである。建仁二年八月二十日、影供歌合(後鳥羽院御集による)。○瀬　浅瀬。浅くて流れの速いところ。○堰く　忍ぶことの譬喩。

以下三首「岩」に寄せる。

1098 誰もまだ分け入ったことのない山の岩陰で、流れる水に袖を浸して堰き止めていることだ—まだ便りももらえず、人知れず流れる涙を袖で抑えていることだ。○人　婉曲に自分をさす。○ふみみぬ　「踏みみぬ」に「文見ぬ」を掛ける。▽参考「思ひわび昨日山辺に入りしかどふみみぬ道は

1099 はるかなる岩《いは》のはざまに独《ひと》りゐて人目《め》おもはで物思《おも》はば《ゝ》や

西行法師

1100 数《かず》ならぬ心のとがになしはてじ知《し》らせてこそは身をも恨《うら》みめ

水無瀬の恋十五首歌合に、夏《ノ》恋を

摂政太政大臣

1101 草ふかき夏《なつ》野わけゆくさを鹿《しか》のねをこそたてね露《つゆ》ぞこぼるゝ

入道前関白右大臣に侍《(はべり)》ける時、百首歌人〳〵によませ侍けるに、忍《ブ》恋の心を

大宰大弐重家

1102 後《のち》の世《よ》をなげく涙といひなしてしぼりやせまし墨染《すみぞめ》の袖

行かれざりけり」(後拾遺・恋一・道命)。

1099 遥かな奥山の岩の間に独り坐って、誰憚ることなく物思いがしたいものだ。西行法師家集、四句「人目つつまで」。▽遂げ難い、そのためいよいよ孤独に純化されてゆく恋。参考「いかならむ巌の中に住まばかは世のうき事の聞えこざらむ」(古今・雑下・読人しらず)。

1100 人数にも入らぬ愚かなわが心の過ちとして諦めはすまい。ともかくあの人に打ち明けて叶わないその時は、心ばかりか身のつたなさをも恨むことだ。西行法師家集、三句「なしはてで」。山家集、御裳濯河歌合は本文に同じ。○身をも　心と身を対照させるのは常套の発想。▽参考「数ならぬ身は心だになからなむ思ひしらずは恨みざるべく」(拾遺・恋五・読人しらず)を乗り越えた歌。配列は前歌と一連の扱い。

1101 草の高く生い茂る夏野を分けゆく雄鹿は、鳴かないが露はしきりにこぼれている―私も声には出さないが、涙はこぼれることだ。本歌「夏野ゆくを鹿の角の束の間もいもが心を忘れて思へや」(万葉集四・柿本人麿)。建仁二年(一二〇二)九月十三日、水無瀬恋十五首歌合。同年、若宮撰歌合。○草ふかき　忍恋を表わす。○ねをこそたてね　鹿は秋鳴き、夏は鳴かないとされる。○露　草葉の露を鹿の涙に見立て、わが涙の譬喩とする。「野」に寄せる。

1102 これは後世のために障りの多いわが身を嘆いて流す涙だと言いつくろって絞ろうかしら、この僧衣を。治承二年(一一七八)三月三十日披講、右大臣家百首。○入道前関白　藤原兼実。▽愛欲はもとより後世の障りで、全くの「いひなし」でもない。参考「いかでいかで恋ふる心を慰めて後の世までの物を思はじ」(拾遺・恋五・大中臣能宣)。「後世」に寄せる。

大納言成通文《ふみ》つかはしけれどつれなかりける女を、後《のち》の世《よ》まで恨《うら》み残《のこ》るべきよし申《(まうし)》ければ　よみ人しらず

1103 玉章《たまづさ》のかよふばかりになぐさめて後《(のち)》の世《よ》までの恨《うら》みのこすな

前大納言隆房中将に侍《(はべり)》ける時、右近馬場のひをりの日まかれりけるに、物見《ものみ》侍ける女、車よりつかはしける

1104 ためしあればながめはそれと知《し》りながらおぼつかなきは心なりけり

返し　前大納言隆房

1105 いはぬより心やゆきてしるべするながむる方《かた》を人の問《と》ふまで

1103 手紙のやりとりだけはしますから、それで気持を和らげて、後世まで恨みを残さないで下さい。成通集。○大納言成通　蹴鞠・郢曲の名手。▽成通の返しは「幾返り文かよふとも逢坂を越さずはいかが恨みざるべき」(同家集)。
以下三首「書を通はす恋」。

1104 昔の例もありますからあなたの物思いは恋だとは分かりますが、もう一つよく分からないのが御心のうち、いったい誰への物思いでしょう。○前大納言隆房　平清盛の女婿。○中将に　治承四年(一一八〇)五月六日の詠(明月記・同月十一日条)。当時右中将。○右近馬場　一条西大宮にあった右近衛府の馬場。○ひをりの日　五月六日。右近馬場で真手結(まてつがい)即ち競馬・競射の本番が行われた。○ためしあれば　伊勢物語九十九段や大和物語一六六段に見える話で、業平が同日同所で車の女に「見ずもあらず見もせぬ人の恋しくはあやなく今日やながめ暮さむ」の歌を遣したこと。○おぼつかなきは　これは大和物語の伝える返し「見も見ずも誰と知りてか恋ひらるるおぼつかなさの今日のながめや」を踏まえる。

1105 いや。私が口に出さないうちにもう当の心が行って恋の案内をしたのではないでしょうか。誰への物思いかとお尋ねになるまでに。▽参考「しのぶれど色に出でにけりわが恋は物や思ふと人の問ふまで」(拾遺・恋一・平兼盛)、「知る知らぬ何かあやなく分きて言はむ思ひのみこそしるべなりけれ」(伊勢物語九十九段の返し)。戯れに女から言いかけた恋の応酬。

1106 じっと見入る気力も失せ、とりとめもなく物思いに耽けるばかり。雲の彼方の夕暮の空に向って。本歌「夕暮は雲のはたてに物ぞ思ふ天つ空なる人を恋ふとて」(古今・恋一・読人しらず)。○千五百番歌合　同歌合の諸本に見えない。○そ

1106 千五百番歌合に

左衛門督通光

ながめわびそれとはなしに物ぞ思《おも》ふ雲のはたての夕暮《ぐれ》の空

1107 雨降《あめふ》る日、女につかはしける

皇太后宮大夫俊成

思《おも》ひあまりそなたの空《そら》をながむれば霞《かすみ》をわけて春雨ぞふる

1108 水無瀬恋十五首歌合に

摂政太政大臣

山がつの麻《あさ》のさ衣お《(を)》さをあらみあはで月日や杉《すぎ》ふける庵《いほ》

1109 欲《スル》二言《ニ》出《デント》一恋といへる心を

藤原忠定

思《おも》へどもいはで月日は杉《すぎ》の門《かど》さすがにいかゞしのびはつべき

れ　本歌のように「天つ空なる人」と特定はしない。以下一一一三まで七首「忍び難き恋」。うち以下二首は「空」に寄せる。

1107 恋しさに堪えきれず、あなたの住む方の空に見入っていると立ちこめた霞を分けて春雨が降るばかりです。長秋詠藻。▽参考「思ひかねそなたの空をながむればただ山の端にかかる白雲」(詞花・雑下・藤原忠通)。

1108 山がつの着る麻の衣は筬(おさ)の目が粗いので織り目が合わない、そのように逢うこともなく月日は過ぎるのであろうか、この杉の板葺の庵に。本歌「須磨の海人の塩焼衣をさをあらみ間どほにあれや君が来まさぬ」(古今・恋五・読人しらず)。建仁二年(一二〇二)九月十三日、水無瀬恋十五首歌合「山家恋」。同年、若宮撰歌合。〇山がつ　山里に住む人。「杉ふける庵」の縁語。〇さ衣　衣に同じ。〇おさ　筬。筬羽を櫛の歯のように並べた織具。筬羽の間に縦糸を通して横糸を打付けるが、羽の粗密によって織り目に粗密ができる。〇あはで　織り目の空いていることと「逢はで」と掛詞。〇杉ふける庵　杉板葺の粗末な山家。「杉」と「過ぎ」と掛詞。

以下二首「杉」に寄せる。

1109 恋い慕っているが「とぶらひ来ませ」とは口には出さずに月日は過ぎた。しかしこの杉の門を鎖すではないが、さすがにどうしてこのまま忍び通すことができようか。〇杉の門　「わが庵は三輪の山もと恋しくはとぶらひ来ませ杉立てる門」(古今・雑下・読人しらず)を踏まえた山居のさま。「杉」を「過ぎ」に掛ける。〇さすがに　それにしても。「鎖(さ)す」に掛ける。

1110 逢うことは難く、この交野の里の笹葺の庵の篠に散る露ではないが、しきりに涙がこぼれ散る夜中の床よ。建仁二年頃、千五百番歌合・恋

百首歌たてまつりし時　　皇太后宮大夫俊成

1110 あふことは交野《かたの》の里《さと》のさゝの庵《いほ》しのに露ちるよはの床《とこ》かな

入道前関白右大臣に侍《はべり》ける時、百首歌の中に
忍《しの》ぶる恋《こひ》

1111 ちらすなよしのの葉ぐさのかりにても露《つゆ》かゝるべき袖の上《うへ》かは

題しらず　　藤原元真

1112 白玉か露《つゆ》かと問はん人もがなもの思《おも》ふ袖をさして答《こた》へん

女につかはしける　　藤原義孝

1113 いつまでの命《いのち》もしらぬ世中《よのなか》につらき歎《なげ》きのやまずもあるかな

三。○交野の里　河内国の歌枕。→一一四。「難し」に掛ける。○さゝの庵　笹葺の粗末な田家。笹は小竹の総称で「篠」に同じ。○しのに　しげくひまなくの意と「篠に」と掛詞。▽参考「あふことの交野へとてぞわれはゆく身を同じ名に思ひなしつつ」(後撰・恋五・藤原為世)。

以下二首「篠」に寄せる。

1111 散らしてはならぬ。しのの葉ぐさを刈るではないが、かりにも露が袖の上にこぼれてよいものであろうか。深く忍んでいる恋であるものを。長秋詠藻「右大臣家百首」、治承二年(一一七八)七月詠進。○入道前関白　藤原兼実。○しのの葉ぐさ　八雲御抄三に篠を通説とし、ささやかな草の名ともいう。ここは前者で「忍ぶ」に掛ける。○かりにても　「刈り」に掛ける。○露　篠の葉の露で涙でもある。▽自分を篠を刈る里人に擬した自戒の歌。

1112 伊勢物語ではないが、それは白玉か露かと問う人があればよい。その時は物思う涙で濡れた袖を指さしてはっきり答えてやろうものを。本歌「白玉か何ぞと人の問ひし時露と答へて消えなましものを」(伊勢物語六段。→八五一)。元真集。▽これはあなたを慕う涙だと答えるというのである。前の二首を承けて「露」に結ぶが配列疑問。

1113 いつまで生きるとも分からない世の中なのに、苦しい嘆きのいつまでも続くことだな。義孝集。▽忍びきれず恨みかけた歌で、女の返しは「身をつみて長からぬ世を知る人はひとへに人を恨みざらなむ」(同家集)。「歎き(木)」から木に寄せる配列。

以下一一一五まで三首「久しく逢はざる恋」。うち以下二首「木」に寄せる。

1114 私の恋はまさしく千木の片そぎで、始終難く、逢うこともなく年月が積ってしまったよ。本歌「夜や寒き衣やうすき片そぎのゆきあひの間よ

崇徳院に百首歌たてまつりける時　　大炊御門右大臣

1114 わが恋《こひ》は千木《ちぎ》の片《かた》そぎかたくのみゆきあはで年《とし》のつもりぬるかな

入道前関白家に百首歌よみ侍《(はべり)》ける時、あはぬ
恋《こひ》といふ心を　　藤原基輔朝臣

1115 いつとなく塩《しほ》やく海人《あま》の苫《とま》びさし久《ひさ》しくなりぬあはぬ思《(おもひ)》は

夕恋といふ事をよみ侍ける　　藤原秀能

1116 藻塩《もしほ》やく海人《あま》の磯屋《いそや》のゆふ煙《けぶり》たつ名《な》もくるし思《(おもひ)》たえなで

海辺恋といふことをよめる　　定家朝臣

1117 須磨《すま》の海人《あま》の袖にふきこす潮《しほ》風のなるとはすれど手《て》にもたまらず

り霜や置くらむ」(→一八五五)。久安百首。○崇徳院　第七十五代天皇。○千木の片そぎ　神明造りで破風板の両端が棟で交叉し、さらに上に突出た部分。先端は共に片側が削がれている。「片」と「かたく」と掛詞にし、また上二句は「ゆきあはで」を導く序。○ゆきあはで　千木の先端の出合うことがないのに男女の逢瀬を譬える。

1115 絶えず塩を焼いている海人の苫庇ではないが、久しくなったことだ。逢えずに思いを焦がしていることは。本歌「波間より見ゆる小島の浜びさし久しくなりぬ君にあひ見で」(伊勢物語一一六段)。○百首歌　右大臣家百首か。→一一〇三・一一二一。題は「遇不逢恋」。○苫びさし　苫即ち筵で葺いた軒。苫屋(→三六三)に同じ。上句は「久し」の序。○思　「火」に掛けて「やく」の縁語。
　これは「海人」に寄せる。

1116 藻塩を焼いている海人の磯辺の小屋に立つ夕煙と同じように、浮名が立つのも苦しいことだ。絶えず思いを燃やして。如願法師集「建仁元年(一二〇一)八月二十五日、北面歌合」。○藻塩やく　藻塩火(→一〇八三)を焚くこと。○たつ名もくるし　絶えず焚く激しい労働を思えば夕煙の立つのを見るのは苦しい意に浮名のそれを重ねる。「も」は並列。「思」に「火」を掛け、「やく」「煙」の縁語とする。
　以下一一二七まで十二首「逢はざる恋」。うち以下二首も「海人」に寄せる。

1117 須磨の海人の袖の上を吹き越える潮風は身に馴れながら捕まえることができないように、見馴れはするが逢うことはできないな。本歌「伊勢の海に塩焼く海人の藤衣なるとはすれど逢はぬ君かな」(後撰・恋三・凡河内躬恒)。拾遺愚草「文治三年(一一八七)春、殷富門院大輔百首」。○なる　身に馴染むと見馴れる意を兼ねる。○手にもたまら　手中に残る。手枕して共寝する意を兼ねる。

摂政太政大臣家歌合によみ侍《(はべり)》ける　　寂蓮法師

1118 ありとてもあはぬためしの名取河《なとりがは》くちだにはてねせゞの埋《む》もれ木

千五百番歌合に　　摂政太政大臣

1119 歎《なげ》かずよいまはたおなじ名取河《なとりがは》せゞの埋《む》もれ木くちはてぬとも

百首歌たてまつりし時　　二条院讃岐

1120 涙河《なみだがは》たぎつ心のはやき瀬《せ》をしがらみかけて堰《せ》く袖ぞなき

摂政太政大臣百首歌よませ侍けるに　　高松院右衛門佐

1121 よそながらあやしとだにも思《おも》へかし恋《こひ》せぬ人の袖の色《いろ》かは

1118 この分ではいくら生きていても逢えない例という名(評判)を、名取川ではないが、取ることだ。せめてその瀬々の埋れ木ではないが、このまま現われることなく朽ちはてるがよい。本歌「名取川せぜの埋れ木あらはればいかにせむとかあひ見そめけむ」(古今・恋三・読人しらず)。建久四年(一一九三)、六百番歌合「寄河恋」。〇摂政太政大臣　藤原良経。〇名取河　陸奥国の歌枕。〇くち　埋れ木が土中で腐蝕することで、死ぬに譬える。〇埋れ木　土中で炭化した木。▽参考「年の内にあはぬためしの名を立ててわれたなばたに忌まるべきかな」(後拾遺・恋三・藤原道信)。

以下二首「川」に寄せる。

1119 嘆くことはない。今はどちらにしても同じことだ。名取川の瀬々の埋れ木が朽ちはててしまうように、浮名をとってすたり者になったこの身は死んでしまうとも。本歌(一)「わびぬればいまはた同じ難波なるみをつくしても逢はむとぞ思ふ」(後撰・恋五・元良親王)、(二)前歌の本歌。建仁二年(一二〇二)頃、千五百番歌合・恋三。〇おなじ　埋れ木はこの上朽ちようとも所詮世に出られないことは同じの意。〇名取河　前歌と同じく評判の立つことの譬え。▽これは既に現われた恋。

1120 涙川、湧き返る心のこの早瀬を柵となって堰き止める袖などないことだ。本歌「身を投げし涙の川の早き瀬をしがらみかけて誰かとどめし」(源氏物語・手習)。正治二年(一二〇〇)院初度百首。〇涙河　激しく流れる涙を川に見立てた成語で、伊勢国の歌枕ともいう(八雲御抄五)。〇瀬　浅瀬。流れは速い。〇しがらみ　水を堰く柵。→三八。

以下二首「袖」に寄せる。

1121 自分が相手と気づかないまでも、せめてどうしたのかとぐらいは思って下さいよ。この紅に染まった袖が恋せぬ人の袖の色でしょうか。建

恋歌とてよめる　　よみ人しらず

1122 しのびあまりおつる涙を堰《せ》きかへしをさふる(お)袖ようき名《な》もらすな

入道前関白太政大臣家歌合に　　道因法師

1123 くれなゐに涙の色《いろ》のなりゆくをいくしほまでと君に問《と》はゞや

百首歌中に　　式子内親王

1124 夢にても見ゆらんものを歎《なげ》きつゝうちぬるよゐ(ひ)の袖のけしきは

かたらひ侍《はべり》ける女の夢に見えて侍ければよみける　　後徳大寺左大臣

1125 さめてのち夢なりけりと思《おも》ふにも逢《あ》ふは名残《なごり》のをしくやはあらぬ

久六年(一一九五)二月、左大将良経主催の女房八人百首。〇摂政太政大臣　藤原良経。〇よそながら第三者として。〇袖の色　紅涙(→五二六)に染まった色。▽片恋の苦しさに堪えかねたつぶやき。

1122 こらえかねてつい落ちる涙を堰き戻し、押し止めているけなげな袖よ。どうか涙とともに浮名も漏らさないでくれ。〇うき名　片恋の評判。「堰き」「う(浮)き」は縁語。▽参考「枕よりまた知る人もなき恋を涙堰きあへずもらしつるかな」(古今・恋三・平貞文)。
以下二首「涙」に寄せる。

1123 あなたを慕って紅色に涙は染まってゆくが、この上幾入(いくしお)まで染めねばならないのかお尋ねしたい。治承三年(一一七九)十月十八日右大臣家歌合。〇入道前関白太政大臣　藤原兼実。〇しほ入。染色で布を染汁につける度数。

1124 せめて夢の中に見えるでしょうに。こうして嘆き嘆きまどろむ宵の私の袖のすさまじい気色は。それなのにどうして。正治二年(一二〇〇)院初度百首。〇夢にても　恋をすれば相手の夢に現われるという俗信に基づく発想。〇袖のけしき　袖が紅涙にぬれそぼっているさまをさす。▽わが思いが一向に相手に通じない嘆き。独白。参考「むばたまの夜の夢には見ゆらむや袖ひるまなくわれし恋ふれば」(家持集)。
以下四首「夢」に寄せる。

1125 覚めた後、今のは夢だったのだと知る時も、逢うということは何といっても名残の惜しまれることだな。林下集。〇やは　反語。

千五百番歌合に　　　　　　　　　　摂政太政大臣

1126 身にそへるその面影《おもかげ》もきえななん夢なりけりと忘《わす》るばかりに

題しらず　　　　　　　　　　大納言実宗

1127 夢のうちに逢《あ》ふとみえつる寝覚《ねざ》めこそつれなきよりも袖はぬれけれ

五十首歌たてまつりしに　　　　　　　　　　前大納言忠良

1128 たのめを(お)きし浅茅《あさぢ》が露《つゆ》に秋かけて木《こ》の葉ふりしく宿《やど》のかよひ路《ぢ》

隔《テテ》レ河《ヲ》忍《ブ》恋といふことを　　　　　　　　　　正三位経家

1129 しのびあまり天《あま》の河瀬《かはせ》にことよせんせめては秋を忘《わす》れだにすな

1126 わが身に寄り添って離れないあの人の面影が消えてくれないものか。そうすればあれは夢だったのだと納得して忘れることができように。本歌「あけぐれの空にうき身は消えななむ夢なりけりと見てもやむべく」(源氏物語・若菜下)。建仁二年(一二〇二)頃、千五百番歌合・恋三。○面影　幻影。「夢に見てむ姿こそ驚かば消えもし侍らめ、面影は夢さむとも消え侍らじものを」(同歌合・千百八十八番師光判)。▽本歌は事実逢ったのであるが、これは夢の逢瀬。

1127 夢の中で逢うと見たその寝覚、それはうつつに冷たい目に逢うよりも袖はぬれることだ。▽参考「夢にてもうれしとも見ばうつつにてわびしきよりはなほまさりなむ」(古今六帖四・凡河内躬恒)。

1128 その頃にはと約束してくれた浅茅に露の置く秋となり、わが家への通路にはすでに木の葉が降り敷いているが、訪れはない。本歌「秋かけていひしながらもあらなくに木の葉ふりしくえにこそありけれ」(伊勢物語九十六段)。建仁二年頃、千五百番歌合・恋一。○五十首歌　百首歌の誤り。この原百首の詠進は前年六月。○たのめ　下二段活用で、あてにさせる意。○浅茅　→四六三。秋になると上葉に露が置く。○秋かけて　奥義抄・上「春かけて」について「春にかかるなり」と注する。「置き」「かけ」は露の縁語。○木の葉ふりしく　秋も深くなった景。▽「浅茅」も、本歌によって「木の葉ふりしく」も浅い縁を示唆するか。参考「秋は来ぬ紅葉は宿にふりしきぬ道ふみわけて訪ふ人はなし」(古今・秋下・読人しらず)。以下四首「頼む恋」。うち以下二首は「秋」に寄せる。

1129 これ以上こらえきれませんから天の川の川瀬を渡って逢うたなばたにかこつけて申しまし

とを(ほ)き境《さかひ》を待つ恋《こひ》といへる心を　　賀茂重政

1130 頼《たの》めても遥《はる》けかるべきかへる山いくへの雲のうちに待《ま》つらん

摂政太政大臣家百首歌合に　　中宮大夫家房

1131 逢《あ》ふことはいつと伊吹《いぶき》の峰《みね》におふるさしも絶《た》えせぬ思《(おもひ)》なりけり

家隆朝臣

1132 富士《ふじ》のねの煙《けぶり》もなを(ほ)ぞ立《た》ちのぼる上《うへ》なきものは思《おも》ひなりけり

名《ノ》立《ツ》恋といふ心《こゝろ》をよみ侍《(はべり)》ける　　権中納言俊忠

1133 なき名のみ立田《たつた》の山にたつ雲のゆくゑ(へ)も知《し》らぬながめをぞする

ょう。せめてこの秋の逢瀬を忘れることだけはしないで下さい。○河瀬　川の浅瀬。徒渉する所。

1130 すぐにと約束して下さっても帰るには遠いはずの帰山(かへるやま)です。これから幾重かさなる雲を隔てて待つことでしょう。○とをき境を待つ　遠国にいる人を待つ。○頼めても　↓一二六。○かへる山　越前国の歌枕。

以下二首「山」に寄せる。

1131 逢う日はいつというのか。あてもないが、伊吹山に生えているさしも草の名の通り、さしも絶えることなく燃えているこの胸の思いの火なのだな。本歌「かくとだにえやはいぶきのさしも草さしも知らじな燃ゆる思ひを」(後拾遺・恋一・藤原実方)。建久四年(一一九三)、六百番歌合「寄草恋」。○摂政太政大臣　藤原良経。○伊吹の峰　近江国の歌枕。「いふ」に掛ける。○さしも　「さしも草」(→一〇二三)に掛けて、これほどまでにの意。

1132 富士山の煙だって頂よりもさらに高くと立ち昇ってゆくが、それよりもっと高い、最高の火はこの胸の思いの火なのだな。本歌「世の人のおよばぬものは富士のねの雲居に高き思ひなりけり」(拾遺・恋四・村上天皇)。これも同じ歌合「寄煙恋」。○上なき　仏教語の「無上」の意。

以下一一三九まで八首「絶えて逢はざる恋」。うち以下二首は「山」に寄せる。

1133 あらぬ噂ばかりが立ち、あたかも立田山に立つ雲がいずこともなく流れてゆくように、あてどない物思いに耽けっていることだ。本歌「なき名のみ立田の山の麓にはよにもあらしの風も吹かなむ」(拾遺・雑下・藤原為頼)。○立田の山　大和国の歌枕。↓八五。「名のみ立つ」に掛ける。

1134 逢うことは絶えてなく、虚空にはつらいわが身にも似た浮雲が漂っているが、それはやが

百首歌の中に恋の心を　　　　惟明親王

1134 逢《あ》ふことのむなしき空《そら》のうき雲は身をしる雨のたよりなりけり

右衛門督通具

1135 わが恋《こひ》は逢《あ》ふをかぎりの頼《たの》みだにゆくゑ《(へ)》も知《し》らぬ空《そら》のうき雲

水無瀬恋十五首歌合に、春ノ恋の心を　　　　皇太后宮大夫俊成女

1136 面影《おもかげ》のかすめる月ぞやどりける春やむかしの袖の涙《なみだ》に

冬ノ恋　　　　定家朝臣

1137 とこの霜《しも》まくらの氷きえわびぬむすびもを《(お)》かぬ人の契《(ちぎり)》に

てわが身の程を知る涙の雨を降らせる予兆なのだ。本歌「数々に思ひ思はず問ひがたみ身を知る雨は降りぞまされる」(古今・恋四・在原業平。伊勢物語一〇七段)。正治二年(一二〇〇)院初度百首。〇むなしき空　「虚空」の訓。全くないの意を掛ける。〇身をしる雨　雨を冒して来ればよし、来なければ忘れられた印で、そのわが身の程を知る雨。転じて八雲御抄三は涙の意とする。

以下二首「浮雲」に寄せる。

1135 私の恋ははてもなく漂い、逢いさえすればと思うのだが、その頼みさえ定めなく漂う空の浮雲のよう。本歌「わが恋はゆくへも知らずはてもなし逢ふをかぎりと思ふばかりぞ」(古今・恋二・凡河内躬恒)。建仁二年(一二〇二)頃、千五百番歌合・恋二。〇逢ふをかぎり　逢わない限り始末がつかない意。▽逢わざる恋を絶望的に歌う。

1136 あの人の面影がぼうっと重なって見える霞んだ春の月が映っていることだ。「春や昔」と嘆く袖の涙の上に。本歌「月やあらぬ春やむかしの春ならぬわが身一つはもとの身にして」(古今・恋五・在原業平。伊勢物語四段)。建仁二年九月十三日、水無瀬恋十五首歌合。同年、若宮撰歌合。〇面影　幻。→一二三六。〇かすめる　上下の語にかかる。〇春やむかし　本歌に基づく成語として、昔のままの春の意、またそれに比べ自分の境遇は変った意を含めて用いる。▽懐旧の恋。

「春」に寄せる。

1137 寝床には霜が置き、枕には涙の氷が堅く結んで消えかねているのを見ると、心も悲しさのあまり消えることさえできずにいる。もともと堅く結んでもおかなかった約束なのに。同じ歌合。若宮撰歌合。〇とこの霜　→四八七・五一九。〇きえわび　消え入る(死ぬ)力もないほど気落ちする意に霜・氷の消えかねる意を掛ける。〇むすびもをか

1138
摂政太政大臣家百首歌合に、暁ノ恋　有家朝臣
つれなさのたぐひまでやはつらからぬ月をもめでじありあけの空

1139
宇治にて、夜ノ恋といふことを、をのこどもつかうまつりしに　藤原秀能
袖のうへにたれゆへ《(ゑ)》月は宿《やど》るぞとよそになしても人の問《と》へかし

1140
久《ひさ》しき恋《こひ》といへることを　越前
夏引《(なつびき)》の手引《てび》きの糸《いと》の年《とし》へてもたえぬ思《(おもひ)》にむすぼほれつゝ

1141
家に百首歌合し侍《(はべり)》けるに、祈ル恋といへる心を　摂政太政大臣
いく夜われ浪にしほれてきぶね河《がは》袖《そで》に玉ちる物おもふらん

ぬ　「むすび」は「きえ」の対語で、霜・氷の縁語。「おく」も霜の縁語。従って「きえわび」と「むすびもおかぬ」は対立する修辞。○契　逢う約束。▽用語の巧緻な対照が一首の眼目。
「冬」に寄せる。

1138　つれない人ばかりか、その仲間までが無性にたえがたい。ああこの月も賞翫すまい。有明の空よ。本歌㈠「ありあけのつれなく見えし別れより暁ばかりうきものはなし」(古今・恋三・壬生忠岑)、㈡「大方は月をもめでじこれぞこの積れば人の老いとなるもの」(同・雑上・在原業平)。建久四年(一一九三)、六百番歌合。○摂政太政大臣　藤原良経。○めで　面白く眺めること。○ありあけ　↓三三。▽本歌について「つれなく見え」たのは女か月かの論議があるが、作者は女と解してその仲間の月までつらしと着想したもの。
「暁」に寄せる。

1139　袖の上にいったい誰のせいで月は映っているのかと、わざと人事(ひとごと)のようなふりをしてでもよい、あの人は尋ねてくれよ。如願法師集、元久元年(一二〇四)七月十六日御会。○宇治　後鳥羽院が山城国宇治に新造した離宮。○宿る　袖の涙の上に影を落すこと。○よそに　↓二三。
「夜」に寄せる。

1140　夏引の手引の糸を綜(へ)るではないが、幾年を経ても絶えることのない物思いに屈託しつづけている。本歌「夏引の手引の糸をくり返しこと繁くとも絶えむと思ふな」(古今・恋四・読人しらず)。建仁元年(一二〇一)八月三日影供歌合。○夏引の手引き　麻は夏刈り取る。その夏麻(なつそ)の茎の皮を細く裂いて繋ぎ、糸を作ることを「引く」。「手引き」はその手仕事。○へて　縦糸を布の長さに整えて機(はた)にかける意の「綜(ふ)」と「経」を掛ける。上二句は「へて」の序。「へ」「たえ」、思(おもひ)の

1142
年《とし》もへぬいのる契《ちぎり》ははつせ山おの《を》への鐘《かね》のよその夕暮《ぐれ》

定　家　朝　臣

片思《かたおも》ひの心をよめる

皇太后宮大夫俊成

1143
うき身をばわれだに厭《いと》ふ厭《いと》へたゞそをだにおなじ心と思《おも》はん

題しらず

権中納言長方

1144
恋《こ》ひ死《し》なんおなじうき名をいかにして逢《あ》ふにかへつと人にいはれん

殷富門院大輔

1145
あすしらぬ命《いのち》をぞ思《おも》ふをの《お》づからあらば逢《あ》ふよを待《ま》つにつけても

「ひ(杼)」「むすぼほれ」は糸の縁語。

以下三首「久しき恋」。

1141　幾夜私は波に裳裾をぬらして貴船川を渡って来、袖にも涙の玉を散らし、心もうつろになるばかりの物思いをすることであろう。本歌「奥山にたぎりて落つる滝つ瀬の玉ちるばかり物な思ひそ」(後拾遺・雑六・貴船明神)。建久四年(一一九三)、六百番歌合。〇いく夜　末句にかかる。「夜」は和泉式部の「物思へば沢の蛍もわが身よりあくがれ出づる魂かとぞ見る」(本歌はその返し)による発想。〇きぶね河　山城国の歌枕。上流に貴船明神を祀る社がある。「来」と掛詞。〇玉ちる　涙の散ることで「しほれ」の縁語。併せて本歌の、魂《まな》の遊離し散乱する意を掛ける。▽明神の託宣歌にすがって苦衷を訴える。

1142　年も重ねた。恋を祈って確かに約束もした初瀬山よ。それだのに山上の鐘が告げるのは私とかかわりのない夕暮で、今宵も逢うすべはないことだ。六百番歌合。〇はつせ山　大和国の歌枕。観音で知られた「はつせの寺」がある。〇契　逢わせるという神との約束。「契はつ」と掛ける。参籠して夢のお告げを得たのである。「立ちにける跡をも知らで物越しに契はてつと思ひけるかな」(林葉集「隔物談恋」)。〇夕暮　入相の鐘(↓一二六)が鳴る。▽同歌合の俊成判は「心にこめて詞にたしかならぬにや」。参考「うかりける人を初瀬の山おろしよはげしかれとは祈らぬものを」(千載・恋二・源俊頼)。

1143　このつたないわが身を私自身忌まわしく思っています。どうか思うままに厭うて下さい。せめてそのことだけでもあなたと一心だと思って慰めましょう。長秋詠藻・述懐百首、保延六(一一四〇)、七年頃。〇うき身　恋い慕う自分の業《ごう》を憐れんでいう。▽必ずしも恋の技巧ではなく真率

1146 つれもなき人の心はうつせみのむなしき恋《こひ》に身をやかへてん

八条院高倉

1147 なにとなくさすがにお《(を)》しき命《いのち》かなありへば人や思《(おもひ)》しるとて

西行法師

1148 思《おも》ひしる人ありあけの夜《よ》なりせばつきせず身をば恨《うら》みざらまし

な述懐であろう。

以下巻末まで「片思」。

1144 いずれ恋い死にして浮名が立つであろうが、同じ立つ浮名なら何とかして逢うのに命を引換えたといわれたいものだ。本歌「命やは何ぞは露のあだものを逢ふにしかへば惜しからなくに」(古今・恋二・紀友則)。長方集。▽せめて一度逢ってから死にたいと願う。

1145 明日も分からない命が悲しまれてならない。ひょっとして生きていれば逢う時も、と心待ちされるにつけても。本歌「いかにしてしばし忘れむ命だにあらば逢ふよのありもこそすれ」(拾遺・恋一・読人しらず)。○あすしらぬ命　恋死である。○をのづから　ひょっとして。万一。○逢ふよ　「よ」は世で、逢う時節。

1146 冷淡なあの人の心の情なさ。こういう空しい片思いに命を引換えてしまうのであろうか。本歌「うちはへてねを鳴き暮らすうつせみのむなしき恋もわれはするかな」(後撰・夏・読人しらず)。○うつせみの　「うつせみ」は蟬の殻で、「むなし」の枕詞。併せて「人の心は憂」と掛ける。

1147 未練がましくも、いざとなるとやはり命が惜しまれることだ。生き長らえていればあの人も分かってくれるかと思って。山家集。西行法師家集。▽参考「ながらへば人の心も見るべきに露の命ぞ悲しかりける」(後撰・恋五・読人しらず)。

1148 もしも私の気持を分かってくれる人のいる有明の夜であるなら、いつまでもわが身のつたなさを恨むこともなかろうに。山家集・月。西行法師家集・恋。宮河歌合。○ありあけ　「人有り」と「有明(↓六三)」を掛ける。○つきせず　いつまでも。有明の縁で同音の「月」に掛ける。▽参考↓一三五七。

新古今和歌集巻第十三

恋歌　三

中関白《なかの》通《かよ》ひそめ侍《はべり》けるころ　　　儀同三司母

1149 忘《わす》れじの行《ゆ》く末《すゑ》まではかたければけふを限《かぎ》りの命《いのち》ともがな

忍《しの》びたる女《をんな》をかりそめなる所《ところ》にゐてまかりて、帰《かへ》りて朝《あした》につかはしける　　　謙徳公

1150 限《かぎ》りなくむすびをきつる草枕いつこのたびを思《おも》ひ忘《わす》れん

1149 忘れまいとおっしゃる、その遠い将来までは頼みがたいことですから、こうしてお逢いしている今日限りで死ねればと思います。前十五番歌合。○中関白　藤原道隆。作者はその室となり伊周、定子(一条天皇皇后)らを生む。○忘れじ　睦言の中での誓い。○かたければ　男女の契りのはかなさを諦視していう。○けふを限り　「行く末まで」の対。▽契りの言葉のめでたさとはかなさを見事に捉える。参考「行く先を思ふ心のゆゆしさにけふを限りといふにざりける」(一条摂政御集)。

以下一一五五まで七首「逢ふ恋」。

1150 いついつまでもと堅く契りを結んでおいた旅寝であったが、いつとてこの度のそれを忘れることがあろうか。一条摂政御集、下句「このたびならず思ひ忘るな」。○忍びたる女　人目を忍ぶ仲の女。○かりそめなる所　密会の場所をいう。○ゐてまかり　連れ出す。○むすびをき　契りを結ぶ意に草枕(→一二七三)を結ぶ意を掛け、「たび」を導き出す。この草枕は旅の枕詞的用法。○このたび　「旅」と「度」と掛詞。旅は家を離れて出かけること。▽まめやかな後朝の挨拶。

1151 あなたを慕う気持に人目を忍ぶ気持の方が負けました。お逢いすることとの引換えという

1151
題しらず　　　　　　　　業平朝臣
思《おも》ふにはしのぶることぞまけにける逢《あ》ふにしかへばさもあらばあれ

1152
人の許《（もと）》にまかりそめて、朝《あした》につかはしける　　廉義公
昨日まで逢《あ》ふにしかへばと思《（おもひ）》しをけふは命《いのち》のお《（を）》しくもあるかな

1153
百首歌に　　　　　　　　式子内親王
逢《あ》ふことをけふ松《まつ》が枝《え》の手向草《たむけ（ぐさ）》いく世《よ》しほるゝ袖《そで》とかはしる

1154
頭《（とうの）》中将に侍《（はべり）》ける時、五節所のわらはにもの申《（まうし）》そめてのち、尋《たづ》ねてつかはしける　　源正清朝臣
恋《こひ》しさにけふぞたづぬる奥《おく》山の日かげの露《つゆ》に袖はぬれつゝ

のなら、わが身はどうなってもかまいません。伊勢物語六十五段。○さもあらばあれ　同物語によれば馴染の男の人目を憚らぬ態度に、女の「いとかたはなり。身もほろびなむ、かくなせそ」と言った言葉に反撥したもの。

1152　昨日までは逢うこととの引換えでならと思っていたが、今朝はその命が惜しまれることだ。本歌「命やは何ぞは露のあだものを逢ふにしかへばをしからなくに」(古今・恋二・紀友則)。○おしくもあるかな　再度の逢瀬を願っていう。▽真率な後朝の歌。

1153　逢瀬を今日待つことになりましたが、もう幾年この袖が涙で濡れそぼってきたことか、ご存じでしょうか。本歌「白浪の浜松が枝の手向草幾代までにか年の経ぬらむ」(万葉集一・川島皇子。↓一五六八)。正治二年(一三〇〇)院初度百首、初句「逢ふことは」。○松が枝の手向草　本歌を取って「いく世」を導く序。「松」と「待つ」と掛詞。手向草は旅中の平安を祈って神仏に供える幣物。ここは恋の成就を祈念してきたことを匂わすか。○いく世「よ」は「夜」で、本歌の意を殊更に改めたと見ることもできる。○かはしる　反語。

1154　恋しさのあまりやっと今日山路を尋ね求めてお便りします。奥山の日陰に置く露にしきりに袖は濡れながら—人知れず涙で袖をぬらしながら。○頭中将　蔵人頭で中将を兼ねる人。○五節所　常寧殿の四隅に設けられた五節の舞姫(↓一〇〇四)の局。○わらは　舞姫付きの童女。「かしづき」(↓一〇〇四)等と共にお世話する。○もの申　言葉を交わす。○日かげ　日陰。五節の縁語でもある。即ち「ひかげのかづら」の略称で、五節の祭官が冠の簪《（かんざし）》につけて左右に垂らした組糸の作り物。シダ類の蘿葛《（ひかげのかずら）》に型どる。

題しらず　　　　西行法師

1155 逢《あ》ふまでの命《いのち》もがなと思《おも》ひしはくやしかりけるわが心かな

三条院女蔵人左近

1156 人心うす花染《ぞ》めのかり衣さてだにあらで色やかはらん

興風

1157 あひ見《み》てもかひなかりけりうばたまのはかなき夢におとるうつゝは

実方朝臣

1158 なかくのもの思《おも》ひそめてねぬる夜《よ》ははかなき夢もえやは見《み》えける

1155 逢うまででいい、生きていたいと思ったのは、わが心ながら何とも悔やまれることよ。西行法師家集。山家心中集。山家集、三句「思ひしに」。▽逢えばいよいよ苦しく、むしろ逢わずに死ねばよかったと悔むのである。「逢ひぬれば又いつまでもと命の惜しきなり」(八代集抄)と解しては下句の深い悔恨が働かない。

1156 人の心はこの薄花染の狩衣のように仮りのもの、いやこの薄色さえ持ちこたえられず、色あせることでしょう。本歌「世の中の人の心は花染めのうつろひやすき色にぞありける」(古今・恋五・読人しらず)。小大君集に「心ざし深からぬ男の花染めの狩衣せさする(縫わせる意)、やるとて」とある歌。後葉集・雑一。○人心　相手に対し婉曲にいう。○花染め　月草(→三三〇)の花の絞り汁で染めたもの。縹(はなだ)色。色が落ちやすいものとして「月草の仮りなる」(万葉集十一)と枕詞に用いるが、ここも「仮り」と「狩衣」を掛ける。○かり衣　かりぎぬ。→三九。

「衣に寄する恋」。

1157 せっかく逢ってもそれだけのことはなかったな。はかない夢にも劣るこの逢瀬は。興風集。○あひ見て　「相見て」の意。○うばたまの　「ぬ(む)ばたまの」に同じ。夜、夢等の枕詞。○うつゝ　あわただしく、つかの間の逢瀬をさす。▽参考「むばたまの闇のうつつはさだかなる夢にいくらもまさらざりけり」(古今・恋三・読人しらず)。

以下一一六三まで六首「夢に寄する恋」。

1158 なまじっか物思いするようになって寝た夜は、束の間の夢もすっかり見られなくなったことだ。実方集。○えやは見えける　反語。▽参考「夢のうちにあひ見むことを頼みつつ暮らせる宵は寝むかたもなし」(古今・恋一・読人しらず)。

忍《しの》びたる人とふたりふして　伊勢

1159 夢とても人にかたるな知《し》るといへば手枕《たまくら》ならぬ枕だにせず

題しらず　和泉式部

1160 枕《まくら》だに知《し》らねばいはじ見しまゝに君かたるなよ春の夜《よ》の夢

人に物《もの》いひはじめて　馬内侍

1161 忘《わす》れても人にかたるなうたゝねの夢見《ゆめみ》てのちもながからじよを

女につかはしける　藤原範永朝臣

1162 つらかりしおほくの年《とし》は忘《わす》られてひと夜《よ》の夢をあはれとぞ見《み》し

1159 たとえ夢で見たこととしてでも人に語って下さいますな。枕は二人の仲を知るというので、手枕以外は枕さえしないでいるのです。伊勢集。古今六帖五。○夢とても　人を思えば相手の夢に現われるという俗信による。↓一二四。○手枕　共寝して相手の腕を枕とすること。↓四三。▽相手が夢に自分を見たと語れば、その人への自分の恋が露顕するので口止めをする。参考「わが恋を人知るらめや敷妙の枕のみこそ知らば知るらめ」(古今・恋一・読人しらず)。

1160 枕さえ知らないので告げ口はいたしますまい。ですからあなた、見たままあからさまに人に語るなどということをなさらないで下さい。この春の夜の夢のことを。本歌は前歌。和泉式部続集に「思ひがけずはかりて、もの言ひたる人に」とある歌。○枕だに知らねば　枕をしなかった意。○見しまゝに　「夢を見しままに」と倒置になる。○春の夜の夢　春夜のつかの間の逢瀬に酔い痴れたよろこびをさながら夢と観じたもの。▽みずからも夢と観じ、相手にも納得させながら、しかも本歌に従って「夢とても人に語るな」と厳しく口止めしたもの。本歌は現実と夢とを二分しているが、これは現実をそのまま夢と見る。

1161 忘れても口外して下さいますな。うたた寝に見た夢のようなはかない逢瀬でしたが、この後といつまでも続く仲ではないでしょうに。馬内侍集。○よ　男女の仲。「夜」に掛けて「うたたね」の縁語。▽これも忍ぶ仲の恋で、名の立つのを惜しむ。

1162 苦しかった幾年月のことはつい忘れて、昨日のわずか一夜の夢のような逢瀬をしみじみうれしく思ったことです。範永集。○つらかりし　待つ恋の苦しさ。▽後朝の歌。「つらかりし」と「あはれ」、「おほくの年」と「ひと夜」の対照。

題しらず　　高倉院御歌

1163 けさよりはいとゞ思《おも》ひをたきまして歎《なげ》きこりつむ逢坂《あふさか》の山

初《メテ》会《フ》恋の心《こゝろ》を　　俊頼朝臣

1164 蘆《あし》の屋《や》のしづはた帯《おび》のかたむすび心やすくもうちとくるかな

題しらず　　読人しらず

1165 かりそめに伏見《ふしみ》の野《ゝ》べの草枕露《つゆ》かゝりきと人にかたるな

人しれず忍《しの》びけることを、文《ふみ》などちらすと聞《き》き《ゝ》ける人につかはしける　　相模

1166 いかにせん葛《くず》のうらふく秋風に下《した》葉の露《つゆ》のかくれなき身を

1163 別れて帰った今朝からはいよいよ盛んに思いの火を焚くので、投げ木を伐って積み上げている―嘆きの絶えない、逢うという名の逢坂山よ。月詣集・恋下「後朝の恋」。○思ひ　「火」に掛けるのは常套。○歎き　「木」に掛けるのも普通。ここは竈に投げ入れる薪の意で投げ木か。「思ひ(火)」「たき」「歎き(木)」「こり(樵)」は縁語。○逢坂の山　近江国の歌枕。逢う意に掛ける。

「木に寄する恋」。

1164 蘆葺きの小屋で賤の女が織る倭文機帯の堅結びではないが、堅く結んだ心がやっと許してうち解けてくれるな。長治二年(一一〇五)頃、堀河百首。○蘆の屋　粗末な小屋の連想で「しづ(賤)」を導き、さらに「しつ」を掛ける。○しづはた帯　しつ織の機で織った帯。「しつ(倭文)」は楮(こうぞ)、麻などを交織した日本古来の綾織。○かたむすび「堅結び」。「堅」を「難」に掛けることが多く、「やすく」の対。○うちとくる　紐と心の解けることを掛ける。▽参考「もろともにいつか解くべき逢ふことのかた結びなるよはの下紐」(後拾遺・恋二・相模)。

以下三首「草に寄する恋」。

1165 ことのはずみで共寝した伏見の野辺の草枕であるものを、露が枕にかかりましたと―こういうことがあったなどと決して口外しないでくれ。続詞花集・恋中。○かりそめに　草を「刈り」と掛詞。刈り・伏(ふし)・野べ・草枕・露は縁語。○伏見　山城国にもあるが、情景は大和国の「菅原や伏見(→二九二)」ととるのがふさわしい。○草枕　草を結び枕として旅寝すること。○露　「決して」の意に掛けて「かたるな」にかかる。○かゝり　露が「かかる」意と「かくあり」の意を掛ける。▽第四句を掛詞にして野合の情景と口止めとを巧みに結ぶ。

題しらず　　実方朝臣

1167 あけがたきふたみの浦《うら》による浪《なみ》の袖《そで》のみぬれておきつ島《しま》人

伊勢

1168 逢《あ》ふことのあけぬ夜《よ》ながら明《あ》けぬればわれこそ帰《かへ》れ心やはゆく

九月十日あまり、夜ふけて和泉式部《いづみしきぶ》がかどをたゝかせ侍《(はべり)》けるに、聞《きゝ》きつけざりければ、朝《あした》につかはしける

大宰帥敦道親王

1169 秋の夜《よ》のありあけの月の入《い》るまでにやすらひかねて帰《かへ》りにしかな

1166 どうしましょう。葛の葉裏を吹き返す秋風のために下葉に置く露がすっかりあらわれるように、私に飽きがきたあなたのために今は世間の晒し物になって消え入るばかりのわが身を。お恨みします。本歌「秋風の吹き裏がへす葛の葉のうらみてもなほ恨めしきかな」(古今・恋五・平貞文)。相模集。○文などちらす　送った手紙をあちらこちらで見せる。○うらふく　「かくれなき」を起すためであるが、本歌の「恨み」の意もこめる。○秋風　「飽き」が来たことに掛けるのは常套。○下葉の露　人目につかない自分に譬える。

1167 「明けてこそ見め」と思うもののなかなか夜の明けない二見の浦に寄せる夜の波に濡れている沖つ島人―そのようになかなか夜は明けず、上げてもらえない格子に寄り添って、ひたすら袖が涙で濡れて起きていた私です。本歌「ゆふづく夜おぼつかなきを玉くしげふたみの浦はあけてこそ見め」(古今・羇旅・藤原兼輔)。実方集、四句「袖のみぬれし」。「格子のつらに寄り居、明かしたるあしたに」とある歌。○あけがたき　本歌によって「明け」に「開け」を掛け、「ふたみ(蓋・身)」はその縁語。さらに格子(しとみ)を「上げ」に掛ける。○ふたみの浦　播磨国の歌枕。○よる　「寄る」と「夜」と掛詞。○おきつ島人　沖の島の住民。「沖つ」に「起きつ」を掛ける。▽一首は恋の隠喩。

以下二七まで四首「逢はずして帰る恋」。

1168 逢うことはなく、まだ夜中の気持のままに夜は明けたので、わが身は諦めて帰りますが心は帰るものですか。伊勢集では四季の屏風絵の図様を題にとって詠んだ歌の内、師走に内にも入らず帰る男の歌。○帰れ　「ゆく」の対。▽上句が頭韻を踏むほか、言葉遊びが著しい。

1169 秋の長夜の有明の月が西の山に入るまでもぐずぐずしてはおれなくて帰ったことでした。

題しらず　　　道信朝臣

1170 心にもあらぬわが身のゆき帰《かへ》り道《みち》の空《そら》にて消《き》えぬべき哉《(かな)》

近江更衣にたまはせける　　　延喜御歌

1171 はかなくも明《あ》けにけるかな朝露《あさつゆ》のおきての後《(のち)》ぞ消《き》えまさりける

御返し　　　更衣源周子

1172 朝露《あさつゆ》のおきつる空《そら》も思《おも》ほえず消《き》えかへりつる心まどひに

題しらず　　　円融院御歌

1173 を《(お)》きそふる露《つゆ》やいかなる露《つゆ》ならんいまは消《き》えねと思《おも》ふわが身を

和泉式部日記。○十日あまり　日記は三条西家本「二十日あまり」。長保五年(一〇〇三)。○和泉式部　大江雅致の女。○かど　底本「もと」。諸本で校訂。○侍けるに　底本「に」なし。烏丸本を除く諸本で校訂。○ありあけの月　→六三。○やすらひかねて　「やすらふ」は「徘徊也」(八雲御抄四)。きぬぎぬの別れは暁(夜明け前)とされる。

1170 心とは裏腹のわが身の行き帰りよ。くたくたになって帰る途中で消えてしまいそうだな。道信集「ある女のもとにいきたるに、かれが心にもあらでかたへに引かれて帰るとて」、四句「道のそこにて」。○心にもあらぬ…　どうせ逢ってくれまい、行くまいと思いながら身は憑かれたように出かけて行き、果して逢えず心を残して身は帰るさま。○消え　息絶えること。道端の露の連想がある。

1171 あっけなく明けてしまったな。朝露が置き、そなたも起きて帰った今はいよいよ消え入るばかりになっている。○近江更衣　源唱の女、周子。「更衣」は女御の次位。延喜四年(九〇四)から十数年にわたり寵があった。○おきての後　「置き」と「起き」と掛詞。「後」は更衣が局に下がった今。○消えまさり　別れの折にも増して。「消え」は露の縁語。▽後朝の挨拶。

以下一一七五まで四首「朝露に寄する恋」。

1172 朝露の置いた、起きた時のことも覚えていないのです。すっかり消え入り正気を失っていましたので。○消えかへり　「かへり」は強調。「露」の縁語。▽「おきての後」とおっしゃったが、私は起きた時さえ前後不覚で、「後」とか「まさり」とかの分別もないといい、帝の上をゆく悲しみを歌った作法通りの返し。

1173 この身の上にさらにも置き添う露はいったいどういう露なのであろう。もう消えてしまえ

1174
思《おも》ひいでていまは消《け》ぬべし夜《よ》もすがらおきうかりつる菊《きく》の上《うへ》の露

謙徳公

1175
うばたまの夜《よる》の衣をたちながらかへる物とはいまぞ知《し》りぬる

清慎公

夏の夜、女の許《(もと)》にまかりて侍《(はべり)》けるに、人しづまるほど、夜いたく更《ふ》けてあひて侍ければ、よみける

藤原清正

1176
みじか夜《よ》の残《のこ》りすくなくふけゆけばかねて物うきあかつきの空

と思っている、露に等しいわが身なのに。円融院御集によれば「三条の宮、尼にならせ給ふときこしめして」として「家を出でて法の衣を着る人の露のほだしのなどなかりけむ」とあるのが御歌で、これは「返し」。従って作者は天元五年(九八二)剃髪の三条の宮(女御尊子内親王)で、恋歌でもない。なお下句「消えば消えねと思ふわが身に」。○をきそふる露　涙の露。○消えね　露の縁語。原歌では出離の悲しさに「消えね」であるが、本集では後朝の悲しさゆえである。▽本集では「いかなる露ならん」は、どういう露か、どうも朝露とは違うようだがと眼前の朝露に較べたものとして現実味を帯びて理解される。

1174 そなたを思い出して今は消え入るばかり。昨夜も夜通し心おきなく起きて語らうことができなかった菊の上の白露の私は。本歌「音にのみきくの白露夜はおきて昼は思ひにあへず消ぬべし」(古今・恋一・素性)。一条摂政御集「長月ばかりに女の許におはして、つとめて」、二・四句「けさは消ぬべし…おきかへりつる」。○いまは　朝の間の今。本歌の「昼は」を替える。○おきうかりつる　露の「置きうし」と「起きうし」、即ち安心して起きていられない意を掛ける。やがて夜が明けることの悲しさに心を奪われていたからである。本歌の「夜はおきて」を替える。「置き」「消ぬ」は露の縁語。

1175 夜着を返して寝るのではなく、立ったまま返る―戸口に立ったまま帰ることがあろうとは今はじめて知ったことだ。本歌「いとせめて恋しき時はうば玉の夜の衣をかへしてぞ着る」(古今・恋二・小野小町)。○うばたまの夜の衣　夜着。「うばたまの」は夜の枕詞。○たちながら　「衣を裁ち」に「立ち」を掛けて下句を導く。○かへる　「返る」と「帰る」と掛詞。▽逢わずに帰った恨み。

1177 女みこに通《かよ》ひそめて、朝《あした》につかはしける

大納言清蔭

あくといへばしづ心なき春《はる》の夜《よ》の夢とや君を夜《よる》のみは見《み》ん

1178 弥生《やよひ》のころ、夜《よ》もすがら物語《ものがたり》して帰《かへ》り侍りける人の、けさはいとゞもの思《おも》はしきよし申《(まうし)》つかはしたりけるに

和泉式部

けさはしも歎《なげ》きもすらんいたづらに春の夜《よ》ひとよ夢をだに見《み》で

題しらず

赤染衛門

1179 心からしばしとつゝむものからに鴫《しぎ》の羽搔《はねが》きつらきけさかな

以下一一七七まで三首「夜に寄する恋」。

1176 夏の短夜が残り少なくふけてゆくので今から思いやるさえ情ない暁の空よ。清正集、五句「あかつきの道」。〇しづまる　寝静まること。〇物うき　起き別れるつらさに心の進まないさま。〇あかつき　きぬぎぬの別れの時分。

1177 明けたというので心慌しく見残さなければならなかった春の夜の夢のような逢瀬でしたが、こうしたものとしてあなたに夜だけ逢うというのでしょうか。大和物語十二段「…帝のあはせ奉り給へりけれど、はじめ頃忍びて夜々通ひ給ひける頃帰りて」。▽うつつに何時も一緒にいたいという訴え。〇女みこ　醍醐天皇皇女、韶子内親王。

1178 今朝という今朝は嘆きもされておりましょう。もったいないことに春の夜を一晩中起き明かして短い夢さえ見ずにお帰りなのですから。和泉式部続集。〇弥生　陰暦三月。〇けさはしも　男の「けさはいとゞ」の言葉を承ける。〇ひとよ　詞書の「夜もすがら」に対応。〇夢　春夜は物思わしくて寝られず、夢も殊に短いものとされている。ここは甘美なはかない契りに譬える。▽気の利かない男に対する嫣然とした揶揄。参考「ねられぬをしひてわがぬる春の夜の夢をうつつになすよしもがな」(後撰・春中・読人しらず)。

以下一一八〇まで四首「朝の恋」。

1179 自制してもう暫くとお逢いしないでいるのですが、鴫の羽搔きが堪えがたく聞える朝です。本歌「暁の鴫の羽搔き百羽がき君が来ぬ夜はわれぞ数かく」(古今・恋五・読人しらず)。赤染衛門集では「げぢからうなりて暁に、男」として「こくからに…物ながら鴫の羽搔きの…」とある歌。本集では本歌に引かれて女の歌と見たか。〇しばしとつゝむ　底本「しはしとつらん」。諸本で校訂。〇

忍《しの》びたる所《ところ》より帰《かへ》りて、朝《あした》につかはしける　　九条入道右大臣

1180 わびつゝも君が心にかなふとてけさも袂《たもと》をほしぞわづらふ

小八条の御息所《みやすどころ》につかはしける　　亭子院御歌

1181 手枕《たまくら》にかせる袂《たもと》の露《つゆ》けきはあけぬとつぐる涙なりけり

題しらず　　藤原惟成

1182 しばし待《ま》てまだ夜はふかし長《なが》月のありあけの月は人まどふ也《なり》

前栽の露《つゆ(お)》をきたるを、などか見ずなりにしと申《(まうし)》ける女に　　実方朝臣

1183 おきて見ば袖のみぬれていとゞしく草葉の玉の数《かず》やまさらん

鴫の羽掻き　鴫(→三六二)の羽ばたき。輾転反側する(寝床でもだえ寝返りを打つ)ことに譬える。

1180 みじめな思いをしながらも、これがあなたのお気に召すとて、今朝もまた実のなかった逢瀬に袂を干しかねるばかり泣いていることだ。師輔集、下句「けさは袂をほしぞかねつる」。○君が心　許してくれないつれない心。

1181 手枕としてそなたに貸した私の袖が朝露に濡れているのはおかしいと思ったが、それは夜が明けたと告げるそなたの涙であったのだな。寛平御集。○小八条の御息所　大納言源昇の女、貞子。宇多天皇の更衣。○手枕　ここは相手の腕を枕にして共寝すること。→四三。○あけぬとつぐる涙　朝露ではなく、きぬぎぬの別れを悲しんで落した涙。▽更衣の愛情をいとおしんだ後朝の挨拶。

1182 しばらく起きないで。まだ夜中です。九月の有明の月はよく人がだまされるのです。○長月　陰暦九月。→四九〇。▽夜の最も長いとされる九月、しかも夜ふけて出てくる有明の月なので、寝過ぎたと思って外を見れば空がほの明るくて、暁かと錯覚するという作意。参考「まてといはばまだ夜はふかし長月のありあけの月ぞ人はまどはす」(古今六帖五・読人しらず)の類歌。

以下一一八六まで五首「暁に帰りなんとする恋」。

1183 起きて、置いた露を見ると涙の露で袖はしきりに濡れ、袖で分けつつ帰る前栽の草葉の露の玉がいよいよ繁くなるでしょうから。実方集、三・四句「いたづらに草葉の玉と」。詞書の示す状況も本集とは違っている。○などか見ず　慌しく帰って一緒に眺めなかったのを恨んだもの。○数やまさらん　袖の露が置き添える意。

二条院御時、あか月帰《かへ》りなんとする恋《こひ》といふことを

二条院讃岐

1184
明《あ》けぬれどまだきぬぐ〳〵になりやらで人の袖をもぬらしつるかな

題しらず

西行法師

1185
面影《おもかげ》のわすらるまじき別《わか》れかなゝごりを人の月にとゞめて

後朝《（きぬぎぬ）》の恋の心《こゝろ》を

摂政太政大臣

1186
またもこん秋をたのむの雁《かり》だにもなきてぞ帰《かへ》る春のあけぼの

1184 夜は明けてしまったがまだ起き別れきれず、私の涙であの人の袖までも濡らしてしまったよ。二条院讃岐集「暁の別れを」。続詞花集・恋中、四句「人の袖さへ」。○二条院　第七十八代天皇。○明けぬれど…　暁(夜明け前のほの暗い頃)に別れる慣いなのに日が昇るまでぐずぐずしていたこと。○きぬぐ〳〵　起き別れ。一夜交わして寝た衣をまたそれぞれ着ることからいう。▽参考「しののめのほがらほがらと明けゆけばおのがきぬぎぬなるぞ悲しき」(古今・恋三・読人しらず)。

1185 その面影が忘れようとしても忘れることはできまいと思われる別れよ。尽きない名残をあの人は有明の月に留めて。西行法師家集「恋歌中に」。山家集・月。○面影　目に浮ぶ姿かたち。↓一四八。▽折からの有明の月の下、去りゆく後姿が真実慕わしく思われたのである。参考「有明のつれなく見えし別れより暁ばかりうきものはなし」(古今・恋三・壬生忠岑)。

1186 来年の秋にはまたと期するところのある田の面の雁でさえ、別れの悲しさに鳴きつつ帰ってゆく春の曙である―どうして再会のあてのない私が泣いて帰らずにいられよう。秋篠月清集「治承題百首」、初・二句「秋風に契りたのむの」(定家本)、「またもこむ契り(秋をイ)たのむの」(教家本)。○たのむの雁　↓五八。○あけぼの　日の出の直前。▽「雁だにも」で雁と対比してわが身を顕わし、恋歌に転じる。

女の許《（もと）》にまかりて、心《（ここ）》ちの例《れい》ならず侍《（はべり）》ければ、帰《かへ》りてつかはしける

賀茂成助

1187 たれゆきて君につげまし道芝《みちしば》の露《つゆ》もろともに消《き》えなましかば

女の許《（もと）》に、ものをだにいはむとてまかれりけるに、むなしく帰《かへ》りて、朝《あした》に

左大将朝光

1188 消《き》えかへりあるかなきかのわが身かならうらみてかへる道芝《みちしば》の露《つゆ》

三条関白《ノ》女御、入内の朝《あした》につかはしける

華山院御歌

1189 あさぼらけおきつる霜《しも》の消《き》えかへり暮待《くれま》つほどの袖を見《み》せばや

1187 誰が行ってあなたに知らせるのかしら。帰る途中、道芝の露もろともに消え入ってしまったとすれば。〇心ちの例ならず　病気になること。〇たれゆきて　空しく独り帰った恨みをこめる。〇道芝　道端の雑草。〇消え　死ぬこと。露の縁語。
　以下二首「帰路の恋」。

1188 すっかり消え入って、置いているかいないか―生きているやら、いないのやらのわが身です。つれないあなたを恨みつつ帰る途中の、葉裏を見せて翻る道芝の上の露と同様に。小大君集。〇ものをだにいはむ　契ることはできなくとも、せめて言葉を交わそうの意。〇消えかへり　「かへり」は状態の甚だしいこと。正体を失う意と露が消滅する意を掛け、下の「うらみてかへる」を起す。〇あるかなきか　露とわが身の両方についていう。▽小大君集には「あはれとも草葉の上やとはれまし道の空にて消えなましかば」という女の返しが見える。

1189 明け方、起き別れてからは置いていた霜がすっかり消え失せるように正体もなく、そして再び逢える夕暮を待っている間の涙にぬれた袖をそなたに見せたいものだ。〇三条関白女御　関白太政大臣に任じ、三条殿とよばれた藤原頼忠の女諟子で、作者の女御。永観二年(九八四)十二月二十五日入内。〇おきつる霜の　「消えかへり」の序。「置き」と「起き」と掛ける。
　以下一一九二まで四首「暮を待つ恋」。

法性寺入道前関白太政大臣家歌合に　　藤原道経

1190 庭におふるゆふかげ草のした露《つゆ》や暮《くれ》を待《ま》つまの涙なるらん

題しらず　　小侍従

1191 待《ま》つよゐ《(ひ)》にふけゆく鐘《かね》の声《こゑ》きけばあかぬ別《わか》れの鳥《とり》は物かは

藤原知家

1192 これも又ながき別《わか》れになりやせん暮《くれ》を待《ま》つべき命《いのち》ならねば

西行法師

1193 ありあけは思《おも》ひ出《い》であれや横《よこ》雲のたゞよはれつるしのゝめの空《そら》

1190 庭先の夕陰草の下葉に置く露は、夕暮れを待っている間、焦がれて落す私の涙であろうか。本歌「わが宿の暮陰草の白露のけぬがにもとな思ほゆるかも」(万葉集四・笠女郎。古今六帖六八)。大治元年(一一二六)八月、摂政左大臣家歌合、三句「夕露や」。○法性寺入道前関白太政大臣　藤原忠通。○ゆふかげ草　夕暮の下陰の草。

1191 いとしい人を待っている宵に夜ふけを知らせる鐘を聞くと、名残惜しい暁の別れを知らせる鶏など物の数とも思われません。続詞花集・恋中。○よゐ　「ゆふべ」(夕暮)の後。日没から夜に入るまでをいい、男の訪れる時分とされている。○ふけゆく鐘　一昼夜六時のうち宵に相当する日没(酉の刻)を過ぎて撞く初夜(戌の刻、八時頃)の鐘。▽平家物語五・月見に「或時御所にて、待つ宵帰る朝、いづれかあはれはまされると御尋ねありければ」として載る。

1192 一時の別れであるはずの今朝の別れも、考えてみれば永久の別れになるのではあるまいか。とても暮をじっと待っていられる命とは思えないので。▽後朝に増す恋の趣。

1193 有明には忘れられない記憶があるな。横雲がためらうように動いている、そのようについ気もそぞろであったしののめ空よ。西行法師家集。○横雲　たなびく雲。多くは夜明け、峰にかかるのをいう。○しのゝめ　能因歌枕「明けはなるる程」。→三四。▽後朝の回想。

「暁の恋」。

1194 大井川の井堰の水が湧くではないが、この暮はわくらばに約束して下さった暮ではないのですか。それなのにどうして。元輔集「ある人につかはしし」。○大井河　山城国の歌枕。→五五。○井堰　大井川の景物。○わくらばに　「稀なることをばわくらばといふ」(能因歌枕)。滅多にない

1194 大井河《がは》井堰《せき》の水のわくらばにけふはたのめし暮《くれ》にやはあらぬ

清原元輔

けふと契《ちぎ》りける人の、あるかと問ひて侍《（はべり）》ければ

読人しらず

1195 夕暮《ゆふぐれ》に命《いのち》かけたるかげろふのありやあらずや問《と》ふもはかなし

西行法師人〱に百首歌よませ侍けるに

定家朝臣

1196 あぢきなくつらきあらしの声もうしなど夕暮《ゆふぐれ》に待《ま》ちならひけん

恋《こひ》の歌《うた》とて

太上天皇

1197 たのめずは人を待乳《まつち》の山なりとねなまし物をいざよひの月

ことに。「湧く」に掛ける。

以下一一九六まで三首「暮の恋」。

1195 夕暮までの命を生きているかげろう、そのように夕暮を命がけで待っている私に生きているかどうかとお尋ねになるとは寂しく情ない気がします。時明集、二・五句「心かけたる…問ふもあやふし」。○あるか　普通は御無事かという挨拶。○かげろふ　陽炎(→三二)や遊糸(蜘蛛の子につく白い網状のもの)をもいうが、これは「朝生而暮死」(大戴礼・夏小正)といわれる虫。蜉蝣。能因歌枕には「ゑに似たる黒虫。ほのかなる物に譬ふ」とある。「ゑ」は荏で、黒い実のなる紫蘇。八雲御抄三にも「夕に軒などに乱れ飛ぶものなり。夕ぐれに命かけたるといへり」とある。○ありやあらずや　「かげろふのあるかなきか」が常套句。▽この場合、男の「あるか」は御在宅かぐらいの意味であるが、それをわざと咎め立てたもの。

1196 お話にもならないことで、荒々しい嵐の音まで堪えがたい。人はどうして夕暮に待つ慣わしになったのであろう。拾遺愚草「文治二年(一一八六)、二見浦百首」。○西行法師　作者の父俊成の知己。○百首　文治二年から四年にかけて大神宮法楽のために西行が勧進したもの。○あぢきなく　自業自得と思いつつ嘆く気持。○声も　「も」は待つ不安に加えての意。▽待つ女の歌。

1197 来ると約束してくれなければ、ここが人を待つという名の待乳山であろうと寝てしまったであろうに、ぐずぐずしているうちに出たいざよいの月よ。○待乳の山　大和国の歌枕。和歌初学抄「待つことにそふ」とある。○いざよひの月　十六夜の月。自分がぐずついていた意を掛ける。▽参考「たのめこし人を待乳の山風にさ夜ふけしかば月も入りにき」(→一二一八)。

以下二首「月に寄する暮の恋」。

水無瀬《みなせ》にて恋十五首歌合に、夕恋といへる心を

摂政太政大臣

1198 なにゆへ《(ゑ)》と思《(おもひ)》もいれぬゆふべだに待《ま》ち出《い》でし物を山のはの月

寄《スル》レ風《ニ》恋

宮内卿

1199 聞《き》くやいかにうはの空《そら》なる風だにも松《まつ》に音《おと》するならひありとは

題しらず

西行法師

1200 人はこで風のけしきも更《ふ》けぬるにあはれに雁のをと《(お)》づれてゆく

八条院高倉

1201 いかゞふく身にしむ色のかはるかなたのむる暮《くれ》の松風の声

1198 別にそのわけなど深く考えたことのない夕暮でさえ、夕暮は月の出が待ち遠しく思われたものであるが、山の端の月よ。ましてこの夕暮は約束をあてにしているので、月が出る頃にはあの人がとしきりに月が待たれることだ。建仁二年(一二〇二)九月十三日、水無瀬恋十五首歌合。同年、若宮撰歌合。○待ち出でし 「出で」は「思ひもいれぬ」の「入れ」の対。▽参考「今こむといひしばかりに長月の有明の月を待ち出でつるかな」(古今・恋四・素性)、「あしひきの山より出づる月待つと人にはいひて君をこそ待て」(拾遺・恋三・柿本人麿)。

1199 お聞きですか、いかがです。上空を吹く気まぐれな風さえも松には訪れて音を立てる習性があるということを。同じ歌合。若宮撰歌合。○聞く 「風」「音する」と縁語。○うはの空 上空とあてにならない意とを掛ける。○松に音する 「松」に「待つ」を掛け、「音する」は「おとづる」と同じで、音を立てる意と訪れる意とを兼ねる。▽待てど訪れない男をなじる歌。

以下一二〇三まで四首「風に寄せて待つ恋」。

1200 待つ人は訪れず、吹く風のけはいも夜の更けたのを知らせる折節、あわれにも雁が訪れて鳴き過ぎてゆくよ。西行法師家集、二句「風のけしきの」。御裳濯河歌合。○風のけしきも よく響く風の音に夜中と知られたこと。○あはれに いじらしく、心にしみるさま。○雁のをとづれて 「人はこで」の対。音を立てる意と訪れる意とを兼ねる。

1201 どのように吹くのであろう。身にしみる色がいつものそれとは思えないな。約束をあてにして待ち焦れているこの夕暮の松風の音よ。本歌「松風は色や緑にふきつらむ物思ふ人の身にぞしみける」(後拾遺・雑三・堀河女御)。○色のかはる しみ工合の格別なことを本歌によってこう言いな

1202 たのめを《(お)》く人も長等《ながら》の山にだにさ夜《よ》ふけぬれば松風の声

鴨長明

1203 いま来《こ》んとたのめしことを忘《わす》れずはこの夕暮《ゆふぐれ》の月や待《ま》つらん

藤原秀能

待《ま》つ恋《こひ》といへる心を

1204 君待《ま》つとねやへもいらぬ真木《まき》の戸《と》にいたくな更《ふ》けそ山のはの月

式子内親王

恋歌とてよめる

1205 たのめぬに君来《く》やと待《ま》つよゐ《(ひ)》のまの更《ふ》けゆかでたゞ明《あ》けなましかば

西行法師

したもの。〇松風　「待つ」と掛詞。

1202 来ると約束してくれている人もいないこの長等の山でさえ、夜が更けると待つという松風が音を立てて荒涼とした気持をかき立てることだ。〇長等の山　近江国の歌枕で、「なし」の語幹「な」に掛ける。平中物語七段の長等山の辺、志賀寺に籠る女を連想させる。〇さ夜ふけぬれば　もう人の訪れる可能性も乏しく、しかも独寝のわびしさの募る頃という設定で、歌う女の気持を示唆する。

1203 すぐ訪ねようと私が約束したことを忘れていなければ、この夕暮の月の出を今か今かと待っていることであろう。本歌「いま来むと言ひしばかりに長月の有明の月を待ち出でつるかな」(古今・恋四・素性)。如願法師集「歌召し侍りし時、夕恋を」。〇夕暮の月　日没前に上ってくる上旬の月。▽本歌の趣向を変えて上旬の月を、しかも男の側から詠んだ歌。

「月に寄せて待つ恋」。

1204 あの方を待つとて閨にも入らずたたずんでいる真木の戸に折節光を見せそめた山の端の月よ。どうかしばらくはその辺にいて、すっかり夜もふけたとは知らせないでくれ。本歌「君来ずはねやへも入らじ濃紫わが元結に霜は置くとも」(古今・恋四・読人しらず)。〇真木の戸　杉・檜などで作った板戸。山里の庵にも都の邸宅にもいうが、ここは後者の妻戸であろう。▽男の来るのは宵(→一一九二)で、待つ身には夜のふけるのが最も忌まわしい。

以下一二〇八まで五首「夜ふけて待つ恋」。

1205 約束してくれたわけでもないのにあの人が来るかと待っているこの宵の間が夜に入らず、このまま明けてしまえばなあ。御裳濯河歌合。西行法師家集、三・五句「よひのまは…明けなましものを」。▽夕暮から待ちわび、さらに一夜つづく

1206 帰《かへ》るさの物とや人のながむらん待《ま》つ夜《よ》ながらのありあけの月

定家朝臣

題しらず

1207 君来《きみこ》んといひし夜《よ》ごとにすぎぬれば頼《たの》まぬものの《ゝ》恋《こ》ひつゝぞ経《ふ》る

読人しらず

1208 衣手に山おろしふきて寒《さむ》き夜を君来《き》まさずは独《ひと》りかも寝《ね》ん

人麿

左大将朝光久《ひさ》しうを《(お)》とづれ侍らで、旅《たび》なる所《ところ》に来《き》あひて、枕《まくら》のなければ草を結《むす》びてしたるに

馬内侍

ことの堪えがたさ。

1206 帰り際のつれない月としてあの人は見入っているのでもあろうか。私が一夜待ち明かした揚句に見るこの有明の月を。拾遺愚草「文治三年(一一八七)冬、閑居百首」。参考歌による。○帰るさの物　後朝の帰り際の月。○人　自分の待つ人。▽自分にもあの人にも等しくつれない月であるが、自分は一夜の絶望を、あの人は喜びを味わった果ての月で、この対照が一首の眼目。参考「有明のつれなく見えし別れより暁ばかりうきものはなし」(古今・恋三・壬生忠岑)。

1207 あなたが来ようと言った夜がいつもいつも空しく過ぎてしまうので、もうあてにしないものの毎夜恋いつづけています。伊勢物語二十三段。▽同物語では河内国高安(たかやす)の女が心変りした男にやった歌。

1208 袖に山おろしの風が吹いて寒い夜なのにあなたがお出でにならなければ、独り寝ることであろうか。原歌は万葉集十三・作者未詳の同じ歌。○山おろし　山から吹きくる激しい風。山麓にいる態。○来まさずは　原歌では来まさずしての意。本集では仮定の条件となろう。

1209 あなたとお逢いするのは今度が最後の旅となるのでしょうか。このように草の枕も霜枯れてしまいました。馬内侍集。○左大将朝光　藤原兼通の四男(公卿補任)。→一〇〇四。○旅なる所　密会の場所。「度(たび)」と掛詞。○霜がれ　「枯れ」と「離れ」と掛詞。▽草の枕の枯れたのを今後旅でもまた逢うことのない予兆として嘆く。

以下一二一五まで七首「日頃を隔つる恋」。

1210 あまり狎れましてはいずれ飽きられるのが悲しい男女の仲ですから、「須磨の海人の塩焼き衣」ではありませんが間遠なのでもありましょう。本歌「須磨の海人の塩焼き衣をさをあらみま

1209 逢《あ》ふことはこれやかぎりの旅《たび》ならん草の枕も霜がれにけり

天暦御時、まどを《（ほ）》にあれやと侍りければ　　女御徽子女王

1210 なれゆくはうき世なればや須磨《すま》の海人《あま》の塩焼《しほや》き衣まどを《（ほ）》なるらん

あひて後《のち》あひがたき女に　　坂上是則

1211 霧《きり》ふかき秋の野中のわすれ水たえまがちなる比《（ころ）》にもあるかな

三条院、みこの宮と申《（まうし）》ける時、久《ひさ》しく問《と》はせ給《たま》はざりければ　　安法法師女

1212 世のつねの秋風ならばお《（を）》ぎの葉にそよとばかりのを《（お）》とはしてまし

どほにあれや君が来まさぬ」（古今・恋五・読人しらず）。斎宮女御集。○天暦　村上天皇の年号。天皇をもさす。○まどをにあれや　しばらく来ないな。本歌の下句の心を引く。○なれ　親しく狎れる意と「褻（な）れ」即ち着古してよれよれになる意を掛けて第四・五句に繋がる。○須磨　摂津国の歌枕。以下二句、天皇の言葉を承けて本歌を顕わす。○塩焼き衣　藻塩を焼く作業衣。衣が「褻れ」るのは「うき」の意で上に繋がり、本歌によって下の「まどを」に続く。

1211 霧の立ちこめる秋の野中に絶え絶え残る忘れ水、そのように絶えまがち—お逢いすることも近頃稀になりました。是則集。○霧ふかき　忘れ水が一層見定めにくい状況にあること。○わすれ水　人目につかず絶え絶えに残っている流れ。↓六二八。上句は「たえまがちなる」を導く序。○比にもあるかな　つれづれをかこつ気持が見える。

1212 普通の秋風ならば荻の葉に吹き通ってそよとぐらいの音は立てましょうに—普通の男女の仲で飽きがきたという程度なら、たまの訪れはあってもよいものを。すっかりお見限りですね。玄玄集。続詞花集・恋下。三奏本金葉・恋中。○三条院　第六十七代天皇。○みこの宮　東宮。○世のつねの秋風　秋風はまず荻に訪れ、夕暮はことに音が高いとされた。↓一三〇三・一三〇五。その「秋」に「飽き」、「世」に男女の仲の意を掛ける。○そよ　↓六二六・九〇〇。▽参考「秋風の吹くにつけても問はぬかな荻の葉ならば音はしてまし」（後撰・恋四・中務）。

1213 山の下陰の草を結んで固く約束をしておいて、空しく恋いつづけることであろうか。逢うてだてもなく。家持集・雑歌。○山のかげ草　密会の場所の譬喩。○結び　草を結ぶのは契りを願う呪術、または変らぬ約束のしるし。ここは後者で、契った後に結んだのであろう。

題しらず　　　　　　　　　　中納言家持

1213 あしびきの山のかげ草結《むす》びを《(お)》きて恋《こ》ひやわたらん逢《あ》ふよしをなみ

延喜御歌

1214 あづま路《ち》にかるてふ萱《かや》の乱《みだ》れつゝつかのまもなく恋《こ》ひやわたらん

権中納言敦忠

1215 結《むす》びを《(お)》きし袂《たもと》だに見ぬ花すゝきかるともかれじ君《きみ》しとかずは

百首歌中に　　　　　　　　　源重之

1216 霜の上《うへ》にけさふる雪の寒《さむ》ければかさねて人をつらしとぞ思《(おもふ)》

1214 東国の道のほとりで刈るという萱が乱れに乱れるように思い乱れては、その萱の乱れをつかねるではないが、つかのま―わずかのひまもなく恋いつづけることであろうか。○あづま路　東海道。または東国の道。○萱　ススキ・スゲ・チガヤ等イネ科の植物の総称で、屋根など葺くのに用いる。「刈る萱の」を「乱れて」(→三四五)、「つかのあひだ」の枕詞ともする。○つかのま　「乱れ」をたばねる意の「つかぬ」から僅かの間の意の「つかのま(→一三七四)」に続けた。▽「か」「つ」音の反復が快い。参考「あづまぢに刈る萱のよこおほちになさけをかい刈る萱のみやすらに刈る萱のしさやかい刈る萱の」(風俗譜「東道」)。

1215 結んでおいた人は来て解いて下さるどころか、袂さえその後見ない花すすきです。離れようにも離れることはできますまい。袂の主のあなたがお解きにならない限りは。約束は大丈夫です。「離れぞしぬべき」などと弱気なことをおっしゃってどうして訪ねて来て下さらないのです。敦忠集、五句「君がとかずは」。「忘れじと結びし野辺の花すすきほのかにも見でかれぞしぬべき」とある歌の返し。○結び　逢った後、「忘れじ」という約束に二本の薄の穂を結んだもの。「かる(離る)」の対語。○袂　結ぶ手の袂。薄の縁語でもある。○かる　「離る」と「枯る」と掛詞。▽贈歌が何か障害があって弱気になっているのを恨み、かつ励ました答歌。贈歌の方が敦忠で、この答歌は醍醐天皇皇女、雅子内親王。

1216 霜の上に今朝降りかかる雪が寒いので、二重に身にこたえる、そのように又あらためてあの人の無情がこたえることだ。重之集、四句「人をかさねて」。続詞花集・恋中。▽空しく明かしたある朝の嘆き。参考「霜の上に降る初雪の朝ごほり解けずも物を思ふころかな」(拾遺・恋三・読人し

題しらず　　　　　　　　　　　　　安法法師女

1217 独《ひと》りふすあれたる宿《やど》の床《とこ》の上《うへ》にあはれいく夜《よ》の寝覚《ねざ》めしつらん

重之

1218 山城《やましろ》の淀《よど》の若《わか》こもかりにきて袖ぬれぬとはかこたざらなん

貫之

1219 かけて思《おも》ふ人もなけれど夕《ゆふ》されば面影《おもかげ》たえぬ玉かづらかな

宮《みや》づかへしける女をかたらひ侍《はべり》けるに、やんごとなきおとこ(を)の入《い》り立《た》ちていふけしきを見

らず)。

以下二首「夜を隔つる恋」。

1217 独り寝の荒れた住居の寝床の上で、ああもう幾夜寝覚したことであろう。能因法師集「河原院にてむすめに代りて」とある歌、五句「寝覚めなるらむ」。

1218 山城の淀の若菰を刈りに来て袖が漬って濡れました—かりそめにやって来ておいて、恋しさに涙で袖がぬれましたなどと恨みごとは言わないでほしい。本歌「山城の淀の若こもかりにだに来ぬ人たのむわれぞはかなき」(古今・恋五・読人しらず)。重之集、二・五句「淀のこぐさを…うらみざらなむ」。○山城の淀　歌枕。→三九。○若こも　芽を出したマコモで芽は食用にする。マコモは沼沢に群生するイネ科の多年生草本。○かりに　「刈りに」と「仮りに」と掛詞。○かこた　人のせいにして恨むこと。

以下三三まで五首「相思はぬ恋」。

1219 かりそめにも思ってくれる人などないが、夕方になるとあの方の顔かたちがいつも浮ぶ、その頭に掛けた美しい玉鬘よ。本歌「人はいさ思ひやすらむ玉かづら面影にのみいとど見えつつ」(伊勢物語二十一段)。貫之集「天慶八年(九四五)二月、うちの御屛風の料二十首」の内「男なき家」。○かけて　下の打消と呼応してかりそめにもの意。「たえぬ」の対。「玉かづら」の縁語。○面影　幻影。→一四八。「かづら」のうち「ひかげのかづら」を「かげ」ともいうのでその縁語。○たえぬ　玉鬘は長く延びるのでその縁語。○玉かづら　「かづら」は蔓のある植物の総称。上代は頭に巻いて飾りとした。玉は美称。▽家集によれば独居の女の歌。また屛風歌としての配列は十、十一月頃に当るので玉鬘は十一月の新嘗祭に祭官が冠に懸けた「ひかげのかづら」(→二五四)に寄せるか。

て恨《うら》みけるを、女あらがひければよみ侍《(はべり)》ける　平定文

1220 いつはりを糺《たゞす》の森《もり》のゆふだすきかけつゝちかへわれを思《おも》はゞ

人につかはしける　鳥羽院御歌

1221 いかばかりうれしからましもろともに恋《こ》ひらるゝ身も苦《くる》しかりせば

片思《(かたおもひ)》の心《こゝろ》を　入道前関白太政大臣

1222 われぱかりつらきをしのぶ人やあるといま世《よ》にあらば思ひあはせよ

摂政太政大臣家百首歌合に、契《ル》恋の心を　前大僧正慈円

1223 たゞたのめたとへば人のいつはりを重《かさ》ねてこそは又も恨《うら》みめ

1220 偽りをただして下さるという糺の森の木綿襷を懸けるではないが、この神にかけて誓って下さい。私を思って下さるのならば。平中物語三十四段、四句「かけてちかへよ」。○入り立ちていふ　局の中にはいって親しげに語る。○あらがひ　やきもちだと言い返すこと。○糺の森　山城国の歌枕。下鴨神社の所在地。「糺す」は実否、是非を明らかにする。○ゆふだすき　楮(こうぞ)などの繊維から採った白い清らかな糸即ち「ゆふ」で作った襷。神事の際袖をかかげるために肩に懸ける。

1221 どんなにうれしいことであろう。もしも私ともども恋いられるあなたも苦しむのであれば。言葉和歌集・恋上「つれなかりける人にたまはせける」。▽せめて思いを共にしたいという発想。これよりも自虐的な趣向が一二四三。

1222 私ほど人のつれなさに堪えている男はあるまいと思う、そのことをこの先生きながらえていられるなら合点して下さい。○人やある　反語。○いま　この先また。「今日よりはいま来む年の昨日をぞいつしかとのみ待ちわたるべき」(古今・秋上・壬生忠岑)。○世にあらば　私はもう堪えきれず死ぬが、あなたは生きていれば又人に思われることもあろう、その時はの意。○思ひあはせ　比較して思い当ること。▽参考「われぱかり物思ふ人はまたもあらじと思へば水の下にもありけり」(伊勢物語二十七段)。

1223 いちずに信頼して下さい。つまりこういう私があなたを裏切って偽りを重ねたその時にこそ改めて恨むがよいと思います。建久四年(一一九三)、六百番歌合。○摂政太政大臣　藤原良経。○たゞたのめ　一一九六「なほたのめ」と類似の発想。○たとへば　さらに詳しくいえばの意。散文的用語。○いつはりを重ねて　不実な私が「ただたのめ」と約束するのは偽り。その約束を破るのが「重ねて」。

女を恨《うら》みて、今《いま》はまからじと申《(まうし)》てのち、猶忘《(なほ)わす》れがたく覚《おぼ》えければつかはしける

右衛門督家通

1224 つらしとは思《おも》ふ物からふし柴《しば》のしばしもこりぬ心なりけり

頼《たの》むること侍《(はべり)》ける女、わづらふ事侍ける、を《(お)》こたりて、久我内大臣のもとにつかはしける

読人しらず

1225 たのめこし言《こと》の葉ばかりとゞめを《(お)》きて浅茅《あさぢ》が露《つゆ》と消《き》えなましかば

返し

久我内大臣

1226 あはれにもたれかは露《つゆ》も思《おも》はまし消《き》え残《のこ》るべきわが身ならねば

▽不実を疑って恨んだ女に今も将来も変らぬと誓約した歌。参考「たのめつつ逢はで年経る偽りにこりぬ心を人は知らなむ」(古今・恋二・凡河内躬恒)。

「恨みて契る恋」。

1224 無情だとお恨みはするもののふし柴ではないが、しばしも懲りずにすぐまたお慕いする心なのです。続詞花集・恋下、五句「心なになり」。○今はまからじ　もうお訪ねしません。○ふし柴の　第四句の序。同音で「しばし」と重ね、また柴を樵(こ)る意に掛けて「懲り」を導く。「ふし柴」は柴。「ふし」も柴の異称。○心なりけり　改めてわが心を顧みて憐れむ気持。▽参考「かねてより思ひしことぞふし柴のこるばかりなる嘆きせむとは」(千載・恋三・待賢門院加賀)。

以下一二二六まで五首「恨みて思ふ恋」。

1225 これまで約束して下さっていたうれしいお言葉ばかりを形見に残して、わが身は浅茅に置く露のように消えてしまったとすれば。哀れと思って下さったでしょうか。本歌「たのめこし言の葉いまは返してむわが身ふるれば置きどころなし」(古今・恋四・藤原因香)。○頼むること　約束を交わすこと。○をこたり　快方に向う。○久我内大臣　源雅通。○浅茅が露　浅茅(→三四五)に置く露で、はかない命の譬えとする。葉の縁語。

1226 哀れだなどと誰がいささかでも思いましょう。私も同じ露で、独り消え残っていられる身ではありませんから。○露　「いささかも」の意を掛ける。○消え残る　贈歌の「消え」を承ける。露の縁語。▽もろともに消えるので悼む余地はないという、逆説的な強い愛情の告白。

題しらず

1227 つらきをも恨《うら》みぬわれにならふなようき身を知《し》らぬ人もこそあれ

小侍従

1228 何《なに》か厭《いと》ふよもながらへじさのみやは憂《う》きにたへたる命《いのち》なるべき

殷富門院大輔

1229 恋《こ》ひ死《し》なん命《いのち》は猶《(なほ)》もお《(を)》しきかなおなじ世《よ》にあるかひはなけれど

刑部卿頼輔

1230 あはれとて人の心のなさけあれな数《かず》ならぬにはよらぬ歎《なげ》きを

西行法師

1227 あなたの無情にも堪えて恨まぬ私に馴れ、人はそういうものだと思わないで下さい。わが身の拙さなど思ってもみない人がいて、恨みをお受けになってはいけませんから。○恨みぬ 「恨む」は上二段活用。▽わが苦しみの秘かな訴えでもあるが、なおも相手を思いやる女のいじらしさであろう。参考「いかばかり人のつらさを恨みましうき身の咎と思ひなさずは」(詞花・恋上・賀茂成助)。

1228 どうしてお避けになるのです。まさか生き長らえもしますまいに。今までこらえて来ましたが、そういつまでも苦しさに堪えていられる命でしょうか。

1229 恋死にするであろう命であるが、やはりまだ惜しく思われることだ。もう逢うすべはなく同じこの世に生きている甲斐はないのであるが—ただ同じ世に生きているというそのことがうれしくて。仁安二年(一一六七)八月、平経盛朝臣家歌合、二句「別れはなほも」。頼輔集は本文に同じ。○かひはなけれど　別に効験はないが効験のためではなくの意。▽純愛の歌で、一二四七とは違う。以下巻末まで五首「身を嘆く恋」。

1230 いたわしいといって、せめてあの人の心がいたわりを見せてくれたらなあ。人数にも入らぬわが身とはいえ、それとは何のかかわりもないこの嘆きであるものを。山家集。西行法師家集、三句「なさけあれや」。▽貴女にささげる恋で、これも純愛の歌。

1231 身を知《し》れば人のとがとは思《おも》はぬに恨《うら》みがほにもぬるゝ袖かな

女につかはしける

皇太后宮大夫俊成

1232 よしさらば後《のち》の世《よ》とだに頼《たの》めを《(お)》けつらさにたへぬ身ともこそなれ

返し

藤原定家朝臣母

1233 頼《たの》めを《(お)》かんたゞさばかりを契《(ちぎり)》にてうき世《よ》の中の夢になしてよ

1231 身のほどを自覚しているので、この苦しさもあの人の咎とは思わないのに恨めしげにもまあ、涙に濡れている袖よ。西行法師家集。宮河歌合。山家集、二句「人のとがには」。○とが　非行。過失。○恨みがほ　「…がほ」は西行をはじめとして以後目につく用語で、歌語としての適否がしばしば問題になった。▽袖を有情的に、かつ心と対立的に捉えていとおしむ。

1232 仕方がありません。それならせめて後の世でとでも約束して下さい。あなたの冷い仕打ちに堪えきれず死ぬ身になるといけませんから。その時の慰めに。長秋詠藻「つれなくのみ見えける女につかはしける」。○頼め　期待をもたせる。

1233 確かに「後の世」とお約束しておきましょう。いかにもはかない約束ですが、ただそれだけを二人の中の契りとして、これまでのお嘆きはつらいこの世で見た夢と観じて下さい。長秋詠藻「返し」。○頼めをかん　前歌の「頼めをけ」を承ける。○さばかりを契にて　言葉の契りだけで肉体の契りは許されないこと。○うき世　前歌の「後の世」を承けて「この世」であるとともに男女の仲を意味する。▽作者は美福門院(鳥羽院皇后)の女房。俊成に嫁して定家を生む。先夫藤原為経(寂超)の出家後であろう。参考「うつつにて夢ばかりなる逢ふことをうつつばかりの夢になさばや」(後拾遺・恋二・源高明)。

新古今和歌集巻第十四

恋歌四

中将に侍《はべり》ける時、女《をんな》につかはしける　清慎公

1234 よゐ《(ひ)》〳〵に君《きみ》をあはれと思《おも》ひつゝ人にはいはでねをのみぞ泣《な》く

返し　読人しらず

1235 君だにも思《おも》ひ出《い》でけるよゐ《(ひ)》〳〵を待《ま》つはいかなる心《(ここ)》ちかはする

1234 宵になるといつもあなたが恋しく、人しれず声を立てて泣くばかりです。清慎公集。○中将　延長六年(九二八)六月から承平三年(九三三)五月まで在任。○女　家集によれば中務(なかつかさ)。○よゐ　日没後から「よる(よなか)」に入る間で、女のもとに男が通ってゆく時分。

以下一二六五まで金葉集までの歌人を配列。一二三八まで五首「日頃を隔つる恋」。

1235 つれないあなたでさえ思い出して下さった宵々を待ちつづけている私がどんな気持でいるか、お分かりですか。清慎公集に「返し」として載る。○待つ　待つべき時分は日没前の「ゆふべ(夕暮)」というのが恋の約束であるから、「よゐ」では既に遅い。それで「思ひ出でける」と揶揄する。▽贈歌の上句をそのまま盾に取る。

少将滋幹《(しげもと)》につかはしける

1236 恋《こひ》しさに死《し》ぬるいのちを思《(おもひ)》出《い》でて問《と》ふ人あらばなしとこたへよ

恨《うら》むる事侍りて、さらにまうで来《こ》じと誓言《ちかごと》して、二日《ふつか》ばかりありてつかはしける

謙徳公

1237 別《わか》れては昨日けふこそへだてつれちよゝを経《へ》たる心《(ここ)》ちのみする

返し

恵子女王 贈皇后宮母

1238 昨日《きのふ》ともけふとも知《し》らず今はとて別《わか》れしほどの心まどひに

1236 恋しさのあまり焦がれ死にをする私の命を思い出してもしも問う人があれば、もうおりませんと答えて下さい。大和物語一〇四段。〇少将滋幹　大納言国経の男。延長六年(九二八)右近少将となり、承平元年(九三一)左近少将で没。▽相手への婉曲な訴え。同物語に、返し「からにだにわれ来たりてへ露の身の消えばともにと契りおきてき」とある。参考「名にしおはばいざ言問はむ都鳥わが思ふ人はありやなしやと」(古今・羇旅・在原業平)。

1237 お別れしてからは昨日今日という隔たりにすぎませんが、まるで千年も経った気がします。一条摂政御集、四句「ちよしも経たる」。本集諸本も。底本「ちよしを」とも読め、誤写か。〇ちよゝ「千世々」の語はある。千年の意。〇心ちのみする　底本「心ちのみすみ」。諸本により校訂。

1238 私は昨日とも今日とも覚えません。「もう来ません」とおっしゃってお別れした時、気も動顚してしまいまして。一条摂政御集に「御かへり」として載る。▽相手の詞を打返す返歌の約束に従って、おおらかな愛情を見せる。

1239 お見限りになったのか。せめてお姿でも映るなら御本心を問いただすこともできましょうに、残していかれたゆするには水草が覆い、それもできません。蜻蛉日記・康保三年(九六六)八月条、二・三句「かげだにあらば問ふべきを」。〇入道摂政　夫の藤原兼家。〇鬢搔き　鬢は耳の上辺の髪。笄(かうがい)で搔き整える。〇ゆするつき　泔坏。泔即ち洗髪に使う米のとぎ汁を入れる蓋つきの容器。〇水草　手入れしない水を覆う藻や水垢。同日記には「上に塵ゐてあり」とあり、泔の表面に青カビ等が生えていたか。

以下一二四七まで「久しく逢はざる恋」。うち次歌と共に「草に寄す」。

入道摂政久《ひさ》しくまうで来《こ》ざりけるころ、鬢掻《びんか》きて出《い》で侍《(はべり)》けるゆするつきの、水入《い》れながら侍けるを見て

右大将道綱母

1239 絶《た》えぬるかかげだに見えば問《と》ふべきに形見《かたみ》の水は水草《みくさ》ゐにけり

内に久《ひさ》しくまい《(ゐ)》り給《たま》はざりけるころ、五月五日、後朱雀院の御返事《かへりごと》に

陽明門院

1240 かた〴〵に引《ひ》き別《わか》れつゝあやめ草《ぐさ》あらぬねをやはかけんと思《おも》ひし

題しらず

伊勢

1241 言《こと》の葉のうつろふだにもあるものをいとゞ時雨の降《ふ》りまさるらん

1240 帝は内裏、わたくしは里と互いに別れていて、今日菖蒲の根ならぬ泣く音を袖にかけようとは思ってもみませんでした。栄花物語・暮待つ星、四句「あはぬ根をやは」。大鏡・後日物語は本文に同じ。本集鷹司本「あはぬ…」。〇内に久しく 長元十年(一〇三七)三月嫄子が中宮に立ち弘徽殿に入るに先立って作者皇后禎子は心安からず、内裏を出た。〇五月五日 同年のこと。〇御返事 底本「御こと」。諸本で校訂。院の御歌は「もろともにかけし菖蒲を引き別れさらにこひぢにまどふ頃かな」(同物語)。〇引き別れ 「引き」は菖蒲の縁語。〇ねをかけ 菖蒲の根を袖に懸ける(→三二)と泣く音を袖にもらす意を掛ける。

1241 木の葉の色の変るように約束の言葉をお違えになるのさえ悲しいのに、いよいよ時雨が降りまさって木の葉の散るように私をお見限りになるのはどうしてでしょう。本歌「今はとてわが身時雨にふりぬれば言の葉さへにうつろひにけり」(古今・恋五・小野小町)。伊勢集「人の返りごとせざりければ楓を折りて時雨のする日」。〇時雨降って木の葉を紅葉させるが、「降りまさる」で散ることをいう。▽参考「人を思ふ心木の葉にあらばこそ風のまにまに散りも乱れめ」(本歌の返し。小野貞樹)。本歌の上をゆく悲しみを歌う。一首「時雨に寄す」。

1242 蜘蛛の通路であった糸は吹く風に空中で切れてしまうとしても、それにつけても殿に御本心をお尋ねしましょう。蜻蛉日記・天暦十年(九五六)九月条。兼家がその室時姫の所にもぷっつりと通って来なくなったと聞き、同情して贈った歌。〇さゝがに 能因歌枕「くもをいふ」。もとは「ささがにの」が蜘蛛の枕詞。▽参考「わがせこが来べき宵なりささがにの蜘蛛のふるまひかねてしるし

右大将道綱母

1242 ふく風につけても問《と》はんさゝがにのかよひし道《みち》は空《そら》にたゆとも

后《きさい》の宮久《ひさ》しく里《さと》におはしけるころ、つかはしける　天暦御歌

1243 葛《くず》の葉にあらぬわが身も秋風のふくにつけつゝうらみつる哉《(かな)》

久《ひさ》しくまい《(ゐ)》らざりける人に　延喜御歌

1244 霜さやぐ野辺の草葉《くさば》にあらねどもなどか人目《め》のかれまさるらん

御返し　読人しらず

1245 浅茅《あさぢ》おふる野辺《べ》やかるらん山がつの垣《かき》ほの草《くさ》は色もかはらず

も」(古今・恋四(墨滅歌)・衣通姫)。
以下二首「風に寄す」。

1243 葛の葉でない私も秋風が吹くその度に葉裏を見せた—そなたに飽かれていると思うにつけて恨んだことだ。本歌「秋風の吹き裏返す葛の葉のうらみてもなほ恨めしきかな」(古今・恋五・平貞文)。村上御集、五句「うらみられけり」。○后の宮　村上天皇の中宮藤原安子。師輔の女。○秋風のふくにつけ　「秋」に「飽き」を掛ける。幾度か参内をうながして無視されたこと。○うらみ　葉裏を見せる「裏見」と「恨み」を掛けるのは常套。

1244 霜がさやさやと鳴る野辺の草葉が日毎に枯れてゆくではないが、どうしてこうも人目が離れまさる—そなたはいよいよ私から離れてゆくのであろう。延喜御集。○人に　御集に「三条右大臣の女御」とあり、藤原定方の女、女御仁善子。○かれ　「枯れ」と「離れ」と掛詞。▽参考「山里は冬ぞさびしさまさりける人目も草もかれぬと思へば」(古今・冬・源宗于)。
以下二首「野辺に寄す」。

1245 「かれ」るのは人目ではなく、まさしく浅茅の生えている野辺でございましょうが、山賤の垣根の大和撫子は色も変りません—愛情の薄い御心は枯れ衰えもいたしましょうが、拙い私の心は変ることなどありません。本歌「あな恋し今も見てしか山がつの垣ほに咲ける大和撫子」(古今・恋四・読人しらず)。延喜御集には本文の歌に続けて「と聞え給ひけるを父大臣めで給ひて、御手づから折りて撫子につけてぞ参らせ給ひける」。○浅茅　短いチガヤ。「野辺の草」を浅茅と顕わし、浅い心の譬えともする。○山がつ　能因歌枕「物思ひしらぬをいふ。あやしき人をもいふ」。ここは自卑の辞。○垣ほ　野辺の対。○草　ここは大和撫子をさす。→一九六。

春になりてと奏《そう》し侍りけるが、さもなかりければ、内《うち》より、まだ年《とし》もかへらぬにやとのたまはせたりける御返事を、かえでの紅葉《もみぢ》につけて

女御徽子女王

1246 かすむらんほどをも知《し》らずしぐれつゝすぎにし秋の紅葉《もみぢ》をぞ見《み》る

御返し

天暦御歌

1247 いま来《こ》んとたのめつゝふる言《こと》の葉ぞときはに見ゆる紅葉《もみぢ》なりける

女御の下《しも》に侍《(はべり)》けるにつかはしける

朱雀院御歌

1248 たまぼこの道《みち》ははるかにあらねどもうたて雲井にまどふ比《(ころ)》かな

1246 霞む春になっているとも知らず、私は絶えず涙の時雨にぬれながら、この通りあろうことか、去年の秋の紅葉をば見ております。申訳もないことに、まだ年の内の紅葉とばかり思いまして。斎宮女御集。○さもなかり 「春になってから」という約束をほごにして参内しないこと。○内　帝。○かえでの紅葉　楓の紅い若芽。それを秋の紅葉に擬した。○しぐれ　紅葉の縁語で涙―帝を偲ぶ涙に譬える。○すぎにし秋　帝の「もう新年になったはずだが。早く」という催促の言葉で、はじめてこの紅葉を「過ぎにし秋」のそれと知ったという気持。▽近親の服喪などで里にいたか。
以下二首「紅葉に寄す」。

1247 すぐ参内しますと言ってあてにさせながら日を過しているあなたの言い古した言葉、それこそいつまでも色の変らぬ紅葉というものだな。斎宮女御集「うへの御返し」、二句「たのめてへぬる」。○ふる 「経る」に「古す」の語幹「ふる」を掛ける。○ときはに見ゆる 「秋の紅葉」と歌って奉ったので、春まで散らず変らずの「常磐」の紅葉とよび、それはむしろ「もみぢ葉」よりもそなたの「言の葉」のことだと揶揄したもの。▽村上御集にもこの贈答歌は見えるが、若干の異同がある。

1248 そなたの所へは遠い道のりではないが、おかしなことにまるで雲居で途方にくれている気がするな。同じ禁中にありながら。朱雀院御集。○女御　醍醐天皇孫、凞子女王。○下に侍ける　局に下がっている。○たまぼこの　道の枕詞。○雲井　大空。禁中の意を兼ねて戯れる。
以下一二七〇まで二十三首「思ふ恋」。うち次歌と共に「雲居に寄す」。

御返し

女御𤋮子女王

1249 思ひやる心は空《そら》にあるものをなどか雲ゐにあひ見《み》ざるらん

麗景殿女御まいり（ゐ）てのち、雨降《あめふ》り侍（はべり）ける日、梅壺女御に

後朱雀院御歌

1250 春雨のふりしく比（ころ）か青柳《あをやぎ》のいとゞ乱《みだ》れて人ぞこひしき

御返し

女御藤原生子

1251 青柳《あをやぎ》のいと乱《みだ》れたるこのごろは一すぢにしも思（おもひ）よられじ

又つかはしける

後朱雀院御歌

1252 青柳《あをやぎ》の糸《いと》はかた〴〵なびくとも思《おも》ひそめてん色はかはらじ

1249 お慕いしている私の心はいつも上の空でおりますものを、どうして同じ空中でお惑いの君にお逢いできないのでしょう。朱雀院御集。○雲ゐ　大空に禁中の意を兼ねる。○あひ見　相見る。

1250 春雨の降りしきるこの頃よ。青柳の糸が乱れるではないが、いよいよ心は乱れてそなたが恋しく思われる。栄花物語・暮待つ星、一・四句「ふりしく比は…いと乱れつつ」。本集では小宮本を除き「比は」。諸本「いと乱れつつ」。○麗景殿女御　藤原頼宗の女、延子。○まいり　長久三年(一〇四二)三月入内。歌はこの春のこと。十月女御となる。○梅壺女御　藤原教通の女、生子。早く長暦三年(一〇三九)十二月入内している。○青柳　新緑の柳。→六。春と青は縁語でもある。○いとゞ「糸」と掛詞。○乱れ　糸の縁語。▽参考「青柳の糸よりかくる春しもぞ乱れて花のほころびにける」(古今・春上・紀貫之)。
以下一二五五まで四首「青柳に寄す」。

1251 青柳の糸がひどく乱れているこの頃は、ただ一筋に私に思いを寄せていられるのではありますまい。栄花物語・暮待つ星。○いと「糸」と掛詞。○一すぢ「糸」「乱れ」「よる(縒る)」と共に青柳の縁語。▽麗景殿を意識して怨じてみせる。

1252 青柳の糸はかなたこなたに靡くとしても青く染めたその色は変らないように、あれこれ相手はいるとしてもそなたに打込んだ私の愛情は変るまいよ。栄花物語・暮待つ星、五句「色はかはらず」。○かた〴〵　後宮についていえば皇后禎子、中宮嫄子、尚侍嬉子もおり、この歌では女御二人に限らずともよい。○なびく　糸・そめ・色と共に青柳の縁語。○思ひそめ「思ひ染め」で、「思ひ初め」ではあるまい。

御返し

女御生子

1253 あさみどりふかくもあらぬ青柳《あをやぎ》は色《いろ》かはらじといかゞ頼《たの》まん

早《はや》うもの申《(まうし)》ける女に、枯《か》れたる葵《あふひ》を、みあれの日つかはしける

実方朝臣

1254 いにしへの葵《あふひ》と人はとがむともなを《(ほ)》そのかみのけふぞ忘《わす》れぬ

返し

読人しらず

1255 かれにける葵《あふひ》のみこそかなしけれ哀《(あはれ)》と見ずや賀茂《かも》の瑞垣《みづかき》

広幡《ひろはた》の御息所《みやす(どころ)》につかはしける

天暦御歌

1256 逢《あ》ふことをはつかに見えし月かげのおぼろけにやはあはれとは思《おも》ふ

1253 浅緑色で、深くも染めていない青柳は色変りすまいなどとおっしゃっても、どうしてあてにできましょう。栄花物語・暮待つ星。〇あさみどり　萌黄色。→五六。愛情の薄いのに譬える。

1254 これは古い葵ではないかと不審に思われようとも、やはり昔あなたと逢ったみあれの今日の日が忘れられません。実方集。〇もの申　関係すること。〇みあれの日　陰暦四月、中の午の日。賀茂の祭に先立ち、本社の北みあれ野の祭場に降臨した神霊を本社に迎える神事がある。〇葵　賀茂の祭に用いる。→一八二。「逢ふ日」と掛詞。〇そのかみ　賀茂の神(→一八三)。その昔の意に掛ける。▽昔の逢う日を偲んで枯れた葵を贈った心意気。よりを戻したい気持もあろう。

以下二首「葵に寄す」。

1255 咎めるどころか、枯れたこの葵―過ぎ去った逢う日の思い出がひたすら悲しく思われます。それにつけてあわれと御覧になりませんか、昔に変らぬ賀茂の瑞垣を―「そのかみのけふ」ばかりでなく、今も変らずお慕いしている私を。実方集。〇かれ　「枯れ」と「離れ」と掛詞。〇葵　「逢ふ日」と掛詞。〇瑞垣　瑞は美称。神社の玉垣。久しく思いを寄せてきた自分に譬える。▽参考「をとめ子が袖ふる山の瑞垣の久しき世より思ひそめてき」(拾遺・雑恋・柿本人麿)。

1256 そなたと逢うことを、ちらっと見た二十日の細やかな月が印象の乏しいものであるように、ありきたりにうれしく思っているであろうか。言葉に言い尽せないほどのものだ。村上御集、二句「はるかに見えし」。〇広幡の御息所　広幡中納言源庶明(もろあきら)の女、計子。村上天皇の更衣。〇はつか　二十日の細い弦月に僅かの意を掛ける。第二・三句は「おぼろけ」の序。〇おぼろけ　並一通りに。月の縁語の「おぼろ」に掛ける。▽御息所の

題しらず

伊勢

1257 更級《さらしな》やをばすて山のありあけのつきずもものを思ふ比《(ころ)》かな

中務

1258 いつとても哀《(あはれ)》と思《おも》ふをねぬる夜《よ》の月はおぼろけなく〳〵ぞ見《み》し

躬恒

1259 更級《さらしな》の山よりほかに照《て》る月もなぐさめかねつこのごろの空

読人しらず

1260 天《あま》の戸《と》をおしあけがたの月見《み》ればうき人しもぞ恋《こひ》しかりける

返し「月影に身をやかさましあはれてふ人の心をいかで見るべく」(御集)。

以下一二七〇まで十五首「月に寄す」。

1257 更級の姨捨山の有明の月ではないが、つくづくと物思いしているこの頃よ。本歌「わが心慰めかねつ更級やをばすて山に照る月を見て」(古今・雑上・読人しらず)。伊勢集。〇更級 信濃国更級郡更級郷。〇をばすて山 同地の歌枕。月の名所。〇つきずも 「ありあけのつき」に掛けて上句を序とする。

1258 いつだって感に堪えず眺めていますが、あなたと共に寝た昨夜の月は格別のもので、泣き泣き眺めましたのでよくは見えませんでした。中務集「よべの月見けむやと人のいへるに」、四句「月はおぼろの」。師輔集は本文に同じ。〇おぼろけなく 「泣く」に掛けるために「ならず」を「なく」とする。一通りでなくの意。「おぼろ」は月の縁語。▽逢った翌朝、男(師輔)の挨拶に返したもの。

1259 姨捨山以外の、ここで見る月も心を晴れやかにはしてくれない。この頃の空よ。本歌は一二五七に同じ。▽躬恒集に「雑の歌、これも題の趣による」とあり、述懐の歌であるが、本集は恋歌として採る。

1260 明け方の月を見ると、つらいあの人がしきりに恋しく思われることだ。源氏物語・賢木に「うき人しもぞとおぼし出でらるるおしあけがたの月影に」とある引歌(紫明抄)。〇天の戸 ↓二五九。天の門を押明けて夜が明けるの意で、「おしあけ」を「あけがた」に掛けて序とする。▽暁に空しく別れた女を慕う。

1261 ほの見えし月を恋《こひ》しとかへるさの雲路《ぢ》の浪にぬれてこしかな

人につかはしける　　紫式部

1262 入《い》るかたはさやかなりける月かげを上《うは》の空《そら》にも待《ま》ちしよゐ《(ひ)》かな

返し　　よみ人しらず

1263 さしてゆく山のはもみなかき曇《くも》り心の空《そら》にきえし月かげ

題しらず　　藤原経衡

1264 いまはとて別《わか》れしほどの月をだに涙《なみだ》にくれてながめやはせし

1261 ほのかに見えた月を慕って帰路は波なす雲に翼をぬらして越の国まで来たことだ—影ばかり見えたつれないあなたを慕って、帰りは雲路の波を分ける心地で涙にぬれて来たことであったよ。馬内侍集「その夜来たるに奥にゐる影は見えて、なしとて帰したれば」、二・五句「月を恋ひつつ…ぬれし袖かな」。〇ほの見えし月　右の詞書にいう影の見えたつれない人に譬える。〇雲路の浪　雲中の道の、幾重の波のように続く雲。視界を閉ざしている。〇こし　「来し」に「越」を掛けるか。▽月夜に雲路を帰る雁を歌って逢わずに帰る恋の隠喩とする。参考「雲路をも知らぬわれさへもろ声に今日ばかりとぞ鳴き帰りぬる」(後撰・雑四・読人しらず)。

1262 入ってゆく先ははっきりと分かっていた月を、その宵、私は気もそぞろに待っていたのでした。紫式部集。〇入るかた　山の端。男の通う相手の女に譬える。〇月　男に譬える。「入る」「上の空」はその縁語。〇よゐ　男の通ってくる時分。▽男にとってにがい怨みの歌。参考「もろともに大内山は出でつれど入るかた見せぬいさよひの月」(源氏物語・末摘花)。

1263 めざす山の端も一面に曇って見えず、上の空で正体をなくしてしまった月でした—あなたのお家をめざしたのですが、恋しさに涙で見えず、途中で死ぬばかりになっていたのです。紫式部集。〇かき曇り　贈歌の「さやかなり」に対す。〇心の空にきえ　贈歌の「上の空」を引取って、心が上の空に消えの意。▽「心の」が加わって月の歌が恋歌に転ずる。苦しい弁解。参考「君をのみ思ひやりつつ雷(みか)よりも心の空になりし宵かな」(拾遺・雑恋・村上天皇)。

1264 「それではこれで」と別れた時の月でさえ、涙に曇って見入ることなどとてもできませんで

1265
おもかげの忘《わす》れぬ人によそへつゝ入《い》るをぞしたふ秋の夜《よ》の月　　肥後

1266
うき人の月はなにぞのゆかりぞと思《おも》ひながらもうちながめつゝ　　後徳大寺左大臣

1267
月のみやうわの(は)空《そら》なるかたみにて思《おも》ひも出《い》でば心かよはん　　西行法師

1268
くまもなきおり(を)しも人を思出《(おもひ)い》でゝ心と月をやつしつるかな

した。本当に慌しい別れが情なく。経衡集「例の忍ぶる人にあながちなる所に逢ひて、人目つつむことなど女も歎きて、帰りてつとめて、をとこ」。○やは　反語。

1265 面影の忘れられないあの人に擬らえながら、沈むのを追いすがる気持で見送っている秋の夜の月よ。肥後集「月恋しき人に似たり」、四句「入るをぞつたふ」。○おもかげ　目に浮ぶ姿かたち。→一四八。

1266 あの月は一体つれない人のどういうゆかりか、関わりなどないはずだがと思いながらも、つい見入ってしまって。林下集「白川歌仙ども歌合し侍りしに」。○なにぞ　「ぞ」は強調。口語的な表現。

以下巻末まで当代を中心に詞花集以後の歌人を配列。

1267 今は月ばかりが遥かな上空にあってもどかしいながらもあなたを偲ぶ形見なので、もしもあなたも月を見て思い出しても下されば互いの心は通じ合うことでしょう。山家集「遥かなる所に籠りて都なる人のもとへ、月の頃つかはしける」。西行法師家集「旅にまかるとて」。○月のみや　「や」は詠嘆。○うわの空　月の縁語。不確か、もどかしい意を兼ねる。○思ひも出でば　「三五夜中新月色、二千里外故人心」(和漢朗詠集「十五夜」・白居易)の気持。

1268 隈もなく照りわたっている折も折、あの人を思い出したばかりに自分でこの月をみすぼらしくしてしまったな。西行法師家集「月」。山家集も。○心と　自分の心のせいで。○やつし　涙で曇らせたり歪めたりすること。「くまもなき」の対。

1269 もの思《おも》ひてながむるころの月の色《いろ》にいかばかりなる哀《(あはれ)》そむらん

八条院高倉

百首歌の中に

1270 曇《くも》れかしながむるからにかなしきは月におぼゆる人のおもかげ

太上天皇

千五百番歌合に

1271 わすらるゝ身を知《し》る袖の村《むら》雨につれなく山の月はいでけり

摂政太政大臣

1272 めぐり逢《あ》はん限《かぎ》りはいつと知《し》らねども月なへだてそよその浮雲《うき》

1269 物思いして見入っているこの頃の月の色には、いったいどれ程深い悲しみが染まっていて、こうも心に滲みるのであろう。山家集「月」。西行法師家集「恋歌中に」、五句「あはれそふらん」。本集諸本も(穂久邇本は「む」を「ふ歟」と訂す)。○そむ　四段活用。▽参考「月の色に心を深くそめましや都を出でぬわが身なりせば」(西行法師家集)。

1270 曇ってくれ。見入っていると忽ち悲しくなるのは、月ゆえに思い出されるあの人の面影なので。○曇れかし　月への呼び掛け。○からに同時に。○おもかげ　幻。目に浮ぶ姿かたち。▽作者はこの歌で後鳥羽院の知遇を得たという(源家長日記)。

1271 忘れられている拙いわが身の程を知って袖に涙の村雨が降るのにも頓着せず、無情にも山の端に月は出て一層私を嘆かせることよ。本歌「わすらるる身を知る雨は降らねども袖ばかりこそ乾かざりけれ」(後拾遺・恋二・読人しらず)。建仁二年(一二〇二)五月二十六日、仙洞影供歌合「遇不逢恋」。詞書は誤り。○袖の村雨　俄雨のように袖にかかる涙。「身を知る雨」は一二三四の本歌に基づく成語で、わが身の拙さの程を思い知らせる雨。それを、拙さを思い知ってこぼれる涙の雨の意に改める。○つれなく　村雨を冒してそしらぬ顔で。眺める側からいえば無情にも。○月はいで　「身を知る」頃の月は、待つ宵を過ぎて出る有明の月。▽待つ人は来ず、待たぬ月は出て、一入身の程を思い知らせ、つれなさを感じさせる。

以下一二八五まで十四首「月に寄せて忘らるる恋」。

1272 めぐり逢うのはいつの日までとも分からないが、月を隔てないでくれ。遠い彼方の雲よ。思わぬ邪魔がはいって二人の仲を隔てないでくれ。本歌「忘るなよ程は雲居になりぬとも空ゆく月のめぐり逢ふまで」(拾遺・雑上・橘忠幹。伊勢物語十

1273
わが涙《なみだ》もとめて袖にやどれ月さりとて人のかげは見ねども

権中納言公経

1274
こひわぶる涙や空《そら》にくもるらん光《ひかり》もかはるねやの月かげ

左衛門督通光

1275
いくめぐり空《そら》ゆく月もへだてきぬ契《ちぎり》し中はよその浮《うき》雲

右衛門督通具

1276
いま来《こ》んと契《ちぎり》しことは夢ながら見し夜《よ》ににたる有あけの月

一段)。建仁二年頃、千五百番歌合・恋三。○よそ　遠くに離れている。無関係な。

1273　私の涙を探し尋ねて袖に映ってくれ、懐かしい月よ。映ったからといってあの人の姿がそれに添うて見えるわけではないが。せめての慰めに。本歌「恋すればわが身はかげとなりにけりさりとて人に添はぬものゆゑ」(古今・恋一・読人しらず)。千五百番歌合・恋三。○わが涙　再び逢えない嘆きの涙。月が映るという露に涙を見立てる。○月　昔二人で見た月。

1274　恋い焦がれて恋う気力もなく、ただ涙を流すばかりのその涙が空で曇るのであろうか。光がどうもいつもとは違う閨にさし入る月よ。千五百番歌合・恋三。○空に　物思いして空を仰いでいる態。○光もかはる　光の色合、明るさが変ること。「も」は詠嘆。

1275　幾度大空をめぐりゆく月を今日まで隔ててきたことか。そして再会を堅く約束したわれわれの仲をそのため疎遠にしてしまった、あの遠く離れた浮雲が。本歌「忘るなよ程は雲居になりぬとも空ゆく月のめぐり逢ふまで」(拾遺・雑上・橘忠幹。伊勢物語十一段)。千五百番歌合の諸本には見えない。○月も　月はわが相手に擬える。「も」は詠嘆。○へだて　主語は浮雲。○契し中　月と自分との関係をこう言い現わすことで恋歌に転ずる。○よその浮雲　↓三亖。思わぬ邪魔ものに譬える。「よその」は前後にかかる。

1276　すぐお訪ねしますと約束した言葉は一夜の夢となったものの、夢を見たその夜を思わせる、うつつに見る有明の月よ。本歌「いま来むといひしばかりに長月の有明の月を待ちいでつるかな」(古今・恋四・素性)。千五百番歌合・恋二、五句「有あけの空」。判詞は本歌に倣って「月」とするのが穏当と評す。それに従って修正したか。

1277
忘《わす》れじといひしばかりの名残《なごり》とてその夜《よ》の月はめぐり来《き》にけり
有家朝臣

題しらず
1278
思《おも》ひ出《い》でてよな〳〵月にたづねずは待《ま》てと契《ちぎ》りし中やたえなん
摂政太政大臣

1279
忘《わす》るなよいまは心のかはるとも馴《な》れしその夜《よ》の有明の月
家隆朝臣

1280
そのまゝに松の嵐もかはらぬを忘《わす》れやしぬる更《ふ》けし夜《よ》の月
法眼宗円

1277 忘れまいと誓ったあの人は訪れず、ただその言葉だけを思い出させるものとして、月はその夜と同じくまためぐって来たことだ。本歌㈠「いま来むといひしばかりに」(→一二七六)、㈡「忘るなよ程は雲居に」(→一二七三)。建仁二年(一二〇二)頃、千五百番歌合・恋三。

1278 こちらは約束を思い浮べて、夜ごとに月の出とともに問いただしてやらなければ「いま行きます。待っていて」と約束した二人の仲は絶えるのではなかろうか。本歌は一二七六に同じ。秋篠月清集。○たづね 事情を追究する。今宵はいかがなどと消息すること。▽本歌を空しく「待ちいでつる」から「たづね」に趣向し変える。第二・三句は本歌の一夜説、即ち一夜有明の月の出るまで待つという解ではなく、月頃待って九月も下旬の有明の頃まで待つという解に基づいている。

1279 忘れて下さいますな。今は心変りされているとしても、せめて睦まじく過したあの夜の有明の月を。壬二集「閑居百首」、文治三年(一一八七)十一月。

1280 逢ったあの夜そのままに、待つ間の松を吹く嵐の音も変らないのに、あの方は約束を忘れたのであろうか。すでに夜ふけの月も出て。○松「待つ」と掛詞。「いま来むと」(→一二七六)の歌を念頭に置く。○更けし夜の月 夜ふけに出た有明の月。

1281 約束を忘れたあの人の情なさ。あてにしてもいなかった月はまためぐって来て、昔の逢瀬が思い出されてならない蓬生の宿です。如願法師集「二条前宰相、少将と申しし時歌詠み侍りしに、恋の心を」。藤原雅経が少将であったのは正治二年(一二〇〇)正月から承元二年(一二〇八)十月まで。○たのめぬ月 「たのめし人」に対す。○めぐり来て 「忘るなよ」(→一二七三)の歌を念頭に置く。○むかし忘れぬ 宿の主は源氏物語・蓬生の末摘花の面影

1281
人ぞうきたのめぬ月はめぐり来《き》てむかし忘《わす》れぬ蓬生《よもぎふ》の宿《やど》

藤原秀能

八月十五夜和歌所にて、月前《ノ》恋といふことを

摂政太政大臣

1282
わくらばに待《ま》ちつるよゐ《(ひ)》も更《ふ》けにけりさやは契《(ちぎり)》し山のはの月

有家朝臣

1283
来《こ》ぬ人を待《ま》つとはなくて待《ま》つよゐ《(ひ)》の更《ふ》けゆく空《そら》の月もうらめし

定家朝臣

1284
松山と契《(ちぎり)》し人はつれなくて袖こす浪《なみ》にのこる月かげ

か。○蓬生の宿　人も訪れず、今は荒廃した住居のさま。→五二七。▽月も宿の主も昔忘れぬ中にあって「人ぞうき」の激しい怨みがある。

1282　めったにないことに待っていた宵も過ぎて夜になってしまった。お前を見るまで待つなどとそんな約束をしたであろうか。山の端に出た月よ。建仁元年(一二〇一)八月十五夜、当座御会(明月記)。○和歌所　当時二条殿にあった。○わくらばに待ちつる　いつも訪れない人がたまたま約束したので待ったこと。▽やはり「いま来むと」の歌(→一二七六)が念頭にあるが、「わくらばに待」ったただけに下句の激しい怒りがある。参考「あふことは心にもあらで程ふともさやは契りし忘れはてねと」(拾遺・恋五・平忠依)。

1283　待てど来ぬ人をもうあてにはしないで待っている宵、時刻も次第に移ってゆくその空に平然とかかっている月までやりきれない気持がする。同じ当座御会・同題。○月も　人はもとよりの意。○うらめし　忍耐の限度を越えて不満の鬱屈した気持。▽「有明のつれなく見えし別れより暁ばかりうきものはなし」(古今・恋三・壬生忠岑)を待つ宵に変えた趣。

1284　「末の松山」と堅く約束した人は訪れず、そのため松山を越す波かと見えて袖を越して溢れる涙の波に月ばかりが昔の光を映していることだ。本歌「君をおきてあだし心をわがもたば末の松山波も越えなむ」(古今・東歌・陸奥歌)。同じ当座御会・同題。○袖こす浪　失恋の涙を相手が誓いを破ったしるしの波に見立てる。○のこる月かげ「残る」は「つれなく」即ち契りの絶えたことの対。「月かげ」は逢った夜の形見。

1285　世の習とされてきた男の偽りを一度もまだ知らないで待ち設けていた間に、庭は蓬生となったことよ。本歌「わが宿は道もなきまで荒れに

千五百番歌合に　　　　皇太后宮大夫俊成女

1285 ならひこしたがいつはりもまだ知《し》らで待《ま》つとせしまの庭の蓬生《よもぎふ》

経房卿家歌合に、久《シキ》恋を　　　　二条院讃岐

1286 あと絶《た》えて浅茅《あさぢ》が末《すゑ》になりにけりたのめし宿《やど》の庭《には》の白《しら》露

摂政太政大臣家百首歌よみ侍《(はべり)》けるに　　　　寂蓮法師

1287 こぬ人を思《おも》ひ絶《た》えたる庭のおもの蓬《よもぎ》が末《すゑ》ぞまつにまされる

題しらず　　　　左衛門督通光

1288 たづねても袖にかくべきかたぞなきふかき蓬《よもぎ》の露のかことを

けりつれなき人を待つとせしまに」(古今・恋五・遍昭)。建仁二年(一二〇二)頃、千五百番歌合・恋三。○蓬生　→五一七。▽同歌合の顕昭判に本歌並びに源氏物語・蓬生巻の心かという。
以下一二八九まで五首「庭に寄せて久しき恋」。

1286 あの人の訪れは絶え、まことに世は「浅茅が末」になったことだ。あてにして待っていた宿の庭の白露の置き所となって。本歌「物をのみ思ひし程にはかなくて浅茅が末に世はなりにけり」(後拾遺・雑三・和泉式部)。建久六年(一一九五)正月二十日、民部卿家歌合。○経房卿　俊成の甥。正二位権大納言。○浅茅が末　生い茂った浅茅(→一三四五)の上葉。月日が経って荒れ果てたことを示唆し、さらにその露ははかない譬えにいう。○白露　涙の寓意もある。

1287 訪れぬ人をきっぱりと諦め、もう待つまいとして庭一面の伸びきった蓬の上葉に見入っている、この苦しさは待つ以上のものだ。本歌「たのめつつ来ぬ夜あまたになりぬれば待たじと思ふぞ待つにまされる」(拾遺・恋三・柿本人麿)。玄玉集・草樹歌上、三句「庭のおもに」。○摂政太政大臣　藤原良経。○百首歌　未詳。○絶え　「こぬ」の縁語。○蓬　キク科の多年生草本で高さ一メートルばかりになる。

1288 あの方が探し訪ねて来られても、その袖のどこにも言いかける場所などないことだ。この庭の高く生い茂った蓬の露ではないが、いささかの恨み言をも。本歌(一)「たづねてもわれこそ問はめ道もなくふかき蓬のもとの心を」(源氏物語・蓬生)、(二)「ほのかにも軒端の荻を結ばずは露のかことを何にかけまし」(同・夕顔)。○たづねても　「も」は詠嘆。○かたぞなき　分け入って来た男の袖はすでに「深き蓬の露」にぬれそぼっているからである。「かた」→一〇八〇。○ふかき蓬　訪れる人な

1289 かたみとてほの踏《ふ》みわけし跡《あと》もなし来《こ》しは昔《むかし》の庭のお《(を)》ぎはら

藤原保季朝臣

1290 名残《なごり》をば庭の浅茅《あさぢ》にとゞめを《(お)》きてたれゆへ《(ゑ)》君が住《す》みうかれけん

法橋行遍

摂政太政大臣家百首歌合に

1291 忘《わす》れずは馴《な》れし袖もやこほるらんねぬ夜《よ》の床《とこ》の霜《しも》のさむしろ

定家朝臣

1292 風ふかば峰《みね》にわかれん雲をだにありし名残《なごり》のかたみとも見《み》よ

家隆朝臣

く荒れた庭のさま。○露の　「露」と「いささかの」の意と掛詞。▽茫然と男を待つ、絶望的な感慨。

1289 当時の形見として微かに踏み分けた跡も残っていない。通ってきたのはすでに昔の、荻原となった庭よ。建仁二年(一二〇二)五月二十六日、仙洞影供歌合「遇不逢恋」。○かたみ　思い出の種。○おぎはら　軒端の荻が生い拡がったのであろう。荒れた庭のさま。▽忘れられた女の感慨か。

1290 昔の名残を庭の浅茅の中に留めておいて、誰に誘われてあの人はこの住居をさまよい出たのであろう。○庭の浅茅　荒れはてたさま。↓三六。○とゞめをき　思い出の木石などが浅茅に交っていること。▽「年を経て住みこし里を出でていなばいとど深草野とやなりなむ」(伊勢物語一二三段)のようにして出て行った男を偲ぶとも、新しく男を得て去った女を慕い怨むとも解される。

以下三四まで五首「思ひ出す恋」。うち一首「庭に寄す」。

1291 もし忘れずにいて下さるなら睦まじく重ね交わしたあの袖も涙に濡れて今頃は凍っていることであろうか。あの方を待ってまんじりともせぬ寝床の、霜が寒々と置いている筵よ。建久四年(一一九三)、六百番歌合「寄席恋」。○摂政太政大臣　藤原良経。○さむしろ　筵。「寒し」に掛ける。↓四〇。▽霜の筵を凝視しながら男の上を思いやる。

一首「霜に寄す」。

1292 風が吹くと峰に当って別れるであろうつれないためしの雲であるが、せめてそれを睦まじかった昔の形見として眺めていただきたい。本歌「風ふけば峰にわかるる白雲の絶えてつれなき君が心か」(古今・恋二・壬生忠岑)。六百番歌合「別恋」。○かたみ　思い出の種。文選十九・高唐賦に詠まれた朝雲の故事。↓三八。▽目前の雲は別れる今の象徴、それをまた朝雲に擬えようとする。

百首歌たてまつりし時　　摂政太政大臣

1293 いはざりきいま来《こ》んまでの空《そら》の雲月日へだてゝ物思《おも》へとは

千五百番歌合に　　家隆朝臣

1294 思《おも》ひ出《い》でよたがかねことの末《すゑ》ならんきのふの雲のあとの山風

二条院御時、艶書の歌めしけるに　　刑部卿範兼

1295 忘《わす》れゆく人ゆへ《(ゑ)》空《そら》をながむればたえぐ〵にこそ雲も見《み》えけれ

題しらず　　殷富門院大輔

1296 忘《わす》れなばいけらん物かと思《おも》ひしにそれもかなはぬこの世なりけり

以下三首「雲に寄す」。

1293 あなたはそんなことは決しておっしゃいませんでした—「いま来む」とはおっしゃいましたが、それをあてにしてずっと眺めていた空にかかる雲がまるで日月を隔てでもするように、こんなに幾月もの間物思いせよなどとは。本歌(一)「いま来むと言ひしばかりに」、(二)「忘るなよ程は雲居に」。→一二七七。正治二年(一二〇〇)院初度百首。○いま来ん　すぐお訪ねします。○月日　天体の日月と日次のそれとを兼ねる。

1294 思い出していただきたい。これは誰がした約束の行方といったらいいのでしょう。昨日の雲を跡形もなく吹き払って、そ知らぬ顔で吹いている山風は。建仁二年(一二〇二)頃、千五百番歌合・恋二。○きのふの雲の　昨日の約束に譬える。詠歌一体は制詞とする。▽隆祐集によれば家隆の自讃歌。

1295 次第に私から離れてゆくあなたなので、物思いして空に見入っていると、本当に絶えだえに雲も見えるではありませんか。重家集。○二条院　第七十八代天皇。○艶書の歌　内裏で催された艶書合の内、これは女が夫を恨む趣意の本(とも)の歌。▽これに合わせた返歌(夫になり代って詠む)は重家の「忘れゆくことしなければ絶えだえに見えけむ雲もそらめなるらむ」(重家集)。参考「大空は恋しき人のかたみかは物思ふごとにながめらるらむ」(古今・恋四・酒井人真)。

以下一二九九まで四首「恨むる恋」。

1296 もしもあの人が忘れもしたら生きていようかと思ったのに、それさえままならぬこの世だったのだ。殷富門院大輔集。○いけらん物か　反語。

西行法師

1297 うとくなる人をなにとて恨《うら》むらん知《し》られず知《し》らぬお《(を)》りもありしに

1298 今ぞ知《し》る思《おも》ひ出《い》でよと契《(ちぎり)》しは忘《わす》れんとてのなさけなりけり

建仁元年三月歌合に、遇《ヒテ》不《ヌ》レ遇《ハ》恋の心《こゝろ》を

土御門内大臣

1299 あひ見しは昔語《むかしがた》りのうつゝにてそのかねことを夢になせとや

権中納言公経

1300 あはれなる心の闇《やみ》のゆかりとも見し夜《よ》の夢をたれかさだめん

1297 次第に離れてゆく人を何故に恨むのであろう。知られもせず知りもしない時も昔はあったのに。西行法師家集、五句「をりもありしを」。▽八代集抄「人に忘られて憂きあまりに思ひ醒さんために観念したる心なり」。

1298 今やっと分かった。別れ際にあの人が思い起してくれと約束したのは、私を忘れようということの婉曲な表現だったのだ。西行法師家集。山家集、初句「けふぞ知る」。○なさけ　いたわり。▽あなたのことは忘れてしまう。もう逢わない。だから思い出してくれという意味だと気づいたもの。

1299 二人が逢ったのはもう昔の思い出話となったが現実のことで、その時の約束の言葉を今、夢と思ってくれとでもおっしゃるのですか。建仁元年(一二〇一)三月二十九日、新宮撰歌合。○かねこと　かねての約束。○なせとや　「いふ」を略す。男を責める辞。▽もう久しく訪れず、その上約束まで認めまいとする男の不実さ、契りのはかなさに苛立つ女の暗澹とした心。

以下一三〇三まで五首「遇ひて逢はざる恋」。うち次歌と共に二首「夢に寄す」。

1300 一夜見た夢がこの悲しい心の闇に関係があるなどと誰が判定できるのでしょう。あなたばかりです。本歌「かきくらす心の闇にまどひにき夢うつつとは世ひと定めよ」(古今・恋三・在原業平。伊勢物語六十九段)。新宮撰歌合・同題。○心の闇　激しい恋の煩悩。○見し夜の夢　一夜の逢瀬。闇・夜・夢は縁語。▽本歌を越えて、一夜の逢瀬を夢と断定する。とすれば夜のものである夢こそ私の苦しい心の「闇」の「ゆかり」であるはずだが、それが分かるのは(夢の存在を知るのは)私の外はあなただけだという趣向。そして「心の闇」を晴らしてほしいとまたの逢瀬を訴える。

1301
契《ちぎ》りきやあかぬ別《わか》れに露を《(お)》きし暁ばかりかたみなれとは

右衛門督通具

1302
恨《うら》みわび待《ま》たじいまはの身なれども思《おも》ひなれにし夕暮《ぐれ》の空

寂蓮法師

1303
忘《わす》れじのことの葉いかになりにけんたのめし暮《くれ》は秋風ぞ吹《ふ》く

宜秋門院丹後

家に百首歌合し侍《(はべり)》けるに

摂政太政大臣

1304
思《おも》ひかねうちぬるよゐ《(ひ)》もありなまし吹《ふ》きだにすさべ庭の松風

1301 あの時約束したでしょうか。きぬぎぬの別れの名残惜しさに袖にも露が置いていた、あの暁が最後で、それを逢瀬の形見にしようなどと。新宮撰歌合・同題。○契りきや 反語。○露 涙の露を兼ねる。暁の縁語。○かたみなれ これを思い出の種としよう。もう逢うまいの意。▽参考「常よりも起きうかりつる暁は露さへかかるものにぞありける」(後撰・恋五・読人しらず)。一首「暁に寄す」。

1302 恨み尽して気力も失せ、もう待つまいと思うわが身であるが、いつしか待ち心のついてしまった夕暮の空よ。新宮撰歌合・同題。○待たじいまは 倒置。▽正徹物語「さていかにせむの一句を残したるなり」。

以下二首「夕暮に寄す」。

1303 忘れまいとのお言葉はどうなったのでしょう。来ると約束されたこの夕暮は忌まわしい秋風が吹いています。すでに飽きが来て言の葉を吹き散らしたのでしょうか。新宮撰歌合・同題、三句「なりぬらん」。○忘れじ →一二四九。○秋風ぞ吹く 「秋」に「飽き」を掛け、また風は木の葉を散らすもの(→五四)なので「ことの葉」を散らし、違約することをいう。

1304 恋うる苦しさに堪えきれず、ついまどろむ宵もあるだろうに、せめて吹き弱って夢を覚まさないでくれ。庭の松風よ。建久四年(一一九三)、六百番歌合「寄木恋」、四句「ふきだにすさめ」。後京極殿御自歌合。○家に百首歌合 →三。○思ひかね 幾日も空しく待つからである。○すさべ 慰み興ずる意から転ずる。→三六。○松風 「待つ」に掛ける。身にしみる風としてもいう。▽参考「松風は色や緑に吹きつらむ物思ふ人の身にぞしみける」(後拾遺・雑三・堀河女御)。

以下一三〇七まで四首「風に寄せて思ひ煩ふ恋」。

1305 さらでだに恨《うら》みんと思《おも》ふわぎもこが衣のすそに秋風ぞ吹《ふ》く

有家朝臣

題しらず

よみ人しらず

1306 心にはいつも秋《あき》なる寝覚《ねざ》めかな身にしむ風のいく夜《よ》ともなく

西行法師

1307 あはれとて問《と》ふ人のなどなかるらんもの思《おも》ふ宿《やど》のおぎ《(を)》の上《うは》風

入道前関白太政大臣家の歌合に

俊恵法師

1308 わが恋《こひ》は今をかぎりと夕《ゆふ》まぐれおぎ《(を)》吹《ふ》く風のを《(お)》とづれてゆく

1305 そうでなくてさえ恨みかけたいと思っているあの子の衣の裾に、まさしく裏見よとばかりつれない秋風まで吹いていよいよ恨めしいことだ。本歌「わがせこが衣のすそを吹き返しうらめづらしき秋の初風」(古今・秋上・読人しらず)。六百番歌合「寄風恋」。正治二年(一二〇〇)三百六十番歌合。○恨みん　下の「秋風」と響き合って飽きが来たのを知って恨もうとする意。「裏見」を掛けて衣の縁語となる。○わぎもこ　わぎも。妻や親しい女。○衣のすそに　本歌により、裾を吹き返して「裏見よ(恨みよ)」とする意を寓する。○秋風　「飽き」に掛けるのは常套。

1306 物思う心には、涙の露がちの寝覚は、いつも秋かと思われることだ。身にしむ風の音は幾夜ともなく吹き通って、秋の近きを思わせているが。本歌㈠「秋ならで置く白露はねざめするわが手枕の雫なりけり」(古今・恋五・読人しらず)、㈡「風の音の身にしむばかり聞ゆるはわが身に秋や近くなるらむ」(後拾遺・恋二・読人しらず)。○いつも秋　本歌㈠の「秋ならで」を言い換えたもの。㈡の「秋や近く」と対照させる。

1307 あわれと言って訪れてくれる人が何故ないのであろう。物思いしつつ独りわが家で聞く荻の上葉を吹く風の音。本歌「いとどしく物思ふ宿の荻の葉に秋と告げつる風のわびしさ」(後撰・秋上・読人しらず)。西行法師家集。山家集。宮河歌合。○あはれ　寂しさを慰める辞。

1308 私の恋はこれきりで諦めよというかのように、この夕暮荻を吹く風が葉を鳴らして通ってゆく。本歌は前歌のそれに同じ。治承三年(一一七九)十月十八日右大臣家歌合、二句「今はかぎりと」。○入道前関白太政大臣　藤原兼実。○今をかぎり　本歌の「秋と告げつる」の意で、相手は飽きたのだと諦めよの意。○夕まぐれ　「言ふ」に掛ける。

題しらず　　　　　　　　　　　　　式子内親王

1309
いまはたゞ心のほかに聞《き》く物を知《し》らずがほなるおぎ(を)の上風《うはかぜ》

家歌合に　　　　　　　　　　　　　摂政太政大臣

1310
いつも聞《き》く物とや人の思(おもふ)らんこぬ夕暮《ゆふぐれ》の秋風のこゑ

前大僧正慈円

1311
心あらば吹《ふ》かずもあらなんよゐ(ひ)〳〵に人待《ま》つ宿《やど》の庭の松風

和歌所にて歌合侍(はべり)しに、あひてあはぬ恋の心を　　　　寂蓮法師

1312
里《さと》は荒《あ》れぬむなしき床《とこ》のあたりまで身はならはしの秋風ぞ吹(ふく)

以下一三一二まで四首「風に寄せて絶えむとする恋」。

1309 今は全く心を騒がせることもなく聞いているのに、その気持も知らぬげに荻の上葉を吹く秋風よ。〇心のほか　諦めきった気持。〇知らずがほ　当時「何がほ」の類は問題の用語とされたが、千五百番歌合・千四百五十七番判で慈円は「知らずがほ、こひねがはるる世」という。▽寂しいものとされる荻の上風(→一三五三)がさすがにわびしさを誘うのである。参考「誰ぞこの訪ふべき人は思ほえで耳とまりゆく荻の上風」(和泉式部続集)。

1310 いつもの聞き馴れたものとあの人は思っているであろうか。待てど来ぬ夕暮の一入わびしい秋風の音よ。本歌「こぬ人を待つ夕暮の秋風はいかに吹けばかわびしかるらむ」(古今・恋五・読人しらず)。建久四年(一一九三)、六百番歌合「寄風恋」。後京極殿御自歌合。〇人　来ぬその人。

1311 もしもお前に心があるなら吹かないでいてほしい。宵ごとにあの人を待っているわが家の庭の待つという名の松風よ。同じ歌合・同題。〇よゐ　男の通ってくる時分。〇松風　→一三〇四。

1312 人は訪れず、この里も荒れてしまった。今は独寝の床の辺まで慣れればこうも辛抱ができるものだと思う冷やかな秋風が吹いている。本歌「手枕のすきまの風も寒かりき身はならはしのものにぞありける」(拾遺・恋四・読人しらず)。建仁二年(一二〇二)五月二十六日、仙洞影供歌合。〇和歌所　二条殿にあった。〇あひてあはぬ恋　逢った後また逢うことなく、一層思いが募るという恋の本意をよく表わした歌題。〇身はならはしの　身は習慣次第のものという諦め。

以下二首「里に寄せて絶えて久しき恋」。

1313 里は荒れてしまった。荒れたという尾上の宮ではないが、おのずと人が待たれて宵を迎えたのももう昔のことだな。建仁二年九月十三日、

水無瀬の恋十五首の歌合に　　太上天皇

1313 里《さと》は荒《あ》れぬお《(を)》のへの宮のを《(お)》のづから待《ま》ちこしよゐ《(ひ)》も昔なりけり

有家朝臣

1314 もの思《おも》はでたゞおほかたの露《つゆ》にだにぬるればぬるゝ秋の袂《たもと》を

雅経

1315 草枕むすびさだめんかた知《し》らずならはぬ野べの夢の通《かよ》ひ路《ぢ》

和歌所の歌合に、深山ノ恋といふことを　　家隆朝臣

1316 さてもなを《(ほ)》問《と》はれぬ秋のゆふは山雲ふく風も峰《みね》に見《み》ゆらん

水無瀬恋十五首歌合「故郷恋」。同年、若宮撰歌合。○水無瀬　摂津国。水無瀬離宮。○里　故郷の意。○おのへの宮　聖武天皇の高円離宮。没後二年で荒廃した。第一句の縁で起し、同音で「おのづから」を導く。○待ちこし　待ち設けた。

1314 物思いのためではなくて、ただ普通に置く露ででも濡れればぬれずにはすまない秋の袂であるものを。ましてや恋する私は。本歌「おほかたの露には何のなるならむ袂に置くは涙なりけり」(千載・秋上・西行)。同じ歌合「秋恋」。若宮撰歌合。○おほかたの露　涙の露に対していう。○袂　袖に同じ。↓三九九。▽参考「世の常の物思ふ人の袂だにぬるるはぬるるものと聞きしを」(長能集)。

以下三一八まで五首「思ふ恋」。うち一首「露に寄す」。

1315 草の枕を結んでどちらに向けて寝ればよいか分からない。通い馴れないこの野辺で、夢の通い路はさてどこであろう。本歌「宵々に枕さだめむかた知らずいかに寝しかば(夜かイ)夢に見えけむ」(雅経本古今・恋一・読人しらず)。同じ歌合「羇中恋」。若宮撰歌合。○草枕　草を結んで作る旅寝の枕。○夢の通ひ路　夢中であいびきに通う道。

一首「野に寄す」。

1316 さてさて飽かれたのか、一向に訪ねてくれない秋の夕暮のゆふは山よ。雲を払うつれない風さえ山上に吹き通うのが見えるであろう。それなのにどうして。建永元年(一二〇六)七月二十五日、当座歌合(後鳥羽院御集による)。○和歌所　当時五辻殿にあった。○秋　「飽き」と掛詞。○ゆふは山　「夕」に掛けた山名。万葉集十二の「木綿間山《(ゆふまやま)》」の誤訓に基づくらしい。○峰に　相手は麓の里にいる趣。○雲ふく風　↓三九二。

以下二首「山に寄す」。

1317
思《おも》ひ入《い》るふかき心のたよりまで見しはそれともなき山路《ち》哉《(かな)》
藤原秀能

題しらず

1318
ながめても哀《(あはれ)》と思《おも》へおほかたの空《そら》だにかなし秋の夕暮《ぐれ》
鴨長明

千五百番歌合に

1319
言《こと》の葉のうつりし秋もすぎぬればわが身時雨とふる涙かな
右衛門督通具

1320
消《き》えわびぬうつろふ人の秋の色《いろ》に身をこがらしの森《もり》の白露
定家朝臣

1317 思い込んだ私の深い愛情を示す手がかりになろう、とまで思って眺めていたもの、それは来てみれば思った程もない山路だな。前歌と同じ歌合・同題。○思ひ入る 「入る」「ふかき」は山路の縁語。▽山路もわが思いの深さには及ばないという特異な趣向。参考「つくば山端山しげ山しげけれど思ひ入るには障らざりけり」(→一〇一三)。

1318 あなたもしみじみ眺めて私に同情していただきたい。物思いのない時の空でさえ物悲しいものなのです。秋の夕暮は。本歌「おほかたの秋の空だにわびしきに物思ひそふる君にもあるかな」(後撰・秋下・右近)。○哀 →一三〇七。○おほかたの空だに 自分は「物思ひそふる」ことを訴える。一首「空に寄す」。

1319 言の葉の色変りした秋も過ぎ、時雨の頃となったので、今はわが身も時雨が降るように古るされ、涙も降り落ちることよ―約束は色あせ、飽きられたという時期も通り越し、忘れられ果てて涙にぬれていることだ。本歌「いまはとてわが身時雨にふりぬれば言の葉さへにうつろひにけり」(古今・恋五・小野小町)。建仁二年(一二〇二)頃、千五百番歌合・恋三。○秋 「飽き」に掛ける。○ふる 「降る」と本歌の「古る」を掛ける。
以下一三三〇まで二首「恨みて切なる恋」。

1320 もう消える気力もありません。心変りしたあの人が私に飽きた秋の色を見せるので、身を焦がし涙にぬれて、まるで木枯の森の白露です。千五百番歌合・恋一、五句「森の下露」。前田・烏丸・鷹司本も。○身をこがらしの 詠歌一体に制詞とする。「こがらしの森」は駿河国の歌枕。「焦がる」と掛詞。この木枯は秋の風。→三七三。

1321 秋の気配が深まったのであろうか、訪れて来ない人を恨み疲れた、人を待つという松虫の声がする―すっかり飽きたのであろうか、一向訪

摂政太政大臣家歌合に　　　　寂蓮法師

1321 こぬ人を秋のけしきやふけぬらん恨《うら》みによは《(わ)》る松虫《むし》のこゑ

恋歌とてよみ侍りける　　　　前大僧正慈円

1322 わがこひは庭のむら萩うらがれて人をも身をも秋の夕暮《ぐれ》

被《ル》レ忘《ラ》恋の心を　　　　太上天皇

1323 袖の露《つゆ》もあらぬ色にぞ消《き》えかへるうつれば変《かは》るなげきせしまに

定家朝臣

1324 むせぶとも知《し》らじな心かはらやにわれのみ消《け》たぬ下《した》の煙《けぶり》は

れないあの人を待つ私は恨み疲れて泣く声も絶えだえです。建久四年(一一九三)、六百番歌合「寄虫恋」、初句「こぬ人の」。○摂政太政大臣　藤原良経。○こぬ人を　「恨み」にかかる。

以下一三二三まで三首「恨みて弱る恋」。

1322 私の恋はこの庭の群萩が末枯れるように果てとなり、人をも自分をも秋の夕暮ではないが、飽きてしまった。拾玉集・治承題百首「逢不逢恋」。慈鎮和尚自歌合。○むら萩　萩は叢生する。○うらがれ　枝・葉先の枯れること。晩秋・初冬の景。○秋　「うらがれ」の縁で「飽き」に掛ける。▽人のつれなさ、自分の拙さが身に滲み、何をする気もなくしている趣。

1323 花の色ばかりでなく袖を紅に染めていた涙の露もあせてすっかり消えてしまった。心は人に移ればこんなに変るものかと嘆いていた間に。本歌「花の色はうつりにけりないたづらにわが身世にふるながめせしまに」(古今・春下・小野小町)。後鳥羽院御集。建永元年(一二〇六)七月二十八日、院当座歌合(明日香井集による)。底本「袖のつゆは…ながめせしまに」。諸本により校訂。○あらぬ色に　悲涙の色である紅が常の涙の色に戻った意。○消えかへる　「かへる」は強調のほか色がさめる意も働く。○うつれ　「うつる」「変る」も色の縁語。▽絶望を過ぎて諦めに変った恋。参考「目に近くうつれば変る世の中を行末遠くたのみけるかな」(源氏物語・若菜上)。

1324 私が涙にむせんでいるとも知るまいな。あの人の心の変った中で独りひそかに胸の思いを燃やして。ちょうど瓦屋で独り燃やしている、その人目につかない煙にむせんでいるように。本歌「忘れずよまた忘れずよ瓦屋の下たくけぶり下むせびつつ」(後拾遺・恋二・藤原実方)。拾遺愚草。右と同じ歌合・同題。○むせぶ　のどをつまらせ

1325
知《し》られじなおなじ袖にはかよふともたが夕暮《ぐれ》とたのむ秋風

家隆朝臣

1326
露《つゆ》はらふ寝覚《ねざ》めは秋のむかしにて見はてぬ夢にのこるおもかげ

皇太后宮大夫俊成女

摂政太政大臣家百首歌合に、尋《ヌル》恋

1327
心こそゆくゑ《へ》も知《し》らねみわの山すぎの木《こ》ずゑの夕暮《ぐれ》の空

前大僧正慈円

百首歌中に

1328
さりともと待《ま》ちし月日ぞうつりゆく心の花の色にまかせて

式子内親王

る。→一二二五。○心かはらや　「心変る」と「瓦屋」と掛ける。瓦屋は瓦を焼く小屋。○煙は　煙よ。

以下巻末まで八首(一三二七・一三三〇・一三三一・一三三三を除く)「絶えたる後の恋」。

1325　あの人はこの夕暮誰と逢うことをあてにしているか知らないが、このわびしい夕暮の秋風が昔と同じこの袖に吹き通っているなど、とても分かってはもらえまいよ。壬二集。前歌と同じ歌合・同題。○かよふとも　句切れで初句にかえる。▽忘れられたと知りつつもなお待つ心。参考「こぬ人を待つ夕暮の秋風はいかに吹けばかわびしかるらむ」(古今・恋五・読人しらず)。

1326　こうして枕の露を払っている悲しい寝覚めは飽かれたこれまで通りの秋の寝覚め、そして今しがた途切れた夢の名残にくっきりと浮ぶあの方の面影よ。本歌「夢路にも宿かす人のあらませば寝覚めに露ははらはざらまし」(後撰・恋二・読人しらず)。同じ歌合・同題。○露　秋の縁語の露と涙を兼ねる。○夢　艶治な逢瀬の夢。▽「露はらふ」も「のこるおもかげ」も同時であるが、片や昔のままの私、片や思う人に逢っているうれしい私で、その対照を夢うつつに噛みしめる。

1327　心はなおもあこがれてどこへ行くとも分からない。わが身は「とぶらひ来ませ」の言葉を頼んで辿り着いた三輪山であるが、その杉の梢の上にひろがる夕暮の空に向う時。本歌㈠「わが庵は三輪の山もと」(一〇六三の本歌)、㈡「わが恋はゆくへも知らず」(一二三五の本歌)、㈢「夕暮は雲のはたてに物ぞ思ふ」(一二〇六の本歌)。建久四年(一一九三)、六百番歌合「尋恋」。慈鎮和尚自歌合。○摂政太政大臣　藤原良経。○みわ　大和国の歌枕の「三輪」に「身は」を掛け、「心こそ」に対照させる。

この一首「尋ぬる恋」で配列疑問。

1329 生《い》きてよもあすまで人もつらからじこの夕暮《ぐれ》をとはば問《と》へかし

暁《ノ》恋の心を

前大僧正慈円

1330 暁のなみだや空《そら》にたぐふらん袖におちくる鐘《かね》のおと哉《(かな)》

千五百番歌合に

権中納言公経

1331 つく〴〵と思《おも》ひあかしの浦《うら》千鳥《ちどり》浪《なみ》のまくらになく〳〵ぞ聞《き》く

定家朝臣

1332 たづね見《み》るつらき心の奥《おく》の海《うみ》よしほひの潟《かた》のいふかひもなし

1328 それでもいつかはと思って待っていた月日のこうも早く過ぎてゆくことよ。心という花の色のあせるがままに。本歌「色見えでうつろふものは世の中の人の心の花にぞありける」(古今・恋五・小野小町)。○うつりゆく　月日と色の両方にかかる。▽期待のみるみる空しくなってゆく嘆き。

1329 この世に生きてよもや明日まであの人のつれなさに堪えてはいまい。もしも訪ねるというならこの夕暮に訪ねて来るがよい。○人もつらからじ　あの人とてつらくは当れまい。即ち私がつらさに堪えられず、世にいないことを示唆する。○とはば　いまさら期待していないがの気持。▽久しい恋に堪えた果ての激情。

1330 暁に流す別れの涙が空で呼応するのであろうか。涙とともに袖の上に落ちてくる鐘の音よ。建久四年(一一九三)、六百番歌合「暁恋」、二句「なみだやせめて」。慈鎮和尚自歌合。○空に　原歌合では「せめて」が非難されているので改めたか。○鐘　晨朝(じんじょう)即ち卯刻に撞く鐘。

以下二首「暁の恋」というばかりで配列疑問。

1331 しみじみ恋しい人を偲びつつ夜を明かす明石の浦の千鳥よ。その声を旅寝の床で私も泣く泣く聞いていることだ。本歌「独寝は君も知りぬやつれづれと思ひあかしのうらさびしさを」(源氏物語・明石)。建仁二年(一二〇二)頃、千五百番歌合・恋二。○あかし　夜を「明かし」と播磨国の歌枕を掛ける。○浦千鳥　海辺の千鳥。→六四四。「明石の浦」に掛ける。○浪のまくら　舟中や水辺での旅寝。→七〇三。「草の枕」の類語。

1332 それでももしやと思って探ってみるあの人のつれない心の奥よ。それは陸奥の海の潮干の潟には貝もないように、愛情はすっかり引いて言うにも足りないものだった。本歌「伊勢島や潮干の潟にあさりてもいふかひなきはわが身なりけ

水無瀬の恋の十五首歌合に　　　雅　経

1333 見し人のおもかげとめよ清見《きよみ》潟《がた》袖にせきもる浪のかよひ路《ぢ》

皇太后宮大夫俊成女

1334 ふりにけり時雨は袖に秋かけていひしばかりを待《ま》つとせしまに

1335 かよひこし宿《やど》の道芝《みちしば》かれ〳〵にあとなき霜のむすぼほれつゝ

り」(源氏物語・須磨)。千五百番歌合・恋二。○奥の海　陸奥国の海。「心の奥」に掛ける。○かひもなし　「貝」と「甲斐」と掛詞。海・しほひの潟・貝は縁語。

1333 いとしいあの人の面影を映して見せてくれ、清見潟よ。ここは海の関守だから激しく流れる涙の波路を袖の関に塞きとめて。建仁二年(三〇三)九月十三日、水無瀬恋十五首歌合「関路恋」。○おもかげ　→一四八。○とめよ　袖にたまる涙に映すこと。「とめる」は「せき(関)」の縁語。○清見潟　駿河国の歌枕。傍に清見が関があり、それにちなんで涙を止める袖を関に見立てる。○せきもる　「関守る」で関の番をすること。▽参考「胸は富士袖は清見が関なれやけぶりも波も立たぬ日ぞなき」(詞花・恋上・平祐挙)。

この一首「旅の恋」で配列疑問。

1334 ああ月日は過ぎ、時雨が袖にも「秋かけて」降るようになった。「秋かけて」必ず訪ねますと言ったその言葉だけを頼りにして待つ気でいた間に。本歌㈠「秋かけていひしながらもあらなくに木の葉ふりしくえにこそありけれ」(伊勢物語九十六段)、㈡「いま来むといひしばかりに長月の有明の月を待ちいでつるかな」(古今・恋四・素性)。同じ歌合「寄雨恋」。同年、若宮撰歌合。○ふり　「経り」と「降り」と掛詞。○時雨　晩秋、初冬の景物。ここは涙の時雨を主とする。○秋かけて　上下にかかる。秋になれば の意。→一二八。

1335 あの人の通ってきた家の小道の雑草は枯れ、訪れも間遠になって、今は足跡のつかない霜が結び、私の心も屈託しつづけていることだ。同じ歌合「冬恋」。同年、若宮撰歌合。○かれ〴〵　「枯れ」に「離れ」を掛ける。○むすぼほれ　霜と心の状態を兼ねる。▽庭前の景に忘れられた恋の悲しみを重ね合わす。

新古今和歌集巻第十五

恋歌　五

水無瀬恋十五首歌合に　　　　藤原定家朝臣

1336
しろたへの袖のわかれに露《つゆ》おちて身にしむ色《いろ》の秋風ぞふく

　　　　　　　　　　　　　　藤原家隆朝臣

1337
思《(おもひ)》いる身は深草《ふかくさ》の秋《あき》の露《つゆ》たのめし末《すゑ》やこがらしの風

1336 真白な袖の上にきぬぎぬの別れの紅の涙の露は落ち、あたかもそれを誘うのかと見える身にしみる色の秋風が吹いて、ひとしお堪えがたい。本歌「吹き来れば身にもしみける秋風を色なきものと思ひけるかな」(古今六帖一・読人しらず)。建仁二年(一二〇二)九月十三日、水無瀬恋十五首歌合「寄風恋」。同年、若宮撰歌合。〇しろたへの袖のわかれ　万葉集から出た歌語(綺語抄・中)。「しろたへの」は袖の枕詞であるが、ここでは白のイメージが重要。〇露　深い悲しみの涙の色とされる紅涙で、白の対照。〇身にしむ色　「身にしむ」のは秋のあわれさと共に紅涙を吹くからで、風の「色」もおのずから紅であることを示唆する。〇秋風　露をたずねてこぼすもの。→一二九四・一二九五。▽元久二年(一二〇五)三月二日、後鳥羽院の思召で巻頭に置かれた。

以下一三四五まで十首「露に寄せて頼むる恋」。

1337 深く恋い慕う身は深草に置く秋の露のように、涙にぬれそぼっているが、あの人の約束もはては木枯の風と吹いて、私はこぼれ散る露となって消え入るのではなかろうか。水無瀬恋十五首歌合「秋恋」。若宮撰歌合。〇深草　高く生い茂る草の意に山城国の歌枕を掛けて、伊勢物語一二三段(→五三)の面影がある。〇末　草の縁語。〇こがらしの風　秋冬の風。露を吹き散らすもの。

1338 野辺の露《つゆ》は色《いろ》もなくてやこぼれつる袖《そで》よりすぐるお《(を)》ぎの上風《うは》

前大僧正慈円

題しらず

1339 恋《こ》ひわびて野辺の露《つゆ》とは消《き》えぬともたれか草葉を哀《(あはれ)》とはみん

左近中将公衡

1340 問《と》へかしなお《(を)》花《(ばな)》がもとの思《おも》ひ草《ぐさ》しほるゝ野辺の露《つゆ》はいかにと

右衛門督通具

家に恋十首歌よみ侍《(はべり)》ける時

1341 夜《よ》のまにも消《き》ゆべき物を露霜《つゆじも》のいかにしのべとたのめを《(お)》くらん

権中納言俊忠

1338 野辺の露は色も付かずにこぼれたであろうか。袖を通って吹き過ぎてゆく荻の上風は紅の露をこぼしてゆくが。建仁二年(一二〇二)九月十三日、水無瀬恋十五首歌合・同題。若宮撰歌合。○色もなく　袖の露は紅涙であることを示唆する。○おぎの上風　荻の上葉を吹く風で、寂しいものとされる→三五二・三五四。おそらく軒端の荻で、風は袖を吹いて野へと出る。二九四とは逆に。▽袖の紅涙は恋ゆえであるが、それを荻の上風のせいにして野辺の露を思いやった趣向。

1339 恋い疲れて野辺の草葉に置く露のように消えてしまうとしても、誰がその草葉のような私のことなど憐れんでくれましょう。文治三年(一一八七)、殷富門院大輔百首・雑恋、五句「あはれともみん」。○草葉　露が置く草葉を涙にぬれる自分に擬する。▽参考「われならぬ草葉も物は思ひけり袖よりほかにおける白露」(後撰・雑四・藤原忠国)。

1340 どうか声をかけて下さい。尾花の下の思草がぬれてぐったりしている野辺の露、それはどんなに重いかと。本歌「道のへの尾花がもとの思ひ草今更なにの物か思はむ」(万葉集十・作者未詳)。建仁二年頃、千五百番歌合・恋二。○お花　穂の出たススキ。○思ひ草　作者通具の説では露草。→六三四。恋する自分に擬する。○しほる　ぬれる意で、涙にくれることの譬喩。萎えしぼむ意の「しをる」とは別。○野辺の露　思草の露ではないから涙ではなく、人のつれなさの譬喩。▽人のつれなさに思い屈している自分に、同情を求めたもの。

1341 今夜のうちにも私の命は露霜のように消えるにちがいないのに、どこまで堪えさせるつもりで、こうもあてにさせて置くのであろう。○露霜の　「消ゆ」「置く」の枕詞であるが、ここは上二句に倒置的にかかって序の働きをし、下の「をく」

題しらず

道信朝臣

1342 あだなりと思《おも》ひしかども君よりはもの忘《わす》れせぬ袖のうは露《つゆ》

藤原元真

1343 おなじくはわが身も露《つゆ》と消《き》えななん消《き》えなばつらきことの葉も見じ

頼《たの》めて侍《(はべり)》ける女の、のちに返事をだにせず侍りければ、かのおと《(を)》こに代《かは》りて

和泉式部

1344 いま来《こ》んといふことの葉もかれゆくによな〳〵露《つゆ》のなにには を《(お)》くらん

には枕詞となる。「消ゆ」と「置く」は対語。「露霜」は秋の霜。→六〇一。

1342 うつろいやすいものだと思っていたが、あなたよりは物忘れせず、恋しい時にはいつも袖の上に置いている露です。道信集「ある人に」、五句「袖のうへの露」。▽浮薄な相手と恋しさに涙にくれている自分をくらべて恨む。参考「露をなどあだなるものと思ひけむわが身も草に置かぬばかりを」(古今・哀傷・藤原惟幹)。

1343 いっそわが身も葉に置く露のように消えてしまえばよい。消えればつれない言の葉も見ないですもうに。元真集、三句「なりななん」。○ことの葉　文をさす。葉は露の縁語。▽露は葉に置くものという発想。

1344 すぐ参りますというお言葉も枯葉となって、日々離れてゆくばかりなのに、毎夜涙の露は何の上に置くのでしょう—何をあてにしてこうも涙がこぼれるのでしょう。○いま来ん　里などに帰っていたか。○かれゆく　「枯れ」で葉の縁語。「返事をだにせず」の意を汲めば、「離れ」に掛けると見られる。▽参考「言の葉もみな霜枯れになりゆくはつゆの宿りもあらじとぞ思ふ」(後撰・恋五・読人しらず)。これも露は葉に置くものという発想で、つれない女への愁訴。

1345　頼《たの》めたることあとなくなり侍《(はべり)》にける女《をんな》の、久《ひさ》しくありて問《と》ひて侍ける返事に　藤原長能

あだことの葉《は》にを《(お)》く露《つゆ》の消《き》えにしをある物とてや人の問《と》ふらん

1346　藤原惟成につかはしける　読人しらず

うちはへていやは寝《ね》らるゝ宮木《(ぎ)》野《の》の《ゝ》小《こ》萩《はぎ》が下《した》葉色《いろ》にいでしより

1347　返し　藤原惟成

萩《はぎ》の葉や露《つゆ》のけしきもうちつけにもとより変《かは》る心ある物を

1348　題しらず　華山院御歌

よもすがら消《き》えかへりつるわが身かな涙《なみだ》の露《つゆ》にむすぼほ《ゝ》れつゝ

1345　あてにもならぬお言葉に、まるで草葉に置く露のようにすがっていた私はとうに消え入ってしまいましたのに、まだあるものと思って言葉をおかけになるのでしょうか。○あだことの葉　あだ言という葉の意。「葉」「おく」「消え」は露の縁語。○ある　生存する。↓二九五。「消え」の対。▽自分を露に擬し、一首をその縁語で仕立てる。

1346　その後ずっとどうして眠れましょう。宮城野の萩の下葉が紅葉したように、私のひそかな思いがつい顕われてあなたに知られてしまってからは。惟成弁集、初・四句「ゆふはてて…小萩の下葉」。○藤原惟成　花山天皇の寵臣。○うちはへて　引続いて。○宮木野　陸奥国の歌枕。萩の名所。○小萩　小は愛称。自分に擬する。

以下一三五三まで八首「変る恋」。うち以下二首「草葉に寄す」。

1347　萩の下葉はね。ちょっとでも露の置く気配があればたちまちもともと色変りするたちだのに。しおらしいことをおっしゃって。惟成弁集。○露の　わずかにの意を掛ける。○うちつけに　瞬時に。前歌の「うちはへて」に対応。○もとより　「色にいでしより」の対。「もと」は萩の縁語でもある。↓三九三。▽返歌としての絡み方の興趣。▽参考「白露は上より置くをいかなれば萩の下葉のまづもみづらむ」（拾遺・雑下・藤原伊衡）。

1348　夜通しもう死んだように過したわが身だな。涙の露に閉ざされたまま。続詞花集・恋上。○消えかへり　「かへり」は強調。↓一三三二。「消え」「むすぼほれ」は露の縁語。

以下三首は「露に寄す」。

久《ひさ》しうまい《(ゐ)》らぬ人に　　光孝天皇御歌

1349 君がせぬわが手枕《たまくら》は草なれや涙《なみだ》の露《つゆ》のよな〳〵ぞをく《(お)》

御返し　　読人しらず

1350 露《つゆ》ばかりをく《(お)》らん袖はたのまれず涙《なみだ》の河のたきつ瀬《せ》なれば

陸奥国《みちのくに》の安達《あだち》に侍《(はべり)》ける女に、九月ばかりつかはしける　　重之

1351 思ひやるよそのむら雲しぐれつゝ安達《あだち》の原《はら》にもみぢしぬらん

1349 そなたなしの独寝の手枕は草枕でもあるのか、涙の露が毎夜毎夜置くことだ。仁和御集「更衣久しく参らぬに御文たまはせけるに」、五句「よなよなにおく」。○手枕　ここは独寝の場合。→四三。○草なれや　歌語「草枕」(→一一五〇)を踏まえ興じていう。露は草葉に置くもの。

1350 「涙の露」とおっしゃいましたが、露ほどしか涙が置かない袖など信頼できません。私は涙の川がそれも奔流となって注いでいるのですから。本歌「おろかなる涙ぞ袖に玉はなすわれはせきあへずたきつ瀬なれば」(古今・恋二・小野小町)。仁和御集「おほむかへし」。○露ばかり　わずかばかりの意を兼ねる。○たきつ瀬　滝や川の瀬の湧きかえる流れ。▽参考「浅みこそ袖はひつらめ涙川身さへ流るときかばたのまむ」(古今・恋三・在原業平)。

1351 私は思いを馳せてはらはらしています。遠いそちらのむら雲がしきりに時雨を降らせて、安達の原では紅葉してしまったであろうかと―ほかの男に誘われて心変りしてしまったのではないかと。重之集、四句「安達の原は」。○安達　陸奥国の郡名。マユミで知られた歌枕の「安達の原」がある。○よそのむら雲　あだし男に譬える。→三七。○もみぢ　美しいマユミの紅葉であろう。ニシキギ科の落葉樹。能因歌枕も九月に「まゆみの紅葉」を配す。

以下三首「もみぢに寄す」。

1352 思《おも》ふこと侍《(はべり)》ける秋の夕暮《ゆふぐれ》、独《ひと》りながめてよみ侍ける

六条右大臣室

身にちかくきにけるものを色かはる秋をばよそに思《おも》ひしかども

題しらず

相模

1353 色かはる萩《はぎ》の下《した》葉を見てもまづ人の心の秋ぞしらるゝ

1354 稲妻《いなづま》は照《て》らさぬよゐ《(ひ)》もなかりけりいづらほのかに見《み》えしかげろふ

謙徳公

1355 人しれぬ寝覚《ねざ》めの涙ふりみちてさもしぐれつるよはの空《そら》かな

1352 ああわが身の傍に来てしまった。物皆の色変りする秋を遠い先のことだと思っていたが。本歌「身にちかく秋やきぬらむ見るままに青葉の山もうつろひにけり」(源氏物語・若菜上)。○ものを　詠嘆。○色かはる秋　心変りして飽きられる時の意を掛ける。

1353 紅葉する萩の下葉を見るにつけても、まず人の心の飽きのいち早く来ることが知られて悲しい。本歌「秋萩の下葉につけて目に近くよそなる人の心をぞ見る」(拾遺・雑秋・女)。相模集「秋」、三句「見るとても」。→一三四七。○萩の下葉　萩は下葉から紅葉するとされる。○秋　「飽き」を掛ける。▽下葉も心も人目につかないものとして並べる。参考「風吹くになびく浅茅はわれなれや人の心の秋をしらする」(後拾遺・雑二・斎宮女御)。

1354 稲妻は照らさぬ宵とてないことだ。だがどこへ行ったのであろう、昔ちらりと見えた陽炎のような面影は。相模集「稲妻のいそがしきを見て」。○稲妻　能因歌枕は「いなびかりをいふ」とし、七月に配する。○かげろふ　春の陽炎。→二。稲妻(→三七)と同様はかない譬えのもの。「かげ」は面影の意を兼ねる。▽秋の稲妻から春に見た陽炎のようにほのかな恋人を思い起す。しかし宵毎にしきりに現われる前者に対し、これはもう見ることができず、その面影を追う。参考「夢よりもはかなきものはかげろふのほのかに見えしかげにぞありける」(拾遺・恋二・読人しらず)。以下一三六二まで八首「久しく思ふ恋」。うち「稲妻に寄す」。

1355 夜中目が覚めると独寝の床に涙は降り満ち、こんなにも時雨が降ったのかと夜空が思われることだ。一条摂政御集。○ふりみち　「降り」「時雨」は縁語。以下三首「涙に寄す」。

1356 涙《なみだ》のみうきいづる海人《あま》のつりざほ《(を)》の長《なが》きよすがら恋《こ》ひつゝぞ寝《ぬ》る

光孝天皇御歌

1357 枕《まくら》のみうくと思《おも》ひし涙河《なみだがは》いまはわが身のしづむなりけり

坂上是則

1358 思《おも》ほえず袖に湊《みなと》のさは《(わ)》ぐかなもろこし舟のよりしばかりに

読人しらず

1359 妹《いも》が袖わかれし日よりしろたへの衣かたしき恋《こ》ひつゝぞ寝《ぬ》る

1356 釣する海人の浮子ではないが、涙ばかりが浮び出て来、またその釣竿の長い節ではないが長い夜を一夜そなたを恋いつつ寝ていることだ。仁和御集には「波高み漕ぎいでぬ海人のつりざをの長きよなよな恋ひつつぞ寝る」。○うきいづる 下は「海人のつりざほ」にかかって、釣竿の糸につけた浮子(きう)が浮かび出ていることを涙のそれに掛ける。○つりざほの 「長きよ」にかかる枕詞的修辞。「よ」は「節」と「夜」と掛詞。▽第二・三句は言葉遊びにとどまる。

1357 これまで枕ばかりが浮くと思っていた涙の川、今はそこにこの身が沈むと分かったよ。是則集、二句「つくと思ひし」。○わが身のしづむ 悲しみで死ぬばかりの譬喩で「枕のみうく」の対。▽参考「涙川水まされば敷妙の枕のうきて止まらざるらむ」(拾遺・雑恋・源雅信女)。

1358 思いがけず袖で湊の波が立ち騒ぐことです。唐船がはいって来たばっかりに。大層お嘆きの手紙を拝見したので、思いがけずひどくもらい泣きをしたことです。伊勢物語二十六段「昔、男、五条わたりなりける女をえ得ずなりにけることとわびたりける人の返りごとに」とある男の歌。○湊 水門の意で川口など。舟の集まる所。→一一六八。○もろこし舟 唐へ通う大船。「湊のさわぐ」という表現と照応する。

以下二首「袖に寄す」。

1359 いとしい人ときぬぎぬの別れをしたその日から衣を片敷いて独り恋いつつ寝ることだ。原歌は万葉集十一・作者未詳の同じ歌。○妹 妻や親しい女。○しろたへの 衣の枕詞。○衣かたしき 独寝すること。→一一九七。

1360
逢《あ》ふことの浪《なみ》の下《した》草水《み》隠《がく》れてしづ心なくねこそなかるれ

1361
浦《うら》にたく藻《も》塩《しほ》の煙《(けぶり)》なびかめやよものかたより風はふくとも

1362
忘《わす》るらんと思《おも》ふ心のうたがひにありしよりけに物ぞかなしき

1363
うきながら人をばえしも忘《わす》れねばかつ恨《うら》みつゝなを《(ほ)》ぞ恋《こひ》しき

1360 逢うことができないので、波に沈んだ藻が水中で休む時なく根ごと流れているように、人知れず悶えては声を立てて泣いています。大和物語一一三段の女の歌。〇浪の下草　波に沈んだ水草(→一三五九)。「浪」に「なみ」を掛け、上には「ないので」の意で続く。〇水隠れ　水中に隠れること。〇しづ心なく　底本「心」を脱し、同筆で「心歟」と補う。〇ねこそなかるれ　「音」と「根」、「泣かる」と「流る」と掛詞。「浪」「水隠れ」「流る」は縁語。

以下二首「藻に寄す」。

1361 浦で焚く藻塩の煙は靡いたりしましょうか。たとえ四方から風が吹き寄せて来ようとも。本歌「須磨の浦に塩焼くけぶり風をいたみ思はぬかたにたなびきにけり」(元永本古今・恋四・読人しらず)。惟成弁集「返し」。贈歌は「おひ風にけぶりまかすな藻塩焼くたがこの浦の須磨の関守」。〇浦　湖、海の陸地に入り込んでいる所。〇たく　底本「たゝ」とも読める。諸本で校訂。〇藻塩の煙　製塩の煙。↓一〇六五。〇風は　底本「は」を脱し、同筆で「ハ歟」と補う。あだし男を風に譬える。

1362 また私を忘れるだろうと思う疑心暗鬼で前より一層悲しく思われます。伊勢物語二十一段。出て行った女がまた便りを寄越したのがきっかけで、前より激しく音信するようになり、男の詠んだ歌。この返しが一三七〇。▽「忘るらん」は同物語を離れて解すると、忘れているのだろうととるのが普通。参考「忘れなむと思ふ心のつくからにありしよりけにまづぞ恋しき」(古今・恋四・読人しらず)。

以下二首「人を恨む恋」。

1363 つらい方と思いながら、どうしてもあなたを忘れることができないので、恨みながらもやはりお慕いしています。伊勢物語二十二段。別れた後も忘れられず、女の贈った歌。〇えしも

1364 命《いのち》をばあだなるものと聞《きゝ》きしかどつらきがためは長《（ながく）》もあるかな

1365 いづかたにゆき隠《かく》れなん世《よ》の中に身のあればこそ人もつらけれ

1366 今《いまゝ》までに忘《わす》れぬ人はよにもあらじを《（お）》のがさま〴〵年《とし》の経《へ》ぬれば

1367 玉《たま》水を手《て》にむすびてもこゝろみんぬるくは石《いし》の中も頼《たの》まじ

「しも」は強調。

1364 命はかないものだと聞いていたが、苦しい恋のそのせいで長く思われることだな。清正集「また人に、いかがありけむ」、下句「うき身のためは長くぞありける」。○つらきがため　堪えがたく思う、そのために。▽参考「命やはなにぞは露のあだものを逢ふにしかへば惜しからなくに」（古今・恋二・紀友則）。

以下二首「身を慎む恋」。

1365 どこに行って身を隠そうか。この世間に住んでいる、そのためにあの人も冷たい仕打ちをするのだ。古今六帖四・読人しらず。拾遺・恋五・読人しらずに既収。前田本は歌頭に「在拾遺集・恋五、後年見之」と注する。▽参考「あしひきの山のまにまに隠れなむうき世の中はあるかひもなし」（古今・雑下・読人しらず）。

1366 今までずっと昔のことを忘れずにいる人など決しておりますまい。その後互いにいろいろのことがあって年月が過ぎたのですから。伊勢物語八十六段。古今六帖五。親に憚って思いを遂げずに別れた男が後に女に贈った歌。○よにもあらじ　むろんあなたは私のことなどお忘れでしょうの意。

一首「忘るる恋」。

1367 この清水をしっかり手に掬い上げて試してみよう。ぬるければたとえ石の中にたまっていても手飲みはすまい。本歌は次の三六。伊勢集、初句「山水を」。○玉水　清水。または水滴。→三。ここは清水の意で本歌による。○ぬるく　冷たい湧き水ではなく、たまり水のさま。にぶい意でもある。○石の中　岩垣の水をさす。○頼ま　手で掬い飲む意の「手飲む」と「頼む」を同音で掛ける。▽表に玉水を詠んで、いかに外目がよくても情が薄ければ信頼すまいの意を寓する。参考「古(いにし)

1368
山城《しろ》の井手《で》の玉水手《て》にくみて頼《たの》みしかひもなき世《よ》なりけり

1369
君があたり見つゝををらん生駒《いこま》山雲な隠《かく》しそ雨はふるとも

1370
中空《なかぞら》に立《（たち）》ゐる雲のあともなく身のはかなくもなりぬべきかな

1371
雲のゐるとを《（ほ）》山鳥《どり》のよそにてもありとし聞《き》けばわびつゝぞぬる

の野中の清水ぬるけれどもとの心を知る人ぞくむ」(古今・雑上・読人しらず)。
以下二首「玉水に寄する恋」。

1368　山城の井手の玉水をすくって手飲みをするではないが、約束した甲斐もない仲だったな。伊勢物語一二二段「昔、男、契れることあやまれる人に」、三句「手にむすび」。〇井手の玉水　歌枕。奥義抄・中「山城に奈良へ行く道に井手の水とてめでたき水の道づらにあるなり。…この水を褒めて井手の玉水とはいふなり」。〇頼み　↓一三六七。

1369　あなたの住む辺をいつも眺めていよう。生駒山を雲よ隠さないでくれ。たとえ雨が降ろうと。伊勢物語二十三段。原歌は万葉集十二・作者未詳。捨てられた河内国高安郡の女が「大和の方を見やりて」詠んだ歌。〇見つゝを　「を」は詠嘆。〇生駒山　右両国の境にある山。↓五六五。
以下二首「雲に寄する恋」。

1370　空の中ほどに出ている雲が跡形もなく消え失せるように、中途半端な私はこのまま廃れ者になってしまいそうです。伊勢物語二十一段、五句「なりにけるかな」。一三六二の返歌。

1371　雲のかかるあの遠山にいる山鳥ではないが、遠く離れていてもご無事と聞くので嘆きながらも独寝するのです。古今六帖二・読人しらず。〇とを山鳥　遠山にいる山鳥。↓九九。山鳥の雌雄が夜は別れて寝るという伝承による。〇あり　無事または生きている意。↓一二九五。
以下二首「山鳥に寄する恋」。

1372 昼《ひる》はきて夜《よる》はわかるゝ山鳥《どり》のかげ見る時ぞねはなかれける

1373 われもしかなきてぞ人に恋《こ》ひられし今《いま》こそよそに声をのみ聞《き》け

人麿

1374 夏野ゆくをしかの角《つのゝ》のつかのまも忘《わす》れずおもへ妹《いも》が心を

1375 夏草の露《つゆ》わけ衣着《き》もせぬになどわが袖のかは(わ)く時なき

1372 昼は来て逢い、夜は別れて寝る山鳥が鏡に映った相手の姿を見る時、声を立てて鳴くということだ。和歌童蒙抄八「山鶏」。奥義抄・中「古歌」など。○かげ見る　奥義抄は雄の尾に鏡があり、暁それに山を隔てた雌の姿が映るという。山鳥の鏡や雌雄が山を隔てて寝る伝承のことは袖中抄十二に諸説が見える。▽独寝の苦しさを山鳥に擬した歌として配列されている。参考「山鳥のはつ尾の鏡かけねども見し面影にねは泣かれけり」(六百番歌合「寄鳥恋」・顕昭)。

1373 私も以前はあの鹿のようにないてあなたに慕われたものです。今はあかの他人で部屋の外にお声だけを聞いていますが。大和物語一五八段。鹿の鳴くのを聞いた昔の女が壁を隔てて他の女と住む男にやった歌。○しか　「鹿」と「然(その通りの意)」を掛ける。
以下二首「鹿に寄する恋」。

1374 夏野を行く雄鹿の短い角ではないが、片時も忘れず思いつづけている。いとしい人の真心を。人麿集。原歌は万葉集四・柿本人麿、下句「妹が心を忘れて思へや」。○をしかの角　鹿の角は夏生え替る。その短い袋角(ふくろづの)のこと。第一・二句は序。「鹿角解(ちお)、蟬始鳴」(礼記・月令「仲夏之月」条)。○つかのま　「一つか」の間。片時。「一つか」は一握り、即ち指四本の幅をいう。○妹　妻やいとしい女。

1375 夏草の露を分けた濡れ衣を着ているのでもないのに、どうして私の袖の乾く時がないのであろう。人麿集。原歌は万葉集十・作者未詳、下句「わが衣手のひる時もなき」。
一首「露に寄する恋」。

1376
みそぎするならの小河《をがは》の河風に祈《いの》りぞわたる下《した》に絶《た》えじと　八代女王

1377
うらみつゝぬる夜《よ》の袖のかは(わ)かぬは枕《まくら》の下《した》に潮《しほ》やみつらん　清原深養父

中納言家持につかはしける　山口女王

1378
蘆《あし》辺よりみちくる潮《しほ》のいやましに思《おも》ふか君をわすれかねつる

1379
塩釜《しほがま》のまへにうきたる浮島《うきしま》のうきて思《おも》ひのある世《よ》なりけり

1376　禊をするならの小川の川風に吹かれて祈りつづけているよ。二人の仲が人知れず絶えないようにと。古今六帖一・読人しらず。○みそぎ　なごしの祓。→二八四。○ならの小河　八雲御抄五は山城国とし、この歌を引く。「わたる」「絶え」は川の縁語。▽古今六帖では八代王女の一首の後に並んでいるので、本集は同じ作者の歌と誤認している。

1377　一首「小河に寄する恋」。恨みながら独り寝る夜の袖がいつまでも乾かないのは、枕の下にあるという海に潮が満ちるのであろうか。深養父集、四句「枕のかたに」。○うらみ　「恨み」と「浦見」を掛け、浦・潮は縁語。○潮　枕の下に涙の海があるという趣向を踏まえ、夜ごとに流れる涙を満潮に譬える。▽参考「敷妙の枕の下に海はあれど人をみるめは生ひずぞありける」(古今・恋二・紀友則)。
以下三首「潮に寄する恋」。

1378　蘆の生えている辺から満ち潮がずんずんさしてくるようにいよいよ思いが募るのか、あなたを忘れることができずにいます。原歌は万葉集四「山口女王贈二大伴宿禰家持一歌五首」の内、四句「思ふか君が」。本集諸本も(前田本は「を歟」とも注す)。○中納言家持　万葉歌人。大伴旅人の嫡男。

1379　塩釜の浦の前方に浮かぶ浮島ではないが、いつも不安で物思いの絶えない仲なのですね。古今六帖三。本集はこれも同じく家持への贈歌とする。○塩釜　塩釜の浦。陸奥国の歌枕。松島湾の一部。○浮島　「塩釜なり」(八雲御抄五)。上句は序。○思ひ　「思ひ」の「火」は塩釜の縁語。○世　ここは男女の仲。▽参考「あさなあさな立つ川霧の空にのみうきて思ひのある世なりけり」(古今・恋一・読人しらず)。

題しらず

赤染衛門

1380 いかに寝《ね》て見えしなるらんうたゝねの夢より後《(のち)》は物をこそ思《おも》へ

参議篁

1381 うちとけて寝《ね》ぬものゆへ《(ゑ)》に夢を見てもの思《おも》ひまさる比《(ころ)》にもあるかな

伊勢

1382 春の夜《よ》の夢にありつと見えつれば思《おも》ひたえにし人ぞ待《ま》たるゝ

盛明親王

1383 春《はる》の夜《よ》の夢のしるしはつらくとも見しばかりだにあらば頼《たの》まん

1380 どちらに枕を向けて寝たので見たのであろうか。うたたねにあの夢を見てからというもの物思いばかりしていることだ。本歌「宵よひに枕定めむ方もなしいかに寝し夜か夢に見えけむ」(古今・恋一・読人しらず)。赤染衛門集「かかること聞えてすげなうもてなされて物嘆かしげにて、女」、三句「暁の」。○夢　逢瀬の夢。▽家集の詞書によれば悔恨の気持が主であろうが、配列からは重ねて同じうれしい夢が見たいのである。
以下三八九まで十首「夢に寄する恋」。

1381 むつまじく寝たのでもないのにそのために夢を見て、いよいよ思いが募るこの頃です。篁集には「うちとけぬものゆゑ夢を見てさめてあかぬ物思ふころにもあるかな」。女のもとに忍びながら逢えず、その後も顔を合わせるばかりの関係を嘆く歌。○ものゆへに　ここは逆態接続。

1382 慌しい春の夜の夢でご無事と見たので、すっかり諦めていたあの方がつい待たれます。伊勢集「忘れ侍りにける人を夢に見て」。○あり　↓二九五。▽夢に見えるのは相手が思ってくれているという俗信による。束の間の夢に現われただけに一層うれしいのである。

1383 春の夜の夢で見たお告げは堪えがたいものであったが、そうだとしても見たことがらだけでもせめて現実になるなら頼みをかけましょう。○しるし　表示。▽夢で見たのはつらい仕打ちにあうことであったが、それでも逢えるなら堪えよう、お告げを期待したいというのである。参考「はかなかる夢のしるしにはかられてうつつに負くる身とやなりなむ」(後撰・恋四・読人しらず)。

女御徽子女王

1384 ぬる夢にうつゝのうさも忘《わす》られて思《おも》ひなぐさむほどぞはかなき

春夜、女のもとにまかりて、朝《あした》につかはしける

能宣朝臣

1385 かくばかり寝《ね》であかしつる春の夜《よ》にいかに見えつる夢にかあるらん

題しらず

寂蓮法師

1386 涙河《なみだがは》身もうきぬべき寝覚《ねざ》めかなはかなき夢のなごりばかりに

百首歌たてまつりしに

家隆朝臣

1387 逢《あ》ふと見てことぞともなく明《あ》けぬなりはかなの夢の忘《（わすれ）》がたみや

1384 夢に見たことで平生の憂さもつい忘れ、しばし心が休まっているとは本当にたわいもないことだ。斎宮女御集「上の御夢に見えさせ給ひければ」、五句「ほどのはかなさ」。○ぬる夢　家集によれば夫村上天皇の夢。○忘られ　古い用法の四段活用の未然形に「れ」がつく。

1385 こうしてまんじりともせず語り明かした春の夜に、どのようにしてあの甘美な夢が見えたのでしょう。本歌「かくばかり惜しと思ふ夜をいたづらに寝てあかすらむ人さへぞうき」（古今・秋上・凡河内躬恒）。能宣集「春の夜、人をかたらひ侍りてやる」、三・四句「春の夜をいかで見えつる」。○夢　つかの間の逢瀬の譬喩であるが、寝ないで夢が見えたという逆説的興趣を表に立てる。▽後朝の挨拶。

1386 この激しく流れる涙川に身も浮きそうな寝覚めだな。つかの間の夢がさめて、わずかに余波が残っているというだけなのに。寂蓮法師集「百首の歌に、恋歌」。○涙河　→一三〇。「うき」「なごり」はその縁語。○夢　うれしい逢瀬の夢。▽参考「涙川流す寝覚めもあるものを払ふばかりの露やなになり」（後撰・恋三・読人しらず）。夢の逢瀬がどんなに激しく、また甘美なものであったかを思わせる。

1387 逢うと見て何をするでもなく夜は明けてしまったようだ。あっけない夢のいつまでも忘れられないこの思いよ。本歌「秋の夜も名のみなりけり逢ふといへばことぞともなく明けぬるものを」（古今・恋三・小野小町）。正治二年（一二〇〇）院初度百首。○ことぞともなく　「何事もなしといふ心なり」（八雲御抄四）。○夢の忘がたみ　夢が忘れられないために後に残したもの。即ち万斛の恨みの情をさす。

題しらず　　　　基俊

1388 床《ゆか》ちかしあなかまよはのきり〴〵す夢にも人の見《み》えもこそすれ

千五百番歌合に　　　　皇太后宮大夫俊成

1389 あはれなりうたゝねにのみ見し夢《ゆめ》の長き思《おも》ひにむすぼゝれなん

題しらず　　　　定家朝臣

1390 かきやりしその黒髪《くろかみ》のすぢごとにうちふすほどは面影《おもかげ》ぞたつ

和歌所歌合に、遇《ヒテ》不《ヌ》ㇾ逢《ハ》恋の心を　　　　皇太后宮大夫俊成女

1391 夢かとよ見し面影《おもかげ》もちぎりしも忘《わす》れずながらうつゝならねば

1388 寝床のすぐ下だ。静かにしてくれ、夜中のこおろぎよ。もしかして夢にあの人が見えるといけないから。基俊集「虫のうらみ、恋に寄す」。後葉集・雑三、下句「夢にも人にあひもこそすれ」。○床ちかし　詩経・豳風(ひんぷう)「十月蟋蟀入ㇾ我牀下ㇾ」。○あなかま　「制する心なり」(和歌初学抄)。○きり〴〵す　今のコオロギの古名。▽参考「床嫌(ゆかにはきらふ)短脚蛬声閙(いそがはしきことを)」(和漢朗詠集「虫」・小野篁)。夢を覚まさないでくれというのである。

1389 あわれなことだ。ほんのうたた寝に見た夢のような逢瀬がこれから長い恋となって屈託しつづけることであろう。建仁二年(一二〇二)頃、千五百番歌合・恋一。○あはれ　苦しみ、悲しみを思いやっての深い詠嘆。○うたゝね　「長き思ひ」の対。「寝」に「根」を掛け、「長き」「むすぼほれ」はその縁語。

1390 あの時かき撫でた黒髪の一筋一筋までくっきりと、横になる時はいつもあの人の面影が浮んでくる。本歌「黒髪の乱れもしらずうち臥せばまづかきやりし人ぞ恋しき」(後拾遺・恋三・和泉式部)。拾遺愚草。○面影　目に浮ぶ姿かたち。▽かつて手枕をした女の面影を追う独寝の嘆き。

以下二首「面影に寄する恋」。

1391 夢であったのか、どうか。あの時見た姿も約束の言葉もはっきり覚えていながら、現実にはないところを見ると。建仁二年五月二十六日、仙洞影供歌合。○遇不逢恋　一度逢ったきり逢うことなく、却って一層思いが増すという題意。○とよ　駄目をおす気持。○うつゝならね　現に訪れもなく、いつまでもという約束も果されていないこと。▽参考「夢かとよ見しにも似たるつらさかな憂きはためしもあらじと思ふに」(狭衣物語三)。

恋歌とて　式子内親王

1392 はかなくぞ知《し》らぬ命《いのち》を歎《なげ》きこしわがかねことのかゝりける世《よ》に

弁

1393 過《す》ぎにけるよゝの契《(ちぎり)》も忘《わす》られて厭《いと》ふ憂《う》き身のはてぞはかなき

崇徳院に百首歌たてまつりける時、恋歌　皇太后宮大夫俊成

1394 思《おも》ひわび見し面影《おもかげ》はさてを《(お)》きて恋《こひ》せざりけんお《(を)》りぞ恋《こひ》しき

題しらず　相模

1395 流《なが》れ出《い》でんうき名にしばしよどむかな求《もと》めぬ袖の淵《ふち》はあれども

1392 本当にはかないことに今日まで、明日をも知れぬ命の短さを嘆きつづけてきたことだ。私のした約束がこんなにあてにならないものだった世の中で。○歎きこし　生きてさえあれば逢うこともと、ひたすら命を惜しんできたこと。↓一二四五。○かねこと　将来にかけていう言葉。予言や約束。▽あてにならないものが短い命以上に約束だったと知った時の虚無感が「はかなく」である。参考「昔せしわがかねことの悲しきはいかに契りし名残なるらむ」(後撰・恋三・平貞文)。

以下二首「世に寄する恋」。

1393 この苦しい恋が幾展転した過去世の約束であることもつい忘れ、今の自分の拙さを厭うているこの身の来世を思えばまことにはかないことだ。○契　因縁。○忘られ　↓一三八四。○厭ふ　忌まわしく思う。▽参考「うかりけるよよの契りを思ふにもつらきは今の心のみかは」(千載・恋五・上西門院兵衛)。

1394 恋にうちひしがれた今はあの夜親しく見た姿かたちの懐かしさはそれとして、まだ恋など知らなかった昔が恋しくてならない。久安六年(一一五〇)、久安百首。○崇徳院　第七十五代天皇。○思ひわび　思いあぐんで思う気力もなくなること。○さてをき　改めて言わないが。▽今は面影の浮ぶ苦しさからむしろ逃れたいと思う。

以下二首「厭ふ恋」。

1395 流れ出るであろう浮名のことを考えて暫く淀んでいる―じっとためらっているのです。お尋ねしたそれではない袖の淵なら手もとにあって、いつでも身を投げられるほど深くなっているのですが。本歌「涙川身投ぐばかりの淵はあれど氷解けねばゆく方もなし」(後撰・冬・読人しらず)。相模集「この人にふちなど尋ねおきて、逢はむといひしかば」。○流れ出でん　本歌の「ゆく方もな

1396
おとこ《(を)》の久《ひさ》しくを《(お)》とづれざりけるが、忘《わす》れてやと申侍《(まうしはべり)》けれど、よめる

馬内侍

つらからば恋《こひ》しきことは忘《わす》れなでそへてはなどかしづ心なき

1397
むかし見ける人、賀茂《かも》の祭《まつり》の次第司《しだいし》に出《い》で立《た》ちてなん、まかりわたるといひて侍《(はべり)》ければ

君《きみ》しまれ道《みち》のゆききをさだむらん過《す》ぎにし人をかつ忘《(わすれ)》つゝ

1398
年《とし》ごろ絶《た》え侍《(はべり)》にける女の、くれといふ物尋《ものたつ》ねたりける、つかはすとて

藤原仲文

花さかぬ朽《く》ち木のそまの杣《そま》人のいかなるくれに思ひ出《い》づらん

し」を裏返した発想。〇求めぬ　家集の詞書「尋ねおきて」に照応するが、詞書ぬきで解すると、不可抗力の意となろう。〇袖の淵　激しく流れる涙川が袖に塞かれて淀みたたえていること。「流れ出で」「うき」「よどむ」「淵」は縁語。▽浮名の立つのを惜しんで、死ぬこともできぬ恋を嘆く。

1396 もしも私が薄情なら恋しい気持が忘れてしまえないばかりか、どうしてこうも落着かないでいるのでしょう。馬内侍集「をとこ恨みて久しくおとせで」。〇忘れてや　忘れておしまいですか。〇そへては　その上さらに。▽しらじらしい問いかけに反撥したもの。参考「つらからば同じ心につらからむつれなき人を恋ひむともせず」(後撰・恋一・読人しらず)と対照的な応対。

以下四首「忘るる恋」。

1397 人もあろうにあなたがどうして往来の管理をなさるのでしょう。通り過ぎた人をその場限りで忘れながら。馬内侍集、初・四句「君しもあれ…過ぎぬる人は」。〇賀茂の祭　陰暦四月、中の酉の日の賀茂上下社の祭。今の葵祭。〇次第司　行幸その他の場合、行列を取りしきる役。〇まかりわたる　大路を通ります。〇君しまれ　家集「君しもあれ」の転。〇過ぎにし人　昔の恋人即ち自分に譬える。「道のゆきき」の縁語。〇かつ忘定める尻から忘れる。▽桟敷や牛車の立てこむ大路を晴れ姿で通ることを得意げに通知して来た不実な男に対する痛烈なしっぺ返し。

1398 花の咲かない、枯れ朽ちた朽木の杣の杣人がどんな榑がほしくてこの夕暮、もとの山を思い出したのでしょう。仲文集「古きめのくれこひたるに」。〇くれ　榑。伐り出したままの丸太。「暮」と掛詞。〇朽ち木のそま　近江国の歌枕。「そま」は植林して材木を採る山。「花さかぬ」と冠して見捨てられた自分に擬する。〇杣人　杣山の

久《ひさ》しくを《(お)》とせぬ人に　　大納言経信母

1399 を《(お)》のづからさこそはあれと思《おも》ふまにまことに人の問《と》はずなりぬる

忠盛朝臣かれ〴〵になりてのち、いかゞ思《おも》ひけん、久《ひさ》しくを《(お)》とづれぬ事をうらめしくやなどいひて侍《(はべり)》ければ、返事に　　前中納言教盛母

1400 ならはねば人の問《と》はぬもつらからでくやしきにこそ袖はぬれけれ

題しらず　　皇嘉門院尾張

1401 歎《なげ》かじな思《おも》へば人につらかりしこの世《よ》ながらのむくひ《(い)》なりけり

きこり。女に擬する。▽樽を中心に、一首縁語で仕立てる。

1399 都合がつかないままにこの無沙汰なのだと思っておりますうちに、本当にお出でにならなくなってしまいましたね。経信母集。続詞花集・恋中。○をのづから　故意の対。

1400 人を恨むということには馴れませんからお訪ね下さらないことにも堪えられますが、ただ人を見損なった悔しさに泣いています。続詞花集・恋下、二・三句「人の心もつらからず」。○忠盛朝臣　正四位上、刑部卿。平清盛、教盛の父。○うらめしくや　恨んでいますか。○くやしき　相手に含む「恨めし」に対し、自分の拙さをさいなむ気持。

以下二首「悔む恋」。

1401 嘆くまいよ。考えてみれば人に酷薄に当った報いが、来世といわず同じこの世で来たことなのだ。▽人を恨むよりも自分の犯したつらさを自責する屈折した表現であるが、深い嘆きがおのずと仏説にいう愛執の罪に思い至らせたのであろう。参考「来む世にもはやなりななむ目の前につれなき人を昔と思はむ」（古今・恋一・読人しらず）。

1402
いかにしていかにこの世《よ》にあり経《へ》ばかしばしものを思《おも》はざるべき

和泉式部

1403
うれしくは忘《わす》るゝこともありなましつらきぞ長《なが》きかたみなりける

深養父

1404
逢《あ》ふことのかたみをだにも見てしかな人は絶《た》ゆとも見《み》つゝしのばん

素性法師

1405
わが身こそあらぬかとのみたどらるれ問《と》ふべき人に忘《わす》られしより

小野小町

1402 どのようにしてどうこの世を過していれば、つかの間も物思いせずにいられるのであろう。和泉式部続集「かたらふ人のものいたう思ふ比」。○いかにしていかに　生き方、生きる態度を切なく追求するさま。▽親しい友に同情して詠んだのであろう。なすすべもない恋の苦しみに寄せた激しい嗟嘆。
以下二首「思ふ恋」。

1403 うれしければきっと忘れることもあるだろうに、堪えがたい苦しみこそいつまでも忘れられない恋の形見だったのだな。深養父集。古今六帖四。▽相手のつれなさも諦観すれば、恋をいつまでも忘れさせないための配慮といえる。恋の深い思いは悲恋にあるという真実に通じていよう。

1404 逢うことはむつかしく、せめてこの恋の形見でもほしいものだ。あの人との縁は切れてもそれを見ては偲ぼうに。素性集、二・三句「かたみのたねを得てしかな」。○かたみ　「難み」に「形見」を掛ける。思い出の種で文、子など。○見て　底本「見」の傍に同筆で「え歟」とあり。
以下一四一〇まで七首「絶ゆる恋」。

1405 一度はあの人が亡くなったのかとも思ったが、どうやらそれは私自身の方ではないかと考えるしかないような気持でいる。必ず訪ねてくれるはずの人に忘れられてからというもの。小町集。○たどらる　迷いながらもそう思うようになったこと。○忘られ　古い用法の四段活用に「れ」のついた形。▽参考「わが身こそあらぬさまなれそれながら空おぼれする君は君なり」(源氏物語・若菜下)。物の怪になった六条御息所の詠。

1406
葛城《かづらき》や久米路《くめぢ》にわたす岩橋《いはゝし》の絶《た》えにし中となりやはてなん

能宣朝臣

1407
今はとも思《おも》ひな絶《た》えそ野中なる水のながれはゆきて尋《たづ》ねん

祭主輔親

1408
思《おも》ひ出《い》づや美濃《みの》の《ゝ》を山のひとつ松契《（ちぎり）》しことはいつも忘《わす》れず

伊勢

1409
出《い》でて《ゝ》いにし跡《あと》だにいまだ変《かは》らぬにたが通《かよ》ひ路《ぢ》と今はなるらん

業平朝臣

1406　葛城の久米路に架け渡す岩橋がとだえたように、二人の仲は切れたままになってしまうのであろうか。能宣集「かたらひ侍る人の絶えがたに、言ひつかはし侍る」、初・二句「葛城の山路にわたす」。〇葛城や久米路　大和国。有名な岩橋伝説を踏まえる。→一〇六一。

1407　もうこれまでなどと断念しないで下さい。野中の清水の流れのような昔馴染のあなたの所へはきっと尋ねて参ります。輔親集「なか絶えたる人のもとより、つらき人のためには涙せきあへずといへるに」。〇野中なる水のながれ　歌語「野中の清水」のことで八雲御抄五は印南野（いなみの）にありとして播磨国、一説河内国とするが、主意は和歌初学抄「昔を思ひ出づるにそふ」にある。▽参考「いにしへの野中の清水ぬるけれどもとの心を知る人ぞくむ」（古今・雑上・読人しらず）。

1408　思い出されますか。美濃のお山の一つ松を。あの枝を結んでお約束したことは片時も忘れません。伊勢集、五句「またも忘れず」。〇美濃のを山　国府の傍の南宮山のことという。〇ひとつ松　孤松。三河国（能因歌枕）や摂津の鳴尾などのそれも有名で、変らぬ契りのしるしに結んだ。▽参考「一つ松結びけりとも今ぞ知る解くる心は解きはならじを」（馬内侍集）。

1409　私の出て行った足跡さえまだそのままなのに、誰の通い路に今はなっているのであろう。伊勢物語四十二段、初・三句「出でて来し…変らじを」。色好みの女のところに二、三日差支えがあって行けなかった男が疑って送った歌。

1410 梅《むめ》の花香《か》をのみ袖にとゞめをき(お)てわが思《おも》ふ人はを(お)とづれもせぬ

斎宮女御につかはしける　　天暦御歌

1411 天《あま》の原《はら》そこともしらぬ大空《おほぞら》におぼつかなさを歎《なげ》きつるかな

御返し　　女御徽子女王

1412 歎《なげ》くらん心を空《そら》に見てしかなたつ朝霧《あさぎり》に身をやなさまし

題しらず　　光孝天皇御歌

1413 逢《あ》はずしてふる比《ころ(ほ)》をひのあまたあれば遥《はる》けき空《そら》にながめをぞする

1410 梅の花のその香だけを袖に残しておいて、いとしいあの人は訪ねてもくれない。伊勢物語四段の異本歌(天理図書館蔵、伝藤原為家筆本伊勢物語の巻末増補本文による)。即ち「月やあらぬ春や昔の春ならぬわが身一つはもとの身にして」(→一四〇四)という男の歌の後に「といひてこの花のもとに立寄りて」とあって、次にこの歌がくる。ただし五句「おとづれもせず」。本集も穂久邇・鷹司本は同じ。

1411 遠くひろがる涯しない大空に向って逢えぬ心細さを嘆いたことだ。村上御集「まかでて後、久しく参り給はねば」、初・二・四句「あまつ空そことも見えぬ…おぼつかなしと」。斎宮女御集。○斎宮女御　村上天皇女御徽子。○天の原　空の枕詞的用法。

以下一四一一一四一四まで四首「空に寄する恋」。

1412 嘆いているとおっしゃる御心をその空にいて拝見したいものです。いっそ嘆きが化したとかいう朝霧になろうかしらと思います。村上御集、四句「たつ秋霧に」。斎宮女御集は本文に同じ。○空に　前歌「大空に」を承ける。○朝霧　八雲御抄三「嘆きの霧ともいへり」とある通り、霧は嘆きの息と関係づけられていた。▽参考「沖つ風いたく吹きせばわぎもこが嘆きの霧に飽かましものを」(万葉集十五・作者未詳)。

1413 そなたと逢わないで過す長雨の降る日が続くので、遠い空を見つめて物思いばかりしている。仁和御集、四句「はかなき空に」。○ふる「経る」と「降る」と掛詞。○ながめ　「物思い」の意と「長雨」を掛けるのは常套。また「長雨」と「降る」「空」は縁語。

女《をんな》のほかへまかるを聞《き》きて　　兵部卿致平親王

1414 思《おも》ひやる心も空《そら》に白雲の出《い》でたつかたを知《し》らせやはせぬ

題しらず　　躬恒

1415 雲井よりとを《(ほ)》山鳥《どり》のなきてゆく声ほのかなる恋《こひ》もするかな

弁更衣久《ひさ》しくまい《(ゐ)》らざりけるに、賜《たま》はせける　　延喜御歌

1416 雲居《ゐ》なる雁だになきて来《く》る秋になどかは人のを《(お)》とづれもせぬ

斎宮女御、春《はる》ごろまかり出《い》でて、久《ひさ》しうまい《(ゐ)》り侍らざりければ　　天暦御歌

1417 春ゆきて秋までとやは思《おも》ひけんかりにはあらず契《(ちぎり)》し物を

1414 そなたに思いを馳せて心も空に—気もそぞろでいるが、どうして、その空に出る白雲ではないが、出かける先を知らせてくれないのか。○空に　うつろにの意を掛ける。○出でたつ　旅に出発する。「白雲の出でたつ」と掛詞。▽「空に白雲の」は「出でたつ」の序であるほか、長途の旅のイメージがある。

1415 空をよぎって彼方の山の山鳥の鳴きゆく声がほのかに聞える。そのようにほのかに声を聞くばかりの恋をすることよ。躬恒集、四句「声はるかなる」。○とを山鳥　遠山にいる山鳥。○なきてゆく　伝説の山鳥(→一三七一・一三七二)が相手のもとへ通うのであろう。○声ほのかなる恋　題でいえば「聞く恋」で、声を聞いて慕っているばかりのとりとめのない恋。

以下一四二八まで四首「鳥に寄する恋」。

1416 大空の雁さえ鳴いてやってくる秋だのに、どうしてそなたは便りもよこさないのか。○弁更衣　未詳。更衣は女御の次位。○久しくまいらざり　里に下がっているのである。○雁　→四九六。○をとづれ　雁の縁で雁信即ち手紙をさす。蘇武の故事による。→四八一。

1417 春帰って秋まで逢えないとはあの時思ったであろうか。それなら雁だが、たしかそんなにかりそめではなく約束したはずだったが。村上御集。斎宮女御集の詞書「春まかで給ひて秋とや聞え給ひけむ」。○斎宮女御　村上天皇女御徽子。○やは　反語。○かりにはあらず　「仮り」と「雁」と掛詞。雁のように半年も離れている一時的な仲ではなく、本式の仲の意で、すぐ戻ってくることをさす。▽斎宮女御集には「御返し／春やこし空の行方も思ほえず秋とばかりを聞くぞ悲しき」とある。

1418 題しらず

西宮前左大臣

初雁《はつかり》のはつかに聞《きゝ》しことつても雲路《ぢ》に絶《た》えてわぶる比《(ころ)》かな

1419 五節のころ、内《うち》にて見侍《(はべり)》ける人に、又の年《とし》つかはしける

藤原惟成

小忌衣《をみごろも》こぞばかりこそ馴《な》れざらめけふの日陰《かげ》のかけてだに問《と》へ

1420 題しらず

藤原元真

住吉《すみよし》の恋《こひ》わすれ草種《たね》たえてなき世《よ》に逢《あ》へるわれぞかなしき

1418 初雁のはつかに耳にしたその伝言の声も雲中に消えて―これまで時々くれていた便りも今はふっつりと途絶えて、以来ずっとうちひしがれていることだ。西宮左大臣集。○初雁　秋はじめて渡って来た雁。→四九九。○はつかに　ちらっと。初雁と同音を重ねる。○ことつて　蘇武の雁信の故事(→四八一)を踏まえ、雁の声と消息の意を兼ねる。▽逢うことはさておき、消息も絶えたやるせなさを歌う。参考「初雁のはつかに声を聞きしより中空にのみもの思ふかな」(古今・恋一・凡河内躬恒)。

1419 小忌衣を去年ほどに着馴れる―親しく逢うことは無理としても、今日の日陰鬘(ひかげのかずら)を懸けるようにせめて心にかけて私のことを尋ねて下さい。惟成弁集、初・二句「すり衣こぞのごとこそ」。○五節　→一〇〇四。○内　禁中。○又の年　翌年。○小忌衣　新嘗祭・大嘗祭、またその豊明節会などに袍の上に着る祭服。青摺の白衣で、女子も唐衣や汗衫(かざみ)等の上に着けた。○日陰　日陰鬘。→一二五四。小忌衣の時、祭官は冠に女は髪に懸ける。第四句は「かけて」の序。

以下二首「草に寄する恋」。

1420 住吉の岸に生えているという恋わすれ草が種ぎれして絶滅した世に生れあわせた私の、何と切ないことか。元真集、二・五句「恋わすれ貝…われぞわびしき」。○住吉　摂津国。○恋わすれ草　八雲御抄三「わすれ草、普通には軒にあり。住吉の岸に生ふるはくわん草なり」。萱草(かんぞう)はユリ科の多年生草本。夏に蜜柑色の花をつける。▽参考「道知らば摘みにもゆかむすみの江の岸におふてふ恋わすれ草」(古今・恋四(墨滅歌)・紀貫之)。忘れようとしても忘れるすべもない恋の苦しさの表現で、「種たえて」とは思いきった趣向。

斎宮女御まい《(ゐ)》り侍りけるに、いかなる事かありけん　　天暦御歌

1421 水の上《うへ》のはかなき数《かず》も思《おも》ほえずふかき心しそこにとまれば

久《ひさ》しくなりにける人のもとへ　　謙徳公

1422 ながき世《よ》のつきぬ歎《なげ》きの絶《た》えざらばなにゝ命《いのち》をかへて忘《わす》れん

題しらず　　権中納言敦忠

1423 心にもまかせざりける命《いのち》もてたのめもを《(お)》かじ常《つね》ならぬ世《よ》を

藤原元真

1424 世のうきも人のつらきもしのぶるに恋《こひ》しきにこそ思ひわびぬれ

1421 水の上に、たちまち流れ去る数を書くむなしさも―思ってもくれないそなたを恋するむなしさも、苦にはならない。深い私の心は水底に止って動かない―深い私の愛情は確固として変らないのだから。本歌「ゆく水に数かくよりもはかなきは思はぬ人を思ふなりけり」(古今・恋一・読人しらず。伊勢物語五十段)。村上御集。斎宮女御集は二句「はかなきことも」。○斎宮女御　村上天皇女御徽子。○いかなる事かありけん　斎宮女御集の詞書はこの語句の前に「忘れ給ひて」、後に「帰り給ひて」が加わる。▽参考「伊勢の海の釣りのうけなるさまなれどふかき心はそこに沈めり」(後撰・雑一・凡河内躬恒)。

1422 末長く、片時も忘れられないこの嘆きが続くものなら、いっそ死んで忘れたいが、いったい何に命を換えればよいのであろう。やはり「逢ふにし換へ」る外には見つからない。本歌「命やはなにぞは露のあだものを逢ふにしかへば惜しからなくに」(古今・恋二・紀友則)。一条摂政御集、初・五句「長き世に…かけて忘れむ」。▽逢うことの強請に近い訴え。
以下一四二四まで四首「思ひ煩ふ恋」。

1423 思うままにもならない命でいつまでもとお約束はいたしますまい。この無常の世にあって。朝忠集に「世の中騒がしき頃」とあって「人の世の老いをはてにしせましかば今日か明日かといそがざらまし」という歌の返し。○まかせざりける「けり」は今気がついたという表現で、右の家集詞書にいう世相(久保田淳は疫病流行と考証)を反映する。▽もと述懐歌であるが、本集は恋歌として扱う。

1424 世間の心ない取り沙汰も相手の仕打ちの冷たさも我慢するのに、ただ胸一つの恋しさだけはどうしようもなく、うちひしがれていることだ。

1425
忍《しの》びて語《かた》らひける女の親《おや》、聞《き》きていさめ侍《(はべり)》ければ

参議篁

数《かず》ならばかゝらましやは世《よ》の中にいと悲《かな》しきはしづのをだまき

1426
題しらず

藤原惟成

人ならば思《おも》ふ心をいひてましよしやさこそはしづのをだまき

1427
よみ人しらず

わが齢《よはひ》おとろへゆけばしろたへの袖のなれにし君をしぞ思《(おもふ)》

1428
今《いま》よりは逢《あ》はじとすれやしろたへのわが衣手のかはく《(わ)》時なき

元真集。○思ひわび　思いあぐんで思う力もなくすこと。▽やるせない恋の苦悩の直截な表現。

1425 人並みならこんな仕打にも遭うまいに、この世の中で本当に悲しいのは身の賤しさだ。篁集。○語らひ　親密な仲になること。○いさめ　制止する。○しづのをだまき　八雲御抄四「げすの、を(苧)さばくるなり」。↓三六八。能因歌枕「いやしきことをいふなり」。「いと」を「糸」に掛け、その縁語として続けたもので、主意は「げす」即ち「いやしきこと」にある。

以下二首「賤しきを厭ふ恋」。

1426 もしあの人が人並みの心をもっているなら心のうちをうち明けてしまおうかしら。ままよ、こんなに身が賤しくても。惟成弁集、一句「思ふ思ひと」。○人ならば　普通は草木に対していうので、人に対しては厳しい表現になる。○さこそは　こんなに。どんなに。○しづのをだまき　前歌に同じ。▽参考「住吉の岸の姫松人ならば幾代か経しと問はましものを」(古今・雑上・読人しらず)。

1427 私も次第に老いこんでゆくので、長年交わした袖がよれよれになるまで馴れ親しんだお前が恋しくてならない。原歌は万葉集十二の同じ歌。○しろたへの　袖の枕詞。○なれ　「褻る」と「馴る」と両意を兼ねる。底本「なれし」。▽別れた女にやった歌。第三・四句は単に「なれにし」の序という以上に実意をこめて理解されていよう。

以下三首「袖(衣手)に寄する恋」。

1428 もうこれから逢うまいとされるからでしょうか、私の袖の乾く時もありません。原歌は万葉集十二、五句「ひる時もなき」。○しろたへの　衣手の枕詞。衣手は袖に同じ。↓二九二。

1429 玉《たま》くしげあけまくお《(を)》しきあたら夜を衣手《で》かれて独《ひと》りかも寝《ね》ん

1430 逢《あ》ふことをおぼつかなくて過《す》ぐすかな草葉の露《つゆ》のを《(お)》きかはるまで

1431 秋の田の穂向《ほむ》けの風のかたよりにわれは物思《おも》ふつれなきものを

1432 はし鷹《たか》の野守《もり》の鏡《かゞみ》えてしかな思《おも》ひ思《おも》はずよそながら見《み》ん

1429 明けるのが惜しまれるこの良夜を、あの人と袖を交わさず独り寝ることであろうか。原歌は万葉集九・柿本人麿歌集の同じ歌。古今六帖五・人麿。○玉くしげ　玉は美称。「くしげ」は櫛など調髪具を納めた箱。蓋を開けるので「あけ(明け)」の枕詞。

1430 はたして逢えるものか、気がかりで過すことだ。草葉の露が置きかわる夕暮まで。○をきかはる　きぬぎぬの別れに見た朝露が消え、やがて男を待つ時分となって夕露が置くこと。
一首「草葉に寄する恋」。

1431 秋の田の穂を靡かせる風が一方にばかり吹くように、いちずに私は思っている。冷たいあなただが。原歌は万葉集十、二句「穂向けのよする」。人麿集「田に寄す」、四句「われは物思ひ」。○かたより　→三六。▽上二句は序。
一首「秋田に寄する恋」。

1432 はし鷹の野守の鏡がほしいな。あの人が思ってくれているかいないか、遠くから映して見ように。俊頼髄脳。奥義抄・中「古歌」など。○はし鷹　和名抄十八「鷂 似レ鷹而(たかにゝて)小者也」とあるが、能因歌枕は「鷹をばはしたか」といい、鷹の総名と見る。○野守の鏡　奥義抄によれば、雄略天皇が狩で鷹を逃がした時、野守が水に映った影を見てその所在を知ったという故事を引いて「野なる水」の意とし、また「人の心のうちを照らす」という徐君の鏡とする一説もあげる。
一首「野に寄する恋」。

1433 大淀《おほよど》の松はつらくもあらなくにうらみてのみもかへる浪《なみ》かな

1434 白浪は立《た》ちさは《(わ)》ぐともこりずまの浦《うら》のみるめは刈《か》らんとぞ思《おも》ふ

1435 さしてゆくかたは湊《みなと》のなみ高《たか》みうらみてかへる海人《あま》の釣舟《つりぶね》

1433 私―大淀の松は冷たい仕打もしていないのに、浦を見るだけで引返す波のように、あなたは恨むばかりで事情を分かってもくれずに帰るのですね。伊勢物語七十二段。伊勢集。〇大淀 「大淀の浦」で伊勢国の歌枕。↓一六〇六。〇うらみて 「浦見」と「恨み」を掛けるのは常套。〇かへる 同物語では男が伊勢から「隣りの国へ行くとて」とある。▽物語では逢うて逢わざる恋を恨んで去る男に女のやった歌。

以下巻末まで三首「波に寄する恋」。

1434 たとえ白波は立ち騒いでも懲りずに、こりずまの浦の海松は刈ろうと思います。古今六帖三。〇こりずまの浦 八雲御抄五「須磨の浦」に「こりずまの浦といふは同所なり。但し別なるやうにいふ人もあり」。「懲りずま」に掛けた歌枕。「懲りずま」は顕注密勘十三「懲りずといふ詞なり」。〇みるめ ↓一〇七八。「見る目」を掛け、「刈る」は逢うことに譬える。↓一〇七九。▽海松(みるめ)を詠むと見せて、浮名が立っても恋を貫こうという意を寓する。

1435 そことめざして棹さし進む方角は湊の波が高いので、浦を見るだけで寄らずに引返す海人の漁舟よ。古今六帖三。〇湊 ↓一六九・一〇七三。〇なみ高み 障害即ち身分違いとか女の親が許さないなどの譬喩。「なみ」は底本「うら」。小宮・烏丸本で校訂。前田・鷹司本は「うら」の傍に朱で「なみ」。〇うらみ 「浦見」に「恨み」を掛ける。▽一首漁舟を詠むと見せて、近寄れずに帰る男の恨みを寓する。

新古今和歌集巻第十六

雑歌 上

入道前関白太政大臣家に百首歌よませ侍《(はべり)》ける
に、立春の心を

皇太后宮大夫俊成

1436
年《とし》くれし涙《なみだ》のつらゝとけにけり苔《こけ》の袖にも春やたつらん

土御門内大臣家に、山家ノ残雪といふ心《こゝろ》をよみ
侍けるに

藤原有家朝臣

1437
山陰《かげ》やさらでは庭にあともなし春ぞきにける雪のむら消《ぎ》え

1436 歳暮を惜しんで流れる涙の氷っていたのが解けてしまった。苔清水ならぬこの苔の袂にも苔の袂にも春が来たのであろうか。長秋詠藻「右大臣家百首」、治承二年(一一七八)七月詠進。〇入道前関白太政大臣　藤原兼実。〇年くれし涙　歳暮は老いの加わる時でもあり、それを悲しむ涙。→一五八六。〇つらゝ　氷。→三二。〇苔の袖　法衣。苔衣とも。八雲御抄三「苔衣　非レ僧、又僧」。俊成は二年前に出家。→一五三二。▽参考「雪のうちに春は来にけり鶯の氷れる涙いまや解くらむ」(古今・春上・二条后)。以下春の雑歌。まず二首「立春」に寄せる。

1437 この山陰よ。まさしく春が来たと知られる雪のむら消えが見えるばかり。それ以外は庭上に物の訪れた跡かたとてない。建仁元年(一二〇一)正月二十八日影供歌合(明日香井集による)。〇土御門内大臣　源通親。〇山陰　山家のさま。〇むら消え　消えた跡が斑に残っていること。▽上・下句は一種の倒置で、訪れる者のない寂しさの強調。春を迎えた喜びが「ぞ」で示される。

1438 感慨無量です。昔共に松を引いた人々を思い出すのであれば、昨日船岡山に御幸なさったりしましょうか。それだのに…。円融院御集、二句「昔のあとを」。〇円融院　第六十四代天皇。永観二年(九八四)八月二十七日譲位。〇船岡　京の北

1438 円融院位《くらゐ》去り給《(たまひ)》てのち、船岡《ふなをか》に子日《(ねのび)》し給《たま》ひけるにまい《(ゐ)》りて、朝《あした》にたてまつりける　　一条左大臣

あはれなり昔《むかし》の人を思《おも》ふにはきのふの野辺《べ》にみゆきせましや

御返し　　円融院御歌

1439 ひきかへて野辺のけしきは見えしかど昔《むかし》を恋《こ》ふる松はなかりき

月の明《あか》く侍《(はべり)》ける夜、袖《そで》のぬれたりけるを　　大僧正行尊

1440 春くれば袖の氷もとけにけりもりくる月の宿《やど》るばかりに

鶯《うぐひす》を　　菅贈太政大臣

1441 谷《たに》ふかみ春のひかりのを《(お)》そければ雪につゝめる鶯の声

郊。○子日　→一六。御幸は譲位の翌年二月十三日。頗る盛儀で、左右大臣以下公卿殿上人が供奉、幄舎二が設営され、酒宴、和歌会、蹴鞠があり、堀河院に還御の後も管絃の遊びが催された(大鏡裏書)。曾禰好忠が推参して嘲弄されたのもこの時である(今昔物語二十八)。○昔の人　亡き人。○野辺　麓の斜面。▽子日は生い先を祝う行事で故人を偲ぶものではないが、上皇の追懐されている様子を見ての感慨。

以下二首「子日」に寄せる。

1439 うって変って盛大に野辺の様子は見えたけれども、昔を慕い偲ぶ便りの松はなく、引くこともなかったよ。円融院御集。○ひきかへて　子日の松を「引く」に掛ける。○松　贈歌の「昔の人」に譬える。▽盛儀とは対照的な心の空しさ。参考「誰をかも知る人にせむ高砂の松も昔の友ならなくに」(古今・雑上・藤原興風)。

1440 春が来たので袖の氷も解けたのだな。軒漏る月が袖の上に映り留まるほどにも。行尊大僧正集。○とけにけり　「東風解ㇾ凍」(礼記・月令「孟春之月」条)。▽涙に袖がぬれたのを春風に氷が解けたと見立てて、みずから慰め興じる。涙は述懐の涙。参考「袖ひちてむすびし水のこほれるを春立つ今日の風やとくらむ」(古今・春上・紀貫之)。

「月」に寄せる。

1441 谷が深く、春の光の届くのが遅いので、雪に閉ざされてまだ漏れ聞えてこない鶯の声よ。○鶯　谷の奥の古巣にいる。→三一。▽八代集抄の説くように「鶯未ㇾ出兮、遺賢在ㇾ谷」(和漢朗詠集「鶯」)の心で、光を君の恩光、雪は讒人、鶯は賢者に譬えた述懐であろう。参考「光なき谷には春もよそなれば咲きてとく散る物思ひもなし」(古今・雑下・清原深養父)。

「鶯」に寄せる。

梅

1442
降《ふ》る雪《ゆき》に色《いろ》まどはせる梅《むめ》の花鶯《うぐひす》のみやわきてしのばん

枇杷左大臣の大臣になりて侍《(はべり)》ける慶《よろこ》び申《(まうす)》とて、梅《むめ》をお《(を)》りて

貞信公

1443
を《(お)》そくとくつゐ《(ひ)》に咲《さ》きぬる梅《むめ》の花たがうへ《(ゑ)》を《(お)》きし種《たね》にかあるらん

延長のころを《(ほ)》ひ五位蔵人に侍《(はべり)》けるを、離《はな》れ侍て、朱雀院承平八年又かへりなりて、あくる年睦月《としむ》に御遊《あそ》び侍ける日、梅《むめ》の花をお《(を)》りてよみ侍ける

源公忠朝臣

1444
もゝしきに変《かは》らぬものは梅の花お《(を)》りてかざせるにほひなりけり

1442 降る雪と見まがふ色に咲いている梅の花よ。おそらく鶯だけが見分けて賞翫するのであろう。▽これも述懐の寓意のある歌で、真に人を知る者は知己のみとか、八代集抄説のように梅は君子、雪は小人、鶯を賢者に譬えるか。以下一四四六まで五首「梅」に寄せる。

1443 遅速はあっても遂に咲いた梅の花よ。もとはと言えば誰がその種を埋めておいたのであろう。すべて父上基経の御蔭だ。大和物語一二〇段、二句「つひに咲きける」。大鏡・仲平伝は本文に同じ。○枇杷左大臣　作者藤原忠平の兄仲平。○大臣に　承平三年(九三三)二月十三日任右大臣。○をそくとく　五歳下の作者はすでに摂政左大臣であった。

1444 内裏の様子は前代と変ってしまったが、変らないものは梅の花を折って冠に挿している、この匂いだけなのだな。本歌「ももしきの大宮人はいとまあれや梅をかざしてここにつどへり」(万葉集十・作者未詳。古今六帖四。→一〇四)。公忠集。○延長　第六十代醍醐天皇の年号。○五位蔵人　蔵人所にあって頭(とう)の次位。作者がこれに任じたのは延長六年(九二八)正月。○離れ　譲位に伴う解官。○朱雀院　第六十一代天皇。○承平八年　九三八年。正しくは朱雀院践祚後の延長八年十一月「かへりなり」即ち還補(再任)され、承平七年正月辞任。○あくる年睦月　延長九年(=承平元年)正月。○御遊び　管絃の宴。

1445

梅《むめ》の花《はな》を見給《たま》ひて

華山院御歌

色香《いろか》をば思《おも》ひも入《い》れず梅《むめ》の花つねならぬ世《よ》によそへてぞ見《み》る

1446

上東門院世《よ》をそむき給《たま》ひにける春、庭《には》の紅梅《こうばい》を見侍りて

大弐三位

梅《むめ》の花なにゝほふらん見《み》る人の色《いろ》をも香《か》をもわすれぬる世《よ》に

1447

東三条院女御におはしける時、円融院つねに渡《わた》り給《(たまひ)》けるを聞《き》ゝ侍りて、靫負《ゆげひ》の命婦がもとにつかはしける

東三条入道前摂政太政大臣

春霞《はるがすみ》たなびきわたるおり《(を)》にこそかゝる山辺のかひもありけれ

1445 色香などに耽溺するのではなく、この梅の花を無常の世とはまさにこういうものだと思って眺めているのだ。和漢朗詠集「紅梅」。▽古今著聞集五には、院が寛和二年(九八六)出家の後、比叡山を下りて東坂本辺で紅梅を賞でたのを、惟成入道(→一〇一〇)が出家の身にあるまじき事と申したのに答えた歌とある。

1446 梅の花はどうしてあんなに美しく咲いているのであろう。女院様が世をそむかれ、色香への執着を一切捨ててしまわれたこの時に。○上東門院 太皇太后(一条天皇中宮)藤原彰子の院号。万寿三年(一〇二六)正月十九日出家、院号下賜。

1447 春霞が一面に山にたなびく時節に逢えばこそ、このように山辺の峡に住む私の生き甲斐もあるというものです。円融院御集、四句「かかる山辺は」。○東三条院 作者藤原兼家の女、円融天皇女御詮子の院号。貞元三年(九七八)八月入内。同十一月四日女御となる。○円融院 →一四三八。○つねに渡り給 入内後間もなくの頃か。天元三年(九八〇)六月、第一皇子懐仁(一条天皇)誕生。○靫負の命婦 靫負は衛門府の武官。それを身内にもつ中級の女房の呼び名。天皇に近侍していたのである。○たなびきわたる 詞書の「渡る」の意を掛ける。○かゝる 霞の縁語。○かひ 「峡」と「甲斐」と掛詞。▽春霞を天皇に、山を女御、その縁につながる自分を「山辺のかひ」に擬す。女が君寵を専らにしていることへの感謝。

以下二首「霞」に寄せる。

御返し　　　　円融院御歌

1448 むらさきの雲にもあらで春霞《がすみ》たなびく山のかひはなにぞも

柳を　　　　菅贈太政大臣

1449 道《みち》のべの朽《く》ち木の柳春くればあはれ昔《むかし》としのばれぞする

題しらず　　　　深養父

1450 昔《むかし》見し春は昔《むかし》の春ながらわが身ひとつのあらずもあるかな

堀河院におはしましけるころ、閑院の左大将の家の桜《さくら》をお《(を)》らせにつかはすとて　　　　円融院御歌

1451 垣《かき》ごしに見るあだ人の家《いへ》ざくら花ちりばかり行《ゆ》きてお《(を)》らばや

1448 紫の雲というのではなくて、単に春霞がたなびく山の峡―后とまではゆかず、女が寵愛を受けているだけの生き甲斐―とは何のことかな。気の毒に思っている。円融院御集、二・五句「雲にもあらず…かひやなにぞも」。○むらさきの雲　后の異名(八雲御抄三)。▽当時すでに兼家の兄兼通の女媓子が中宮に、藤原頼忠の女遵子が先任の女御としてあり、事情は栄花物語・花山たづぬる中納言に見える。

1449 路傍の立ち枯れた柳、それも春が来ると、ああ昔は美しく芽ぶいたものをとしきりに思い出されることだ。新撰朗詠集「柳」。▽沈淪して栄えた昔を追懐する。流謫の道真の詠としてふさわしい。

以下二首「春の懐旧」。

1450 昔も逢ったこの春は依然として昔のままの春であるが、わが身だけはそうもゆかずに変ってしまったな。本歌「月やあらぬ春や昔の春ならぬわが身ひとつはもとの身にして」(古今・恋五・在原業平)。深養父集。▽嘆老。参考「鶯の鳴くなる声は昔にてわが身ひとつのあらずもあるかな」(後撰・春下・藤原顕忠母)。

1451 垣越しに見る移り気な男の家の家桜よ。どうせ折り尽くされるものなら、ほんの塵ばかり行って折りたいものだ。本歌「あだ人のまがき近うな花植ゑそにほひもあへず折り尽くしけり」(拾遺・物名・読人しらず)。円融院御集、四句「花ちるばかり」。朝光集では作者を少将内侍とする。○堀河院　藤原兼通の邸で、円融院の里内裏ともなった。○閑院の左大将　兼通の男朝光。↓一〇〇四。○垣　竹垣・柴垣など。○家ざくら　人家に植栽されている桜。山桜の対。▽参考「塵ばかり咲きそむるよりわが宿のむめのにほひにしくものぞなき」(延久二年禖子内親王家歌合・左門)。

御返し　　　　左大将朝光

1452 おり《(を)》に来《こ》と思《おも》ひやすらん花桜《ざくら》ありしみゆきの春を恋《こ》ひつゝ

高陽院《(かやのゐん)》にて、花の散《ち》るを見てよみ侍《(はべり)》ける　　　　肥後

1453 万代《よろづよ》をふるにかひある宿《やど》なればみゆきと見えて花ぞ散《ち》りける

返し　　　　二条関白内大臣

1454 枝《えだ》ごとの末《すゑ》までにほふ花なれば散《ち》るもみゆきと見《み》ゆるなるらん

近衛司《づかさ》にて年久《としひさ》しくなりてのち、上《うへ》のをのこども大内の花見にまかれりけるによめる　　　　藤原定家朝臣

1455 春をへてみゆきになるゝ花の陰《かげ》ふりゆく身をもあはれとや思《(おもふ)》

以下一四七三まで二十二首「桜」に寄せる。

1452 おそらく折りに来て下さいと思っているのでしょう。この花桜は。お出ましのあった昔の春を慕い焦がれながら。円融院御集。朝光集、四句「ありしむかしの」。○花桜　八重桜をさす用例も少なくないが、顕注密勘二には顕昭、定家とも「桜花」に同じとする。○みゆき　行幸。里内裏になったことをさす。花の縁語の雪を響かせる。

1453 万代にわたって降り続けても降り甲斐のあるお邸ですから、深雪が降るかと見えて花が散ってきます。肥後集、五句「花ぞ散りかふ」。本集の前田・小宮・穂久邇本は三句「宿なれや」。○高陽院　藤原師実の邸で、当時皇居。○ふる「降る」に「経る」を掛ける。○みゆき「深雪」と「行幸」と掛詞。「みゆきと見えて」は里内裏であることをいう。▽万代を住み続けても飽きないお邸なので里内裏となったのももっともだという意を寓する。

1454 一枝一枝その梢まで咲き盛っている花なので、落花も梢から一斉に散ってきて、深雪が降るかと見えるのでしょう。肥後集「左大将殿かへし」、二句「末よくにほふ」。藤原師通が左大将に任じたのは承保四年(一〇七七)四月。永保三年(一〇八三)正月、任内大臣。高陽院は承暦四年(一〇八〇)二月焼亡している。○枝ごとの末　兄弟とそれぞれの一族の意を寓する。▽藤原氏一門の繁栄を誇り、里内裏であることを慶賀する。

1455 春のたびに行幸を迎えてはやがて深雪と降るのを常としていた花よ。今も昔を慕うかのように雪と降ってゆくのを私はいとしく思うが、その下陰に同様に昔のままに古りゆく私をもお前はいとしく思ってくれるであろうか。建仁三年(一二〇三)二月二十四日の詠(明月記)。拾遺愚草。源家長日記、初・二句「年をへてみゆきになれし」。○近衛司にて　定家は文治五年(一一八九)から現在まで

1456
最勝寺の桜《さくら》は鞠《まり》のかゝりにて久《ひさ》しくなりにしを、その木年《とし》ふりて風にたう《(ふ)》れたるよし聞《き》き侍《(はべり)》しかば、をのこどもに仰《おほ》せて異木《こと》をその跡《あと》に移《うつ》しうへ《(ゑ)》させし時、まづまかりて見侍ければ、あまたの年《とし》〴〵、暮《く》れにし春《はる》まで立《た》ち馴《な》れにけることなど思《おも》ひ出《い》でて、よみ侍ける

藤原雅経朝臣

馴《な》れ〳〵て見しはなごりの春ぞともなどしらかはの花の下陰《したかげ》

1457
建久六年、東大寺供養に行幸の時、興福寺の八《や》重桜《(へ)ざくら》さかりなりけるを見て、枝《えだ》に結《むす》び付《つ》けて侍《(はべり)》ける

よみ人しらず

ふるさとゝ思《おも》ひなはてそ花桜《ざくら》かゝるみゆきに逢《あ》ふ世《よ》ありけり

十五年間、左近衛次将(前年少将から中将に昇る)。○上のをのこ　殿上人。○大内の花　南殿の左近の桜。○みゆきになるゝ　「行幸」をいつもお迎えしていた意と、いつも「深雪」となって降って(散って)いた意を掛ける。○ふりゆく身　「古る」と「降る」と掛詞。「古る」とは近衛司として行幸時には花下に陣を引いていた長年の習いをいう。「降る」は源家長日記にも当日「かことがましきまで花はこぼれ落つ」とある。▽右日記は、この歌を聞いた院が早速翌日花見に駆けつけたことを記し、後鳥羽院御口伝にはこの歌を「述懐の心も優しく見えし上、事柄も希代の勝事」と賞賛する一方、定家自身はこの歌が気に入らず、本集への撰入にも強く反対したことを記して論難している。

1456　年々に親しく遊んで、今年逢うのが最後の春になるなどとどうして気づかなかったのであろう。あの花の下陰で。明日香井集。○最勝寺　洛東白河にあった勅願寺。○かゝり　蹴鞠の庭の四隅にあって鞠の流れを見せる木。桜・柳・楓・松。○しらかは　「知る」と「白河」と掛詞。

1457　見捨てられた古都だなどと諦めてしまわないがよい。八重桜よ。こういう素晴しい行幸に逢う時節もあるのだった。○建久六年　一一九五年。○東大寺供養　三月十二日の落慶供養。後鳥羽天皇の行幸は十日。十三日還幸。○興福寺　東大寺の西南に隣接していた。○花桜　→一四五三。○みゆき　行幸。これに花の縁語の「深雪」を掛け、「ふる」「かゝる」を雪の縁語とする。

1458 こもりゐて侍《(はべり)》けるころ、後徳大寺左大臣白河の花見に誘《さそ》ひ侍ければ、まかりてよみ侍ける　源　師　光

いさやまた月日のゆくも知《し》らぬ身は花の春ともけふこそは見れ

1459 敦道の親王《みこ》の供《とも》に、前大納言公任白河の家にまかりて、又の日、親王《みこ》のつかはしける使《つかひ》につけて申侍《(まうしはべり)》ける　和　泉　式　部

お《(を)》る人のそれなるからにあぢきなく見しわが宿《やど》の花の香《か》ぞする

1460 題しらず　藤　原　高　光

見ても又またも見まくのほしかりし花のさかりは過《す》ぎやしぬらん

1458 御同様、一向に月日の経つのを知らぬ籠居の身は、花咲く春になっているなどとは今日はじめて目にしたことです。師光集、三句「知らぬまに」。林下集、五句「けふこそはしれ」。○後徳大寺左大臣　藤原実定。○白河　洛東の花の名所。○まかりて　家集「法性寺にて」。○いさや　「いさ…知らず」と呼応する語。○また　やはり私も。林下集によればこの歌は実定の「沈みぬる水屑なれども花盛り浮き出づる今日にたぐへとぞ思ふ」の返しで、その上句に応和したもの。▽参考「垂れこめて春のゆくへも知らぬまに待ちし桜もうつろひにけり」(古今・春下・藤原因香)。

1459 折ったのがあなたでいらっしゃるので、お話にもならぬものと思っていたわが家が、あろうことか花の香となりました。和泉式部集。公任集では四句「見し山里の」、詞書は作歌事情について異伝を見せる。○敦道の親王　冷泉天皇第四皇子。作者との交情を描いたのが和泉式部日記。○前大納言公任　歌壇の大御所。下に「の」を添えてよむ。○白河の家　洛東白河にあった公任の別邸。○まかり　公任の方を低めた用語。○又の日　翌日。○使につけて　親王が公任に遣した答礼の使にことづけて。○おる人　公任をさす。公任が一枝を折って贈ったことになる。

1460 一度逢ってもまた重ねて逢いたく思ったものだった、あの花の盛りはもう過ぎたであろうか。本歌「見ても又またも見まくのほしければ馴るるを人は厭ふべらなり」(古今・恋五・読人しらず)。高光集「花の盛りに古里の花を思ひやりていひやりし」、五句「過ぎやしにけむ」。○見まく　見ることの意。▽花をいとしい人に擬す。

京極前太政大臣家に、白河院御幸《みゆき》し給《たま(う)》ふて、又の日、花歌たてまつられけるによみ侍《(はべり)》ける　堀河左大臣

1461 老《お》いにけるしらがも花ももろともにけふのみゆきに雪《ゆき》と見《み》えけり

後冷泉院御時、御前にて、翫ブ二新成ノ桜花ヲ一といへる心《こゝろ》をのこどもつかうまつりけるに　大納言忠家

1462 桜花《さくら》お《(を)》りて見《み》しにも変《かは》らぬに散《ち》らぬばかりぞしるしなりける

大納言経信

1463 さもあらばあれ暮《く》れゆく春も雲の上《うへ》に散《ち》ることしらぬ花しにほはば

1461 年老いた私の白髪も落花もともどもに、今日の御幸にあやかってさながら雪と見えたことです。嘉保三年(一〇九六)二月二十三日、京極亭御幸後宴和歌会「翫花」。○京極前太政大臣　藤原師実。○白河院　第七十二代天皇。当時院政を執る。○たてまつられ　師実が歌会歌を上皇に献じたこと。○しらが　雪の縁語。○みゆき　御幸と花の縁語である雪との同音を興じる。▽普段ならわびしい頭の雪が、昨日は落花の雪なみに映えばえしく見えたことを君の恩徳として感謝したもの。参考「人只送レ春、吾送レ老。鬢花頭鶴欲二何帰一(いづちかかへらむとする)」(新撰朗詠集「三月尽」・菅原文時)。

1462 この桜花は折り取ったのと一見変らないが、散らぬ点だけが作り物の証拠なのだな。○後冷泉院　第七十代天皇。○翫新成桜花　中殿(清涼殿)御会の始めとされる天喜四年(一〇五六)閏三月二十七日の会の歌題。実際桜の枝の作り物を清涼殿の広庇《(ひろびさし)》に立てた。○変らぬに　底本「に」なし。諸本で校訂。▽散らぬ花に寄せて御代の万歳を寿ぐ。

1463 春が暮れてゆくならそれも仕方あるまい。こうして中殿に散ることを知らない桜花さえ色美しく咲いているならば。経信集・同御会。○雲の上　宮中。清涼殿をさす。▽祝意は前歌に同じ。

1464 無《ウシテ》レ風散《ル》花といふことをよめる　　大納言忠教

桜花すぎゆく春のともとてや風のを(お)とせぬ世《よ》にも散《ち》るらん

1465 鳥羽殿にて花の散《ち》りがたなるを御覧じて、後三条内大臣にたまはせける　　鳥羽院御歌

お(を)しめども常《つね》ならぬ世《よ》の花なれば今《いま》はこの身を西《にし》にもとめん

1466 世をのがれてのち百首歌よみ侍(はべり)けるに、花歌とて　　皇太后宮大夫俊成

今《いま》はわれ吉野《よしの》の山の花をこそ宿《やど》の物とも見るべかりけれ

1464 桜花よ。お前は去りゆく春の友だというのであとを慕って、風の音もしないこの静かな時にも散るのであろうか。▽春との別れを惜しむ花の優しさを懐かしんでいるが、「風のをとせぬ世」に太平の御代を寿ぐ寓意をこめる。参考「久方の光のどけき春の日にしづ心なく花の散るらむ」(古今・春下・紀友則)。

1465 いくら惜しんでも無常の世に咲く花で留めることはできないのであるから、今はせめて木の実を秋に探し求めよう―所詮無常の世であるから今はこの身の後世を西方浄土に求めて往生を願うとしよう。○鳥羽殿　→八〇。○後三条内大臣　藤原公教(きんのり)。内大臣に昇ったのは院の没後。○この身　「木の実」に掛けるのは常套で、花の縁語となる。○西　「西とは秋なり。秋の木の実のなる時なり」(清原宣賢注)。それに西方極楽浄土を掛ける。▽花が、無常を観じ、浄土を欣求する機縁となったのを喜ぶ。

1466 今や私は、これまで遥かにあこがれていた吉野の山の花を、外ならぬわが家のものとして眺めるべきものなのだ。本歌「み吉野の山のあなたに宿もがな世の憂き時の隠れがにせむ」(古今・雑下・読人しらず)。長秋詠藻「右大臣家百首」、治承二年(一一七八)七月詠進。→一四三六。○今は　俊成は二年前に出家。→一五三二。○吉野の山　修験道の霊場であり、月・雪・花の歌枕。○見るべかりけれ　見ることができるし、また見なければならない。▽吉野山に入って風雅と道心の双方を満足させうる境涯にあって、なおうき世に留っているわが身を顧みての自戒か。

入道前関白太政大臣家歌合に

1467 春くればなを《(ほ)》この世《よ》こそしのばるれいつかはかゝる花を見《み》るべき

おなじ家の百首の歌《うた》に

1468 照《て》る月も雲のよそにぞゆきめぐる花ぞこの世《よ》の光《ひかり》なりける

春ごろ、大乗院より人につかはしける　前大僧正慈円

1469 見せばやな志賀《しが》の唐崎《からさき》ふもとなる長等《ながら》の山の春のけしきを

題しらず

1470 柴《しば》の戸《と》にに《ゝ》ほはん花はさもあらばあれながめてけりな恨《うら》めしの身や

1467 春が来ると捨てたこの世がどうにも懐かしく思われる。来世では再びこのような花を見ることができようか。治承三年(一一七九)十月十八日右大臣家歌合「花」の詠進歌。これは撰歌合で撰歌には入らなかった。正治二年(一二〇〇)三百六十番歌合。○入道前関白太政大臣　藤原兼実。○かゝる花　眼前に咲くこの世の花をさす。▽花に対する激しい慕情。

1468 光り輝く月も雲の彼方を運行するばかり。花こそがこの世の光だったのだ。長秋詠藻「右大臣家百首・花」、治承二年七月詠進。○雲のよそ　「この世」に対していえば天上界。○この世の光　光り物である月を意識した用語。▽世に併称される月と花とを品等する。

1469 心あるあなたにお見せしたいものです。志賀の唐崎を麓に見るこの長等の山の春の風情を。本歌「心あらむ人に見せばや津の国の難波わたりの春のけしきを」(後拾遺・春上・能因)。拾玉集「建久三年(一一九二)正月詠」。慈鎮和尚自歌合。○大乗院　比叡山東塔、無動寺にある作者の住房。○人に　家集によれば甥の藤原良経。○志賀の唐崎　近江国の歌枕。無動寺東麓の湖岸。○長等の山　同国の歌枕。三井寺の辺から北方、山つづきに比叡山無動寺の辺までそうよんだらしく、後の資料ではあるが山門堂社由緒記一に無動寺を「南山、旧名長等山」と記す。花の名所。▽参考「さざなみや志賀の都は荒れにしを昔ながらの山桜かな」(千載・春上・読人しらず＝平忠度)。

1470 庵の戸口に色映えている花など、かまうことはないのだ。それだのにしみじみと見つめていたのだな。口惜しいわが身よ。拾玉集「御裳濯(一見浦)百首」、文治四年(一一八八)秋。慈鎮和尚自歌合。○柴の戸　雑木で作った粗末な戸。隠者の庵のさま。▽出家の身のこの未練さを悔恨し自責

1471 世中《よのなか》を思《おも》へばなべて散《ち》る花のわが身をさてもいづちかもせん

西行法師

東山に花見にまかり侍《はべる》とて、これかれ誘《さそ》ひけるを、さしあふことありてとゞまりて、申《まうし》つかはしける

安法法師

1472 身はとめつ心はを《お》くる山ざくら風のたよりに思《おも》ひを《お》こせよ

だいしらず

俊頼朝臣

1473 さくらあさのお《を》ふの浦浪《うらなみ》たちかへり見れどもあかず山なしの花

する。

1471 世の中のことわりを思えば物みな散る花のよう、そのようなわが身の果てをさてさてどこと考えればよいのか。宮河歌合。玄玉集・草樹歌上。西行法師家集、五句「いづちともせむ」。○いづちかもせん　散る花は根に帰るというが、わが身の行方はどこか、それを知って身のふり方を決めるすべはないかというのである。▽参考「花は根に鳥は古巣に帰るなり春のとまりを知る人ぞなき」(千載・春下・崇徳院)。この歌合判で定家は「句毎に思ひ入れて、作者の、心深く悩ませる所侍れば」と評する。無常の世を生きる決意とあるべき生き方の思案を歌う。

1472 わが身は差支えがあってお前の所へ行かずにおく。が心は届ける。だから山桜よ。風に託してお前の心を届けておくれ。安法法師集、一二・四・五句「心はおくに(ママ)…たよりの風に匂ひおこせよ」。○東山　京の東方山地。▽参考「こち吹かばにほひおこせよ梅の花あるじなしとて春を忘るな」(拾遺・雑春・菅原道真)。

1473 苧生(うお)の浦波が返すではないが、繰返し見ても見あきない、山梨の花よ。散木奇歌集「梨の花盛りなりけるを見て詠める」、四句「見れどもあかぬ」。○さくらあさの　桜麻は「麻の花は白き中に、少し薄蘇芳色ある麻」(袖中抄十二)という。「を」は麻の異名で、「をふの浦」に掛けて枕詞とする。↓一六五。○おふの浦　伊勢国の歌枕。梨の名所。↓二八一。○山なし　バラ科の落葉高木。晩春五弁の白い花をつける。梨もバラ科で似ているが別。和名抄は山梨を「樆子」、梨を「梨子」にあてる。▽上二句は「たちかへり」の序であるが、また梨の名所として繋がる。思う人を賛えた歌か。「山梨の花」に寄せる。

橘為仲朝臣陸奥《みちのおく》に侍《(はべり)》ける時、歌あまたつかはしけるなかに

加賀左衛門

1474 白浪のこゆらん末《すゑ》の松山は花とや見ゆる春の夜《よ》の月

1475 おぼつかな霞《かすみ》たつらん武隈《たけくま》の松のくまもる春《はる》の夜《よ》の月

除目のの《ゝ》ち、雁《かり》の鳴《な》きけるを聞《き》き《ゝ》てよめる

被レ出了

躬恒

(1990) 宮こにて春《はる》をだにやは過《す》ぐしえぬいづちか雁《ゝり》の鳴《な》きてゆくらん

1474 おそらく白波が越えてもいるでしょうが、その時末の松山は花が咲くと見えることでしょうか。春の夜の月に照らされて。本歌「君をおきてあだし心をわがもたば末の松山波も越えなむ」(古今・東歌・陸奥歌)。○橘為仲朝臣　和歌六人党の一人。○陸奥に　陸奥守となり下向した。→三八五。○けるなかに　底本なし。諸本で校訂。○末の松山　陸奥国の歌枕。→三七。▽末の松山ではさぞかし波が越えているだろうが、それにしてもどんなに美しいことか、羨ましいと言って陸奥の歌枕にあこがれつつ、男のあだし心を揶揄してみせた洒脱な贈歌。

以下二首「春月」に寄せる。

1475 おそらく霞が立っているであろう武隈の松の木陰を漏れる春の夜の月の光では、せっかくの松も見えますかどうか、怪しいものです。○武隈の松　陸奥国の歌枕。和歌初学抄「二本なり」。▽「武隈の松は二木を都人いかがと問はば見き(三木)と答へむ」(後拾遺・雑四・橘季通)を念頭においての諧謔であろう。

(1990) 都でせっかくの春をさえゆっくり過ごすこともできないのであろうか、どこへ雁は鳴いてゆくのであろう。躬恒集、三・四句「すぐしてぬいづちに雁の」。○除目　正月の県召《あがためし》をさす。▽県召で任国を得たのでもあるまいに、あわただしく北国へ下る雁を聞いての感慨。切出歌。

「雁」に寄せる。

1476
題しらず
法印幸清
世をいとふ吉野《よしの》の奥《おく》のよぶこ鳥ふかき心のほどや知《し》るらん

1477
百首歌たてまつりし時
前大納言忠良
お《(を)》りにあへばこれもさすがにあはれなり小田《をだ》の蛙《かはづ》の夕暮《ゆふぐれ》の声

1478
千五百番歌合に
有家朝臣
春の雨のあまねき御代《みよ》をたのむかな霜に枯《か》れゆく草葉もらすな

1479
崇徳院にて、林下ノ春雨といふことをつかうまつりける
八条前太政大臣
すべらぎの木《こ》だかき陰《かげ》にかくれてもなを《(ほ)》春雨にぬれんとぞ思《おも》ふ

1476 世を遁れて住む吉野の山の、その山奥で鳴く呼子鳥よ。そんなに呼ぶからには、私の深心がどれほどのものか知っているのであろうか。○よぶこ鳥　八雲御抄三「春の物なり」。○ふかき心　仏教語の「深心(じんしん)」。仏果を求める深い心。▽さらに奥へと誘うような声を聞いての感慨。「呼子鳥」に寄せる。

1477 ちょうどその時分に聞けば、これもなるほど身にしみることだ。夕方田圃で鳴く蛙の声よ。建仁元年(一二〇一)二月、老若五十首歌合。○百首歌　詞書の誤り。○さすがに　旧注に「古今の序には鶯に対して蛙の歌を書けり。されども世間にそれ程もてはやす物にあらず。されば「さすがに」とよめり」(高松宮本注による)とある通りであろう。○蛙　→一六二。「蛙」に寄せる。

1478 春雨があまねく地をぬらすように、恵みあまねき御代におすがりしています。どうか秋霜に逢って枯れゆく草葉のような非力なわが身をもお見捨てにならないで下さい。建仁二年頃、千五百番歌合・雑二。▽散位有家の、また建仁元年七月和歌所寄人に選任される直前の頃の歌人としての心境であろう。以下二首「春雨」に寄せる。

1479 すべらぎという高木の陰に隠れる―その御庇護にあずかっていて、なおその上に春雨―院のお恵みに浴したいと切に念じています。○崇徳院　第七十五代天皇。○すべらぎ　帝王の異名(八雲御抄三)。近衛または後白河天皇に当る。「ぎ」を木に見立てて「木だかき」と続ける。○春雨　崇徳院の御潤沢に譬える。▽「微妙な立場に置かれている院政期の臣下の心情の吐露」(久保田「古典集成」注)。

円融院位去《くらゐさ》り給《(たまひ)》てのち、実方朝臣、馬命婦と物語《ものがた》り侍《(はべり)》ける所に、山吹の花を屛風の上《うへ》より投《な》げこし給て侍ければ

実方朝臣

1480 八重《やへ》ながら色《いろ》もかはらぬ山吹《ぶき》のなど九重《こゝのへ》に咲《さ》かずなりにし

御返し

円融院御歌

1481 九重《こゝのへ》にあらで八重《やへ》さく山吹《ぶき》のいはぬ色《いろ》をば知《し》る人もなし

五十首歌たてまつりし時

前大僧正慈円

1482 を《(お)》のが浪《なみ》におなじ末《すゑ》葉ぞしほれぬる藤《ふぢ》さく多祜《たこ》のうらめしの身や

1480 八重の花弁が今も美しく咲きそろっている山吹が、どうして九重に咲かなくなったのでしょう。実方集、円融院御集、四句「九重になど」。続詞花集・雑中は本文に同じ。〇円融院　↓一四三八。〇実方朝臣　左大臣藤原師時の孫。伝説に富む歌人。〇馬命婦　「こまの命婦」(家集)。命婦は中級の女房。〇投げこし給　主語は院。〇九重　宮中。八重に対する語呂合わせ。▽まだ二十六歳の若盛りの院の退位を惜しむ。家集によれば御所は堀河院。

以下二首「山吹」に寄せる。

1481 これは九重ではなく八重に咲く山吹なのだから仕方もないし、その上「色もかはらぬ」といっても「口なし色」では、その心を察してくれる人もないのだ。実方集。円融院御集。〇いはぬ色　「梔子(くちなし)色」を「口無し色」に掛け、さらに「言はぬ色」と転じた洒落。染め色の「山吹」は梔子(↓一四九〇)の実で染めた。黄金色。

1482 自分の美しい影を映している波の上に、同じ葉でありながら末葉は波にぬれてよれよれになっている藤の花、その咲いている多祜の浦ではないが、恨めしいわが身よ―同じ藤原氏の子孫でありながら沈淪しているわが身の口惜しさよ。建仁元年(一二〇一)二月、老若五十首歌合、五句「うらめしの世や」。〇末葉　草木の先端の葉。子孫。〇しほれ　ぬれる意の「しほれ」に、萎える意の「しをれ」を掛けているのであろう。〇藤　藤原氏を寓するのは常套。〇多祜のうら　越中国の歌枕。八雲御抄五「万(葉)。越中のたこ、藤あり。家持国司興遊所なり。水海なり」。「浦」と「恨めし」と掛詞。▽この歌合の開催中の十八日、作者は四年余の不遇の後に天台座主に再任された。「藤」に寄せる。

世をのがれてのち、四月一日、上東門院太皇太后宮と申《(まうし)》ける時、衣更《ころもがへ》の御装束たてまつるとて

法成寺入道前摂政太政大臣

1483 唐《から》衣花のたもとにぬぎかへよわれこそ春の色《いろ》はたちつれ

御返し

上東門院

1484 唐衣たちかはりぬる春の夜《よ》にいかでか花の色《いろ》を見《み》るべき

四月、祭の日まで花ちり残《のこ》りて侍《(はべり)》ける年《とし》、その花を使《(つかひの)》少将のかざしにたまふ葉に書《か》きつけ侍ける

紫式部

1485 神世にはありもやしけん桜花《さくら》けふのかざしにお《(を)》れるためしは

1483 あなたはこの唐衣の花やかな袖に脱ぎ換えて下さい。私の方はすっぱり春の色とは縁を切ってしまいましたが。栄花物語・疑ひ。○世をのがれ　藤原道長の出家は寛仁三年(一〇一九)三月二十一日。○四月一日　更衣の日。○上東門院　藤原彰子。道長の女。→一四六。○唐衣　栄花物語に「唐の御衣に添へさせ給へる」歌とあり、唐衣(からぎぬ)をさす。○春の色　花やかな物の意。○たち「断ち」に衣の縁語の「裁ち」を掛ける。

以下夏の雑歌。まず二首「更衣」に寄せる。

1484 父上が衣替えの衣を断って墨染の衣に替ってしまわれ、世の中も改まってしまうこの春の夜に、どうして私が美しい花の袂を賞翫することなどできましょう。栄花物語・疑ひ「いみじう泣かせ給ひて、御返し」、五句「色も見るべき」。○唐衣　ここは衣の美称。○たちかはり「断ち」「裁ち」を掛けるのに併せて、「立ち替はる」即ち季節の改まりを世の改まりに擬したと見ることもできよう。○春の夜　道長が装束を贈ったのは栄花物語に「三月晦日」とある。

1485 奇しきことの多い神代にはありもしたことでしょうか。桜花を今日の挿頭花として折って賜うという例は。希代のことに思われます。紫式部集、三句「山桜」。○祭の日　四月の中の酉の賀茂祭(かものまつり)。○使少将　勅使に立つ近衛の少将。○かざしにたまふ葉に　挿頭花として賜うその葉にの意。賀茂祭には葵を懸けるので賀茂臨時祭(りんじのまつり)とは違い、挿頭花を賜う儀はなかった(江家次第六)。▽即興の風雅を賛嘆する。参考「ちはやぶる神代も聞かず竜田川からくれなゐに水くくるとは」(古今・秋下・在原業平)。

以下四首「祭」に寄せる。

いつきの昔《むかし》を思《おも》ひ出《い》でゝ　　式子内親王

1486 ほとゝぎすそのかみ山の旅《たび》枕ほのかたらひし空《そら》ぞ忘《わす》れぬ

左衛門督家通中将に侍りける時、祭の使にて、神館《かんだち》に泊《とま》りて侍《(はべり)》けるあか月、斎院の女房の中よりつかはしける　　読人しらず

1487 立《た》ち出《い》づるなごり有明の月かげにいとゞかたらふ郭公《ほとゝぎす》かな

返し　　左衛門督家通

1488 いく千代《ちよ》とかぎらぬ君が御代《みよ》なれどなを《(ほ)》お《(を)》しまるゝけさの曙《あけぼの》

1486 郭公よ。その昔賀茂山で旅寝した折のこと、お前がほのかに語らいかけてきた、あの空のけしきを今も忘れない。○いつきの昔　斎宮・斎院を「いつきの宮」(八雲御抄三)という。ここは斎院であった当時。平治元年(一一五九)十月から嘉応元年(一一六九)七月病で退下するまでの間。○そのかみ山　その昔の意と「其神山(賀茂山)」と掛詞。○旅枕　賀茂祭の当日、神館(→一八二)に一泊したこと。○かたらひ　睦まじく話す。郭公の鳴き声をいう慣用語。▽参考「をち返りえぞ忍ばれぬ郭公ほのかたらひし宿の垣根に」(源氏物語・花散里)。

1487 あなたが退出される名残惜しい有明の月下に、いよいよ繁く鳴きかけてくる郭公ですこと。○左衛門督家通　藤原成通(→一〇三)の甥。俊成の女婿。永暦元年(一一六〇)二月から永万二年(一一六六)六月まで右中将で、その間の斎院は式子内親王。○神館　斎館。ここは祭使のそれ。→三〇〇。▽自分の思いを郭公に託している。

1488 幾千年と限りなく続く大御代なので、またお目にかかることもありましょうが、それにしても今朝の夜明けの風情は別れ難く思われます。▽斎院は原則として代ごとの交替なので君の御代は斎院やその女房の任期でもある。それが無期限と思われる以上、自分もいずれまた祭使に立ってあなたに逢うこともあろうと応じたもの。

1489 梅の枝にわざと間違えて止っている郭公よ。声だって鶯の鳴き方に変えているので、それ

三条院御時、五月五日、昌蒲《あやめ》の根《ね》を郭公のかたに造《つく》りて、梅《むめ》の枝《えだ》にすへ《ゑ》て人のたてまつりて侍《はべり》けるを、これを題にて歌つかうまつれと仰《おほ》せられければ

三条院女蔵人左近

1489 梅《むめ》が枝《え》におりたがへたる郭公《ほとゝぎす》声のあやめもたれかわくべき

五月許《ばかり》、物《もの》へまかりける道《みち》に、いと白《しろ》くくちなしの花の咲《さ》けりけるを、かれはなにの花ぞと人に問《と》ひ侍《はべり》けれど、申さざりければ

小弁

1490 うちわたすをちかた人にこと問へど答《こた》へぬからにしるき花かな

さみだれの空晴《そらは》れて、月明《あか》く侍《はべり》けるに

赤染衛門

1491 五月雨の空《そら》だにすめる月かげに涙《なみだ》の雨は晴《は》るゝまもなし

が郭公だと誰が分かりましょう。小大君集、二句「とりあやまてる」。○三条院　第六十七代天皇。○昌蒲　→三〇。○郭公　五月の旬(しゅん)の鳥で、菖蒲に取合わせる。→三〇。○かたに造り　根を細工した郭公の作り物。○おりたがへ　「居り」に「あやめ(文目)」の縁語の「織り」を掛ける。「声のあや」を「織りたがへ」とは間違った節廻しで鳴くことで、梅の枝に止まるからには郭公も鶯の声で鳴くであろうと洒落たもの。万葉集九の「鶯の卵(かひご)の中に郭公独り生れてさ(己)が父に似ては鳴かず、さが母に似ては鳴かず」も念頭にあるか。○あやめ　文目(模様)と「菖蒲」と掛詞。▽参考「秋来れば野もせに虫の織り乱る声のあやをば誰か着るらむ」(後撰・秋上・藤原元善)。
前三首を承けて「郭公」に寄せる。

1490 ずっと向うの遠くのお方に尋ねるが返事がないので、さてはその花と分かりましたよ。本歌「うちわたすをちかた人にもの申すわれそのそこに白く咲けるは何の花ぞも」(古今・雑体・旋頭歌・読人しらず)。○くちなし　八雲御抄三「梔子言はざることにいへり」。アカネ科の常緑低木。夏六弁の白い花を開く。○申さざりければ　答えないことを答えとしたもの。○答へぬからにしるき　答えぬのを「口無し」と判じて花の名を知る。「くちなし」に寄せる。

1491 五月雨の空でさえ月は明るく照らしているのに涙の雨は晴れる間とてない。赤染衛門集、五句「晴るるよもなし」。夫大江匡衡の死後、追慕する歌の内。○さみだれの　底本「さみだれ」。諸本により校訂。▽はじめ夏歌三七歌の次に配列(→三七)、のちここに移された。
以下二首「五月雨」に寄せる。

述懐百首の歌の中に、五月雨　皇太后宮大夫俊成

1492 五月雨《さみだれ》は真屋《まや》の軒《のき》ばの雨《あま》そゝきあまりなるまでぬるゝ袖かな

題しらず　華山院御歌

1493 ひとり寝《ぬ》る宿《やど》のとこなつ朝《あさ》な〳〵涙《なみだ》の露《つゆ》にぬれぬ日ぞなき

贈皇后宮に添《そ》ひて春宮に侍《さぶら》ひける時、少将義孝久《ひさ》しくまい(ゐ)らざりけるに、なでしこの花に付《つ》けてつかはしける　恵子女王

1494 よそへつゝ見れど露《つゆ》だに慰《なぐさ》まずいかにかすべきなでしこの花

1492 五月雨の頃は真屋の軒端から落ちる雨だれがひどすぎると思う程であるが、そのように涙の雨にぬれる袖よ。本歌「あづま屋の真屋のあまりのその雨そそきわれ立ちぬれぬ殿戸開かせ」(催馬楽「東屋」)。長秋詠藻・述懐百首、保延六(一一四〇)、七年頃。〇真屋　切妻造(屋根を前後二方に葺きおろす)の家。〇雨そゝき　雨だれ。〇あまりなる　過度な。軒の縁語である「あまり(軒先)」と掛ける。

1493 独り寝の床では、庭の常夏ではないが、毎朝涙の露にぬれない日とてないことだ。〇とこなつ　「なでしこ」の一名。「やまと撫子」(↓一九六)や「から撫子(石竹)」を含めていう。「床」と掛詞。▽参考「ひとり寝る宿のとこなつ朝ごとに露けく見えて幾夜へぬらむ」(花山院歌合・弾正宮上)。

以下二首「常夏」に寄せる。

1494 撫子の花、これをそなたと思って眺めてみるが、少しも心は楽しまない。どうすればよいのでしょう。早く顔を見せて下さい。義孝集、四句「いかがはすべき」。〇贈皇后宮　冷泉院女御藤原懐子。作者の女で春宮の母。贈皇太后宮とあるべきか。〇添ひて　師貞親王は二歳で立太子、引続き懐子の東一条殿で養われ、その没後一年して宮中(梅壺)に移る。即ち東一条殿でのこと。〇春宮　円融天皇の東宮、師貞親王(花山天皇)。〇義孝　藤原氏。作者の男。行成の父。〇なでしこ↓一四九三。音が通うのでいとしい子に譬えるのは常套。〇露　「少しも」の意を撫子の縁語の露に掛ける。

1495 もし蛍の思いの火のように私を思って下さるのなら、雨の降る今宵の空模様にはきっと訪ねて下さるでしょうに。そうでないところを見ると、この間見えたのは蛍の火ではなく、月の光だ

月明《あか》く侍《（はべり）》ける夜、人の蛍《ほたる》を包《つゝ》みてつかはした
りければ、雨《あめ》の降《ふ》りけるに申《（まうし）》つかはしける　　和泉式部

1495 思《おも》ひあらばこよひの空《そら》はとひてまし見えしや月の光《ひかり》なりけん

題しらず　　七条院大納言

1496 思《おも》ひあれば露《つゆ》は袂《たもと》にまがふとも秋のはじめをたれに問《と》はまし

后《きさい》の宮より内に扇《あふぎ》たてまつり給《たま》ひけるに　　中務

1497 袖の浦《うら》の浪《なみ》ふきかへす秋風に雲の上《うへ》まですゞしからなん

業平朝臣の装束つかはして侍《（はべり）》けるに　　紀有常朝臣

1498 秋や来《く》る露《つゆ》やまがふと思《おも》ふまであるは涙《なみだ》のふるにぞ有《（あり）》ける

ったのでしょうか。和泉式部集。○蛍を包み「包めども隠れぬものは夏虫の身よりあまれる思ひなりけり」の歌(↓一〇三二)の場合に似せた手くだ。○雨の降りけるに「数々に思ひ思はず問ひがたみ身をしる雨は降りぞまされる」の歌(↓一二三四)の場合に似た状況。○思ひ「火」に掛けて蛍の縁語となる。○とひ「訪ひ」を「飛び」に掛けて蛍の縁語とする。○月の光　雨が降れば見えるはずのないもの。逆に蛍はよく飛んで燃える。
「蛍」に寄せる。

1496 物思いをしているので袂に置く露を涙の露と見まちがえるのかという、この秋の初めの疑いを誰に尋ねればよいのかしら。本歌は一四九六歌。○袂に　袂においての意。○秋のはじめ　本歌の「秋や来る」による。▽「秋」に「飽き」を掛け、「たれに」はつれない男にあてつけたものと見て恋の愁訴ともとれる歌であるが、雑歌に配列されているのは秋思の扱いである。
以下秋の雑歌。はじめの三首は「立秋」に寄せるか。

1497 袖の浦の波を吹き返す秋風―袖の内を吹き翻すこの扇の風で、雲の上―宮中まで涼しくなってほしいものです。中務集、三句「浜風に」。○后の宮　村上天皇の皇后藤原安子。○内　天皇。○袖の浦　出羽国の歌枕。「浦」に「裏」を掛ける。▽扇に添えた代作歌。

1498 秋が来たのか、そして露がまちがってそう見えるかと思う程に袖がぬれているのは、外ならぬ感謝の涙が降るのでした。伊勢物語十六段。○業平朝臣　六歌仙の一人。○装束　伊勢物語には「夜のもの(夜具)まで贈りて」とある。▽清貧な作者が去りゆく老妻にやる餞別もないと知らされて、業平が装束等を贈ったのに対する喜びの返歌。

早《はや》くよりわらは友《とも》だちに侍《(はべり)》ける人の、年《とし》ごろ経《へ》てゆきあひたる、ほのかにて、七月十日のころ、月にきお《(ほ)》ひて帰《かへ》り侍ければ　　紫式部

1499 めぐり逢《あ》ひて見しやそれともわかぬまに雲隠《がく》れにしよはの月かげ

みこの宮と申《(まうし)》ける時、少納言藤原統理年《とし》ごろ馴《な》れ仕《つか》うまつりけるを、世をそむきぬべきさまに思立《(おもひた)》ちけるけしきを御覧じて　　三条院御歌

1500 月かげの山のはわけて隠《かく》れなばそむく憂《う》き世《よ》をわれやながめん

題しらず　　藤原為時

1501 山のはを出《い》でがてにする月待《ま》つとねぬ夜《よ》のいたくふけにける哉《(かな)》

1499 久しぶりにめぐり逢って、あれは月かと見極めもつかない中に早くも雲に隠れてしまった夜半の月よ―ちらっと見かけたと思う間もなく、急いで帰ってしまったあの方よ。紫式部集。○わらは友だち　幼な友だち。○七月十日　家集「十月十日」。陰暦十日の月は半月で、夜中に沈む。○月にきおひて　その月が沈むのと争うように急ぎ隠れる。▽月を友に見立てて、慌ただしいすれ違いを惜しむ。参考「忘るなよ程は雲居になりぬとも空ゆく月のめぐり逢ふまで」(拾遺・雑上・橘忠幹)。

以下一五五九まで一五二四を除き、六十首「月」に寄せる。

1500 月が山の端をかき分けて沈んでしまったら、月の見捨てた闇のこの世をひとり私はじっと物思いに沈みながら見つめていることでしょうか。○みこの宮　東宮。居貞《いやさだ》親王(三条院)をさす。○藤原統理　むねまさ。東宮の近臣。出家時、互いに交わした贈答歌が後拾遺・雑三、今鏡九・まことの道に載る。○山のはわけて　遁世して山林に入ることに譬える。▽月に託して寵臣の出家を傷む。

1501 山の端を出しぶっている月を待って、寝ずにいるこの夜のすっかりふけたことよ。▽有明の月の出を待ちわびることに寓意があろう。参考「有明の月の光を待つほどにわが世のいたくふけにけるかな」(拾遺・雑上・藤原仲文)。

1502
参議正光、おぼろ月夜《よ》に忍《しの》びて人のもとにまかれりけるを見あらはして、つかはしける　　伊勢大輔

浮《うき》雲はたち隠《かく》せどもひまもりて空《そら》ゆく月の見《み》えもするかな

返し　　参議正光

1503
浮雲《うきくも》に隠《かく》れてとこそ思《おも》ひしかねたくも月のひまもりにける

三井寺にまかりて、日《ひ》ごろ過《す》ぎて帰《かへ》らんとしけるに、人〱なごりお《(を)》しみてよみ侍《(はべり)》ける　　刑部卿範兼

1504
月をなど待《ま》たれのみすと思《おも》ひけんげに山のはは出《い》でうかりけり

1502　浮雲は立ちはだかって隠していますが、その隙間から空ゆく月が見えておりますよ。首尾よくとは参りませんでしたね。伊勢大輔集。〇参議正光　藤原兼通の男。朝光(→一〇〇四)の弟。〇人のもとに　ある女房の局に。〇浮雲　定めなく漂う雲。〇月　正光に譬える。

1503　浮雲に隠れてこっそりと思っていましたが、いまいましくも月が雲間から漏れてしまいました。伊勢大輔集。▽家集によれば作歌事情は全く異なり、皇太后宮(遵子)の女房達が中宮彰子の庭の風情を賞でに、親しい殿上人達の人垣に守られて訪れたのを見あらわして興じた伊勢大輔の歌と正光の返歌になっている。従って浮雲は殿上人達、月は女房達の譬喩で、正光の「返し」は女房達のための代作か。家集による時、贈答歌の上二句の作意は無理なく理解される。

1504　月を、なぜぐずぐずして待たれてばかりいるのかと恨んだのであろう。いま分かったが、本当に山の端は出づらいものです。続詞花集・雑上。〇三井寺　近江国の名刹。〇日ごろ過ぎ　何日か滞在したこと。▽深い惜別の情を月に託して、名残を惜しむ人々に与える。

1505
山里《ざと》にこもりゐて侍《（はべり）》けるを、人の訪《と》ひて侍ければ

法印静賢

思《おも》ひ出《い》づる人もあらしの山のはにひとりぞ入《い》りし在曙《（ありあけ）》の月

1506
八月十五夜、和歌所にてをのこども、歌つかうまつり侍《（はべり）》しに

民部卿範光

和《わ》歌《か》の浦《うら》にいゑ《（へ）》の風こそなけれども浪《なみ》ふく色《いろ》は月に見《み》えけり

1507
和歌所歌合に、湖上《ノ》月明《ラカナリ》といふことを

宜秋門院丹後

よもすがら浦こぐ舟はあともなし月ぞのこれる志賀《しが》の唐崎《からさき》

1505　思い出してくれる人もあるまいと思われる山の端にただ独り入って行った有明の月、そのように人知れずこの嵐山に籠った私でした。よく訪ねて下さいました。○人もあらしの山　「あらじ」と「あらしの山」と掛詞。前者「人もあらじ」は明け離れてから沈む有明の月など、今さら顧みる人はあるまいの意、後者は洛西の嵐山。

1506　歌壇の仲間入りをするような家風をもたない私ですが、拙い歌の趣を披露できるのは全く君の御恩恵です。建仁二年(一二〇二)八月十五日、和歌所御会「月前風」。○和歌の浦　紀伊国の歌枕。歌壇に譬えるのは常套で、ここは和歌所での交らいをさす。○いゑの風　「家風」の訓。歌道の家としての風儀。○浪ふく色　波を吹き立てる風の色。「風の色」は詠歌の風趣。「浪」は浦の縁語。○月に見え　「風の色」が見えるのは月光に照らされるお陰というので、月は院の恩光の譬喩。

1507　夜通し浦を漕ぎ廻っていた舟はもう航跡もとどめない。そしてひとり有明の月が残ってさやかに照らしている志賀の唐崎よ。建仁元年八月十五夜撰歌合。本歌「世の中を何に譬へむあさぼらけ漕ぎゆく舟のあとの白波」(拾遺・哀傷・沙弥満誓)。○湖上月明　送り仮名は明題部類抄・下による。○志賀の唐崎　近江国の歌枕。▽本歌の「舟」「あとの白波」を打消して、残月のみの「あさぼらけ」の景に転じた趣向の興。

題しらず　　　　　　　　　　　　　　藤原盛方朝臣

1508 山のはに思《おも》ひも入《い》らじ世《よ》の中《なか》はとてもかくてもありあけの月

永治元年、譲位近《ちか》くなりて、夜《よ》もすがら月を見てよみ侍《はべり》ける　　　　皇太后宮大夫俊成

1509 忘《わす》れじよ忘《わす》るなとだにいひてまし雲井の月の心ありせば

崇徳院に百首歌たてまつりけるに

1510 いかにして袖に光《ひかり》のやどるらん雲井の月はへだてゝし身を

文治のころを《ほ》ひ百首歌よみ侍《はべり》けるに、懐旧歌とてよめる　　　　左近中将公衡

1511 心には忘《わす》るゝ時もなかりけり三代《みよ》のむかしの雲の上《うへ》の月

1508 山の端に入る―遁世することに深くはこだわるまい。この世の中はあくせくしてもしなくても所詮同じであることは有明の月のようなものだ。本歌「世の中はとてもかくてもありぬべし宮も藁屋もはてしなければ」(俊頼髄脳・蟬丸。↓一八五一)。治承三十六人歌合「月前述懐」。○思ひも入らじ　↓一〇三。○ありあけ　「とてもかくてもあり」に掛ける。▽有明の月は山に入るのを急がないが、結局は入るのを見て自戒としたもの。

1509 名残は尽きないが、今はお前を忘れまい。お前も忘れてくれるなとだけでも言おうかしら。内裏を照らすこの月がもし心があるならば。長秋詠藻。○永治元年　一一四一年。○譲位近くなりて　家集には「霜月十余日」とある。その十二月七日、崇徳天皇譲位。○雲井　土御門内裏をさす。▽家集に「其時春宮(後の近衛天皇)の昇殿、未だ聴(ゆる)されざる故なりと云」とあり、内裏も見納めかと名残を惜しんだのである。

1510 どうして袖に光がじっと映っているのであろう。御所の月からはすでに遠く離れているわが身なのに。久安六年(一一五〇)、久安百首・秋、五句「へだてこし身を」。本集も前田・小宮本は同じ。○崇徳院　第七十五代天皇。○袖に　院を恋い慕って涙にぬれる袖。○雲井　ここは院の御所。▽院の昇殿を許されていないことの嘆き。翌年この百首の部類を命じられた折に愁訴して許された。

1511 心中忘れる時とてないことだ。三代前の昔、高倉天皇の御時に内裏で見た月は。○文治　後鳥羽天皇の年号。○三代　高倉、安徳、後鳥羽の御代。○雲の上の　公衡は高倉天皇の嘉応二年(一一七〇)七月侍従に任じ、やがて右近衛少将に昇る。

百首歌たてまつりし、秋歌　　　　二条院讃岐

1512 むかし見し雲井《くも》をめぐる秋の月いまいくとせか袖に宿《やど》さん

月前述懐《ノ》といへる心をよめる　　　　藤原経通朝臣

1513 うき身世《よ》にながらへばなを（ほ）思《おも》ひ出《い》でよ袂《たもと》に契《ちぎ》るありあけの月

石山にまうで侍りて、月を見てよみ侍《はべり》ける　　　　藤原長能

1514 宮《みや》こにも人や待《ま》つらん石山《いし》の峰《みね》にのこれる秋の夜《よ》の月

題しらず　　　　躬恒

1515 淡路《あはぢ》にてあはとはるかに見し月の近《ちか》きこよひは所がらかも

1512 昔見た雲居(内裏)と同じ雲居(大空)をめぐる秋の月よ。お前をこうして涙にぬれた袖の上に映し留めるのもあと幾年のことであろう。正治二年(一二〇〇)院初度百首。○むかし　二条天皇の内裏など。○雲井　同じ語の縁で、昔と今が一つに結ばれる。○いくとせ　余命を思うさま。▽源家長日記に「齢たけて、ひとへに後の世の営みして」と記されている作者の痛烈な感傷。

1513 つたないこの身がもし生きながらえているなら、きっと思い出してくれ。こうして一夜まんじりともせず契り明かした、袂に宿る有明の月よ。○袂　涙にぬれる袖。▽身の不遇を月を相手に生命も尽きるばかりに嘆いたこの一夜を、月も忘れ難い思い出にしてくれと訴えたのであろう。参考「うき身世にやがて消えなば尋ねても草の原をばとはじとや思ふ」(源氏物語・花宴)。

1514 都でも人は待ちかねているであろうか。石山の峰に残っている入り方の秋の夜の月よ。長能集、二句「人や見るらむ」。○宮こ　石山の西方に当る。○石山　近江国の歌枕。○のこれる　残月。終夜眺めたことを示唆する。▽上二句は三八二などと同趣向。

1515 淡路島で「あれは」とばかり淡く彼方に望んだ月がま近に見える今宵は、場所が場所だからであろうか。躬恒集「十五夜月」。古今六帖一、二句「あはと雲居に」。○あは　淡路と同音で「淡し」の語を起し、「あれは」の意を掛ける。○所がら　月の桂(→三五四)に縁のある桂川の辺、都に入る時の感慨か。▽都の辺りで見る満月の明るさ。

月の明《あかゝ》かりける夜、あひ語《かた》らひける人の、このごろの月は見るやといへりければ

源道済

1516 いたづらに寝《ね》てはあかせともろともに君がこぬ夜《よ》の月は見ざりき

夜ふくるまで寝《ね》られず侍《(はべり)》ければ、月の出《い》づるをながめて

増基法師

1517 天《あま》の原《はら》はるかに独《ひと》りながむればたもとに月の出《い》でにけるかな

能宣朝臣、大和国待乳《やまとのくにまつち》の山近《ちか》く住《す》みける女のもとに夜ふけてまかりて、あはざりけるを恨《うら》み侍《(はべり)》ければ

よみ人しらず

1518 たのめこし人をまつちの山風《かぜ》にさ夜《よ》ふけしかば月も入《(いり)》にき

1516 躬恒ではありませんが「むなしく寝て明かしてしまえ」とばかり、月ばかりが照ってあなたがお出でにならない夜の月は見ませんでした。本歌「かくばかりをしと思ふ夜をいたづらに寝て明かすらむ人さへぞ憂き」(古今・秋上・凡河内躬恒)。道済集。○いたづらに　上二句は「見ざりき」にかかる。○もろともに　月と共に。▽相手の思わせぶりな言葉に対し、率直にたたきつけるような応答。

1517 大空を見はるかして、独り物思いに耽っていると、あろうことか袂に月が出てきたことだ。増基法師集。続詞花集・秋上。○たもと　袖に同じ。→三九。▽袖の涙が繁くて、いち早く光を待ちとった趣向。「ながむ」という通り、目は空にあっても何も見ていなかったと分かる。

1518 前から約束して下さっていたあなたをお待ちしていたが、待乳山から吹きおろす風とともに夜もふけたので月も山の端に入った、そのように私も閨に入ったのです。○能宣朝臣　三十六歌仙の一人。○待乳の山　歌枕。「人を待つ」に掛ける。▽月の沈むまで待ったことを告げて恨み返したもの。

百首歌たてまつりし時　　摂政太政大臣

1519 月見ばといひしばかりの人は来《こ》で真木《まき》の戸《と》たゝく庭の松風

五十首歌たてまつりしに、山家ノ月の心《こゝろ》を　　前大僧正慈円

1520 山里《ざと》に月はみるやと人は来《こ》ず空《そら》ゆく風ぞ木《こ》の葉をもとふ

摂政太政大臣大将に侍《(はべり)》し時、月歌五十首よませ侍けるに

1521 在《(あり)》あけの月のゆくゑ《(へ)》をながめてぞ野寺の鐘《かね》は聞《き》くべかりける

おなじ家歌合に、山ノ月の心をよめる　　藤原業清

1522 山のはを出《い》でても松の木《こ》のまより心づくしのありあけの月

1519 月を見たら必ず待っていてほしいと言ったばかりに有明の月の出るまで待ったあの人は来ず、真木の戸をたたくのは庭の松風です。本歌「今来むと言ひしばかりに長月の有明の月を待ち出でつるかな」(古今・恋四・素性)。正治二年(一二〇〇)院初度百首。○真木の戸　→一二〇四。○たゝく人の訪れた合図。○松風　「待つ」に掛けるのは常套で、思わせぶりな松風という気持。

1520 この山里に「今宵の月を見ていますか」と尋ねてくれる人はなく、ただ空吹く風が梢の葉っぱを訪れもするばかりだ。建仁元年(一二〇一)十二月、仙洞句題五十首。○月はみるや　風雅を解する人の言葉。心なき風との対照。▽参考「霜さゆる庭の木の葉を踏みわけて月は見るやと訪ふ人もがな」(千載・雑上・西行)。

1521 有明の月の行方をしみじみと目で追う、こうして野寺の鐘は聞くべきものなのだ。拾玉集「花月百首」、建久元年(一一九〇)九月十三夜披講。玄玉集・天地歌下。○摂政太政大臣　作者の甥、藤原良経。○月歌五十首　花月百首は花五十首、月五十首から成る。○月のゆくゑ　西方浄土を含意する。○野寺　作者の愛用した語。「野寺訪レ僧、帰帯レ月」(和漢朗詠集「僧」・鮑溶)。○鐘　晨朝(じんじょう)即ち卯の刻、午前六時頃に鳴らす鐘。▽参考「世に知らぬ心地こそすれ有明の月のゆくへを空にまがへて」(源氏物語・花宴)。

1522 やっと山頂を出てもまた松の木の間から漏れるばかりの、気をもませる有明の月よ。本歌「木のまより漏りくる月のかげ見れば心づくしの秋は来にけり」(古今・秋上・読人しらず)。正治二年閏二月、良経家十題二十番撰歌合。○ありあけの月　遅く出る二十日過ぎ頃の月の風情。

和歌所歌合に、深山ノ暁ノ月といふ事を　　鴨　長　明

1523 よもすがら独《ひと》りみ山の真木《まき》の葉にくもるもすめるありあけの月

熊野に詣《まう》で侍《(はべり)》し時たてまつりし歌の中に　　藤　原　秀　能

1524 奥《おく》山の木《こ》の葉のおつる秋風にたえ〴〵峰《みね》の雲ぞのこれる

1525 月すめばよもの浮《うき》雲空《そら》にきえてみ山がくれにゆくあらしかな

山家の心《こゝろ》をよみ侍《(はべり)》ける　　猷　円　法　師

1526 ながめわびぬ柴《しば》のあみ戸《ど》のあけがたに山のは近《ちか》くのこる月かげ

1523 終夜ひとり眺める深山の真木の葉に翳る月も、実は美しく輝く月と知られる有明の月よ。建仁元年八月十五夜撰歌合。源家長日記。○み山「見る」と「深山」と掛詞。○真木の葉　→四九一。○くもるもすめる　「うつるもくもる」(→五七)と同工の修辞で一首の眼目。▽夜が明け人心地がつく時、「澄める」残月の光が目に入り、「真木の葉陰に曇る」と見えたのは涙のせいと知るという趣向。寂寥を極めた深山深夜の月。源家長日記に「(後鳥羽院に)召し出されたりし時御歌合の侍りしに、殊によろしく詠める由仰せられし歌」とある。

1524 奥山の木の葉が落ちる秋風の中、残っているものといえば、吹き分けられたとぎれとぎれの峰の雲ばかりである。如願法師集「秋の歌召し侍りしに」とある五首歌の内、三句「山風に」。○熊野に　後鳥羽院の熊野御幸。○「おつる」と「のこる」の対照。▽「木の葉」と「峰の雲」、参考「風吹けば峰にわかるる白雲のたえてつれなき君が心か」(古今・恋二・壬生忠岑)。
　これは「月」に寄せず、配列疑問。

1525 月が澄むと見れば全天の浮雲は消え失せ、深山の陰をひそかに去ってゆく嵐の音が聞えてくる。如願法師集、同じく右五首歌の内。○浮雲　定めなく浮び漂う雲。▽「きえ」たのはもとより嵐のせいで、今まで大空に吹きすさんでいたのである。それと今との見事な対照。

1526 じっと見ていると滅入るようだ。柴の編戸を開けるではないが、明け方、山頂近く懸っている残月は。○柴のあみ戸　雑木を編んだ粗末な戸。柴の戸(→五七二)に同じ。▽夜もすがら月をながめ明かさずにはいられなかった隠者の感傷。

題しらず

1527 あかつきの月見《み》んとしも思《おも》はねど見し人ゆへ《(ゑ)》にながめられつゝ　華山院御歌

1528 ありあけの月ばかりこそかよひけれ来《く》る人なしの宿《やど》の庭にも　伊勢大輔

1529 住《す》みなれし人かげもせぬわが宿《やど》に在曙《(ありあけ)》の月のいく夜《よ》ともなく　和泉式部

家にて、月照《ス》レ水《ヲ》といへる心を人々よみ侍《(はべり)》けるに　大納言経信

1530 住《す》む人もあるかなきかの宿《やど》ならし蘆間《あしま》の月のもるにまかせて

1527 暁の月を特に見ようと思うのではないが、昔逢ったあの人の思い出に、じっと見つめずにはいられないでいる。○見し人　昔契った人。上の「見ん」と同語異義で対照させる。○ゆへ　きぬぎぬの別れの思い出の月である。

1528 有明の月ばかりが通ってくるのだな。訪う人もないわが家の庭にも。伊勢大輔集「しづかなる庭の有明の月」。和歌一字抄。○ありあけの月　夜中まで人を待つうち、有明の月を迎えたこと。○来る人なし　題の「しづかなる」を表わす。○宿の庭　「庭」は門から戸口までをさす。そこを月が照らしているのを眺める態。▽参考「今来むと言ひしばかりに長月の有明の月を待ちいでつるかな」(古今・恋四・素性)。

1529 ずっと通って来たあの人の気配も絶えたわが家に、有明の月が幾夜ともなく澄んで。和泉式部集。和漢朗詠集「無常」にも載せる羅維の詩句の訓み仮名を冠にした四十三首のうち、「論レ命《(いのちをろんずれば)》」の「す」の歌。○住み　通い続けて夫婦関係にあること。「住み」に「澄み」を掛けて月の縁語。「かげ」も縁語。○いく夜ともなく　諦めきれずに夜々を待ち明かして有明の月を見る態。

1530 住む人もいるのかいないのかといったような家かと見える。蘆の茂みの間からさし放題にさし込む月の光に池を委せ放しにして。経信集。和歌一字抄。○もる　「漏る」と宿の縁語の「守る」と掛詞。▽人は住まず守らず、月が澄み(住み)守るという趣向の興を主としながら、実感をこめている。参考「手に結ぶ水に宿れる月かげのあるかなきかの世にこそありけれ」(拾遺・哀傷・紀貫之)。

秋の暮《くれ》に病《やまひ》に沈《しづ》みて世《よ》をのがれにける、又の年《とし》の秋九月十余日、月くまなく侍《(はべり)》けるによみ侍ける

皇太后宮大夫俊成

1531 思《おも》ひきやわかれし秋にめぐり逢《あ》ひて又もこの世《よ》の月を見《み》んとは

題しらず

西行法師

1532 月を見て心うかれしいにしへの秋にもさらにめぐり逢《あ》ひぬる

1533 よもすがら月こそ袖《そで》にやどりけれ昔《むかし》の秋を思《おも》ひ出《い》づれば

1531 去年想像もできたろうか、別れを告げた秋にこうしてめぐり逢い、再びこの世の月を見ようとは。長秋詠藻。〇世をのがれ　俊成は咳病で重態に陥り、安元二年(一一七六)九月二十八日出家。〇又の年　翌年、治承元年(一一七七)。〇わかれし秋に　出家の前日「昔より秋の暮をば惜しみしが今年はわれぞ先立ちぬべき」(家集)と詠んだことを回想する。〇めぐり逢ひ　一巡して出会うこと。月の縁語で、末句を導く。

1532 月を見て気もそぞろに興じていたあの昔の秋に、また再びめぐり逢った気がするな。山家集。西行法師家集。▽出家後のある秋の夜の感興であろう。いつもはとかく物思いなしには見られない月。それを今日は昔の自分に帰ったようだというのである。しかし同じ「うかれ」でも今はもう純化されたそれと言っていいかもしれない。

1533 夜通し月が、あろうことか袖に映り留っている。昔の、在俗の頃の秋を思い出していると。山家集。西行法師家集。▽追憶に袖をぬらす。

1534 月の色《いろ》に心を清《きよ》くそめましや宮《(みや)》こを出《い》でぬわが身なりせば

1535 捨《す》つとならば憂《う》き世《よ》を厭《いと》ふしるしあらんわれ見《み》ば曇《くも》れ秋の夜《よ》の月

1536 ふけにけるわが身のかげを思《おも》ふまにはるかに月のかたぶきにける

入道親王覚性

1537 ながめして過《す》ぎにしかたを思《おも》ふまに峰より峰《みね》に月はうつりぬ

1534 かくも月の色で心を清く染めることができたであろうか。都の内にとじ籠ったままのわが身であったならば。西行法師家集、二句「心を深く」。宮河歌合も。○宮こを出で　出家修行をさす。▽出家もさることながら、そのため厳しい山野の月色に心を磨かれている現在の境涯への賛歌。

1535 出離するからには憂き世を厭うしるしがなくては叶うまい。どうか私が見たら曇ってくれ、秋の夜の月よ。そうすれば厭うこともできように。宮河歌合。西行法師家集、四句「われには曇れ」。○曇れ　一三六六の「やつす」に同じ。自力では厭いえず、月に愁訴したもの。▽同歌合の定家判に「眺むるに物思ふことの慰むは月は憂き世の外よりやゆく」(拾遺・雑上・大江為基)の歌の「心を思へる」とある。世外のものとさえ思われて賞でられる月である故に、自分には月がこの世の最後の執着になりそうだ。世を厭うしるしというなら月を厭う以外にはないというのである。

1536 老いたわが身の姿を思いつづけているうちに、遥かの西に月の傾いていることだ。聞書集「老人述懐」。西行法師家集、二句「わが世のかげを」。御裳濯河歌合も。○ふけ　「かげ」とともに月の縁語。○はるかに　西方浄土が連想されている。

1537 じっと見つめて過ぎ去った昔を思いつづけているうちに、東の峰から西の峰へと月は移ってしまった。出観集、五句「月もうつりぬ」。続詞花集・雑上「月前述懐心を」。▽終夜月を相手に追憶に浸っていたのである。

1538 秋《あき》の夜《よ》の月に心をなぐさめてうき世《よ》に年《とし》のつもりぬるかな

藤原道経

五十首歌召《め》ししに

前大僧正慈円

1539 秋を経《へ》て月をながむる身となれりいそぢの闇《やみ》をなに歎《なげ》くらん

百首歌たてまつりしに

藤原隆信朝臣

1540 ながめてもむそぢの秋は過《す》ぎにけり思《おも》へばかなし山のはの月

題しらず

源光行

1541 心ある人のみ秋《あき》の月を見《み》ばなにをうき身の思《おも》ひ出《い》でにせん

1538 秋の夜の月に心を慰めつつ、いつしかつらいこの世に長居してしまったな。続詞花集・秋上、四句「うき身に年の」。▽月への切ない思慕とうき世を厭離できずにいる悔恨と。

1539 この幾秋、しみじみと清光を賞する境涯になっている。齢五十になってなお煩悩の晴れやらぬ身であるが、どうして嘆くことがあろう。建仁元年(一二〇一)二月、老若五十首歌合。〇いそぢの闇　当時四十七歳。闇は仏説の「長夜の闇」で、月を対置してその恩光を期待している。▽同歌合は二月十二日奏覧、十六・十八両日評定があったが、慈円は十七日に天台座主に還補された。建久七年(一一九六)十一月の政変で辞任してから四度の秋を経過する。歌は月を院に擬した愁訴でもあろうか。

1540 眺めつつ、いつしか齢六十の秋は過ぎてしまった。思えば悲しいことだ。その月もすでに山の端に懸っているのを見ると。正治二年(一二〇〇)院初度百首。〇ながめても　久しく心を分けてきた友と見ていう。〇むそぢ　当時五十九歳。〇過ぎにけり　九月も終ったことで、詠進の時期を示してもいる。▽限りない月への思慕と少ない残生を顧みての嘆き。

1541 心ある人ばかりが秋の月を賞でるのであれば、この拙い身は外に何の楽しみがあろう。〇思ひ出で　楽しみ、喜びの意。▽参考「折しれる人のみ花を見ましかばなにをうき身の慰めにせむ」(月詣集・雑下・藤原親佐)。

1542
千五百番歌合に　二条院讃岐
身のうさを月やあらぬとながむれば昔《むかし》ながらのかげぞもりくる

1543
世をそむきなんと思《おも》ひ立《た》ちけるころ、月を見てよめる　寂超法師
ありあけの月よりほかはたれをかは山路《ぢ》の友《とも》と契《(ちぎり)》を《(お)》くべき

1544
山里《ざと》にて、月の夜《よ》都《みやこ》を思《おも》ふといへる心をよみ侍《(はべり)》ける　大江嘉言
宮《(みや)》こなるあれたる宿《やど》にむなしくや月にたづぬる人帰《かへ》るらん

1542　わが身の衰えの悲しさに、月も昔のようではないのであろうかと思って見つめていると、あの昔のままの光が軒端を漏れてくる。本歌「月やあらぬ春や昔の春ならぬわが身ひとつはもとの身にして」(古今・恋五・在原業平)。建仁二年(一二〇二)頃、千五百番歌合・雑一、初句「身のうさに」。〇身のうさ　老の嘆き。↓一五三。▽自然は恒常、変ったのはわが身ばかりと思い知る。

1543　有明の月の外は誰を山林に入る同行として約束しておけばよかろうか、外にいそうもないな。今撰集。治承三十六人歌合。後葉集・玄玉集・本集も烏丸本以外は二句「月よりほかに」。〇ありあけの月　山の端に入るものとしていう。↓一五〇五・一五〇八。

1544　今頃都の荒れたわが家では、一緒に月を見ようと訪ねて来た友が、むなしく帰ることであろうか。嘉言集。〇山里　家集には「山崎」とある。〇あれたる宿　山里につい長居して、放置したままになっている家。▽王子猷が月雪の夜、小船に乗って戴安道を訪ねながら門前より引返したという故事(蒙求・上「子猷尋戴」)ではないが、今なお山里にいるとも知らぬであろう懐かしい友の上に思いを馳せたもの。

1545 長《なが》月のありあけのころ、山里《ざと》より式子内親王にを(お)くれりける

惟明親王

思《おも》ひやれなにをしのぶとなけれども都《みやこ》おぼゆるありあけの月

1546 返し

式子内親王

ありあけのおなじながめは君《きみ》もとへ都《みやこ》のほかも秋の山里《ざと》

1547 春日社歌合に、暁月の心を

摂政太政大臣

天《あま》の戸《と》をおしあけがたの雲間より神代《よ》の月のかげぞのこれる

1548

右大将忠経

雲をのみつらきものとて明《あ》かす夜《よ》の月よ梢《こずゑ》にをちかたの山

1545 御推察下さい。別に何を偲ぶというのではありませんが、この有明の月を見ると、あなたのいらっしゃる都が思い出されることです。○長月 九月。→四九〇。○式子内親王 作者の伯母。○都 内親王の住居は父後白河院の遺詔で譲られた大炊殿(おおいどの)と思われる。大炊御門大路の北、富小路の西。今の京都地裁の東側。

1546 この有明の月を見つめて別に何を偲ぶというのではありませんが、あなたのいらっしゃる山里が思いやられてならない私にあなたも慰めの言葉をかけて下さい。「都のほか」とは申しながら、そこも今や秋たけなわとなってすばらしい「秋の山里」のけしきでありましょうに。▽嘆きは全く同じだが、羨ましいのは逆にあなたですと返して、親王を慰める優しさ。

1547 天上の門を押開けてやって来た明け方の雲間を通して、あの神代の月が残っているのが見える。本歌「天の戸をおしあけ方の月見ればうき人しもぞ恋しかりける」(→一三六〇)。元久元年(一二〇四)十一月十日、春日社歌合。○天の戸を 「天の戸」→三五九。また春日社の祭神、藤原氏の遠祖である天児屋根命(あめのこやねのみこと)に因んで、日本書紀・神代下「引㆓開(ひきあけ)天磐戸㆒、排㆓分(おしわけ)天八重雲㆒」(天孫降臨条)も連想されているか。○のこれる 有明の月。

1548 雲ばかりを無情なものと恨みつつ明かす夜の、その月がああ、梢に落ちかかろうとしている。遥か彼方の山の。春日社歌合・同題。○月 有明の月。○をちかた 「落ちかた」と「遠方」と掛詞。▽無情なのは雲ばかりか、梢でもあるという愁嘆。

1549 入《い》りやらで夜をお《(を)》しむ月のやすらひにほの〴〵明《あ》くる山のはぞ憂《う》き

藤原保季朝臣

月明《あか》き夜《よ》、定家朝臣にあひて侍《(はべり)》けるに、歌《うた》の道に心ざし深《ふか》きことはいつばかりの事にかと尋《たつ》ね侍ければ、若《わか》く侍し時、西行に久《ひさ》しくあひ伴《ともな》ひて聞《き》き《ゝ》ならひ侍しよし申《(まうし)》て、そのかみ申《(まうし)》し事など語《かた》り侍て、帰《かへ》りて朝《あした》につかはしける

法橋行遍

1550 あやしくぞ帰《かへ》さは月のくもりにし昔語《むかしがた》りに夜《よ》やふけにけん

故郷月を

寂超法師

1551 ふるさとの宿《やど》もる月にこと問《ゝ》はんわれをば知《し》るや昔住《むかしす》みきと

1549 山に入ろうともせず、夜の過ぎゆくのを惜しむ月がしばし足を止めている間に、ほのぼのと明けゆく山の頂は本当に情ない。春日社歌合・同題。

1550 不思議なことに、あんなに晴れていた月が帰りは曇っていました。昔語りを申しているうちに、いつしか夜がふけ、空模様も変ったのでしょうか。本歌「今よりは昔語りは心せむあやしきまでに袖しほれけり」(山家集「逢友恋昔」)。○定家朝臣　本集撰者。○尋ね　主語は定家。○西行　定家も畏敬する大先輩。○申し事　師西行の教示の趣。○夜やふけにけん　夜ふけの秋風に雲の出たことに思い寄るか。▽実は懐旧の涙で目も曇り、心もしおれていたことを西行の歌に託していう。

1551 古里の家の宿守でもあるかのように漏れ入っている月に尋ねよう。私をば知っているか、昔住んでいたのだよと。玄玉集・天地歌下。治承三十六人歌合、初句「荒れにけり」。○宿もる「漏る」と「守る」と掛詞。

1552
遍照寺月を見て　平忠盛朝臣

すだきけん昔《むかし》の人はかげ絶《た》えて宿《やど》もるものはありあけの月

1553
あひ知《し》りて侍《(はべり)》ける人のもとにまかりたりけるに、その人ほかに住《す》みて、いたう荒《あ》れたる宿《やど》に月のさし入《い》りて侍ければ　前中納言匡房

やへむぐら茂《しげ》れる宿《やど》は人もなしまばらに月のかげぞすみける

1554
題しらず　神祇伯顕仲

かもめゐる藤江《ふぢえ》の浦《うら》の沖《おき》つ洲《す》に夜舟《よぶね》いざよふ月のさやけさ

1552 大勢集っていたであろう昔の人の人影はなく、漏れ入って宿守をしているのは有明の月だけだ。本歌「すだきけむ昔の人もなき宿にただかげするは秋の夜の月」(後拾遺・秋上・恵慶)。忠盛集「遍照寺にて」。本集の烏丸・小宮本「遍照寺に」。○遍照寺　北嵯峨にあり、月の名所。○すだき　奥義抄・中は、出で入る意と集まる意の両説を示し、恵慶の本歌を前者の用例としているが、ここは後者でよい。○宿もる　僧房を「守る」意と「漏る」と掛詞。「かげ」「もる」は月の縁語。▽荒廃した僧房で一夜を明かし、往事の盛観を思いやったもの。

1553 葎が一面に生い茂っている家は人影も見えない。住む者とては漏れ入ってところどころに美しく輝いている月光ばかりだな。江師集。本歌「八重葎しげれる宿のさびしきに人こそ見えね秋は来にけり」(拾遺・秋・恵慶)。○やへむぐら「むぐらの茂きをば八重むぐらと詠めり」(顕昭・後拾遺抄注)。→三六四。○まばらに　荒れた板敷を点々と照らすさま。○すみ　「住み」と「澄み」と掛詞。

1554 鷗が止っている藤江の浦の沖の洲の辺り、夜舟は進みもやらず、いざよいの頃の月が明るく照らしている。和歌一字抄「海辺月」。○かもめ　八雲御抄三「海鳥なり」。白い鳥として詠まれる。○藤江の浦　播磨国の歌枕。○いざよふ　夜舟、月の双方にかかる。夜舟も月を賞でて徘徊し、月もいざよひ(十六日)の頃。▽参考「月かげの隈なき秋のほどばかり夜舟漕ぐらむ海人とならばや」(拾玉集)。

1555 難波《なには》潟《がた》潮干《しほひ》にあさるあしたづも月かたぶけば声のうらむる

俊恵法師

和歌所歌合に、海辺月といふことを

1556 和歌《わか》の浦《うら》に月の出《い》で潮《しほ》のさすまゝに夜《よる》なく鶴《つる》の声ぞかなしき

前大僧正慈円

1557 藻塩《もしほ》くむ袖の月かげを《(お)》のづからよそに明《あ》かさぬ須磨《すま》の浦《うら》人

定家朝臣

1558 明石《あかし》潟《がた》色なき人の袖を見よすゞろに月もやどる物かは

藤原秀能

1555 難波潟、その干潟で餌を求める蘆辺の鶴も月が傾くと、満ち来る潮に居場所をなくして、恨むがごとく鳴いているよ。林葉集「湖(海カ)辺月をよめる。歌林苑」。○難波潟　摂津国の歌枕。↓五七。能因歌枕「潟とは海に潮のさす所をいふ」。○あしたづ　蘆辺の鶴。難波は蘆の名所。↓六三五。

1556 和歌の浦で、月の出とともに潮がさすにつれて、夜鳴く鶴の声が本当に悲しく聞えるよ。本歌「和歌の浦に潮みちくれば潟をなみ蘆辺をさしてたづ鳴きわたる」(万葉集六・山部赤人。古今六帖六)。建永元年(一二〇六)七月二十五日、卿相侍臣歌合、二句「月のでしほの」。○和歌の浦　紀伊国の歌枕。○夜なく鶴　夜半の満ち潮に居場所を失って鳴く鶴であるが、併せていわゆる「夜鶴憶レ子」(和漢朗詠集「管絃」・白居易)で、子をいたわって鳴くのである。

1557 藻塩をくむぬれた袖に映る月影、そのために自然に月を賞でずには夜を明かすことのない須磨の浦の海人よ。本歌「海人の世をよそに聞かめや須磨の浦に藻塩垂れしも誰ならなくに」(源氏物語・若菜下)。卿相侍臣歌合・同題。○藻塩くむ　製塩のために藻に汲みかける海水を潮桶で汲む。○よそに　月とかかわりなく。▽同歌合十三番の右歌で、左は前の慈円歌で持となる。

1558 明石潟よ。あかしといっても何の色もない袖のあるのを見るがよい。心なしと見える海人の袖がまことあかいのは、ぬれた袖に月が映るからで、月とて決してむやみに映るものではない。卿相侍臣歌合・同題。○明石潟　播磨国の歌枕。これに「あかし」即ち「明かし」、「赤し」の意を掛ける。▽寓意を感じさせる歌で、美濃の家づとは「すべて月の袖に宿ることは、あはれと見て涙をこぼして濡らす人の袖にこそ宿れ、あはれとも見ず、涙に濡れぬ袖にはすずろに宿るものにはあら

1559

熊野に詣《まう》で侍《（はべり）》しついでに、切目宿にて、海辺ノ眺望といへる心《こゝろ》を、をのこどもつかうまつりしに

具親

ながめよと思《おも》はでしもや帰《かへ》るらん月まつ浪《なみ》の海人《あま》の釣《つり》舟

1560

八十に多《おほ》くあまりてのち、百首歌召《め》ししに、よみてたてまつりし

皇太后宮大夫俊成

しめを《（お）》きていまやと思《おも》ふ秋山のよもぎがもとに松虫《まつむし》のなく

1561

千五百番歌合に

あれわたる秋の庭こそあはれなれまして消《き》えなん露の夕暮《ゆふぐれ》

ずといふ意なるべし」という。

1559 人に眺めてくれと思っているわけでもなくて帰ってくるのであろう。こうして月の出を待っているあの波の上の海人の釣舟は。正治二年(一二〇〇)十二月三日、切目王子和歌会。○熊野に　後鳥羽上皇の御幸。○切目宿　切目王子の所在地。○海辺眺望　現存するこの歌の熊野懐紙には「海辺晩望」。▽作者が眺望している海辺の一点景である帰舟に、風雅な感情を移し入れたもの。

1560 そこを墓所と定めて今にも入ろうかと思っている秋山の蓬の茂みの下に、私を待つかのように松虫が鳴くことだ。建仁二年(一二〇二)頃、千五百番歌合・秋三。○八十に　出詠した同元年六月当時、八十八歳。○百首　→二八二。○しめをき　縄など張って標示すること。○いまや　死を待つ心。

「秋山」に寄せる。

1561 一面に荒れた秋の庭はまことに身にしみるものであるが、さらに今しも消えるかと見える露のおく夕暮は。千五百番歌合・秋三。▽露に「露の命」を寓する。参考「荒籬見レ露（くわりにつゆをみれば）、秋蘭泣」(和漢朗詠集「破宅」・源英明)。

「秋の庭」に寄せる。

題しらず　　西行法師

1562 雲かゝるとを《(ほ)》山畑《ばた》の秋されば思《おも》ひやるだにかなしき物を

五十首歌人ゝによませ侍《(はべり)》けるに、述懐の心をよみ侍ける　　守覚法親王

1563 風そよぐ篠《しのゝ》のをざさのかりの世《よ》を思《おも》ふ寝覚《ねざ》めに露《つゆ》ぞこぼるゝ

寄《スル》レ風《ニ》懐旧といふことを　　左衛門督通光

1564 浅茅生《あさぢふ》や袖にくちにし秋の霜わすれぬ夢を吹《ふ》く嵐かな

皇太后宮大夫俊成女

1565 葛《くず》の葉のうらみにかへる夢の世《よ》を忘《わす》れがたみの野べの秋風

1562 雲のかかっているあの遠い山畑が、こうして秋になると、思いを馳せるだけでも切なく思われることだ。西行法師家集。○とを山畑　遠山鳥(→一三七二)、遠山里の類語。▽秋景の物悲しさに加えて、険しい山畑の仕事がまざまざと記憶に蘇ってくるのであろう。

「秋の山畑」に寄せる。

1563 風がそよそよと吹く篠の小笹を刈るではないが、この仮りの世のはかなさを思いつづけて寝覚めていると、露の命を思わせて涙の露がこぼれることだ。建久九年(一一九八)頃、御室五十首。○述懐　「しゅっくゎい」。身の不遇や老いの嘆きを述べること。○篠のをざさのかり　→九六一。○世　小笹の「節(よ)」に掛ける。○露ぞこぼるゝ　露は「篠のをざさ」の、「こぼるゝ」は風の縁語。▽この世は風にそよぐ小笹、この身は小笹に置く露と観じたもの。作者は当時四十九歳。

「小笹」に寄せる。

1564 浅茅生よ。昔を思って袖にこぼれる涙の露はいつしか霜となったが、それも袖と共に朽ちてしまった。もう昔忘れぬものは夢ばかりであるが、それも嵐が吹いて忽ち破ってしまうことだ。建永元年(一二〇六)七月二十八日、院当座歌合(明日香井集による)。○浅茅生　→四七八。荒れ果てた庭の象徴であるが、これもすでに萎れていよう。○くち　露から霜へ、その間袖はぬれ続けて朽ちたのである。○秋の霜　→五五一。▽過ぎ去った哀切な追憶であるが、すでに反芻し尽して今はそれもきれぎれでしかない。

「浅茅」に寄せる。

1565 葛の葉が風に葉裏を見せて翻るように、思い出は恨みとなって返ってくる夢のようなあの人との仲であるが、それをさながら夢見させてはくれず、忘れがたい昔の形見にせよとばかり吹い

題しらず　　祝部允仲

1566 白《しら》露はを《（お）》きにけらしな宮木野《（みやぎ）の》のもとあらの小《こ》萩末《はぎすゑ》たわむまで

法成寺入道前太政大臣、女郎花をおり《（を）》て、歌《うた》よむべきよし侍《（はべり）》ければ　　紫式部

1567 女郎花《をみなへし》さかりの色を見《み》るからに露《つゆ》のわきける身こそ知《し》られれ

返し　　法成寺入道前摂政太政大臣

1568 白露はわきてもを《（お）》かじをみなへし心からにや色のそむらん

題しらず　　曾禰好忠

1569 山里《ざと》に葛《くず》はひかゝる松垣《がき》のひまなく物は秋ぞかなしき

て驚かす野辺の秋風よ。院当座歌合・同題。○葛の葉の　↓二八五・一三四三。○世　男女の仲。○忘れがたみ　「忘れ難し」と「形見」と掛詞。めざめると忽ち思い出は恨みとなって蘇る、それが昔の形見だというのである。○野べの秋風　野原から吹き越すつれない秋風。「秋風」は「葛の葉」「かへる」の縁語。

「葛」に寄せる。

1566 白露は置いたたな。宮城野のもとあらの小萩の梢がしなうほどに。本歌「宮城野のもとあらの小萩露を重み風を待つごと君をこそ待て」(古今・恋四・読人しらず)。○けらし　↓二。○宮木野　陸奥国の歌枕。萩の名所。○もとあらの小萩　↓三九三。

「小萩」に寄せる。

1567 この女郎花の全盛のあでやかさを見るにつけ、露が分け隔てをして、その恵みに漏れたこの身の程がよく分かります。本歌「花の色はただひと盛り濃けれどもかへすがへすぞ露はそめける」(古今・物名・高向利春)。紫式部集。紫式部日記によれば寛弘五年(一〇〇八)秋。○法成寺入道前太政大臣　藤原道長。紫式部の仕える中宮彰子の父。○女郎花　↓三三六。○露　花を色づけるものとしていい、道長に擬する。○わき　露は庭前の草木にのみ置く。▽道長の手に折られた女郎花を羨み、さだ過ぎて顧みられるはずのないわが身を嘆いてみせた挨拶。

以下二首「女郎花」に寄せる。

1568 いや、白露は分け隔てなどすまい。女郎花は自分の心がけであでやかに色づくのではなかろうか。紫式部集。紫式部日記。▽分け隔てするのではなく、すべて当人の心がけ次第、自分でくすんではよくないと応じている。参考「秋萩はまづさす枝よりうつろふを露のわくとは思はざらな

秋の暮《くれ》に、身の老《お》いぬることを歎《なげ》きてよみ侍《(はべり)》ける

安法法師

1570 百年《もゝとせ》の秋の嵐《あらし》は過《す》ぐしきぬいづれの暮《くれ》の露と消《き》えなん

頼綱朝臣、津《つ》の国《くに》の羽束《はつか》といふ所に侍りける時、つかはしける

前中納言匡房

1571 秋はつるはつかの山のさびしきに在《(あり)》あけの月をたれと見《み》るらん

九月許《(ばかり)》に、薄《すゝき》を崇徳院にたてまつるとてよめる

大蔵卿行宗

1572 花すゝき秋の末葉《すゑ》になりぬればことぞともなく露《つゆ》ぞこぼるゝ

む」(拾遺・雑下・壬生忠岑)。

1569 山里で葛の這いかかっている松垣が隙間もなく結い堅めてある、そのように絶えずことごとに悲しいものは秋なのだ。好忠集、下句「ひまなく秋は物ぞかなしき」。○葛 →二六五。○松垣の 松の枝で結った垣で、「ひまなく」の枕詞的修辞。上句全体は実景の描写を兼ねた序。▽参考「常夏の花おひ茂る松垣も結ひ堅めては露ももらさじ」(相模集)、「松垣に這ひくる葛をとふ人は見るに悲しき秋の山里」(和泉式部集)。「松垣」に寄せる。

1570 百年もの間、厳しい秋の嵐は凌いできた。今はいつ一夕の露のように消えてしまうことであろう。安法法師集。○百年 「いづれの暮」即ち一夕と対照させた表現。事実かなりの高齢でもあったろう。○秋の嵐 世路の艱難に譬える。露を吹き払うものとして対照させる。

以下一五七六まで「暮秋」。はじめの二首は「百」「二十」の数を賦した歌。

1571 秋の終りの二十日、羽束の山の寂しい住居で、この有明の月をあなたは誰と一緒に眺めていることでしょう。江帥集。続詞花集・雑上、五句「たれか見るらむ」。○頼綱朝臣 多田源氏で頼政の祖父。○羽束 有馬郡羽束郷。和名抄六によれば訓みは「はつかし」。○秋はつる 九月。○さびしきに →一八三五。

1572 この薄の穂は、秋の末になりましたから末葉に置く露のように、これということもなくて露がこぼれます。続詞花集・雑中「よき薄ありときこしめして新院より召しければ、奉るとて結び付けける」。○崇徳院 第七十五代天皇。○末葉 草木の先端の葉。「秋の末」に掛け、露の縁語。「末葉の露」は最もはかないものの譬え。→一八四七。

山里《ざと》に住《す》み侍《(はべり)》けるころ、嵐《あらし》はげしき朝《あした》、前中納言顕長がもとにつかはしける

後徳大寺左大臣

1573 夜はに吹《ふ》くあらしにつけて思《おも》ふかな宮《(みや)》こもかくや秋はさびしき

返し

前中納言顕長

1574 世中《(よのなか)》にあきはてぬれば宮こにもいまはあらしのを《(お)》とのみぞする

清涼殿の庭にうへ《(ゑ)》給《たま》へりける菊を、位去《くらゐさ》り給《たま》ひてのち、おぼし出《い》でて

冷泉院御歌

1575 うつろふは心のほかの秋なればいまはよそにぞ菊《きく》の上《うへ》の露《つゆ》

○ことぞともなく　風などが吹かなくてもの意。▽愁訴の歌。参考「秋の夜も名のみなりけり逢ふといへばことぞともなく明けぬるものを」(古今・恋三・小野小町)。

以下五首、いずれも宮廷関係の歌。

1573 この夜中、吹く嵐につけて思っています。都でもこんなに秋は寂しいだろうかと。林下集。○山里　家集に「長月のつごもり頃に仁和寺に住みしころ」とある。仁和寺は都の西北隅に近い。○前中納言顕長　作者実定の岳父。

1574 世間も秋の終りとなりましたので、ここ都でも今は嵐の音ばかりして本当に寂しいことです。それに私は世の中にすっかり興味をなくしましたので、都から出ようとそればかり考えています。林下集、五句「おとぞさびしき」。○あき「秋」と「飽き」と掛詞。○あらし「嵐」と「あらじ」と掛詞。▽歌の表では贈歌にすなおに応じて慰撫し、裏で山里の方がむしろ慕わしいと心中を吐露する。

1575 退位してこの冷泉院に移ってきたのは心ならずもの秋なので、手植えの菊の上露がどんなに花をうつろわせて美しくしているかもよそごととして聞くばかりだ。冷泉院御集。○清涼殿　内裏にある天皇の起居の御殿。○位去り　安和二年(九六九)八月十三日。○うつろふ　同年八月十六日、冷泉院(累代の後院)に移御。菊の縁語(→五〇八)でもある。○菊の上の露　菊をうつろわせるもの(→五〇九)、また九月九日の節句には着せ綿にして賞美された。「菊」に「聞く」を掛ける。「着せ綿」は前夜花にかぶせて露をしみ込ませた小餅形の綿。身をぬぐって菊の長寿にあやかり、香を賞でる。

長月《なが》のころ、野の宮に前栽うへ《(ゑ)》けるに　源順

1576 たのもしな野《の》の《ゝ》宮人のうふ《(う)》る花しぐるゝ月にあへずなるとも

題しらず　よみ人しらず

1577 山河《がは》の岩《いは》ゆく水もこほりしてひとりくだくる峰の松《まつ》風

百首歌たてまつりし時　土御門内大臣

1578 朝《あさ》ごとにみぎはの氷《こほり》ふみわけて君につかふる道《みち》ぞかしこき

最勝四天王院障子に、阿武隈《あぶくま》河かきたる所　家隆朝臣

1579 君が世《よ》にあぶくま河《がは》のむもれ木も氷《こほり》のしたに春を待《ま》ちけり

1576 明日から時雨降る十月になるのは致し方がないとしても、野宮人の植えたこの花はいつまでも衰えを知らぬ花と頼もしく思います。順集、五句「あすはなるとも」。○長月のころ　家集には貞元元年(九七六)の「九月尽日」とある。○野の宮　斎宮が伊勢に下向する前一年間、潔斎する仮の御殿で嵯峨など宮城外の浄域に設けられた。当時斎宮は村上天皇皇女規子。貞元元年九月二十一日、野宮に入る。○野の宮人　この御殿に奉仕する者。○あへず　抗しきれずに。▽花に寄せて斎宮を寿ぐ。

1577 山川の岩間を下る水も氷が張って音はなく、独り山上の松をふく風ばかりが砕けるように聞えてくる。○こほりして　凍って岩に激することのない意。▽参考「氷して音はせねども山川の下は流るるものと知らずや」(詞花・恋上・藤原範永)。

以下冬の雑歌。はじめ三首「氷」に寄せる。

1578 毎朝、みぎわの氷を踏み分けて出仕する道はまことに畏れ慎しむべきものである。本歌「峰の雪みぎはの氷ふみわけて君にぞまどふ道はまどはず」(源氏物語・浮舟)。正治二年(一二〇〇)院初度百首。○朝ごとに　日出前二十分位に一斉に宮城の諸門は開く。○氷ふみわけて　詩経・小雅「戦戦兢兢、如レ履ニ薄氷一」(小宛)も踏まえるか(尾張廼家苞)。▽常に身を顧み、戒め慎むべき臣道を歌う。

1579 わが君の栄えゆく御代に逢って、阿武隈川の埋れ木―人数にもはいらないわが身も、氷の下で暖かい春の訪れを待っております。承元元年(一二〇七)十一月、最勝四天王院障子和歌の入選歌、五句「春を待ちける」。○最勝四天王院　後鳥羽院が白河に営んだ寺。その障子に諸国の名所四十六ヶ所が描かれ、各一首の歌が添えられた。○阿武

1580
元輔が昔住《むかしす》み侍《（はべり）》ける家のかたはらに、清少納言住《す》みけるころ、雪のいみじく降《ふ》りて隔《へだ》ての垣《かき》も倒《たふ》れて侍ければ、申《（まうし）》つかはしける

赤染衛門

跡《あと》もなく雪ふるさとは荒《あ》れにけりいづれ昔《むかし》の垣根《かきね》なるらん

1581
御悩《なや》みをを《（お）》もくならせ給《（たまひ）》て、雪《ゆき》の朝《あした》に

後白河院御歌

露《つゆ》の命《いのち》消《き》えなましかばかくばかりふる白雪をながめましやは

1582
雪《ゆき》に寄《よ》せて述懐の心をよめる

皇太后宮大夫俊成

杣《そま》山や梢《こずゑ》にを《（お）》もる雪折《ゆきを》れにたえぬ歎《なげ》きの身をくだくらん

隈河　陸奥国の歌枕。「逢ふ」に掛ける。○むもれ木　土や水中に埋れて半ば炭化した木。世に顧みられない身に譬える。▽「氷のした」を不遇に、「春」を君恩に擬した愁訴。参考「君が代に阿武隈川の底清み世々を重ねてすまむとぞ思ふ」（玄玄集・藤原道長）。

1580 人の通う跡も見えぬまでに激しく降る雪に、お父君の住んでいられた家の辺りは跡かたもなく荒れてしまいました。どこが昔の垣根なのでしょう。赤染衛門集、二・三・五句「雪ふるさとの荒れたるを…垣根とか見る」。○元輔　清原氏。清少納言の父。○清少納言　枕草子の作者。○跡もなく　「雪ふる」と「荒れ」の双方にかかる。○ふるさと　「降る」と「古里」と掛詞。
以下三首「雪」に寄せる。

1581 もし露のような命が消えてしまうとしたら、こんなにも降る美しい白雪を眺めることなどできまいに。▽「露」「消え」と「雪」「ふる」とが対照され、降る白雪を露の命さながらの姿ででもあるかのように見つめている清々しい心が感じられる。

1582 杣山の、その梢に降り積む雪にたえきれず、木々が雪折れするように、どうして絶えまのない嘆きがわが身をこなごなに折り砕くのであろう。長秋詠藻・述懐百首、保延六(一一四〇)、七年頃、四句「たへぬ嘆きの」。○杣山　建築の用材として植林されている山。○歎き　「投げ木」に掛けるのは常套で、杣山の縁語となる。○くだく　「雪折れ」の縁語。▽上句は序ではあるが、題「雪」が詠みこまれており、そのイメージは重視される。

仏名の朝《あした》に削花《けづり》を御覧じて　　朱雀院御歌

1583 時すぎて霜《しも》に消《き》えにし花なれどけふは昔《むかし》の心《(ここ)》ちこそすれ

花山院降《お》りゐ給《たま》ひて又の年《とし》、仏名に削花《けづり》に付《つ》けて申侍《(まうしはべり)》ける　　前大納言公任

1584 ほどもなくさめぬる夢の中《(うち)》なれどそのよににたる花の色かな

返し　　御形宣旨

1585 見し夢をいづれのよぞと思《おも》ふまにお《(を)》りを忘《わす》れぬ花のかなしさ

題しらず　　皇太后宮大夫俊成

1586 老《お》いぬとも又も逢《あ》はんとゆく年《とし》に涙《なみだ》の玉《たま》をたむけつるかな

1583 これは咲く時節が終って、霜に冒され枯れてしまった花ではあるが、いまも瑞々しい色を見ると今日はまるで盛りの頃かと思われる。朱雀院御集、二句「霜にかれにし」。延喜御集や本集の烏丸本も。○仏名　十二月十九日頃より普通三日間営まれる法会。仏名経を誦し、三世の諸仏に一年の罪障を懺悔し消滅を祈る。○削花　木の端を薄く削り重ねた作り花。仏名会の供花。○時　花の時節と仏名会を兼ね、それに在位時の意を託す。下の「昔」も同じ。○花　削花に自分を託す。▽家集に「これを承りて昔より侍ひけるをのこども涙をぞ止めざりける」とあり、朱雀院(後院)で削花に託して在位時を追懐したもの。参考「仏名の菊の花を御覧じて／秋ならで霜夜(間)に見ゆる菊の花時すぎにたる心地こそせね」(冷泉院御集)。以下三首「削花」に寄せる。

1584 君が御代はつかの間に覚めてしまった夢の中のことのようですが、これはその御代―その夜の夢で見たのとそっくりの削花の色です。とすれば夢の中と思ったのも現実だったのです。公任集、二・五句「さめにし夢の…花のかげかな」。○花山院　第六十五代天皇。○降りゐ　譲位する。寛和二年(九八六)六月二十三日。○又の年　翌年。家集「降り給うての年」。○申侍　家集「みあれの宣旨のもとへ聞えたりける」。○ほどもなく　在位一年十か月。○よ　夢の縁の「夜」と「代」を掛ける。○にたる　在位中に見た花の色と同じと言いたいところを「夢の中」「夜」と表わしたので「似たる」と朧化する。

1585 見たあの夢はいつの夜―御代のことかと辿っておりますうちに、また仏名会の時となり、それを忘れずに咲くこの花が感慨無量です。公任集、初句「見し夢は」。○よ　「夜」と「代」と掛詞。○おり　「ま(間)」の縁語。

1587
　　　　　　　　　　　　　　　　慈覚大師
おほかたに過《す》ぐる月日とながめしはわが身に年《とし》の積《つも》るなりけり

1586 年はとったとしても来年はまた会おうと、過ぎゆく年に涙の玉を贈ったことである。長秋詠藻「右大臣家百首・歳暮」、治承二年(一一七八)七月詠進。→一四三六。○涙の玉　八代集抄は蒙求・上「淵客泣珠」に「臨レ去…泣而出レ珠、満レ盤以与二主人一」とあるのを引く。○たむけ　道中の安全を祈って道の神に奉幣することであるが、ここは餞別の意に転用。▽参考「遠くゆく人のためにはわが袖の涙の玉も惜しからなくに」(拾遺・別・紀貫之)。

以下二首「歳暮」に寄せる。

1587 世上一般の事実として過ぎてゆくのが月日と観念していたが、それは外ならぬわが身に年が積ることであったのだ。袋草紙・上、二・三句「過ぐる月日をながむれば」。本集諸本、二句「過ぐる月日を」。▽参考「おほかたは月をもめでじこれぞこの積れば人の老いとなるもの」(古今・雑上・在原業平)。時の流れという無常の理がわが身の老いとして実感されたという感慨。袋草紙は「日没(にちもつ)偈」の意を詠むと注しているが、歳暮の詠と見るのがふさわしい。

新古今和歌集巻第十七

雑歌中

1588 朱鳥五年九月、紀伊国に行幸ノ時　　河島皇子

白浪《なみ》の浜《はま》松が枝《え》のたむけぐさいく代《よ》までにか年《とし》の経《へ》ぬらん

1589 題しらず　　式部卿宇合

山城《しろ》の石《いは》田の小野《をの》のはゝそ原《はら》見つゝや君が山路《ち》こゆらん

1588 白波のように浜辺の松の枝にかかる白い幣よ。今日までもう幾年の歳月を経たことであろう。万葉集一。○朱鳥五年「す(しゅ)ちょう」または「あかみどり」は天武天皇の末一年の年号(日本書紀)で、持統四年(六九〇)のこの行幸にまで及ぼすのは正確でないが、年序に誤りはなく、万葉集左注に朱鳥四年とあるのを訂正している。○白浪の「たむけぐさ」にかけ、白い木綿(ゆう)を波に見立てたとするのが当時の理解であろう。○たむけぐさ　旅中の安全を祈って道の神に捧げる幣帛。紙、木綿(楮の繊維を水にさらして細く裂いたもの)など。▽参考「うち寄する五百重の波の白木綿は花散る里の遠目なりけり」(中宮亮重家朝臣家歌合・藤原隆季)。→一九三。
　以下一六一三まで(一五八九・一六〇一を除く)二十四首「海辺」に寄せる。

1589 山城の石田の野の美しく黄葉した柞原を眺めながら、今頃あなたは山路を越えているであろうか。万葉集九、初句「やましなの」。○石田の小野　歌枕。○はゝそ原　八雲御抄五は万葉集のこの歌を引いて、山城国の歌枕とする。「ははそ」はナラなどブナ科の落葉高木。→五三九。
　これは海辺ではなく配列疑問。万葉集期の羇旅歌として前歌に並べたのであろう。

1590 蘆《あし》の屋《や》の灘《なだ》の塩焼《しほや》きいとまなみつげの小櫛《をぐし》もさゝず来《き》にけり

在原業平朝臣

1591 晴《は》るゝ夜《よ》の星《ほし》か河辺《かはべ》の蛍かもわが住《す》むかたの海人《あま》のたく火《ひ》か

1592 志賀《しか》の海人《あま》の塩焼《しほや》く煙《けぶり》風をいたみ立《た》ちはのぼらで山にたなびく

よみ人しらず

1593 難波女《なにはめ》の衣ほすとて刈《か》りてたく蘆火《あしび》の煙《けぶり》たゝぬ日ぞなき

貫　之

1590 蘆屋の灘で塩を焼く仕事は暇がないので、黄楊の櫛も挿さずに来たことだ。伊勢物語八十七段に「昔の歌」として載る。○蘆の屋の灘　同物語に「津の国むばらの郡蘆屋の里」に同じという。「灘といふも磯なり」(八雲御抄三「磯」)。○塩焼き　藻塩焼式の製塩。藻塩草を用いて塩分を濃縮した海水を釜で煮詰める労働。↓一二一五。○つげ　ツゲ科の常緑樹。黄楊。材は黄白色で堅い。○小櫛　櫛。髪をすいたり、頭飾りとする。つげ・竹材のものが多い。▽同物語では男女どちらの歌ともとれるが、ここは髪を整える暇もなく会いに来た愛しい女をいとおしむ。

1591 あれは晴れた夜空の星か、川辺の蛍かな。それとも私の住む蘆屋の里で海人の焚く漁火であろうか。伊勢物語・同段。○蛍　夏虫で、能因歌枕は「五月」に入れる。▽蘆屋の里から遠く布引の滝に遊んだ帰途、漁火を望んで戯れた歌。

1592 志賀の海人が塩を焼く煙よ。風が烈しいので真直ぐには昇らないで、山にたなびいている。万葉集七「古集中に出づ」とある歌。○志賀　筑前国の歌枕。○塩焼く　↓一五九〇。

1593 難波女が潮でぬれた衣を乾かそうとして蘆を刈取って焚く、その煙が立ち昇らない日とてないことだ。貫之集「延喜二年(九〇二)五月中宮の御屏風の和歌」の内、「十一月蘆刈り積みたる所」。古今六帖六。○難波女　摂津国、難波浦(↓五四七)の海女。○刈りて　蘆は晩秋から冬にかけて刈る。夏刈るのは「夏刈り」(↓五四七)という。▽参考「難波女の蘆火たく屋はすすたれどおのが妻こそとこめづらなれ」(古今六帖五・読人しらず。↓九七三)。

長柄《ながら》の橋《はし》をよみ侍《(はべり)》ける　　忠岑

1594
年《とし》ふれば朽《く》ちこそまされ橋柱《はしぐら》むかしながらの名だに変《かは》らで

恵慶法師

1595
春の日のながらの浜《はま》に舟とめていづれか橋《はし》と問へどこたへぬ

後徳大寺左大臣

1596
朽《く》ちにける長柄《ながら》の橋《はし》をきてみれば蘆《あし》の枯《かれ》葉に秋風ぞ吹《(ふく)》

題しらず　　権中納言定頼

1597
沖《おき》つ風よはに吹《ふ》くらし難波《なには》潟《がた》あか月かけて浪《なみ》ぞよすなる

1594　年月が経ったのでどんどん朽ちてゆくことだ。この長柄の橋柱よ。永らえるとかいう昔ながらの名だけは変らないで。忠見集、五句「なには変らで」。家集では忠見が伊予に下った時、遊女に贈った「音に聞き目にはまだ見ぬ播磨なる響の灘と聞くはまことか」に対する女の返しとある。〇長柄の橋　摂津国、難波の歌枕。「の」を添えて「永らふ」の枕詞にも用いる。〇橋柱　木の橋脚。〇むかしながら　昔のままの意に「長柄」を掛け、「永らふ」の意を利かせる。〇名だに　「だに」は異例の用法。▽「朽ち」と「永らふ」を対照させた語戯。

1595　春の日永に長柄の浜に舟を止めて、橋はどのあたりと尋ねるが答がない。恵慶法師集「或所の御屏風の歌」の内「長柄の橋を舟ゆく」、二句「ながらの浦に」。〇ながらの浜　難波江の一部。「永し」に掛ける。▽朽ち果てて知る人もないことを示唆する。

1596　朽ちてしまった長柄の橋を尋ねて来て見ると、一面の蘆の枯葉に秋風ばかりが吹いている。治承三十六人歌合「長柄の橋を」。▽参考「津の国の難波の春は夢なれや蘆の枯葉に風わたるなり」(→六二五)。

1597　沖からの風が夜中に吹いたと見える。この難波潟に暁近くなって波のうち寄せる音がするよ。定頼集「潮湯におはして暁方に波の立てば」、五句「波ぞたつなる」。続詞花集・旅には「なごろたつなり」。玄玄集は「和泉の堺といふ所にて」として、五句「千鳥たつなり」。〇難波潟　摂津国の歌枕。

1598　須磨の浦の波の静かな朝は、見渡す限りはるばると春の気色に霞んでいる、その霞の中に溶け入って見失うばかりの海人の釣舟よ。袖中抄

春、須磨《すま》の方にまかりてよめる　　藤原孝善

1598 須磨《すま》の浦のなぎたる朝《あさ》はめもはるに霞《かすみ》にまがふ海人《あま》の釣《つり》舟

天暦御時屏風歌　　壬生忠見

1599 秋風の関吹《せきふ》きこゆるたびごとに声うちそふる須磨《すま》の浦《うら》浪

五十首歌よみてたてまつりしに　　前大僧正慈円

1600 須磨《すま》の関夢をとお《(ほ)》さぬ浪《なみ》のを《(お)》とを思《おも》ひもよらで宿《やど》をかりける

和歌所歌合に、関路ノ秋風といふことを　　摂政太政大臣

1601 人すまぬふわ《(は)》の関屋《せきや》の板《いた》びさし荒《あ》れにしのちはたゞ秋の風

二十に「良玉集に」とある。四句「霞にまよふ」。○須磨　摂津国の歌枕。○めもはるに　「遥か」と「春」を掛け、「春にかすむ(→八三)霞」と続ける。

1599 秋風が関所を越えて吹くたびごとに、伴奏のように音を響かせる須磨の浦波よ。忠見集「御屏風に」とある内「秋、須磨の関あり」。○天暦　村上天皇の年号。天皇をもさす。○関吹きこゆる　「行平の中納言の関吹きこゆるといひけむ浦波」(源氏物語・須磨)。行平の歌は不明であるが、それを踏まえている。須磨の関は海辺の関として有名。▽参考「住の江の松を秋風吹くからに声うちそふる沖つ白波」(古今・賀・読人しらず。又は凡河内躬恒)。

1600 須磨の関よ。ここは夢をせきとめる激しい波の音だというのに、うっかり宿を借りてしまったな。建仁元年(一二〇一)二月、老若五十首歌合。○須磨の関　摂津国の歌枕。○夢をとおさぬ　波の関守が夢の通行を許さないという趣向。波の音で夢も結ばれないこと。○思ひもよらで　波の縁語の「寄る」に掛ける。

1601 住む人もいない不破の関屋の板庇よ。荒れ朽ちてからというもの、独り秋風が吹き越えるばかり。建仁元年八月三日影供歌合。○人　関守。阿仏尼の「うたたね」には関守が「何をがな止めむと見出したる気色もいとおそろしく」とある。○ふわの関　美濃国の歌枕。延暦八年(七八九)廃止されたが、固関(こげん)の儀はその後も行われた。○板びさし　戸口や窓の上に取付けた板の小屋根。▽後の心敬「ささめごと」に「此ただの二字は、昔より玄妙不可説のことに侍るとかや」という。参考「故郷有レ母秋風涙、旅館無レ人暮雨魂」(新撰朗詠集「行旅」・源為憲)、「雪折れの竹の下道あともなし荒れにしのちの深草の里」(拾遺愚草・建久五年)。海辺でなく配列疑問。関の関連で並べる。

明石浦をよめる　俊頼朝臣

1602 海人《あま》小《を》舟とま吹《ふ》きかへす浦風にひとりあかしの月をこそ見れ

眺望の心《こゝろ》をよめる　寂蓮法師

1603 和歌《わか》の浦《うら》を松の葉ごしにながむれば梢《こずゑ》によする海人《あま》の釣《つり》舟

千五百番歌合に　正三位季能

1604 水《みづ》の江《え》のよしのの宮は神さびてよはひたけたる浦の松風

海辺の心《こゝろ》を　藤原秀能

1605 いまさらに住《す》みうしとてもいかゞせん灘《なだ》の塩屋《しほや》の夕暮《ゆふぐれ》の空

1602 海人の小舟の苫をあおる烈しい浦風の中、自分は独り夜もすがら明石の浦の明月を見ていることだ。散木奇歌集「明石にて月を見て詠める」。○とま　スゲ・カヤを編んだこもで葺いた屋根。○あかし　播磨国の歌枕。「明かす」と明るい意の「あかし」の両義を掛ける。▽海人の帰舟は浦風に難渋し、自分は吹き払われた空の明月を賞でる。

1603 和歌の浦を松の葉越しに眺めると、まさしく梢に漕ぎよせてくる海人の釣舟である。寂蓮法師集「大輔勧進百首」、文治三年(一一八七)春。○和歌の浦　紀伊国の歌枕。○梢によする　契沖の河社に「夜火山頭市、春江樹杪(じゆびようの)船」(三体詩・張喬「送許棠」)を引く。杪は梢。

1604 水の江の吉野の宮は神々しく、浦吹く松風も年月を重ねたおごそかな響きを立てている。建仁二年(一二〇二)頃、千五百番歌合・雑二。○水の江　歌枕としては丹後・摂津国の両説がある。○よしのの宮　八雲御抄五に大和国とするのは「吉野の宮」で、本集九七の同じ季能・千五百番歌合の歌のそれである。契沖は新古今集書入で、丹後の熊野神社を能野(よしの)に誤るかという。○よはひたけたる　松も、その老松を吹く風の音もである。▽参考「朝霞たてるを見れば水の江のよしのの宮に春は来にけり」(続後撰集・春上・源実朝)は大和国の歌枕を詠んだ六首の中にあり、編者は同国と理解していたらしいが、金槐集も「故郷立春」題で、これは「吉野の宮」と見てよい。とすれば「水の江」は歌枕ではなく、川の江で宮滝の辺、「浦」は「大川ノ旁曲、諸船隠レ風所也」(和名抄一)と解されよう。季能のこの歌も同様に解したいが、その場合海辺ではなくなり、配列に疑問が残る。

1605 今さら住みにくい所と嘆いたとてどうなろう。煙のたなびく灘の塩屋の夕暮の空、それはわびしい限りではあるが。如願法師集。○灘　摂津

題しらず　　　貫之

入二拾遺集一之由、権中納言源朝臣申レ之

(1991) いく代《よ》へし磯辺《いそべ》の松ぞむかしより立《た》ちよる浪《なみ》の数《かず》はしるらん

むすめの斎王に具《ぐ》して下《くだ》り侍《(はべり)》て、大淀《おほよど》の浦《うら》に御禊《みそぎ》し侍《(はべる)》とて　　女御徽子女王

1606 大淀《おほよど》の浦《うら》にたつ浪《なみ》かへらずは松のかはらぬ色《いろ》を見《み》ましや

大弐三位里《さと》に出《い》で侍りにけるを聞《き》こしめして　　後冷泉院御歌

1607 まつ人は心ゆくとも住吉《すみよし》の里《さと》にとのみは思《おも》はざらなん

国蘆屋の海浜。→一五九〇。○塩屋　塩釜を焚いて製塩する小屋。地名ではない。▽伊勢物語八十七段(→一五九〇)の蘆屋の里に住む男の面影がある。

(1991) もう幾年月を経た磯辺の松であろうか。おそらく昔からうち寄せている波がその数は知っていよう。貫之集「延喜十六年(九一六)斎院御屏風の料の歌」、四句「立ちよる波や」。○入拾遺集　同集・雑賀に入る。本文は家集に同じ。○権中納言源朝臣　通具。撰者の一人。本集竟宴後の元久二年(一二〇五)四月十日、権中納言に昇る。○数はしる　波は太古から寄せ続けているからである。▽参考「落ちたぎつ八十うぢ川の早き瀬に岩こす波は千代の数かも」(千載・賀・源俊頼)。切出歌。

1606 大淀の浦にうち寄せる波が返るように、私ももしここに還って来ることがなかったら、あたかも待ってくれていたかのような松の昔変らぬ色を見ることができたであろうか。斎宮女御集、二・四句「浦たつ波の…かはらぬ松の」。○むすめの斎王　村上天皇皇女規子(→一五七六)。○具して下り　規子は貞元二年(九七七)九月、伊勢に下る時にひそかに母徽子を伴った。○大淀の浦　伊勢国の歌枕。松の名所。○かへら　徽子も天慶元年(九三八)から八年間、斎宮として伊勢にあったので還るという。上二句は「かへら」の序。○松　「待つ」と掛詞。▽参考「大淀の松はつらくもあらなくに」(→一四三三)。

1607 そなたを待ちわびていた人は満足だとしても、住みよい住吉の里にいつまでもとは思わないでほしい。大弐三位集(端白切)「さて出でにければ、をとこ少し心解けにけりと聞こしめして、女のさぶらひけるに東宮おほせごと」。○大弐三位　東宮親仁親王(後冷泉天皇)の乳母。紫式部の女。○まつ人　里で待つ人。夫の高階成章か。「松」に掛ける。○心ゆく　「行く」は「待つ」の縁語。○住

御返し　　　　　　　　　　　　　　大弐三位

1608 住吉《すみよし》の松はまつとも思《おも》ほえで君が千年《ちとせ》のかげぞ恋《こひ》しき

教長卿、名所歌よませ侍《(はべり)》けるに　　　　　　祝部成仲

1609 うちよする浪の声《こゑ》にてしるきかな吹上《ふきあげ》の浜《はま》の秋の初《はつ》風

百首歌たてまつりし時、海辺《ノ》歌　　　　　　越前

1610 沖《おき》つ風《かぜ》夜寒《(よ)さむ》になれや田子《たご》の浦《うら》の海人《あま》の藻塩《もしほ》火たきまさるらん

海辺《ノ》霞といへる心をよみ侍《(はべり)》し　　　　　　家隆朝臣

1611 見わたせば霞《かすみ》のうちもかすみけり煙《けぶり》たなびく塩釜《しほがま》の浦《うら》

吉の里　摂津国。住吉社頭の松で知られ、「住み好し」に掛けるのも常套。▽参考「住みよしと海人は告ぐとも長居すな人忘れ草生ふといふなり」(古今・雑上・壬生忠岑)、「久しくもなりにけるかな住の江のまつは苦しきものにぞありける」(古今・恋五・読人しらず)。

1608 世に聞えた住吉の松とて、あれは松とも思われませず、わが君の千年も栄えゆくその松の下陰ばかりが恋しく思われます—住吉の里の待つ夫など待つ人の数にも入らず、君の限りない御恵みにいつまでも浴していたい—すぐ帰参いたします。○住吉の松　贈歌にいう「住吉の里」の「待つ人」に掛ける。○まつとも　「松」と「待つ」と掛詞。○かげ　下陰の意に庇護の意を掛ける。▽参考「万代を松にぞ君を祝ひつる千年の陰に住まむと思へば」(古今・賀・素性)。

1609 うち寄せる波の音でそれとはっきり分かることだ。吹上の浜に訪れた秋の初風よ。○吹上の浜　紀伊国の歌枕。○教長卿　崇徳院の近臣。

1610 沖から吹きつける風も夜寒になったので、田子の浦の海人の焼く藻塩の火が一段と燃え盛っているのであろうか。正治二年(一二〇〇)院後度百首。○夜寒　晩秋の夜の寒さ。○田子の浦　駿河国の歌枕。○藻塩火　藻塩焼式の製塩で塩釜を焚く火。→一〇八三。▽夜の海辺で焚く藻塩火は旅人には深い印象であった。

1611 見渡すと霞の中もまた霞んでいることだ。藻塩の煙のたなびく塩釜の浦よ。壬二集。正治二年十一月十一日、新宮当座歌合(後鳥羽院御集による)の作か。○塩釜の浦　陸奥国の歌枕。▽三・四と趣向は類似で第二・三句の修辞に工夫がある。

1612 今日は若菜の節日というので、代りに磯菜を摘んでいることであろうか。伊勢国の一志の

太神宮にたてまつりける百首歌の中《なか》に、若菜《わかな》をよめる

皇太后宮大夫俊成

1612 けふとてや磯菜《いそな》つむらん伊勢島《いせしま》や一志《いちし》の浦《うら》の海人《あま》のをとめ子《ご》

伊勢にまかりける時よめる

西行法師

1613 鈴鹿山《すゞかやま》うき世《よ》をよそにふり捨《す》てゝいかになりゆくわが身なるらん

題しらず

前大僧正慈円

1614 世中《よのなか》を心《こゝろ》たかくもいとふかな富士《ふじ》の煙《けぶり》を身の思《おも》ひにて

東《あづま》の方《かた》へ修行し侍《はべり》けるに、富士《ふじ》の山をよめる

西行法師

1615 風になびく富士《ふじ》の煙《けぶり》の空《そら》にきえてゆくゑ《へ》も知《し》らぬわが思哉《おもひかな》

浦の海人の少女たちは。文治六年(一一九〇)三月、五社百首「若菜」、太神宮(伊勢)奉納分。○若菜 八雲御抄三「春、子日また七日の物なり」。○磯菜 顕注密勘二十「みるめ・なのりそなどいふ海藻等なり」。海辺で採れる海藻類。○伊勢島 伊勢国をいう。○一志の浦 同国の歌枕。▽河海抄十三によれば、「十二種若菜」の内に「なのりそ」などに付着する「水雲(もずく)」もあり、「磯菜つむ」は諧謔とばかりも言えない。

1613 鈴鹿山よ。関を越えるように憂き世をきっぱり見捨てて出て行くとして、はてさてこの先わが身はどうなるというのであろう。本歌「音もせで越ゆるにしるし鈴鹿山ふり捨ててけるわが身なりとは」(散木奇歌集)。山家集。西行法師家集、二句「うき世の中を」。○鈴鹿山 伊勢国の歌枕。南麓から伊勢街道が分岐する。○よそに 自分とかかわりのないものとして。○ふり捨て 接頭語の「ふり」を鈴の縁語の「振り」に掛ける。下の「なり」も同じく縁語の「鳴り」に掛ける。▽本歌にすがって騒ぐ思いを静めたのであろう。

以下一六四六まで(一六三八を除く)三十三首「山辺」に寄せる。

1614 私は身の程も弁えず、この世を厭離しようとしている。富士の煙に思いを託して。拾玉集「楚忽第一百首・山」、文治四年十二月。○心たかく 菩提を求めることの謙辞。「たかく」は「富士の煙」の縁語。○富士の煙 富士の高さにも満足せず、さらに高くと立ち昇るさまにいう。↓一二三。○思ひ 煙の縁語の「火」に掛ける。

1615 風に靡く富士の煙は空に消えて見えなくなり、自分の無量の思いもどこに落着くのか、分かることではない。西行法師家集「恋」。○東の方へ 文治二年から翌年にかけての奥州旅行か。○富士の山 駿河国の歌枕。○思 煙の縁語の「火」

五月《さ》のつごもりに、富士《ふじ》の山の雪白《ゆきしろ》く降《ふ》れるを見てよみ侍《(はべり)》ける　　業平朝臣

1616 時知《し》らぬ山は富士《ふじ》のねいつとてか鹿子《かのこ》まだらに雪のふるらん

題しらず　　在原元方

1617 春秋も知《し》らぬ常磐《ときは》の山里《ざと》はすむ人さへや面《おも》がはりせぬ

五十首歌たてまつりし時　　前大僧正慈円

1618 花ならでたゞ柴《しば》の戸《と》をさして思《(おもふ)》こゝろの奥《おく》もみよしのゝ山

だいしらず　　西行法師

1619 吉野《よしの》山やがて出《い》でじと思《おも》ふ身を花ちりなばと人や待《ま》つらん

に掛ける。▽上句は序というより下句の象徴で、無心に大空へ解き放たれた心がある。拾玉集によれば没前「二、三年の程」の作で、「わが第一の自嘆歌」と称していたという。

1616 時節を弁えない山は富士山だ。今がいつというので、鹿の子斑に雪が置いているのであろう。伊勢物語九段。○五月のつごもり　盛夏の頃。○鹿子まだら　鹿の毛並みのように白い斑点を散らしたさま。

1617 季節の移り変りもない常磐の名をもつこの山里では、草木はおろか住む人までいつも若々しい顔かたちでいるのであろうか。元方集。○常磐　山城国の歌枕。常緑の意と掛ける。○面がはり　面貌のやつれること。▽賀意がある。

1618 花ではなく、ただ柴の戸に籠ることをめざして山に入ろうと考えている、この、山の奥ならぬ心の奥の念願も察してくれ、吉野山よ。建仁元年(一二〇一)二月、老若五十首歌合。○柴の戸　雑木を編んだ粗末な庵。○さして　「指し」と戸の縁語の「鎖し」と掛詞。○こゝろの奥　慈円の愛用語。奥は山の縁語。○みよしのの山　「見よ」と「み吉野」と掛詞。吉野は花と修験道で知られる山。→一四六六。▽参考「いづくにて風をも世をも恨みまし吉野の奥も花は散るなり」(千載・雑中・藤原定家)。

1619 吉野山。もうこのまま出まいと思っている私を、花が散ったならとあの人は待っているのではなかろうか。御裳濯河歌合。山家集。西行法師家集。○花ちりなば　人は花見のための入山と思っているのである。▽籠山修行を期して入った山で、心中ひそかに親しい人に別れを告げる。

1620
厭《いと》ひてもなを《(ほ)》いとはしき世《よ》なりけり吉野《よしの》の奥《おく》の秋の夕暮《ぐれ》

藤原家衡朝臣

千五百番歌合に

右衛門督通具

1621
ひとすぢに馴《な》れなばさてもすぎの庵《いほ》によな〳〵変《かは》る風のを《(お)》とかな

守覚法親王五十首歌よませ侍《(はべり)》けるに、閑居の心《こゝろ》をよめる

有家朝臣

1622
たれかはと思《おも》ひたえても松《まつ》にのみを《(お)》とづれてゆく風はうらめし

1620 遁れて入ってもまた更に遁れたくなる世の中だとしみじみ思う。吉野の奥の秋の夕暮、この極まるわびしさよ。○吉野の奥 遁れ遁れて至り着く極みという趣向。▽世を厭う、即ち避け遁れようとする限りは救いがないという道理を感傷的に詠嘆する。参考「世を捨てて山に入る人山にてもなほ憂き時はいづち行くらむ」(古今・雑下・凡河内躬恒)。

1621 単調なので馴れてしまうというのであれば、どんなに烈しくてもそれはそれで過ごされように、この杉の庵で聞く夜毎に変る風の音よ。建仁二年(一二〇二)頃、千五百番歌合・雑一。○すぎの庵 杉の皮や板で葺いた粗末な庵。「過ぎ」と掛ける。「の」は底本になし。諸本で補う。

1622 誰も訪ねて来るはずはないと諦めきっていても、これ聞けがしに松にばかり音をたてて通ってゆく風は恨めしく思われる。建久九年(一一九八)頃、御室五十首。○守覚法親王 →三六。○松にのみ 事もあろうに「待つ」という名の「松」にばかりの意。松にかこつけ、未練げな気持を表わす。○うらめし 人の気持も知らない、風の心なさを憎む気持。

鳥羽にて歌合し侍りしに、山家ノ嵐といふことを

宣秋門院丹後

1623 山里《ざと》は世《よ》のうきよりは住《す》みわびぬことのほかなる峰の嵐に

百首歌たてまつりしに

家隆朝臣

1624 滝のを《(お)》と松の嵐《あらし》もなれぬればうち寝《ぬ》るほどの夢は見《み》せけり

題しらず

寂然法師

1625 ことしげき世《よ》をのがれにしみ山べに嵐《あらし》の風も心して吹《ふ》け

少将高光、横河《(よかは)》にまかりて頭下《かしらおろ》し侍《(はべり)》にけるに、法服つかはすとて

権大納言師氏

1623 山里は憂き世の住みにくさより、むしろ住みづらく思われます。峰をわたる嵐の想像を絶したわびしさに。本歌「山里は物のわびしきことこそあれ世の憂きよりは住みよかりけり」(古今・雑下・読人しらず)。〇鳥羽　京の南郊の鳥羽殿(→八〇)であろう。〇住みわび　わびしくて住むにたえないこと。▽本歌が世俗のわずらわしさより、むしろ孤独の寂しさを採るというのを逆転させ、峰の嵐に孤独地獄を見るという機智的趣向。

1624 滝の音や松吹く嵐の音にも馴れたので、うとうととして短い夢を見る、それぐらいはさせてくれるようになったな。正治二年(一二〇〇)院初度百首「山家」。〇見せ　主語は「滝のをと松の嵐」。▽奥山住みの隠者のひそかな嘆息が聞えるようである。参考「吹きまよふ深山おろしに夢さめて涙もよほす滝の音かな」(源氏物語・若紫)。

1625 さまざまにわずらわしい世を遁れてやって来たこの山辺だ。だから烈しい山風も気を使って吹いてくれ。〇ことしげき　「しげき」は山の縁語。▽参考「ことしげき世の中よりはあしびきの山の上こそ月はすみけれ」(玄玄集・大江公資)。

1626 露にぬれそぼつ奥山の苔ならぬ、奥山住みのあなたの苔衣の露と較べてみて下さい。この

1626 奥《おく》山の苔《こけ》の衣にくらべ見よいづれか露《つゆ》のを《(お)》きまさるとも

返し　　　　　　　　　　　　　　　　如覚

1627 白露《つゆ》のあしたゆふべにおく山の苔《こけ》の衣は風もさはらず

能宣朝臣、大原野に詣《まう》でて《ゝ》侍りけるに、山里《ざと》のいとあやしきに、住《す》むべくもあらぬさまなる人の侍りければ、いづくわたりより住《す》むぞなど問ひ《ゝ》侍《(はべり)》ければ

読人しらず

1628 世中《(よのなか)》をそむきにとては来《こ》しかどもなを憂《(ほ)う》きことは大原《おほはら》の里《さと》

法服に置く私の涙の露とどちらの方がより深いかと。海人手古良集、下句「いづれの露のおきまさるらむ」。高光集は三―五句「くらべなむいづれか露はこぼれまさると」。○少将高光　作者の甥。横川で出家し、のち多武峰に入る。多武峰少将物語の主人公。○横河　比叡山の三塔(東・西塔、横川)の一。○法服　世俗の束帯に相当する僧の礼服。法皇以下貴人は赤色、僧正以上は香色、他に黒、薄墨等区別がある。ここは赤色か。○奥山　横川は山の北端にある幽邃の地。○苔の衣　「苔の袖」(→一四三六)に同じ。僧衣。これは法服に対し、常の墨染の衣をさしていよう。

1627 白露が朝夕ひまなく置く奥山の苔ならぬ、この横川の私の苔衣は、涙の露にすっかり朽ちて風を遮る用もはたせないのです。海人手古良集には返しを欠き、高光集は返し二首の内。ただし「露霜はあしたゆふべに払へども苔の衣は風もとまらず」。○おく山　「置く」と掛詞。▽贈歌を承けて、自分の涙には比較もできまいと言い返す一方、朽ちた衣に代る新しい法衣を賜ったことを感謝する。

1628 世間を遁れようとして来たのですが、この大原の里もまた心をわずらわすことが絶えません。能宣集、五句「大原の山」。○能宣朝臣　後撰集の撰者の一人。○大原野　京の西郊で、大原野神社の所在地。北の大原と同じく単に大原ともいう。○あやしき　むさくるしい。○住むべくもあらぬさま　場ちがいに上品な様子。○大原　「多い」に掛ける。▽古今著聞集八にこの歌の換骨奪胎と思われる「世を厭ふつひの住みかと思ひしになほ憂きことは大原の里」がある。男に挑まれ、庵を捨てて行方をくらました尼があとに残した歌となっている。

返し　　　　　　　　　　　　　　　能宣朝臣

1629 身をばかつ小塩《をしほ》の山と思《おも》ひつゝいかにさだめて人の入《い》りけん

深《ふか》き山に住《す》み侍《(はべり)》けるひじりのもとに訪《たつ》ねまかりたりけるに、庵《いほり》の戸《と》を閉《と》ぢて人も侍らざりければ、帰《かへ》るとて書《か》き付《つ》けける　　　　　　　　　　　　　　　恵慶法師

1630 苔《こけ》の庵《いほり》さして来《き》つれど君まさでかへるみ山の道《みち》の露《つゆ》けさ

ひじり後《のち》に見て、返し

1631 荒《あ》れはてゝ風もさはらぬ苔《こけ》の庵《いほ》にわれはなくとも露《つゆ》はもりけん

1629 身を捨てながら、一方では今も捨てたわが身を惜しいとお思いのようですが、いったいどちらにどう心を決めてあなたはこの小塩山におはいりになったのでしょう。能宣集、初句「身をばかへ」。○小塩の山　大原野の名所。「惜し」に掛ける。▽世間もここも所詮は同じかとでも言いたげな心弱い挨拶に対し、それはむつかしい問題には違いないが、遁世するからにはそれだけの決意があったはずだ。それなのにと咎めたのであろう。

1630 鎖されている御庵室をめざして参りましたのに、御不在なので帰りますが、空しく辿る深山の路にはいかばかり露が置いていることでしょう。恵慶法師集、三・五句「人まさで…道も露けし」。○ひじり　聖。遁世者をいう。○苔の庵　苔むした庵。○さして　「戸を閉ぢ」とある、その「鎖し」の意を響かせる。○露けさ　自分の嘆きの涙を示唆する。苔・山・道・露は互いに縁語。

1631 荒れはてて風も存分に吹きぬける苔の庵には、私は不在でも露は漏れて留守していたでしょうに。恵慶法師集、初・三句「ありはてて…苔のいほり」。○さはらぬ　妨げにならない。○苔の庵　これは自分の庵の謙辞。「荒れ」「露」は縁語。○もり　「漏り」と「守り」と掛詞。▽贈歌の示唆する「涙の露」のことはそ知らぬ顔で受け流し、「露なら山路でなくとも拙い庵の中にしっかりと居りましたはず。お上がりになればよかったのに」と応じた洒落た挨拶。

1632 どんなに山深くまで思いを馳せてその趣を会得したと思っていても、実地に住まずに微妙な気味を識ることなどとてもできません。西行法師家集。栂尾明恵上人伝・上。ともに四句「住まであはれは」。▽右上人伝には西行の直談として、和歌は如来の真の形であり、歌によって法を会得することもあるから「濫りに此道を学ばば邪路に

題しらず　　　　　　　　　　　　　　　　　西　行　法　師

1632 山深《ふか》くさこそ心はかよふとも住《す》までもあはれを知《し》らんものかは

1633 山陰《やまかげ》にすまぬ心《こゝろ》はいかなれやお《(を)》しまれて入《い》る月もあるよに

山家送《ニル》レ年《ヲ》といへる心をよみ侍《(はべり)》ける　　　　　　　寂　蓮　法　師

1634 立《た》ち出《い》でゝつま木お《(を)》りこし片岡《かたをか》の深《ふか》き山路《ち》となりにけるかな

住吉歌合に、山を　　　　　　　　　　　　　太　上　天　皇

1635 奥《おく》山のを《(お)》どろが下《した》もふみわけて道《みち》ある世《よ》ぞと人に知《し》らせん

入るべし」と言ってこの歌を誦したとある。

1633 山陰に住まず、いつまでもこの世に執着している心は何としたことであろう。惜しまれながら清く山陰に入る月もある世の中だのに。宮河歌合。西行法師家集は二句「すまぬ心の」。○山陰　遁世者の多く集まった場所。大原、黒谷(八瀬の辺)などの別所もそれである。○すまぬ　「住む」と「澄む」と掛詞。○よ　世。「夜」に掛けて月の縁語ともするか。▽惜しまれもせず、しかも未練がましいわが身を顧みての詠嘆。

1634 出かけては薪を折り採って来た長年なじみの片岡が、すっかり深い山路になったことだな。少輔入道定長百首(結題百首)、文治三年(一一八七)十一月二十一日。寂蓮法師集。玄玉集・天地歌下は二句「つま木をこりし」。○つま木　薪。○おりこし　「こし」で「送年」の意を表わす。○片岡　山の斜面の小丘になっている所。里に近く、散策や薪を採るのに適する。○深き山路　鬱蒼とした尾根つづきの道になったことをさす。

1635 奥山のおどろの下までも踏破して、厳然と道のある世の中だということを人々に知らせねばならぬ。後鳥羽院御集「承元二年(一二〇八)三月、住吉御歌合・寄山雑」。三月は五月の誤り。○住吉歌合　本集中で最も新しい作品。○をどろ　藪やイバラなどの棘のある灌木の総称。▽現在の朝幕関係への不満、正しい政道の顕彰が祈念されている。

1636 永く生きて、この上にも君の八千代まで栄えゆく御代を松山にかけて待とうとしている間に、いつしか馬齢を重ねたことです。本歌「かくしつつとにもかくにも永らへて君が八千代に逢ふよしもがな」(古今・賀・光孝天皇)。建仁二年(一二〇二)頃、千五百番歌合・雑二。○松山　「年ぞへにける」の縁語として、また賀の意を添えて「待つ」

百首歌たてまつりし時　　二条院讃岐

1636 ながらへて猶《(なほ)》君《きみ》が代《よ》を松山の待《ま》つとせしまに年《とし》ぞへにける

山家松といふことを　　皇太后宮大夫俊成

1637 いまはとてつま木こるべき宿《やど》の松千代《ちよ》をば君と猶いのる哉《(かな)》

春日歌合に、松風といへる事を　　有家朝臣

1638 われながら思《おも》ふかものをとばかりに袖にしぐるゝ庭の松風

山寺《でら》に侍りけるころ　　道命法師

1639 世をそむくところとか聞《き》く奥山《おく》はもの思《おも》ひにぞ入《い》るべかりける

の枕詞とする。陸奥・讃岐国の歌枕にもあるが、ここは特定の地名ではない。▽御代の栄えに寄せて長寿を自祝する。参考「君が代は雲居に見ゆる松山の葉毎に千代を数ふばかりぞ」(江帥集「松契遐年」)。

1637 今は憂き世を捨てようと求めてはいった山里の「つま木樵るべき宿」であるが、それでも軒端の松を見れば、お前の千代の齢をわが君にお加え申し上げよと祈らずにはいられない。本歌「住みわびぬ今は限りと山里につま木こるべき宿求めてむ」(後撰・雑一・在原業平)。建仁三年(一二〇三)七月十五日、八幡若宮撰歌合。○つま木　薪。○千代をば君　千代の齢を譲れとも解される。→七三九。▽参考「わが齢君が八千代にとり添へてとどめ置きては思ひいでにせよ」(古今・賀・読人しらず)。

1638 自分は物思いをしていたのか、これはその涙かとわれながら疑われる程に、袖に時雨をそそぐ庭の松風よ。元久元年(一二〇四)十一月十日、春日社歌合。○われながら　ふとわれに返っての疑い。▽濡れた袖と松風の音を結びつけた趣向。濡らしたのが時雨だと気づかなかったのは、時雨の音が松風の音に紛れていたから(→五六七)。しかも松風で濡れるはずはないのでわが涙かと疑ったのである。松風が雨の音に紛れやすいとする趣向は一六〇三にも見える。

これは山辺でなく配列疑問。松に寄せてここに置くのみ。

1639 世を捨てて籠る所と聞いていた奥山は、まことは物思いをしに入るべき所であったよ。道命阿闍梨集、二・四句「ところと聞きて…もの思ふにぞ」。▽山寺のつれづれの堪えがたさ。

1640 世を捨てて住むべき所はどこにあるのでしょう。大原山はわびしかったとしても、「世の憂き」は忘れることができて、住みよかったので

少将井の尼、大原より出《い》でたりと聞《き》きてつかはしける　　和泉式部

1640 世をそむく方《かた》はいづくにありぬべし大原山《おほはら》は住《す》みよかりきや

返し　　少将井尼

1641 思《おも》ふことおほはら山のすみがまはいとゞ歎《なげ》きの数《かず》をこそ積《つ》め

題しらず　　西行法師

1642 たれ住《す》みて哀《(あはれ)》知《し》るらん山里《ざと》の雨ふりすさむ夕暮《ゆふぐれ》の空

1643 しほ《(を)》りせでなを《(ほ)》山深《ふか》くわけ入《い》らんうきこと聞《き》かぬ所ありやと

しょうか。本歌「山里はもののわびしきことこそあれ世の憂きよりは住みよかりけり」(古今・雑下・読人しらず)。続詞花集・雑下。和泉式部集は五句「住みう(よイ)かりきや」。○少将井の尼　後拾遺・雑五に見える伊勢大輔との贈答歌によれば長和元年(一〇一二)冬の頃、西山の大原に住む。少将井は冷泉東洞院の地名という(顕昭・古今集注十七)。○大原山　京の西山の大原野の山辺。▽上句は本歌を踏まえて「わびしき」も「世のうき」も遁れる、真に世をそむくべき所はどこかと問うのである。尼に贈った歌ではあるが、切実な自問でもあったろう。

1641 いいえ。「世の憂き」は絶えることなく、そのため物思いが多くて住みにくく、この大原山の炭竈が投げ木を積んで焚くように、いよいよ嘆きは加わるばかりでした。続詞花集・雑下。和泉式部集には返しを欠く。○すみがま　「住みがたし」に掛ける。○おほはら山　「多し」に掛ける。普通、炭竈を詠む大原は京の北の大原である。○歎き　炭竈の縁語の「投げ木」に掛ける。

1642 誰がここに住んでこの気味を味わっているのであろう。山里の雨のふりしきる夕暮の空よ。宮河歌合。西行法師家集。○ふりすさむ　顕昭・散木集注「咲きすさみたるとは盛りに咲くといふ心なり」。

1643 枝折りはせずに、さらに山深く分け入ろう。こんなわずらわしさの聞えて来ない所を求めて。本歌「いかならむいはほの中に住まばかは世のうき事の聞えこざらむ」(古今・雑下・読人しらず)。山家集「思はずなること思ひ立つ由聞えける人のもとへ高野より言ひ遣はしける」、初句「しをりせじ」。御裳濯河歌合。西行法師家集。○しほりせで　「枝折り」は帰路のしるべに枝を折りかけることで、再び戻らぬ峻烈な決意の表示。

1644 かざしおる《(を)》三《み》輪《わ》の茂《しげ》山かきわけてあはれとぞ思《おも》ふ杉《すぎ》たてる門《かど》

殷富門院大輔

法輪寺に住《す》み侍《(はべり)》けるに、人の詣《まう》で来《き》て、暮《く》れぬとて急《いそ》ぎ侍ければ

道命法師

1645 いつとなき小《を》倉《ぐら》の山のかげを見《み》て暮《く》れぬと人のいそぐなる哉《(かな)》

後白河院栖霞寺におはしましけるに、駒引《こまひき》の引分《ひきわ》けの使《つかひ》にてまい《(ゐ)》りけるに

定家朝臣

1646 嵯《さ》峨《が》の山千《ち》代《よ》のふる道《みち》あととめてまた露《つゆ》わくる望《もち》月の駒《こま》

1644 古人がかざしを折ったという懐かしい三輪の、その山の茂みをかき分けて、まことにあわれ深く見たことである、杉の立っている門を。本歌「わが庵は三輪の山もと恋しくはとぶらひ来ませ杉立てる門」(古今・雑下・読人しらず)。○かざし　草木を折って髪や冠に挿す。↓六八。○三輪　大和国の名山。歌枕。▽参考「古にありけむ人もわがごとか三輪の檜原にかざし折りけむ」(万葉集七・柿本人麿歌集。拾遺・雑上)。▽優雅と幽邃を兼ねた住居を羨んだ趣向。

1645 いつとても小暗いという名の小倉山の山陰を見て、日も暮れたとてお急ぎになるようですね。本歌「ひぐらしの鳴きつるなへに日は暮れぬと思ふは山の陰にぞありける」(古今・秋上・読人しらず)。道命阿闍梨集、五句「いそぐめるかな」。○法輪寺　嵐山の東麓の名刹。○小倉の山　嵐山の対岸の小倉山ではなく、嵐山をさす用法の適例。「小暗し」と掛詞。↓四〇五。▽軽い揶揄。

1646 嵯峨の山の「千代の古道」の跡を尋ね、古例に倣って私も露を分けつつ望月の駒を引いて参ることです。本歌「嵯峨の山みゆき絶えにし芹川の千代の古道跡はありけり」(後撰・雑一・在原行平)。拾遺愚草、建久二年(一一九一)の詠。○後白河院　第七十七代天皇。当時院政を執る。○栖霞寺　嵯峨の名刹。○駒引　諸国の御牧より貢進した馬を奏覧し、のち院、東宮、公卿等に引分けられる儀式。当時廃れていたが望月牧のそれは維持され、八月十六日が恒例。○引分けの使　ここは院に引分けられた馬を送る使で近衛次将が当る。○千代のふる道　歌枕。○望月　信濃国の代表的な御牧。

歎《なげ》くこと侍《(はべり)》けるころ

知足院入道前関白太政大臣

1647 佐保河《さほがは》のながれ久《ひさ》しき身なれどもうき瀬《せ》にあひて沈《しづ》みぬる哉《(かな)》

冬ごろ、大将離《はな》れて歎《なげ》く事侍りける明《あ》くる年《とし》、右大臣になりて奏し侍ける

東三条入道前摂政太政大臣

1648 かゝる瀬《せ》もありけるものを宇治河《うぢがは》の絶《た》えぬばかりも歎《なげ》きけるかな

御返し

円融院御歌

1649 昔《むかし》より絶《た》えせぬ河の末《すゑ》なればよどむばかりをなに歎《なげ》くらん

題しらず

人麿

1650 ものゝふの八十《やそ》氏河《がは》の網代木《あじろ》にいざよふ浪のゆくゑ《(へ)》知《し》らずも

1647 連綿と続いてきた藤原氏の北家を継ぐ身であるが、不運にあって沈淪してしまったよ。続詞花集・雑中。今鏡四・宇治の川瀬、二句「ながれたえせぬ」。○歎くこと　今鏡によれば、保安元年(一一二〇)十一月、白河上皇に内覧を停止され、翌年正月元に復した後も院の没するまで十年間、宇治に籠居していた時の詠という。○佐保河のながれ　藤原房前(ふささき)の子孫で代々氏長者を継いだ北家の系統をいう。興福寺の西にあった佐保殿(不比等・房前以来の北家の邸)の名に因む。○うき瀬　「ながれ」「沈み」と共に川の縁語。

以下一六五〇まで四首「川」に寄せる。

1648 こういううれしい時運もあるのだというのに、わが藤原氏も絶えてしまうかとばかり嘆いたとはなあ。円融院御集、五句「歎きつるかな」。○大将離れて　貞元二年(九七七)十一月、事に坐して右大将を停められ、翌年十月、右大臣になった。○瀬　「絶え」と共に川の縁語。○宇治河　氏(うじ)に掛ける。歌枕。▽参考「かかる瀬もありけるものを止まりゐて身を宇治川と思ひけるかな」(師輔集)。

1649 昔より絶えることのない川の末なのだから、ちょっと流れが滞っただけのことをどうして嘆くのだろう。円融院御集、五句「なに歎きけむ」。○よどむ　「絶え」と共に川の縁語。

1650 宇治川の網代木にせかれて滞っている波がどこへ行くともないように、わが身もあてどなく漂っていることだ。万葉集三・柿本人麿。人麿集。○ものゝふの八十　宇治川の序。→二五一。○網代木　網代の杭。→六三七。▽原歌には「従近江国上来時、至宇治河辺作歌」の詞書があり、述懐を含むとしても叙景に基づいているが、ここでは述懐を主とし、上四句は具象性の強い序になっている。

1651 布引《ぬのびき》の滝見《たき》にまかりて　中納言行平

わが世《よ》をばけふかあすかと待《ま》つかひの涙《なみだ》の滝といづれ高《たか》けん

1652 京極前太政大臣、布引《ぬのびき》の滝《たき》見にまかりて侍《(はべり)》けるに　二条関白内大臣

水上《みなかみ》の空《そら》にみゆるは白雲のたつにまがへる布引《ぬのびき》の滝

1653 最勝四天王院の障子に、布引《ぬのびき》の滝《たき》かきたる所　有家朝臣

ひさかたのあまつをとめが夏衣雲井《くも》にさらす布引《ぬのびき》の滝《たき》

1654 天《あま》の河原《かはら》を過《す》ぐとて　摂政太政大臣

昔《むかし》きくあまの河原《かはら》をたづねきて跡《あと》なき水《みづ》をながむばかりぞ

1651 自分の時めく日を今日か明日かと待つ甲斐もなくて落ちる涙の滝と、この峡に落ちる布引の滝とはたしてどちらが高いのだろう。伊勢物語八十七段。○布引の滝　摂津国の歌枕。○かひの涙　「甲斐」と「峡」、なくての意の「無み」と「なみだ」とそれぞれ掛詞。○高けん　「高し」の未然形の古形「高け」に推量の「む」がつく。

以下一六五三まで三首「滝」に寄せる。

1652 水源の空に見えるのは、白雲が立つのだとばかり思っていた布引の滝なのだ。栄花物語・布引の滝。承保三年(一〇七六)の詠、二句「空に見ゆれば」。○京極前太政大臣　藤原師実。作者師通の父。○水上の空に　生田川沿いに上って来て、滝の下から仰いだ態。○たつ　布の縁語の「裁つ」に掛ける。○まがへ　見分けのつかないこと。

1653 天女が夏衣を大空にさらすかと見える布引の滝よ。承元元年(一二〇七)十一月、最勝四天王院障子和歌の入撰歌、二句「あまつをとめの」。○ひさかたの　天の枕詞。○夏衣　この障子絵の布引の滝が夏の観瀑風景なので、布の縁語の衣に季を入れたもの。○さらす　水で洗った布を日にあてて漂白する。夏の風物。▽参考「春過ぎて夏来にけらし白妙の衣さらせり天の香具山」(一七五の旧訓)。

1654 昔語りで知られた天の河原を尋ねてやって来て、今は跡かたも残っていない流れを見つめて感慨に耽けるばかりである。秋篠月清集。後京極殿御自歌合。ともに二句「あまの河原に」。○天の河原　河内国の歌枕。○昔きく　惟喬親王と業平がこの川の辺で酒を飲み、詠歌した故事。古今・羇旅や伊勢物語八十二段に見える。○跡なき水　「跡なき波」(→一〇七四)という慣用句に基づく用語。

以下一六五七まで四首、再び「川」に寄せる。

1655 題しらず　実方朝臣

あまの河《がは》かよふうき木《ゝ》にこと問《ゝ》はん紅葉《もみぢ》の橋《はし》はちるや散《ち》らずや

1656 堀河院御時百首歌たてまつりけるに　前中納言匡房

真《ま》木の板《いた》も苔《こけ》むすばかりなりにけりいく代《よ》へぬらん瀬田《せた》の長橋《ながはし》

1657 天暦御時、屏風に国《くに》〴〵の所の名を描《かゝ》せさせ給《(たまひ)》けるに、飛鳥河《あすかゞは》　中務

さだめなき名には立《た》てれど飛鳥河《あすかゞは》はやく渡《わた》りし瀬《せ》にこそ有《(あり)》けれ

1658 題しらず　前大僧正慈円

山里《ざと》にひとりながめて思《おも》ふかな世《よ》にすむ人の心づよさを

1655 名も同じ「天の河」をゆく舟人に尋ねたい。お前はきっと知っていよう、「紅葉の橋」の紅葉はもう散ったか、まだ残っているだろうか。実方集「天の河にて」。○かよふうき木　漢の張騫が勅命で天上の天河の源流を探索した時、「うき木」に乗ったという故事(俊頼髄脳。和歌童蒙抄一)によって舟人を張騫に擬す。「うき木」は「水中ノ浮木也」(和名抄十一)。○紅葉の橋　天上の天河に架かるという橋。→三三。▽家集によれば河内国の「天の河」での詠で、故事・伝説に基づいて天上の天河に連想を馳せた即興。参考「天の河うき木に乗れるわれなれやありしにもあらず世はなりにけり」(俊頼髄脳・采女の歌)。

1656 真木の敷板も苔がびっしりと生えるまでになったことだ。もう幾年月を経たのであろう、瀬田の長橋は。長治二年(一一〇五)頃、堀河百首「橋」、四句「いく代かへぬる」。○堀河院　第七十三代天皇。○真木　杉・檜などの良材。○瀬田の長橋　近江国の歌枕。

1657 うつろい易いためしとして評判ですが飛鳥川よ。今見れば以前渡った瀬そのままなのです。中務集。○天暦　村上天皇の年号。天皇をもさす。○所の名　名所。○飛鳥河　大和国の歌枕。○瀬　浅瀬で渡渉の地点。○有けれ　「けれ」は底本判読し難く、諸本による。▽参考「世の中は何か常なる飛鳥川昨日の淵ぞ今日は瀬になる」(古今・雑下・読人しらず)。実意を喜んでみせた諧謔。

1658 山里で独り物思いをしてはしみじみ思うことだ。うき世に住む人の勇猛心を。拾玉集・南海漁父北山樵客百番歌合「山家」、建久五年(一一九四)八月。▽仏道に勇猛精進することのむつかしさに較べ、名聞・利欲のためには万難を排する俗人の意志的努力に羨望に似た思いを懐くこともあったのであろう。

1659 山里《やまざと》にうき世《よ》いとはん友《とも》もがなくやしく過《す》ぎし昔かたらん

西行法師

1660 山里《ざと》は人来《こ》させじと思《おも》はねど訪《と》はるゝことぞうとくなりゆく

1661 草の庵《いほ》をいとひても又いかゞせん露《つゆ》の命《いのち》のかゝるかぎりは

前大僧正慈円

都《みやこ》を出《い》でて久《ひさ》しく修行し侍《(はべり)》けるに、問《と》ふべき人の問《と》はず侍ければ、熊野《くまの》よりつかはしける

大僧正行尊

1662 わくらばになどかは人の問《と》はざらんをと《(お)》なし河に住《す》む身なりとも

以下一六六七まで十首「山家」に寄せる。

1659 この山里に心の通う遁世の仲間がいてくれればいいが。悔恨に満ちた在俗の昔を互いに懺悔しようものを。西行法師家集、三句「人もがな」。○くやしく　世塵にまみれ、空しく過ごした昔を顧みていう。

1660 山里に住めば、人を寄せつけまいと思うわけではないが、だんだん訪ねられることが少なくなってゆくな。西行法師家集。▽捨てた世に捨てられる寂しさ。

1661 この草庵を捨てようと思わないわけではないが、たとえ遁れたとて外にどうしようがあろう。露の命がこうして続いている限りは。拾玉集「御裳濯(二見浦)百首、文治四年(一一八八)秋頃詠之」。○露の命　露のようにはかない命。露は草の縁語。○かゝる　露がかかる意に掛ける。▽この身のある限り、「憂き」は一定のがれられないというのである。参考「世を捨てて山に入る人山にてもなほ憂き時はいづちゆくらむ」(古今・雑下・凡河内躬恒)。

1662 たまにはどうしてあなたは便りをくれないのであろう。いくら音なしという名の音無川の辺に住む私であるとしても。行尊大僧正集。○わくらばに　→三五。○をとなし河　熊野本宮の傍を流れる川。消息がない意の「音なし」に掛ける。▽参考「わくらばに問ふ人あらば須磨の浦に藻塩垂れつつわぶと答へよ」(古今・雑下・在原行平)。

1663 世を遁れて籠っていらっしゃる熊野の南は松風が厳しく、秋もふけたこの夜頃御法衣はさぞかし寒いことでしょう。安法法師集「僧のみなみ山にこもりていまするに」。○山のみなみ　熊野山地の南にある那智をさすか。那智山は「み熊野の南の山」とよばれた。○苔の衣　→一六六六。苔は山・松の縁語。○夜寒　秋もふけて寒さの感じ

あひ知《し》れりける人の熊野《くまの》に籠《こも》り侍《(はべり)》けるにつかはしける　　安法法師

1663 世をそむく山のみなみの松風に苔《こけ》の衣《ころも》や夜寒《よさむ》なるらん

西行法師、百首歌勧《すゝ》めてよませ侍けるに　　家隆朝臣

1664 いつかわれ苔《こけ》のたもとに露《つゆ》を《(お)》きて知《し》らぬ山路《ぢ》の月をみるべき

百首歌たてまつりしに、山家の心を　　式子内親王

1665 いまはわれ松のはしらの杉《すぎ》の庵《いほ》にとづべき物を苔《こけ》ふかき袖

　　小侍従

1666 しきみ摘《つ》む山路《ぢ》の露《つゆ》にぬれにけり暁おきの墨《すみ》染の袖《そで》

られること。寒夜は冬の夜。▽参考「み熊野の南の山の滝つ瀬に三とせぞぬれし苔のころもで」(万代集・釈教・良守)。

1664 いつになれば私は苔ならぬ、片敷く苔の袂に露を置きつつ、知らぬ山路の月を仰ぐ境涯に入ることができるのであろう。○百首歌　西行勧進の二見浦百首。壬二集「山家の心を」。文治二年(一一八六)頃か。○苔のたもと　「苔の衣」に同じであるが、袂(袖)を片敷いて独り臥すイメージが働く。苔・露・山路は縁語。▽歌境は三九八に似る。

1665 今や私は松の柱に杉を葺く山中の庵に、この年古りた墨染の衣の身を閉じこめて、世に交らうべきではないのだが。正治二年(一二〇〇)院初度百首。○松のはしら　契沖は新古今集書入で白居易「石堦松柱竹編墻」を引く。○杉の庵　杉の皮や板で葺いた粗末な庵。○苔ふかき袖　年古り、何の見ばえもしない「苔の衣」の意か。▽題詠であるが作者の述懐が滲み出ていよう。参考「竹の垣松の柱は苔むせど花のあるじぞ春誘ひける」(拾遺愚草・建久元年「花月百首」)。

1666 樒を摘む山路の露にぬれそぼったことである。暁起きの墨染の袖は。正治二年院初度百首・同題。○しきみ　樒。山地に自生するモクレン科の常緑樹。香木で閼伽(あか)と共に仏前に供える。○暁おき　夜明け前のほの暗い頃に起きること。晨朝(じんじよう)即ち夜明けの勤行の支度のためである。「起き」と露の縁語の「置き」と掛詞。

1667 忘れまいと堅く約束したあの人さえ訪ねて来ない山路よ。あの時散っていた桜は今は雪に降り替っているが。正治二年院初度百首・同題。▽深山にわびて住む世捨人の態。参考「こと問はで契りし道も絶えにけり桜の雪に降りかはるまで」(拾玉集・藤原定家、建久年間の詠)。

1667 忘《わす》れじの人だにとはぬ山路《ち》かな桜は雪に降《ふ》りかはれども　　摂政太政大臣

五十首歌たてまつりし時　　雅経

1668 かげ宿《やど》す露《つゆ》のみしげくなりはてて草にやつるゝふるさとの月

俊恵法師身まかりてのち、年《とし》ごろつかはしける薪《たきぎ》など、弟子どものもとにつかはすとて　　賀茂重保

1669 煙《けぶり》たえて焼《や》く人もなき炭竈《すみがま》のあとのなげきをたれか樵《こ》るらん

老後、津《つ》の国《くに》なる山寺《でら》にまかり籠《こも》りけるに、寂蓮尋《たづ》ねまかりて侍《(はべり)》けるに、庵《いほり》のさま住《す》み荒《あら》

1668 月の光を映す露ばかりが繁くなりまさり、はては生い茂る蓬や浅茅にすっかり荒れた古里、その露にきらめく月のすさまじさよ。本歌「君しのぶ草にやつるる古里は松虫の音ぞ悲しかりける」(古今・秋上・読人しらず)。建仁元年(一二〇一)二月、老若五十首歌合。〇なりはてて　秋も末になったことを示唆する。〇草にやつるゝ　本歌によって「ふるさと」にかかる。月は「しげく」置く露に「宿」って「やつる」どころではなく、すさまじいまでにきらめいている。

以下二首「旧宅」に寄せる。

1669 煙は絶え、焼く主もいなくなったこの庵の竈は、今後誰が投げ木を樵るのでしょう—庵に残された皆さんのお嘆きもさぞかしと思いますが、私も人後に落ちません。本歌「大原やまだすみ竈もならはねばわが宿のみぞ煙絶えたる」(詞花・雑下・良暹)。〇俊恵法師　歌林苑主。作者はその親しい仲間。〇つかはし　布施する。〇薪　日々の燃料。〇炭竈　ここは大原ではないが、本歌に従って住みかの竈(かまど)の意に掛ける。〇なげき　炭竈の縁語の「投げ木」に「嘆き」を掛ける。▽薪に付けて贈った歌。御房に死なれて薪にも不自由しようから私が贈るの意に併せて、深い弔意を表わす。

1670 八十歳を越え、西方浄土からのお迎えを、この待兼山ではないが待ちかねて、心もここになく住み荒した柴の庵とおぼしめせ。〇津の国　摂津国の本来の呼び方。〇寂蓮　本集の当初の撰者。〇とぶらひ　便りに添えて歌を贈ったのであろう。〇八十　「ち」は助数詞。〇西の迎へ　念仏行者の臨終に阿弥陀如来、聖衆等が来迎し引摂(いんじょう)すること。観無量寿経に詳しい。〇待ちかね　摂津国の待兼山(→二〇五)の名を掛けたか。この「山寺」の在所であろう。〇柴の庵　粗末な庵。▽参

してあはれに見《み》え侍けるを、帰《かへ》りてのちとぶらひて侍ければ

西日法師

1670 八十《やそぢ》あまり西《にし》の迎《むか》へを待《ま》ちかねてすみあらしたる柴《しば》の庵《いほり》ぞ

山家《ノ》歌あまたよみ侍《(はべり)》けるに

前大僧正慈円

1671 山里《ざと》にとひ来《く》る人のことくさはこの住《す》まゐ《(ひ)》こそうらやましけれ

後白河院かくれさせ給《(たまひ)》てのち、百首歌に

式子内親王

1672 お《(を)》の《ゝ》の柄《え》の朽《く》ちし昔《むかし》はとを《(ほ)》けれどありしにもあらぬ世《よ》をも経《ふ》る哉《(かな)》

述懐百首歌よみ侍けるに

皇太后宮大夫俊成

1673 いかにせんしづが園生《そのふ》の奥《おく》の竹《たけ》かきこもるとも世中《(よのなか)》ぞかし

考「既に聖衆の迎へを見て、喜んで歌をよむ。みづはさす八十あまりの老いの波くらげの骨にあひにけるかな」(発心集一・増賀。袋草紙・上)。

以下一六七三まで四首「閑居」。

1671 この山里に訪ねて来る人が決まって言う言葉は、こういう住居が本当に羨ましいことです。拾玉集・南海漁父北山樵客百番歌合、建久五年(一一九四)八月。慈鎮和尚自歌合。○うらやまし 自分の憧れで、ぜひ住んでみたいといった気持。▽右自歌合の判で俊成は「とひ来る人のことくさもさぞ申し思ひけむ」と同感している。閑静な草庵生活の表裏を知り尽くした作者の軽妙な諧謔。

1672 斧の柄は朽ち、世は一変していたという昔は遠く隔たっているが、私もこれまでとはうって変った御代に永らえていることだ。恋しい昔よ。本歌「古里は見しごともあらず斧の柄の朽ちし所ぞ恋しかりける」(古今・雑下・紀友則)。○後白河院 第七十七代天皇。作者の父。三十五年にわたって院政を執り、建久三年三月十三日没。○おのの柄 晋の王質の故事。木樵りに入った山で迷い、仙人の碁を打つのを見たが、一局も終らないのに斧の柄は朽ち、里に帰れば世は変って知人はいなかったという(奥儀抄・下。和歌色葉・下)。▽美濃の家づとは仙洞(上皇の御所)をこの話の仙人の住処に擬している。

1673 ああどうしたものか。誰も顧みない農家の園の奥の、境の竹垣のように隔てを置いて引き籠っていても、所詮世間の内を出ないのだ。長秋詠藻・述懐百首「竹」、保延六(一一四〇)、七年頃。○園生 屋敷地にある菜園。○竹かきこもる 「竹垣」と「かき籠る」と掛詞。○世中 竹の縁語の「節(よ)」に「世」を掛けるのは常套。▽生きている限り世俗の内を遁れられないという道理を改めて述懐する理由があったのであろう。

老《お》いの後《ゝち》、昔《むかし》を思《（おもひ）》出《い》で侍りて　　祝部成仲

1674 あけくれは昔《むかし》をのみぞしのぶ草《ぐさ》葉末《ずゑ》の露《つゆ》に袖ぬらしつゝ

題しらず　　前大僧正慈円

1675 岡《をか》の辺の里《さと》のあるじをたづぬれば人はこたへず山を《（お）》ろしの風

西行法師

1676 古畑《ふるはた》のそはのたつ木《き》にゐる鳩《はと》のともよぶ声のすごき夕暮《ゆふぐれ》

1677 山がつの片岡《かたをか》かけてしむる野のさかひにたてる玉のを柳

1674 明けても暮れても昔ばかりを偲んでいる。しのぶ草の葉先に結ぶ露ではないが、涙の露に袖をぬらして。成仲集、三句「しのび草」。〇しのぶ草　ノキシノブ。→六四。〇葉末　露の最も置きやすい所としていう。

以下一六八六まで凡そは「古里」に寄せる懐旧。

1675 岡の麓の山里のあるじを訪ねると返事はなく、ただ山から吹きおろす風の音ばかり。拾玉集「楚忽第一百首・山家」、文治四年(一一八八)十二月。〇こたへず　不在をさす。

1676 古畑の崖っぷちの高木に止まっている鳩が友を呼ぶ、その声の冷え冷えと寂しく響く夕暮よ。山家集。西行法師家集。〇古畑　地力が衰えて、次に焼くまで草木の茂るに委せてある畑。〇たつ木　特に高木であろう。〇鳩　和歌童蒙抄二「早秋」に「立秋の日より鳩なくなり。ふくとは鳴くといふなり。古歌に曰く「み山出でて鳩ふく秋の夕暮はしばしと人をいはぬばかりぞ」。諺に鳩ふいたりといふは、すさまじき心なり」とある。

以下二首の西行歌は配列疑問。山家に寄せて前歌に並べるのみ。

1677 山賤が片岡ぐるみに占有している麓の土地の、その境界に立っている玉を緒に連ねたような美しい柳よ。西行法師家集「山家柳を」。御裳濯河歌合。山家集は三・四句「しむる庵のさかひに見ゆる」。〇山がつ　能因歌枕「物思ひ知らぬをいふ、あやしき人をもいふ。山里に住むをもいふ」。〇片岡　山の斜面の突起して小丘をなしている所。→一九。〇野　山麓の傾斜地。〇玉のを柳　「柳の糸、玉を貫く心」(順徳院御百首、定家判詞)。「山がつ」と「玉のを柳」との対照を興ずる。右歌合の判で俊成は末句には疑問を投げつつ「さる事ありと見る心地して珍らしきさまなり」という。

1678 茂《しげ》き野《の》をいくひとむらに分《わ》けなしてさらに昔《むかし》をしのびかへさん

1679 むかし見し庭の小《こ》松に年《とし》ふりて嵐のを《(お)》とをこずゑにぞ聞《き》く

三井寺焼《や》けてのち、住《す》み侍《(はべり)》ける房を思《おも》ひやりてよめる

大僧正行尊

1680 住《す》みなれしわがふる里《さと》はこのごろや浅茅《あさぢ》が原《はら》にうづら鳴《な》くらん

百首歌よみ侍けるに

摂政太政大臣

1681 ふるさとは浅茅《あさぢ》が末《すゑ》になりはてゝ月にのこれる人の面影《おもかげ》

1678 この一面に草の生い繁った野を幾つかの草むらに区分してみた上で、改めて昔の記憶をよび戻し思い出に耽りたいものだ。本歌「君が植ゑし一むらすすき虫の音のしげき野辺ともなりにけるかな」(古今・哀傷・御春有助)。西行法師家集「為業《(ためなり)》朝臣、常磐にて古郷述懐といふことを詠み侍りしにまかり逢ひて」。山家集。御裳濯河歌合。○茂き野　廃園をさす。○いくひとむらに分けなし　幾一叢で、この叢は昔の前栽、ここは築山、島等と見当をつけること。▽参考「里は荒れて人は古りにし宿なれや庭も籬も秋の野らなる」(古今・秋上・遍昭)。

1679 昔見た庭の小松にも年月が経ち、今は嵐の音をその梢に高く聞くことだ。西行法師家集、二句「宿の小松に」。

1680 住み馴れた私の住房は今頃は、浅茅が原に鶉が鳴く有様であろうか。○三井寺焼けて　保安二年(一一二一)閏五月、比叡山の僧徒の報復で焼かれたこと。○浅茅が原　短いチガヤの茂る原。↓三四五。○うづら　キジ科の鳥。↓五一三。八雲御抄三「秋物なり」。▽浅茅が原は荒れはてた庭の、鶉は秋の野らの象徴とされていた。参考「君なくて荒れたる宿の浅茅生に鶉なくなり秋の夕暮」(後拾遺・秋上・源時綱)。

1681 昔の住居はすっかり浅茅が原の野末と化し、月に照らされて今も見えるのは懐かしい故人の幻だけだ。秋篠月清集「十題百首・居処」、建久二年(一一九一)閏十二月。後京極殿御自歌合。○浅茅が末　浅茅が原(→三四五)の野末の意。三八六のそれとは別。屋敷地が荒れはてて浅茅が原の端にとり込まれたこと。○面影　幻影。↓一二六。▽右歌合で俊成は下句を「まことに忍びがたく」と評する。

1682 これや見し昔《むかし》住《す》みけん跡《あと》ならんよもぎが露《つゆ》に月のかゝれる

西行法師

1683 人のもとにまかりて、これかれ松の陰《かげ》に下《お》りゐて遊《あそ》びけるに

貫之

かげにとてたちかくるれば唐《から》衣ぬれぬ雨ふる松の声《こゑ》かな

1684 西院辺に早《はや》うあひ知《し》れりける人を尋《たづ》ね侍《(はべり)》けるに、すみれ摘《つ》みける女《をんな》、知《し》らぬよし申《(まうし)》ければ、よみ侍ける

能因法師

いそのかみふりにし人を尋《たづ》ぬれば荒《あ》れたる宿《やど》にすみれ摘《つ》みけり

1682 これがあの昔住んでいた跡であろうか。庭を埋める蓬の露に月が映っているよ。西行法師家集、五句「月の宿れる」。○見し昔　経験した昔。「見し秋」「見し世」の類。○よもぎが露　荒れはてた庭のさま。→四六七。○かゝれる　露の表面に月が浮ぶ意か。露の縁語でもあろう。

1683 それ木陰にといって松の下に寄り添うと、それは衣のぬれない雨が降る音―松風の音だったよ。貫之集。○人のもと　家集には「おなじ中将」とあり、宰相中将兼輔をさす。○たちかくる　雨宿りする。唐衣の縁語の「裁ち」に掛ける。○唐衣　衣の美称。○雨ふる松の声　松風の音を雨かと聞き誤る意。→一六三八。「含レ雨嶺松、天更霽」(和漢朗詠集「松」・大江朝綱)。また恩沢の意の「雨露」も響かせていよう。▽清原宣賢注など旧注は秦始皇帝が泰山で俄雨に逢って松下に宿り、松に五大夫の位を授けた故事(史記・始皇本紀。十訓抄一)を引くが、兼輔の恩頼を松の陰に譬えたと見てよい。

この一首配列に疑問があるが、家集一本によればある上達部の没後、旧邸で詠んだ懐旧の歌。

1684 昔親しくしていた人を尋ねると荒れた家で菫を摘んでいるのです。さては私が来て宿るのを待っているのかと思えばどうしたことか、行き方知れずと言います。「住む」という菫も名ばかりですね。本歌「わが宿に菫の花の多かれば来宿る人やあると待つかな」(後撰・春下・読人しらず)。能因法師集。○西院　右京の淳和院(西院)の所在地。○すみれ　八雲御抄三「野また荒れたる所に摘むなり」。若菜の一。スミレ科の多年生草本で春濃紫の花を付ける。○よみ侍ける　家集には「それを呼びてかく聞えよとて」とあり、昔の女に贈った歌。○いそのかみ　「古る」の枕詞。→六八。○荒れたる宿にすみれ　下句は本歌の詞書「荒れ

主《ぬし》なき宿《やど》を　　　　恵慶法師

1685 いにしへを思《おも》ひやりてぞこひわたる荒《あ》れたる宿《やど》の苔《こけ》の石橋《いしばし》

守覚法親王五十首歌よませ侍《(はべり)》けるに、閑居の心を　　　　定家朝臣

1686 わくらばにとはれし人も昔《むかし》にてそれより庭の跡《あと》は絶《た》えにき

物《もの》へまかりける道《みち》に、山人《やま》あまたあへりけるを見て　　　　赤染衛門

1687 歎《なげ》きこる身は山ながら過《す》ぐせかしうき世《よ》の中になに帰《かへ》るらん

たる所に住み侍りける女…庭にある菫の花を摘みて言ひ遣はしける」を踏まえる。「すみれ」も本歌と同様「住み」を掛ける。▽女が菫を摘む状況は本歌と同じであるが、事情は全く反対なので揶揄したもの。「摘みけり」とだけ詠んですべてを省略したのは、この歌が本歌の裏返しとして理解されることを予想している。

1685 昔に思いを馳せて恋い続けています。荒れた家に残る、今は苔むした石橋よ。恵慶法師集、二・四・五句「思ひやりつつ…あれゆくやどの苔のいは橋」。家集によれば作者は清原元輔。〇こひわたる　「わたる」は石橋の縁語。〇石橋　池に架けた石造の橋。

1686 たまさかに訪われることがあった、その相手のことも今は昔語りとなり、以来庭に人跡を見ることはついぞない。本歌「菅原や伏見の里の荒れしより通ひし人の跡も絶えにき」(後撰・恋六・読人しらず)。建久九年(一一九八)頃、御室五十首。〇守覚法親王　→三八。〇わくらばに　→三五。〇とはれし人　自分が訪われたその相手の人。〇それより　「とはれし人」との間に何か忘れ難い事情の生じたことを示唆し、物語的雰囲気を醸成している。

1687 嘆きの絶えないわが身はまさしく投げ木を樵る山人で、このまま山で暮すがよい。それだのに過し難い世間になぜまた帰って行くのであろう。〇山人　山村の者。樵夫、狩人など。〇あへり　山人を主語にしたのは来合わせた意。〇歎き　「投げ木」(薪など)に掛けるのは常套。▽山人に寄せた自戒。発想は機智的であるが、切実な述懐がある。参考「死出の山たどるたどるも越えなで憂き世の中になに帰りけむ」(後撰・雑二・読人しらず)。

以下三首「山人」に寄せる述懐。

題しらず　　人麿

1688 秋されば狩人《かり》こゆる立田《たつた》山たちてもゐてもものをしぞ思《おも》ふ

天智天皇御歌

1689 朝倉《あさくら》や木《き》の丸殿《まろどの》にわがをれば名《な》のりをしつゝ行《ゆ》くはたが子《こ》ぞ

1688 秋になると狩人の越える立田山ではないが、立ってもまた腰を落着けていても、物思いばかりしていることだ。人麿集、五句「君をしぞ思ふ」。万葉集十「秋さればかりとびこゆる立田山たちてもゐても君をしぞ思ふ」の二句の誤読によるか。○題しらず　底本になし。諸本で補う。○立田山　大和国の歌枕。上句は序。

1689 朝倉の木の丸殿に自分が座っていると、姓名を告げてつぎつぎに退出してゆくのはどこの家の子かな。原歌は神楽歌・朝倉「朝倉や木の丸殿にわがをればわがをれば名のりをしつつ行くはたれ」であるが、俊頼髄脳、和歌童蒙抄五、奥義抄・中などは天智天皇の作とする。○朝倉　奥義抄「筑前国上座（かみつくら）郡あさくらといふ所」。○木の丸殿　和歌童蒙抄「まろ木して造れるなり」。○名のり　和歌色葉・中「今の世に本所の名対面と申すはこれなり」。殿上人の名対面より滝口の宿直奏（とのいもうし）を思わせる。○たが子　子は愛称。▽俊頼髄脳や奥義抄は筑前国に世を忍んで住んでいた時とし、和歌童蒙抄は皇極天皇の百済救援の時と記す。

山中の警固の者を山人に準じて配列したか。

新古今和歌集巻第十八

雑歌 下

山

菅贈太政大臣

1690 あしびきのこなたかなたに道《みち》はあれど宮《(みや)》こへいざといふ人ぞなき

日

1691 天《あま》の原《はら》あかねさし出《い》づる光《ひかり》にはいづれの沼《ぬま》かさえ残《のこ》るべき

1690 山のあちらこちらに道は見えるが、さあ都へと言ってくれる人がいない。○あしびき 山の枕詞であるが、ここは直ちに山の意。○宮こへいざ 京への召還をさす。▽眼前の筑紫の山を眺めての述懐であろう。
以下一七〇一まで十二首、筑紫における道真の詠歌群。歌題の配列にも配慮がある。

1691 大空をあかね色に染めて射してくる春の光に当れば、どの沼とて凍りついたままでいられようか。○あかね アカネ科の多年生の蔓草で根を緋色の染料とする。「あかねさし」はあかね色に発色することで、「照る」の枕詞に用いるが、ここは「射し出づる」と融合した表現。▽光は君の恩光、沼は左遷のわが身に擬し、前歌ともども恩沢を期待する激しい嘆きを歌う。

月

1692 月《つき》ごとにながると思《おも》ひします鏡《かゞみ》西《にし》の海《うみ》にもとまらざりけり

雲

1693 山わかれ飛《と》びゆく雲の帰《かへ》りくるかげ見《み》る時は猶《(なほ)》たのまれぬ

霧

1694 霧《きり》たちて照《ゝ》る日の本は見《み》えずとも身は惑《まど》はれじよるべありやと

雪

1695 花と散《ち》り玉と見《み》えつゝあざむけば雪ふるさとぞ夢に見えける

1692 月の出るたびに西へ流れてゆくと思っていたます鏡よ。しかし今見ればこの西の海にもはいったままではないのだった。○ながる　月が西へ渡るのを流謫の身に擬する。「夕慮二暁月流一、朝忌二曛日馳一」(文選二十五・酬二従弟恵連一首・謝霊運)。○ます鏡　能因歌枕「ただ鏡をいふ」。月の異名を金鏡(菅家文草一)ともいう。○西の海　諸本「西の浦」。九州をさす。ここはその周辺の海。→一六九四。▽西海に沈むと見えた月がまた東へ還るのに気づいたというので、わが身に較べて羨望するとともに、またそれに擬らえて帰洛の望みを繋いでいる。

1693 明け方山を離れて飛び去ってゆく雲が夕暮また帰ってくる姿を見る時は、私にも期待がもてることだ。大鏡・時平伝。○帰りくるかげ　帰雲。雲は岫(山中の洞穴)を出て、夕方帰るとされた。

1694 霧が立ちこめ、日の照る京の方は見えなくても、寄るべを失ったのではないかと案じて、取乱すことなど私はないつもりだ。○霧たち　佞臣の妨害に譬える。○日の本　日の出る所。「日の本の」は「大和の国」の枕詞に用いるが、ここは都の意で恩沢を示唆する。○惑はれじ　君を頼むことの深いさま。「れ」は自発の助動詞。

1695 あるいは花かとばかり散り、あるいは玉を敷くかと見えて初中終人を欺くので、雪の降る古里が心にかかり、夢に見えることだ。○あざむけ　顕注密勘三「偽りてすかし、たばかる心」。○雪ふるさと　「降る」と「古」と掛詞。ふるさと(古里)は都。▽八代集抄は雪を佞人讒者とし、それが巧言令色で君にへつらい、国を乱すのを憂えて都を気づかう意としている。

1696 老いたといっても松は却って緑の色を増していることだ。私の黒髪に降った雪ではないが、

1696
松
老《お》いぬとて松はみどりぞまさりけるわが黒髪《くろかみ》の雪のさむさに

1697
野
筑紫《つくし》にも紫おふる野辺はあれどなき名かなしぶ人ぞ聞《きこ》えぬ

1698
道
刈萱《かるかや》の関守《もり》にのみ見えつるは人もゆるさぬ道べなりけり

1699
海
海《うみ》ならずたゝへる水の底までにきよき心は月ぞてらさん

この雪の寒さにも。〇みどり　下の黒髪に寄せて翠鬢の連想があるか。〇黒髪の雪　白髪になったことをいう。▽歳寒を凌ぐ老松の貞潔さを衰老のわが身に較べての感慨。「勁松彰二於歳寒一、貞臣見二於国危一」(文選十・西征賦・潘安仁)。

1697　筑紫にもその名の通り、紫の生える野辺はあるが、武蔵野とは違って私の「なきな」という草を紫のゆかりとしてあわれみ、悲嘆してくれる人は誰もいない。本歌「紫のひともとゆゑに武蔵野の草はみながらあはれとぞ見る」(古今・雑上・読人しらず)。〇筑紫　大宰府をさす。→一三四二。〇紫　紫草は筑前国糟屋郡の名産。→九四。〇なき名　無実の悪名。「名」に「菜」を掛ける。八雲御抄三「草部」に菜(わかな、なずな等)がある。▽参考「春日野のとぶ火の野守見しものをなき名(菜)といはば罪もこそ得れ」(後撰・恋二・読人しらず)。

1698　誰もが刈萱の関守とばかり見えたのは、人目の厳しい道のほとりだった。〇刈萱の関　大宰府の政庁の近くにあった関。▽どこを歩いても人目の憚られる身の上を嘆く。

1699　海どころではなく、さらに深く清水を湛えた水輪の底、それ程までに清く澄み徹って、しかも人のうかがい知るべくもない心底は、ただこの明月だけが照らすであろう。大鏡・時平伝。〇海ならず…　塵袋七に「水輪際までも」と注する。〇水輪は一小世界である三輪世界の構成要素で、まず須弥山(しゆみせん)を中心とする九山八海(くせんはつかい)を金輪(こんりん)が支え、その下に水輪・風輪と重なる。水輪は一説、深さ八十万由旬(ゆじゆん)の水層。一由旬は約七キロという。〇月　日月は須弥山の中腹をめぐる。▽皎々と照る月光を仰いでの感慨。月光の鮮烈さとわが心の潔白さ、またそれを晴らすことの絶望的なむつかしさがこの修辞に捉えられている。

鵲《かさゝぎ》

1700 彦星《ひこぼし》のゆきあひを待《ま》つかさゝぎの門《と》渡《わた》る橋《はし》を我にかさなん

波

1701 流《なが》れ木とたつ白浪と焼《や》く塩《しほ》といづれかからきわたつみの底《そこ》

題しらず　　よみ人しらず

1702 さゞなみの比良《ひら》山風のうみ吹《ふ》けばつりする海人《あま》の袖かへる見《み》ゆ

1703 白浪のよするなぎさに世《よ》をつくす海人《あま》の子《こ》なれば宿《やど》もさだめず

1700 彦星が逢瀬を待つという鵲の橋を私に貸してくれ。都へ行こうものを。○彦星　七夕伝説の牽牛星。↓三三。○かさゝぎの門渡る橋　「かささぎの渡せる橋」(↓六三〇)に同じ。「門渡る」は渡しをわたす意(↓三三〇・一〇七一)。○かさなん　八代集抄は「天駆けりて無実の罪を天帝にも訴へ」と解している。

1701 漂着する流木と風に吹き立てられる白波と焼く塩と、ともに海浜のものであるが、このうちどれがからいだろうか、海底に沈殿する塩水に較べて。○焼く塩　藻塩を煮つめて製した塩。↓一〇六五。○からき　塩からい意と艱難辛苦の意とを掛ける。○わたつみの底　深く沈淪するわが身に譬える。▽海浜の三者はいずれも辛苦を経、また塩からいものではあるが、どれも海底の塩水のからさ―自分の辛苦には及ぶまいという述懐。

1702 比良山から吹きおろす風が湖上をわたると、釣をする漁夫の袖の翻るのが見える。万葉集九「槐本(えのもと)か)歌一首」とある歌。○さゞなみの志賀、比良等にかかる枕詞。○海人　底本「すま」か。諸本で校訂。

以下三首「海人」に寄せる雑歌。

1703 白波が打ち寄せる浜に一生を終える漁夫の娘ですから一所不住です。和漢朗詠集「遊女」・海人詠、三句「世をすぐす」。千五百番歌合・千三百四番判にも「すぐす」。○白浪のよする　漂泊の意を託す。○世　「夜」に掛けるか。○海人の子　海浜の遊女か。▽宿を尋ねた答えであろう。参考「わが子は十余になりぬらん。巫(かうなぎ)してこそありくなれ。田子の浦に潮踏むといかに海人びと集ふらん。まさしとて問ひみ問はずみなぶるらん。いとほしや」(梁塵秘抄二)。

千五百番歌合に　　　　摂政太政大臣

1704 舟のうち浪の上《うへ》にぞ老《(おい)》にける海人《あま》のしわざもいとまなの世《よ》や

題しらず　　　　前中納言匡房

1705 さすらふる身はさだめたる方《かた》もなし浮《う》きたる舟の浪《なみ》にまかせて

増賀上人

1706 いかにせん身を浮舟《うきふね》の荷《に》をおもみつゐ《(ひ)》の泊《とま》りやいづこなるらん

人麿

1707 蘆鴨《あしがも》のさは《(わ)》ぐ入《いり》江の水の江《え》のよにすみがたきわが身なりけり

1704 舟中浪上に生涯を費して老いてゆく。遊女の生業も暇とてない世の中だ。建仁二年(一二〇二)頃、千五百番歌合・雑一、二句「浪の下にぞ」。本集諸本も同じ。○舟のうち　底本は「舟中浪上、一生之歓会是同」(和漢朗詠集「遊女」・大江以言)をそのまま取る。▽「浪の下にぞ」に従えば、舟中で釣り、波に潜って魚貝を採る漁夫の生業に人の世の暮し難さを見たことになる。

1705 放浪の身はどこといって行くあてもない。ちょうど浮んでいる舟が波のまにまに漂うように。江帥集「くら人に代りて」。続詞花集・雑下。
以下二首「舟」に寄せる述懐。

1706 どうすればよいのか。わが身は浮舟だと観じているが、その積荷が重いので、行き着く港がどこにあるかも分からない。○荷　身の罪障に譬える。▽後世を思いやっての痛嘆。後鳥羽院の別本八代集秀逸にも撰入されている。

1707 蘆辺の鴨が羽ばたき騒ぐ入江、その川の江はまこと澄みにくいものであるが、この世にも私は住みにくいことだな。人麿集、物名歌で国名「つのくに」を題とし、「つの」を詠み入れる。○蘆鴨　鴨または蘆辺の鴨。○水の江　摂津国の歌枕でもあるので、題に応じて取り込んだのであろうが、歌意まで歌枕として解するには及ばない。単に川の江の意。→一六〇四。江は入江で、河海の陸地に入りこんだ所。○よに　本当にの意と「世に」を掛ける。○すみ　「澄み」と「住み」と掛詞。▽沈淪する身の述懐。
以下二首「蘆鴨」に寄せる述懐。

1708 蘆鴨《あしがも》の羽《は》風になびく浮《うき》草のさだめなき世《よ》をたれかたのまん

能宣朝臣

渚《なぎさ》の松《まつ》といふことをよみ侍《(はべり)》ける

順

1709 老《お》いにけるなぎさの松の深《ふか》みどり沈《しづ》めるかげをよそにやは見《み》る

山水をむすびてよみ侍ける

能因法師

1710 葦引の山した水にかげ見《み》ればまゆしろたへにわれ老《(おい)》にけり

尼《あま》になりぬと聞《き》き《ゝ》ける人に、装束《さうぞく》つかはすとて

法成寺入道前摂政太政大臣

1711 なれ見てし花の袂《たもと》をうちかへし法《のり》の衣をたちぞかへつる

1708 蘆鴨の羽ばたく風に片寄る浮草があてもなく漂うように、うつろいやすいこの世を誰が頼みにしよう。能宣集「冬、旅に侍る所にて池に水鳥のゐるを人々思ふことにつけて歌詠むに」、五句「たれたのむらむ」。○蘆鴨　鴨、あるいは蘆辺の鴨。

1709 年老いた波打際の松の深緑よ。その水底に沈んでいる緑の影を私はとても人ごととは思えない。順集。詞書によれば天元二年(九七九)五月、大納言藤原為光が石山に参籠した後日、源為憲の詠んだ歌。順はこれに和して「深緑松にもあらぬ朝あけの衣さへなど沈みそめけむ」と詠む。続詞花集・雑下は為憲作とし、「…六位にて望みならず侍りける頃よめる」とある。○深みどり　六位の者の着る緑の位袍の意を寓する。○沈めるかげ　六位のまま昇進することもなく沈淪する自分に擬する。

以下二首「水かげ」に寄せる述懐。

1710 山の下陰を流れる水に映る影を見ると、眉も真白に私は老いてしまったな。能因法師集、二句「山下水の」。○むすび　両手ですくい取ること。○葦引の　山の枕詞。○山した水　山の下陰即ち繁みの陰や山裾を流れる水。

1711 いつも親しく見ていたそなたの花の袂を一転させ、今日は裁ち変えて法衣をさし上げることだ。御堂関白集。○人　家集には「少将三位」とある。○花の袂　美しい女房装束をいう。「なれ」「袂」「かへ(返)し」「衣」「た(裁)ち」は縁語。

以下五首「法の衣」に寄せる無常。

1712 あの時の髪に飾った玉の額をお返しし、今は一転して衣の裏の玉を後生大事にいたしとう存じます。○后に立ち　一条天皇が践祚し、母詮子の皇太后宮になったこと。寛和二年(九八六)七月

1712
后《きさき》に立《た》ち給《たま》ひける時、冷泉院の后《きさい》の宮の御額《ひたひ》をたてまつり給《たま》へりけるを、出家の時、返したてまつり給《たま》ふとて

東三条院

そのかみの玉のかづらをうちかへしいまは衣の裏《うら》をたのまん

返し

冷泉院太皇太后宮

1713
つきもせぬ光《ひかり》のまにもまぎれなで老《お》いてかへれる髪《かみ》のつれなさ

上東門院出家ののち、黄金《こがね》の装束したる沈《(ぢん)》の数珠《ずゞ》、銀《しろがね》の箱《はこ》に入《い》れて、梅《むめ》の枝《えだ》に付《つ》けてたてまつられける

枇杷皇太后宮

1714
かはるらん衣の色《いろ》を思《おも》ひやるなみだや裏《うら》の玉にまがはん

五日。二十五歳。→一四四七。〇冷泉院の后の宮　冷泉天皇皇后昌子内親王。同日太皇太后宮となる。〇額　蔽髪。女子が正装の時、頭髪の前に立てた洲浜型の飾りで、玉石をちりばめたもの。〇出家の時　正暦二年(九九一)九月十六日。三十歳。院号東三条院。〇そのかみ　「その昔」の意に「その髪」を掛ける。〇玉のかづら　諸本「玉のかざし」。〇衣の裏　法華経・五百弟子受記品に見える衣珠(衣裏繋珠)の喩。酔って眠っている間に友人が衣の中に宝珠を縫いつけたのも知らず、やがて他国に出て艱難し、わずかな収入に満足していたという寓話。即ち日常小智を得て満足し、本来最高の智慧を与えられているのに気づかない譬えで、衣裏の宝珠は一乗の悟りを得る機縁。▽在俗時の美しい玉の額に代えて今は衣珠を信じ、法華三昧の道に入ろうという。

1713　皇太后としての限りない御栄華の中にあっても輝きを失うことなく、今また年老いた私の手もとに戻ってきた昔ながらに美しい蔽髪のこの情のこわさはどうでしょう。〇つきもせぬ光　詮子が出家して院号を賜ったのは后宮院号の始めとされ、また「年官年爵、封戸如㆓太上天皇㆒」(女院小伝)とあるのも威勢の程を示す。〇老いて　昌子太皇太后宮は四十二歳。

1714　出家され、新しくお着けになる墨染の衣の色に思いを馳せてこぼれ落ちる私の涙がこの数珠ですが、すでに仏道にお入りになっているあなたには衣裏の宝珠と見えることでしょう。栄花物語・衣の珠、五句「玉にまがへむ」。〇上東門院出家　太皇太后宮彰子の出家。→一四四六。〇装束したる　装飾の施されている。〇沈　沈香。ジンチョウゲ科の香木。優良品は黒色で光沢がある。〇梅の枝　栄花物語には「梅の造り枝」。〇裏の玉　一七一二「衣の裏」に同じ。

返し　　　上東門院

1715 まがふらん衣《ころも》の玉《たま》に乱《みだ》れつゝなを《(ほ)》まださめぬ心《(ここ)》ちこそすれ

題しらず　　　和泉式部

1716 潮《しほ》のまによもの浦《うら》〳〵尋《たづ》ぬれどいまはわが身のいふかひもなし

屛風の絵《ゑ》に、塩釜《しほがま》の浦《うら》かきて侍《(はべり)》けるを　　　一条院皇后宮

1717 いにしへの海人《あま》やけぶりとなりぬらん人目《め》も見えぬ塩釜《しほがま》の浦《うら》

少将高光、横河に登《のぼ》りて頭下《かしらおろ》し侍《(はべり)》にけるを聞《き》かせ給《(たまひ)》てつかはしける　　　天暦御歌

1718 宮《(みや)》こより雲の八重《やへ》たつ奥《おく》山の横《よ》河《かは》の水はすみよかるらん

1715 玉かと見まちがうばかりの、衣に落ちる涙の玉に心はしきりに乱れ、やはりまだ長夜の夢の覚めやらぬ心地です。栄花物語・衣の珠、一一・五句「衣の玉の…心ちのみして」。○さめぬ　浮世の迷い即ち長夜の夢(→一八〇四)の覚めないこと。▽贈歌が「衣の裏の玉」と賛えたのをさりげなく涙の玉に翻して謙抑した返歌。

1716 引き潮の間に隈なく浦々を探しまわるが、もうこれという貝も見当らない―平生求道に努めているが、今となっては後世の頼みも叶えられそうにない。本歌「潮のまにあさりする海人もおのが世々かひありとこそ思ふべらなれ」(後撰・恋三・紀長谷雄)。和泉式部集、「観レ身岸額(きしのひたひに)離レ根草」(和漢朗詠集「無常」)の訓みがなをそれぞれ頭に置いた四十三首の内「し」の歌。→六二四。○いふかひもなし　「貝」と「甲斐」と掛詞。「言ふ甲斐もなし」はこの配列では無常で、後世の頼まれないこと。▽参考「伊勢島や潮干の潟にあさりてもいふかひなきはわが身なりけり」(源氏物語・須磨)。

以下二首「浦」に寄せる無常。

1717 昔のあの海人たちは煙となったのでしょうか。人影も絶えた寂しい塩釜の浦よ。本歌「塩釜の浦には海人や絶えにけむなどすなどりの見ゆる時なき」(大和物語五十八段)。○塩釜の浦　陸奥国の歌枕。→三九〇。○いにしへの　塩釜は古来、藻塩焼式製塩で有名。○けぶり　藻塩焼く煙から火葬の煙を連想する。▽藻塩の煙ばかりが立つ屛風絵を見ての趣向であるが、哀感がにじむ。

1718 幾重にも雲が立ち隔てている奥山の、横川の水は清く澄んで、この都より住みよいことであろう。村上御集。大鏡・師輔伝。○少将高光→一六二六。○横河　比叡山延暦寺の三塔の一で、北端の幽邃の地。○頭下し　出家する。○すみ

御返し　　　　　　　　　　　　如覚

1719 もゝしきの内《うち》のみつねに恋《こひ》しくて雲の八《や》重《へ》たつ山はすみうし

世をそむきて、小野《をの》といふ所《ところ》に住《す》み侍《(はべり)》けるころ、業平朝臣の、雪《ゆき》のいと高《たか》う降《ふ》り積《つ》みたるをかき分《わ》けてまうで来《き》て、夢《ゆめ》かとぞ思《(おもふ)》おもひきやとよみ侍けるに　　　　惟喬親王

1720 夢かともなにか思《おも》はん憂《う》き世《よ》をばそむかざりけんほどぞ悔《くや》しき

都《みやこ》の外《ほか》に住《す》み侍《(はべり)》けるころ、久《ひさ》しうを《(お)》とづれざりける人につかはしける　　　　女御徽子女王

1721 雲井とぶ雁のね近《ちか》きすまゐ《(ひ)》にもなを《(ほ)》玉章《たまづさ》はかけずやありけん

「澄み」と「住み」を掛けるのは常套。「横河」「水」「すみ」は縁語。

以下三首「山」に寄せる無常。

1719 寝ても覚めても宮中ばかりが恋しくて、雲が幾重にも隔てているこの奥山は住みづらく、心も澄むどころではございません。大鏡・師輔伝、後葉集・雑二、いずれも初句「九重の」。○もゝしき　禁中。能因歌枕「大宮をばもゝしきといふ。九重といふ」。百敷と八重は縁語。

1720 夢かなどとどうして思おう。むしろこの憂き世を厭離しなかったその昔が悔まれてならない。異本伊勢物語に「夢かとぞ思ふ」の歌の「返歌」として載る(天理図書館蔵、伝藤原為家筆本伊勢物語の巻末増補本文による)。○小野　洛北、愛宕郡小野郷。比叡山の西麓。○業平朝臣　親王との親密な関係は伊勢物語に詳しい。○夢かとぞ思　「忘れては夢かとぞ思ふ思ひきや雪踏み分けて君を見むとは」(伊勢物語八十三段。古今・雑下)。▽贈歌が今と昔を「思ふ」「思ひきや」と対照させたのを承けて、同じく「思はん」「そむかざりけん」と応ずる。

1721 同じ雲井を飛ぶ雁の声がすぐ傍に聞える私の住いですが、それでもやはり便りをことづけては下さらないのでしょうか。斎宮女御集、三・五句「山里も…かたくぞありける」。○都の外　嵯峨の野宮でもあろうか。○人　家集には「きさいの宮」で、円融天皇の中宮藤原媓子という(『全評釈』)。○雲井　大空の意に宮中の意を響かせる。○玉章　「書　玉梓と書けり」(八雲御抄三)。○かけ　足に引っかける。漢の蘇武の故事(→四八一)による。▽家集によれば春の帰雁。参考「秋風に初かりがねぞ聞ゆなる誰が玉章をかけて来つらむ」(古今・秋上・紀友則)。

以下四首「雲井」に寄せる述懐。

1722 亭子院降《お》り給《たま》はんとしける秋、よみける　伊勢

白露はを《(お)》きて変《かは》れどもゝしきのうつろふ秋は物ぞかなしき

1723 殿上離《はな》れ侍りてよみ侍《(はべり)》ける　藤原清正

あまつ風ふけゐの浦《うら》にゐる鶴《たづ》のなどか雲井に帰《かへ》らざるべき

1724 二条院、菩提樹院におはしましてのちの春、昔《むかし》を思《おも》ひ出《い》でて大納言経信まい《(ゐ)》りて侍《(はべり)》ける又の日、女房の申《(まうし)》つかはしける　読人しらず

いにしへのなれし雲井をしのぶとや霞《かすみ》をわけて君たづねけん

最勝四天王院の障子に、大淀《おほよど》かきたる所　定家朝臣

1722 秋の白露は絶えず置き変るものですが、いつまでもと思っていた大宮の変りゆく秋は物皆が悲しく思われます。伊勢集、初・二句「白露の置きし変れば」。○亭子院　宇多法皇。譲位は寛平九年(八九七)七月三日。○白露は…　八雲御抄三「露」に「万(葉)には夕置きて、つとめて消ゆるとよめり」。また「春もよめど、夏秋のものなり」。○もゝしき　宮中。百敷にいつまでも変らぬ意をこめるか。「敷き」は「置き」の縁語。

1723 大空を風が吹くではないが、ふけいの浦に居る鶴がどうして風に乗じて大空に飛び帰らないはずがあろう―再び昇殿を許されないことがあろうか。和漢朗詠集「鶴」・読人しらず。清正集、三句「すむたづの」。忠見集によれば、藤原きよたかが女に贈った歌で忠見の代作。○殿上離れ　清正集には「紀の守になりて、まだ殿上もせざりしに」とあり、六位蔵人から紀伊守(従五位下相当)に転じていたのである。○ふけゐの浦　ここは紀伊国の歌枕で「吹上の浜」の別名。○鶴　自分に擬する。○雲井　大空と宮中の意を兼ねる。▽巡爵で受領に転じても殿上を離れるのを悲しんださまは枕草子・めでたきものの条に詳しい。

1724 昔、親しくお仕えした内裏のさまを偲ぼうとて、霞を分けてお訪ねになったのでしょうか。栄花物語・紫野。経信集。いずれも二句「なれにし雲を」。○二条院　後冷泉天皇中宮章子内親王の院号。○菩提樹院　二条院の父、後一条天皇の墓所。寛治二年(一〇八八)八月、二条院はその東に御堂を建てて住んだ。○のちの春　翌春。○大納言経信　後冷泉朝の永承四(一〇四九)・六年の内裏歌合(↓四二一)にも活躍。○いにしへの…　後冷泉天皇の内裏。○霞をわけ　春の山路の趣。▽経信の返歌「あはれにも見えし昔の雲居かな谷の鶯声ばかりして」(栄花物語。経信集)。

1725
大淀《おほよど》の浦《うら》にかり干《ほ》すみるめだに霞《かすみ》にたえて帰《かへ》るかりがね

最慶法師、千載集書《か》きてたてまつりける包紙《つゝみがみ》に、墨《すみ》をすり筆《ふで》を染《そ》めつゝ年《とし》ふれど書《か》きあらはせることのはぞなきと書《か》き付《つ》けて侍《(はべり)》ける御返し

後白河院御歌

1726
浜千鳥《はまちどり》ふみを《(お)》く跡《あと》のつもりなばかひある浦《うら》にあはざらめやは

上東門院、高陽院《(かやのゐん)》におはしましけるに、行幸侍りて、堰《せ》き入《い》れたる滝を御覧じて

後朱雀院御歌

1727
滝つせに人の心を見ることは昔《むかし》にいまもかはらざりけり

1725 大淀の浦で刈り干している海松布ではないが、せめて一目と思うその機会さえ霞にすっかり隔てられたまま帰ってゆく雁よ。本歌㈠「大淀の浜に生ふてふみるからに心はなぎぬ語らはねども」、㈡返し「袖ぬれて海人の刈り干すわたつうみの海松をあふにてやまむとやする」(伊勢物語七十五段)。承元元年(一二〇七)十一月、最勝四天王院障子和歌「大淀浦」。○最勝四天王院　→一三三。障子の図様は暁の帰雁。○大淀の浦　伊勢国の歌枕。○みるめ　海松(みる)に同じ。「め」は海藻。海辺の岩に付く緑藻。「見る目」即ち見る機会の意に掛ける。上句は「見る目」を起す序ではあるが、海辺の春の叙景として働く。○帰るかりがね　二月の景物。→六二。ここは声のみが聞えている。

「雁」に寄せる雑歌。

1726 浜千鳥が足跡を踏みつづけてどこまでもゆくなら、きっと貝のある浦にめぐり逢うにちがいない―絶えず歌を作りつづけていれば、必ずや歌壇で面目を施すこともあろう。○最慶法師　詞花集作者、源家時の孫(尊卑分脈)。能書であろう。○千載集　後白河院下命の勅撰第七集。○墨をすり…　歌を作りつづけて幾年にもなりますが、この度、晴れて書き写したわが歌は一首もありません。「ことのは」は和歌。一首の入集もないことを愁訴する。○浜千鳥ふみをく跡　筆跡、文の意(→一〇三四)で、ここは和歌をさす。○かひある　「貝」と効験の意の「甲斐」とを掛ける。「甲斐ある浦」は歌壇の譬えとされる「和歌の浦」をさす。

「千鳥」に寄せる雑歌。

1727 滝の落し方に住む人の風流のほどを見ると古人は歌いましたが、それは今も昔に変らないことです。栄花物語・暮待つ星。ただし作者は出羽弁とある。○上東門院　彰子。→一四四六。○高陽院　摂政関白藤原頼通の邸。女院は当時その寝殿

1728
権中納言通俊、後拾遺撰《えら》び侍《(はべり)》けるころ、まづ片端《かたはし》もゆかしくなど申《(まうし)》て侍ければ、申合《あは》せてこそとて、まだ清書《きよがき》もせぬ本をつかはして侍けるを見て、返しつかはすとて　　周防内侍

あさからぬ心ぞ見《み》ゆるを《(お)》とは河《がは》せき入《い》れし水のながれならねど

1729
歌たてまつれと仰《おほ》せられければ、忠峯がなど書《か》き集《あつ》めてたてまつりける奥《おく》に書《か》き付《つ》けける　　壬生忠見

ことの葉の中をなく〳〵たづぬれば昔《むかし》の人にあひみつる哉《(かな)》

1730
遊女の心をよみ侍《(はべり)》ける　　藤原為忠朝臣

独《ひと》り寝《ね》のこよひも明《あ》けぬたれとしも頼《たの》まばこそは来《こ》ぬも恨《うら》みめ

に住む(栄花物語)。○行幸　長久四年(一〇四三)十二月一日、一条院が焼けて後朱雀天皇はここに避難した。○滝を　底本「を」を「と」に誤る。○人の心　「音羽川堰き入れて落す滝つ瀬に人の心の見えもするかな」(拾遺・雑上・伊勢)による。藤原敦忠の西坂本の山荘での詠。
以下三首「昔の人」に寄せる雑歌。

1728 あなたのなみなみならぬ御見識のほどを拝見しました。伊勢が「音羽川堰き入れ」と詠んだあの滝の流れではありませんが。本歌「音羽川堰き入れて落す滝つ瀬に人の心の見えもするかな」(→一七二七)。周防内侍集、二・四句「心をぞ見る…せきれし水の」。○権中納言通俊　藤原氏。白河天皇の近臣。○後拾遺　白河天皇下命の勅撰第四集。○ゆかし　見たい。○申合せてこそ　御相談して撰定しましょう。○あさからぬ　川の縁語。上二句は本歌の下句を踏まえる。○をとは河　山城国の歌枕。○ながれならねど　ここは和歌の流れであるから「難波津の流れ」(本集仮名序)とでもいうところか。

1729 遺された歌どもの中を懐かしさに泣きながら探しておりますと、亡き父に逢った気がしたことです。忠見集、三句「もとむれば」。○歌たてまつれ　忠岑の家集をさし出せ。○忠峯がなど　忠岑の歌など。「が」は父を謙遜していう。○なく〳〵　「中」と同音の繰返し。○あひみつる　「あひ」は強め。逢う意。

1730 独り寝の今宵も明けてしまった。誰ときめて待っているのであれば、来ないのを恨みもしようが。あてにした人もなく。為忠家初度百首、初句「独り寝て」。本集の諸本も。
「遊女」に寄せるか。配列疑問。

1731 大江挙周はじめて殿上ゆるされて、草深《くさふか》き庭《には》に下《お》りて拝しけるを見侍《(はべり)》て

赤染衛門

草《くさ》わけて立《た》ちゐる袖《そで》のうれしさにたへず涙《なみだ》の露《つゆ》ぞこぼるゝ

1732 秋ごろわづらひける、をこ《(お)》たりて、たび〳〵とぶらひにける人につかはしける

伊勢大輔

うれしさは忘《わす》れやはするしのぶ草《ぐさ》しのぶる物を秋の夕暮《ぐれ》

1733 返し

大納言経信

秋風のを《(お)》とせざりせば白露の軒《ゝき》のしのぶにかゝらましやは

1731 庭の草を分けて立ち、拝舞する袖を見るうれしさに堪えきれず、外ならぬ涙の露がこぼれることです。赤染衛門集。〇大江挙周　たかちか。大江匡衡と作者との男。文章博士で後一条天皇の侍読となる。〇殿上ゆるされ　寛弘八年(一〇一一)二月十日昇殿(御堂関白記)。〇草深き庭　一条大宮にあった一条院の内裏で、宮城内にある清涼殿の東庭ではない。〇拝し　奏慶の拝舞。〇立ちゐる袖　拝舞の作法。再拝して笏を置いて立ち、袖を垂れて左し右し左する。〇たへず　家集も本集の諸本も「たえず(絶えず)」。〇涙の露ぞ　草の露ではなく涙の露がの意。
「草」に寄せる雑歌。

1732 お見舞下さったうれしさは忘れることができましょうか。しかしこの軒しのぶではありませんが、じっと口に出さずにこらえておりましたのに、つい秋の夕暮のあわれさに。経信集。伊勢大輔集にも。ただし本文の異同が多い。〇をこたり　小康状態になる。〇とぶらひ　見舞うこと。〇しのぶ草　軒しのぶ。八雲御抄三「しのぶは細長にて星のやうなる物のあるなり」。↓六四。同音で「しのぶる」を導く。
以下四首「しのぶ草」に寄せる雑歌。

1733 もしも秋の夕風が訪れなかったとすれば、美しい白露が軒のしのぶにかかりましょうか―もしもお見舞しなかったらこうしたうれしいお言葉を聞くことができましょうか。経信集。伊勢大輔集。〇かゝらましやは　底本「らましやは」を欠く。諸本で補う。露が「かかる」と「かくある」の意の「かかる」と掛詞。

ある所《ところ》に通《かよ》ひ侍《(はべり)》けるを、朝光大将見かはして、夜《よ》一夜《ひとよ》物語《ものがた》りして帰《かへ》りて、又の日　右大将済時

1734 しのぶ草《ぐさ》いかなる露《つゆ》かを《(お)》きつらんけさは根《ね》もみなあらはれにけり

返し　左大将朝光

1735 浅茅《あさぢ》生《ふ》をたづねざりせばしのぶ草《ぐさ》思《おも》ひを《(お)》きけん露《つゆ》を見ましや

わづらひける人の、かく申侍《(まうしはべり)》ける　読人しらず

1736 長《なが》らへんとしも思《おも》はぬ露《つゆ》の身のさすがに消《き》えんことをこそ思《おも》へ

返し　小馬命婦

1734 しのぶ草にいったいどんな露が置いたのでしょう。今朝は根まで洗い出されてしまいました―人目を忍ぶみそか事をどなたが邪魔立てしたのでしょう。一夜明けると共寝したこともすっかり露顕してしまいました。朝光集。○朝光大将　藤原兼通の四男(公卿補任)。○見かはし　顔を合わすこと。○又の日　翌日。○右大将済時　諸本「左大将」。返しの「左大将朝光」との関係でいえば右大将が正しい。○根　「寝」に掛ける。○あらはれ　「洗はれ」と「露はれ」と掛詞。

1735 私がもしも浅茅生を訪ねなければ、軒のしのぶ草に置いていた露を見たりしましょうか―もしも昨夜の所を尋ねなければ、人目を忍ぶ方と懇ろにしていたあなたと顔を合わせることもなかったでしょうに。朝光集、四句「結びおきけむ」。○浅茅生　人の通わぬ荒れた家の態。→四六三・六一〇。○露　贈歌では朝光に譬えたのを逆に済時に擬する。▽朝光集では贈答歌それぞれの作者に疑問があるが、本集では整理されている。

1736 生き長らえようなどとは思わない露の身でありながら、そのくせ死ぬのが惜しく思われます。小馬命婦集。○わづらひける人　家集には「堀河殿の阿闍梨の君」とある。堀河殿は藤原兼通で、その子の僧。▽次の返しの歌から見ると、作者はあとに残る小馬命婦のことが心残りであったのであろう。

以下一七四三まで八首、「身」に寄せる無常。

1737 露《つゆ》の身の消《き》えばわれこそ先立《さきだ》ゝめをくれ《(お)》ん物か森《もり》の下草

題しらず　　　和泉式部

1738 命《いのち》さへあらば見つべき身のはてをしのばん人のなきぞかなしき

例《れい》ならぬこと侍りけるに、知《し》れりけるひじりの、とぶらひにまうで来《き》て侍《(はべり)》ければ　　　大僧正行尊

1739 さだめなき昔語《むかしがた》りをかぞふればわが身も数《かず》にいりぬべき哉《(かな)》

五十首歌たてまつりし時　　　前大僧正慈円

1740 世中《(よのなか)》のはれゆく空《そら》にふる霜のうき身ばかりぞを《(お)》き所なき

1737 もし「露の身」が消える―お僧がお亡くなりになるなら、私こそ先に参りましょう。あとに残っていられましょうか。お僧の外には誰一人顧みてくれる人もいない、森の下草のような年老いた私は。小馬命婦集。○露の身　贈歌の用語を承ける。「消え」「森の下草」は縁語。▽参考「大荒木の森の下草老いぬれば駒もすさめず刈る人もなし」(古今・雑上・読人しらず)、「末の露もとのしづくや世の中のおくれ先立つためしなるらむ」(→七五七)。なお作者は兼通女の堀河中宮とよばれた媓子(円融天皇中宮)の女房。

1738 命さえあれば亡き私を見届けることは誰にもできるが、思い出して懐かしんでくれる人は誰もいない、それが悲しく思われる。和泉式部集。「観レ身岸額離レ根草、論レ命(いのちをろんずれば)江頭不レ繫舟」の訓みがなを頭に置いた四十三首の内「い」の歌。→一五三九。初・二・四句「命だにあらば見るべき…しのばん人も」。家集一本の本文は底本に同じで、詞書は「身のはかなく覚え侍りし頃」。

1739 はかなく亡くなった故人の思い出話を一つ一つしていると、今は私もその数に入りそうに思われることです。行尊大僧正集。○例ならぬこと　病。○ひじり　遁世の僧。○とぶらひ　見舞。○昔語り　昔の思い出話。

1740 ちょうど晴れゆく空に降る霜が置き所もなく消えるように、栄えゆく御代に逢いながら、場ちがいで拙いわが身ばかりは身を置く所もなく、埋もれてしまうのが悲しく思われます。建仁元年(一二〇二)二月、老若五十首歌合。○空にふる霜　↓六五三。▽二・三・五句の叙事を述懐に綯い交ぜて譬喩とした特異な修辞。院への愁訴であるが、詠進直後の二月十八日、天台座主に還補された。参考「霜ふれど栄えこそ増せ君が代に逢坂山の関の杉もり」(千載・賀・藤原永範)。

1741 例《れい》ならぬこと侍《(はべり)》けるに、無動寺にてよみ侍ける

大僧正行尊

たのみこしわが古寺《ふるてら》の苔《こけ》の下《した》にいつしか朽《く》ちん名こそお《(を)》しけれ

1742 題しらず

大僧正行尊

くり返《かへ》しわが身のとがを求《もと》むれば君もなき世《よ》にめぐるなりけり

1743

清原元輔

憂《う》しといひて世《よ》をひたふるに背《そむ》かねば物思《おも》ひ知《し》らぬ身とやなりなん

1744

よみ人しらず

そむけども天《あめ》の下《した》をし離《はな》れねばいづくにも降《ふ》る涙なりけり

1741 ここを生涯の道場と心にきめてきたこの古寺の苔の下に骨はともかく、いつしかわが名の朽ちてしまうことを思えば、それが残念だ。○例ならぬこと 病。○無動寺 比叡山東塔の霊場。作者は寿永元年(一一八二)、無動寺検校に補せられて以来、ほぼ終生にわたってその寺務に携わった。○わが古寺 自坊の大乗院か。→一四六九。○朽ちん 「苔の下」の縁語。▽仏者として至らなかったとする嘆きであろう。参考「骨未ㇾ腐㆓於土中㆒、名先滅㆓世上㆒」(古今・真名序)。

1742 幾度も自分のあやまちを反省してみると、それは君もいまさぬ世に長らえていることだった。行尊大僧正集、初・四句「かへりつつ…君がなき世に」。○君 白河天皇の東宮実仁親王(『全評釈』)。応徳二年(一〇八五)十一月八日、十五歳で没。その生母、後三条天皇女御源基子は作者の妹(今鏡八・源氏の御息所)。○めぐる 「くり返し」の縁語。▽家集によれば熊野の社前での詠。宮への激しい追慕。

1743 つらい世の中だとは言いながら、いちずに厭離するわけでもないので不覚悟な男とされてしまうことでしょう。元輔集「ある人に遣はしし」。○物思ひ知らぬ 物の道理を弁えない。▽一種の諦念とも見える、したたかな心境。

1744 世を捨てはしたが、天の下を離れるわけではないので、どこにいても雨が降るように、絶えずこの世の憂さに涙のこぼれることです。賀茂保憲女集、四句「いづこにもふる」。○天 「雨」に掛けて「降る」を導く。▽憂き世を捨てても生きてこの世に住む限り、憂きは遁れられない嘆き。
以下三首、「天象」に寄せる。

延喜御時、女蔵人内匠（にょくらうどのたくみ）、白馬節会（あをうまのせちゑ）見けるに、車《くるま》よりくれなゐの衣《きぬ》を出《い》だしたりけるを、検非違使のたゞさんとしければ、いひつかはしける

女蔵人内匠

1745 大空《おほぞら》に照《て》る日の色《いろ》をいさめても天《あめ》の下《した》にはたれか住《す》むべき

かくいひければ、たゞさずなりにけり

例《れい》ならで太秦《うづまさ》に籠《こも》りて侍（はべり）けるに、心細《ぼそ》くおぼえければ

周防内侍

1746 かくしつゝゆふべの雲となりもせば哀（あはれ）かけてもたれかしのばん

題しらず

前大僧正慈円

1747 思《おも》はねど世《よ》をそむかんといふ人のおなじ数《かず》にやわれもなるらん

1745 大空に照る日の色の紅を禁ずるとして、それでは天の下に誰が住むことができましょう。○延喜　醍醐天皇の年号。天皇をもさす。○女蔵人内匠　伝未詳。女蔵人は命婦の下で、宮中の雑役をする下臈の女房。○白馬節会　正月七日、左近衛の舎人の引く白馬を天皇が見る行事。白馬の列が紫宸殿の南庭に引かれるのを建春門の辺で見物し、また御覧の後、大路を練ってそれぞれ三宮・東宮・斎院などに参るのも見物した。○くれなゐの衣　禁色の深紅色の衣。「出だし」は「うちいで」で、袖口を簾の下から出す。○検非違使の　穂久邇本は「藤原中正、左衛門権佐にて侍りけるが見て」とある。検非違使は京中の司法警察を掌り、衛門府が兼帯した。○たゞさん　検非違使の職掌で、非法を調べること。

1746 こうして参籠している中にもしも死んで夕の雲になった時、ああ、かりそめにも誰が私のことを思い出してくれるでしょうか。周防内侍集。○太秦　同地の広隆寺。○ゆふべの雲　火葬の煙の化した雲。○かけても　「しのばん」にかかる。

1747 深く心に決したわけでもないのに世を捨てようとする人と、同じ仲間に私もなるのかしら。世を捨てながらこうも浮世にかかずらっていては。慈鎮和尚自歌合、五句「われも入りなむ」。▽ただ山林の閑居を憧憬するばかりの俗人とどこに違いがあるのかと、出家の本意を顧みたもの。↓一六七一。
以下一七五六まで十首、「人」または「身」に寄せる出家者の述懐。

西行法師

1748 数《かず》ならぬ身をも心の持《も》ちがほに浮《う》かれては又かへり来《き》にけり

1749 を（お）ろかなる心の引《ひ》くにまかせてもさてさはいかにつゐ（ひ）の思《おも》ひは

1750 年《とし》月をいかでわが身にを（お）くりけん昨日の人もけふはなき世《よ》に

1751 受《う》けがたき人の姿《すがた》に浮《う》かび出《い》でて《゛》こりずやたれも又沈《しづ》むべき

1748 人の数にも入らぬ身であるのにまあ、人並みの心をもつかのような顔をして、浮かれ出た庵にまたもっともらしく舞い戻ってきたことだ。▽修行に出たといえばもっともらしいが、単なる風狂にすぎないではないかと、われながら捉えかねるわが身、心を顧みたもの。

1749 至らぬわが心の引くのに任せて思うままに身を処すとして、さてそれでどう思うだろう、いざとなった時。悔いはあるまいか。聞書集「三河の入道、人すすむとて書かれたる所に、「たとひ心に入らずともおして信じ習ふべし」。この道理を思ひ出でて」と詞書のある二首の内。西行法師家集、五句「つひのすみかは」。○つゐ　最後の時で、臨終時あるいは参考歌の場合は地獄に堕ちた時である。▽自力には限界があり、他力に帰する外はないのか、と三河入道寂昭の言葉に従って自問してみる。参考「憂かるべきつひの思ひをおきながらかりそめの世にまどふはかなさ」(聞書集「地獄絵を見て」)。

1750 この年月をわが身の上ではどのように過してきたことやら。昨日見た人も今日は亡い、はかないこの世で。山家集。西行法師家集。宮河歌合は四句「昨日見し人」。

1751 希有な果報として人身に生れ変って地獄から浮び出ながら、昔の苦患にも懲りずに誰も再び地獄に堕ちるのであろうか。聞書集、三句「浮かみ出でて」。西行法師家集、五句「又沈むらむ」。○受けがたき　二十五三昧式「何況人身難レ受（いかにいはんやにんじんうけがたく）、仏法難レ値（あひがたし）」。六道のうち天上に次ぐ人間に生れたことは、仏法に接し解脱を遂げる可能性をもったことで、有難い果報とされる。そして人間に生れ変るむつかしさは雑阿含経十五によれば「盲亀浮木」即ち盲亀が百年に一度海上に頭を出し、たまたま漂流する浮木の孔に遇うのに譬

守覚法親王、五十首歌よませ侍《(はべり)》けるに

寂蓮法師

1752 そむきてもなを《(ほ)》憂《う》き物は世《よ》なりけり身を離《はな》れたる心ならねば

述懐の心をよめる

1753 身の憂《う》さを思《おも》ひ知《し》らずはいかゞせん厭《いと》ひながらも猶《(なほ)》すぐす哉《(かな)》

前大僧正慈円

1754 なにごとを思《おも》ふ人ぞと人問《と》はば《ヽ》こたへぬさきに袖ぞぬるべき

1755 いたづらに過《す》ぎにしことや歎《なげ》かれん受《う》けがたき身の夕暮の空《そら》

えられる。〇浮かび　「沈む」の対。▽「地獄絵を見て」とある連作の一。

1752 世を捨てたとてやはり心を悩ますものはこの世だな。心は身を離れてあるものではないので。建久九年(一一九八)頃、御室五十首。〇守覚法親王　↓三八。〇身を離れ…　心は身を離れず、身はこの世を離れられない理。↓一七四四。

1753 わが身のはかなさを弁えていないのなら仕方もあるまい。が私は弁えて世を遁れたいと思いながら、なおも捨てきれずにいることよ。寂蓮法師集。

1754 何をあなたは思案しているのかと、もしも尋ねる人があれば、答えぬ先にまず袖がぬれるにちがいない。拾玉集「一日百首」、建久元年四月八日。▽前歌の「身の憂さ」が片時も念頭を離れぬ人の張りつめた嘆き。

1755 空しく年月を過ごしたことが後悔されるのではなかろうか。希有な果報として人間に生れたこの身のまさに終ろうとする夕暮の空を仰ぐ時。拾玉集・南海漁父北山樵客百番歌合、建久五年八月。〇受けがたき身　↓一七五一。〇夕暮の空　臨終を生涯の夕暮と見て象徴的にいう。

1756 うち絶《た》えて世《よ》にふる身にはあらねどもあらぬ筋《すぢ》にも罪《つみ》ぞ悲《かな》しき

和歌所にて、述懐の心《こゝろ》を

1757 山里《ざと》に契《(ちぎり)》し庵《いほ》やあれぬらん待《ま》たれんとだに思《おも》はざりしを

右衛門督通具

1758 袖にをく《(お)》露をば露《つゆ》としのべどもなれゆく月や色《いろ》を知《し》るらん

定家朝臣

1759 君が代《よ》にあはずはなにを玉の緒《を》の長《なが》くとまではおし《(を)》まれじ身を

1756 すっかり世俗からは隔てられた身ではあるが、思わぬ方面で罪業を造っているのではないか、それを思うと悲しくてならない。拾玉集「詠百首和歌」、一・三句「世にすむ身にはなけれども」。〇うち絶えて　全く。下に打消を伴う。

1757 山里で、いつ頃には共にと約束したあの庵はもう荒れてしまったかしら。待たせることになろうなどとはついぞ思わなかったのに。拾玉集。〇和歌所…　拾遺愚草には「述懐三首、建永元年(一二〇六)秋、和歌所」。明日香井集は八月と明記し、「卿相侍臣嫉妬《(ねたみ)》歌合」と散逸歌合の名も示す。〇山里に　「あれぬらん」にかかる。〇契し　庵と約束する。

以下一七五四まで八首、同じ歌合の述懐歌を作者別に配列する。

1758 袖に置く涙の露を、これは秋の露だといって人目に隠しているけれども、夜毎に親しく袖に映る月は涙の色だと覚ることであろうか。本歌「秋の夜の露をば露とおきながら雁の涙や野べを染むらむ」(古今・秋下・壬生忠岑)。〇色　「涙の色の紅」(古今・雑体・伊勢)という通り、激しい悲しみの涙を紅とするのは常套。ここは述懐の涙。

1759 もしも聖代にめぐり逢わなければ命、言い換えれば生甲斐とすべきものもなく、この命長くあれと祈るまでに惜しまれるわが身ではなかったでしょうに。本歌「片糸をこなたかなたに縒りかけてあはずはなにを玉の緒にせむ」(古今・恋一・読人しらず)。拾遺愚草。〇あはずは　以下十一字、本歌の句と意をそのまま取り、「あふ」は縒り合わせる意と逢う意とを掛け、「緒」「長く」はその縁語。〇玉の緒　能因歌枕「命をばたまのをといふ」。〇おしまれじ　普通は参考歌のように、捨てるのも惜しまずというのを逆に「長く」と取り直した趣向。▽参考「君がため惜しからざりし命さ

1760 おほかたの秋の寝覚《ねざ》めの長《なが》き夜も君をぞいのる身を思《おも》ふとて

家隆朝臣

1761 和歌《わか》の浦《うら》や沖《おき》つ潮合《しほあひ》に浮《うか》び出《い》づるあはれわが身のよるべ知《し》らせよ

1762 その山とちぎらぬ月も秋風もすゝむる袖に露《つゆ》こぼれつゝ

雅経朝臣

1763 君が代《よ》にあへるばかりの道はあれど身をばたのまず行《ゆ》く末《すゑ》の空

〈長くもがなと思ひぬるかな」(後拾遺・恋二・藤原義孝)。

1760 誰もが経験する寝覚して過ごす秋の長い夜も、君の御栄えばかり祈っている。いつまでも御恵みに浴するわが身の仕合わせを思うので。壬二集。同年(元久二年)正月、宮内卿に任じられたことを院の御殊恩として感激していることが源家長日記に見える。▽参考「おほかたに秋の寝覚めの露けくはまた誰が袖に有明の月」(↓四三五)。

1761 和歌の浦よ。その遠い海中の潮合に浮び出る泡ではないが、ああ私の寄るべき所を知らせてくれ。本歌「わたつ海の沖つ潮合に浮ぶ泡の消えぬものから寄る方もなし」(古今・雑上・読人しらず)。壬二集。○和歌の浦　紀伊国の歌枕。歌壇の譬喩とするのは常套。○潮合　海流の出合う所。▽歌の道ただ一筋で身を立てているわが身のはかなさを思っての述懐であろう。

1762 どこそこの山に共に入ろうと約束してもいないのに、月もまた秋風も早くも誘うように袖に訪れるので、涙の露がしきりにその上にこぼれることだ。壬二集。○すゝむる　入山を勧誘する。○袖　月が映り、秋風の通う袖。○露　涙の譬喩。風、袖の縁語。▽月と契りはしないが、すでに出家を思う心と秋思のあわれさが重なって涙の露は深いのである。

1763 聖代に逢うという、どうやらそれ程の道は開けていたが、その道を辿ってどこまで遠く行けるか、私に自信はない。明日香井集。○道　身を立てる方法で、歌道をさす。▽これも一七六一と同様、和歌や蹴鞠によるわが身のはかなさを思っての述懐で、ひたすら朝恩にすがろうとする。

皇太后宮大夫俊成女

1764 お(を)しむとも涙《なみだ》に月も心からなれぬる袖に秋をうらみて

千五百番歌合に　摂政太政大臣

1765 浮《う》きしづみ来《こ》ん世《よ》はさてもいかにぞと心に問《と》ひて答《こた》へかねぬる

題しらず

1766 われながら心のはてを知《し》らぬかな捨《す》てられぬ世《よ》の又いとはしき

1767 を(お)しかへし物を思《おも》ふはくるしきに知《し》らず顔《がほ》にて世《よ》をや過《す》ぎまし

1764 月も私の心のせいで―私が秋の悲しさに堪えられず、涙を袖にこぼすので―夜毎に涙に映っている、その袖であるのに、すべては秋のせいだと恨んで、過ぎゆく秋を惜しもうともせずにいる。○涙に　涙の「な」を「無(な)」に掛け、「秋をうらみてをしむともな」と倒置になる。また一方「なれぬる袖」にかかる。▽袖に映り馴れる月を見る悲しさに、「心から」と知りながら、秋を恨むという趣向。月、心、秋の関係は「月見ればちぢに物こそ悲しけれわが身一つの秋にはあらねど」(古今・秋上・大江千里)を参考。

1765 これまであるいは浮き、あるいは沈み六道を輪廻して、来世はそれではどうなるかと自問してみるが、答えることはできずにいる。建仁二年(一二〇二)頃、千五百番歌合・雑二。○浮きしづみ　天・人・修羅・畜生・餓鬼・地獄と数えられる六道において上昇するのが「浮き」、下降するのが「沈み」。▽前世の業(ごう)の果報として今人間に生れ得たことは知っているが、罪障の重い身は、いかに精進し放逸を慎むとしても来世の行方は分からない、その心細さ。同歌合の判歌で慈円は「心に問ふも苦しかるらむ」という。

以下一七七四まで十首、「世」に寄せる述懐。

1766 われながら心の落ち着く先がつかめないことだ。この世を捨てようとして捨てられず、といって捨てられない世がまた遁れたくなるのだから。秋篠月清集「南海漁父百首」、建久五年(一一九四)八月。

1767 こう思い、今度は反対にああ思うというのは堪えきれないので、いっそ何も気にしない顔をして世を送ろうかしら。建仁二年頃、千五百番歌合・雑二。○をしかへし　押し戻すこと。ここは例えば前歌の下句のような思考過程。

五十首歌よみ侍《(はべり)》けるに、述懐の心を　守覚法親王

1768 長《なが》らへて世《よ》に住《す》むかひはなけれども憂《う》きにかへたる命なりけり

権中納言兼宗

1769 世を捨《す》つる心はなを《(ほ)》ぞなかりける憂《う》きを憂《う》しとは思《おも》ひ知《し》れども

述懐の心をよみ侍ける　左近中将公衡

1770 捨《す》てやらぬわが身ぞつらきさりともと思《おも》ふ心に道《みち》をまかせて

題しらず　よみ人しらず

1771 憂《う》きながらあればある世にふる里《さと》の夢をうつゝに覚《さ》ましかねても

1768 生き長らえてこの世に留っていても生甲斐とてはないけれども、これまでのつらい経験の代りに与えられた命と気がついて、いとおしく思うのだ。建久九年(一一九八)頃、御室五十首。○憂きにかへたる命　喜びと命とは両立しないという想念で、八代集抄は「中頃亡きになりて沈みたりし憂へに代りて今までも長らふるなり」(源氏物語・絵合)という源氏の言葉を引いて、同様の述懐という。▽御室撰歌合の俊成判は下句を「わりなくやさしき」と評する。

1769 世を捨てる心はやはりまだないことだ。憂き世の憂さは十分弁えているけれども。同じく御室五十首。

1770 この世を捨ててしまえない自分が真実堪えがたく思われる。それでももしやと思う未練な心に引きずられて。公衡集「賦百字和歌・恋十五首」の内「うちもねず」、建久元年七月、三・五句「されどもと…道をせかれて」。○道をまかせて　仏教語「意馬心猿」を踏まえて「心」を馬と見、さらに「老馬知道」(→六四)の故事を踏まえた表現か。▽家集では恋への未練であるが、ここでは官途のそれと解されているのであろう。参考「夕闇は道も見えねど古里はもと来し駒にまかせてぞ来る」(後撰・恋五・読人しらず)。

1771 つらいけれども生きていれば生きてもゆかれる世に長らえていることだ。今も見る花やかな古里の夢をさながら現実と思い、覚ますこともできずにいて。○あればある世　希望もなく惰性で生きているさま。○ふる里　「経る」と「古里」と掛詞。▽参考「おのづからあればある世に長らへて惜しむと人に見えぬべきかな」(千載・雑中・藤原定家)。源氏物語・蓬生巻の末摘花の面影がある。

1772 憂《う》きながら猶《(なほ)》お《(を)》しまるゝ命《いのち》かな後《(のち)》の世《よ》とても頼《たの》みなければ

源師光

1773 さりともとたのむ心のゆくすゑも思《おも》へば知《し》らぬ世《よ》にまかすらん

賀茂重保

1774 つく〴〵と思《おも》へばやすき世《よ》の中を心となげくわが身なりけり

荒木田長延

入道前関白家百首歌よませ侍《(はべり)》けるに

刑部卿頼輔

1775 河舟ののぼりわづらふ綱手《つなで》なわ《(は)》くるしくてのみ世《よ》をわたる哉《(かな)》

1772 いやだと思いながらやはり命が惜しまれることだ。後世とてもより善い所にゆけるあてはないので。永暦元年(一一六〇)七月、清輔朝臣家歌合。正治二年(一二〇〇)三百六十番歌合。治承三十六人歌合。○頼み　六道のうち人間より上の天上、あるいは浄土などに生れ変ること。→一七五五。

1773 それでもこのままではあるまいと期待を将来に寄せているのも、考えてみれば分からない来世なればこそのあなた任せであろうか。○重保　底本・穂久邇本の外は「季保」。続歌仙落書も同じであるが、重保はその父で、単なる誤写とも思われない。

1774 よくよく考えてみると何事もない世の中だのに、狭い料簡からいろいろと煩悶しているわが身だったな。▽一種の悟達とも見えるが、むしろ神道者流の楽天性か。

1775 川舟が急流を遡航しかねて、しきりに綱手縄をたぐり寄せるではないが、ただもう苦しい思いで世を過ごしていることだ。○入道前関白家百首歌　藤原兼実のいわゆる右大臣家百首、治承二年(一一七八)であろう。→九七三。○綱手なわ　綱手に同じで、「船をひく縄なり」(和名抄十二)。それを「繰る」を「苦し」に掛け、上句を序とする。▽詠歌一体に「この歌は品なきよし、歌仙たち申すめり」とある。

以下三首「川」に寄せる述懐。

題しらず　　　　　　　　　　　　　　　　　　大僧都覚弁

1776 老《お》いらくの月日はいとゞ早瀬河《はやせがは》かへらぬ浪《なみ》にぬるゝ袖かな

よみて侍《はべり》ける百首歌を、源家長がもとに見せにつかはしける奥《おく》に、書《か》き付《つ》けて侍ける　　　　藤原行能

1777 書《か》きながすことの葉をだに沈《しづ》むなよ身こそかくても山河の水

身の望《のぞ》みかなひ侍らで、社《やしろ》のまじらひもせで籠《こも》りゐて侍《はべり》けるに、葵《あふひ》を見てよめる　　　　鴨長明

1778 見ればまづいとゞ涙ぞもろかづらいかに契《ちぎり》てかけ離《はな》れけん

1776 老年の月日の経つことはいよいよ早く、あたかも早瀬川であるが、その去って返らぬ波に袖がぬれるように返らぬ月日を思って袖がぬれることだ。○老いらく　老いることの意。○早瀬河　浅くて流れの速い川。▽参考「歳月難下従二老底一還上(おいのそこよりかへりがたし)」(和漢朗詠集「歳暮」・惟良春道)。

1777 書きつけてお送りするこれらの歌だけでも浮かび上がらせていただきたい。わが身はこのように沈んだまま終わるとしても。山河の水よ。源家長日記。○源家長　本集撰修時の和歌所開闔(開闔は理非を判断する意で、事務を掌る)。○書きながす　「流す」「葉」「沈む」は山河の縁語。○ことの葉　和歌。○沈むな　採択してくれの意。「沈む」は下二段活用。○山河の水　家長に擬する。▽同日記によれば、この百首によって北面に召され、宮内権少輔に任ぜられた。

1778 もろかずらよ。お前を見れば先立つものはいよいよもろくこぼれる涙である。いったいどういう前世の因縁で二葉が離れるように、すっかり社から離れてしまったのであろう。○身の望みかなひ侍らで　後鳥羽院の周旋もあって下鴨神社の摂社、河合社の禰宜になることが期待されていながら、惣官鴨祐兼の反対で実現しなかったことをさす。○葵　ふたば葵。上下賀茂社の祭事に用いる。→一八二。○もろかづら　この祭に用いる桂の枝に葵を付けた鬘をもいうが、ここは二葉葵に同じ。八雲御抄三「葵」に「もろかづら。もろは草。ふたば」とある。「もろき」に掛ける。○かけ離れ　「もろかづら」の縁語。▽参考「たゆまじき筋を頼みし玉かづら思ひのほかにかけ離れぬる」(源氏物語・蓬生)。源家長日記によればこの一件の後、後鳥羽院に十五首の歌を奏上したが、そのうちの一首か。
　「葵」に寄せる述懐。

題しらず　　　　　　　　　　源　季　景

1779 同《おな》じくはあれないにしへ思《おも》ひ出《い》でのなければとてもしのばずもなし

西　行　法　師

1780 いづくにも住《す》まれずはたゞ住《す》までもあらん柴《しば》の庵《いほり》のしばしなる世《よ》に

1781 月のゆく山に心をおくり入《い》れてやみなるあとの身をいかにせん

五十首歌の中に　　　　　　　前大僧正慈円

1782 思《おも》ふことなど問《と》ふ人のなかるらんあふげば空《そら》に月ぞさやけき

1779 同じことならあってほしいものよ。昔のことはうれしい思い出がないからといって思い出して懐かしまないものでもないが。〇思ひ出で喜ばしい思い出。転じて喜び、慰めの意ともなる。→六九五・一五四一。

「思ひ出」に寄せる。配列疑問。

1780 どこにも居続けることができなければ、しないだけのことだ。ちょうど柴の庵のようにしばしの住居でこの世はあるのだから。西行法師家集。〇柴の庵　雑木を結んだほどの一時しのぎの庵。「しばし」を導く。〇しばし　短い間。

「柴」に寄せる無常。

1781 月の傾く山に月を慕って心を一緒に送りこんだのはよいとして、闇に留まっている残されたこの身の方はどうしようというのであろう。▽心と身とを対立させて、月に耽溺する心あるいは風雅が、一身の救済に繋がるのかという切実な自問。

以下一七八五まで五首、「月」に寄せる雑歌。

1782 わが胸の思いをどうして誰も尋ねてくれないのであろう。仰げば空に月ばかりが明るく澄んでいる。建仁元年(一二〇一)二月、老若五十首歌合、初句「思ふことを」。前田・烏丸・小宮本も。▽訴えたいことを胸中に懐いて悶々とし、月も照覧あれの気持か。

1783 いかにしていままで世《よ》には在曙《（ありあけ）》のつきせぬ物をいとふ心は

1784 西行法師、山里《ざと》よりまかり出《い》でて、昔《むかし》出家し侍《（はべり）》しその月日に当《あた》りて侍ると申《（まうし）》たりける返事に

うき世《よ》出《い》でし月日のかげのめぐりきて変《かは》らぬ道を又照《て》らすらん

1785 前僧都全真西国の方《かた》に侍《（はべり）》ける時、つかはしける

承仁法親王

人しれずそなたをしのぶ心をばかたぶく月にたぐへてぞやる

1783 有明の月ではないが、どうして今までこの世に留まり残っているのであろう。厭離したい気持は絶えず持ちつづけているのに。拾玉集・南海漁父北山樵客百番歌合、建久五年(一一九四)八月。慈鎮和尚自歌合。○在曙のつき　上には「世には在り」と「有明」を掛け、下は「月」を「尽きせぬ」に掛ける。○つきせぬ物を　ここで切れる。▽参考「よなよなはまどろまでのみ有明のつきせず物を思ふ頃かな」(正保板本金葉・雑上・皇后宮美濃)。

1784 あなたが出家された同じ月日の光がめぐってきて、その昔出て行かれた同じ道を今日もまた照らしていることでしょうか。慈鎮和尚自歌合。○西行法師　作者より三十七歳年長で、仏道、歌道の先達。○山里　自歌合によれば横川(よかわ)。○その月日　同月同日。○月日のかげ　年月日の「月日」を天象のそれに取りなし、その縁で「かげ」とつづける。○変らぬ道　昔は出家して入山し、今日は横川から出山する、その往返の道を仏道に寄せて象徴的にいう。▽「月日のかげ」も道も昔日に同じという趣向で、昔は若き西行の発心を鼓舞して道の行方を照らした月日が、今日は修行成った西行を祝福してその仏道を照すかというのである。

1785 ひそかに西にいるあなたに思いを寄せているこの心を、西に傾く月に添えてお届けします。源平盛衰記三十六。覚一本平家物語九。○前僧都全真　藤原親隆の子。清盛の妻時子の縁者で二位僧都とよばれ、作者年来の同宿。○西国の方　平家一門とともに都落ちし、当時福原にいた(盛衰記)。○人しれず　朝敵なので人目を憚る意。○たぐへて　わざとの使いでなく、西へ行く月を好便としての意で、憚る気持をこめる。

前大僧正慈円、ふみにては思《おも》ふほどのことも申《(まうし)》つくしがたきよし、申つかはして侍《(はべり)》ける

返事に

前右大将頼朝

1786 陸奥《みちのく》のいはでしのぶはえぞ知《し》らぬ書《か》きつくしてよ壺《つぼ》の石《いし》ぶみ

世中《(よのなか)》の常《つね》なきころ

大江嘉言

1787 けふまでは人を歎《なげ》きて暮《く》れにけりいつ身の上《うへ》にならんとすらん

題しらず

清慎公

1788 道芝《みちしば》の露《つゆ》にあらそふわが身かないづれかまづは消《き》えんとすらん

1786 陸奥国の磐手・信夫郡ではないが、言わずにこらえているなど私には理解できません。壺の碑ではないが、悉皆文にして書き送って下さい。壺拾玉集。両者の贈答歌群の内、慈円「思ふことといなみちのくのえぞいはぬ壺のいしぶみ書き尽さねば」の返し。〇いはでしのぶ　陸奥国の古い二郡の名。「磐手」はもともと「で」と濁ったか。〇えぞ「蝦夷」に掛ける。〇壺の石ぶみ　陸奥国壺の地にある碑。▽家集は「凡此人、如レ此贈二答之一。人尤希有歟」と評し、十訓抄十も「面白く巧みに」という。

一七八四・一七八五が消息の歌であるのを承けて配列したのであろう。

1787 今日までは人の上を嘆いて日を過してきた。がいつこれがわが身の上になることやら。嘉言集、三句「やみぬめり」。〇常なきころ　疫病の流行をいうか。〇暮れ　下句に響かせて、わが身の暮れを示唆しよう。

以下三首「身」に寄せる無常。

1788 道芝の露に負けまいと競っているこの身だな。どちらが先に消えることやら。〇道芝　路傍の雑草。

以下二首はことに「草」に結ぶ。

1789 何といったか、壁に生えるという草の名よ。そう、「いつまで草」。その名にもよく似たわ

1789
なにとかや壁《かべ》に生《お》ふなる草の名《な》よそれにもたぐふわが身なりけり　皇嘉門院

1790
来《こ》しかたをさながら夢になしつれば覚《さ》むるうつゝのなきぞ悲《かな》しき　権中納言資実

松の木の焼《や》けけるを見て

1791
千年《ちとせ》ふる松だにくつる世《よ》の中にけふとも知《し》らで立《た》てるわれかな　性空上人

題しらず

1792
数《かず》ならで世《よ》に住《すみ》の江のみをつくしいつを待《ま》つともなき身なりけり　俊頼朝臣

が身とつくづく思う。月詣集・雑下、下句「それにもたがふわが身なるかな」。○壁に生ふ　能因歌枕「壁に生ふるをばいつまで草といふなり」。枕草子・草は の条に「いつまで草はまたはかなく哀れなり」。▽その名のようにいつまで生きられるかというのである。参考「なにとかや今日のかざしよかつ見つつおぼめくまでもなりにけるかな」(源氏物語・藤裏葉)。

1790　私は過去をそっくりそのまま夢と観じてしまっているので、覚めて戻れる現実のないのがまことに悲しく思われる。▽喜びも悲しみもすべて夢幻と観ずる外はないような、大きな一身の転変を経験した人の空しさであろう。
この一首、確かな配列の理由はないが、気分的に前後に繫がる。

1791　千年も経った松さえ滅びる世の中だのに、今日死ぬことも知らずにぼんやり暮している私よ。袋草紙・上、二句「松だにくゆる」。本集も前田本の外は同じ。○焼けける　雷火または野火によるか。袋草紙の左注には「これは松樹の切杭に火の燃ゆるを見て詠む歌なり」とあり、「く(燻)ゆる」がふさわしい。○立てる　松の縁語。
以下一七九五まで五首、「松」に寄せる雑歌。

1792　人数にも入らぬ身でこの世に住み、辛労の限りを尽くしているが、思えばいつの日時節が到来するというあてもない身であることだ。康和四年(一一〇二)閏五月、堀河院艶書合。○住の江　摂津国の歌枕。上を承けて「住む」に掛ける。○みをつくし　水路の標識の杭。「身を尽くし」に掛ける。○待つ　有名な「住の江の松」(→一六〇七)に掛ける。▽艶書合は男女の歌人が恋歌の贈答の形式で歌を合わせた特異な歌合。→一三九五。これは男が贈った本の歌で、本来は逢瀬を待ちわびる恋歌であるが、ここでは述懐歌の扱い。

1793 憂《う》きながら久《ひさ》しくぞ世《よ》をすぎにける哀《(あはれ)》やかけし住吉《すみよし》の松

皇太后宮大夫俊成

春日社歌合に、松風といふことを

1794 春日山《かすがやま》谷《たに》のむもれ木くちぬとも君につげこせ峰《みね》の松風

家　隆　朝　臣

1795 なにとなく聞《き》けば涙ぞこぼれぬる苔《こけ》の袂《たもと》にかよふ松風

宜秋門院丹後

草子《さうし》に葦手《あしで》長歌《ながうた》など書《か》きて、奥《おく》に

女御徽子女王

1796 みな人のそむきはてぬる世《よ》の中にふるの社《やしろ》の身をいかにせん

1793 つらい世の中と思いながらも随分長生きをしてきました。私を憐れんであやからせて下さったのでしょうか、住吉の松よ。文治六年(一一九〇)三月、五社百首「松」、住吉社奉納分。〇久しく　作者七十七歳。松の縁語。〇哀やかけし　歌道に励む私の志をあわれんでの気持。〇住吉　摂津国一ノ宮で、住吉明神は和歌の神。

1794 春日山の谷の埋木は朽ちてしまったと君に告げてくれ、峰をわたる松風よ。元久元年(一二〇四)十一月十日、春日社歌合。十三日同社に奉納。〇春日山　春日神社の背後の山地。社は藤原氏の氏社。〇むもれ木　地中に埋れて半ば炭化した木。沈淪の身に譬えるのは常套であるが、さらにそれが朽ちたと歌う。〇とも　「も」は詠嘆。〇君　歌合の主催者、院をさす。〇こせ　他に願う動詞。▽松風に託した愁訴であるが、御感を得て御教書を賜わったという(源家長日記)。

1795 聞けばわけもなく涙がこぼれてならない。この墨染の袖に吹き通う松風よ。同じ春日社歌合。〇苔の袂　「苔の衣」(→一六三六)の袂で、僧衣またはその袂。〇松風　その音は寂しいものとされる。→七九六。▽これも御教書を賜わったという。

1796 親しい人々が皆出家してしまったこの世に独り生き長らえている古(ふる)斎宮のこの身はどうすればよいのでしょう。斎宮女御集。続詞花集・雑下。〇葦手　一部の文字を水辺の蘆や鳥の形に模様化した散らし書き。これ式に長歌を書いたのである。〇書きて　家集には女二宮(村上天皇皇女保子内親王)が書かせたとある。〇ふるの社の身　世に「経る」と「古の社の身」を掛けるについて「布留の社」(石上神社。→五八一)の語を借りる。▽枕草子「斎院、罪深かなれどをかし」(宮仕へ所は の条)とか、「君すらもまことの道に入りぬなり独りや長き闇にまどはむ」(栄花物語・衣の珠・選子

臨時祭の舞人にてもろともに侍《(はべり)》けるを、ともに四位してのち、祭の日つかはしける

実方朝臣

1797 衣手《で》の山井の水にかげ見《み》えし猶《(なほ)》そのかみの春ぞこひしき

題しらず

道信朝臣

1798 いにしへの山井の衣なかりせば忘《わす》らるゝ身となりやしなまし

後冷泉院御時大嘗会に、ひかげの組《くみ》をして、実基朝臣のもとにつかはすとて、先帝御時思《おも》ひ出《い》でて、添《そ》へていひつかはしける

加賀左衛門

1799 たちながらきてだに見せよ小忌《をみ》衣あかぬ昔《むかし》の忘《(わすれ)》がたみに

内親王)とあるように斎王は仏道に背き、罪の深い者とされた。

以下一七九九まで四首、「神事」に寄せる。

1797 山藍の袖が山井の水に映って見えたあの昔の社頭の春が今日も恋しく思われます。もう一度四位の舞人として一緒に舞いたいものです。実方集。道信集。いずれも初・三・五句「古の…かげ見えて…袂恋しも」。○臨時祭　三月、中の午の日の石清水臨時祭。○ともに四位して　二人ながら四位に昇って。臨時祭の舞人は十人で、四位・五位各四人、六位二人(江家次第)。○衣手　山藍の衣。またはその袖。山藍は自生の藍で、その葉の汁で染めた斎服の青摺の衣。小忌衣(→一四二九)ともいう。舞人は竹文の青摺袍。○山井　岩間の湧水で、石清水(いわしみず)ともいい、社名の縁語。また山藍(やまあい・やまい)に掛ける。○そのかみ　その昔の意と「その神」と掛詞。

1798 昔、山井に映した山藍の衣のことがもしなければ、私は忘れられてしまうのでしょうか。実方集、二句「衣の色の」。道信集。▽すねてみせた諧謔。

1799 ちょっとでいいですから来るだけは来て着て見せて下さい、小忌衣を。いつまでも偲ばれる先帝の御時の忘れ形見として。○後冷泉院　第七十代天皇。○大嘗会　即位後最初の新嘗祭で、永承元年(一〇四六)十一月十五日。○ひかげの組　組紐で造ったひかげの鬘。→一二四〇・一四二九。○して　編んでの意。○実基朝臣　権中納言源経房の男、西宮左大臣高明の孫。○先帝御時　後朱雀天皇の大嘗会。○加賀左衛門　底本「加賀朝臣」。穂久邇本「加賀衛門」。他は「加賀左衛門」で、これによって訂正。○たちながら　来宅しても坐らず、すぐ引返そうとする態。「立ち」と「裁ち」と掛詞。○きて　「来て」と「着て」と掛詞。○小忌衣　→一四二九。

秋夜きりぎりすを聞《き》くといふ題をよめと、人々に仰《おほ》せられて、おほとのごもりにける朝《あした》に、その歌《うた》を御覧じて

天暦御歌

1800 秋の夜のあか月がたのきりぎりす人《ひと》づてならで聞《き》かまし物を

秋雨を

中務卿具平親王

1801 ながめつゝわが思《おも》ふことはひぐらしに軒《のき》のしづくの絶《た》ゆるよもなし

題しらず

能宣朝臣

被レ出レ之

(1992) みづくきの跡《あと》にのこれる玉の声いとゞもさむき秋の風哉（かな）

「裁ち」「着て」はその縁語。▽冠に手編みのひかげの組を懸けた小忌衣姿を一目見て先代の盛儀を偲ぼうというのである。

1800 秋の夜の夜明け前のこおろぎを歌を介してでなく、じかに聞くのだったのに。村上御集。○きりぎりす　蟋蟀。今のコオロギ。○おほとのごもり　御寝になる。▽歌どもの面白さに触発された態の言葉。
「秋暁」に寄せる雑歌。

1801 じっと目を留めて物思いしていることは一日中で、また一日中軒の雫のとぎれる間とてもない。○ながめ　軒の雨だれに目を留めているのである。○ひぐらしに　上下の句にかかる。
「秋夕」に寄せる雑歌。

(1992) この筆跡に今も残っている金玉の声に、折から吹く秋風がいよいよ寒く感じられる。恵慶法師集に「能宣朝臣」として載る。三・五句「玉づさに…秋の空かな」。○みづくき　能因歌枕「水くきとは筆をいふ」。○玉の声　優れた文章の風韻をいう。「遺文三十軸、軸軸金玉声」(和漢朗詠集「文詞」・白居易)。▽切出歌。
以下一八〇五まで五首、「秋風」に寄せる。

1802 こがらしの風にもみぢて人しれず憂《う》きことの葉のつもる比(ころ)かな

小野小町

述懐百首歌よみける時、紅葉を

皇太后宮大夫俊成

1803 嵐ふく峰《みね》のもみぢの日にそへてもろくなりゆくわが涙哉(かな)

題しらず

崇徳院御歌

1804 うたゝねはおぎ(を)吹《ふ》く風におどろけど長《なが》き夢路《ぢ》ぞさむる時なき

宮内卿

1805 竹の葉に風ふきよはる(わ)夕暮《ゆふぐれ》のものの《ゝ》哀(あはれ)は秋としもなし

1802 私の愁に濃く染められた、誰に見せるでもないつらさをかこつ歌が、ちょうど落ち積る木の葉のように、木枯の風にこの頃は日々積ってゆくことだ。小町集、二句「風にもちらで」。○こがらしの風　八雲御抄三「こがらしは秋冬風。木枯なり」。風は木の葉を散らすものとされる。○もみぢて　家集の本文がよいが、「もみぢて」とすれば「こがらしの風に」には続かない。○ことの葉和歌。「こがらしの風」「もみぢ」「つもる」は葉の縁語。▽恋歌の気分であるが、季節の哀愁と世間を憂しとする嘆きを綯い交ぜにした述懐として扱われている。

1803 嵐の吹く峰の紅葉が日増しに散ってゆくが、そのように日増しにこぼれやすくなってゆく涙よ。長秋詠藻・述懐百首、保延六(一一四〇)、七年頃。▽参考「山おろしにたへぬ木の葉の露よりもあやなくもろきわが涙かな」(源氏物語・橋姫)。

1804 うたたねは軒端の荻を吹く風で覚めるけれども、長夜の夢はついに覚める時がない。○長き夢路　「唯識論に曰く、未だ真覚を得ざれば常に夢中に処す。故に仏説きて生死の長夜となし給へりと」(源信・観心略要集)。

1805 竹の葉に吹く風が弱まってきた夕暮時のこのあわれさは、秋だからというのではない。建仁元年(一二〇一)二月、老若五十首歌合。▽参考「わが宿のいささ群竹ふく風の音のかそけきこのゆふべかも」(万葉集十九・大伴家持)。「秋は夕暮」といわれる定論(→三六)を否定するのではなく、秋よりも上句の景情―日も暮れて来、竹の葉のそよぎもようやく静まってきた、そのあわれさを強調しようとするのが眼目。

1806 夕暮《ゆふぐれ》は雲のけしきを見《み》るからにながめじと思《おも》ふ心こそつけ

和泉式部

1807 暮《く》れぬめりいくかをかくて過《す》ぎぬらん入相《あひ》の鐘《かね》のつく〴〵として

西行法師

1808 待《ま》たれつる入相《あひ》の鐘《かね》のを《(お)》とすなりあすもやあらば聞《き》かんとすらん

暁の心をよめる

皇太后宮大夫俊成

1809 あか月とつげの枕をそばたてて聞《き》くもかなしき鐘のを《(お)》と哉《(かな)》

1806 夕暮はつい雲の様子を見るものだから、もう目をやるまいと思う気持になってしまう。和泉式部続集「ゆふべのながめ」の内。○雲のけしき　雲のたたずまい。▽夕暮は寂しさに堪えられず、つい空を見やるのであるが、雲の様子は寂しさを募らせるばかり。それで「ながめじと思ふ」のである。参考「夕暮は雲のはたてにものぞ思ふ天つ空なる人を恋ふとて」(古今・恋一・読人しらず)。
前歌の「夕暮」を承け、次の「入相の鐘」につづく繋ぎ。

1807 日も暮れたようだ。幾日こうして過ぎてしまうのかしら。撞きつづける入相の鐘をつくねんと聞きながら。和泉式部集「観レ身岸額離レ根草(ねをはなれたるくさ)」の「く」を頭に置く一首(↓一七二六)、初句「くれぬなり」。○入相の鐘　日没時に撞く鐘。↓二六。○つく〴〵　何をするでもないさま。「撞く」と掛詞。
以下二首、「入相の鐘」に寄せる無常。

1808 心待ちにしていた入相の鐘の鳴るのが聞える。もし明日も命があるなら、また聞こうと心待ちにすることであろう。西行法師家集。山家集。宮河歌合。▽参考「夕暮は物ぞ悲しき鐘の音をあすも聞くべき身とし知らねば」(詞花・雑下・和泉式部)。

1809 暁だと告げるのを黄楊の枕を傾け立てて聞いていると、まことにしみじみと物悲しい晨朝の鐘の音よ。本説「遺愛寺鐘攲レ枕聴(まくらをそばたててきく)」(和漢朗詠集「山家」・白居易)。長秋詠藻・述懐百首、保延六(一一四〇)、七年頃。○つげの枕　黄楊(↓一五九〇)で造った角枕。「告げ」に掛ける。○そばたて　枕を傾け立てて頭にあてがう。悲傷して心の安らかでない態をいう。○鐘　六時の内、晨朝(じんじよう)即ち卯刻(朝六時頃)に撞く鐘。
以下二首、「枕」に寄せる無常。

百首歌に

1810 あか月のゆふつけ鳥《どり》ぞ哀《(あはれ)》なるながきねぶりを思《おも》ふ枕に　式子内親王

尼《あま》にならんと思《おも》ひ立《た》ちけるを、人のとゞめ侍《(はべり)》ければ　和泉式部

1811 かくばかり憂《う》きをしのびてながらへばこれよりまさる物もこそ思《おも》へ

題しらず

1812 たらちねのいさめし物をつれ〴〵とながむるをだに問《と》ふ人もなし

熊野《くまの》へまいり《(ゐ)》て大峰《おほみね》へ入《い》らんとて、年《とし》ごろ養《やしな》

1810 暁を告げる木綿付鳥の声が身にしみて聞かれることだ。長夜の眠りを思う枕辺で。正治二年(一二〇〇)院初度百首「鳥」、五句「思ふ涙に」。○ゆふつけ鳥　鶏。「世の中騒がしき時、四境の祭とて帝のし給ふことなり。鶏に木綿(ゆふ)を付けて四の関に至りてする祭なり」(奥義抄・下)という伝承から来た異名であるが、ここにはその清爽としたイメージが働くか。○ながきねぶり　衆生が目覚めぬ限り、永劫に六道に輪廻することの譬え。↓一八〇四。▽あの爽やかな鶏の声は生死の長夜からも目覚めよと促すようだ。しかしその眠りは容易に覚めそうもないと、寝覚の枕の上で深い悔恨をもって聞くのである。作者の没前一年の詠。

1811 これ程までの厭わしさをこらえて生き長らえていると、今以上の物思いをするかもしれません。それが困るのです。和泉式部続集、五句「物をこそ思へ」。▽下句は、「憂し」と知りながら浮世に永らえている未練さに対する念々の悔恨をさしている。

この一首、配列不審。

1812 うたた寝を見ると、それ物思いをしていると いって親のやかましく止められたものであったが、今はこうあらわにつくねんと物思いをしているのさえ、どうしたのかと問うてくれる人もない。本歌「たらちねの親のいさめしうたた寝は物思ふ時のわざにぞありける」(拾遺・恋四・読人しらず)。和泉式部集「観レ身岸額離レ根草(ねをはなれたるくさ)」の「た」字を頭に置いた一首、初句「たらちめの」。↓一八〇七。○いさめ　禁ずること。○つれ〴〵　独りで何をするでもなくいる状態。▽切々と親を恋う。以下一八一五まで四首、「親子」に寄せる雑歌。

ひたてて侍りける乳母《めのと》のもとにつかはしける　大僧正行尊

1813 あはれとてはぐくみ立《た》てしいにしへは世《よ》をそむけとも思《おも》はざりけん

百首歌たてまつりし時　土御門内大臣

1814 位山《くらゐ》あとをたづねてのぼれども子《こ》を思《おも》ふ道《みち》に猶《(なほ)》まよひぬる

百首歌よみ侍《(はべり)》けるに、懐旧歌　皇太后宮大夫俊成

1815 昔《むかし》だに昔《むかし》と思《おも》ひしたらちねのなを《(ほ)》恋《こひ》しきぞはかなかりける

述懐百首歌よみ侍けるに　俊頼朝臣

1816 さゝがにのいとかゝりける身のほどを思《おも》へば夢の心《(ここ)》ちこそすれ

1813 いとおしんで育て上げて下さったその昔は、世を捨てるようにとなどはお思いにならなかったことでしょう。行尊大僧正集。続詞花集・雑下、四句「世をそむけとは」。○熊野　家集によれば本宮。○大峰　熊野の北、吉野にかけて続く山地で修験道の霊場。「順の峰入り」で熊野から大峰に向ったもの。○乳母　母親以上の親密なきずなで生涯結ばれていた。▽決死の荒行を前にして、もとより出家の定めと思うにつけ、ひたすらわが身の安穏を願っていた乳母の情愛が追慕されたもの。参考「たらちめはかかれとてしもむば玉のわが黒髪を撫でずやありけむ」(後撰・雑三・遍昭)。

1814 位階の山は先祖の辿った道につき従って無事昇ってきたが、恩愛の闇ゆえに「子を思ふ道」には今も迷っている。本歌「人の親の心は闇にあらねども子を思ふ道にまどひぬるかな」(後撰・雑一・藤原兼輔)。建仁二年(一二〇二)頃、千五百番歌合・雑二。○位山　飛騨国の歌枕。位階に譬えるのは常套。「のぼる」「道」「まよひ」は山の縁語。▽一門の今昔を思い、わが子の昇進を愁訴する。

1815 今は昔、若年の当時でさえ昔の人と思っていた親が今も恋しいのは本当にはかないことだ。文治六年(一一九〇)三月、五社百首「旧きを懐ふ」、日吉社奉納分。○はかなかり　夢の又夢を見ているようなとりとめなさ、ほのぼのとした気分。

1816 蜘蛛の糸が空中に懸かっている、ちょうどそのように不安定な自分の分際を思うとまるで夢を見ているようだ。長治二年(一一〇五)頃、堀河百首「夢」、二句「いとうかりけむ」。○述懐百首歌誤り。○さゝがに　能因歌枕「ささがにとはくも(蜘蛛)をいふ」。○かゝり　糸の「懸かる」とかくありの意の「かかり」を掛ける。▽参考「七夕は空に知るらむささがにのいとかくばかり祭る心を」(順集)。

夕暮《ゆふぐれ》に蜘蛛《くも》のいとはかなげに巣《す》かくを、常《つね》よりもあはれと見て

僧正遍昭

1817 さゝがにの空《そら》にすかくもおなじことまたき宿《やど》にもいく代《よ》かは経《へ》ん

題しらず

西宮前左大臣

1818 光《ひかり》まつ枝《えだ》にかゝれる露《つゆ》の命《いのち》きえはてねとや春《はる》のつれなき

野分《わき》したる朝《あした》に、お《(を)》さなき人をだに問《と》はざりける人に

赤染衛門

1819 あらく吹《ふ》く風はいかにと宮木野《(みやぎ)の》の小《こ》萩《はぎ》がうへを人の問《と》へかし

以下二首「ささがに」に寄せる無常。

1817 蜘蛛が空に巣を懸けているのと同じことだ。立派な邸を営んでもそこに何代過ごせよう。遍昭集、五句「いく代かは経る」。○またき宿「全き宿」で、完好な家。○いく代　代々住み継いで何代の意。

1818 せめて一目と、春の光を待ちわびて松の枝にとり付いているいずれ消える定めの露の命である。それをさっさと消えてしまえとでもいうのか、一向に春の訪れがない。西宮左大臣集。○まつ「待つ」と「松」と掛詞。○露　冬の朝露であろう。▽春は君、光はその恩光、露は自分に擬した愁訴の歌。

以下二首、「木」に寄せる雑歌。

1819 昨夜の暴風はどうだったかと、いたいけな宮城野の小萩の上を、あなた見舞って下さいよ。赤染衛門集、五句「露もとへかし」。○野分　秋の二百十日、二十日の台風。○宮木野　陸奥国の歌枕。萩の名所。○小萩　小は愛称で「おさなき人」即ち二人の間になした子に譬える。「あらく」の対。○人　つれない相手の男をさす。▽家集によれば代作してやったもの。参考「宮城野の露ふきむすぶ風の音に小萩がもとを思ひこそやれ」(源氏物語・桐壺)。

和泉式部、道貞《みちさだ》に忘《わす》られてのち、ほどなく敦道親王かよふと聞《き》き《ゝ》て、つかはしける

1820 うつろはでしばし信太《ゝのだ》の森《もり》を見《み》よかへりもぞする葛《くず》の裏《うら》風

返し　　　　和泉式部

1821 秋風はすごく吹《ふ》けども葛《くず》の葉のうらみ顔《がほ》には見えじとぞ思《おも》ふ

病限《やまひかぎ》りにおぼえ侍《(はべり)》ける時、定家朝臣、中将転任のこと申《(まうす)》とて、民部卿範光もとにつかはしける　　　　皇太后宮大夫俊成

1822 をざさ《ゝ》原《はら》風まつ露の消《き》えやらずこのひとふしを思《おも》ひ《(お)》をくかな

1820 心変りしないでもう少し信太の森の様子を御覧なさい。その下陰の葛の葉裏を翻す風にまた葉がもとに戻る―夫が戻ってくるかもしれない、そうなるといけませんから。赤染衛門集。和泉式部集。続詞花集・恋下。〇和泉式部　大江雅致の女。〇道貞　橘氏。式部の夫。〇敦道親王　冷泉天皇第四皇子。↓一四五九。〇うつろは　秋が来て、葉の色の変ることで、女の心変りすることに譬える。秋のものである「葛の裏風」の縁語。〇信太の森　和泉国の歌枕。道貞が和泉守であった縁でこれを道貞に擬した。〇かへり　葛の縁語。〇葛の裏風　↓一八六五。▽参考「和泉なる信太の森の葛の葉のちへに分かれて物をこそ思へ」(古今六帖二・読人しらず)。

以下三首、「草」に寄せる雑歌。

1821 秋風は恐ろしいばかり吹いている―夫は随分つらく当るが、おっしゃる葛の裏風のように裏を見せる―恨み顔には見られまいと思います。恨んで他に心を移していると思われることはいたしますまい。赤染衛門集。和泉式部集。続詞花集・恋下。いずれも二句「すごく吹くとも」。小宮・穂久邇・鷹司本も同じ。〇うらみ顔　葛の葉の「裏見」と「恨み」を掛けるのは常套。〇見えじ　夫に見られる意。

1822 小笹原に風の吹くまでの命である露が、じっと消えずに堪えて笹の一節に置いているように、私も瀕死の命をもちこたえてこの一事を心にかけています。源家長日記、三句「消えやらで」。穂久邇・鷹司本も同じ。〇病限りに　建仁二年(一二〇二)三月、重態に陥った時であろう。〇定家朝臣　作者の子。〇民部卿範光　後鳥羽院の近臣。院の乳母範子、その妹兼子の同胞。なお「範光」の下に「が」(烏丸・小宮本)、又は「の」(穂久邇・鷹司本)を添えてよむ。〇ひとふし　笹の縁語の「ふし(節)」

題しらず　　　　　　前大僧正慈円

1823 世中《（よのなか）》をいまはの心つくからに過《す》ぎにしかたぞいとゞ恋《こひ》しき

1824 世《よ》をいとふ心の深《ふか》くなるまゝに過《す》ぐる月日をうち数《かぞ》へつゝ

1825 ひとかたに思《おも》ひとりにし心にはなを《（ほ）》そむかるゝ身をいかにせん

1826 なにゆへ《（ゑ）》にこの世《よ》を深《ふか》くいとふぞと人の問《と》へかしやすく答《こた》へん

に気にかかる一事の意を掛ける。▽定家が中将に転任したのは建仁二年閏十月二十日頃で、その時「小笹原変らぬ色の一ふしも風まつ露にえやはつれなき」という院よりの返事があったと伝える（源家長日記）。

1823 この世を今は遁れようという決心がついたので、過ぎ去った昔がいよいよ恋しく思われる。拾玉集「楚忽第一百首・懐旧」、文治四年（一一八八）十二月。慈鎮和尚自歌合。

以下一八三四まで十二首、「世を厭ふ」。

1824 世を遁れようとする心が深くなるにつれて日々過ぎてゆく月日を数えているよ。拾玉集「日吉百首和歌」。慈鎮和尚自歌合は五句「うちながめつつ」。▽出家の志が固まってゆくにつれ、在俗の残りの日々が愛惜される。未練というより惜別の情で前歌に通ずるが、自歌合でも両歌左右に合わされ、俊成は前歌を「いま少しまさると申すべくや侍らむ」と判ずる。

1825 世を遁れることに思い定めた心であるが、やはりそれについ背いて世事にかかずらっているこの身をどうしたらよかろうか。拾玉集・南海漁父北山樵客百番歌合、建久五年（一一九四）八月。慈鎮和尚自歌合。○ひとかたに　一方へ。○そむかる　おのずと心に背く意。身はこれまでの習慣通りに動こうとするのである。心と身を対立させるのは常套。

1826 何が理由でこの世を深く厭うのかと誰か問うがいい、すっぱりと答えよう。拾玉集・南海漁父北山樵客百番歌合。慈鎮和尚自歌合。▽その理由は後世の存在や解脱の教えの真理が信じられるからというのであろう。→一七七三。

1827 思《おも》ふべきわが後《（のち）》の世《よ》はあるかなきかなければこそはこの世《よ》には住《す》め

1828 世を厭《いと》ふ名をだにもさはとゞめを《（お）》きて数《かず》ならぬ身の思《おも》ひ出《い》でにせん

西行法師

1829 身の憂《う》さを思《おも》ひ知《し》らでやゝみなましそむくならひのなき世《よ》なりせば

1830 いかゞすべき世《よ》にあらばやは世《よ》をも捨《す》てゝあな憂《う》の世《よ》やとさらに思《おも》はん

1827 いつも心にかけていなければならないとされる後世は私にとってあるのか、ないのか。ないと思えばこそこの憂き世にも安住していられるのだが。しかし現に安住できないとは。拾玉集「詠百首和歌」。慈鎮和尚自歌合。▽前歌と同じ後世への信を自問自答式に、また屈折した表現でより強く歌う。

1828 せめて世を厭離したという評判ぐらいは、それではこの世に残しておいて、拙い私の思い出にしよう。西行法師家集。山家集によれば「世にあらじと思ひ立ちける」心を詠む。○名をだにもさは　この語気は、まことには名などにこだわらないことを示す。○思ひ出で　「世を厭ふ」のは嘗て世に在ったことの証明なので、在俗の記念として残し置く意。▽「世を厭ふ名」など当時としてはありふれたものであるが、「数ならぬ」身にはそれもふさわしい。これからの厳しい生活を思えば名など問題ではないが、在俗時の思い出としてはそれもよいというのである。

1829 わが身のつらさ、悲しさを自覚しないで終わることであろうか。世を捨てるという習俗のない世であったとすれば。西行法師家集「出家後詠み侍りける」。山家集。

1830 どうすればよかろうか。もし今も在俗でいるなら、「世をも捨てきらずにいて。ああつらい世の中だ。今度こそ」と改めて嘆いてもいようか。しかしすでに世を捨てた身にはその嘆きも許されない。本歌「しかりとて背かれなくに事しあればまづ嘆かれぬあな憂世の中」(古今・雑下・小野篁)。西行法師家集「行基菩薩の何処にか一身をかくさむと書き給ひたること思ひ出でられて」、初句「いかがせむ」。○いかゞすべき　遁世しても憂きはのがれられない理、のみならず遁世以前に較べ、むしろ一層深いと識って、今更に行基の言葉

1831 なに事にとまる心のありければさらにしも又世《よ》のいとはしき

入道前関白太政大臣

1832 昔《むかし》より離《はな》れがたきは憂《う》き世《よ》かなかたみにしのぶ中ならねども

歎《なげ》く事侍りけるころ、大峰《おほみね》に籠《こも》るとて、同《(どう)》行《(ぎやう)》どももかたへは京へ帰《かへ》りねなど申《(まうし)》てよみ侍《(はべり)》ける

大僧正行尊

1833 思《おも》ひ出《い》でてもしも尋《たづ》ぬる人もあらばありとないひそ定《さだ》めなき世《よ》に

が思い出されての嘆息。○あらばやは　「は」は強め。「ばや…む」と対応する語法。

1831 いったい何にこだわる心があるので、一旦捨てたのに重ねてまた遁れたく思うのであろう。西行法師家集「素覚がもとにて俊恵と罷会ひて述懐し侍りしに」。山家集。宮河歌合。

1832 昔から離れにくいものは憂き世だな。互いに慕い合う粋な仲というのではないが。▽男女の仲を「よ」というのに通わせて、「憂き世」と自分の仲を男女のそれに擬したもの。参考「わがごとくわれを思はむ人もがなさてもや憂きと世を試みむ」(古今・恋五・凡河内躬恒)。

1833 私を思い出して安否を尋ねる人などがもしもあれば、健在だとはいわないでくれ。無常の世なのだから。行尊大僧正集、三句「人あらば」。○大峰　北は金峰山(きんぶせん)、南は熊野に続く山地で、修験道の霊場。○同行ども…　仲間の修行者たちも一部は都へ帰りなさい。▽僅かな同行とともに決死の行に挑もうとするのである。

題しらず

1834 数《かず》ならぬ身をなにゆへ《(ゑ)》に恨《うら》みけんとてもかくても過《す》ぐしける世《よ》を

百首歌たてまつりしに　前大僧正慈円

1835 いつかわれみ山の里《さと》のさびしきにあるじとなりて人に訪《と》はれん

題しらず　俊頼朝臣

1836 憂《う》き身には山田のを《(お)》しねを《(お)》しこめて世《よ》をひたすらに恨《うら》みわびぬる

年《とし》ごろ修行の心ありけるを、捨《す》てがたき事侍りて過《す》ぎけるに、親《おや》などなくなりて、心やす

1834 拙いこの身を何が不満であの時恨んだのであろう。曲りなりにもこうして過ごしている世であるものを。行尊大僧正集「ただ一人かくても侍りけりと思ひて」、三句「恨むらむ」。○とてもかくても　ああしてもこうしても。↓一八五一。▽出家しながらなお世に恨むことがあったのを過分として恥じ、あるがままに肯定する気持になっているのである。

1835 いつの日か私は奥山の里の寂しい所に住みついて、親しい友に訪ねられたいものだ。正治二年(一二〇〇)院初度百首「山家」。○あるじ　人に訪ねられる者をいう。▽西行の六二七「寂しさに堪へたる人のまたもあれな庵ならべむ冬の山里」の境涯を慕い、これに倣おうとするものか。
以下三首、「山里」に寄せて「世を厭ふ」。

1836 厭わしいこの身では口に出して言うことも叶わず、山田のおしねではないが独り胸の奥に押込めて、世をいちずに恨み、屈託していることだ。散木奇歌集、五句「恨みつるかな」。○山田　山間の水田。人知れぬことの譬え。○をしね　晩稲。晩く熟する品種の稲。早稲(→一七一)の対。同音で「おしこめ」を起す。○ひたすら　田の縁語である引板(ひた→三〇一)に掛ける。▽参考「言はぬをも言ふにまさると知りながらおしこめたるは苦しかりけり」(源氏物語・末摘花)。

く思《おも》ひ立《た》ちけるころ、障子に書《か》き付《つ》け侍《(はべり)》ける　山田法師

1837 しづの男《を》の朝《あさ》な〳〵にこりつむるしばしのほどもありがたの世《よ》や

題しらず　寂蓮法師

1838 数《かず》ならぬ身はなき物になしはてつたがためにかは世《よ》をも恨《うら》みん

法橋行遍

1839 頼《たの》みありて今ゆくすゑを待《ま》つ人やすぐる月日を歎《なげ》かざるらん

守覚法親王、五十首歌よませ侍《(はべり)》けるに　源師光

1840 長《なが》らへて生《い》けるをいかにもどかまし憂《う》き身のほどをよそに思《おも》はば

1837 樵夫が毎朝伐り集めて薪にする柴ではないが、しばしの間も住みにくい世の中だな。山田集。○障子　ふすま、ついたて。○しづの男　「いやしき者」(能因歌枕)。ここは木こり。○しばし　短い間。「柴」と掛詞。

1838 拙いこの身はすっかりこの世をおさらばさせてしまった。もう誰のために世を恨んだりしようか。寂蓮法師集。○なき物　ここは世を捨てた身をいう。▽これまで世を恨んだのもわが身を立てようがためであったと今更に気づくのである。参考「身ははやくなき物のごとなりにしを消えせぬものは心なりけり」(後撰・雑三・伊勢)。以下四首、「身を厭ふ」。

1839 期するところがあって後世を待つ人は過ぎゆく月日を嘆くことはないのであろうか。▽出家しても信力の弱いわが身を嘆く。

1840 生き長らえているのをどんなに非難することであろう。もしも厭わしいわが身のさまを人の上として見た場合は。建久九年(一一九八)頃、御室五十首。○守覚法親王　→三八。▽参考「人の上と思はばいかにもどかましつらきも知らず恋ふる心を」(千載・恋四・平実重)。

題しらず

八条院高倉

1841 憂《う》き世《よ》をば出《い》づる日ごとに厭《いと》へどもいつかは月の入《い》るかたを見ん

西行法師

1842 なさけありし昔《むかし》のみ猶《(なほ)》しのばれて長《なが》らへまうき世にも経《ふ》るかな

清輔朝臣

1843 ながらへば又このごろやしのばれん憂《う》しと見し世《よ》ぞ今は恋《こひ》しき

寂蓮、人〻勧《すゝ》めて百首歌よませ侍《(はべり)》けるに、いなび侍《(はべり)》て熊野に詣《まう》でける道にて、夢《ゆめ》に、なにごとも衰《おとろ》へゆけど、この道《みち》こそ世《よ》の末《すゑ》に変《かは》ら

1841 このつらい世の中を毎日、朝日の昇るたびごとに遁れたいと思っているが、いつになれば月の入る方、西方浄土を拝することができるのであろう。〇出づる日　下の「月の入る」に対置した修辞。

1842 物のあわれを感ずることの多かった昔ばかりが今も懐かしく思い出され、長らえる気にもならないこの世にこうして過ごしていることだ。西行法師家集。山家集。いずれも五句「世にもあるかな」。〇なさけ　人の情愛、物の情趣で「物のあはれ」に近い。▽出家しても在俗時の心やさしい思い出が生甲斐になるというのである。参考「何事も昔を聞くはなさけありて故あるさまに偲ばるるかな」(山家集)。道心となさけを知る心とは聖俗の違いこそあれ、通うもののあることを示唆する。

以下一八四五まで四首、「昔」に寄せる雑歌。

1843 もしも長らえていれば同じ様にこの頃が懐かしく思い出されることでしょう。現にいやだと思ったあの昔が今は恋しいのですから。清輔集「三条内大臣いまだ中将にておはしける時、遣はしける」。治承三十六人歌合。三条公教が中将であったのは大治五年(一一三〇)四月から保延二年(一一三六)十一月まで。

ぬものはあれ、なを《（ほ）》この歌《うた》よむべきよし、別当湛快、三位俊成に申《（まうす）》と見侍て、おどろきながらこの歌をいそぎよみ出《い》だしてつかはしける奥《おく》に書《か》き付《つ》け侍ける

西行法師

1844 末《すゑ》の世《よ》もこのなさけのみ変《かは》らずと見し夢なくはよそに聞《き》かまし

千載集撰《えら》び侍《（はべり）》ける時、古《ふる》き人ゝの歌《うた》を見て

皇太后宮大夫俊成

1845 行《ゆ》く末《すゑ》はわれをもしのぶ人やあらん昔《むかし》を思《おも》ふ心ならひに

題しらず

西行法師

被レ出レ之

(1993) ねがはくは花のしたにて春死《し》なんそのきさらぎの望月《もち》の比《（ころ）》

1844 衰えた末法の世でもこの物のあわれの道だけは変らないと見たあの夢のお告げがなければ、あなたの勧進もとり合わなかったでしょう。○寂蓮　本集の当初の撰者。○いなび　断る。○熊野　本宮であろう。○この道　歌道。○世の末　仏滅後二千一年で末法に入り、永承七年(一〇五二)を初年とする理解が一般であった。○変らぬものはあれ、なを…　少しも意義を失わないものです。ぜひこの百首を詠みなさい。○別当湛快　第十八代熊野別当。久安二年(一一四六)三月より二十七年間在任。湛増の父。○三位俊成　西行の親友。

1845 のちのちには私のことをも懐かしく思い出してくれる人があるだろうか。私がこうして古人の歌を見、遠い昔を慕うのも人情の常なのだから。長秋詠藻。○千載集　文治四年(一一八八)四月奏覧の勅撰第七集。○心ならひ　習性。

(1993) どうか桜の下で春死にたいものだ。釈尊が涅槃にはいられた同じ二月の満月の頃に。山家集。ただし御裳濯河歌合、西行法師家集は二句「花のもとにて」。○望月　長秋詠藻には長文の詞書があって「つひに二月十六日望の日、をはり遂げける…」。拾遺愚草も。西行の没した文治六年(一一九〇)二月十六日はまさしく満月に当っていた。涅槃会は十五日。▽切出歌。右歌合で俊成は上句を「うるはしき姿にはあらず」と評し、「その体にとりて上下相叶ひていみじく聞ゆるなり。さりとて深く道に入らざらむ輩はかく詠まむとせば叶はざる事ありぬべし。これは至れる時の事なり」と判ずる。

「花」に寄せる無常。

崇徳院に百首歌たてまつりける、無常歌　　皇太后宮大夫俊成

1846 世中《(よのなか)》を思《おも》ひつらねてながむればむなしき空《そら》にきゆる白雲

百首歌に　　式子内親王

1847 暮《く》るゝまも待《ま》つべき世《よ》かはあだし野《の》ゝ末葉《すゑば》の露《つゆ》に嵐たつ也《(なり)》

津《つ》の国《くに》におはして、みぎはの蘆《あし》を見給《たま》ひて　　華山院御歌

1848 津《つ》の国《くに》のながらふべくもあらぬかな短《みじか》き蘆《あし》のよにこそ有《(あり)》けれ

題しらず　　中務卿具平親王

1849 風早《はや》みお《(を)》ぎの葉ごとにを《(お)》く露《つゆ》のを《(お)》くれ先立《さきだ》つほどのはかなさ

1846 この世のさまを思いつづけて見つめていると、茫漠とした大空に消える白雲のとりとめなさ。久安六年(一一五〇)、久安百首。続詞花集・雑下。○崇徳院　第七十五代天皇。○むなしき空　漢語「虚空」の訓。→一四九・三六八。▽虚空に消える白雲の色・形ともに後を残さぬはかなさを無常の象徴と見る。

「雲」に寄せる無常。

1847 日が暮れるまでの間も待つことのできる世であろうか。御覧、あだし野の末葉に置く露に嵐が吹きかけている。○暮るゝまも　露は夕に置き、朝に消える(→一七三)とされているのを否定するもので、「暮るるま」即ち夕の中にも消えると主張する。○あだし野　歌枕としては未詳。ここでは「かりそめ」の意の「あだし」に眼目がある。○末葉の露　草木の先端の葉に置く露で、最も露の置きやすく(→二九八)、また最も風に散りやすい状態。従って下句をはかなさの譬えとする。▽参考「あだし野の萩の末越す秋風にこぼるる露や玉川の水」(散木奇歌集)。

以下巻末まで五首、「草」に寄せる無常。

1848 ここ津の国の長柄ではないが、いつまでも長らえられるはずもないな。この短い蘆のよ、それが一生というものだ。○津の国　摂津国の本来の呼び方。○ながらふ　摂津国の歌枕の「長柄」と「長らふ」と掛詞。○蘆　難波潟の名物(→一〇四九)で「津の国」の縁語。「よ」を起す。○よ　「ふし(節)」の意の「よ」に生涯の意の「世」を掛ける。▽自分も含めて人生一般に対する詠嘆。

1849 風の早さに荻の葉の一つ一つに置く露が互いに前後して散る、ちょうどそのように遅速こそあれ、いずれは消える命のはかなさよ。本歌「末の露もとの滴や世の中の遅れ先立つためしなるらむ」(和漢朗詠集「無常」。→七五七)。○おぎ　イ

1850
秋風になびく浅茅《あさぢ》の末《すゑ》ごとにを《（お）》く白露のあはれ世中《（よのなか）》

蟬丸

1851
世《よ》の中はとてもかくてもおなじこと宮《みや》も藁屋《わらや》もはてしなければ

ネ科の多年草。→二七。

1850　秋風になびく浅茅の葉や穂の先の一つ一つに置く白露のようにはかないこの世よ。新撰朗詠集「無常」。〇浅茅　たけの低いチガヤ。秋には花穂(ツバナ)が出る。→三五。

1851　世の中はどう過ごそうと同じことだ。立派な宮殿も粗末な藁葺の小屋もいつ亡びるか分からないのだから。和漢朗詠集「述懐」。俊頼髄脳は三句「ありぬべし」。〇はてしなければ　終り、限界というものがない。不時の災禍で亡びること。▽世の無常を住居に譬えて歌う。参考「残りなく散るぞめでたき桜花ありて世の中はての憂ければ」(古今・春下・読人しらず)。無名抄によれば蟬丸は「逢坂の関の明神」として祀られており、巻頭の菅原道真即ち北野天神と前後照応した配列。

新古今和歌集巻第十九

神祇歌

1852 知《し》るらめやけふの子《ね》の日《(び)》の姫子《ひめこ》松おひん末《すゑ》までさかゆべしとは

この歌は、日吉社司、社頭の後《うしろ》の山にまかりて、子日して侍《(はべり)》ける夜、人の夢《ゆめ》に見えけるとなん

1853 なさけなくお《(を)》る人つらしわが宿《やど》のあるじわすれぬ梅の立《た》ち枝《え》を

この歌は、建久二年の春《はる》のころ、筑紫《つくし》へまかれりける者の《ものゝ》、安楽寺の梅をお《(を)》りて侍《(はべり)》ける夜の夢《ゆめ》に見えけるとなん

1852 知っているであろうか。子の日の今日ひいた姫小松が、老樹となって生い茂る遠い将来まで、そなたが栄えるであろうとは。○知るらめや →一〇八六。○姫子松 小さな姫松。→七〇九。○日吉社司 近江国大津坂本の日吉(ひえ・ひよし)神社の禰宜。祝部氏。○社頭 社殿。○人の夢 日吉社司とは別の、ある人の夢。▽日吉山王権現の託宣。

神祇歌は、神詠・日本紀竟宴和歌・祭礼神事の歌・参詣などに際しての神社ごとの歌・祭礼神事の歌という順序で配列。神詠の序列など、細かく気を配った様子が、藤原定家の明月記からうかがわれる。一八五二は冥加、一八五三は冥罰を示す神詠。

1853 家の主人であるわたしを忘れずに、遠い大宰府まで飛んできた梅の立ち枝を、薄情にも折る人、そんなことはこらえがたい。○立ち枝 高く伸びた枝。梅に多く詠む。○建久二年 一一九一年。後鳥羽天皇の代。○安楽寺 菅原道真を葬って祀った寺。太宰府天満宮と一体。▽太宰府天神(道真)の神詠。配流された時、道真が「東風(こち)吹かばにほひおこせよ梅の花あるじなしとて春を忘るな」(拾遺・雑春)と詠んだのに始まる飛梅(とびうめ)伝説にもとづく。延慶本平家物語四・安楽寺由来事付霊験無双事に、文治のころ、ある人の郎従が梅を折り、神罰で死んだという。

1854 補陀落の南の岸に堂を建てて、今こそ咲き栄えるであろう、北の藤波(藤原氏北家)は。袋草紙・上、三句「家居して」。南都巡礼記。○補陀落 インドの南海岸にあるとされた観音の浄土。補陀落山(ふだらくせん)。山頂に池があるといい(大唐西域記十)、興福寺の猿沢の池をそれに見立てたか。○北の藤浪 藤原氏北家の象徴。→一七四六。「北」は「南」の対。「浪」は「岸」の縁語。「補怛洛迦山、此翻為二小花樹山一。謂、此山中多有二小白花樹一。其花甚香、香気遠及也」(新訳大方広仏華厳経音義・下)。

1854 補陀落《ふだらく》の南《みなみ》の岸《きし》に堂《だう》たてゝいまぞさかえん北《きた》の藤浪《ふちなみ》

この歌《うた》は、興福寺の南円堂造《つく》り始《はじ》め侍《(はべり)》ける時、春日の榎本《えのもと》の明神、よみ給《たま》へりけるとなん

1855 夜や寒《さむ》き衣やうすきかたそぎのゆきあひのまより霜やを《(お)》くらん

住吉御歌となん

1856 いかばかり年《とし》はへねども住《すみ》の江の松ぞふたゝび生《お》ひかはりぬる

この歌は、ある人、住吉《すみよし》に詣《まう》でゝ、人ならば問《と》はましものを住《すみ》の江《え》の松《まつ》はいくたび生《お》ひかはるらんと、よみてたてまつりける

御返事となんいへる

○興福寺　藤原氏の氏寺。藤原氏の氏神をまつる春日神社と一体。○南円堂　藤原北家の冬嗣が弘仁四年(八一三)に建立。補陀落山の八角形を模した。○榎本の明神　春日神社の摂社。春日の地主神。「我は榎本の明神なり。春日大明神の御使にきたれるなり」(春日権現験記絵十三)。▽袋草紙では、榎本の明神ではなく、春日明神の詠。

1855 夜が寒いのか、わたしの着ている衣が薄いのか、それとも、片そぎの千木のまじわっている隙間から、霜がもれて置いているのだろうか。古今六帖六「かささぎ」・読人しらず、三・四句「かささぎのゆきあひの橋に」。袋草紙・上。○かたそぎ　→二二四。住吉神社に多く詠む。「行き合はぬ」と続く例が多く、俊頼髄脳に四句「行き合はぬ間より」。○住吉　住吉明神。本来は海上安全の神。平安後期から和歌の神として有名。▽袋草紙に「是は、社破壊之由、奏二帝王一とて見レ夢歌也」。三句は「かたそぎの」か「鵲の」かという議論が、歌論義(散佚)に既にあったらしい。鵲の橋に「霜」が詠まれてもおかしくない(↓五三三・六二〇)。

以下一八五七まで住吉明神の神詠。

1856 どれほども年は経ていないけれども、長寿の代表とされるこの住の江の松がだよ、二度も生え変ってしまったことだ。○松　住の江・住吉の名物。○人ならば…　住の江の松が人なら尋ねようものを、住吉明神がこの地に鎮座されてから、住の江の松は幾度はえ変ったのか、どれほど久しくなるのかと。参考「住吉の岸の姫松人ならば幾世かへしと問はましものを」(古今・雑上・読人しらず)。▽参考「久しくも思ほえねども住吉の松やふたたび生ひかはるらん」(拾遺・恋二・藤原忠房女)。

1857 御門とわたしとが親しい間柄とは、御門はご存じないでしょうが、久しい昔から、わたしは皇室を祝ってきたのです。伊勢物語一一七段。

1857 むつましと君は白浪《しらなみ》みづかきの久《ひさ》しき世《よ》よりいはひそめてき

伊勢物語に、住吉に行幸の時、御神《おほんかみ》、げ行《(ぎやう)》し給《たま》ひてとしるせり

1858 人しれずいまや〳〵とちはやぶる神さぶるまで君をこそまて

この歌《うた》は、待賢門院の堀河、山との方《かた》より熊野《くまの》へ詣《まう》で侍《(はべり)》けるに、春日《かすが》へまい《(ゐ)》るべきよしの夢《ゆめ》を見たりけれど、後《のち》にまい《(ゐ)》らんと思《おも》ひて、まかり過《す》ぎにけるを、帰《かへ》り侍けるに、託宣し給《たま》ひけるとなん

1859 道《みち》とを《(ほ)》しほどもはるかにへだたれり思《おも》ひを《(お)》こせよわれも忘《わす》れじ

この歌《うた》は、陸奥に住《す》みける人の、熊野へ三年詣《まう》でんと願を立《た》てまい《(ゐ)》りて侍《(はべり)》けるが、いみじう苦《くる》しかりければ、いまふたゝびをいかにせんと歎《なげ》きて、御前《おまへ》に臥《ふ》したりける夜《よ》の夢《ゆめ》に見えけるとなん

袋草紙・上、二句「君は知らずや」。○白浪　「知らず」を掛ける。○みづかき　神社の垣。↓一三五五。「水」を掛けて、上の「白浪」を受ける。「みづかきの」は「久しき」の序。「久しきことには　みづかき、松の葉…」(和歌初学抄)。○伊勢物語　この歌の前に「昔、御門、住吉に行幸し給ひけり。われ見ても久しくなりぬ住吉の岸の姫松いく世へぬらん(古今・雑上・読人しらずにも)。御神、現形し給ひて」。○げ行　神が姿を現わすこと。

1858 わたしは心ひそかに、今来るか今来るかと思い続けて、年老いた神らしい姿になるまで、あなたが参詣するのを待ったのだよ。続詞花集・神祇「…あやしの下衆(げす)女に、春日のつかせ給ひて仰せられける」。○ちはやぶる　「神」の枕詞。○神さぶる　久しい時が過ぎたことを表わす。↓一六〇四。○山と　大和。熊野詣でには紀州路と伊勢路とがあった。○託宣　底本「詫宣」、校訂した。▽高名な歌人堀河の参詣を春日明神が求めた神詠。堀河の返歌は「三笠山さしもあらじと思ひしを天下りぬる今日こそは知れ」(続詞花集)。

1859 陸奥から熊野までの道は遠い。距離もはるかに隔たっている。参詣するには及ばないから、わたしを思い起こして祈願を送ってよこしなさい。わたしもそなたのことを忘れはしない。袋草紙・上「陸奥国より毎年に参詣しける女の年老之後、夢に見歌也」、二・三句「年もやうやう老いにけり」。○をこせよ　信仰心をおこす意もある。○われも忘れじ　↓一九二。○いまふたゝび　これから二度の参詣。○御前　熊野権現の社前。

1860 そなたの願うことは、これから身に過ぎるほどに成就するのに、音をたてて落ちる滝がしばらく淀むように、ほんのしばらくの間望みが滞っているのを、どうして恨んでいるのかね。○なる滝　紀伊国熊野の名所とされる(八雲御抄五)。

1860 思《おも》ふこと身にあまるまでなる滝のしばしよどむをなに恨《うら》むらん

この歌《うた》は、身の沈《しづ》める事を歎《なげ》きて、東《あづま》の方《かた》へまからんと思《おも》ひ立《た》ちける人、熊野《くまの》の御前《おまへ》に通夜して侍《(はべり)》ける夢《ゆめ》に見《み》えけるとぞ

1861 われ頼《たの》む人いたづらになしはてば又雲わけてのぼるばかりぞ

賀茂の御歌となん

1862 鏡《かゞみ》にもかげみたらしの水の面《おも》にうつるばかりの心とを知《し》れ

これ又、賀茂《かも》に詣《まう》でたる人の夢《ゆめ》に見えけるといへり

1863 ありきつゝ来《き》つゝ見れどもいさぎよき人の心をわれ忘《わす》れめや

石清水の御歌といへり

「成る」と「鳴る」とを掛ける。○よどむ　出世が停滞しているのを、水の流れが滞ることにたとえる。「滝」の縁語。○身の沈める事　その身が沈淪していること。○通夜　参籠して夜通し祈願する。「なる滝」から鳴神(賀茂別雷命)の神詠へ。

1861 わたしを頼みにする人の祈願を空しくしてしまうくらいならば、わたしは再び天雲をわけて、天に昇るばかりであるぞ。袋草紙・上。○又天雲をわけて天下った昔と同じように、再び。▽同じ雷神の性格から、北野天神の神詠とも。

1862 わたしの影が、鏡にも、清らかに澄んだ御手洗川の水面にも映っているのを見たであろう。それほど、わたしが、そなたの願いを成就させる心でいることを知れ。○かげ　神の姿。「鏡」の縁語。○みたらし　上賀茂神社の御手洗川。「見」を掛ける。○うつる　「鏡」の縁語。▽神の姿が神鏡や御手洗川に映って見えるのは、祈願成就のしるし。参考「いさぎよき御手洗川の底ふかく心をくみて神は知らなむ」(大弐高遠集)。

1863 これまでずっと歳月をへて見続けてきたけれども、潔白な人の心を、わたしが忘れるはずがない。袋草紙・上、二・四句「来つつ知れども…君が心を」。○ありきつゝ　「歩き」(国々を漂泊し)の意もあるか。▽石清水八幡の神詠とするが、袋草紙では、同じ八幡でも宇佐八幡の神託を奏上して、弓削道鏡《(ゆげのどうきょう)》の野望をくじいた和気清麻呂(清麿)が、道鏡によって配流された時、宇佐八幡が清麻呂を憐れんで詠んだ歌。

1864 西の海にたつ白波の上で、どうやって過ごすというのだろう、かりそめのこの世を。白波(泥棒)の上に泰平の世を築き得るはずなどないではないか。宇佐託宣集八、四句「なにすごす覧」。延慶本平家物語三末。○西の海　「白浪」を導くために、宇佐八幡宮の鎮座する西海を詠んだ。○白

1864 西《にし》の海《うみ》たつ白浪のうへにしてなに過《す》ぐすらんかりのこの世《よ》を

この歌《うた》は、称徳天皇の御時、和気清麿を宇佐宮にたてまつり給《たま》ひける時、託宣し給《(たまひ)》けるとなん

延喜六年日本紀竟宴に、神日本磐余彦天皇《(かむやまといはれひこのすめらみこと)》　大江千古

1865 白浪《しらなみ》に玉依姫《たまよりひめ》の来《こ》しことはなぎさやつゐ《(ひ)》に泊《とま》りなりけん

猿田彦　紀淑望

1866 ひさかたの天《あめ》の八重《やへ》雲ふりわけてくだりし君をわれぞ迎《むか》へし

玉依姫　三統理平

1867 飛《と》びかける天《あま》の岩舟《いはふね》たづねてぞ秋津島《あきつしま》には宮はじめける

浪　盗人(後漢書・霊帝紀)。帝位を簒奪(さんだつ)しようとした道鏡をさす。宇佐託宣集九に引く和気清麻呂為二勅使一参二宇佐宮一事被レ書絵詞(後白河院時代の成立という)では、宇佐八幡が道鏡を「ぬす人法師」と呼ぶ。○託宣　底本「詫宣」、校訂した。▽神護景雲三年(七六九)の事件。翌年、道鏡は破滅した。

1865 白波にのって玉が渚にうち寄せるように、玉依姫がやって来たのは、渚が最後には泊り所だったからであろうか。日本紀竟宴和歌「玉依姫」。○延喜六年　九〇六年。醍醐天皇の御代。○日本紀竟宴　宮中で、日本書紀の進講がおわった後に開かれた宴。日本書紀に登場する神や人物を題にして歌を詠んだ。○神日本磐余彦天皇　神武天皇。「玉依姫」とあるべきだが、編纂の際の誤りか。○玉依姫　神武天皇の母。「海神(わたつみ)のむすめといへり」(日本紀竟宴和歌左注)。「彦火ゝ出見の尊(ひこほほでみのみこと)の御妻。豊玉姫の妹(おと)。わたつうみの神のおとむすめ(末娘)なり」(信西・日本紀鈔)。○つゐに　「つひの」(寿・前田本)。→一七〇六。

1866 大空の幾重にも厚く重なった雲を払い分けて降って来られた君(瓊瓊杵尊(ににぎのみこと))を、わたしこそがお迎えしたのだ。日本紀竟宴和歌「猿田彦」、二句「あまの八重雲」。○猿田彦　「天照大神の御子、天つ彦の尊の天降りましまし時、道引の神なり」(信西・日本紀鈔)。○ひさかたの　「天」にかかる枕詞。○八重雲　「八重雲は、物の数の極まりにて、重なりたるをいふ」(八雲御抄三)。

1867 大空を飛び回る天の岩舟を尋ね求めて、神武天皇は、この秋津島に皇居を初めて造営されたのだ。日本紀竟宴和歌「神日本磐余彦天皇」、五句「宮はじめせる」。○玉依姫　→一八六五。編纂の際の誤りか。○天の岩舟　空中を飛行する舟。「これより東(ひむがし)に、天の岩舟に乗りて飛び降れるものある、よき国あり。…そこに初めて宮造りして、

1868
賀茂社の午日《(うまのひ)》うたひ侍《(はべる)》なる歌

大和《やまと》かも海《うみ》にあらしの西《にし》ふかばいづれの浦《うら》にみ舟つながん

1869
神楽をよみ侍《(はべり)》ける　紀　貫　之

を《(お)》く霜に色《いろ》もかはらぬ榊葉《さかき》の香《か》をやは人のとめてきつらん

1870
臨時祭ノをよめる

宮人のすれる衣《ころも》にゆふだすきかけて心をたれによすらん

大将に侍りける時、勅使にて太神宮に詣《まう》でゝ
よみ侍ける　摂政太政大臣

1871
神風や御裳濯《みもすそ》河のそのかみに契《(ちぎり)》しことのすゑをたがふな

天つ日嗣《あまつひつぎ》=皇統)をひろめん」(日本紀竟宴和歌左注)。○秋津島　「日本国也。秋津島。日本紀云、神武天皇御即位後、巡ニ検此国一。為レ体似レ蜻。仍、云ニ秋津島一。云ニ蜻カゲロフ一ナレバナリ。亦云ニ秋津州一云々」(綺語抄・上)。

1868　日本に御舟をつなごうか。海の上にはげしい西風が吹いたなら、どこの浦に御舟をつなごうか。○午日　斎院の御禊《いどけ》=斎院が東の川原で禊をした行事)の日。○大和　大和島根(→七三六)。日本国。○西ふかば　「西ふけば」(穂久邇本)。「西吹けば東になびき」(更級日記)。▽石清水八幡宮の午の日(臨時祭の日。三月の中の午の日)にうたわれた歌謡の可能性もある(秋篠月清集・八幡若宮撰歌合、建仁三年(一二〇三)七月)。

1869　霜が置いても常緑の色さえ変ることもない榊葉の、かぐわしい香りを、人は求めてやって来たのだろうか。貫之集「延喜六年(九〇六)月次の屏風八帖が料の歌・十一月、神楽」、三句「榊葉に」。○神楽　十一月の景物(能因歌枕)。○霜　→七五〇。▽参考「霜八たび置けど枯れせぬ榊葉のたち栄ゆべき神の巫覡《ねき》かも」(古今・神遊びの歌「採物の歌」)、「榊葉の香をかぐはしみとめ来れば八十氏人《やそうぢびと》ぞまとゐせりける」(拾遺・神楽歌)。

1870　山藍ですった小忌衣に木綿襷をかけて、神官は、いったいだれに心を寄せているのかしら。貫之集「臨時祭」、二句「すれる衣も」。○臨時祭　賀茂臨時祭。十一月下の酉の日に行われた。○宮人　神楽歌に「宮人」もあるが、ここは賀茂神社の神官。○すれる衣　神事の際に着る山藍ずりの衣。→七二二。○ゆふだすき　「かけて」の序。→七三三。

1871　伊勢の御裳濯川の川上に鎮座まします天照大神よ、太古の昔、わたくしの祖先にお約束なさったことを、末々まで違えないで下さい。後京極殿御自歌合「公卿勅使にてありけるに」。秋篠月

おなじ時、外宮《げくう》にてよみ侍《はべり》ける　　藤原定家朝臣

1872 契《ちぎり》ありてけふみや河《がは》のゆふかづら長《なが》き世《よ》までもかけて頼《たの》まん

公継卿、勅使にて太神宮に詣《まう》でて帰《かへ》りのぼり侍けるに、斎宮の女房の中より申《まうし》を《お》くりける　　読人しらず

1873 うれしさも哀《あはれ》もいかにこたへましふるさと人に問《と》はれましかば

返し　　春宮権大夫公継

1874 神風や五十鈴《いすゞ》河浪かずしらずすむべき御代《みよ》に又かへりこん

清集。○勅使　良経の伊勢勅使は建久六年(一一九五)二月。○神風や　「御裳濯河」にかかる枕詞。○御裳濯河　五十鈴川。伊勢内宮(ないくう=皇大神宮)の象徴。下の「かみ」「すゑ」は「河」の縁語。○そのかみに契しこと　天孫降臨の昔、天照大神が、天児屋根命(あまのこやねのみこと)の子孫(藤原氏)を、天皇を輔佐する臣下に命じた約束。「そのかみ」は川上をも暗示。▽天皇家と摂関家との関係の永続性を祈念。

以下一八八五まで伊勢大神宮関係の詠。

1872 前世からの宿縁があって、今日、宮川(外宮)に参拝できました。かけている木綿鬘(ゆうかずら)のように、末長いご加護をお頼みします。拾遺愚草・神祇。○みや河　伊勢外宮の象徴。「見」を掛ける。○ゆふかづら　楮の皮の繊維から作った鬘。神事の際にかける。「長き」「かけて」は縁語。

1873 うれしさもしみじみとした思いも、どれほどこの身に感じ、それをお話しできたでしょうに、都からいらした昔なじみのあなたが、お訪ね下さいましたなら。○公継　藤原公継の伊勢勅使は、建仁元年(一二〇一)十二月。○斎宮　この時の伊勢斎宮は、後鳥羽院皇女粛子内親王。○ふるさと人　もと居た都の人。→三九四・九〇九。

1874 五十鈴川の川波が数知れずたち、川の水がいつまでも澄んでいるように、永久に続く御代ですから、幾たびもこの地に帰って来るでしょう。またその折に。○神風や　「五十鈴河」にかかる枕詞。○五十鈴河　御裳濯川。→一八七一。○すむ　「澄む」と「住む」とを掛ける。「澄む」は「河」の縁語。○かへり　「浪」の縁語。▽贈歌の語を用いない。

1875 じっと見つづけたいものだ。神路の山に雲が消えて、澄みわたった夕暮の空を出てくるであろう月の光を。後鳥羽院御集「承元二年(一二〇八)二月、内宮三十首」。○神路の山　内宮の西南にそびえる山。内宮を象徴。○空を　底本、「を」の

太神宮の歌《うた》のなかに　　　太上天皇

1875 ながめばや神路《ち》の山に雲きえてゆふべの空《そら》をいでん月かげ

1876 神風《かぜ》や豊幣帛《とよみてぐら》になびくしでかけて仰《あふ》ぐといふもかしこし

題しらず　　　西行法師

1877 宮ばしらしたつ岩根《いはね》にしきたててつゆも曇《くも》らぬ日のみかげ哉(かな)

1878 神路《ち》山月さやかなるちかひありて天《あめ》の下《した》をばてらすなりけり

右傍に異本本文注記「に」。「空に」(前田本)。▽「雲」は皇威をおびやかす暗雲、「月」は皇統を守護する神の威光の寓意。参考「神風や空なる雲をはらふらむひと夜も月のくもるまぞなき」(後鳥羽院御集「建仁元年(一二〇一)三月、内宮御百首・神祇」)。

1876 伊勢の神風よ。神風が吹いて豊幣帛の上に四手がなびく。その四手をかけるように、「かけて仰ぐ(ひたすら神慮を仰ぐ)」と、言葉をじかに口にして申すのも、おそれ多い。後鳥羽院御集「同(承元二年二月)、外宮三十首」。○豊幣帛「幣帛」は神に捧げる供物。「豊」は、量の豊富な意の接頭語。豊受大神宮(伊勢外宮)の暗喩か。○しで　幣(ぬさ)の一種。ここまでは「かけて」を起こす有意の序。○かしこし　祝詞を連想させる表現。「心をもあまてる神にかけまくもかしこき光曇りなき世に」(後鳥羽院御集)。

1877 大神宮のお社は、宮柱を地下の岩にどっしりと立てて、そこには少しの曇りもない日の光が輝いているよ。聞書集。西行法師家集。○宮ばしら　伊勢神宮の社殿の柱。「下津磐根爾宮柱太敷立(ふとしきたて)」(六月晦大祓の祝詞)。○したつ岩根　地下の不動の岩。○日のみかげ　天照大神の威光を象徴。「天之御蔭・日之御蔭」(六月晦大祓の祝詞)。▽祝詞の古語を用いて、神宮の威容をたたえた。聞書集では、源通親の伊勢勅使の折の詠。

1878 神路山の月が清らかに輝いているのは、天地開闢の昔に約束が神々の間にあって、それで月は天下を照らしているのだなあ。御裳濯河歌合。○神路山　→一八七五。○ちかひ　「天地開闢之初、神宝日出之時、御饌都神(みけつのかみ＝外宮の祭神で月)与二大日孁貴(おほひるめのむち＝内宮の日神)一、予結二幽契一、永治二天下一、言寿宣。肆或為レ月為レ日、永懸而不レ落」(倭姫命世記)。○天の下　「月」の縁語。

伊勢の月読《よみ》の社《やしろ》にまい《(ゐ)》りて、月を見てよめる

1879 さやかなる鷲《わし》の高嶺《たかね》の雲井よりかげやはらぐる月読《よみ》のもり

神祇歌とてよみ侍《(はべり)》ける　前大僧正慈円

1880 やはらぐる光《ひかり》にあまるかげなれや五十鈴河原《いすゞがはら》の秋の夜《よ》の月

公卿勅使にて帰《かへ》り侍ける、一志《いちし》の駅《むまや》にてよみ侍ける　中院入道右大臣

1881 たちかへり又も見まくのほしきかな御裳濯河《みもすそがは》の瀬《せ》ゞの白浪

入道前関白家百首歌よみ侍けるに　皇太后宮大夫俊成

1882 神風や五十鈴《いすゞ》の河《かは》の宮ばしらいく千代《ちよ》すめとたちはじめけん

1879 清らかにさえて照らす、天竺の高嶺霊鷲山の遠い空から、光をやわらげて、月光がそそいでいる月読の杜よ。御裳濯河歌合。西行法師家集。玄玉集・神祇、三句「雲間より」。○月読の社　伊勢神宮の末社。天照大神の弟である月読尊(つきよみのみこと)をまつる。○鷲の高嶺　印度の霊鷲山。釈迦が仏法を説いた(法華経)。→一九四三。○かげやはらぐる　「和光同塵」(老子)。和光垂迹。神仏習合思想の表現。月読尊の本地を釈迦如来と見なしたか。

1880 大日如来が、わが国には天照大神となって現われたわけだが、その和らげられた光の余光でもあろうか、五十鈴河原をあまりに明るく照らす秋の夜の月は。拾玉集・十題百首・天象「月」、建久二年(一一九二)閏十二月。玄玉集・神祇、五句「有明の月」。○やはらぐる光　→一八七九。天照大神の本地は、大日如来とされた(真言付法纂要抄ほか)。○かげ　「光」「月」の縁語。○五十鈴河原　→一八七四。

1881 ひき返して、また見たいと思われてならない。御裳濯川のいくつもの瀬に、無数にたつ白波を。○一志の駅　伊勢路の宿駅。○たちかへり　「たち」も「かへり」も「浪」の縁語。→九三三・俊成。次歌一八八三も俊成詠。○見まくのほしき　→一四六〇。

1882 五十鈴川のほとりにある内宮の宮柱は、いく千年たっても澄んでいる五十鈴川の流れとともに、神が、いく千年お住みになるというので、神風が吹いて川波がたつように、立ち始めたのだろうか。長秋詠藻「右大臣家百首・神祇」、治承二年(一一七八)七月詠進。玄玉集・神祇。○宮ばしら　→一八七七。○すめ　「澄め」と「住め」とを掛ける。「澄む」は「河」の縁語。○たちはじめ　諸本「立てはじめ」。底本のまま。▽倭姫命世記では、垂仁天皇二十六年(日本書紀は二十五年)、倭姫命が「…大宮柱広敷立天…」と述べて、天照大神を五十鈴川の川上に遷したのが、伊勢神宮の起こり。

1883 神風やたまぐしの葉をとりかざし内外《うちと》の宮に君をこそいのれ

俊恵法師

五十首歌たてまつりし時

越前

1884 神風《かぜ》や山田の原《はら》のさかき葉に心のしめをかけぬ日ぞなき

社頭ノ納涼《だふりやう》といふことを

大中臣明親

1885 五十鈴《いすゞ》河そらやまだきに秋の声したつ岩根《いはね》の松の夕風

香椎宮《(かしひのみや)》の杉《すぎ》をよみ侍《(はべり)》ける

よみ人しらず

1886 ちはやぶるかしゐ《(ひ)》の宮のあや杉《すぎ》は神のみそぎにたてるなりけり

1883 伊勢の内宮でも外宮でも、玉串の葉を、あるいは採物(とりもの)にし、あるいは挿頭(かざし)にして舞って、わが君の千代の栄えをお祈りする。林葉集・祝「右大臣家百首」。○たまぐし 榊(さかき)を伊勢神宮では「玉串」と称した。→七三七。○とりかざし 「君がため玉串の葉をとりかざし星さゆるまでうたひ明かさん」(林葉集・冬「神楽」)。

1884 伊勢の山田の原の榊葉にしめ縄をかけ、御神のことだけ心にうかべ、ひたすら思いをよせて、お祈りしない日とてございません。建仁元年(一二〇一)二月、老若五十首歌合。○山田の原 外宮の鎮座する地名。○心のしめをかけ 「心」をそのことで「占め」、また「心をかけ」を掛ける。○しめ 注連縄。「神風」「榊葉」の縁語。▽作者越前は、伊勢神宮の祭主である大中臣氏出身。→一八六五。

1885 五十鈴川のほとりでは、空はまだ秋には早いかと思うのに、下つ岩根に生える松に吹く夕風は、もう秋のように涼しい音だ。○納涼 →二七四。○五十鈴河 内宮を象徴。○したつ岩根 →一八七七。「そら」の対。「秋の声し」から「したつ岩根」へと続ける。▽涼しさの恵みは、神威の及ぶさま。

1886 香椎の宮のあや杉は、香椎の神の御神木として立っているのである。続詞花集・神祇。○香椎宮 八幡と関わりが深い。→一八八七。○ちはやぶる 「宮」にかかる枕詞。○あや杉 椹(さわら)の園芸変種ともいうが、八雲御抄三では「杉」の項目に「あや かしひの宮」と見え、香椎宮の神木の杉をさすか。「ちはやぶる香椎の宮の杉の葉を再びかざすわが君ぞきみ」(金葉・雑上・大膳武忠)。○みそぎ 神仏の像を造る材料となる木。ここでは御神体の神木か。「御衣(みぞ)」を掛け、「あや杉」の「文(あや)」、下の「たて」に掛けられた「裁て」と縁語。▽参考「ちはやぶるかすひの宮のあや杉はいく世か神のみそぎなるらむ」(檜垣嫗集)。

1887 八幡宮の権官にて年久《としひさ》しかりけることを恨《うら》みて、御神楽の夜まい《ゐ》りて、榊《さかき》に結《むす》びつけ侍《はべり》ける

法印成清

さかき葉にそのいふかひはなけれども神に心をかけぬまぞなき

賀茂にまい《ゐ》りて

周防内侍

1888 年《とし》をへて憂《う》きかげをのみみたらしのかはる世《よ》もなき身をいかにせん

文治六年女御入内の屛風に、臨時祭かける所《ところ》をよみ侍ける

皇太后宮大夫俊成

1889 月さゆるみたらし河にかげ見《み》えてこほりにすれる山藍《あゐ》の袖

1887 榊葉に、木綿(ゆう)のように歌を結びつけて祈っても、そういうには足りない、しがないわたしだけれども、それでも神に心をよせてお祈りしない間とてございません。○八幡宮　石清水八幡宮。○権官　権別当。正官(別当)に昇進しないのが悲しく不満なのである。○いふ　願いを「言ふ」と「結(ゆ)ふ」「木綿」との掛詞。「木綿」は「榊葉」の縁語。○かけ　「榊」「木綿」の縁語。

1888 幾年もの間、自分のつらい姿ばかりを御手洗川に映して見てまいりました。変る時もないわが身を、どうしたらよいのでしょう。周防内侍集「賀茂に参りて、御前の河のほどにて」。○みたらし　上賀茂神社の御手洗川。「見」を掛ける。○かはる　「変る」と「川」とを掛ける。▽祈願の歌。

以上一八八四まで、上下の賀茂社関係の詠。

1889 月光がさえて澄んでいる御手洗川に、舞人の姿があざやかに映り、まるで冷たい氷の上に山藍の袖を摺(す)りつけたかのよう。文治六年(一一九〇)正月女御入内御屛風和歌、四句「氷にすめる」(誤写か)。○女御　後鳥羽天皇女御藤原任子。兼実女。○臨時祭　→一八七〇。○かげ　「月」の縁語。○こほり　「さゆる」の縁語。月光の譬喩とも。季節は冬で、実際の氷。○山藍　→七一三。▽慈鎮和尚自歌合判詞で、俊成は、「「氷にすれる」といへる、心ばかり少し面影おほく侍る」と自賛した。

1890 木綿(ゆう)四手の、風に吹かれて乱れる音がさえて、社頭の庭には、きよく真白に雪がつもっている。承安二年(一一七二)十二月、広田社歌合。○ゆふしで　木綿でつくった四手。下の「しろたへ」は縁語。広田社歌合の判者は俊成。▽賀茂神社の風景として読むことが可能か。広田社歌合の判者は俊成。→一八八九・俊成。

1891 わが君の長久を祈るわたくしの心の色を、もし人が尋ねたならば、糺(ただす)の宮の朱塗りの玉垣のように、赤心そのものと神かけて答えよう。

1890 社頭雪といふ心をよみ侍《(はべり)》ける　　按察使公通

ゆふしでの風にみだるゝを《(お)》とさえて庭しろたへに雪ぞつもれる

十首歌合の中に、神祇をよめる　　前大僧正慈円

1891 君をいのる心の色《いろ》を人とはばたゞすの宮のあけの玉垣《かき》

みあれにまいり《(ゐ)》て、社《やしろ》の司《つかさ》、を《(お)》の〳〵葵《あふひ》をかけけるによめる　　賀茂重保

1892 跡《あと》たれし神にあふひのなかりせばなにに頼《たの》みをかけてすぎまし

正治二年(一二〇〇)九月、仙洞十人歌合「神祇」。〇君をいのる　「君をいのる願ひを空にみてたまへわけいかづちの神ならば神」(千載・神祇・賀茂重保。→一八九三・重保)。〇たゞすの宮　下鴨神社。摂社の河合社とも。→一三三〇。問い「糾す」を暗示し、「とはば」の縁語。〇あけの玉垣　「宮」の縁語。「あけのたまかき、たまかき、みづのたまかき〈皆、神垣也〉」(和歌初学抄)。真心の象徴。

1892 冠にかける二葉(ふたば)葵があるように、わが国に垂迹された賀茂の御神に逢う日、もしその日がなかったなら、何に願いをかけて日々を過ごしたらよいのでしょうか。〇みあれ　御生。四月の中の酉の日の賀茂祭(葵祭)の前に行われる、神招きの神事。→一三五四。〇社の司　賀茂神社の禰宜。〇跡たれし　「垂迹」の訓読。〇あふひ　「逢ふ日」と「葵」とを掛ける。〇かけて　「葵」の縁語。

1893 神の御田がうるおうほど、水をせきとめ導いて井堰に落として下さい、川上に鎮座される貴船の神よ。〇貴船　愛宕(おたぎ)郡の貴布禰明神。水神として尊崇された。かつて上賀茂神社の摂社で、禰宜も賀茂社家から出た。〇大御田　神社付属の田。〇河上の神　貴船神社は、賀茂川の上流の貴船川のほとりに鎮座。▽後に、貴船神社の二月九日の雨乞祭の時に唱えられる秘歌となった。

1894 石河の瀬見の小川が清らかなので、賀茂の神はこの地に鎮座されたのだが、月もまた、その流れを尋ねて澄んで宿っている。〇鴨社歌合　源光行の勧進した賀茂社歌合。散佚。〇石河の瀬見の小河　「賀茂川の異名なり。当社(賀茂神社)の縁起に侍り」(無名抄)。寿・烏丸本など諸本、無名抄も「石河や」だが、底本のまま。「みたらしのたえぬにしるし石河や瀬見の小川の清き流れは」(袖中抄十七。典拠未詳)。〇月も　賀茂明神と同じく、月も。〇すむ　「澄む」と「住む」と掛詞。

社司ども貴船《きぶね》にまい《(ゐ)》りて雨乞《あまご》ひし侍《(はべり)》けるついでによめる

賀茂幸平

1893 大御田《おほみ》のうるおふ《(ほ)》ばかりせきかけて井堰《せき》におとせ河上《かはかみ》の神

鴨社歌合とて人ゝよみ侍けるに、月を

鴨長明

1894 石河《いしかは》の瀬見《せみ》の小河《をがは》のきよければ月もながれをたづねてぞすむ

弁に侍ける時、春日祭に下《くだ》りて、周防内侍につかはしける

中納言資仲

1895 万代《よろづよ》をいのりぞかくるゆふだすき春日《かすが》の山の峰の嵐に

1895 わが君の万代までの栄えをお祈りしながら、木綿だすきをかける。春日山の峰を吹く山風のなかで。周防内侍集「春日にて、しげすけの中納言、なしはらにおこせたり」、初・二句「思ふこと祈りそひくる」。○弁　作者資仲の弁官在任は、長暦四年(一〇四〇)正月から康平五年(一〇六二)三月まで。○春日祭　二月と十一月との最初の中の日に行われた春日神社の祭礼。勅使が下向。ここは二月か。○いのりぞかくる　「ゆふだすき」の縁語。→七二・三六・一八七〇。○春日の山　三笠山・若草山など春日神社の背後の山地の総称。春日神社の象徴。▽周防内侍の返歌は、「知らずやは峰の嵐のはやくよりいとひもかたきゆふだすきとは」。

以下一八九八まで、春日神社関係の詠。

1896 今日おまつりする春日の神の御心が、わたくしの祈りを受けて下さっているのだろうか、四手が波のたつようにゆらぎながら、佐保の川風に吹かれてなびいているよ。文治六年(一一九〇)正月女御入内御屏風和歌・二月「春日祭」、二句「神のめぐみや」。○女御　→一八九九。○けふまつる　「けふまつる三笠の山の神ませば天の下には君ぞ栄えん」(後拾遺・神祇・藤原範永)。→一八九七「天の下」。○なびく　「しで」「風」の縁語。○しで　「まつる」「神」の縁語。○佐保の河　大和国の歌枕。春日神社の近くを流れる。▽作者九条兼実が、その女(むすめ)任子の入内に際して、氏神の春日明神に祈念した歌。

1897 雨がふる時に笠のかげを頼むように、三笠山から天下をごらんになっている春日明神のご加護を頂く以外、天の下で頼みにするところのないわたくしであることは、春日明神よ、ご存じないはずがない。治承二年(一一七八)七月、右大臣家百首・神祇(伝西行筆神祇五十首和歌)。○天の下　「天」に「雨」を響かせる。「雨」は「笠」の縁語。○み

文治六年女御入内屛風に、春日祭　　入道前関白太政大臣

1896 けふまつる神の心やなびくらんしでに浪たつ佐保《さほ》の河風《かはかぜ》

家に百首歌よみ侍《はべり》ける時、神祇の心を

1897 天《あめ》の下《した》みかさの山のかげならで頼《たの》むかたなき身とはしらずや

皇太后宮大夫俊成

1898 春日野《かすがの》のを《お》どろの道《みち》のむもれ水すゑだに神のしるしあらはせ

大原野ノ祭にまい《ゐ》りて、周防内侍につかはしける

藤　原　伊　家

1899 千代《ちよ》までも心してふけもみぢ葉《ば》を神もをしほの山おろしの風

かさの山　春日山中の一峰で、春日明神の象徴。「御笠」また「見」を掛ける。○や　反語に解する。

1898 春日野の草木の茂りみだれた道に、ひっそり埋もれて流れている水のようなわたし。日の目も見ずに沈淪しているわたしですが、子孫にだけでも、春日明神のご霊験をあらわして下さい。長秋詠藻「右大臣家百首・述懐」、治承二年七月詠進。○春日野　大和国の歌枕。春日神社のある地。藤原氏一族を象徴。○をどろの道　いばらなどの草木の乱れ茂った道。また、「棘路(きょくろ)」の訓読語で、公卿の異称。↓一六三五。○むもれ水　沈淪している作者自身をたとえた。○すゑ　子孫。「道」の縁語。○あらはせ　「むもれ」の対。

1899 小塩山の山おろしの風よ、千代にわたって、気を付けて吹いておくれ。この美しいもみじ葉を、大原野の神も惜しんでいらっしゃるだろうから。周防内侍集、初・三・四句「今もなほ…もみぢ葉の散るををしほの」。○大原野祭　春日神社を勧請して創建された、山城国乙訓郡の大原野神社の祭礼。二月の最初の卯の日と、十一月の中の子の日とに行われた。ここは後者。勅使が奉幣した。○千代までも　祭の今日はもちろんのこと、千代までも。○をしほの山　大原野神社の鎮座する山。「惜し」と掛詞。↓一六三九。○山おろしの風　↓二六八・五九一。▽周防内侍の返歌は、「こがらしも心して吹けしめのうちは散らぬ梢ぞ大原の山」。

一八九九・一九〇〇は、大原野神社関係の詠。

1900 小塩山に鎮座される大原野の神のご加護のしるしを待っているが、ご加護くださるという神のお約束のあらわれである松の葉の緑の色は、いつまでも褪(あ)せるはずがない。承元元年(一二〇七)十一月、最勝四天王院障子和歌、五句「かはるものかは」。↓一三三。○松　「待つ」を掛ける。○かへる　色あせる。↓九八八。▽一九〇五まで慈円の詠。

最勝四天王院の障子に、小塩《をしほ》山かきたる所　前大僧正慈円

1900 をしほ山神のしるしを松の葉にちぎりし色《いろ》はかへる物かは

日吉社にたてまつりける歌の中に、二宮を

1901 やはらぐるかげぞふもとに曇《くも》りなきもとの光は峰《みね》にすめども

1902 わがたのむ七《なゝ》の社《やしろ》のゆふだすきかけても六《むつ》の道にかへすな

述懐の心を

1903 を《(お)》しなべて日吉《よし》のかげは曇《くも》らぬに涙《なみだ》あやしき昨日けふかな

1901 やわらげられた光は、麓を曇りなく照らしているよ(人々のために日本の神となって垂迹された二宮は、比叡山の麓に、ご威光もあらたかに鎮座なさっているよ)、本来の光は峰にあって澄んでいるけれども(本地の薬師如来は比叡の峰に住んでいらっしゃるが)。慈鎮和尚自歌合「小比叡」、三句以下「くまもなきもとの光を峰にのこして」。○日吉社　近江国、比叡山のふもと大津坂本にあり、延暦寺と密接な関わりがあった。作者慈円は、天台座主に四度も補せられた。○二宮　小比叡明神。日吉山王七社(上七社)のひとつ。比叡山の地主神をまつり、本地は薬師如来。○やはらぐるかげ　和光垂迹の常套的表現。↓一八七九。○すめ　「澄め」と「住め」とを掛ける。

「かげ」は「光」の縁語。○ふもと　「峰」の対。

以下一九〇四まで日吉神社関係の慈円の詠。

1902 わたしが信仰する日吉の七社よ、木綿だすきをかけてお祈りします。かりそめにも、わたしを六道にもどさないで下さい。拾玉集・南海漁父北山樵客百番歌合、建久五年(一一九四)八月。慈鎮和尚自歌合「三宮」。○七の社　日吉山王七社(上七社)。○かけても　上句を有意の序に、木綿だすきを「かけて」と続く。また、「かりそめにも。決して」の意の「かけても」と掛ける。○六の道　六道。地獄・餓鬼・畜生・修羅・人間・天上という、六つの迷界。「六」は上の「七」と数の縁語。

1903 日吉の神の恵みは、日輪が世界をあまねく照らすように広大無辺で平等であり、曇るはずはないのに、不思議にも、涙に曇ってみえない昨今だ。拾玉集・治承題百首・神祇。慈鎮和尚自歌合「八王子」、三句「くもらぬを」。○日吉のかげ　「日」と「かげ」とは縁語。▽身の不遇を訴えた。

1904 あらゆる人の願いを満たしてくれる御津の浜風に吹かれ、心にもさわやかに聞える、日吉

1904 もろ人のねがひをみつの浜《はま》風に心すゞしきしでのを《(お)》とかな

北野によみてたてまつりける

1905 さめぬれば思《おも》ひあはせてねをぞなく心づくしの古《(いにしへ)》の夢

熊野へ詣《まう》で給《たま》ひける時、道《みち》に花の盛《さか》りなりけるを御覧じて

白河院御歌

1906 さきにほふ花のけしきを見《み》るからに神の心ぞそらにしらるゝ

熊野にまいり《(ゐ)》てたてまつり侍《(はべり)》し

太上天皇

1907 岩《いは》にむす苔《こけ》ふみならすみ熊野《くまの》の山のかひある行《ゆ》くすゑもがな

神社にひらめく四手の音よ。拾玉集「日吉百首和歌・雑」、初句「神垣や」。慈鎮和尚自歌合「聖真子」。○みつの浜　琵琶湖の日吉神社に近い湖畔。「満つ」を掛ける。→七四。○心すゞしき　「さざなみや志賀の浦風いかばかり心の内の涼しかるらん」(拾遺・哀傷・藤原公任)。○しで　「四」は、上の「みつ(三)」と数の縁語。↓一九〇三。

1905 目が覚めると、声をたてて泣いてしまう。天神菅原道真公が、遠い筑紫の地で、心も消えいるような思いをなさった、夢のように悲しい昔のことを、今のわが身に思いあわせて。○北野　道真をまつる北野神社。北野天満宮。○心づくし　心をすり減らすこと。「筑紫」を掛ける。↓一九五九。○古の夢　その昔、道真が大宰府に配流されたこと。上の「さめ」「あはせ」は「夢」の縁語。

1906 美しく咲いている桜の花のようすを見るにつけ、加護してくださる熊野権現のみ心が、空のありさまから推しはかられるよ。○熊野　熊野権現。作者白河院の熊野詣では九回におよび、熊野御幸の最初ともされた(愚管抄)。○そらにしらるゝ　→七五一。参考「白雲にまがふ桜の梢にて千年の春をそらに知るかな」(金葉・春・待賢門院中納言)。▽色美しい桜の盛りであるのを、熊野権現の恵みのあらわれと見て、喜び祝う歌。

以下一九一二まで熊野神社関係。すべて熊野詣で。

1907 岩にたくさん生えている苔を踏みならしながら、み熊野の急峻な山峡を行く、それだけの甲斐のある将来であってほしい。○ふみならす　「慣らす心、鳴らす心、故人有二両説一」(八雲御抄四)。○山のかひある　「峡」に「甲斐」を掛ける。「わびしらにましらな鳴きそあしひきの山のかひあるけふにやはあらぬ」(古今・雑体・誹諧歌・凡河内躬恒。和漢朗詠集「猿」)。▽権現の加護を祈念。後鳥羽院の熊野詣では二十八回にもおよぶ。

1908 新宮に詣《まう》づとて、熊野河にて

熊野《くまの》河《がは》くだす早瀬《はやせ》のみなれざほ《(を)》さすがみなれぬ浪のかよひ路《ぢ》

1909 白河院熊野《くまの》に詣《まう》で給《たま》へりける御供《とも》の人〳〵、塩屋《しほや》の王子にて歌よみ侍《(はべり)》けるに

徳大寺左大臣

たちのぼる塩屋《しほや》のけぶり浦《うら》風になびくを神の心とも哉《(がな)》

1910 熊野《くまの》へ詣《まう》で侍《(はべり)》しに、岩代《いはしろ》王子に人〻の名など書《か》きつけさせて、しばし侍しに、拝殿の長押《なげし》に書《か》きつけて侍し歌

よみ人しらず

いはしろの神はしるらんしるべせよたのむ憂《う》き世《よ》の夢の行《ゆ》くすゑ

1908 熊野川をくだす舟が早瀬にさす水馴棹(みなれざお)は、水に慣れているというものの、水に慣れていないわたしには、この川波をわけて行く通い路は、やはり見慣れないことなのさ。〇新宮　熊野速玉(くまのはやたま)神社。熊野三山のひとつ。〇熊野河　本宮のわきから新宮のわきへと流れ、熊野灘にそそぐ。〇みなれざほ　船頭の使いこなす棹。「水に馴れたる名なり」(八雲御抄三)。〇さすがみなれぬ　「さす」は「棹」の縁語、「水馴れ」と「見慣れ」とは掛詞で、上句を「さすがみなれぬ」の有意の序とした。「大井川くだす筏の水馴棹みなれぬ人も恋しかりけり」(拾遺・恋一・読人しらず)。

1909 たちのぼる塩屋の煙が、浦を吹く風になびいている。そのように、わたしの願いが納受されるのが、神の御心であったらよいのにな。続詞花集・神祇。〇白河院　→一九〇六。〇塩屋の王子　熊野への参詣路の途中にある、九十九王子社のひとつ。〇塩屋　藻塩を焼く小屋。塩屋王子を暗示。〇なびく　→一〇八三・一八九六。▽「思ふこと汲みてかなふる神なれば塩屋に跡を垂るるなりけり」(千載・神祇・藤原公教)も同じ折の詠と思われる。

1910 岩代の神は、なにもおっしゃらないけれども、ご存じでしょう。どうか、はかない夢のような憂き世での、これからの道しるべをなさって下さい。〇岩代王子　九十九王子社のひとつ。〇長押　母屋(おもや)と廂(ひさし)との間仕切りとして、柱から柱へ横に渡した材木。〇いはしろ　「言はず」を響かせる。→九四七。〇しるべせよ　→一〇七四。

1911 こうしたうれしい折にあえたのも、前世からの宿縁があるからでしょうね。そのことを、わたくしはもちろん忘れたりいたしません。神も、どうかお忘れなく、将来をお守り下さい。〇熊野の本宮　熊野坐(くまのにます)神社。元久三年(一二〇六)二月二十八日に炎上。同年(建永元年)十二月に熊野御

熊野《くまの》の本宮焼《や》けて、年《とし》の内《うち》に遷宮侍《（はべり）》しにまい《（ゐ）》りて

太上天皇

1911 契《（ちぎり）》あればうれしきかゝるおり《（を）》にあひぬ忘《わす》るな神も行《ゆ》くすゑの空

加賀の守《かみ》にて侍《（はべり）》ける時、白山《しら》に詣《まう》でたりけるを思《おも》ひ出《い》でて、日吉の客人《（まらうど）》の宮にてよみ侍ける

左京大夫顕輔

1912 年《とし》ふともこしの白山わすれずはかしらの雪を哀《（あはれ）》とも見よ

一品聡子内親王、住吉《すみよし》に詣《まう》でて、人ゝ歌《うた》よみ侍けるによめる

藤原道経

1913 すみよしの浜《はま》松が枝《え》に風ふけば浪《なみ》のしらゆふかけぬまぞなき

幸が行われた。○かゝるおり　遷宮の年に熊野詣でをするという珍しい機会。▽社殿焼失という禍を、福に転じようとする祈りをこめた。

1912 年がたっても、忘れずにやって来ました。越の白山の神よ、わたしをお忘れでなければ、御山の雪にも似た白髪のわたしを殊勝と思って、ご加護ください。顕輔集「…むかし加賀守にて、神拝に参れりし事を思ひ出でて」。○加賀の守　作者顕輔の加賀守在任は、天永二年(一一一一)十月から元永元年(一一一八)十二月まで。○白山　加賀国の白山七社。白山比咩《（しらやまひめ）》神社が本社。○日吉の客人の宮　日吉山王七社(上七社)のひとつ。白山妙理権現(菊理媛命《（くくりひめのみこと）》)をまつる。○こし　北陸道の意の「越」と「来し」とを掛ける。○かしらの雪　白髪。「雪」は「白山」の縁語。「白山　越の白山ともいふ。…雪深し」(和歌初学抄)。▽白山比咩神社は、後三条天皇の御代に火災にあった。

1913 住吉の浜辺の松の枝には、風が吹くと、まるで白木綿《（しらゆう）》をかけたかのように、白い波がかからない時とてない。続詞花集・神祇。○一品聡子内親王　後三条天皇の第一皇女。○すみよしの浜松　「住吉の社 松よむべし」(和歌初学抄)。「沖つ風吹きにけらしな住吉の松のしづえをあらふ白波」(後拾遺・雑四・源経信。後三条院の住吉御幸の折の歌)。○まぞなき　「日ぞなき」(穂久邇本)。▽波までも神威に服すると賛嘆した。

(1994) 住みよいと思っていた住吉の宿は荒れはてた。神のご霊験を待ち続けているうちに。続詞花集・神祇。○奉幣使　神社に幣《（ぬさ）》を奉る勅使。○昔住みける　作者有基の津守家は住吉の神主。○すみよし　「住みよい」の意を掛ける。○まつ　「住吉」の縁語「松」を響かせる。▽切出歌。

1914 榊葉に置く霜をうち払い、神の御前で祈ります。葉が枯れないように、あのかたの訪れが

奉幣使にて住吉《すみよし》にまい《(ゐ)》りて、昔住《むかしす》みける所《ところ》の荒《あ》れたりけるを見て、よみ侍《(はべり)》ける　　津守有基

被レ出レ之

(1994)
すみよしと思《おも》ひし宿《やど》はあれにけり神のしるしをまつとせしまに

1914
ある所の屛風の絵《ゑ》に、十一月、神まつる家の前《まへ》に、馬に乗《の》りて人のゆく所を　　能宣朝臣

さかき葉の霜うちはらひかれずのみ住《す》めとぞいのる神の御前《みまへ》に

1915
延喜御時屛風に、夏神楽の心をよみ侍ける　　貫之

河社《やしろ》しのにお《(を)》りはへほす衣いかにほせばか七日《なぬか》ひざらん

離れ離れ《かれがれ》にならず、いつまでも通って来ますようにと、ただそれだけを。能宣集「屛風の歌よめと侍るに・十一月、神まつる家」(西本願寺本は、三句以下「常磐にて荒れずまつらんわが宿の神」)。○人　神まつる家に住む女のもとに通って来ていた男。その男が、馬に乗り、そ知らぬ顔をして門前を通り過ぎると見なした。○霜　→七五〇・一八六九。○かれず　「枯れず」と「離《か》れず」と掛詞。

一九一四・一九一五は神事の歌で、冬と夏とが対。

1915　川社でしきりに干し続けている衣は、どのように干してあるというので、いつまでも乾かないのでしょうか。貫之集「同じ御時(天慶二年)の御門の仰せごとにて・夏祓《なつばらへ》」。古今六帖一「かぐら」。○夏神楽　六月晦日の夏越の祓《なごしのはらえ》の折に奏する神楽。→二八四。○河社　平安末期以来、意味不明の語。「清き川に榊をたてて、篠を棚にたてて神供をそなふ」(六百番歌合・左方陳)。「四季の御屛風に、夏、滝落ちたる所にて夏神楽したる」(古来風体抄・上)。○しのにおりはへ　しきりに…し続ける。「「しのに」といへるは、「しげく」「常に」などいへる古き詞なり。…「をりはへて」といへる、また同じ事なり」(六百番歌合・俊成判詞)。「篠竹に寄せて、「しのにおしなみ」などいふ詞に思ひ寄せたるにや」(袖中抄四)。「「しのにおしなみ」とは、しげく押し靡かすといふなり」(袖中抄十三)。○衣　「なき名をば「ぬれぎぬ」といへば、なき名立ちたる人などの祈りにする神楽にて有る」(袖中抄四)。○七日ひざらん　「久しく干ぬ事」(六百番歌合判詞)。▽「行く水の上にいはへる川やしろ川波たかくあそぶなるかな」(貫之集「夏神楽」)とともに、論議の的になった。「濡れ衣」(無実の罪や根もない噂)を神に訴えた歌とも、滝を白い「衣」にたとえて清浄な神楽を詠んだ叙景歌とも、さまざまに解釈できる。

新古今和歌集巻第廿

釈教歌

1916 なを《(ほ)》頼《たの》めしめぢが原《はら》のさせも草《(ぐさ)》わが世《よ》の中にあらんかぎりは

1917 なにか思《おも》ふなにをかなげく世中《(よのなか)》はたゞあさがほの花のうへの露

このふた歌《うた》は、清水観音御歌となんいひ伝《つた》へたる

1916 わたしを頼みにし続けなさい。たとえあなたが、しめじが原のさせも草のように、胸を焦がして思い悩むことがあっても、わたしがこの世にいる限りは。袋草紙・上。○なを頼め 「ただ頼め」とも伝承された(沙石集五本)。○しめぢが原 下野国の歌枕。させも草の名所。○させも草 艾(もぐさ)。「さしも草」(前田本ほか)。後世、この歌から「一切衆生」「人間」をあらわす語とされた。▽袋草紙に、「もの思ひける女の、はかばかしかるまじくは(願いを聞き届けてもらえないようなら)、死なむと申しけるに、示しける」と伝える。

釈教歌は、仏菩薩の託宣歌・仏菩薩の化身(権者(ごんじや))とされる高僧の歌・経典の趣旨や教理を詠んだ歌・法会の際の歌(法縁歌)などを並べる。巻頭に託宣歌を配して、神祇歌に対応。一九一六・一九一七は、ともに清水寺の本尊、十一面千手観音の託宣歌。

1917 何を思い煩うのですか、何を悲しみ嘆くのですか。世の中は、まったく、夕暮を待たずにしぼむ朝顔の花の上においた消えやすい露のように、はかないものなのだよ。袋草紙・上、二句「なにかは歎く」。○なにをか 底本、「を」は「と」とも見える字体だが、「を」のまま。諸本「なにとか」。「なにとか」は「どうして…か」の意。○あさがほの花のうへの露 「はかなきことには 露、朝顔、花のうへの露、夢、うたかた」(和歌初学抄)。「来而不レ留、薤壟(がいりよう)有二払レ晨之露一。去而不レ返、槿籬無二投(いたる)レ暮之花一」(和漢朗詠集「槿」・兼明親王)。↓三四三。

1918 わたしは、この深山にこもって長年すごしているのに、そなたは、月が山から出て行くように、いったいどこへ出て行くのだろう。続詞花集・釈教。袋草紙・上。○智縁 伝未詳。○大山 修験の霊山で、大山寺(天台宗)がある。大智明権現(本地は地蔵菩薩)をまつる。大山寺は行基(↓一九一九)が開創したとも伝える(十巻本伊呂波字類

1918
智縁上人、伯耆の大山にまいり《(ゐ)》て、出《い》でなん
としけるあか月、夢《ゆめ》に見えける歌《うた》
山ふかく年《とし》ふるわれもあるものをいづちか月の出《い》でて《ゝ》ゆくらん

1919
難波《なには》の御津寺《みつでら》にて、蘆《あし》の葉のそよぐを聞《き》き《ゝ》て　行基菩薩
蘆《あし》そよぐ潮瀬《しほせ》の浪のいつまでか憂《う》き世《よ》の中にうかびわたらん

1920
比叡山中堂建立《(こんりふ)》の時　伝教大師
阿耨多羅《(あのくたら》三藐三菩提《さんみやくさんぼだい)》の仏《ほとけ》たちわがたつ杣《そま》に冥加《(みやうが)》あらせたまへ

1921
入唐《(にったう)》ノ時歌　智証大師
法《のり》の舟さしてゆく身ぞもろ〳〵の神も仏《ほとけ》もわれをみそなへ

抄)。○あか月　暁。○月　智縁をたとえた。▽地蔵菩薩の詠。「権現、名残惜しくおぼしめされけるにや、御歌にて」(伯耆国大山寺縁起九)。

1919　蘆のそよぐ潮瀬の波のように、いったいいつまで、つらくはかない世の中に浮かび続けるのだろう。顕昭・万葉集時代難事。○難波の御津寺　行基の開創という寺。○潮瀬　潮の流れる早瀬。○憂き　「浪」「浮かび」の縁語。○世　「蘆」の縁語「節(よ)」を響かせる。▽権者(ごんじや)と崇められた行基の詠とされる、無常観の表白。

1920　最高の智慧をもたれるみ仏たちよ、中堂を建立するために、わたしが入り立つこの杣山に冥加を与えて下さい。和漢朗詠集「仏事」。俊頼髄脳。袋草紙・上。梁塵秘抄二。○中堂　根本中堂。延暦寺の本堂で、最澄が延暦七年(七八八)に建立。○阿耨多羅三藐三菩提　一切の真理を悟った仏の智慧をさす梵語の音訳。○わがたつ杣　「是、中堂建立之材木取ニ入レ杣給之時歌也」(袋草紙)。具体的には比叡山をさす。「おほけなく憂き世の民におほふかなわが立つ杣に墨染めの袖」(千載・雑中・慈円)。○冥加　ひそかな神仏の加護。

1921　唐土へと、仏法をめざし求めて、舟に乗り棹さして行くこの身だ。諸神も諸仏も、わたくしの行く末をご覧あそばして、お守りあれ。○入唐　作者の智証大師円珍が、求法のため唐に渡ったのは、仁寿三年(八五三)。○法　「乗り」を掛ける。○さして　棹を「さして」と、仏法を「さして」(めざして)と掛詞。○みそなへ　「見る」の敬語。「今も見そなはし、後の世にも伝はれ」(古今・仮名序)。▽三善清行・智証大師伝に、円珍の入唐は、山王明神(日吉山王権現)の示現によったという。新羅明神も円珍を守護した(袋草紙・上)。

1922　せめて道案内のある時だけでも行きなさい。極楽への道に迷っている、世の中の人々よ。

1922
菩提寺の講堂の柱《はしら》に、虫《むし》の食《く》ひたりける歌《うた》

しるべある時にだにゆけ極楽《ごくらく》のみちにまどへる世中《(よのなか)》の人

1923
御嶽《みたけ》の笙《(しやう)》の岩屋《いはや》に籠《こも》りてよめる　日蔵上人

寂寞《(じやくまく)》の苔《こけ》の岩戸《いはと》のしづけきになみだの雨のふらぬ日ぞなき

1924
臨終正念《(しやうねん)》ならんことを思《(おもひ)》てよめる　法円上人

南無阿弥陀仏《ほとけ》のみ手《て》にかくる糸《いと》のをはりみだれぬ心ともがな

1925
題しらず　僧都源信

われだにもまづ極楽《ごくらく》にむまれなば知《し》るもしらぬもみな迎《むか》へてん

○菩提寺　丹波国桑田郡の穴太寺(あなおじ＝穴穂寺。天台宗)のことか。観音の霊験譚で知られ(扶桑略記二十六)、後に、西国三十三番札所のひとつ。○しるべ　「道」の縁語。▽虫の食った跡をたどると、往生をさとした示現の歌であったというもの。

1923　苔のはえたこの岩窟が、「寂寞無人声」という経文そのままに、ひっそりと静かなので、涙が雨のように降らない日はない。○御嶽の笙の岩屋　大和国大峰の行場として有名な岩窟。作者日蔵は、天慶四年(九四一)秋、ここで苦行中に頓死し、六道をめぐり蘇生したことで有名。○寂寞　「若説法之人、独在二空閑処一、寂寞無二人声一、読二誦此経典一、我爾時(そのとき)為現二清浄光明身一」(法華経・法師品)。「寂寞おとせぬ山寺に、法華経誦して僧ゐたり」(梁塵秘抄二)。○なみだの雨　深い宗教的感激のあまりに流す涙を「雨」に見立てた。

1924　「南無阿弥陀仏」と名号を唱えて、阿弥陀仏の御手にかける五色の糸が乱れないように、臨終の時に、とり乱さない心でありたいものだ。梁塵秘抄二。○臨終正念　死に臨んで、心静かに阿弥陀如来の来迎を待つこと。○糸　青黄赤白黒の五色の糸で、阿弥陀如来の像の手にかけ、臨終の人が、片端を握って極楽浄土への迎えを念じた。○みだれ　「糸」の縁語。上句が有意の序となる。

1925　わたしだけでも、まず最初に極楽に往生したならば、知っている人でも知らない人でも皆、必ず極楽に迎えよう。○知るもしらぬも　→四〇七。▽浄土教の高僧の、衆生済度の悲願。→一九四〇。

1926　濁りない亀井の水を手にすくい上げて、心のけがれを洗い清めたことでございました。三奏本金葉・雑上。続詞花集・釈教。栄花物語・殿上の花見。玄玄集、四句「心のうちを」。○天王寺の亀井　摂津国四天王寺境内の麗水。「以二慈悲心一飲レ之為二宝薬一矣」(四天王寺御手印縁起)。○心の

天王寺の亀井《かめ》の水を御覧じて　　上東門院

1926 にごりなき亀井《かめ》の水をむすびあげて心の塵《ちり》をすゝぎつる哉《かな》

法華経廿八品歌、人〻によませ侍《はべり》けるに、提《だい》婆品《ばほん》の心を　　法成寺入道前摂政太政大臣

1927 わたつ海《うみ》の底《そこ》より来《き》つるほどもなくこの身ながらに身をぞきはむる

勧持品《くわんぢほん》の心を　　大納言斉信

1928 数《かず》ならぬ命《いのち》はなにかお《を》しからん法説《のりと》くほどをしのぶばかりぞ

塵　煩悩をたとえる。「にごり」の縁語。「猶如二浄水一、洗二除塵労諸垢染一故」(無量寿経・下)。

1927 竜女(りゅうにょ)は、大海の底から来たと思うまもなく、そのまま即身成仏したことだ。○法華経廿八品歌　法華経全八巻を構成する二十八品の各品の趣旨を詠む歌。品経和歌。○提婆品　法華経五・提婆達多品(だいばだったほん)十二。悪人成仏と女人成仏とを説く。▽海竜王のむすめの八歳の竜女が、女身を変じて男子(なんし)となり、即身成仏したという教え(竜女成道正覚)を詠んだ。「女人五つの障りあり、無垢の浄土はうとけれど、蓮花し濁りに開くれば、竜女も仏に成りにけり」(梁塵秘抄二)。前歌一九二六作者は、この歌の作者道長の女(むすめ)。

1928 ものの数でもないこの命は、どうして惜しいはずがあろう。仏法(法華経)を説き広める間を耐え忍んでいるだけのことだ。○勧持品　法華経五・勧持品十三。諸の菩薩が「為レ説二是経一故、忍二此諸難事一。我不レ愛(竜光院本傍注「惜也」)二身命一、但惜二無上道一」と、仏に誓った偈(げ)がある。

1929 紫野の雲林院に、紫雲が林のようにたなびいていると思って見渡すと、それは、仏法にあうという名の、樗(おうち)の花が咲いたのでした。肥後集「五月一日のほど…」。○雲林院　京都紫野にあった天台宗の寺。五月の菩提講は有名(大鏡・序)。○菩提講　悟りや極楽往生を求め、法華経を講説する法会。○紫の雲の林　「紫」で紫野、「雲の林」で雲林院を暗示。「紫の雲」は聖衆来迎の時の「紫雲」の訓読。→一九三七。○あふち　法に「あふ」と、「樗(あふち)」との掛詞。樗はセンダンの古名。五月ごろ、淡紫色の花が咲く。→三四。

1930 谷川の流れが清く澄んだので、すこしの曇りもない月の光も、流れに映って浮かびあがりました。肥後集、三句「なりぬれば」。続詞花集・釈教、四句「くまなく月の」。○涅槃経　大般(だいはつ)

五月許《ばかり》に、雲林院の菩提講に詣《まう》でゝよみ侍《はべり》ける

肥後

1929 紫の雲の林《はやし》を見わたせば法《のり》にあふちの花さきにけり

涅槃経《ねはんぎやう》よみ侍ける時、夢《ゆめ》に、散《ち》る花に池の氷《こほり》もとけぬなり花ふきちらす春《はる》の夜《よ》の空《そら》、と書《か》きて、人の見せ侍ければ、夢《ゆめ》のうちに返《かへ》すとおぼえける歌《うた》

1930 谷河《たにがは》のながれし清《きよ》くすみぬればくまなき月のかげもうかびぬ

述懐歌の中に

前大僧正慈円

1931 ねがはくはしばし闇路《やみぢ》にやすらひてかゝげやせまし法の灯火《ともし》

涅槃経(全四十巻)。釈迦の入滅の際の説法をした経典。「一切衆生悉有ニ仏性ニ」(誰もが本来、仏となる可能性を持つ)と説く。〇散る花に…散る花で、池の氷も解けたらしい、花を吹き散らす春の夜の空のもとで。春二月十五日の釈迦の入滅を「散る花」にたとえ、入滅の際の説法(涅槃経)によって、聴聞した人々の煩悩(池の氷)が解け、仏性に目覚めたことを詠んだ。続詞花集は初句「春風に」。〇とけぬなり「とけにけり」(穂久邇本。肥後集。続詞花集)。〇ふきちらす 底本「ふみちらす」。諸本により校訂。〇人「十余ばかりなる何童(なにゎらは)」(肥後集)。〇月 仏性の譬喩。

1931 わたしが願うのは、しばらく闇路のような迷いの世にとどまり、天台の法灯を掲げたいということなのだが。慈鎮和尚自歌合。〇闇路 煩悩を無明の闇にたとえる。〇法の灯火 作者が座主をつとめた比叡山の不滅の法灯。「灯火」は「闇路」の対。「比叡山の中堂に、初めて常灯ともして掲げ給ひける時/明らけく後の仏のみよまでも光伝へよ法の灯火」(新拾遺集・釈教・伝教大師)。

1932 夜に菊におく白露が早朝には消えてしまうように、人の命ははかないと仏法には説く。尊い説法を聞く夜は起きて勤行にいそしみ、聞き終えたなら翌朝早くにも死ぬことを、私は思う。本歌「音にのみきくの白露夜はおきて昼は思ひにあへず消ぬべし」(古今・恋一・素性)。拾玉集「文治三年(一一八七)十一月、厭離百首・秋」。慈鎮和尚自歌合。ともに三句「夜もおきて」。〇御法 底本「みの」。諸本により「り」を補う。〇きく「聞く」と「菊」との掛詞。〇白露 底本「しらつゆは」。諸本により校訂。〇をきて「起きて」と「置きて」との掛詞。〇つとめて 動詞「勤めて」と早朝の意との掛詞。「露の身の消えて仏になることはつとめて後ぞ知るべかりける」(詞花・雑下・読人しらず)。

1932
とく御法《みのり》きくの白露夜《しらつゆよる》はを《(お)》きてつとめてきえんことをしぞ思《おも》ふ

1933
極楽へまだわが心ゆきつかずひつじのあゆみしばしとゞまれ

観心如月輪若在軽霧中《(くわんじんによぐわちりんにやくざいきやうむちう)》の心を　権僧正公胤

1934
わが心なを《(ほ)》はれやらぬ秋ぎりにほのかに見ゆる在曙《(ありあけ)》の月

家に百首歌よみ侍《(はべり)》ける時、十界《(じっかい)》の心をよみ侍けるに、縁覚《(えんがく)》の心を　摂政太政大臣

1935
奥《おく》山にひとり憂《う》き世《よ》はさとりにきつねなき色《いろ》を風にながめて

1933　わたしの心は、修行が足りなくて、まだ極楽へ往生できるまでに至っていない。刻々と死に近づいてゆく時よ、しばらくとどまっておくれ。拾玉集・十題百首・獣「羊」、建久二年(一一九一)閏十二月。○ひつじのあゆみ　屠所の羊の故事(涅槃経三十八「亦如二朝露一勢不二久停一。…如下牽二牛羊一詣中於屠所上」。摩訶摩耶経・上)から、人の命が死に近づくのにたとえる。「往生要集に、屠所に到る羊のさらに死に近づき、小水に遊ぶ魚、日々に命を滅するがごとしと云々」(和歌童蒙抄九)。

1934　わたしの心は、まだ晴れきらない秋霧の中に、ほんのりと見える有明の月のようだ。○観心如月輪若在軽霧中　心を観ずれば月輪の、若(も)しくは軽霧の中に在るが如し。金剛頂大教王経(金剛頂経。全三巻)・上に見える句。修行中の行者が、自分の心がもつ本来の清浄な姿を把握できないでいる状態。「軽霧」は、うす霧。

1935　奥山でひとり修行をして、この世がはかないことを悟った。風に、飛花落葉の無常のありさまを凝視していたら。秋篠月清集「十題百首・釈教」、建久二年閏十二月。○十界　凡夫の迷いの世界である六道(地獄・餓鬼・畜生・修羅・人間・天上)と、聖者の悟りの世界である四聖(ししょう＝声聞・縁覚・菩薩・仏)との、十種の世界。○縁覚　師につかず独力で悟りを開いた修行者。独覚。「飛花落葉ヲ見テ。ヒトリ諸法ノ無常ヲサトリ」(和語灯録一)。○風　「つねなき色」(無常の理の具体的な現われ)である飛花落葉を引き起こす風。

1936　「色」にばかりとらわれていた心が後悔されるが、「色即是空」と説く般若心経の教えに出会えて、うれしい。続詞花集・釈教。今撰集。小侍従集。○心経　般若心経(摩訶般若波羅蜜多心経)。それの「色即是空」(この世のあらゆる物質的現象は、本質ではない)という教えを詠んだ。○色

1936 心経の心をよめる　小侍従

色《いろ》にのみそめし心のくやしきをむなしと説ける法《のり》のうれしさ

1937 摂政太政大臣家百首歌に、十楽《じふらく》の心《こゝろ》をよみ侍《はべり》けるに、聖衆来迎楽《しやうじゆらいがうらく》　寂蓮法師

むらさきの雲路《ぢ》にさそふ琴《こと》のねに憂《う》き世《よ》をはらふ峰の松風

1938 蓮花初開楽《れんげしよかいらく》

これやこの憂《う》き世《よ》のほかの春ならん花のとぼそのあけぼのの空

1939 快楽不退楽《けらくふたいらく》

春秋にかぎらぬ花にをく《お》露《つゆ》はをく《お》れさきだつうらみやはある

仏教語「色(しき)」の訓読。知覚の対象となるが、かりそめの物質的現象にすぎないものごと。○そめし　「色」の縁語。○法のうれしさ　「法ぞうれしき」(鷹司・小宮本。続詞花集。今撰集。小侍従集)。

1937 極楽への紫雲の道にみちびく、聖衆のかなでる琴の音に和し、無常の世を吹きはらうかのような峰の松風の声が聞える。本歌「琴のねに峰の松風かよふらしいづれのをよりしらべそめけん」(拾遺・雑上・斎宮女御)。建久二年閏十二月、十題百首(寂蓮法師集)。○十楽　西方浄土で受ける十種の楽。往生要集・上に見える。○聖衆来迎楽　十楽の第一。念仏行者の臨終の際、阿弥陀如来や極楽浄土の諸菩薩が、紫雲に乗って迎えに来るという楽。○さそふ　「誘」は、教え導く意。○琴　諸菩薩の奏する琴。「琴のしらべをば、松の声にかよふことにいふなり」(和歌色葉・下)。

1938 これこそが憂き世のほかの、浄土の春なのであろうか。あけぼのの空の下、扉を開いてみると、蓮華があたり一面に美しくさいていて…。建久二年閏十二月、十題百首(寂蓮法師集)。○蓮花初開楽　十楽の第二。蓮華の台座に身を托して極楽浄土に往生した行者が、その蓮(はちす)の花が初めて開く時、盲者が視力を得たように、限りない歓楽を受ける。○とぼそ　「戸なり。門なり」(和歌色葉・上)。○あけぼの　「開け」と掛詞。

1939 春咲くとか秋咲くとか、時節を限らない永遠の蓮華に置く露は、あるものが後れ、あるものが先だって消えてしまうといった恨みがあるだろうか、ありはしない。本歌「末の露もとの雫や世の中の後れ先だつためしなるらん」(→七五七)。建久二年閏十二月、十題百首。○快楽不退楽　十楽の第五。快楽無退楽とも。極楽に往生して得られる、清らかで尽きることのない楽。▽浄土では一切が常住で、無常の世の悲しみなどない。

引摂結縁楽《(いんぜふけちえんらく)》

1940 たちかへりくるしき海《うみ》にを《(お)》く網《あみ》もふかきえにこそ心ひくらめ

法花経廿八品歌よみ侍《(はべり)》けるに、方便品《(はうべんぼん》　唯有《ゆいう》
一乗法《いちじようほふ)》の心を

前大僧正慈円

1941 いづくにもわが法《のり》ならぬ法《のり》やあると空《そら》ふく風に問《と》へどこたへぬ

化城喩品《(けじやうゆほん》　化作大城郭《けさだいじやうくわく)》

1942 おもふなよ憂《う》き世《よ》の中をいではててやどるおくにも宿《やど》は有《(あり)》けり

分別功徳品《(ふんべつくどくほん》　或住不退地《わくぢゆうふたいち)》

1943 鷲《わし》の山けふきく法《のり》の道《みち》ならでかへらぬ宿《やど》にゆく人ぞなき

1940 漁師が立ちもどって海に仕掛けておく網も、深い江でひくのだろうか。極楽浄土から現世に帰って、生死の苦海に迷う人々を、浄土に救いとろうと網を張るのだが、深い縁のある人々を救うことに、心が引かれるであろう。建久二年閏十二月、十題百首。○引摂結縁楽　十楽の第六。引接結縁楽とも。極楽に往生して神通自在となり、縁ある人々を導いて浄土に引き取る楽しみ。「若生二極楽一、智慧高明、神通洞達、世世生生、恩所知識、随レ心引接」(往生要集・上)。→一九三五。○くるしき海　「苦海」の訓読語。苦しみに満ちた現世。「くる」に、「来る」と、「網」の縁語「操(く)る」とを掛ける。○えに　「海」「網」の縁語「江」と、「縁(えに)」との掛詞。○ひく　「網」の縁語。

1941 この世界のどこにも、わたしの信じる法華経の教えでない仏法があるかと、空を吹く風に問うけれども、風は何も答えない。○方便品　法華経一・方便品二。○唯有一乗法　ただ一乗の法のみ有り。十方仏土中、唯有二一乗法一、無レ二亦無レ三。「一乗の法」とは、衆生を悟りに導く唯一の乗り物、唯一の究極の教え。作者慈円の天台宗は、法華経こそがそれと主張した。○空ふく風「能持二是経一者、於二諸法之義、名字及言辞一、楽説無二窮尽一、如下風於二空中一、一切無中障礙上」(法華経・如来神力品)を踏まえたとも(八代集抄)。

1942 憂き世の中を出離して、出家の生活に徹し得たとしても、いま身心を落ち着けている宿を、宝処(究極の真理)と思うなよ。それは化城(仮の真理)にすぎず、行くべき宿はまだ奥にもあるぞ。拾玉集。○化城喩品　法華経三・化城喩品七。○化作大城郭　大城郭を化作す。導師が、衆生を宝処に行き着かせるのに、途中で疲れて退こうとする衆生を見て、神通力で仮の大城郭を出現させ、元気づけて進ませたという譬喩。→九七八・九七九。

1944　普門品《ふもんぼん》　心念不空過《しんねんふくうくわ》

を《お》しなべてむなしき空《そら》とおもひしに藤《ふぢ》さきぬれば紫の雲

1945　水渚常不満《すいしよじやうふまん》といふ心を　崇徳院御歌

を《お》しなべて憂《う》き身はさこそなるみ潟《がた》みちひる潮《しほ》の変《かは》るのみかは

1946　先照高山《せんせうかうざん》

朝《あさ》日さす峰《みね》のつゞきはめぐめどもまだ霜ふかし谷《たに》のかげ草

1947　家に百首歌よみ侍《はべり》ける時、五智の心を、妙《めう》観察智《くわんさつち》　入道前関白太政大臣

そこきよく心の水をすまさずはいかゞさとりの蓮《はちす》をも見《み》ん

1943 霊鷲山で今日聞く法華経の教えという一乗の道をとらなければ、憂き世にもどることのない不退地におもむく人はいない。慈鎮和尚自歌合。○分別功徳品　法華経六・分別功徳品十七。○或住不退地　或いは不退地に住す。釈迦から法華経の説法を聞いた弟子たちの一部は、究極の真理に到達して、迷界に退かない境地にとどまる意。○鷲の山　釈迦が法華経を説いた地。↓一八九九。

1944 すべては空(くう)だと思っていたが、藤の花が咲けば、それはそのまま極楽の紫の雲、現象はそのまま真実在のあらわれなのであった。慈鎮和尚自歌合。○普門品　法華経八・観世音菩薩普門品二十五。○心念不空過　心に念ずるには空しく過ぎず。普通は、観世音を心に念じてむなしく過ごさなければ、さまざまな苦悩をなくせる、と理解されるが、天台智顗(ぎち)は、普門品に託して空仮中など諸法実相を説く。○雲　「空」の縁語。

1945 鳴海潟に満ちたり干いたりする潮が変るだけではない。憂き身は、すべて、鳴海潟の風景みたいに、瞬時に一変してしまう無常なもの。○水渚常不満　水渚常に満たず。罪業応報教化地獄経に見える「水流不常満」(水流るれども常には満たず。往生要集・上「水渚不二常満一」)から生じた、当時の慣用句か。此岸の定めなきこと、つまり現世の無常の譬喩。「いつまでかかくてもすまむ播磨潟満ちひる潮の定めなき世に」(寂然・法門百首・無常「水渚不常満」)。○なるみ潟　尾張国の歌枕。潮の干満で渚の景観が大きく変化した。「成る」と掛詞。○みちひる潮　「なるみ潟」の縁語。

1946 朝日がさす峰に続く山の高い所では、木や草も芽を出しているが、谷かげに生える草は、まだ霜に深く閉じられている。続詞花集・釈教。○先照高山　まづ高山を照らす。「譬如下日出、先照二高山一、次照二幽谷一、次照中平地上」(大方広仏華厳、

1948 勧持品《(くわんぢほん)》
さらずとていく代《よ》もあらじいざやさは法《のり》にかへつる命と思《おも》はん
正三位経家

1949 法師品《(ほつしほん》　加刀杖瓦石《かたうぢやうぐわしやく)》　念仏故応忍《(こおうにん)》の心《こゝろ》を
寂蓮法師
ふかき夜《よ》の窓《まど》うつ雨にを《(お)》とせぬは憂《う》き世《よ》をのきのしのぶなりけり

1950 五百弟子品《(ごひやくでしほん》　内秘菩薩行《ないひぼさつぎやう)》の心を
前大僧正慈円
いにしへの鹿なく野辺のいほりにも心の月はくもらざりけん

1951 人〻勧《すゝ》めて法文百首歌よみ侍《(はべり)》けるに、二乗但《(にじようたん》空《くう》智如蛍火《ちにょけいくわ)》
寂然法師
みちのべの蛍《ほたる》ばかりをしるべにてひとりぞいづる夕闇《やみ》の空

経)。釈迦が世に出て(「日出」)、まず、悟りの資質をもつ菩薩たち(「高山」)に説法したこと。〇めぐめ　「芽ぐめ」と「恵め」(仏法の恩恵)との掛詞。〇谷のかげ草　「幽谷」は縁覚・声聞、「平地」は衆生の譬喩。▽参考「朝日いでて峰の梢を照らせども光も知らぬ谷の埋れ木」(寂然・法門百首・雑)。

1947 池水が底まで清く澄まなければ、どうして蓮の花が開くのを見られよう。心を清浄にしなければ、妙観察智は得られない。〇百首歌　治承二年(一一七八)七月、右大臣家百首。その散佚部分。〇五智　大日如来の五つの智慧。〇妙観察智　五智の第四。事象の異なる姿を、それぞれ正しく観察する智。阿弥陀如来を配し、「蓮華智」ともいう。〇心の水　仏教語「心水」の訓読語。心がさまざまな諸事象を映して動くのを水にたとえる。〇さとりの蓮　蓮華智の譬喩。「蓮」は「水」の縁語。

1948 ただでさえ、どれほども生きてはいないであろう。さあそれならば、仏法と引き換えにした命と思うことにしよう。経家集。〇勧持品　↓一九二八。〇法　一乗の法である法華経。

1949 夜更けの窓をはげしく打つ雨にも音をたてないものは、憂き世をしりぞき逃れて耐え忍んでいる、軒のしのぶ草であることだ。寂蓮法師集。〇法師品　法華経四・法師品十。〇加刀杖瓦石念仏故応忍　刀・杖・瓦・石を加ふとも、仏を念ずるが故にまさに忍ぶべし。〇ふかき夜　真理を知りえない無明の闇を暗示。〇窓うつ雨　法華経持経者に対する迫害を暗示。「蕭蕭暗雨打レ窓声」(和漢朗詠集「秋夜」・白居易)。〇のき　「軒」と「退(の)き」とを掛ける。〇しのぶ　耐え「忍ぶ」と、シノブグサ・ノキシノブの「しのぶ」とを掛ける。

1950 むかし釈迦が小乗を説かれた鹿野苑の草庵でも、清浄な心の月は曇らないままであった。慈鎮和尚自歌合。〇五百弟子品　法華経四・五百

1952
菩薩清涼月《ぼさつしやうりやうぐわち》　遊於畢竟空《いうおひつきやうくう》
雲はれてむなしき空《そら》にすみながら憂《う》き世《よ》の中をめぐる月哉《かな》

1953
栴檀香風《せんだんかうふう》　悦可衆心《えつかしゆしん》
ふく風にはなたち花やにほふらん昔《むかし》おぼゆるけふの庭哉《かな》

1954
作是教已《さぜけうい》　復至他国《ぶくしたこく》
闇《やみ》ふかき木《こ》のもとごとに契《ちぎり》を《お》きて朝《あさ》たつ霧《きり》のあとのつゆけさ

1955
此日已過《しにちいくわ》　命即衰滅《みやうそくすいめつ》
けふ過《す》ぎぬいのちもしかとおどろかす入相《あひ》の鐘《かね》の声ぞかなしき

弟子受記品八。〇内秘菩薩行　内には菩薩の行を秘（か）す。弟子の富楼那（ふるな）が、表面は小乗の声聞のようにふるまい、内実は、多くの衆生を度して大乗の菩薩として努めていたことを、釈迦がたたえた言葉。〇鹿なく野辺　鹿野苑。中印度の波羅奈（はら）国にあった園で、釈迦が小乗経典を説法した。〇心の月　誰もが本来もつ清浄な心を月にたとえる。「いかでわれ心の月をあらはして闇にまどへる人を照らさむ」（詞花・雑下・藤原顕輔）。

1951　道のほとりの蛍の光だけを道しるべとして、ひとりさまよい出たよ、夕闇の空の下に。小乗の人は、わずかな智慧を頼りに、たったひとり悟ろうとする。法門百首・夏。〇二乗但空智如蛍火　「二乗は但空にして、智は蛍火のごとく、（菩薩の人は智慧は日のごとし）」（摩訶止観三上）。声聞・縁覚の二乗は、空を悟るだけで不空を悟らず、智慧が浅い意。〇ひとりぞいづる　「ひとり生死の暗を出づれば」（法門百首左注）。

1952　雲も晴れた虚空に澄んで輝きながら、憂き世の中をめぐる月よ。自身は煩悩もなく悟りきっていながら、衆生を救いに憂き世に帰り住む菩薩よ。法門百首・秋。〇菩薩清涼月遊於畢竟空　大方広仏華厳経四十三の偈。「菩薩は清涼の月、畢竟空に遊ぶ」。「畢竟空」は、有・空の二辺を離れた究極の悟り。〇すみ　「澄み」と「住み」との掛詞。

1953　吹いてくる風に花橘がかおっているのだろうか。昔のことが思い出される今日の法会の庭であるよ。法門百首・夏。〇栴檀香風悦可衆心　栴檀の香風のごとくして、衆の心を悦可せしめたまふ。法華経一・序品一。霊鷲山で釈迦が法華経を説いた時のでき事。文殊師利が、昔、日月灯明仏が法を説いた時にも、瑞相が現われたと述べた。▽参考「五月まつ花橘の香をかげば昔のひとの袖の香ぞする」（古今・夏・読人しらず）。

1956 悲鳴呦咽《(ひめいいうえつ)》 痛恋本群《(つうれんほんぐん)》 素覚法師

草ふかきかりばの小《を》野《の》をたちいでて《ゝ》友《とも》まどはせる鹿ぞなくなる

1957 棄恩入無為《(きおんにふむゐ)》 寂然法師

そむかずはいづれの世《よ》にかめぐりあひて思《おも》ひけりとも人に知《し》られん

1958 合会有別離《(がふゑうべつり)》 源季広

あひみても峰《みね》にわかるゝ白雲のかゝるこの世《よ》のいとはしき哉《(かな)》

1959 聞名欲往生《(もんみやうよくわうじやう)》 寂然法師

を《(お)》とにきく君がりいつかいきの松まつらんものを心づくしに

1954 闇の深い木の根もとごとに、約束しておいたように、朝霧がたちこめたあと、いっぱいに置く露よ。法門百首・別、初句「山深き」。○作是教已復至他国 この教へをなしをはりて、また他国に至る。法華経六・如来寿量品十六。毒を飲んだ子供たちが、良薬を飲まないので、父の良医が、他国に行き、自分は死んだと偽ったところ、悲しみで子供たちは正気を取りもどし、良薬を飲んで助かった寓話。「これは、仏つねに世に住し給へしは、衆生いとふ心をなすべきが故に、法をとどめて滅し給ふなり。今、如来滅後にあうて、わづかにこの法にあへり。機縁の浅きを思ひ、仏恩の深きを思ふに、涙とどめがたかるべし」(法門百首左注)。○闇ふかき 無明、煩悩の譬喩。○木のもと 「木」と「子」とを掛ける。○たつ 旅に「たつ」を暗示。○つゆけさ 「自惟孤露、無㆓復恃怙㆒。常懐㆓悲感㆒、心遂醒悟」(法華経・如来寿量品)。

1955 今日が暮れた。命もそれだけ衰滅に向かうと、はっと気づかせる入相の鐘の声が悲しい。法門百首・無常。○此日已過命即衰滅 この日すでに過ぎぬれば、命即ち衰滅す。法門百首の歌題傍記は「六時偈」(六時無常偈)。梵網経や出曜経二にも見える句。○しか 「鹿」を響かせる。→四八。▽参考「山寺の入相の鐘の声ごとに今日も暮れぬと聞くぞ悲しき」(拾遺・哀傷・読人しらず)。

1956 草深い狩場の小野をひとりのがれ出て、友の行く手を見失わせている、群れからはぐれた鹿の鳴く声が聞える。○悲鳴呦咽痛恋本群 悲鳴呦咽して、本の群を痛恋す。摩訶止観七下に見える。小乗の縁覚が、ひとり解脱しても、衆生を救えず、いたずらに衆生を憐れみ悲しんでは迷わせることの譬喩。○かりばの小野 →一〇五〇。▽参考「たち離れ小萩が原になく鹿は道ふみまどふ友やこひしき」(新勅撰集・釈教・寂然。法門百首・秋)。

1960 心懐恋慕《（しんねれんぼ）》　渇仰於仏《（かつがうおぶつ）》

わかれにしその面影《おもかげ》のこひしきに夢にも見えよ山のはの月

1961 十戒歌よみ侍《（はべり）》けるに、不殺生戒《（ふせつしやうかい）》

わたつ海《うみ》のふかきに沈《しづ》むいさりせでたもつかひあるのりを求《もと》めよ

1962 不偸盗戒《（ふちゆうたうかい）》

うきくさのひと葉《は》なりとも磯《いそ》がくれおもひなかけそ沖《おき》つ白浪

1963 不邪婬戒《（ふじやいんかい）》

さらぬだにを《（お）》もきがうへに小夜衣《さよごろも》わがつまならぬつまな重《かさ》ねそ

1957 出家しなかったならば、いつの世か父母にめぐりあって、やはり親の恩を忘れずに思っていたのだなと、知られることがあるだろうか。出家してはじめて、迷いの世界の父母を救い、恩に報いることもできる。法門百首・別。〇棄恩入無為　恩を棄(す)てて無為に入る。出家する時に唱える偈の一句で、悲華経や清信士度人経に見える。「三界の中に流転するには、恩愛を断ずる事あたはず。恩をすてて仏の道に入る、これ真実の報恩なりといふ文なり」(法門百首左注)。

1958 峰に懸かる白雲が、その峰に別れて行くように、せっかく人に会っても、すぐ別れがあるという、こんな無常の世がいとわしい。本歌「風ふけば峰にわかるる白雲のたえてつれなき君が心か」(古今・恋二・壬生忠岑。後鳥羽院本、「れ」右傍に「ね歟」)。〇合会有別離　合会すれば別離あり。涅槃経二の、会者定離をあらわす偈。〇かゝる白雲が「懸かる」と、「このようにある」の意と掛詞。

1959 噂に聞く、生の松原のあのひとのもとに、わたしはいつ行くことができるのだろう。あのひとは筑紫で心を尽くして待っているだろうに。阿弥陀如来の西方浄土に往生できるのは、いつのことであろう。弥陀は、浄土でわたしたちを案じて待っていらっしゃるであろうに。法門百首・恋。〇聞名欲往生　名を聞きて往生せんと欲す。大無量寿経・下「往観偈(おうごんげ)」。「名」とは阿弥陀如来の名。〇いきの松　「行き」に筑前国の歌枕「生の松原」を掛け、下に「待つ」を導く。「生の松は、西の海の波路を隔ててありと聞けば、彼の国(弥陀の浄土)に思ひよそふるにや」(法門百首左注)。〇心づくし　「生の松」の縁語「筑紫」の掛詞。

1960 別れたあのひとの面影が恋しい。夢にでも見えたらよいのに、山の端にかかる月のようなあの人の面影が。法門百首・恋。〇心懐恋慕渇仰

1964
不酤酒戒《(ふこしゆかい)》
花《はな》のもと露《つゆ》のなさけはほどもあらじゑ《(ひ)》なすゝめそ春の山風

入道前関白家に十如是《(じふによぜ)》歌よませ侍《(はべり)》けるに、如《(によ》
是報《ぜはう)》
二条院讃岐

1965
憂《う》きをなを《(ほ)》昔《むかし》のゆへ《(ゑ)》と思《おも》はずはいかにこの世《よ》をうらみはてまし

待賢門院中納言、人々に勧《すゝ》めて廿八品歌よませ侍けるに、序品《(じよほん)》　広度諸衆生《くわうどしよしゆじやう》　其数無有《ごしゆむう》量《(りやう)》の心を
皇太后宮大夫俊成

1966
わたすべき数《かず》もかぎらぬ橋柱《はしぐら》いかにたてけるちかひなるらん

於仏　心に恋慕を懐きて、仏を渇仰す。法華経六・如来寿量品十六。如来にあうのは難しいと聞けば、衆生は如来を恋慕し渇仰することとなり、悟りへの善い機縁を作るであろうという句。↓一九〇四。○こひしきに　底本「に」脱、諸本により補う。○山のはの月　月は釈迦を暗示。山は霊鷲山を暗示するか。「生死の夢のうちに、などか満月の尊容を見たてまつらざらん」(法門百首左注)。

1961　生死の苦海で、深い罪に沈むこととなる漁（い）りはしないで、保つ甲斐（かひ）のある仏法を求めなさい。唯心房集、初・三句「わたつみの…あさりせで」。○十戒　梵網経などに説く大乗の十重禁戒。してはならない十の戒め。○不殺生戒　生き物を殺すことを禁ずる戒め。○わたつ海　唯心房集「わたつみ」は、「罪」と掛詞。○かひ　「甲斐」と「貝」との掛詞。○のり　「法」と「海苔」との掛詞。「貝」「海苔」は「わたつ海」「いさり」の縁語。▽漁業を殺生の所行と見て嘆いた歌は多い。

1962　たとえ浮草の葉一枚というような、ささいなものでも、人の物をこっそり盗もうという考えを起こしてはならないよ。唯心房集。○不偸盗戒　盗みを禁ずる戒め。○磯がくれ　「磯がくれかきはやれども藻塩草たちくる波にあらはれやせん」(千載・恋二「忍伝ㇾ書恋」・藤原家実)。○白浪「盗人　しらなみ」(和歌初学抄)。↓一八六四。▽「うきくさ」「磯」「かけ」「沖つ白浪」と縁語を多用。

1963　ただでも夜の衣は重いのに、そのうえに自分の褄でない褄を重ねるな。女犯そのものの罪が重いのに、そのうえ、わが妻でない人妻との関係を重ねてはいけない。唯心房集。○不邪婬戒　不道徳な性的行為を禁ずる戒め。○さらぬだに　邪婬だけでなく、女犯はすべて煩悩に染まった重い罪。○つま　配偶者の意と、「さ夜衣」の縁語「褄」とを掛ける。○重ね　「さ夜衣」「褄」の縁語。

美福門院に、極楽六時讃の絵《ゑ》に書《か》かるべき歌《うた》
たてまつるべきよし侍《(はべり)》けるに、よみ侍ける、
時に大衆《(だいしゆ)》法を聞《(きき)》て、弥歓喜瞻仰《(いよいよくわんぎせんがう)》せん

1967 いまぞこれ入日《いり》を見てもおもひこし弥陀《みだ》のみ国《くに》の夕暮《ぐれ》の空

暁《あかつき》いたりて浪の声《こゑ》、金《(こがね)》の岸に寄《よ》するほど

1968 いにしへのお《(を)》のへの鐘《かね》ににたるかな岸《きし》うつ浪の暁の声

百首歌の中に、毎日晨朝入諸定《(まいにちじんてうにふしよぢやう)》の心《こゝろ》を　式子内親王

1969 しづかなるあか月ごとに見わたせばまだ深《ふか》き夜《よ》の夢ぞかなしき

1964 花の下で、ちょっぴり露の情けにひたっても、すぐに覚めるだろう。酔いを勧めないで、春の山風よ。唯心房集。○不酤酒戒　酒を売って、人に飲ませてはならないという戒め。○露のなさけ　酒を飲む楽しみ。「なさけ」に「酒」を掛けたとも(八代集抄)。「露」は、「少し」の意の副詞を掛け、「花」「風」の縁語。▽参考「花下忘レ帰因ニ美景一、樽前勧レ酔是春風」(和漢朗詠集「春興」・白居易)。

1965 このつらい人生を、やはり前世の報いなのだと思わなかったなら、どんなにかこの世を恨みとおしたことでしょう。○入道前関白　藤原兼実。○十如是　天台宗で諸法実相(現象はすべて真理の現われとする思想)を説く時、存在のありかたを十の方面から分析する。法華経・方便品に見える。○如是報　善悪の業因により、次の世で苦楽の報いを生じる。「過ぎ来ける世々にや罪を重ねけむ報い悲しき昨日今日かな」(秋篠月清集・釈教)。○憂きを　諸本「憂きも」だが、底本のまま。○うらみはて　「はかなさを恨みもはてじ桜花憂き世はたれも心ならねば」(千載・雑中・覚性)。

1966 向こう岸へわたす人数もわからない橋の橋柱を、いったいどのようにして立てたのだろう。弥勒菩薩は、はかり知れないほど多くの衆生を彼岸へ済度しようという誓願を、どのようにしてお立てになったのであろう。長秋詠藻・釈教「康治(一一四二-四四)のころほひ…」。○序品　法華経一・序品一。○広度諸衆生其数無有量　広く諸《(もろもろ)》の衆生を度して、その数量《(はかり)》有ることなからむ。弥勒菩薩をたたえた句。○たて　「橋柱」の縁語。

1967 今のこれこそが、入日を見るにつけても遥かに思いあこがれてきた、阿弥陀如来の御国、極楽浄土の夕暮の空。長秋詠藻。○美福門院　鳥羽天皇皇后得子。作者俊成の妻は美福門院加賀。○極楽六時讃　極楽の六時を礼讃した和
↓一三三。

1970　発心《ほっしん》和歌集の歌、普門品　種ゝ諸悪趣《しゆじゆしよあくしゆ》　　選子内親王

あふことをいづくにてとか契《ちぎ》るべき憂《う》き身のゆかんかたを知《し》らねば

1971　五百弟子品の心《こゝろ》を　　僧都源信

玉かけし衣のうらをかへしてぞを《お》ろかなりける心をば知《し》る

1972　維摩経《ゆいまぎやう》　十喩《じふゆ》中に、此身如夢《ししんによむ》といへる心を　　赤染衛門

夢や夢《ゆめ》うつゝや夢とわかぬかないかなる世《よ》にかさめんとすらん

1973　二月十五日の暮《く》れ方に、伊勢大輔がもとにつかはしける　　相模

つねよりもけふの煙《けぶり》のたよりにや西《にし》をはるかにおもひやるらん

讃。源信の作と伝える。○時に…　極楽六時讃のうち「日没(にちもつ)讃」の句。そのとき多くの僧たちは有難い説法を聞いて、いよいよ喜び仏を仰ぎ尊ぶであろう。後に「無数ノ妙花乱レ散リ、一切天人コトゴトク、タヘナル音楽奉奏(ぶそう)セム」などと歌われる。▽日没の姿を観じて極楽浄土を想像するという「日想観」(観無量寿経)と関わるか。

1968　それは、むかし人の世にある時にきいた尾上の鐘の音に似ている。暁に浄土できく、七宝の池の黄金の岸をうつ波の声は。長秋詠藻・釈教。○暁いたりて　「暁イタリテ浪ノ音、金ノ岸ニ寄スルホド、アケナムトスレバ風ノ音、珠ノ簾ヲスグルアヒダ、後夜ノ時分キタリテハ、仏法僧ヲ念ズベシ」(極楽六時讃「後夜(ごや)讃」)。○岸うつ浪　極楽浄土には七宝の池があり、岸は黄金で、寄せる波の声は常に、仏法僧を讃える(観無量寿経)。

1969　静かな暁ごとに見わたすと、わたくし、いつも、まだ暗く深い夜の夢のような迷いのなかにいて、それが悲しい。○毎日晨朝入諸定　毎日、晨朝に諸定に入る。延命地蔵菩薩経や、覚鑁(かくばん)の地蔵講式に見える句。地蔵菩薩は、毎日早朝に入定(煩悩を滅し、静かに真理を考えること)して、六道をめぐり、衆生の苦を除いて引導するという。▽地蔵菩薩の心になって詠んだとする説もある。

1970　観世音菩薩にお会いするのを、いったいどこでとお約束したらよいのでしょうか。この憂き身は、どこへ、どの悪趣へ行くのか、わたくしにはわからないのですから。発心和歌集。○普門品　→一九四四。○種ゝ諸悪趣　悪趣は、罪業の報いを受け衆生がおもむく、苦しみと迷いの世界。法華経・普門品には、観音がそうした衆生を救うと説く。○憂き身　女人は罪障の深いものとされた。

1971　衣の裏を返して見て、宝珠を付けてあったことがわかり、愚かであった自分の心を知った。

返し

1974 けふはいとゞ涙《なみだ》にくれぬ西《にし》の山おもひ入《いり》日のかげをながめて

伊勢大輔

依《(え)》釈迦《しゃか》遺《ゆい》教《けう》念《ねん》弥《み》陀《(だ)》といふ心を

被レ出レ之

肥後

(1995) 教《をし》へを《(お)》きて入《い》りにし月のなかりせば西《にし》に心をいかでかけまし

西行法師を呼《よ》び侍《(はべり)》けるに、まかるべきよしは中《(まうし)》ながらまうで来《こ》で、月の明《あか》か《ゝ》りけるに、門《かど》の前《まへ》をとお《(ほ)》ると聞《き》き《ゝ》て、よみてつかはしける

待賢門院堀河

1975 西《にし》へゆくしるべとおもふ月かげのそら頼《だの》めこそかひなかりけれ

○五百弟子品　→一九五〇。衣の中に、友人が宝珠を縫いつけておいてくれたことを知らずに貧窮し、後に知って貧乏から逃れる話が見える。本来、仏性をそなえながら、それに気づかず、後に釈迦の説法を聞くにおよんで悟ることのたとえ。法華経七喩のひとつ。→一七三。▽源信が女性の前後に配列されるのは、女人往生を説いたからか。→一九三五。

1972　夢は夢？　それとも現実が夢？　区別もできない愚かなわたしだこと。いったいどんな世で、こんな迷いから覚めようとするのかしら。赤染衛門集。続詞花集・釈教、四句「いづれの世にか」。○維摩経十喩　一切のものごとは因縁によって仮に生じていて実体がないことを、十の比喩で述べた。維摩詰所説経。○此身如夢　この身は夢のごとし。赤染衛門集の詞書は「幻のごとし」。○夢　下の「うつつ」「さめん」は「夢」の縁語。▽「語るや現ありしよや夢」(→八二四・匡衡)。

1973　お釈迦様が入滅された今日の荼毘の煙を機縁として、あなたはいつの日よりも、西方浄土を遥かに思いやっていらっしゃるのでしょうね。伊勢大輔集、二句「けふの入日の」。○二月十五日　釈迦の入滅した日。涅槃会《(ねはんえ)》が行われた。○煙　涅槃会の香煙か。▽伊勢大輔の夫高階成順の没後、友人の相模が贈った弔慰の歌とされる。

1974　二月十五日の今日は、ひとしお涙にくれているうちに一日が暮れてしまったのでした。西の山に入る日の光をじっと見つめ、西方浄土を深く慕って。伊勢大輔集。○くれぬ　涙に「くれぬ」と「暮れぬ」との掛詞。○おもひ入日　「思ひ入る」から「入日」へと続けた。「入日」は、涅槃に入る釈迦の譬喩、西方極楽浄土の象徴。

(1995)　教えを遺し、月が西の山の端に入るように入滅なさったお釈迦様が、もしいらっしゃらなければ、どうして西方浄土を心にかけ、阿弥

返し　　　　　　　　　　　　　　　　　西行法師

1976 たちいらで雲まをわけし月かげは待《ま》たぬけしきやそらに見《み》えけん

人の身まかりにけるのち、結縁経《(けちえんぎやう)》供養しけるに、即往《(そくわう)》安楽世界の心《こゝろ》をよめる　　　　瞻西上人

1977 むかし見し月の光《ひかり》をしるべにてこよひや君が西《にし》へゆくらん

観心《(くわんじん)》をよみ侍《(はべり)》ける　　　　　　　西行法師

1978 闇《やみ》はれて心のそらにすむ月は西《にし》の山べやちかくなるらん

陀如来を念ずることができたでしょうか。肥後集。○依釈迦遺教念弥陀　釈迦の遺教に依り、弥陀を念ず。般舟三昧経の「仏教令レ念二阿弥陀一以下此仏特与二娑婆衆生一有レ縁」あたりに由来する句か。○入りにし月　涅槃に入った釈迦の譬喩。▽金葉・雑下に「題不知」として入集していたので、切出された歌。後に新勅撰集・釈教に撰ばれ再び除棄。

1975 西方浄土へ道案内をして下さると思って頼みにしている月の光(西行)が、空しく行き過ぎるなんて、頼みがいのないことですわね。山家集「堀川の局、仁和寺に住みけるに…」、二句「しるべとたのむ」。西行法師家集。○西へゆく　相手の名「西行」を響かせる。○月かげ　西行をたとえた。○そら頼め　から約束。「空」は「月」の縁語。

1976 月の光が、あなたの家に立ち入らずに雲間を分けて過ぎてしまったのは、あなたが月を待っていらっしゃらない様子が、空にもそれと見えたからでしょうか。わたしはそう拝察して立ち寄らなかったのですよ。山家集。西行法師家集。○そらに　暗に、推し量っての意をこめる。「空」「雲間」は「月」の縁語。▽山家集では「さし入らで雲路をよぎし月影はまたぬ心ぞそらに見えける」。

1977 昔、この世で見た月の光を道しるべにして、今宵、あなたは西方の安楽世界へゆかれるのでしょうか。○結縁経供養　ここでは、亡くなった人の結縁のために、人々が集まって経文(多くは法華経)を書写し、仏前に供えること。○即往安楽世界　即ち安楽世界に往(ゅ)く。法華経七・薬王菩薩本事品二十三。○月の光　法華経の教えをたとえた。○西　「月」の縁語。作者も瞻「西」。

1978 煩悩の暗闇がすっかり晴れて、心の空には澄んだ清浄な月。月は、西の山の端に近づいているのだろうか、西方浄土に往生するのも、もう近くなっているのだろうか。山家集。西行法師家集

一 承元三年六月十九日書レ之

二 同七月廿二日依二重　勅定一被レ改二直之一

三 以二相伝秘本一（祖父卿真筆）具書写校合了

正安二年黄鐘下旬

右兵衛督為相

集、二句「心のうちに」。○観心　自分の心の本性を観察して明らかにすること。心は、一切の根本でもあり、迷いのもとでもある。○闇　煩悩・迷いのたとえ。○月　清浄な仏性・菩提心の譬喩。→一九三〇・一九三四・一九五〇。「闇」「空」「西」「山」は「月」の縁語。▽単なる西方極楽浄土へのあこがれではなく、人間のだれもが持つ菩提心がテーマ。新古今集全二十巻の巻軸に、僧侶歌人であり、最多数入集歌人として尊敬されている西行の歌をすえた。

一 承元三年(一二〇九)六月十九日、之を書く。▽藤原定家の奥書か。この年、定家は四十八歳。

二 同七月廿二(二十二)日、重ねての勅定に依り、之を改め直さる。○勅定　新古今集の切継(きりつぎ=改訂)をせよとの後鳥羽院の命令。たび重なる切継の指示に、定家は好感を持っていなかった(明月記)。▽定家の識語かどうか未詳。→解説。

三 相伝の秘本〈祖父卿真筆〉を以て、具(つぶさ)に書写、校合(けうがふ)し了(をは)んぬ。正安二年(一三〇〇)黄鐘(十一月)下旬、右兵衛督為相(ためすけ)。○相伝秘本　相伝は、代々受け伝えること。定家から為家に、為家から為相に相伝された歌書は多く、定家筆の三代集の証本など貴重なものが含まれていた。この「秘本」もそのひとつで、定家筆の新古今集。散佚したか、現在は知られない。○祖父卿　定家。○具　底本どおりにの意。○校合　定家筆本と見くらべて、誤写がないか確認し、本文に問題のある箇所を他本などによって調べた。→解説。○為相　弘長三年(一二六三)、藤原為家の三男として生まれた。母は安嘉門院四条(阿仏尼)。冷泉家の基礎を築いた。嘉暦三年(一三二八)七月十七日、六十六歳で没。正安二年五月、三十八歳の時、右兵衛督に任ぜられた。

付録

（隠岐本識語）

一いまこの新古今集は、いにし元久のころを《（ほ）》ひ、和歌所のともがらにおほせて、ふるきいまの歌を集《あつ》めしめて、そのうへみづからえらび定《さだ》めてよりこのかた、いゑ《（へ）》〲のもてあそびものとして、三十《みそち》あまりの春秋《はるあき》を過《す》ぎにたれば、いまさら改《あらた》むべきにはあらねども、しづかにこれを見《み》るに、おもひ〱の風情、古《ふる》きも新《あたら》しきもわきがたく、しな〲のよみ人、たかきいやしきも捨《す》てがたくして、集《あつ》めたるところの歌、二千《ふたち》ぢなり。

二数《かず》のを《（お）》ほかるにつけては、歌《うた》ごとにいうなるにしもあらず。そのうちみづからが歌をいれたること、三十首にあまれり。道《みち》にふける思《（おもひ）》ふ

この文章は「奥書」、「跋」などと呼ばれているが、小宮本は真名序・仮名序のあとに付けて巻初に置き、烏丸本は上冊（巻十）の奥に付けるが、もとは巻初にあったといって「抄序」と呼ぶ。穂久邇本も上冊（巻十）の奥に付けて「序」と呼ぶ。即ち原位置も呼び方も未詳であり、「識語」と呼ぶのが穏当であろう。

一 **本集の回顧**

○いま　軽い発語で、「いゑ〲の…過ぎにたれば」にかかり、「いまさら」と続く。○いにし　「去（さんぬる）」に同じ。○元久のころをひ　元久二年（一二〇五）の成立期をいう。→仮名序一一。○和歌所のともがら…　→仮名序三および一八頁六行目の「五人のともがら」を踏まえる。○そのうへみづから…　親撰のこと。→同九および一八頁八行。○いゑ〲のもてあそびもの　→同一四頁七行。○三十あまり　元久二年からかりに延応元年（一二三九）二月の没時まで数えても三十五年。○おもひ〱の風情　あらゆる表現の見えること。風情は趣向、着想の意。「心」と同義にも用いられ、「詞」「姿」と並ぶ表現論の基礎概念。○古きも新しきも…たかきいやしきも　あらゆる時代、作者にわたること。→仮名序一五頁五行。○二千ぢ　→同一六頁五行。

二 **選歌特に自歌への反省**

○いう　優。最も古典的な評語。内容としては「心」「詞」ともに歌の本質とされる「やさし」さを備え、かつ上下句のよく応和した「姿」をいう。○三十首にあまれり　→仮名序一九頁一行。○道にふける思ふかし　→同一九頁四行。○集のやつれ　本集の光彩を損じたこと。○かへりみざるべき　→同一九頁五行「後の嘲りをかへりみざるなるべし」と対照的。

かしといふとも、いかでか集のやつれをかへりみざるべき。

三 おほよそ玉《たま》の台《うてな》風《かぜ》やはらかなりし昔《むかし》は、なを《(ほ)》野辺の草《くさ》しげきことわざにもまぎれき。沙《いさご》の門《かど》月しづかなる今《いま》は、かへりて森《もり》の木末《こずゑ》ふかきいろをわきまえ《(へ)》つべし。

四 昔《むかし》より集を抄することは、その跡《あと》なきにしもあらざれば、すべからくこれを抄し出《い》だすべしといへども、摂政太政大臣に勅して仮名の序をたてまつらしめたりき。すなはちこの集の詮とす。しかるをこれを抄せしめば、もとの序をかよはし用《もち》ゐるべきにあらず。

五 これによりて、すべての歌ないし愚詠の数《かず》ばかりを改《あらた》めなを《(ほ)》す。しかのみならず巻《まき》〳〵の歌のなか、か《ゝ》さねて千歌《(ちうた)》六《む》百《もゝ》ちをえらびて、二《は》十《た》巻《まき》とす。

三 **院の今昔**

○玉の台　「玉台」の訓。立派なたかどの。仙洞をさす。○風やはらか　天下泰平のさま。「風不レ鳴レ条（えだ）」（塩鉄論・水旱）。○野辺の草　雅の和歌に対する俗な「ことわざ」の譬えで、「しげき」を導く。「風」の縁語でもある。○しげきことわざ　→仮名序一七頁八行。○まぎれき　歌を忘れがちになった。○沙の門　「玉」「台」に対する「沙」「門」で、粗末な謫所。併せて「沙門」の訓で出家者の意を兼ねる。院は承久三年（一二二一）七月、隠岐に遷るに先立って落飾。法名良然。○月しづか　閑静な環境。○森の木末　森は「詞の林」の類で、「木末ふかきいろ」は和歌の優れた風趣。▽この段は、昔に較べて選歌眼の一層充実した今をいう。

四 **抄出の問題点**

○その跡　抄出の先例。古今集における新撰和歌、拾遺集における拾遺抄（当時は今とは逆に拾遺集の抄出が拾遺抄と考えられていた。古来風体抄・上。三代集之間事）。後拾遺集における続新撰（現存しない）も含むか。○すべからく…べし　漢文訓読語。当然抄出されてよい。別に「新古今抄」を作ること。○摂政太政大臣　藤原良経。○詮とす　「詮」はしばしば究極、第一の事などの意味で用いられるが、ここはむしろ仏教語の「能詮」で、事理をあらわした言葉の意。事理を「所詮」というのに対す。仮名序が撰集の根本精神、編纂の仔細を明かしていることをさす。○かよはし用ゐる…　「新古今抄」の本文と序の記載とが種々抵触し、流用できなくなること。

五 **改修の規模**

○すべての歌ないし…　改修は入集歌のすべて、

六 たちまちにもとの集を捨《す》つべきにはあらねども、さらに改《あらた》め磨《みが》けるはすぐれたるべし。

七 天《あま》の浮橋《うきはし》のむかしを聞《き》ゝわたり、八重垣《やへがき》の雲《くも》のいろにそまむともがらは、これを深《ふか》き窓《まど》にひらきつたへて、遥《はる》かなる世にのこせとなり。

八 此序者御製作也　合点歌者於二遠所一重所下令二撰定一御上也

ひいては自歌についても歌数の削減のみとする。〇巻〱の歌のなか　その削減も各巻の歌の中で。即ち巻の現態を損なわないことで、つまり歌の取捨を合点で示す意となろう。〇かさねて　京での「撰修」に対し、この度の改修をいう。〇千歌六百ち　千六百首。原集の「二千ぢ」に対して約四百首の削減となる。

六　原集の待遇

〇たちまちに…　原集はそれとして認める。

七　結語

〇天の浮橋のむかし　イザナギ、イザナミの二神が天の浮橋からオノゴロ島に降りて唱和し、結婚して国産みをしたこと(日本書紀・神代上。古事記・上)。この「あなにやし、えをとめを」「あなにやし、えをとこを」(古事記)という唱和を和歌の起源とする説は古今・仮名序の古注に見える。〇聞きわたり　思いを馳せる。〇八重垣の雲　スサノオノミコトの「や雲たつ出雲八重垣」の歌(↓仮名序一)をさす。〇いろにそまむ　深くその風趣を慕う。〇深き窓にひらき　独り静かに読むこと。
▽この段は、改修本が歌道の過去、現在、未来を繋ぐくさびとして長く伝えられることを願い求める。

八　奥書

〇御製作也　後鳥羽院の自作である。〇遠所　隠岐をさす。〇所令撰定御也　合点を付けた歌は選定された歌だというので、本集のように除棄された歌に合点を付けたのとは逆の形式を意味しているが、穂久邇本(この識語の底本)はそうなっているのである。

解説

解説

一　新古今歌風について

㈠　本意と本歌取

新古今調ともよばれる本集の代表的歌風の特色はどうして生れたのか。理由は種々あり、また複合的なものであろうが、主要な理由が和歌史の内部に、それも表現にかかわることは自明と思われる。当時の歌論は表現をおおまかに言って心と詞、それに一首のかたちとしての姿、この三者の関係として捉えているが、院政期以後詠歌の行き詰りが自覚されるにつれて歌論の中心はこの表現論に絞られてくる。やがて俊成、そして最後に現われた定家らの表現論を踏まえて成立するのが新古今調であるから、いわばそれは和歌史に強いられた窮余の歌風であった。こうした事情を以下に解説してみたいが、はじめに言っておきたいことは、行き詰りが自覚されるにつれて種々試みられた改革運動のいずれもが厳しい制約下に置かれていたことである。まず「詞」の場合、用詞の多少の拡充は探られたけれども歌詞の制限は厳しくて、限られた歌詞の扱い方に止まるほかはなかったし、「心」についても何を詠むかという対象のみならず、対象のあり方まで厳しく規定されていたのでやはり限られた対象の扱い方に止まるほかはなかった。そういう制約の下で見出された手法の代表的なものが本歌取であり、また対象のあり方の規定というのが本意である。この本意は古典和歌を特色づける最も重要な概念と思われるもので、脚注でも折々に言及しているが、本歌取もまた本集の中で特に目立つ手法なので、まずそれらの説明でこの解説をはじめたい。

周知のように平安時代、ことに三代集以後の和歌は贈答歌でなければ題詠が常態であったが、歌題として提出されている景物の本性、いいかえればそのものが最もそれらしくある様態の規定が「本意(ほい)」で、「もとの心」ともよばれている。早く天徳四年(九六〇)の内裏歌合、八番「款冬」題の判詞に見える「ほい」もその用例となるが、やや詳しい説明を伴っていて注意されるのは承暦二年(一〇七八)四月の内裏歌合、四番「桜」題の判詞である。即ち「尋ねこぬさきには散らで山桜見るをりにしも雪と降るらむ　顕季」という左歌に対して、「右の人々『さきには散らで』とあるは花をむげに惜しむ心なし。散らさであらむこそ本意なれなど申すほどに、師賢、惜しさのあまりにわが見る折よりは来ざりつるさきにとは言ふなりと申すに、右の人々、なかなか見ぬ折にと思ふらむ心は、後の歌に詠まむずるにや、また注などをこそ書かましかといふに人皆笑ひぬ」とある。これは一字題なので景物がそのまま題になっているが、「散らさであらむこそ本意なれ」といわれているように、この場合「桜」の本意は「花を惜しむ心」であり、従って本意とは詠むべき感情の本性といってよい。

次の用例は長承三年(一一三四)九月の中宮亮顕輔家歌合における「月」題一番の右歌の「よもすがら富士の高嶺に雲消えて清見が関にすめる月影　顕輔」に対する判詞の中に見えるもので、判者基俊は「(富士には)必ず煙をぞ詠み侍る。雲をば詠めりとも古き歌にも見え侍らず。されば相模が歌合に詠める、『世とともに心空なるわが恋や富士の高嶺にかかる白雲』と詠める歌をば煙を措きて雲を詠めり。富士の本意にあらずと難ぜられて負け侍りにけり。仍以ㇾ左為レ勝」と評している。ここに引かれた相模の歌は永承四年(一〇四九)十一月の内裏歌合における「恋」題の歌であるが、現存の当の歌合本文には判詞を欠くので詳しくは分からない。従ってしばらくこの「本意」は基俊の用語と見ておくとしてもここに記されている事実まで疑うには及ぶまい。「富士の本意」とは富士が最も富士らしくある様態であり、本意はここでは詠むべき対象の本性といってよい。基俊はこれより前、元永元年(一一一八)十月二日の内大臣家歌合、「恋」一番の判でも富士の本意に言及しているが、下って新古今時代に至れば一層動かぬ約束になっていたことは、建仁二年(一二〇二)頃の千五百番歌合、千十一番において判者季経が右の基俊の言葉を引用して、「富士の山、浅間の嶽などのやうに燃えいでずとも煙立つと詠み慣はせることを」と記すところにも明らかである。太古以来富士の噴火に消長のあったことは時々の物語・日記からうかがわれるが、そういう事実の有無とは関係なく、おそらくこの神山の神秘性、荘厳さ、雄大さを最もよく表わす様態として選択されたのが万葉の歌人も歌った「燃えつつ」ある富士であり、その象徴としての煙であると観念されたのである。とすれば本集に見える源頼朝の「道すがら富士の煙もわかざりき晴るゝ間もなき空のけしきに」(九七五・羇旅歌)や、西行の「風になびく富士の煙の空に消えてゆくへも知らぬわが思ひかな」(一六一五・雑歌中)のような嘱目の詠と解される歌にしても、富士の本意に基づいて歌われたのであり、本意が許さなければ歌われることはなかったと思われる。

「恋の本意」についても例示しよう。仁安二年(一一六七)八月の平経盛朝臣家歌合、「恋」七番の「しるべなき恋路に深く入りぬれば思ひかへるも叶はざりけり　顕昭」の歌に対して判者清輔は、「『しるべなし』とはいかに。『思ひのみこそしるべなりけれ』とこそ古くも詠みたれ」と難じた上、さらに「末に『思ひかへる』とあるもまことに心ざしのなかりけるにやと聞ゆ。『憂しとてもさらに思ひぞかへされぬ』などいへるこそ恋の本意にては侍れ」と評している。「憂しとても」は『後拾遺集』恋四に見える藤原頼宗の秀歌で、下句は「恋はうらなきものにぞありける」であるが、このつらさに堪えてひたむきに進む感情を恋の本性と規定したのである。これより以前、保安二年(一一二一)九月の関白内大臣家歌合、「恋」四番にも「憂しとてもさのみや人を恨むべきことわりとだに思ひなさばや　重基」。「人心憂きたびごとに厭へども堪へたるものはわが身なりけり　時昌」という左右両歌に対して基俊は、「左も右も姿、心ともにをかしう、げに恋の歌はかやうにこそ詠まめとぞ見給ふる」と判じ、さらに「左右ともによろし。正義を詠める歌なり」とも評している。ここに歌われているのもつれなさに堪えて恨まず、恨むべきはむしろわが身とする感情であるから、前の歌合で指摘されたその意味で恋の本意と言ってよいが、それを「正義」とよんでいるのはあたかも永万二年(一一六六)の中宮亮重家朝臣家歌合、「月」四番の俊成の判詞に「正理」の語が見えるのと同様で、本意の真義を注釈したものといってよい。歌論書では遅れて鴨長明の『無名抄』の「題心の事」の条に、「題の歌は必ず心ざしを深く詠むべし」とあり、続けて「たとへば祝には限りなく久しき心をいひ、恋にはわりなく浅からぬ由を詠み、もしは命に替へて花を惜しみ……」と説き進めてゆくのを見れば「心ざし」とはまさしく本意であった。本意意識の発達が題詠の慣習と密接に結びついていたことは疑われないが、新古今時代はまさしく題詠の爛熟期であるとともに本意意識のそれでもあって、建久四年(一一九三)の六百番歌合では「野遊」「残暑」「野分」等の題についてそれぞれの「本意」が論じられており、判者俊成がいかに「題の本意」に加判の照準を合わせていたかがうかがわれる。

こうして院政期以来、本意の観念の確立してゆくにつれて、すべての景物にさまざまに本意が見出されては蓄積され、蓄積された本意は互いに結び合わされ織り合わされて、いわば本意の体系を組成するのであるが、これが当時の詩的世界であった。それは精選された現実であり、現実よりも一層真実な現実と信じられたので、作者はこの仮構された世界の中に安んじてみずからを封じこめることになった。詠歌とは対象や感情の本性を詠む道、という理解に誤りがあるとは思われず、実相観入と言い換えてもおかしくはなかったであろうが、問題はこの世界がいち早く固定し、新しい追求を廃したこと、というよりそれを許さなくなっていったことで、その時本意は桎梏に転じたといえる。そして院政末期には解決されなければならない焦眉の課題となっていたのである。

古歌を取ることは既に『万葉集』に見えているが、それが類型の伝承でもなければ、また替え歌の興に遊ぶのでもなく、創作の一手法と意識されるようになるのは心詞の行き詰りという和歌史的事情に迫られてのことと言ってよい。「本歌(もとの歌)」の用語例は前記承暦二年(一〇七八)四月の内裏歌合(『袋草紙』所引本文)における師賢の評語や、寛治八年(一〇九四)八月の高陽院七番歌合、「郭公」二番の経信の判詞等が早いものであるが、本歌の取り方についてはじめて言及したのは『俊頼髄脳』で、「古き歌に詠み似せつればわろきを、今の歌詠み益しつればあしからずとぞ承る」と記している。『奥義抄』上の「盗《とる》ニ古歌ニ証歌」の項ではさらにこれを敷衍して、「古き歌の心は詠むまじきことなれども、よく詠みつれば皆用ゐらる。名を得たらむ人はあながちの名歌にあらずは、詠みだに益してば憚るまじきなり」と説くのである。つまり本歌取は名歌を除外することと名手にのみ許される特例的措置というのが条件になっているが、この規定で一番重要なのは、本歌取は古き「歌の心」を取る、いいかえれば古歌の趣向を取るとされていることである。それは『俊頼髄脳』の冒頭で、「詠み残したるふしもなく、続け漏らせる詞も見えず。いかにしてかは末の世の人の珍らしきさまにもとりなすべき」と嘆いた、その「ふし」の払底、即ち趣向の行き詰りに照応する提案で、風情(趣向)中心主義ともいうべき平安時代の詠歌法の予想される結果であった。今更かもしれないが、後の解説の便宜もあるのでしばらく当時の詠歌法の実態を要約しておきたい。

はじめに課されるのは与えられた歌題についての文字の用捨で、一字題の場合問題はないが、例えば「海上ノ明月」であれば「上」の字を捨てるといったことの検討である。続いて「題の本意」が確かめられ、次に本意を具体化するための構想が練られる。風情中心主義とはその際構想を導くのがとりわけ知的興趣であることで、この主知的構想あるいは趣向が「風情」(『俊頼髄脳』では「風情」とも前述のように「ふし」とも言う)とよばれたのである。さて「風情」が成れば次はその表現で、課題は「詞」に移される。即ち詞選びとその結合であるが、用詞の範囲は後の定家のように「詞不レ可レ出二三代集、先達之所一レ用」(『詠歌之大概』)とまでは言い切らないにせよ、三代集を規準として限られており、その語彙の中での選択にすぎなかった。詞の結合についてもまず働くのは知的興趣で、序・縁語・掛詞といった修辞群がそれであるが、しかし新しい結合が新しい風情に劣らず困難であったことは右に引いた『俊頼髄脳』に「続け漏らせる詞も見えず」と記す通りである。さて以上の手順を経て成立する一首のかたちが「姿」であり、俊頼はこうした主知的な詠歌法の結果としての、あるべき「姿」を「珍らしきさま」と言い、新しいさまを得ることのむつかしさを嘆いたのである。こうした実情を踏まえて『俊頼髄脳』や『奥義抄』が古歌の風情を取ることをあたかも必要悪として許容しようとしたのも理解できる措置であるが、その際僅かに設定された『奥義抄』の前記の制限さえ、その後崩れてゆかざるをえなかったことは、例えば前記永万二年(一一六六)の中宮亮重家朝臣家歌合、「花」五番の俊成の「古き名歌もよく取りなしつるはをかしき事となむ古き人申し侍りし。白氏文集・古万葉集などはいささか取り過ぐせるに咎なきにやあらむ……」という判詞が語っていよう。このような状況下にあって遂に風情中心主義の破綻を見定め、これと訣別して姿中心の表現論への転回を志したのが後述する通り、俊成そして定家であるが、特に定家に至ると本歌取も詞を取って心を取らぬそれへと移行するのが見られる。

ちょうどよいついでに行き会ったので、定家の本歌取説はしばらく保留して、問題を右の表現論の転回に移し、まず俊成の表現論から定家のそれへ（定家の本歌取説はここで扱う）、そして最後に本集の撰修の中心となる後鳥羽院の表現論に言及したい。

㈡　俊成の改革

風情中心から姿中心へという画期的な転回に展望を開いたのは周知の通り俊成であるが、その新見解を遺憾なく吐露しているのが有名な慈鎮和尚自歌合・十禅師跋である。

大方は歌は必ずしもをかしき節《ふし》を言ひ、事の理を言ひ切らむとせざれども、もとより詠歌といひて、ただ読み上げたるにもうち詠《なが》めたるにも、何となく艶にも幽玄にも聞ゆることあるなるべし。よき歌になりぬればその詞姿のほかに景気の添ひたるやうなることのあるにや。

この場合「艶」とは異見もあるが「えもいはず」の意と見てよく、「幽玄」は仏典に多い用語で甚深微妙の意、そして文末の「景気」は「けはひ」のことで、情調の意味に近いであろう。とすれば指向されているものは「何となく」ともいわれているように、明確な対象をもたない漠然とした主観的感情や、理解を越える表現の領域である筈で、比較されている冒頭の「をかしき節を言ひ、事の理を言ひ切」る表現――これこそ旧来の風情中心の主知主義にほかならないが――と対蹠することは明らかである。とすればいかにも激越な転換が示唆されているようであるが、しかし注意されることの一は、俊成は旧来の表現を否定するとまで言わないどころか、なおそこに身を置いて力点を対極へ移すべきことを慫慂していることである。もう一つはこの激越とも見える新提言が、「もとより詠歌といひて」と言われている通り、当時の鑑賞法に則った、ごく自然で具体的なものであり、もし工夫する気になりさえすれば移行は手法的には決してむつかしくはなかったことで、いわば発想の見事な転換であった。

歌会であれ歌合であれ、歌は常に読と詠という二種の詠吟を通して披露された。即ち歌は聴覚的表象の流れとして受容されるほかはなかったのであるが、その時語々句々互いに結び合っていち早く全体像を作り上げるのは韻律であり、イメージであり、あるいは情調であって、意味のそれはいつも遅れて来る。もし新古今的難解歌であるなら尚更、切れ切れに捕捉された意味がやがて集まり、三度の詠吟の間に意味連関を全うし、理解され了った時には、既に一首の評価は決着しているかもしれない。否「よき歌」ならばそうなければならないと俊成は考える。縹渺とした一首のかたちに力点を置くこの提言は、歌論の用語で言えば「風情」に対する「姿」の論であったが、主知主義に対しては余情主義と言うこともでき、その画期性は疑われないが、しかし前述の通り、この転回を強調しすぎては俊成の意図にも事実にも悖るであろう。

跋の文面には現われていないが、おそらく俊成はこの新提言を風情主義の時弊――『古来風体抄』の『詞花集』評の文言を借りれば、「多くはみな誹諧歌の体に、みなざれをかしくぞ見えたるべき」を救抜するための反措定としようとしたかと思われる。従ってもし俊成にその理想とする和歌のありようを直截に問うなら、また別の答が返ってきたのではなかろうか。それは、『古今集』を「歌の本体」と信仰していた彼のことであるから三代集期の歌論を代表する公任の『新撰髄脳』の説の構造にそう違ってはいなかったかと思われる。即ち「凡そ歌は心深く、姿清げに、心にをかしきところあるを優れたりといふべし」である。まず一首の湛える深い感情、二には流麗な調べを可能とするような洗練された詞つづき、三に「をかしき」といわれている第二の心、それがいわゆる「風情」で、以上三者の完全な調和を理想とするのである。風情は明らかに歌の欠くことのできない構成要素であり、巧緻に趣向をめぐらすことは秀歌の条件とされる。俊成の思想を知るためにはこの理想と前記の対症療法的な提言とを併せ理解することが必要で、この点をもう少し解説しよう。

俊成の古今集本体説が最も詳しく述べられているのは『古来風体抄』であるが、その下冊のはじめに『古今集』の秀歌評があり、今その冒頭を引いてみる。

ふる年に春立ちける日よめる

年の内に春は来にけり一とせをこぞとやいはむ今年とやいはむ　（春歌巻頭・在原元方）

この歌、まことに理強く、またをかしくも聞えて、ありがたく詠める歌なり。

この歌評を前に引いた新提言——十禅師跋の「歌は必ずしもをかしき節を言ひ、事の理を言ひ切らむとせざれども……」の文言に照合すれば、歌評は完全にこの主張を裏切っているといわなければならない。もとよりこの歌評は俊成の古今集本体観の注釈ともなる秀歌評中の一であるから何の割引きもなくその儘に受取らなければならないもので、そうとすれば新提言のもつ意味もおのずから明らかになってくる。即ち『新撰髄脳』に代表される古今集的理想、その見事な調和を回復しようとする果敢な発言が新提言であったわけで、もし新提言がその理想を裏切ると見えるなら、それは時弊がいかに古今集的理想から遠ざかっていたか、偏向の甚だしさを思い知らせるものであった。

さて新提言が激しく反撥した「風情」を『新撰髄脳』に当てていえば、「をかしき」といわれた「心」であったが、同じ構成要素の一つで「心深く」といわれた「心」についても俊成は果敢な提言を試みている。これも有名な『古来風体抄』の文言で、かの古今集の序にいへるがごとく、『人の心を種としてよろづの言の葉となりにけれ』ば、春の花を尋ね、秋の紅葉を見ても、歌といふものなからましかば、色をも香をも知る人もなく、何をかはもとの心ともすべき。である。大意は——歌は花紅葉を詠ずる道といわれているが、その本当の意味は人は歌によらなければ色香の真実を会得できない、歌こそ花紅葉の「もとの心」即ち本意に通じる道、それも唯一の道であるというのである。そしてその根拠として『古今集』仮名序の「人の心を種として」の文言を掲げたのであった。この心は対象の本性を領略する認識論的な働きであるから前記『新撰髄脳』の、表現された感情の深さをさす「心深く」とは違い、眼はより本源に注がれているといわなければならない。それはこのあとに天台止観の冒頭句を引用して、「歌のよきあしき、深き心を知らむことも詞をもて述べがたきを、これによそへてぞ同じく思ひやるべき事なりける」と述べていることからも認められるし、「煩悩即ち菩提」と記して狂言綺語説にふれていることも、歌が単なるすさび、風雅に止まるものでないとする主張の裏付けになっている。「心深く」といわれた「心」についても『新撰髄脳』を越えるこの見解は、やはり時弊の救済に思いを凝らしていた俊成の思索の深さをうかがわせるもので、実際「心」のこの本源的な反省がなければ風情中心の主知主義に堕していた当時の和歌に新撰髄脳式の「心深く」を回復することさえできなかったであろう。趣向ばかりでなく、韻律・イメージ・情調等の渾然とした融合を期して感覚も感情もまた記憶も想像力も、すべてを解放しようとする「姿」の論は、今にして言えばこの突き詰めた「心」の論を踏まえてこそ成り立つものであった。

俊成の表現論の解説がやや長過ぎたようであるが、これが説明できればこれを継承した後鳥羽院の場合も、またそれを更に徹底させる方向で乗り越えようとした定家の場合も理解することは容易である。

(三) 定家と後鳥羽院

慈鎮和尚自歌合・十禅師跋や『古来風体抄』の撰述されたのは建久も末(一一九九)のことで、早く達磨歌と非難されていた定家らの新風がほぼ確立を見た時期である。従ってあの尖鋭な俊成の表現論には新風の実践が論として先取された観があるが、それはともかく、定家らの運動は既述の「姿」の論をほとんど極限まで追究しようとしていた。その実践についての反省、あるいは理論づけといった著作は俄かには現われなかったが、『新古今集』の切継《きりつぎ》もほぼ終った承元三年(一二〇九)頃の成立とされる定家の『近代秀歌』は小篇ながら豊饒な著作で、みずからの歌風を顧みて「余情妖艶の体」に宛てているのなども特色の見事な要約であるが、とりわけここで注目したいのは自分を父俊成から峻別しようとする点である。その一は父の果した和歌改革を経信・俊頼父子、顕輔・清輔父子のそれを承ける一連の、系列をいえば貫之に属するものと概括しながら、自分はより古い、六歌仙期を復興するものと位置づけ、改革運動の異質性を際立たせていることである。もう一は俊成の庭訓として、「歌は博く見、遠く聞く道にあらず、心より出でてみづから悟るものなりとばかりぞ申し侍りし」と記すのに続けて、「それをまことなりけりとまで辿り知ることも侍らず」と付言して婉曲に拒絶していることである。歌は自悟自証の道というこの庭訓は、おそらく本源的な心の働きを説いた前述の『古来風体抄』の論と別のものではなかったであろう。そこでも止観が引き合いに出されていたが、また例の慈鎮和尚自歌合・十禅師跋にも「すべてこの道はいみじく言はむと思ひ、古き物をも見尽さむなどするにも更によらざるべし」という、右の庭訓に重なる見解が見え、それを承けて「かつはただ前の世の契りなるべし。すべて詩歌の道も大聖文殊の御智慧より起れることなれば……」と説き進められていて、ここでも観心業に比較されるような心の推究が求められているようである。作者はひたすら心を澄まして対境に沈潜し、やがて自他を超える境位に転入する時、物の真実は見えてくるというのであろうが、とすれば近代秀歌式に「心より出でてみづから悟る」というよりは十禅師跋式に「前の世の契り」とよぶのがふさわしい、みずからの計らいを越える境位であったと思われる。後に順徳院が『八雲御抄』でこの「前の世の契り……」の文言を引いて、「やすやすとありのまま」と注解しているのはまことに適切であった。そういえば詠吟の声を基調とする俊成の「姿」の論が、表現の最も自然で具体的な様態に眼を注いだものであったことも思い合わされ、「やすやすとありのまま」は俊成の「心」「姿」にわたる、表現論を通じての性格であったといえるかもしれない。

それはさておき、趣向、韻律・イメージ・情調等が渾然と融合して漂蕩する「姿」が「やすやすとありのまま」に表出されなければならないとするこうした見解は、いいかえれば「艶にも幽玄にも」とよばれる微妙な様態が却って最も端的な抒情として流露しなければならないことを意味している。和歌史における俊成の仕事の画期性が抒情性の回復にあると言われるのはこのことである。おそらく俊成が『古今集』を理想とし羨望したのも、新時代の主知主義を存分に受け容れながらなお『万葉集』以来の真情の流露を見失うことなく、みずみずしい抒情性の息づいていることであったであろう。

さて定家が唯一の庭訓といって掲げたのが俊成の表現論の根底となるこうした「心」の論であったこと、しかもそれを理解不能と言い切っているのは父子の思想の乖離がいかに深かったか、異質性はここにも際立っているのである。併せて異質の方向を示唆するのが「歌は博く見、遠く聞く道にあらず」とする庭訓の半面で、それは後続する本歌取の主張に繋がり、前後照応するかと思われる。

しかし俊成とて「博く見、遠く聞く」ことをゆるがせにしたのではなかった。否あの果敢な諸主張が外ならぬ『万葉集』以来の和歌に向けられた表現論的省察に基づいていることは、和歌史論の嚆矢ともいわれている『古来風体抄』が如実に物語っていることである。にも拘わらず庭訓はそれを黙秘し、「みづから悟るものなりとばかり」語ったところに指向の激しさがうかがわれるが、同様にこの庭訓を拒絶して逆に他方を立てたところに、それに賭けた定家の激しさも知られるというものである。事実六歌仙期の再発見もこれなしにはありえなかった筈であるが、今やその主張を挙げて本歌取に絞ろうとするかのようである。三代集を中心に博く古歌を渉猟し、遠く遡って佳句に聞こうとする作業を自分の本領にしようとする定家は、俊成的手法おそらくはあの抒情性を捨てる代償に何を示すことができたのであろうか。その前に本歌取について『近代秀歌』の説明を質しておきたい。はじめにいう、「詞は古きを慕ひ、心は新しきを求め、及ばぬ高き姿をねがひて、寛平以往の歌にならはば、おのづからよろしきこともなどか侍らざらむ」と。そして更に「古きをこひねがふにとりて昔の歌の詞をあらためず、詠みすゑたるを即ち本歌とすと申すなり」と続けて本歌取説に入るのである。

　まず「詞」については「古きを慕ひ」と言って新しき詞を退けるが、その拒絶の激しさを示すのが後の『詠歌之大概』の、前引「詞不㆑可㆑出㆓三代集、先達之所㆒㆑用」という規定である。用詞の行詰りは俊成を過ぎて定家に至ればいよいよ痛感されていたであろうが、にも拘わらず拡充を新詞に求める代りに古詞に固執するばかりか、範囲を厳しく制限して三代集の中に封じこめたもので、古詞の効用がいかに信頼され、期待されていたかがうかがわれる。おもうに三代集の詞はその後五代集を経る間にいよいよ使いこまれ、磨き上げられ、今や意味を伝達するよりも豊饒なイメージ・情調を喚起する符牒として熟成していることを知悉していたので、その機能を駆使することに手法を賭けようとしたのである。こう推論すれば、その手法のありようも自明で、定家は父が明示した「姿」の論は継承しながら、これを「やすやすとありのまま」に表出する手法は排し、「艶にも幽玄にも」といわれる情態をさながら手法に移して、艶に幽玄に表わそうとしたのである。即ち流麗な韻律や多彩な情調の融合、イメージの重層は、その融合や重層のさまがさながら「姿」の上に表現されなければならず、従って端的な抒情とは逆に、それらの組成のために作為の限りを尽すことが求められたのである。課題はすべて「姿」に集約され、「心」から「姿」への移行はこの時完了する筈であった。真情の流露を犠牲にすることはもとより、そもそも作者の存在など定家には不用であったろう。かりにもし作者の「心」の証し、人間の所在が問われるなら、それは作為の限りを尽した技巧の中に現われて余蘊がないではないか、と反論することができたであろう。

　顧みれば『無名抄』が指摘した達磨歌当時の「露さびて、風ふけて(本集四二〇・定家)、心の奥(本集一六一八・慈円)、あはれの底、月の有明、風の夕暮、春の古里(本集一四・良経)」という新規破格な語結合はその意図の露骨なあらわれであったが、その後二十年を経て提唱されたのが「詞」を取って「心」は取らないとする本歌取である。その要点は、本歌を二句単位で取ることと、位置を換えて取ることである。これは既に人口に膾炙する名句——最も洗練された句結合を手がかりに、新しい一首の「姿」を創り出すことで、「及ばぬ高き姿をねがひて」というのはそれである。併せて要請されている「心は新しき」とは『詠歌之大概』にいう「以㆓四季歌㆒詠㆓恋・雑歌㆒、以㆓恋・雑歌㆒詠㆓四季歌㆒」がそれに当るが、単に等類を避けるための用心ではなく、新しい趣向を創出するための工夫である。趣向といってももはや主知的興趣ではなく、感覚・感情、あるいは記憶・想像力のすべてを解放し、共働させることによって得られる興趣である。その場合抒情性の代償が何であったかは言うまでもなく、近代の象徴詩にも似た前代未聞の歌風であった。おそらく本意という保守的な対象認識から一歩も出なかったという巨難を除いてである。しかし定家の意図やその歌風は今もしばしば誤解されているが、当時正確に理解していた一人が後鳥羽院で、その著『後鳥羽院御口伝』の定家評ほど正鵠を得た文章はないといってよい。

惣じてかの卿が歌の姿、殊勝のものなれども人のまねぶべき風情にはあらず。心あるやうなるをば庶幾せず、ただ詞姿の艶にやさしきを本体とせる間、その骨優れざらむ初心の者まねばば、正体なきことになりぬべし。定家は生得の上手にてこそ、心何となけれども、うつくしくは言ひ続けたれば殊勝のものにてはあれ……。釈阿(俊成)・西行などが最上の秀歌は、詞も優にやさしき上、心殊に深く、いはれもある故に、人口にある歌不レ可二勝計一。

ここで「心ある」「心深く」と指摘されているのはいずれも真情の深い流露であるが、定家はそれを欲せず、そのことと表裏して「ただ詞姿の艶にやさしきを本体とせる」、即ちこれをあるべき歌風としているという批評は、定家の指向を鮮やかに捉えたものといわなければならない。併せてその歌風は奇峭で、万人のものではないという警告もうなずける。さらに右の表裏二面を冷静に考量しながらも落着くところが「殊勝のもの」という絶賛であるのも注目されるであろう。それについて興味深いのは「生得の上手」という評語で、「生得」とは、例えば『作庭記』に作庭の山水や滝に対して、自然に存在するそれを「生得の山水」「生得の滝」とよんでいることからも知られるように、語義は単に生れつきというのではなかった。それはまた「生得の歌人」とよばれて、この評語を許されている他の一人が西行であることを考え合わせれば一層明瞭になる意味で、作為に対する自然であり、天然にほかなるまい。とすれば「姿」の組成に作為の限りを尽す定家を逆に天然自然の上手と認める理由は何であろう。おそらくあの奇峭な歌風はみずから好んで求めたのではない、和歌史に強いられた窮余の一策というのである。定家は既述のような閉塞の状況を最も深く自覚し、その解決という課題の重荷をあるがままに双肩に負って、よく耐えたばかりでなく、遂にその道を果てまで歩いて見せた男というのであろう。彼が苦闘し獲得したものは不可避の、この真正直な才物にのみ許された不幸であり光栄であるというのが「生得の上手」の句にこめられた真意と思われる。「心なし」とは和歌の本質に悖る最大の欠陥であるが、しかしそれさえ犠牲にすることなしには「詞姿の艶にやさしきを本体とせる」歌風を産み出すことはできない仔細が洞察されているのである。しかし「詞も優にやさしき」と「心殊に深く」とを調和させている俊成と西行、ことに俊成に対しては「愚意に庶幾する姿」と述懐されている箇所があり、院の理想は父の側にあって子にはなかった。否、自分ばかりでなく万人の理想でもないと表明するのである。ここに今後の和歌史が辿る二つの道が予見されているのではなかろうか。

（田中　裕）

二　『新古今和歌集』の伝本と本書の底本について

長く複雑な編集の過程をたどった『新古今集』には、もともと唯一の原本といったものは存在していなかったと思われる。『新古今集』の伝本は、その成立の諸段階（二頁解題参照）に即して、次の四類があったものと想定されている。

第一類本　元久二年（一二〇五）三月二十六日、『新古今和歌集』竟宴の行なわれた時の本文を伝える本（竟宴本）

第二類本　切継《きりつぎ》の行なわれている途中で書写された本文を伝える本

第三類本　建保四年（一二一六）十二月二十六日、切継の完了した時点で書写された本文を伝える本（源家長本）

第四類本　隠岐における後鳥羽院の選抄本文を伝える本(隠岐本)

『新古今集』撰集の際、撰者のひとりであった藤原定家が建仁三年(一二〇三)四月に進覧した本の草稿の一部かと推定される断簡が現存している。ところが、右の第一類本・第三類本・第四類本については、いずれもそれぞれの直系の本文は知られていない。第一類本の内容は、切継の経過を伝える『明月記』『源家長日記』などの記事をさかのぼり、切継以前の状態を逆に推定してゆくことによって、ある程度までは推測可能とされるけれども、限界がある。全容は不明だが、現存する『新古今集』とは著しく内容を異にするものであったと考えられている。また、第三類本は、和歌所開闔であった源家長が切継完了後の本を書写した系統のもので、切出し歌を一首もふくまず、家長による真名・仮名両奥書を有するなどの特徴をもつと考えられるけれども、そうした条件をすべて備えた伝本は知られていない。第三類本は公的最終本文と称すべきものとして重視される傾向にあるにもかかわらず、これも直系の本文は知られていないのである。

　第四類本は、承久の乱ののち隠岐に遷幸した後鳥羽院が、最晩年の嘉禎年間(一二三五―三八)ころ、選抄を行なって四百首ほどを切出した本で、その間の事情は院の手になる隠岐本識語(序、また跋とも)に述べられている。ただし現在では、第四類本の内容は、第二類本のうち、①選び残された選抄歌に符号をつけたもの、または、②それと逆に除棄歌に符号をつけたものによって知られるにすぎない。こうした隠岐選抄歌符号は、歌頭右肩や歌尾左下などに、合点＼や小圏点。などとして示される。隠岐選抄歌符号の流布した始発点には、藤原家隆が深く関わっていたと推測されるが、家隆は選び残された選抄歌に符号をつけたらしい。けれども、本来、千六百首ほどの選抄歌のみを記載した純粋な第四類本の伝本が存在していたのか、それとも、①・②のうちいずれかの形態をとるものであったのか、とない。

いうことさえ判然としない。選抄の際に後鳥羽院のもちいた『新古今集』が、どの系統のものであったのかもわから

つまり、現存する『新古今集』の諸本は、実際にはほとんどすべて第二類本、すなわち、竟宴の直後から開始された切継の進行していた時期の、いずれかの時点で書写された系統のものと考えられている。ただし第二類本のなかにも、切出し歌を何首ふくんでいるか、撰者名注記の有無、隠岐選抄歌符号の有無などによって、さまざまな伝本が存在している。残念ながら、それらの伝本の本文の派生した経路は、すべてが明らかにされているわけではない。鎌倉時代から室町時代までに書写された古写本も多く残されているけれども、それらの書写や校合の姿勢は必ずしも厳密なものではなかったらしい場合も見られ、現在の研究段階では整理しがたい。重要な古写本で公刊の機会を得ていないものも少なくなく、『新古今集』諸本の全体的な見渡しを困難にしているという事情もある。

なお、撰者名注記とは、源通具・藤原有家・藤原定家・藤原家隆・藤原雅経の五名の撰者のうち、だれがその歌を撰入したのかを示した符号で、『新古今集』以外の勅撰集には見られず、研究のうえに重要な意義をもつ。通(右衛)・有・定・隆・雅、また、|・一・二・三・四などといった略号を、歌頭や歌尾に記して示しているが、通具の分を欠く伝本もある。撰者名注記が、和歌所の公的記録として記しとどめられたものであったのか、撰者のうちだれかの手控えをもとにしたものであったのか、判然としない。また、撰者名注記は建仁三年(一二〇三)四月に各撰者の進覧した選歌を示すものとするのが通説のようになってもいるけれども、疑問な点のあることも指摘されている。撰者名注記にしろ隠岐選抄歌符号にしろ、伝本によって異同が多く、慎重にあつかう必要がある。

本書の底本とした伝冷泉為相筆本も、第二類本に属する。列帖装、上下二帖。重要文化財に指定され、国立歴史民

俗博物館に保管されている。複製も刊行され、書誌は久保田淳氏の執筆された解題に詳しい（日本古典文学会、昭和五十五年）。承元三年（一二〇九）六月十九日、『新古今集』撰者のひとりであった藤原定家が書写した系統の本文を忠実に伝えるものと見なされている。下帖の第一三二丁表には、承元三年六月十九日の奥書につづいて、同年七月二十二日に切継が行なわれた旨の識語が記されている。これが定家によって書き入れられた識語か、定家ではなく和歌所の職員などによる証文と考えるべきものか判然としないが、この本には、承元四年九月に切出されたという注記を有する例も見られ（春下・一九九）、承元三年七月二十二日以後の切継も反映しているのである。

切出し歌は計十七首。うち一首（哀傷・一八六八）をのぞいて十六首には、切出し歌であることを示す記号 ⌐ が墨で付されている。後藤重郎博士が、切出し歌と考えられるものを一首もふくまない小宮本（小宮富郎氏蔵。後述）を基準として、異本所収歌という呼称のもとに数えられた歌は二十九首（『新古今和歌集の基礎的研究』）、小宮本を底本とする日本古典文学大系28『新古今和歌集』（岩波書店、昭和三十三年）に、異本所載歌として付載された歌は三十五首にのぼる。そのうちの十七首をひとつの伝本のなかに有するのは、最も多くの切出し歌をふくむ部類に属する。

承元三年七月の識語につづいて、下帖の第一三三丁表には、正安二年（一三〇〇）十一月下旬、定家の孫にあたる冷泉為相が定家筆本をもとに書写した旨の識語がある。為相筆とされる陽明文庫蔵『古今和歌集』（陽明叢書国書篇1）巻末の為相識語などと比較して、書式や筆跡から為相筆であることは否定できないようだ。ただし、陽明文庫蔵『古今和歌集』などには為相の署名の後に花押があるけれども、この『新古今集』の為相識語には花押がなく、また、為相識語の後の一丁、第一三四丁が切り取られている。この本は、かつて劣悪な保存条件のもとに置かれたとおぼしく、全体にわたって墨うつり、つまり、湿気や水損などのために見開きの片面の墨が他方の片面にうつるという現象を生じているが、下帖の第一三三丁裏にも、本来は第一三四丁表に書かれていた文字が一部うつっていて、「墨付百…」「本如百…」と判読できる。さらに、上帖の後遊紙第三丁裏(補写部分)の中央に、極書くらいの大きさの紙片の貼られていた形跡があり、黒色の方印らしいものがうつっているが判読できない。現在、この本には極書はない。為相筆かどうかはともかく、この本が鎌倉時代末期か南北朝時代くらいの書写にかかるものであることは認められる。なお、複製では墨うつりは除去されているが、その際に本文まで除去された箇所もあり、注意を要する。

上帖末尾の識語から知られるように、この本は、永正九年(一五一二)八月に三井寺の僧静秀の所有するところとなった。面ごとの汚れの程度のちがいから見て、この本は、ある時期に糸が切れて括りごとにばらばらになっていたと推測されるが、その期間に上帖の巻末、正確にいえば上帖の第九括り全体と、第八括りの外側の一枚(第一丁およびそれに連なる最終丁)とが失われた。静秀はその欠脱した二箇所を補写したのだが、静秀の補写した部分と本来の伝為相筆の部分とは、料紙も筆跡も異なる。上帖の前遊紙裏に「春一同下二夏三秋四同下五冬六/賀七哀傷八離別九羇旅十」、下帖の前遊紙裏に「恋一十一同二十二同三十三同四十四同五十五/雑上十六雑中十七同下十八神祇十九釈教廿」と部立を書き添えたのも、静秀の所為であろうか。また、この本には異本本文傍記などの校合が加えられているが、傍記のうち「…歟」とある三箇所は伝為相筆の部分と同筆、「…イ」とある七箇所と「歟」「イ」を付さない十箇所とは、別筆の可能性が大きく、筆跡からみて静秀が書き加えたと思われるものも見られる。異本本文傍記のすべてを左に示す。

一六一 いまか《や》　一九九 よころ。《の》心　三七六 やとは《の》　八〇三 しほ《く》る　八三一 すむ《く》　九〇〇 葉は《のイ》　九〇〇 みたるな《めイ》り

九一一 ふせ《しきイ》　九五一(詞書) 暮。《望》行客　九五一 と《かイ》る　九六七 さらぬ《てイ》　一一五六 あら《はイ》　一三一二 あれぬ《て》　一三六〇 しつな《心歟》く

一三六一 風ふ《は歟》く　一三九〇 □《ン》の　一三九八(詞書) ける《に》つかはす　一四〇四 見て《え歟》　一八七五 そらを《に》　一九二三 いはと《屋イ》の

伝冷泉為相筆本に系統の近い『新古今集』の伝本として、石津本(小島吉雄博士蔵石津一六氏旧蔵本)や岩山民部少輔筆本(後藤重郎博士蔵本)が知られる。いずれも室町時代の写本で、為相識語の後に応永十三年(一四〇六)九月十五日に二条満基が書写した旨の識語を有し、満基筆本をさらに転写したものと考えられている。ともに伝為相筆本と同じく十七首の切出し歌を本文中にふくんでいる。切出し歌であることを示す記号 ⌝ は、石津本にはあるが、岩山民部少輔筆本には見られない。同じ十七首の切出し歌を、本文中にではなく、奥書ののちに後出歌と題してまとめて掲げる伝本に、寿本(京都女子大学蔵谷山茂博士旧蔵本)や春日政治博士蔵(春日和男博士現蔵)二十一代集本がある。いずれも、さきの承元三年の奥書・識語の後に、元応元年(一三一九)閏七月十六日に北山入道相国家本を書写した旨の識語を有する。なお、二条満基の名を箱書きした『新古今集』が古書店の店頭に出たこともあるらしい。

伝冷泉為相筆本の伝為相筆の部分には、隠岐選抄歌符号はあるけれども、撰者名注記はない。静秀の補写した部分には、隠岐選抄歌符号も撰者名注記もない。隠岐選抄歌符号は、除棄歌の歌尾左下に朱筆で合点 ╲ を付して示しているが、伝為相筆の本文の部分に比較して、あまり汚れたりかすれたりしていない。隠岐選抄歌符号は、系統の近い石津本や岩山民部少輔筆本にも、さらに寿本や春日博士蔵本にも見られないのであるから、伝為相筆本のそれも、本文の書写された当時からもともと付けられていたのではなく、後に、おそらくは応永十三年九月よりのち永正九年八月までの百年あまりの期間の、ある折に、他の本から転写されたものと見るのが妥当である。また撰者名注記については、石津本にも岩山民部少輔筆本にも共通して見られない。つまり、正安二年十一月に為相が書写した時点では、撰者名注記はもちろん隠岐選抄歌符号も、この系統の『新古今集』には付されていなかったと考えられる。

本書では、隠岐選抄歌符号は、ひとまず底本にしたがって本文中に示した。なお、静秀の補写した部分については、後藤重郎博士『新古今和歌集の基礎的研究』所収の隠岐本符号一覧表によれば、哀傷・八三九、羇旅・九五六、九六二、九六三、九六六、九七二、九七四、九八七、九八八、九八九が除棄歌とされていた可能性が大きい。また撰者名注記は、一、二の伝本によって示したのでは誤りを招く危険もあると考え、あえて付載しなかったが、本書で本文の校訂に用いた次の諸本には撰者名注記が見られる。『新古今集』の代表的な伝本の紹介をかねて、以下に略記する。

寿本　京都女子大学蔵、谷山茂博士旧蔵。室町時代写本、二帖。仮名序・歌・真名序・奥書・後出歌の順に記されている。切出し歌は十七首で、後出歌として掲げる。隠岐選抄歌符号なし。『新編国歌大観』第一巻（角川書店、昭和五十八年）に後藤重郎博士・杉戸千洋氏の翻刻・解題がある。

前田本　前田育徳会尊経閣文庫蔵。二条為親筆と伝えられる南北朝時代写本、四帖。第二帖と第四帖とに欠脱があり、江戸時代に補写されている。真名序・仮名序・歌の順で、奥書はない。切出し歌は本文中に六首。隠岐選抄歌符号なし。『尊経閣叢刊』に池田亀鑑博士の解題を付して複製されている（昭和五年）。

烏丸本　天理図書館蔵。宮内庁書陵部蔵烏丸光栄筆本の原本。南北朝時代写本、二帖。一部に欠脱あり。藤原家隆筆と伝える本文に、梶井宮御本・大夫阿闍梨円嘉本・源家長本で校合を加えた系統。上帖は真名序・仮名序・歌・隠岐本識語・奥書、下帖は歌・奥書の順。切出し歌は本文中に十一首。隠岐選抄歌符号あり。『天理図書館善本叢書』17・18に田中裕博士の解題を付して複製されている（天理大学出版部、昭和四十九年）。

鷹司本　宮内庁書陵部蔵鷹司城南館旧蔵。室町時代後期写本、四冊。真名序・仮名序・歌の順で、奥書はないけれども、烏丸本に近い系統か。切出し歌は本文中に五首。隠岐選抄歌符号あり。岸上慎二氏・橋本不美男氏・有吉保氏共編『校訂新古今和歌集』（武蔵野書院、昭和三十九年）に翻刻がある。

穂久邇本　穂久邇文庫蔵。重要文化財。二条為氏筆と伝えられる鎌倉時代写本、二帖。上帖は真名序・仮名序・歌・隠岐本識語・識語、下帖は歌・識語の順で、系統などを示す奥書はない。この本にのみ見られる単独異文が少なくない。切出し歌は本文中に五首。隠岐選抄歌符号があるが、雑歌上以下には欠く。『笠間影印叢刊』7・8に後藤重郎博士の解題を付して複製されている(笠間書院、昭和四十六年)。

小宮本　小宮富郎氏蔵小宮堅次郎氏旧蔵。文明七年(一四七五)五月写本、二帖。真名序・仮名序・隠岐本識語・歌・奥書の順。大夫阿闍梨円嘉本系統。切出し歌をふくまない点から、最も第三類本(家長本)に近い伝本とも考えられている。隠岐選抄歌符号あり。撰者名注記には、源通具の名がない。『古典文庫』27・30(昭和二十四年)に大久保正氏の翻刻・解題がある。また、日本古典文学大系28『新古今和歌集』の底本でもある。

これらの他にも貴重な伝本として、文永十一年(一二七四)四月に書写されたと見られる冷泉家時雨亭文庫蔵本(重要文化財。四冊のうち第四冊を欠く。大夫阿闍梨円嘉本系統)や、源親行が貞応二年(一二二三)に書写したものとされる国学院大学蔵本(二帖。欠脱あり)などが知られる。今後、『新古今集』の諸本研究は、そのひとつひとつを複製あるいは翻刻することから始めて、近い系統ごとに整理してゆくという長い道のりをたどることになるであろう。

(赤瀬信吾)

主要参考文献

東　常　縁『新古今和歌集聞書』室町時代後期　(翻刻・影印)荒木尚『幽斎本　新古今集聞書―本文と校異―』九州大学出版会　昭和六十一年　細川幽斎増補　㈠無刊記『新古今和歌集聞書』㈡貞享四年(一六八七)刊『新古今和歌集新鈔』

（序・歌人伝補）　宝永八年（一七一一）刊　（改修翻刻）『名著文庫』富山房　昭和二年
『新古今注』清原宣賢書写　（翻刻）黒川昌享『中世文芸叢書』5　広島中世文芸研究会　昭和四十一年
『高松宮本　新古今和歌集註』室町時代後期　（翻刻）片山享『古典文庫』484　昭和六十二年
加藤磐斎『新古今増抄』寛文三年（一六六三）刊　（影印）有吉保『加藤磐斎古注釈集成』4・5　新典社　昭和六十年
北村季吟『八代集抄』天和二年（一六八二）刊　（翻刻）山岸徳平『八代集全註』2　有精堂　昭和三十五年　（影印）『北村季吟古註釈集成』37―39　新典社　昭和五十五年
契　沖『新古今和歌集』板本書入　（翻刻）『契沖全集』第十五巻　岩波書店　昭和五十年
本居宣長『美濃の家づと』寛政七年（一七九五）刊　（翻刻）『本居宣長全集』第三巻　筑摩書房　昭和四十四年
石原正明『尾張廼家苞』文政二年（一八一九）刊　（翻刻）『国文註釈全書』第八巻　国学院大学出版部　明治四十二年
『自讃歌注』（翻刻）黒川昌享・王淑英編『自讃歌古注十種集成』桜楓社　昭和六十二年

*

塩井正男・大町芳衛『新古今和歌集詳解』明治書院　大正十四年
窪田空穂『新古今和歌集評釈』二巻　東京堂　昭和七・八年
石田吉貞『新古今和歌集全註解』有精堂　昭和三十五年
久松潜一・山崎敏夫・後藤重郎『新古今和歌集』日本古典文学大系28　岩波書店　昭和三十三年
小島吉雄『新古今和歌集』日本古典全書　朝日新聞社　昭和三十四年
窪田空穂『完本新古今和歌集評釈』三巻　東京堂　昭和三十九―四十年

峯村文人『新古今和歌集』 日本古典文学全集26 小学館 昭和四十九年
久保田淳『新古今和歌集全評釈』九巻 講談社 昭和五十一—五十二年
同 『新古今和歌集』二巻 新潮日本古典集成 新潮社 昭和五十四年

＊

風巻景次郎『新古今時代』 人文書院 昭和十一年（風巻景次郎全集6 桜楓社 昭和四十五年）
松田武夫『王朝和歌集の研究』 巌松堂書店 昭和十一年
同 『勅撰和歌集の研究』 日本電報通信社 昭和十九年
小島吉雄『新古今和歌集の研究』 星野書店 昭和十九年
同 『新古今和歌集の研究 続篇』 新日本図書株式会社 昭和二十一年
後藤重郎『新古今和歌集の基礎的研究』 塙書房 昭和四十三年
有吉保『新古今和歌集の研究 基盤と構成』 三省堂 昭和四十三年
藤平春男『新古今歌風の形成』 明治書院 昭和四十四年
田中裕『中世文学論研究』 塙書房 昭和四十四年
石田吉貞『新古今世界と中世文学』二巻 北沢図書出版 昭和四十七年
後藤重郎『隠岐本新古今和歌集と研究』 未刊国文資料第三期第十八冊 未刊国文資料刊行会 昭和四十七年
久保田淳『新古今歌人の研究』 東京大学出版会 昭和四十八年
森本元子『私家集と新古今集』 明治書院 昭和四十九年

谷　山　　茂『谷山茂著作集』六巻　角川書店　昭和五十七―五十九年
藤　平　春　男『新古今とその前後』　笠間書院　昭和五十八年

＊

滝　沢　貞　夫『新古今集総索引』　明治書院　昭和四十五年
増補国語国文学研究史大成７『古今集　新古今集』　三省堂　昭和五十二年
日本文学研究資料叢書『新古今和歌集』　有精堂　昭和五十五年

新 日本古典文学大系 11
新古今和歌集

1992年 1 月20日　第 1 刷発行
2013年 5 月15日　第 8 刷発行
2019年 7 月10日　オンデマンド版発行

校注者　田《た》中《なか》 裕《ゆたか》　赤《あか》瀬《せ》信《しん》吾《ご》

発行者　岡本 厚

発行所　株式会社 岩波書店
〒101-8002 東京都千代田区一ツ橋 2-5-5
電話案内 03-5210-4000
https://www.iwanami.co.jp/

印刷／製本・法令印刷

ISBN 978-4-00-730899-4　Printed in Japan

索　　引

初句索引

1) この索引は，『新古今和歌集』1995首および詞書・左注に見える歌の，初句による索引である．句に付した数字は，本書における歌番号を示す．詞書・左注については「詞」「左」の略称を歌番号に付した．
2) （　）を付した歌番号は，いわゆる切出し歌(精選過程で除かれた歌)を示し，新編国歌大観で集の末尾に一括掲出されているものである．
3) 検索の便宜のため，表記はすべて歴史的仮名遣いによる平仮名表記とし，五十音順に配列した．
4) 初句を同じくする歌がある場合は，更に第2句を，第2句も同じ場合は第3句を示した．

あ

か

し

す

そ

た

に

ぬ

ね

の

は

人 名 索 引

人名索引には「作者名索引」「詞書等人名索引」を収める．

作 者 名 索 引

1) この索引は，『新古今和歌集』の作者について，和歌事跡を中心に略歴を記し，該当する歌番号を示したものである．

いわゆる切出し歌(精選本では除かれた歌)には歌番号に(　)を付し末尾に掲出した．

2) 作者名の表示は，原則として本文の記載による．ただし，本文が官職名等による表記の場合，男性は実名により，また女性は出仕先を冠さない形で本項目を立て，適宜参照項目を立てた．

3) 配列は，頭漢字を音読し，現代表記の五十音順による．(下記一覧参照)

4) 詞書により作者と認定したものも含む．

あ	安	さ	左 最 三 山 参 讃	と	土 東 湯 登 道 徳 敦
い	伊 為 惟 一 允 殷	し	氏 志 師 紫 資 持 慈	に	二 入
う	宇		式 七 日 実 寂 守 朱	の	能
え	永 越 円 延		秀 周 重 淑 俊 順 女	は	馬 白 八 範
お	憶		如 小 少 承 勝 上 信	ひ	肥 枇 尾
か	加 花 河 家 嘉 雅 覚		深 新 親 人 仁	へ	兵 遍 弁
	菅 貫	す	崇	ほ	保 輔 法 木 本
き	季 紀 基 凞 徽 宜 義	せ	是 正 生 成 西 性 斉	み	妙
	儀 九 久 宮 躬 匡 京		清 済 盛 聖 静 赤 摂	め	明
	教 興 業 近		千 選 蟬 贍 前 禅	ゆ	右 有 祐 遊 猷
く	具 堀	そ	素 宗 相 増 村	よ	陽
け	恵 経 景 慶 兼 権 謙	た	大 太 待 泰 醍 丹	ら	頼
	顕 元 源	ち	知 致 智 中 仲 忠 長	り	理 隆 旅 良
こ	後 御 公 光 好 行 孝		奝 鳥 朝	れ	冷 廉
	更 幸 厚 恒 皇 高 康	つ	通	ろ	六
	篁 国	て	定 亭 貞 天 伝	わ	和

あ・い・う・え・お

安芸《あき》　待賢門院安芸．生没年未詳．皇太后宮大進橘俊宗の女と伝えるが，郁芳門院安芸(安芸守藤原忠俊の女)と同一人物で，俊宗の養女か．統子内親王・待賢門院に仕える．『久安百首』の作者．郁芳門院安芸と同一人物との説に従えば，寛治3年(1089)『四条宮扇合』，嘉保2年(1095)『郁芳門院前栽合』，康和4年(1102)『堀河院艶書合』などに参加，家集に『郁芳門院安芸集』があり，金葉集初出ということになる．なお，待賢門院安芸の名は詞花集に初出．　185

安法《あんぽう》　俗名は源趁．生没年未詳．嵯峨源氏，内匠頭適の男．母は神祇伯大中臣安則の女と伝える．曾祖父融が造営した河原院に住み，恵慶をはじめ源順・清原元輔らと交流あり．応和2年(962)『河原院歌合』などを主催したと推定される．中古三十六歌仙．家集『安法法師集』．拾遺集初出．　1472, 1570, 1663

安法女《あんぽうのむすめ》　安法の女．伝は未詳．三奏本金葉集初出．　1212, 1217

伊尹《これまさ(これただ)》　藤原．摂家相続流．号は一条摂政．諡は謙徳公．延長2年(924)生，天禄3年(972) 11月1日没，49歳．右大臣師輔の男．母は藤原経邦の女盛子．正二位摂政太政大臣．撰和歌所別当に任じられ，梨壺の五人と『万葉集』の訓読，『後撰集』の撰集にあたった．家集『一条摂政御集』には歌物語的側面がある．後撰集初出．　1003, 1005, 1020, 1021, 1038, 1150, 1174, 1237, 1355, 1422

伊家《これいえ》　藤原．北家為光流．長久2年(1041)生，応徳元年(1084) 7月17日没，44歳(37歳の伝もある)．周防守公基の男．母は藤原範永の女．正五位下右中弁民部大輔兼備後介．『承保二年殿上歌合』『承暦二年内裏歌合』などに参加．後拾遺集初出．　1899

伊綱《これつな》　藤原．北家師実流．生没年未詳．刑部少輔家基(素覚)の男．母は未詳．嘉応2年(1170)『住吉社歌合』，建久6年(1195)『民部卿家歌合』，正治2年(1200)『石清水若宮歌合』に参加．千載集初出．　170

伊勢《いせ》　伊勢の御・伊勢の御息所とも．生没年未詳．貞観17年(875)頃の生，天慶元年(938)以降の没か．藤原継蔭の女．母は未詳．宇多天皇の女御藤原温子に出仕．後に宇多天皇の寵愛を受け，皇子を儲けるが，皇子は夭折．その後，式部卿敦慶親王との間に中務を生む．『寛平御時后宮歌合』，昌泰元年(898)『亭子院女郎花合』，延喜13年(913)『亭子院歌合』，同21年『京極御息所歌合』などに参加．承平7年(937)陽成院七十賀の歌を詠む．屏風歌を多数作る．家集『伊勢集』．三十六歌仙．古今集初出．　65, 107, 714, 721, 858, 1048, 1049, 1064, 1159, 1168, 1241, 1257, 1382, 1408, 1722

伊勢大輔《いせのたゆう(いせだゆう)》　生没年未詳．永承・天喜の頃活躍．神祇伯大中臣輔親の女．母は未詳．高階成順の妻となり，康資王母らを生む．上東門院彰子のもとに出仕．長元5年(1032)『上東門院菊合』，長久2年(1041)『弘徽殿女御歌合』，『永承四年内裏歌合』，永承5年(1050)『麗景殿女御歌合』，同年『祐子内親王家歌合』，天喜4年(1056)『皇后宮春秋歌合』などに出詠した．康平3年(1060)明尊僧正九十賀の杖歌が作歌年時の明らかな最後の作である．中古三十六歌仙．家集『伊勢大輔集』．後拾遺集初出．　227, 642, 723, 1502, 1528, 1732, 1974

為時《ためとき》　藤原．北家良門流．生没年未詳．刑部大輔雅正の男．母は右大臣藤原定方の女．紫式部の父．寛弘8年(1011)正五位下越後守．長和5年(1016)三井寺で出家．寛仁2年(1018) 1月までは生存．『本朝麗藻』『和漢兼作集』などに漢詩が残る．後拾遺集初出．　1501

為政《ためまさ》　善滋(慶滋)．本姓は賀茂．生没年未詳．文章博士能登守保章の男．保胤の甥．従四位上文章博士・式部少輔内蔵権頭．長保5年(1003)『左大臣家歌合』に参加．長和5年(1016)後一条天皇の大嘗会屏風歌の作者．『本朝続文粋』『本朝麗藻』などに詩文がみえる．拾遺集初出．　456

為仲《ためなか》　橘．生年未詳，応徳2年(1085) 10月21日没．筑前守義通の男．太皇太后宮亮，正四位下に至る．四条宮・頼通・橘俊綱・源経信・源頼家らの邸での歌会などで活躍．天喜4年(1056)『皇后宮春秋歌合』に参加．家集に2種の『橘為仲朝臣集』がある．後拾遺集初出．　385, 930

為忠《ためただ》　藤原．北家長良流．生年未詳，嘉保・永長(1094–97)頃の生か．保延2年(1136)没．従五位下知信の男．母は藤原有佐の女．常磐三寂の父．左衛門尉・丹後守などを歴任，長承3年(1134)正四位下木工権頭となる．永久4年(1116)『顕輔家歌合』，同年『六条宰相家歌合』，保安2年(1121) 2度の『内蔵頭長家家歌合』，長承3年『中宮亮顕輔家歌合』などに出詠．天承(1131–32)頃『三河国名所歌合』，長承元年―保延元年に両度の『為忠家百首』を主催．なお，『藤原為忠朝臣集』はこの人の家集ではない．金葉集初出．　1730

為頼《ためより》　藤原．北家良門流．生年未詳．長徳4年(998)没か．刑部大輔雅正の男．母は右大臣藤原定方の女．為時の兄で，紫式部の伯父にあたる．従四位下摂津守太皇太后宮大進に至る．貞元2年(977)『三条左大臣殿前栽歌合』に出詠．公任・具平親王らと交流があった．家集『為頼朝臣集』．拾遺集初出．　774

惟喬親王《これたかしんのう》　小野宮と号する．承和11年(844)生，寛平9年(897) 2月20日没(貞観15年(873) 2月20日の異伝あり)，54歳．文徳天皇の皇子．母は紀名虎の女静子．大宰帥，弾正尹，常陸・上野太守となる．四品．貞観

14年病のため出家，小野に住む．古今集初出． 1720

惟成《これしげ》 藤原．北家魚名流．法名は悟妙．天暦7年(953)生，永祚元年(989) 11月没，37歳．右少弁雅材の男．母は藤原中正の女．正五位上蔵人権左中弁．寛和2年(986)花山天皇の退位•出家にともない，出家した．天延3年(975)『一条大納言家歌合』，『寛和元年内裏歌合』，『寛和二年内裏歌合』などに参加，『寛和元年内裏歌合』では判者にもなっている．家集『惟成弁集』．拾遺集初出． 1010, 1182, 1347, 1419, 1426

惟方《これかた》 藤原．北家顕隆流．法名は寂信．粟田口別当入道と呼ばれる．天治2(1125)年生，没年未詳．建仁2年(1202) 78歳で生存．民部卿顕頼の男．母は藤原俊忠の女俊子．従三位参議左兵衛督となるが，永暦元年(1160)解官，長門国に配流となり出家した．これより前，保延2年(1136) 3月『左京大夫家成家歌合』，『勧修寺歌合』などに出詠．永万2年(1166)帰京．正治2年(1200)『石清水若宮社歌合』，建仁元年8月『和歌所影供歌合』，同年『石清水社歌合』の作者．家集『粟田口別当入道集』．千載集初出． 767

惟明親王《これあきらしんのう》 大炊御門宮•三宮などと称される．法名は聖円．治承3年(1179)生，承久3年(1221) 5月3日没，43歳．高倉天皇の皇子．母は平義範の女少将局．三品親王．『正治初度百首』『千五百番歌合』などの作者となる．新古今集初出． 31, 138, 442, 892, 1134, 1545

一条院《いちじよういん》 第66代の天皇．諱は懐仁．法名は精進覚．天元3年(980)生，寛弘8年(1011) 6月22日没，32歳．円融天皇の皇子．母は藤原兼家の女詮子(東三条院)．寛和2年(986)践祚．寛弘8年6月13日重病により譲位，同19日出家．皇后定子，中宮彰子(上東門院)のもとには各々独自のサロンが形成された．『一条院御集』の存在が『通憲入道蔵書目録』にみえるが，詩集，歌集のいずれかは不明．『一条天皇御記』は散逸．『本朝麗藻』等に漢詩が残る．後拾遺集初出． 779

一条院皇后宮《いちじよういんのこうごうぐう》 定子．貞元2年(977)生，長保2年(1000) 12月16日没，24歳(25歳の異伝あり)．関白藤原道隆の女．母は高階成忠の女貴子(儀同三司母)．永祚2年(990)一条天皇のもとに入内．女御，中宮となる．長徳2年(996)兄弟の伊周•隆家の左遷にともない落飾．翌年宮廷に復帰し，長保2年皇后となる．この人のもとに清少納言を含むサロンが形成された．後拾遺集初出． 1717

一条左大臣《いちじようのさだいじん》 →雅信

一条右大臣《いちじようのうだいじん》 →恒佐

允仲《まさなか》 祝部．政仲とも．生没年未詳．日吉社禰宜惣官成仲の男．母は未詳．成茂•信濃(後鳥羽院下野)らの父．小比叡執行•大蔵大輔•日吉社禰宜惣官，四位．新古今集初出． 1566

殷富門院大輔《いんぷもんいんのたゆう》(《いんぷくもんいんのたゆう》) →大輔

宇合《うまかい》 藤原．馬養とも．持統8年(694)生，天平9年(737) 8月5日没，44歳(34歳，54歳の異説あり)．不比等の男．母は蘇我連子の女娼子．式家の祖．正三位参議式部卿兼大宰帥に至る．詩集『藤原宇合集』は散逸．『懐風藻』に詩が残る．万葉集に入集．新古今集初出． 1589

宇治前関白太政大臣《うじのさきのかんぱくだいじようだいじん》 →頼通

宇多院《うだいん》 →亭子院

永縁《ようえん》(《えいえん》) 俗姓藤原．永承3年(1048)生，天治2年(1125) 4月5日没，78歳．北家良門流，大蔵大輔永相の男．母は大江公資の女．保安2年(1121)興福寺別当，同5年権僧正となる．承保3年(1076)『前右衛門佐経仲歌合』，元永元年(1118)『右兵衛督家歌合』に出詠．『堀河百首』にも加わる．天治元年『永縁奈良房歌合』を主催した．金葉集初出． 330, 689, 950

永範《ながのり》 藤原．南家貞嗣流．康和2年(1100)生，治承4年(1180) 11月9日没，79歳．文章博士永実の男．母は中原師平の女．正三位宮内卿播磨権守に至る．久寿2年(1155)後白河天皇の大嘗会屛風歌の作者となる．承安2年(1172)『暮春白河尚歯会和歌』，治承2年『別雷社歌合』に参加．千載集初出． 751

越前《えちぜん》 伊勢女房とも．生没年未詳．建長元年(1249)には生存．大中臣公親の女．後鳥羽院の母七条院殖子，後鳥羽院の皇女嘉陽門院礼子に仕える．『正治後度百首』，建仁元年(1201)『老若五十首歌合』，同年『新宮撰歌合』，『千五百番歌合』，元久元年(1204)『春日社歌合』，建保4年(1216)『内裏百番歌合』，宝治2年(1248)『院御歌合』などに参加．新古今集初出． 24, 127, 297, 943, 1140, 1610, 18

84

円仁《えんにん》　俗姓壬生. 諡号は慈覚大師. 延暦13年(794)生, 貞観6年(864)1月14日没, 71歳. 比叡山で最澄に師事. 承和5年(838)唐に渡り, 同14年帰国.『入唐求法巡礼行記』を著す. 斉衡元年(854)天台座主となる. 上記の他,『在唐記』『金剛頂経疏』などの著作がある. 新古今集初出.　1587

円珍《えんちん》　俗姓和気. 諡号は智証大師. 弘仁5年(814)生, 寛平3年(891)10月29日没, 78歳. 和気宅成の男. 仁寿3年(853)唐に渡り, 天安2年(858)帰国. 貞観10年(868)天台座主となり, 園城寺を賜る. 天台宗寺門派の開祖.『大日経指帰』『法華論記』などの著書がある. 勅撰集は新古今集のみ.　1921

円融院《えんゆういん》　第64代の天皇. 諱は守平. 法名は金剛法. 天徳3年(959)生, 正暦2年(991)2月12日没, 33歳. 村上天皇の皇子. 母は右大臣藤原師輔の女安子. 安和2年(969)から永観2年(984)まで在位. 天禄4年(973)乱碁歌合(扇歌が『円融院扇合』として残る)を主催. 永観3年子の日の御遊, 寛和2年(986)大井川行幸で歌人たちより歌を召す. 家集『円融院御集』. 拾遺集初出.　381, 1173, 1439, 1448, 1451, 1481, 1649

延喜《えんぎ》　→醍醐天皇

憶良《おくら》　山上. 斉明6年(660)生, 没年未詳. 出自未詳. 渡来人との説もある. 大宝2年(702)唐に渡り, 慶雲4年(707)ころ帰国. 神亀3年(726)ころ筑前守として赴任. 筑紫で大伴旅人らと詠歌.『類聚歌林』(散逸)の撰者. 万葉集の歌人. 新古今集初出.　898

か・き・く・け・こ

加賀左衛門《かがのさえもん》　生没年未詳. 加賀守丹波泰親(あるいは奉親)の女か(一説に三河守菅原為理の女). 脩子内親王とその養女麗景殿女御延子に仕える. 永承4年(1049)『禖子内親王家歌合』以下の同家歌合, 同5年『前麗景殿女御歌合』, 寛治3年(1089)『四条宮扇合』などに参加. 天喜3年(1055)『六条斎院歌合』(物語合)では「あやめもしらぬ大将」という物語を作っている. 後拾遺集初出.　873, 1474, 1475, 1799

加賀少納言《かがのしょうなごん》　生没年未詳. 出自未詳. 一条朝の人. 小少将の近親者か. 勅撰集は新古今集のみ.　818

花園左大臣《はなぞののさだいじん》　→有仁

花園左大臣室《はなぞののさだいじんのしつ》　→有仁室

花山院(華山院)《かざんいん》　第65代の天皇. 諱は師貞. 法名は入覚. 安和元年(968)生, 寛弘5年(1008)2月8日没, 41歳. 冷泉院の皇子. 母は藤原伊尹の女懐子. 安和2年(969)8月13日立太子. 永観2年(984)8月27日践祚. 寛和2年(986)退位出家. 在位中『寛和元年内裏歌合』『寛和二年内裏歌合』を主催. 退位後も『花山院歌合』他の歌合・歌会を催す.『拾遺集』を親撰したと考えられている. 家集『花山院御集』が存したらしいが, 伝わらない. 後拾遺集初出(ただし拾遺集に「読人しらず」として入集).　490, 1189, 1348, 1445, 1493, 1527, 1848

河島皇子《かわしまのみこ》　川島皇子とも記す. 斉明3年(657)生, 持統5年(691)9月9日没, 35歳. 天智天皇の皇子. 母は忍海造(おしぬみのみやつこ)小竜(おたつ)の女色夫古娘(しこぶこのいらつめ).『万葉集』には『新古今集』に採られた1首がみえるが(巻1. 巻9に別伝), 巻1に憶良作とする異伝注記がある.『懐風藻』に漢詩がみえる. 勅撰集は新古今集のみ.　1588

河内《かわち》　百合花とも. 生没年未詳. 出自未詳. 永弥僧正(あるいは永縁か)の妹と伝える. 後三条院の皇女俊子内親王家の女房. 康和4年(1102)『堀河院艶書合』などに参加.『堀河百首』の作者. 金葉集初出.　653

家経《いえつね》　藤原. 北家内麿流. 正暦3年(992)生, 天喜6年(1058)5月18日没, 67歳. 参議広業の男. 母は下野守安部信行の女. 文章博士, 正四位下式部権大輔. 長元9年(1036)後冷泉天皇の大嘗会和歌を詠む. 永承2年(1047)『左京大夫八条山庄障子絵合』, 同4年『内裏歌合』, 同5年『祐子内親王家歌合』などに出詠.『和漢兼作集』などに作品がみえる. 家集『家経朝臣集』. 後拾遺集初出.　556, 669

家衡《いえひら》　藤原. 北家末茂流. 治承3年(1179)生, 寛元3年(1245)6月2日没, 67歳. 正三位経家の男. 母は藤原頼輔の女. 正三位内蔵頭に至る. 嘉禄元年(1225)出家. 元久元年(1204)『春日社歌合』, 承久元年(1219)『内裏百番歌合』などの作者. 新古今集初出.　92, 1620

家持《やかもち》　大伴. 養老2年(718)生か(養老元年説などあり). 延暦4年(785)8月28日没. 旅人の男. 内舎人, 宮内少輔などを経て, 天

平18年(746)越中守として赴任，天平勝宝3年(751)帰京．一時薩摩守に左遷されるが，中央に復帰し，後，東北に赴く．従三位中納言持節征東将軍．死後，藤原種継暗殺の主謀者として除名されたが，後に赦される．『万葉集』の歌人でその編纂に関わったと考えられている．三十六歌仙．家集『家持集』の内実は万葉集抄であり，新古今入集歌も多くは家持の真作ではない．拾遺集初出． 20, 85, 151, 195, 285, 334, 457, 462, 620, 1025, 1213, (1979)

家長《いえなが》 源．醍醐源氏．生年未詳．文暦元年(1234)没，60歳余か．大膳亮時長の男．母は未詳．妻は後鳥羽院下野(信濃)．従四位上但馬守．建仁元年(1201)の和歌所設置に伴い，開闔に任じられ，実務面で『新古今集』の撰進に活躍．『正治後度百首』『建仁元年八月十五夜撰歌合』『千五百番歌合』『元久詩歌合』『春日社歌合』『洞院摂政家百首』『光明峰寺入道摂政家歌合』などに参加．『源家長日記』がある．家集も存したらしいが，伝わらない．新古今集初出． 425, 741, 956

家通《いえみち》 藤原．北家師実流．康治2年(1143)生，文治3年(1187) 11月1日没，45歳．権中納言忠基の男．頼宗流，大納言重通の養子．母は藤原有広の女．正二位権中納言左衛門督に至る．千載集初出． 1224, 1488

家房《いえふさ》 藤原．摂家相続流．仁安2年(1167)生，建久7年(1196) 7月22日没，30歳．摂政基房の男．母は藤原公教の女．従二位権中納言中宮大夫．『六百番歌合』に参加．新古今集初出． 1131

家隆《いえたか》(《かりゅう》) 藤原．北家良門流．法名は仏性．保元3年(1158)生，嘉禎3年(1237) 4月9日没，80歳．権中納言光隆の男．母は藤原実兼の女．寂蓮の聟になったとの伝もある．侍従，越中守，宮内卿などを歴任，文暦2年(1235)従二位に至る．嘉禎2年出家．「二見浦百首」「殷富門院大輔百首」「閑居百首」などを詠み，『六百番歌合』『御室五十首』『正治初度百首』『老若五十首歌合』『水無瀬恋十五首歌合』『千五百番歌合』『春日社歌合』『元久詩歌合』『卿相侍臣歌合』『最勝四天王院障子和歌』『建保内裏名所百首』『建保四年内裏百番歌合』『洞院摂政家百首』『光明峰寺入道摂政家歌合』などに参加．『月卿雲客妬歌合』の判者．和歌所寄人．『新古今集』撰者の1人．自歌合に『家隆卿百番自歌合』．家集『壬二集』．千載集初出． 17, 37, 45, 82, 113, 139, 158, 214, 246, 289, 292, 376, 389, 392, 403, 437, 473, 506, 537, 595, 639, 935, 939, 954, 969, 970, 981, 1132, 1279, 1292, 1294, 1316, 1325, 1337, 1387, 1579, 1611, 1624, 1664, 1760, 1761, 1762, 1794

嘉言《よしとき》 大江(一時弓削)．生没年未詳．寛弘7年(1010)没か．大隅守仲宣の男．寛弘6年対馬守，任地で没したらしい．正暦4年(993)『帯刀陣歌合』，長保5年(1003)『左大臣家歌合』などに参加．中古三十六歌仙．家集『大江嘉言集』．拾遺集初出． 511, 763, 931, 1544, 1787

雅縁《がえん》 俗姓源．二条僧正と号する．保延4年(1138)生，貞応2年(1223) 2月21日没，86歳．村上源氏，久我内大臣雅通の男．母は藤原長信(あるいは藤原行兼)の女．4度興福寺別当に任じられる．僧正．勅撰集は新古今集のみ． 974

雅経《まさつね》 藤原．北家師実流．飛鳥井と号する．嘉応2年(1170)生，承久3年(1221) 3月11日没，52歳．刑部卿頼経の男．母は源顕雅の女．青年期を関東で過ごす．上京後，侍従，越前介，右兵衛督などを経て，従三位参議に至る．建久9年(1198)「鳥羽百首」を詠む．『正治後度百首』『老若五十首歌合』『建仁元年八月十五夜撰歌合』『水無瀬恋十五首歌合』『千五百番歌合』『春日社歌合』『元久詩歌合』『最勝四天王院障子和歌』『建保四年内裏百番歌合』などに参加．和歌所寄人．『新古今集』撰者の1人．飛鳥井流蹴鞠の祖．蹴鞠関係の著に『革匊別記』『蹴鞠略記』がある．家集『明日香井和歌集』．新古今集初出． 74, 93, 94, 145, 184, 298, 364, 436, 483, 561, 604, 610, 652, 940, 955, 958, 1094, 1315, 1333, 1456, 1668, 1763

雅実《まさざね》 源．村上源氏．久我太政大臣と号する．康平2年(1059)生，大治2年(1127) 2月15日没，69歳．右大臣顕房の男．母は源隆俊の女．従一位太政大臣に至る．天治元年(1124)出家．『承暦二年内裏歌合』，寛治7年(1093)『郁芳門院根合』に参加．金葉集初出． 797

雅信《まさのぶ》 源．宇多源氏．一条左大臣と称される．延喜20年(920)生，正暦4年(993) 7月29日没，74歳．宇多天皇の皇子敦実親王の

男．母は藤原時平の女．従一位左大臣に至る．勅撰集は新古今集のみ． 1438

雅通《まさみち》 源．村上源氏．久我内大臣と称される．元永元年(1118)生，承安5年(1175)2月27日没，58歳．権大納言顕通の男．母は源能俊の女．叔父雅定の養子．正二位内大臣に至る．千載集初出． 1226

雅定《まささだ》 源．村上源氏．中院(入道)右大臣と称する．法名は法如(あるいは蓮如)．嘉保元年(1094)生，応保2年(1162)5月27日没，69歳．太政大臣雅実の男．母は田上二郎の女あるいは藤原経生の女(郁芳門院女房)．正二位右大臣に至る．仁平4年(1154)出家．永久4年(1116)，元永元年(1118)に歌合を主催．永久4年『鳥羽殿北面歌合』，元永元年『六条宰相家歌合』，保安2年(1121)両度の『内蔵頭長実家歌合』，長承3年(1134)『中宮亮顕輔家歌合』などに参加．金葉集初出． 827, 1881

覚性《かくしょう》 俗名は本仁．紫金台寺御室と呼ばれる．大治4年(1129)生，嘉応元年(1169)12月11日没，41歳．鳥羽院の皇子．母は藤原公実の女璋子(待賢門院)．仁和寺門跡，法務大僧正となる．基俊・教長・西行らの歌人が出入りした．家集『出観集』．千載集初出． 1537

覚忠《かくちゅう》 長谷大僧正・宇治大僧正と称される．元永元年(1118)生，治承元年(1177)10月16日没，60歳．藤原氏摂家相続流，関白忠通の男．天台座主，大僧正，園城寺長吏．嘉応元年(1169)三井寺で歌合を主催．千載集初出． 571

覚弁《かくべん》 天承2年(1132)生，正治元年(1199)11月27日(あるいは29日)没，68歳．藤原氏北家長家流，皇太后宮大夫俊成の男．母は藤原為忠の女か．法印権大僧正．興福寺権別当．千載集初出． 1776

菅贈太政大臣《かんぞうだいじょうだいじん》 →道真

貫之《つらゆき》 紀．生年未詳(貞観10年(868)，貞観14年などの説がある)，天慶8年(945)没(天慶9年の伝もある)．望行の男．延長8年(930)土佐守に赴任，承平5年(935)帰京．まもなく『土佐日記』を書く．後，従五位上木工権頭に至る．『是貞親王家歌合』『寛平御時后宮歌合』，延喜13年(913)『亭子院歌合』，同年『内裏菊合』などに参加．『三月三日紀師匠曲水宴和歌』を主催．多くの屛風歌を詠む．三十六歌仙．『古今集』の撰者の1人で仮名序の作者．『新撰和歌』の撰者．家集『貫之集』．古今集初出． 14, 81, 108, 111, 165, 166, 284, 313, 327, 344, 460, 482, 676, 710, 711, 712, 715, 718, 857, 861, 905, 906, 1008, 1040, 1067, 1068, 1219, 1593, 1683, 1869, 1870, 1915, (1991)

季経《すえつね》 藤原．北家末茂流．法名は蓮経．天承元年(1131)生，承久3年(1221)閏10月4日没，91歳．左京大夫顕輔の男．母は家女房．中宮亮，宮内卿などを歴任，正三位に至る．永万2年(1166)『中宮亮重家朝臣家歌合』，承安2年(1172)『広田社歌合』，治承2年(1178)『別雷社歌合』，『六百番歌合』，建久6年(1195)『民部卿家歌合』，『御室五十首』，『正治初度百首』などに参加，『千五百番歌合』の判者の1人．家集『季経入道集』が伝わり，別の家集もあったらしい．『枕草子注』を著したというが散逸．千載集初出． 651

季景《すえかげ》 源．文徳源氏．生没年未詳．下野守季国の男．母は未詳．正六位上右衛門少尉．後鳥羽院の初度北面．建仁元年(1201)8月『和歌所影供歌合』などに参加．勅撰集は新古今集のみ． 1779

季広《すえひろ》 源．醍醐源氏．生没年未詳．木工頭季兼の男．母は未詳．正五位下下野守．嘉応2年(1170)『住吉社歌合』，同年『建春門院北面歌合』，承安2年(1172)『広田社歌合』，治承2年(1178)『別雷社歌合』などに参加．千載集初出． 1958

季縄《すえなわ》 藤原．南家真作流．生没年未詳．木工頭千乗の男．母は未詳．従五位上右近少将．新古今集初出． 854

季通《すえみち》 藤原．北家頼宗流．生没年未詳．嘉保元年(1094)あるいは永長元年(1096)の生．保元3年(1158)以後まで生存．権大納言宗通の男．母は藤原顕季の女．正四位下備後守左少将．永久4年(1116)『鳥羽殿北面歌合』，元永2年(1119)『内大臣家歌合』，長承3年(1134)『中宮亮顕輔家歌合』に出詠．『久安百首』の追加作者．『季通朝臣集』は『久安百首』の季通詠．詞花集初出． 287

季能《すえよし》 藤原．北家末茂流．仁平3年(1153)生，建暦元年(1211)没，59歳．正三位俊盛の男．母は源雅兼の女．正三位兵部卿．承元4年(1210)出家．自ら歌合を主催したことがあり，建久2年(1191)『若宮社歌合』，同6年

『民部卿家歌合』，正治２年(1200)『石清水若宮歌合』，『千五百番歌合』，建永元年(1206)『卿相侍臣歌合』などに出詠．千載集初出．97, 648, 1604

紀伊《きい》　一宮紀伊と呼ばれる．生没年未詳．永久元年(1113)頃まで生存．桓武平氏，経方の女か(経重の女とする伝あり)．母は祐子内親王家小弁．紀伊守藤原重経(紀伊入道素意)の妻か(妹とする伝あり)．康平４年(1061)『祐子内親王家名所合』，寛治８年(1094)『高陽院七番歌合』，康和４年(1102)『堀河院艶書合』などに参加．『堀河百首』の作者．家集『一宮紀伊集』．後拾遺集初出．332, 646

基俊《もととし》　藤原．北家頼宗流．康平３年(1060)生(別の伝あり)，永治２年(1142)１月16日没，83歳．右大臣俊家の男．母は高階順業の女．従五位上左衛門佐．康和２年(1100)『源宰相中将家和歌合』，元永２年(1119)『内大臣家歌合』などに出詠．永久４年(1116)『雲居寺結縁経後宴歌合』，元永元年10月２日『内大臣家歌合』，保安２年(1121)『関白内大臣家歌合』，天治元年(1124)『永縁奈良房歌合』，長承３年(1134)『中宮亮顕輔家歌合』などの判者となる．『堀河百首』の作者．中古六歌仙．『新撰朗詠集』『相撲立詩歌』の撰者．著書『悦目抄』は散逸，現存のものは後人の仮託書．漢詩が『本朝無題詩』に残る．家集『基俊集』．金葉集初出．230, 355, 373, 467, 659, 878, 1388

基輔《もとすけ》　藤原．北家末茂流．生年未詳，元暦２年(1185)６月３日没．修理権大夫頼輔の男．母は源盛経の女．正四位下右馬権頭．治承２年(1178)『右大臣家百首』の作者．安元元年(1175)10月『右大臣家歌合』，治承３年10月『右大臣家歌合』に出詠．勅撰集は新古今集のみ．1115

凞子女王《きしじよおう》　生年未詳，天暦４年(950)没．醍醐天皇皇子保明親王の女．母は未詳．朱雀天皇の女御．勅撰集は新古今集のみ．1249

徽子女王《きしじよおう》　斎宮女御と呼ばれる．承香殿女御，式部卿宮女御とも．延長７年(929)生，寛和元年(985)没，57歳．醍醐天皇皇子重明親王の女．母は藤原忠平の女寛子．承平６年(936)斎宮に卜定．天慶８年(945)母の喪により退下．天暦２年(948)村上天皇に入内，同３年女御となる．三十六歌仙．家集『斎宮女御集』．拾遺集初出．325, 348, 778, 807, 908, 1210, 1246, 1384, 1412, 1606, 1721, 1796

宜秋門院丹後《ぎしゆうもんいんのたんご》　→丹後

義孝《よしたか》(《のりたか》)　藤原．北家伊尹流．天暦８年(954)生，天延２年(974)９月16日没，21歳．一条摂政伊尹の男．母は醍醐天皇皇子代明親王の女恵子女王．正五位下右少将．中古三十六歌仙．『義孝日記』は散逸．家集『藤原義孝集』．拾遺集初出．1011, 1113

儀同三司母《ぎどうさんしのはは》　貴子．高内侍と呼ばれた．生年未詳，長徳２年(996)10月没．高階成忠の女．藤原道隆の室．伊周・定子・隆家らの母．拾遺集初出．1149

九条院《くじよういん》　呈子．法名は清浄観．天承元年(1131)生，安元２年(1176)９月19日没，46歳．太政大臣藤原伊通の女．母は藤原顕隆の女．忠通の養女となり，近衛天皇のもとに入内，中宮となる．久寿２年(1155)に出家．勅撰集は新古今集のみ．771

九条入道右大臣《くじようのにゆうどううだいじん》　→師輔

久我太政大臣《こがのだいじようだいじん》　→雅実

久我内大臣《こがのないだいじん》　→雅通

宮内卿《くないきよう》　生年未詳，元久２年(1205)頃夭折か．右京権大夫源師光の女．母は巨勢宗茂の女後白河院安芸．後鳥羽院の女房．『正治後度百首』『老若五十首歌合』『建仁元年八月十五夜撰歌合』『仙洞句題五十首』『千五百番歌合』『水無瀬恋十五首歌合』『春日社歌合』などに参加．新古今集初出．4, 76, 128, 129, 173, 281, 365, 399, 423, 479, 507, 530, 566, 1199, 1805

躬恒《みつね》　凡河内．生没年未詳，延長２年(924)までは生存．家系未詳．甲斐少目，丹波権大目，和泉権掾などを歴任，淡路権掾となる．『是貞親王家歌合』，『寛平御時后宮歌合』，『寛平御時中宮歌合』，昌泰元年(898)『亭子院女郎花合』，『左兵衛佐定文歌合』，延喜13年(913)『亭子院歌合』，同年『醍醐御時菊合』などに参加．『三月三日紀師匠曲水宴和歌』では序文を作る．延喜５年藤原定国四十賀などの屏風歌を詠み，延喜７年の大井川行幸で詠歌．『古今集』の撰者の１人．三十六歌仙．家集『躬恒集』．古今集初出．22, 68, 106, 335, 499, 716, 1018, 1259, 1415, 1515, (1989), (1990)

匡衡《まさひら》(《ただひら》)　大江．天暦６年(952)生，寛弘９年(1012)７月16日没，61歳．式部大輔重光の男．赤染衛門の夫．文章博士，尾張守，式

部大輔，丹波守，侍従などに任じられ，正四位下に至る．文章，漢詩が『本朝文粋』『本朝麗藻』『朝野群載』などに収められる．中古三十六歌仙．漢詩文集『江吏部集』．家集『匡衡集』．後拾遺集初出．　824, 1015

匡房《まさふさ》　大江．長久2年(1041)生，天永2年(1111) 11月5日没，71歳．大学頭成衡の男．母は橘孝親の女．式部大輔，権中納言，大宰権帥，大蔵卿などに任じられ，正二位に至る．『承暦二年内裏歌合』，嘉保元年(1094)『高陽院七番歌合』，『堀河百首』などに参加．白河・堀河・鳥羽3代の大嘗会和歌を詠む．『本朝続文粋』『朝野群載』『本朝文集』などに詩文が採られている．著書に『本朝神仙伝』『続本朝往生伝』『暮年詩記』『詩境記』『傀儡子記』『遊女記』『狐媚記』『洛陽田楽記』『江談抄』『江家次第』など．家集『江帥集』．後拾遺集初出．　200, 229, 328, 441, 455, 687, 730, 750, 876, 945, 1553, 1571, 1656, 1705

京極前関白太政大臣《きょうごくのさきのかんぱくだいじょうだいじん》　→師実

教盛母《のりもりのはは》　生没年未詳．太皇太后宮権大夫藤原家隆の女．母は未詳．待賢門院の女房．平忠盛の妻となり，教盛を生む．勅撰集は新古今集のみ．　1400

教長《のりなが》　藤原．北家師実流．童名は文珠．法名は観蓮．天仁2年(1109)生，没年未詳．治承4年(1180)没か．大納言忠教の男．母は源俊明の女．正三位左京大夫参議に至るが，保元の乱で敗走，出家した．常陸に配流，応保2年(1162)召還された後は，北山，東山，高野に住んだ．『久安百首』をはじめ，仁安2年(1167)『太皇太后宮亮平経盛朝臣家歌合』，承安2年(1172)『広田社歌合』，治承2年『別雷社歌合』などに参加．『三井寺山家歌合』の判者．『拾遺古今』(散逸)の撰者．注釈書『古今和歌集註』，入木道伝書『才葉抄』がある．家集『貧道集』．詞花集初出．　13

興風《おきかぜ》　藤原．京家．生没年未詳．相模掾道成の男．相模掾，治部少丞，下総権大掾などを歴任．正六位上に至る．『寛平御時后宮歌合』『寛平御時中宮歌合』『三月三日紀師匠曲水宴和歌』，延喜13年(913)『亭子院歌合』，同年『内裏菊合』などに参加．三十六歌仙．家集『興風集』．古今集初出．　162, 717, 1024, 1157

業清《なりきよ》　藤原．北家長良流．生没年未詳．皇后宮少進良清の男．母は源盛邦の女．正五位下山城守．元久元年(1204)『春日社歌合』，同2年『元久詩歌合』などの作者．勅撰集は新古今集のみ．　963, 1522

業平《なりひら》　在原．在五中将と呼ばれる．天長2年(825)生，元慶4年(880) 5月28日没，56歳．平城天皇皇子阿保親王の男．母は桓武天皇皇女伊都内親王．行平の弟．従四位上右近衛権中将兼美濃権守．六歌仙．三十六歌仙．古くから『伊勢物語』の主人公とみられており，『新古今集』以降の入集歌には真作以外の歌も多い．家集『業平集』．古今集初出．　105, 851, 903, 904, 994, 1080, 1151, 1409, 1410, 1590, 1591, 1616

近衛院《このえいん》　第76代の天皇．諱は体仁．保延5年(1139)生，久寿2年(1155) 7月23日没，17歳．鳥羽天皇の皇子．母は藤原長実の女得子(美福門院)．永治元年(1141)から久寿2年まで在位．千載集初出．　1090

具親《ともちか》　源．村上源氏．法名は如舜．生没年未詳．弘長2年(1262)までは生存．右京権大夫師光の男．母は巨勢宗茂の女後白河院安芸．宮内卿の兄．藤原隆保の猶子．従四位下左近少将．『正治後度百首』『千五百番歌合』，承元元年(1207)『最勝四天王院障子和歌』などの作者．新古今集初出．　57, 121, 295, 587, 597, 598, 1559

具平親王《ともひらしんのう》　後中書王，六条宮，千種殿などと呼ばれる．応和4年(964)生，寛弘6年(1009) 7月28日没，46歳．村上天皇の皇子．母は醍醐天皇皇子代明親王の女荘子女王．二品．中務卿．詩歌の他，書道，音楽などにも優れていた．『弘決外典抄』を撰述する．詩文は『本朝麗藻』『類聚句題抄』『本朝文粋』などに残る．家集は断簡が存するのみ．拾遺集初出．　303, 510, 523, 575, 592, 855, 1801, 1849

堀河《ほりかわ》　前斎院六条，伯卿女とも．生没年未詳．神祇伯源顕仲の女．母は未詳．はじめ白河院の皇女令子内親王(前斎院)，後に鳥羽院中宮璋子(待賢門院)に仕える．永治2年(1142)待賢門院の落飾とともに出家．大治3年(1128)『西宮歌合』『南宮歌合』『住吉歌合』などに参加．『久安百首』の作者．中古六歌仙．家集『待賢門院堀河集』．金葉集初出．　324, 1975

堀河院《ほりかわいん》　第73代の天皇．諱は善仁．承暦3年(1079)生，嘉承2年(1107) 7月19日没，29歳．白河天皇の皇子．母は源顕房の女賢

子(藤原師実の養女). 応徳3年(1086)から嘉承2年(1107)まで在位. 康和4年(1102)『堀河院艶書合』を主催. 『堀河百首』を召す. 中殿御会を嘉保2年(1095)と長治2年(1105)に催す. 『堀河院御記』『堀河院御譜』はともに散逸. 金葉集初出. 383

堀河左大臣《ほりかわのさだいじん》 →俊房

堀河右大臣《ほりかわのうだいじん》 →頼宗

恵慶《えぎょう》 生没年未詳. 出自未詳. 播磨の国分寺の講師を務めた. 応和2年(962)『河原院歌合』に参加. 花山院・元良親王・源高明・安法・能宣・兼盛・元輔・好忠などと交流があった. 中古三十六歌仙. 家集『恵慶集』. 拾遺集初出. 117, 250, 463, 921, 1595, 1630, 1631, 1685, (1986)

恵子女王《けいしじょおう》 延長3年(925)生, 正暦3年(992)9月27日没, 68歳. 醍醐天皇皇子代明親王の女. 母は藤原定方の女か. 藤原伊尹の室. 義孝・義懐・懐子(冷泉院女御)らの母. 天禄3年(972)頃出家か. 拾遺集初出. 1238, 1494

経家《つねいえ》 藤原. 北家末茂流. 久安5年(1149)生, 承元3年(1209)9月19日没, 61歳. 大宰大弐重家の男. 母は藤原家成の女. 正三位内蔵頭. 承元2年出家. 安元元年(1175)10月『右大臣家歌合』, 治承2年(1178)『右大臣家百首』, 同3年『別雷社歌合』, 『六百番歌合』, 建久6年(1195)『民部卿家歌合』, 『正治初度百首』などの作者. 家集『経家卿集』(寿永百首家集の内). 千載集初出. 1129, 1948

経衡《つねひら》 藤原. 北家内麿流. 生没年未詳. 延久4年(1072)6月20日没, 68歳と伝えるが, 疑問がある. 中宮大進公業の男. 母は藤原敦信の女. 正五位下筑前守. 長暦2年(1038)および長久2年(1041)の『源大納言家歌合』, 永承5年(1050)『祐子内親王家歌合』などに参加. 治暦4年(1068)後三条天皇の大嘗会和歌を詠む. 和歌六人党の1人. 『十巻抄』(散逸)の撰者. 家集『経衡集』. 後拾遺集初出. 307, 1264

経重《つねしげ》 高階. 生没年未詳. 後冷泉朝頃の人. 播磨守明順の男. 母は未詳. 従四位下大和守. 勅撰集は新古今集のみ. 866

経信《つねのぶ》 源. 宇多源氏. 桂大納言・帥大納言・源都督と呼ばれる. 長和5年(1016)生, 永長2年(1097)閏1月6日没, 82歳. 民部卿道方の男. 母は源国盛の女. 俊頼の父. 正二位大納言大宰権帥に至り, 任地で没した. 『永承四年内裏歌合』『永承六年内裏歌合』『承暦二年内裏歌合』などの作者. 寛治3年(1089)『四条宮扇合』, 同8年『高陽院七番歌合』の判者. 詩文が『本朝続文粋』『本朝無題詩』『朝野群載』『本朝文集』などに残る. 家記『帥記』. 『難後拾遺』を著す. また和漢の才学のほか琵琶にも優れ, 三船の才を称せられた. 家集『大納言経信集』. 後拾遺集初出. 122, 148, 197, 222, 225, 228, 342, 411, 481, 489, 555, 728, 920, 927, 928, 951, 1463, 1530, 1733

経信母《つねのぶのはは》 生没年未詳. 天喜4年(1056)12月没か. 播磨守源国盛の女. 母は源致書の女. 源道方の室となり, 経長・経信を生む. 家集『帥大納言母集』. 後拾遺集初出. 1399

経通《つねみち》 藤原. 北家頼宗流. 高倉大納言と号する. 安元2年(1176)生, 延応元年(1239)10月13日没, 64歳. 権大納言泰通の男. 母は藤原隆季の女. 正二位権大納言. 嘉禎2年(1236)出家. 建仁3年(1203)6月『和歌所影供歌合』, 元久2年(1205)『新古今集竟宴和歌』, 建保2年(1214)『月卿雲客妬歌合』, 同4年『内裏百番歌合』, 貞永元年(1232)『洞院摂政家百首』などに参加. 新古今集初出. 1513

景明《かげあきら》 源. 光孝源氏. 生没年未詳. 春宮少輔兼光の男. 母は未詳. 従五位下右衛門尉長門守. 拾遺集初出. 1066

慶算《きょうさん》 俗姓源. 保延4年(1138)生, 没年未詳. 建保元年(1213)までは生存. 醍醐源氏, 備前権守俊通の男. 三井寺の僧. 法印. 『狂言集』(散逸)の撰者. 新古今集初出. 568

慶暹《きょうせん》 俗姓大中臣. 正暦4年(993)生, 康平7年(1064)4月24日没, 72歳. 宇佐大宮司公宣の男. 輔親の猶子か. 律師. 後拾遺集初出. 819

兼家《かねいえ》 藤原. 摂家相続流. 東三条殿・法興院殿などと呼ばれる. 法名は如実. 延長7年(929)生, 永祚2年(990)7月2日没, 62歳. 右大臣師輔の男. 母は藤原経邦の女盛子. 『蜻蛉日記』の作者道綱母の夫. 従一位関白太政大臣. 永祚2年出家. 『天徳四年内裏歌合』の方人. 康保3年(966)『内裏前栽合』などの作者. 拾遺集初出. 1447, 1648

兼光《かねみつ》 藤原. 北家内麿流. 法名は玄寂. 久安元年(1145)生, 建久7年(1196)4月23日没, 52歳. 権中納言資長の男. 母は源季兼

の女．従二位権中納言．嘉応元年(1169)宇治別業和歌序や『本朝文集』に文章が残る．建久２年(1191)『若宮社歌合』，同６年『民部卿家歌合』に参加．千載集初出． 754

兼実《かねざね》 藤原．摂家相続流．月輪殿•後法性寺殿と呼ばれる．法名は円証．久安５年(1149)生，建永２年(1207)４月５日没，59歳．関白忠通の男．母は藤原仲光の女(家女房加賀局)．慈円の同母兄，良経の父．従一位関白太政大臣．建久７年(1196)の政変で失脚．建仁２年(1202)出家．安元•治承(1175–81)頃に歌合を度々主催．治承２年『右大臣家百首』を主催．日記『玉葉』がある．千載集初出． 231, 280, 322, 674, 971, 1037, 1222, 1832, 1896, 1897, 1947

兼宗《かねむね》 藤原．北家師実流．中山と号する．長寛元年(1163)生，仁治３年(1242)９月３日没，80歳．内大臣忠親の男．母は藤原光房の女．正二位大納言．『六百番歌合』『民部卿家歌合』『御室五十首』『新宮撰歌合』『千五百番歌合』などの作者．千載集初出． 545, 1769

兼通《かねみち》 藤原．摂家相続流．諡は忠義公．堀河殿と呼ばれる．延長３年(925)生，貞元２年(977)11月８日没，53歳．右大臣師輔の男．母は藤原経邦の女盛子．従一位関白太政大臣．正一位を追贈される．後拾遺集初出． 1007

兼輔《かねすけ》 藤原．北家良門流．堤中納言と呼ばれる．元慶元年(877)生，承平３年(933)２月18日没，57歳．左近中将利基の男．母は伴氏の女．従三位中納言兼右衛門督．藤原定方と親交があり，貫之•仲平•深養父•是則•躬恒•千古らの庇護者的存在．三十六歌仙．家集『兼輔集』．古今集初出． 576, 622, 759, 853, 862, 996, 1058

兼房《かねふさ》 藤原．北家道兼流．長保３年(1001)生，延久元年(1069)６月４日没，69歳．中納言兼隆の男．母は源扶義の女．正四位下中宮亮．長元８年(1035)『賀陽院水閣歌合』，『永承四年内裏歌合』，永承５年(1050)『祐子内親王家歌合』，『左京大夫八条山庄障子絵合』などに参加．天喜２年(1054)に歌合を主催．後拾遺集初出． 845

権大夫《ごんのだいぶ》 生没年未詳．蔵人左京権大夫藤原光綱の女．母は藤原伊行の女．建礼門院右京大夫の姪．殖子(七条院，藤原信隆の女，高倉院の典侍，後鳥羽院の母)に仕える．建保２年(1214)『月卿雲客妬歌合』に参加．新古今集初出． 306

謙徳公《けんとくこう》 →伊尹

顕季《あきすえ》 藤原．北家末茂流．天喜３年(1055)生，保安４年(1123)９月６日没，69歳．正四位下隆経の男．実は権大納言藤原能信の男との伝もある．母は藤原親国の女親子(白河院の乳母)．藤原実季の猶子となる．顕輔•長実らの父．正三位修理大夫．『承暦二年内裏歌合』，寛治７年(1093)『郁芳門院根合』，康和４年(1102)『堀河院艶書合』，永久４年(1116)『鳥羽殿北面歌合』などに出詠．永久４年『六条宰相家歌合』，元永２年(1119)７月『内大臣家歌合』，保安２年両度の『内蔵頭長実家歌合』などの判者．『堀河百首』の作者．元永元年人丸影供歌会を主催．家集『六条修理大夫集』．後拾遺集初出． 929

顕綱《あきつな》 藤原．北家道綱流．讃岐入道と号する．生没年未詳．康和５年(1103)６月27日没，75歳と伝える(尊卑分脈)が，翌年の『左近権中将俊忠朝臣家歌合』に詠作がみえるので疑問．参議兼経の男．母は藤原順時の女弁乳母．正四位下讃岐守に至る．康和２年(1100)出家か．『承暦二年内裏歌合』，寛治８年(1094)『高陽院七番歌合』などに参加．家集『顕綱朝臣集(讃岐入道集)』．後拾遺集初出． 450, 895

顕昭《けんしょう》 大治５年(1130)頃の生，没年未詳．承元３年(1209)までは生存．実父母は未詳．左京大夫藤原顕輔の猶子となる．阿闍梨，法橋となる．多くの歌合に出詠，『六百番歌合』では俊成の判に対して『顕昭陳状』を提出した．建久２年(1191)『若宮社歌合』，『千五百番歌合』などで判者を務める．『今撰集』の撰者．『古今秘註抄』『拾遺抄註』『後拾遺抄注』『詞華集註』『散木集註』『古今集註』『顕秘抄』『袖中抄』『日本紀歌註』などを著す．家集があったらしいが伝わらない．千載集初出． 296, 331, (1981)

顕仲《あきなか》 藤原．北家実頼流．康平２年(1059)生，大治４年(1129)１月３日没，71歳．権中納言資仲の男．母は源経頼の女．藤原基家の猶子となる．従四位下左兵衛佐．保安元年(1120)出家．長治元年(1104)『左近権中将俊忠朝臣家歌合』，永久４年(1116)『雲居寺結縁経後宴歌合』，元永元年(1118)—２年『内大臣

家歌合』(3度),『堀河百首』などの作者.『金葉集』を難じて『良玉集』(散逸)を撰んだ. 金葉集初出. 972

顕仲 源. 村上源氏. 康平7年(1064)生, 保延4年(1138)3月29日(一説に4月3日)没, 75歳(81歳の異伝あり). 右大臣顕房の男. 母は藤原定成の女. 従三位神祇伯. 康和2年(1100)『源宰相中将家和歌合』, 同4年『堀河院艶書合』などの歌合,『堀河百首』『永久百首』の作者. 大治3年(1128)『西宮歌合』『南宮歌合』『住吉歌合』を主催. 金葉集初出. 1092, 1554

顕長《あきなが》 藤原. 北家顕隆流. 永久5年(1117)生, 仁安2年(1167)10月18日没, 51歳. 中納言顕隆の男. 母は源顕房の女. 権中納言, 従二位. 勅撰集は新古今集のみ. 1574

顕輔《あきすけ》 藤原. 北家末茂流. 寛治4年(1090)生, 久寿2年(1155)5月7日没, 66歳. 修理大夫顕季の男. 母は藤原経平の女. 清輔・重家・季経らの父. 正三位左京大夫. 永久4年(1116)『鳥羽殿北面歌合』, 同年『六条宰相家歌合』, 元永元年(1118)『人麿影供歌合』,『久安百首』などに参加. 長承3年(1134)『中宮亮顕輔家歌合』などを主催. 久安5年(1149)『右衛門督家歌合』の判者となる. 康治元年(1142)近衛天皇の大嘗会和歌の作者.『詞花集』の撰者. 家集『左京大夫顕輔卿集』. 金葉集初出. 124, 413, 431, 764, 848, 1912

顕房《あきふさ》 源. 村上源氏. 六条右大臣と呼ばれる. 長暦元年(1037)生, 寛治8年(1094)9月5日没, 58歳. 右大臣師房の男. 母は藤原道長の女尊子. 従一位右大臣. 正一位を追贈される. 天喜4年(1056)歌合を主催.『承暦二年内裏歌合』, 寛治7年『郁芳門院根合』の判者. 後拾遺集初出. 724

顕房室《あきふさのしつ》 隆子. 天喜2年(1054)生, 寛治3年(1089)9月28日没, 36歳(46歳の異伝あり). 源隆俊の女. 母は源行任の女か. 六条右大臣顕房の室. 後拾遺集初出. 1352

元真《もとざね》 藤原. 南家真作流. 生没年未詳. 甲斐守清国(清邦)の男. 従五位下丹波介. 天暦11年(957)師輔五十賀などの屏風歌を詠む. 天暦10年『宣耀殿女御瞿麦歌合』, 天徳3年(959)『中宮女房歌合』,『天徳四年内裏歌合』などに参加. 三十六歌仙. 家集『元真集』. 後拾遺集初出. 188, 337, 1059, 1060, 1112, 1343, 1420, 1424

元方《もとかた》 在原. 生没年未詳. 筑後守棟梁の男. 母は未詳. 藤原国経の猶子. 業平の孫. 正五位下.『是貞親王家歌合』,『寛平御時后宮歌合』, 延喜5年(905)『左兵衛佐定文歌合』などの作者. 中古三十六歌仙. 家集は断簡が伝わる. 古今集初出. 1617

元輔《もとすけ》 清原. 延喜8年(908)生, 永祚2年(990)6月没, 83歳. 下総守春光の男. 母は高階利生の女. 深養父の孫. 清少納言の父. 従五位上肥後守. 天延3年(975)『一条大納言家歌合』などに参加. 貴顕の邸に出入りし, 天暦11年(957)師輔五十賀などの屏風歌を詠む. 三十六歌仙. 梨壺の五人,『後撰集』の撰者. 家集『元輔集』. 拾遺集初出. 150, 578, 720, 1016, 1194, 1743

元明天皇《げんめいてんのう》 第43代の天皇. 諱は阿閇. 斉明7年(661)生, 養老5年(721)12月7日没, 61歳. 天智天皇の皇女. 母は蘇我山田石川麻呂の女宗我嬪. 草壁皇子の妃. 文武天皇の母.『万葉集』の母体となった歌集の編纂をすすめたと考えられる.『万葉集』の歌人.『古事記』『風土記』を編纂させた. 勅撰集は新古今集のみ. 896

源三位《げんさんみ》 生没年未詳. 藤原泰通の室で泰憲の母である, 致時(文徳源氏, 紀伊守)の女隆子か. 後朱雀天皇の乳母. 従三位. 天喜4年(1056)『皇后宮春秋歌合』に参加. 勅撰集は新古今集のみ. 822

源信《げんしん》 恵心僧都, 横川僧都と呼ばれる. 天慶5年(942)生, 寛仁元年(1017)6月10日没, 76歳. 卜部正親の男. 母は清原氏. 比叡山で良源に師事. 権少僧都に任じられたが, これを辞した.『往生要集』『観心略要集』などを著す. 千載集初出. 1925, 1971

後一条院中宮《ごいちじょういんのちゅうぐう》 威子. 藤壺中宮と呼ばれる. 長保元年(999)生, 長元9年(1036)9月6日没, 38歳. 太政大臣藤原道長の女. 母は源雅信の女倫子. 従二位. 勅撰集は新古今集のみ. 814

後三条院《ごさんじょういん》 第71代の天皇. 諱は尊仁. 法名金剛行. 長元7年(1034)生, 延久5年(1073)5月7日没, 40歳. 後朱雀院の皇子. 母は三条院の皇女陽明門院禎子. 治暦4年(1068)から延久4年まで在位. 親政をとり, 記録荘園券契所を置くなど, 天皇家の経済力増強に努力した.『新撰朗詠集』『和漢兼作集』に詩句が残る. 著書に『後三条天皇記』『禁秘

記抄』. 後拾遺集初出. 877

後朱雀院《ごすざくいん》 第69代の天皇. 諱は敦良. 法名は精進行. 寛弘6年(1009)生, 寛徳2年(1045)1月18日没, 37歳. 一条院の皇子. 母は藤原道長の女彰子(上東門院). 長元9年(1036)から寛徳2年(1045)まで在位. 『新撰朗詠集』などに詩句が残る. 著書に『後朱雀天皇御記』. 後拾遺集初出. 1250, 1252, 1727

後鳥羽院《ごとばいん》 第82代の天皇. 諱は尊成. 法名は良然. 初めの諡号は顕徳院. 治承4年(1180)生, 延応元年(1239)2月22日没, 60歳. 高倉天皇の皇子. 母は藤原信隆の女殖子(七条院). 寿永2年(1183)践祚. 建久9年(1198)譲位後, 院政を開始. 承久3年(1221)承久の乱に敗れ, 出家, 隠岐に流され, 同地で没した. 『正治初度百首』『正治後度百首』『老若五十首歌合』『水無瀬恋十五首歌合』『仙洞句題五十首』『千五百番歌合』『春日社歌合』『元久詩歌合』『卿相侍臣歌合』『最勝四天王院障子和歌』などを主催, 自らも歌を詠む. 『新古今集』撰進の下命者で, 自らも精撰に当たる. 隠岐では隠岐本『新古今集』, 『時代不同歌合』を編み, 『遠島御歌合』を主催し, 『遠島百首』を詠む. 日記に『後鳥羽院宸記』. 『後鳥羽院御口伝』を著す. 家集『後鳥羽院御集』. 新古今集初出. 2, 18, 36, 99, 133, 135, 236, 279, 433, 470, 471, 492, 517, 526, 581, 614, 636, 683, 801, 803, 989, 1029, 1033, 1197, 1271, 1313, 1323, 1635, 1875, 1876, 1907, 1908, 1911, (1980), (1984)

後徳大寺左大臣《ごとくだいじのさだいじん》 →実定

後白河院《ごしらかわいん》 第77代の天皇. 諱は雅仁. 法名は行真. 大治2年(1127)生, 建久3年(1192)3月13日没, 66歳. 鳥羽天皇の皇子. 母は藤原公実の女璋子(待賢門院). 久寿2年(1155)から保元3年(1158)まで在位. 嘉応元年(1169)出家. 『千載集』の下命者. 今様・催馬楽・朗詠・声明などに優れる. 『梁塵秘抄』『梁塵秘抄口伝集』を編纂. 千載集初出. 146, 579, 1581, 1726

後冷泉院《ごれいぜいいん》 第70代の天皇. 諱は親仁. 万寿2年(1025)生, 治暦4年(1068)4月19日没, 44歳. 後朱雀院の皇子. 母は藤原道長の女嬉子. 寛徳2年(1045)から治暦4年まで在位. 永承年間に3度の内裏歌合を催す. 詩は『新撰朗詠集』などに残る. 後拾遺集初出. 1607

御形宣旨《みあれのせんじ》 生没年未詳. 寛和2年(986)には存命. 右大弁源相職の女. 花山院の東宮時代に宣旨として仕える. 家集『御形宣旨集』. 新古今集初出. 914, 1585

公胤《こういん》 明王院僧正と呼ばれる. 久安元年(1145)生, 建保4年(1216)閏6月20日没, 72歳. 近江守源憲俊の男. 僧正. 園城寺長吏となる. 勅撰集は新古今集のみ. 1934

公経《きんつね》 藤原. 北家公季流. 法名は覚勝. 西園寺大相国・一条入道大相国と呼ばれる. 承安元年(1171)生, 寛元2年(1244)8月29日没, 74歳. 内大臣実宗の男. 母は藤原基家の女. 姉は藤原定家の室. 従一位太政大臣に至る. 寛喜3年(1231)出家. 建仁元年(1201)『新宮撰歌合』, 『千五百番歌合』, 建保4年(1216)『内裏百番歌合』, 寛喜元年『女御入内屏風和歌』, 貞永元年(1232)『洞院摂政家百首』などに参加. 『西園寺三十首』を主催. 新古今集初出. 72, 156, 216, 265, 323, 477, 543, 1274, 1300, 1331

公継《きんつぐ》 藤原. 北家公季流. 本名は公嗣. 野宮左大臣と呼ばれる. 安元元年(1175)生, 嘉禄3年(1227)1月30日没, 53歳. 左大臣実定の男. 母は上西門院の女房備後. 従一位左大臣. 『御室五十首』『新宮撰歌合』『水無瀬恋十五首歌合』『千五百番歌合』などの作者. 新古今集初出. 257, 519, 536, 1097, 1874

公衡《きんひら》 藤原. 北家公季流. 保元3年(1158)頃の生, 建久4年(1193)2月21日没, 36歳か. 右大臣公能の男. 母は藤原俊忠の女. 同母兄実守の猶子となる. 従三位左中将周防権守に至る. 治承2年(1178)『別雷社歌合』, 『文治二年十月二十二日歌合』などに出詠. 西行勧進「二見浦百首」(散逸), 「殷富門院大輔百首」などを詠む. 家集『三位中将公衡卿集』は建久元年「賦百字和歌」「勒一句詠百首和歌」からなる. 千載集初出. 688, 1339, 1511, 1770

公実《きんざね》 藤原. 北家公季流. 天喜元年(1053)生, 嘉承2年(1107)11月14日没, 55歳. 春宮大夫実季の男. 母は藤原経平の女. 正二位権大納言春宮大夫に至る. 『承保二年殿上歌合』, 『承暦二年内裏歌合』, 寛治3年(1089)『四条宮扇合』, 康和4年(1102)『堀河院艶書合』などに出詠. 『堀河百首』の作者. 家集が存在したらしい. 後拾遺集初出. 494

公忠《きんただ》 源. 光孝源氏. 滋野井弁と呼ばれる.

寛平元年(889)生，天暦2年(948) 10月29日没，60歳．大蔵卿国紀の男．信明の父．醍醐・朱雀両天皇の蔵人．従四位下右大弁．『醍醐御時菊合』『日本紀竟宴和歌』などに出詠．賀歌・屏風歌を多く詠む．三十六歌仙．家集『公忠集』．後撰集初出．　89, 1444

公通《きんみち》　藤原．北家公季流．閑院大納言と号する．永久5年(1117)生，承安3年(1173) 4月9日没，57歳．権中納言通季の男．母は藤原忠教の女．正二位按察使権大納言．保延3年(1137)『中宮権亮経定家歌合』，嘉応2年(1170)『建春門院北面歌合』，承安2年(1172)『広田社歌合』などに参加．承安2年には自邸に十首歌会を催す．千載集初出．　206, 826, 1890

公任《きんとう》　藤原．北家実頼流．四条大納言と呼ばれる．康保3年(966)生，長久2年(1041) 1月1日没，76歳．関白太政大臣頼忠の男．母は醍醐天皇の皇子代明親王の女厳子女王．正二位権大納言．万寿3年(1026)出家．寛和元年(985)，同2年の『内裏歌合』に出詠．同2年の円融院大井河御幸に従い，三船の才を讃えられる．長保元年(999)彰子入内屏風歌，治安3年(1023)倫子六十賀和歌などを詠む．中古三十六歌仙．『拾遺抄』『和漢朗詠集』『如意宝集』『金玉集』『深窓秘抄』『前十五番歌合』『三十六人撰』などの撰者．歌書に『新撰髄脳』，『和歌九品』，『四条大納言歌枕』(散逸)など．有職故実書『北山抄』も著す．『本朝麗藻』などに漢詩が残る．家集『大納言公任集』．拾遺集初出．　546, 666, 800, 1004, 1043, 1584

公能《きんよし》　藤原．北家公季流．大炊御門右大臣と号する．永久3年(1115)生，永暦2年(1161) 8月11日没，47歳．左大臣実能の男．母は藤原顕隆の女．正二位右大臣に至る．天承元年(1131)中殿御会，保延元年(1135)内裏歌合(散逸)などに参加．『久安百首』の作者．日記に『大右記』．詞花集初出．　1114

公猷《こうゆう》　俗姓藤原．北家長家流．生没年未詳．寂蓮(俗名定長)の男．三井寺の僧．権律師．元仁2年(1225)九条基家家三十首歌会，寛喜元年(1229)『為家家百首』などに参加．新古今集初出．　339

光行《みつゆき》　源．清和源氏．法名は寂因．長寛元年(1163)生，寛元2年(1244) 2月17日没，82歳．豊前守光季の男．母は未詳．正五位下河内守．後鳥羽院の北面の武士．建久2年(1191)『若宮社歌合』，同6年『民部卿家歌合』，正治2年(1200)『石清水若宮歌合』，寛喜元年(1229)『為家家百首』などに参加．『蒙求和歌』『百詠和歌』『楽府和歌』(散逸)を詠む．『源氏物語』を研究し，注釈書『水原抄』の編纂や河内本の本文制定を手がけ，その業績は息子の親行に引き継がれた．千載集初出．　1541

光孝天皇《こうこうてんのう》　第58代の天皇．諱は時康．仁和の御門・小松の御門と呼ばれる．天長7年(830)生，仁和3年(887) 8月26日没，58歳．仁明天皇の皇子．母は藤原総継の女沢子．元慶8年(884)から仁和3年まで在位．遍昭と親しかった．家集『仁和御集』．古今集初出．　1349, 1356, 1413

光範《みつのり》　藤原．南家貞嗣流．大治元年(1126)生，承元3年(1209) 11月1日没，84歳．宮内卿永範の男．母は大江行重の女．従二位民部卿．建仁元年(1201) 8月3日『影供歌合』の作者．千載集初出．　755

好忠《よしただ》　曾禰．曾丹後・曾丹と呼ばれる．生没年未詳．父母の名は未詳．六位丹後掾．「百首歌」「毎月集」を作る．貞元2年(977)『三条左大臣殿前栽歌合』，『寛和二年内裏歌合』，長保5年(1003)『左大臣家歌合』などの作者．永観3年(985)円融院子の日の御遊に推参した事件は説話化された．中古三十六歌仙．家集『曾丹集』．拾遺集初出．　77, 186, 187, 311, 343, 371, 495, 529, 535, 601, 619, 681, 1022, 1070, 1071, 1569

行基《ぎょうき》　俗姓高志氏．天智7年(668)生，天平21年(749) 2月2日没，82歳(80歳との伝もある)．才智の男．母は蜂田古爾比売．大僧正．東大寺・国分寺の建立に力を尽くす．拾遺集初出．　1919

行慶《ぎょうけい》　桜井僧正・狛僧正と呼ばれる．康和3年(1101)生，永万元年(1165)没，65歳(61歳とも)．白河院の皇子．母は源政長の女．大僧正．天王寺別当，園城寺長吏．千載集初出．　64

行宗《ゆきむね》　源．三条源氏．康平7年(1064)生，康治2年(1143) 12月24日没，80歳．参議基平の男．母は藤原良頼の女．行尊の弟．従三位大蔵卿．康治2年に出家．嘉保2年(1095)『鳥羽殿前栽合』，永久4年(1116)『鳥羽殿北面歌合』，長承3年(1134)『中宮亮顕輔家歌

高倉《たかくら》 生没年未詳，嘉禎3年(1237)に60歳位で生存．藤原氏南家貞嗣流，法印澄憲の女．母は未詳．八条院(鳥羽院皇女暲子内親王)の女房．元久元年(1204)『春日社歌合』，建保4年(1216)『内裏百番歌合』などに出詠．新古今集初出． 54, 208, 525, 1146, 1201, 1270, 1841

高倉院《たかくらいん》 第80代の天皇．諱は憲仁．永暦2年(1161)生，治承5年(1181)1月14日没，21歳．後白河院の皇子．母は平時信の女滋子(建春門院)．仁安3年(1168)から治承4年(1180)まで在位．漢詩に長じる．『高倉院御記』は散逸．新古今集初出． 275, 524, 668, 1163

高明《たかあきら》 源．西宮左大臣と号する．延喜14年(914)生，天元5年(982)12月16日没，69歳．醍醐天皇の皇子．母は源唱の女周子．正二位左大臣兼左大将に至ったが，安和の変により大宰員外帥として筑紫に配流．天禄3年(972)許されて帰京．有職故実書『西宮記』の著者．家集『西宮左大臣集』．後拾遺集初出． 999, 1418, 1818

高陽院木綿四手《かやのいんのゆうしで》 →木綿四手

康資王母《やすすけおうのはは》 伯母とも．筑前とよばれる．生没年未詳．筑前守高階成順の女．母は大中臣輔親の女伊勢大輔．後冷泉天皇の皇后四条宮寛子の女房．延信王に嫁して神祇伯康資王を生む．寛治8年(1094)『高陽院七番歌合』では経信判に対して陳状を提出．嘉保3年(1096)『左兵衛佐師時家歌合』，康和4年(1102)『堀河院艶書合』などにも出詠．家集『康資王母集』．後拾遺集初出． 50, 118, 628, 726

篁《たかむら》 小野．野宰相・野相公と呼ばれる．延暦21年(802)生，仁寿2年(852)12月22日没，51歳．『凌雲集』の撰者である参議峰守の男．母は未詳．『令義解』の編纂に加わる．承和元年(834)遣唐副使に任じられたが，同5年の出航時，正使藤原常嗣と争って病と称して進発せず，詩「西道謡」で遣唐使派遣を風刺したので，嵯峨院の激怒を買い，隠岐に流された．同7年召還，同8年本位に復する．後，参議，従三位に至る．和漢の才を兼ね，『経国集』『扶桑集』『本朝文粋』などに詩文が残る．漢詩文集『野相公集』は散逸．『篁物語(小野篁集)』は篁を主人公とした後人の作．『新古今集』以下の勅撰集入集歌は『篁物語』から採られており，真作とは認め難い．古今集初出． 1381, 1425

国基《くにもと》 津守．藤井戸神主と号する．治安3年(1023)生，康和4年(1102)7月7日没，80歳．従五位基辰の男(神主忠康の男とも)．母は津守頼信の女．住吉神主．従五位下に至る．康平6年(1063)『丹後守公基朝臣歌合』，延久4年(1072)『気多宮歌合』，寛治5年(1091)『左近権中将藤原宗通朝臣歌合』，同年『従二位親子歌合』などに出詠．家集『津守国基集』．後拾遺集初出． 569

国信《くにざね》 源．村上源氏．延久元年(1069)生，天永2年(1111)1月10日没，43歳．右大臣顕房の男．母は藤原良任の女．堀河院の近臣．正二位権中納言に至る．康和2年(1100)『源宰相中将家和歌合』を主催，同4年『堀河院艶書合』に参加．『堀河百首』の作者．『源中納言懐旧百首』を詠む．金葉集初出． 10, 160, 248, 847, 924

国房《くにふさ》 藤原．惟孝説孝流．生没年未詳．玄蕃頭範光の男．母は未詳．従五位下石見守．承保4年(1077)出家．天喜4年(1056)『六条右大臣家歌合』などに参加．後拾遺集初出． 670

さ・し・す・せ・そ

左近《さこん》 小大君とも．生没年未詳．家系未詳．円融天皇中宮媓子に仕え，後に女蔵人として三条院に仕える．朝光とは恋愛関係にあった．実方・公任・道信・為頼・統理らとの贈答がある．三十六歌仙．家集『小大君集』．拾遺集初出． 1042, 1156, 1489

最澄《さいちょう》 俗姓三津首．幼名は広野．諡号は伝教大師．神護景雲元年(767)生，弘仁13年(822)6月4日没，56歳．百枝の男．渡唐して天台山に巡礼する．日本天台宗の開祖．著書に『顕戒論』『守護国界章』『決権実論』など．新古今集初出． 1920

三条院《さんじょういん》 第67代の天皇．諱は居貞．法名は金剛浄．天延4年(976)生，寛仁元年(1017)5月9日没，42歳．冷泉院の皇子．母は藤原兼家の女超子．寛弘8年(1011)から受禅．長和5年(1016)，藤原道長の圧力により後一条天皇に譲位した．後拾遺集初出． 382, 1500

三条院女蔵人左近《さんじょういんのにょくろうどのさこん》 →左近

山口女王《やまぐちのおおきみ》 生没年未詳．系譜未詳．『万葉集』に大伴家持への贈歌がみえる．新古今

集初出．　1378, 1379

山田《やまだ》　生没年未詳．系譜未詳．法師．架空の人物との見方もある．歌集『山田集』．後撰集初出．　1837

参河内侍《みかわのないし》　保延 6 年(1140)頃の生，没年未詳．藤原為業(寂念)の女．藤原定隆の室，建春門院新中将の母．藤原実綱と再婚し，公仲・七条院大納言を生む．二条院に東宮時代から仕え，即位後掌侍となり，参河内侍と称する．後，後白河院女御琮子に出仕し，兵衛佐といった．永万 2 年(1166)『中宮亮重家朝臣家歌合』，嘉応 2 年(1170)『住吉社歌合』，承安 2 年(1172)『広田社歌合』，建久 6 年(1195)『民部卿家歌合』，正治 2 年(1200)『石清水若宮歌合』に出詠．千載集初出．　733

讃岐《さぬき》　生没年未詳．建保 5 年(1217)頃，76 歳位で没したか．右京権大夫源頼政の女．二条天皇に出仕．天皇の没後，藤原重頼の妻となる．その後，後鳥羽天皇の中宮任子(宜秋門院)に仕える．二条院内裏の歌会で活躍．治承 2 年(1178)『別雷社歌合』，『正治初度百首』，『千五百番歌合』，建保 4 年『内裏百番歌合』などの作者．家集『二条院讃岐集』．千載集初出．　130, 237, 271, 435, 540, 584, 590, 1084, 1096, 1120, 1184, 1286, 1512, 1542, 1636, 1965

氏良《うじよし》　荒木田．仁平 3 年(1153)生，貞応元年(1222)没，70 歳．内宮禰宜元満の男．母は未詳．兄弟に満良(蓮阿)がいる．正四位上．千載集に「読人しらず」として入る．　233

志貴皇子《しきのみこ》　志紀・芝基・施基とも．生年未詳．霊亀 2 年(716) 8 月 11 日没(霊亀元年 9 月との伝あり)．天智天皇の皇子．母は越道君伊羅都売．光仁天皇の父．二品．光仁天皇の即位後，天皇号を追贈され，田原天皇とも呼ばれる．『万葉集』の歌人．新古今集初出．　32

師賢《もろかた》　源．宇多源氏．藤津弁と号する．長元 8 年(1035)生，永保元年(1081) 7 月 2 日没，47 歳．兵部卿資通の男．母は源頼光の女．正四位下左中弁．『承保三年殿上歌合』『承暦二年内裏歌合』などに出詠．和琴に長じていた。後拾遺集初出．　926

師光《もろみつ》　源．村上源氏．法名は生蓮．生没年未詳．天承元年(1131)頃の生まれか．大納言師頼の男．母は藤原能実の女．具親・宮内卿らの父．正五位下右京権大夫．養和元年(1181)頃出家．永暦元年(1160)『太皇太后宮大進清輔朝臣家歌合』，永万 2 年(1166)『中宮亮重家朝臣家歌合』，承安 2 年(1172)『広田社歌合』，建久 6 年(1195)『民部卿家歌合』，『御室五十首』，『正治初度百首』などの作者．『千五百番歌合』の判者の 1 人．『花月集』(散逸)の撰者．家集『師光集』(寿永百首家集の内)．千載集初出．　1458, 1772, 1840

師氏《もろうじ》　藤原．摂家相続流．枇杷大納言・桃園大納言と呼ばれる．延喜 13 年(913)生，天禄元年(970) 7 月 14 日没，58 歳．関白太政大臣忠平の男．母は源能有女．高光は女婿．正三位大納言．家集『海人手古良集』．後撰集初出．　1626

師時《もろとき》　源．村上源氏．承暦元年(1077)生，保延 2 年(1136) 4 月 6 日没，60 歳．左大臣俊房の男．母は源基平の女．正三位権中納言．嘉保 3 年(1096)『左兵衛佐師時家歌合』，天仁 3 年(1110)『山家五番歌合』などを主催．康和 4 年(1102)『堀河院艶書合』，永久 4 年(1116)『雲居寺結縁経後宴歌合』などに出詠．『堀河百首』の作者．日記に『長秋記』がある．金葉集初出．　1072

師実《もろざね》　藤原．摂家相続流．京極殿・後宇治殿と号する．長久 3 年(1042)生，康和 3 年(1101) 2 月 13 日没，60 歳．関白頼通の男．母は贈従二位祇子．従一位関白太政大臣．永保元年(1081)内裏和歌御会，寛治元年(1087)白河院鳥羽殿和歌会などに出詠．寛治 8 年(1094)『高陽院七番歌合』を主催．家集『京極関白集』は断簡が現在伝わる．後拾遺初出．　102

師俊《もろとし》　源．村上源氏．承暦 4 年(1080)生，永治元年(1141) 12 月 7 日没，62 歳．左大臣俊房の男．母は平重経の女．源俊頼の女を妻とする．従三位権中納言．保延 2 年(1136)出家．元永元年(1118) 10 月 2 日『内大臣家歌合』ほか多くの忠通家歌合に参加．金葉集初出．　1076

師忠《もろただ》　源．村上源氏．壬生大納言と号する．天喜 2 年(1054)生，永久 2 年(1114) 9 月 29 日没，61 歳．右大臣師房の男．母は藤原頼宗の女．正二位大納言中宮大夫．新古今集初出．　449

師通《もろみち》　藤原．摂家相続流．二条関白・後二条関白と呼ばれる．康平 5 年(1062)生，承徳 3 年(1099) 6 月 28 日没，38 歳．関白太政大臣師実の男．母は源師房の女麗子．従一位関白

内大臣．歌会を主催し，経信・俊頼らとともに歌を詠む．和漢兼作の人で，琵琶もよくした．『後二条師通記』がある．後拾遺集初出．1454, 1652

師輔《もろすけ》　藤原．摂家相続流．九条右大臣・坊城大臣と呼ばれる．延喜 8 年(908)生，天徳 4 年(960) 5 月 4 日没，53 歳．関白太政大臣忠平の男．母は源能有の女．正二位右大臣．天暦 10 年(956)『坊城右大臣殿歌合』を主催．日記に『九暦』．『九条年中行事』『九条殿遺誡』などの著書がある．家集『師輔集』．後撰集初出．　1180

師房《もろふさ》　源．村上源氏．土御門右大臣と呼ばれる．寛弘 5 年(1008)生，承保 4 年(1077) 2 月 17 日没，70 歳．具平親王の男．母は村上天皇の皇子為平親王の女．頼通の猶子となる．従一位右大臣．長暦 2 年(1038)両度の『源大納言家歌合』ほか，長久 2 年(1041)，長久末年にも歌合を主催．『永承四年内裏歌合』の判者．日記に『土右記』．後拾遺集初出．713

師房女《もろふさのむすめ》　生没年未詳．右大臣源師房の女．母は藤原道長の女．藤原通房の室．後拾遺集初出．　805

師頼《もろより》　源．村上源氏．小野宮大納言と号する．治暦 4 年(1068)生，保延 5 年(1139) 12 月 4 日没，72 歳．左大臣俊房の男．母は源実基の女．師光の父．正二位大納言．寛治 3 年(1089)『四条宮扇合』，同 7 年『郁芳門院根合』などに出詠．天仁 2 年(1109)歌合を主催．『堀河百首』の作者．金葉集初出．　123, 925

紫式部《むらさきしきぶ》　生没年未詳．越前守藤原為時の女．母は藤原為信の女．長徳 2 年(996)父為時の越前国赴任に同行．帰京後，藤原宣孝と結婚し，賢子(大弐三位)を生む．寛弘 2 年(1005)あるいは 3 年から一条天皇中宮彰子(上東門院)に仕える．中古三十六歌仙．『源氏物語』の作者．『紫式部日記』を著す．家集『紫式部集』．後拾遺集初出．　191, 204, 224, 661, 722, 817, 820, 856, 859, 918, 1262, 1485, 1499, 1567

資業《すけなり》　藤原．北家内麿流．法名は素舜(寂とも)，日野三位と呼ばれる．永延 2 年(988)生，延久 2 年(1070) 8 月 24 日没，83 歳．参議有国の男．母は橘仲遠の女徳子(橘三位)．従三位式部大輔．儒者で和漢の才にすぐれる．後冷泉天皇の大嘗会和歌を詠む．長元 8 年(1035)『賀陽院水閣歌合』，『永承四年内裏歌合』，同 5 年(1050)『祐子内親王家歌合』などに出詠．同 6 年出家して，日野に隠栖した．漢詩は『和漢兼作集』に残る．後拾遺集初出．749

資実《すけざね》　藤原．北家内麿流．法名は知寂．月蓮房と号する．日野後帥とも．応保 2 年(1162)生，貞応 2 年(1223) 2 月 20 日没，62 歳．権中納言兼光の男．母は源家時の女．正二位権中納言・大宰権帥．承久 2 年(1220)出家．建久 6 年(1195)『民部卿家歌合』に出詠．土御門天皇と順徳天皇の大嘗会和歌を詠む．『元久詩歌合』，建暦 3 年(1213)『内裏詩歌合』で詩作．『資実長兼両卿百番詩合』がある．日記に『都玉記』．新古今集初出．　756, 1790

資宗《すけむね》　藤原．北家実頼流．生没年未詳．参議資房の男．母は源経相の女．正四位下少将．寛治元年(1087)出家．新古今集初出．　554

資仲《すけなか》　藤原．北家実頼流．治安元年(1021)生，寛治元年(1087) 11 月 12 日没，67 歳．大納言資平の男．母は藤原知章の女．正二位大宰権帥．『永承四年内裏歌合』，『永承六年内裏根合』などに出詠．『中右記部類紙背漢詩集』に漢詩が残る．私撰集『後拾遺』(散逸)の撰者と伝えられる．著書『節会抄』『資仲抄』は散逸．後拾遺集初出．　1895

資隆《すけたか》　藤原．北家道兼流．本名は季隆．法名は寂慧．生没年未詳．文治元年(1185)には存命．豊前守重兼の男．母は高階基実の女．永暦元年(1160)『太皇太后宮大進清輔朝臣家歌合』，永万 2 年(1166)『中宮亮重家朝臣家歌合』，嘉応 2 年(1170)『実国家歌合』，承安 2 年(1172)『広田社歌合』などに参加．詩文の才もあり，また『簾中抄』を撰んだ．家集『禅林瘀葉集』(寿永百首家集の内)．千載集初出．　567

持統天皇《じとうてんのう》　第 41 代の天皇．諱は鸕野讃良皇女．諡号は高天原広野姫天皇，また大倭根子天之広野日女尊．大化元年(645)生か．大宝 2 年(702) 12 月 22 日没，58 歳か．天智天皇の皇女．母は蘇我倉山田石川麻呂の女(遠智娘)．大海人皇子の妃．壬申の乱に皇子が勝利し天武天皇となると，皇后となる．草壁皇子の母．天武天皇の没後，即位．『万葉集』の歌人．「読人しらず」として拾遺集に初出．175

慈円《じえん》　俗姓藤原．初めの法名は道快．諡号

は慈鎮．久寿2年(1155)生，嘉禄元年(1225)9月25日没，71歳．摂家相続流，関白忠通の男．母は藤原仲光の女(忠通家の女房加賀)．兼実の弟．良経の叔父．後白河院，後鳥羽院の護持僧．大僧正．4度，天台座主となる．和歌所寄人．「二見浦百首」(西行勧進)，「花月百首」，『六百番歌合』『正治初度百首』『正治後度百首』『老若五十首歌合』『仙洞句題五十首』『水無瀬恋十五首歌合』『千五百番歌合』『春日社歌合』『最勝四天王院障子和歌』などに参加．『千五百番歌合』の判者の1人．『愚管抄』の著者．自歌合に『慈鎮和尚自歌合』．家集『拾玉集』．千載集初出．　33, 95, 177, 242, 251, 258, 278, 282, 352, 360, 379, 390, 404, 427, 445, 453, 476, 503, 512, 520, 521, 559, 580, 602, 618, 637, 679, 680, 699, 794, 802, 832, 833, 834, 835, 841, 942, 984, 985, 1030, 1223, 1311, 1322, 1327, 1330, 1338, 1469, 1470, 1482, 1520, 1521, 1539, 1556, 1600, 1614, 1618, 1658, 1661, 1671, 1675, 1740, 1741, 1747, 1754, 1755, 1756, 1757, 1782, 1783, 1784, 1823, 1824, 1825, 1826, 1827, 1835, 1880, 1891, 1900, 1901, 1902, 1903, 1904, 1905, 1931, 1932, 1933, 1941, 1942, 1943, 1944, 1950

慈覚大師《じかくだいし》　→円仁

式子内親王《しょくしないしんのう(しきしないしんのう)》　萱斎院・大炊御門斎院・小斎院と呼ばれる．法名は承如法．生年未詳．仁平3年(1153)頃の生か．正治3年(1201)1月25日没．後白河院の皇女．母は藤原季成の女成子(高倉三位)．平治元年(1159)斎院に卜定．嘉応元年(1169)7月病により退下．藤原俊成を和歌の師とした．俊成の『古来風体抄』は式子内親王の求めに応じて献じたものという．『正治初度百首』の作者．家集『式子内親王集』．千載集初出．　3, 52, 83, 101, 137, 149, 182, 215, 240, 256, 268, 277, 308, 321, 349, 368, 380, 416, 417, 432, 474, 484, 485, 534, 605, 638, 662, 690, 734, 947, 948, 1034, 1035, 1036, 1074, 1124, 1153, 1204, 1309, 1328, 1329, 1392, 1486, 1546, 1665, 1672, 1810, 1847, 1969

七条院権大夫《しちじょういんのごんのだいぶ》　→権大夫

七条院大納言《しちじょういんのだいなごん》　→大納言

日蔵《にちぞう》　初名道賢．延喜5年(905)生．寛和元年(985)没，81歳か．系譜未詳．一説に三善清行の男という．金峰山で修行した僧．勅撰集は新古今集のみ．　1923

実家《さねいえ》　藤原．北家公季流．久安元年(1145)生，建久4年(1193)3月16日没，49歳．右大臣公能の男．母は藤原俊忠の女．実定の弟．正二位大納言．嘉応2年(1170)『住吉社歌合』，同年『建春門院北面歌合』，承安2年(1172)『広田社歌合』などに出詠．上西門院兵衛や，源頼政ら歌林苑の歌人たちなどと交流があった．家集『大納言実家卿集』．千載集初出．　792

実行《さねゆき》　藤原．北家公季流．法名は蓮覚．八条入道前太政大臣と呼ばれる．承暦4年(1080)生，応保2年(1162)7月28日没，83歳．権大納言公実の男．母は藤原基貞の女．従一位太政大臣．永久4年(1116)『六条宰相家歌合』，元永元年(1118)『右兵衛督家歌合』を主催．元永元年『新中将家和歌合』に参加．久安2年(1146)『左京大夫顕輔家歌合』には判者となる．金葉集初出．　1479

実資《さねすけ》　藤原．北家実頼流．後小野宮殿・賢人右府と呼ばれる．天徳元年(957)生，寛徳3年(1046)1月18日没，90歳．参議斉敏の男．母は藤原尹文の女．祖父実頼の養子となる．従一位右大臣．永延2年(988)に2度の『蔵人頭家歌合』を主催．この後度歌合の歌を含む実資の家集と思われる断簡が存する．日記『小右記』．『小野宮年中行事』の著者．拾遺集初出．　773

実宗《さねむね》　藤原．北家公季流．大宮内大臣と号する．久安5年(1149)生，建暦2年(1212)12月8日没，64歳．大納言公通の男．母は藤原通基の女．公経・定家室などの父．正二位内大臣．承安2年(1172)『広田社歌合』などに参加．千載集初出．　1127

実定《さねさだ》　藤原．北家公季流．法名は如円．後徳大寺左大臣と呼ばれる．保延5年(1139)生，建久2年(1191)閏12月16日没，53歳．右大臣公能の男．母は藤原俊忠の女．実家・公衡の兄．公継の父．正二位左大臣．嘉応2年(1170)『住吉社歌合』，同年『建春門院北面歌合』，承安2年(1172)『広田社歌合』，治承2年(1178)『右大臣家百首』，『文治六年女御入内和歌』などの作者．日記『庭槐抄』(散逸)．家集『林下集』．千載集初出．　35, 141, 219, 288, 304, 645, 665, 703, 745, 765, 786, 1088, 1125, 1266, 1573, 1596

実能《さねよし》　藤原．北家公季流．徳大寺左大臣と呼ばれる．永長元年(1096)生，保元2年(11

57) 9 月 2 日没，62 歳．権大納言公実の男．母は藤原隆方の女光子(堀河院の乳母)．従一位左大臣．永久 4 年(1116)『六条宰相家歌合』，元永元年(1118)『右兵衛督家歌合』などに参加．日記『実能記』．金葉集初出．　1909

実方《さねかた》　藤原．北家師尹流．生年未詳，長徳 4 年(998) 12 月没．侍従定時(貞時)の男．母は源雅信の女．正四位下左近中将兼陸奥守．公任・道信・道綱らと親交があり，清少納言と交渉があった．『寛和二年内裏歌合』に参加．任地の陸奥国で没．陸奥国赴任に関してさまざまの説話が生まれた．中古三十六歌仙．家集『実方朝臣集』．拾遺集初出．　760, 875, 916, 1061, 1062, 1158, 1167, 1183, 1254, 1480, 1655, 1797

実房《さねふさ》　藤原．北家公季流．法名は静空．三条入道左大臣と呼ばれる．久安 3 年(1147)生，嘉禄元年(1225) 8 月 17 日没，79 歳．内大臣公教の男．母は藤原清隆の女．正二位左大臣．建久 7 年(1196)出家．嘉応 2 年(1170)『住吉社歌合』，承安 2 年(1172)『広田社歌合』，治承 2 年(1178)『別雷社歌合』，『御室五十首』などに参加．日記『愚昧記』．家集『沙弥静空集』は『正治初度百首』の実房詠．千載集初出．　438, 589, 701, 839

実頼《さねより》　藤原．摂家相続流．諡は清慎公．小野宮殿と呼ばれる．昌泰 3 年(900)生，天禄元年(970) 5 月 18 日没，71 歳．関白忠平の男．母は宇多天皇の皇女源順子．従一位関白太政大臣．『天徳四年内裏歌合』の判者．『和漢朗詠集』『和漢兼作集』に作品が残る．『小野宮故実旧例』『水心記』(散逸)の著者．家集『清慎公集』．後撰集初出．　782, 1175, 1234, 1788

寂昭《じやくしよう》　寂照とも．俗名は大江定基．三河入道・三河聖などと呼ばれる．号は円通大師．生年未詳，長元 7 年(1034)没．参議斉光の男．母は未詳．従五位下三河守に至ったが，永延 2 年(988)出家．長保 5 年(1003)宋に渡る．杭州にて没．後拾遺集初出．　864

寂然《じやくぜん》　俗名は藤原頼業．唯心房と号する．生没年未詳．元永(1118–20)頃の生．寿永元年(1182)までは生存．北家長良流，丹後守為忠の男．母は未詳．従五位下壱岐守となるが，久寿(1154–56)以前に出家．叡山横川，大原に住む．常磐(大原)三寂の 1 人．『法門百首』の作者．家集に『寂然法師家集』(寿永百首家集の内)，2 種の『唯心房集』がある．千載集初出．　682, 1625, 1951, 1952, 1953, 1954, 1955, 1957, 1959, 1960, 1961, 1962, 1963, 1964

寂超《じやくちよう》　俗名は藤原為経．初名は盛忠．日想房と号する．永久 3 年(1115)頃の生，没年未詳．治承 4 年(1180)には生存．北家長良流，丹後守為忠の男．母は橘俊宗の女(なつとも)．藤原親忠の女(美福門院加賀)との間に隆信を儲ける．正五位下皇后宮少進となるが，康治 2 年(1143)出家．常磐(大原)三寂の 1 人．『為忠家両度百首』に参加．『詞花集』批判の意味をもつ『後葉集』を撰ぶ．『今鏡』の作者か．千載集初出．　1543, 1551

寂蓮《じやくれん》　俗名は藤原定長．少輔入道と呼ばれる．生年未詳(保延 5 年(1139)頃か)．建仁 2 年(1202) 7 月没．北家長家流，阿闍梨俊海の男．母は未詳．伯父俊成の猶子となる．従五位上中務少輔．承安 2 年(1172)頃出家．仁安 2 年(1167)『太皇太后宮亮平経盛朝臣家歌合』以下，『住吉社歌合』『別雷社歌合』「二見浦百首」「殷富門院大輔百首」「花月百首」「十題百首」『六百番歌合』『民部卿家歌合』『御室五十首』『正治初度百首』『仙洞十人歌合』『老若五十首歌合』『新宮撰歌合』『千五百番歌合』などの作者となる．和歌所寄人．『新古今集』の撰者となるが，撰進前に没した．家集『寂蓮法師集』．他に『少輔入道が百首』『寂蓮法師百首』がある．千載集初出．　58, 87, 154, 155, 169, 252, 361, 396, 439, 469, 488, 491, 522, 599, 663, 705, 740, 836, 1032, 1118, 1287, 1302, 1312, 1321, 1386, 1603, 1634, 1752, 1753, 1838, 1937, 1938, 1939, 1940, 1949

守覚法親王《しゆかくほつしんのう》　喜多院御室と号する．久安 6 年(1150)生，建仁 2 年(1202) 8 月 26 日没，53 歳．後白河院の皇子．母は藤原季成の女成子(高倉三位)．以仁王・式子内親王の兄．二品．藤原教長に『古今集』を講じさせ，顕昭より『古今集』以下の勅撰集や『散木奇歌集』などの注を献じられた．また，俊成・重家・俊恵らに歌集を献上させた．『御室五十首』を主催，さらに『御室撰歌合』を抜粋し俊成に加判させた．『正治初度百首』の作者(『守覚法親王百首』はその詠)．著書は『北院御室拾葉集』『右記』『左記』『諸尊護摩抄』など多数．家集『北院御室御集』．千載集初出．　549, 629, 630, 1563, 1768

朱雀院《すざくいん》　第 61 代の天皇．諱は寛明．法名

は仏陀寿．延長元年(923)生，天暦 6 年(952) 8 月 15 日没，30 歳．醍醐天皇の皇子．母は藤原基経の女穏子．延長 8 年から天慶 9 年(946)まで在位．家集『朱雀院御集』．後撰集初出．　1248, 1583

秀能《ひでよし》(《ひでとう》)　藤原．北家藤成流．法名は如願．寿永 3 年(1184)生，延応 2 年(1240) 5 月 21 日没，57 歳．河内守秀宗の男．母は源光基の女．後鳥羽院の北面の武士．従五位上出羽守．『千五百番歌合』『春日社歌合』『元久詩歌合』『卿相侍臣歌合』『最勝四天王院障子和歌』『建保四年院百首』『道助法親王家五十首』『為家家百首』などに参加．和歌所寄人．承久の乱に敗北後出家．後鳥羽院が隠岐で編んだ『遠島御歌合』に歌を寄せている．家集『如願法師集』．新古今集初出．　26, 290, 398, 564, 649, 789, 960, 967, 1116, 1139, 1203, 1281, 1317, 1524, 1525, 1558, 1605

周子《しゅうし》　生年未詳．承平 5 年(935)冬没．右大弁源唱の女．母は未詳．醍醐天皇の更衣．時明親王・源高明らの母．『近江御息所歌合』を主催．後拾遺集初出．　1172

周防内侍《すおうのないし》　本名は仲子．生年未詳．天仁元年(1108) 11 月以後，天永 2 年(1111) 11 月以前の没．平棟仲の女．母は源正職の女後朱雀院女房小馬内侍．寛治 7 年(1093)『郁芳門院根合』，同 8 年『高陽院七番歌合』，嘉保 3 年(1096)『中宮権大夫家歌合』，康和 4 年(1102)『堀河院艶書合』などに参加．家集『周防内侍集』．後拾遺集初出．　205, 777, 1728, 1746, 1888

重家《しげいえ》　藤原．北家末茂流．法名は蓮家(蓮寂の伝もある)．大弐入道と呼ばれる．大治 3 年(1128)生，治承 4 年(1180) 12 月 21 日没，53 歳．左京大夫顕輔の男．母は家女房．兄弟に清輔・季経，子に経家・有家らがいる．従三位大宰大弐．安元 2 年(1176)出家．久安 5 年(1149)『右衛門督家歌合』他，『太皇太后宮大進清輔朝臣家歌合』『太皇太后宮亮平経盛朝臣家歌合』『実国家歌合』『建春門院北面歌合』『広田社歌合』などに参加．永万 2 年(1166)『中宮亮重家朝臣家歌合』を主催．家集『大宰大弐重家集』．千載集初出．　181, 388, 768, 1102

重之《しげゆき》　源．清和源氏．生没年未詳．長保 2 年(1000)頃の没か．三河守兼信の男．母は未詳．伯父参議兼忠の猶子となる．貞元元年(976)相模権守となり，その後肥前・筑紫の国司を歴任．従五位下．長徳元年(995)頃陸奥守実方に伴って陸奥に下り，彼地で没した．『重之百首』を東宮(後の冷泉天皇)に献じる．貞元 2 年『三条左大臣殿前栽歌合』などに参加．三十六歌仙．家集『重家集』．拾遺集初出．　28, 119, 120, 553, 612, 644, 865, 1013, 1216, 1218, 1351

重之女《しげゆきのむすめ》　生没年未詳．源重之の女．父の陸奥下向に同行したか．家集『重之女集』．新古今集初出．　354

重政《しげまさ》　賀茂．康治元年(1142)生，嘉禄元年(1225) 7 月 28 日没，84 歳．賀茂別雷社神主重保の男．四位．賀茂別雷社神主．『文治二年十月二十二日歌合』，建久 6 年(1195)『民部卿家歌合』，正治 2 年(1200)『石清水若宮歌合』などに出詠．千載集初出．　1130

重保《しげやす》　賀茂．元永 2 年(1119)生，建久 2 年(1191) 1 月 12 日没，73 歳．賀茂別雷社神主重継の男．母は未詳．正四位上．賀茂別雷社神主．嘉応 2 年(1170)『実国家歌合』，承安 2 年(1172)『広田社歌合』，『文治二年十月二十二日歌合』などに参加．治承 2 年(1178)『別雷社歌合』を主催した．また寿永元年(1182)には寿永百首家集を 36 人の歌人に賀茂社へ奉納させ，これらをもとに『月詣和歌集』を編んだ．千載集初出．　1669, 1773, 1892

淑望《よしもち》　紀．生年未詳．延喜 19 年(919)没．中納言長谷雄の男．従五位上信濃権介．『日本紀竟宴和歌』に参加．『古今集』真名序の作者とされる．『和漢朗詠集』に漢詩がみえる．古今集初出．　1866

俊恵《しゅんえ》　大夫公と呼ばれる．永久元年(1113)生，没年未詳．木工頭源俊頼の男．母は藤原敦隆の女．東大寺の僧．永暦元年(1160)『太皇太后宮大進清輔朝臣家歌合』，永万 2 年(1166)『中宮亮重家朝臣家歌合』，仁安 2 年(1167)『太皇太后宮亮平経盛朝臣家歌合』，嘉応 2 年(1170)『実国家歌合』，同年『住吉社歌合』，承安 2 年(1172)『広田社歌合』，治承 2 年(1178)『別雷社歌合』などに出詠．自邸の歌林苑にたびたび歌会を催し，多くの歌人の交流の場となった．中古六歌仙．『歌苑抄』『影供集』『歌撰合』(いずれも散逸)の撰者．家集『林葉和歌集』．詞花集初出．　6, 142, 274, 440, 451, 588, 695, 881, 884, 1308, 1555, 1883

俊賢母《としかたのはは》　生没年未詳．藤原氏摂家相続流，

右大臣師輔の女．母は藤原経邦の女盛子．源高明の室．惟賢・俊賢らの母．勅撰集は新古今集のみ．　1000

俊成《としなり》(しゅんぜい)　藤原．北家長家流．初名は顕広．法名は釈阿．永久2年(1114)生，元久元年(1204) 11月30日没，91歳．権中納言俊忠の男．母は藤原敦家の女．父の没後，藤原(葉室)顕頼の養子となる．定家らの父．正三位皇太后宮大夫．『為忠家両度百首』『久安百首』(部類を担当)，『右大臣家百首』『正治初度百首』『御室五十首』，最晩年の『春日社歌合』などの作者．個人的に「述懐百首」「五社百首』などを詠む．仁安元年(1166)六条天皇の大嘗会和歌を詠進．『住吉社歌合』『建春門院北面歌合』『広田社歌合』『別雷社歌合』『民部卿家歌合』『千五百番歌合』などの作者・判者．『中宮亮重家朝臣家歌合』『六百番歌合』『水無瀬恋十五首歌合』などの判者．西行『御裳濯河歌合』，『後京極殿御自歌合』『慈鎮和尚自歌合』の自歌合にも加判．新古今歌人の指導者的存在．『千載集』の撰者．和歌所寄人．『古来風体抄』『正治二年和字奏状』『万葉集時代考』などを著す．家集『長秋詠藻』『俊成家集』．詞花集初出．　5, 15, 16, 59, 100, 114, 159, 201, 202, 210, 221, 238, 253, 291, 301, 305, 320, 341, 527, 551, 631, 640, 664, 677, 706, 719, 738, 753, 795, 796, 828, 889, 932, 933, 973, 976, 1078, 1107, 1110, 1111, 1143, 1232, 1389, 1394, 1436, 1466, 1467, 1468, 1492, 1509, 1510, 1531, 1560, 1561, 1582, 1586, 1612, 1637, 1673, 1793, 1803, 1809, 1815, 1822, 1845, 1846, 1882, 1889, 1898, 1966, 1967, 1968

俊成女《しゅんぜいのむすめ》　俊成卿女とも．出家後，嵯峨禅尼・越部禅尼と呼ばれる．生没年未詳．承安元年(1171)頃の生．建長4年(1252)以後，80余歳で没か．尾張守藤原盛頼の女．母は藤原俊成の女八条院三条．俊成の養女となる．『建仁元年八月十五夜撰歌合』『仙洞句題五十首』『千五百番歌合』『水無瀬恋十五首歌合』『春日社歌合』『元久詩歌合』『最勝四天王院障子和歌』『建保名所百首』『為家家百首』『洞院摂政家百首』『宝治百首』などに出詠．歌論書『越部禅尼消息』．家集『俊成卿女集』．新古今集初出．　47, 112, 140, 171, 179, 245, 375, 391, 428, 429, 505, 514, 515, 516, 608, 617, 693, 787, 949, 957, 1081, 1136, 1285, 1326, 1334, 1335, 1391, 1565, 1764

俊忠《としただ》　藤原．北家長家流．二条帥と呼ばれる．延久5年(1073)生，保安4年(1123) 7月9日没，51歳(一説に53歳)．大納言忠家の男．母は藤原敦家の女(藤原経輔の女とも)．俊成の父．従三位権中納言大宰権帥．康和4年(1102)『堀河院艶書合』などに参加．長治元年(1104)『左近権中将俊忠朝臣家歌合』を主催．二系統の『俊忠集』が伝わる．金葉集初出．　446, 785, 1133, 1341

俊房《としふさ》　源．村上源氏．堀河左大臣と号する．長元8年(1035)生，保安2年(1121) 11月12日没，87歳．右大臣師房の男．母は藤原道長の女尊子．従一位左大臣．嘉保2年(1095)『郁芳門院前栽合』の判者．『水左記』を著す．後拾遺集初出．　1461

俊頼《としより》　源．宇多源氏．生年未詳，天喜3年(1055)頃の生か．大治4年(1129)没．大納言経信の男．母は源貞亮の女．橘俊綱の養子となったことがある．俊恵・新少将らの父．長治2年(1105)従四位上木工頭となるが，天永2年(1111)以後は散位．その後，出家した．寛治3年(1089)『四条宮扇合』(代作)，同8年『高陽院七番歌合』，康和2年(1100)『源宰相中将家和歌合』，同4年『堀河院艶書合』，『堀河百首』，『永久百首』，永久4年(1116)『六条宰相家歌合』，同年『雲居寺結縁経後宴歌合』，保安2年(1121)『関白内大臣家歌合』などの作者．元永元年(1118) 10月2日『内大臣家歌合』(基俊と両判)，大治元年『摂政左大臣家歌合』，天治元年(1124)『永縁奈良房歌合』には判者となる．中古六歌仙．『金葉集』の撰者．『俊頼髄脳』を著す．家集『散木奇歌集』．金葉集初出．　43, 266, 533, 557, 1085, 1164, 1473, 1602, 1792, 1816, 1836

順《したごう》　源．嵯峨源氏．延喜11年(911)生，永観元年(983)没，73歳．左馬助挙(こぞる)の男．従五位上能登守．『天徳四年内裏歌合』，天禄3年(972)『女四宮歌合』などに出詠．『源順馬名歌合』を編み，天地歌・双六盤歌・碁盤歌など独特の技法の歌を詠む．梨壺の五人の1人で，『万葉集』の読解，『後撰集』の撰にあたる．辞書『和名類聚抄』の編者．三十六歌仙．家集『順集』．拾遺集初出．　1576, 1709

小侍従《こじじゅう》　生没年未詳．建仁2年(1202) 80歳以上で存命か．石清水別当紀光清の女．母は菅原在良の女(花園左大臣家小大進)．二条天皇，太皇太后宮多子，高倉天皇に仕える．

治承3年(1179)出家．永万2年(1166)『中宮亮重家朝臣家歌合』，仁安2年(1167)『太皇太后宮亮平経盛朝臣家歌合』，嘉応2年(1170)『住吉社歌合』，承安2年(1172)『広田社歌合』，安元元年(1175) 10月10日『右大臣家歌合』，『正治初度百首』，『千五百番歌合』などの作者．家集『小侍従集』．千載集初出．　183, 678, 696, 1191, 1227, 1666, 1936

女蔵人内匠《によくろうどのたくみ》　生没年未詳．醍醐朝頃の人．伝未詳．女蔵人．勅撰集は新古今集のみ．　1745

如覚《によかく》　→高光

小少将《こしようしよう》　生没年未詳．長和2年(1013)頃没か．権左少弁源時通の女．一条天皇中宮彰子(上東門院)の女房．紫式部と親しかった．新古今集初出．　223, 407

小大君《こおおいぎみ》(こだいのきみ・こおおぎみ)　→左近

小町《こまち》　生没年未詳．伝未詳．小野良真の女などの伝があるが疑問である．姉と孫の存在が確認できる．830年より少し前の生まれか．仁明朝(833–850)の終りごろ，最も活躍したと考えられる．安倍清行・小野貞樹・文屋康秀らとの贈答がある．六歌仙．三十六歌仙．家集『小町集』は後代の編纂にかかり，真作以外の歌も含まれる．『新古今集』の入集歌はこの家集に含まれるが，必ずしも小町の作とは限らない．古今集初出．　312, 336, 758, 850, 1405, 1802

小馬命婦《こまのみようぶ》　生没年未詳．家系未詳．藤原棟世の女との伝には疑問がある．円融院の后媓子(藤原兼通の女，堀河中宮)に仕えた．天元2年(979)出家．家集『小馬命婦集』．拾遺集初出．　1737

小弁《こべん》　生没年未詳．越前守藤原懐尹の女か．母は源致書(致文)の女という．祐子内親王家紀伊(一宮紀伊)の母．後朱雀院の皇女祐子内親王の女房．長元5年(1032)『上東門院菊合』，永承4年(1049)『六条斎院歌合』，同5年『祐子内親王家歌合』などに出詠．天喜3年(1055)『六条斎院歌合』には「いはかきぬま」なる物語を作ったことが知られる．後拾遺集初出．　319, 1063, 1490

小野宮右大臣《おののみやのうだいじん》　→実資

小野小町《おののこまち》　→小町

少将井尼《しようしようゐのあま》　生没年未詳．家系未詳．三条天皇頃の人．出家後，大原に住んだ．後拾遺集初出．　1641

承仁法親王《しようにんほつしんのう》　梶井宮と号する．嘉応元年(1169)生，建久8年(1197) 4月27日没，29歳．後白河院の皇子．母は僧都仁操の女(丹波局)．無品親王．比叡山に上り，明雲の弟子となる．第63代天台座主．新古今集初出．　1785

勝命《しようみよう》　俗名は藤原親重．初名は憲親．天永3年(1112)生，没年未詳．文治3年(1187)頃まで生存か．佐渡守親賢の男．母は未詳．従五位下美濃権守．嘉応2年(1170)『住吉社歌合』，承安2年(1172)『広田社歌合』，治承2年(1178)『別雷社歌合』などに出詠．歌林苑の会衆．注釈書『古今序註』，『千載集』を難じた『難千載』(散逸)を著す．寿永百首家集に属する家集があったらしい．新古今集初出．67

上西門院兵衛《じようさいもんいんのひようえ》　→兵衛

上東門院《じようとうもんいん》　彰子．法名は清浄覚．永延2年(988)生，承保元年(1074) 10月3日没，87歳．太政大臣藤原道長の女．母は源雅信の女倫子．長保元年(999)一条天皇のもとに入内．翌年中宮となる．後一条天皇・後朱雀天皇の母后．紫式部・和泉式部・赤染衛門・伊勢大輔・上東門院中将・大弐三位・出羽弁らが仕えた．長元5年(1032)『上東門院菊合』を催す．後拾遺集初出．　776, 811, 1484, 1715, 1926

上東門院小少将《じようとうもんいんのこしようしよう》　→小少将

信濃《しなの》　下野とも．生没年未詳．日吉社祠官祝部氏，小比叡禰宜允仲の女．母は源光基の女．成茂の姉妹．源家長の室．後鳥羽院の女房．元久元年(1204)『春日社歌合』，同年『北野宮歌合』，寛喜元年(1229)『為家家百首』，『遠島御歌合』，宝治元年(1247)『院御歌合』，『宝治百首』，建長3年(1251) 9月『影供歌合』などの作者となる．家集が存したらしい．新古今集初出．　563, 1098

信明《さねあきら》　源．光孝源氏．延喜10年(910)生，天禄元年(970)没，61歳．右大弁公忠の男．母は未詳．応和元年(961)陸奥守．安和元年(968)従四位下．中務と恋愛関係にあった．村上天皇の命による名所屛風歌，昌子内親王の裳着の屛風歌，天暦8年(954)穏子七十賀屛風歌などを詠む．三十六歌仙．家集『信明集』．後撰集初出．　591, 810

深養父《ふかやぶ》　清原．生没年未詳．豊前介房則の男(一説に備後守通雄の男)．元輔の祖父(あるいは父)，清少納言の曾祖父(あるいは祖

父）．従五位下内蔵大允．『寛平御時中宮歌合』に名が見える．『宇多院歌合』『左兵衛佐定文歌合』に参加．兼輔・貫之らと交わる．中古三十六歌仙．家集『深養父集』．古今集初出．　496, 1009, 1377, 1403, 1450

新少将《しんしょうしょう》　生没年未詳．木工頭源俊頼の女．母は未詳．待賢門院に仕えたという．藤原忠通の室宗子にも仕えたか．新古今集初出．　825

親宗《ちかむね》　平．桓武平氏．天養元年(1144)生，正治元年(1199) 7 月 27 日没，56 歳．兵部権大輔時信の男．母は藤原家範の女．時忠・平清盛室時子・建春門院滋子の兄弟．正二位中納言．嘉応 2 年(1170)『実国家歌合』，同年『建春門院北面歌合』，治承 2 年(1178)『別雷社歌合』，建久 6 年(1195)『民部卿家歌合』などに出詠．家集『中納言親宗集』は寿永百首家集の内と考えられる．日記『親宗卿記』は断簡が存する．千載集初出．　212

親隆《ちかたか》　藤原．北家高藤流．四条宰相と呼ばれる．法名は大覚．康和元年(1099)生，永万元年(1165) 8 月 23 日没，67 歳(68 歳との伝もある)．参議為房の男．母は法成寺執行隆尊の女で藤原忠通の乳母．正三位参議．応保 3 年(1163)出家．保安 2 年(1121)『関白内大臣歌合』，長承 3 年(1134)『中宮亮顕輔家歌合』，『為忠家後度百首』，『久安百首』の作者．家集『親隆集』は『久安百首』の親隆詠を抄出したもの．詞花集初出(金葉集二度本異本歌に 1 首あり)．　539

人麿《ひとまろ》　柿本．生没年未詳．系譜未詳．『万葉集』の代表的歌人．天武朝・持統朝・文武朝の宮廷で活躍．持統天皇・草壁皇子・軽皇子・高市皇子・忍壁皇子・舎人皇子などへの献歌がある．出仕先や出仕のあり方については諸説がある．三十六歌仙．後世，歌聖と仰がれた．『人麿集』は平安時代の編集で，真作以外の歌を多く含む．古今集初出．　190, 333, 346, 458, 459, 464, 497, 498, 541, 582, 657, 849, 899, 900, 992, 993, 1050, 1208, 1374, 1375, 1650, 1688, 1707

仁徳天皇《にんとくてんのう》　第 16 代の天皇．大鷦鷯尊(おおさざきのみこと＝大雀命とも)などと称される．『日本書紀』によれば仁徳 87 年(399) 1 月 16 日没．応神天皇の皇子．母は仲姫命．『日本書紀』『古事記』に歌が伝えられるが，天皇の実作とは考えられない．治水・勧農に務め仁政を施したと伝えられる．『古今集』仮名序に引く「難波津に咲くやこの花」の歌は仁徳天皇によそえたとされる．勅撰集は新古今集のみ．　707

崇徳院《すとくいん》(しゅとくいん)　第 75 代の天皇．諱は顕仁．讃岐院とも呼ばれる．元永 2 年(1119)生，長寛 2 年(1164) 8 月 26 日没，46 歳．鳥羽天皇の皇子．実父は白河院であるという．母は藤原公実の女璋子(待賢門院)．保安 4 年(1123)から永治元年(1141)まで在位．保元の乱(1156)に敗れて出家，讃岐に移され，その地で没した．大治・天承頃から歌会・歌合をしばしば催し，また「初度百首」(堀河百首題，散逸)，『久安百首』，「句題百首」などを主催．藤原顕輔に『詞花集』を撰進させ，俊成には『久安百首』の部類を命じている．詞花集初出．　71, 131, 286, 685, 1804, 1945, 1946

是則《これのり》　坂上．生没年未詳．左少将好蔭の男．望城の父．延長 2 年(924)従五位下加賀介．『寛平御時后宮歌合』，『三月三日紀師匠曲水宴和歌』，延喜 5 年(905)藤原定国四十賀屏風歌，同 7 年大井川行幸和歌，『亭子院歌合』などに参加．蹴鞠にも優れていた．三十六歌仙．家集『是則集』．古今集初出．　152, 345, 623, 997, 1069, 1211, 1357

正光《まさみつ》　藤原．摂家相続流．天徳元年(957)生，長和 3 年(1014) 2 月 29 日没，58 歳．関白太政大臣兼通の男．母は藤原有年の女．従三位参議．勅撰集は新古今集のみ．　1503

正清《まさきよ》　源．生没年未詳．醍醐天皇の皇子有明親王の男．母は藤原仲平の女．正四位下左近中将．勅撰集は新古今集のみ．　1154

生子《せいし》　長和 3 年(1014)生，治暦 4 年(1068) 8 月 21 日没，55 歳．関白藤原教通の女．母は藤原公任の女．後朱雀天皇の女御．新古今集初出．　812, 1251, 1253

成助《なりすけ》　賀茂．大池神主と号する．長元 7 年(1034)生，永保 2 年(1082)没，49 歳．賀茂神主成真の男．賀茂神主，従五位下．家集とおぼしき断簡が存する．後拾遺集初出．　1187

成尋《じょうじん》　寛弘 8 年(1011)生，永保元年(1081) 10 月 6 日没，71 歳．家系未詳だが，一説に藤原実方の孫．母は成尋阿闍梨母として知られる歌人(次項参照)．延暦寺阿闍梨となるが，入宋の志を抱き，延久 4 年(1072)渡宋，天台山・五台山を巡り，『参天台五台山記』を著す．

宋朝の信任を得て善慧大師の号を贈られる．汴京(開封)にて没．詞花集初出． 762

成尋母《じょうじんのはは》 永延2年(988)頃の生，没年未詳．延久5年(1073)には86歳位で生存．系譜は必ずしも明らかでないが，源俊賢の女で，藤原実方の男(貞叙あるいは義賢か)との間に2男児を儲けたらしい．家集『成尋阿闍梨母集』は成尋の渡宋後，老母が息子への愛情と別れの悲しみをつづった日記的作品である．千載集初出． 871

成清《じょうしょう》 弥勒寺法印と号する．大治4年(1129)生，正治元年(1199)8月27日没，71歳．石清水別当紀光清の男．母は菅原在良の女(花園左大臣家小大進)．小侍従の弟．幸清の父．法印大僧都．石清水別当．千載集初出．1887

成仲《なりなか》 祝部．康和元年(1099)生，建久2年(1191)10月13日没，93歳．日吉神主成実の男．日吉社禰宜，正四位上石見介．永万2年(1166)『中宮亮重家朝臣家歌合』，仁安2年(1167)『太皇太后宮亮平経盛朝臣家歌合』，治承2年(1178)『別雷社歌合』などに出詠．承安2年(1172)『暮春白河尚歯会和歌』に加わる．歌林苑の会衆．家集『祝部成仲集』は寿永百首家集の内か．詞花集初出． 115, 844, 890, 1609, 1674

成通《なりみち》 藤原．北家頼宗流．初名は宗房．法名は栖蓮．侍従大納言と呼ばれる．承徳元年(1097)生，没年未詳．永暦元年(1160)には64歳で生存．権大納言宗通の男．母は藤原顕季の女．正二位大納言．平治元年(1159)出家．長承3年(1134)『中宮亮顕輔家歌合』などに参加．家集『成通卿集』．蹴鞠にも優れ伝書『成通卿口伝日記』を著す．金葉集初出．626

成範《しげのり》 藤原．南家貞嗣流．桜町中納言と呼ばれる．保延元年(1135)生，文治3年(1187)3月17日没，53歳．通憲(信西)の男．母は藤原兼永の女朝子(後白河院の乳母紀伊二位)．小督の父．平治の乱(1159年)で下野国に配流されたが，翌年召還された．正二位中納言に至る．「法性寺十首」を主催．嘉応2年(1170)『実国家歌合』，同年『住吉社歌合』，承安2年(1172)『広田社歌合』などに参加．『唐物語』の作者として有力視される．千載集初出．965

成茂《なりしげ(なりもち)》 祝部．治承4年(1180)生，建長6年(1254)8月没，75歳．小比叡禰宜允仲の男．母は源光基の女．後鳥羽院下野の兄にあたる．日吉社禰宜，正四位下丹後守．『春日社歌合』『卿相侍臣歌合』『宝治百首』などの作者となる．『祝部成茂集』は『宝治百首』の成茂詠．新古今集初出． 565

西宮前左大臣《にしのみやのさきのさだいじん》 →高明

西行《さいぎょう》 俗名は佐藤義清(《のりきよ》=憲清・則清・範清とも)．法名は円位．大宝房とも号する．元永元年(1118)生，文治6年(1190)2月16日没，73歳．藤原氏北家藤成流，左衛門尉康清の男．母は源清経の女．鳥羽院の下北面武士として仕え，徳大寺家の家人でもあったらしいが，保延6年(1140)23歳で出家した．出家後しばらくして奥州へ下向．帰京後は高野山を中心に修行生活を送る．仁安3年(1168)頃四国を旅行．これら旅先でも歌を詠んでいる．晩年は伊勢に移住し，再度奥州旅行に出た．この旅に出る前に定家・家隆・慈円・寂蓮らに百首歌を勧進(「二見浦百首」)．旅行後，自歌合『御裳濯河歌合』『宮河歌合』を編み，俊成と定家の加判を得て伊勢神宮に奉納した．家集『山家集』『聞書集』『残集』『西行法師家集』『山家心中集』．『西行上人談抄』は弟子蓮阿による西行説の聞書．詞花集に「読人しらず」として初出． 7, 27, 51, 79, 86, 126, 217, 218, 262, 263, 299, 300, 362, 367, 448, 472, 501, 502, 538, 570, 585, 603, 625, 627, 691, 697, 793, 831, 837, 838, 885, 886, 887, 937, 938, 978, 987, 988, 1099, 1100, 1147, 1148, 1155, 1185, 1193, 1200, 1205, 1230, 1231, 1267, 1268, 1269, 1297, 1298, 1307, 1471, 1532, 1533, 1534, 1535, 1536, 1562, 1613, 1615, 1619, 1632, 1633, 1642, 1643, 1659, 1660, 1676, 1677, 1678, 1679, 1682, 1748, 1749, 1750, 1751, 1780, 1781, 1808, 1828, 1829, 1830, 1831, 1842, 1844, 1877, 1878, 1879, 1976, 1978, (1993)

西日《さいにち》 生没年未詳．和泉守源雅隆の男．母は未詳．勅撰集は新古今集のみ． 1670

性空《しょうくう》 延喜17年(917)生，寛弘4年(1007)没，91歳．従四位下橘善根の男．書写山円教寺を開く．源信・保胤・和泉式部らと交渉があった．新古今集初出． 1791

斉信《ただのぶ(なりのぶ)》 藤原．北家為光流．康保4年(967)生，長元8年(1035)3月23日没，69歳．太政大臣為光の男．母は藤原敦敏の女．正二位大納言．一条朝時代の四納言の1人．

『寛和二年内裏歌合』などに出詠．内裏・道長邸の詩会にも多く参加．『本朝麗藻』『本朝文粋』『新撰朗詠集』などに漢詩が残る．後拾遺集初出． 1928

清蔭《きよかげ》 源．陽成源氏．元慶8年(884)生，天暦4年(950) 7月3日没，67歳．陽成天皇の皇子．母は紀君．正三位大納言．『大和物語』に物語がみえる．後撰集初出． 1177

清慎公《せいしんこう》 →実頼

清正《きよただ》 藤原．北家良門流．生年未詳，天徳2年(958) 7月没．中納言兼輔の男．母は未詳．従五位上紀伊守．村上朝内裏などの屏風歌を詠み，『天暦九年内裏歌合』などの作者となる．仲平・敦忠・高明らと親交があった．三十六歌仙．家集『清正集』．後撰集初出． 709, 1065, 1176, 1723

清輔《きよすけ》 藤原．北家末茂流．初名は隆長．長治元年(1104)生，安元3年(1177) 6月20日没，74歳(70歳との伝もある)．左京大夫顕輔の男．母は高階能遠の女．重家・顕昭・季経らの兄．太皇太后宮大進，正四位下．久安5年(1149)『右衛門督家歌合』，『久安百首』，嘉応2年(1170)『住吉社歌合』，同年『建春門院北面歌合』などの作者．永暦元年(1160)『太皇太后宮大進清輔朝臣家歌合』，承安2年(1172)『暮春白河尚歯会和歌』を主催．仁安2年(1167)『太皇太后宮亮平経盛朝臣家歌合』，嘉応2年(1170)『実国家歌合』，安元元年10月『右大臣家歌合』では判者・作者となった．仁安3年(1168)高倉天皇の大嘗会和歌を詠む．中古六歌仙．『奥義抄』『袋草紙』『和歌初学抄』などを著す．著書『牧笛記』『注古今』『題林』は散逸して伝わらない．『続詞花集』，『今撰集』(散逸)の撰者．家集『清輔朝臣集』．千載集初出． 34, 264, 340, 558, 572, 607, 616, 743, 744, 830, 1093, 1843

済時《なりとき》 藤原．北家師尹流．小一条大将と号する．天慶4年(941)生，長徳元年(995) 4月23日没，55歳．左大臣師尹の男．母は藤原定方の女．正二位左大将兼大納言．右大臣を追贈される．康保3年(966)『内裏前栽合』などの作者．拾遺集初出． 1734

盛方《もりかた》 藤原．北家顕隆流．保延3年(1137)生，治承2年(1178) 11月12日没，42歳．顕時の男．母は平忠盛の女．行隆の弟．従四位下民部少輔・出羽守．嘉応2年(1170)『住吉社歌合』，承安2年(1172)『広田社歌合』，治承2年(1178)『別雷社歌合』などの作者．歌林苑の歌会に参加．千載集初出． 1508

盛明親王《もりあきらしんのう》 十五宮と号する．延長6年(928)生，寛和2年(986) 5月8日没，59歳．醍醐天皇の皇子．母は源唱の女周子．はじめ源姓を賜り，正四位下大蔵卿となったが，のちに親王となる．四品．上野守．拾遺集初出． 1383, (1988)

聖武天皇《しようむてんのう》 第45代の天皇．諱は首皇子．法名は勝満．大宝元年(701)生，天平勝宝8年(756) 5月2日没，56歳．文武天皇の皇子．母は藤原不比等の女宮子．孝謙天皇の父．皇后は藤原不比等の女安宿媛．神亀元年(724)から天平勝宝元年まで在位．仏教王国の具現を目指し，国分寺・国分尼寺を置き，東大寺に盧舎那仏(大仏)を建立した．正倉院には天平文化の遺品が現存する．『万葉集』の歌人．新古今集初出． 897

静賢《じようけん》 俗姓藤原．天治元年(1124)生，没年未詳．建仁元年(1201)には78歳で生存．南家貞嗣流，通憲(信西)の男．母は高階重仲の女．法印．法勝寺執行．平治の乱で安房国に配流．嘉応2年(1170)『住吉社歌合』，治承2年(1178)『別雷社歌合』，建久6年(1195)『民部卿家歌合』，建仁元年『石清水社歌合』などに出詠．千載集初出． 1505

赤人《あかひと》 山辺(正しくは山部)．「明人」とも記す．生没年未詳．聖武天皇期に活躍した．父母未詳．歌を以て宮廷に仕えた下級官人らしく，神亀元年(724)の紀伊行幸，同2年の吉野・難波行幸，天平6年(734)の難波行幸，同8年の吉野行幸など，聖武天皇の行幸に従駕した際の歌が多い．後世，柿本人麿とともに歌聖と称えられた．『万葉集』の歌人．三十六歌仙．『赤人集』は赤人の作も若干含むが，多くは『万葉集』巻10にみえる歌で，赤人の家集とは言い難い．拾遺集初出． 11, 29, 104, 110, 314, 641, 675

赤染衛門《あかぞめえもん》 生没年未詳．天徳—応和(957–964)の生まれ．長久2年(1041)までは生存．赤染時用の女．実父は平兼盛と伝える．大江匡衡の室．子に挙周・江侍従らがいる．良妻賢母と伝えられる．藤原道長の室倫子に仕えた．長元6年(1033)倫子七十賀の屏風歌を詠む．長元8年『賀陽院水閣歌合』，長久2年(1041)『弘徽殿女御歌合』などに出詠．和泉式部・清少納言・紫式部・伊勢大輔・相模らと交

流があった．和泉式部との優劣が早くから論じられたらしい．中古三十六歌仙．家集『赤染衛門集』．拾遺集初出．　923, 1179, 1380, 1491, 1580, 1687, 1731, 1819, 1820, 1972, (1982)

摂政太政大臣《せっしょうだいじょうだいじん》　→良経

千古《ちふる》　大江．生年未詳，延長2年(924)5月29日没．参議音人の男．母は未詳．維時の父．従四位下伊予権守．『醍醐御時菊合』に出詠．漢詩が『雑言奉和』『類聚句題抄』『別本和漢兼作集』などに残る．後撰集初出．　1865

千里《ちさと》　大江．生没年未詳．参議音人の男(一説に玉淵の男)．兵部大丞．『寛平御時后宮歌合』『三月三日紀師匠曲水宴和歌』などに参加．宇多天皇に家集『句題和歌(千里集)』を奉る．また儒者として重きをなした．『和漢兼作集』に詩句が残る．中古三十六歌仙．古今集初出．　55, 405, 870

選子内親王《せんしないしんのう》　康保元年(964)生，長元8年(1035)6月22日没，72歳．村上天皇の皇女．母は藤原師輔の女中宮安子．円融・花山・一条・三条・後一条の5代にわたり賀茂斎院となり，大斎院と呼ばれる．内親王のもとに文学サロンが形成され，『大斎院前の御集』『大斎院御集』にその様子を知ることができる．家集『発心和歌集』．拾遺集初出．　1970

蝉丸《せみまる》　生没年未詳．系譜未詳．伝説的人物であり，実像は明らかでない．『今昔物語集』，長明『無名抄』，『平家物語』などに伝承がある．中世以降，琵琶の祖と仰がれた．後撰集初出．　1850, 1851

贍西《せんさい》　生年未詳，大治2年(1127)6月20日没．系譜未詳．延暦寺の僧．雲居寺を開く．説経にすぐれていた．永久4年(1116)『雲居寺結縁経後宴歌合』などを主催．また，和歌曼荼羅を創案した．金葉集初出．　658, 1977

前太政大臣《さきのだいじょうだいじん》　→頼実

禅性《ぜんしょう》　俗姓藤原．生没年未詳．北家公季流，少将公重の男．母は未詳．仁和寺の僧．法眼．『御室五十首』に参加．勅撰集は新古今集のみ．　966

素覚《そかく》　俗名は藤原家基．生没年未詳．北家師実流，伯耆守家光の男．母は藤原知家の女．伊綱・尾張の父．従五位下刑部少輔．出家前に永暦元年(1160)『太皇太后宮大進清輔朝臣家歌合』，出家後には嘉応2年(1170)『住吉社歌合』，承安2年(1172)『広田社歌合』などに出詠．歌林苑の会衆．「藤原家基」として千載集に初出．　986, 1956

素性《そせい》　俗姓良岑．俗名は玄利と伝えるが存疑．生没年未詳．蔵人頭宗貞(遍昭)の男．母は未詳．父遍昭とともに雲林院の常康親王のもとへ出入りしていたが，後に雲林院に住む．『寛平御時菊合』『寛平御時后宮歌合』などに詠歌．宇多院周辺の歌人グループの中心的存在であり，昌泰元年(898)の近畿御幸などで活躍．醍醐朝においても屏風歌などを詠じた．三十六歌仙．家集『素性集』．古今集初出．　176, 1404

宗円《そうえん》　永暦元年(1160)生，没年未詳．元久2年(1205)には，40歳で生存．大江氏の出身．法眼弁宗の男．母は未詳．法眼．熊野別当．治承2年(1178)『二十二番歌合』，正治2年(1200)『石清水若宮歌合』などに出詠．『明月集』(散逸)の撰者．千載集初出．　1280

相模《さがみ》　幼名は乙侍従．生没年未詳．長徳・長保(995–1004)頃の出生か．父は未詳．源頼光は養父か．母は慶滋保章の女．大江公資の室となり夫の任国相模に下向するが，結婚生活は順調ではなかったらしく，「走湯百首」を詠んで嘆きを表出している．帰京後夫と離別．一品宮脩子内親王に仕える．長元8年(1035)『賀陽院水閣歌合』，長久2年(1041)『弘徽殿女御歌合』，『永承四年内裏歌合』，永承5年(1050)『前麗景殿女御歌合』，同年『祐子内親王家歌合』，『永承六年内裏根合』，天喜4年(1056)『皇后宮春秋歌合』などに出詠．中古三十六歌仙．家集『相模集』．後拾遺集初出．　203, 309, 372, 410, 804, 1079, 1166, 1353, 1354, 1395, 1973

増賀《ぞうが》　「僧賀」と表記されることもある．延喜17年(917)生，長保5年(1003)6月9日没，87歳．橘恒平の男と伝えるが年代が合わない．父は藤原伊衡か．比叡山に登り良源の弟子となるが，後，多武峰に移る．後世，説話化され，奇行が伝わる．勅撰集は新古今集のみ．　1706

増基《ぞうき》　生没年未詳．系譜等未詳．廬主(いほぬし)と号する．朱雀―一条朝の人．『後撰集』作者の増基(増喜)とは別人であろう．中古三十六歌仙．家集『増基法師集(いほぬし)』．後拾遺集初出．　1517, (1983)

村上天皇《むらかみてんのう》　第62代の天皇．諱は成明．法名は覚貞．天暦の御門と呼ばれる．延長4年

(926)生，康保 4 年(967) 5 月 25 日没，42 歳．醍醐天皇の皇子．母は藤原基経の女穏子．天慶 9 年(946)から康保 4 年(967)年まで在位．天暦 5 年(951)梨壺に和歌所を設け，源順ら 5 人に『万葉集』の訓読と『後撰集』の撰進を命じた．天徳 3 年(959)に内裏詩合を催したほか，たびたび詩会を開く．また，『村上御時菊合』『天徳四年内裏歌合』『応和二年内裏歌合』などを主催し，後宮の歌合も後援するなど，和漢の文芸を愛好した．『天暦御製詩草』(散逸)が存したらしい．家集『村上御集』．後撰集初出． 164, 465, 1243, 1247, 1256, 1411, 1417, 1421, 1718, 1800

た・ち・つ・て・と

大炊御門右大臣《おおいのみかどのうだいじん》 →公能

大弐三位《だいにのさんみ》 本名は賢子．藤三位・越後弁とも呼ばれる．生没年未詳．藤原宣孝の女．母は紫式部．高階成章の室．後冷泉院の乳母となる．長元 5 年(1032)『上東門院菊合』，『永承四年内裏歌合』，永承 5 年(1050)『祐子内親王家歌合』などに出詠．家集『藤三位集』．後拾遺集初出． 49, 310, 727, 780, 1446, 1608

大納言《だいなごん》 生没年未詳．権中納言藤原実綱の女．母は二条院参河内侍．高倉院，後に七条院(後鳥羽院の生母，藤原信隆の女殖子)に仕える．元久元年(1204)『春日社歌合』，同 2 年『元久詩歌合』などに出詠．新古今集初出． 402, 562, 1496

大輔《たゆう》 生没年未詳．正治 2 年(1200)頃，70 歳位で没か．藤原信成の女．母は菅原在良の女．後白河院の皇女亮子内親王(殷富門院)に仕える．歌林苑の会衆．文治 3 年(1187)定家・家隆・寂蓮らに百首歌を勧進した．永暦元年(1160)『太皇太后宮大進清輔朝臣家歌合』，嘉応 2 年(1170)『住吉社歌合』，承安 2 年(1172)『広田社歌合』，治承 2 年(1178)『別雷社歌合』，『文治二年十月二十二日歌合』，建久 6 年(1195)『民部卿家歌合』などに出詠．家集『殷富門院大輔集』．千載集初出． 73, 143, 415, 606, 790, 1089, 1145, 1228, 1296, 1644

太上天皇《だいじょうてんのう》 →後鳥羽院

待賢門院安芸《たいけんもんいんのあき》 →安芸

待賢門院堀河《たいけんもんいんのほりかわ》 →堀河

泰光《やすみつ》 源．村上源氏．仁安 2 年(1167)生，没年未詳．右京権大夫師光の男．母は未詳．具親・宮内卿らの兄弟．従三位加賀守．正治 2 年(1200)『石清水若宮歌合』に出詠．建長元年(1249)出家．新古今集初出． 596

醍醐天皇《だいごてんのう》 第 60 代の天皇．本名は維城，改名して敦仁．法名は金剛宝．延喜の御門と呼ばれる．元慶 9 年(885)生，延長 8 年(930) 9 月 29 日没，46 歳．宇多天皇の皇子．母は藤原高藤の女胤子．寛平 9 年(897)から延長 8 年まで在位．『日本三代実録』『延喜格』『延喜式』などを編纂させた．紀貫之らに『古今集』の撰進を下命．屏風歌などをしばしば召したほか，『醍醐御時菊合』などを主催した．漢詩が『類聚句題抄』『和漢朗詠集』などに残る．日記『延喜御記』(散逸)．家集『延喜御集』．後撰集初出． 163, 189, 621, 852, 995, 1171, 1214, 1244, 1416

丹後《たんご》 摂政家丹後・丹後少将とも．生没年未詳．建永 2 年(1207)までは生存．蔵人大夫源頼行の女．頼政の姪．仲綱・二条院讃岐らの従姉妹．兼実とその女任子(後鳥羽院中宮・宜秋門院)に仕える．安元元年(1175) 10 月『右大臣家歌合』，治承 2 年(1178)『右大臣家百首』，「花月百首」，建久 6 年(1195)『民部卿家歌合』，『正治初度百首』，『千五百番歌合』などの作者となる．千載集初出． 400, 593, 944, 959, 977, 1303, 1507, 1623, 1795

知家《ともいえ》 藤原．北家末茂流．法名は蓮性．寿永元年(1182)生，正嘉 2 年(1258) 11 月没，77 歳．正三位顕家の男．母は源師兼の女(院女房新大夫局)．六条家の歌人である．正三位左兵衛佐．嘉禎 4 年(1238)出家．『建保名所百首』，建保 4 年(1216)『内裏百番歌合』，『道助法親王家五十首』，寛喜元年(1229)『女御入内屏風和歌』，『洞院摂政家百首』，『宝治百首』などの作者．寛元 4 年(1246)『春日若宮社歌合』，建長 8 年(1256)『百首歌合』では判者にもなる．定家に師事し，自歌合『日吉社歌合』の加判を仰ぐ．定家の死後その子為家とも親しかったが，のちに真観(光俊)らと反御子左派を成す．『百三十番歌合』の為家判を不満として『蓮性陳状』を提出．家集があったらしい．私撰集『明玉集』(散逸)の撰者．新古今集初出． 1192

知足院入道前関白太政大臣《ちそくいんのにゅうどうさきのかんぱくだいじょうだいじん》 →忠実

致平親王《むねひらしんのう》 明王院宮と呼ばれる．天暦 5 年(951)生，長久 2 年(1041) 2 月 20 日没，91 歳．村上天皇の皇子．母は藤原在衡の女．四

品．兵部卿．新古今集初出．　1414

智証大師《ちしようだいし》　→円珍

中院(入道)右大臣《なかのいんの(にゆうどう)うだいじん》　→雅定

中務《なかつかさ》　生没年未詳．延喜 12 年(912)頃の生，永祚元年(989)以後の没．宇多天皇の皇子敦慶親王の女．母は伊勢．源信明と恋愛関係にあった．屏風歌を多く詠進し，『天徳四年内裏歌合』『村上御時菊合』『麗景殿女御歌合』『円融院扇合』などに出詠した．三十六歌仙．家集『中務集』．後撰集初出．　39, 1258, 1497, 1657

仲実《なかざね》　藤原．式家宇合流．天喜 5 年(1057)生，永久 6 年(1118) 3 月 26 日没，62 歳．越前守能成の男．母は源則成の女．紀伊・参河・越前などの守を歴任．正四位下中宮亮．永保 2 年(1082)『出雲守経仲歌合』，康和 2 年(1100)『源宰相中将家歌合』，同年『備中守仲実朝臣女子根合』，『堀河百首』，永久 4 年(1116)『六条宰相家歌合』，同年『雲居寺結縁経後宴歌合』などの作者．『永久百首』の勧進者とみられる．『綺語抄』『古今和歌集目録』『類林抄』(散逸)などの著者．金葉集初出．　19

仲文《なかふみ(なかぶん)》　藤原．式家宇合流．延長元年(923)生，正暦 3 年(992) 2 月没，70 歳(天元元年(978)没，71 歳とする伝がある)．信濃守公葛の男．母は未詳．正五位下上野介．三十六歌仙．家集『仲文集』．拾遺集初出．　1398

忠家《ただいえ》　藤原．北家長家流．長元 6 年(1033)生，寛治 5 年(1091) 11 月 7 日没，59 歳．権大納言長家の男．母は源高雅の女懿子．俊成の祖父．正二位大納言．後拾遺集初出．　1462

忠義公《ちゆうぎこう》　→兼通

忠教《ただのり》　藤原．北家師実流．四条民部卿と呼ばれる．承保 3 年(1076)生，永治元年(1141) 10 月 25 日没，66 歳．関白師実の男．母は藤原永業の女．教長・頼輔らの父．正二位大納言．寛治 7 年(1093)『郁芳門院根合』，康和 4 年(1102)『堀河院艶書合』などに出詠．金葉集初出．　1464

忠経《ただつね》　藤原．北家師実流．花山院右大臣と呼ばれる．承安 3 年(1173)生，寛喜元年(1229) 8 月 5 日没，57 歳．左大臣兼雅の男．母は平清盛の女．正治 2 年(1200)正二位右大将，建永 2 年(1207)右大臣．建保元年(1213)出家．元久元年(1204)『春日社歌合』などに出詠．新古今集初出．　421, 842, 1548

忠見《ただみ》　壬生．生没年未詳．忠岑の男．天暦 8 年(954)御厨子所定額膳部，天徳 2 年(958)摂津大目．『麗景殿女御歌合』『天徳四年内裏歌合』などに出詠．三十六歌仙．家集『忠見集』．後撰集初出．　12, 78, 272, 1599, 1729

忠岑《ただみね》　壬生．生没年未詳．家系未詳．従五位下安綱の男との伝がある．摂津権大目になったという．『是貞親王家歌合』『寛平御時后宮歌合』『左兵衛佐定文歌合』『三月三日紀師匠曲水宴和歌』，延喜 5 年(905)『宇多院歌合』，同 13 年『亭子院歌合』などの作者となる．『古今集』撰者の 1 人．三十六歌仙．忠岑作とされる『和歌体十種(忠岑十体)』は偽書説がある．家集『忠岑集』．古今集初出．　283, 907, 1594

忠実《ただざね》　藤原．摂家相続流．知足院殿・富家殿と呼ばれる．承暦 2 年(1078)生，応保 2 年(1162) 6 月 18 日没，85 歳．関白内大臣師通の男．母は藤原俊家の女全子．祖父師実の養子となる．忠通・頼長の父．従一位関白太政大臣．日記『殿暦』．『中外抄』『富家語』は故実等についての忠実の談を筆録したものである．新古今集初出．　784, 1647

忠盛《ただもり》　平．桓武平氏．永長元年(1096)生，仁平 3 年(1153) 1 月 15 日没，58 歳．讃岐守正盛の男．母は未詳．清盛・経盛・忠度らの父．正四位上刑部卿．『久安百首』の作者に加えられたが，部類前に没したので最終的な詠進者とはならなかった．ただし，その作品は家集に残る．源顕仲家・藤原顕輔家などの歌合・歌会に出詠．2 種の家集『忠盛集』が伝わる．金葉集初出．　1552

忠通《ただみち》　藤原．摂家相続流．法性寺関白と呼ばれる．承徳元年(1097)生，長寛 2 年(1164) 2 月 19 日没，68 歳．関白忠実の男．母は源顕房の女師子．兼実・慈円らの父．従一位関白太政大臣．父忠実・弟頼長と対立し，保元の乱で争った．永久 3 年(1115)・元永元年(1118) 10 月 2 日・同年 10 月 13 日・同 2 年 7 月などの『内大臣家歌合』，保安 2 年(1121)『関白内大臣家歌合』，大治元年(1126)『摂政左大臣家歌合』などを催し，彼の庇護のもとで俊頼・基俊らが活躍した．書にも優れていた．日記『法性寺関白記』．詩集『法性寺関白御集』．家集『田多民治集』．金葉集初出．　302, 386, 656, 686

忠定《たださだ》　藤原．北家師実流．文治 4 年(1188)生，康元元年(1256) 11 月没，69 歳．大納言兼宗の男．母は藤原重家の女．正二位．元久元年(1204)『春日社歌合』，建保 2 年(1214)『月卿雲客妬歌合』，同 3 年『内裏名所百首』，承久元年(1219)『内裏百番歌合』，『宝治百首』などの作者となる．家集が存したらしい．新古今集初出．　1109

忠平《ただひら》　藤原．摂家相続流．諡号は貞信公．小一条太政大臣と呼ばれる．元慶 4 年(880)生，天暦 3 年(949) 8 月 14 日没，70 歳．関白太政大臣基経の男．母は人康親王の女．延喜 14 年(914) 8 月右大臣，延長 2 年(924) 1 月左大臣，同 8 年 9 月摂政，承平 2 年(932) 3 月従一位，同 6 年太政大臣，天慶 4 年(941) 11 月関白．『小一条太政大臣家歌合』を主催．『延喜格』『延喜式』を完成させた．日記『貞信公記』．後撰集初出．　1443

忠峯《ただみね》　→忠岑

忠良《ただよし》　藤原．摂家相続流．長寛 2 年(1164)生，嘉禄元年(1225) 5 月 16 日没，62 歳．摂政基実の男．母は藤原顕輔の女．正二位大納言．『正治初度百首』『老若五十首歌合』『新宮撰歌合』『建仁元年八月十五夜撰歌合』『千五百番歌合』『春日社歌合』『卿相侍臣歌合』などの作者．『千五百番歌合』では判者の 1 人にもなる．千載集初出．　234, 241, 269, 1128, 1477

長延《ながのぶ》　荒木田．生没年未詳．内宮一禰宜成長の男．正五位下．定家と交渉があった．勅撰集は新古今集のみ．　1774

長家《ながいえ》　藤原．北家長家流の祖．大宮・三条と号する．寛弘 2 年(1005)生，康平 7 年(1064) 11 月 9 日没，60 歳．太政大臣道長の男．母は源高明の女高松殿明子(盛明親王の猶子)．俊成の曾祖父．正二位権大納言．長元 8 年(1035)『賀陽院水閣歌合』，天喜 4 年(1056)『皇后宮春秋歌合』などに出詠．また詩会・歌会を催した．家集が存したらしい．後拾遺集初出．　103, 315, 452, 815

長実《ながざね》　藤原．北家末茂流．承保 2 年(1075)生，長承 2 年(1133) 8 月 19 日没，59 歳．修理大夫顕季の男．母は藤原経平の女．顕輔らの兄．得子(美福門院)の父．正三位権中納言．左大臣を追贈される．永久 4 年(1116)『鳥羽殿北面歌合』，元永元年(1118)『新中将家歌合』などに出詠し，保安 2 年(1121)には『内蔵頭長実白河家歌合』『内蔵頭長実家歌合』を主催した．金葉集初出．　468

長能《ながよし》(《ながとう》)　藤原．北家長良流．生没年未詳．天暦 3 年(949)生か．寛弘 6 年(1009)までは生存．伊勢守倫寧の男．母は源認の女．藤原道綱母の弟．従五位上伊賀守．天延 3 年(975)『一条大納言家歌合』，『寛和元年内裏歌合』，『寛和二年内裏歌合』などに出詠．『拾遺集』の編纂にも関与したと考えられる．中古三十六歌仙．家集『長能集』．拾遺集初出．316, 369, 1345, 1514

長方《ながかた》　藤原．北家顕隆流．保延 5 年(1139)生，建久 2 年(1191) 3 月 10 日没，53 歳．権中納言顕長の男．母は藤原俊忠の女俊子．従二位権中納言．元暦 2 年(1185)出家．『別雷社後番歌合』『石清水社歌合』に出詠．また自邸に歌合を催した．日記『禅中記』．家集『長方卿集』．千載集初出．　542, 660, 1075, 1144

長明《ながあきら》(《ちようめい》)　鴨．菊大夫と称される．法名は蓮胤．生年未詳．久寿 2 年(1155)生か．建保 4 年(1216)閏 6 月没，62 歳か．鴨御祖神社(下賀茂神社)禰宜長継の男．従五位下．俊恵を和歌の師とする．和歌所寄人．『正治後度百首』『新宮撰歌合』『建仁元年八月十五夜撰歌合』『三体和歌』『元久詩歌合』などの作者となる．元久元年(1204)出家し大原に隠棲．その後，日野の外山に移り，『方丈記』を著した．家集『鴨長明集』(寿永百首家集の内)．その他著書に『無名抄』，『発心集』，『伊勢記』(散逸)がある．千載集初出．　366, 397, 401, 964, 983, 1202, 1318, 1523, 1778, 1894

奝然《ちようねん》　俗姓藤原．生年未詳．長和 5 年(1016) 3 月 16 日没．系譜未詳．東大寺の僧．法橋．宋に渡って五台山等を巡り，帰朝．経典・仏像を将来した．勅撰集は新古今集のみ．915

鳥羽院《とばいん》　第 74 代の天皇．諱は宗仁．法名は空覚．康和 5 年(1103)生，保元元年(1156) 7 月 2 日没，54 歳．堀河天皇の皇子．母は藤原実季の女苡子．嘉承 2 年(1107)から保安 4 年(1123)まで在位．保延 7 年(1141)出家．永久 2 年(1114)，同 5 年に内裏歌合を催した．『日記抄』は散逸．金葉集初出．　1221, 1465

朝恵《ちようえ》　生没年未詳．藤原朝光の子孫で，興福寺の寺主義朝の男．同寺都維那．仁安 3 年(1168)『奈良歌合』(散逸)などに参加．千載集初出．　504

朝光《あさみつ》　藤原．摂家相続流．閑院大将と呼ばれる．天暦5年(951)生，長徳元年(995)3月20日没，45歳．関白太政大臣兼通の男．母は有明親王の女昭子女王(能子女王とする伝もある)．左大将，正二位大納言．円融朝を中心に活躍．高光・匡衡・馬内侍・小大君などとの贈答歌がある．家集『朝光集』．拾遺集初出．　1188, 1452, 1735

朝忠《あさただ》　藤原．北家高藤流．土御門中納言と号する．延喜10年(910)生，康保3年(966)12月2日没，57歳．右大臣定方の男．母は藤原山蔭の女．従三位中納言．村上天皇の大嘗会和歌を詠む．『天徳四年内裏歌合』に出詠．大輔・右近・本院侍従などとの恋愛が知られる．三十六歌仙．家集『朝忠集』．後撰集初出．　1001

通具《みちとも》　源．村上源氏．堀河大納言と呼ばれる．承安元年(1171)生，嘉禄3年(1227)9月2日没，57歳．内大臣通親の男．母は平教盛の女．通光の兄．俊成卿女を妻とし具定を儲けるが，後に離別．正治2年(1200)9月『院当座歌合』，建仁元年(1201)『新宮撰歌合』，『建仁元年八月十五夜撰歌合』，『千五百番歌合』，元久元年(1204)『春日社歌合』，建永元年(1206)『卿相侍臣歌合』，建保2年(1214)『内裏歌合』などの作者となる．和歌所寄人．『新古今集』の撰者の1人．家集が存したらしい．新古今集初出．　46, 96, 239, 294, 374, 424, 560, 594, 609, 684, 1135, 1276, 1301, 1319, 1340, 1621, 1758

通光《みちてる》　源．村上源氏．後久我太政大臣と号する．文治3年(1187)生，宝治2年(1248)1月17日没，62歳．内大臣通親の男．母は藤原範兼の女範子．通具の弟．従一位太政大臣に至る．建仁元年(1201)『通親亭影供歌合』ほか，『千五百番歌合』『春日社歌合』『元久詩歌合』『卿相侍臣歌合』『最勝四天王院障子和歌』，建保4年(1216)『内裏百番歌合』，承久元年(1219)『内裏百番歌合』，『遠島御歌合』，宝治元年『院御歌合』などの作者となる．新古今集初出．　25, 259, 351, 378, 412, 434, 493, 513, 650, 1095, 1106, 1275, 1288, 1564

通俊《みちとし》　藤原．北家実頼流．永承2年(1047)生，承徳3年(1099)8月16日没，53歳．大宰大弐経平の男．母は藤原家業の女と伝えるが，実母は高階成順の女(伊勢大輔の女)．従二位権中納言兼治部卿．白河院の近臣．『承保二年殿上歌合』『承暦二年内裏歌合』，寛治7年(1093)『郁芳門院根合』，同8年『高陽院七番歌合』などに出詠．応徳3年(1086)『若狭守通宗朝臣女子達歌合』の判者．『後拾遺集』の撰者．『中右記部類紙背漢詩集』などに漢詩が残る．著書『後拾遺問答』．後拾遺集初出．　729, 846

通親《みちちか》　源．村上源氏．土御門内大臣と呼ばれる．久安5年(1149)生，建仁2年(1202)10月20日(一説21日)没，54歳．内大臣雅通の男．母は藤原行兼(長信)の女．正二位内大臣．養女在子(承明門院)を後鳥羽天皇のもとに入内させ，その皇子は土御門天皇となった．後鳥羽院政下で権力を握る．嘉応2年(1170)『住吉社歌合』，同年『建春門院北面歌合』，治承2年(1178)『別雷社歌合』，『正治初度百首』，建仁元年(1201)『新宮撰歌合』，『建仁元年八月十五夜撰歌合』などの作者となる．正治2年(1200)『石清水社歌合』の判者．また，『千五百番歌合』の作者で，判も分担したが加判前に没した．『高倉院厳島御幸記』『高倉院昇霞記』『擬香山摸草堂記』などを著す．千載集初出．　443, 791, 840, 1299, 1578, 1814

定家《さだいえ(ていか)》　藤原．北家長家流．法名は明静．京極中納言と呼ばれる．応保2年(1162)生，仁治2年(1241)8月20日没，80歳．皇太后宮大夫俊成の男．母は藤原親忠の女(美福門院加賀)．正二位権中納言．治承2年(1178)『別雷社歌合』以下，「二見浦百首」「殷富門院大輔百首」「花月百首」『六百番歌合』『民部卿家歌合』『御室五十首』『正治初度百首』『老若五十首歌合』『院句題五十首』『水無瀬恋十五首歌合』『千五百番歌合』(判者の1人)，『春日社歌合』『元久詩歌合』『卿相侍臣歌合』『最勝四天王院障子和歌』『内裏名所百首』『道助法親王家五十首』『洞院摂政家百首』などの作者となる．和歌所寄人．『新古今集』撰者の1人．『新勅撰集』の撰者．『近代秀歌』『詠歌之大概』『僻案抄』『三代集間之事』『顕注密勘』『奥入』などを著す．『毎月抄』は真作か否か説が分れる．『松浦宮物語』の作者．『定家八代抄(二四代集)』『物語二百番歌合』などを撰ぶ．日記『明月記』．自歌合『定家卿百番自歌合』．家集『拾遺愚草』．千載集初出．　38, 40, 44, 63, 91, 134, 232, 235, 247, 254, 363, 420, 480, 487, 532, 671, 672, 739, 788, 891, 934, 952,

953, 968, 980, 982, 1082, 1117, 1137, 1142, 1196, 1206, 1284, 1291, 1320, 1324, 1332, 1336, 1390, 1455, 1557, 1646, 1686, 1725, 1759, 1872

定家母《ていかのはは》　美福門院加賀．生年未詳，建久4年(1193) 2月13日没，享年70歳位か．若狭守藤原親忠の女．初め藤原為経(寂超)と結婚し，隆信を儲ける．為経の出家後，俊成と再婚，建春門院中納言・成家・定家らを生む．新古今集初出．　1233

定雅《さだまさ》　大中臣．保安4年(1123)生，文治5年(1189) 5月没，67歳．尾張権守雅光の男．母は未詳．六位．千載集初出．　430

定通《さだみち》　藤原．嘉保2年(1095)生，永久3年(1115) 8月24日没，21歳(31歳の伝もある)．権中納言藤原保実の男．母は藤原顕綱の女．藤原通俊の猶子．のち藤原宗通の猶子．正五位下右少弁．天仁3年(1110)『山家五番歌合』に出詠．永久元年(1113)に歌合を主催．金葉集初出．　798

定文《さだふん》　平．桓武平氏．貞文とも．生年未詳．延長元年(923) 9月27日没．好風の男．母は未詳．貞観16年(874)父とともに臣籍に下る．従五位上左兵衛佐兼参河権介．延喜5年(905)『左兵衛佐定文歌合』などを主催．「平中」(「平仲」)と呼ばれ，『平中物語』の主人公となる．中古三十六歌仙．古今集初出．1220

定頼《さだより》　藤原．北家実頼流．長徳元年(995)生，寛徳2年(1045) 1月19日没，51歳．大納言公任の男．母は村上天皇の皇子昭平親王の女．正二位権中納言．相模との恋愛があった．長元8年(1035)『賀陽院水閣歌合』に出詠．中古三十六歌仙．家集『定頼集』．後拾遺集初出．　48, 509, 946, 1597

亭子院《ていじのいん》　宇多天皇．第59代の天皇．諱は定省．貞観9年(867)生，承平元年(931) 7月19日没，65歳．光孝天皇の皇子．母は班子女王(桓武天皇皇子仲野親王の女)．仁和3年(887)から寛平9年(897)まで在位．昌泰2年(899)落飾．『寛平御時菊合』『亭子院女郎花合』『宇多院歌合』などを主催．『是貞親王家歌合』『寛平御時后宮歌合』をも主導した．延喜13年(913)『亭子院歌合』では勅判を下す．日記『寛平御記』．『寛平御遺誡』を著す．家集『寛平御集(亭子院御集)』．後撰集初出．1019, 1181

貞信公《ていしんこう》　→忠平

天智天皇《てんじてんのう》　第38代の天皇．中大兄皇子．推古34年(626)生，天智10年(671) 12月3日没，46歳(47歳・58歳説もあり)．舒明天皇の皇子．母は皇極天皇(斉明天皇)．大友皇子・持統天皇・元明天皇・川島皇子・志貴皇子らの父．皇極4年(645)藤原鎌足らとともに蘇我氏を討ち，大化の改新を行なった．『万葉集』に作品がみえる．後撰集初出．　1689

天暦《てんりやく》　→村上天皇

伝教大師《でんぎょうだいし》　→最澄

土御門内大臣《つちみかどのないだいじん》　→通親

土御門右大臣《つちみかどのうだいじん》　→師房

土御門右大臣女《つちみかどのうだいじんのむすめ》　→師房女

東三条院《ひがしさんじょういん(とうさんじょういん)》　詮子．応和2年(962)生，長保3年(1001)閏12月22日没，40歳．関白藤原兼家の女．母は藤原中正の女．円融天皇の女御．一条天皇の母．正暦2年(991)出家．寛和2年(986)『東三条院瞿麦合』を主催した．後拾遺集初出．　809, 1712

東三条入道前摂政太政大臣《ひがしさんじょうのにゅうどうさきのせっしょうだいじょうだいじん(とうさんじょうのにゅうどうさきのせっしょうだいじょうだいじん)》　→兼家

湯原王《ゆはらのおおきみ》　生没年未詳．志貴皇子の男．万葉第3期から第4期にかけて活躍した．拾遺集初出．　654

登蓮《とうれん》　生没年未詳．寿永元年(1182)までに没．家系未詳．仁安2年(1167)『太皇太后宮亮平経盛朝臣家歌合』，承安2年(1172)『広田社歌合』，治承2年(1178)『別雷社歌合』などに出詠した．歌林苑の会衆．「ますほの薄」(長明『無名抄』)の逸話により数奇法師として知られる．中古六歌仙．詞花集初出．　882

道因《どういん》　俗名は藤原敦頼．寛治4年(1090)生(一説に寛治3年)，没年未詳．寿永元年(1182)頃までに没．北家惟孝流，治部少丞清孝の男．母は藤原孝範の女．従五位上右馬助．永暦元年(1160)『太皇太后宮大進清輔朝臣家歌合』，嘉応2年(1170)『実国家歌合』，治承2年(1178)『別雷社歌合』，同3年『右大臣家歌合』などに出詠．嘉応2年『住吉社歌合』，承安2年(1172)『広田社歌合』を勧進した．『現存集』(散逸)の撰者．千載集初出．　414, 586, 888, 1123

道経《みちつね》　藤原．北家道綱流．生没年未詳．讃岐守顕綱の男．母は藤原隆経の女．従五位上和泉守．長治元年(1104)『左近権中将俊忠朝臣家歌合』，永久4年(1116)『六条宰相家歌合』，長承3年(1134)『中宮亮顕輔家歌合』な

どに出詠．また，忠通家での歌会・歌合の常連であった．金葉集初出． 1190, 1538, 1913

道綱母《みちつなのはは》 生年未詳，長徳元年(995)没．承平6年(936)頃の生か．伊勢守藤原倫寧の女．関白藤原兼家と結婚し，道綱を生む．その結婚生活を描いた作品が『蜻蛉日記』である．藤原師尹五十賀の屏風歌を詠み，正暦4年(993)『帯刀陣歌合』などに作品を寄せる．中古三十六歌仙．家集『傅大納言殿母上集』．拾遺集初出． 1239, 1242

道信《みちのぶ》 藤原．北家為光流．生年未詳，正暦5年(994)7月11日没．享年23歳位か．太政大臣為光の男．母は藤原伊尹の女．藤原兼家の養子．従四位上左近中将．公任・実方らと交友があった．中古三十六歌仙．家集『道信朝臣集』．拾遺集初出． 167, 486, 613, 761, 808, 1041, 1170, 1342, 1798

道真《みちざね》 菅原．承和12年(845)生，延喜3年(903)2月25日没，59歳．従三位参議是善の男．母は伴氏の出身．島田忠臣の女婿．文章博士・讃岐守等を経て，学儒としては異例の昇進を遂げて従二位右大臣に至る．しかし，藤原氏らの反発を買い昌泰4年(901)大宰権帥に左遷され，配所で没した．死後，太政大臣を追贈され，また，天神として北野社等に祭られた．『日本三代実録』の編集に携わり，『類聚国史』を編纂した．漢詩文集『菅家文草』『菅家後集』．『新撰万葉集』の撰者と伝えられる(異説あり)．家集が多く存するが，いずれも後世の編纂で伝承歌も含むらしい．古今集初出． 461, 1441, 1442, 1449, 1690, 1691, 1692, 1693, 1694, 1695, 1696, 1697, 1698, 1699, 1700, 1701

道済《みちなり》 源．光孝源氏．生年未詳，寛仁3年(1019)没．能登守方国の男．信明の孫．母は未詳．正五位下筑前守．長保5年(1003)『左大臣家歌合』に出詠．公任・能因と交友があった．中古三十六歌仙．『道済十体』を著す．家集『道済集』．拾遺集初出． 178, 406, 447, 813, 1516

道長《みちなが》 藤原．摂家相続流．御堂関白・法成寺殿と号する．法名は行観，のちに行覚．康保3年(966)生，万寿4年(1027)12月4日没，62歳．関白兼家の男．母は藤原中正の女時姫．摂政，従一位太政大臣．3后の父，3代の天皇の外戚となり，強大な権力を握った．長保元年(999)彰子入内屏風歌を公任らに詠ませる．作文会をさかんに催した．日記『御堂関白記』．家集『御堂関白集』．拾遺集初出． 1045, 1483, 1568, 1711, 1927

道命《どうみよう》 俗姓藤原．天延2年(974)生，寛仁4年(1020)7月4日没，47歳．大納言道綱の男．母は源広の女(異説あり)．比叡山で良源の弟子となる．阿闍梨．天王寺別当．中古三十六歌仙．家集『道命阿闍梨集』．後拾遺集初出． 90, 872, 1639, 1645

徳大寺左大臣《とくだいじのさだいじん》 →実能

敦家《あついえ》 藤原．北家道綱流．長元6年(1033)生，寛治4年(1090)7月13日没，58歳．参議兼経の男．母は藤原隆家の女．正四位下蔵人頭左馬頭．管絃の名手であった．千載集初出． 42

敦忠《あつただ》 藤原．摂家相続流．枇杷中納言と号する．延喜6年(906)生，天慶6年(943)3月7日没，38歳．左大臣時平の男．母は本康親王の女廉子とも，在原棟梁の女とも伝える．従三位権中納言．管絃にすぐれていたと伝えられる．三十六歌仙．家集『敦忠集』．後撰集初出． 1215, 1423

敦道親王《あつみちしんのう》 天元4年(981)生，寛弘4年(1007)10月2日没，27歳．冷泉天皇の皇子．母は藤原兼家の女超子．三品．大宰帥．和泉式部と恋愛関係にあり，その経緯は『和泉式部日記』に記されている．新古今集初出． 1169

に・の

二条院讃岐《にじょういんのさぬき》 →讃岐

二条関白内大臣《にじょうのかんばくないだいじん》 →師通

入道左大臣《にゅうどうさだいじん》 →実房

入道親王覚性《にゅうどうしんのうかくしょう》 →覚性

入道前関白太政大臣《にゅうどうさきのかんばくだいじょうだいじん》 →兼実

能因《のういん》 俗名橘永愷．永延2年(988)生，没年未詳．実父については，元愷，その兄為愷，その父忠望の諸説がある．永承5年(1050)までは生存．文章生となったが，長和2年(1013)頃に出家．奥州・伊予など へ旅に出た．「すき」の歌人として知られる．長元8年(1035)『賀陽院水閣歌合』，『永承四年内裏歌合』，永承5年『祐子内親王家歌合』などに出詠．嘉言・長能・俊綱・家経・為仲らと交友があった．『玄々集』を選び，『能因歌枕』を著す．中古三十六歌仙．家集『能因集』．後拾遺集初出． 116, 547, 548, 577, 643, 655, 799, 823, 1684, 17

10

能宣《よしのぶ》　大中臣. 延喜 21 年(921)生, 正暦 2 年(991) 8 月没, 71 歳. 祭主頼基の男. 輔親の父. 伊勢神宮の祭主. 正四位下. 梨壺の五人で,『後撰集』撰者.『天徳四年内裏歌合』, 貞元 2 年(977)『三条左大臣殿前栽歌合』,『寛和二年内裏歌合』,『皇太后宮歌合』などに出詠. 冷泉天皇, 円融天皇の大嘗会, 実頼七十賀などの屛風歌を詠む. 兼盛・重之・好忠らと交友があった. 三十六歌仙. 家集『能宣集』. 拾遺集初出.　196, 326, 860, 1014, 1017, 1385, 1406, 1629, 1708, 1914, (1992)

は・ひ・へ・ほ

馬内侍《うまのないし》　生没年未詳. 源時明の女と伝えるが, あるいは兄致明の女で時明は義父か. 斎宮女御徽子・円融天皇中宮媓子・選子内親王・一条天皇中宮定子に仕えた. 朝光・道隆・道兼・実方らとの恋愛が知られる. 中古三十六歌仙. 家集『馬内侍集』. 拾遺集初出.　806, 1044, 1046, 1047, 1161, 1209, 1396, 1397

白河院《しらかわいん》　第 72 代の天皇. 諱は貞仁. 天喜元年(1053)生, 大治 4 年(1129) 7 月 7 日没, 77 歳. 後三条天皇の皇子. 母は藤原公成の女茂子. 延久 4 年(1072)から応徳 3 年(1086)まで在位. その後, 院政を執る.『後拾遺集』『金葉集』の撰進を下命. 承保 3 年(1076)大井川行幸和歌,『承暦二年内裏歌合』などを催し,『承暦二年内裏後番歌合』では判者となる. 後拾遺集初出.　180, 198, 249, 1906

八条院高倉《はちじよういんのたかくら》　→高倉

八条院六条《はちじよういんのろくじよう》　→六条

八条前太政大臣《はちじようのさきのだいじようだいじん》　→実行

八代女王《やしろのおおきみ》　生没年未詳. 系譜未詳. 聖武天皇のころの人.『万葉集』の歌人. 勅撰集は新古今集のみ.　1376

範永《のりなが》　藤原. 北家長良流. 津入道と号する. 生没年未詳. 中清の男. 母は藤原永頼の女. 正四位下摂津守. 和歌六人党の 1 人に数えられることもある. 永承 5 年(1050)『祐子内親王家歌合』, 天喜 4 年(1056)『皇后宮春秋歌合』に出詠. 天喜 6 年と康平 6 年(1063)の『丹後守公基朝臣歌合』の判者. 家経・経衡・能因・相模・出羽弁らと交友があった. 家集『範永朝臣集』. 後拾遺集初出.　409, 867, 1162

範兼《のりかね》　藤原. 南家貞嗣流. 嘉承 2 年(1107)生, 長寛 3 年(1165) 4 月 26 日没, 59 歳. 式部卿能兼の男. 母は高階為賢の女. 東宮学士・大学頭を勤め, 従三位刑部卿に至る. 大治 5 年(1130)『殿上蔵人歌合』などに出詠. 俊恵・頼政と親しかった.『和歌童蒙抄』『五代集歌枕』を著す.『後六々撰』の撰者. 千載集初出.　125, 667, 732, 752, 1295, 1504

範光《のりみつ》　藤原. 南家貞嗣流. 久寿 2 年(1155)生, 建暦 3 年(1213) 4 月 5 日没, 59 歳(60 歳の伝もある). 刑部卿範兼の男. 母は源俊重の女. 従二位民部卿兼春宮権大夫.『正治初度百首』『正治後度百首』『新宮撰歌合』などの作者となる. 新古今集初出.　207, 1506

肥後《ひご》　常陸とも. 生没年未詳. 肥前守(肥後守とも)藤原定成の女. 藤原実宗の妻となる. 藤原師実・令子内親王(白河院皇女)に仕える. 康和 4 年(1102)『堀河院艶書合』,『堀河百首』,『永久百首』の作者. 家集『肥後集』. 金葉集初出.　919, 1265, 1453, 1929, 1930, (1995)

枇杷皇太后宮《びわのこうたいごうぐう》　妍子. 正暦 5 年(994)生, 万寿 4 年(1027) 9 月 14 日没, 34 歳. 太政大臣藤原道長の女. 母は源雅信の女倫子. 三条天皇の中宮. 新古今集初出.　868, 1714

尾張《おわり》　生没年未詳. 刑部少輔藤原家基(素覚)の女. 伊綱の姉妹. 皇嘉門院の女房. 千載集初出.　1401

兵衛《ひようえ》　生没年未詳. 神祇伯源顕仲の女. 待賢門院堀河の妹. 待賢門院・上西門院(鳥羽天皇の皇女統子内親王)に仕える. 久安 5 年(1149)『右衛門督家歌合』,『久安百首』の作者となる. 金葉集初出.　692, 770

遍昭《へんじよう》　遍照とも. 俗名は良岑宗貞. 花山僧正とも呼ばれる. 弘仁 7 年(816)生, 寛平 2 年(890) 1 月 19 日没, 75 歳. 大納言安世の男. 素性の父. 蔵人頭となるが, 嘉祥 3 年(850)に出家. 僧正. 元慶寺を建立した. 六歌仙. 三十六歌仙. 家集『遍昭集』. 古今集初出.　757, 1817

弁《べん》　生没年未詳. 石清水別当成清の女. 藤原光親の室となる. 勅撰集は新古今集のみ.　1393

弁乳母《べんのめのと》　明子. 生没年未詳. 藤原順時の女. 母は紀敦経の女. 藤原兼経室となり, 顕綱を生む. 三条天皇の皇女禎子内親王(陽明門院)の乳母. 承保 3 年(1076)大井川行幸和歌,『承暦二年内裏歌合』(代作)などの作者となる. 家集『弁乳母集』. 後拾遺集初出.　192, 821

保季《やすすえ》　藤原．北家末茂流．承安元年(1171)生，没年未詳．ただし，応保元年(1161)頃の誕生とする説もある．従三位重家の男．叔父季経の猶子となる．従三位左馬権頭．建久6年(1195)『民部卿家歌合』，建仁元年(1201)『新宮撰歌合』，『千五百番歌合』，元久元年(1204)『春日社歌合』などに出詠．新古今集初出．　213, 1289, 1549

輔尹《すけただ》　藤原．南家真作流．生没年未詳．尾張守興方の男．母は未詳．藤原懐忠の猶子．藤原正家の猶子とも．従四位下木工頭．勧学院別当．和漢兼作の人．道長の周辺で活躍．長保5年(1003)『左大臣家歌合』などの作者となる．漢詩が『本朝麗藻』に入る．後拾遺集初出．　475, 528, 913

輔昭《すけあき》(《すけあきら》)　菅原．生没年未詳．式部大輔文時の男．従五位下大内記．天元5年(982)出家．貞元2年(977)『三条左大臣殿前栽歌合』などに出詠．中古三十六歌仙．拾遺集初出．　909

輔親《すけちか》　大中臣．天暦8年(954)生，長暦2年(1038)6月22日没，85歳．祭主能宣の男．母は藤原清兼の女．伊勢大輔の父．伊勢神宮祭主．正三位神祇伯．三条・後一条・後朱雀三代の天皇の大嘗会和歌を詠む．長保5年(1003)『左大臣家歌合』などに出詠．長元8年(1035)『賀陽院水閣歌合』の判者．中古三十六歌仙．家集『輔親卿集』．拾遺集初出．　317, 748, 1407

輔仁親王《すけひとしんのう》　三宮と呼ばれる．延久5年(1073)生，元永2年(1119)11月28日没，47歳．後三条天皇の皇子．母は源基平の女基子．源有仁の父．『本朝無題詩』『新撰朗詠集』に漢詩が入る．金葉集初出．　70

法円《ほうえん》　天徳4年(960)生，寛弘7年(1010)没，51歳．系譜未詳．興福寺の僧．阿闍梨．法琳寺別当．後拾遺集初出．　1924

法成寺入道前摂政太政大臣《ほうじょうじのにゅうどうさきのせっしょうだいじょうだいじん》
→道長

法性寺入道前関白太政大臣《ほっしょうじのにゅうどうさきのかんぱくだいじょうだいじん》
→忠通

木綿四手《ゆうしで》　生没年未詳．伝未詳．高陽院(藤原泰子，鳥羽院皇后)に仕える．新古今集初出．ただし金葉集の「前太政大臣家木綿四手」と同一人の可能性がある．　769

本院侍従《ほんいんのじじゅう》　生没年未詳．在原棟梁の女とする伝もあるが疑問．村上天皇中宮安子・承香殿女御徽子女王(斎宮女御)に仕え，伊尹・兼通・朝忠と恋歌を交わした．『天徳四年内裏歌合』に歌を召される．家集『本院侍従集』．後撰集初出．　1006

み・め

妙《たえ》　生没年未詳．摂津国江口の遊女．新古今集のみ．　979

明親《あきちか》　大中臣．生没年未詳．従五位下宣親の男．正五位下左近将監．勅撰集は新古今集のみ．　1885

ゆ・よ

右衛門佐《うえもんのすけ》　生没年未詳．元久元年(1204)に生存．藤原教長の男法眼覚慶の女．藤原宗経の女とも伝える．高松院(鳥羽院の皇女姝子内親王)の女房．新古今集初出．　1121

有家《ありいえ》　藤原．北家末茂流．本名は仲家．法名は寂印．久寿2年(1155)生，建保4年(1216)4月11日没，62歳．従三位重家の男．母は藤原家成の女．従三位大蔵卿．「花月百首」『六百番歌合』『御室五十首』『新宮撰歌合』『建仁元年八月十五夜撰歌合』『水無瀬恋十五首歌合』『千五百番歌合』『春日社歌合』『元久詩歌合』『卿相侍臣歌合』『最勝四天王院障子和歌』『建保二年内裏歌合』『院四十五番歌合』などの作者となる．和歌所寄人，『新古今集』撰者の1人．『和漢兼作集』に漢詩句が入る．千載集初出．　53, 75, 98, 261, 377, 673, 704, 961, 962, 1138, 1277, 1283, 1305, 1314, 1437, 1478, 1622, 1638, 1653

有基《ありもと》　津守．生没年未詳．堀河朝ころの人．住吉神社の神主国基の男．従五位下大隅守．千載集初出．　(1994)

有仁《ありひと》　源．後三条源氏．花園左大臣と呼ばれる．康和5年(1103)生，久安3年(1147)2月13日没，45歳．輔仁親王の男．母は源師忠の女．臣籍に降り源姓を賜る．従一位左大臣．詩歌・管絃にすぐれる．『春玉秘抄』『秋玉秘抄』『花園左大臣記』などを著す．金葉集初出．　199, 1027, 1091

有仁室《ありひとのしつ》　生年未詳．仁平元年(1151)没．東宮大夫藤原公実の女．母は藤原隆方の女光子．待賢門院の同母姉．源有仁の室．千載集初出．　508

有常《ありつね》　紀．弘仁6年(815)生，貞観19年(877)1月23日没，63歳．名虎の男．従四

位下周防権守．惟喬親王・業平らと交わりがあった．古今集初出．　1498

祐子内親王家紀伊《ゆうしないしんのうけのきい》　→紀伊

遊女妙《ゆうじょたえ》　→妙

猷円《ゆうえん》　永暦2年(1161)生，貞永元年(1232)10月25日没，72歳．右馬権頭藤原隆信の男．園城寺長吏．法印．新古今集初出．　1526

陽明門院《ようめいもんいん》　禎子内親王．長和2年(1013)生，寛治8年(1094)1月16日没，82歳．三条天皇の皇女．母は藤原道長の女妍子．後朱雀天皇の皇后．後三条天皇の母．承保2年(1075)『陽明門院殿上歌合』などを催す．後拾遺集初出．　1240

ら・り・れ・ろ

頼実《よりざね》　藤原．北家師実流．六条入道太政大臣と呼ばれる．法名は顕性．久寿2年(1155)生，嘉禄元年(1225)7月5日没，71歳．左大臣経宗の男．母は藤原清隆の女．従一位太政大臣．承安2年(1172)『広田社歌合』，元久2年(1205)『新古今集竟宴和歌』などに参加．千載集初出．　211, 276, 426, 550, 1086

頼政《よりまさ》　源．清和源氏．長治元年(1104)生，治承4年(1180)5月26日没，77歳．兵庫頭仲正の男．母は藤原友実の女．仲綱・讃岐の父．従三位右京権大夫．以仁王を奉じて平家に反旗を翻したが敗れ宇治平等院で自害した．両度の『為忠家百首』，『中宮亮重家朝臣家歌合』『建春門院北面歌合』『広田社歌合』『別雷社歌合』『右大臣家百首』などの作者．歌林苑の会衆．家集『源三位頼政集』．詞花集初出．267, 329, 387

頼宗《よりむね》　藤原．摂家相続流．堀河右大臣と呼ばれる．正暦4年(993)生，康平8年(1065)2月3日没，73歳．太政大臣道長の男．母は源高明の女明子．従一位右大臣．長元8年(1035)『賀陽院水閣歌合』，『永承四年内裏歌合』などに出詠．永承5年(1050)『祐子内親王歌合』，『永承六年内裏根合』，天喜4年(1056)『皇后宮春秋歌合』の判者となる．家集『入道右大臣集』．後拾遺集初出．　384, 466

頼忠《よりただ》　藤原．北家実頼流．三条関白と号する．諡号は廉義公．延長2年(924)生，永延3年(989)6月26日没，66歳．太政大臣実頼の男．母は藤原時平の女．公任の父．従一位太政大臣．貞元2年(977)『三条左大臣殿前栽歌合』などを主催．拾遺集初出．　1152

頼朝《よりとも》　源．清和源氏．久安3年(1147)生，建久10年(1199)1月13日没，53歳．義朝の男．母は藤原季範の女．実朝の父．平治の乱で伊豆に流されたが，のちに挙兵．平家を滅ぼす．正二位権大納言兼右大将．征夷大将軍．鎌倉に幕府を開き，武家政治をはじめた．新古今集初出．　975, 1786

頼通《よりみち》　藤原．摂家相続流．法名は蓮花覚，のち寂覚．宇治殿と呼ばれる．正暦3年(992)生，延久6年(1074)2月2日没，83歳．太政大臣道長の男．母は源雅信の女倫子．従一位関白太政大臣．長元8年(1035)『賀陽院水閣歌合』を主催．『永承四年内裏歌合』などを後援．家集を収集し，また，10巻本『類聚歌合』を集成した．後拾遺集初出．　41,（1985）

頼輔《よりすけ》　藤原．北家師実流．天永3年(1112)生，文治2年(1186)4月5日没，75歳．大納言忠教の男．母は賀茂成継の女．教長の弟．雅経の祖父．従三位刑部卿．永暦元年(1160)『太皇太后宮大進清輔朝臣家歌合』，永万2年(1166)『中宮亮重家朝臣家歌合』，嘉応2年(1170)『住吉社歌合』などに出詠．蹴鞠の難波・飛鳥井両家の祖．家集『刑部卿頼輔集』．千載集初出．　132, 1229, 1775

理平《まさひら》　三統．仁寿3年(853)生，延長4年(926)4月4日没，74歳．系譜未詳．式部大輔．四位．詩集が存在したらしい．『雑言奉和』などに詩が残る．勅撰集は新古今集のみ．1867, 1868

隆家《たかいえ》　藤原．北家道隆流．天元2年(979)生，長久5年(1044)1月1日没，66歳．関白道隆の男．母は高階成忠の女貴子．伊周・定子の弟．長徳2年(996)出雲権守に左遷．後，正二位中納言．後拾遺集初出．　874

隆季《たかすえ》　藤原．北家末茂流．大治2年(1127)生，元暦2年(1185)1月11日没，59歳．中納言家成の男．母は高階宗章の女．正二位権大納言大宰帥．『久安百首』の作者．久安5年(1149)『右衛門督家歌合』，永万2年(1166)『中宮亮重家朝臣家歌合』，治承2年(1178)『別雷社歌合』などに出詠．詞花集初出．694

隆綱《たかつな》　源．醍醐源氏．長久4年(1043)生，承保元年(1074)9月26日没，32歳．大納言隆国の男．母は源経頼の女．正三位参議右近中将．後拾遺集初出．　922

隆国《たかくに》　源．醍醐源氏．宇治大納言と呼ばれる．寛弘元年(1004)生，承保 4 年(1077) 7 月 9 日没，74 歳．権大納言俊賢の男．母は藤原忠尹の女．正二位権大納言．当代歌合に方人・念人として参加．『宇治大納言物語』(散逸)の編者か．後拾遺集初出．　725

隆時《たかとき》　藤原．北家良門流．生年未詳．嘉承元年(1106)没．一説に長和 2 年(1013)没，65 歳．右衛門佐清綱の男．母は平貞盛の女．正四位下因幡守．勅撰集は新古今集のみ．　80

隆信《たかのぶ》　藤原．北家長良流．康治元年(1142)生，元久 2 年(1205) 2 月 27 日没，64 歳．皇后宮少進為経(寂超)の男．母は藤原親忠の女(美福門院加賀)．正四位下右京権大夫．和歌所寄人．『中宮亮重家朝臣家歌合』『右大臣家百首』『別雷社歌合』『六百番歌合』『民部卿家歌合』『御室五十首』『正治初度百首』『新宮撰歌合』『建仁元年八月十五夜撰歌合』『千五百番歌合』などの作者となる．物語『うきなみ』，歴史物語『弥世継』(いずれも散逸)の作者．似絵の大家．家集『隆信朝臣集』．千載集初出．　573, 883, 1540

隆聖《りゅうしょう》　生没年未詳．建永元年(1206)には生存．僧都．西行在俗時の子息という伝がある．新古今集初出．　700

隆房《たかふさ》　藤原．北家末茂流．冷泉大納言と呼ばれる．法名は寂恵．久安 4 年(1148)生，承元 3 年(1209)没，62 歳．権大納言隆季の男．母は藤原忠隆の女．正二位権大納言．平清盛の女を妻とする．『建春門院北面歌合』『別雷社歌合』『御室五十首』『正治初度百首』などの作者となる．『安元御賀記』を著す．家集『隆房集(艶詞)』．千載集初出．　742, 1105

旅人《たびと》　大伴．天智 4 年(665)生，天平 3 年(731) 7 月 25 日没，67 歳．大納言安麻呂の男．母は巨勢郎女(一説に石川内命婦)．家持の父．神亀 4, 5 年(727, 8)大宰帥として九州に下向．筑紫に詠作の場が形成された．天平 2 年(730)に帰京．従二位大納言．『万葉集』の歌人．新古今集初出．　901

良経《よしつね》　藤原．摂家相続流．後京極摂政・中御門殿と呼ばれる．仁安 4 年(1169)生，元久 3 年(1206) 3 月 7 日没，38 歳．関白兼実の男．母は藤原季行の女．慈円の甥．従一位摂政太政大臣．和歌所寄人で，『新古今集』の仮名序を作る．建久年間には「花月百首」『六百番歌合』などを主催，定家らと「十題百首」を詠み，慈円と『南北百番歌合』を合せるなど，良経家歌壇が形成された．『正治初度百首』『老若五十首歌合』『千五百番歌合』『水無瀬恋十五首歌合』『春日社歌合』などの作者となり，『千五百番歌合』では判者の 1 人となる．著作『詩十体』は散逸．日記『殿記』．自歌合『後京極殿自歌合』．自撰詩歌合『三十六番相撲立詩歌』．家集『秋篠月清集』．千載集初出．　1, 23, 61, 62, 66, 136, 147, 157, 174, 209, 220, 226, 255, 260, 270, 273, 293, 356, 357, 358, 359, 393, 394, 395, 418, 419, 422, 444, 478, 518, 531, 544, 615, 632, 633, 634, 635, 647, 698, 735, 736, 737, 746, 766, 829, 936, 941, 1028, 1031, 1073, 1077, 1083, 1087, 1101, 1108, 1119, 1126, 1141, 1186, 1198, 1272, 1273, 1278, 1282, 1293, 1304, 1310, 1519, 1547, 1601, 1654, 1667, 1681, 1704, 1765, 1766, 1767, 1871, 1935

良暹《りょうぜん》　生没年未詳．父は未詳(源道済説あり)．母は藤原実方家の童女白菊との伝がある．祇園別当．長暦 2 年(1038) 9 月『源大納言家歌合』，長久 2 年(1041)『弘徽殿女御歌合』などに出詠．『良暹打聞』(散逸)の撰者．後拾遺集初出．　153, 600

良平《よしひら》　藤原．摂家相続流．醍醐太政大臣と号する．寿永 3 年(1184)生，延応 2 年(1240) 3 月 17 日没，57 歳．関白兼実の男．母は藤原頼輔の女．良経の弟．従一位太政大臣．『千五百番歌合』『春日社歌合』『月卿雲客妬歌合』などの作者となる．新古今集初出．　144, 338

良利《よしとし》　橘．法名寛蓮．貞観 16 年(874)生，没年未詳．肥前掾．昌泰 2 年(899)宇多天皇の落飾にともない出家，延喜 8 年(908)東寺で宇多法皇より伝法職位を受けた時 35 歳という．碁聖と称せられた．勅撰集は新古今集のみ．　912

冷泉院《れいぜいいん》　第 63 代の天皇．諱は憲平．天暦 4 年(950)生，寛弘 8 年(1011) 10 月 24 日没，62 歳．村上天皇の皇子．母は中宮安子(藤原師輔の女)．康保 4 年(967)から安和 2 年(969)まで在位．家集『冷泉院御集』．詞花集初出．　1575

冷泉院太皇太后宮《れいぜいいんのたいこうたいごうぐう》　昌子内親王．三条太皇太后と呼ばれる．天暦 4 年(950)生，長保元年(999) 12 月 1 日没，50 歳．朱雀天皇の皇女．母は熈子女王(醍醐天皇皇子保明親王の女)．冷泉天皇の后．新古今集初出．

1713

廉義公《れんぎこう》　→頼忠

六条《ろくじよう》　生没年未詳．権中納言源師仲の女．母は未詳．八条院(鳥羽院皇女暲子内親王)の女房．治承２年(1178)『二十二番歌合』などに出詠．千載集初出．　350

六条右大臣《ろくじようのうだいじん》　→顕房

六条右大臣室《ろくじようのうだいじんのしつ》　→顕房室

わ

和泉式部《いずみしきぶ》　生没年未詳．貞元２年(977)頃の生か．大江雅致の女．母は平保衡の女．橘道貞との間に小式部内侍を儲ける．冷泉天皇の皇子為尊親王，その死後は弟の敦道親王と恋愛があった．『和泉式部日記』にその経緯が記されている．敦道親王の死後，一条天皇中宮彰子に出仕，さらに藤原保昌の室となる．中古三十六歌仙．家集『和泉式部集』『和泉式部続集』．拾遺集初出．　370, 408, 583, 624, 702, 775, 783, 816, 1012, 1023, 1160, 1178, 1344, 1402, 1459, 1495, 1529, 1640, 1716, 1738, 1806, 1807, 1811, 1812, 1821, (1987)

詞書等人名索引

1） この索引は，『新古今和歌集』の詞書・左注・仮名序・真名序に見える人物について，略歴を記し，該当する歌番号を示したものである．なお，仮名序・真名序は「仮」「真」と表示した．

切出し歌(精選本では除かれた歌)には歌番号に（　）を付し末尾に掲出した．

2） 名前の表示・配列は作者名索引に準ずる．ただし，「むすめ」「母」「妻」などとあり，その人と作者等との関係が明らかにわかる場合，作者等の名を伴った形で掲出した(例: 788「母」は「定家母」と表示)．

3） 詞書に「同じ」とあって人物を示している場合，歌番号に＊印を付して掲出した．

4） 同一の呼称で複数の該当者がある場合，参照項目と本項目とに重複して歌番号を掲出した．

5） 作者名索引に重出する人物の説明は省略し，末尾に「→作者」と付記した．

あ	安		実 釈 寂 守 朱 秀 周	の	能
い	伊 為 惟 郁 一		粛 俊 女 小 少 称 詔	は	馬 梅 白 八 班 範
う	宇		上 神 新	ひ	枇 美
え	円 延 猿	す	崇	へ	平 弁
か	加 花 家 嘉 雅 懐 覚	せ	正 生 成 西 清 摂 先	ほ	法
	貫 閑 寛 関		宣 全 前	ま	満
き	紀 基 規 凞 徽 義 九	そ	素 荘 悰 聡 贈 村	め	明
	久 挙 京 教 業 玉 今	た	大 太 待 醍 湛	ゆ	有 祐
	近	ち	智 中 仲 忠 鳥 朝	ら	頼
く	堀	つ	通	り	隆 良
け	計 経 兼 賢 顕 元 源	て	定 亭 貞 禎 禔 天 伝	れ	冷 麗 廉
こ	後 公 広 光 后 恒 皇	と	土 東 登 統 稲 道 篤	ろ	六
	高		敦	わ	和
さ	覈 斎 最 三 山	な	奈 内		
し	師 紫 資 滋 慈 式 七	に	二 入 乳 任		

あ・い・う・え

安子《あんし》 延長5年(927)生，応和4年(964)4月29日没，38歳．右大臣藤原師輔の女．母は藤原経邦の女盛子．村上天皇の中宮．冷泉院・円融院・選子内親王などの母．（后の宮）1243, 1497

伊勢大輔《いせのたゆう》 1973. →作者

為光《ためみつ》 藤原．摂家相続流．法住寺太政大臣と称する．諡号は恒徳公．天慶5年(942)生，正暦3年(992)6月16日没，51歳．右大臣師輔の男．母は醍醐天皇の皇女雅子内親王．斉信・道信の父．従一位太政大臣．天延3年(975)『一条大納言家歌合』などを主催．『法住寺相国記』がある．後拾遺集初出．（恒徳公）808

為善《ためよし》 源．光孝源氏．生年未詳，長久3年(1042)10月1日没．播磨守国盛の男．母は源致書の女か．備前守となる．能因・出羽弁らと交渉があった．後拾遺集のみに入集．799

為尊親王《ためたかしんのう》 貞元2年(977)生，長保4年(1002)6月13日没，26歳．冷泉院の皇子．母は藤原兼家の女超子．三条天皇の同母弟，敦道親王の同母兄．二品．弾正尹．和泉式部と恋愛関係があった． 783

為仲《ためなか》 1474. →作者

為頼《ためより》 773. →作者

為頼妻《ためよりのつま》 未詳．『尊卑分脈』には為頼の男伊祐に「母縫殿頭上毛野公房女」と注記するが，この人物か否か不明． 773

惟成《これしげ》 1346. →作者

惟明親王《これあきらしんのう》　137.　→作者
郁芳門院《いくほうもんいん》　媞子内親王．承保 3 年(1076)生，嘉保 3 年(1096) 8 月 7 日没，21 歳．白河院の皇女．母は源顕房の女賢子(藤原師実の養女)．承暦 2 年(1078)伊勢斎宮に卜定，応徳元年(1084)退下．堀河院の准母．寛治 7 年(1093)院号を賜る．永保 3 年(1083)『媞子内親王家歌合』，寛治 7 年『郁芳門院根合』，嘉保 2 年(1095)『鳥羽殿前栽合』などを主催．玉葉集のみに入集．　450
一条院《いちじょういん》　811.　→作者
宇多院《うだいん》　→亭子院(作者)
宇治前関白太政大臣《うじのさきのかんぱくだいじょうだいじん》　→頼通(作者)
円融院《えんゆういん》　1438, 1447, 1480.　→作者
延喜《えんぎ》・延喜のひじり《えんぎのひじり》　→醍醐天皇(作者)
延子《えんし》　麗景殿女御とよばれる．長和 5 年(1016)生，嘉保 2 年(1095) 6 月 9 日没，80 歳．右大臣藤原頼宗の女．母は藤原伊周の女．長久 3 年(1042) 3 月 26 日後朱雀天皇のもとに入内，同年 10 月 9 日女御となった．永承 5 年(1050)『前麗景殿女御歌合』を主催．延久 5 年(1073) 5 月出家．後拾遺集のみに入集．(麗景殿女御) 1250
猿田彦《さるたひこ》　天孫降臨の時，瓊瓊杵尊(ににぎのみこと)の先導役をつとめた神．　1866

か・き・く・け・こ

加賀左衛門の親《かがのさえもんのおや》　加賀左衛門の父である丹波泰親(あるいは奉親)か．加賀左衛門の母は菅原為現(あるいは為親)の女．ただし，加賀左衛門の父は三河守菅原為理，母は加賀丹波守奉親の女とする伝もある．　873
加賀少納言《かがのしょうなごん》　817.　→作者
花山院《かざんいん》　316, 1584, (春宮) 1494.　→作者
家持《やかもち》　1378.　→作者
家長《いえなが》　1777.　→作者
家通《いえみち》　1487.　→作者
家隆《いえたか》　真, 仮.　→作者
嘉言《よしとき》　823.　→作者
雅経《まさつね》　真, 仮, (1985).　→作者
雅通《まさみち》　(久我内大臣) 790, 1225.　→作者
懐子《かいし》　天慶 8 年(945)生，天延 3 年(975) 4 月 3 日没，31 歳．摂政藤原伊尹の女．母は代明親王の女恵子女王．義孝は同母弟．冷泉院の女御．花山院の母．没後の永観 2 年(984)皇太后を贈られた．拾遺集初出．(贈皇后宮) 1494
覚快法親王《かくかいほうしんのう》　法名は円性．法性寺座主と号する．長承 3 年(1134)生，養和元年(1181) 11 月 6 日没，48 歳．鳥羽院の皇子．母は八幡別当光清の女美濃．安元 3 年(1177) 5 月から治承 3 年(1179) 11 月まで第 56 代天台座主．慈円の師．　841
貫之《つらゆき》　152.　→作者
閑院の左大将《かんいんのさだいしょう》　→朝光(作者)
寛子《かんし》　四条宮と呼ばれる．長元 9 年(1036)生，大治 2 年(1127) 8 月 14 日没，92 歳．関白藤原頼通の女．母は贈従二位祇子．永承 5 年(1050)後冷泉天皇のもとに入内，同 6 年 2 月皇后となる．治暦 4 年(1068) 12 月出家．延久元年(1069) 7 月皇太后，同 6 年 6 月太皇太后．天喜 4 年(1056)『皇后宮春秋歌合』，治暦 2 年『皇后宮歌合』，寛治 3 年(1089)『四条宮扇合』などを主催．四条宮下野・筑前(康資王母)などが仕えた．(皇后宮) 725, (大宮) 930
寛平《かんぴょう》　→亭子院(作者)
関白前太政大臣《かんぱくさきのだいじょうだいじん》　→師実(作者)
紀伊典侍《きいのないしのすけ》　未詳．　724
基実《もとざね》　藤原．摂家相続流．六条殿などと呼ばれる．康治 2 年(1143)生，永万 2 年(1166) 7 月 26 日没，24 歳．近衛家の祖．関白忠通の男．母は源国信の女．平清盛の女婿．関白・摂政，正二位に至る．(六条摂政) 768
基俊《もととし》　658.　→作者
基房《もとふさ》　藤原．摂家相続流．松殿摂政・菩提院入道と呼ばれる．久安元年(1145)生，寛喜 2 年(1230) 12 月 28 日没，86 歳．関白忠通の男．母は源国信の女．摂政，従一位太政大臣，関白となるが，治承 3 年(1179) 11 月大宰権帥に左遷され，出家，備前国に移される．翌年帰京．千載集のみに入集．(入道前関白太政大臣) 743
基頼《もとより》　藤原．北家頼宗流．長久元年(1040)生，保安 3 年(1122) 5 月 27 日没，83 歳．右大臣俊家の男．母は源為弘の女．基俊の異母兄．正五位下鎮守府将軍．康和 5 年(1103)から永久元年(1113)まで陸奥守．　878
規子内親王《きしないしんのう》　天暦 3 年(949)生，寛和 2 年(986) 5 月 15 日没，38 歳．村上天皇の皇女．母は重明親王の女徽子女王．天禄 3 年(972)『女四宮歌合』を主催．天延 3 年(975)斎宮に卜定，貞元 2 年(977) 9 月母とともに伊勢へ下向した．永観 2 年(984) 8 月退下．後拾遺

集のみに入集．（徽子女王女・斎王）1606

凞子女王《きしじょおう》 （女御）1248． →作者

徽子女王《きしじょおう》 （斎宮女御）806, 1411, 1417, 1421． →作者

徽子女王女《きしじょおうのむすめ》 →規子内親王

義孝《よしたか》 1494． →作者

九条右大臣女《くじょうのうだいじんのむすめ》 →俊賢母(作者)

久我内大臣《こがのないだいじん》 →雅通(作者)

挙周《たかちか》 大江．生年未詳，永承元年(1046) 6月没．正四位下匡衡の男．母は赤染衛門．寛弘3年(1006)式部少丞・蔵人となる．東宮学士・和泉守・丹後守などを歴任．正四位下に至る．詩文が『中右記部類紙背漢詩集』『本朝文粋』などに残る． 1731

京極関白前太政大臣《きょうごくのかんぱくさきのだいじょうだいじん》 →師実(作者)

京極前太政大臣《きょうごくのさきのだいじょうだいじん》 →師実(作者)

教長《のりなが》 836, 1609． →作者

教通《のりみち》 藤原．摂家相続流．大二条関白と呼ばれる．長徳2年(996)生，承保2年(1075) 9月25日没，80歳．太政大臣道長の男．母は源雅信の女倫子．関白，従一位太政大臣．寛弘5年(1008) 9月には従四位下右中将であった．玉葉集のみに入集．（大二条関白）722

業平《なりひら》 1498, 1720． →作者

玉依姫《たまよりひめ》 海神の女．姉の豊玉姫が産んだ彦波瀲武鸕鷀草葺不合尊(ひこなぎさたけうがやふきあえずのみこと)を養育し，後，その妃となり，神日本盤余彦尊(神武天皇)を産んだ． 1867

今上陛下《きんじょうへいか》 →土御門天皇

近衛院《このえいん》 771． →作者

近江更衣《おうみのこうい》 →周子(作者)

堀河《ほりかわ》 1858． →作者

堀河院《ほりかわいん》 10, 19, 123, 160, 248, 328, 355, 494, 646, 653, 724, 797, 847, 924, 972, 1656． →作者

堀河関白《ほりかわのかんぱく》 →兼通(作者)

計子《けいし》 生没年未詳．中納言源庶明の女．村上天皇の更衣．拾遺集のみに入集．（広幡の御息所）1256

経信《つねのぶ》 1724． →作者

経房《つねふさ》 藤原．北家高藤流．吉田大納言と号する．康治2年(1143)生，正治2年(1200)閏2月11日没，58歳(51歳・59歳の異説あり)．権右中弁光房の男．母は藤原俊忠の女．正二位権大納言兼民部卿．『文治二年十月二十二日歌合』，建久6年(1195)『民部卿家歌合』を主催．日記『吉記』．千載集初出． 435, 1286

兼家《かねいえ》 （入道摂政）809, 1239． →作者

兼実《かねざね》 （入道前関白）201, 341, 663, 703, 973, 1102, 1111, 1115, 1775, 1882, 1965,（入道前関白太政大臣）5, 142, 527, 742, 1123, 1308, 1436, 1467, 1468*． →作者

兼通《かねみち》 （堀河関白）1006． →作者

兼輔《かねすけ》 327, 482． →作者

賢子《けんし》 天喜5年(1057)生，応徳元年(1084) 9月22日没，28歳．右大臣源顕房の女．母は源隆俊の女．藤原師実の養女となる．延久3年(1071)東宮時代の白河天皇のもとに入内，同6年6月立后．堀河院・郁芳門院の母．(中宮) 777

顕長《あきなが》 1573． →作者

元輔《もとすけ》 1580． →作者

源三位《げんざんみ》 821． →作者

後一条院《ごいちじょういん》 第68代の天皇．諱は敦成．寛弘5年(1008) 9月11日生，長元9年(1036) 4月17日没，29歳．一条院の皇子．母は藤原道長の女彰子(上東門院)．長和5年(1016)から長元9年まで在位． 722

後一条院中宮《ごいちじょういんのちゅうぐう》 814． →作者

後三条内大臣《ごさんじょうのないだいじん》 →公教

後朱雀院《ごすざくいん》 812, 821, 1240,（先帝）1799． →作者

後鳥羽院《ごとばいん》 （天子）真． →作者

後徳大寺左大臣《ごとくだいじのさだいじん》 →実定(作者)

後白河院《ごしらかわいん》 1646, 1672． →作者

後冷泉院《ごれいぜいいん》 466, 554, 727, 922, 1462, 1799． →作者

公教《きんのり》 藤原．北家公季流．後三条内大臣と号する．康和5年(1103)生，永暦元年(1160) 7月9日没，58歳．太政大臣実行の男．母は藤原顕季の女．左大臣実能の猶子．天養2年(1145)正二位，保元2年(1157)内大臣．大治3年(1128)『西宮歌合』などに出詠．金葉集初出．（後三条内大臣）1465

公継《きんつぐ》 1873． →作者

公時母《きんときのはは》 生年未詳，承安3年(1173)没．中納言藤原家成の女．藤原実国の室となり，公時を生む． 786

公守母《きんもりのはは》 生没年未詳．権中納言藤原顕長の女．後徳大寺左大臣藤原実定の室となり，公綱・公守らを生む． 765

公忠《きんただ》 810, 854． →作者

公任《きんとう》　1459.　→作者

広幡の御息所《ひろはたのみやすんどころ》　→計子

光頼《みつより》　藤原．北家顕隆流．桂大納言・葉室大納言と称する．法名は光然のち理光．天治元年(1124)生，承安 3 年(1173) 1 月 5 日没，50 歳．民部卿顕頼の男．母は藤原俊忠の女俊子．惟方の同母兄．正二位権大納言．長寛 2 年(1164)出家．家集『桂大納言入道殿御集』．新勅撰集初出．　767

后の宮《きさいのみや》　→1)安子　1243, 1497.　2)篤子内親王　248.　3)班子女王　65, 109, 172, 574.　4)冷泉院太皇太后宮　1712

恒徳公《こうとくこう》　→為光

皇嘉門院《こうかもんいん》　771.　→作者

皇后宮《こうごうぐう》　→寛子

高光《たかみつ》　1626, 1718.　→作者

さ・し・す・せ・そ

靫負の命婦《ゆげいのみょうぶ》　未詳．　1447

斎院《さいいん》　→式子内親王(作者)

斎王《さいおう》　→規子内親王

斎宮《さいぐう》　→粛子内親王

斎宮女御《さいぐうのにょうご》　→徽子女王(作者)

最慶《さいきょう》　生没年未詳．源長時の男．延暦寺の僧．祖父家時は詞花集の作者．　1726

最澄《さいちょう》　仮．　→作者

三条院《さんじょういん》　1212, 1489,（みこの宮）1500.　→作者

三条関白女御《さんじょうのかんぱくのにょうご》　→諟子

三条右大臣《さんじょうのうだいじん》　→定方

山田法師の親《やまだほうしのおや》　伝未詳．　1837

師光《もろみつ》　888.　→作者

師子《しし》　源．延久 2 年(1070)生，久安 4 年(1148) 12 月 14 日没，79 歳．村上源氏，右大臣顕房の女．白河院の寵愛を受け，覚法法親王を生む．後，藤原忠実の室となり，忠通・泰子(鳥羽院の后，高陽院)を生む．　784

師実《もろざね》　（関白前太政大臣）726,（京極関白前太政大臣）687,（京極前太政大臣）1461, 1652,（前太政大臣）205.　→作者

紫式部《むらさきしきぶ》　223.　→作者

資子内親王《ししないしんのう》　入道一品宮と呼ばれる．天暦 9 年(955)生，長和 4 年(1015) 4 月 26 日没，61 歳．村上天皇の皇女．母は藤原師輔の女安子．徽子女王の従姉妹にあたる．玉葉集のみに入集．　778

滋幹《しげもと》　藤原．北家長良流．滋幹とも．生年未詳，承平元年(931)没．大納言国経の男．母は在原棟梁の女．従五位上左少将．後撰集のみに入集．　1236

慈円《じえん》　801, 1786.　→作者

式子内親王《しょくしないしんのう》　1545,（斎院）1487.　→作者

七条の后の宮《しちじょうのきさいのみや》　七条后は宇多天皇の后温子だが，714 番詞書では醍醐天皇の中宮穏子を誤ってこう呼んだ．温子は貞観 14 年(872)生，延喜 7 年(907) 6 月 8 日没，36 歳．関白太政大臣藤原基経の女．仁和 4 年(888) 10 月村上天皇のもとに入内，女御となる．醍醐天皇の養母．後撰集以下に入集．穏子は仁和元年(885)生，天暦 8 年(954) 1 月 4 日没，70 歳．関白太政大臣藤原基経の女．母は人康親王の女．醍醐天皇の中宮．朱雀・村上両帝の母．承平 4 年(934) 3 月 26 日朱雀天皇により，また同年 12 月 9 日藤原忠平により五十賀が催された．　714

実基《さねもと》　源．醍醐源氏．生没年未詳．権中納言経房の男．正四位下左中将．千載集のみに入集．　1799

実国《さねくに》　藤原．北家公季流．保延 6 年(1140)生，寿永 2 年(1183) 1 月 2 日没，44 歳．内大臣公教の男．母は家女房(藤原憲方の女とも)．嘉応 2 年(1170) 12 月権大納言，承安 5 年(1175) 1 月正二位．『中宮亮重家朝臣家歌合』『建春門院北面歌合』『広田社歌合』『別雷社歌合』などに出詠．嘉応 2 年(1170)『実国家歌合』を主催した．家集『前大納言実国集』．千載集初出．　786

実資《さねすけ》　（小野宮右大臣）815.　→作者

実政《さねまさ》　藤原．北家内麿流．寛仁 2 年(1018)生，寛治 7 年(1093) 2 月 18 日没，76 歳．式部大輔資業の男．母は源重文の女．永承 5 年(1050) 11 月東宮学士となる．康平 7 年(1064) 3 月任甲斐守．参議を経て従二位大宰大弐に至るが，寛治 2 年伊豆に配流となり，同地で没した．『承暦二年内裏歌合』に出詠．後拾遺集初出．　877

実定《さねさだ》　（後徳大寺左大臣）210, 664, 1458.　→作者

実方《さねかた》　167, 793, 874, 1480,（中将）793.　→作者

実頼《さねより》　（小野宮の太政大臣）150,（清慎公）165.　→作者

釈阿《しゃくあ》　→俊成(作者)

寂昭上人《じゃくしょうしょうにん》　863.　→作者

寂蓮《じゃくれん》 1670, 1844. →作者
守覚法親王《しゅかくほっしんのう》 38, 40, 63, 113, 247, 292, 331, 376, 473, 536, 640, 677, 883, 932, 1622, 1686, 1752, 1840. →作者
朱雀院《すざくいん》 1444. →作者
秀宗《ひでむね》 藤原．生没年未詳．建永元年(1206)頃の没か．平宗妙の男．北家藤成流，美濃守秀忠の猶子となる．秀能の父．河内守・大和守．従五位上． 789
周子《しゅうし》 (近江更衣) 1171. →作者
周防内侍《すおうのないし》 846, 1895, 1899. →作者
粛子内親王《しゅくしないしんのう》 高辻斎院と号する．建久7年(1196)生，没年未詳．後鳥羽天皇の皇女．母は源信康の女丹波局．正治元年(1199) 12月伊勢斎宮に卜定，建仁元年(1201) 9月9日群行，承元4年(1210) 11月退下． (斎宮) 1873
俊恵《しゅんえ》 1669. →作者
俊賢母《としかたのはは》 (九条右大臣女) 999. →作者
俊成《しゅんぜい》 695, 1844, (釈阿) 99, 226. →作者
俊成女母《しゅんぜいのむすめのはは》 →八条院三条
俊成母《しゅんぜいのはは》 生年未詳，保延5年(1139)没．伊予守藤原敦家の女．母は藤原顕綱の女兼子か．藤原俊忠の妻となり，忠成・忠定・俊成らを生む．なお，俊成母は藤原顕綱の女長子(『讃岐典侍日記』の作者)であるとする説もあるが存疑． 795
俊頼《としより》 825. →作者
春宮《とうぐう》 →花山院(作者)
女みこ《おんなみこ》 →韶子内親王
女御《にょうご》 →1)煕子女王(作者) 1248. 2)荘子女王 855. 3)任子 280, 288, 651, 719, 1889, 1896
女蔵人内匠《にょくろうどのたくみ》 1745. →作者
小式部内侍《こしきぶのないし》 生年未詳，万寿2年(1025) 11月没．橘道貞の女．母は和泉式部．母とともに上東門院彰子に仕えた．教通・定頼らに愛されたが，藤原公成の子を生んだ直後に病没した．後拾遺集初出． 775, 816
小少将《こしょうしょう》 817. →作者
小八条の御息所《こはちじょうのみやすんどころ》 →貞子
小野宮の太政大臣《おののみやのおおきおおいもうちぎみ》 →実頼(作者)
小野宮右大臣《おののみやのうだいじん》 →実資(作者)
少将井の尼《しょうしょういのあま》 1640. →作者
称徳天皇《しょうとくてんのう》 諱は阿倍．養老2年(718)生，神護景雲4年(770) 8月4日没，53歳．聖武天皇の皇女．母は藤原不比等の女光明子(光明皇后)．天平勝宝元年(749)即位，第46代孝謙天皇となる．天平宝字2年(758)淳仁天皇に譲位．同8年重祚して第48代称徳天皇となる．没時まで在位．道鏡を寵愛し，天平神護2年(766)法王の位を授けた． 1864
韶子内親王《しょうしないしんのう》 延喜18年(918)生，天元3年(980) 1月没，63歳．醍醐天皇の皇女．母は光孝天皇の女源和子．延喜21年賀茂斎院に卜定，延長8年(930)退下．源清陰と夫婦関係にあり，後，橘惟風とも夫婦関係にあったという． (女みこ) 1177
上東門院《じょうとうもんいん》 669, 775, 779, 812, 1446, 1483, 1714, 1727, (太皇太后宮) 1483. →作者
上東門院小少将《じょうとうもんいんのこしょうしょう》 →小少将(作者)
神日本磐余彦天皇《かんやまといわれびこのすめらみこと》 →神武天皇
神武天皇《じんむてんのう》 第1代の天皇．諱は彦火火出見(ひこほほでみ)．彦波瀲武鸕鷀草葺不合尊(ひこなぎさたけうがやふきあえずのみこと)の子．母は玉依姫．日向から東征し，諸氏族の帰順を得て大和の橿原宮で即位したと伝えられる．在位76年，127歳で没したという． (神武) 真, (神日本磐余彦天皇) 1865
新少将《しんしょうしょう》 784. →作者
すべらぎ →土御門天皇
崇徳院《すとくいん》 13, 34, 185, 264, 301, 305, 340, 353, 413, 431, 616, 626, 1114, 1394, 1479, 1510, 1572, 1846. →作者
正光《まさみつ》 1502. →作者
生子《せいし》 1250. →作者
成尋《じょうじん》 871. →作者
成尋母《じょうじんのはは》 871. →作者
成仲《なりなか》 744. →作者
成通《なりみち》 1103. →作者
西行《さいぎょう》 363, 1196, 1550, 1664, 1784, 1975. →作者
清少納言《せいしょうなごん》 生没年未詳．康保3年(966)頃の生，治安・万寿年間(1021–28)の没か．清原元輔の女．母は未詳．橘則光と結婚．後，正暦4年(993)中宮定子の女房となり，このサロンで活躍．中宮定子の没する前後，藤原棟世と再婚．中古三十六歌仙．『枕草子』の著者．家集『清少納言集』．後拾遺集初出． 1580
清慎公《せいしんこう》 →実頼(作者)
清輔《きよすけ》 67. →作者
清輔母《きよすけのはは》 生没年未詳．仁平元年(1151)頃の没．能登守高階能遠の女．藤原顕輔の室となり，顕方(顕賢)・清輔を生む． 830

清麿《きよまろ》　和気．天平 5 年(733)生，延暦 18 年(799) 2 月没，67 歳．乎麻呂の男．神護景雲 3 年(769)「道鏡を天位に即くべし」との宇佐八幡神の神託を確かめるために勅使(姉広虫の代理)として派遣され，これを否定する託宣を得る．このため，道鏡によって大隅国に流されるが，後，許されて帰京．桓武天皇のもとで活躍．従三位民部卿造宮大夫に至る．1864

摂政《せっしょう》　→良経(作者)

摂政太政大臣《せっしょうだいじょうだいじん》　→良経(作者)

先帝《せんだい》　→1)後朱雀院(作者)　1799.　2)村上天皇(作者)　806

宣方《のぶかた》　源．宇多源氏．生年未詳，長徳 4 年(998) 8 月 13 日没．左大臣重信の男．母は源高明の女．従四位上左中将．　800

全真《ぜんしん》　生年未詳．参議藤原親隆の男．母は平時信の女(一説に知信の女)．平清盛の室時子の猶子となる．権少僧都．平家滅亡後，安芸(あるいは阿波か)に配流される．玉葉集のみに入集．　1785

前太政大臣《さきのだいじょうだいじん》　→師実(作者)

素性《そせい》　869.　→作者

荘子(庄子)女王《しょうしじょおう》　麗景殿女御と呼ばれる．延長 8 年(930)生，寛弘 5 年(1008) 7 月 16 日没，79 歳．醍醐天皇の皇子代明親王の女．母は藤原定方の女．村上天皇の女御．具平親王の母．天暦 10 年(956)『麗景殿女御歌合』を主催．拾遺集のみに入集．（女御) 855

悰子内親王《そうしないしんのう》　大宮斎院と呼ばれる．康和元年(1099)生，応保 2 年(1162) 11 月 3 日没，64 歳．堀河天皇の皇女．母は康資王の女．保安 4 年(1123) 8 月第 27 代斎院に卜定，大治元年(1126) 7 月退下．　827

聡子内親王《そうしないしんのう》　永承 5 年(1050)生，天承元年(1131) 9 月 4 日没，82 歳．後三条天皇の皇女．母は藤原公成の女茂子．白河院の同母姉．出家して仁和寺に入る．千載集のみに入集．　1913

贈皇后宮《ぞうこうごうぐう》　→懐子

村上天皇《むらかみてんのう》　(先帝) 806, (天暦)真, 12, 552, 747, 1001, 1210, 1599, 1657, (天暦のかしこきみかど) 仮, (内) 1497.　→作者

た・ち・つ・て・と

大宮《おおいみや》　→寛子

大二条関白《おおにじょうのかんぱく》　→教通

大弐三位《だいにのさんみ》　48, 1607.　→作者

太皇太后宮《たいこうたいごうぐう》　→上東門院(作者)

待賢門院堀河《たいけんもんいんのほりかわ》　→堀河(作者)

待賢門院中納言《たいけんもんいんのちゅうなごん》　→中納言

醍醐天皇《だいごてんのう》　(延喜) 真, 14, 68, 283, 313, 623*, 676, 712, 715, 718, 1745, 1915, (1989), (延喜のひじり) 仮, (醍醐の御門) 759, (1988).　→作者

湛快《たんかい》　生没年未詳．熊野別当長快の男．久安 2 年(1146) 3 月第 18 代熊野別当となり，治山 28 年．仁平元年(1151) 4 月法印．　1844

智縁《ちえん》　伝未詳．　1918

中関白《なかのかんぱく》　→道隆

中宮《ちゅうぐう》　→賢子

中将《ちゅうじょう》　→実方(作者)

中将更衣《ちゅうじょうのこうい》　生没年未詳．参議藤原伊衡の女．醍醐天皇の更衣．源為明の母か．　995

中納言《ちゅうなごん》　生没年未詳．右京大夫藤原定実の女．待賢門院(鳥羽院中宮璋子)に仕える．永治 2 年(1142)待賢門院の落飾とともに出家．金葉集のみに入集．（待賢門院中納言) 1966

仲平《なかひら》　藤原．摂家相続流．枇杷左大臣と号する．貞観 17 年(875)生，天慶 8 年(945) 9 月 5 日没，71 歳．関白太政大臣基経の男．母は人康親王の女．貞信公忠平の同母兄．承平 3 年(933) 2 月 13 日大納言から右大臣に任ぜられる．同 7 年 1 月左大臣，天慶 6 年 1 月正二位に至る．古今集初出．（枇杷左大臣) 1443

忠家《ただいえ》　785.　→作者

忠経母《ただつねのはは》　生没年未詳．太政大臣平清盛の女．藤原兼雅の室となり，家経・忠経を生む．842

忠盛《ただもり》　1400.　→作者

忠通《ただみち》　(法性寺入道前関白太政大臣) 373, 388, 539, 1076, 1190.　→作者

忠平《ただひら》　(貞信公) 720.　→作者

忠岑(忠峯)《ただみね》　1729.　→作者

鳥羽院《とばいん》　508, 1072.　→作者

朝光《あさみつ》　1004, 1209, 1734, (閑院の左大将) 1451.　→作者

通具《みちとも》　真, 仮.　→作者

通俊《みちとし》　1728.　→作者

通親《みちちか》　(土御門内大臣) 53, 704, 790, 1437.　→作者

通宗《みちむね》　源．村上源氏．土御門宰相中将と号する．仁安 3 年(1168)生，建久 9 年(1198) 5

月6日没，31歳．内大臣通親の男．母は藤原忠雅の女．後鳥羽天皇ついで土御門天皇の蔵人頭を勤め，正四位下参議左中将に至る．840

通房《みちふさ》　藤原．摂家相続流．宇治大将と号する．万寿2年(1025)生，長久5年(1044)4月27日没，20歳．関白頼通の男．母は源憲定の女．正二位権大納言右大将．土御門右大臣源顕房の女を妻とする．後拾遺集初出．805

定家《ていか》　真，仮，766，1550，1822．→作者

定家母《ていかのはは》　766，788，796．→作者

定通《さだみち》　798．→作者

定文《さだふん》　997．→作者

定方《さだかた》　藤原．北家高藤流．三条右大臣と称される．貞観15年(873)生か，承平2年(932)8月4日没，60歳か．内大臣高藤の男．母は宮道弥益の女．醍醐天皇の母胤子の同母兄．兼輔の従兄弟にあたる．娘に醍醐天皇女御仁善子・兼輔室がいる．朝忠・朝成らの父．従二位右大臣．兼輔とともに貫之らの活躍を後援した．家集『三条右大臣集』．古今集初出．（三条右大臣）759

亭子院《ていじのいん》　81，162，711，869，912，1722，(寛平)65，109，172，574．→作者

貞子《ていし》　生没年未詳．大納言民部卿源昇の女．宇多天皇の更衣．重明親王・依子内親王の母．後撰集のみに入集．（小八条の御息所）1181

貞信公《ていしんこう》　→忠平(作者)

禎子内親王《ていしないしんのう》　土御門斎院・枇杷斎院と呼ばれる．永保元年(1081)生，久寿3年(1156)1月5日没，76歳．白河院の皇女．母は源顕房の女賢子(藤原師実の養女)．中院右大臣雅定の従姉妹にあたる．康和元年(1099)第25代斎院に卜定．嘉承2年(1107)退下．四条院御所，後に土御門亭に住む．歌会を主催したこともある．827

禔子《ていし》　生年未詳，長元8年(1035)6月21日没．関白太政大臣藤原頼忠の女．母は代明親王の女．永観2年(984)12月25日花山天皇のもとに入内，女御となる．（三条関白女御）1189

天子《てんし》　→後鳥羽院(作者)

天暦《てんりゃく》**・天暦のかしこきみかど**《てんりゃくのかしこきみかど》　→村上天皇(作者)

伝教大師《でんぎょうだいし》　→最澄(作者)

土御門天皇《つちみかどてんのう》　第83代の天皇．諱は為仁．中院・阿波院などと呼ばれる．建久6年(1195)生，寛喜3年(1231)10月11日没，37歳．後鳥羽院の皇子．母は能円の女在子(源通親の養女，承明門院)．順徳院の兄．建久9年から承元4年(1210)まで在位．承久の乱により，土佐に遷る．後，阿波に遷され，同地で没．『土御門院御百首』がある．家集『土御門院御集』．続後撰集初出．（今上陛下）真，(すべらぎ)仮

土御門内大臣《つちみかどのないだいじん》　→通親(作者)

東三条院《とうさんじょういん》　1447．→作者

登蓮《とうれん》　884．→作者

統理《むねまさ》　藤原．北家魚名流．生没年未詳．伊勢守祐之の男．母は未詳．中務少輔・少納言，従五位上となるが，長保元年(999)3月29日出家した．多武峰に入り増賀の弟子となったという．後拾遺集のみに入集．1500

稲田姫《いなだひめ》　奇稲田姫(くしいなだひめ)．脚摩乳(あしなずち)と手摩乳(てなずち)の娘．出雲において八岐大蛇(やまたのおろち)の生贄とされるが，素戔嗚尊に助けられ，尊と結婚した．仮

道家母《みちいえのはは》　仁安2年(1167)生，正治2年(1200)7月13日没，34歳．権中納言藤原能保の女．母は源義朝の女．藤原良経の室となり，道家を生む．828

道信《みちのぶ》　760．→作者

道済《みちなり》　547．→作者

道長《みちなが》　(法成寺入道前太政大臣)1567．→作者

道貞《みちさだ》　橘．生年未詳，長和5年(1016)4月16日没．仲遠の男．母は未詳．仲遠の孫，仲任の男とする伝もあるが，存疑．和泉守，陸奥守などを歴任．正四位上．長徳元年(995)頃和泉式部と結婚し，小式部内侍をもうけるが，長保2年(1000)頃には離別状態となった．1820

道隆《みちたか》　藤原．摂家相続流．天暦7年(953)生，長徳元年(995)4月10日没，43歳．関白兼家の男．母は藤原中正の女時姫．道長の同母兄．伊周・隆家・定子(一条天皇皇后)などの父．正二位関白．（中関白）1149

篤子内親王《とくしないしんのう》　康平3年(1060)生，永久2年(1114)10月1日没，55歳．後三条天皇の皇女．母は藤原公成の女茂子．白河院の同母妹．陽明門院の養女．延久5年(1073)3月賀茂斎院に卜定，同年5月7日退下．寛治5年(1091)10月堀河天皇のもとに入内．同7年2月中宮となる．嘉承2年(1106)9月出家．

(后の宮) 248
敦道親王《あつみちしんのう》 1459, 1820. →作者

な・に・の

奈良の御門《ならのみかど》 →平城天皇
内《うち》 →村上天皇(作者)
二条院《にじょういん》 1)第78代の天皇. 康治2年(1143)生, 永万元年(1165)7月28日没, 23歳. 後白河院の皇子. 母は藤原経実の女懿子. 保元3年(1158)から永万元年(1165)まで在位. 「二条天皇内裏百首」(証本散逸)他, しばしば歌会を催した. 千載集初出. 732, 733*, 1184, 1295
2)章子内親王. 万寿3年(1026)生, 長治2年(1105)9月17日没, 80歳. 後一条天皇の皇女. 母は藤原道長の女中宮威子. 一品. 長暦元年(1037)12月東宮時代の後冷泉天皇のもとに入る. 永承元年(1046)7月中宮, 治暦4年(1068)4月皇太后, 延久元年(1069)7月太皇太后. 同6年6月院号の宣下があった. 寛治2年(1088)8月父帝の墓所菩提樹院の東に御堂を建立. 父帝の肖像を安置したという. 玉葉集のみに入集. 1724
入道摂政《にゅうどうせっしょう》 →兼家(作者)
入道前関白《にゅうどうさきのかんぱく》 →兼実(作者)
入道前関白太政大臣《にゅうどうさきのかんぱくだいじょうだいじん》 →1)基房 743. 2)兼実(作者) 5, 142, 527, 742, 1123, 1308, 1436, 1467, 1468*
乳母《めのと》 行尊の乳母. 具体的には未詳. 1813
任子《にんし》 宜秋門院. 承安3年(1173)生(玉葉), 暦仁元年(1238)12月28日没, 66歳. 関白藤原兼実の女. 母は藤原季行の女. 良経の同母妹. 文治6年(1190)1月11日後鳥羽天皇のもとに入内, 同16日女御となる. 建久元年(1190)4月中宮. 建久7年11月の政変直前に退出. 建仁元年(1201)10月出家. (女御) 280, 288, 651, 719, 1889, 1896
能因《のういん》 845. →作者
能宣《よしのぶ》 1518, 1628. →作者

は・ひ・へ・ほ

馬内侍《うまのないし》 1043. →作者
馬命婦《うまのみょうぶ》 1480. →作者(小馬命婦)
梅壺女御《うめつぼのにょうご》 →生子(作者)
白河院《しらかわいん》 80, 449, 777, 1461, 1909. →作者
八条院三条《はちじょういんのさんじょう》 五条尼上と呼ばれる. 久安4年(1148)生, 正治2年(1200)2月20日没, 53歳. 皇太后宮大夫藤原俊成の女. 母は藤原親忠の女(美福門院加賀). 定家の同母姉. 藤原盛頼の妻となり俊成卿女らを生む. (俊成女母) 787
班子女王《はんしじょおう》 天長10年(833)生, 昌泰3年(900)4月1日没, 68歳(48歳の異伝あり). 式部卿仲野親王の女. 母は当宗氏. 光孝天皇の女御. 宇多天皇の母. 寛平5年(893)以前『寛平御時后宮歌合』を主催. (后の宮) 65, 109, 172, 574
範永《のりなが》 866. →作者
範光《のりみつ》 1822. →作者
枇杷皇太后宮《びわのこうたいごうぐう》 804. →作者
枇杷左大臣《びわのさだいじん》 →仲平
美福門院《びふくもんいん》 得子. 永久5年(1117)生, 永暦元年(1160)11月23日没, 44歳. 権中納言藤原長実の女. 母は源俊房の女. 鳥羽院の皇后. 近衛天皇の母. 保元元年(1156)6月出家. 1967
平城天皇《へいぜいてんのう》 第51代の天皇. 日本根子天推国高彦(やまとねこあめおしくにたかひこ)天皇. 諱は安殿(あて). 宝亀5年(774)生, 天長元年(824)7月7日没, 51歳. 桓武天皇の皇子. 母は藤原良継の女乙牟漏. 延暦25年(806)から大同4年(809)まで在位. 弘仁元年(810)薬子の変により出家. 同12年空海より灌頂を受ける. 849
弁更衣《べんのこうい》 未詳. 1416
法成寺入道前太政大臣《ほうじょうじのにゅうどうさきのだいじょうだいじん》 →道長(作者)
法性寺入道前関白太政大臣《ほっしょうじのにゅうどうさきのかんぱくだいじょうだいじん》 →忠通(作者)

ま・み・め

満子《まんし》 貞観16年(874)生, 承平7年(937)10月13日没, 64歳. 内大臣藤原高藤の女. 母は宮道弥益の女. 定方の同母妹. 醍醐天皇の尚侍. 延喜13年(913)10月14日天皇によって四十賀が行なわれた. 622
みこの宮《みこのみや》 →三条院(作者)
明尊《みょうそん》 志賀僧正と号する. 天禄2年(971)生, 康平6年(1063)6月26日没, 93歳. 兵庫頭小野奉時の男. 小野道風の孫. 大僧正. 永承3年(1048)8月天台座主に補されるが, 3日で辞退. 同7年3月初代平等院執印となる. 819

ゆ

有家《ありいえ》　真, 仮.　→作者

祐子内親王《ゆうしないしんのう》　長暦 2 年(1038)生, 長治 2 年(1105) 11 月 7 日没, 68 歳. 後朱雀天皇の皇女. 母は敦康親王の女中宮嫄子. 三品. 永承 5 年(1050)『祐子内親王家歌合』などを催す.　56, 103, 452, 713

ら・り・れ・ろ

頼綱《よりつな》　源. 清和源氏. 多田と号する. 生年未詳, 万寿元年(1024)頃の生か. 永長 2 年(1097)閏 1 月没. 左馬権頭頼国の男. 母は藤原中清の女. 頼実の弟. 仲正の父, 頼政の祖父. 越後・下総・参河守となり, 従四位下に至る. 永保 3 年(1083)藤原時房と『媞子内親王家歌合』を催す. 寛治 3 年(1089)『四条宮扇合』, 同 8 年『高陽院七番歌合』などに出詠. 後拾遺集初出.　1571

頼通《よりみち》　(宇治前関白太政大臣)(1985).　→作者

頼輔《よりすけ》　59, 274, 567, 836.　→作者

隆家《たかいえ》　868.　→作者

隆房《たかふさ》　1104.　→作者

良経《よしつね》　(摂政) 135, (摂政太政大臣) 37, 58, 82, 114, 251, 261, 350, 377, 453, 488, 522, 639, 672, 673*, 828, 952, 968, 1082, 1118, 1121, 1131, 1138, 1223, 1287, 1291, 1321, 1327, 1521, 1522*, 1937.　→作者

冷泉院《れいぜいいん》　1038.　→作者

冷泉院太皇太后宮《れいぜいいんのたいこうたいごうぐう》　(冷泉院の后の宮) 1712.　→作者

麗景殿女御《れいけいでんのにょうご》　→延子

廉義公母《れんぎこうのはは》　生没年未詳. 左大臣藤原時平の女. 藤原実頼の室となり, 敦敏・頼忠を生んだ.　782

六条摂政《ろくじょうのせっしょう》　→基実

わ

和泉式部《いずみしきぶ》　1169, 1820.　→作者

地名索引

1) この索引は『新古今和歌集』本文の和歌，詞書，左注等に見える歌枕一覧であるが，それ以外の地名，国名，社寺，邸宅等も併せて解説を加え，歌番号を示したものである．詞書・左注については，「詞」や「左」などの略称を歌番号に付ける．

2) 見出しは通行の漢字で表記し，現代仮名遣いで読みを示し，配列はその五十音順とした．

3) 歌枕の判別は能因歌枕，和歌初学抄(略称「初学抄」)，八雲御抄(略称「御抄」)等による．併せてその所在，特色についての記述も尊重し，できるだけこれを掲出する．

イ　能因歌枕は三田国文(第5号)所収の校本．初学抄は天理図書館善本叢書『平安時代歌論集』所収本により，国付は日本歌学大系本で補う．御抄は久曾神昇『校本八雲御抄とその研究』による．

ロ　これらを引用するについては適宜に漢字をあて，また仮名に直す．なお御抄の場合漢文体表記になっている箇所は訓み下し文に改め，集付の「万」「古今」「源氏」等は「万葉集」「古今集」「源氏物語」に改める．

4) 解説は本文脚注の補充ともなるよう，当の和歌に即した記述も加える．解説文中，*印をつけた文言は別に見出し項目の立っていることを示す．また関連する見出し項目は解説文の末に→印で示す．

あ　行

青羽山《あおばのやま》　初学抄には「陸奥」とあるが，御抄は「若狭．水鳥の一．又丹波境か，尋ぬべし」とする．主基方なら丹波でよいが，755歌は悠紀方であるから近江国のはずで所在不明．なお若狭(福井県)の西端に聳える699メートルの青葉山は丹波境ではなく，丹後境．　755．詞755

明石の浦《あかしのうら》**・明石潟**《あかしがた》　「明石」．御抄は「あかしの浦」に「播磨．万葉集．月，焼(た)ける火」と注する．潟は「海に潮のさす所」(能因歌枕)で，引潮には干潟になる海．いま兵庫県明石市の海．なお明石も須磨とともに今は兵庫県であるが，須磨は摂津に属した．　206, 1331, 1558, 1602．詞1602

明石の門《あかしのと》　御抄「播磨．万葉集．明石のせととも」．明石海峡をいう．　899

秋篠《あきしの》　奈良市の西北，秋篠町．「生駒の嶽」は西南方に聳える．　585

秋津洲《あきづしま》　「秋津島」．もと奈良県御所(ごせ)市旧秋津村辺の地名，転じて大和国，さらに日本国の総名となったという．　真名序，仮名序

安積の沼《あさかのぬま》　御抄に「陸奥．古今集．花かつみ」とあるのはこの歌の本歌をさす．安積郡安積郷辺で，いま福島県郡山市．　184．詞184

あさか山《あさかやま》　「浅香山」．初学抄「陸奥．山の井あり．浅きことにそふ」．御抄は尾張，伊勢，陸奥国にもあるが，この「山の井の」の歌は陸奥の「安積山」であると注する．　真名序，仮名序

朝倉《あさくら》　奥義抄・中に「筑前国上座(かみつくら)郡あさくら」とある．福岡県朝倉郡朝倉町．斉明天皇の仮宮「朝倉橘広庭宮」址は同町ないし杷木(はき)町辺という．　1689

朝日郷《あさひのさと》　近江国浅井郡朝日郷．朝日山(山本山)の南麓で，いま東浅井郡湖北町．　748．詞748

朝日山《あさひやま》　いま京都府宇治市，宇治川右岸にその名の山がある．　494

浅間の嶽《あさまのたけ》　「浅間」．御抄「信濃．業平」は903歌をさす．長野県小諸市の東北，群馬県境に聳える2542メートルの活火山．　903, 958．詞903

蘆屋の灘《あしのやのなだ》　伊勢物語87段に記す通り，「蘆屋の里*」をさし，「灘」も地名で，その辺の海辺．　1590

葦原中国《あしはらのなかつくに》 高天原(天上)と根の国との中間にある蘆の茂った国(地上)で，日本国をいう． 仮名序

蘆屋の里《あしやのさと》 御抄「摂津． 新古今集」はこの歌をさす．摂津国菟原郡葦原郷と和名抄にはある．兵庫県芦屋市から神戸市の東部にかけての地で，六甲山の南麓． 255

飛鳥河《あすかがわ》 御抄「大和． 万葉集． 紅葉，瀬ぜの岩橋，淵瀬かはる」．奈良県高市郡の山地に発し，同郡「明日香の里」を流れて大和川に注ぐ． 541, 542, 986, 1657. 詞 986, 1657

明日香の里《あすかのさと》 奈良県高市郡の高取町・明日香村から橿原市にかけての地．天武天皇の飛鳥浄御原宮から藤原宮*まで都として栄えた． 896

あづま《あずま》 「あづまぢ」．東国．近江国の逢坂関より東の，東海・東山両道の諸国．「あづまぢ」はそこへ行く道で，主に東海道をいう． 628, 885, 907, 942, 1052, 1214. 詞 628, 903, 965, 987, 1615. 左 1860

あだし野《あだしの》 天禄 3 年(972)女四宮歌合 4 番判に「あだし野は野の名高からねばにや，在り所知る人少し」とある．能因歌枕には河内国，夫木抄 22 には「大和又陸奥」，御抄には「ただあだし心などいふ体か」と注しつつも「なほ名所か，其所尋ぬべし」という． 1847

安達の原《あだちのはら》 「安達」．御抄に「陸奥． 拾遺集． 兼盛」とあるのは同集・雑下「みちのくに名取の郡，黒塚といふ所…」と詞書にある「あだちの原」の歌をさすが，名取郡は誤りで安達郡．今は福島県で，安達太良山(あだたらやま)東麓の原野であろう． 1351. 詞 1351

阿武隈河《あぶくまがわ》 初学抄「陸奥． わたりがたしとも」．福島県の南端甲子温泉付近に発し，県の中央を北上して宮城県から海に注ぐ．延長 239 キロ． 866, 867, 1579

天の香具山《あまのかぐやま》 御抄は「あまのかご山」として「衣ほす，わすれ草，霞，雲．鹿具山とも」と注し，さらに「峰のまさかき，俊成歌，神鏡奉鋳所なり」と記すのは 677 歌をさす．奈良県橿原・桜井両市にまたがる 148 メートルの山で，藤原京の東に当る． 2, 175, 266, 677

天の河原《あまのかわら》 御抄に「河内． 古今集． 業平」とあるのは，この歌の本歌をさす．「天の河」は今の天野川で，生駒山地に発し，大阪府交野(かたの)・枚方(ひらかた)両市を横切って淀川に注ぐ．本歌の「河原」は「渚院(なぎさのいん)」に近い川口付近であろう． 1654. 詞 1654

嵐の山《あらしのやま》 初学抄「山城． なき事にそふ」．京都市西京区，大井河*の右岸に聳える 381.5 メートルの嵐山．川を挟んで小倉山*に対する． 528, 1505. 詞 543

有乳山《あらちやま》 御抄「越前． やたの，浅茅，雪」．福井県敦賀市南部の山地．近江と若狭をつなぐ北陸道の要衝で愛発(あらちの)関があったが延暦 8 年(789)廃されている． 657 →矢田の野《やたのの》

有栖河《ありすがわ》 初学抄「山城． たえずすむとも」．御抄は「斎院御所」とも注す．京都市北区船岡山の東麓を南に下り，斎院御所の傍を流れて一条辺で堀川に合流していた． 827

荒磯の海《ありそのうみ》 御抄は「古今集． はまのまさご．こしの海，凡そ北陸海をいふともいへり」として歌枕に加える． 1064

有馬山《ありまやま》 初学抄「摂津． いで湯あり． あるにそふ」．神戸市有馬温泉付近の山．六甲山の北側． 910

淡路の島《あわじのしま》 「淡路」「淡路島山」．御抄は「あはぢ島」として「淡路． 万葉集． 住吉の岸にむかへる―」と注する．初学抄には「あはぢ島 惣名なり」とあり，南海道の淡路国でもある． 6, 520, 1515

粟田口《あわたぐち》 京都市東山区蹴上(けあげ)から三条白川橋に至る東山の山麓．東海道の京への入口． 詞 842

安楽寺《あんらくじ》 大宰府(福岡県太宰府市)にあった菅原道真の廟所で天満宮安楽寺という．天満宮と一体のもので創建もほぼ同じ頃というが，この方は鎌倉時代以後衰退した． 左 1853

いきの松原《いきのまつばら》 初学抄「筑後． 命にそふ，又ゆくにそふ」とし，御抄は「筑前． 多く宇佐に寄す」とするが，筑前国早良郡．今は福岡市西区，今津湾の奥にある名所． 868

生田の森《いくたのもり》 初学抄「摂津． 命にそふ，又ゆくにもそふ」．摂津国八田部郡生田郷，いま神戸市中央区の生田神社の所在地． 289

生野《いくの》 御抄「丹波． 越えていくの」．京都府福知山市生野． 752. 詞 752. →大江山《おおえやま》

生駒山《いこまやま》 「生駒のたけ」．御抄「大和． 河内国に通ず．両国の名所か．雪，雲，月，雨，ひぐらし，霜，大江の岸(大阪市天満橋付近)より雲居に見ゆる」．奈良県と大阪府の境に連なる生駒山地の最高峰で 642.3 メートル．

その南の暗(くらがり)峠は大和から河内に通ずる要路であった. 585, 1369

石河の瀬見の小河《いしかわのせみのおがわ》 長明の無名抄によれば賀茂川の異名(山城国風土記逸文にも). 1894

石山《いしやま》 滋賀県大津市, 瀬田川右岸の石山寺をさす. 本尊如意輪観音で知られる. 1514. 詞 1514

五十鈴河《いすずがわ》**・**《いすずのかわ》 初学抄「伊勢. みもすそ河の名なり」. 神路山(かみじやま)*に発する皇大神宮の御手洗川(みたらしがわ)で御裳濯河ともいう. 730, 1874, 1880, 1882, 1885. →度会《わたらい》

いづみ河《いずみがわ》 「泉河」. 初学抄「山城. みかの原のわたり」. 山城国相楽郡水泉(いずみ)郷, いまは木津・加茂両町にわたっているが, その辺の木津川をいう. 下流は淀*で桂・宇治両川と合流して淀川となる. 532, 996

和泉国《いずみのくに》 「和泉」. 畿内の1国で, 大阪府の南部. 307. 詞 912

泉の杣《いずみのそま》 御抄「大和. 万葉集. 宮木ひく, 立つ民」. 杣は用材を育て, 伐出す山で, 泉川の上流では大和のそれが知られていた. 仮名序

伊勢国《いせのくに》 「伊勢」. 東海道の1国で, 三重県の大半. 911, 943, 944, 945. 詞 897, 908, 1613, 1879

伊勢島《いせしま》 御抄「伊勢. 源氏物語」. 海をめぐらした伊勢国の意で, 同物語須磨巻の「伊勢島や潮干の潟」のように海辺の句につづける. 1612

伊勢の海《いせのうみ》 御抄「伊勢. 万葉集. 鶴, 清きなぎさ」. 伊勢国の沿海. 仮名序

石上布留《いそのかみふる》 「石上布留野」. 大和国山辺郡石上郷. 布留はその内にあり, 石上神宮が鎮座する. いま奈良県天理市布留町. 仮名序, 88, 96, 171, 698, 993, 1028

一志のむまや《いちしのうまや》 伊勢路の宿駅. 鈴鹿駅と飯高駅(松阪市)との中間で一志郡にあり, いま三雲町曾原とも須賀ともいう. 詞 1881

一志の浦《いちしのうら》 御抄「伊勢. 俊成歌」とあるのはこの歌をさす. 伊勢国一志郡の海で, 雲出(くもず)川の川口付近. 1612

いつはた 御抄には「越前. いつはた山」が見える. 福井県敦賀市五幡で, 鉢伏山の西方の海岸. 858. →かへる山《かえるやま》

井手《いで》**・井手の玉河**《いでのたまがわ》 「井手の玉水」. 御抄は「山城. ゐでの河」を掲げ, 「ゐでの玉川とも」と注する. 山吹, 「かはづ」の名所とされていたことは無名抄に見える. いま京都府綴喜郡井手町で木津川の右岸. 玉川が流れて木津川に注ぐ. 159, 162, 1089, 1368

猪名野《いなの》 初学抄「摂津. こやの池あり, 又笹あり, ふし原あり」. 兵庫県伊丹市を流れる猪名川流域の台地. 910

因幡の山《いなばのやま》 初学抄「因幡. 人のいぬるなどにそふ」とし, 御抄は美濃としつつも「因幡の由, 清輔抄に見ゆ. 松. 古今集. 行平」と注する. 承元元年(1207)最勝四天王院障子和歌では因幡. 968 歌の本歌は在原行平が斉衡2年(855), 国守として因幡に下る時の作であるから因幡でよく, 因幡国の山, あるいは国府のあった法美郡稲羽郷辺の山を考えたのであろう. いま鳥取県岩美郡国府町の北に稲葉山があり, 美濃とすれば岐阜市の稲葉山であろう. 968

伊吹《いぶき》**・伊吹の峰**《いぶきのみね》 両首とも「さしも草」をよむ. 通説は美濃と近江の境にある伊吹山で, 初学抄は「いぶき山」に「近江. さしも(草)よむ. ものをいふにそふ」. 御抄には「美濃. 近江に通ず. さしも草」とあるが, 袖中抄2は 1131 歌の本歌である実方歌について考証し, 近江説を否定して「下野国(栃木県)のいぶきの山なり」というが理由は弱く, 通説でよい. 建保3年(1215)内裏名所百首も近江と定め, 詠進歌の過半が「さしも」「さしも草」をよんでおり, 当時一般の理解を示している. 1012, 1131

いるさの山《いるさのやま》 御抄「但馬. 後撰集」. 夫木抄20には「但馬. 丹後か」とある. 156

いる野《いるの》 御抄には「万葉集. すすき, さをしかの一」とあるが国名を注さず, 夫木抄22には「納野. 近江」とある. 契沖の勝地吐懐編は山城国乙訓郡入野神社を引いて「入野といふも此所にや」という. 京都市の大原野*辺か. 346

石蔵《いわくら》 大雲寺のあった北石蔵. いま京都市左京区岩倉. 詞 819

石清水《いわしみず》 京都府八幡市男山に祀る石清水八幡宮をさす. 貞観2年(860)宇佐宮*の祭神を勧請. 祭神誉田別(ほんだわけの)尊, 息長帯姫(おきながたらしひめの)尊, 比売神. 詞 962, 1863

岩代王子《いわしろのおうじ》 「岩代の神」. 熊野九十九王子の1. 和歌山県南部(みなべ)町西岩代野添に小祠がある. 1910. 詞 1910

岩代の岡《いわしろのおか》　御抄「紀伊．万葉集．岡の草根」．南部町東・西岩代の辺．　947

岩瀬山《いわせやま》　御抄は大和とし，夫木抄 20「大和又近江」とある．　1088

石田の小野《いわたのおの》　御抄「山城．万葉集．ははそ原」．京都市伏見区石田の石田神社の辺．近江に通ずる官道があった．　1589

いはで《いわで》　大和物語 152 段に「陸奥国磐手の郡」とあり，能因歌枕「みちのくに」にも「いはでのこほり」がある．初学抄・御抄には「陸奥．いはでの関」があり，関址は岩手県旧岩手郡の盛岡市辺という．　1786

浮島《うきしま》　能因歌枕「みちのくに」に「うきしま」あり，初学抄も「陸奥．つねうきたり」と注する．塩釜港付近の島．　1379．→塩釜の浦《しおがまのうら》

宇佐宮《うさのみや》　御抄「豊前」．大分県宇佐市の宇佐神宮．全国八幡宮の総本社．　詞 1864．→石清水《いわしみず》

宇治《うじ》　山城国宇治郡宇治郷．いま宇治市で，後鳥羽院の離宮もあった．　169, 494, 636．詞 742, 743, 1139

宇治河《うじがわ》　御抄「山城．万葉集．八十氏川，網代(あじろ)，槙の島，山吹，橘の小島などあり」．琵琶湖に発して上流は瀬田川とよばれ，巨椋(おぐらの)池に注いで桂・木津両川と合流，淀川となって大阪湾に入る（巨椋池は昭和 8 年以来干拓されて消滅）．延長 25 キロ．　251, 1648, 1650．詞 636

宇治の橋姫《うじのはしひめ》　初学抄「うぢ橋」に「山城．橋姫よめり」とある．この 3 首の本歌である古今集恋 4 の歌が後の橋姫説話の源流．奥義抄・下には「橋を守る神」，顕注密勘 14 には「姫大明神とて宇治の橋本におはする神」などの注が見え，またともに「橋姫の物語」に言及しているが，定家は上の古今集歌に拠った作品として問題にしていない．実方集では宇治川の遊女を戯れに橋姫とよんでいる．　420, 637, 742

宇治の橋守《うじのはしもり》　宇治橋は大化 2 年(646)創設．代表的な官橋で，その番人．古今集・雑上の本歌によって古いものの譬えとする．　743

太秦《うずまさ》　京都市右京区太秦蜂岡町の広隆寺をさす．　詞 1746

内外の宮《うちとのみや》　伊勢市の内宮（皇大神宮）と外宮（豊受大神宮）をさす．　1883

うつの山《うつのやま》　御抄「駿河．業平」とあるのは 904 歌をさす．静岡市宇津ノ谷(うつのや)と岡部町との境にある宇津ノ谷峠．　904, 981, 982, 983．詞 904

有度浜《うどはま》　初学抄「駿河．昔天人おりて遊ぶ」．静岡市から清水市にかけて有度山山下の海岸．三保の松原につづく．　1051

雲林院《うりんいん》　京都市北区船岡山の東北，大宮通の末にあった村上天皇の勅願寺．紫野*の地で，陰暦五月の菩提講は有名．今はわずかに観音堂があって名を留める．　詞 153, 1929

江口《えぐち》　淀川と神崎川との分流点付近．旧地は今の大阪市東淀川区南江口町より 2 キロほど上流という．　詞 978

えぞ　御抄「陸奥．えぞがちしま」．袖中抄 19 に「えぞの島は多くて千島ともいふ」とあり，また陸奥のさらに奥に続くとも記す．　1786

老曾の森《おいそのもり》　初学抄「近江．思ひ出づるにそふ」．滋賀県蒲生郡安土町老蘇，奥石(おいそ)神社の森．　207.

逢坂の山《おうさかのやま》**・逢坂の関**《おうさかのせき》　「逢坂」．初学抄は「逢坂山」に「近江．人に逢ふにそふ．清水又関あり」と注する．近江・山城国堺に聳える 325 メートルの山で，東海・東山・北陸道の京の出入口に当り，古代には関も置かれたが延暦 14 年(795)廃された．天安元年(857)復活したこともある．関址は東南麓，大津市逢坂 1 丁目辺という．　18, 129, 862, 1005, 1163．詞 862

をふの浦《おうのうら》　御抄は越中国とした上で「万葉集．伊勢にあり．これ梨ある所なり」と注する．万葉集では越中であるが，281 歌の本歌の古今集歌以後は伊勢国の歌枕と理解されている．この歌に「伊勢歌」とあるのに基づくが，顕昭古今注 20 は「志摩国にあり．斎宮御庄，献梨の処なり．されど伊勢島といへば伊勢歌によめるか」と注する．志摩国で，いま志摩半島の東北部（三重県鳥羽市）に生浦湾(おうのうらわん)がある．　281, 1473

おふの河原《おうのかわら》　御抄に「石見．万葉集．まこも刈る」とある「おほの河原」の転訛であろう．その原歌は万葉集 11「まこも刈る大野川原」であるが，万葉集では所在未詳とされる．御抄が石見国としたのは美濃郡大農(おおの)郷と見たのであろう．　231

近江国《おうみのくに》　「近江」．東山道の 1 国で，いま滋賀県．　753．詞 748, 749, 751

大荒木の森《おおあらきのもり》　御抄は山城とし，「うきたの

森」と同所とするのは万葉集 11「大荒木の浮田の杜」による．夫木抄 22 にも山城．万葉集では所在を奈良県五条市とするのが通説であるが，ここでは山城国の歌枕と理解してよい． 375

大井河《おおいがわ》 初学抄「山城．筏あり．鵜川たつ」．保津川の下，桂川の上流で，小倉山*から嵐山*，松尾山*の麓にかけての称． 253, 555, 556, 1194. 詞 528, 554, 556, 623.

大江山《おおえやま》 初学抄「丹波．おほかることにそふ」．御抄は「おほえの山」として「丹波．たまかづら．丹波路の一」と注する．山城・丹波国堺の山地で最高は 480 メートル．その山間を山陰道が京都市西京区大枝(おおえ)から亀岡市(丹波)へ山越えする所に「老ノ坂」がある． 503, 752

大伴の御津《おおとものみつ》 御抄「摂津．万葉集．みつの浜松」．大阪市中央区旧三津寺町辺かという． 898. →みつの浜《みつのはま》 →御津寺《みつでら》

大原《おおはら》 「大原の里」．六百番陳状「野行幸」に「北の大原は炭竈をむねとせり」とある．京の北山即ち左京区の大原． 690. 詞 682

大原《おおはら》**・大原山**《おおはらやま》 「大原の里」．京の西山即ち西京区の大原野．こちらの大原でも炭竈は詠まれ，1640, 1641 はその早い例． 1628, 1640, 1641. 詞 1640. →大原野《おおはらの》

大原野《おおはらの》 初学抄「山城．松あり．神ます」．京都市西京区，大原野神社の所在地． 詞 1628, 1899. →をしほの山《おしおのやま》

大峰《おおみね》 奈良県吉野郡の大峰山脈をいう．最高峰は 1915 メートルの仏経ヶ岳で，北は金峰山(きんぶせん)の山地に連なり，南は熊野に至る．修験道の霊場． 詞 1813, 1833. →御嶽《みたけ》

大淀の浦《おおよどのうら》 「大淀」．御抄の「おほよどの浦」に「伊勢．斎宮女御」とあるのは 1606 歌をさす．三重県多気郡明和町大淀．伊勢湾に臨む港で，延喜式の「竹大与杼(たけのおおよど)社」があり，御禊の場所として知られていた．斎宮の御所の旧址も同町斎宮． 1433, 1606, 1725. 詞 1606, 1725

おきつの浜《おきつのはま》 この歌の本歌の詞書によって和泉国と知られる．初学抄「和泉．こころおきつとも」．国府のあった和泉市府中町の西，大津川の川口付近か． 934

奥の海《おくのうみ》 御抄に「万集葉．陸奥国の海なり」とある．「奥」は「みちのく*」に同じ． 1332

をぐらの峰《おぐらのみね》 万葉集 9「白雲の立田の山の滝の上の小桜嶺に咲きをせる桜の花」と詠まれた山．立田山中，竜田道のほとりの 1 峰． 91. →立田山《たつたやま》

小倉山《おぐらやま》**・**《おぐらのやま》 初学抄「山城．大井河の方なり．くらきにそふ」．京都市右京区，いわゆる嵯峨野*の西端にある 293.2 メートルの山． 347, 405, 496, 603, 1645

をしほの山《おしおのやま》 初学抄「山城．大原野にあり．神又松あり」．大原野*の大原野神社の西に聳える 639 メートルの山で，頂上に淳和天皇陵がある． 727, 1629, 1899, 1900. 詞 1900

雄島《おじま》**・雄島が磯**《おじまがいそ》 初学抄は「まつ島」に「陸奥．をじまなどつづく」と注し，御抄には「をじまが磯」に「伊勢．陸奥か」とある．宮城県の松島湾の内． 399, 403, 704, 933, 948

おとなし河《おとなしがわ》 初学抄「紀伊．人のとはぬにそふ」．御抄「紀伊．熊野」．和歌山県東牟婁郡の熊野本宮の傍を流れ，その南から熊野川に注ぐ．もっとも本宮の旧社地(明治 24 年現地に移築された)は音無川と岩田川の合流する熊野川の中州，今の大斎原(おおゆのはら)にあった． 1662

おとは川《おとわがわ》 1728 の本歌の詞書によれば西坂本にある．即ち初学抄・御抄に「山城．西坂本」とある「おとは河」で，比叡山の南麓に発し，京都市左京区，修学院離宮の南を西へ流れる音羽川をさす． 1055, 1728

おとは山《おとわやま》 初学抄「山城．おとすることにそふ」．御抄「山城．やましなの一」．京都市山科区の東端にある 583 メートルの山．山城・近江両国堺で，東海道を挟んで逢坂山と対する． 371, 668. →逢坂の山《おうさかのやま》

小野《おの》 山城国愛宕(おたぎ)郡小野郷．左京区修学院から北の上高野，大原*にかけての地．なお 957 歌「小野の篠原」は普通名詞と見てよい． 詞 1720

をのへの宮《おのえのみや》 御抄「たかまどの宮」に「大和．万葉集．をのへの宮といへり．野のうへの宮なり」とあるように聖武天皇の高円離宮で，高円山*山麓にあり，崩後 2 年で荒廃していたという． 331, 1313

をばすて山《おばすてやま》 御抄「信濃．古今集．月．をば捨てざりける前はかぶり山といひけり．俊頼抄(俊頼髄脳)にあり」．いま長野県更埴市の冠着(かむりき)山という． 1257

か　行

甲斐《かい》　東海道の１国で，いま山梨県.　詞 877

かへる山《かえるやま》　初学抄「越前.　かへるにそふ」.「かへる」は越前国敦賀郡鹿蒜(かえる)郷で，北陸道の宿駅.　いま福井県南条郡今庄町帰辺の山地.　ここから杉津(すいづ)に出る五幡(いつはた)越と，敦賀に出る木ノ芽越があった.　858, 1130

加賀《かが》　北陸道の１国で，いま石川県の南部.　詞 1912

鏡山《かがみやま・かがみのやま》　初学抄「近江.　けふぞ見るとも」.　滋賀県蒲生(がもう)・野洲(やす)両郡堺にある 385 メートルの山で，北方に鏡宿があった.　751.　詞 751

香椎の宮《かしいのみや》　御抄に「筑紫の香椎なり.　金葉集」とあるのは同集・雑上の「香椎の宮の杉の葉」の歌をさす.　福岡市東区香椎宮.　祭神は仲哀天皇と神功皇后.　1886. 詞 1886

春日野《かすがの》　「春日の原」.　御抄「大和.　松，若菜，霞，尾花，荻，雪，雲，萩，藤，露，雨，梅」.　奈良市の東南，春日山の南麓から西へかけて広がる地.　真名序, 仮名序, 10, 12, 13, 22, 78, 994, 1898

春日のえのもとの明神《かすがのえのもとのみようじん》　春日神社の外院，今は南回廊の小祠に祀る地主の神(巨勢津姫神).　左 1854

春日祭《かすが(の)まつり》　陰暦２月と 11 月の上の申の日に行われる春日神社の例祭.　藤原氏の氏長者や官使が参詣した.　詞 1895, 1896

春日社《かすがのやしろ》　「春日」.　大和国添上郡春日郷，いま奈良市春日野町にある春日神社をさす.　藤原氏の氏社.　祭神は常陸*の鹿島神社の神である武甕槌(たけみかずちの)命，下総の香取神社の経津主(ふつぬしの)命，河内の枚岡(ひらおか)神社の天児屋根命と比売神.　詞 132, 559, 1547, 1794. 左 1858

春日山《かすがやま・かすがのやま》　御抄「大和.　雲，霞，日，鹿，紅葉，鶯，雪，松，藤，すがのね」.　春日神社の背後の「みかさの山*」を含めて奈良市の東方に連なる山地.　最高峰は 497 メートルの花山.　仮名序, 746, 1794, 1895

葛城山《かずらきやま・かずらきのやま》　「葛城」.　御抄は「かづらき山」として「大和.　雪，雲，花，紅葉，月，石橋あり，あをやぎの一，しもとゆふ一」とあり，同じく初学抄には「大和.　久米路の橋あり，一言主(ひとことぬし)といふ神ます」と注する.　北の生駒山地につづいて奈良県北葛城郡から五条市に至る山地で，大和・河内の国堺.　仮名序, 74, 87, 541, 542, 561, 990, 1406.　→久米路橋《くめじのはし》　→高間の山《たかまのやま》

片岡の森《かたおかのもり》　「片岡」.　御抄「山城.　新古今集.　紫式部.　賀茂片岡」はこの歌をさす.　京都市北区上賀茂神社の楼門前にある第１摂社片岡社をいう.　片岡山の山下で，地主の神玉依比売命を祀る.　191. 詞 191.　→神山《かみやま》

交野《かたの》　「交野のみ野」.　初学抄「河内.　交野のみ野とも.　鷹狩によむ.　逢ふことにもそふべし」.　河内国交野郡で，大阪府交野・枚方(ひらかた)両市にわたる.　船橋・穂谷・天野の３川が集まる淀川沿いの台地.　平安初期に禁野とされ，伊勢物語 82 段で鷹狩，花の名所として知られる.　114, 539, 685, 686, 688, 1110.　→天の河原《あまのかわら》

桂《かつら》　京都市西京区，桂川右岸の上野，上桂，下桂一帯をいう.　詞 767

月輪寺《がつりんじ》　月林寺.　京都市左京区一乗寺の曼殊院辺が旧址とされ，参道の北側に月輪寺(がつりんじ)町の名が残る.　詞 150

神路山《かみじやま・かみじのやま》　三重県伊勢市.　皇大神宮の西南に聳える.　1875, 1878

神南備河《かみなびがわ》　神南備は神の降臨する山や森.　大和では明日香と竜田の神南備(斑鳩町神南の三室山か)が有名.　その麓を流れるのが神南備河で，前者なら飛鳥川，後者なら竜田川(旧平群川)となる.　161

神南備山《かみなびやま》**・神南備のみむろの山**《かみなびのみむろのやま》　初学抄「大和.　神にそふ」.　194, 285, 525.　→神南備河《かみなびがわ》

神山《かみやま》　初学抄「山城.　賀茂山なり.　葵桂，榊よむべし」.　御抄には「賀茂.　山下水，楢の葉，郭公.　中古より或は其字を加ふ」とあり，和歌童蒙抄２には「神山とは賀茂のうしろなる山をいふなり」とある.「うしろ」といえば北２キロに神山(こうやま)があり，祭神降臨の地として尊崇されているが，おそらくこれに限らず，手近な丸山や東の神宮寺山，片岡山など神域をめぐる山々の総称とみてよく，それが賀茂山でもあったろう.　なお神山といえば必ずしも賀茂に限らないが，「そのかみ山」は賀茂をいう.　183, 1486.　→片岡の森《かたおかのもり》

亀井《かめい》　初学抄「摂津.　天王寺」.　四天王寺境内の名水.　1926. 詞 1926.　→天王寺《てんのうじ》

賀茂の祭《かものまつり》　陰暦４月，中の酉の日に行われた上下賀茂神社の例祭で，今いう葵祭.　詞

1397

賀茂の社《かものやしろ》　「賀茂」．山城の一ノ宮である上下賀茂神社の総称．上社は北区上賀茂にある賀茂別雷(かものわけいかずち)神社で別雷神を祀り，下社は左京区下鴨にある賀茂御祖(かものみおや)神社で，祭神は玉依姫命と賀茂健角身(かものたけつぬみの)命．　1255．詞 191, 192, 1868, 1888, 1894．左 1861, 1862

高陽院《かやのいん》　治安元年(1021)，関白藤原頼通が中御門大路の南，堀川小路の東に造営．4町にわたり，数奇を尽した邸宅として有名．師実，師通と伝領され，しばしば里内裏となったが，また幾度か焼失しては新造され，院政期には仙洞となっている．　詞 205, 726, 1453, 1727

かりはの小野《かりはのおの》　御抄に「万葉集．名所か．又ただ狩する所か．みかりする，なら柴」とあるのは 1050 歌の原歌の万葉集 12「雁羽之小野」で，「かりは」と訓み，未詳の地名なので，ここもそれに従う．しかし正治 2 年院初度百首の慈円の歌には明らかに「狩場の小野」の意で詠まれた例があり，1956 歌はそれに準じて解される．　1050, 1956

刈萱の関《かるかやのせき》　福岡県太宰府市通古賀(とおのこが)にあったという．この地は大宰府政庁の西，筑前の国府の所在地とされる．　1698

象潟《きさかた》　御抄「出羽．後拾遺集．能因．あまの苫屋」．いま秋田県由利郡象潟町．　972

北野《きたの》　京都市上京区馬喰(ばくろう)町の菅原道真を祀る北野天満宮をさす．　詞 1029, 1905

紀の国《きのくに》　「紀伊国」．南海道の 1 国．いま大部分は和歌山県，一部三重県に入る．　647, 1075．詞 1588

吉備の中山《きびのなかやま》　御抄「備中．古今集．備後境なり．まがねふくは鉄をわかす山なり．細谷川あり」とあるが，正しくは備前・備中の境で，岡山市の西端．東麓(岡山県御津郡)に備前一ノ宮吉備津彦神社，北麓(同吉備郡)に備中一ノ宮吉備津神社がある．なお吉備は備前・備中・備後・美作の古称．　747．詞 747

貴船《きぶね》　京都市左京区鞍馬貴船町の貴船神社をさす．鞍馬寺の西北で祭神闇龗神(くらおかみのかみ)．　詞 1893

貴船川《きぶねがわ》　芹生(せりょう)峠辺に発し，貴船神社の南で鞍馬川と合流して賀茂川の上流となる．　1141

清滝川《きよたきがわ》　京都市北区栈敷ヶ岳に発し，栂尾，槙尾，高尾の東麓を経て保津川(大井川*の上流)に合流する．　27, 160, 634.

清見が関《きよみがせき》　初学抄「駿河．海辺なり．浪のまをはかりて過ぐ．されば浪の関守ともよむ」．静岡県清水市興津の清見寺付近．更級日記に「関屋どもあまたあり」と見え，海の関として知られる．　詞 259

清見潟《きよみがた》　夫木抄 25「忘れめや山路うち出でて清見潟遥かにみほの浦の松原　藤原隆信」．清見寺辺の潟状の海．　259, 969, 1333．→清見が関《きよみがせき》

切目《きりめ》　和歌山県日高郡印南町西ノ地．切目川の川口で，熊野九十九王子の 1，切目王子の所在地．　詞 1559

くちきの杣《くちきのそま》　初学抄「近江．朽ちぬることにそふ」．滋賀県高島郡朽木(くつき)村．　1398

熊野《くまの》　熊野は主に和歌山県東・西両牟婁郡をさすが，本集のは熊野詣の場合で，東牟婁郡本宮町の本宮即ち熊野坐(くまのにます)神社を中心に，新宮市の熊野速玉(くまののはやたま)神社，那智山の熊野夫須美(くまののふすみ)神社を併せた熊野三山をいう．　詞 989, 1524, 1559, 1662, 1663, 1813, 1844, 1906, 1907, 1909, 1910．左 1858, 1859, 1860

熊野河《くまのがわ》　奈良県吉野郡の大峰山*中に発し，上流は十津川といい，熊野本宮の傍を流れて新宮市より海に入る．延長 115 キロ．　1908．詞 1908．→おとなし河《おとなしがわ》

熊野の本宮《くまののほんぐう》　熊野坐(くまのにます)神社．祭神は証誠(しょうじょう)殿の家都御子(けつみこ)神，本地阿弥陀仏を中心に諸神を祀り，社殿軒を並べる．　詞 1911

久米路の橋《くめじのはし》　初学抄に「葛城の橋」に注して「大和．久米路の橋，岩橋などよむ．中絶えたり」とあるのは有名な岩橋伝説をさす．即ち修験道の祖役小角(えんのおづぬ)が葛城山*と金峰山(御嶽*)との間に架橋しようとして葛城の一言主(ひとことぬしの)神に命じたが，神は容貌の醜いのを恥じて夜しか働かなかったので怒り，互いに争って橋は中絶したという(俊頼髄脳，奥義抄・中)．久米は高市郡久米郷，いま橿原市．　1061, 1406

位山《くらいやま》　初学抄は「飛騨．いやたかの峰あり．六位の笏木切るなり」と記し，御抄はさらに「信濃国に通ふ山か」と注する．岐阜県大野郡宮村の西，益田郡との境にある 1529 メートルの山．　1814

けしきの森《けしきのもり》　初学抄に「大隅．人のけしきにそふ」とあるのは古今六帖 2 の「大隅のけ

しきの森」の歌による．鹿児島県国分(こくぶ)市にある大隅国の国府遺址付近という．　270

興福寺《こうふくじ》　奈良市登大路町にある法相宗の大本山．鎌足の没後その持仏である釈迦丈六像を本尊として山城国山科に建てられた山階寺に始まり，のち明日香に移り，平城遷都とともに現地に移築されたと伝える．藤原氏の氏寺で春日神社*と一体の関係を維持してきた．詞 1457. 左 1854

高野《こうや》　高野山の略称．和歌山県伊都郡にある 985 メートルの山で，山上に空海が創建した真言宗の大本山金剛峰寺(こんごうぶじ)があり，その俗称でもある．　詞 836

こがらしの森《こがらしのもり》　古今六帖 2「人知れぬ思ひするがの国にこそ身を木枯の森はありけれ」とあるが，能因歌枕は山城国とし，夫木抄 22 は「駿河又山城」とする．　1320

越路《こしじ》　越あるいは越へ通じる道．「越」は北陸道の古称で，若狭・越前(福井県)，加賀・能登(石川県)，越中(富山県)，越後・佐渡(新潟県)の 7 か国をさす．　858, 914

越の白山《こしのしらやま》　初学抄「越前．越のしらねとも，越の大山とも．雪深し」．いわゆる「はくさん」で，石川・岐阜両県堺に聳える 2702 メートルの休火山．　1912

衣河《ころもがわ》　初学抄「陸奥．浪たつなどそふべし」．岩手県平泉町中尊寺の北で北上川に注ぐ．865

さ　行

西院《さいいん》　淳和天皇の仙洞西院(淳和院)のあった四条大路の北，西堀川小路の西に隣接する地．いま右京区西院．　詞 1684

最勝寺《さいしょうじ》　京都市左京区岡崎一帯にあった六勝寺の 1．鳥羽天皇の御願で元永元年(1118) 12 月落慶，承久元年(1219) 11 月焼失．いま平安神宮の西南に最勝寺町の名が残る．　詞 1456

最勝四天王院《さいしょうしてんのういん》　後鳥羽院が慈円の進献した白河の地に造営して承元元年(1207) 11 月落慶供養．その後承久元年(1219) 7 月五辻殿に移され，残部も同 2 年 10 月破却された．詞 133, 184, 259, 290, 526, 636, 649, 1579, 1653, 1725, 1900

坂田《さかた》　近江国坂田郡．中心は今の長浜市．詞 753

嵯峨野《さがの》　「嵯峨の野べ」．初学抄「山城．ものさがにそふ」．京都市右京区の愛宕山麓で，東は宇多野・太秦(うずまさ)*から西は小倉山*，北は広沢池・大覚寺辺から南は大井川*にわたる地域．　785, 786, 787. 詞 785, 787.

佐野のわたり《さののわたり》　御抄には「大和．万葉集．みわのさき．家なし」とあり，三輪山*麓の初瀬川*の渡しと考えているらしい．万葉集の場合，通説は紀伊国で，新宮市の佐野海岸．671

佐保河《さほがわ・さほのかわ》　御抄「大和．万葉集．千鳥，紅葉，霧，ふぢばかま」．奈良坂の東方山地に発し，奈良市の北部，佐保の地を西流，法華寺の南から平城京を縦断して初瀬川に注ぐ．642, 1647, 1896. 詞 642

佐保山《さほやま・さほのやま》　御抄「大和．霞，卯花，郭公，喚子(よぶこ)鳥，紅葉，雁，ささ竹の大宮人」．佐保の地即ち奈良市法蓮，佐保田，法華寺町の北に連なる山．　529, 574

さやの中山《さやのなかやま》　「さよの中山」．初学抄「遠江．なかなかなどそふ」．静岡県掛川市日坂(にっさか)の東北，250 メートルの山．東麓に東海道菊河宿があった．　907, 940, 954, 962, 987

更級の山《さらしなのやま》　「更級」．初学抄は「さらしな山」に「信濃．月めでたし」と注する．更級郡更級郷．　1257, 1259.　→をばすて山《おばすてやま》

塩釜の浦《しおがまのうら》　「塩釜」．御抄「陸奥．古今集．神の御在所」．宮城県松島湾内の南にある塩釜港．その西北の丘上に塩竈神社がある．390, 674, 820, 1379, 1611, 1717. 詞 1717

塩屋の王子《しおやのおおじ》　「塩屋」．熊野九十九王子社の 1．和歌山県御坊市塩屋町北塩屋．　1909. 詞 1909

志賀《しか》　能因歌枕は筑前国に「しかしま」を入れ，御抄は「しかの島，筑前」とする．海人で名高い万葉集の地名で，福岡県博多湾口にある志賀(しかの)島．　1592

志賀《しが》**・志賀の浦**《しがのうら》　琵琶湖の湖西に広がる滋賀郡の地であるが，中心は大津市の唐崎から粟津原の間で，大津宮の旧都の地もあった．西に長等山*が連なり，それを越えて京都の北白川に出るのが志賀越え．志賀の沿海が志賀の浦．　16, 174, 639

志賀の唐崎《しがのからさき》　御抄「近江．万葉集」．大津市唐崎．日吉神社の東南の湖岸．　656, 1469, 1507

敷津の浦《しきつのうら》　「敷津」．御抄「摂津．すみよしの一．なのりそ」．住吉神社西南の海で，い

ま大阪市住之江区の南に名が残る. 916. 詞916

信濃《しなの》 東山道の1国で, いま長野県. 903

信濃の御坂《しなののみさか》 古事記・中に見える「科野之坂」で, 美濃と信濃を結ぶ東山道の難所として知られた「神の御坂」をいう. いま恵那山の東北にある神坂(みさか)峠. 詞913

信太の森《しのだのもり》 初学抄「和泉. 木一本なり. 千枝とよむ」. また御抄「信太の森のちえはくすの木なり」とあるが, 古今六帖2には「和泉なる信太の森の葛の葉のちへにわかれて」とあり, 葛が楠に転じたもの. 和泉国和泉郡信太郷. いま大阪府和泉市府中町の北部. 213, 307, 1820. 詞307

篠原《しのはら》 御抄に「加賀. 俊成」とあるのはこの歌で, いま石川県加賀市の篠原であるが, むしろ普通に古駅として知られた近江国野洲郡篠原郷, 今の野洲町の篠原と解する方がよい. なお957歌「小野の篠原」は普通名詞であろう. 976

しのぶの浦《しのぶのうら》 初学抄「陸奥. 恋をしのぶなども」. 御抄も「しのぶ浦」を陸奥とする. 「しのぶ山*」「しのぶの里*」と同じく, もし信夫郡にあるとすれば阿武隈川の湾曲部と考える外はないが, おそらくこれらの歌枕の連想から生れた机上の産物であろう. 元永元年(1118) 10月2日内大臣家歌合「玉藻かるしのぶの浦の海人だにもいとかく袖はぬるるものかは　雅光」が早い用例. 971, 1096

しのぶの里《しのぶのさと》 初学抄「陸奥. 恋にそふ」. 陸奥国信夫郡の地. いま福島市. 385, 1786

信夫山《しのぶやま・しのぶのやま》 初学抄「陸奥. しのぶるにそふ」. また御抄に「陸奥. 伊勢物語」とあるように同物語15段で知られた歌枕. 福島市の北部. 562, 1093, 1094, 1095

しめぢが原《しめじがはら》 御抄は「下総. さしも草多生云々」とし, 夫木抄22は「下野又下総」とするが, 古今六帖6「下野やしめつの原のさしも草おのが思ひに身をや焼くらむ」の歌について袖中抄2が「しめち」「しめつ」は音通で同所としているのに従ってよく, 下野(栃木県)の歌枕. 「下野やしめぢが原の草がくれさしもはなにに燃ゆる蛍ぞ　真観」(建長8年百首歌合). 1916

笙の岩屋《しょうのいわや》 大峰山地の大普賢岳(1780メートル)に接する文殊岳の裾, 南面の岩屋で, 冬籠の行場として知られていた. 詞1923. →御嶽《みたけ》

白河《しらかわ》 比叡山の南, 大津市の山中町に発して, 京都市の北白川から東山山麓を南下し, 岡崎・粟田口*を経て賀茂川に注ぐ川であるが, その流域である賀茂川以東の地を京に対してよぶ場合が多い. 1456. 詞800, 812, 1458, 1459

白山《しらやま》 666. 詞1912. →越の白山《こしのしらやま》

新宮《しんぐう》 詞1908. →熊野《くまの》

末の松山《すえのまつやま》 「末の松」. 初学抄「陸奥. なみこゆとよむ」. 御抄「陸奥. 古今集. 興風. 松山とも. 波こゆる」. 貞永元年(1232)洞院摂政家百首「眺望」に「浪のうつる色にや秋の越えぬらむ宮城の原の末の松山　俊成女」によれば「宮城野*」の末の海辺と理解されていたであろう. 奥の細道に見える「末松山」(多賀城市八幡)もその方角にある. 37, 705, 970, 1474

素鵞《すが》 「素鵞の里」. 神代紀「遂に出雲之清地に到ります(清地, 此をば素鵝と云ふ)」. 素戔嗚(すさのお)尊はこの地に宮を建てて「八雲立つ」の歌をよみ, 奇稲田(くしいなだ)姫と結婚する. 真名序, 仮名序

菅原や伏見の里《すがわ(は)らやふしみのさと》 「菅原や伏見」. 御抄が「菅原の伏見の里」に「大和. 古今集. 景行天皇陵なり」と注するのは父垂仁天皇の菅原伏見東陵の誤りであろう. 奈良市西大寺町. 292, 476

鈴鹿河《すずかがわ》 初学抄「伊勢. 音高くなるなどそふべし」. 鈴鹿山に発し, 鈴鹿郡を流れて伊勢湾に注ぐ. 526. 詞526

鈴鹿山《すずかやま》 初学抄「伊勢. 鈴にそふ. 関あり」. 鈴鹿郡の西北, 近江との国境に連なる山地. 357メートルの鈴鹿峠は東海道や伊勢路の要衝で, 南麓の関町に鈴鹿関があった. 延暦8年(789)廃止. 1613

須磨の浦《すまのうら》 「須磨」. 初学抄は「須磨の浦」に「摂津. 恋をすまなどそふ」とする. 神戸市須磨区の海. 1041, 1065, 1083, 1117, 1210, 1434, 1557, 1598, 1599. 詞1598

須磨の関《すまのせき》 初学抄「摂津. 海辺なり. 播磨境」. 海辺の関として有名. 1600

住の江《すみのえ》 初学抄「摂津. 松あり」. 摂津国住吉郡, 摂津の一ノ宮である住吉神社の所在地. 社前の松原は直ちに「住吉の浜」につづいていた. 大阪市の南部から堺市にかけての海辺. 714, 725, 1792, 1856. 左1856. →敷津の浦《しきつのうら》

住吉《すみよし》 「住吉の郡」「住吉の里」. 仮名序, 396, 739, 1420, 1607, 1608, 1793, 1913, (1994). 詞 869, 1635, 1913, (1994). 左 1855, 1856, 1857. →住の江《すみのえ》

駿河国《するがのくに》 「駿河」. 東海道の1国で, いま静岡県の中央部. 904. 詞 904

栖霞寺《せいかじ》 京都市右京区嵯峨釈迦堂にある清涼寺が旧址. 源融の山荘栖霞観を没後寺にしたもので, のちその内の釈迦堂を中心に清涼寺が営まれて発展し, 旧寺はいま清涼寺内の阿弥陀堂に名を残している. 詞 1646

関戸の院《せきどのいん》 大阪府三島郡島本町山崎. 山城・摂津両国堺にあった山崎の関の付属の建物であったが, 平安時代初に関が廃止された後も客舎として維持された. 詞 931

瀬田の長橋《せたのながはし》 琵琶湖の南端, 瀬田川の流れ出る所にかかる官橋で, 交通の要衝. 1656

袖の浦《そでのうら》 初学抄「出羽. 恋にそふ」. 御抄に「出羽. 新古今集. 斎宮女御」とあるのは807歌をさす. 出羽はいま秋田・山形両県にわたる. 807, 1497

園原《そのはら》**・園原やふせや**《そのはらやふせや》 御抄「信濃」. 袖中抄19は997歌について考証し, 布施屋が国や寺院の経営にかかる無料宿泊所であること, 今の場合「信濃国そのはら」に作られた布施屋であることを明らかにしている. 東山道の難所として聞えた「信濃の御坂*」には信濃側に阿智駅が置かれており, そこに最澄が広拯院を建てて寺と宿泊所を兼ねたと伝える. 布施屋はこれをさすか. いま下伊那郡阿智村園原に遺址というのがある. 913, 997. 詞 913

た 行

大乗院《だいじょういん》 比叡山の東塔, 無動寺*にある. 藤原兼実が故皇嘉門院の御所を移造したもので, 落慶供養は建久5年(1194)8月であるが, 拾玉集には早く文治5年(1189)8月頃大乗院で詠歌のことが見える. 建久6年9月, 天台座主慈円はここではじめて勧学講を開き, 顕密の学道を振興した. 詞 1469

太神宮《だいじんぐう》 三重県伊勢市の皇大神宮. 祭神天照坐皇大御神. 相殿の神は天手力雄(あめのたちからおの)神, 万幡(よろずはた)豊秋津姫命. 詞 236, 279, 1612, 1871, 1873, 1875, (1984)

高砂《たかさご》**・高砂の尾のへ**《たかさごのおのえ》 「高砂の松」. 御抄「たかさごはすべて山の名なりともいへり」として歌枕から外しているが, 初学抄は「たかさごの松」について「播磨. いたづらなるものにそふ」と注し, 290歌の最勝四天王院障子歌でも「播磨」と国名を示している. 兵庫県の加古川川口で, 高砂・加古川両市にわたる. 290, 740. 詞 290

たかのを山《たかのおやま》**・**《たかのおのやま》 悠紀方なので近江国であるが, 御抄「近江. 匡房」とあるのはこの歌をさす. 犬上郡田可郷の山か. とすれば仁安元年(1166)大嘗会悠紀方御屏風によまれた高宮郷(長秋詠藻・中)の東に当り, 多賀神社の所在地. 750. 詞 750

高間の山《たかまのやま》 初学抄「大和. 高きにそふ」. 葛城山中の最高峰, 1125メートルの金剛山の古称. 御所(ごせ)市高天(たかま)の西で, 立田山の南方. 仮名序, 87, 990. →葛城山《かずらきやま》

高円の尾上の宮《たかまどのおのえのみや》 331. →をのへの宮《おのえのみや》

高円の野《たかまどのの》 御抄は「たかまどの」として「大和. 万葉集. 萩, 女郎花, 鹿」と注する. 高円山の山麓で, 西から南にかけて広がる. 373. →高円山《たかまどやま》

高円山《たかまどやま》 春日山*の南につづく432メートルの山. 383

武隈の松《たけくまのまつ》 初学抄「陸奥. 二本なり」. 奥義抄・中は後撰集・雑3, 藤原元善の歌の注で, 武隈に陸奥の国衙のあったことや, 元善が館の前にはじめて松を植えたこと等を記している. 武隈はいま宮城県岩沼市. 878, 1475

多祜の浦《たこのうら》 初学抄「駿河. 波たえず立つ」. 御抄は駿河と越中の双方を掲げ, 前者には「駿河の田子. この田子は古今集に始まる」と記し, 後者は「万葉集. 越中のたこ. 藤あり. 家持国司興遊所なり. 水海なり」と注する. 早く和歌童蒙抄7も両者を混同して駿河としているが, 少なくとも藤歌の場合は越中とし, 「たこ」と清音で読むがよい. いま富山県氷見市に田子の名が残る. 1482

田子の浦《たごのうら》 駿河国. いま静岡県富士市. 675, 1610

ただすの森《ただすのもり》**・ただすの宮**《ただすのみや》 御抄に「山城. 新古今集. 貞文」とあるのは1220歌をさす. 京都市左京区. 高野・賀茂両川の合流する三角洲の鬱蒼とした森林で, 下鴨神社と摂社河合神社が鎮座する. 1220, 1891. →賀茂の社《かものやしろ》

立田山《たつたやま》 初学抄「大和. 錦, 霞, 浪, 衣,

なき名たつとそふ」．奈良県生駒郡三郷町竜田大社の西方の山地で，大和・河内・難波を結ぶ竜田道が通っていた． 仮名序, 85, 87, 90, 91, 302, 412, 451, 527, 530, 566, 984, 1133, 1688

田上《たなかみ》 御抄は「田上山」に「近江．ゆふだたみ，さねかづら」，「田上川」に「近江．拾遺集．網代．元輔」と注する．琵琶湖の南にある小盆地で，西を瀬田川(田上川か)が限り，南は山地(田上山か)，中央を大戸川が貫流して瀬田川に注ぐ辺に網代が設けられていた．いま大津市田上． 詞 927

玉江《たまえ》 初学抄「摂津．蘆あり」とするのみであるが，御抄は摂津と越前の双方を掲げ，前者は「三島江．こも刈り小舟，蘆刈り小舟」とし，後者については「「夏刈の玉江のあし」といへるは越前の由，俊頼抄(俊頼髄脳)にあり．「三島江の玉江」とは別所なり」と注する．この「夏刈の玉江のあし」は 932 歌の本歌をさしているが，それを越前とみることは和歌童蒙抄，奥義抄も同じく，通説とされるので，本集の場合も越前と解される．なお早く伊勢集には「難波潟玉江のあしをふみしだき鳴くらむ鶴はわがためにかは」があり，これはまた別所となる． 932

たるみ 32 歌について和歌童蒙抄 7 は地名としないが，地名とすれば能因歌枕に播磨，御抄に摂津説が見える．おそらくこれらは袖中抄 3 に「摂津と播磨との境にたるみといふ所あり．…えもいはぬ水出づる故に垂水といふなり」と注し，傍に垂水明神を祀るというのをさすのであろう．播磨国明石郡垂水郷で，いま神戸市垂水区． 32

千代の古道《ちよのふるみち》 1646 歌の本歌によっていつまでも変らない古道を意味し，また道に政道の意も寓しているが，併せて嵯峨の歌枕として扱われている．内裏を出て一条通を西行し，広沢池の南を経て栖霞寺*に通じる道であろう．一般には本歌の「芹川」と同様，嵯峨にも鳥羽にも詠まれる歌枕． 1646

月読の社《つきよみのやしろ》 「月読の森」．初学抄「月読の森」に「伊勢，神宮末社」とある通り，内宮の東北，中村町にある別宮．祭神は月読尊(つきよみのみこと)で天照大神の弟． 1879. 詞 1879

筑紫《つくし》 幾つかの用法があるが，九州全体あるいは筑前に在る大宰府をさすのが普通で，本集では多く後者． 901, 1697. 詞 342, 873, 884, 893, 901. 左 1853

筑波山《つくばやま》 初学抄「常陸．しげきことによむ．つくばねともいふ」．御抄は「つくばね」として「常陸，或は惣て峰の名なり．さゆりの花，水あり，紅葉」とする．茨城県つくば市・新治(にいはり)郡・真壁郡の境にある 876 メートルの山． 1013, 1014

対馬《つしま》 九州北方の島．西海道の 1 国で，いま長崎県に入る． 詞 823

津の国《つのくに》 摂津国の正しい呼び名．いま過半は大阪府，他は兵庫県に入る． 289, 625, 1848. 詞 547, 1571, 1670, 1848

壺の石ぶみ《つぼのいしぶみ》 袖中抄 19 には陸奥の奥，壺の地にある古碑で，坂上田村麿が弓の筈で「日本の中央のよし」を書きつけたとある．壺は青森県上北郡天間林(てんまばやし)村その他に伝承地がある． 1786

天王寺《てんのうじ》 聖徳太子の創建という四天王寺の通称．難波の浦*に面していた．いま大阪市天王寺区． 詞 919, 978, 1926

東大寺《とうだいじ》 奈良市雑司町にある聖武天皇発願の華厳宗の総本山．治承 4 年(1180)平重衡に焼かれてのち再建，建久 6 年(1195) 3 月 12 日落慶供養があり，後鳥羽院はじめ源頼朝，政子も臨席した． 詞 1457

とふの浦《とうのうら》 御抄「陸奥．新古今集．為仲」とするのはこの歌をさす．家集によれば陸奥守で在任中，国府(今の宮城県多賀城市にあった)で詠んだ歌らしく，その近くの海であろう． 930

とをち《とおち》**・十市の里**《とおちのさと》 能因歌枕，初学抄，御抄に「大和」とある．しかし御抄がまた「とほちの里とはただ遠きことなり」と注する通り，栄花物語・殿上の花見の「陸奥とほちの里」や肥前の「ちかの浦」をさした高遠集の例もある．485 歌はともかく，266 歌は明らかに大和国で，「遠き」にも掛ける．しかし狭く「十市の里」(橿原市十市町か)ではなく十市郡(明治 29 年磯城郡に入る)をさすのであろう． 266, 485

常磐の森《ときわのもり》 初学抄「山城．かげにかくるとも」．京都市右京区常盤．双ヶ丘の西南の地で，常盤林ともいった名所． 577. 詞 577

常磐の山《ときわのやま》 単に常磐木の茂る山の意でもよまれるが，歌枕としては能因歌枕の「常陸国」に「ときは山」があり，御抄「ときは山」には「山城．古今集．淑望」とする．山城とすれば前項の常盤辺の山．常陸ならば那珂郡

常石(ときわ)郷で，いま水戸市常磐町．　370, 1617

とこの山《とこのやま》　初学抄「近江．いさや川あり．とこ(床)にそふ」．万葉集 11「狗上(いぬかみ)之鳥籠山」で，彦根市の正法寺山か．　514, 967

としまが磯《としまがいそ》　御抄「摂津．金葉集．仲実」．夫木抄 26 も摂津とする．一方，御抄は「としまの崎」を「淡路．万葉集」とする．これは万葉集 3「敏馬(みぬめ)乃崎」をさしているが，類聚古集，古葉略類聚抄に「としま」と訓み，西本願寺本には「みぬめ」「としま」の両訓が見え，「としま」は誤訓に基づくと推定される．「敏馬之崎」は摂津の西方の海岸とされているので「淡路」に近いが，「摂津」とすべきであろう．「としまが磯」「としまの崎」は同所か．　651

鳥羽《とば》　「鳥羽殿」．白河•鳥羽•後白河•後鳥羽 4 代にわたる離宮．応徳 3 年(1086)以後，賀茂•桂両川の合流する辺，今の京都市伏見区竹田，中島一帯の地に造営がつづけられた．詞 80, 257, 449, 579, 1465, 1623

鳥羽田《とばた》　朱雀大路より南下する鳥羽の作り道の東側，賀茂川との間に広がっていた田．いま京都市南区東•西九条，上鳥羽辺．その南端に鳥羽殿*(離宮)があった．　503

飛火の野べ《とぶひののべ》　御抄「春日野」の項に「とぶひ野は春日野にあり(中略)．火の故につきたる名」とある．「火」は烽火のこと．　13．→春日野《かすがの》

富緒河《とみのおがわ》　御抄「大和．いかるがの一」．奈良県生駒市の北に発して奈良市富雄(とみお)から斑鳩(いかるが)町を過ぎて大和川に注ぐ富雄川．　仮名序

な　行

長田村《ながたのむら》　「長田」．京都府福知山市長田(おさだ)．生野(いくの)の西北．　754．詞 754．→生野《いくの》

中山《なかやま》　これは「備中国中山」．　詞 747．→吉備の中山《きびのなかやま》

長柄の橋《ながらのはし》　「長柄」．初学抄「摂津．今はなし．橋柱ばかりはよむ」．弘仁 3 年(812)長柄川(中津川)に架けられたが，仁寿 3 年(853)の水害の後は荒廃にまかせ，橋柱ばかりが残っていたという．川筋は変動しているが，位置はほぼ現在の長柄橋(淀川と新淀川の分流点の西)付近といわれ，分流点の南の地が長柄．　仮名序, 1596, 1848．詞 1594

長柄の浜《ながらのはま》　源家長日記によれば「清げなる浜づらに小松原」あり，「渡辺の橋」も真近かったことが見え，また「昔の長柄の橋とかやはこのわたりなりけむかし」とある．　1595

長等の山《ながらのやま》　初学抄「近江．さざなみやともいふ．長きことにそふ」．今は滋賀県大津市の三井寺の西に聳える 370 メートルの山をいうが，それより比叡山の南，無動寺にかけて一帯の山地の称．その東麓の湖岸に沿った地域が「志賀」の中心．逢坂山，比叡山や如意ヶ岳につづく．　1202, 1469．→志賀《しが》 →三井寺《みいでら》 →無動寺《むどうじ》

名草の浜《なぐさのはま》　初学抄「紀伊．なぐさむるにそふ」．紀伊国名草郡の浜で，和歌浦の南，紀三井寺の麓の海岸．　1078

なごの海《なごのうみ》　初学抄「丹後」．御抄は「越中．万葉集七，海中に鹿ぞ鳴く．磯のうら．摂津国にも丹後にもあり」と注する．万葉集で多くよまれているのは越中の「名児乃海」(富山湾)であるが，同じ巻 7 に「住吉之名児之浜」とあるのは摂津国住吉．それにしても霞の歌なら難波の浦がふさわしく，「なご」の名もふさわしい．　35

灘《なだ》　1605．→蘆屋の灘《あしのやのなだ》

なつみの河《なつみのかわ》　宮滝*の上流，吉野町の菜摘辺を流れる吉野川という．　654

名取河《なとりがわ》　初学抄「陸奥．なき名にそふ」．宮城県の西，大東岳に発して名取郡を流れ，広瀬川を合わせて仙台湾に注ぐ．　553, 1118, 1119

七の社《なながやしろ》　滋賀県大津市坂本の日吉神社に祀る山王二十一社のうち，上七社をいう．即ち大宮(大比叡明神)，二宮(小比叡明神)，聖真子，八王子，客人，十禅師，三宮．　1902．→二宮《にのみや》 →客人の宮《まろうどのみや》

難波《なにわ》　「難波びと」「難波め」．ほぼ今の大阪市の古称．　400, 625, 823, 973, 1063, 1077, 1593．詞 1919

難波江《なにわえ》　御抄「摂津．蘆」．難波の海には神崎川，長柄川などが流入して川口が深く入り込み入江をなしていたが，特に「難波堀江*」をさす．　26, 626

難波潟《なにわがた》　御抄「摂津．潮干のありそ」．遠浅で八十島(やそしま)の点在していた難波の浦をいう．57, 1049, 1555, 1597

難波津《なにわづ》　難波の港．難波には住吉ノ津などもあるが，「難波堀江*」にあった難波ノ津を

さすのであろう．現位置は不明であるが淀川(大川)の天満橋付近という．　真名序，仮名序

難波の浦《なにわのうら》　ほぼ今の大阪市域沿いの大阪湾．　547．詞 919．→難波潟《なにわがた》

難波堀江《なにわほりえ》　初学抄「摂津．深きことに寄す」．仁徳天皇が難波高津宮の北方に治水，通運のために開削したという水路．今の淀川(大川)とする説が有力であるが旧長堀川説もある．　詞 823

ならの小河《ならのおがわ》　御抄に「山城．新古今集．八代女王」とあるのはこの歌をさす．この歌，古今六帖 1 に八代女王の「君により言の繁さに古里の明日香の川にみそぎしにゆく」と並べられているために同女王歌と誤ったものと思われるが，もし同女王歌とするなら「ならの小河」も大和国とすべきであろう．御抄のいう山城はどこか不明．　1376

奈良の宮《ならのみや》　平城京の皇居．奈良市佐紀町に旧址がある．　詞 896

鳴海潟《なるみがた》**・**《なるみのかた》**・鳴海の浦**《なるみのうら》　御抄に「尾張．新古今集，崇徳歌」とあるのは 1945 歌をさす．名古屋市緑区鳴海辺から熱田区にかけての伊勢湾の深く入りこんだ潟状の海で，昼は干潟を夕方は「鳴海野」を通行した．近世初期には陸地になっている．　648, 649, 650, 1085, 1945．詞 649

南円堂《なんえんどう》　奈良市，興福寺*の南大門址の西にある八角堂で，弘仁 4 年(813)北家の藤原冬嗣の創建．　左 1854

にほの海《におのうみ》　御抄は「近江．にほの水海．源氏物語」と注する．琵琶湖の異称．　389

二宮《にのみや》　日吉神社の「七の社*」の 1．比叡山の地主神である大山咋(おおやまくいの)神，本地薬師如来を祀る．　詞 1901

布引滝《ぬのびきのたき》　初学抄「摂津．つねにさらすとも」．神戸市中央区葺合(ふきあい)町の山中．上流のダム工事で変動しているが，いま新生田川の中流にかかり，雄滝は 43 メートル．　1652, 1653．詞 1651, 1652, 1653

野島が崎《のじまがさき》　五代集歌枕は「のじまのさき」を淡路とし，御抄は「近江．万葉集．あづまぢのともいふなり．一説淡路にありと云々」と注す．万葉集 3「粟路之野島之前」は「淡路の」であるが，これを旧訓に「アハミチノ」と訓んだところに近江説は生じたのであろうが，千五百番歌合 625 番の俊成の判歌も近江と解しているらしい．万葉集では淡路島の北，北淡町の野島に擬している．　402

野田の玉河《のだのたまがわ》　御抄は「たま河」に「陸奥．のだの玉川とも．能因．津の国にもあり」とする．能因とあるのはこの歌をさす．　643

野中の清水《のなかのしみず》　初学抄「播磨．昔を思ひ出づるにそふ」．御抄も播磨とし，「印南野(いなみの)にあり．又河内にあり．播磨を以て本とす」と注する．　1407

野の宮《ののみや》　新斎宮が宮中の初斎院で過した後，さらに 1 年間潔斎のために籠る仮宮で，その都度，宮城外の浄野に設けられた．いま京都市右京区天竜寺の北にある野宮神社は一部の俤を残すという．　1576．詞 1576

は　行

八幡宮《はちまんぐう》　石清水八幡宮．　詞 1887．→石清水《いわしみず》

羽束《はつか》**・羽束の山**《はつかのやま》　詞書に見える「津の国の羽束といふ所」は摂津国有馬郡羽束(はつかし)郷．御抄が「はつかの山」について「摂津．匡房」とするのはこの歌である．　1571．詞 1571

初瀬《はつせ》　大和国城上郡長谷(はつせ)郷，いま桜井市初瀬の長谷寺をさす．本尊十一面観音で有名．　詞 923, 966, 986

初瀬河《はつせがわ》**・**《はつせのかわ》　初学抄「大和．あさましき身をなども」．長谷寺の北方山地に発し，寺の前から三輪山の麓をめぐって平野を西北に流れ，佐保川と合流して大和川に注ぐ．　261, 703

初瀬山《はつせやま》　初学抄「長谷寺なり．雲居に高くよむ」．御抄「大和．をはつせともよめり．…花，月，雪，霞，村．かくらくの一，あまを舟一」．前記長谷郷の山地．また特に長谷寺のある山をさす．　157, 966, 1142

ははそ原《ははそはら》　御抄「山城．万葉集，いはたの小野の一」．普通名詞の場合も多いが，ここはこの歌枕とみてよい．　531．→石田の小野《いわたのおの》

ははその森《ははそのもり》　初学抄「山城．こずゑあまたとも」．京都府相楽郡精華町祝園(ほうその)神社の社地といい，常に泉川*と併せてよまれる．　532

比叡山中堂《ひえいざんのちゅうどう》　この「比叡山」は天台宗の総本山延暦寺の山号で，中堂は根本中堂をさす．一乗止観院ともいい，延暦 7 年(788)最澄がこれを大岳の中腹に立てたのが延暦寺の草創．　詞 1920

日吉社《ひえのやしろ》 「日吉」「ひよし」. 1903. 詞 16, 1901, 1912. 左 1852. →七の社《ななのやしろ》

東山《ひがしやま》 京の東方山地で北は如意ヶ岳から南は稲荷(いなり)山に至る. 併せて西麓一帯の地をいう. そのうち粟田口*以北を特に「白河*」とよんでいる. 詞 1472

常陸《ひたち》 東海道の 1 国で, いま茨城県の大部分. 1052

備中国《びっちゅうのくに》 山陽道の 1 国で, いま岡山県の西部. 詞 747. →吉備の中山《きびのなかやま》

日根《ひね》 初学抄に「和泉. ひねの松原」とある. 和泉国日根郡日根荘. 熊野街道はここから南へ街道(後の粉河街道)を分岐し, 高野参詣にも利用された. いま大阪府泉佐野市日根野. 詞 912

比良山《ひらやま・ひらのやま》 「比良のたかね」. 御抄に「近江. 紅葉, 小松, ひらのたかね」とある. 滋賀郡の北端に連なる山地. 最高峰の武奈ヶ岳は 1214 メートル. 128, 656, 1702

深草《ふかくさ》 「深草の里」. 初学抄は「ふかくさ山」に「山城. 深きにそふ」と注する. 山城国紀伊郡深草郷. いま京都市伏見区深草. 293, 374, 512, 1337

吹上の浜《ふきあげのはま》 「吹上」. 初学抄「紀伊. すなごを風の吹きあぐるなり」.「宇治関白(頼通)高野山御参詣記」によれば「雑賀松原(さいかのまつばら)」(いま和歌山市, 雑賀崎)の北に続く海浜で, 砂丘があり「清砂崔嵬」という. 646, 647, 1609

ふけゐの浦《ふけいのうら》 初学抄「和泉. 風吹くにそふ. 夜のふくるにも」. 和泉とすれば大阪府の西南端の岬町深日(ふけ)港付近であるが, この歌は紀伊守の詠であるから契沖の類字名所補翼鈔や玉勝間 9 に説く通り,「吹上の浜*」の別名. 1723

富士《ふじ》 「富士のたかね」「富士のね」「富士の山」. 御抄「ふじのたかね」に「駿河. 万葉集. …白妙, 雪, 煙. 富士は甲斐•駿河二か国の中より出でたるといへり. その神は石花海と名づけて我国を守る神なり」とあり, 山頂は静岡県で 3776 メートル. 仮名序, 33, 675, 975, 1008, 1009, 1132, 1614, 1615, 1616. 詞 1615, 1616

藤江の浦《ふじえのうら》 御抄「播磨. 万葉集. 白妙の—」. 兵庫県明石市藤江付近. 1554

伏見の小田《ふしみのおだ》 御抄「伏見の田居」に「山城. 万葉集. 大蔵(巨椋)入江辺」とある. 427

伏見山《ふしみやま》**•伏見の里**《ふしみのさと》 「伏見の野べ」. 初学抄は「ふしみやま」に「山城. ぬるにそふ」. 伏見は, 北は稲荷山麓につづき, 南には宇治川を取込んだ巨椋(おぐらの)池が広がり, 西は賀茂川を隔てて鳥羽田*に接する. そして東の山地が伏見山で, 木幡(こはた), 宇治に通う道がついていた. いま京都市伏見区の内. 291, 673, 1165. 詞 673

藤原の宮《ふじわらのみや》 持統天皇 8 年(694)から元明天皇和銅 3 年(710)の平城遷都まで 3 代にわたる皇居. 奈良県橿原市高殿が中心で, 大和三山に囲まれていた. 詞 896

ふたみの浦《ふたみのうら》 初学抄に「伊勢. たまくしげにそふ」とある度会郡のそれが有名であるが, 御抄に「播磨. 古今集, 兼輔. 但馬温泉に向ふ道なり. 是もたまくしげ」とあるのはこの歌の本歌をさしており, この歌も播磨である. 兵庫県明石市二見町. 藤江の浦の西. 1167

船岡《ふなおか》 初学抄「山城. 舟にそふ」. 京都市北区の南にある 120 メートルの船岡山. 子日の遊び等で知られている. 詞 1438. →有栖川《ありすがわ》 →紫野《むらさきの》

布留の社《ふるのやしろ》 「布留の神杉」. 石上布留(いそのかみふる)*に鎮座する石上神宮で, 布都御魂剣(ふつのみたまのつるぎ)を祀る. 581, 660, 1028, 1796. →石上布留《いそのかみふる》

不破の関《ふわのせき》 御抄「美濃. 後撰集, 清正(きよただ)」. 美濃国不破郡にあり, 近江との国境に近い東山道の関所. いま関ヶ原町松尾に遺址がある. 養老頃(717–724)には置かれ延暦 8 年(789)廃止されたが, 固関(こげん)の儀はその後も行われた. 1601

遍照寺《へんしょうじ》 永祚元年(989) 10 月寛朝の開基にかかる勅願寺で, 東密広沢流の本山. 今は嵯峨野の広沢池の南にあるが, 旧地は池の西北という. 月の名所. 詞 1552

伯耆の大山《ほうきのだいせん》 伯耆は鳥取県の西部. そこに聳える山陰道第 1 の高山で 1713 メートル. 山腹に大山寺があり, 修験道の霊場. 詞 1918

法金剛院《ほうこんごういん》 鳥羽天皇中宮待賢門院の御願で大治 5 年(1130) 10 月建立. 双ヶ丘(ならびがおか)の東南, いま右京区花園にあり, 女院は晩年ここで過している. 詞 765

法輪寺《ほうりんじ》 貞観 16 年(874)道昌開基の寺で, 本尊虚空蔵菩薩. 嵐山の東麓, 虚空蔵山町にあり, 今も十三参りで名高い. 詞 785, 795,

1645. →嵐の山《あらしのやま》

菩提樹院《ぼだいじゅいん》 長暦元年(1037) 6 月，後一条天皇の墓所として母の上東門院が神楽ヶ岡の東に建立．今は陵墓のみで菩提樹院陵という．京都市左京区吉田神楽岡町． 詞 1724

堀河院《ほりかわいん》 藤原基経，兼通，顕光と伝領された邸宅で，二条大路の南，東堀川小路の東に南北 2 町を占めていた．貞元元年(976) 7 月や天元 5 年(982) 12 月の内裏焼亡の際，円融天皇はここを里内裏とし，また永観 2 年(984)譲位の後もしばらく住んでいる． 詞 1451

ま 行

巻向の檜原《まきもくのひばら》 初学抄「大和．万葉集．霞，小松原，ただ大方に詠める」．奈良県桜井市穴師の地の檜原で，その南の「三輪の檜原*」につづいている． 20

待兼山《まちかねやま》 初学抄．「摂津．人を待つにそふ」．大阪府豊中市待兼山町の大阪大学豊中地区の内． 205

松井《まつい》 備中国窪屋郡三須郷．国分寺の所在地で，いま岡山県総社市上林(かんばやし)． 756. 詞 756

松島《まつしま》 初学抄「陸奥，をじまなどつづく」．宮城県松島湾． 401, 933

待乳の山《まつちのやま》 初学抄「大和．待つことにそふ」．御抄も「大和」としつつ「馬，花，郭公．あさもよき．万葉集．又東国駿河にあり．又紀伊国にもあり，真土と書けり．もしくは同じ山か」と注する．奈良県五条市二見から和歌山県橋本市真土(まつち)へ越える山． 336, 1197, 1518. 詞 1518

松の尾山《まつのおやま》 御抄に「山城．後撰集」とあるのは後拾遺集の誤りか．京都市右京区，嵐山の東南に聳える 223 メートルの松尾山．東麓に大山咋(おおやまくいの)神を祀る松尾神社がある． 726

松山《まつやま》 1284. →末の松山《すえのまつやま》

松浦の沖《まつらのおき》 初学抄には「まつらの郡」に「肥前．あふことをとも」とあり，御抄は「まつらの海」として「肥前．万葉集，たらし姫」と注する．これは同集 15 の歌で，神功皇后がここに碇泊したことをいう．万葉集には松浦佐用比売伝説を詠じた歌も少なくなく，それらを含めて佐賀県の唐津湾を中心とする東松浦郡の海が考えられている． 883

真野の萩原《まののはぎはら》 御抄「大和．万葉集．しらすげの一．古の人衣にする」とあって万葉集 3「白菅乃真野之榛原」に基づく歌枕．榛(はり)は旧訓「はぎ」で，奥義抄・中や袖中抄 20 は木の萩即ち大萩と説く．また真野は万葉集の場合，神戸市長田区真野町辺一帯というが，それを当時は大和と理解していたのであろう． 332

客人の宮《まろうどのみや》 日吉神社の上七社の 1．大宮，二宮に配祀されたもので，祭神は白山(しらやま)妙理権現，本地十一面観音． 詞 1912. →七の社《ななのやしろ》

三井寺《みいでら》 滋賀県大津市の園城寺で，天台宗寺門派の総本山． 詞 1504, 1680. →長等の山《ながらのやま》

みかさの山《みかさのやま》 御抄「大和．鳥，日，月，時雨，花，紅葉，おほきみの一」．奈良市の春日神社*の背後にある 283 メートルの山．饅頭笠を伏せた形の優美な山で，春日山中の 1 峰． 1011, 1897. →春日山《かすがやま》

みかの原《みかのはら》 御抄「山城．ふたいの野べ，大宮所荒れたり」．京都府相楽郡加茂町．山に囲まれた盆地で泉川*が東から西へ貫流する．聖武天皇の恭仁京(くにのみやこ)は川の北側の旧瓶原(みかのはら)村にあり，「布当(ふたぎ)の野」もその辺という． 996

み熊野の浦《みくまののうら》 初学抄「紀伊．はまゆふあり」． 1048. →熊野《くまの》

み熊野の山《みくまののやま》 御抄「紀伊．新古今」． 1907. →熊野《くまの》

三島江《みしまえ》 御抄「摂津．万葉集．あし，こも」．摂津国三島(島上・島下)郡の淀川沿いの入江で，芥川の川口付近． 25, 228

みづくきの岡《みずくきのおか》 顕注密勘 20 は「所の名なり」とするばかりであるが，御抄は「近江．万葉集．雁，葛，浪たちわたる」と注し，夫木抄 21 も近江とする．契沖は古今余材抄 10 で筑前説を立てる．もと「みづくきの」は岡の枕詞で地名ではないが，当時の理解は近江の歌枕としてよい． 296, 1056

水の江《みずのえ》 御抄は万葉集 9「水江浦島子」の長歌について「丹後」とし，綺語抄・中には同じ伝説を詠んだ古歌の「みつの江」について「難波にみつ(御津)の堀江といふ所にてもありなむ．すみのえの浦島の子ともいひためり」と注して摂津説を立てる．いずれにせよこの伝説に関する場合は歌枕としてよいが，

本集ではそれぞれ脚注に記した通り普通名詞と解される. 1604, 1707

御嶽《みたけ》 奈良県吉野郡吉野村の吉野山から南, 山上ヶ岳(さんじょうがたけ), 別称大峰山に至る連峰の総称. 修験道の霊場で金峰山寺(きんぶせんじ)蔵王堂のある吉野山の金峰山はその本山. あるいはさらにその南につづく大峰山*地をも含めて御嶽ということもあったか. 詞 1923. →笙の岩屋《しょうのいわや》 →久米路の橋《くめじのはし》

みたらし河《みたらしがわ・みたらしのかわ》 御抄には「山城. 賀茂」として特に賀茂の御手洗川を歌枕としているが, 主に上賀茂社のそれをさす. 1888, 1889. →賀茂《かも》

みちのく 「みちのおく」「みちのくに」. 明治元年(1868)磐城, 岩代, 陸前, 陸中, 陸奥の5か国に分けられたが, いまは福島, 宮城, 岩手, 青森の4県と秋田県の1部. 643, 861, 1786. 詞 643, 793, 820, 857, 861, 866, 874, 878, 885, 930, 1351, 1474. 左 1859

御津寺《みつでら》 神亀年中(724–729)行基が建てたという. 大阪市中央区の心斎橋筋の西, 道頓堀川の北に旧三津寺町がある. 詞 1919. →大伴の御津《おおとものみつ》

みつの浜《みつのはま》 御抄「摂津. 大伴の. 松」は「大伴の御津*」であるが, これは「三津浜」(耀天記)で、近江国の日吉神社辺の湖岸をいう. 744, 1904. →大伴の御津《おおとものみつ》

水無瀬《みなせ》 大阪府三島郡島本町東大寺, 広瀬の辺. また本集では正治2年(1200)頃, 水無瀬川の川口の広瀬に営まれた後鳥羽院の離宮をさす. 詞 378, 543, 801, 1033, 1101, 1108, 1136, 1198, 1313, 1333, 1336

水無瀬河《みなせがわ》 初学抄「摂津. あさきにそふ」. 大阪府三島郡島本町大沢に発して東大寺の中央を南東に流れ, 淀川に注ぐ. 36

美濃のを山《みののおやま》 御抄に「美濃. 伊勢歌. 一つ松」とあるのはこの歌をさす. 実方集の「瑞垣のかきのみ絶ゆるたまづさは美濃のお山の神やいさむる」を見れば社のある山と知られるが, 国府(いま垂井町府中)の傍に聳える419メートルの南宮山(麓に美濃の一ノ宮, 南宮神社がある)という(謡言粗志「養老」条). 1408

美作《みまさか》 山陽道の1国で, いま岡山県の北部. 詞 876

御室の山《みむろのやま》 285, 525. →神南備山《かみなびやま》

御裳濯河《みもすそがわ》 1871, 1881. →五十鈴河《いすずがわ》

宮河《みやがわ》 大台ヶ原に発し伊勢市外宮の西を流れて伊勢湾に注ぐ. 伊勢路はこれを渡って外宮•内宮へ通じる. 1872

宮木野《みやぎの》 「宮木野の原」. 御抄は「陸奥. 古今集. 木下, 萩」とし, また「みやぎが原」には「千載集, 匡房. みやぎ野の原, 同事なり」と注する. 宮城郡宮城郷で, いま国分寺のあった仙台市東部にあてている. 300, 1346, 1566

宮滝《みやたき》 御抄「みやの滝」に「大和. 吉野なり. 後撰集」とする. 奈良県吉野郡吉野町宮滝. 吉野川が大きく湾曲して急湍になっている景勝の地で, 古代しばしば離宮が設けられた. 宇多法皇の行幸は昌泰元年(898) 10月25日. 詞 869

み吉野《みよしの》 「み吉野の里」. 1, 100, 121. →吉野《よしの》

み吉野の大川《みよしののおおかわ》 教長, 顕昭ともにその古今註で吉野川とする. 70. →吉野河《よしのがわ》

み吉野の滝《みよしののたき》 初学抄は「吉野の滝」について「大和. たえず多かることにそふ」. 御抄も「吉野の滝」について「大和. 万葉集. おほ滝」と注するが, 万葉集の場合は宮滝とも, その上流の吉野郡川上村の大滝ともいう. 991

み吉野の山《みよしののやま》 「み吉野のたかね」. 133, 483, 588, 1618, (1979). →吉野山《よしのやま》

三輪の檜原《みわのひばら》 御抄「大和. 万葉集. かざし折る」. 三輪山麓一帯の檜原. 966, 1062. →巻向の檜原《まきもくのひばら》

三輪の山《みわのやま》 「三輪の茂山」. 御抄は「三輪山」に「大和. 神, 杉, まそゆふ, みしめゆふ, 雲, 霞, 花」と注する. 奈良県桜井市にある467メートルの山. 三輪山を神体とする大和の一ノ宮大神(おおみわ)神社があり, 大物主(おおものぬしの)神を祀る. 890, 1327, 1644

武蔵野《むさしの》 初学抄「武蔵. むらさき, うけらが花あり」. 関東山地の東麓に広がる台地で, 武蔵国の東部を占め, 今は東京都と埼玉•神奈川県にわたる. 更級日記にも「紫生ふと聞く野も蘆荻のみ高く生ひて, 馬に乗りて弓持たる末見えぬまで」とある通りの広漠とした原野が考えられていた. 378, 422

六田の淀《むつたのよど》 御抄は「むつたの河」に「大和. 万葉集. 柳, かはづ」と注する. 吉野町上市より下流の吉野川の渡しとして知られていた. 72

無動寺《むどうじ》　延暦寺の東塔の南端にあり，貞観7年(865)造立の不動堂(本尊不動明王)を中心とする霊場．慈円は早くからここを修行・研鑽の拠点としたが，寿永元年(1182)無動寺検校に補せられて「無動寺法印」とよばれ，のち大乗院*を住坊として活躍した．　詞1741

紫野《むらさきの》　御抄「山城．これは賀茂の祭還(まつりのかえさ)などの所なり」．京都市北区船岡山*の東麓を南北に広がる野．雲林院*，斎院御所があり，賀茂川を隔てて東北に上賀茂神社がある．1929．→有栖河《ありすがわ》

室の八島《むろのやしま》　初学抄「下総．けぶりたえず立つとよむべし」．御抄は「下野．基俊曰く両説あり．一，下野の野中の水より立つ気なり．一，人家のかなへ(釜)なりと」と注した上，前説を採り，また「島に非ず」とする．袋草紙・雑談に見える下野守源経兼の語によれば下野の国衙(栃木市田村町)から望まれたという．　34, 1010

望月《もちづき》　信濃国の十六御牧の1．長野県小諸市の南方丘陵．いま望月町はその内．　1646

守山《もるやま》　初学抄「近江．雨にそふ」．滋賀県守山市で，東山・東海道の宿駅があった．　749．詞749

もろこし　唐土．中国をさす．　仮名序, 5, 871．詞898

や　行

矢田の野《やたのの》　御抄は「やた野」に「越前．万葉集．あらちの山の裾．浅茅」とする．もっとも万葉集10の「八田乃野」は大和の添下郡矢田郷，いま大和郡山市矢田辺とされるが，ここは御抄に従って解すべきである．　657．→有乳山《あらちやま》

山城《やましろ》　畿内の1国で，いま京都府の南部．1089, 1218, 1368, 1589

山田の原《やまだのはら》　御抄「伊勢．神宮なり．西行．外宮の御在所なり」．山田の古称で，伊勢路から宮川*を渡ればこの神域に入る．　217, 526, 1884

やまと　「やまとしま」「やまとしまね」．日本国をさす．　736, 899, 1868

大和《やまと》　「大和国」．畿内の1国で，いま奈良県．　詞869, 1518．左1858

ゆふは山《ゆふはやま》　万葉集12「よしゑやし恋ひじとすれど木綿間山越えにし君が思ほえらくに」の第3句について西本願寺本には「ゆふまやま」の外に「ゆふはやま」の訓が見える．御抄の「山」には「ゆふま(木綿間)」があるが，国付はない．　1316

由良の門《ゆらのと》　御抄に「紀伊．好忠」とあるのはこの歌であるが，契沖は新古今集書入に丹後掾であった好忠の抒情と見て，丹後の由良説を立てる．とすれば由良川の川口．　1071, 1073

由良のみなと《ゆらのみなと》　1075歌は「きのくにや」とあり，万葉集7に「由良のみ崎」と詠まれた紀伊国日高郡の由良湾をさし，前項の御抄説に当る．　1075

横河《よかわ》　延暦寺の三塔の1．東塔・西塔に対して北塔ともよばれる北方幽邃の地で，天長6年(829)円仁が首楞厳院を建てたのが草創．高光の父右大臣師輔も天暦8年(954)法華三昧堂を造立している．　1718．詞1626, 1718

吉野《よしの》　山川の景勝の地で古来しばしば行幸があり，離宮が営まれた(応神・雄略・斉明・天武・持統・文武天皇の「吉野宮」や元正・聖武天皇の「芳野離宮」)ので「ふる里」とよばれ，また御嶽(みたけ)*に拠る修験道の霊場なので修行，幽居の地として憧憬された．　97, 654, 1476, 1604, 1620．→宮滝《みやたき》　→み吉野《みよしの》

吉野河《よしのがわ》　初学抄「大和．早しとよむ」．大台ヶ原に発して奈良県の中央を西流し，和歌山県に入って紀ノ川となる．　158．→み吉野の大川《みよしののおおかわ》

吉野山《よしのやま》・《よしののやま》　「吉野のたけ」．初学抄は「吉野山」について「大和．深きことにそふ．よきことにも．あをねが峰あり」とし，御抄は「岩のかけ道，袖振る山，これをいへり．み吉野．花，雲，霧，月，雪，松，滝」などと注する．また「み吉野の」を冠する山として「みふねの山」「みづわけ山」を挙げ，「吉野なり」と注する山には「きさの中山」「みみがの山」がある．いずれも万葉集を踏襲した吉野郡の山々であるが，ほぼ今の吉野町に含まれる．また「吉野山」とよんだ歌の殆どが花の歌であることは万葉集と違い，当時の観念を示している．　79, 86, 92, 132, 147, 387, 1466, 1619．詞133．→み吉野の山《みよしののやま》

淀《よど》　宇治*，桂，木津三川が巨椋(おぐらの)池の西で合流して淀んでいる地で，まこも，あやめの名所．この辺は水域の変動が激しいが，ほぼ今の京都市伏見区淀付近．　229, 1218

淀《よど》　「一の河瀬」「一の河霧」とつづけて淀川

の意. 688, 876.

わ 行

和歌の浦《わかのうら》 初学抄「紀伊. 歌にそふ. 年にも」. 今の和歌川の川口付近に広がっていた入海. 玉津島神社の鎮座する玉津島を中心とする島山が点在してその美景を賞せられたが, 今は多くは陸続きとなり, 神社は和歌山市和歌浦町にある. 仮名序, 741, 1506, 1556, 1603, 1761

わかの松原《わかのまつばら》 御抄「伊勢. 万葉集. 鶴鳴きわたる, 潮干の潟」. ここにいう万葉集とは897歌の原歌であるが, その左注に「吾松原は三重郡に在り」と見え, 三重県四日市市から南, 鈴鹿川川口までの間に求められている. 897

鷲の山《わしのやま》 御抄「霊山(りようぜん)なり」. 中印度のマガダ国の首都王舎城の東にあった岩山. 霊鷲山(りようじゆせん). 釈迦が法華経を説いた聖地として景慕された. 1943

度会《わたらい》 伊勢国度会郡. 五十鈴川は内宮の鎮座する同郡宇治郷を経て二見郷へ流れるので, 郡名を枕詞とする. 730